Epictetus

Epicteti Dissertationum ab Arriano digestarum libri 4. Eiusdem Enchiridion, et ex deperditis sermonibus fragmenta post Io. Vptoni aliorumque curas, denuo ad codicum msstorum fidem recensuit, Latina versione, adnotationibus, indicibus illustravit Ioha

Epictetus

Epicteti Dissertationum ab Arriano digestarum libri 4. Eiusdem Enchiridion, et ex deperditis sermonibus fragmenta post Io. Vptoni aliorumque curas, denuo ad codicum msstorum fidem recensuit, Latina versione, adnotationibus, indicibus illustravit Ioha

ISBN/EAN: 9783741198854

Manufactured in Europe, USA, Canada, Australia, Japa

Cover: Foto ©Andreas Hilbeck / pixelio.de

Manufactured and distributed by brebook publishing software (www.brebook.com)

Epictetus

Epicteti Dissertationum ab Arriano digestarum libri 4. Eiusdem Enchiridion, et ex deperditis sermonibus fragmenta post Io. Vptoni aliorumque curas, denuo ad codicum msstorum fidem recensuit, Latina versione, adnotationibus, indicibus illustravit Ioha

IOANNIS VPTONI

PRÆFATIO AD LECTOREM.

Cum philosophos Urbe Italiaque *) edicto sub-
moverat Domitianus, Româ **) Nicopolin in
Epiro concessit Epictetus, atque ibi sub imperio
Trajani ***) disfertationes plurimas sermonesque
habuit, ex præceptis institutisque Stoicorum: quos,
cum summâ laude & admiratione digni viderentur, ab ore Senis exceptos scripto mandavit Arrianus, auditor ejus inter multos alios præcellen-
tissimus: (fuit autem Nicomediâ oriundus, & ob
egregias animi dotes Romanâ civitate donatus,
amplissimisque auctus dignitatibus:) †) non tamen

a 3

eâ

*) Vid. A. Gell. Lib. 15. cap. 11. & Sueton. in Domitian. sect. 10.

**) In Epict. disfertat. passim. & apud A. Gell. in loco supra citato.

***) Passim in his Disfertationibus. — [Momenta nonnulla, quæ de *Epicteti* *Vita* ad nos pervenerunt, præter ea quæ ex ipsius Disfertationibus colligi possunt, infra post Fragmenta Tomo III hujus operis collecta dabimus. *Schweigh.*]

†) Vid. Epist. Arriani ad L. Gell.

eâ mente id fecit, ut ad memoriam feræ pofteri-
tatis hæc fcripta propagarentur, fed ut in fuum
ipfius cederent ufum.   Verum ita accidit, ut eo
invito atque infciente, quæ ab optimo præceptore
acceperat, poftea divulgata in manus hominum
pervenerint.

Cum igitur res ita fe habuerint, non elaboratum,
non arte oratoriâ expolitum, non forenfe dicendi
genus in his libris requirendum; fed quali, inter
auditores Stoicus non adeo venuftatis; ac naturæ
verique ftudiofus uteretur.   *Verumenimvero Deus
bone*, (verba funt*) Lipfii) *acrem & altum in iis
fpiritum! accenfum animum & honefti amore arden-
tem! nihil in Græcis, aut fallor, tale exftat; a
duabus illis notis dico, acrimoniâ & ardore.   Tiro-
nem aliquem & rudem philofophiæ vix afficiat aut
tangat; proficientem aut profectum, incredibile eft
quam excitet, & cum pungat ubique, tamen etiam
delectet. Genus ftili concifum, fractum eft, & quod
indolem fubitarii fermonis habet: fed docta interve-
niunt fæpe, femper falutaria, & non eft qui bonam
mentem magis aut trahat aut formet.*

Optandum fane effet codices Arriani non
ita maculis fœdatos ad noftra perveniffe tempora;
quos enim hodie habemus, vitiati in plurimis
reperiuntur, & mutilati.   Ex octo libris, fi fides
habenda Photio, quatuor periere temporis injuriâ;

*) In Manaduct. ad Stoic. Philof.

riâ; cæteri naufragio adhuc fuperftites, partim ex codicum inopiâ, partim librariorum incuriâ, ut alias omittam cauffas, adeo funt corrupti depravatique, ut nihil equidem mirer, etiam in tantâ doctiffimorum multitudine, quantâ noftra & fuperior ætates effloruerunt, neglectum fere ac feminudum, nullo cultu adhibito, Epictetum hactenus jacuiffe.

Quod vero & ab aliis, & a me (liceat modo meipfum fine invidiâ nominare) fit præftitum, ut politiori habitu prodiret, id paucis docebitur. Cum primum novæ editioni adornandæ animum adjeci, id mihi propofitum habui, ut omnia, quæ effent habenda, compararem fubfidia; nullas doctorum negligerem conjecturas; nullos non codices tam editos, quam calamo exaratos, modo copia daretur, diligenter excuterem. fed hanc conquirenti fupellectilem res parum ex animi fententiâ proceffit.

Annus jam a Chrifto nato MDXXXV agebatur, cum Græce Venetiis prodiit Arriani Epictetus, fumptu ac diligentiâ Francifci Trincavelli; qui codicem nactus e bibliothecâ Georgii à Selva Varrenfis Epifcopi, ut bene de litteris mereretur, eum publici juris fecit. Hunc editorem duo poftea fecuti funt viri docti, Jacobus Sceggius, Medicus Tubingenfis, & Hieronymus Wolfius; qui,

hoc

hoc munere suscepto, authorem nostrum versio-
nibus Latinis & annotationibus illustravere. En
fontes! unde aliæ pleræque omnes, quæ circum-
feruntur, emanârunt impressiones.   Quod ad
Sceggium attinet, quanquam in plurimis hallu-
cinatur, non sua laude fraudandus est, quippe
qui primus huic sanando scriptori, satis ægro,
medicas manus adhibere non recusaverit. Doctior
multo, & in aperiendâ mente philosophi felicior
Wolfius, quem in versione, non tamen pressis
vestigiis, potissimum sequor.   Hujus annotatio-
nes, ut & Salmasii & Meibomii, (quas in lucem
nuper Relandus protulit) si quæ modo memoratu
digniores viderentur, ad calcem rejeci & sæpe
ad examen revocavi; quam quidem veniam &
damus & petimus vicissim.

Nec interea silentio prætereundus est codex
Salmanticæ nitido charactere excusus, anno MDLV.
Quumque Casauboni, magnæ apud literatos exi-
stimationis viri, consilium de authore nostro
edendo intellexeram, (id enim ipse in *) episto-
lis indicaverat) non levi ardebam desiderio videndi observationes, quas ad oram libri adnota-
tas, in bibliotheca Cantabrigiensi extare audiveram. Verumenimvero nihil tanto nomine dignum
inveni, nihil fere nisi lusus juveniles, aut qualia
cuivis perfunctorie legenti videantur occurrere.

De

*) Vid. Ep. IX. & XIII, & alibi.

De Regio codice MS. Parifiis fervato, ita *)
Cafaubonus; „Quod rogas de Arriani codicibus,
„fcito effe quidem unum aut alterum ejus libri
„exemplar in Regio bibliothecâ: fed ejus notæ,
„ut nullum fit futurum operæ pretium contulifle.“
Hinc etfi nihil fere alicujus momenti fperare pof-
fem, nihil tamen mecum in animo decreveram
negligere, quod ad authorem expoliendum ufui
fore exiftimabam. Habes itaque variantes lectiones iftius codicis, qui quidem, (ut me monuit
vir clariffimus Bernardus Montefalconius) e fchedis conftat fericis, & aut duodecimo aut decimo
tertio feculo videtur adfcribendus. Ab eodem
quoque viro intellexi, aliud effe exemplar Floren-
tiæ; fed quid in eo boni contineatur, ignotum:
fpes enim per literatos infpiciendi penitus me fefellit, ut & alterius, quem Venetiis cuftodiri in-
audiveram.

Hisce igitur inftructus fubfidiis, cum novam
procurare editionem jam effem aggreffus, mihi
ex infperato vir amiciffimus Jacobus Harris codicem Venetiis editum dono mifit, cui ad margi-
nem variæ adfcribebantur lectiones, adjectis in
calce his verbis, fi recte legerim; erant enim
obfcuriffima. „Librum hunc, quum anno elapfo
„alterum ex eadem officinâ (quem vir ille doctrinâ
„& morum præftantiâ celebratiffimus Cardinalis

a 5　　　　　　„Saler-

*) Ep. 559. D. Hœfchelio.

„Salernitanus ad codicis Vaticani exemplar, quan-
„tum conjecturâ affequi poffum, emendari cura-
„verat) nactus effem, cum eo accuratiffime con-
„tuli, atque ita mendis nonnullis expurgavi.
„Hisce vero diebus, cum annus ageretur a Chriflo
„nato 1548, alium nactus codicem manufcriptum
„e bibliothecâ Cardinalis Carpenfis, quem Alber-
„tus ille pius, · immortali · nomine & memoriâ
„dignus, a Georgii Vallæ hæredibus, cum aliâ
„ejusdem librorum fupellectili, · octingentorum
„aureorum emerat pretio; cum eo itidem, quod
„videbatur emendatiffimus, · hunc etiam contuli,
„ac fumma curâ & diligentiâ quicquid inerat
„discriminis, nullo adhibito felectu, annotavi.
„Erant autem in hoc Carpenfi codice in calce ad-
„fcripta hæc verba:

    „Liber hic fcriptus eft manu doctiffimi viri do-
„mini Matthæi Camarroti Conftantinopolitani,
„quem mihi dono dedit anno Domini 1484 præ-
„ceptor ille optimus.

        „Γεωργίου τοῦ Βάλλα
        „Ἐστὶ τὸ βιβλίον.

„In calce codicis Carpenfis hæc erant adfcripta:

    „Πεπλήρωται σὺν Θεῷ τὰ τοῦ Ἀῤῥιάνου
„τῶν Ἐπικτήτου διατριβῶν. βιβλίοις ἐμπερι-
„εχόμενα τέσσαρσι· ὧν τὸ μὲν πρῶτον ἐν κε-
„φαλαίοις τριάκοντα περατοῦται· τὸ δὲ δεύ-
        „τερον

„τερον τῷ εἰκοστῷ καὶ ὄκτω ὁρίζεται· τὸ δὲ
„τρίτον τοῖς εἴκοσι τέσσαρσι περιγράφεται· τῷ
„τετάρτῳ δὲ καὶ τελευταίῳ τὰ δέκα πρὸς τρισὶ
„τὸ πέρας ἐπισφραγίζεται. Καὶ χάρις τῷ
„Θεῷ τῷ δεδωκότι εὐμαρῶς ἡμῖν διανυσθῆναι
„καὶ τοῦτο, ὃς καὶ κατὰ τὸ αὐτοῦ σωτήριον
„βιοῦν ἀξιώσειεν ἡμᾶς, ἵνα τῆς αὐτοῦ μακα-
„ριότητος· τυχόντες τοῖς γνησίως αὐτὸν θερα-
„πευομένοις εἰς αἰῶνας ἀποκειμένης, σὺν πᾶσι
„τοῖς κατὰ τὸ ἅγιον αὐτοῦ θέλημα πολιτευ-
„σαμένοις συμβασιλεύοιμεν εἰς αἰῶνας αὐτῷ·
„αἰνοῦντες εὐλογοῦντες ὑμνοῦντες αὐτόι. ἀμήν."

Neque hujus solum codicis toties a me in
notis laudati, (cui uni, fas fit verum dicere,
plus refero acceptum, quam omnibus præterea
omnium doctorum fubfidiis, multæ licet paffim
occurrant vel conjecturæ vel emendationes) fed
& alterius multâ humanitate copiam fecit idem
ornatiffimus vir, quem in manibus & finu ge-
ftare folitus eft Avunculus ejus & genere & eru-
ditione vere nobilis, Comes Shaftesburienfis: qui,
cum in Græcis Latinisque literis effet verfatiffi-
mus, huic emaculando fcriptori operam præftare
non eft dedignatus, brevibus fcholiis margini ad-
fcriptis, quæ argumentum, etiam in locis ob-
fcuriffimis, fua perfuderunt luce.

Hoc

Hoc interea Lector fciat velim, Epicletum fui femper fimilem, optimum effe fui interpretem: hac de cauffâ non modo in notis locos adduxi parallelos, fed indicem etiam addidi, ut uno afpectu, locos inter fe diverfos conferendo, fenfus phrafium verborumque, quæ a Stoicorum præcipue difciplinâ petuntur, facilius percipiatur. Hisce vero & reliquis, quæ publici juris feci, mecum candide fruatur lector, & æqui bonique confulat.

IOHAN-

IOHANNES SCHWEIGHÆVSER

LECTORI

Veri nominis Philofophiæ cultori

S. P. D.

Equidem ftudiofe olim EPICTETI SERMONES perlegens, haud fere fecus me adfectum fubinde inter legendum fenferam, atque difcipulos ipfius Philofophi, cum præfentem coram audirent magiftrum, adfici folitos Arrianus in præfatione ad L. Gellium commemorat. Quo magis & mirari fæpenumero & dolere fubiit, cum haud fane pro merito in vulgus cognitum, & multo utique rarius quam par effet, non dico in manibus levis disfolutæque juventutis, fed eorum etiam qui feria ftudia amant coluntque, verfari tam admirabile veteris Philofophiæ monumentum animadverterem. Cujus neglectus eas fere effe cauffas intelligens, quæ a me nuper admodum, in Præfatione ad Enchiridion nova recenfione inftauratum, funt expofitæ; *) quod in me effet conftitui conferre,

*) Prodiit illud, fimol *ex libraria Weidmannia* nundinis vernalibus hujus anni
cum Cebetis Tabula, *Lipfiæ* MDCCXCVIII,

ferre, quo nec copia exemplarium lecturis deeſſet,
& ipſius libri lectio ineuntibus præſertim Philoſo-
phiæ et Græcarum literarum ſtudioſis quam pla-
niſſima quamque fructuoſiſſima redderetur.   Itaque VPTONI *Editionem*, omnium, quæ ad hunc
diem prodierant, longe quidem præſtantiſſimam,*)
ſed cum perraram repertu, extra Britanniæ certe
fines, tum vero multis etiam nominibus non talem omnino, qualem fas erat optare: illam igitur hac conditione inſtaurare decrevi, ut & Græcum contextum ex veterum codicum præſcripto
quam poſſem emendatiſſimum, & Latinam verſionem ad græci exempli fidem ſententiamque
magis adcommodatam, & Indices cum uberiores
tum commodiori ratione inſtructos exhiberem;
denique ut Wolfii Vptonique Adnotationibus
meas, ſi quas haberem, quæ vel ad judicandam

ſcripturæ

MDCCXCVIII, hoc titulo:
*Epicteti Manuale, & Cebetis
Tabula; Græce & Latine:
Græca ad fidem veterum Li-
brorum denuo recenſuit, &
collata omni Lectionis Varie-
tate vindicavit illuſtravitque
Ioh. Schweighæuſer.*

, *) Prodiit ea Londini,
anno MDCCXLI, duobus To-
mis in forma quadrata, hoc
titulo: *Epicteti quæ ſuper-
ſunt Diſſertationes, ab Arriano collectæ; nec non Enchiridion & Fragmenta;
Græce & Latine, in duos
Tomos distributa, cum inte-
gris Iacobi Schegkii &
Hieronymi Wolfii ſelectiſque
aliorum Doctorum Annota-
tionibus. Recenſuit, Notis
& Indice illuſtravit Ioannes
Vptonus, Præbend. Roffen-
ſis.*

scripturæ veritatem, vel ad res, de quibus agitur, illuftrandas valerent, adjicerem.

Neque vero fum nefcius, ipfius novæ hujus Editionis eam effe rationem, ut, tametfi id, quod de utilitate commoditateque Lectorum fecutum me effe profeffus fum, nonnulla ex parte fuiffem confecutus, tamen futuri fint multi, qui, non fatis habentes, probatum aliquem librum, e publica quadam Bibliotheca aut ex amici benevolentia commodato acceptum, femel perlegiffe, ægre fatisfacere jufto defiderio poffint, cum fuorum in numero librorum poffidere femperque ad manus habere egregios Epicteti Sermones voluerint. Quorum in gratiam, quodfi operam a me non inutilem in expoliendo illuftrandoque hoc opere pofitam judicaverint eruditi æquique æftimatores, curabo, ut, quamprimum fieri potuerit, compendiofior alia parabiliorque ejusdem libri editio, neque eo minus ad ufum ftudioforum idonea, prodeat. Quo confilio invitatos velim Viros doctos, fi qua obfervaverint, quæ in hac editione & in conftituendo præfertim Græco contextu, aut in difficiliorum locorum interpretatione, aliter curari debuiffe videantur, ut meliores fuas cogitationes five privatim mecum communicare five publice in commune conferre haud graventur. Neque enim, fat bene fi me novi,

is ego sum qui mea magnopere mirer: sed
quemadmodum, de aliorum ratione quid sentiam, ubi ad propositum facere videtur, sine ira
ac studio libere dicere adsuevi; sic alios mea re-
prehendentes non modo facile fero, verum etiam
lubens gratusque dare operam soleo, ut doctio-
rum ex admonitione, de communibus studiis
bene merentium, quantum plurimum possim,
proficiam.

PARISIENSES CODICES MANVSCRIPTI,
quibus mihi in recensendis Epicteti Disfertationibus licuit uti, tres fuerunt. *Primus*, quem nota
pa. insignivi, in Catalogo Græcorum Codicum
Bibliothecæ olim Regiæ num. MCMLVIII. recen-
setur, membranaceus, luculenter scriptus; in
quo, præter Epicteti Disfertationes, continetur
Hieroclis in Aurea Carmina Commentarius. Aetas
codicis in Catalogo ad seculum decimum quintum
refertur. Mihi quidem paulo vetustior visus erat:
estque etiam in fronte codicis notula ab alio docto
viro scripta, qui ætatem illius ad Sec. XIV. retu-
lit. Neque vero idcirco melioris notæ hic est,
verum etiam paulo inferior *altero* illo, chartaceo
sive bombycino, quem *pb.* adpellavi, qui in eodem Catalogo num. MCDXVII. commemoratur,
cujus ætas ibidem pariter ad seculum XV. refertur. Est hic Codex *pb.* minuto admodum charactere

ractere multa cum cura & elegantia defcriptus: continetque, praeter Epicteteos fermones, cum minora nonnulla alia, cum praefertim Ariftotelis Ethicorum libros VIII. & Magnorum Moralium, quae dicuntur, libros duo; quorum ex collatione librorum cum exemplo typis vulgato cognovi, quantum fit quod accedere poffet ad perfectiorem operis Ariftotelis editionem, fi fcripta hujus phi- lofophi ad veterum codicum fidem, qui magna copia in Bibliothecis fuperfunt, exigerentur.

Non magis in hoc codice *pb.*, quam in duo- bus aliis, vel fcribae nomen adjectum eft, vel anni nota adfcripta. Adtexta funt tamen in hoc non- nulla, quae partim ad fcribam, partim ad primum libri poffefforem, qui illum defcribendum cura- verat, aliquatenus notos nobis faciendos fpectant: quae quum nec alioqui lectu injucunda fint futura, huc transfcribere non gravabor. Scilicet ad calcem Disfertationum Epicteti haec fubfcripfit librarius: Δόξα τῷ εὐεργέτῃ καὶ σωτῆρι θεῷ. Γέγρα- πται τὰ τοῦ Ἐπικτήτου Ἠθικὰ ἐνταῦθα, βι- βλίοις ἐμπεριεχόμενα τέσσαρσιν· ὧν τὸ πρῶ- τον ἐν κεφαλαίοις τριάκοντα περατοῦται· τὸ δὲ δεύτερον τῷ εἰκοστῷ καὶ ἕκτῳ ὁρίζεται· τὸ δὲ τρίτον τοῖς εἴκοσι τέσσαρσι*) περιγράφεται·

τῷ

<hr>

*) Animum haud fatis ad- verterat vir bonus, cum Iftud fcriberet. Certe In eo- dem codice, aeque ac in aliis.

τῷ τετάρτῳ δὲ καὶ τελευταίῳ τὰ δέκα πρὸς
τρισὶ τὸ πέρας ἐπισφραγίζεται. Καὶ χάρις τῷ
θεῷ τῷ δεδωκότι εὐμαρῶς ἡμῖν διανυσθῆναι
καὶ τοῦτο· ὃς καὶ κατὰ τὸ αὐτοῦ σωτήριον θέλημα βιοῦ ἀξιώσειεν ἡμᾶς, ἵνα τῆς αὐτοῦ μα-
καριότητος τυχόντες, τοῖς γνησίως αὐτὸν θε-
ραπεύσασιν εἰς αἰῶνα ἀποκειμένης, σὺν πᾶσι
τοῖς κατὰ τὸ ἅγιον αὐτοῦ θέλημα πολιτευσα-
μένοις, συμβασιλεύοιμεν εἰς αἰῶνα αὐτῷ, εὐλογοῦντες, ὑμνοῦντες αὐτόν. ἀμήν. Initio vero
Dissertationum Epicteti, post Indicem capitum
libro primo comprehensorum, cum dimidia pars
paginæ vacua relicta esset a librario, ipse posses-
sor olim codicis, qui suum in usum describen-
dum illum curaverat, hæc adscripsit:

Ὁ Ἐπίκτητος οὗτος*) τὴν ἠθικὴν φιλοσοφίαν αὐτός τε ἐξεῦρε, καὶ ἤσκησεν ἐν ἑαυτῷ
πάνυ καλῶς, καὶ τοὺς προσιόντας ἐδίδασκε,
λόγοις τε καὶ τῷ καθ᾽ ἑαυτὸν ὑποδείγματι.
Ὑπομνήματα δὲ τῶν ἐκείνου λόγων τάδε ἐστὶν,

Ἀρριχ-

aliis, viginti sex Capita complectitur Liber tertius, quemadmodum & Secundus.

*) Id est: Epictetus hic Moralem Philosophiam & ipse per se præclare excoluit excruitque, & eos, qui ipsam conveniebant, cum verbis docuit, tum suo exemplo. Sunt autem hæc sermonum illius monumenta, ab Arriano quodam,

Ἀῤῥιανῷ τινι ὁμιλητῇ αὐτοῦ καὶ σοφῷ πάνυ
ἐκτεθειμένα. Τούτων πολλὰ καὶ οἱ τῆς ἱερᾶς
ἐκκλησίας διδάσκαλοι ταῖς ἠθικαῖς αὐτῶν ὁμι-
λίαις ἐνέπλεξαν. τῷ γὰρ φυσικῷ λόγῳ τε καὶ
νόμῳ λίαν ἑώρων συνᾴδοντα· οὗ δὴ πρὸς αὔ-
ξησιν αὐτοὶ καὶ βεβαίωσιν ἐν τοῖς τῶν ἀκροω-
μένων ψυχαῖς, μετὰ τὰς τῆς ἱερᾶς γραφῆς
ἀναπτύξεις, τὰς ἠθικὰς συνῆπτον διδασκαλίας.
Διὸ καὶ ἡμῖν ἔτι νέοις οὖσι, καὶ περὶ λόγους
ἠσχολημένοις, ὑπὲρ πάντας οὗτος ἐσπουδάσθη
σοφούς, τοὺς ἐν Ἕλλησι τετυχηκότας ὀνόμα-
τος· καὶ τὸ βιβλίον ἐκγραφῆναι ἡμῖν ἐφροντί-
σαμεν. Εἶτα καὶ τὰ Ἠθικὰ Ἀριστοτέλους συν-
ήψαμεν. Ἀλλ' Ἀριστοτέλης μὲν τεχνολογι-
κὸς τῆς κατὰ ἤθη τελειότητος ὑφηγητής ἐστιν

ἐν

dam, discipulo ejus, viro admodum sapiente, expofita. E quibus fanctæ quoque Ecclefiæ Doctores multas fententias fuis fermonibus ad populum habitis inferuerunt. Viderant enim cum naturali Ratione Legeque admodum confentientes: quam ut in auditorum animis augerent firmarentque, poft Sacræ Scripturæ explanationem morales inftitutiones folebant adjicere. Quare & nos, adolefcentes cum effemus, & literarum ftudiis daremus operam, præ cæteris omnibus Sapientibus, qui inter Græcos nomen fortiti funt, in hujus ftadium incubuimus, & librum hunc nobis defcribendum curavimus. Deinde etiam Ariftotelis fcripta Moralia adjunximus. Sed Ariftoteles quidem, in illis libris, artificiofa fubtilitate univerfam

ἐν τοῖς συγγράμμασι τούτοις· οὗτος δὲ, θεω-
ρητικαῖς καὶ πρακτικαῖς ὑφηγήσεσιν, τὴν ἐπὶ
τὸ βέλτιστον τέλος τῶν ἀνθρωπίνων ἠθῶν ὁδὸν
ὑφηγεῖται· καὶ τὴν τοῦ φυσικοῦ λόγου τε καὶ
νόμου ταῖς ἡμῶν ψυχαῖς αὔξην καὶ καρποφο-
ρίαν μεθόδοις σοφωτάταις ἐντίθησιν, ὥσπερ
εἰ τὸν οὐράνιον καὶ εὐαγγελικὸν ἡμῖν ἐξαπλοῦν
τοῦ Θεοῦ νόμον ἦν αὐτῷ προὔργου. Οὗτος θεὸν
μὲν ἕνα ἐφρόνει, ποιητήν τε καὶ προνοητὴν τοῦ
παντός· ὡς ἐν πολλοῖς μέρεσι τῶν λόγων τούτων δῆλόν ἐστι τοῖς συνορᾶν καλῶς δυναμένοις.
τὸ δὲ τῶν χυδαίων εὐλαβούμενος πλῆθος, ἔστιν
οὗ πρὸς κατασκευὴν τῶν οἰκείων λόγων τὴν αὐτῶν πολυθεΐαν ἐλάμβανε· λέξεσι μόναις, οὐ
ψυχῇ καὶ γνώμῃ ταύτην τιθείς· διορθοῦν τε
τὰ

stam disciplinæ Moralis scientiam explicat: hic vero, cum theoreticis institutionibus, tum practicis, viam ad præclarissimam finem moribus hominum propositum præit; &, ut naturalis Ratio atque Lex in animis nostris incrementum capiat fructumque ferat, sapientissimis rationibus efficit; tamquam ei propositum fuisset, cælestem & evangelicam Dei legem nobis explanare. Deum hic unum esse statuit, procreatorem gubernatoremque universi; quemadmodum multis e locis Sermonum ejus manifestum fit eis, qui hæc talia recte judicare valent. Sed, cum imperitis de vulgo hominibus cautione uteris, nonnumquam ad confirmanda sua ipsius præcepta, polythrismum illorum vulati a se concessum sumebat; verbis solum, non ex animi sententia illum penens; & ex ipsa

τὰ ἐκείνων ἤθη βουλόμενος, καὶ ἐκ τῆς ἐψευ-
σμένης ἐν αὐτοῖς ὑποθέσεως περὶ τοῦ θεῶν πλή-
θους. Διὸ καὶ τῶν Χριστιανῶν μέμνηταί που
σὺν εὐλαβείᾳ, Γαλιλαίους αὐτοὺς ὀνομάζων·
οὕτω γὰρ ἔτι τότε ὠνομάζοντο. Ἔνιοι δὲ ἱστο-
ροῦσιν αὐτὸν καὶ τῷ κηρύγματι τῆς ἀληθοῦς
θεολογίας, δι᾿ ἣν ἡ θεία γέγονεν οἰκονομία καὶ
ἡ τοῦ θείου λόγου φανέρωσις, προστεθεῖσθαι
καλῶς, καὶ τῇ τοῦ Χριστοῦ πίστει τοῦ κυρίου
ἡμῶν· μὴ βούλεσθαι δὲ φανεροῦν, ὑποχω-
ροῦντα τῇ βίᾳ τοῦ διωγμοῦ, ὃς ὑπὸ Νέρωνος
πρώτου κινηθείς, μετὰ πολλῆς τῆς σφοδρότη-
τος, ἔμενεν ἔτι κἄν τισι τῶν αὐτοῦ διαδόχων,
εἰ καὶ σὺν ἐλάττονι τῇ δριμύτητι· ὅτε καὶ οὗτος ἤκμασεν ὁ σοφός· μάλιστα δὲ ἐπὶ τοῦ Οὐεσπασιανοῦ.

b 3

Tertius

ipsa etiam falsa hypothesi,
quæ apud illos valebat, de
deorum multitudine, corrigere mores illorum studeas.
Quare etiam Christianorum
alicubi caute meminit, Ga-
lilæos vocans; hoc enim nomine tum temporis adhuc
adpellabantur. Narrant vero nonnulli, fuisse eum etiam
veræ de Deo doctrinæ &
œconomia divina per Dei
verbum nobis patefacta, fi-
daique in Christum dominum
nostrum, ex animo addictum;
noluisse vero extrinsecus de-
clarare, credentem persecu-
tionis violentiæ, quæ sub
Nerone primum magna cum
vehementia orta, sub non-
nullis ex ejus successoribus
etiamnum durabat, quam-
quam non cum tanta acer-
bitate, quo tempore vixit
hic Sapiens, maxime vero
sub Vespasiano.

Tertius Codex, quo usus sum, quem in Adnotationibus ad Disfertationum libros notâ *pc.* infignivi, eft idem ille olim Regius num. MCMLIX, de quo fatis copiofe nuper in præfatione ad Enchiridion feparatim editum dixi, ubi eumdem notâ *Pa.* defignaveram. Quèm codicem, quamquam recentem admodum, tamen, quemadmodum in Enchiridio & in Simplicii Commentario, fic & in Disfertationibus Epicteti minime fpernendum effe judicabunt hi, qui lectiones ex eo prolatas confiderare voluerint. Et id quidem maxime opportune in hoc codice nobis accidit, ut, quum perfæpe, ubi duo priores codices veram dabant fcripturam, hic mendofam quæ olim vulgata erat repræfentaverit, perfæpe rurfus, ubi illi in communi cum libris vulgatis errore verfabantur, hic veriffimam lectionem vel vero proximam offerret.

Quod vero Vptonus communicatas fecum ait effe lectiones *e codice MS. Parifino, e fchedis fericis conftante, quem duodecimo aut decimo tertio feculo adfcribendum Montefalconius cenfuiffet,* id quale fit, haud fatis liquet. Longe plurima pars earum lectionum, quas e MS. Parifino Vptonus citavit, tam in codice noftro *pa.* quam in *pb.* leguntur: nec eft earum ulla, quin in alterutro horum reperiatur. Sed funt nonnullæ, quas folus *pb.* habet, non *pa.* veluti ἐχοιεν ἀν, in Arr. Epift. ad

L. Gell.

L. Gell. vſ. 6. εἰ νέος, Disſ. II. 10, 10. στερχτι-
χὸν, II. 10, 23. At ſunt aliquanto plures lectiones e membranaceo cod. *pa.* ductæ, quæ in bombycino *pb.* non reperiuntur: verbi cauſſa, οὐδ᾽
ἂν χράμματα, I. 6, 2. πόσου σοῦ ἐγὼ. I. 10, 6.
ἀρεῖ, II. 2, 20. ἐπὶ τοῦτο, II. 7, 9. μηδὲν οὐχ
ἔστι, II. 17, 28. Tum, ſi alter ex his codicibus
ſeculo XII vel XIII adſcribendus Monteſalconio
viſus erat, fuerit is puto *pa.* potius, quam *pb.*
At ille membranaceus eſt, non e ſericis conſtat
ſchedis. Sed ne ipſe *pb.* quidem e ſericis, verum
e *bombycinis* ſchedis, id eſt cottuneis, quæ a lineis
vix differunt, conſtat: neque vero usquam char-
tam ejusmodi a Monteſalconio (in Palæographia
quidem Græca) *ſericam* eſſe adpellatam memini.
Igitur, de Pariſienſibus codicibus quid ad Vpto-
num ſcripſerit vel ſcribendum curaverit Monte-
ſalconius, neſcio: ſed, quidquid illud fuerit, vereor ne mentem doctiſſimi viri parum recte acceperit Vptonus, eoque in turbas, quas dixi, inciderit. Cæterum illud ſatis adparet, non perpetuam aliquam collationem codicum Pariſien-
ſium, ac ne unius quidem ex illis, fuiſſe Vptoni
cauſſa inſtitutam; ſed paſſim ſolummodo unam
alteramve lectionem fuiſſe excerptam, cum illoque editore communicatam. Quisquis vero pro-
barum lectionum ſegetem, quas e tribus, quos
dixi, Pariſinis libris in medium contulimus, con-

fideraverit, facile is nobis adfentietur, nec fuper-
vacuum a me laborem effe fusceptum, cum codices hos quam potui diligentiffime excuffi, nec
operæ in eum laborem impenfæ poenitere me debere; fimulque idem intelliget, quam five temere
five parum ingenue Ifaacus Cafaubonus olim cum
Davide Hœfchelio, candidiffimo viro, & cum de
omni re literaria, tum figillatim de ipfo Cafau-
bono optime merito, egerit, cum ei, de eisdem
codicibus Parifienfibus roganti, refponderet, *ejus
effe notæ, ut nullum fit futurum operæ pretium con-
tuliffe:* quod refponfum, pro miferâ præfertim
conditione, quâ tum temporis erant quotquot ex-
ftabant Disfertationum Epicteti editiones, quam
fuerit a veritate alienum, quælibet pagina noftra-
rum Adnotationum poterit docere.

     Iam plurimam quidem partem probarum
lectionum, quas nobis obtulerunt noftri codices,
ante nos Vptonus in ora fui libri notatas repere-
rat, e codicibus Italicis excerptas: attamen &
fpicilegium haud fpernendum iidem noftri codices fuppeditarunt; & eas ipfas lectiones, quas
Vptoni codex dabat, jucundum erat horum etiam
auctoritate comprobatas comperire. Quæ res eo
etiam majoris erat momenti, quoniam haud ita
certum erat, an lectiones omnes, quæ in ora
libri illius Vptono ab Harrifio donati adnotatæ
                                        erant,

erant, e manufcriptis codicibus ductæ fuiffent;
cum credibile admodum effet, earum nonnullas
e conjectura fuiffe ductas, quas quidem a cæteris
nullo certo figno diftinguere licebat, Vptonus
certe nullo modo diftinxit: qua de re cum aliâs
fubinde in Adnotationibus, tum ad III. 24, 46.
a nobis dictum eft. Habebant præterea aliud incommodum variantes illæ Lectiones, ab Vptono
ex ora fui codicis prolatæ; quod, cum duobus
e codicibus msstis effent depromtæ, non adno-
tatum fuerit, quænam uni, quænam alteri debe-
rentur, quas rurfus uterque codex communi con-
fenfu dediffet: quæ fi fuiffet cautio adhibita, de
utriusque codicis per fe indole, & de cujusque
lectionis ratione, certius aliquod judicium facere
potuiffemus. Subinde vero etiam adparebat, vim
rationemque notarum oræ illi infcriptarum non
fatis fuiffe ab Vptono perceptam, & interdum
quoque lectionem aliquam alienum ad locum re-
latam; cui incommodo opportunum fubinde remedium noftri adtulerunt codices Parifienfes.
Haud raro vero etiam optimas quasque lectiones
five ex Italicis codicibus five e MS. Parif. ab Vptono prolatas quidem reperiet lector, fed eas in
Notis fepofitas ac veluti relegatas; quæ a nobis
demum in contextum cooptatæ, neceffariam cor-
ruptæ olim fcripturæ medicinam adtulerunt. Sed
bene multæ utique præftantiffimæ lectiones ex eis-

dein

dem Italicis codicibus non modo prolatæ ab Vptono, verum etiam in ufum receptæ funt, mul-
tæque lacunæ feliciter expletæ, ubi noftri codices
cum vetuftioribus editionibus communi in errore
verfabantur.   Haud pauca vero item fuperfunt
loca, haudquaquam etiamnunc fatis expedita,
quæ vel depravatione aliqua perverfioneque fcripturæ, vel verborum nonnullorum omiffione laborare videntur: quorum bona pars fortaffe five
integritati fuæ reftitui poffet, five tolerabile faltem probabileque remedium effet acceptura, fi
eosdem ipfos codices, e quibus excerptæ funt
lectiones ab Vptono prolatæ, denuo excutere,
aut alios his fimiles ac fortaffe etiam meliores,
quos in Italiæ bibliothecis etiamnunc latere credibile eft, in confilium vocare liceret.

SVPERIORES *Differtationum* EDITIONES,
unâ Salamanticenfi exceptâ, quâ ægre carui, cun-
ctæ mihi, hanc editionem adornanti, ad manus
femper & ante oculos fuere: Veneta Trincavelli
MDXXXV; Bafileenfis prior, cum Scheggii ver-
fione & notis, MDLIV; (quæ in Varietate Lectionis ad Enchiridion, nuper a nobis cum Cebetis
Tabula editum, *Ed. Baf.* 2. infignita erat;) Bafileenfis altera, Hieronymi Wolfii verfionem & Notas exhibens; (quæ in Var. Lect. ad Enchir. erat
Ed. Baf. 3.) Colonienfis MDXCV; Genevenfis,

codem

eodem anno in lucem emissa; Cantabrigiensis
MDCLV; Londinensis MDCLXX. Quibus de
omnibus quum in Praefatione ad Enchiridion nuper
satis dixerim, nil adtinet plura nunc verba
facere. Sed de *Wolfiana editione Enchiridii* liceat
nonnihil, quod me tunc, cum illa scriberem,
praeterierat, hoc loco supplere. Scilicet, cum in
Praefat. ad Enchirid. pag. XXXI & sqq. de editione
illa Wolfiana dissererem, quam in Var. Lect. *Ed.
Baf.* 3. adpellaveram, cujus in titulo annus nullus
est notatus, sed cujus praefationi subscriptus
est annus MDLX, quam unam dicebam esse editionem
a Wolfio procuratam; noveram equidem,
citari passim Wolfianam Enchiridii editionem,
quae annum MDLXI in titulo notatum haberet, *)
quaeque adeo diversa ab illa, qua ego usus eram,
videri posset: sed suspicatus eram, postquam primus
ille Tomus, quo Enchiridion cum Cebetis
Tabula continetur, eodem anno MDLX, qui
Praefationi subscriptus est, in publicum fuisset editus,
deinde fortasse, cum secundus accessisset Tomus,
cujus Praefatio anno MDLXI scripta est,
nonnullis exemplaribus ejusdem Tomi primi annum
MDLXI in titulo fuisse inscriptum. At docere
me potuerat saltem id, quod in Var. Lect.
ad Enchir. p. 73. col. 2. a me ipso observatum est,

differre

*) Ed se usum esse, diserte   sus erat in Praef. ad Enchi.
etiam Heynius profes-   rid.

differre illam editionem ab ea qua ego ufus eram.
Nunc, ex quo in lucem emiſſum eſt noſtrum Enchiridion, pervenit his diebus in manus meas per
Tubingenſis amici benevolentiam exemplum ipſius
illius editionis Wolfianæ, quæ annum MDLXI
fronti inſcriptum gerit: cujus ex collatione, cum
duabus editionibus Baſ. 2. & Baſ. 3., quibus olim
uſus eram, diligenter inſtitutâ, primum hoc
cognovi: Enchiridii contextum, qualis in edit.
MDLXI exhibetur, non eſſe a Wolfio emendatum, ſed nude e ſuperiori edit. Baſ. 2. (quæ anno
MDLIV apud eumdem Oporinum prodierat) ad
verbum & ad literam repetitum.*) Tum porro
illud intellexi: de edendo Græco Enchiridii exemplo a ſe emendato ſtatim ne cogitaſſe quidem
Wolfium,

---

*) Itaque, quidquid in Var.
Lect. ad Enchirid. a nobis
ex ed. Baſ. 2. prolatum eſt,
id pariter in hanc valet:
nec niſi oppido pauciſſima
loca ſunt, in quibus (partim
conſilio, partim caſu) ab
edit. MDLIV differt hæc
anno MDLXI in lucem
emiſſa. Scilicet pro men-
doſo ἐκκλησις, quod erat in
cap. 1. emendatum eſt: ἐκκλησις. Tum cap. 7. (ed. Wolf.)
pro τῶν ἐφ' ἡμῖν, eſt τῶν
δ' ἐφ' ἡμῖν. Cap. 30. in ora
per errorem ex ora capitis
27. repetitum eſt verbum
ἠρέθιστο, pro βουλεύεσθαι
quod in ora ed. Baſ. 2. recte
poſitum erat. Cap. 52. pro
τοσοῦτον, quod in Baſ. 2.
erat, eſt τοσοῦτου. Cap. 72.
in ora, pro εἴρηκεν, men-
doſe εἴρυκεν ſcribitur. Denique Cap. 73. in ora, pro
ἔρχου, quod erat in Baſ. 2.,
eſt ἔρχῃ. Quæ ſcripturæ
omnes deinde eodem modo
repetitæ ſunt in ea editione,
quam ed. Baſ. 3. adpellavi.

Wolfium, folamque Latinam Verfionem cum fuis
Adnotationibus & Præfatione (five Epiftolâ dedi-
catoriâ ad Hainzelium data) Oporino typis defcri-
bendam mififfe; fed Verfioni Wolfianæ a typo-
grapho Græcum contextum ex edit. Baf. 2. fuiffc
adjectum, atque ita libellum iftum anno MDLXI
primum in lucem effe emiffum: deinde vero
ipfum etiam Wolfium Græcum contextum a fe
emendatum imprimi curaffe in ea editione lucu-
lentius imprefſa, de quá nos loco citato fufe dis-
putavimus; quæ, tribus conftans tomis, anno
demum MDLXIII abfoluta & in lucem emiffa eft;
qua quidem in editione Enchiridio nulla alia præ-
fixa eft Præfatio, nifi eadem Epiftola ad Hainzelium anno MDLX fcripta; fed, præter Emendationes Græco contextui a Wolfio adlatas, ad oram
quoque novæ nonnullæ lectiones adpofitæ funt,
quæ in ed. Baf. 2. & in illa quæ 1561. prodiit, non
legebantur, atque etiam Adnotationes nonnullis
in locis auctæ, veluti cap. 26. (ed. Wolf.) ubi
τοῦ ἀγαθοῦ pro τοῦ ἀπαθοῦς commendatur, &
cap. 55. ubi pro προσελθόντι legendum προελθόντι monetur, quod & ipfum in contextum
receptum eft. Ita fit, ut, quam ego editionem
Baf. 3. adpellaveram, ea (fi fubtilius quæras)
fuerit *ed. Baf.* 4. adpellanda, contra *Editio Baf.* 3.
numerari illa debuerit, quæ anno MDLXI prodierat. At poterat etiam in adnotanda Lectionis
Varie-

Varietate hæc ipfa Editio, quæ anno MDLXI
prodiit, citra magnum incommodum hactenus quidem omitti, quatenus eadem, quod ad Græcum
contextum & ad lectiones in ora notatas adtinet,
tantum non conftantiffime cum *ed. Baf.* 2. con-
fentit; quod vero ad Verfionem latinam & ad Adnotationes fpectat, non differt a noftra *Baf.* 3:
nifi quod in hac paululo locupletiores, quam in
illa, funt Adnotationes.

Sed hæc hactenus. Ipfum ENCHIRIDION,
quoniam eas ob cauffas, quas fuo loco expofui,
feparatim a nobis editum eft, potuerat ab editione
hac *Disfertationum Epicteti* abeffe. Sed, ne quid
ex his, quæ in Vptoniana infunt editione, hic
defideraretur, nolui brevi libello locum fuum in
hac collectione Monumentorum Epictetez Philofophiæ invidere; quum præfertim inftituti ratio
poftularet, ut & Notæ Vptoni in eumdem libellum, quæ in critica editione locum non invene-
rant; hic repræfentarentur, & ut Indices, cum
Græcitatis, tum Nominum Propriorum, non folum ad Disfertationes, fed fimul ad Enchiridion
& ad Fragmenta peræque referrentur. Igitur,
quum primus hujus operis Tomus *Disfertationes
Epicteti*, alter *Adnotationes ad easdem* complectatur,
initio tertii Tomi *Enchiridion* locavi, & tale quidem omnino, cum quod ad Græcum exemplum,

tum

tum quod ad Latinam verſionem, quale ab ipſo
Vptono erat editum; ſatis habens, Græco contextui Varietatem Lectionis ſubjicere, cum e no-
tabilioribus quibusdam Editionibus, tum e Codicibus manuſcriptis excerptam; eâ lege, ut e manuſcriptis quidem codicibus non niſi illas adpo-
nerem Lectiones, quæ aut veriſſimæ eſſe mihi viſæ
eſſent, aut illuſtrem aliquam ſpeciem veri habere;
ex Editionibus vero Meibomii, Heynii, Ville-
brunii, & noſtrâ, lectiones omnes, quæ a lectio-
nibus Vptono probatis discederent, adnotarem.*)

In recenſendis Epicteti FRAGMENTIS quid
ſecutus ſim, docui in præfatione Adnotationibus
ad eadem Fragmenta præmiſſâ.   Quod *Græcitatis*
INDICEM Vptoniano longe uberiorem, & (ut
ego quidem arbitror) commodiorem dederim,
talemque qui ſimul *Indicis Rerum* vice poſſet ſungi,
non dubito, gratum me feciſſe multis: neque vereor, ne probaturi ſint plerique, quod *Nominum
Propri-*

---

*) Dum Enchiridii men-
tionem facio, liceat obiter
hoc loco *Errata* nonnulla
corrigere, quæ per opera-
rum lapſum in *Præfationem*
irrepſerunt *critica noſtræ
editioni Enchiridii* præmiſſam.
Scil. p. 76. lin. 10. a ſin.
pro *ſunt* lege *ſint.* Pag. 84.
lin. 1. pro *proferre* lege *conferre.* Pag. 94. L. 3. lege *his
verbis.* Pag. 108. L. 11. a fin.
pro *detractato* lege *detracto.*
Pag. 118. l. 6. *pro* a tribus
lege e *tribus.* Pag. 123. in
not. col. b. lin. 5. a fine,
poſt *Tabulam* adde *adparatu.*

Propriorum Indicem, quem alteri mixtum Vptonius dederat, ab illo feparaverim.

Vale, Candide Lector, &, quod fi quid ad promovendum bonarum artium Sapientiæque vere nominatæ ftudium hæc noftrâ operâ collatum judicaveris, quod mihi quidem in eâ fuscipiendâ in primis propofitum fuiffe profiteor; Deo Optimo Maximo, qui hæc nobis otia fecit, mecum age gratias, reliquisque noftris conatibus eodem fpectantibus fave. Scripfi Argentorati, exeunte menfe Flor. anno Reip. Gallo - Franc. VI. poft Chriftum natum M.DCC.XCVIII.

APPIA-

ΑΡΡΙΑΝΟΥ

ΤΩΝ

ΕΠΙΚΤΗΤΟΥ ΔΙΑΤΡΙΒΩΝ

ΒΙΒΛΙΑ ΤΕΣΣΑΡΑ.

EPICTETI DISSERTATIONVM

AB ARRIANO DIGESTARVM

LIBRI QVATVOR.

ΑΡΡΙΑΝΟΥ,
ΕΠΙΚΤΗΤΟΥ ΔΙΑΤΡΙΒΑΙ.

Ἀρριανὸς Λουκίῳ Γελλίῳ εὖ πράτ7ειν.

Οὔτε συνέγραψα ἐγὼ τοὺς Ἐπικτήτου λόγους οὕτως, ὅπως ἄν τις συγἱράψαε τὰ τοιαῦτα· οὔτε ἐξήνεγκα εἰς ἀνθρώπους αὐτὸς, ὅς γε οὐδὶ συγἱράψαι φημί. ὅσα δὲ ἤκουον αὐτοῦ λέγοντος, 2 ταῦτα αὐτὰ ἐπειράθην, αὐτοῖς ὀνόμασιν ὡς οἷόν τε ἦν γραψάμενος, ὑπομνήματα εἰς ὕστερον ἐμαυτῷ διαφυλάξαι τῆς ἐκείνου διανοίας καὶ παῤῥησίας. Ἔστι δὴ τοιαῦτα, ὥσπερ εἰκὸς, ὁποῖα ἄν τις αὐ- 3 τόθεν ὁρμηθεὶς εἴποι πρὸς ἕτερον· οὐχ ὁποῖα ἄν,

Α 2 ἐπὶ

EPICTETI DISSERTATIONES
AB ARRIANO DIGESTÆ.

Arrianus L. Gellio S. D.

Neque conſcripſi ego Epi-ꞔteti Sermones hosce ſic, quemadmodum conſcribere talia aliquis poſſet: neque in publicum ipſe ros edidi, qui quidem, nec a me conſcriptos eſſe, ultro profiteor. Sed quae illum audivi differentem, ea ipſa conatus ſum, ver-bis eisdem, quoad potui, ſcripto conſignata, monamenta in futurum tempus mihi conſervare ingenii illius viri & in dicendo libertatis. Sunt igitur, ut conſentaneum eſt, haec talia, qualia aliquis ex tempore orſus loquatur cum altero; non qualia conſcri-pſerit,

ἐπὶ τῷ ὕστερον ἐντυγχάνειν τινὰς αὐτοῖς, συγγράφοι.
4 τοιαῦτα δ' ἐντὰ, οὐκ οἶδα ὅπως, οὔτε ἑκόντος ἐμοῦ,
5 οὔτε εἰδότος, ἐξέπεσεν εἰς ἀνθρώπους. Ἀλλ' ἐμοὶ
γε οὐ πολὺς λόγος, εἰ οὐχ ἱκανὸς φανοῦμαι συγ-
γράφειν· Ἐπικτήτῳ δὲ οὐδ' ὀλίγος, εἰ καταφρονήσει
τις αὐτοῦ τῶν λόγων· ἐπεὶ καὶ λέγων αὐτούς, οὐδενὸς ἄλλου δῆλος ἦν ἐφιέμενος, ὅτι μὴ κινῆσαι τὰς
6 γνώμας τῶν ἀκουόντων πρὸς τὰ βέλτιστα. Εἰ μὲν
δὴ τοῦτό γε αὐτὸ διαπράττοιντο οἱ λόγοι οὗτοι,
ἔχοιεν ἂν, οἶμαι, ὅπερ χρὴ ἔχειν τοὺς τῶν φιλο-
7 σόφων λόγους. εἰ δὲ μή, ἀλλ' ἐκεῖνο ἴστωσαν οἱ ἐν-
τυγχάνοντες, ὅτι, αὐτὸς ὁπότε ἔλεγεν αὐτούς,
ἀνάγκη ἦν τοῦτο πάσχειν τὸν ἀκροώμενον αὐτοῦ,
8 ὅπερ ἐκεῖνος αὐτὸν παθεῖν ἠβούλετο. εἰ δ' οἱ λόγοι
αὐτοὶ ἐφ' αὑτῶν τοῦτο οὐ διαπράττονται, τυχὸν
μὲν ἐγὼ αἴτιος, τυχὸν δὲ καὶ ἀνάγκη οὕτως ἔχειν.
Ἔρρωσο.

pferit, ut poftea ab aliis legerentur. Quæ cum fint talia, nefcio quo pacto, me nec volente, nec fciente, in manus hominum exierunt. Sed mea quidem haud multum refert, fi parum idoneus ad fcribendum videar: Epicteti autem nihil quidquam intereft, fi quis orationem ejus contemferit; quippe qui etiam tum, cum habuit hofce fermones, nihil aliud fibi propofuiffe adparebat, nifi ut animos audientium ad optima quæque incitaret. Quod fi igitur id ipfum modo confecuti hi fermones fuerint, habebunt, arbitror, quod philofophorum fermones habere debent: fin minus, at illud fciant lectores, quum eos ipfe differeret, necefse fuiffe fic adfici ejus auditorem, ut ipfe eum adfici volebat. Nunc quod fi fermones ipfi per fe eam vim non funt habituri, fortaffe ego in culpa fuero; fortaffe vero etiam necefse eft rem ita fe habere. Vale.

ΑΡΡΙΑΝΟΥ

ΤΩΝ

ΕΠΙΚΤΗΤΟΥ ΔΙΑΤΡΙΒΩΝ

ΒΙΒΛΙΟΝ ΠΡΩΤΟΝ.

ΚΕΦ. ά.

Περὶ τῶν ἐφ' ἡμῖν, καὶ οὐκ ἐφ' ἡμῖν.

Τῶν ἄλλων δυνάμεων οὐδεμίαν εὑρήσετε αὐτὴν αὐτῆς θεωρητικήν· οὐ τοίνυν οὐδὲ δοκιμαστικὴν, ἢ ἀποδοκιμαστικήν. Ἡ γραμματικὴ μέχρι τίνος κέκτηται τὸ θεωρητικον; μέχρι τοῦ διαγνῶναι τὰ γράμματα. Ἡ μουσική; μέχρι τοῦ διαγνῶναι τὸ

Α ʒ μέλος·

EPICTETI DISSERTATIONVM

AB ARRIANO DIGESTARVM

LIBER PRIMVS.

CAP. I.

De his quæ in noſtra ſunt poteſtate, quæque non ſunt.

Aliarum facultatum nullam invenietis, quæ ipſa ſeſe contempletur; proinde neque quæ ſeſe aut adprobet aut improbet. Grammatica quo tandem uſque habet facultatem contemplatricem? Ad pernoſcendas literas. Quid Muſica,. quo illa uſque? Ad

3 μέλος. Αὐτὴ οὖν αὐτὴν θεωρεῖ τις αὐτῶν; Οὐδαμῶς. ἀλλ᾽ ὅταν μὲν ἄν τι γράφειν τῷ ἑταίρῳ
δέῃ, τούτῳ τί γραπτέον, ἡ γραμματικὴ ἐρεῖ·
πότερον δὲ γραπτέον τῷ ἑταίρῳ, ἢ οὐ γραπτέον, ἡ γραμματικὴ οὐκ ἐρεῖ. καὶ περὶ τῶν
μελῶν ὡσαύτως ἡ μουσική· πότερον δ᾽ ἀστέον
νῦν καὶ κιθαριστέον, ἢ οὔτε ἀστέον, οὔτε
4 κιθαριστέον, οὐκ ἐρεῖ. Τίς οὖν ἐρεῖ; Ἡ καὶ αὐτὴν θεωροῦσα, καὶ τ᾽ ἄλλα πάντα. Αὕτη δ᾽ ἔστι
τίς; Ἡ Δύναμις ἡ Λογική· μόνη γὰρ αὕτη καὶ
αὑτὴν κατανοήσασα παρείληπται, τίς τέ ἐστι, καὶ
τί δύναται, καὶ πόσου ἀξία οὖσα ἐλήλυθε, καὶ
5 τὰς ἄλλας ἁπάσας. τί γὰρ ἐστιν ἄλλο τὸ λέγον,
ὅτι χρύσιον καλόν ἐστιν; αὐτὸ γὰρ οὐ λέγει. δῆ-
6 λον, ὅτι ἡ χρηστικὴ δύναμις ταῖς φαντασίαις. Τί
ἄλλο τὸ μουσικὴν, γραμματικὴν, τὰς ἄλλας δυνάμεις

Ad modos dignoscendos. Num igitur earum aliqua se ipsa contemplatur? Nequaquam. Verum, ubi amica forte aliquid scribendam est, quid ci sit scribendum, Grammatica dicet; utrum vero sit amico scribendum, necne, Grammatica non dicet: et de modis musicis similiter Musica; sed, canendumne nunc sit, citharique sonandum. an neo canendum neo cithari sonandum, non dicet. Quæ igitur facultas id dicet? Quæ et se ipsam et cætera omnia contemplatur. Ea vero quænam est? Rationis facultas. Haec enim una homini data est, quæ et se ipsum perspiciat, (quænam sit, quid valeat, quanti pretii munus nobis datum sit) & cæteras omnes facultates. Nam quid est aliud, quod nobis dicat, præstantem rem esse aurum? ipsum enim aurum non dicit. Satis liquet, eam esse facultatem, quæ visis utatur. Quid aliud est, quod Musicam, Grammaticam, cæteras facultates dijudicet, usus earum pro-

νέμεις διακρίνον, δοκιμάζον τὰς χρήσεις αὐτῶν, καὶ τοὺς καιροὺς παραδεικνύον; οὐδὲν ἄλλο.

Ὥσπερ οὖν ἦν ἄξιον, τὸ κράτιστον ἁπάντων καὶ [7] κυριεῦον οἱ Θεοὶ μόνον ἐφ' ἡμῖν ἐποίησαν, τὴν χρῆσιν τὴν ὀρθὴν ταῖς φαντασίαις· τὰ δὲ ἄλλα, οὐκ ἐφ' ἡμῖν. Ἆρά γε, ὅτι οὐκ ἤθελον; Ἐγὼ μὲν δο- [8] κῶ, ὅτι, εἰ ἠδύναντο, κἀκεῖνα ἂν ἡμῖν ἐπέτρεψαν· ἀλλὰ πάντως οὐκ ἠδύναντο. ἐπὶ γῆς γὰρ ὄντας, καὶ [9] σώματι συνδεδεμένους τοιούτῳ, καὶ κοινωνοῖς τοιούτοις, πῶς οἷόν τ' ἦν εἰς ταῦτα ὑπὸ τῶν ἐκτὸς μὴ ἐμποδίζεσθαι;

Ἀλλὰ τί λέγει ὁ Ζεύς; Ἐπίκτητε, εἰ οἷόν τε ἦν, [10] καὶ τὸ σωμάτιόν ἄν σου, καὶ τὸ κτησείδιον ἐποίησα ἐλεύθερον, καὶ ἀπαραπόδιστον. νῦν δὲ μή σε [11] λανθανέτω, τοῦτο οὐκ ἔστι σόν, ἀλλὰ πηλὸς κομψῶς πεφυραμένος. ἐπεὶ δὲ τοῦτο οὐκ ἠδυνάμην, ἔδω- [12] κα μέν σοι μέρος τι ἡμέτερον, τὴν δύναμιν ταύ-

A 4

την,

probet, & tempora ostendat convenientia? Nihil aliud.

Igitur, prouti par erat, quod omnium est optimum, quod principatum tenet, id unum Dii nostræ subjecerunt potestati, rectum nempe usum visorum; cætera non subjecerunt. Eamne ob causam, quia noluerunt? Mihi quidem videtur, si potuissent, & illa nobis fuisse concessuros: sed prorsus non potuerunt. Nam qui fieri potuit, non in terra degentes, & tali adligatos corpori & hujusmodi sociis, ab externis, quatenus ad hæc, non impediri rebus?

At quid ait Jupiter? „O Epictete, si quo modo „fieri potuisset, & corpu„sculum tuum & possessiun„culam liberam effecissem, „& omni impedimento so„lutam. Nunc te id non „lateat, istud non esse tu„um, sed lutum scite atque „eleganter temperatum, „Quoniam verò hoc non „potui, dedi equidem tibi „quamdam nostri partem, „facul-

την, τὴν ὁρμητικήν τε καὶ ἀφορμητικήν, καὶ ὀρεκτι-
κήν τε καὶ ἐκκλιτικὴν; καὶ ἁπλῶς τὴν χρηστι-
ταῖς φαντασίαις· ἧς ἐπιμελούμενος, καὶ ἐν ᾗ τὰ σαυτοῦ τιθέμενος, οὐδέποτε κωλυθήσῃ, οὐδέποτ' ἐμπο-
δισθήσῃ, οὐ στενάξεις, οὐ μέμψῃ, οὐ κολακεύσεις
οὐδένα.

13   Τί οὖν; μή τι μικρά σοι φαίνεται ταῦτα; μὴ
γένοιτο. ἀρκοῦ οὖν αὐτοῖς, εὔχου δὲ τοῖς Θεοῖς.

14 Νῦν δ' ἑνὸς δυνάμενοι ἐπιμελεῖσθαι, καὶ ἑνὶ προσ-
ηρτηκέναι ἑαυτοὺς, μᾶλλον θέλομεν πολλῶν ἐπιμελεῖσθαι, καὶ πολλοῖς προσδεδέσθαι, καὶ τῷ σώματι, καὶ τῇ κτήσει, καὶ ἀδελφῷ, καὶ φίλῳ, καὶ

15 τέκνῳ, καὶ δούλῳ. ἅτε οὖν πολλοῖς προσδεδεμένοι,

16 βαρούμεθα ὑπ' αὐτῶν καὶ καθελκόμεθα. Διὰ τοῦτο,
ἂν ἄπλοια ᾖ, καθήμεθα σπώμενοι, καὶ παρακύ-
πτομεν συνεχῶς, τίς ἄνεμος πνεῖ; Βορέας. Τί ἡμῖν
καὶ αὐτῷ; πότε ὁ ζέφυρος πνεύσει; Ὅταν αὐτῷ
δόξῃ,

„facultatem illam & agen-
„di consilia capiendi &
„non agendi, adpetendi &
„aversandi: verbo ut di-
„cam, facultatem visis
„utendi: quam si excolu-
„eris, et in eâ tua omnia
„collocaris, numquam pro-
„hibebere, numquam impe-
„dieris, non gemes, de
„nemine quereris, adulabe-
„ris nemini."

Quid ergo? Parva hæc
tibi videntur? Absit! Igitur his contentus esto; &
venerare Deos! Nunc ve-
ro, unius rei cum curam
gerere possimus, & uni illi
adhærere, malumus multa-
rum rerum curam suscipe-
re, multis adligari, & corpori, & possessioni, &
fratri, & amico, & filio,
& servo. Itaque multarum
rerum, utpote quibus ad-
stricti sumus, onere pre-
mimur, & deorsum trahi-
mur. Eam ob caussam,
cum navigandi copia non
datur, curis districti sede-
mus, & solicite idemtidem
prospectamus, quis spiret
ventus? Boreas! — „Quid
rei nobis cum illo? quando
Ze-

λέξῃ, ὦ βέλτιστε, ἢ τῷ Αἰόλῳ. σὺ γὰρ οὐκ ἐποίησεν ὁ Θεὸς ταμίαν τῶν ἀνέμων, ἀλλὰ τὸν Αἰόλον.
Τί οὖν; δεῖ τὰ ἐφ' ἡμῖν βέλτιστα κατασκευάζειν 17
τοῖς δ' ἄλλοις χρῆσθαι, ὡς πέφυκε. Πῶς οὖν πέφυκεν; Ὡς ἂν ὁ Θεὸς θέλῃ.

Ἐμὲ οὖν νῦν τραχηλοκοπεῖσθαι μόνον; Τί οὖν; 18
ἤθελες πάντας τραχηλοκοπηθῆναι, ἵνα σὺ παρα-
μυθίαν ἔχῃς; οὐ θέλεις οὕτως ἐκτεῖναι τὸν τράχη- 19
λον, ὡς Λατερανός [τις] ἐν τῇ Ῥώμῃ, κελευσθεὶς
ὑπὸ τοῦ Νέρωνος ἀποκεφαλισθῆναι; ἐκτείνας γὰρ
τὸν τράχηλον, καὶ πληγεὶς, καὶ πρὸς αὐτὴν τὴν
πληγὴν ἀσθενῆ γενομένην ἐπ' ὀλίγον συνελκυσθεὶς,
πάλιν ἐξέτεινεν. ἀλλὰ καὶ ἔτι πρότερον, προσελ- 20
θόντι Ἐπαφροδίτῳ τῷ ἀπελευθέρῳ τοῦ Νέρωνος,
καὶ ἀνακρίνοντι αὐτὸν ὑπὲρ τοῦ συγκρουσθῆναι, Ἂν
τι θέλω, φησὶν, ἐρῶ σου τῷ κυρίῳ.

A 5   TI

Zephyrus adspirabit? " — Cum ipsi visum fuerit, ô bone, aut Æolo: quippe non te Deus dispensatorem ventorum fecit, sed Æolum. Quid ergo? Ea, quæ nostrâ sunt in potestate, oportet efficere ut sint quam optima; reliquis autem sic uti, prout sese habent. Quomodo ergo sese habent? Ita ut Deus voluit.

„Me - ne igitur nunc solum capite truncari! " — Quid ergo? velisne, simul omnes capite truncari, ut tu solatium habeas? Non vis sic cervicem porrigere, ut Romæ Lateranus, cum securi percuti a Nerone juberetur? Ille enim, quum cervice porrecta percuteretur, &, ictu leviore impacto, paulisper se contraxisset, iterum porrexit cervicem. Idem vero etiam antes, cum eum convenisset Epaphroditus, Neronis libertus, ac de offensionis caussâ percontaretur; Si quid voluero, inquit, domino tuo dicam.

Quid

31   Τί οὖν δεῖ πρόχειρον ἔχειν ἐν τοῖς τοιούτοις; τί
γὰρ ἄλλο, ἢ τί ἐμὸν, καὶ τί οὐκ ἐμόν· καὶ τί μοι
32 ἔξεστι, καὶ τί μοι οὐκ ἔξεστιν; Ἀποθανεῖν με
δεῖ· μή τι οὖν καὶ στένοντα; δεθῆναι· μή τι καὶ
θρηνοῦντα; Φυγαδευθῆναι· μή τις οὖν κωλύει, γε-
33 λῶντα καὶ εὐθυμοῦντα, καὶ εὐροοῦντα; Εἰπὲ τὰ
ἀπόῤῥητα. Οὐ λέγω· τοῦτο γὰρ ἐπ' ἐμοί ἐστιν. Ἀλλὰ δήσω σε. Ἄνθρωπε, τί λέγεις; ἐμέ; τὸ σκέλος
μου δήσεις, τὴν προαίρεσιν δὲ οὐδ' ὁ Ζεὺς νικῆσαι
34 δύναται. Εἰς φυλακήν σε βαλῶ. Τὸ σωμάτιον. Ἀπο-
κεφαλίσω σε. Πότε οὖν σοι εἶπον, ὅτι μόνου ἐμοῦ
35 ὁ τράχηλος ἀναπότμητός ἐστι; Ταῦτα ἔδει μελετᾶν τοὺς φιλοσοφοῦντας, ταῦτα καθ' ἡμέραν γράφειν, ἐν τούτοις γυμνάζεσθαι.

36   Θρασέας εἰώθει λέγειν, Σήμερον ἀναιρεθῆναι θέ-
37 λω μᾶλλον, ἢ αὔριον φυγαδευθῆναι. Τί οὖν αὐτῷ
ῥοῦ-

Quid igitur talibus in rebus in promtu est habendum? Quid aliud verò, nisi, quid meum sit, quid non meum; quid mihi liceat, quid non liceat? — Mori me oportet! numquid igitur etiam gementem? In vinculis esse! an etiam lamentantem? In exsilium abire! numquis ergo prohibet, quo minus cum risu, alacri & tranquillo proficiscar animo? — „Dic arcana!" — Non dico; namque hoc me penes est. — „At vinculis te constringam." — Quid ais, homo? mene? cras meum vincies; at animi mei propositum ne ipse quidem Iupiter vincere potest.— „In carcerem te conjiciam." — Corpusculum meum. — „Detruncabo tibi caput." — Ecquando igitur tibi dixi, meam solius cervicem præcidi non posse? — Hæc meditari philosophiæ studiosos oportebat, hæc indies scribere, in his exerceri.

Thrasea dicere solebat, se hoc ipso die interfici malle, quam cras in exsilium relegari. Quid igitur ei

Ῥοῦφος εἶπεν; Εἰ μὲν ὡς βαρύτερα ἐκλέγῃ, τίς ἡ μωρία τῆς ἐκλογῆς; εἰ δ' ὡς κουφότερον, τίς σοι δέδωκεν; οὐ θέλεις μελετᾶν ἀρκεῖσθαι τῷ δεδομένῳ;

Διὰ τοῦτο γὰρ Ἀγριππῖνος τί ἔλεγεν; ὅτι Ἐγὼ 28 ἐμαυτῷ ἐμπόδιος οὐ γίνομαι. Ἀπηγγέλθη αὐτῷ, ὅτι, Κρίνῃ ἐν συγκλήτῳ. Ἀγαθῇ τύχῃ. Ἀλλὰ ἦλ- 29 θεν ἡ πέμπτη· ταύτῃ δ' εἰώθει γυμνασάμενος ψυχρολουτρεῖν· ἀπέλθωμεν, καὶ γυμνασθῶμεν. Γυμ- 30 νασαμένῳ λέγει τις αὐτῷ ἐλθών, ὅτι, Κατακέκρισαι. Φυγῇ, φησὶν, ἢ θανάτῳ; Φυγῇ. Τὰ ὑπάρχοντα τί; Οὐκ ἀφῃρέθη. Εἰς Ἀρίκειαν οὖν ἀπελθόντες ἀριστήσωμεν.

Τοῦτ' ἔστι, μεμελετηκέναι ἃ δεῖ μελετᾶν· ὄρε- 31 ξιν, ἔκκλισιν, ἀκώλυτα, ἀπερίπτωτα παρεσκευακέναι. Ἀποθανεῖν με δεῖ. εἰ ἤδη, ἀποθνήσκω. εἰ 32

μετ'

el Rufus? Siquidem, inquit, ut gravius eligis illud; quænam hæc in delectu insipientia? sin, ut levius; quis optandi tibi copiam dedit? Non tu id potius vis meditari, ut eo, quod tibi datum fuerit, contentus esse discas?

Itaque Agrippinus quid ait? — „Equidem mihi ipse nolo obstare." — Denunciatum est ei, judicium de ipso agi in senatu. Bene, inquit, vertat. At quinta adest hora: (ea autem exerceri consueverat, & dein frigida lavari:) ab-

eamus igitur, et exerceamur. Cum se exercuisset, quidam adveniens, damnatum eum esse renunciat. Exsilio, inquit, an morte? Exsilio. De bonis quid? Adempta non sunt. Ariciam ergo profecti prandeamus.

Hoc est, jam pridem esse meditatum, quæ meditari oportet: adpetitionem scilicet, aversationemque ita comparasse, ut nulli impedimento, nullis casibus sint obnoxiæ. — Mihi est moriendum! si jam nunc; morior: sin paulo post;

μετ' ὀλίγον, νῦν ἀριστῶ τῆς ὥρας ἐλθούσης, εἶτα τότε τεθνήξομαι. Πῶς; Ὡς προσήκει τὸν τὰ ἀλλότρια ἀποδιδόντα.

ΚΕΦ. β'.

Πῶς ἄν τις σώζοι τὸ κατὰ Πρόσωπον ἐν ταυτί.

Τῷ λογικῷ ζώῳ μόνον ἀφόρητόν ἐστι τὸ ἄλογον· τὸ δ' εὔλογον, φορητόν. Πληγαὶ οὐκ εἰσὶν ἀφόρητοι τῇ φύσει. Τίνα τρόπον; Ὅρα, πῶς Λακεδαιμόνιοι μαστιγοῦνται, μαθόντες ὅτι εὔλογόν ἐστι. Τὸ ἀπάγξασθαι οὐκ ἔστιν ἀφόρητον. ὅταν γοῦν πάθῃ τις ὅτι εὔλογον, ἀπελθὼν ἀπήγξατο. ἁπλῶς, ἐὰν προσέχωμεν, ὑπ' οὐδενὸς οὕτως εὑρήσομεν τὸ ζῷον θλιβόμενον, ὡς ὑπὸ τοῦ ἀλόγου· καὶ πάλιν ἐπ' οὐδὲν οὕτως ἑλκόμενον, ὡς ἐπὶ τὸ εὔλογον.

Ἄλλῳ

---

post; nunc, cum prandendi hora adest, prandeo; & tunc deinde moriar. Quonam modo? Ut eum decet, qui aliena reddit.

CAP. II.

Quo pacto cuique Persona sua in rebus omnibus tuenda sit.

Animali ratione praedito solum intolerabile est, quidquid rationi repugnat: quod verò rationi consentaneum, id tolerabile. Plagae naturâ non sunt intolerabiles. Quo pacto? Vide, ut Lacedaemonii flagris caedantur. cum id a ratione non esse alienum didicerint. Suspendium non est intolerabile: nam, cum quis rationi id esse consentaneum persuasum habuerit, abit ac se suspendit. Omnino, si animum advertamus, a nulla re ita premi hoc animal inveniemus, ut ab eo quod est contra rationem; atque iterum ad nullam rem adeo trahi, ut ad id quod rationi est consentaneum.

Verum

Ἄλλῳ δ' ἄλλο προσπίπτει τὸ εὔλογον καὶ τὸ 5
ἄλογον, καθάπερ καὶ ἀγαθὸν καὶ κακὸν ἄλλῳ ἄλλο, καὶ συμφέρον καὶ ἀσύμφορον. διὰ τοῦτο μά- 6
λιστα παιδείας δεόμεθα, ὥστε μαθεῖν τὴν τοῦ εὐλόγου καὶ ἀλόγου πρόληψιν ταῖς ἐπὶ μέρους οὐσίαις ἐφαρμόζειν συμφώνως τῇ φύσει. εἰς δὲ τὴν τοῦ 7
εὐλόγου καὶ ἀλόγου κρίσιν, οὐ μόνον ταῖς τῶν ἐκτὸς ἀξίαις συγχρώμεθα, ἀλλὰ καὶ τῷ κατὰ τὸ
πρόσωπον ἑαυτοῦ ἕκαστος. τῷ μὲν γάρ τινι εὔλο- 8
γον, τὸ ἀμίδα παρακρατεῖν, αὐτὸ μόνον βλέπον-
τι, ὅτι, μὴ παρακρατήσας μὲν, πληγὰς λήψεται,
καὶ τροφὰς οὐ λήψεται· παρακρατήσας δ' οὐ πεί-
σεταί τι τραχύ, ἢ ἀνιαρόν· ἄλλῳ δὲ τινι οὐ μό- 9
νον τὸ αὐτὸν παρακρατῆσαι ἀφόρητον δοκεῖ, ἀλλὰ
καὶ τὸ ἄλλου παρακρατοῦντος ἀνασχέσθαι. Ἂν οὖν 10
μου πυνθάνῃ, Παρακρατήσω τὴν ἀμίδα, ἢ μή; ἐρῶ
σοι

Verum alii aliud videtur rationi confentaneum, & non confentaneum; quemadmodum & bonum & malum aliud alii, utile item & inutile. Hanc ob rem difciplinâ nobis imprimis opus eft, ut anticipatam notionem ejus quod eft rationi confentaneum, & quod alienum, fingulis rebus difcamus adcommodare naturæ convenienter. Ad dijudicandum autem id quod fit rationi confentaneum, aut contra, non modo exterarum rerum æftimationibus utimur; fed ea fimul momenta adhibet quisque, quæ e fua cujusque perfona ducuntur. Nam apud alium quidem confentaneum fuerit rationi, matulam domino præbere, id folùm intuentem, fe, nifi præbuerit, plagas accepturum, et cibo cariturum; fin præbuerit, nihil afperum aut moleftum laturum: at alii non modò præbere matulam intolerabile videtur, verum etiam, ut ipfi alius præbeat, pati. Quare, fi me rogas, matulam præbere debeas, necne; dicam tibi, majoris

σοι, ὅτι μείζονα ἀξίαν ἔχει τὸ λαβεῖν τροφὰς τοῦ
μὴ λαβεῖν, καὶ μείζονα ἀπαξίαν τὸ δαρῆναι τοῦ μὴ
δαρῆναι. ὥστ' εἰ τούτοις παραμετρεῖς τὰ σαυτοῦ,
11 ἀπελθὼν παρακράτει. Ἀλλ' οὐκ ἂν κατ' ἐμέ. Τοῦτο σὺ δεῖ συνεισφέρειν εἰς τὴν σκέψιν, οὐκ ἐμέ.
σὺ γὰρ εἶ ὁ σαυτὸν εἰδὼς, πόσου ἄξιος εἶ σεαυτῷ,
καὶ πόσου σεαυτὸν πιπράσκεις. ἄλλοι γὰρ ἄλλων
πιπράσκουσι.

12 . Διὰ τοῦτο Ἀγριππῖνος Φλώρῳ σκεπτομένῳ, εἰ
καταβατέον αὐτῷ ἐστιν εἰς Νέρωνος θεωρίας, ὥστε
13 καὶ αὐτόν τι λειτουργῆσαι, ἔφη Κατάβηθι. πυθομένου δ' αὐτοῦ, Διὰ τί σὺ οὐ καταβαίνεις; ἔφη,
14 Ὅτι ἐγὼ οὐδὲ βουλεύομαι. ὁ γὰρ ἅπαξ εἰς τὴν
περὶ τῶν τοιούτων σκέψιν καὶ τὰς τῶν ἐκτὸς ἀξί-
ας συγκαθεὶς, καὶ ψηφίζων, ἐγγύς ἐστι τῶν ἐπι-
15 λελησμένων τοῦ ἰδίου προσώπου. Τί γάρ μου
πυνθάνῃ; θάνατος αἱρετώτερόν ἐστι, ἢ ζωή;
Λέγω,

ris esse pretii, victum ac- | esset descendendum, ita
cipere, quàm non acci- | quidem, ut ipse etiam mu-
pere; et majoris esse in- | neris aliquid obiret; De-
dignitatis, flagris cædi, | scende, inquit. Illo au-
quàm non cædi: proinde, | tem sciscitante, cur ipse
si hisce unice res tuas meti- | non descenderet? respon-
ris, abi, præbe matulam. | dit, quoniam ego ne deli-
At, id te indignum. ais. | bero quidem. Num qui se-
Hoc quidem tu in conside- | mel ad hujusmodi conside-
rationem adferre debebis, | rationes & externarum re-
non ego. Tu enim is es, qui | rum æstimationem se dimi-
scias, quanti sis tibi ipsi. & | serit, calculosque subdu-
quanti te vendas. Namque | xerit, prope abest ab his
alii alio pretio se vendant. | qui suæ personæ obliti
- Quocirca Agrippinus | sunt. Quid enim me ro-
Floro consultanti, utrum | gas? mors, an vita, sit
ad Neronia spectacula sibi | optabilior? Dico, vitam.
 | Dolor,

Λέγω, ζωή. Πόνος, ἢ ἡδονή; Λέγω, ἡδονή. Ἀλλὰ, ἂν μὴ τραγῳδήσω, τραχηλοκοπηθήσο- 16 μαι. Ἄπελθε τοίνυν, καὶ τραγῴδει· ἐγὼ δ' οὐ τραγῳδήσω. Διὰ τί; Ὅτι σὺ σεαυτὸν ἡγῇ μί- 17 αν τινὰ εἶναι κρόκην τῶν ἐκ τοῦ χιτῶνος. Τί οὖν; Σὲ ἔδει φροντίζειν, πῶς ἂν ὅμοιος ᾖς τοῖς ἄλλοις ἀνθρώποις, ὥσπερ οὐδ' ἡ κρόκη πρὸς τὰς ἄλλας κρόκας θέλει τι ἔχειν ἐξαίρετον. ἐγὼ 18 δὲ πορφύρα εἶναι βούλομαι, τὸ ὀλίγον ἐκεῖνο, καὶ στιλπνόν, καὶ τοῖς ἄλλοις αἴτιον τοῦ εὐπρεπῆ φαί- νεσθαι καὶ καλά. τί οὖν μοι λέγεις, ὅτι, ἐξομοιώ- θητι τοῖς πολλοῖς; καὶ πῶς ἔτι πορφύρα ἔσομαι;

Ταῦτα εἶδε καὶ Πρίσκος Ἑλουίδιος, καὶ ἰδὼν 19 ἐποίησε. προσπέμψαντος γὰρ αὐτῷ Οὐεσπασιανοῦ, ἵνα μὴ εἰσέλθῃ εἰς τὴν σύγκλητον, ἀπεκρίνατο· Ἐπὶ σοί ἐστι, μὴ ἐᾶσαί με εἶναι συγκλητικόν· μέχρι δ' ἂν ὦ, δεῖ με εἰσέρχεσθαι. Ἄγε, ἀλλ' εἰσελθών, 20 φησὶ, σιώπησον. Μή μ' ἐξέταζε, καὶ σιωπήσω.
Ἀλλὰ

Dolor, an voluptas? Dico, voluptatem. „At, nisi tragœdias egero, capite plectar." Abi ergo, & age tragœdias! at ego non agam. Cur ita? Quia tu unum quoddam e multis filum in tunica te esse censes. Quid igitur? Tu cures oportet, quo pacto aliis hominibus fias similis; sicut & filum præ cæteris filis nihil eximii habere postulat: ego vero purpura esse volo, exiguum illud, et splendidam, quod aliis in causa est, ut speciosa & pulcra videantur. Quid igitur mihi dicis, ut vulgo fiam similis? qui possim adeo esse purpura?

Hæc vidit & Priscus Helvidius; &, cum vidisset, fecit. Nam cum eum ad eum Vespasianus misisset, ne in senatum ingrederetur: „Te penes, inquit, est, ne me senatorem esse sinas: quamdiu vero sum, ingredi me oportet." Age, inquit; at ingressus taceto. „Ne me roga sententiam; & tacebo."

'Αλλὰ δεῖ με ἐξετάσαι. Κἀμὲ εἰπεῖν τὸ φαινόμενον δίκαιον. 'Αλλ' ἐὰν εἴπῃς, ἀποκτενῶ σε, Πότε
οὖν σοι εἶπον, ὅτι ἀθάνατός εἰμι; καὶ σὺ τὸ σὸν
ποιήσεις, κἀγὼ τὸ ἐμόν. σόν ἐστιν, ἀποκτεῖναι·
ἐμὸν, ἀποθανεῖν μὴ τρέμοντα. σὸν, φυγαδεῦσαι·
ἐμὸν, ἐξελθεῖν μὴ λυπούμενον. Τί οὖν ὠφέλησε
Πρῖσκος, εἷς ὤν; Τί δ' ὠφελεῖ ἡ πορφύρα τὸ ἱμάτιον; τί γὰρ ἄλλο, ἢ διαπρέπει ἐν αὐτῷ ὡς πορφύρα, καὶ τοῖς ἄλλοις δὲ καλὸν παράδειγμα ἔκκειται; Ἄλλος δ' ἂν, εἰπόντος αὐτῷ Καίσαρος
ἐν τοιαύτῃ περιστάσει, μὴ εἰσελθεῖν εἰς σύγκλητον, εἶπεν· Ἔχω σοι χάριν, ὅτι μου φείδῃ. Τὸν
τοιοῦτον οὐδ' ἂν ἐκώλυεν εἰσελθεῖν. ἀλλ' ᾔδει, ὅτι
ἢ καθεδεῖται ὡς κεράμιον ἢ λέγων, ἐρεῖ ἃ οἶδεν
ὅτι ὁ Καῖσαρ θέλει, καὶ προσεπισωρεύσει ἔτι
πλείονα.

Τοῦ-

cebo." At oportet me rogare. "Et me dicere oportet, quod justum & rectum videatur." At, si dixeris, te interficiam. "Quando igitur tibi dixi, me immortalem esse? Tu tuum facies; ego meam: tuum est, interficere; meum, sine metu occumbere: tuam, relegare: meum, sine maerore exsulare." — Quid ergo profuit Priscus, cum unus esset? Quid prodest purpura vestimento? quid, nisi ut in eo excellat tamquam purpura, & aliis praeclarum exstet exemplum? At alius, tali rerum statu, cui Caesar senatu interdixisset. responsurus erat, se gratiam ei habere, quod parceret. Talem ne in senatum quidem venire prohibuisset; cum sciret, eum vel ut fictilem statuam adsessurum, vel, si verba fecisset, ea dicturum, quae Caesari placitura nollet, & plura etiam in illius gratiam insuper cumulaturum.

Hoc

Τοῦτον τὸν τρόπον καὶ ἀθλητής τις, κινδυνεύων 25
ἀποθανεῖν, εἰ μὴ ἀπεκόπη τὸ αἰδοῖον· ἐπελθόντος
αὐτῷ τοῦ ἀδελφοῦ· ἦν δ' ἐκεῖνος φιλόσοφος· καὶ
εἰπόντος, Ἄγε, ἀδελφέ, τί μέλλεις ποιεῖν; ἀποκόπτο-
μεν τοῦτο τὸ μέρος, καὶ ἔτι εἰς γυμνάσιον ἀπερχό-
μεθα; οὐχ ὑπέμεινεν, ἀλλ' ἐγκαρτερήσας ἀπέθανε. Πυθομένου δέ τινος, πῶς τοῦτο ἐποίησεν; 26
ὡς ἀθλητής, ἢ ὡς φιλόσοφος; Ὡς ἀνήρ, ἔφη· ἀνὴρ
δ' Ὀλύμπια κεκηρυγμένος καὶ ἠγωνισμένος, ἐν τοιαύτῃ τινὶ χώρᾳ ἀνεστραμμένος, οὐχὶ παρὰ τῷ
Βάτωνι ἀλειφόμενος. ἄλλος δ' ἂν καὶ τὸν τράχη- 27
λον ἀπετμήθη, εἰ ζῆν ἠδύνατο δίχα τοῦ τραχήλου.
Τοιοῦτόν ἐστι τὸ κατὰ πρόσωπον· οὕτως ἰσχυρὸν 28
παρὰ τοῖς εἰθισμένοις αὐτὸ συνεισφέρειν ἐξ αὑτῶν
ἐν ταῖς σκέψεσιν. - - - - Ἄγε οὖν, Ἐπίκτητε· διαξύ- 29
ρησαι. Ἂν ὦ φιλόσοφος, λέγω, οὐ διαξυρῶμαι. Ἀλλ'
ἀφελῶ σου τὸν τράχηλον. Εἴ σοι ἄμεινον, ἄφελε.

Ἐπί-

Hoc modo etiam athleta quidam, cum de vitâ periclitaretur, nisi abscinderetur ei pudendum: quem adgressus frater (erat autem ille philosophus) quum rogasset, Age, frater, quid facturus es? praecidemus hanc partem, atque iterum in gymnasium revertemur? negavit, constantique animo vitam finivit. Cuidam vero quaerenti (ex *Epicteto:*) quomodo id ille fecisset? ut athleta, an ut philosophus? Ut vir, respondit; nempe ut vir in Olympiis proclamatus lucratusque, tali versatus in loco; non ut qui apud Batonem aliptam ungi sit solitus. Alius vero vel cervicem sibi auferri passus esset, si absque cervice vivere potuisset. Talis est personae ratio; adeo magnam vim habens apud hos, qui eam ex sese simul (cum *rebus externis*) adhibere in deliberationibus consueverunt. — — — „Age, Epictete, rade te!“ Si philosophus sim, me rasurum negabo.“ „At cervicem auferam!“ Si tibi id e re fuerit, auferes licet.

Per-

30   Ἐπύθετό τις, πόθεν οὖν αἰσθησόμεθα τοῦ κατὰ
πρόσωπον ἕκαστος; Πόθεν δ᾽ ὁ ταῦρος, ἔφη, λέοντος ἐπελθόντος, μόνος αἰσθάνεται τῆς αὑτοῦ παρασκευῆς, καὶ προβέβληκεν ἑαυτὸν ὑπὲρ τῆς ἀγέ-
λης πάσης; ἢ δῆλον ὅτι εὐθὺς, ἅμα τῷ τὴν πα-
31 ρασκευὴν ἔχειν, ἀπαντᾷ καὶ συναίσθησις αὐτῆς. καὶ
ἡμῶν τοίνυν ὅς τις ἂν ἔχῃ τοιαύτην παρασκευὴν,
32 οὐκ ἀγνοήσει αὐτήν· ἄφνω δὲ ταῦρος οὐ γίνεται,
οὐδὲ γενναῖος ἄνθρωπος· ἀλλὰ δεῖ χειμασκῆσαι,
παρασκευάσασθαι, καὶ μὴ εἰκῆ προσπηδᾶν ἐπὶ τὰ
μηδὲν προσήκοντα.

33   Μόνον σκέψαι, πόσου πωλεῖς τὴν σεαυτοῦ προ-
αίρεσιν· ἄνθρωπε, εἰ μηδὲν ἄλλο, μὴ ὀλίγου αὐτὴν
πωλήσῃς. τὸ δὲ μέγα καὶ ἐξαίρετον, ἄλλοις τά-
34 χα προσήκει, Σωκράτει καὶ τοῖς τοιούτοις. Διὰ τί
οὖν, εἰ μὲν τοιοῦτοι πεφύκαμεν, οὐ πάνυ πολλοὶ
γίνον-

Percunctatus est quidam: Quomodo igitur intellige-
mus quisque personæ suæ dignitatem? Undenam taurus, inquit, leone irruente, solus sentit vim suam,
qua est a natura instructus, et se pro toto armento ob-
jectat? Nempe quoniam simul cum vi, quam ei natura ad id tribuit, statim etiam sensus illius in eo
exsistit. Igitur etiam nostrum nemo, si est ita instructus, hæc a natura parata subsidia ignorabit. At
non derepente fit taurus; neque - homo - generosus:
sed per hyemem intus exerceri oportet, et præparari;
nec temere ad ea prosilire quæ nihil ad nos pertineant.

Tu modò illud velim consideres, quanti tuum institutum venditurus sis; mi homo, si nihil aliud, saltim
ne parvi vendas. At magnum illud et eximium aliis
fortasse convenerit, Socrati nempe, & ejusmodi viris.
Qui fit igitur, si tales a naturâ comparati simus, ut
tam pauci
ales

γίνονται τοιοῦτοι; Ἵπποι γὰρ ὠκεῖς ἅπαντες γίνονται; κύνες γὰρ ἰχνευτικοὶ πάντες; Τί οὖν; ἐπει- 35
δὴ ἀφυής εἰμι, ἀποστῶ τῆς ἐπιμελείας τούτου ἕνεκα; Μὴ γένοιτο. Ἐπίκτητος κρείσσων Σωκράτους 36
οὐκ ἔστιν· εἰ δὲ μὴ οὐ χείρων, τοῦτό μοι ἱκανόν
ἐστιν. οὐδὲ γὰρ Μίλων ἔσομαι, καὶ ὅμως οὐκ ἀμε- 37
λῶ τοῦ σώματος· οὐδὲ Κροῖσος, καὶ ὅμως οὐκ ἀμε-
λῶ τῆς κτήσεως· οὐδ' ἁπλῶς ἄλλου τινὸς τῆς
ἐπιμελείας, διὰ τὴν ἀπόγνωσιν τῶν ἄκρων, ἀφι-
στάμεθα.

ΚΕΦ. γ'.

Πῶς ἄν τις, ἀπὸ τοῦ τὸν Θεὸν πατέρα εἶναι τῶν
ἀνθρώπων, ἐπὶ τὰ ἑξῆς ἐπίλθοι.

Εἴ τις τῷ δόγματι τούτῳ συμπαθῆσαι κατ' ἀξίαν δύναιτο, ὅτι γεγόναμεν ὑπὸ τοῦ Θεοῦ πάν-

B 2

τες

tales evadant? Anne vero
equi omnes veloces fiunt?
canes omnes ad indagan-
dum sagaces? Quid ergo?
quoniam tardiore sum in-
genio, eam ego ob caussam
curam prorsus nullam ad-
hibebo? Absit. Epictetus
non melior est Socrate:
modo ne sit deterior; hoc
mihi satis est. Neque enim
futurus sum Milo; et ta-
men corpus non negligo:
neque Croesus; et tamen
rem non negligo familia-
rem: denique nullius rei
curam ea caussa prorsus
abjicimus, quod, quae in eo
genere summa sunt, conse-
qui desperamus.

CAP. III.

*Quo pacto quis, ex eo quod Deus est pater hominum,
ad reliqua progrediatur.*

Si quis hoc decretum ani-
mo adsentiente, prout de-
cet, amplectatur, nos om-
nes a Deo praecipua quae-
dam

της προηγουμένως, καὶ ὁ Θεὸς πατήρ ἐστι τῶν
τ' ἀνθρώπων καὶ τῶν θεῶν· οἶμαι ὅτι οὐδὲν ἀγεννὲς
2 οὐδὲ ταπεινὸν ἐνθυμηθήσεται περὶ ἑαυτοῦ. ἀλλ' ἂν
μὲν Καῖσαρ εἰσποιήσηταί σε, οὐδείς σου τὴν ὀφρὺν
βαστάσει· ἂν δὲ γνῷς, ὅτι τοῦ Διὸς υἱὸς εἶ, οὐκ
3 ἐπαρθήσῃ; Νῦν δ' οὐ ποιοῦμεν· ἀλλ', ἐπειδὴ δύο
ταῦτα ἐν τῇ γενέσει ἡμῶν ἐγκαταμέμικται, τὸ σῶμα μὲν κοινὸν πρὸς τὰ ζῶα, ὁ λόγος δὲ καὶ ἡ
γνώμη κοινὸν πρὸς τοὺς θεούς· πολλοὶ μὲν ἐπὶ
ταύτην ἀποκλίνουσι τὴν συγγένειαν τὴν ἀτυχῆ καὶ
νεκράν· ὀλίγοι δέ τινες ἐπὶ τὴν θείαν καὶ μακαρί-
4 αν. ἐπειδὴ τοίνυν ἀνάγκη πάνθ' ὁντινοῦν οὕτως
ἑκάστῳ χρῆσθαι, ὡς ἂν περὶ αὐτοῦ ὑπολάβῃ· ἐκεῖνοι
μὲν οἱ ὀλίγοι, ὅσοι πρὸς πίστιν οἴονται γεγονέναι,
καὶ πρὸς αἰδῶ, καὶ πρὸς ἀσφάλειαν τῆς χρήσεως
τῶν φαντασιῶν, οὐδὲν ταπεινὸν, οὐδ' ἀγεννὲς ἐνθυ-
5 μοῦνται περὶ αὑτῶν· οἱ δὲ πολλοί, τἀναντία. Τί
γὰρ

dam conditione esse prognatos, Deumque esse patrem & hominum & deorum, eum nihil aut abjectum aut humile de se ipso cogitaturum arbitror. Atqui si Caesar te adoptasset, nemo supercilium tuum ferret: quum vero te Jovis esse filium cognoris, non effereris? Nunc id non facimus: sed, cum haec duo in ortu nostro permista sint, corpus commune cum caeteris animantibus, ratio & mens cum Diis; multi quidem ad infelicem illam & emortuam se convertunt cognationem, pauci vero ad hanc divinam & beatam. Itaque, quandoquidem necesse est, ut quisque rebus singulis ita utatur, prout de eis fuerit ipsius opinio; pauci illi, qui ad fidem sese natos existimant, & ad verecundiam. & ad tutum certumque visorum usum, nihil humile, nihil ignobile de se ipsis cogitant; vulgus vero longe aliter.— „Quid enim sum ego? misellus

γὰρ εἰμί; ταλαίπωρον ἀνθρωπάριον. καὶ, τὰ δύ-
στηνά μου σαρκίδια. Τῷ μὲν ὄντι δύστηνα. ἀλλὰ 6
ἔχεις τι καὶ κρεῖσσον τῶν σαρκιδίων. τί οὖν ἀφεὶς
ἐκεῖνο, τούτοις προστέτηκας;

Διὰ ταύτην τὴν συγγένειαν, οἱ μὲν, ἀποκλίναν- 7
τες, λύκοις ὅμοιοι γινόμεθα, ἄπιστοι, καὶ ἐπίβου-
λοι, καὶ βλαβεροί· οἱ δὲ λέουσιν, ἄγριοι, καὶ θηριώδεις, καὶ ἀνήμεροι· οἱ πλείους δ' ἡμῶν ἀλώπεκες, καὶ ὅσα ἐν ζώοις ἀτυχήματα. Τί γάρ ἐστιν 8
ἄλλο λοίδορος καὶ κακοήθης ἄνθρωπος, ἢ ἀλώπηξ,
ἢ τι ἄλλο ἀτυχέστερον καὶ ταπεινότερον; Ὁρᾶτε 9
οὖν, καὶ προσέχετε, μή τι τούτων ἀποβῆτε τῶν
ἀτυχημάτων.

B 3

KEΦ.

fellus homo! &, o miserabilis mea caruncula!" — — Miserabilis quidem utique. At tu hac caruncula etiam melius aliquid habes: cur igitur, illo prorsus omisso, huic unice addictus adhæres?

Propter hanc cognationem, cum ad eam deflectimus, alii lupis similes evadimus, perfidi, & insidiosi, & nocentes: alii autem leonibus, feri, & immanes, & immansueti: plerique vero nostrûm vulpeculæ sumus, aut quæcumque sunt in bestiarum genere perniciosæ flagitiosæque. Quid enim est aliud maledicus & malignus homo, nisi vulpecula, aut aliquod aliud animal perniciosius & abjectius? Videte igitur, & cavete, ne harum pestium aliqua evadatis.

CAP.

ΚΕΦ. δ'.

Περὶ Προκοπῆς.

Ὁ Προκόπτων, μεμαθηκὼς παρὰ τῶν φιλοσόφων, ὅτι ἡ μὲν ὄρεξις ἀγαθῶν ἐστιν, ἡ δ' ἔκκλισις πρὸς κακά· μεμαθηκὼς δὲ καὶ ὅτι οὐκ ἄλλως τὸ εὔρουν καὶ ἀπαθὲς περιγίνεται τῷ ἀνθρώπῳ, ἢ ἐν ὀρέξει μὲν μὴ ἀποτυγχάνοντι, ἐν ἐκκλίσει δὲ μὴ περιπίπτοντι· τὴν μὲν ὄρεξιν ἦρκεν ἐξ αὑτοῦ εἰς ἅπαν, καὶ ὑπερτέθεισαι, τῇ ἐκκλίσει δὲ πρὸς μόνα 2 χρῆται τὰ προαιρετικά. τῶν γὰρ ἀπροαιρέτων ἄν τι ἐκκλίνῃ, οἶδεν ὅτι περιπεσεῖταί ποτε τινι παρὰ 3 τὴν ἔκκλισιν τὴν αὑτοῦ, καὶ δυστυχήσει. Εἰ δ' ἡ ἀρετὴ ταύτην ἔχει τὴν ἐπαγγελίαν, εὐδαιμονίαν ποιῆσαι, καὶ ἀπάθειαν, καὶ εὔροιαν· πάντως καὶ ἡ προκοπὴ ἡ πρὸς αὐτὴν, πρὸς ἕκαστον τούτων ἐστὶ

προ-

CAP. IV.

De Profectu.

Qui proficit, is, a philosophis edoctus, adpetitionem esse rerum bonarum, aversationem vero ad mala pertinere; edoctusque præterea, non aliter tranquillum & imperturbatum animum homini contingere, quam si in adpetitione non frustra sit, & in ea, quæ aversetur, non incidat; adpetitionem prorsus e se exuit, & in futurum tempus rejicit; aversatione vero adversus ea solummodo utitur, quæ in sua voluntate sunt posita. Nam si quid eorum aversetur, quæ sunt involuntaria; scit fore, ut aliquando in eorum aliquid incidat quæ aversetur, atque inde miser evadat. Quod si autem virtus profitetur, se felicitatem, animumque perturbatione vacuum, & tranquillitatem præstare, utique progressio ad virtutem

est

προκοπή. ἀεὶ γὰρ πρὸς ὃ ἂν ἡ τελειότης τινὸς 4
καθάπαξ ἄγῃ, πρὸς αὐτὸ ἡ προκοπὴ συνεγγισ-
μός ἐστι.

Πῶς οὖν τὴν μὲν ἀρετὴν τοιοῦτόν τι ὁμολογοῦ- 5
μεν, τὴν προκοπὴν δ' ἐν ἄλλοις ζητοῦμεν καὶ ἐπι-
δείκνυμεν; Τί ἔργον ἀρετῆς; Εὔροια. Τίς οὖν προ- 6
κόπτει; ὁ πολλὰς Χρυσίππου συντάξεις ἀνεγνω-
κώς; μὴ γὰρ ἡ ἀρετὴ τοῦτ' ἐστὶ, Χρύσιππον νενοη- 7
κέναι; εἰ γὰρ τοῦτ' ἐστὶν, ὁμολογουμένως ἡ προκοπὴ οὐδὲν ἄλλο ἐστὶν, ἢ τὸ πολλὰ τῶν Χρυσίππου
νοεῖν. νῦν δ' ἄλλο μέν τι τὴν ἀρετὴν ἐπιφέρειν ὁμο- 8
λογοῦμεν· ἄλλο δὲ τὸν συνεγγισμὸν, τὴν προκοπὴν,
ἀποφαίνομεν. Οὗτος, φησὶν, ἤδη καὶ δι' αὑτοῦ δύνα- 9
ται Χρύσιππον ἀναγνώσκειν. Εὖ, νὴ τοὺς Θεοὺς,
προκόπτεις, ἄνθρωπε. ποίαν προκοπήν; --- Τί δ' ἐμ- 10
παίζεις αὐτῷ; τί δ' ἀπάγεις αὐτὸν τῆς συναι-

B 4

σθή-

est etiam ad hæc singula progressio. Etenim, ad quod perfectio alicujus rei prorsus adduxerit, ad id progressio (*sive profectus*) est adpropinquatio.

Qui fit igitur, ut, cum tale aliquid Virtutem esse fateamur, Profectum in aliis rebus & quæramus & ostentemus? Quodnam virtutis opus? Tranquillitas animi. Quis igitur proficit? qui multa Chrysippi volumina perlegerit? Numquid vero hæc virtus est, Chrysippum perceptum habere. Nam hæc si est virtus, in confesso est, nibil aliud esse profectum, nisi multa Chrysippi percipere. Nunc vero aliud quiddam adferre virtutem confitemur; aliud esse adpropinquationem, nempe profectum, pronunciamus. Iste, inquit, suâ ipsius operâ jam potest Chrysippum legere. Multum profecisti, per Deos, mi homo! Quali profectu? — — — Quid huic homini illudis? quid a sensu malorum suorum eum abducis? non vis potius

εσθήσεως τῶν αὑτοῦ κακῶν; οὐ θέλεις δεῖξαι αὐτῷ τὸ ἔργον τῆς ἀρετῆς, ἵνα μάθῃ ποῦ τὴν
11 προκοπὴν ζητεῖ; - - - Ἐκεῖ ζήτησον αὐτὴν, ταλαίπωρε, ὅπου σου τὸ ἔργον. Ποῦ δὲ σοῦ τὸ ἔργον; Ἐν ὀρέξει καὶ ἐκκλίσει, ἵν' ἀναπότευκτος
ᾖς, καὶ ἀπερίπτωτος· ἐν ὁρμαῖς καὶ ἀφορμαῖς,
ἵν' ἀναμάρτητος· ἐν προσθέσει καὶ ἐποχῇ, ἵν'
12 ἀνεξαπάτητος. πρῶτοι δ', εἰσὶν οἱ πρῶτοι τόποι,
καὶ ἀναγκαιότατοι. ἂν δὲ τρέμων καὶ πενθῶν
ζητῇς ἀπερίπτωτος εἶναι, ἆρα πῶς προκόπτεις;

13 Σὺ οὖν ἐνταῦθά μοι δεῖξόν σου τὴν προκοπήν.
καθάπερ, εἰ ἀθλητῇ διελεγόμην, Δεῖξόν μοι τοὺς
ὤμους· εἶτα ἔλεγεν ἐκεῖνος, Ἴδε μου τοὺς ἁλτῆ-
ρας. Ὄψει σὺ, καὶ οἱ ἁλτῆρες· ἐγὼ τὸ ἀποτέ-
14 λεσμα τῶν ἁλτήρων ἰδεῖν βούλομαι. Λάβε τὴν
περὶ Ὁρμῆς σύνταξιν, καὶ γνῶθι πῶς αὐτὴν ἀνέγνωκα.

tius et oftendere quod fit virtutis officium, ut difcat ubinam profectum quærat? — — — Illic, infelix, hunc quære, ubi tuum eft opus. Vbinam vero tuum eft opus? In adpetitione & averfatione, ut neque voto tuo fruftreris, atque in mala incidas: in Impetu & declinatione, ut fis peccati immunis; in adfenfu vel præbendo vel retinendo, ne fallaris: Principes vero loci, & maxime neceffarii, ii funt quos primos nominavi. Quod fi vero cum tremore & luctu quæras, quo minus in mala incidas. quo tandem modo profecifti?

Tu itaque tuum hîc oftende profectum! Perinde ac fi athletæ ego dicerem, Oftende mihi humeros; atque ille refponderet, Ecce meos halteras. Tu videris cum tuis halteribus; ego effectum halterum videre velim. — Sume librum de Impetu, & vide ut eum perlegerim. —

Man-

νικα. Ἀνδράποδον, οὐ τοῦτο ζητῶ, ἀλλὰ πῶς
ὁρμᾷς καὶ ἀφορμᾷς, πῶς ὀρέγῃ καὶ ἐκκλίνεις,
πῶς ἐπιβάλλεις καὶ προτίθεσαι καὶ παρασ εὐά-
ζῃ· πότερα συμφώνως τῇ φύσει, ἢ ἀσυμφώνως·
εἰ μὲν γὰρ συμφώνως, τοῦτό μοι δείκνυε, καὶ 15
ἐρῶ σοι ὅτι προκόπτεις· εἰ δ' ἀσυμφώνως, ἄπελθε, καὶ μὴ μόνον ἐξηγοῦ τὰ βιβλία, ἀλλὰ καὶ
γράφε αὐτὸς τοιαῦτα· καὶ τί σοι ὄφελος; οὐκ 16
οἶδας, ὅτι ὅλον τὸ βιβλίον πέντε δηναρίων ἐστίν;
ὁ οὖν ἐξηγούμενος αὐτὸ δοκεῖ ὅτι πλείονος ἄξιός
ἐστιν, ἢ πέντε δηναρίων; Μηδέποτε οὖν ἀλ- 17
λαχοῦ τὸ ἔργον ζητεῖτε, ἀλλαχοῦ τὴν προκοπήν.

Ποῦ οὖν ἡ προκοπή; Εἴ τις ὑμῶν ἀποστὰς τῶν 18
ἐκτὸς, ἐπὶ τὴν προαίρεσιν ἐπέστραπται τὴν ἑαυτοῦ,
ταύτην ἐξεργάζεσθαι καὶ ἐκπονεῖν, ὥστε σύμφωνον
ἀποτελέσαι τῇ φύσει, ὑψηλὴν, ἐλευθέραν, ἀκώλυ-

B 5

τον,

Mancipium, non istud quæ-
ro; sed, quemadmodum
impetu & declinatione uteris, quemadmodum adpe-
tas & averseris, quemad-
modum ad res te accingas,
& in animo tibi proponas,
& te compares, naturæne
convenienter, an secus?
Nam si convenienter; hoc
mihi ostende, & dicam te
profecisse: sin aliter; abi,
nec modo interpretare li-
bros, verum etiam ipse
ejusmodi scribe. Et quid
tibi inde commodi? Ne-
scisne totum librum quin-
que denariis constare? qui
eum itaque interpretatur,
num pluris esse videtur,
quam quinque denariorum?
Numquam itaque alibi rem
ipsam quærite, alibi pro-
gressionem ad illam.

Ubinam igitur est Pro-
fectus? Si quis vestrûm,
externis rebus ablegatis,
ad suam ipsius voluntatem
se converterit, ut eam ex-
colat & elaboret, quo na-
turæ consonam efficiat,
altam, liberam, solutam,
expeditam, fidam, vere-
cun-

19 των, ἀνεμπόδιστον, πιστὴν, αἰδήμονα· μεμαθηκέ
τε, ὅτι ὁ τὰ μὴ ἐφ' αὑτῷ ποθῶν ἢ φεύγων, οὔτε
πιστὸς εἶναι δύναται, οὔτ' ἐλεύθερος, ἀλλ' ἀνάγκη μεταπίπτειν καὶ μεταῤῥιπίζεσθαι ἅμα ἐκείνοις
καὶ αὐτὸν, ἀνάγκη δὲ καὶ ὑποτεταχέναι ἄλλοις
ἑαυτὸν, τοῖς ἐκεῖνα περιποιεῖν ἢ κωλύειν δυναμένοις·

20 καὶ λοιπὸν ἕωθεν ἀνιστάμενος, ταῦτα τηρεῖ καὶ φυλάσσει, λούεται ὡς πιστὸς, ὡς αἰδήμων ἐσθίει, ὡσαύτως ἐπὶ τῆς ἀεὶ παραπιπτούσης ὕλης τὰ προηγούμενα ἐκπονῶν, ὡς ὁ δρομεὺς δρομικῶς, καὶ ὁ

21 Φώνασκος Φωνασκικῶς· οὗτός ἐστιν ὁ προκέπτων
ταῖς ἀληθείαις, καὶ ὁ μὴ εἰκῆ ἀποδεδημηκὼς οὗ-

22 τός ἐστιν. Εἰ δ' ἐπὶ τὴν ἐν τοῖς βιβλίοις ἕξιν τέ-
ταται, καὶ ταύτην ἐκπονῶ, καὶ ἐπὶ τοῦτο ἐκδεδή-
μηκε, λέγω αὐτῷ, αὐτόθεν πορεύεσθαι εἰς οἶκον,

23 καὶ μὴ ἀμελῶν τῶν ἐκεῖ· τοῦτο γὰρ, ἐφ' ὃ ἀπο-
δεδήμηκεν, οὐδέν ἐστιν· ἀλλ' ἐκεῖνο, μελετᾶν
ἐξελεῖν

cundam; si didicerit, eum, qui, quæ sua in potestate non sunt, vel desideret vel fugiat, nec fidum esse pos- se, nec liberum; sed ne- cesse est una cum illis & ipsum mutari & tamquam turbine jactari, necesse etiam aliis se subjicere, qui ea præstare vel impedire possint: denique si, ex quo mane surrexit, hæc obser- vet & custodiat, si lavet ut fidus, ut verecundus com- edat; denique si pari ratio- ne, quæcumque inciderit materia, præcipuum suum institutum semper tenere studeat, quemadmodum cur- sor, quemadmodum pho- nascus ad suum quisque in- stitutum omnia refert: hic est, qui verè profectum fe- cerit; quique non frustra peregrinatus sit, hic est. Sin vero libellis perlegen- dis unice intentus est, & in hoc elaborat, eaque de caussa peregrinatus est; ju- beo eum illico domum red- ire, neque rem familia- rem negligere: nihil enim est hoc, cujus caussa pere- grinatus est: sed illud est aliquid, medicari ut e vita sua

ἐξελεῖν τοῦ αὐτοῦ βίου πένθη, καὶ οἰμωγὰς, καὶ
Οἴμοι, καὶ τὸ, Τάλας ἐγὼ, καὶ δυστυχίαν, καὶ
ἀτυχίαν· καὶ μαθεῖν, τί ἐστι θάνατος, τί φυγὴ, τί 24
δεσμωτήριον, τί κώνειον· ἵνα δύνηται λέγειν ἐν
τῇ φυλακῇ, Ὦ φίλε Κρίτων, εἰ ταύτῃ τοῖς θεοῖς
φίλον, ταύτῃ γινέσθω· καὶ μὴ ἐκεῖνα, Τάλας ἐ-
γὼ, γέρων ἄνθρωπος, ἐπὶ ταῦτά μου τὰς πολιὰς
ἐτήρησα; Τίς λέγει ταῦτα; Δοκεῖτε, ὅτι ὑμῖν ἄ-2 5
δοξόν τινα ἐρῶ, καὶ ταπεινόν; Πρίαμος αὐτὰ οὐ
λέγει; Οἰδίπους οὐ λέγει; ἀλλ᾽ ὁπόσοι βασιλεῖς
λέγουσι. Τί γὰρ ἄλλο ἐστὶ Τραγῳδία, ἢ ἀνθρώ- 26
πων πάθη, τεθαυμακότων τὰ ἐκτὸς, διὰ μέτρου
τοιοῦδ᾽ ἐπιδεικνύμενα; Εἰ δὲ ἐξαπατηθέντα τινὰ 27
ἔδει μαθεῖν, ὅτι τῶ ἐκτὸς ἀπροαιρέτων οὐδὲν ἐστι
πρὸς ἡμᾶς, ἐγὼ μὲν ἤθελον τὴν ἀπάτην ταύτην, ἐξ
ἧς ἤμελλον εὐρόως καὶ ἀταράχως βιώσεσθαι. ὑμᾶς
δ᾽ ὄψεσθε αὐτοὶ, τί θέλετε.

TI

fua lamentationes & gemi-
tus tollat, vocefque iftas
„Heu mihi!“ & „O me mi-
ferum!“ & calamitates &
infortunia; et difcere, quid
fit mors, quid exfilium,
quid carcer, quid cicuta;
ut dicere poffit in vinculis:
„O mi Crito, fi ita Diis
amicum, ita fiat:“ & non
illa „Me miferum, homi-
nem fenem, ad hæc canos
meos refervari!“ Quis ifta
dicit? Mene vobis igno-
bilem aliquem & humi-
lem exiftimatis commemo-
rare? nonne Priamus ea
dicit? nonne Oedipus?

At non hi modo, fed quot-
quot funt reges, dicunt.
Nam quid eft aliud Tragœ-
dia, quàm hominum per-
turbationes, externas res
admirantium, tali carmi-
num genere repræfenta-
tæ? Quod fi vero vel er-
rore deceptum quempiam
difcere oporteret,. nullas
res extra animi voluntatem
pofitas quidquam ad nos
pertinere; equidem talem
optarim deceptionem, ex
qua tranquillo & impertur-
bato curfu vitam effem acturus. Vos vero, quid
velitis, Ipfe videritis.

Quid

28 Τί οὖν ἡμῖν παρέχει Χρύσιππος; Ἵνα γνῷς,
φησὶν, ὅτι οὐ ψευδῆ ταῦτά ἐστιν, ἐξ ὧν ἡ εὔροιά
29 ἐστι, καὶ ἀπάθεια ἀπαντᾷ. Λάβε μου τὰ βιβλία, καὶ γνώσῃ ὡς ἀληθῆ καὶ σύμφωνά ἐστι
τῇ φύσει τὰ ἀπαθῆ με ποιοῦντα. Ὦ μεγάλης εὐτυχίας· ὦ μεγάλου εὐεργέτου, τοῦ
30 δεικνύοντος τὴν ὁδόν. Εἶτα Τριπτολέμῳ μὲν
ἱερὰ καὶ βωμοὺς πάντες ἄνθρωποι ἀνεστά-
κασιν, ὅτι τὰς ἡμέρους τροφὰς ἡμῖν ἔδωκε·
31 τῷ δὲ τὴν ἀλήθειαν εὑρόντι, καὶ φωτίσαντι,
καὶ εἰς πάντας ἀνθρώπους ἐξενεγκόντι, (οὐ τὴν
περὶ τοῦ ζῆν, ἀλλὰ τὴν πρὸς τὸ εὖ ζῆν·) τίς ὑμῶν
ἐπὶ τούτῳ βωμὸν ἱδρύσατο, ἢ ναὸν, ἢ ἄγαλμα
32 ἀνέθηκεν, ἢ τὸν Θεὸν ἐπὶ τούτῳ προσκυνεῖ; Ἀλλ'
ὅτι μὲν ἄμπελον ἔδωκαν, ἢ πυροὺς, ἐπιθύομεν τούτου ἕνεκα· ὅτι δὲ τοιοῦτον ἐξήνεγκαν καρπὸν ἐν
ἀνθρωπίνῃ διανοίᾳ, δι' οὗ τὴν ἀλήθειαν τὴν περὶ
εὐδαι-

Quid ergo nobis præstat Chryſippus? Ut ſcias, inquit, ea falſa non eſſe, e quibus oriatur tranquillitas, & imperturbatus exſiſtat animus. Sume meos libros, & noveris, quàm vera ſint & naturæ conſona ea, quæ me perturbationibus immunem efficiant. O magnam felicitatem! O benefactorem egregium, qui viam commonſtrat! Atqui Triptolemo quidem ſacella & aras mortales cuncti exſtruxerunt, quod mitiores fruges nobis dederit: ei vero, qui veritatem invenit, & in lucem protraxit, & omnibus hominibus communicavit, (non veritatem dico, quæ ad vivendum, ſed quæ ad bene vivendum pertinet) quis noſtrûm ea de cauſſa aram erexit, aut ædem ſtatuamve dicavit, aut Deum hoc nomine veneratur? At, quia vitem nobis dederunt, aut frumentum, ea cauſſa ſacra facimus: quod vero talem in humana mente fructum protulerunt, unde veritatem, quæ ad feli-
licita-

εὐδαιμονίας δείξειν ἡμῖν ἤμελλον, τούτου δ' ἕνεκα
οὐκ εὐχαριστήσομεν τῷ Θεῷ;

ΚΕΦ. ε'.

Πρὸς τοὺς Ἀκαδημαϊκούς.

Ἄν τις, φησὶν, ἐνίστηται πρὸς τὰ ἄγαν ἐκφα-
νῆ, πρὸς τοῦτον οὐ ῥᾴδιόν ἐστιν εὑρεῖν λόγον, δι'
οὗ μεταπείσει. τις αὐτόν. τοῦτο δ' οὔτε παρὰ 2
τὴν ἐκείνου γίνεται δύναμιν, οὔτε παρὰ τὴν
τοῦ διδάσκοντος ἀσθένειαν· ἀλλ' ὅταν ἀπαχθεὶς ἀπολιθωθῇ, πῶς ἔτι χρήσεταί τις αὐτῷ
διὰ λόγου;

Ἀπολιθώσεις δ' εἰσὶ διτταί· ἡ μὲν, τοῦ νοητικοῦ 3
ἀπολίθωσις· ἡ δὲ, τοῦ ἐντρεπτικοῦ· ὅταν τις πα-
ρατεταγμένος ᾖ, μὴ ἐπινεύειν τοῖς ἐναργέσι, μηδ'
ἀπὸ τῶν μαχομένων ἀφίστασθαι. Οἱ δὲ πολλοὶ 4.
τὴν

licitatem spectat, oftensuri cauffa Deo gratias non
fuerint, hac tandem de agemus?

CAP. V.

Adverfus Academicos.

Si quis, inquit, contra res
admodum evidentes repug-
nat, adverfus hunc ra-
tionem haud facile eft invenire, qua a fententia fua
dimoveas. Fit hoc autem
nec propter illius robur,
nec propter docentis im-
becillitatem: fed fi quis,
quamvis confutatus, veluti
lapis induratur, quonam
porro difputandi rationem
cum hoc homine inibis?

Eft vero indurationis du-
plex genus: alterum, intel-
ligentiæ; alterum, pudo-
ris, cum quis confulto
animum obfirmat, ne ad-
fentiatur perfpicuis, neve
a repugnantibus defiftat.
At vero corpus aut aliquam
.. ejus.

τὴν μὲν σωματικὴν ἀπονέκρωσιν φοβούμεθα, καὶ
πάντ' ἂν μηχανησαίμεθα ὑπὲρ τοῦ μὴ περιπεσεῖν τοιούτῳ τινί· τῆς ψυχῆς δ' ἀπονεκρουμέ-
5 νης, οὐδὲν ἡμῖν μέλει. καὶ, νὴ Δία, ἐπ' αὐτῆς
τῆς ψυχῆς, ἂν μὲν ᾖ οὕτω διακείμενος, ὥστε μηδενὶ παρακολουθεῖν, μηδὲ συνιέναι μηδὲν, καὶ τούτου κακῶς ἔχειν οἰόμεθα· ἂν δέ τινος τὸ ἐντρεπτι-
κὸν καὶ αἰδῆμον ἀπονεκρωθῇ, τοῦτο ἔτι καὶ δύναμιν καλοῦμεν.

6   Καταλαμβάνεις, ὅτι ἐγρήγορας; Οὔ, φησίν·
οὐδὲ γάρ, ὅταν ἐν τοῖς ὕπνοις φαντάζωμαι ὅτι
ἐγρήγορα. Οὐδὲν οὖν διαφέρει αὕτη ἡ φαντασία
7 ἐκείνης; Οὐδέν. . . . Ἔτι τούτῳ διαλέγομαι; καὶ
ποῖον αὐτῷ πῦρ, ἢ ποῖον αὐτῷ σίδηρον προσάγω,
ἵν' αἰσθηται, ὅτι νενέκρωται; αἰσθανόμενος οὐ
8 προσποιεῖται· ἔτι χείρων ἐστὶ τοῦ νεκροῦ. μάχην
οὗτος οὐ συνορᾷ· κακῶς ἔχει. συνορῶν οὗτος, οὐ

κινεῖ-

ejus partem emori, terribile
id quidem plerisque vide-
tur; et nihil non moliremur,
ne in hujusmodi quidpiam
incidamus: anima si prae-
moriatur, id nihil ad curam
nostram referimus. Et
mehercule, ad ipsam ani-
mam etiam quod adtinet,
si quis ita sit adfectus,
ut nihil adsequatur, nihil
intelligat, hunc quoque male se habere existimamus:
quod si autem pudor alicujus & verecundia emortua
fuerit, id vero etiam vim
quamdam ingenii adpel-
lamus.

Percipis, te evigilare?
Non percipio, inquit: ne-
que enim tum percipio,
cum in somno vigilare mi-
hi videor. Nihil ergo differt hoc visum ab illo? Nihil, inquit. Cum hoc ho-
mine amplius ego disputa-
rem? Et quem ei ignem,
aut quod ferrum adhibebo,
ut se emortuum esse sen-
tiat? Sentit, sed dissi-
mulat; pejor etiam est
mortuo. Hic pugnam non
perspicit; male habet: ille
perspicit, nec tamen mo-
vetur, neque proficit; pejus

κινεῖται, οὐδὲ προκόπτει· ἔτι ἀθλιώτερον ἔχει.
ἐκτέτμηται τὸ αἰδῆμον αὐτοῦ, καὶ ἐντρεπτικόν· 9
καὶ τὸ λογικὸν οὐκ ἀποτέτμηται, ἀλλ᾽ ἀποτε-
θηρίωται. Ταύτην ἐγὼ δύναμιν εἴπω; μὴ γένοι- 10
το· εἰ μὴ καὶ τὴν τῶν κιναίδων, καθ᾽ ἣν πᾶν τὸ
ἐπελθὸν, ἐν μέσῳ καὶ ποιοῦσι καὶ λέγουσιν.

ΚΕΦ. ς´.

Περὶ Προνοίας.

Ἀφ᾽ ἑκάστου τῶν ἐν τῷ κόσμῳ γινομένων ῥᾴδιόν ἐστιν ἐγκωμιάσαι τὴν Πρόνοιαν, ἂν δύο τις
ἔχῃ ταῦτα ἐν ἑαυτῷ, δύναμίν τε συνορατικὴν
τῶν γεγονότων ἑκάστῳ, καὶ τὸ εὐχάριστον. εἰ 2
δὲ μὴ, ὁ μὲν οὐκ ὄψεται τὴν εὐχρηστίαν τῶν
γεγονότων· ὁ δ᾽ οὐκ εὐχαριστήσει ἐπ᾽ αὐτοῖς, οὐδ᾽
ἂν εἰδῇ. Χρώματα ὁ Θεὸς εἰ πεποίηκει, δύναμιν 3
δὲ

Jus etiam se habet. Refectus est illi sensus pudoris & verecundiæ: & rationalis quidem facultas non refecta est ei, sed efferata. Egone hanc vim quamdam animi dicam? absit: nisi & istam cinædorum ita adpellem, quā, quidquid in animum venerit, in propatulo & faciant & dicunt.

CAP. VI.

De Providentia.

Ex rebus singulis, quæ in mundo sunt vel fiunt, facile est Providentiam laudibus prosequi; si cui duo hæc insint, facultas proprietates & adjuncta cujusque rei perspiciendi & gratus animus. Sin minus, alter usum & commoditatem eorum, quæ sunt vel fiunt, non perspiciet; alter, & si cognoscat, gratum se pro iis non exhibebit. Si colores fecisset Deus, facul-

δὲ θεατικὴν αὐτῶν μὴ πεποιήκει, τί ἂν ἦν ὄφε-
4 λος; Οὐδ' ὁτιοῦν. Ἀλλ' ἀνάπαλιν, εἰ τὴν
μὲν δύναμιν πεποιήκει, τὰ ὄντα δὲ μὴ τοιαῦτα,
οἷα ὑποπίπτειν τῇ δυνάμει τῇ ὁρατικῇ, καὶ οὕτω
5 τι ὄφελος; Οὐδ' ὁτιοῦν. Τί δ', εἰ καὶ ἀμφότερα ταῦτα πεποιήκει, Φῶς δὲ μὴ πεποιήκει;
6 Οὐδ' οὕτω τι ὄφελος. Τίς οὖν ὁ ἁρμόσας τοῦτο πρὸς ἐκεῖνο, κἀκεῖνο πρὸς τοῦτο; τίς δ' ὁ
ἁρμόσας τὴν μάχαιραν πρὸς τὸν κολεὸν, καὶ τὸν
7 κολεὸν πρὸς τὴν μάχαιραν; οὐδείς; καὶ μὴν ἐξ
αὐτῆς τῆς κατασκευῆς τῶν ἐπιτετελεσμένων ἀποφαίνεσθαι εἰώθαμεν, ὅτι τεχνίτου τινὸς πάντως
8 τὸ ἔργον, οὐχὶ δ' εἰκῇ κατεσκευασμένον. Ἆρ' οὖν
τούτων μὲν ἕκαστον ἐμφαίνει τὸν τεχνίτην, τὰ δ'
9 ὁρατὰ, καὶ ὅρασις, καὶ Φῶς οὐκ ἐμφαίνει; τό δ'
ἄρρεν καὶ τὸ θῆλυ, καὶ προθυμία ἡ πρὸς τὴν συν-
ουσίαν ἑκατέρου, καὶ δύναμις ἡ χρηστικὴ τοῖς μορίοις
τοῖς

cultatem vero, quâ illas cerneremus, non fecisset, quis eorum esset usus? Nullus omnino. Et e contra, si facultatem quidem videndi fecisset, res autem non tales, ut illi facultati subjicerentur, quænam hoc modo utilitas foret? Nulla omnino. Quid vero, si & haec utraque fecisset, lumen vero non fecisset? Ne sic quidem ullus esset usus. Quis ergo est, qui hoc illi adcommodavit, & illud huic? quis vero, qui vaginam gladio adcommodavit, gladiumque vaginæ? nemone? Atqui ex ipsa rerum effectarum structura solemus demonstrare, artificis utique esse opificium alicujus, non autem temere fuisse constructum. Horumne adeo singula suum demonstrant artificem; adspectabilia vero, & facultas videndi, & lumen, non demonstrant? Quid? mas & foemina, & utriusque ad coitum propensio, & partibus ad eam rem destinatis utendi facultas, nonne

τοῖς κατεσκευασμένοις, οὐδὲ ταῦτα ἐμφαίνει τὸν
τεχνίτην; Ἀλλὰ ταῦτα μὲν οὔ; ἡ δὲ τοιαύτη τῆς 10
διανοίας κατασκευή, καθ' ἣν οὐχ ἁπλῶς, ἐππίπ-
τοντες τοῖς αἰσθητοῖς, τυπούμεθα ὑπ' αὐτῶν, ἀλλὰ καὶ ἐκλαμβάνομέν τι, καὶ ἀφαιροῦμεν, καὶ
προστίθεμεν, καὶ συντίθεμεν τάδε τινὰ δι' αὐτῶν,
καὶ, νὴ Δία, μεταβαίνομεν ἀπ' ἄλλων εἰς ἄλλα
τὰ οὕτω πως παρακείμενα· οὐδὲ ταῦτα ἱκανὰ κινῆ-
σαί τινας καὶ διατρέψαι πρὸς τὸ μὴ ἀπολιπεῖν τὸν
τεχνίτην; Ἢ ἐξηγησάσθωσαν ἡμῖν, τί τὸ ποιοῦν 11
ἐστιν ἕκαστον τούτων, ἢ πῶς οἷόντε τὰ οὕτω θαυ-
μαστὰ καὶ τεχνικὰ εἰκῇ καὶ ἀπὸ ταὐτομάτου γίνεσθαι.

Τί οὖν; ἐφ' ἡμῶν μόνων γίνεται ταῦτα; Πολ- 12
λὰ μὲν ἐπὶ μόνων, ὧν ἐξαιρέτως χρείαν εἶχε τὸ
λογικὸν ζῷον· πολλὰ δὲ κοινὰ εὑρήσεις ἡμῖν καὶ
πρὸς τὰ ἄλογα. Ἆρ' οὖν καὶ παρακολουθεῖ 13
τοῖς

ne haec artificem decla-
rant? At haec quidem
eam vim non habent? fed
quod ea fit intellectus noftri ftructura, ut non fim-
pliciter rerum in fenfus
noftros incidentium formæ
nobis imprimantur, verum
etiam ut inde aliquid feli-
gamus, & abftrahamus, &
adjungamus, & quædam
exinde componamus, de-
nique ab aliis ad alia,
his quodammodo adfinia,
transeamus: ne hæc qui-
dem fufficiunt ad nonnul-
los permovendos, eoque
verecundiæ adigendos, ut
artificem haud deferant?
Exponant faltem nobis,
quid illud fit, quod haec
fingula efficiat; aut qui fieri poffit, ut res adeo ad-
mirabiles & artificiofæ temere cafuque exftiterint.

Quid ergo? in nobis
folis hæc fiunt? In nobis
folis quidem multa, quo-
rum praecipue opus fuit
animali rationali; multa
vero nobis cum brutis
communia invenies. Num-
quid

τοῖς γινομένοις ἐκεῖνα; Οὐδαμῶς. ἄλλο γάρ ἐστι
χρῆσις, καὶ ἄλλο παρακολούθησις. ἐκείνων χρείαν
ἔχει ὁ Θεὸς, χρωμένων ταῖς φαντασίαις· ἡμῶν
14 δὲ παρακολουθούντων τῇ χρήσει. διὰ τοῦτο ἐκείνοις μὲν ἀρκεῖ τὸ ἐσθίειν καὶ πίνειν, καὶ τὸ ἀνα-
παύεσθαι, καὶ ὀχεύειν, καὶ τἄλλα ὅσα ἐπιτελεῖ
τῶν αὐτῶν ἕκαστον· ἡμῖν δ' οἷς καὶ τὴν παρακολουθητικὴν δύναμιν ἔδωκεν, οὐκέτι ταῦτ' ἐπαρκεῖ.
15 ἀλλ' ἂν μὴ κατὰ τρόπον, καὶ τεταγμένως, καὶ
ἀκολούθως τῇ ἑκάστου φύσει καὶ κατασκευῇ
πράττωμεν, οὐκέτι τοῦ τέλους τευξόμεθα τοῦ
16 ἑαυτῶν. ὧν γὰρ αἱ κατασκευαὶ διάφοροι, τού-
17 των καὶ τὰ ἔργα, καὶ τὰ τέλη. οὐ τοίνυν ἡ κα-
τασκευὴ μόνον χρηστικὴ, τούτῳ χρῆσθαι ὁπωσοῦν
ἀπαρκεῖ· οὗ δὲ καὶ παρακολουθητικὴ τῇ χρήσει,
τούτῳ τὸ κατὰ τρόπον ἂν μὴ προσῇ, οὐδέποτε
18 τεύξεται τοῦ τέλους. Τί οὖν; ἐκείνων ἕκαστον

κατα-

---

quid igitur & illa ratione adsequuntur ea quæ fiunt? Nequaquam: namque aliud est, uti; aliud, ratione adsequi & intelligere. Illorum opus fuit Deo, ut quæ visis uterentur; nostri vero, ut qui usum illum etiam intelligeremus. Ideoque illis satis est, edere & bibere & quiescere, sobolemque propagare, cæteraque quæ singula eorum peragunt: nobis vero, quibus ratione res adsequendi facultatem dedit, hæc item non sufficiunt: sed, nisi certo modo atque ordine & naturæ cujusque rei ac constitutioni convenienter egerimus, nequaquam nostrum obtinebimus finem. Nam quorum diversa est constitutio; eorum & opera & fines diversi sunt. Cujus itaque constitutio ea est; ut rebus solummodo utatur, huic qualiscunque satis est usus: cujus vero ea est constitutio, ut ipsum etiam usum ratione adsequatur, huic nisi modus & ordo accesserint, nunquam suum obtinebit finem. Quid ergo?

κατασκευάζει, τὸ μὲν ὥστ' ἐσθίεσθαι, τὸ δ' ὥστε
ὑπηρετεῖν εἰς γεωργίαν, τὸ δ' ὥστε τυρὸν φέρειν,
τὸ δ' ἄλλο ἐπ' ἄλλῃ χρείᾳ παραπλησίῳ· πρὸς ἅ,
τίς χρεία τοῦ παρακολουθεῖν ταῖς φαντασίαις, καὶ
ταύτας διακρίνειν δύνασθαι; Τὸν δ' ἄνθρωπον 19
θεατὴν εἰσήγαγεν αὐτοῦ τε, καὶ τῶν ἔργων τῶν
αὐτοῦ· καὶ οὐ μόνον θεατὴν, ἀλλὰ καὶ ἐξηγητὴν
αὐτῶν. διὰ τοῦτο αἰσχρόν ἐστι τῷ ἀνθρώπῳ, ἄρ- 20
χεσθαι καὶ καταλήγειν ὅπου καὶ τὰ ἄλογα· ἀλλὰ μᾶλλον ἔνθεν μὲν ἄρχεσθαι, καταλήγειν δ'
ἐφ' ὃ κατόληξεν ἐφ' ἡμῶν καὶ ἡ φύσις. κατέληξε 21
δ' ἐπὶ θεωρίαν, καὶ παρακολούθησιν, καὶ σύμφωνον διεξαγωγὴν τῇ φύσει. ὁρᾶτε οὖν, μὴ ἀθέατοι 22
τούτων ἀποθάνητε.

'Αλλ' εἰς 'Ολυμπίαν μὲν ἀποδημεῖτε, ἵν' εἰδῆ- 23
τε τὸ ἔργον τοῦ Φειδίου· καὶ ἀτύχημα ἕκαστος
ὑμῶν οἴεται τὸ ἀνιστόρητος τούτων ἀποθανεῖν. ὅπου
δ' οὐδ' ἀποδημῆσαι χρεία ἐστὶν, ἀλλ' ἔστιν ἤδη, καὶ 24

C 2   παρ-

ergo? Eorum unumquod-
que Deus conftituit, aliud
ut efui, aliud ut agricultu-
ræ inferviat, aliud ut cafe-
um fuppeditet, aliud ut
alium confimilem præftet
ufum: quas ad res, quid
opus erat vifu ratione adfe-
qui, eaque poffe difcer-
nere? Hominem autem
introduxit, ut cum fui ipfius fpectator effet, tum
operum Suorum; nec fpe-
ctator modò, fed & eorum
enarrator. Quare homini
turpe eft, inde & incipere,
& ibi definere, ubi & bru-
ta: quin potius inde quidem
incipiendum; fed ibi defi-
nendum, ubi in nobis Natura defiit: defiit autem in contemplatione & intelligen-
tiâ, inque vivendi ratione
naturæ convenienti. Vide-
te igitur, ne his rebus haud'
perfpectis e vita difcedatis.
At Olympiam quidem
Iter vos facitis, ut Phidiæ
opus fpectetis; inque mala:
quifque fuis numerat, fi
illis non vifitatis moriatur:
ubi vero nulla peregrina-
tione

πάρεστι τοῖς ἔργοις, ταῦτα δὲ θεάσασθαι καὶ κατα-
25 νοῆσαι οὐκ ἐπιθυμήσετε; οὐκ αἰσθήσεσθε τοίνυν, οὔτε τίνες ἐστὲ, οὔτ᾽ ἐπὶ τί γεγόνατε, οὔτε τί τοῦτ᾽
26 ἔστιν, ἐφ᾽ ὃ τὴν θέαν παρειλήφατε; Ἀλλὰ γίνεται
τινα ἀηδῆ καὶ χαλεπὰ ἐν τῷ βίῳ. Ἐν Ὀλυμπίᾳ δ᾽
οὐ γίνεται; οὐ καυματίζεσθε; οὐ στενοχωρεῖσθε; οὐ
κακῶς λούεσθε; οὐ καταβρέχεσθε, ὅταν βρέχῃ;
θορύβου δὲ καὶ βοῆς καὶ τῶν ἄλλων χαλεπῶν οὐκ
27 ἀπολαύετε; ἀλλ᾽ οἶμαι, ὅτι ταῦτα πάντα ἀντι-
τιθέντες πρὸς τὸ ἀξιόλογον τῆς θέας, φέρετε καὶ
28 ἀνέχεσθε. Ἄγε, δυνάμεις δ᾽ οὐκ εἰλήφατε, καθ᾽
ἃς οἴσετε πᾶν τὸ συμβαῖνον; μεγαλοψυχίαν οὐκ
εἰλήφατε; ἀνδρείαν οὐκ εἰλήφατε; καρτερίαν οὐκ
29 εἰλήφατε; καὶ τί ἔτι μοι μέλει, μεγαλοψύχῳ ὄντι,
τῶν ἀποβῆναι δυναμένων; τί μ᾽ ἐκστήσει, ἢ ταρά-
ξει; ἢ τί ὀδυνηρὸν φανεῖται; οὐ χρήσομαι τῇ δυνάμει

tione opus est, ubi jam nunc versatur quisque, & operibus præsens adest, ea spectandi intelligendique nullo tenebimini desiderio? Non sentietis tandem, neque qui sitis, nec ad quid nati sitis, nec quid sit illud, propter quod spectandi facultatem accepistis? At in vita sunt injucunda quædam atque molesta! Numquid Olympiæ non sunt? nonne æstus vos urit? nonne turba premimini? nonne male lavatis? non madescitis, cum pluit? non tumultum & clamorem aliasque molestias fertis? Nimirum hæc omnia, opinor, cum magnificentia spectaculorum conferentes, toleratis & sustinetis. Agite vero, nonne facultates accepistis, quibus omnem perseratis eventum? magnanimitatem non accepistis? fortitudinem non accepistis? tolerantiam non accepistis? Et quid mihi amplius ea curæ sunt, magno cum sim animo, quæ possint evenire? quid me de statu animi dejiciet, aut perturbabit? aut quid acerbum videbitur? Non utar

ea

νάμει πρὸς ἃ εἴληφα αὐτήν, ἀλλ' ἐπὶ τοῖς ἀποβαί-
νουσι πενθήσω, καὶ στενάξω.

Ναί· ἀλλ' αἱ μύξαι μου ῥέουσι. Τίνος οὖν ἕνεκα 30
χεῖρας ἔχεις; ἀνδράποδον· οὐχ ἵνα καὶ ἀπομύσσῃς
σεαυτόν; Τοῦτο οὖν εὔλογον, μύξας γίνεσθαι ἐν τῷ 31
κόσμῳ; Καὶ πόσῳ κρεῖττον ἀπομύξασθαί σε, ἢ ἐγκαλεῖν; ἢ τί οἴει ὅτι ὁ Ἡρακλῆς ἂν ἀπέβη, εἰ μὴ 32
λέων τοιοῦτος ἐγένετο, καὶ ὕδρα, καὶ ἔλαφος, καὶ
σῦς, καὶ ἄδικοί τινες ἄνθρωποι καὶ θηριώδεις, οὓς
ἐκεῖνος ἐξήλαυνε καὶ ἐκάθαιρε; καὶ τί ἂν ἐποίει, μη- 33
δενὸς τοιούτου γεγονότος; ἢ δῆλον ὅτι ἐντετυλιγμένος
ἂν ἐκάθευδεν; οὐκοῦν πρῶτον μὲν οὐκ ἂν ἐγένετο
Ἡρακλῆς, ἐν τρυφῇ τοιαύτῃ καὶ ἡσυχίᾳ νυστάζων
ὅλον τὸν βίον· εἰ δ' ἄρα καὶ ἐγένετο, τί ὄφελος
αὐτοῦ; τίς δὲ χρῆσις τῶν βραχιόνων τῶν ἐκείνου, καὶ 34
τῆς ἄλλης ἀλκῆς καὶ καρτερίας καὶ γενναιότητος,

C 3   εἰ μὴ

eâ facultate ad has res, quarum caussa eam accepi, sed in omni eventu dolebo & gemitus edam?

Næ! at mucus mihi defluit! — Cujus igitur gratiâ manus habes, mancipium? nonne etiam in hoc, ut te emungas? — Ergone rationi consentaneum est, in mundo mucos existere! — At quanto præstat, te emungere, quàm naturam inculare? Aut quem in virum evasurum fuisse Herculem existimas, nisi talis exstitisset leo & hydra & cervus & aper & injusti quidam homines & feri, quos expulit ille & expurgavit? Quid vero ille fecisset, si nihil exstitisset hujusmodi? Nempe involutus stragulis obdormiturus erat: proinde, primum, non Hercules ille erat exstiturus, si in tali luxu & quiete totam stertuisset vitam; deinde, fac tamen eum exstitisse, quid commodi inde foret? quis usus lacertorum ejus, cæterique roboris & constantiæ & generosi animi, nisi hujusmodi pericula atque occasiones excitassent eum

&

εἰμὴ τοιαῦταί τινες αὐτὸν περιστάσεις καὶ ὗλαι διή-
35 σεισαν καὶ ἐγύμνασαν; Τί οὖν; Αὐτῷ ταῦτά σι δῶ
κατασκευάζειν, καὶ ζητεῖν ποθεν λέοντα εἰσαγαγεῖν
36 εἰς τὴν χώραν τὴν αὐτοῦ, καὶ σῦν, καὶ ὕδραν; Μωρία τοῦτο καὶ μανία. γενόμενα δὲ, καὶ εὑρηθέντα,
εὔχρηστα ἦν πρὸς τὸ δεῖξαι καὶ γυμνάσαι τὸν Ἡρα-
κλέα.

37   Ἄγε οὖν καὶ σὺ, τούτων αἰσθόμενος, ἀπόβλε-
ψον εἰς τὰς δυνάμεις ἃς ἔχεις· καὶ ἀπιδὼν, εἰπέ·
Φέρε νῦν, ὦ Ζεῦ, ἣν θέλεις περίστασιν· ἔχω γὰρ
παρασκευὴν ἐκ σοῦ μοι δεδομένην, καὶ ἀφορμὰς,
πρὸς τὸ κοσμῆσαι διὰ τῶν ἀπιβαινόντων ἐμαυ-
38 τόν. Οὔ· ἀλλὰ κάθησθε, τὰ μὲν, μὴ συμβῇ,
τρέμοντες· τῶν δὲ συμβαινόντων ἕνεκα ὀδυρόμε-
39 νοι, καὶ πενθοῦντες, καὶ στένοντες. εἶτα· τοῖς
Θεοῖς ἐγκαλεῖτε. τί γάρ ἐστιν ἄλλο ἀκόλουθον
40 τῇ τοιαύτῃ ἀγεννείᾳ, ἢ καὶ ἀσέβεια; καί τοι ὅγε
Θεὸς οὐ μόνον ἔδωκεν ἡμῖν τὰς δυνάμεις ταύτας,
καθ'

& exercuissent? Quid er-
go? Hæc tibi ipsi parare
te oportet, ac operam da-
re, ut alicunde in regio-
nem tuam leonem & aprum
& hydram introducas? Id
vero stultum atque insanum
foret: sed hæc, cum exsti-
tissent atque inventa essent,
peropportuna fuere ad Herculem demonstrandum &
exercendum.

Age ergo, & tu, his
perceptis, intuere facultates quibus es instructus;
easque intuitus, dic: Inve-

he nunc, O Jupiter, quod-
cunque velis periculum;
namque vim insitam & præ-
parationem habeo à te da-
tam, & subsidia, ad me ex
his, quæcumque evene-
rint, ornandum! At non
ita: sed sedetis, alia ne
accidant trementes, ob ea
vero, quæ accidunt, eju-
lantes, lugentes & gemen-
tes. Deinde Deos incusa-
tis. Quid enim aliud ta-
lem sequitur mollitiem,
nisi impietas etiam? Et
tamen Deus non modo fa-
cul-

καθ' ἃς οἴσομεν πᾶν τὸ ἀποβαῖνον, μὴ ταπεινού-
μενοι, μηδὲ συγκλώμενοι ὑπ' αὐτοῦ· ἀλλ', ὃ ἦν ἀγαθοῦ βασιλίως, καὶ ταῖς ἀληθείαις πατρὸς, ἀκώλυτον τοῦτο ἔδωκεν, ἀναναγκαστον, ἀπαραπόδιστον,
καὶ ὅλον αὐτὸ ἐφ' ἡμῖν ἐποίησεν, οὐδ' αὐτῷ τινα πρὸς
τοῦτο ἰσχὺν ἀπολιπὼν, ὥστε κωλῦσαι ἢ ἐμποδίσαι.
Ταῦτα ἔχοντες ἐλεύθερα, καὶ ὑμέτερα, οὐ χρῆσθε 41
αὐτοῖς· οὐδ' αἰσθάνεσθε, τίνα εἰλήφατε, καὶ παρὰ τίνος· ἀλλὰ κάθησθε πενθοῦντες, καὶ στένον- 42
τες, οἱ μὲν πρὸς αὐτὸν τὸν δόντα ἀποτετυφλω-
μένοι, μηδ' ἐπιγινώσκοντες τὸν εὐεργέτην· οἱ δ'
ὑπ' ἀγεννείας εἰς μέμψεις καὶ τὰ ἐγκλήματα τῷ
Θεῷ ἐκτρεπόμενοι. Καί τοι πρὸς μεγαλοψυχίαν 43
μὲν καὶ ἀνδρείαν, ἐγὼ σοὶ δείξω, ὅτι ἀφορμὰς καὶ
παρασκευὴν ἔχεις· πρὸς δὲ τὸ μέμφεσθαι καὶ ἐγκαλεῖν ποίας ἀφορμὰς ἔχεις, σὺ μοὶ δείκνυε.

C 4   ΚΕΦ.

cultates nobis eas dedit,
quibus eventus omnes fer-
remus animis neque abje-
ctis neque fractis: sed,
quod erat boni regis, &
vere patris, hoc ita nobis
dedit, ut neque prohiberi,
neque cogi, neque impe-
diri possit, & totum hoc
nostræ subjecit potestati,
ne quidem sibi ipsi pote-
state aliquâ relictâ, quâ illud prohibeat aut impediat.
Hæc cum vos libera & ve-
stri juris habeatis, eis non
utimini; nec animadverti-

tis, quæ, & a quo illa acce-
peritis; sed sedetis lugentes & gementes, alii erga
ipsum largitorem excæcati,
neque benefactorem agno-
scentes; alii propter mollitiem ad querelas & accusationes contra Deum con-
versi. Quamquam, ad ma-
gnanimitatem & fortitudi-
nem habere te subsidia vi-
resque insitas, ego tibi
ostendam: ad querelas ve-
ro & accusationes effun-
dendas, quæ subsidia habeas, tu mihi ostende.

CAP.

ΚΕΦ. ζ.

Περὶ τῆς χρείας τῶν Μεταπιπτόντων καὶ Ὑποθετικῶν, καὶ τῶν ὁμοίων.

Ἡ περὶ τοὺς μεταπίπτοντας καὶ ὑποθετικοὺς, ἔτι δ᾽ ἐκ τοῦ ἠρωτῆσθαι περαίνοντας, καὶ πάντας ἁπλῶς τοὺς τοιούτους λόγους πραγματεία, 2 λανθάνει τοὺς πολλοὺς περὶ καθήκοντος οὖσα. ζητοῦμεν γὰρ ἐπὶ πάσης ὕλης, πῶς ἂν εὕροι ὁ καλὸς καὶ ἀγαθὸς τὴν διέξοδον καὶ ἀναστροφὴν τὴν ἐν 3 αὑτῇ καθήκουσαν. Οὐκοῦν ἢ τοῦτο λεγέτωσαν, ὅτι οὐ συγκαθήσει εἰς ἐρώτησιν καὶ ἀπόκρισιν ὁ σπουδαῖος· ἢ ὅτι, συγκαθεὶς, οὐκ ἐπιμελήσεται τοῦ μὴ εἰκῇ, μηδ᾽ ὡς ἔτυχεν, ἐν ἐρωτήσει καὶ ἀποκρίσει 4 ἀναστρέφεσθαι. μὴ τούτων δὲ μηδέτερον προσδεχό-

C A P. VII.

De usu Argumentationum variantium, (quæ Μεταπίπτοντες dicuntur) tum Hypotheticarum, earumque similium.

Ignorant vulgo, ad officii rationem pertinere tractationem Argumentationum variantium (quæ vocantur,) tum hypotheticarum, interrogando concludentium, & quæcumque omnino sunt ejus generis aliæ. Quippe In quavis proposita materia quærimus, quo pacto vir bonus & probus convenientem rationem inveniat, qua eam tractet, in eaque versetur. Aut igitur hoc dicant, ad interrogationem & responsionem non descensurum probum gravemque virum; aut, si descenderit, nullam adhibiturum curam, quo minus temerè & fortuito in responsionibus & interrogationibus versetur. Qui vero neutrum horum admiserint,

χομένοις, ἀναγκαῖον ὁμολογεῖν, ὅτι ἐπίσκεψίν
τινα ποιητέον τῶν τόπων τούτων, περὶ οὓς μάλιστα στρέφεται ἡ ἐρώτησις καὶ ἀπόκρισις. Τί 5
γὰρ ἐπαγγέλλεται ἐν λόγῳ; Τἀληθῆ τιθέναι,
τὰ ψευδῆ αἴρειν, τὰ ἄδηλα ἐπέχειν. Ἆρ' οὖν 6
ἀρκεῖ τοῦτο μόνον μαθεῖν; Ἀρκεῖ, φησίν. Οὐκοῦν
καὶ τῷ βουλομένῳ ἐν χρήσει νομίσματος μὴ δια-
πίπτειν ἀρκεῖ τοῦτο ἀκοῦσαι, διότι, Τὰς μὲν δοκί-
μους δραχμὰς παραδέχου, τὰς δ' ἀδοκίμους ἀπο-
δοκίμαζε; Οὐκ ἀρκεῖ. Τί οὖν δεῖ τούτῳ προσλα- 7
βεῖν; Τί δὲ ἄλλο, ἢ δύναμιν δοκιμαστικήν τε καὶ
διακριτικὴν τῶν δοκίμων τε καὶ ἀδοκίμων δραχ-
μῶν; Οὐκοῦν καὶ ἐπὶ λόγου οὐκ ἀρκεῖ τὸ λεχ- 8
θὲν, ἀλλ' ἀνάγκη δοκιμαστικὸν γενέσθαι, καὶ
διακριτικὸν τοῦ ἀληθοῦς καὶ τοῦ ψευδοῦς, καὶ τοῦ
ἀδήλου; Ἀνάγκη. Ἐπὶ τούτοις τί παραγγέλ- 9
λεται ἐν λόγῳ; Τὸ ἀκόλουθον τοῖς δοθεῖσιν ὑπὸ

C 5   σοῦ

ferint, fateantur necesse
est, istorum locorum considerationem aliquam haben-
dam esse, in quibus maxi-
me versatur interrogatio &
responsio. Quid enim pro-
mittitur in disputatione?
Ponere vera, falsa tollere,
ab incertis adsensionem cohibere. An igitur satis est,
hoc solum nosse? Satis,
Inquit. Ergo ei etiam,
qui in usu monetæ errare
non vult, satis est, hoc audisse, probas drachmas esse accipiendas, adulterinas
vero repudiandas? Non
satis. Quid ergo huic ad-
jungendum? Quid aliud,
nisi facultas probas &
adulterinas drachmas ex-
plorandi dijudicandique?
Quapropter nec in disputatione sufficit audisse id
quod dictum est; sed ex-
ploratorem te fieri necesse
est, &, quid verum sit,
quid falsum, quid incer-
tum, posse dijudicare? Necesse. Posthæc in disputatione quid præcipitur? Id
quod a te rectè concessis
con-

10 σῶ καλῶς, παραδέχου. Ἄγε, ἀρκεῖ οὖν κἀνταῦθα, τοῦτο γνῶναι; Οὐκ ἀρκεῖ· δεῖ δὲ μαθεῖν,
πῶς τί τισιν ἀκόλουθον γίνεται, καὶ πότε μὲν ἓν
11 ἑνὶ ἀκολουθεῖ, πότε δὲ πλείοσι κοινῇ. Μή ποτε
οὖν καὶ τοῦτο ἀνάγκη προσλαβεῖν τὸν μέλλοντα ἐν
λόγῳ συνετῶς ἀναστραφήσεσθαι, καὶ αὐτόν τε ἀπο-
δείξειν ἕκαστα ἀποδόντα, καὶ τοῖς ἀποδεικνύουσι πα-
ρακολουθήσειν, μηδ' ὑπὸ τῶν σοφιζομένων διαπλανη-
12 θήσεσθαι, ὡς ἀποδεικνύοντων; Οὐκοῦν ἐλήλυθεν
ἡμῖν ἡ περὶ τῶν συναγόντων λόγων καὶ τρόπων
πραγματεία καὶ γυμνασία, καὶ ἀναγκαία πέφηνεν.
13 Ἀλλὰ δὴ ἔστιν ἐφ' ὧν δεδώκαμεν ὑγιῶς τὰ
λήμματα, καὶ συμβαίνει τι ἐξ αὐτῶν· ψεῦδος
14 δι' ὃν, οὐδὲν ἧττον συμβαίνει. Τί οὖν μοι καθήκει ποιεῖν; προσδέχεσθαι τὸ ψεῦδος; Καὶ πῶς οἷόν
15 τε; Ἀλλὰ λέγειν, ὅτι, Οὐχ ὑγιῶς παρεχώρησα
τὰ

consequens fuerit, admittendum tibi esse. Age, numquid & hic satis est, hoc præceptum nosse? Non satis: sed addiscendum, quomodo aliquid aliquibus sit consectarium, & quando unum sit uni consequens, quando pluribus conjunctim. Videndum igitur, ne & hoc adsumendum ei sit, qui scienter in disputationibus versari velit, ut & ipse singula demonstrare possit quæ tradit, & demonstrationes aliorum intelligat, neque a sophistis, tamquam demonstrantibus, decipiatur. Inde itaque venit nobis tractatio atque exercitatio concludentium rationum modorumque, & necessaria visa est.

At vero fit interdum, ut, quas propositiones recte concessimus, ex iis aliquid concludatur, quod falsum est, neque tamen eo minus inde concluditur. Quid igitur mihi convenit ut faciam? Num admittam mendacium? Id vero qui possim? An dicam, ea quibus adsensus eram, non recte fuisse a me concessa? Atqui

τὰ ὡμολογημένα; Καὶ μὴν οὐδὲ τοῦτο δίδοται.
Ἀλλ' ὅτι οὐ συμβαίνει διὰ τῶν παρακεχωρημέ-
νων; Ἀλλ' οὐδὲ τοῦτο δίδοται. Τί οὖν ἐπὶ τούτων 16
ποιητέον; ἢ μή ποτε, ὡς οὐκ ἀρκεῖ τὸ δανείσα-
σθαι πρὸς τὸ ἔτι ὀφείλειν, ἀλλὰ δεῖ προσεῖναι καὶ
τὸ ἐπιμένειν ἐπὶ τοῦ δανείου, καὶ μὴ διαλελύσθαι
αὐτό· οὕτως οὐκ ἀρκεῖ πρὸς τὸ δεῖν παραχωρεῖν
τὸ ἐπιφερόμενον, τὸ δεδωκέναι τὰ λήμματα, δεῖ
δ' ἐπιμένειν ἐπὶ τῆς παραχωρήσεως αὐτῶν.
καὶ δὴ μενόντων μὲν αὐτῶν εἰς τέλος ὁποῖα παρε- 17
χωρήθη, πᾶσα ἀνάγκη ἡμᾶς ἐπὶ τῆς παραχωρήσεως ἐπιμένειν, καὶ τὸ ἀκόλουθον αὐτοῖς προσδέχε- 18
σθαι· μὴ μενόντων δὲ αὐτῶν ὁποῖα παρεχωρήθη, καὶ
ἡμᾶς πᾶσα ἀνάγκη τῆς παραχωρήσεως ἀφίστασθαι,
καὶ τοῦ τὸ ἀνακόλουθον τοῖς αὐτῶν λόγοις προσδέχεσθαι. οὐδὲ γὰρ ἡμῖν ἔτι, οὐδὲ καθ' ἡμᾶς συμ- 19
βαίνει

Atqui ne hoc quidem datur. An, ex eis quæ concessa fuerint, hæc non effici? At neque hoc datur. Quid igitur in his faciendum? Vide an non, quemadmodum ad hoc, ut adhuc debeas, non satis est te mutuo sumsisse, sed illud etiam accedat oportet, ut ære alieno obstrictus manseris, & debitum nondum dissolveris; sic, ut tenearis ad concedendum id quod infertur, non satis sit concessisse te pronunciata quæ sunt ab altero posita, verum etiam persistendum sit in eorum concessione. Et quod si illa quidem ad extremum usque talia permanserint, qualia sunt concessa; omnino necessarium est, concessionem nostram ratam nos habere, & id quod est illis consequens amplecti: quod si vero talia non permanserint, qualia sunt concessa; nos etiam omnino necessarium est a concessione discedere, & id, quod ex nostris rationibus non consequitur, minime amplecti. Neque enim ad nos jam pertinet, neque arbitratu nostro

βαίνει τοῦτο τὸ ἐπιφερόμενον, ἐπειδὴ τῆς συγχωρή-
20 σεως τῶν λημμάτων ἀπέστημεν. Δεῖ οὖν καὶ τὰ
τοιαῦτα τῶν λημμάτων ἱστορῆσαι, καὶ τὴν τοιαύτην μεταβολήν τε καὶ μετάπτωσιν αὐτῶν, καθ᾽
ἣν ἐν αὐτῇ τῇ ἐρωτήσει, ἢ τῇ ἀποκρίσει, ἢ τῷ
συλλελογίσθαι, ἤ τινι ἄλλῳ τοιούτῳ, λαμβά-
νοντα τὰς μεταπτώσεις, ἀφορμὴν παρέχει τοῖς
ἀνοήτοις τοῦ ταράσσεσθαι, μὴ βλέπουσι τὸ ἀκό-
21 λουθον. Τίνος ἕνεκα; Ἵν᾽ ἐν τῷ τόπῳ τούτῳ μὴ
παρὰ τὸ καθῆκον, μηδὲ συγκεχυμένως ἀναστρε-
φώμεθα.

22   Καὶ τὸ αὐτὸ ἐπί τε τῶν ὑποθέσεων, καὶ τῶν ὑποθετικῶν λόγων. ἀναγκαῖον γὰρ ἔστιν ὅτε αἰτῆσαί
23 τινα ὑπόθεσιν, ὥσπερ ἐπιβάθραν τῷ ἑξῆς λόγῳ. Πᾶσαν οὖν τὴν δοθεῖσαν παραχωρητέον, ἢ οὐ πᾶσαν;
24 καὶ, εἰ οὐ πᾶσαν, τίνα; Παραχωρήσαντι δὲ, με-
νετέον

noſtro concluditur quod infertur, poſtquam a conceſ-
ſione ſumtionum receſſeri-
mus. Eſt igitur etiam hu-
juſmodi propoſitionum ra-
tio, earumque mutatio &
tranſitio (*ex alia ſententia
in aliam*) diligenter co-
gnoſcenda; qua illæ, dum
ſive in ipſa interrogatione,
ſive in reſponſione, ſive in
concludendo ſyllogiſmo,
ſive in alio hujusmodi genere, mutationem aliquam
accipiunt, occaſionem perturbationis præbent inco-
gitantibus, qui non vident
quid rem quamque conſe-

quatur. Quâ de cauſſâ id
curare debemus? Ne in
hoc loco contra id quod
convenit, ne turbulenter
atque temere verſemur.

Atque idem & in hypo-
theſibus & bypotheticis argumentationibus eſt ſer-
vandum. Aliquando enim
neceſſe eſt, bypotheſin po-
ſtulare, quâ, veluti ponte
quodam, ad ea quæ ſe-
quuntur tranſeatur. Num-
quid ergo quælibet data
hypotheſis concedenda eſt,
aut non quælibet? quod
ſi non quælibet, quænam?
Si

νετέον εἰσάπαν ἐπὶ τῆς τηρήσεως; ἢ ἔστιν ὅτε ἀποστατέον, τὰ δ' ἀκόλουθα προσδεκτέον, καὶ τὰ
μαχόμενα οὐ προσδεκτέον; Ναί. Ἀλλὰ λέγει 25
τις, ὅτι, Ποιήσω σε, δυνατοῦ δεξάμενον ὑπόθεσιν,
ἐπ' ἀδύνατον ἀπαχθῆναι. πρὸς τοῦτον οὐ συγκαθήσει ὁ Φρόνιμος, ἀλλὰ Φεύξεται ἐξέτασιν καὶ
κοινολογίαν; Καὶ τίς ἔτι ἄλλος ἐστὶ λόγῳ χρη- 26
στικὸς, καὶ δεινὸς ἐρωτήσει καὶ ἀποκρίσει, καὶ νὴ
Δία ἀνεξαπάτητός τε καὶ ἀσόφιστος; Ἀλλὰ συγ- 27
καθήσει μὲν, οὐκ ἐπιστραφήσεται δὲ τοῦ μὴ εἰκῇ
καὶ ὡς ἔτυχεν ἀναστρέφεσθαι ἐν λόγῳ; Καὶ πῶς
ἔτι ἔστι τοιοῦτος, οἷον αὐτὸν ἐπινοοῦμεν; Ἀλλ' ἄνευ 28
τινὲς τοιαύτης γυμνασίας καὶ παρασκευῆς φυλάττειν οἷός τε ἐστὶ τὸ ἑξῆς; Τοῦτο δεικνύτωσαν, 29
καὶ παρέλκει τὰ θεωρήματα ταῦτα πάντα, ἄτοπα

Si vero concefferis; eſtne quovis modo in eo tenendo perſeverandum? an aliquando ab eo recedendum, ac conſequentia quidem admittenda ſunt, pugnantia vero repudianda? Certe. At efficiam, inquit aliquis, ut, admiſſa hypotheſi rei quæ fieri poſſit, ad id perducaris quod fieri nequit. Cum hoc homine vir prudens prorſus non congredietur? ſed ejus diſputationem & colloquium fugiet? At quis alius ſupereſt, qui uti ratiocinatione poſſit? quis interrogandi & reſpondendi peritus, atque adeo talis, ut neque decipi, neque fallaci concluſione in fraudem illici poſſit? Imo, congredietur quidem cum eo? ſed hoc non curabit, ne temere ac fortuito in diſputatione verſetur? Quo pacto ergo adhuc talis eſt, qualem eum eſſe oportere intelligimus? At ſine tali aliqua exercitatione & præparatione poterit id, quod cuique conſequens eſt, tenere? Oftendant hoc; & fatebimur ſupervacaneas eſſe omnes iſtas ſpeculationes, abſurdas, & a notione, quam de viro probo gravique infor

πα ἦν καὶ ἀνακόλουθα τῇ προλήψει τοῦ σπου-
δαίου.

30   Τί ὅτι ἀργοὶ καὶ ῥάθυμοι καὶ νωθροί ἐσμεν,
καὶ προφάσεις ζητοῦμεν, καθ' ἃς οὐ πονήσομεν,
οὐδ' ἀγρυπνήσομεν, ἐξεργαζόμενοι τὸν αὑτῶν λό-
31 γον; -- Ἂν οὖν ἐν τούτοις πλανηθῶ, μή τι τὸν
πατέρα ἀπέκτεινα; -- Ἀνδράποδον, ποῦ γὰρ ἐνθάδε πατὴρ ἦν, ἵν' αὐτὸν ἀποκτείνῃς; τί οὖν ἐποίησας; ὃ μόνον ἦν κατὰ τὸν τόπον ἁμάρτημα,
32 τοῦτο ἡμάρτηκας. Ἐπεί τοι ταῦτ' αὐτὸ καὶ ἐγὼ
Ῥούφῳ εἶπον, ἐπιτιμῶντί μοι, ὅτι τὸ παραλειπόμενον ἓν ἐν συλλογισμῷ τινι οὐχ εὕρισκον· Μὴ
γὰρ, ἔφην, τὸ Καπιτώλιον ἐνέπρησα; ὁ δ', Ἀνδράποδον, ἔφη, ἐνθάδε τὸ παραλειπόμενον Καπι-
33 τώλιόν ἐστιν; Ἢ ταῦτα μόνα ἁμαρτήματά ἐστι,
τὸ Καπιτώλιον ἐμπρῆσαι, καὶ τὸν πατέρα ἀποκτεῖναι; τὸ δ' εἰκῇ καὶ μάτην καὶ ὡς ἔτυχεν χρῆσθαι ταῖς φαντασίαις ταῖς αὑτοῦ, καὶ μὴ παρα-
κολου-

formatam animo habemus, alienas.

Quid adhuc inertes, socordes, ignavi sumus, & fugiendi laboris vigiliarumque caussas quæritamus? neque vigilabimus, ut rationem expoliamus nostram? — — Si ergo in his aberraro, numquid patrem occidi? — — Mancipium, ubi hîc pater erat, ut eum occideres? Quid ergo fecisti? Quod unum hujus loci delictum, erat, in eo deliquisti. Nam hoc ipsum & ego Rufo dicebam, objurganti me, quòd id, quod syllogismo quodam prætermissum erat, non reperissem: Numquid, inquam, Capitolium incendi? At ille: Mancipium, inquit, anne, quòd hie prætermittitur, Capitolium est? Aut eane sola delicta sunt, incendisse Capitolium, & occidisse patrem? temere autem & frustrà, fortuitóque suis uti visis,

κολουθεῖν λόγῳ, μηδ' ἀποδείξει, μηδὲ σοφίσματι,
μηδ' ἁπλῶς βλέπειν τὸ καθ' αὑτὸν καὶ οὐ καθ'
αὑτὸν ἐν ἐρωτήσει καὶ ἀποκρίσει· τούτων δ' οὐδέν
ἐστιν ἁμάρτημα;

ΚΕΦ. ς'.

Ὅτι αἱ Δυνάμεις τοῖς ἀπαιδεύτοις οὐκ ἀσφαλεῖς.

Καθ' ὅσους τρόπους μεταλαμβάνειν ἐστὶ τὰ ἰσο-
δυναμοῦντα ἀλλήλοις· κατὰ τοσούτους καὶ τὰ
εἴδη τῶν ἐπιχειρημάτων τε καὶ ἐνθυμημάτων ἐν
τοῖς λόγοις ἐμποιεῖ μεταλαμβάνειν. οἷον φέρε 2
τὸν τρόπον τοῦτον· Εἰ ἐδάνεισω, καὶ μὴ ἀπέδω-
κας, ὀφείλεις μοι τὸ ἀργύριον· οὐχὶ ἐδάνεισω
μὲν, καὶ οὐκ ἀπέδωκας· οὐκοῦν οὐ μὴν ὀφείλεις
μοι τὸ ἀργύριον. Καὶ τοῦτο οὐδενὶ μᾶλλον προσ- 3
ήκει, ἢ τῷ Φιλοσόφῳ, ἐμπείρως ποιεῖν. εἴπερ γὰρ
ἀτε-

vilis, neque argumentationem aut demonstrationem aut captionem intelligere; neque omnino videre in interrogatione & responsione, quid nostris positis vel concessis consentaneum sit, quid non: in nulla vero harum rerum inest peccatum?

CAP. VIII.

Facultates non sine periculo esse hominibus ineruditis.

Quot modis æquipollentia variari possunt; totidem modis etiam epicherematum & enthymematum species in disserendo possunt variari. Exemplo sit modus hicce: *Si mutuatus es, et non reddidisti, debes mihi pecuniam. Atqui non mutuatus es, nec reddidisti. Non ergo pecuniam mihi debes.* Et hoc dextre facere, nemini magis, quam philosopho convenit. Nam si
enthy-

ἀτελὴς συλλογισμός ἐστι τὸ ἐνθύμημα, δῆλον ὅτι
ὁ περὶ τὸν τέλειον συλλογισμὸν γεγυμνασμένος,
αὐτὸς ἂν ἱκανὸς εἴη καὶ περὶ τὸν ἀτελῆ οὐδὲν
ἧττον.

4 Τί ποτ' οὖν οὐ γυμνάζομεν αὑτούς τε καὶ ἀλ-
5 λήλοις τὸν τρόπον τοῦτον; Ὅτι νῦν, καί τοι μὴ
γυμναζόμενοι περὶ ταῦτα, μηδ' ἀπὸ τῆς ἐπιμελείας τοῦ ἤθους ὑπό γε ἐμοῦ περισπώμενοι, ὅμως
6 δ' οὐδὲν ἐπιδίδομεν εἰς καλοκαγαθίαν. τί οὖν χρὴ
προσδοκᾶν, εἰ καὶ ταύτην τὴν ἀσχολίαν προσλά-
βοιμεν; καὶ μάλισθ', ὅτι οὐ μόνον ἀσχολία τις
ἀπὸ τῶν ἀναγκαιοτέρων αὕτη προσγένοιτ' ἄν, ἀλλὰ καὶ οἰήσεως ἀφορμὴ, καὶ τύφου, οὐχ ἡ τυχοῦ-
7 σα. μεγάλη γάρ ἐστι δύναμις ἡ ἐπιχειρητικὴ καὶ
πιθανολογικὴ, καὶ μάλιστ' εἰ τύχοι γυμνασίας
ἐπιπλέον, καὶ τινα καὶ εὐπρέπειαν ἀπὸ τῶν ὀνομάτων
8 προσλάβοι. ὅτι καὶ ἐν τῷ καθόλου πᾶσα δύναμις

ἐπι-

enthymema imperfectus est syllogismus; intelligitur, eum, qui in perfecto syllogismo est exercitatus, in imperfecto etiam nihilo minus fore satis instructum.

Cur igitur non & nosmetipsos & nos inter nos in hoc genere exercemus? Quia nunc, etsi in his non exercemur, neque a cura morum, per me quidem, avellimur; tamen virtute nihilo reddimur auctiores. Quid ergo exspectandum foret, si & istam occupationem adjungeremus? & præsertim. cum ea non modo a rebus magis necessariis nos abstractura esset, sed & arrogantiæ & insolentiæ occasio non parva inde accessura. Magna enim vis est argumentandi & probabiliter disputandi; eoque major, si exercitatione diuturnâ acuatur, atque etiam bella quædam verborum species accedat. Nam & in universum quælibet facultas hominibus indoctis

&

ἐπισφαλὴς, τοῖς ἀπαιδεύτοις καὶ ἀσθενέσι προσγε-
νομένη, πρὸς τὸ ἐπᾶραι καὶ χαυνῶσαι ἐπ' αὐτῇ.
Ποίᾳ γὰρ ἄν τις ἔτι μηχανῇ πείσαι τὸν νέον 9
τὸν ἐν τούτοις διαφέροντα, ὅτι οὐ δεῖ προσθήκην
αὐτὸν ἐκείνων γενέσθαι, ἀλλ' ἐκεῖνα αὐτῷ προσθεῖναι; οὐχὶ δὲ πάντας τοὺς λόγους τούτους κατα- 10
πατήσας, ἐπηρμένος ἡμῖν καὶ πεφυσημένος περιπατεῖ, μηδ' ἀνεχόμενος ἄν τις ἅπτηται αὐτοῦ, ὑπομι-
μνήσκων, τίνος ἀπολελαμμένος, ποῦ ἀποκέκλικε;

Τί οὖν; Πλάτων Φιλόσοφος οὐκ ἦν; Ἱππο- 11
κράτης γὰρ ἰατρὸς οὐκ ἦν; Ἀλλ' ὁρᾷς πως Φράζει Ἱπποκράτης. Μή τι οὖν Ἱπποκράτης οὕτω 12
Φράζει, καθὸ ἰατρός ἐστι; τί οὖν μιγνύεις πράγματα, ἄλλως ἐπὶ τῶν αὐτῶν ἀνθρώπων συνδρα-
μόντα; Εἰ δὲ καλὸς ἦν Πλάτων καὶ ἰσχυρός· ἔδει 13
κᾀμὲ καθήμενον ἐκπονεῖν, ἵνα καλὸς γίνωμαι, ἢ
ἵνα ἰσχυρός· ὡς τοῦτο ἀναγκαῖον πρὸς Φιλοσο-
Φίαν,

& infirmis periculum ad-
fert, ne propter illam effe-
rantur & infolefcant. Nam
quâ ratione adolefcenti his
rebus præftanti perfuadeas,
non oportere ipfum accef-
fionem fieri illarum facolta-
tum, fed illas tamquam ac-
ceffionem adjungere fibi?
An non rationibus his om-
nibus conculcatis, elatus
& inflatus nobis obambula-
bit, neque feret eam qui
admonere inftituat, quibus
rebus omiffis, ad quas de-
flexerit?

Quid ergo? Plato phi-
lofophus non fuit? (*Vicif-
fim quæro ego ex te:*) Hippocrates medicus non fuit?
At vides, quomodo loqui-
tur Hippocrates. An ergo
Hippocrates fic loquitur,
quatenus medicus eft? quid
ergo res mifces, fortuito
in iifdem hominibus con-
junctas? Quod fi formo-
fus fuit Plato, & robuftus;
idcirco mihi quoque fedulo
elaborandum fuit, ut for-
mofus evaderem, aut ut robuftus? Quafi vero ad phi-
lofo-

φίαν, ἐπεί τις φιλόσοφος ἅμα καὶ καλὸς ἦν καὶ
14 φιλόσοφος; οὐ θέλεις αἰσθάνεσθαι καὶ διακρίναι
κατὰ τί οἱ ἄνθρωποι γίνονται φιλόσοφοι, καὶ τίνα
ἄλλως αὐτοῖς πάρεστιν; ἄγε, εἰ δ᾽ ἐγὼ φιλόσο-
15 φος ἤμην, ἔδει ὑμᾶς καὶ χωλοὺς γενέσθαι; Τί
οὖν; ἀναιρῶ τὰς δυνάμεις ταύτας; μὴ γίνοιτο·
16 οὐδὲ γὰρ τὴν ἐρατικήν. Ὅμως δ᾽, ἄν μου πυνθάνῃ, τί ἐστιν ἀγαθὸν τοῦ ἀνθρώπου· οὐκ ἔχω σοι
ἄλλο εἰπεῖν, ἢ ὅτι ποιὰ προαίρεσις φαντασιῶν.

ΚΕΦ. Θ'.

**Πῶς ἀπὸ τοῦ συγγενεῖς ἡμᾶς εἶναι τῷ Θεῷ, ἐπέλθοι
ἄν τις ἐπὶ τὰ ἑξῆς.**

Εἰ ταῦτά ἐστιν ἀληθῆ τὰ περὶ τῆς συγγενείας
τοῦ Θεοῦ καὶ ἀνθρώπων λεγόμενα ὑπὸ τῶν φιλο-
σόφων·

Iosophiam id necessario requiratur; quoniam philosophus aliquis simul & formosus fuit & philosophus? Non discernes atque animadvertes, quid sit, quo homines fiant philosophi, & quae res aliunde & per alias caussas iis insint? Age vero, si ego philosophus essem; volne etiam claudos fieri oporteret? Quid ergo? tollo facultates istas? Absit; neque enim videndi facultatem tollo. Attamen si me roges, quod sit hominis bonum; aliud non habeo quod dicam, nisi certum quoddam visorum animi institutum.

CAP. IX.

*Qua ratione ab eo, quod cognationem habemus cum
Deo, progrediare ad reliqua.*

Si vera sunt haec, quae de cognatione Dei. & hominum a philosophis dicuntur; quid aliud hominibus
est

σοφῶν· τί ἄλλο ἀπολείπεται τοῖς ἀνθρώποις,
ἢ τὸ τοῦ Σωκράτους, μηδέποτε πρὸς τὸν πυθόμε-
νον, ποδαπός ἐστιν, εἰπεῖν ὅτι Ἀθηναῖος ἢ Κορίν-
θιος, ἀλλ' ὅτι Κόσμιος; Διὰ τί γὰρ λέγεις Ἀθη- 2
ναῖον εἶναι σεαυτὸν, οὐχὶ δ' ἐξ ἐκείνης μόνον τῆς
γωνίας, εἰς ἣν ἐῤῥίφη γεννηθὲν σου τὸ σωμάτιον; ἢ 3
δῆλον ὅτι ἀπὸ τοῦ κυριωτέρου, καὶ περιέχοντος οὐ
μόνον αὐτὴν ἐκείνην τὴν γωνίαν καὶ ὅλην σου τὴν
οἰκίαν, ἀλλὰ καὶ ἁπλῶς, ὅθεν σου τὸ γένος τῶν
προγόνων εἰς σὲ κατελήλυθεν, ἐντεῦθεν ποθὲν καλεῖς σεαυτὸν Ἀθηναῖον καὶ Κορίνθιον; Ὁ τοίνυν τῇ 4
διοικήσει τοῦ κόσμου παρηκολουθηκὼς, καὶ μεμαθηκὼς, ὅτι τὸ μέγιστον καὶ κυριώτατον καὶ περι-
εκτικώτατον πάντων τοῦτό ἐστι τὸ σύστημα τὸ ἐξ
ἀνθρώπων καὶ Θεοῦ, ἀπ' ἐκείνου δὲ τὰ σπέρματα
καταπέπτωκεν οὐκ εἰς τὸν πατέρα τὸν ἐμὸν μόνον,
οὐδ' εἰς τὸν πάππον, ἀλλ' εἰς ἅπαντα μὲν τὰ

D 2

ἐπὶ

est reliquum, quam Socra-
ticum illud, ut interroga-
tus, cujas sis, numquam te
Athenienfem aut Corin-
thium esse respondeas, sed
Mundanum? Cur enim te
Athenienfem nominas, ac
non potius ex illo duntaxat
angulo, in quem proje-
ctum fuit tuum cùm nasce-
retur corpufculum? Sa-
ne perspicuum est, nomen
Athenienfis aut Corinthii
te tibi fumere ab eo loco,
cujus major est auctoritas,
quique non illum folum angulum, univerfamque tuam
domum continet, fed etiam
illud omnino fpatium, un-
de majorum tuorum genus
ad te propagatum est. Quicumque igitur mundi ad-
ministrationem animo at-
que intelligentiâ comple-
xus est, didicitque, hanc
esse maximam, & longe om-
nium præcipuam, latiffi-
meque patentem congrega-
tionem, quæ constat ex
hominibus & Deo; ab hoc
vero femina non folum in
patrem meum aut avum de-
lapfa esse, sed in cuncta
quæ in terra generantur

na-

ἐπὶ γῆς γεννώμενά τε καὶ φυόμενα, προηγουμένως
5 δ' εἰς τὰ λογικά· (ὅτι κοινωνεῖν μόνον ταῦτα πέφυκε τῷ Θεῷ τῆς συναναστροφῆς, κατὰ τὸν λό-
6 γον ἐπιπεπλεγμένα·) διατί μὴ εἴπῃ τις αὐτὸν
Κόσμιον; διατί μὴ υἱὸν τοῦ Θεοῦ; διατί δὲ φοβη-
7 θήσεταί τι τῶν γινομένων ἐν ἀνθρώποις; Ἀλλὰ
πρὸς μὲν τὸν Καίσαρα ἡ συγγένεια, ἢ ἄλλον τινὰ τῶν μέγα δυναμένων ἐν Ῥώμῃ, ἱκανὴ παρέχειν ἐν ἀσφαλείᾳ διάγοντας εἶναι, καὶ ἀκαταφρο-
νήτους, καὶ δεδοικότας μηδ' ὁτιοῦν· τὸ δὲ τὸν
Θεὸν ποιητὴν ἔχειν, καὶ πατέρα, καὶ κηδεμόνα,
8 οὐκέτι ἡμᾶς ἐξαιρήσεται λυπῶν καὶ φόβων; Καὶ
πόθεν φάγω, φησί, μηδὲν ἔχων; Καὶ πῶς οἱ δοῦλοι, πῶς οἱ δραπέται, τίνι πεποιθότες ἐκεῖνοι, ἀπ-
αλλάττονται τῶν δεσποτῶν; τοῖς ἀγροῖς, ἢ τοῖς
οἰκέταις, ἢ τοῖς ἀργυρώμασιν; οὐδενί, ἀλλ' ἑαυ-
9 τοῖς· καὶ ὅμως οὐκ ἐπιλείπουσιν αὐτοὺς τροφαί. τὸν
δὲ φιλόσοφον ἡμῖν δεήσει ἄλλοις θαρροῦντα καὶ
ἐπανα-

nafcunturque, præcipue vero in ea quæ funt ratione
prædita: (quippe hæc fola
ad communitatem confue-
tudinemque cum Deo nata
funt, per ipfam rationem
cum eo conjuncta:) cur
quis fe Mundanum non no-
minet? cur non Dei fi-
lium? cur quidquam, quod
in rebus fiat humanis, ti-
meat? At Cæfaris quidem
cognatio, aut alterius alicujus qui multum Romæ
poteft, fatis præfidii habebit, ut in tuto vivamus, &
fine contemtu, omnique timore vacui: Deum vero
cum habeamus auctorem,
& patrem, & curatorem,
hoc nos triftitiâ & timore
non liberabit? At unde
comedam, inquit, cum ni-
hil habeam? Quonam ve-
ro modo fervi, quo modo
fugitivi, quâ illi re freti,
fuos deferunt dominos?
num agris, num fervis,
aut argenteis vafis? nullâ
aliâ re, nifi femetipfis: &
tamen vis alimenta non de-
funt. Philofophum autem
opor-

ἐπαναπαυόμενον ἀποδημεῖν, καὶ μὴ ἐπιμελεῖσθαι
αὐτὸν αὑτοῦ, καὶ τῶν θηρίων τῶν ἀλόγων εἶναι
χείρονα καὶ δειλότερον, ὧν ἕκαστον αὐτὸ αὑτῷ
ἀρκούμενον, οὔτε τροφῆς ἀπορεῖ τῆς οἰκείας,
οὔτε διεξαγωγῆς τῆς καταλλήλου καὶ κατὰ
φύσιν;

'Εγὼ μὲν οἶμαι, ὅτι ἔδει καθῆσθαι τὸν πρεσβύ- 10
τερον ἐνταῦθα, οὐ τοῦτο μηχανώμενον, ὅπως μὴ τα-
πεινοφρονήσητε, μηδὲ ταπεινοὺς μηδ' ἀγεννεῖς τινας
διαλογισμοὺς διαλογιεῖσθε αὐτοὶ περὶ ἑαυτῶν· ἀλ- 11
λὰ μή τινες ἐμπίπτωσι τοιοῦτοι νέοι, οἳ ἐπιγνόντες
τὴν πρὸς τοὺς Θεοὺς συγγένειαν, καὶ ὅτι δεσμά τινα
ταῦτα προσηρτήμεθα, τὸ σῶμα καὶ τὴν κτῆσιν
αὐτοῦ, καὶ ὅσα τούτων ἕνεκα ἀναγκαῖα ἡμῖν γίνεται εἰς οἰκονομίαν καὶ ἀναστροφὴν τὴν ἐν τῷ βίῳ,
ὡς βάρη τινὰ καὶ ἀνιαρὰ καὶ ἀβάστακτα ἀπορ-
ρίψαι θέλωσι, καὶ ἀπελθεῖν πρὸς τοὺς συγγε-

D 3

νεῖς.

oportebit scilicet, aliis confidentem & adquiescentem, peregrinari, neque ipsum sui curam gerere, sed brutis animantibus esse deteriorem & timidiorem, quorum singula per se semetipsis contenta, neque proprio carent alimento, neque vitæ ratione naturæ suæ adcommodatâ atque contentaneâ?

Equidem arbitrabar, senem hic sedere oportuisse, non qui id ageret, ut ne humilibus essetis animis, neque ut humiles abjectosve de vobis sermones haberetis; sed ne qui tales existerent adolescentes, qui cognatione, quæ cum Diis hominibus intercedat, agnitâ, quique intelligentes vincula quibus sumus adstricti, corpus nempe, & illius possessionem, & quæcumque propter hæc nobis sunt ad vitam sustentandam degendamque necessaria, ista velut onera quædam molesta & intolerabilia abjicere vellent, & ad suos cognatos abire. Atque hoc certamen præceptor vester

&

12 νεῖς. καὶ τοῦτον ἔδει τὸν ἀγῶνα ἀγωνίζεσθαι τὸν
διδάσκαλον ὑμῶν καὶ παιδευτήν, εἴ τις ἄρα ἦν·
ὑμᾶς μὲν ἔρχεσθαι λέγοντας, Ἐπίκτητε, οὐκέτι
ἀνεχόμεθα μετὰ τοῦ σωματίου τούτου δεδεμέ-
νοι, καὶ τοῦτο τρέφοντες καὶ ποτίζοντες, καὶ
ἀναπαύοντες, καὶ καθαίροντες, εἶτα δι' αὐτὸ συμ-
13 περιφερόμενοι τοῖσδε καὶ τοῖσδε. οὐκ ἀδιάφορα
ταῦτα, καὶ οὐδὲν πρὸς ἡμᾶς; καὶ ὁ θάνατος οὐ
κακός; καὶ συγγενεῖς τινες τοῦ Θεοῦ ἐσμεν, κα-
14 κεῖθεν ἐληλύθαμεν; ἄφες ἡμᾶς ἀπελθεῖν, ὅθεν
ἐληλύθαμεν· ἄφες λυθῆναί ποτε τῶν δεσμῶν
15 τούτων, τῶν ἐξηρτημένων καὶ βαρούντων. ἐνταῦθα λῃσταὶ, καὶ κλέπται, καὶ δικαστήρια, καὶ
οἱ καλούμενοι τύραννοι, δοκοῦντες ἔχειν τινὰ ἐφ'
ἡμῖν ἐξουσίαν, διὰ τὸ σωμάτιον καὶ τὰ τούτου
κτήματα· ἄφες δείξωμεν αὐτοῖς, ὅτι οὐδενὸς
16 ἔχουσιν ἐξουσίαν. Ἐμὲ δὲ ἐν τῷδε λέγει, ὅτι,

Ἄνθρω-

& institutor, si modo esset
ille aliquis, decertare de-
bebat; ut vos quidem eum
adiretis, dicentes: „Epi-
„ctete, nos corpusculi hu-
„jus vincula tolerare diu-
„tius non possumus, cibo
„scilicet potuque reficien-
„tes, & quietem præben-
„tes, & repurgantes, &
„propter ipsum aliis atque
„aliis nosmet adcommodan-
„tes. Annon indifferentia
„sunt ista, & nihil ad nos?
„nonne mors mala non
„est? nonne quædam cum
„Deo nobis est cognatio,
„atque inde huc deveni-
„mus? Permitte nobis, ut
„illuc abeamus, unde veni-
„mus: permitte, ut his li-
„beremur vinculis, quibus
„adstricti sumus & prægra-
„vati. Hic latrones, fu-
„res, tribunalia, quique
„tyranni adpellantur, pote-
„statem aliquam in nos,
„propter corpusculum, il-
„liusque possessiones, se
„existimantes habere: sine,
„eis ostendamus, nihil eos
„habere potestatis." Me
vero

Ἄνθρωποι, ἐκδέξασθε τὸν Θεόν. ὅταν ἐκεῖνος σημήνῃ καὶ ἀπολύσῃ ὑμᾶς ταύτης τῆς ὑπηρεσίας, τότ'
ἀπολύεσθε πρὸς αὐτόν· ἐπὶ δὲ τοῦ παρόντος ἀνά-
σχεσθε ἐνοικοῦντες ταύτην τὴν χώραν, εἰς ἣν ἐκεῖνος ὑμᾶς ἔταξεν. ὀλίγος ἄρα χρόνος οὗτος ὁ τῆς   17
οἰκήσεως, καὶ ῥᾴδιος τοῖς οὕτω διακειμένοις. ποῖος
γὰρ ἔτι τύραννος, ἢ ποῖος κλέπτης, ἢ ποῖα δικαστήρια φοβερὰ τοῖς οὕτω παρ' οὐδὲν πεποιημένοις
τὸ σῶμα καὶ τὰ τούτου κτήματα; μείνατε, μὴ
ἀλογίστως ἀπέλθητε.

Τοιοῦτόν τι ἔδει γίνεσθαι παρὰ τοῦ παιδευ-   18
τοῦ πρὸς τοὺς εὐφυεῖς τῶν νέων. Νῦν δὲ τί γίνεται;   19
νεκρὸς μὲν ὁ παιδευτὴς, νεκροὶ δ' ὑμεῖς. ὅταν χορτα-
σθῆτε σήμερον, κάθησθε κλάοντες περὶ τῆς αὔριον,
πόθεν φάγητε. Ἀνδράποδον, ἂν σχῇς, ἕξεις· ἂν μὴ   20
σχῇς, ἐξελεύσῃ· ἤνοικται ἡ θύρα. τί πενθεῖς; ποῦ ἔτι

D 4

τόπος

vero ad hæc dicere oportebat: „Exspectate, ô ho-
„mines, Deum! Cum ille
„significárit, & hoc mini-
„sterio vos liberárit, tunc
„ad eum emigrabitis: in
„præsentia vero habitatio-
„nem hanc locumque tole-
„rate, in quo quemque ve-
„strûm ipse constituit. Bre-
„ve quidem tempus hujus-
„ce habitationis, nec iis dif-
„ficile, qui sic animo sunt
„adfecti: nam quis jam ty-
„rannus, qui fur, aut quæ
„tribunalia formidolosa his,
„qui corpus ejusque posses-
„siones ita nihili faciunt?
„Manete, nec temere dif-
„cedatis!“

Tali quodam modo
præceptor cum ingenuis
adolescentibus agere de-
bebat. Nunc vero quid
fit? Emortuus est præcep-
tor; emortui & vos. Post-
quam hodie saturati estis,
sedetis flentes de crastino,
undenam cibum sitis habi-
turi. Mancipium! si habueris, habebis: si non habueris, e vitâ exibis: aperta
est janua. Quid luges? ubi
jam

τόπος δακρύων; τίς ἔτι κολακείας ἀφορμή; διατί
ἄλλος ἄλλῳ φθονήσει; διατί πολλὰ κεκτημένους
θαυμάσει, ἢ τοὺς ἐν δυνάμει τεταγμένους, μάλιστ'
21 ἂν καὶ ἰσχυροὶ ὦσι καὶ ὀργίλοι; τί γὰρ ἡμῖν ποιή-
σουσιν; ἃ δύνανται ποιῆσαι, τούτων οὐκ ἐπιστρε-
ψόμεθα· ὧν ἡμῖν μέλει, ταῦτα οὐ δύνανται. τίς
22 οὖν ἔτι ἄρξει τοῦ οὕτω διακειμένου; Πῶς Σωκράτης εἶχε πρὸς ταῦτα; πῶς γὰρ ἄλλως, ἢ ὡς ἔδει
23 τὸν πεπεισμένον ὅτι ἐστὶ τῶν Θεῶν συγγενής; Ἄν
μοι λέγητε, φησὶ, νῦν, ὅτι ἀφίεμέν σε ἐπὶ τούτοις,
ὅπως μηκέτι διαλέξῃ τούτους τοὺς λόγους οὓς μέχρι
νῦν διελέγου, μηδὲ παρενοχλήσῃς ἡμῶν τοῖς νέοις,
24 μηδὲ τοῖς γέρουσιν· ἀποκρινοῦμαι, ὅτι γελοῖοί
ἐστε, οἵ τινες ἀξιοῦτε, εἰ μέν με ὁ στρατηγὸς
ὁ ὑμέτερος ἔταξεν εἴς τινα τάξιν, ὅτι ἔδει με
τηρεῖν αὐτὴν καὶ φυλάττειν, καὶ μυριάκις πρότερον αἱρεῖσθαι ἀποθνήσκειν, ἢ ἐγκαταλιπεῖν αὐτήν·

εἰ

jam locus est lacrymis? quæ jam adulationis occasio? quamobrem alter alteri invidebit? quamobrem locupletes aut potentes demirabitur, præsertim si & robusti sint & iracundi? Quid enim nobis facient? quæ illi possunt, ea nos nihil curamus: quæ nobis curæ sunt, in his illi nihil possunt. Quis igitur homini sic adfecto imperabit? Quomodo in his se præstitit Socrates? quonam alio modo nisi quo eum decebat, qui se Diis cognatum esse persuasum habuit? „Si „mihi (inquit) nunc dici„tis: Eâ lege te dimittimus, „ut missas facias disputatio„nes istas, quibus hacte„nus es usus,. neque vel „adolescentibus vel senibus „nostris sis molestus; re„spondebo, ridiculos esse „vos, qui quidem censea„tis, si me vester imperator „aliquâ in statione collocâs„set, eam mihi servandam „esse tuendamque, & mil„lies ante oppetendam „mortem, quam eam sta„tionem deserendam: si „vero

εἰ δ' ὁ Θεὸς ἔν τινι χώρᾳ καὶ ἀναστροφῇ κατατέ-
ταχε, ταύτην δ' ἐγκαταλιπεῖν δεῖ ἡμᾶς. Τοῦτ' 25
ἔστιν ἄνθρωπος ταῖς ἀληθείαις συγγενὴς τῶν Θεῶν.
Ἡμεῖς οὖν ὡς κοιλίαν, ὡς ἔντερα, ὡς αἰδοῖα, οὕτω 26
περὶ αὐτῶν διανοούμεθα· ὅτι φοβούμεθα, ὅτι ἐπι-
θυμοῦμεν· τοὺς εἰς ταῦτα συνεργεῖν δυναμένους κολακεύομεν, τοὺς αὐτοὺς τούτους δεδοίκαμεν.

Ἐμέ τις ἠξίωκεν ὑπὲρ αὐτοῦ γράψαι εἰς τὴν 27
Ῥώμην, ὡς ἐδόκει τοῖς πολλοῖς, ἠτυχηκὼς, καὶ
πρότερον μὲν ἐπιφανὴς ὢν καὶ πλούσιος, ὕστερον δ'
ἐκπεπτωκὼς ἁπάντων, καὶ διάγων ἐνταῦθα. κἀγὼ 28
ἔγραψα ὑπὲρ αὐτοῦ ταπεινῶς. ὁ δ' ἀναγνοὺς τὴν
ἐπιστολὴν, ἀπέδωκέ μοι αὐτὴν, καὶ ἔφη· ὅτι, Ἐγὼ
βοηθηθῆναί τι ὑπό σου ἤθελον, οὐχὶ ἐλεηθῆναι· κακὸν δέ μοι οὐθέν ἐστιν.

Οὕτω καὶ Ῥοῦφος, πειράζων με, εἰώθει λέγειν· 29
Συμβήσεταί σοι τοῦτο καὶ τοῦτο ὑπὸ τοῦ δεσπότου.

D 5

Κἀμοῦ

„vero Deus quamdam mihi ſtationem vitæque rationem adſignârit, eam vero eſſe relinquendam.“ Hoc demum eſt, hominem eſſe Diis immortalibus cognatum. At nos non ſecus, ac ſi ventres, ac ſi inteſtina, ac ſi pudenda eſſemus, de nobis ipſis cogitamus: ſic timemus, ſic cupimus; &, qui in hæc aliquam habent poteſtatem, his adulamur, eosdemque metuimus.

Petierat a me nonnemo, ut ſuâ cauſſâ Romam ſcriberem; vir, ut vulgo videbatur, adverſâ ∙fortunâ preſſus, cum prius illuſtris fuiſſet & dives, poſtea vero his omnibus ſpoliatus vitam hic ageret. Ego literas pro eo ſcripſi ſubmiſſius; quibus ille lectis, mihi redditiſque, ait: Adjumenti aliquid a te petieram, non commiſerationem; mali enim nihil mihi accidit.

Sic & Rufus, tendandi mei cauſſâ, dicere ſolebat: Hoc & illud ab hero tibi accidet. Meque reſpon-
dente,

30 Κἀμοῦ πρὸς αὐτὸν ἀποκριναμένου, ὅτι ἀνθρώπινα·
Τί οὖν, ἔφη, ἱκανὸν παρακαλῶ, παρὰ σοῦ αὐτὰ
31 λαβεῖν δυνάμενος; Τῷ γὰρ ὄντι, ὃ ἐξ αὐτοῦ τις
ἔχει, περισσὸς καὶ μάταιος παρ' ἄλλου λαμβά-
32 νων. Ἐγὼ οὖν ἔχων ἐξ ἐμαυτοῦ λαβεῖν τὸ μεγαλόψυχον καὶ γενναῖον, ἀγρὸν παρὰ σοῦ λάβω,
καὶ ἀργύριον, ἢ ἀρχήν τινα; μὴ γένοιτο. οὐχ οὕ-
33 τως ἀναίσθητος ἔσομαι τῶν ἐμῶν κτημάτων. Ἀλλ'
ὅταν τις ᾖ δειλὸς καὶ ταπεινός, ὑπὲρ τούτου τι
ἄλλο, ἢ ἀνάγκη γράφειν ἐπιστολαῖς, ὡς ὑπὲρ νεκροῦ; Τὸ πτῶμα ἡμῖν χάρισαι τοῦ δεῖνος, καὶ ξέ-
34 στην αἱματίου. Τῷ γὰρ ὄντι πτῶμα ὁ τοιοῦτός
ἐστι, καὶ ξέστης αἱματίου· πλέον δ' οὐδέν. εἰ δ'
ἦν πλέον τι, ᾐσθάνετ' ἄν, ὅτι ἄλλος δι' ἄλλου οὐ
δυστυχεῖ.

ΚΕΦ.

dente, humanæ ea esse: Quid ergo, inquit, ab illo peto, cum a te impetrare possim? Revera enim, quod quis a seipso habet, vanus est atque ineptus, ab alio si accipiat. Ego igitur cum magnum & generosum animum a meipso accipere possim, a te agrum & argentum, aut magistratum accipiam? Absit! equidem non ero mearum possessionum adeo ignarus. Sed si quis timidus fuerit atque abjectus, pro eo quid aliud necesse est, quam ut veluti pro emortuo scribantur literæ? hoc modo: Istius cadaver dona nobis, & miselli sanguinis sextariolum. Talis enim homo revera cadaver est, & sanguinis sextarius; præpextereaque nihil: si quid enim amplius esset, alium propter alium non esse miserum intelligeret. ——

CAP.

ΚΕΦ. ι'.

Πρὸς τοὺς περὶ τὰς ἐν Ῥώμῃ προαγωγὰς ἐσπουδακότας.

Εἰ οὕτω σφοδρῶς συντετάμεθα περὶ τὸ ἔργον τὸ ἑαυτῶν, ὡς οἱ ἐν Ῥώμῃ γέροντες περὶ ἃ ἐσπουδάκασι, τάχα ἄν τι ἠνύομεν καὶ αὐτοί. Οἶδα 2 ἐγὼ πρεσβύτερον ἄνθρωπον ἐμοῦ, τὸν νῦν ἐπὶ τοῦ σίτου ὄντα ἐν τῇ Ῥώμῃ, ὅτε ταύτῃ παρῆγεν ἀπὸ τῆς φυγῆς ἀναστρέφων, οἷα εἶπέ μοι, κατατρέχων τοῦ προτέρου ἑαυτοῦ βίου, καὶ περὶ τῶν ἑξῆς ἐπαγγελλόμενος, ὅτι ἄλλο οὐδὲν ἀναβὰς σπουδάσει, ἢ ἐν ἡσυχίᾳ καὶ ἀταραξίᾳ διεξαγαγεῖν τὸ λοιπὸν τοῦ βίου· Πόσον γὰρ ἔτι ἐστὶν ἐμοὶ τὸ λοιπόν; Κἀγὼ ἔλεγον αὐτῷ, ὅτι οὐ ποιή- 3 σεις· ἀλλ' ὀσφρανθεὶς μόνον τῆς Ῥώμης, ἁπάντων τούτων ἐπιλήσῃ. ἂν δὲ καὶ εἰς αὐλὴν πάροδός τις δίδω-

---

CAP. X.

In eos, qui Romæ honoribus inserviunt.

Si tantâ nos contentione ad nostra officia adplicaremus, quantâ Romani senes suis inserviunt studiis, fortasse nos quoque aliquid perficeremus. Memini ego quemdam me natu majorem, nunc Romæ annonæ præfectum, cum hac iter habuisset, ab exsilio rediens, quæ mihi ille dixerit, vitam suam priorem percurrens, & de reliquâ vita pollicitus, se, in Urbem reversum, nil aliud curaturum, nisi ut in otio & tranquillitate quod vitæ reliquum fuerit ageret. Quantulum enim, inquit, mihi superest vitæ? Ego autem ei, nequaquam istud eum facturum, dixi; sed, simul atque Romam subodoratus esset, fore ut horum omnium oblivisceretur; quod si quis ei etiam in

δίδωται, ὅτι χαίρων καὶ τῷ Θεῷ εὐχαριστῶν
4 ὥσεται. Ἄν μ' εὕρῃς, ἔφη, Ἐπίκτητε, τὸν ἕτερον πόδα εἰς τὴν αὐλὴν τιθέντα, ὃ βούλει ὑπο-
5 λάμβανε. Νῦν οὖν τί ἐποίησε; πρὶν ἐλθεῖν εἰς
τὴν πόλιν, ἀπήντησαν αὐτῷ παρὰ Καίσαρος πινα-
κίδες· ὁ δὲ λαβὼν, πάντων ἐκείνων ἐξελάθετο,
6 καὶ λοιπὸν ἓν ἐξ ἑνὸς ἐπισεσώρευκεν. Ἤθελον αὐτὸν νῦν παραστὰς ὑπομνῆσαι τῶν λόγων, οὓς
ἔλεγε παρερχόμενος, καὶ εἰπεῖν, ὅτι, Πόσῳ σοῦ
ἐγὼ κομψότερος μάντις. εἰμί;

7   Τί οὖν; ἐγὼ λέγω, ὅτι ἄπρακτόν ἐστι τὸ ζῶον;
μὴ γένοιτο. Ἀλλὰ διατί ἡμεῖς οὐκ ἐσμὲν πρακτι-
8 κοί; Εὐθὺς ἐγὼ πρῶτος, ὅταν ἡμέρα γένηται, μικρὰ ὑπομιμνήσκομαι, τίνα ἐπαναγνῶναί με δεῖ.
εἶτα εὐθὺς ἐμαυτῷ· Τί δέ μοι καὶ μέλει πῶς ὁ
δεῖνα ἀναγνῷ; πρῶτόν ἐστιν, ἵνα ἐγὼ κοιμηθῶ.
                                               Καὶ

in aulam daretur aditus, læ-
tum, & Deo gratias agen-
tem, eo se præcipitaturum
ajebam. At ille: Si me,
inquit, Epictete, altero
pede aulam ingressum in-
veneris, quidvis de me
existimato. Nunc igitur
quid fecit? priusquam Ur-
bem intrâsset, codicilli a
Cæsare obviam ei mitteban-
tur; quibus Ille acceptis,
priorum omnium oblitus
est, & deinceps aliud ex
alio sibi negotium adcumu-
lavit. Vellem equidem nunc
ei coram in memoriam re-
vocare sermones, quos

præteriens habuit, & di-
cere. Quanto ego sum te
præstantior vates!

Quid igitur? Egone di-
co, ad vitam in otio trans-
igendam natum esse homi-
nem? Absit! Sed cur nos
non sumus actuosi? Statim
quidem ad me quod atti-
net, quam primùm luce-
scit, parumper mecum ipse
recordor, quænam mihi
sint prælegenda: deinde
statim ipse mecum: „Quid
„vero mea refert, quemad-
„modum iste legat? hoc
„primum est, ut ego dor-
                        „miam.“

Καί τοι τί ὅμοια τὰ ἐκείνων πράγματα τοῖς 9
ἡμετέροις; Ἂν ἐπιστῆτε τί ἐκεῖνοι ποιοῦσιν, αἰσθήσεσθε. τί γὰρ ἄλλο, ἢ ὅλην τὴν ἡμέραν
ψηφίζουσι, συζητοῦσι, συμβουλεύουσι περὶ σιτα-
ρίου, περὶ ἀγριδίου, περὶ τῶν προκεπῶν τοιούτων; Ὅμοιον οὖν ἐστιν, ἐντευξίδιον παρά τινος 10
λαβόντα ἀναγινώσκειν, Παρακαλῶ σε ἐπιτρέψαι μοι σιτάριον ἐξαγαγεῖν· ἢ, Παρακαλῶ σε
παρὰ Χρυσίππου ἐπισκέψασθαι τίς ἐστιν ἡ τοῦ
κόσμου διοίκησις, καὶ ποίαν τινὰ χώραν ἐν αὐτῷ ἔχει τὸ λογικὸν ζῶον· ἐπίσκεψαι δὲ καὶ τίς
εἶ σύ, καὶ ποῖόν τι σοῦ τὸ ἀγαθὸν καὶ τὸ κακόν. Ταῦτα ἐκείνοις ὅμοιά ἐστιν; ἀλλ' ὁμοίας 11
σπουδῆς χρείαν ἔχοντα; ἀλλ' ὡσαύτως ἀμελεῖν αἰσχρὸν τούτων κἀκείνων; Τί οὖν; ἡμεῖς 12
μόνοι ῥαθυμοῦμεν καὶ νυστάζομεν; Οὔ· ἀλλὰ
πολὺ πρότερον ὑμεῖς οἱ νέοι. ἐπεί τοι καὶ ἡμεῖς 13
οἱ

,,miam." Quamquam, quid simile habent istorum res cum nostris? Si animadverteritis quid illi agant, intelligetis. Quid enim aliud, nisi totum diem rationes subducunt, disquirunt inter se, consilia conferunt, de aliqua frumenti copia, de agello, & aliis id genus profectibus? Numquid ista inter se similia sunt, petitionem hujusmodi legere: *Oro te, ut me frumenti nonnihil sinas exportare;* aut: *Oro te, ut* juxta *Chrysippum considores, quae sit Mundi administratio, & quem in eo locum obtineat animal rationis particeps. Considera vero etiam, qui tu sis, & cujusmodi sit tuum bonum ac malum.* Haeccine illis similia sunt? At par studium requirunt? at pari modo turpe est, haec atque illa negligere? Quid ergo? nos soli ignavi sumus & dormitamus? Non; sed multo magis vos adolescentes. Quandoquidem & nos senes,

εἰ γέροντες, ὅταν παίζοντας ὁρῶμεν νέους, συμ-
προθυμούμεθα καὶ αὐτοὶ συμπαίζειν· πολὺ δὲ
πλέον, εἰ ἑώρων διηγηγερμένους καὶ συμπροθυ-
μουμένους, προεθυμούμην ἂν συσπουδάζειν καὶ
αὐτός.

ΚΕΦ. ια΄.

Περὶ Φιλοστοργίας.

Ἀφικομένου δέ τινος πρὸς αὐτὸν τῶν ἐν τέλει,
πυθόμενος παρ' αὐτοῦ τὰ ἐπὶ μέρους, ἠρώτησεν,
2 εἰ καὶ τέκνα εἴη αὐτῷ καὶ γυνή. τοῦ δ' ὁμολογήσαντος, προσεπύθετο· Πῶς τι οὖν χρῇ τῷ
3 πράγματι; Ἀθλίως, ἔφη. Καὶ ὅς· Τίνα τρόπον;
οὐ γὰρ δὴ τούτου ἕνεκα γαμοῦσιν οἱ ἄνθρωποι καὶ
παιδοποιοῦνται, ὅπως ἄθλιοι ὦσιν, ἀλλὰ μᾶλλον
4 ὅπως εὐδαίμονες. Ἀλλ' ἐγώ, ἔφη, οὕτως ἀθλίως
ἔχω

nes, cum ludentes videmus adolescentes, & ipsi quadam colludendi cupiditate ducimur: multo vero magis, si vos excitatos promtosque viderem, & ipse ad seria vobiscum tractanda promtior alacriorque fierem.

CAP. XI.

De Caritate in suos.

Quum vero ex optimatibus quidam eum convenisset, nonnulla particulatim ex eo percontatus, an & ei liberi essent atque uxor, quaesivit. Quod ubi ille adfirmavit, perrexit interrogare, Ut res ista ei cederet? Misere, inquit. Cui Epictetus: Quo pacto? neque enim ei de caussa uxores ducunt viri, & liberos procreant, ut miseri, sed potius ut beati sint. Atqui, inquit, quod ad liberos adtinet, ita equidem

miser

ἔχω περὶ τὰ παιδάρια, ὥστε πρῴην νοσοῦντός μου
τοῦ θυγατρίου, καὶ δόξαντος κινδυνεύειν, οὐχ
ὑπέμεινα οὐδὲ παρεῖναι αὐτῷ νοσοῦντι· φυγὼν
δ' ᾠχόμην, μέχρις οὗ προσήγγειλέ τις μοι, ὅτι
ἔχει καλῶς. Τί οὖν; ὀρθῶς φαίνῃ σαυτῷ ταῦ- 5
τα πεποιηκέναι; Φυσικῶς, ἔφη. Ἀλλὰ μὴν
τοῦτό με πεῖσον, ἔφη, σύ, διότι φυσικῶς· καὶ
ἐγώ σε πείσω, ὅτι πᾶν τὸ κατὰ φύσιν γινόμενον, ὀρθῶς γίνεται. Τοῦτο, ἔφη, πάντες ἢ οἵγε 6
πλεῖστοι πατέρες πάσχομεν. Οὐδ' ἐγώ σοι ἀν-
τιλέγω, ἔφη, ὅτι οὐ γίνεται· τὸ δ' ἀμφισβητούμενον ἡμῖν ἐκεῖνό ἐστιν, εἰ ὀρθῶς. ἐπεὶ τού- 7
του γε ἕνεκα καὶ τὰ φύματα δεῖ λέγειν ἐπ' ἀγαθῷ γίνεσθαι τοῦ σώματος, ὅτι γίνεται· καὶ
ἁπλῶς, τὸ ἁμαρτάνειν εἶναι κατὰ φύσιν, ὅτι
πάντες σχεδὸν, ἢ οἵγε πλεῖστοι, ἁμαρτάνομεν.
δεῖξον οὖν μοι σύ, πῶς κατὰ φύσιν ἐστίν. 8
Οὐ

miser sum, ut nuper, cum ægrotasset filiola, ac videretur mihi de vitâ pericli-
tari, ne adesse quidem illi
ægrotanti sustinuerim: sed
me foras proripui, donec
mihi quidam, bene se eam
habere, renunciasset. Quid
ergo? recte te hæc fecisse
censes? Secundum natu-
ram, inquit. Imo vero il-
lud tu mihi persuade, in-
quit, te id secundum na-
turam fecisse: atque ego
tibi persuadebo, quidquid
secundum naturam fiat, id
recte fieri. At illud quidem omnibus nobis, aut
certe plerisque, usu venit
patribus. Neque vero tibi
ego refragor, inquit, Id
ita fieri: sed, de quo a nobis ambigitur, id est, num
recte fiat. Nam istâ qui-
dem ratione etiam tubera
in corporis commodum na-
sci dicendum erit, quoniam
nascuntur: atque etiam adeo
peccatum secundum natu-
ram esse, quandoquidem fere omnes, aut certe plerique, peccamus. Tu ergo
mihi ostende, quomodo se-
cundum naturam sit. Non
possum,

Οὐ δύναμαι, ἔφη· ἀλλὰ σύ μοι μᾶλλον δεῖξον, πῶς οὐκ ἔστι κατὰ φύσιν, οὐδ' ὀρθῶς γίνεται.

9   Καὶ ὅς·· ἀλλ' εἰ ἐζητοῦμεν, ἔφη, περὶ λευκῶν καὶ μελάνων, ποῖον ἂν κριτήριον παρεκαλοῦ-
μεν πρὸς διάγνωσιν αὐτῶν; Τὴν ὅρασιν, ἔφη.
Τί δ', εἰ περὶ θερμῶν καὶ ψυχρῶν, καὶ σκληρῶν
10 καὶ μαλακῶν, ποῖόν τι; Τὴν ἁφήν. Οὐκοῦν,
ἐπειδὴ περὶ τῶν κατὰ φύσιν, καὶ τῶν ὀρθῶς ἢ οὐκ
ὀρθῶς γινομένων ἀμφισβητοῦμεν, ποῖον θέλεις κρι-
11 τήριον παραλάβωμεν; Οὐκ οἶδ' ἔφη. Καὶ μὴν
τὸ μὲν τῶν χρωμάτων καὶ ὀσμῶν, ἔτι δὲ χυλῶν
κριτήριον ἀγνοεῖν, τυχὸν οὐ μεγάλη ζημία· τὸ
δὲ τῶν ἀγαθῶν καὶ τῶν κακῶν, καὶ τῶν παρὰ
φύσιν καὶ κατὰ φύσιν τῷ ἀνθρώπῳ, δοκεῖ σοι μικρὰ ζημία εἶναι τῷ ἀγνοοῦντι; Ἡ μεγίστη μὲν
12 οὖν. Φέρε, εἰπέ μοι, πάντα ἃ δοκεῖ τισιν εἶναι
καλὰ

possum, inquit: quin tu potius id mihi ostende, quo pacto non sit secundum naturam, neque recte fiat.

Tum ille: Si quæstio nobis esset de albo & nigro, inquit; quodnam instrumentum ad ea dijudicanda adhiberemus? Visum, inquit. Quid vero, si de calidis & frigidis, de duris & mollibus; quodnam? Tactum. Cum igitur de his quæ secundum naturam sint, quæ recte aut secus fiant, disceptemus; quodnam instrumentum adhibendum censes? Nescio, inquit. At vero, quo sensu colores & odores, atque etiam sapores discernantur, ignorare, non magnum sortasse fuerit damnum: sed, quo sensu discernenda sint bona & mala, ignorare, & quæ naturæ hominis sint consentanea, quæ repugnantia. Idne exiguum damnum videtur? Imo vero maximum. Age, dic mihi; omniane quæ nonnullis

καλὰ καὶ πρεσήκοντα, ὀρθῶς δοκῶ; καὶ νῦν Ἰουδαίοις, καὶ Σύροις, καὶ Αἰγυπτίοις, καὶ Ῥωμαίοις,
οἷόν τε πάντα τὰ δοκοῦντα περὶ τροφῆς, ὀρθῶς δοκεῖν; Καὶ πῶς οἷόν τε; Ἀλλ', οἶμαι, πᾶσα ἀνάγ 13
κη, εἰ ὀρθά ἐστιν Αἰγυπτίων, μὴ ὀρθὰ εἶναι τὰ
τῶν ἄλλων· εἰ καλῶς ἔχει τὰ Ἰουδαίων, μὴ
καλῶς ἔχειν τὰ τῶν ἄλλων. Πῶς γὰρ οὖ;
Ὅπου δ' ἄγνοια, ἐκεῖ καὶ ἀμαθία, καὶ ἡ περὶ τὰ 14
ἀναγκαῖα ἀπαιδευσία. Συνεχώρει. Σὺ οὖν, ἔφη, 15
τούτων αἰσθόμενος, οὐδὲν ἄλλο τοῦ λοιποῦ σπουδάσεις, οὐδ' ἐπ' ἄλλῳ τινὶ τὴν γνώμην ἕξεις, ἢ
ὅπως τὸ κριτήριον τῶν κατὰ φύσιν καταμάθῃς,
καὶ τούτῳ προσχρώμενος διακρίνῃς τῶν ἐπὶ μέρους
ἕκαστον.

Ἐπὶ δὲ τοῦ παρόντος, τὰ τοσαῦτα ἔχω σοι 16
πρὸς ὃ βούλει βοηθῆσαι. Τὸ φιλόστοργον δοκεῖ σοι 17
κατὰ

---

nullis pulcra & decora esse
videntur, rectene videntur?
an fieri potest, ut quæ
nunc Judæi, Syri, Ægyptii, Romani de' victu sentiunt, recte omnes sentiant? Qui fieri id possit?
(*Sane non potest:*) sed omnino necesse est, puto, si
Ægyptiorum instituta recta
sunt, ut reliquorum recta
non sint: si Judæorum bene se habent. cæterorum
non bene se habere. Quidni vero? Ubi autem ignorantia, ibi etiam impruden

tia, & rerum necessariarum
imperitia. Concedebat. Tu
igitur, inquit, his intellectis, nihil aliud posthac
curabis, neque alio animum intendes, nisi ut de
iis quæ secundum naturam
sint judicandi facultatem
tibi compares, eaque
usus singula quæque dijudices.

Sed in re præsenti hæc
habeo, quæ tibi in eo
quod velis, adjumento sint.
Caritas in tuos videturne
tibi

κατὰ φύσιν τε εἶναι, καὶ καλόν; Πῶς γὰρ οὐ;
Τί δέ; τὸ μὲν φιλόστοργον κατὰ φύσιν τε καὶ
καλόν ἐστι, τὸ δ᾽ εὐλόγιστον οὐ καλόν; Οὐδαμῶς.
18 Μὴ τοίνυν μάχην ἔχει τῷ φιλοστόργῳ τὸ εὐλόγιστον;
Οὐ δοκεῖ μοι. Εἰ δὲ μὴ, τῶν μαχομένων ἀνάγκη
θατέρου κατὰ φύσιν ὄντος, θάτερον εἶναι πα-
19 ρὰ φύσιν. ἦ γὰρ οὐ; Οὕτως, ἔφη. Οὐκοῦν ὅ τι ἂν
εὑρίσκωμεν ὁμοῦ μὲν φιλόστοργον, ὁμοῦ δ᾽ εὐλόγιστον, τοῦτο θαῤῥοῦντες ἀπεφαινόμεθα ὀρθόν τε εἶναι,
20 καὶ καλόν; Ἔστω, ἔφη. Τί οὖν; ἀφεῖναι νοσοῦν τὸ
παιδίον, καὶ ἀφέντα ἀπελθεῖν, ἔτι μὲν οὐκ εὐλόγιστον, οὐκ οἶμαί σ᾽ ἀντερεῖν. ὑπολείπεται δ᾽
21 ἡμᾶς σκοπεῖν, εἰ φιλόστοργον. Σκοπῶμεν δή. Ἆρ᾽
οὖν σὺ μὲν ἐπειδὴ φιλοστόργως διέκεισο πρὸς τὸ
παιδίον, ὀρθῶς ἐποίεις φεύγων καὶ ἀπολείπων αὐτό; ἡ μήτηρ δ᾽ οὐ φιλοστοργεῖ τὸ παιδίον; Φι-

λοστορ-

tibi secundum naturam esse,
& in rerum honestarum
numero? Quidni? Quid
vero? caritas quidem se-
cundam naturam fuerit, &
honesta; quod vero rectæ
rationi est consentaneum,
non erit honestum? Mini-
me vero. Num ergo cum
caritate pugnat id quod rectæ rationi est consenta-
neum? Mihi non vide-
tur. (*Recte ais;*) nam alioqui alterutrum pugnantiam
naturæ consentire necesse
fuerit, dissentire alterum:
nonne ita res se habet? Ita,
inquit. Proinde quidquid
invenerimus, quod simul
rectæ rationi sit consentaneum, simulque ad carita-
tem pertinens, idem & re-
ctum & honestum esse con-
fidenter pronunciabimus?
Esto, inquit. Quid ergo?
ægrotantem relinquere fi-
liolam, eaque relicta discedere, id vero non esse rectæ rationi consentaneum,
te non negaturum arbitror:
restat igitur, ut consideremus, an caritati sit consentaneum. Consideremus. Tu
igitur quum paterno amore
filiolam deamares, recte
faciebas, qui eam fugeres,
desereresque? mater vero
non amat filiam? Amat il-
la

λοστοργεῖ μὲν οὖν. Οὐκοῦν ἔδει καὶ τὴν μη- 22
τέρα ἀφεῖναι αὐτὸ, ἢ οὐκ ἔδει; Οὐκ ἔδει. Τί
δ' ἡ τίτθη, στέργει αὐτό; Στέργει, ἔφη. Ἔδει
οὖν κἀκείνην ἀφεῖναι αὐτό; Οὐδαμῶς. Τί δ' ὁ
παιδαγωγὸς, οὐ στέργει αὐτό; Στέργει. Ἔδει 23
οὖν κἀκεῖνον ἀφέντα ἀπελθεῖν· εἶθ' οὕτως ἔρημον καὶ ἀβοήθητον ἀπολειφθῆναι τὸ παιδίον, διὰ
τὴν πολλὴν φιλοστοργίαν τῶν γονέων ὑμῶν, καὶ
τῶν περὶ αὐτό; ἢ ἐν ταῖς χερσὶ τῶν οὔτε στερ-
γόντων, οὔτε κηδομένων ἀποθανεῖν; Μὴ γένοιτο. Καὶ μὴν ἐκεῖνό γε ἄνισον καὶ ἄγνωμον, ὃ 24
τις αὐτῷ προσῆκον οἴεται διὰ τὸ φιλόστοργος
εἶναι, τοῦτο τοῖς ὁμοίως φιλοστοργοῦσι μὴ ἐφιέ-
ναι; Ἄτοπον. Ἄγε, σὺ δ' ἂν ἠβούλου νοσῶν, 25
φιλοστέργους οὕτως ἔχειν τοὺς προσήκοντας, τούς
τ' ἄλλους, καὶ αὐτὰ τὰ τέκνα καὶ τὴν γυναῖκα, ὥστ' ἀφεθῆναι μόνος ὑπ' αὐτῶν καὶ ἔρημος;

E 2

Οὐδα-

la quidem. Matremne igi-
tur pariter eam deserere
oportebat, an non? Non
oportebat. Quid vero, an
nutrix illam diligit? Diligit, inquit. Ergo & ab
ea illam deseri oportebat?
Nequaquam. Quid vero
pædagogus? non eam di-
ligit? Diligit. Illum igitur pariter discedere, puel-
lā relictā, oportebat; atque
ita desertam inopemque
puellulam relinqui, prop-
ter ingentem istum vestrum
& parentum & domestico-
rum in eam amorem? aut
in eorum manibus, qui ne-
que amarent, neque cura-
rent, mori eam oportebat?
Absit. Atqui illud iniquum
sane & minime consenta-
neum est, quod ipse tibi
convenire censeas ob caritatem, id non concedere
iis qui eadem caritate illam complectuntur? Ab-
surdum. Age vero, num
tu, si ægrotares, velles
adeo tui amantes habere
propinquos, aliosque, &
ipsos liberos, & uxorem,
ut solus & desertus ab eis
relinquereris? Nequaquam.
Opta-

26 Οὐδαμῶς. Εὔξαιο δ' ἂν οὕτω στερχθῆναι ὑπὸ τῶν σαυτοῦ, ὥστε διὰ τὴν ἄγαν αὐτῶν φιλοστοργίαν ἀεὶ μόνος ἀπολείπεσθαι ἐν ταῖς νόσοις; ἢ τούτου γ' ἕνεκα μᾶλλον ἂν ὑπὸ τῶν ἐχθρῶν, εἰ δυνατὸν ἦν, φιλοστοργεῖσθαι ηὔχου, ὥστ' ἀπολείπεσθαι ὑπ' αὐτῶν; εἰ δὲ ταῦτα, ὑπολείπεται μηδαμῶς ἔτι φιλόστοργον εἶναι τὸ πραχθέν.

27 Τί οὖν; οὐδὲν ἦν τὸ κινῆσάν σε, καὶ ἐξορμῆσαν πρὸς τὸ ἀφεῖναι τὸ παιδίον; καὶ πῶς οἷόν τε; ἀλλὰ τοιοῦτόν τι ἂν, οἷον καὶ ἐν Ῥώμῃ τινὰ ἦν τὸ κινοῦν, ὥστ' ἐγκαλύπτεσθαι, τοῦ ἵππου τρέχοντος ᾧ ἐσπουδάκει· εἶτα νικήσαντός ποτε παραλόγως, σπόγγων δεῆσαι αὐτῷ πρὸς τὸ ἀναληφθῆναι λειπο-

28 ψυχοῦντα. Τί οὖν τοῦτό ἐστι; Τὸ μὲν ἀκριβὲς οὐ τοῦ παρόντος καιροῦ τυχόν. ἐκεῖνο δ' ἀπαρκεῖ πεισθῆναι, ἅπερ ὑγιές ἐστι τὸ ὑπὸ τῶν φιλοσόφων

λε-

Optaresne vero te sic a tuis diligi, ut ob vehementem eorum caritatem, semper solus in morbis ab eis relinquereris? aut hac quidem de caussa potius ab inimicis diligi te, si fieri posset, optares, ut ab eis desererereris? Quod si hæc ita sunt, restat, ut factum istud tuum minime caritati sit consentaneum.

Quid ergo? nihilne fuit, quod te moverit impuleritque ad filiolam relinquendam? id fieri qui possit? sed nimirum ejusmodi quidpiam fuit, quale id quod Romæ quemdam movit, ut sese penula involutus obtegeret, equo currente cui favebat: deinde, cum tandem præter opinionem vicisset; spongiis ei fuit opus, ut jam animâ & spiritu destitutus reficeretur. Quid igitur istud est? Adcurata quidem disquisitio non est hujus fortasse temporis: illud autem persuaderi satis fuerit, si modo recta sunt quæ philosophi dicunt, hoc

non

λεγόμενον, ὅτι οὐκ ἔξω που δεῖ ζητεῖν αὐτὸ, ἀλλ'
ἓν καὶ ταὐτόν ἐστιν ἐπὶ πάντων τὸ αἴτιον τοῦ
ποιεῖν τι ἡμᾶς ἢ μὴ ποιεῖν, τοῦ λέγειν τινὰ ἢ μὴ
λέγειν, τοῦ ἐπαίρεσθαι, ἢ συστέλλεσθαι, ἢ φεύγειν
τινὰ ἢ διώκειν· τοῦθ' ὅπερ καὶ νῦν ἐμοί τε καὶ σοὶ 29
γέγονεν αἴτιον, σοὶ μὲν τοῦ ἐλθεῖν πρὸς ἐμὲ, καὶ
καθῆσθαι νῦν ἀκούοντα· ἐμοὶ δὲ, τοῦ λέγειν ταῦτα.
Τί δ' ἔστι τοῦτο; Ἆρά γε ἄλλο, ἢ ὅτι ἔδοξεν 30
ἡμῖν; Οὐδέν. Ἂν δ' ἄλλως ἡμῖν ἐφάνη, τί ἂν ἄλλο, ἢ τὸ δόξαν ἐπράττομεν; οὐκοῦν καὶ τῷ Ἀχιλ- 31
λεῖ τοῦτο αἴτιον τοῦ πενθεῖν, οὐχ ὁ τοῦ Πατρό-
κλου θάνατος· ἄλλος γάρ τις οὐ πάσχει ταῦτα τοῦ
ἑταίρου ἀποθανόντος· ἀλλ' ὅτι ἔδοξεν αὐτῷ. καὶ 32
σοὶ τότε τοῦ φεύγειν, τοῦτο αὐτὸ, ὅτι ἔδοξέ σοι·
καὶ πάλιν, ἐὰν μείνῃς, ὅτι ἔδοξέ σοι. καὶ νῦν ἐν
Ῥώμῃ ἀνέρχῃ, ὅτι δοκεῖ σοι· κἂν μεταδόξῃ, οὐκ
ἂν ἀπελεύσῃ. καὶ ἁπλῶς οὔτε θάνατος, οὔτε φυγὴ, 33

E 3   οὔτε

non extra alioubi quæren-
dum; sed unam & eamdem
esse In omnibus rebus cauffam, cur aliquid faciamus,
aut non faciamus; cur aliquid dicamus, aut non di-
camus; cur efferamur aut
contrahamur; cur fugia-
mus aliquid, aut persequa-
mur: eam ipsam scilicet,
quæ nunc & mihi & tibi
caussa fuit; tibi, ut me
convenires, ac sedens nunc
audires; mihi, ut hæc dif-
fererem. Ea vero quæ est?
alia-ne, nisi quod ita nobis visum est? Non alia.
Quod si aliter nobis fuisset
visum; quid aliud, nisi id
quod visum esset, egisse-
mus? Proinde & Achilli
hæc lugendi caussa fuit,
non mors Patrocli, (nam-
que alius, amico mortuo,
non ita se gerit) sed quia ei
Ita visum fuit: et tibi tunc
fugiendi hæc eadem caussa
fuit, quia tibi sic visum
erat; & rursus, si manse-
ris, quia tibi sic visum fuerit, manebis; & nunc Ro-
mam proficisceris, quia tibi
videtur; quod si aliter videretur, non esses abitu-
rus. Denique omnino, nec
mors, nec exsilium, nec

dolor,

εἶναι καὶ προνοεῖν, ἀλλὰ τῶν μεγάλων καὶ οὐρανίων, τῶν δ' ἐπὶ γῆς μηδενός· τέταρτοι δὲ, καὶ
τῶν ἐπὶ γῆς καὶ τῶν οὐρανίων, εἰς κοινὸν δὲ μόνον,
3 καὶ οὐχὶ δὲ κατ' ἰδίαν ἑκάστου· πέμπτοι δ', ὧν
ἦν καὶ Ὀδυσσεὺς καὶ Σωκράτης, οἱ λέγοντες, ὅτι,
Οὐδέ σε λήθω κινύμενος.

4   Πολὺ πρότερον οὖν ἀναγκαῖόν ἐστι, περὶ ἑκάστου τούτων ἐπεσκέφθαι, πότερα ὑγιῶς ἢ οὐχ
5 ὑγιῶς λεγόμενόν ἐστιν. εἰ γὰρ μή εἰσι Θεοί, πῶς
ἐστι τέλος, ἕπεσθαι Θεοῖς; εἰ δὲ εἰσὶ μὲν, μηδενὸς δ' ἐπιμελούμενοι· καὶ οὕτω πῶς ὑγιὲς ἔσται;
6 ἀλλὰ δὴ, καὶ ὄντων, καὶ ἐπιμελουμένων, εἰ μηδε-
μία διάδοσις εἰς ἀνθρώπους ἐστὶν ἐξ αὐτῶν, καὶ νὴ
Δία γε ὡσεὶ εἰς ἐμέ· πῶς ἔτι καὶ οὕτως ὑγιὲς
7 ἐστι; Πάντα οὖν ταῦτα ὁ καλὸς καὶ ἀγαθὸς ἐπε-
σκεμμένος, τὴν αὑτοῦ γνώμην ὑποτέταχε τῷ
διοικοῦντι τὰ ὅλα· καθάπερ οἱ ἀγαθοὶ πολῖται

esse dicant, & providere, sed majoribus rebus & cœ-lestibus, terrestrium autem nulli: quarti, & terrestri-bus & cœlestibus; sed in commune duntaxat, non autem singulis privatim: quinti, quorum in numero fuere & Ulysses & Socra-tes, dicentes: *Neque te la-teo, quum moveor.*

Longe itaque ante omnia necessarium est, de hisce singulis considerare, recte-ne an secus dicantur. Nam si Dii non sunt; qui potest esse finis, sequi Deos? Sin sunt, nullius vero rei cu-ram gerunt; etiam sic quo pacto verum erit, finem istum statuere? Quod si vero & sunt, & curam ge-runt, neque tamen homi-nibus, neque adeo mihi profecto, quidquam imper-tiunt; quo pacto jam vel sic verum fuerit? His igi-tur omnibus consideratis, vir bonus probusque suum ipsius animum rerum uni-versarum Administratori submittit; quemadmodum boni cives legi civitatis.
Qui

ται τῷ νόμῳ τῆς πόλεως. ὁ δὲ παιδευόμενος, 8
ταύτην ὀφείλει τὴν ἐπιβολὴν ἔχων ἐλθεῖν ἐπὶ τὸ
παιδεύεσθαι· πῶς ἂν ἑποίμην ἐγὼ ἐν παντὶ τοῖς
θεοῖς; καὶ πῶς ἂν εὐαρεστοίην τῇ θείᾳ διοικήσει; καὶ πῶς ἂν γενοίμην ἐλεύθερος; Ἐλεύθερος 9
γάρ ἐστιν, ᾧ γίνεται πάντα κατὰ προαίρεσιν,
καὶ ὃν οὐδεὶς δύναται κωλῦσαι. Τί οὖν; ἀπόνοιά 10
ἐστιν ἡ ἐλευθερία; Μὴ γένοιτο. μανία γὰρ καὶ
ἐλευθερία εἰς ταὐτὸν οὐκ ἔρχεται. Ἀλλ' ἐγὼ θέ- 11
λω πᾶν τὸ δοκοῦν μοι ἀποβαίνειν, κἂν ὁπωσοῦν
δοκῇ. Μαινόμενος εἶ, παραφρονεῖς. οὐκ οἶδας, ὅτι 12
καλὸν ἡ ἐλευθερία ἐστὶ, καὶ ἀξιόλογον; τὸ δ'
ὡς ἔτυχέ με βούλεσθαι τὰ ὡς ἔτυχε δόξαντα
γίνεσθαι, τοῦτο κινδυνεύει οὐ μόνον οὐκ εἶναι καλὸν, ἀλλὰ καὶ πάντων αἴσχιστον εἶναι. Πῶς 13
γὰρ ἐπὶ γραμματικῶν ποιοῦμεν; Βούλομαι γράφειν ὡς θέλω τὸ Δίωνος ὄνομα; Οὔ· ἀλλὰ δι-

E 5   δάσκο-

Qui vero eruditur, cum hoc animi proposito accedat oportet ad institutionem: Quo pacto ego in omnibus rebus Deos sequar? & quo pacto in divinâ administratione acquiescam? & quo pacto liber fiam? Nam liber est, cui ex voluntate suâ fiunt omnia, & quem nemo prohibere possit. Quid ergo? vesania - ne est libertas? Absit: neque enim insania & libertas eadem morantur in sede. At ego, (inquis) quidquid mihi visum fuerit, id volo evenire, quacumque tandem ratione id mihi ita fuerit visum. Insanus es, deliras. An nescis, honestam rem & praeclaram esse libertatem? Temere autem me velle, ut eveniant quae mihi temere visa fuerint; id, vide, ne non modo honestum non sit, verum etiam omnium sit turpissimum. Quomodo enim in rebus grammaticis agimus? Volo, ut libet mihi, nomen Dionis scribere? Non; sed disco velle, ut scribi oportet.

Quid

δίδοται, ὅτι χαίρων καὶ τῷ Θεῷ εὐχαριστῶν
4 ᾤσεται. Ἄν μ᾽ εὕρῃς, ἔφη, Ἐπίκτητε, τὸν ἕτερον πόδα εἰς τὴν αὐλὴν τιθέντα, ὃ βούλει ὑπο-
5 λάμβανε. Νῦν οὖν τί ἐποίησε; πρὶν ἐλθεῖν εἰς
τὴν πόλιν, ἀπήντησαν αὐτῷ παρὰ Καίσαρος πινα-
κίδες· ὁ δὲ λαβὼν, πάντων ἐκείνων ἐξελάθετο,
6 καὶ λοιπὸν ἓν ἐξ ἑνὸς ἐπισεσώρευκεν. Ἤθελον αὐτὸν νῦν παραστὰς ὑπομνῆσαι τῶν λόγων, οὓς
ἔλεγε παρερχόμενος, καὶ εἰπεῖν, ὅτι, Πόσῳ σοῦ
ἐγὼ κομψότερος μάντις εἰμί;

7   Τί οὖν; ἐγὼ λέγω, ὅτι ἄπρακτόν ἐστι τὸ ζῶον;
μὴ γένοιτο. Ἀλλὰ διατί ἡμεῖς οὐκ ἐσμὲν πρακτι-
8 κοί; Εὐθὺς ἐγὼ πρῶτος, ὅταν ἡμέρα γένηται, μικρὰ ὑπομιμνήσκομαι, τίνα ἐπαναγνῶναί με δεῖ.
εἶτα εὐθὺς ἐμαυτῷ· Τί δέ μοι καὶ μέλει πῶς ὁ
δεῖνα ἀναγνῷ; πρῶτόν ἐστιν, ἵνα ἐγὼ κοιμηθῶ.
                                                 Καὶ

in aulam daretur aditus, læ-
tum, & Deo gratias agen-
tem, eo se præcipitaturum
ajebam. At ille: Si me,
inquit, Epictete, altero
pede aulam ingressum in-
veneris, quidvis de me
existimato. Nunc igitur
quid fecit? priusquam Ur-
bem intrâsset, codicilli a
Cæsare obviam ei mitteban-
tur; quibus ille acceptis,
priorum omnium oblitus
est, & deinceps aliud ex
alio sibi negotium adcumu-
lavit. Vellem equidem nunc
ei coram in memoriam re-
vocare sermones, quos

præteriens habuit, & di-
cere. Quanto ego sum te
præstantior vates!

Quid igitur? Egone di-
co, ad vitam in otio trans-
igendam natum esse homi-
nem? Absit! Sed cur nos
non sumus actuosi? Statim
quidem ad me quod adti-
net, quum primùm luce-
scit, paramper mecum ipse
recordor, quænam mihi
sint prælegenda: deinde
statim ipse mecum: „Quid
„vero mea refert, quemad-
„modum iste legat? hoc
„primum est, ut ego dor-
                      „miam.“

Καίτοι τί ὅμοια τὰ ἐκείνων πράγματα τοῖς 9
ἡμετέροις; Ἂν ἐπιστῆτε τί ἐκεῖνοι ποιοῦσιν, αἰσθήσεσθε. τί γὰρ ἄλλο, ἢ ὅλην τὴν ἡμέραν
ψηφίζουσι, συζητοῦσι, συμβουλεύουσι περὶ σιτα-
ρίου, περὶ ἀγριδίου, περὶ τινων προκοπῶν τοιούτων; Ὅμοιον οὖν ἐστιν, ἐντευξίδιον παρά τινος 10
λαβόντα ἀναγινώσκειν, Παρακαλῶ σε ἐπιτρέψαι μοι σιτάριον ἐξαγαγεῖν· ἤ, Παρακαλῶ σε
παρὰ Χρυσίππου ἐπισκέψασθαι τίς ἐστιν ἡ τοῦ
κόσμου διοίκησις, καὶ ποίαν τινὰ χώραν ἐν αὐτῷ ἔχει τὸ λογικὸν ζῶον· ἐπίσκεψαι δὲ καὶ τίς
εἶ σύ, καὶ ποῖόν τι σοῦ τὸ ἀγαθὸν καὶ τὸ κακόν. Ταῦτα ἐκείνοις ὅμοιά ἐστιν; ἀλλ' ὁμοίας 11
σπουδῆς χρείαν ἔχοντα; ἀλλ' ὡσαύτως ἀμελεῖν αἰσχρὸν τούτων κἀκείνων; Τί οὖν; ἡμεῖς 12
μόνοι ῥαθυμοῦμεν καὶ νυστάζομεν; Οὔ· ἀλλὰ
πολὺ πρότερον ὑμεῖς οἱ νέοι. ἐπεί τοι καὶ ἡμεῖς 13

οἱ

niam." Quamquam, quid simile habent istorum res cum nostris? Si animadverteritis quid illi agant, intelligetis. Quid enim aliud, nisi totum diem rationes subducunt, disquirunt inter se, consilia conferunt, de aliqua frumenti copia, de agello, & aliis id genus profectibus? Numquid ista inter se similia sunt, petitionem hujusmodi legere: *Oro te, ut me frumenti nonnihil foras exportare*; aut: *Oro te, ut juxta Chrysippum consideres, qua sit Mundi administratio, & quem in eo locum obtineat animal rationis particeps. Considera vero etiam, qui tu sis, & cujusmodi sit tuum bonum ac malum.* Haeccine illis similia sunt? At par studium requirunt? at pari modo turpe est, haec atque illa negligere? Quid ergo? nos soli ignavi sumus & dormitamus? Non; sed multo magis vos adolescentes. Quandoquidem & nos senes,

nes,

οἱ γέροντες, ὅταν παίζοντας ὁρῶμεν νέους, συμ-
προθυμούμεθα καὶ αὐτοὶ συμπαίζειν· πολὺ δὲ
πλέον, εἰ ἑώρων διηγηγερμένους καὶ συμπροθυ-
μουμένους, προεθυμούμην ἂν συσπουδάζειν καὶ
αὐτός.

ΚΕΦ. ια'.

Περὶ Φιλοστοργίας.

Ἀφικομένου δέ τινος πρὸς αὐτὸν τῶν ἐν τέλει,
πυθόμενος παρ' αὐτοῦ τὰ ἐπὶ μέρους, ἠρώτησεν,
2 εἰ καὶ τέκνα εἴη αὐτῷ καὶ γυνή. τοῦ δ' ὁμολογήσαντος, προσεπύθετο· Πῶς τι οὖν χρῇ τῷ
3 πράγματι; Ἀθλίως, ἔφη. Καὶ ὅς· Τίνα τρόπον;
οὐ γὰρ δὴ τούτου ἕνεκα γαμοῦσιν οἱ ἄνθρωποι καὶ
παιδοποιοῦνται, ὅπως ἄθλιοι ὦσιν, ἀλλὰ μᾶλλον
4 ὅπως εὐδαίμονες. Ἀλλ' ἐγὼ, ἔφη, οὕτως ἀθλίως
ἔχω

nes, cum ludentes videmus adolescentes, & ipsi quadam colludendi cupiditate ducimur: multo vero magis, si vos excitatos promtosque viderem, & ipse ad seria vobiscum tractanda promtior alacriorque fierem.

CAP. XL.

De Caritate in suos.

Quum vero ex optimatibus quidam eum convenisset, nonnulla particulatim ex eo percontatus, an & ei liberi essent atque uxor, quæsivit. Quod ubi ille adfirmavit, perrexit interrogare, Ut res ista ei caderet? Miseré, inquit. Cui Epictetus: Quo pacto? neque enim eâ de caussâ uxores ducunt viri, & liberos procreant, ut miseri, sed potius ut beati sint. Atqui, inquit, quod ad liberos adtinet, ita equidem miser

ἔχω περὶ τὰ παιδάρια, ὅτι πρώην νοσοῦντός μου
τοῦ θυγατρίου, καὶ δόξαντος κινδυνεύειν, οὐχ
ὑπέμεινα οὐδὲ παρεῖναι αὐτῷ νοσοῦντι· φυγὼν
δ' ᾀχόμην, μέχρις οὗ προσήγγειλά τις μοι, ὅτι
ἔχει καλῶς. Τί οὖν; ὀρθῶς φαίνῃ σαυτῷ ταῦ- 5
τα πεποιηκέναι; Φυσικῶς, ἔφη. Ἀλλὰ μὴν
τοῦτό με πεῖσον, ἔφη, σύ, διότι φυσικῶς· καὶ
ἐγώ σε πείσω, ὅτι πᾶν τὸ κατὰ φύσιν γινόμενον, ὀρθῶς γίνεται. Τοῦτο, ἔφη, πάντες ἢ οἵγε 6
πλεῖστοι πατέρες πάσχομεν. Οὐδ' ἐγώ σοι ἀν-
τιλέγω, ἔφη, ὅτι οὐ γίνεται· τὸ δ' ἀμφισβητούμενον ἡμῖν ἐκεῖνό ἐστιν, εἰ ὀρθῶς. ἐπεὶ τού- 7
του γε ἕνεκα καὶ τὰ φύματα δεῖ λέγειν ἐπ' ἀγαθῷ γίνεσθαι τοῦ σώματος, ὅτι γίνεται· καὶ
ἁπλῶς, τὸ ἁμαρτάνειν εἶναι κατὰ φύσιν, ὅτι
πάντες σχεδὸν, ἢ οἵγε πλεῖστοι, ἁμαρτάνομεν.
δεῖξον οὖν μοι σύ, πῶς κατὰ φύσιν ἐστίν. 8
Οὐ

mifer fum, ot nuper, cum
ægrotaffet filiola, ac videretur mihi de vitâ pericli-
tari, ne adeſſe quidem illi
ægrotanti fuſtinuerim: ſed
me foras proripui, donec
mihi quidam, bene fe eam
habere, renunciaſſet. Quid
ergo? recte te hæc feciſſe
cenfes? Secundum natu-
ram, inquit. Imo vero il-
lud tu mihi perfuade, in-
quit, te id fecundum na-
turam feciſſe: atque ego
tibi perfuadebo, quidquid
fecundum naturam fiat, Id
recte fieri. At illud quidem omnibus nobis, aut
certe plerisque, ufu venit
patribus. Neque vero tibi
ego refragor, inquit, id
ita fieri: fed, de quo a nobis ambigitur, id eſt, num
recte fiat. Nam iſtâ qui-
dem ratione etiam tubera
in corporis commodum na-
fci dicendum erit, quoniam
nafcuntur: atque etiam adeo
peccatum fecundum natu-
ram eſſe, quandoquidem fere omnes, aut certe plerique, peccamus. Tu ergo
mihi oſtende, quomodo fe-
cundam naturam fit. Non
poſſum.

Οὐ δύναμαι, ἔφη· ἀλλὰ σύ μοι μᾶλλον δεῖξον, πῶς οὐκ ἔστι κατὰ φύσιν, οὐδ' ὀρθῶς γίνεται.

9 Καὶ ὅ·· ἀλλ' εἰ ἐζητοῦμεν, ἔφη, περὶ λευκῶν καὶ μελάνων, ποῖον ἂν κριτήριον παρεκαλοῦ-
μεν πρὸς διάγνωσιν αὐτῶν; Τὴν ὅρασιν, ἔφη.
Τί δ', εἰ περὶ θερμῶν καὶ ψυχρῶν, καὶ σκληρῶν
10 καὶ μαλακῶν, ποῖόν τι; Τὴν ἁφήν. Οὐκοῦν,
ἐπειδὴ περὶ τῶν κατὰ φύσιν, καὶ τῶν ὀρθῶς ἢ οὐκ
ὀρθῶς γινομένων ἀμφισβητοῦμεν, ποῖον θέλεις κρι-
11 τήριον παραλάβωμεν; Οὐκ οἶδ' ἔφη. Καὶ μὴν
τὸ μὲν τῶν χρωμάτων καὶ ὀσμῶν, ἔτι δὲ χυλῶν
κριτήριον ἀγνοεῖν, τυχὸν οὐ μεγάλη ζημία· τὸ
δὲ τῶν ἀγαθῶν καὶ τῶν κακῶν, καὶ τῶν παρὰ
φύσιν καὶ κατὰ φύσιν τῷ ἀνθρώπῳ, δοκεῖ σοι μικρὰ ζημία εἶναι τῷ ἀγνοοῦντι; Ἡ μεγίστη μὲν
12 οὖν. Φέρε, εἰπέ μοι, πάντα ἃ δοκεῖ τισιν εἶναι
καλὰ

possum, inquit: quin tu potius id mihi ostende, quo pacto non sit secundum naturam, neque recte fiat.

Tum ille: Si quæstio nobis esset de albo & nigro, inquit; quodnam instrumentum ad ea dijudicanda adhiberemus? Visum, inquit. Quid vero, si de calidis & frigidis, de duris & mollibus; quodnam? Tactum. Cum igitur de his quæ secundum naturam sint, quæ recte aut secus fiant, disceptemus; quodnam instrumentum adhibendum censes? Nescio, inquit. At vero, quo sensu colores & odores, atque etiam sapores discernantur, ignorare, non magnum fortasse fuerit damnum: sed, quo sensu discernenda sint bona & mala, ignorare, & quæ naturæ hominis sint consentanea, quæ repugnantia, idne exiguum damnum videtur? Imo vero maximum. Age, dic mihi; omniane quæ nonnullis

καλὰ καὶ προσήκοντα, ὀρθῶς δοκῶ; καὶ νῦν Ἰουδαίοις, καὶ Σύροις, καὶ Αἰγυπτίοις, καὶ Ῥωμαίοις,
οἷόν τε πάντα τὰ δοκοῦντα περὶ τροφῆς, ὀρθῶς δοκεῖν; Καὶ πῶς οἷόν τε; Ἀλλ᾽, οἶμαι, πᾶσα ἀνάγ- 13
κη, εἰ ὀρθά ἐστιν Αἰγυπτίων, μὴ ὀρθὰ εἶναι τὰ
τῶν ἄλλων· εἰ καλῶς ἔχει τὰ Ἰουδαίων, μὴ
καλῶς ἔχειν τὰ τῶν ἄλλων. Πῶς γὰρ οὔ;
Ὅπου δ᾽ ἄγνοια, ἐκεῖ καὶ ἀμαθία, καὶ ἡ περὶ τὰ 14
ἀναγκαῖα ἀπαιδευσία. Συνεχώρει. Σὺ οὖν, ἔφη, 15
τούτων αἰσθόμενος, οὐδὲν ἄλλο τοῦ λοιποῦ σπουδάσεις, οὐδ᾽ ἐπ᾽ ἄλλῳ τινὶ τὴν γνώμην ἕξεις, ἢ
ὅπως τὸ κριτήριον τῶν κατὰ φύσιν καταμάθῃς,
καὶ τούτῳ προσχρώμενος διακρίνῃς τῶν ἐπὶ μέρους
ἕκαστον.

Ἐπὶ δὲ τοῦ παρόντος, τὰ τοσαῦτα ἔχω σοι 16
πρὸς ὃ βούλει βοηθῆσαι. Τὸ φιλόστοργον δοκεῖ σοι 17
κατὰ

nullis pulcra & decora esse videntur, rectene videntur? an fieri potest, ut quæ nunc Judæi, Syri, Ægyptii, Romani de victu sentiunt, recte omnes sentiant? Qui fieri id possit? (Sane non potest:) sed omnino necesse est, puto, si Ægyptiorum Instituta recta sunt, ut reliquorum recta non sint: si Judæorum bene se habent, cæterorum non bene se habere. Quidni vero? Ubi autem ignorantia, ibi etiam imprudentia, & rerum necessariarum imperitia. Concedebat. Tu igitur, inquit, his intellectis, nihil aliud posthac curabis, neque alio animum intendes, nisi ut de iis quæ secundum naturam sint judicandi facultatem tibi compares, eâque usus singula quæque dijudices.

Sed in re præsenti hæc habeo, quæ tibi in eo quod velis, adjumento sint. Caritas in tuos videturne tibi

κατὰ φύσιν τε εἶναι, καὶ καλόν; Πῶς γὰρ οὔ;
Τί δέ; τὸ μὲν Φιλόστοργον κατὰ Φύσιν τε καὶ
καλόν ἐστι, τὸ δ' εὐλόγιστον οὐ καλόν; Οὐδαμῶς.
18 Μὴ τοίνυν μάχην ἔχει τῷ Φιλοστόργῳ τὸ εὐλόγιστον;
Οὐ δοκεῖ μοι. Εἰ δὲ μὴ, τῶν μαχομένων ἀνάγκη
θατέρου κατὰ φύσιν ὄντος, θάτερον εἶναι πα-
19 ρὰ φύσιν. ἢ γὰρ οὔ; Οὕτως, ἔφη. Οὐκοῦν ὅ τι ἂν
εὑρίσκωμεν ὁμοῦ μὲν Φιλόστοργον, ὁμοῦ δ' εὐλόγιστον, τοῦτο θαῤῥοῦντες ἀπεφαινόμεθα ὀρθόν τε εἶναι,
20 καὶ καλόν; Ἔστω, ἔφη. Τί οὖν; ἀΦεῖναι νοσοῦν τὸ
παιδίον, καὶ ἀΦέντα ἀπελθεῖν, ὅτι μὲν οὐκ εὐλόγιστον, οὐκ οἶμαί σ' ἀντερεῖν. ὑπολείπεται δ'
21 ἡμᾶς σκοπεῖν, εἰ Φιλόστοργον. Σκοπῶμεν δή. Ἆρ'
οὖν σὺ μὲν ἐπειδὴ Φιλοστόργως διέκειτο πρὸς τὸ
παιδίον, ὀρθῶς ἐποίεις Φεύγων καὶ ἀπολείπων αὐτό; ἡ μήτηρ δ' οὐ Φιλοστοργεῖ τὸ παιδίον; Φι-

λοστορ-

tibi secundum naturam esse, & in rerum honestarum numero? Quidni? Quid vero? caritas quidem secundum naturam fuerit, & honesta; quod vero rectæ rationi est consentaneum, non erit honestum? Minime vero. Num ergo cum caritate pugnat id quod rectæ rationi est consentaneum? Mihi non videtur. (*Rectè ais;*) nam alioqui alterutrum pugnantium naturæ consentire necesse fuerit, dissentire alterum: nonne ita res se habet? Ita, inquit. Proinde quidquid invenerimus, quod simul rectæ rationi sit consentaneum, simulque ad caritatem pertinens, idem & rectum & honestum esse confidenter pronunciabimus? Esto, inquit. Quid ergo? ægrotantem relinquere filiolam, eaque relicta discedere, id vero non esse rectæ rationi consentaneum, te non negaturum arbitror: restat igitur, ut consideremus, an caritati sit consentaneum. Consideremus. Tu igitur quum paterno amore filiolam deamares, recte faciebas, qui eam fugeres, desereresque? mater vero non amat filiam? Amat il-

la

λοστοργεῖ μὲν οὖν. Οὐκοῦν ἔδει καὶ τὴν μη- 22
τέρα ἀφεῖναι αὐτό, ἢ οὐκ ἔδει; Οὐκ ἔδει. Τί
δ' ἡ τίτθη, στέργει αὐτό; Στέργει, ἔφη. Ἔδει
οὖν κἀκείνην ἀφεῖναι αὐτό; Οὐδαμῶς. Τί δ' ὁ
παιδαγωγός, οὐ στέργει αὐτό; Στέργει. Ἔδει 23
οὖν κἀκεῖνον ἀφέντα ἀπελθεῖν· εἶθ' οὕτως ἔρημον καὶ ἀβοήθητον ἀπολειφθῆναι τὸ παιδίον, διὰ
τὴν πολλὴν φιλοστοργίαν τῶν γονέων ὑμῶν, καὶ
τῶν περὶ αὐτό; ἢ ἐν ταῖς χερσὶ τῶν οὔτε στερ-
γόντων, οὔτε κηδομένων ἀποθανεῖν; Μὴ γένοιτο. Καὶ μὴν ἐκεῖνό γε ἄνισον καὶ ἄγνωμον, ὃ 24
τις αὐτῷ προσῆκον οἴεται διὰ τὸ φιλόστοργος
εἶναι, τοῦτο τοῖς ὁμοίως φιλοστοργοῦσι μὴ ἐφιέ-
ναι; Ἄτοπον. Ἄγε, σὺ δ' ἂν ἠβούλου νοσῶν, 25
φιλοστέργους οὕτως ἔχειν τοὺς προσήκοντας, τοὺς
τ' ἄλλους, καὶ αὐτὰ τὰ τέκνα καὶ τὴν γυναῖκα, ὥστ' ἀφεθῆναι μόνος ὑπ' αὐτῶν καὶ ἔρημος;

E 2

Οὐδα-

la quidem. Matremne igi- in eorum manibus, qui netur pariter eam deferere que amarent, neque cura-
oportebat, an non? Non rent, mori eam oportebat?
oportebat. Quid vero, an Abfit. Atqui illud iniquum
nutrix illam diligit? Dili- fane & minime confenta-
git, inquit. Ergo & ab neum eft; quod ipfe tibi
eâ illam deferi oportebat? convenire cenfeas ob cari-
Nequaquam. Quid vero tatem, id non concedere
pædagogus? non eam di- iis qui eadem caritate il-
ligit? Diligit. Illum igi- lam complectuntur? Ab-
tur pariter difcedere, puel- furdum. Age vero, num
lâ relictâ, oportebat; atque tu, fi ægrotares, velles
ita defertam inopemque adeo tui amantes habere
puellulam relinqui, prop- propinquos, aliofque, &
ter ingentem iftum veftrum ipfos liberos, & uxorem,
& parentum & domeftico- ut folus & defertus ab eis
rum in eam amorem? aut relinquereris? Nequaquam.

Opti-

26 Οὐδαμῶς. Εὔξαιο δ' ἂν οὕτω στερχθῆναι ὑπὸ
τῶν σαυτοῦ, ὥστε διὰ τὴν ἄγαν αὐτῶν φιλοστοργίαν ἀεὶ μόνος ἀπολείπεσθαι ἐν ταῖς νόσοις;
ἢ τούτου γ' ἕνεκα μᾶλλον ἂν ὑπὸ τῶν ἐχθρῶν,
εἰ δυνατὸν ἦν, φιλοστοργεῖσθαι ηὔχου, ὥστ' ἀπολείπεσθαι ὑπ' αὐτῶν; εἰ δὲ ταῦτα, ὑπολείπεται μηδαμῶς ἔτι φιλόστοργον εἶναι τὸ
πραχθέν.

27   Τί οὖν; οὐδὲν ἦν τὸ κινῆσάν σε, καὶ ἐξορμῆσαν
πρὸς τὸ ἀφεῖναι τὸ παιδίον; καὶ πῶς οἷόν τε; ἀλλὰ τοιοῦτόν τι ἂν, οἷον καὶ ἐν Ῥώμῃ τινὰ ἦν τὸ κινοῦν, ὥστ' ἐγκαλύπτεσθαι, τοῦ ἵππου τρέχοντος
ᾧ ἐσπουδάκει· εἶτα νικήσαντός ποτε παραλόγως,
σπόγγων δεῆσαι αὐτῷ πρὸς τὸ ἀναληφθῆναι λειπο-

28 ψυχοῦντα. Τί οὖν τοῦτό ἐστι; Τὸ μὲν ἀκριβὲς
οὐ τοῦ παρόντος καιροῦ τυχόν. ἐκεῖνο δ' ἀπαρκεῖ
πεισθῆναι, εἴπερ ὑγιές ἐστι τὸ ὑπὸ τῶν φιλοσόφων
                                                    λε-

Optaresne vero te sic a tuis diligi, ut ob vehementem eorum caritatem, semper solus in morbis ab eis relinquereris? aut hac quidem de caussa potius ab inimicis diligi te, si fieri posset, optares, ut ab eis desererois? Quod si hæc ita sunt, restat, ut factum istud tuum minime caritati sit consentaneum.

Quid ergo? nihilne fuit, quod te moverit impuleritque ad filiolam relinquendam? id fieri qui possit? sed nimirum ejusmodi quidpiam fuit, quale id quod Romæ quemdam movit, ut sese penula involutus obtegeret, equo currente cui favebat: deinde, cum tandem præter opinionem viciffet; spongiisei fuit opus, ut jam animâ & spiritu deftitutus reficeretur. Quid igitur istud est? Adcurata quidem disquisitio non est hujus fortasse temporis: illud autem persuaderi satis fuerit, si modo recta sunt quæ philosophi dicunt, hoc non

λεγόμενον, ὅτι οὐκ ἔξω που δεῖ ζητεῖν αὐτὸ, ἀλλ'
ἓν καὶ ταὐτόν ἐστιν ἐπὶ πάντων τὸ αἴτιον τοῦ
ποιεῖν τι ἡμᾶς ἢ μὴ πσιεῖν, τοῦ λέγειν τινὰ ἢ μὴ
λέγειν, τοῦ ἐπαίρεσθαι, ἢ συστέλλεσθαι, ἢ φεύγειν
τινὰ ἢ διώκειν· τοῦθ' ὅπερ καὶ νῦν ἐμοί τε καὶ σοὶ 29
γέγονεν αἴτιον, σοὶ μὲν τοῦ ἐλθεῖν πρὸς ἐμὲ, καὶ
καθῆσθαι νῦν ἀκούοντα· ἐμοὶ δὲ, τοῦ λέγειν ταῦτα.
Τί δ' ἔστι τοῦτο; Ἆρά γε ἄλλο, ἢ ὅτι ἔδοξεν 30
ἡμῖν; Οὐδέν. Ἂν δ' ἄλλως ἡμῖν ἐφάνη, τί ἂν ἄλλο, ἢ τὸ δόξαν ἐπράττομεν; οὐκοῦν καὶ τῷ Ἀχιλ- 31
λεῖ τοῦτο αἴτιον τοῦ πενθεῖν, οὐχ ὁ τοῦ Πατρό-
κλου θάνατος· ἄλλος γάρ τις οὐ πάσχει ταῦτα τοῦ
ἑταίρου ἀποθανόντος· ἀλλ' ὅτι ἔδοξεν αὐτᾷ. καὶ 32
σοὶ τότε τοῦ φεύγειν, τοῦτο αὐτὸ, ὅτι ἔδοξέ σοι·
καὶ πάλιν, ἐὰν μείνῃς, ὅτι ἔδοξέ σοι· καὶ νῦν ἐν
Ῥώμῃ ἀνέρχα, ὅτι δοκεῖ σοι· κἂν μεταδόξῃ, οὐκ
ἂν ἀπελεύσῃ. καὶ ἁπλῶς οὔτε θάνατος, οὔτε φυγὴ, 33

E 3   οὔτε

non extra alicubi quæren-
dum; sed unam & eamdem
esse in omnibus rebus caussam, cur aliquid faciamus,
aut non faciamus; cur aliquid dicamus, aut non di-
camus; cur efferamur aut
contrahamur; cur fugia-
mus aliquid, aut persequa-
mur: eam ipsam scilicet,
quæ nunc & mihi & tibi
caussa fuit; tibi, ut me
convenires, ac sedens nunc
audires; mihi, ut hæc dissererem. Ea vero quæ est?
alia-ne, nisi quod ita nobis visum est? Non alia.
Quod si aliter nobis fuisset
visum, quid aliud, nisi id
quod visum esset, egisse-
mus? Proinde & Achilli
hæc lugendi caussa fuit,
non mors Patrocli, (nam-
que alius, amico mortuo,
non ita se gerit) sed quia ei
ita visum fuit: et tibi tunc
fugiendi hæc eadem caussa
fuit, quia tibi sic visum
erat; & rursus, si manse-
ris, quia tibi sic visum fuerit, manebis; & nunc Ro-
mam proficisceris, quia tibi
videtur; quod si aliter videretur, non esses abitu-
rus. Denique omnino, nec
mors, nec exsilium, nec
dolor,

οὔτε πόνος, οὔτε ἄλλο τι τῶν τοιούτων, αἴτιόν ἐστι
τοῦ πράττειν τι, ἢ μὴ πράττειν ἡμᾶς· ἀλλ' ὑπολήψεις καὶ δόγματα.

34   Τοῦτό σε πείθω, ἢ οὐχί; Πείθεις, ἔφη. Οἶα δὴ
τὰ αἴτια ἐφ' ἑκάστου, τοιαῦτα καὶ τὰ ἀποτελούμενα.

35 οὐκοῦν ὅταν μὴ ὀρθῶς τι πράττωμεν, ἀπὸ ταύτης
τῆς ἡμέρας οὐδὲν ἄλλο αἰτιασόμεθα, ἢ τὸ δόγμα
ἀφ' οὗ αὐτὸ ἐπράξαμεν· κἀκεῖνο ἐξαίρειν καὶ ἐκτέμ-
νειν πειρασόμεθα μᾶλλον, ἢ τὰ φύματα καὶ τὰ

36 ἀποστήματα ἐκ τοῦ σώματος. ὡσαύτως δὲ καὶ
τῶν ὀρθῶς πραττομένων ταὐτὸν τοῦτο αἴτιον ἀπο-

37 φανοῦμεν. καὶ οὔτ' εἰμέτην ἔτι αἰτιασόμεθα, οὔτε
γείτονα, οὔτε γυναῖκα, οὔτε τέκνα, ὡς αἴτιά τινων
κακῶν ἡμῖν γινόμενα· πεπεισμένοι, ὅτι, ἂν μὴ
ἡμῖν δόξῃ τοιαῦτά τινα εἶναι, οὐ πράττομεν τὰ
ἀκόλουθα· τοῦ δόξαι δέ, ἢ μὴ δόξαι, ἡμεῖς κύριοι,
καὶ

dolor, neque aliud hujuſ-
modi quidquam in cauſſa
eſt, cur aliquid faciamus,
aut non faciamus; ſed animi judicia, atque decreta.

Hoccine tibi perſuadeo,
an non? Perſuades, inquit.
Qnales ergo cujusque rei
ſunt cauſſæ, tales etiam
conſequuntur effectus. Cum
igitur aliquid perperam
egerimus, ab hoc inde die
non aliud quidquam culpa-
bimus, niſi decretum ex
quo id fecimus: atque,
illud ut ex animo exima-
mus reſecemusque, magis
elaborabimus, quam ut tu-

bera & abſceſſus e corpore.
Eodem vero modo etiam
recte factorum eamdem
iſtam ſtatuemus cauſſam.
Iamque porro neque famu-
lum, neque vicinum, ne-
que uxorem, neque libe-
ros accuſabimus, tamquam
qui aliquorum nobis malo-
rum quorumdam cauſſæ
fuerint; cum perſuaſum
habeamus, niſi nobiscum
ſtatuerimus tales eſſe res,
non facturos nos ea quæ
ſunt ei judicio conſenta-
nea; ut autem ita ſtatua-
mus, aut non ſtatuamus,
id in nobis eſſe ſitum, non
in rerum externarum pote-
ſtate.

καὶ οὐ τὰ ἐκτός. Οὕτως, ἔφη. Ἀπὸ τῆς σήμε- 38
ρον τοίνυν ἡμέρας, οὐδὲν ἄλλο ἐπισκοπήσομεν,
οὐδὲ ἐξετάσομεν ποῖόν τι ἐστὶν, ἢ πᾶς ἔχει, οὔτε
τὸν ἀγρὸν, οὔτε τὰ ἀνδράποδα, οὔτε τοὺς ἵππους
ἢ κύνας, ἀλλὰ τὰ δόγματα. Εὔχομαι, ἔφη.
Ὁρᾷς οὖν, ὅτι σχολαστικόν σε δεῖ γενέσθαι τοῦτο 39
τὸ ζῶον, ὃ πάντες καταγελῶσιν· εἴπερ ἄρα θέλεις ἐπίσκεψιν τῶν σεαυτοῦ δογμάτων ποιεῖσθαι.
τοῦτο δ' ὅτι μιᾶς ὥρας ἢ ἡμέρας οὐκ ἔστιν, ἐπι- 40
νοεῖς καὶ αὐτός.

ΚΕΦ. ιβ'.

Περὶ Εὐαρεστήσεως.

Περὶ Θεῶν οἱ μέν τινές εἰσιν οἱ λέγοντες μηδ' εἶναι τὸ Θεῖον· οἱ δ', εἶναι μὲν, ἀργὸν δὲ καὶ ἀμε-
λὲς, καὶ μὴ προνοεῖν μηδενός· τρίτοι δ', οἱ καὶ 2
E 4   εἶναι

state. Ita; inquit. Igitur Inde ab hoc die nihil aliud consideramus aut inquiremus quale sit, aut quomodo sese habeat; non agrum, non servitia, non equos, aut canes; nihil nisi animi nostri decreta. Opto equidem, inquit. Vides ergo, scholasticum oportere te fieri; (id scilicet animal, quod deridetur ab omnibus;) si quidem volueris examen tuorum decretorum instituere. Hoc vero non unius horae aut diei negotium esse, tu ipse intelligis.

CAP. XII.

De Æquitate animi.

Ad Deos quod adtinet, sunt qui dicant, non esse omnino Numen divinum: alii, esse quidem, sed iners & negligens, nullique rei providere: tertii, qui &

esse

εἶναι καὶ προνοεῖν, ἀλλὰ τῶν μεγάλων καὶ οὐρανίων, τῶν δ' ἐπὶ γῆς μηδενός· τέταρτοι δὲ, καὶ
τῶν ἐπὶ γῆς καὶ τῶν οὐρανίων, εἰς κοινὸν δὲ μόνον,
3 καὶ οὐχὶ δὲ κατ' ἰδίαν ἑκάστου· πέμπτοι δ, ὧν
ἦν καὶ Ὀδυσσεὺς καὶ Σωκράτης, οἱ λέγοντες, ὅτι,
Οὐδέ σε λήθω κινύμενος.

4 Πολὺ πρότερον οὖν ἀναγκαῖόν ἐστι, περὶ ἑκάστου τούτων ἐπεσκέφθαι, πότερα ὑγιῶς ἢ οὐχ
5 ὑγιῶς λεγόμενόν ἐστιν. εἰ γὰρ μή εἰσι Θεοὶ, πῶς
ἐστι τέλος, ἔπεσθαι Θεοῖς; εἰ δὲ εἰσὶ μὲν, μηδενὸς δ' ἐπιμελούμενοι· καὶ οὕτω πῶς ὑγιὲς ἔσται;
6 ἀλλὰ δὴ, καὶ ὄντων, καὶ ἐπιμελουμένων, εἰ μηδε-
μία διάδοσις εἰς ἀνθρώπους ἐστὶν ἐξ αὐτῶν, καὶ νὴ
Δία γε καὶ εἰς ἐμέ· πῶς ἔτι καὶ οὕτως ὑγιὲς
7 ἐστι; Πάντα οὖν ταῦτα ὁ καλὸς καὶ ἀγαθὸς ἐπε-
σκεμμένος, τὴν αὑτοῦ γνώμην ὑποτέταχε τῷ
διοικοῦντι τὰ ὅλα· καθάπερ οἱ ἀγαθοὶ πολῖται

esse dicant, & providere, sed majoribus rebus & cœlestibus, terrestrium autem nulli: quarti, & terrestribus & cœlestibus; sed in commune duntaxat, non autem singulis privatim: quinti, quorum in numero fuere & Ulysses & Socrates, dicentes: *Neque te lateo, quum moveor.*

Longe Itaque ante omnia necessarium est, de hisce singulis considerare, recte-ne an secus dicantur. Nam si Dii non sunt; qui potest esse finis, sequi Deos? Sin sunt, nullius vero rei curam gerunt; etiam sic quo pacto verum erit, finem istum statuere? Quod si vero & sunt, & curam gerunt, neque tamen hominibus, neque adeo mihi profecto, quidquam impertiunt; quo pacto jam vel sic verum fuerit? His igitur omnibus consideratis, vir bonus probusque suum ipsius animum rerum universarum Administratori submittit; quemadmodum boni cives legi civitatis.
Qui

ται τῷ νόμῳ τῆς πόλεως. ὁ δὲ παιδευόμενος, 8
ταύτην ὀφείλει τὴν ἐπιβολὴν ἔχων ἐλθεῖν ἐπὶ τὸ
παιδεύεσθαι· πῶς ἂν ἑποίμην ἐγὼ ἐν παντὶ τοῖς
Θεοῖς; καὶ πῶς ἂν εὐαρεστοίην τῇ θείᾳ διοικήσει; καὶ πῶς ἂν γενοίμην ἐλεύθερος; Ἐλεύθερος 9
γάρ ἐστιν, ᾧ γίνεται πάντα κατὰ προαίρεσιν,
καὶ ὃν οὐδεὶς δύναται κωλῦσαι. Τί οὖν; ἀπόνοιά 10
ἐστιν ἡ ἐλευθερία; Μὴ γένοιτο. μανία γὰρ καὶ
ἐλευθερία εἰς ταὐτὸν οὐκ ἔρχεται. Ἀλλ' ἐγὼ θέ- 11
λω πᾶν τὸ δοκοῦν μοι ἀποβαίνειν, κἂν ὁπωσοῦν
δοκῇ. Μαινόμενος εἶ, παραφρονεῖς. οὐκ οἶδας, ὅτι 12
καλὸν ἡ ἐλευθερία ἐστὶ, καί ἀξιόλογον; τὸ δ'
ὡς ἔτυχέ με βούλεσθαι τὰ ὡς ἔτυχε δόξαντα
γίνεσθαι, τοῦτο κινδυνεύει οὐ μόνον οὐκ εἶναι καλὸν, ἀλλὰ καὶ πάντων αἴσχιστον εἶναι. Πῶς 13
γὰρ ἐπὶ γραμματικῶν ποιοῦμεν; βούλομαι γράφειν ὡς θέλω τὸ Δίωνος ὄνομα; Οὔ· ἀλλὰ δι-

E 5

δάσκο-

Qui vero eruditur, cum hoc animi proposito accedat oportet ad institutionem: Quo pacto ego in omnibus rebus Deos sequar? & quo pacto in divinâ administratione acquiescam? & quo pacto liber fiam? Nam liber est, cui ex voluntate suâ fiunt omnia, & quem nemo prohibere possit. Quid ergo? vesania - ne est libertas? Absit: neque enim insania & libertas eâdem morantur in sede. At ego, (inquis) quidquid mihi visum fuerit, id volo evenire, quacumque tandem ratione id mihi ita fuerit visum. Insanus es, deliras. An nescis, honestam rem & praeclaram esse libertatem? Temere autem me velle, ut eveniant quae mihi temere visa fuerint; id, vide, ne non modo honestum non sit, verum etiam omnium sit turpissimum. Quomodo enim in rebus grammaticis agimus? Volo, ut libet mihi, nomen Dionis scribere? Non; sed disco velle, ut scribi oportet.

Quid

δάσκομαι θέλειν, ὡς δεῖ γράφεσθαι. Τί ἐπὶ μου-
14 σικῶν; Ὡσαύτως. Τί ἐν τῷ καθόλου, ὅπου τέχνη τίς ἢ ἐπιστήμη ἐστίν; εἰ δὲ μὴ, οὐδενὸς ἦν
ἄξιον τὸ ἐπίστασθαί τι, εἰ ταῖς ἑκάστων βουλή-
15 σεσι προσηρμόζετο. Ἐνταῦθα οὖν μόνον, ἐπὶ τοῦ
μεγίστου καὶ κυριωτάτου, τῆς ἐλευθερίας, ὡς ἔτυχεν ἐφεῖταί μοι θέλειν; Οὐδαμῶς· ἀλλὰ τὸ παιδεύεσθαι, τοῦτ' ἔστι, μανθάνειν ἕκαστα οὕτω θέλειν, ὡς γίνεται. πῶς δὲ γίνεται; ὡς διέταξεν αὐ-
16 τὰ ὁ διατάσσων. Διέταξε δὲ, θέρος εἶναι καὶ χει-
μῶνα, καὶ φορὰν καὶ ἀφορίαν, καὶ ἀρετὴν καὶ κακίαν, καὶ πάσας τὰς τοιαύτας ἐναντιότητας,
ὑπὲρ συμφωνίας τῶν ὅλων· ἡμῶν τ' ἑκάστῳ σῶμα,
καὶ μέρη τοῦ σώματος, καὶ κτῆσιν, καὶ κοινωνοὺς
ἔδωκε.

17   Ταύτης οὖν τῆς διατάξεως μεμνημένους, ἔρχεσθαι δεῖ ἐπὶ τὸ παιδεύεσθαι, οὐχ ἵνα ἀλλά-
ξωμεν

Quid in Musicis? Eodem modo. Quid universe in omnibus, quæ arte aliqua aut scientia continentur? (*Eodem modo se res habet:*) alioqui non esset operæ pretium scire quidquam, si cujusque voluntati res quæque adcommodaretur. Hic igitur solum, in re maxima & præcipua, in Libertate, mihi permissum est temere velle? Nequaquam: sed erudiri; id est, discere ita velle omnia, uti fiunt. Quomodo autem fiunt? Ut ea disposuit is qui disposuit. Sic autem disposuit, ut æstas esset & hyems, ut fertilitas & sterilitas, ut virtus & vitium, & omnes id genus contrarietates, propter Totius concentum: & nostrùm unicuique corpus, & partes corporis, & possessionem, & socios dedit.

Hujus igitur dispositionis memores. ad institutionem sic accedere debemus, non ut rerum naturam mutemus; (id quod nobis neque con-

ζῶμεν τὰς ὑποθέσεις· οὔτε γὰρ δίδοται ἡμῖν, οὔτ'
ἄμεινον· ἀλλ' ἵνα, οὕτως ἐχόντων τῶν περὶ ἡμᾶς ὡς
ἔχει καὶ πέφυκεν, αὐτοὶ τὴν γνώμην τὴν αὐτῶν
συνηρμοσμένην τοῖς γινομένοις ἔχωμεν. Τί γάρ; 18
ἐνδέχεται φυγεῖν ἀνθρώπους; καὶ πῶς οἷόν τε;
Ἀλλὰ συνόντας αὐτοῖς, ἐκείνους ἀλλάξαι; καὶ τίς
ἡμῖν δίδωσι; Τί οὖν ἀπολείπεται; ἢ τίς εὑρίσκε- 19
ται μηχανὴ πρὸς τὴν χρῆσιν αὐτῶν; Τοιαύτη, δι'
ἧς ἐκεῖνοι μὲν ποιήσουσι τὰ φαινόμενα αὐτοῖς,
ἡμεῖς δ' οὐδὲν ἧττον κατὰ φύσιν ἕξομεν; Σὺ δ' ἀτα- 20
λαίπωρος εἶ, καὶ δυσάρεστος. κἂν μὲν μόνος ᾖς,
ἐρημίαν καλεῖς τοῦτο· ἂν δὲ μετὰ ἀνθρώπων, ἐπι-
βούλους λέγεις, καὶ λῃστάς· μέμφῃ δὲ καὶ γονεῖς τοὺς σεαυτοῦ, καὶ τέκνα, καὶ ἀδελφοὺς, καὶ
γείτονας. ἔδει δὲ, μόνον μένοντα, ἡσυχίαν καλεῖν 21
αὐτὸ, καὶ ἐλευθερίαν, καὶ ὅμοιον τοῖς Θεοῖς ἡγεῖσθαι σεαυτόν· μετὰ πολλῶν δ' ὄντα, μὴ ὄχλον
καλεῖν,

conceditur, neque expedit;) sed ut, quum ita sint res nostræ ut sunt, & ut fert earum natura, nos ipsi animum nostrum iis quæ fiunt adcommodatum habeamus. Quid enim? licetne fugere homines? id fieri qui poteſt? An vero eorum cum utamur consuetudine, eos immutare licet? & quis id nobis largitur? Quid ergo relinquitur? aut quænam ars reperitur vivendi cum hominibus? Ea, ut illos quidem agere patiamur quæ ipsis videntur. nos vero nihilo minus sic simus adfecti, ut natura postulat? Tu vero delicatus es & morosus: nam, cum solus es, desertum id appellas; cum vero inter homines, insidiatores eos dicis, & latrones: atque etiam parentes tuos incusas, & liberos, & fratres, & vicinos. Oportebat autem te, cum solus esses, id quietem nominare, & libertatem, & Diis similem te putare: cum inter multos versaris, non turbam vocare,

καλεῖν, μηδὲ θόρυβον, μηδ' ἀηδίαν, ἀλλ' ἑορτὴν
καὶ πανήγυριν· καὶ οὕτω πάντα εὐαρέστως δέχε-
22 σθαι. Τίς οὖν ἡ κόλασις τοῖς οὐ προσδεχομένοις;
τὸ οὕτως ἔχειν ὡς ἔχουσι. Δυσαρεστεῖ τις τῷ
μόνος εἶναι; ἔστω ἐν ἐρημίᾳ. δυσαρεστεῖ τις τοῖς
γονεῦσιν; ἔστω κακὸς υἱὸς, καὶ πενθείτω. δυσαρε-
23 στεῖ τοῖς τέκνοις; ἔστω κακὸς πατήρ. -- Βάλλε
αὐτὸν εἰς φυλακήν. -- Ποίαν φυλακήν; Ὅπου
νῦν ἐστιν. ἄκων γάρ ἐστιν. ὅπου δέ τις ἄκων
ἐστὶν, ἐκεῖνο φυλακὴ αὐτῷ ἐστί. καθὸ καὶ Σω-
24 κράτης οὐκ ἦν ἐν φυλακῇ, ἑκὼν γὰρ ἦν. -- Σκέλος
οὖν μοι γενέσθαι πεπηρωμένον; -- Ἀνδράποδον,
εἶτα δι' ἓν σκελύδριον τῷ Κόσμῳ ἐγκαλεῖς; οὐκ
ἐπιδώσεις αὐτὸ τοῖς ὅλοις; οὐκ ἀποστήσῃ; οὐ χαί-
25 ρων παραχωρήσεις τῷ δεδωκότι; ἀγανακτήσεις δὲ,
καὶ δυσαρεστήσεις τοῖς ὑπὸ τοῦ Διὸς διατεταγ-
μένοις, ἃ ἐκεῖνος μετὰ τῶν Μοιρῶν, παρουσῶν καὶ
ἐπικλω-

re, aut tumultum, aut molestiam; sed festum, & celebritatem: omniaque sic placide admittere. Quæ igitur pœna est eorum, qui non ita res accipiunt? Hæc, ut eo statu sint, quo sunt. Ægre fert quispiam, esse solus? sit in deserto! Ægre fert suos parentes? sit malus filius, & lugeat! Ægre fert liberos? sit malus pater! -- -- Conjice eum in custodiam! -- -- Quam custodiam? Eam, ubi nunc est: invitus enim est; ubi autem aliquis Invitus est, is ei locus est custodia: qua ratione & Socrates in custodia non fuit, ultro enim fuit. -- -- Mene igitur pede esse claudum! -- -- Mancipium, itane ob unum pedunculum accusas Mundum? non eum trades universitati rerum? non missum facies? non lætus permittes ei qui dedit? An potius Indignaberis, & ægre feres quæ sunt a Jove constituta, quæ ille cum Parcis, ortui tui præsentibus

ἐπικλωθουσῶν σου τὴν γένεσιν, ὥρισε καὶ διέταξεν; Οὐκ οἶσθα, ἠλίκον μέρος πρὸς τὰ ὅλα; τοῦ- 26
το δὲ κατὰ τὸ σῶμα· ὡς κατά γε τὸν λόγον
οὐδὲ χείρων τῶν Θεῶν, οὐδὲ μικρότερος· λόγου
γὰρ μέγεθος οὐ μήκει, οὐδ' ὕψει κρίνεται, ἀλλὰ
δόγμασιν.

Οὐ θέλεις οὖν καθ' ἃ ἴσος εἶ τοῖς Θεοῖς, 27
ἐκεῖ που τίθεσθαι τὸ ἀγαθόν; Τάλας ἐγώ, τὸν 28
πατέρα ἔχω τοιοῦτον, καὶ τὴν μητέρα. Τί οὖν;
ἐδίδοτό σοι προελθόντι ἐκλέξασθαι, καὶ εἰπεῖν·
Ὁ δεῖνα τῇ δεῖνι συνελθέτω τῇδε τῇ ὥρᾳ, ἵνα
ἐγὼ γένωμαι; Οὐκ ἐδίδοτο. ἀλλ' ἔδει προϋ- 29
ποστῆναί σου τοὺς γονεῖς, εἶτα οὕτω γεννηθῆ-
ναί σε. ἐκ ποίων τινῶν; ἐκ τοιούτων, ὁποῖοι ἦ-
σαν. Τί οὖν; τοιούτων αὐτῶν ὄντων, οὐδεμία 30
σοι δίδοται μηχανή; εἶτ' εἰ μὲν τὴν ἐρατικὴν δύναμιν ἠγνόεις πρὸς τί κέκτησαι, δυστυχὴς ἂν ἦς
καὶ

bus & fufum volventibus,
definiit ac difpofuit? Non
Intelligis, quantula pars
fis, collatus cum univerfis?
nempe quod ad corpus ad-
tinet; nam quod ad men-
tem, ne Diis quidem im-
mortalibus es deterior, aut
minor: mentis enim ma-
gnitudo non proceritate aut
altitudine judicatur, fed
decretis.

Nonne ergo in ea parte
bonum tuum collocare ve-
lis, quâ Diis es fimilis?
Me miferum: patrem habeo
talem, & matrem! Quid
ergo? in vitam progredi-
enti tibi poteftasne dabatur
eligendi, dicendique: Ifte
cum ifta congrediatur hac
hora, ut ego nafcar? Non
dabatur: fed prius exftitiffe
parentes tuos oportebat,
ac tum demum te nafci.
E qualibus? E talibus,
quales erant. Quid ergo?
cum tales ipfi fint, nullumne tibi præfidium relinquitur? Si videndi facultatem,
cujus rei gratiâ haberes,
ignorares; mifer effes, &
infe-

καὶ ἄθλιος, εἰ κατέμυες, προσαγόντων σοι τῶν χρωμάτων· ὅτι δὲ μεγαλοψυχίαν ἔχων, καὶ γενναιότητα πρὸς ἕκαστα τούτων, ἀγνοεῖς, οὐ δυσ-

31 τυχέστερος εἶ, καὶ ἀθλιώτερος; προσάγεταί σοι τὰ κατάλληλα τῇ δυνάμει ἣν ἔχεις· σὺ δ᾽ αὐτὴν τότε μάλιστα ἀποστρέφεις, ὁπότε ἠνεῳγμένην

32 καὶ βλέπουσαν ἔχειν ἔδει. σὺ μᾶλλον εὐχαριστεῖς τοῖς Θεοῖς, ὅτι σε ἐπάνω τούτων ἀφῆκαν, ὅσα μηδ᾽ ἐποίησαν ἐπὶ σοί· μόνον δ᾽ ὑπεύθυνον ἀπέφηναν

33 τῶν ἐπὶ σοί; γονέων ἕνεκα, ἀνυπεύθυνον ἀφῆκαν· ἀδελφῶν ἕνεκα, ἀφῆκαν· σώματος ἕνεκα, ἀφῆκαν·

34 κτήσεως, θανάτου, ζωῆς. Τίνος οὖν ὑπεύθυνόν σε ἐποίησαν; Τοῦ μόνου ὄντος ἐπὶ σοι, χρήσεως οἵας

35 δεῖ φαντασιῶν. Τί οὖν ἐπισπᾷς σεαυτῷ ταῦτα, ὧν ἀνυπεύθυνος εἶ; Τοῦτό ἐστιν, ἑαυτῷ παρέχειν πράγματα.

ΚΕΦ.

infelix, si clauderes oculos, coloribus admotis: quod autem ignoras, animi magnitudinem fortitudinemque tibi datas esse ad cuncta quæ sunt illius generis; nonne infelicior es, & miserior? Admoventur tibi res facultati ei congruentes, quæ tibi data est: tu autem eamdem tunc maxime avertis, cum apertam & cernentem eam esse oportebat. Quidni potius Diis agis gratias, quod te superiorem iis rebus fecerunt, quas in tua potestate esse noluerunt; & nonnisi his fecerunt obnoxium, quæ tui sunt arbitrii? Quod ad parentes adtinet, liberum solutumque te dimiserunt; quod ad fratres, dimiserunt; quod ad corpus, dimiserunt; itemque quod ad possessionem, quod ad mortem vitamque. Cui igitur rei obnoxium te fecerunt? Illi uni, quæ in tua est potestate, nempe recto usui visorum. Quid igitur ipsi tibi adsciscis imponisque ea, quibus es solutus? Id vero est, sibi ipsi facessere negotium.

CAP.

ΚΕΦ. ιγ'.

Πῶς ἕκαστά ἐστι ποιεῖν ἀρεστῶς Θεοῖς.

Πυθομένου δέ τινος, πῶς ἐστιν ἐσθίειν ἀρεστῶς Θεοῖς; Εἰ δικαίως ἐστίν, ἔφη, καὶ εὐγνωμόνως, καὶ ἴσως, καὶ ἐγκρατῶς, καὶ κοσμίως, οὐκ ἔστι καὶ ἀρεστῶς τοῖς Θεοῖς; Ὅταν δὲ θερμὸν αἰτήσαντός 2 σου, μὴ ὑπακούσῃ ὁ παῖς, ἢ ὑπακούσας χλιαρώτερον ἐνέγκῃ, ἢ μηδ' εὑρεθῇ ἐν τῇ οἰκίᾳ· τὸ μὴ χαλεπαίνειν, μηδὲ ῥήγνυσθαι, οὐκ ἔστιν ἀρεστὸν τοῖς Θεοῖς; Πῶς οὖν τις ἀνάσχηται τῶν τοιούτων; 3 Ἀνδράπεδον, οὐκ ἀνέξῃ τοῦ ἀδελφοῦ τοῦ σαυτοῦ, ὃς ἔχει τὸν Δία πρόγονον, ὥσπερ υἱὸς ἐκ τῶν αὐτῶν σπερμάτων γέγονε, καὶ τῆς αὐτῆς ἄνωθεν καταβολῆς; Ἀλλ' εἰ ἔν τινι τοιαύτῃ χώρᾳ κατετά- 4
γης.

CAP. XIII.

Quo paſto omnia ita peragi poſſint, ut Diis ſint grata.

Percontante vero quodam, quo pacto comedere aliquis ita poſſit, ut Deo placeat. Si fieri poteſt, inquit, ut juſte edat, ut benigno, ut æquo animo, ut continenter, ut modeſte; nonne fieri etiam poteſt, ut Diis grate comedat? Cum vero, te calidam poſcente, puer non obtemperaverit; aut, ſi obtemperaverit, tepidiuſculam adtulerit, aut quum in ædibus plane non fuerit inventus: id non ferre graviter, nec diſrumpi iracundia; nonne Diis placet? At quo pacto ferri queunt tales? Mancipium, non feres fratrem tuum, qui genus a Jove ſummo ducit, ut filius ex iiſdem ſeminibus eodemque coeleſti ſatu editus? Sed tu, ſi tali quopiam loco collocatus es ſuper alios eminente, ſtatim

γῆς ὑπερεχούσῃ, εὐθὺς τύραννον καταστήσεις σεαυτόν; οὐ μεμνήσῃ τίς εἶ, καὶ τίνων ἄρχεις; ὅτι συγγενῶν, ὅτι ἀδελφῶν φύσει, ὅτι τοῦ Διὸς ἀπογόνων;
5 Ἀλλ' ὠνὴν αὐτῶν ἔχω, ἐκεῖνοι δ' ἐμοῦ οὐκ ἔχουσιν. Ὁρᾷς ποῦ βλέπεις; ὅτι εἰς τὴν γῆν, ὅτι εἰς
τὰ βάραθρον, ὅτι εἰς τοὺς ταλαιπώρους τούτους
νόμους τοὺς τῶν νεκρῶν; εἰς δὲ τοὺς τῶν Θεῶν οὐ
βλέπεις.

ΚΕΦ. ιδ'.
Ὅτι πάντα ἐφορᾷ τὸ Θεῖον.

Πυθομένου δέ τινος, πῶς ἄν τις πεισθείη, ὅτι
ἕκαστον τῶν ὑπ' αὐτοῦ πραττομένων ἐφορᾶται
2 ὑπὸ τοῦ Θεοῦ; Οὐ δοκεῖ σοι, ἔφη, ἡνῶσθαι
τὰ πάντα; Δοκεῖ, ἔφη. Τί δὲ; συμπαθεῖν
τὰ ἐπίγεια τοῖς οὐρανίοις οὐ δοκεῖ σοι; Δοκεῖ,
ἔφη.

tim tyrannum te consti-
tues? non recordaberis qui
sis, & quibus imperes?
nempe cognatis, fratribus
natura, a Jove oriundis.
Atqui ego illos mercatus
sum; illi me non sunt mer-
cati. Videsne quid spectes?
nonne terram? nonne ba-
rathrum? nonne miseras
istas mortuorum leges?
Deorum autem leges non
respicis.

CAP. XIV.

Divinum numen cuncta intueri.

Percontante vero quodam,
quo pacto quis persuaderi
possit, singula sua facta a
Deo conspici? Nonne vi-
dentur tibi, inquit, uno
connexu inter se cohærere
omnia? Videntur, inquit.
Quid vero? nonne cogna-
tio quædam & consensus
aliquis intercedere tibi videtur inter res terrestres
atque cœlestes? Videtur,
in-

ἔφη. Πόθεν γὰρ οὕτω τεταγμένας, καθάπερ 3
ἐκ προστάγματος τοῦ Θεοῦ, ὅταν ἐκεῖνος εἴπῃ τοῖς
φυτοῖς ἀνθεῖν, ἀνθῇ; ὅταν εἴπῃ βλαστάνειν, βλα-
στάνει; ὅταν ἐκφέρειν τὸν καρπὸν, ἐκφέρει; ὅταν
πεπαίνειν, πεπαίνει; ὅταν πάλιν ἀποβάλλειν, ἀπο-
βάλλει; καὶ φυλλορροεῖν, φυλλορροεῖ; καὶ αὐτὰ εἰς
αὑτὰ συναλούμενα ἐφ' ἡσυχίας μένειν καὶ ἀναπαύε-
σθαι, μένει καὶ ἀναπαύεται; πόθεν δὲ πρὸς τὴν αὔ- 4
ξησιν καὶ μείωσιν τῆς σελήνης, καὶ τὴν τοῦ ἡλίου πρόσ-
οδον καὶ ἄφοδον, τοσαύτη παραλλαγὴ καὶ ἐπὶ τὰ
ἐναντία μεταβολὴ τῶν ἐπιγείων θεωρεῖται; Ἀλ- 5
λὰ τὰ φυτὰ μὲν, καὶ τὰ ἡμέτερα σώματα οὕτως ἐνδέδεται τοῖς Ὅλοις, καὶ συμπέπονθεν· αἱ ψυ-
χαὶ δ' αἱ ἡμέτεραι οὐ πολὺ πλέον; ἀλλ' αἱ ψυ- 6
χαὶ μὲν οὕτως εἰσὶν ἐνδεδεμέναι καὶ συναφεῖς τῷ
Θεῷ, ἅτε αὐτοῦ μόρια οὖσαι καὶ ἀποσπάσματα·
οὐ παντὸς δ' αὐτῶν κινήματος, ἅτε οἰκείου καὶ

συμ-

Inquit. Unde enim tam statis temporibus, tamquam ex Dei mandato, cum plantas florere ille jubet, florent? cum germinare, germinant? cum fructum proferre, proferunt? cum maturescere, maturescunt? cum rursus abjicere fructus, abjiciunt? cum folia deponere, deponunt? cum ipsas in se contractas sine ullo motu manere & requiescere, manent & requiescunt? Unde porro ad lunæ incrementum & decrementum, & ad solis accessum recessumque, tanta alternatio, & in diversa mutatio rerum terrestrium cernitur? At quæ quidem e terra nascuntur, & nostra corpora Universo sunt devincta, & consensu quodam cum eo conjuncta? animi autem nostri non multo magis? At animi quidem nostri Deo ita devincti sunt & conjuncti, utpote qui sint particulæ ejus, ab illius natura quasi decerptæ? motus vero eorum omnes Deus non percipit, veluti suos sibique con-

7 συμφυοῦς, ὁ Θεὸς αἰσθάνεται; Ἀλλὰ σὺ μὲν
περὶ τῆς θείας διοικήσεως, καὶ περὶ ἑκάστου τῶν
θείων, ὁμοῦ δὲ καὶ περὶ ἀνθρωπίνων πραγμάτων ἐνθυμεῖσθαι δύνασαι, καὶ ἅμα μὲν αἰσθη-
τικῶς ἀπὸ μυρίων πραγμάτων κινεῖσθαι, ἅμα δὲ
διανοητικῶς, ἅμα δὲ τοῖς μὲν συγκαταθετικῶς,
8 τοῖς δ' ἀνανευστικῶς, ἢ ἐφεκτικῶς· τύπους δὲ
τοσούτους ἀφ' οὕτω πολλῶν καὶ ποικίλων πραγμάτων ἐν τῇ σαυτοῦ ψυχῇ φυλάττεις, καὶ ἀπ'
αὐτῶν κινούμενος, εἰς ἐπινοίας ὁμοειδεῖς ἐμπί-
πτεις τοῖς πρώτως τετυπωκόσι, τέχνας τ' ἄλλας ἐπ' ἄλλαις, καὶ μνήμας ἀπὸ μυρίων πραγ-
9 μάτων διασώζεις· ὁ δὲ Θεὸς οὐχ οἷός τ' ἐστὶ πάντα ἐφορᾶν, καὶ πᾶσι συμπαρεῖναι, καὶ ἀπὸ
10 πάντων τινὰ ἴσχειν διάδοσιν; Ἀλλὰ φωτίζειν
μὲν οἷός τε ἐστὶν ὁ ἥλιος τηλικοῦτον μέρος τοῦ Παντὸς, ὀλίγον δὲ τὸ ἀφώτιστον ἀπολιπεῖν, ὅσον οἷόν τ' ἐπέχεσθαι ὑπὸ σκιᾶς, ἣν ἡ γῆ ποιεῖ· ὁ δὲ
καὶ

congenitos? At tu quidem conformes quæ primum
divinam administrationem, menti impressæ fuerint; ar-
singulasque res tam divinas tesque alias atque alias, &
quam humanas animo con- infinitarum rerum memo-
templari potes, simulque riam conservas? Deus ve-
ab innumerabilibus rebus ro non potest simul omnia
partim sensu, partim cogi- intueri. & omnibus rebus
tatione adfici; simul aliis interesse, cum omnibus
adsentiri, alia abnuere, in aliquam habere communi-
aliis adsensum retinere; tot cationem? At sol quidem
porro formas rerum tam tantum Universi partem ra-
multarum variarumque te- diis suis illustrare potest,
cum in animo tuo custodis, exiguam partem relinquens
ab illisque pulsus in cogi- lucis expertem, quantam
tationes incidis rebus iis scilicet umbra terræ occu-
                                                          pat?

καὶ τὸν ἥλιον αὐτὸν πεποιηκὼς καὶ περιάγων, μέρος ὄντ' αὐτοῦ μικρὸν ὡς πρὸς τὸ Ὅλον, οὗτος δ'
οὐ δύναται πάντων αἰσθάνεσθαι;

Ἀλλ' ἐγώ, φησίν, οὐ δύναμαι πᾶσιν ἅμα 11
τούτοις παρακολουθεῖν. Τοῦτο δέ σοι καὶ λέγει
τις, ὅτι ἴσην ἔχεις δύναμιν τῷ Διί; Ἀλλ' οὖν 12
οὐδὲν ἧττον καὶ ἐπίτροπον ἑκάστῳ παρέστησε,
τὸν ἑκάστου Δαίμονα, καὶ παρέδωκε φυλάσσειν αὐτὸν αὑτῷ, καὶ τοῦτον ἀκοίμητον καὶ ἀπα-
ραλόγιστον. Τίνι γὰρ ἄλλῳ κρείττονι καὶ ἐπι- 13
μελεστέρῳ φύλακι παραδέδωκεν ἡμῶν ἕκαστον;
ὥσθ', ὅταν κλείσητε τὰς θύρας, καὶ σκότος ἔνδον ποιήσητε, μέμνησθε μηδέποτε λέγειν ὅτι
μόνοι ἐστέ· οὐ γὰρ ἐστέ. ἀλλ' ὁ Θεὸς ἔνδον 14
ἐστί, καὶ ὁ ὑμέτερος Δαίμων ἐστί· καὶ τίς τούτοις χρεία φωτὸς εἰς τὸ βλέπειν τί ποιεῖτε;
Τούτῳ τῷ Θεῷ ἔδει καὶ ὑμᾶς ὀμνύειν ὅρκον, οἷον 15

F 2

οἱ

pat? qui vero ipſum fecit ſolem, eumdemque circumagit; (partem ſane ſui ipſius exiguam, ſi cum univerſitate comparetur;) is vero non poteſt cuncta percipere!

At ego, inquit, hæc omnia ſimul animo conſequi nequeo. Quis vero iſtud tibi dicit, te parem cum Jove habere facultatem? Neque vero eo minus ille procuratorem etiam unicuique addidit, Genium cujuſque ſuum, cui cuſtodiendam quemque tradidit, numquam dormienti illi, & decipi neſcio. Nam cui alii præſtantiori & diligentiori cuſtodi unumquemque noſtrum commiſiſſet? Quapropter quum fores clauſeritis, & conclave tenebroſum effeceritis; cavete, umquam dicatis vos eſſe ſolos; neque enim eſtis: ſed Deus intus eſt, & veſter Genius intus eſt. Et quid his opus eſt lumine, ut videant quid faciatis? Huic Deo etiam obſtrictos vos ſimili

οἱ στρατιῶται τῷ Καίσαρι. ἀλλ' ἐκεῖνοι μὲν, τὴν
μισθοφορίαν λαμβάνοντες, ὀμνύουσι πάντων προτιμήσειν τὴν τοῦ Καίσαρος σωτηρίαν· ὑμεῖς δὲ, οἱ
τοσούτων καὶ τηλικούτων ἠξιωμένοι, οὐκ ὀμέσετε;
16 ἢ ὀμόσαντες, οὐκ ἐμμενεῖτε; Καὶ τί ὀμέσετε; Μὴ
ἀπειθήσειν μηδέποτε, μηδ' ἐγκαλέσειν, μηδὲ μέμψασθαί τι τῶν ὑπ' ἐκείνου δεδομένων, μηδ' ἄκον-
17 τες ποιήσειν τι ἢ πείσεσθαι τῶν ἀναγκαίων. Ὅ-
μοιός γε ὅρκος οὗτος ἐκείνῳ; ἐκεῖ μὲν ὀμνύουσιν,
αὑτοῦ μὴ προτιμήσειν ἕτερον· ἐνταῦθα δ', αὑτοὺς
ἁπάντων.

KEΦ.

simili sacramento esse oportebat, quali milites Cæsari.
Sed illi quidem, mercede
conducti, jurant, salutem
Cæsaris sibi rebus omnibus
fore antiquiorem: vos au-
tem, tot tantisque dignati
rebus, non jurabitis? aut
jurati, fidem non servabi-
tis? Et quid jurabitis?
Numquam vos non obtem-
peraturos; numquam incu-
saturos; numquam de eo-
rum quoquam, quæ ab Illo
data fuerint, conquesturos;
numquam invitos quid-
quam, quod ferat necessitas,
facturos vel toleraturos.
Hoccine illi simile est jus-
jurandum? Illic jurant, se
neminem eo antiquiorem
habituros; hic, se nemi-
nem sibimet ipsis esse præ-
laturos.

CAP.

ΚΕΦ. ιέ.

Τί ἐπαγγέλλεται Φιλοσοφία.

Συμβουλευομένου τινός, πῶς τὸν ἀδελφὸν πείσῃ, μηκέτι χαλεπῶς αὐτῷ ἔχειν· Οὐκ ἐπαγγέλλε- 2 ται, ἔφη, Φιλοσοφία τῶν ἐκτός τι περιποιήσειν τῷ ἀνθρώπῳ· εἰ δὲ μὴ, ἔξω τι τῆς ἰδίας ὕλης ἀνέξεται. ὡς γὰρ τέκτονος ὕλη, τὰ ξύλα· ἀν- δριαντοποιοῦ, ὁ χαλκός· οὕτω τῆς περὶ βίον τέχ- νης ὕλη, ὁ βίος αὐτοῦ ἑκάστου. Τί οὖν ὁ τοῦ ἀ- 3 δελφοῦ; Πάλιν τῆς αὐτοῦ ἐκείνου τέχνης ἐστί· πρὸς δὲ τὴν σὴν, τῶν ἐκτός ἐστιν, ὅμοιον ἀγρῷ, ὅμοιον ὑγείᾳ, ὅμοιον εὐδοξίᾳ. τούτων δ᾽ οὐδὲν ἐπ- αγγέλλεται Φιλοσοφία. Ἐν πάσῃ περιστάσει 4 τηρήσω τὸ ἡγεμονικὸν κατὰ φύσιν ἔχον. Τὸ τί- νος; Τὸ ἐκείνου, ἐν ᾧ εἰμί. Πῶς οὖν ἐκεῖνός μοι 5

F 3

μὴ

CAP. XV.

Quid profiteatur Philosophia.

Consilium petente nonne- mine, quo pacto fratri per- suaderet, ut simultatem er- ga se deponeret: Non hoc profitetur, inquit, Philoso- phia, se quidquam exterarum rerum homini suppeditatu- ram; alioqui admitteret aliquid a materia sua alie- num. Nam sicut fabri ma- teria, ligna sunt; statuarii, æs: sic artis vitæ materia est, sua cujusque vita. Quid ergo fratris vita? Ea rur- sus ad ejus ipsius artem pertinet; respectu vero tuæ artis, in rerum externarum numero est, ut ager, ut sanitas, ut bona existima- tio; quarum rerum nul- lam Philosophia pollicetur. Quovis in casu conservabo *(ait illa)* mentem naturæ congruentem. Cujus men- tem? Illius, in quo sum. Quo pacto ergo consequar,

ne

μὴ ὀργίζηται; Φέρε μοι ἐκεῖνον, κᾀκείνῳ ἐρῶ· σοὶ
δὲ περὶ τῆς ἐκείνου ὀργῆς· οὐδὲν ἔχω λέγειν.

6   Εἰπόντος δὲ τοῦ συμβουλευομένου, ὅτι, Τοῦτο
ζητῶ, πῶς ἄν, ἐκείνου καὶ μὴ διαλλασσομένου,
7 κατὰ φύσιν ἔχοιμι; Οὐδὲν, ἔφη, τῶν μεγάλων
ἄφνω γίνεται· ὅπου γε οὐδ᾽ ὁ βότρυς, οὐδὲ σῦκον.
ἄν μοι νῦν λέγῃς, ὅτι Θέλω σῦκον· ἀποκρινοῦμαί
σοι, ὅτι χρόνου δεῖ· ἄφες ἀνθήσῃ πρῶτον, εἶτα
8 προβάλῃ τὸν καρπὸν, εἶτα πεπανθῇ. Εἶτα συ-
κῆς μὲν καρπὸς ἄφνω καὶ μιᾷ ὥρᾳ οὐ τελειοῦται·
γνώμης δ᾽ ἀνθρώπου καρπὸν θέλεις οὕτω δι᾽ ὀλίγου καὶ εὐκόλως κτήσασθαι; μὴ δ᾽ ἄν, ἐγώ σοι
λέγω, προσδόκα.

ΚΕΦ.

ne ille mihi irascatur? Adducito mihi illum, & ei dicam: tibi autem de illius ira quod dicam, non habeo.

Ad hæc quum is, qui consilium petierat, diceret: Illud requiro, quo pacto, etiam si ille mihi non reconcilietur, ego naturæ meæ statum tuear? Nihil, inquit, magnum subito existit; nam ne uva quidem, aut ficus. Si mihi nunc dicas, te velle ficum; respondebo, tempore esse opus: sine primum ut floreat, post fructum producat, denique maturescat. Ergo fici quidem fructus subito unius horæ momento non perficitur: animi vero humani fructum adeo brevi & facile comparare velis? Id vero, ego tibi dico, ne exspectes!

CAP.

ΚΕΦ. ις'.
Περὶ Προνοίας.

Μὴ θαυμάζετε, εἰ τοῖς μὲν ἄλλοις ζώοις τὰ πρὸς τὸ σῶμα ἕτοιμα γέγονεν, οὐ μόνον τροφαὶ καὶ πόματα, ἀλλὰ καὶ κοῖται, καὶ τὸ μὴ δεῖσθαι ὑποδημάτων, μὴ ὑποστρωμάτων, μὴ ἐσθῆτος· ἡμεῖς δὲ πάντων τούτων προσδεόμεθα. τὰ 2 γὰρ οὐκ αὐτῶν ἕνεκα, ἀλλὰ πρὸς ὑπηρεσίαν γεγονότα, οὐκ ἐλυσιτέλει προσδεόμενα ἄλλων πεποιηκέναι. ἐπεί, ὅρα οἷον ἦν, ἡμᾶς φροντίζειν μὴ 3 περὶ αὑτῶν μόνον, ἀλλὰ καὶ περὶ τῶν προβάτων, καὶ τῶν ὄνων, πῶς ἐνδύσηται, καὶ πῶς ὑποδή-σηται, πῶς φάγῃ, πῶς πίῃ. ἀλλ', ὥσπερ οἱ στρα- 4 τιῶται ἕτοιμοί εἰσι τῷ στρατηγῷ ὑποδεδεμένοι, ἐνδεδυμένοι, ὡπλισμένοι· (εἰ δ' ἔδει περιερχόμενον τὸν χιλίαρχον ὑποδεῖν, ἢ ἐνδύειν τοὺς χιλίους, δει-

F 4

τὸν

CAP. XVI.
De Providentia.

Ne miremini, quod aliis animantibus ea, quæ ad corpus pertinent, parata sint, non cibus modo & potus, sed & cubilia; quod calceamentis non egeant, non stramentis, non veste; nos autem his omnibus indigeamus. Quæ enim non suâ causâ, sed ad ministerium natæ erant, ea non expediebat ita esse facta, ut aliis rebus indigerent. Nam illud vide cujusmodi foret, si curam gerere nos oporteret, non modo nostrûm ipsorum, sed ovium etiam, & asinorum, quomodo induendi essent, quomodo calceandi, quo pacto esuri, quo bibituri. At veluti milites parati adsunt imperatori, calceati, induti, armati: (nam si circumeuntem oporteret tribunum suos millenarios calceare

aut

νὸν ἂν ἦν·) οὕτω καὶ ἡ Φύσις πεποίηκε τὰ πρὸς
ὑπηρεσίαν γεγονότα ἕτοιμα, παρεσκευασμένα, μη-
5 δεμιᾶς ἐπιμελείας· ἔτι προσδεόμενα. οὕτως ἐν
παιδίον μικρὸν καὶ ῥάβδῳ ἐλαύνει τὰ πρόβατα.
6 Νῦν δ' ἡμεῖς ἀφέντες ἐπὶ τούτοις εὐχαριστεῖν,
ὅτι μὴ καὶ αὐτῶν τὴν ἴσην ἐπιμέλειαν ἐπιμε-
7 λούμεθα, ἐφ' αὐτοῖς ἐγκαλοῦμεν τῷ Θεῷ. καί
τοι, νὴ τὸν Δία καὶ τοὺς Θεούς, ἓν τῶν γεγονότων
ἀπήρκει πρὸς τὸ αἰσθέσθαι τῆς Προνοίας, τῷ γε
8 αἰδήμονι καὶ εὐχαρίστῳ. Καὶ μή μοι νῦν τὰ με-
γάλα· αὐτὸ τοῦτο, τὸ ἐκ πόας γάλα γεννᾶσθαι,
καὶ ἐκ γάλακτος τυρὸν, καὶ ἐκ δέρματος ἔρια.
` Τίς ἐστὶν ὁ πεποιηκὼς ταῦτα, ἢ ἐπινενοηκώς;
Οὐδὲ εἷς, φησίν. Ὦ μεγάλης ἀναισχυντίας καὶ
ἀναισθησίας.
9   Ἄγε ἀφῶμεν τὰ ἔργα τῆς Φύσεως· τὰ πάρ-
10 εργα αὐτῆς θεασώμεθα. Μή τι ἀχρηστότερον
τριχῶν

aut induere, grave fane id effet;) Ita Natura etiam, quæcumque ministerii cauffâ creata funt, expedita fecit, instructa. nullam amplius curationem postulantia. Ita fit, ut unus parvus puellus simplici virgâ agat oves. Nunc vero nos, animantium cauffâ gratias Deo agere negligentes, quod earum non par cura atque noftrûm ipforum nobis est gerenda, noftrûm cauffâ eum accufamus. Atqui. per Iovem Deofque omnes, vel una res ex his, quæ natura fiunt, fatis effet, verecundo quidem homini & grato, ad Providentiam intelligendam. Neque vero mihi magna nunc proferto: isthuc ipfum duntaxat, quod ex herba lac nafcitur, & e lacte cafeus, e cute lana, Quis est, qui ista fecerit, aut excogitarit? Nemo, inquit. O magnam impudentiam, & stuporem!

· Age, omiffis operibus naturæ, ea quæ illis obiter accedunt, contemplemur. Numquid inutilius pilis, qui

τριχῶν τῶν ἐπὶ γενείου; τί οὖν; οὐ συνεχρήσατο
καὶ ταύταις ὡς μάλιστα πρεπόντως ἐδύνατο; οὐ
διέκρινε δι' αὐτῶν τὸ ἄῤῥεν καὶ τὸ θῆλυ; οὐκ 11
εὐθὺς μακρόθεν κέκραγεν ἡμῶν ἑκάστου ἡ φύσις,
'Ανήρ εἰμι· οὕτω μοι προσέρχου, οὕτω μοι λάλει,
ἄλλο μηθὲν ζήτει· ἰδοὺ τὰ σύμβολα; Πάλιν ἐπὶ 12
τῶν γυναικῶν, ὥσπερ ἐν τῇ φωνῇ τι ἐγκατέμι-
ξεν ἁπαλώτερον, οὕτω καὶ τὰς τρίχας ἀφεῖλεν.
Οὔ· ἀλλ' ἀδιάκριτον ἔδει τὸ ζῶον ἀπολειφθῆναι,
καὶ κηρύσσειν ἕκαστον ἡμῶν, ὅτι, 'Ανήρ εἰμι.
Πῶς δὲ οὐ καλὸν τὸ σύμβολον, καὶ εὐπρεπές, 13
καὶ σεμνόν; πόσῳ κάλλιον 'τοῦ τῶν ἀλεκτρυό-
νων λόφου; πόσῳ μεγαλοπρεπέστερον τῆς χαί-
της τῶν λεόντων; Διὰ τοῦτο ἔδει σώζειν τὰ 14
σύμβολα τοῦ Θεοῦ, ἔδει αὐτὰ μὴ καταπροΐεσθαι,
μηδὲ συγχεῖν, ὅσον ἐφ' ἑαυτοῖς, τὰ γένη τὰ διῃ-
ρημένα.

F 5   Ταῦτα

qui mento enafcuntur?
Quid ergo? nonne his
etiam, quam convenientif-
fime fieri poterat, ufa eft?
nonne per eos marem &
fœminam difcrevit? nonne
ftatim eminus cujufque noftrûm natura clamitat: Vir
fum; fic ad me accedito;
fic colloquere mecum; ni-
bil aliud require: ecce figna in promtu funt! Rur-
fus in mulieribus, quem-
admodum mollius quiddam
ipfi voci immifcuit, fic &
pilos iftos illis ademit. At,
non ita decuit? fed indif-
cretum fuit relinquendum
animal, & proclamandum
unicuique noftrûm, fe effe
virum? Nonne vero fignom
hoc pulcrum eft, & deco-
rum, & honeftum? quan-
to elegantius criftâ gallo-
rum? quanto magnificen-
tius jubâ leonum? Itaque
confervanda erant figna
Dei, & nequaquam abji-
cienda; neque fexus, quantum in nobis quidem effet,
confundendus, ab ipfa na-
tura diftinctus.

Num-

15   Ταῦτα μόνα ἐστὶν ἔργα ἐφ' ἡμῶν τῆς Προνοίας; Καὶ τίς ἐξαρκεῖ λόγος ὁμοίως αὐτὰ ἐπαινέσαι, ἢ παραστῆσαι; εἰ γὰρ νοῦν εἴχομεν, ἄλλο
τι ἔδει ἡμᾶς ποιεῖν καὶ κοινῇ καὶ ἰδίᾳ, ἢ ὑμνεῖν
τὸ Θεῖον, καὶ εὐφημεῖν, καὶ ἐπεξέρχεσθαι τὰς
16 χάριτας; οὐκ ἔδει καὶ σκάπτοντας, καὶ ἀροῦν-
τας, καὶ ἐσθίοντας, ᾄδειν τὸν ὕμνον τὸν εἰς τὸν
17 Θεόν; Μέγας ὁ Θεός, ὅτι ἡμῖν παρέσχεν ὄργανα
τοιαῦτα, δι' ὧν τὴν γῆν ἐργασόμεθα· μέγας ὁ
Θεός, ὅτι χεῖρας δέδωκεν, ὅτι κατάποσιν, ὅτι
κοιλίαν, ὅτι αὔξεσθαι λεληθότως, ὅτι καθεύδοντας
18 ἀναπνεῖν. ταῦτα ἐφ' ἑκάστου ἐφυμνεῖν ἔδει, καὶ
τὸν μέγιστον καὶ θειότατον ὕμνον ἐφυμνεῖν, ὅτι
τὴν δύναμιν ἔδωκε τὴν παρακολουθητικὴν τού-
19 τοις, καὶ ὁδῷ χρηστικήν. Τί οὖν; ἐπεὶ οἱ πολλοὶ ἀποτετύφλωσθε, οὐκ ἔδει τινὰ εἶναι τὸν ταύτην

Numquid hæc sola sunt Providentiæ in nobis opera? At quâ oratione hæc satis aut laudari aut illustrari possunt? nam si sani essemus, quid nobis aliud agendum erat & publice & privatim, quam Numen divinum celebrandum & laudandum, & grates ei persolvendæ? Nonne inter fodiendum, inter arandum, inter edendum, hymnus hic cantandus erat Deo: Magnus est Deus, qui nobis instrumenta præbuit talia, quibus terram excolamus! magnus est Deus, qui manus nobis dedit, qui deglutiendi vim, qui ventrem: qui ita nos fecit, ut sensim, ac veluti clam nobis ipsis, crescamus; ut dormientes respiremus. Hæc singulis in rebus cantanda erant, & hymnus maximus ac divinissimus resonandus, quod facultatem dederit hæc omnia mente adsequendi, ac certa quadam via ac ratione iis utendi. Quid ergo? cum vulgo omnes excæcati sitis, nonne oportebat esse aliquem, qui hoc munere pro vobis fungeretur, & loco omnium

την ἐκπληροῦντα τὴν χώραν, καὶ ὑπὲρ πάντων
ᾄδοντα τὸν ὕμνον τὸν εἰς τὸν Θεόν; τί γὰρ ἄλ- 20
λο δύναμαι γέρων χωλὸς, εἰ μὴ ὑμνεῖν τὸν Θεόν;
εἰ γοῦν ἀηδὼν ἤμην, ἐποίουν τὰ τῆς ἀηδόνος· εἰ
κύκνος, τὰ τοῦ κύκνου. νῦν δὲ λογικός εἰμι, ὑμνεῖν 21
με δεῖ τὸν Θεόν· τοῦτό μου τὸ ἔργον ἐστὶ, ποιῶ
αὐτό· οὐδ᾽ ἐγκαταλείψω τὴν τάξιν ταύτην, ἐφ᾽
ὅσον ἂν δίδωται· καὶ ὑμᾶς ἐπὶ τὴν αὐτὴν ταύτην
ᾠδὴν παρακαλῶ.

ΚΕΦ. ιζ'.

Ὅτι ἀναγκαῖα τὰ Λογικά.

Ἐπειδὴ λόγος ἐστὶν ὁ διαρθρῶν καὶ ἐξεργαζόμενος τὰ λοιπά, ἔδει δ᾽ αὐτὸν μὴ ἀδιάρθρω-
τον εἶναι· ὑπὸ τίνος διαρθρωθῇ; δῆλον γὰρ, ὅτι 2
ἢ ὑφ᾽ αὑτοῦ, ἢ ὑπ᾽ ἄλλου. ἤτοι οὖν λόγος ἐστὶ
κἀκεῖ-

nium hymnum Deo cane-
ret? quid enim aliud pof-
fum fenex claudus, nifi celebrare Deum? Sane, fi
lufcinia effem, lufciniæ officio fungerer; fi olor,
oloris: nunc rationis cum
particeps fim, Deus mihi
celebrandus eft; hoc meum
munus eft, hoc exfequor;
neque ftationem hanc defe-
ram, quoad licuerit; &
vos ad eumdem hunc can-
tum exhortor.

CAP. XVII.

Logicam artem effe neceffariam.

Quandoquidem Ratio eft,
quæ reliqua omnia explicet
perficiatque; eamque ipfam
confufam effe non decet;
a quonam illa explicabitur
& fuis veluti articulis di-
ftinguetur? Adparet, aut
a femetipfa, aut ab alio. Aut
igitur illud ipfum etiam
Ratio eft, aut aliquid aliud
Ratio-

κἀκεῖνος, ἢ ἄλλο τι κρεῖσσον τοῦ λόγου· ὅπερ
3 ἀδύνατον. εἰ δὲ λόγος, ἐκεῖνον πάλιν τίς διαρ-
θρώσει; εἰ γὰρ αὐτὸς ἑαυτόν, δύναται καὶ οὗτος. εἰ δ' ἄλλου δεηθησόμεθα, ἄπειρόν ἐστι τοῦ-
4 το, καὶ ἀκατάληκτον. · · · Ναί· ἀλλ' ἐπείγει
μᾶλλον θεραπεύειν καὶ τὰ ὅμοια. Θέλεις οὖν
5 περὶ ἐκείνων ἀκούειν; ἄκουε. ἀλλ', ἄν μοι λέγῃς, ὅτι, οὐκ οἶδα πότερον ἀληθῶς ἢ ψευδῶς διαλέγῃ, κἄν τι κατ' ἀμφίβολον φωνὴν εἴπω, καὶ
λέγῃς μοι, διάστιξον, οὐκ ἔτι ἀνέξομαί σου,
6 ἀλλ' ἐρῶ σοι, Ἀλλ' ἐπείγει μᾶλλον. Διὰ τοῦτο
γὰρ οἶμαι προτάσσουσι λογικά, καθάπερ τῆς
μετρήσεως τοῦ σίτου προτάσσομεν τὴν τοῦ μέτρου
7 ἐπίσκεψιν. ἂν δὲ μὴ διαλάβωμεν πρῶτον, τί
ἐστι μόδιος, μηδὲ διαλάβωμεν πρῶτον, τί ἐστι
ζυγός, πῶς ἔτι μετρῆσαί τι ἢ στῆσαι δυνησόμε-
8 θα; ἐνταῦθα οὖν, τὸ τῶν ἄλλων κριτήριον, καὶ
δι' οὗ τἄλλα καταμανθάνεται, μὴ καταμεμαθη-
κότες,

Ratione præstantius; id quod fieri nequit. Si vero Ratio, illam rursus quis explicabit? Nam si ipsa se; hæc etiam potest: si vero alterius egebimus, hoc est in infinitum progredi, & nusquam habere ubi consistas. — — Immo vero, (inquis:) at istud magis est necessarium, sanare (opiniones, adpetitiones, adfectus,) & id genus alia! Vis igitur illis de rebus audire? audi. Sed si dein mihi dixeris, nescire te, verene an falso differam; &, ubi quid ambigue dixero, id si me distinguere jusseris; non amplius te feram, sed tibi dicam, hoc magis esse necessarium. Eam enim ob caussam, puto. Logicam artem primo loco ponunt; quemadmodum mensuræ considerationem ante frumenti dimensionem collocamus. Nisi enim ante constituerimus, quid sit modius, quid sit libra; quo pacto jam metiri quidquam aut ponderare poterimus? Hic igitur,

κότες, μηδ' ἠκριβωκότες, δυνησόμεθά τι τῶν ἄλλων ἀκριβῶσαι καὶ καταμαθεῖν; καὶ πῶς οἷόν τε;
Ναί· ἀλλ' ὁ μόδιος ξύλον ἐστὶ, καὶ ἄκαρπον. 9
Ἀλλὰ μετρητικὸν σίτου. - - -   Καὶ τὰ λο- 10
γικὰ ἄκαρπά ἐστι. - - -   Καὶ περὶ τούτου
μὲν ὁ ψόμεθα. εἰ δ' οὖν καὶ τοῦτο δοίη τις, ἐκεῖνα ἀπαρκῶ, ὅτι τῶν ἄλλων ἐστὶ διακριτικὰ καὶ
ἐπισκεπτικά, καὶ, ὡς ἄν τις εἴποι, μετρητικὰ
καὶ στατικά. Τίς λέγει ταῦτα; μόνος Χρύσιπ- 11
πος καὶ Ζήνων καὶ Κλεάνθης; Ἀντισθένης δ' οὐ 12
λέγει; καὶ τίς ἐστιν ὁ γεγραφὼς, ὅτι ἀρχὴ παι-
δεύσεως ἡ τῶν ὀνομάτων ἐπίσκεψις; Σωκράτης δ'
εὖ λέγει; καὶ περὶ τίνος γράφει Ξενοφῶν, ὅτι
ἤρχετο ἀπὸ τῆς τῶν ὀνομάτων ἐπισκέψεως, τί
σημαίνει ἕκαστον;

Ἆρ' οὖν τοῦτό ἐστι τὸ μέγα καὶ τὸ θαυμα- 13
στὸν, νοῆσαι Χρύσιππον, ἢ ἐξηγήσασθαι; Καὶ τίς
λέγει.

igitur, niſi inſtrumentum, quo cætera judicamus & cognoſcimus, didicerimus, & exquiſite cognitum habuerimus; poterimuſne quidquam cæterarum rerum indagare atque cognoſcere? id vero fieri qui poteſt? Eſto: at modius lignum eſt, & ſterile. At eam tamen vim habens, ut ejus opera frumentum metiri queas. — — Eſt & Logica ſterilis. — — De eo quidem mox videbimus: ſed, ut hoc conceſſerim, tamen illud ſatis eſt, eam poſſe alias res diſcernere & conſiderare, &, ut ita dicam, metiri & ponderare. Quis iſta dicit? ſoluſne Chryſippus, Zeno & Cleanthes? Antiſthenes non eadem dicit? Quis vero eſt qui ſcripſit, principium eruditionis eſſe vocabulorum conſiderationem? Annon Socrates hoc dicit? & quis eſt, de quo ſcribit Xenophon, auſpicatum eum eſſe a conſideratione vocabulorum, quid quodque ſignificaret?

An ergo hoc eſt magnum illud & admirabile, Chryſippum

λέγει τοῦτο; Τί οὖν τὸ θαυμαστόν ἐστι; Νοῆ-
14 σαι τὸ βούλημα τῆς Φύσεως. Τί οὖν; αὐτὸς διὰ
σεαυτοῦ παρακολουθεῖς; καὶ τίνος ἔτι χρείαν
ἔχεις; εἰ γὰρ ἀληθές ἐστι τὸ, πάντας ἄκον-
τας ἁμαρτάνειν· σὺ δὲ καταμεμάθηκας τὴν ἀλή-
15 θειαν, ἀνάγκη σε ἤδη κατορθοῦν. Ἀλλά, νὴ
Δία, σὺ παρακολουθῶ τῷ βουλήματι τῆς Φύσεως.
Τίς οὖν ἐξηγεῖται αὐτό; Λέγουσιν, ὅτι Χρύσιπ-
16 πος. Ἔρχομαι, καὶ ἐπιζητῶ τί λέγει οὗτος ὁ
ἐξηγητὴς τῆς Φύσεως. ἄρχομαι μὴ νοεῖν τί λέ-
γει· ζητῶ τὸν ἐξηγούμενον. Ἴδε, ἐπίσκεψαι πῶς
17 τοῦτο λέγεται, καθάπερ εἰ Ῥωμαϊστί. Ποία οὖν
ἐνθάδ' ὀφρὺς τοῦ ἐξηγουμένου; οὐδ' αὐτοῦ Χρυσίππου δικαίως, εἰ μόνον ἐξηγεῖται τὸ βούλημα
τῆς Φύσεως, αὐτὸς δ' οὐκ ἀκολουθεῖ· πόσῳ πλέον
18 τοῦ ἐκεῖνον ἐξηγουμένου; οὐδὲ γὰρ Χρυσίππου χρείαν
ἔχομεν δι' αὐτόν, ἀλλ' ἵνα παρακολουθήσωμεν
τῇ

sippum intelligere aut explicare? Et quis istud dicit? Quid igitur est admirabile? Naturæ intelligere
voluntatem. Quid ergo?
tune per teipsum eam adse-
queris? Quid amplius re-
quiris? nam si verum est,
omnes peccare invitos; tu
autem veritatem cognovi-
sti; te jam rem bene gerere, necesse erit. At, per
Jovem, Naturæ volunta-
tem non adsequor. Quis
igitur eam explicet? Chrysippum aiunt. Adsum: in-
quiro quid dicat hic enarrator Naturæ? incipio
non intelligere quid dicat:
quæro qui explicet. Ecce
considera quomodo hoc di-
catur, perinde ac si Latinè
diceret. Quod igitur hic
supercilium est enarratoris?
immo nec ipsius Chrysippi
jure ullum est, si Naturæ
voluntatem tantum expli-
cat, ipse autem eam non
sequitur: quanto minus ergo enarratoris ipsius? Nam
ne Chrysippo quidem no-
bis opus est propter ip-
sum, sed eo ut Naturam ratione adsequamur. Sic nec
aru-

τῇ φύσει. οὐδὲ γὰρ τοῦ θύτου δι' αὐτὸν, ἀλλ'
ὅτι δι' ἐκείνου κατανοήσειν οἰόμεθα τὰ μέλλοντα,
καὶ σημαινόμενα ὑπὸ τῶν Θεῶν· οὐδὲ τῶν σπλάγχνων δι' αὐτὰ, ἀλλ' ὅτι δι' ἐκείνων σημαίνεται.
οὐδὲ τὸν κόρακα θαυμάζομεν, ἢ τὴν κορώνην, 19
ἀλλὰ τὸν Θεὸν τὸν σημαίνοντα διὰ τούτων.

"Ερχομαι τοίνυν ἐπὶ τὸν ἐξηγητὴν τούτων, καὶ 20
θύτην· καὶ λέγω, ὅτι, Ἐπίσκεψαί μοι τὰ σπλάγ-
χνα, τί μοι σημαίνεται. λαβὼν, καὶ ἀναπτύξας 21
ἐκεῖνος, ἐξηγεῖται· ὅτι, Ἄνθρωπε, προαίρεσιν
ἔχεις ἀκώλυτον φύσει, καὶ ἀνανάγκαστον. τοῦτο ἐνταῦθα ἐν τοῖς σπλάγχνοις γέγραπται.
Δείξω σοι αὐτὸ πρῶτον ἐπὶ τοῦ συγκαταθετικοῦ 22
τόπου.   Μὴ τίς σε κωλῦσαι δύναται ἐπινεῦσαι
ἀληθεῖ; Οὐδὲ εἷς. Μὴ τίς σε ἀναγκάσαι δύναται
παραδέξασθαι τὸ ψεῦδος; Οὐδὲ εἷς. Ὁρᾷς, ὅτι 23
ἐν τούτῳ τῷ τόπῳ τὸ προαιρετικὸν ἔχεις ἀκώλυτον,
ἀνα-

aruſpicem propter ipſum
expetimus; ſed quod ejus
operâ nos res futuras, &
ea quæ a Diis ſignificentur,
cognituros eſſe opinamur;
neque etiam viſcera prop-
ter ſemetipſa, ſed quia por-
tendendi vim habeant. Ne-
que etiam corvum admira-
mur, aut cornicem: ſed
Deum, horum operâ res
futuras ſignificantem.

Accedo igitur ad inter-
pretem harum rerum, &
vatem; ab eoque peto, ut
inſpiciat viſcera, videatque
quid ea mihi portendant.
Is igitur, ſumtis iis & explicatis, hanc edit inter-
pretationem: Heus homo,
voluntatem habes, cujus ea
natura eſt, ut nec impediri,
nec cogi poſſit: hoc hiſce
viſceribus eſt inſcriptum.
Idque tibi demonſtrabo primum, in loco adſenſionis.
Num quis te prohibere poterit adnuere veritati? Nemo.   Num quis te cogere
poterit admittere menda-
cium? Nemo. Vides, hoc
in loco voluntatem te ha-
bere, quæ neque prohibe-
ri,

24 ἀναναγκαστον, ἀπαραπόδιστον; Ἄγε, ἐπὶ δὲ τοῦ
ὀρεκτικοῦ καὶ ὁρμητικοῦ, ἄλλως ἔχει; Καὶ τίς ὁρμὴν
νικῆσαι δύναται, ἢ ἄλλη ὁρμή; Τίς δ' ὄρεξιν καὶ ἔκ-
25 κλισιν, ἢ ἄλλη ὄρεξις καὶ ἔκκλισις; Ἄν μοι, φησὶ,
προσάγῃ θανάτου φόβον, ἀναγκάζεις με. Οὐ
τὸ προσαγόμενον· ἀλλ' ὅτι δοκεῖ σοι κρεῖττον
26 εἶναι ποιῆσαί τι τούτων, ἢ ἀποθανεῖν. πάλιν οὖν
τὸ σὸν δόγμα σε ἠνάγκασε· τοῦτ' ἔστι, προαίρε-
27 σιν προαίρεσις. εἰ γὰρ τὸ ἴδιον μέρος, ὃ ἡμῖν ἔδωκεν ἀποσπάσας ὁ Θεὸς, ὑπ' αὐτοῦ ἢ ὑπ' ἄλλου
τινὸς κωλυτὸν ἢ ἀναγκαστὸν κατεσκεύασεν· οὐκέτι
ἂν ἦν Θεὸς, οὐδ' ἐπεμελεῖτο ἡμῶν ὃν δεῖ τρόπον.
28 Ταῦτα εὑρίσκω, φησὶν, ἐν τοῖς ἱεροῖς. ταῦτά σοι σημαίνεται. ἐὰν θέλῃς, ἐλεύθερος εἶ· ἐὰν θέλῃς, μέμψῃ
οὐδένα, ἐγκαλέσεις οὐδενί· πάντα κατὰ γνώμην ἅμα
29 ἔσται τὴν σὴν, καὶ τὴν τοῦ Θεοῦ. Διὰ ταύτην τὴν
μαχ.

ri, neque cogi, neque impediri possit? Age, jam in locu adpetitionis & impetûs, numquid se res aliter habet? Quis vero impetum vincere possit, nisi alius impetus? Quis adpetitionem & aversationem, nisi alia adpetitio & aversatio? Si mihi, inquit, mortis intentes metum, cogis me. Non id quod intentatur; sed hoc, quod optabilius esse tibi videtur, aliquid istiusmodi committere, quam mori. Rursus itaque tuum te coëgit decretum; hoc est, voluntatem voluntas. Nam si eam partem, quam Deus a sese avulsam dedit nobis, ita effecisset, ut vel ab ipso vel ab alio quopiam prohiberi aut cogi posset; non amplius esset Deus, neque nos eo quo deceret modo curaret. Hæc, inquit, reperio in victimis: hæc tibi portenduntur: Si volueris, liber es: si volueris, de nemine conquerêris, neminem accusabis; omnia simul & tuæ & divinæ voluntati respondebunt. Hujus

μαντείαν ἔρχομαι ἐπὶ τὸν θύτην τοῦτον καὶ τὸν
φιλόσοφον· οὐκ αὐτὸν θαυμάσας, ἕνεκά γε τῆς
ἐξηγήσιος, ἀλλὰ ἱκανὰ ἃ ἐξηγεῖται.

ΚΕΦ. ιη´.

Ὅτι οὐ δεῖ χαλεπαίνειν τοῖς ἁμαρτάνουσι.

Εἰ ἀληθές ἐστι τὸ ὑπὸ τῶν φιλοσόφων λεγόμενον, ὅτι πᾶσιν ἀνθρώποις μία ἀρχή, καθάπερ
τοῦ συγκατατίθεσθαι, τὸ παθεῖν ὅτι ὑπάρχει· καὶ
τοῦ ἀνανεῦσαι, τὸ παθεῖν ὅτι οὐχ ὑπάρχει· καὶ,
νὴ Δία, τοῦ ἐπισχεῖν, τὸ παθεῖν ὅτι ἄδηλόν
ἐστιν· οὕτω καὶ τοῦ ὁρμῆσαι ἐπί τι, τὸ παθεῖν 2
ὅτι ἐμοὶ συμφέρει· ἀμήχανον δ', ἄλλο μὲν κρίνειν
τὸ συμφέρον, ἄλλου δ' ὀρέγεσθαι· καὶ ἄλλο μὲν
κρίνειν καθῆκον, ἐπ' ἄλλο δὲ ὁρμᾶν· τί ὅτι τοῖς πολλοῖς

jus oraculi caussa ad vatem istum, ad philosophum accedo: non ipsum admirans, hujus quidem interpretationis caussa; sed ea, quæ ille interpretatur.

CAP. XVIII.

Non Irascendum esse peccantibus.

Si verum est, quod a Philosophis dicitur, unum esse omnibus hominibus principium, quemadmodum adsentiendi, adfectum esse opinione, rem ita esse; & renuendi, adfectum esse opinione, rem non ita esse; & profecto sustinendæ adsensionis, adfectum esse opinione, rem esse incertam: ita etiam capiendi ad agendum impetus initium esse, opinione esse adfectum, [*rectam esse actionem convenientemque; & adpetendi, adfectum esse opinione,*] rem mihi conducere; neque fieri posse, ut aliud utile esse judicent homines, aliud adpetant, aut ut aliud rectum conveniensque judicent, ad aliud vero agendum capiant impetum: *hæc, inquam, si vera sunt;* cur hominibus ad-

3 λοῖς χαλεπαίνομεν; Κλέπται, φησὶν, εἰσὶ καὶ λω-
πoδύται. Τί ἔστι τὸ κλέπται καὶ λωποδύται;
πεπλάνηνται περὶ ἀγαθῶν καὶ κακῶν. Χαλεπαί-
4 νειν οὖν δεῖ αὐτοῖς, ἢ ἐλεεῖν αὐτούς; Ἀλλὰ δεῖξον
τὴν πλάνην, καὶ ὄψει πῶς ἀφίστανται τῶν ἁμαρτημάτων. ἂν δὲ μὴ βλέπωσιν, οὐδὲν ἔχουσιν ἀνώ-
τερον τοῦ δοκοῦντος αὐτοῖς.

5   Τοῦτον οὖν τὸν λῃστὴν, καὶ τοῦτον τὸν μοι-
6 χὸν οὐκ ἔδει ἀπολωλέναι; Μηδαμῶς, ἀλλ᾽ ἐκείνοις μᾶλλον· τοῦτον τὸν πεπλανημένον καὶ ἐξη-
πατημένον περὶ τῶν μεγίστων, καὶ ἀποτετυφλω-
μένον, (οὐ τὴν ὄψιν τὴν διακριτικὴν τῶν λευκῶν
καὶ μελάνων, ἀλλὰ τὴν γνώμην τὴν διακριτικὴν
τῶν ἀγαθῶν καὶ τῶν κακῶν·) μὴ ἀπολλύναι;
7 κἂν οὕτω λέγῃς, γνώσῃ πῶς ἀπάνθρωπόν ἐστιν
ὃ λέγεις, καὶ ὅτι ἐκείνῳ ὅμοιον· τοῦτον οὖν
8 τὸν τυφλὸν μὴ ἀπολλύναι, καὶ τὸν κωφόν; Εἰ
γὰρ μεγίστη βλάβη, ἡ στέρησις τῶν μεγίστων·

μεγι-

adhuc vulgo succenseamus? Fures, inquit, sunt & grassatores. Quos mihi fures dicis? quos grassatores? errant in judicio bonarum rerum & malarum. Num igitur succensere illis oportet, an potius misereri? Immo vero ostende errorem, & videbis ut a peccatis desistent: at, si non vident, nihil suâ opinione habent antiquius.

At latronem istum, & adulterum istum, nonne igitur perditos oportebat? Nequaquam: sed ita dic potius: hunc hominem, qui errat & maximis in rebus decipitur, quique cæcutit, (non dico ratione facultatis quâ candida & nigra discernuntur, sed quâ animus bona & mala distinguit) hunc non perdam! Quod si sic dixeris; intelliges quam inhumana tua sit oratio, & huic non absimilis: Hiccine cæcus & surdus, nonne perdendus? Nam si maximum est damnum, rerum maximarum

priva-

μέγιστον δ' ἐστὶ ἐν ἑκάστῳ ἡ προαίρεσις οἵα δεῖ,
καὶ ταύτου στέρεταί τις· τί ἔτι χαλεπαίνεις αὐτῷ; Ἄνθρωπε, εἰ σὲ δεῖ παρὰ φύσιν ἐπ' ἀλλο- 9
τρίοις κακοῖς διατίθεσθαι· ἐλέα αὐτὸν μᾶλλον * * *
τοῦτο. τὸ προσπιστικὸν καὶ μιμητικὸν * * * τὰς 10
φωνὰς ταύτας ἃς οἱ πολλοὶ * * τούτους οὖν
τοὺς καταράτους καὶ μι * * * * σὺ πῶς ποτ'
ἀπεσαφώθης ἄφνω * * χαλεπὸς εἶ. διὰ τί οὖν 11
χαλεπαίνομεν * * θαυμάζομεν ὧν ἡμᾶς ἀφαιροῦνται * * μὴ θαύμαζέ σου τὰ ἱμάτια, καὶ τῷ κλέπ-
τῃ οὐ χαλεπαίνεις. μὴ θαύμαζε τὸ κάλλος τῆς
γυναικὸς, καὶ τῷ μοιχῷ οὐ χαλεπαίνεις. Γνῶθι, 12
ὅτι κλέπτης καὶ μοιχὸς ἐν τοῖς σοῖς τόπον οὐκ ἔχει,
ἐν δὲ τοῖς ἀλλοτρίοις, καὶ τοῖς οὐκ ἐπὶ σοί. ταῦτα ἂν ἀφῇς, καὶ παρὰ μηδὲν ἡγήσῃ, τίνι ἔτι χαλεπαίνεις; μέχρι δ' ἂν ταῦτα θαυμάζῃς, σεαυ-

G 2 τῷ

privatio; si porro res maxima unicuique est recta
voluntas; haec si quis pri-
vatus est, quid adhuc ei
succenses? Non te oportet,
homo, aliena ob mala con-
tra naturam adfici: miserere potius illius, *ne succen-
seas; hoc quidem offensioni
atque odio obnoxium: neque
vocibus istis utaris, quibus
vulgus utitur: Hosce mihi
execratos, odiososque homines talia auferos? Unde-
nam tam subito sapientiam
dedidicisti? undenam tu
tam difficilis atque morosus
es? Qui fit igitur ut succenseamus? Quoniam scili-
cet ea admiramur, quae a
nobis auferunt homines. *
Noli mirari vestes tuas, &
furi non succensebis: venu-
statem uxoris tuae noli mirari, & adultero non suc-
censebis. Furem & adul-
terum tuis in rebus scito
locum non habere, sed in
alienis, tuaeque potestati
non subjectis. Haec si missa feceris, & nullo loco
numeraveris; cui posthac
irasceris? Quamdiu vero
ista miraris; tibi potius,
quam

13 τῷ χαλέπαινε μᾶλλον ἢ ἐκείνοις. Σκόπει δέ·
ἔχεις καλὰ ἱμάτια· ὁ γείτων σου οὐκ ἔχει· θυρίδα ἔχεις, θέλεις αὐτὰ ψῦξαι. οὐκ οἶδεν ἐκεῖνος τί
τὸ ἀγαθόν ἐστι τοῦ ἀνθρώπου, ἀλλὰ φαντάζεται
ὅτι τὸ ἔχειν καλὰ ἱμάτια· τοῦτο ὃ καὶ σὺ φαν-
14 τάζῃ. εἶτα μὴ ἔλθῃ, καὶ ἄρῃ αὐτά; Ἀλλὰ σὺ
πλακοῦντα δεικνύων ἀνθρώποις λίχνοις, καὶ μόνος αὐτὸν καταπίνων, οὐ θέλεις ἵνα αὐτὸν ἁρπά-
σωσι; μὴ ἐρέθιζε αὐτούς· θυρίδα μὴ ἔχε· μὴ
15 ψῦχε σου τὰ ἱμάτια. Κἀγὼ πρῴην σιδηροῦν λύχνον ἔχων παρὰ τοῖς Θεοῖς, ἀκούσας ψόφου τῆς
θυρίδος, κατέδραμον· εὗρον ἡρπασμένον τὸν λύχνον. ἐπελογισάμην, ὅτι ἔπαθέ τι, ὁ ἄρας οὐκ ἀπί-
θανον. Τί οὖν; Αὔριον, φημί, ὀστράκινον εὑ-
16 ρήσεις. Ἐκεῖνα γὰρ ἀπόλλυσί τις, ἃ ἔχει. Ἀπώ-
λεσά μου τὸ ἱμάτιον. Εἶχες γὰρ ἱμάτιον.
Ἀλγῶ τὴν κεφαλήν. Μή τι κέρατα ἀλγεῖς;
Τί

quam illis, fuccenfeto. Rem
ita confidera: Pulcras veftes habes; vicinus tuus
non habet: feneftram ha-
bes, quâ eas aëri exponis.
Nefcit ille, quod fit hominis bonum: fed pulcra ve-
ftimenta habere, bonum
effe fibi fingit; quemadmodum & tu tibi. Quidni igitur
veniat, eaque auferet? Tu,
placentam hominibus gulo-
fis oftendens, folufque eam
deglutiens, non vis eam
tibi ab his eripi? Ne irrita
eos: ne habe feneftram:
ne aëri expone veftes tuas.
Et ego nuper, cum apud
Lares meos ferream lucer-
nam haberem, audito januæ
crepitu decurri, eamque
raptam animadverti. Cogi-
tavi mecum, eum, qui fuf-
tuliffet, rem non abfurdam
admififfe. Quid ergo? Cras,
inquam, teftaceam inve-
nies. Nam ea quispiam
amittit, quæ habet. Meam
veftem amifi. Habuifti enim
veftem. Dolet mihi caput.
Numquid cornua tibi dole-
rent? Quid ergo indigna-
ris?

Τί οὖν ἀγανακτεῖς; τούτων γὰρ αἱ ἀπώλειαι, τούτων οἱ πόνοι, ὧν καὶ αἱ κτήσεις.

Ἀλλ' ὁ τύραννος δήσει. Τί; Τὸ σκέλος. Ἀλλ' 17
ἀφελεῖ. Τί; Τὸν τράχηλον. Τί οὖν οὐ δήσει, οὐδ'
ἀφελεῖ; Τὴν προαίρεσιν. Διὰ τοῦτο παρήγγελλον οἱ
παλαιοὶ τὸ ΓΝΩΘΙ ΣΑΥΤΟΝ. Οὐκοῦν ἔδει, 18
νὴ τοὺς Θεοὺς, μελετᾶν ἐπὶ τῶν μικρῶν· καὶ ἀπ'
ἐκείνων ἀρχομένους, διαβαίνειν ἐπὶ τὰ μείζω. Κεφαλὴν ἀλγῶ. Οἴμοι, μὴ λέγε. Ὠτίον ἀλγῶ.
Οἴμοι, μὴ λέγε. Καὶ σὺ λέγω, ὅτι οὐ δέδοται στε 19
νάξαι· ἀλλὰ ἔσωθέν τοι μὴ στενάξῃς. μηδ', ἂν
βραδέως τὸν ἐπίδεσμον ὁ παῖς φέρῃ, κραύγαζε, καὶ
σπῶ, καὶ λέγε, Πάντες με μισοῦσι. Τίς γὰρ μὴ
μισήσῃ τὸν τοιοῦτον; Τούτοις τὸ λοιπὸν πεποιθὼς 20
τοῖς δόγμασιν, ὀρθὸς περιπάτει, ἐλεύθερος· οὐχὶ
τῷ μεγέθει πεποιθὼς τοῦ σώματος, ὥσπερ ἀθλητής. οὐ γὰρ ὡς ὄνον ἀήττητον εἶναι δεῖ.

G 3

Tίς

ris? nam earum rerum jactura est, earum rerum dolores sunt, quarum possessiones.

At tyrannus vinciet!
Quidnam? Pedem. At auferet! Quidnam? Collum.
Quid ergo non vinciet, neque auferet? Voluntatem.
Eapropter præceperunt
illud veteres: NOSCE TE
IPSUM! Itaque, per Deos,
oportebat minoribus in rebus te exercere; & ab iis
facto initio, transire ad
majora. Caput dolet? ne

dicas, hei mihi. Auricula
dolet? ne dicas, hei mihi.
Neque vero dico, non licere gemere; sed intrinsecus utique gemere noli.
Neque, si puer fasciam tarde adtulerit, clamites, ringaris, dicasque, Omnes me
oderunt! Quis enim talem
non odio prosequatur? His
deinceps confidens decretis, rectus obambula, &
liber: non magnitudine
corporis confidens, ut pugil; neque enim ut asinum,
te invictum esse decet.

Quis

21 Τίς οὖν ὁ ἀήττητος; Ὃν οὐκ ἐξίστησιν οὐδὲν τῶν ἀπροαιρέτων. εἶτα λοιπὸν ἑκάστην τῶν περιστάσεων ἐπερχόμενος, καταμανθάνω, ὡς ἐπὶ τοῦ ἀθλητοῦ· Οὗτος ἐξεβίασε τὸν πρῶτον κλῆρον· τί οὖν; τὸν δεύτερον; τί δ', ἂν καῦμα ᾖ; τί δ' ἐν

22 Ὀλυμπίᾳ; Καὶ ἐνταῦθα ὡσαύτως· ἂν ἀργυρίδιον προβάλῃς, καταφρονήσει. τί οὖν, ἂν κορασίδιον; τί οὖν, ἂν ἐν σκότῳ; τί οὖν, ἂν δοξάριον; τί οὖν, ἂν λοιδορίαν; τί οὖν, ἂν ἔπαινον; τί δ', ἂν

23 θάνατον; δύναται ταῦτα πάντα νικῆσαι. Τί οὖν, ἂν καῦμα ᾖ τούτῳ; τί, ἂν οἰνωμένος ᾖ; τί, ἂν μελαγχολᾷ; τί ἐν ὕπνοις; οὗτός μοι ἐστὶν ὁ ἀνίκητος ἀθλητής.

ΚΕΦ.

Quis ergo est invictus? Quem nihil earum rerum, quæ sunt involuntariæ, de statu mentis dejicit. Proinde, singulas difficultates percurrens, eum observo, quemadmodum ubi de athleta quæritur: Hic primam sortem evicit: de secunda quid? quid vero, si æstus fuerit? quid in Olympiis? Eodem modo hic etiam: si argentum huic objeceris, contemnet: quid vero, si puellam? quid, si in tenebris? quid, si gloriolam? quid, si convicium? quid, si laudem? quid, si mortem? Hæc omnia vincere potest. Quid igitur, si in æstu fuerit? quid, si vinolentus? quid, si in furore? quid in somno? Hic mihi pugil est invictus.

CAP.

Κ Ε Φ. ιθ'.

Πῶς ἔχειν δεῖ πρὸς τυράννους.

Ὅτι ἄν τινι προσῇ τι πλεονέκτημα, ἢ δοκῇ γε προσεῖναι, μὴ προσόν· τοῦτον πᾶσα ἀνάγκη, ἐὰν ἀπαίδευτος ᾖ, πεφυσῆσθαι δι' αὐτό. Εὐθὺς 2 ὁ τύραννος λέγει· Ἐγώ εἰμι ὁ πάντων κράτιστος. Καὶ τί μοι δύνασαι παρασχεῖν; ὄρεξίν μοι δύνασαι περιποιῆσαι ἀκώλυτον; πόθεν σοι; σὺ γὰρ ἔχεις ἔκκλισιν ἀπερίπτωτον; σὺ γὰρ ἔχεις ὁρμὴν ἀναμάρτητον; καὶ ποῦ σοι μέτεστιν; Ἄγε, 3 ἐν νηῒ δὲ σαυτῷ θαῤῥεῖς, ἢ τῷ εἰδότι; ἐπὶ δ' ἅρματος τίνι, ἢ τῷ εἰδότι; τί δ' ἐν ταῖς ἄλλαις τέχναις; Ὡσαύτως. Τί οὖν δύνασαι; Πάντες 4 με θεραπεύουσι. Καὶ γὰρ ἐγὼ τὸ πινάκιον θε-

G 4

ραπεύω,

C A P. XIX.

Quo modo adfecti erga tyrannos esse debeamus.

Qui quacunque veluti prae-rogativa est praeditus; aut, ut praeditus non sit, sibi esse praeditus videtur: eum omnino necesse est, nisi bene institutus fuerit, et inflari. Statim tyrannus ait: Ego sum omnium potentissimus. Quid vero praestare mihi potes? idne potes efficere, ut adpetitio mea non impediatur? unde id tibi? Tunc enim ipse habes aversationem nullis obnoxiam casibus? tune impetum habes erroris expertem? id autem unde tibi contigit? Age vero, in navi tibi-ne ipsi confidis, an gubernatori? in curru, cui? nonne aurigandi perito? quid in aliis artibus? Eodem modo. Quid ergo potes? Omnes me colunt. Et ego scutellam colo, eamque lavo & abstergo;

&

ραπεύω, καὶ πλύνω αὐτὸ, καὶ ἐκμάσσω, καὶ τῆς
ληκύθου ἕνεκα πάσσαλον πήσσω. Τί οὖν; ταῦτά
μου κρείττονά ἐστιν; Οὐκ· ἀλλὰ χρείαν μοι παρέχει τινά. ταύτης οὖν ἕνεκα θεραπεύω αὐτά.
Τί δέ; τὸν ὄνον οὐ θεραπεύω; οὐ νίπτω αὐτοῦ τοὺς
5 πόδας; οὐ περικαθαίρω; Οὐκ εἶδας, ὅτι πᾶς ἄνθρωπος ἑαυτὸν θεραπεύει; σὲ δὲ οὕτως, ὡς τὸν
ὄνον; ἐπεὶ τίς σε θεραπεύει ὡς ἄνθρωπον; δείκνυε. τίς σοι θέλει ὅμοιος γενέσθαι; τίς σου ζη-
6 λωτὴς γίνεται, ὡς Σωκράτους; Ἀλλὰ δύναμαί σε
τραχηλοκοπῆσαι. Καλῶς λέγεις. ἐξελαθόμην ὅτι
σε δεῖ θεραπεύειν, καὶ ὡς πυρετὸν, καὶ ὡς χο-
λέραν· καὶ βωμὸν στῆσαι, ὡς ἐν Ῥώμῃ Πυρετοῦ
βωμός ἐστι.

7   Τί οὖν ἐστι τὸ ταράσσον καὶ καταπλῆττον
τοὺς πολλούς; ὁ τύραννος, καὶ οἱ δορυφόροι;
πόθεν; μὴ γένοιτο· οὐκ ἐνδέχεται τὸ φύσει ἐλεύθερον

& ampullæ oleariæ caussa clavum figo. Quid ergo? hæc me præstantiora sunt? Non; sed aliquem mihi usum præbent: ea de caussa illa colo. Quid vero? nonne asinum colo, non pedes ejus lavo? non purgo? An nescis, quemvis hominem semetipsum colere; te autem non aliter, atque asinum. Quisnam enim te ut hominem colat? ostende modo. Quis tui similis esse velit? quis tui sectator esse velit, sicuti Socratis? At collum tibi præcidere possum. Recte dicis: oblitus eram colendum te esse, nempe ut febrem, ut choleram; & aram tibi exstruendam, ut Romæ Febris ara est.

Quid ergo est, quod vulgus hominum turbet ac percellat? Tyrannus & satellites? Nequaquam; absit! Fieri non potest, ut quod naturâ est liberum,
ab

θερον ὑπ' ἄλλου τινὸς ταραχθῆναι, ἢ κωλυθῆ-
ναι, πλὴν ὑφ' ἑαυτοῦ. ἀλλὰ τὰ δόγματα αὐ- 8
τὸν ταράσσει. ὅταν γὰρ ὁ τύραννος εἴπῃ τινὶ,
Δήσω σου τὸ σκέλος· ὁ μὲν τὸ σκέλος τετιμη-
κὼς λέγει, Μή, ἐλέησον· ὁ δὲ τὴν προαίρεσιν
τὴν ἑαυτοῦ, λέγει, Εἰ σοὶ λυσιτελέστερον φαίνεται, δῆσον. Οὐκ ἐπιστρέφῃ; Οὐκ ἐπιστρέφομαι. 9
Ἐγώ σοι δείξω, ὅτι κύριός εἰμι. Πόθεν σύ; ἐμὲ
ὁ Ζεὺς ἐλεύθερον ἀφῆκεν. ἢ δοκεῖς, ὅτι ἔμελλε
τὸν ἴδιον υἱὸν ἐᾶν καταδουλοῦσθαι; τοῦ νεκροῦ
δέ μου κύριος εἶ, λάβε αὐτόν. Ὥσθ', ὅταν μοι 10
προσίῃς, ἐμὲ οὐ θεραπεύεις; Οὔκ· ἀλλ' ἐμαυτόν. εἰ δὲ θέλεις με λέγειν, ὅτι καὶ σέ· λέγω
σοι, οὕτως ὡς τὴν χύτραν.

Τοῦτο οὐκ ἔστι φίλαυτον· γέγονε γὰρ οὕ- 11
τως τὸ ζῶον, ὥστε αὐτοῦ ἕνεκα πάντα ποιεῖν.
καὶ γὰρ ὁ ἥλιος αὐτοῦ ἕνεκα πάντα ποιεῖ, καὶ

G 5

τὸ

ab alio quopiam perturbe-
tur, aut impediatur, quam
a semetipso: sed decreta
quemque sua perturbant.
Cum enim tyrannus alicui
dixerit, Vinciam crura tua;
qui crura sua magni facit,
ait: Ne feceris; miserere!
qui autem voluntatem suam,
ait: Si tibi condocibilius
videtur, vincito. Non cu-
ras? Non curo. Ego tibi o-
stendam, me esse dominum.
Undenam tu? Me Jupiter
liberum emisit. Aut censea

eum commissurum, ut filius
ipsius in servitutem pertra-
batur? Cadaveris quidem
mei dominus es: illud ca-
pito. Itane, cum ad me
accesseris, me non coles?
Non, sed meipsum: sin me
dicere vis, te quoque; id
ita me facere profiteor, ut
ollam colo.

Hic non est pravus amor
sui; ita enim naturâ com-
paratum est animal, ut suâ
causâ omnia faciat. Nam
& sol suâ causâ facit omnia,

&

12 τὸ λοιπὸν αὐτὸς ὁ Ζεύς. ἀλλ' ὅταν θέλῃ εἶναι
    Ὑέτιος καὶ Ἐπικάρπιος, καὶ Πατὴρ ἀνδρῶν τε
    θεῶν τε, ὁρᾷς ὅτι τούτων τῶν ἔργων καὶ τῶν
    προσηγοριῶν οὐ δύναται τυχεῖν, ἂν μὴ εἰς τὸ
13 κοινὸν ὠφέλιμος ᾖ. καθόλου τε τοιαύτην φύσιν
    τοῦ λογικοῦ ζώου κατεσκεύασεν, ἵνα μηδενὸς τῶν
    ἰδίων ἀγαθῶν δύνηται τυγχάνειν, εἰ μή τι εἰς
14 τὸ κοινὸν ὠφέλιμον προσφέρηται. οὕτως οὐκέτι
    ἀκοινώνητον γίνεται τὸ πάντα αὐτοῦ ἕνεκα ποιεῖν.
15 Ἐπεὶ τί ἐκδέχῃ; ἵνα τις ἀποστῇ αὐτοῦ, καὶ
    τοῦ ἰδίου συμφέροντος; Καὶ πῶς ἔτι μία καὶ
    ἡ αὐτὴ ἀρχὴ πᾶσιν ἐστιν, ἡ πρὸς αὐτὰ οἰ-
    κείωσις;

16   Τί οὖν; ὅταν ὑπῇ δόγματα ἀλλόκοτα περὶ
    τῶν ἀπροαιρέτων, ὡς ὄντων ἀγαθῶν καὶ κακῶν,
17 πᾶσα ἀνάγκη θεραπεύειν τοὺς τυράννους. Ὤφε-
    λον γὰρ τοὺς τυράννους μόνον, τοὺς κοιτωνίτας δ' οὔ.
                                              πῶς

& postremo ipse Jupiter. Sed quum Pluvius esse vult, & Frugifer, & Pater hominumque Deûmque; vides, eam hosce effectus & has adpellationes consequi non posse, nisi in commune prosit. Denique animal ratione præditum sic omnino instruxit, ut nullo suo bono potiri possit, nisi aliquid utilitatis in commune afferat. Sic proinde privatæ utilitatis studium a communitate non excluditur. Nam quid exspectas? idne, ut se ipsam aliquis deferat, suamque utilitatem? An nescis, omnibus animantibus unum idemque principium insitum esse hoc, ut ipsæ sibi concilientur?

Quid ergo? Cum absurda iis de rebus, quæ nostri arbitrii non sunt, decreta animo infixa sunt, quasi hæ res vel bonæ sint vel malæ; tum quidem omnino necesse est colere tyrannos. Utinam vero tyrannos solum, non etiam cubicularios.

Sed

πῶς δὲ καὶ φρόνιμος γίνεται ἐξαίφνης ὁ ἄνθρωπος, ὅταν Καῖσαρ αὐτὸν ἐπὶ τοῦ λασάνου ποιήσῃ; πῶς εὐθὺς λέγομεν, Φρονίμως μοι λελά-
ληκε Φηλικίων; Ἤθελον αὐτὸν ἀποβληθῆναι 18
τοῦ κοιτῶνος, ἵνα πάλιν ἄφρων σοι δοκῇ Εἶχέ
τινα Ἐπαφρόδιτος σκυτέα, ὃν διὰ τὸ ἄχρηστον 19
εἶναι ἐπώλησεν. εἶτα ἐκεῖνος κατά τινα δαίμονα
ἀγορασθεὶς ὑπό τινος τῶν Καισαριανῶν, τοῦ
Καίσαρος σκυττὺς ἐγίνετο. Εἶδες ἂν, πῶς αὐ- 20
τὸν ἐτίμα ὁ Ἐπαφρόδιτος; Τί πράσσει Φηλικίων ὁ ἀγαθός; Φιλῶ σε. Εἶτα εἴ τις ἡμῶν ἐπύ- 21
θετο, Τί ποιεῖ αὐτός; ἐλέγετο, ὅτι μετὰ Φηλι-
κίωνος βουλεύεται περί τινος. Οὐχὶ γὰρ πέπρά- 22
κει αὐτὸν ὡς ἄχρηστον; τίς οὖν αὐτὸν ἄφνω φρό-
νιμον ἐποίησε; Τουτ' ἔστι τὸ τιμᾷν ἄλλο τι, ἢ 23
τὰ προαιρετικά.

Ἠξίω-

Sed vide, quo pacto statim homo fiat prudens, cum Cæsar eum matulæ præfecerit; ut statim dicimus, Prudenter mecum locutus est Felicio! Velim ego, ejici eum rursus cubiculo, ut demens tibi rursus videretur. Sutorem quemdam habuerat Epaphroditus; quem, quia ad nihil utilis esset, vendidit: ille deinde, casu quodam a Cæsariano emtus, Cæsaris factus est sutor. Vidisses, ut eum coluerit Epaphroditus! Quid agit Felicio, vir bonus? amo te. Deinde, si quis nostrûm percontabatur, Quid Epaphroditus ipse ageret? dicebatur, cum Felicione eum quapiam de re deliberare. Nonne vendiderat eum ut inutilem? quis ergo eum subito prudentem fecit? Hoc nimirum est, aliud quiddam magni facere, quam ea quæ in nostra sita sunt voluntate.

Con-

24   Ἠξίωται δημαρχίας; Πάντες οἱ ἀπαντῶντες συνήδονται· ἄλλος τοὺς ὀφθαλμοὺς καταφιλεῖ, ἄλλος τὸν τράχηλον, οἱ δοῦλοι τὰς χεῖρας· ἔρχεται εἰς οἶκον, εὑρίσκει λύχνους ἁπτομένους· ἀναβαί-

25 νει εἰς τὸ Καπιτώλιον, ἐπιθύει. Τίς οὖν πώποτε ὑπὲρ τοῦ ὀρχθῆναι καλῶς, ἔθυσεν; ὑπὲρ τοῦ ὁρμῆσαι κατὰ φύσιν; ἐκεῖ γὰρ καὶ θεοῖς εὐχαριστοῦμεν, οἷ τὸ ἀγαθὸν τιθέμεθα.

26   Σήμερόν τις ὑπὲρ ἱερωσύνης ἐλάλει μοι τοῦ Αὐγούστου. λέγω αὐτῷ, Ἄνθρωπε, ἄφες τὸ πρᾶγμα,

27 δαπανήσεις πολλὰ εἰς οὐδέν. Ἀλλ' οἱ τὰ σύμφωνά, φησι, γράφοντες, γράψουσι τὸ ἐμὸν ὄνομα. Μή τι οὖν σὺ τοῖς ἀναγνώσκουσι λέγεις παρών, Ἐμὲ

28 γεγράφασιν; εἰ δὲ καὶ νῦν δύνασαι παρεῖναι πᾶσιν, ἐὰν ἀποθάνῃς, τί ποιήσεις; Μενεῖ μου τὸ ὄνομα. Γράψον αὐτὸ εἰς λίθον, καὶ μενεῖ. Ἄγε,

29 ἔξω δὲ Νικοπόλεως τίς σου μνεία; Ἀλλὰ χρυσοῦν

Contigit alicui tribunatus? Omnes obvii ei gratulantur: alius oculos ejus deosculatur, alius collum, servi manus: domum venit, lucernas ardentes invenit; adscendit in Capitolium, victimas immolat. Quis igitur umquam propter rectam adpetitionem sacra fecit? quis propter impetum animi congruentem naturae? Nempe ibi Diis gratias agimus, ubi bonum nostrum collocamus.

Hodie nonnemo mecum collocutus est de Augusti sacerdotio; cui ego dixi: Homo, omitte rem: multos sumtus inutiles facies. At, qui pacta conventa scripto consignant, inquit, nomen meum inscribent. Tu-ne igitur praesens dices legentibus, Meum est nomen, quod inscripserunt. Quod si vero etiam adesse nunc posses omnibus; cum mortuus eris, quid facies? Manebit meum nomen. Lapidi id inscribe, & manebit. Age, extra Nicopolim autem quae tui erit mentio? At auream coronam

σοῦν στέφανον φορήσω. Εἰ ἅπαξ ἐπιθυμεῖς στε-
φάνου, ῥόδινον λαβὼν περίθου, ὄψει γὰρ κομψότερον.

ΚΕΦ. κ´.

Περὶ τοῦ λόγου, πῶς αὑτοῦ θεωρητικός ἐστιν.

Πᾶσα τέχνη καὶ δύναμις, προηγουμένων τινῶν
ἐστι θεωρητική. ὅταν μὲν οὖν ᾖ ὁμοειδὴς τοῖς 2
θεωρουμένοις καὶ αὐτὴ, ἀναγκαίως καὶ αὑτῆς γίνεται θεωρητική· ὅταν δ' ἀνομοιογενὴς, οὐ δύναται θεωρεῖν ἑαυτήν. οἷον, σκυτικὴ περὶ δέρματα 3
ἀναστρέφεται· αὐτὴ δὲ παντελῶς ἀπήλλακται
τῆς ὕλης τῶν δερμάτων· διὰ τοῦτο οὐκ ἔστιν
αὑτῆς θεωρητική. Γραμματικὴ πάλιν, περὶ 4
τὴν ἐγγράμματον φωνήν· μή τι οὖν ἐστι καὶ
αὐτὴ

nam geftabo. Si omnino capiti impone; erit enim
coronam defideras, rofeam adfpectu elegantior.

CAP. XX.

De ratione, quo pacto femetipfa contempletur.

Omnis ars & facultas certum quoddam rerum genus prae ceteris contemplationi fuae fubjectam habet. Quod fi igitur eft ejufdem generis cum iis quae contemplatur, femetipfam quoque neceffario poterit contemplari: fin diverfi fit generis, contemplari femetipfam non poteft. Exempli gratia: Ars futoria in coriis verfatur; ipfa autem a materia coriorum penitus diverfa eft: quare femetipfam contemplari nequit. Grammatica verfatur in fermone: numquid ergo & ipfa fermo eft?

αὐτὴ ἐγγράμματος φωνή; Οὐδαμῶς. Διὰ τοῦτο
5 οὐ δύναται θεωρεῖν ἑαυτήν. Ὁ οὖν λόγος πρός τι
ποτε ὑπὸ τῆς φύσεως παρείληπται; Πρὸς χρῆσιν φαντασιῶν οἵαν δεῖ. Αὐτὸς οὖν τί ἐστι; Σύστημα ἐκ ποιῶν φαντασιῶν. Οὕτω γίνεται φύσει
6 καὶ αὑτοῦ θεωρητικός. Πάλιν ἡ φρόνησις τίνα
θεωρήσουσα παρελήλυθεν; Ἀγαθὰ καὶ κακὰ,
καὶ οὐδέτερα. Αὐτὴ οὖν τί ἐστιν; Ἀγαθόν.
Ἡ δ᾽ ἀφροσύνη τί ἐστι; Κακόν. Ὁρᾷς οὖν, ὅτι
ἀναγκαίως καὶ αὑτῆς γίνεται καὶ τῆς ἐναντίας θεω-
7 ρητική. Διὰ τοῦτο ἔργον τοῦ φιλοσόφου τὸ μέγιστον
καὶ πρῶτον, δοκιμάζειν τὰς φαντασίας, καὶ διακρίνειν, καὶ μηδεμίαν ἀδοκίμαστον προσφέρεσθαι.
8 Ὁρᾶτε καὶ ἐπὶ τοῦ νομίσματος, ὅπου δοκεῖ τι εἶναι
πρὸς ἡμᾶς, πῶς καὶ τέχνην ἐξευρήκαμεν, καὶ ὅσοις
ὁ ἀργυρογνώμων προσχρῆται κατὰ δοκιμασίαν
τοῦ νομίσματος· τῇ ὄψει, τῇ ἁφῇ, τῇ ὀσφρασίᾳ,
τὰ

est? Nequaquam. Non igitur semetipsam contemplari potest. Iam Rationis facultas ad quid tandem a natura nobis data est? Ad rectum visorum animi usum. Ipsa vero quid est? Complexio quædam visorum certo modo se habentium. Itaque naturâ semetipsam contemplandi vim habet. Porro prudentia ad quænam contemplanda nobis data est? Ad bona, & mala, & neutra. Ipsa ergo quid est? Bonum. Imprudentia quid est? Malum.

Vides igitur, prudentiam necessario & semetipsam & id quod est ipsi contrarium, contemplari? Quapropter munus philosophi maximum & primum est, examinare visa, ac discernere, neque ullum admittere inexploratum. Videtis quoque in numismate, ubi nonnihil interesse nostra putamus, quomodo artem etiam invenerimus, & quot rebus argentarius ad explorationem numismatis utatur; visu, tactu, olfactu, postremo auditu; nam pro-
jecto

τὰ τελευταῖα τῇ ἀκοῇ· ῥίψας τὸ δηνάριον, τῷ ψό- 9
φῳ προσέχει, καὶ οὐχ ἅπαξ ἀρκεῖται ψοφήσαντος,
ἀλλ' ὑπὸ τῆς πολλῆς προσοχῆς μουσικὸς γίνεται.
οὕτως, ὅπου διαφέρειν οἰόμεθα τὸ πλανᾶσθαι τοῦ μὴ 10
πλανᾶσθαι, ἐνταῦθα πολλὴν προσοχὴν εἰσφέρομεν
εἰς διάκρισιν τῶν διαπλανᾶν δυναμένων. ἐπὶ δὲ τοῦ 11
ταλαιπώρου ἡγεμονικοῦ χάσκοντες καὶ καθεύδον-
τες, πᾶσαν φαντασίαν παραπροσδεχόμεθα. ἡ
γὰρ ζημία οὐ προσπίπτει.

Ὅταν οὖν θέλῃς γνῶναι, πῶς ἔχεις περὶ μὲν 12
τἀγαθὰ καὶ κακὰ ἀνειμένως, περὶ τὰ ἀδιάφορα δ'
ἐσπευσμένως· ἐπίστησον, πῶς ἔχεις πρὸς τὸ ἐκτυ-
φλωθῆναι, καὶ πῶς πρὸς τὸ ἐξαπατηθῆναι· καὶ γνώσῃ, ὅτι μακρὰν εἶ τοῦ ὡς δεῖ πεπονθέναι περὶ ἀ-
γαθῶν καὶ κακῶν. Ἀλλὰ πολλῆς ἔχει χρείαν 13
παρασκευῆς, καὶ πόνου πολλοῦ καὶ μαθημάτων.
Τί οὖν; ἐλπίζεις, ὅτι τὴν μεγίστην τέχνην ἀπὸ
ὀλίγων

jecto denario sonitum ob-
servat, neque unico sonitu
est contentus, sed crebra
adtentione fit quodammodo
musicus. Sic ubi nostra
interesse putamus, utrum
decipiamur, an non deci-
piamur, ibi magnam adhi-
bemus adtentionem ad ea
dijudicanda, quæ nos decipere possunt. Sed quod
ad miserum illum animi
principatum adtinet, hian-
te ore dormitantes, visum
quodvis temere admitti-
mus. Nam jactura non
animadvertitur.

Igitur si scire cupis,
quam sis quod ad bona quidem & mala remissus, ad
res autem indifferentes in-
citatus; considera, quo pacto sis adfectus adversus
oculorum cæcitatem, &
quo pacto adversus animi
deceptionem: tum cogno-
sces, multum abesse, ut,
ad bona & mala quod adti-
net, ita sis adfectus, quemadmodum oportet. At ma-
gna opus est præparatione,
multoque labore & disciplina. Quid ergo? artem ma-
ximam exiguo labore com-
parari

14 ὀλίγων ἐστὶν ἀναλαβεῖν; καί τοι αὐτὸς μὲν ὁ προ-
ηγούμενος λόγος τῶν Φιλοσόφων λίαν ἐστὶν ὀλίγος.
εἰ θέλεις γνῶναι, ἀνάγνωθι τὰ Ζήνωνος, καὶ ὄψει.

15 Τί γὰρ ἔχει μακρὸν, εἰπεῖν, ὅτι τέλος ἐστὶ τὸ ἕπεσθαι Θεοῖς; οὐσία δ᾽ ἀγαθοῦ, χρῆσις οἵα δεῖ Φαν-

16 τασιῶν; Λέγε· Τί οὖν ἐστι Θεός; καὶ τί Φαντασία; καὶ τί ἐστι Φύσις ἡ ἐπὶ μέρους, καὶ τί ἐστι

17 Φύσις ἡ τῶν ὅλων; ἤδη μακρόν. Ἄν οὖν ἐλθὼν
Ἐπίκουρος εἴπῃ, ὅτι ἐν σαρκὶ εἶναι δεῖ τὸ ἀγα-
θόν· πάλιν μακρὸν γίνεται, καὶ ἀνάγκη ἀκοῦσαι, τί τὸ προηγούμενόν ἐστιν ἐφ᾽ ἡμῶν, τί τὸ
ὑποστατικὸν καὶ οὐσιῶδες. ἔτι τὸ κοχλίου ἀγαθὸν
οὐκ εἰκὸς εἶναι ἐν τῷ κελύφει, τὸ οὖν τοῦ ἀνθρώ-

18 που εἰκός; Σὺ δ᾽ αὐτός τι κυριώτερον ἔχεις, Ἐπίκουρε, τί ἐστιν ἐν σοὶ τὸ βουλευόμενον; τὸ ἐπι-
σκεπτόμενον ἕκαστα; τὸ περὶ τῆς σαρκὸς αὐτῆς,

19 ὅτι τὸ προηγούμενόν ἐστι, τὸ ἐπικρῖνον; τί δὲ
καὶ

parari posse speras? Quamquam principalis quidem philosophorum doctrina utique brevis est. Id si cognoscere vis; legito scripta Zenonis, & videbis. Nam quæ est in isto sermone prolixitas: finem esse, sequi Deos; naturam boni, rectum visorum usum? At dic, quid ergo est Deus? quid visum? quid natura singolorum? quid natura universi? Hoc jam longum est. Iam quod si accedens Epicurus dicat, in carne bonum esse oportete; rursus longum fit: & necesse est audire, quid præcipuum fit in nobis; quid sit quo natura atque vis hominis maxime contineatur. Quoniam, cochleæ bonum in testa esse positum, probabile non est; num igitur probabile fuerit, hominis bonum in involucro esse quærendum? Immo vero tu ipse, Epicure, aliquid præstantius habes. Quid est, quod in te deliberat? quod singula disquirit? quod de ipsa carne hoc judicium pronunciat, esse eam hominis

καὶ λύχνον ἅπτεις, καὶ πονεῖς ὑπὲρ ἡμῶν, καὶ τηλικαῦτα βιβλία γράφεις; ἵνα μὴ ἀγνοήσωμεν
ἡμεῖς τὴν ἀλήθειαν; τίνες ἡμεῖς; τί πρὸς σὲ ὄντες; Οὕτω μακρὸς ὁ λόγος γίνεται.

ΚΕΦ. κα'.

Πρὸς τοὺς θαυμάζεσθαι θέλοντας.

Ὅταν τις ἣν δεῖ στάσιν ἔχῃ ἐν τῷ βίῳ, ἔξω οὐ
κίχνεν. Ἄνθρωπε, τί θέλεις σοι γενέσθαι; 2
ἐγὼ μὲν ἀρκοῦμαι, ἂν ὀρέγωμαι καὶ ἐκκλίνω κατὰ φύσιν, ἂν ὁρμῇ καὶ ἀφορμῇ χρῶμαι ὡς πέφυκα, ἂν προθέσει, ἂν ἐπιβολῇ, ἂν συγκαταθέσει.
Τί οὖν ἡμῖν ὀβελίσκον καταπιὼν περιπατεῖς; Ἤθε- 3
λον, ἵνα με καὶ οἱ ἀπαντῶντες θαυμάζωσι,
καὶ ἐπακολουθοῦντες ἐπικραυγάζωσιν, Ὦ μεγάλου

minis, principatum? Cur vero etiam lucernam accendis, & nostrâ causâ laboras, totque volumina scribis? Ut ne veritatem nos ignoremus? Quinam nos? Quid ad te pertinemus? Sic prolixa nascitur disputatio.

CAP. XX.

Ad eos qui admirationi esse cupiunt.

Qui eum, quem decet, in vita statum tenet; is rebus externis non inhiat. Quid tibi vis contingere, homo? mihi quidem satis est, si & adpetam & averser secundum naturam; si impetu & declinatione utar, ut natura mea postulat; si sic proponam, sic aggrediar, sic adsensiar. Quid ergo nobis, quasi qui verû deglutisses, incedis? Velim, ut & obviam venientes omnes me admirentur, &, qui sectantur, adclament, O magnum Philo-

4 λου Φιλοσόφου. Τίνες εἰσὶν οὗτοι, ὑφ᾽ ὧν θαυμάζεσθαι θέλεις; οὐχ οὗτοί εἰσι, περὶ ὧν εἴωθας
λέγειν ὅτι μαίνονται; Τί οὖν; ὑπὸ τῶν μαινομένων
θέλεις θαυμάζεσθαι;

ΚΕΦ. κβ΄.

Περὶ τῶν Προλήψεων.

Αἱ προλήψεις κοιναὶ πᾶσιν ἀνθρώποις εἰσὶ, καὶ
πρόληψις προλήψει οὐ μάχεται. Τίς γὰρ ἡμῶν
οὐ τίθησιν, ὅτι τὸ ἀγαθὸν συμφέρον ἐστὶ, καὶ
αἱρετὸν, καὶ ἐκ πάσης, αὐτὸ περιστάσεως δεῖ μετ-
ιέναι καὶ διώκειν; τίς δ᾽ ἡμῶν οὐ τίθησιν, ὅτι τὸ
2 δίκαιον καλόν ἐστι, καὶ πρέπον; Πότ᾽ οὖν ἡ μάχη
γίνεται; Περὶ τὴν ἐφαρμογὴν τῶν προλήψεων
3 ταῖς ἐπὶ μέρους οὐσίαις. Ὅταν ὁ μὲν εἴπῃ, ὅτι,
Καλῶς

Philôſophum! Quinam ſunt illi, quibus admirationi eſſe cupis? Nonne ii ſunt, quos dicere ſoles inſanire?
Quid ergo? hoc cupis, ut inſani te admirentur!

CAP. XXII.

De anticipatis animi Notionibus.

Anticipatæ notiones omni-
bus hominibus ſunt com-
munes; & anticipatio an-
ticipationi non repugnat.
Quis enim noſtrûm non ſta-
tuit, bonum eſſe utile, &
expetendum, & quavis ra-
tione conſectandum ac per-
ſequendum? Quis non ſta-
tuit, quod juſtum eſt, id
eſſe pulcrum & decorum?
Quando igitur pugna ori-
tur? In anticipationum adcommodatione ad res par-
ticula-

Καλῶς ἐποίησεν, ἀνδρεῖός ἐστιν· ὁ δὲ, Οὔ, ἀλλ᾽
ἀπονενοημένος· ἔνθεν ἡ μάχη γίνεται τοῖς ἀνθρώποις πρὸς ἀλλήλους. Αὕτη ἐστὶν ἡ Ἰου- 4
δαίων, καὶ Σύρων, καὶ Αἰγυπτίων, καὶ Ῥωμαίων μάχη· οὐ περὶ τοῦ, ὅτι τὸ ὅσιον πάντων προτιμητέον, καὶ ἐν παντὶ μεταδιωκτέον ἀλλὰ πότερόν ἐστιν ὅσιον τοῦτο, τὸ χοιρείου φαγεῖν, ἢ ἀνόσιον. ταύτην τὴν μάχην εὑρήσετε 5
καὶ Ἀγαμέμνονος καὶ Ἀχιλλέως. Κάλει γὰρ
αὐτοὺς εἰς τὸ μέσον. Τί λέγεις σὺ, ὦ Ἀγάμε-
μνον; οὐ δεῖ γενέσθαι τὰ δέοντα, καὶ τὰ καλῶς ἔχοντα; Δεῖ μὲν οὖν. Σὺ δὲ τί λέγεις, 6
ὦ Ἀχιλλεῦ; οὐκ ἀρέσκει σοι γενέσθαι τὰ καλῶς ἔχοντα; Ἐμοὶ μὲν οὖν πάντων μάλιστα
ἀρέσκει. Ἐφαρμόσατε οὖν τὰς προλήψεις. Ἐν- 7
τεῦθεν ἡ ἀρχὴ τῆς μάχης. Ὁ μὲν λέγει, οὐ
χρὴ ἀποδιδόναι με τὴν Χρυσηίδα τῷ πατρί. Ὁ
δὲ λέγει, Δεῖ μὲν οὖν. Πάντως ὁ ἕτερος αὐτῶν
H 2
κακῶς

ticulares. Quam alios di-
cit, Recte fecit, fortis eſt;
alius vero, Non ita, ſed ve-
ſanus eſt; inde pugna oritur
inter homines. Hæc eſt Judæorum, Syrorum, Ægyp-
tiorum & Romanorum pu-
gna: non, an jus & fas
rebus omnibus ſit anteſe-
rendum, & ubique conſe-
ctandum; ſed, fuillâ ve-
ſci, fas ne ſit, an nefas.
Hanc etiam Agamemnonis
& Achillis fuiſſe pugnam
invenietis. Jube eos prodire in medium. Quid tu ais,
Agamemnon? non ea fieri
oportet, quæ recta, quæ-
que honeſta ſunt? Oportet
illa quidem. Tu vero quid
ais, Achilles? non tibi placet, ea fieri quæ honeſta
ſunt? Mihi vero omnium
maxime placet. Adcom-
modate igitur anticipationes ad rem de qua agitur?
Hinc pugnæ principium.
Alter ait: Non oportet me
Chryſeidem reddere patri.
Alter ait, Oportet. Om-
nino alter eorum male ad-
plicat anticipationem hone-
ſti.

8 κακῶς ἐφαρμόζει τὴν πρόληψιν τοῦ δέοντος. Πά-
λιν ὁ μὲν λέγει. Οὐκοῦν, εἴ με δεῖ ἀποδοῦναι τὴν
Χρυσηίδα, δεῖ με λαβεῖν ὑμῶν τινος τὸ γέρας.
Ὁ δέ· Τὴν ἐμὴν οὖν λάβῃς ἐρωμένην; Τὴν σὴν,
φησίν. Ἐγὼ οὖν μόνος; Ἀλλ' ἐγὼ μόνος μὴ ἔχω;
Οὕτως μάχη γίνεται.

9   Τί οὖν ἐστι τὸ παιδεύεσθαι; Μανθάνειν τὰς
φυσικὰς προλήψεις ἐφαρμόζειν ταῖς ἐπὶ μέρους οὐ-
10 σίαις καταλλήλως τῇ φύσει· καὶ λοιπὸν, διε-
λεῖν, ὅτι τῶν ὄντων τὰ μὲν εἰσιν ἐφ' ἡμῖν, τὰ
δὲ οὐκ ἐφ' ἡμῖν· ἐφ' ἡμῖν μὲν προαίρεσις, καὶ πάντα τὰ προαιρετικὰ ἔργα· οὐκ ἐφ' ἡμῖν δὲ τὸ σῶμα, τὰ μέρη τοῦ σώματος, κτήσεις, γονεῖς, ἀδελ-
11 φοὶ, τέκνα, πατρίς· ἁπλῶς οἱ κοινωνοί. Ποῦ οὖν
θῶμεν τὸ ἀγαθόν; ποίᾳ οὐσίᾳ αὐτὸ ἐφαρμόσο-
12 μεν; Τῇ ἐφ' ἡμῖν; Εἶτα οὐκ ἔστιν ἀγαθὸν ὑγίεια,
καὶ

ſtl. Rurſus alter ait: Quod ſi igitur Chryſeidem reddere me oportet, accipiendum mihi erit veſtrûm alicujus munus. At ille: Meam igitur amicam accipias? Tuam vero, inquit. Egone igitur ſolus præmio caream? At ego ſolus non habeam? Sic pugna exoritur.

Quid ergo eſt erudiri? Diſcere naturales animi anticipationes rebus ſingularibus adplicare convenienter naturæ; tum porro diſtinguere, alia eſſe in noſtrâ poteſtate, alia non: in noſtrâ eſſe poteſtate, voluntatem, & omnes voluntarias actiones: non in noſtra poteſtate, corpus, partes corporis, poſſeſſiones, parentes, fratres, liberos, patriam, denique quicumque fuerint quibuscum ſocietate quâdam ſumus devincti. Ubi igitur bonum collocabimus? cui rerum generi notionem ejus adcommodabimus? Eisne rebus quæ in noſtra ſunt poteſtate? Itaque bonum non
fuerit

καὶ ἀρτιότης, καὶ ζωή; ἀλλ' οὐδὲ τέκνα, οὐδὲ γονεῖς, οὐδὲ πατρίς; καὶ τίς σου ἀνέξεται; Μετα- 13
θῶμεν οὖν ἐνθάδε πάλιν αὐτό. ἐνδέχεται οὖν,
βλαπτόμενον, καὶ ἀποτυγχάνοντα τῶν ἀγαθῶν,
εὐδαιμονεῖν; Οὐκ ἐνδέχεται. Καὶ, τὴν πρὸς τοὺς
κοινωνοὺς ἔχειν οἵαν δεῖ ἀναστροφήν; Καὶ πῶς ἐνδέχεται; Ἐγὼ γὰρ πέφυκα πρὸς τὸ ἐμὸν συμ- 14
φέρον. εἰ συμφέρει μοι ἀγρὸν ἔχειν, συμφέρει μοι
καὶ ἀφελέσθαι αὐτὸν τοῦ πλησίον· εἰ συμφέρει
μοι ἱμάτιον ἔχειν, συμφέρει μοι καὶ κλέψαι αὐτὸ ἐκ βαλανείου. ἔνθεν πόλεμοι, στάσεις, τυ-
ραννίδες, ἐπιβουλαί. Πῶς δ' ἔτι [τηρεῖν] δυνή- 15
σομαι τὸ πρὸς τὸν Δία καθῆκον; εἰ γὰρ βλά-
πτομαι καὶ ἀτυχῶ, οὐκ ἐπιστρέφεταί μοι. καὶ
τί μοι καὶ αὐτῷ, εἰ οὐ δύναταί μοι βοηθῆσαι; καὶ
πάλιν, τί μοι καὶ αὐτῷ, εἰ θέλει με ἐν τοιούτοις εἶναι, ἐν οἷς εἰμι; ἄρχομαι λοιπὸν μισεῖν αὐ-

H 3

τόν.

fuerit fanitas? non mem-
brorum integritas? non vita? Immo ne liberi qui-
dem, nec parentes, neo
patria? Et quis te feret?
Transferamus igitur boni
notionem in hoc rerum ge-
nus! (& videamus, quid
fum!) Poteſt - ne igitur
fieri, ut, qui læditur, bo-
nifque fruſtratur, is fit beatus? Non poteſt. Poteſtne
cum fociis ita verfari, ut
decet? Quo pacto id fieri
poteſt? Ego enim ad id
naturâ feror, quod mihi
conducit: fi e re mea eſt

agrum habere, e re mea
eſt, eum a vicino auferre:
fi e re mea eſt veſtem habere; e re quoque mea eſt,
eam furari e balneo. Hinc
bella, feditiones, tyranni-
des, infidiæ. Quo vero
pacto potero dehinc ferva-
re officium adverfus Jo-
vem? nam fi lædor, &
fruſtror, ille me non curat.
Quid ergo mihi cum illo
rei eſt, fi me juvare non
poteſt? aut rurfus, quid
mihi cum eo rei eſt, fi me
in his vult eſſe malis, in
quibus fum? Proinde eum
odiſſe

16 τέν. Τί οὖν ναοὺς ποιοῦμεν; τί οὖν ἀγάλματα,
ὡς κακοῖς Δαίμοσιν, ὡς Πυρετῷ, τῷ Διΐ; καὶ
πῶς ἔτι Σωτήρ; καὶ πῶς Τίτιος; καὶ πῶς
Ἐπικάρπιος; καὶ μὴν, ἂν ἐνταῦθά που θῶμεν
τὴν οὐσίαν τοῦ ἀγαθοῦ, πάντα ταῦτα ἐξακο-
λουθεῖ.

17   Τί οὖν ποιήσωμεν; Αὕτη ἐστὶ ζήτησις τοῦ
Φιλοσοφοῦντες τῷ ὄντι, καὶ ὠδίνοντος. Νῦν ἐγὼ
οὐχ ἐρῶ τί ἐστι τὸ ἀγαθὸν καὶ τὸ κακόν· οὐ
18 μαίνομαι; Ναί. Ἀλλ'· ἐνταῦθά που θῶ τὸ ἀγαθὸν, ἐν τοῖς προαιρετικοῖς; πάντες μου καταγελά-
σονται. ἥξει τις γέρων πολιὸς, χρυσοῦς δακτυλίους
ἔχων πολλούς· εἶτα ἐπισείσας τὴν κεφαλὴν ἐρεῖ,
Ἄκουσόν μου τέκνον· δεῖ μὲν καὶ Φιλοσοφεῖν, δεῖ
19 δὲ καὶ ἐγκέφαλον ἔχειν· ταῦτα μωρά ἐστι. σὺ
παρὰ τῶν Φιλοσόφων μανθάνεις συλλογισμόν· τί
δέ σοι ποιητέον ἐστὶ, σὺ κάλλιον οἶδας ἢ οἱ Φιλόσοφοι.

odisse incipio. Quid ergo templa exstruimus? quid ergo statuas Jovi erigimus, veluti malis Geniis, veluti Febri? Et quo pacto porro Servator fuerit? quo pacto Pluvius? quo pacto Frugifer? Atqui, si tali quopiam in loco vim naturamque boni ponimus; hæc omnia consequantur.

Quid ergo faciendum? Hæc est investigatio digna eo, qui revera philosophatur, & parturit. Nunc ego non video, quid sit bonum & malum: nonne infanio? Certe. At hic tandem ponam bonum, in iis quæ ad voluntatem pertinent? omnes me deridebunt. Aderit. senex aliquis canus, multis aureis annulis ornatus, motoque capite dicet: Audi me fili, est sane philosophandum; sed & cerebrum est habendum: ista stulta sunt. Tu a philosophia discis syllogismum; quid vero tibi agendum sit, tu rectius nôsti, quam philosophi.

σοφοι. Ἄνθρωπε, τί οὖν μοι ἐπιτιμᾷς, εἰ οἶδα; 20
Τούτῳ τῷ ἀνδραπόδῳ τί εἴπω; ἂν σιωπῶ, ῥή-
γνυται. ἐκείνως δεῖ λέγειν· ὅτι, Σύγγνωθί μοι, ὡς 21
τοῖς ἐρῶσιν· οὐκ εἰμὶ ἐμαυτοῦ, μαίνομαι.

ΚΕΦ. κγ'.

Πρὸς Ἐπίκουρον.

Ἐπινοῖ καὶ Ἐπίκουρος, ὅτι φύσει ἐσμὲν κοινω-
νικοί· ἀλλ' ἅπαξ ἐν τῷ κελύφει θεὶς τὸ ἀγαθὸν
ἡμῶν, οὐκέτι δύναται ἄλλο οὐδὲν εἰπεῖν. πάλιν 2
γὰρ ἐκείνου λίαν κρατεῖ, ὅτι οὐ δεῖ ἀπεσπασ-
μένον οὐδὲν τῆς τοῦ ἀγαθοῦ οὐσίας, οὔτε θαυ-
μάζειν, οὔτ' ἀποδέχεσθαι· καὶ καλῶς αὐτοῦ
κρατεῖ. Πῶς οὖν * [ὑπονοητικοί] ἐσμεν, οἷς μὴ φυ- 3
σική ἐστι πρὸς τὰ ἔκγονα φιλοστοργία; διατί
ἀποσυμβουλεύεις τῷ σοφῷ τεκνοτροφεῖν; τί φοβῇ,

H 4

μὴ

lofophi. Homo, quid vero me objurgas, fi fcio? Ifti mancipio quid dicam? fi taceo, rumpitur. Hoc modo ei refpondere oportet: Ignofce mihi, tamquam amatoribus; non fum meus, infanio.

C A P. XXIII.

In Epicurum.

Ipfe etiam Epicurus intelligit, naturâ nos effe fociabiles: fed quoniam femel in involucro collocavit bonum noftrum, non amplius aliud quidquam dicere poteft. Nam rurfus illud mordicus tenet, nihil a naturâ boni avulfum vel admirandum vel probandum effe: idque probe tenet. Unde igitur * * fumus, quibus nullus eft naturâ infitus erga fobolem amor? cur diffuades fapienti ne alat liberos? cur metuis, ne propter

4 μὴ διὰ ταῦτα εἰς λύπας ἐμπέσῃ; Διὰ γὰρ τὸν μῦ-
τὸν ἔσω τερφόμενον ἐμπίπτει; τί οὖν αὐτῷ μέλει, ἂν μυίδιον μικρὸν ἔσω κατακλαίη αὐτοῦ;
5 Ἀλλ' οἶδεν, ὅτι ἂν ἅπαξ γένηται παιδίον, οὐκέτι ἐφ' ἡμῖν ἐστι, μὴ στέργειν, μηδὲ φροντίζειν ἐπ'
6 αὐτῷ. διὰ τοῦτο φησὶν, οὐδὲ πολιτεύσασθαι τὸν
νοῦν ἔχοντα· οἶδε γὰρ, τίνα δεῖ ποιεῖν τὸν πολι-
τευόμενον. ἐπεί τοι, εἰ ὡς ἐν μυίαις μέλλεις ἀνα-
7 στρέφεσθαι, τί κωλύει; Ἀλλ' ὁ μὲν, εἰδὼς ταῦτα, τολμᾷ λέγειν, ὅτι μὴ ἀναιρούμεθα τέκνα.
Ἀλλὰ πρόβατον μὲν οὐκ ἀπολείπει τὸ αὑτοῦ
8 ἔκγονον, οὐδὲ λύκος· ἄνθρωπος δ' ἀπολείπῃ; Τί
θέλεις; μωροὺς ἡμᾶς εἶναι, ὡς τὰ πρόβατα; Οὐδ'
ἐκεῖνα ἀπολείπει. Θηριώδεις, ὡς τοὺς λύκους;
9 Οὐδ' ἐκεῖνοι ἀπολείπουσιν. Ἄγε, τίς δέ σοι πεί-
θεται, ἰδὼν παιδίον αὐτοῦ κλαῖον, ἐπὶ τὴν γῆν
10 πεπτωκός; Ἐγὼ μὲν οἶμαι, ὅτι εἰ καὶ ἐμαντεύσα-
το

ter eos incidat in molestias? Nempe ob murem, qui domi alitur, in molestias incidet? quid igitur illius refert, si parvus musculus, qui intus alitur, et opploret? At novit, ubi semel puer natus fuerit, non amplius in nostrâ esse potestate, ut eum non diligamus, neque curemus. Eadem de caussâ dicit, sapientem nec ad rempublicam accessurum: scit enim, quae facienda sint ei qui in republica versatur. Atqui, si tamquam inter muscas versaturus es; quid prohibet? At ille, haec non ignorans, dicere audet, non suscipiendos esse liberos? Ergo, cum neque ovis foetum suum deserat, neque lupus, homo deseret? Quid tandem vis? stultos esse nos, tamquam oves? At hae non deserunt. Feros, ut lupos? Ne illi quidem deserunt. Age quis tibi obtemperet, si filiolum suum humi prolapsum plorare videat? Equidem arbitror, eum

το ἡ μητήρ σου, καὶ ὁ πατήρ σου, ὅτι ταῦτα
μέλλεις λέγων, οὐκ ἄν σε ἔῤῥιψαν.

ΚΕΦ. κδʹ.

Πῶς πρὸς τὰς περιστάσεις ἀγωνιστέον.

Αἱ περιστάσεις εἰσὶν, αἱ τοὺς ἄνδρας δεικνύουσαι.
λοιπὸν, ὅταν ἐμπέσῃ περίστασις, μέμνησο, ὅτι
ὁ Θεός σε, ὡς ἀλείπτης, τραχεῖ νεανίσκῳ συμ-
βέβληκεν. Ἵνα τί; φησίν. Ἵνα Ὀλυμπιονίκης 2
γένῃ· δίχα δ᾽ ἱδρῶτος οὐ γίνεται. Ἐμοὶ μὲν
οὐδεὶς δοκῶ κρείσσονα ἐσχηκέναι περίστασιν, ἧς σὺ
ἔσχηκας, ἂν θέλῃς ὡς ἀθλητὴς νεανίσκῳ, χρῆσθαι.
Καὶ νῦν ἡμεῖς γε εἰς τὴν Ῥώμην κατάσκοπον πέμ- 3
πομεν. οὐδεὶς δὲ δειλὸν κατάσκοπον πέμπει, ἵν᾽,
ἂν μόνον ἀκούσῃ ψόφου, καὶ σκιάν ποθεν ἴδῃ, τρέ-
χων ἔλθῃ τεταραγμένος, καὶ λέγων, ἤδη παρεῖ-

H 5

ναι

etfi mater tua & pater ex | dicturum effe ista; tamen
oraculo præfciviffent, te | abjecturos te non fuiffe.

CAP. XXIV.

Quomodo adverfus difficultates fit decertandum.

Difficultates funt, quæ vi- | cidiffe quam tu; fi modo
ros monftrent. Cum igitur | volueris illo, tanquam pu-
difficultas inciderit; me- | gil adolefcente, uti. Et
mento, Deum, veluti gym- | nos nunc exploratorem
nafii magiftrum, cum afpe- | Romam mittimus: nemo
ro adolefcente te commifif- | autem timidum explorato-
fe. Cur? inquit. Ut Olym- | rem mittit, qui, ftrepitu
pia vinceres: id vero fine | tantum audito, & umbra
fudore non contingit. Ac | alicubi vifa, extemplo cur-
mihi quidem nemo videtur | rat perturbatus, & hoftes
in præclarius difcrimen in- | jam adveffe dicat. Sic nunc
&

4 ναι τοὺς πολεμίους. οὕτω νῦν καὶ σὺ ἂν ἐλθὼν
ἡμῖν εἴπῃς, Φοβερὰ τὰ ἐν Ῥώμῃ πράγματα, δεινόν ἐστι θάνατος, δεινόν ἐστι φυγὴ, δεινὸν λοιδορία, δεινὸν πενία· Φεύγετε ἄνδρες, πάρεισιν οἱ-
5 πολέμιοι· ἐροῦμέν σοι, Ἄπελθε, σεαυτῷ μαν-
τεύου· ἡμεῖς τοῦτο μόνον ἡμάρτομεν, ὅτι τοιοῦτον
κατάσκοπον ἐπέμπομεν.

6 Πρὸ σοῦ κατάσκοπος ἀποσταλεὶς Διογένης,
ἄλλα ἡμῖν ἀπήγγελκεν. λέγει, ὅτι ὁ θάνατος
οὐκ ἔστι κακόν, οὐδὲ γὰρ αἰσχρόν· λέγει, ὅτι
7 εὐδοξία ψόφος ἐστὶ μαινομένων ἀνθρώπων. οἷα δὲ
περὶ πόνου, οἷα δὲ περὶ ἡδονῆς, οἷα περὶ πενίας
εἴρηκεν οὗτος ὁ κατάσκοπος; τὸ δὲ γυμνὸν εἶναι,
λέγει, ὅτι κρεῖσσόν ἐστι πάσης περιπορφύρου·
τὸ δ' ἐπ' ἀστρώτῳ πέδῳ καθεύδειν, λέγει,
8 ὅτι μαλακωτάτη κοίτη ἐστί. καὶ ἀπόδειξιν
Φέρει ἑκάστου, τὸ θάρσος τὸ αὑτοῦ, τὴν
ἀτα-

& tu si veneris, nobisque dixeris: Terribilia sunt quæ Romæ geruntur; dira mors; dirum exsilium; dira ignominia; dira paupertas: fugite viri! adsunt hostes; dicemus tibi, Abi, tibi ipsi vaticinare! nos in eo solo peccavimus, quod talem exploratorem misimus.

· Ante te missus explorator Diogenes alia nobis renunciavit: mortem ait non esse, malum, nam ne turpem quidem: celebritatem esse, ait, insanientium hominum strepitum. Quid vero de dolore? quid de voluptate? quid de paupertate iste dixit explorator? Nudum esse, ait præstantius esse qualvis togâ prætextâ: in nudo dormire solo, mollissimum ait esse lectum. Et ad faciendam fidem cujusque horum quæ dicit, documentum profert suam fiduciam, suam animi
con-

ἀταραξίαν, τὴν ἐλευθερίαν, εἶτα καὶ τὸ σωμάτιον στίλβον καὶ συνεστραμμένον. Οὐδείς, φησι, 9
πολέμιος ἐγγύς ἐστι· πάντα εἰρήνης γέμει. Πῶς,
ὦ Διόγενες; Ἰδού, φησι, μή τι βέβλημαι; μή
τι τέτρωμαι; μή τινα πέφευγα; Τοῦτ' ἐστιν,
οἷος δεῖ κατάσκοπος. Σὺ δ' ἡμῖν ἐλθὼν, ἄλλα 10
ἐξ ἄλλων λέγεις· οὐκ ἀπελεύσῃ πάλιν, καὶ ὄψει
ἀκριβέστερον δίχα τῆς δειλίας;

Τί οὖν ποιήσω; Τί ποιεῖς, ἐκ πλοίου ὅταν ἐξίῃς; 11
μή τι τὸ πηδάλιον αἴρεις; μή τι τὰς κώπας; τί οὖν
αἴρεις; τὰ σά, τὴν λήκυθον, τὴν πήραν. καὶ νῦν ἂν
ᾖς μεμνημένος τῶν σῶν, οὐδέποτε τῶν ἀλλοτρίων ἀντιποιήσῃ. Λέγει σοι, Θὲς τὴν πλατύσημον; Ἰδού 12
στενόσημος. Θὲς καὶ ταύτην; Ἰδού ἱμάτιον μόνον. Θὲς τὸ ἱμάτιον; Ἰδού γυμνός. Ἀλλὰ φθό- 13
νον μοι κινεῖς. Λάβε τοίνυν ὅλον τὸ σωμάτιον. ᾦ
δύνα-

constantiam, suam libertatem, denique etiam cor-
pusculum suum nitidum &
probe compactum. Nullus,
inquit, hostis in propin-
quo est: omnia sunt pacata.
Qui sic? ô Diogenes! Vide,
inquit, numquid ictus sum?
num vulneratus? num ali-
quem fugi? Hic est, qua-
lem esse decet, explorator.
Tu autem ad nos reversus,
aliud ex alio dicis: non redibis denuo, & diligentius
speculaberis, sed posita timiditate?

Quid ergo faciam? Quid
facis, e nave cum exis?
num gubernaculum aufers?
num remos? Quid ergo
aufers? tua; vasculum olea-
rium tuum; peram tuam.
Et nunc, si tuarum rerum
fueris memor, numquam
tibi vindicabis alienas. Dicit tibi: pone latum cla-
vum! Ecce angustus cla-
vus. Istum quoque pone!
Ecce sola toga. Pone to-
gam! Ecce nudus sum. At
invidiam mihi moves! Ca-
pe igitur totum corpuscu-
lum.

δύναμαι ῥῖψαι τὸ σωμάτιον, ὅτι τοῦτον φοβοῦ-
14 μαι; Ἀλλὰ κληρονόμον μ᾽ οὐκ ἀπολείψει. Τί
οὖν; ἐπελαθόμην, ὅτι τούτων οὐδὲν ἐμὸν ἦν;
Πῶς οὖν ἐμὰ αὐτὰ λέγομεν; Ὡς τὸν κράββα-
τον ἐν τῷ πανδοκείῳ. ἂν οὖν ὁ πανδοκεὺς ἀποθανὼν ἀπολίπῃ σοι τοὺς κραββάτους· ἂν δ᾽
15 ἄλλῳ, ἐκεῖνος ἕξει, σὺ δ᾽ ἄλλον ζητήσεις· ἂν
οὖν μὴ εὕρῃς, χαμαὶ κοιμήσῃ, μόνον θαῤῥῶν καὶ
ῥέγχων, καὶ μεμνημένος, ὅτι ἐν τοῖς πλουσίοις
καὶ βασιλεῦσι καὶ τυράννοις αἱ τραγῳδίαι τόπον ἔχουσιν· οὐδεὶς δὲ πένης τραγῳδίαν συμπλη-
16 ροῖ, εἰ μὴ ὡς χορευτής. οἱ δὲ βασιλεῖς, ἄρχον-
ται μὲν ἀπ᾽ ἀγαθῶν· Στέψατε δώματα· εἶτα
περὶ τρίτον ἢ τέταρτον μέρος· Ἰὼ Κιθαιρὼν,
17 τί μ᾽ ἐδέχου; Ἀνδράποδον, ποῦ οἱ στέφανοι;
ποῦ τὸ διάδημα; οὐδέν σε ὠφελοῦσιν οἱ δορυφόροι.
18 Ὅταν οὖν ἐκείνων τινὶ πρεσίῃς, τούτων μέ-

μνησο,

<table>
<tr><td>

lom. Cui corpuſculum ob-
jicere poſſum, adhuc eum
reformido? Sed hæredem
me non relinquet! Quid
ergo? oblitus ſum nihil
iſtorum fuiſſe meum? Quo
pacto igitur iſta noſtra di-
cimus? Ut lectum in di-
verſorio. Quod ſi caupo
moriens lectos tibi relin
quet; bene eſt: ſin alii, is
eos habebit, tu alium quæ-
res: quem ſi non invene-
ris; humi dormies, modo
id facias magno animo, &
ſtertens; & memineris, in
divitibus, in regibus, in

</td><td>

tyrannis tragœdias locum
habere; nullum pauperem
complere tragœdiam, niſi
tamquam qui ſit eorum ex
numero qui chorum confi-
ciunt. Reges autem auſpi-
cantur quidem a bonis:
Coronate ædes! deinde cir-
ca tertium aut quartum
actum: *Eheu Cithæron! cur
me ſuſcepiſti?* Mancipium,
ubi ſunt coronæ? ubl dia-
dema? nihil te juvant ſa-
tellites. Quod ſi igitur
iſtorum aliquem acceſſeris;
horum memento, te tra-
gœdum convenire, non
qui-

</td></tr>
</table>

μνῆσο, ὅτι τραγῳδῷ προσέρχῃ, οὐ τῷ ὑποκριτῇ,
ἀλλ' αὐτῷ τῷ Οἰδίποδι. Ἀλλὰ μακάριος ὁ 19
δεῖνα· μετὰ πολλῶν γὰρ περιπατεῖ. Κἀγὼ
συγκατατάττω ἐμαυτὸν σὺν τοῖς πολλοῖς, καὶ
μετὰ πολλῶν περιπατῶ.   Τὸ δὲ κεφάλαιον· 20
μέμνησο, ὅτι ἡ θύρα ἤνοικται. μὴ γίνου τῶν
παιδίων δειλότερος· ἀλλ', ὡς ἐκεῖνα, ὅταν αὐτοῖς μὴ ἀρέσκῃ τὸ πρᾶγμα, λέγει, ὅτι, Οὐκέτι
παίξω· καὶ σύ, ὅταν σοι φαίνηταί τινα εἶναι τοιαῦτα, εἰπὼν ὅτι Οὐκέτι παίξω, ἀπαλλάσσου·
μένων δέ, μὴ θρήνει.

ΚΕΦ.

quidem histrionem, sed ipsum Oedipodem. At hic homo beatus est! magnum
enim habet comitatum. Et
ego me conjungo cum multis, magnumque habeo comitatum. Quod autem caput
rei est, memento apertam
esse januam: ne sis pueris timidior: sed, ut illi,
quum non amplius re delectantur, dicunt se diutius
non lusuros esse; sic & tu,
cum quædam esse ejusmodi tibi videbuntur, dic, te
non amplius esse lusurum,
& recedito: sin manseris,
noli lamentari.

CAP.

ΚΕΦ. κέ.

Πρὸς τὸ αὐτό.

Εἰ ταῦτα ἀληθῆ ἐστι, καὶ μὴ βλακεύομεν, μηδ'
ὑποκρινόμεθα, ὅτι τὸ ἀγαθὸν τοῦ ἀνθρώπου ἐν
πρεαιρέσει, καὶ τὸ κακὸν, τὰ δ' ἄλλα πάντα
οὐδὲν πρὸς ἡμᾶς· τί ἔτι ταρασσόμεθα; τί ἔτι
2 φοβούμεθα; περὶ ἃ ἐσπουδάκαμεν, τούτων ἐξουσίαν οὐδεὶς ἔχει· ὧν ἐξουσίαν οἱ ἄλλοι ἔχουσι,
τούτων οὐκ ἐπιστρεφόμεθα. ποῖον ἔτι πρᾶγμα
3 ἔχομεν; Ἀλλὰ ἔντειλαί μοι. Τί σοι ἐντείλω-
μαι; ὁ Ζεύς σοι οὐκ ἐντέταλται; οὐ δέδωκέ
σοι τὰ μὲν σὰ ἀκώλυτα καὶ ἀπαραπόδιστα,
4 τὰ δὲ μὴ σὰ κωλυτὰ καὶ παραποδιστά; Τίνα
οὖν ἐντολὴν ἔχων, ἐκεῖθεν ἐλήλυθας; ποῖον
διάταγμα; Τὰ σὰ τήρει ἐκ παντὸς τρόπου, τῶν
ἀλ-

CAP. XXV.

Eadem de re.

Si hæc vera funt, neque ftulti nos fumus, neque fimulate dicimus, Bonum hominis, itemque malum, in voluntate effe pofitum, cætera vero omnia nihil ad nos pertinere; quid adhuc perturbamur? quid adhuc metuimus? Quæ res nobis curæ funt, eas nemo habet in poteftate: quæ in aliorum poteftate funt, eas non curamus. Quid porro negotii habemus? Tu mihi præcipe, inquis. Quid tibi ego præcipiam? Nonne Jupiter mandata tibi dedit? Nonne hoc tibi tribuit. ut, quæ tua funt, ea nec impediri, nec prohiberi poffit; ut ea fola impediri prohiberique poffint, quæ tua non funt? Quodnam igitur mandatum, quodnam præceptum ab eo accepifti, cum huc venires? Tua cuftodito quovis modo; aliena ne concupifcito? Fides

ἀλλοτρίων μὴ ἐφίεσο. Τὸ πιστὸν, σόν· τὸ αἰδῆμον, σόν· τίς οὖν ἀφελέσθαι δύναταί σου ταῦτα;
τίς κωλύσει χρῆσθαι αὐτοῖς ἄλλος, εἰ μὴ σύ; σὺ δὲ
πῶς; ὅταν τὰ μὴ σαυτοῦ σπουδάσῃς, τὰ σαυτοῦ
ἀπώλεσας. Τοιαύτας ἔχων ὑποθήκας καὶ ἐντολὰς 5
παρὰ τοῦ Διὸς, ποίας· ἔτι παρ' ἐμοῦ θέλεις;
κρείσσων εἰμὶ ἐκείνου; ἀξιοπιστότερος; ἀλλὰ ταύτας τηρῶν, ἄλλων τίνων πρεσδίῃ; Ἀλλ' ἐκεῖ- 6
νος οὐκ ἐντέταλται ταῦτα; Φέρε τὰς προλήψεις,
Φέρε τὰς ἀποδείξεις τὰς τῶν Φιλοσόφων, Φέρε
ἃ πολλάκις ἤκουσας, Φέρε δ' ἃ εἶπας αὐτὸς,
Φέρε ἃ ἀνέγνως, Φέρε ἃ ἐμελίτησας.

Μέχρις οὖν τίνος ταῦτα τηρεῖν καλῶς ἔχει, καὶ 7
τὴν παιδιὰν μὴ λύειν; Μέχρις ἂν κομψῶς διεξάγη-
ται. Ἐν Σατορναλίοις λέλογχε βασιλεύς· ἔδοξε γὰρ 8
παῖξαι ταύτην τὴν παιδιάν· προστάσσει, Σὺ πίε, Σὺ
κίρα-

Fides in eorum numero
est, quæ tua sunt; eodem
loco est verecundia: quis
ergo hæc tibi eripere potest? quis iis uti te prohibebit alius, nisi tu? tu vero quo pacto te ipse prohi-
bebis? Cum iis rebus stu-
dueris quæ tuæ non sunt,
tuas perdes. Talibus mo-
nitis mandatisque a Jove
instructus, quænam adhuc
a me postulas? num ego
sum illo superior? num fide dignior? Hæc si custo-
dieris, quibus aliis indi-
gebis? Anne vero ille

mandavit hæc? Prome
anticipatas animo notio-
nes; prome demonstratio-
nes philosophorum; pro-
me ea quæ sæpe audivisti;
immo quæ ipse dixisti, quæ
legisti, quæ meditatus es:
(& intelliges, a Deo data
esse ista mandata.)
Quousque igitur servare
ista rectum est, ludumque
non dirimere? Quoad is
concinne actus fuerit. Saturnalibus sortito rex aliquis factus est: visum
enim erat eum ludere lu-
dum: Imperat Ille: Tu bi-
.be l

κέλευσον. Σὺ ᾆσον, Σὺ ἄπελθε, Σὺ ἐλθέ. Ὑπακούω,
9 ἵνα μὴ παρ' ἐμὲ λύηται ἡ παιδιά. Ἀλλά, σὺ ὑπο-
λάμβανε, ὅτι ἐν κακοῖς εἶ. Οὐχ ὑπολαμβάνω· καὶ
10 τίς μ' ἀναγκάσει ὑπολαμβάνειν; Πάλιν, συνεθέμε-
θα παῖξαι τὰ περὶ Ἀγαμέμνονα καὶ Ἀχιλλέα. κα-
ταταγεὶς Ἀγαμέμνων, λέγει μοι· Πορεύου πρὸς τὸν
Ἀχιλλέα, καὶ ἀπόσπασον τὴν Βρισηΐδα. Πορεύομαι.
11 Ἔρχου. Ἔρχομαι. Ὡς γὰρ ἐπὶ τῶν ὑποθετικῶν λόγων ἀναστρεφόμεθα, οὕτω δεῖ καὶ ἐπὶ τοῦ βίου. Ἔστω
νύξ. Ἔστω. Τί οὖν; ἡμέρα ἐστίν; Οὔ. ἔλαβον γὰρ
ὑπόθεσιν, τοῦ νύκτα εἶναι. Ἔστω σε ὑπολαμβάνειν
12 ὅτι νύξ ἐστιν. Ἔστω. Ἀλλά, καὶ ὑπόλαβε ὅτι νύξ
13 ἐστιν. Οὐκ ἀκολουθεῖ τῇ ὑποθέσει. Οὕτω καὶ ἐνταῦθα. Ἔστω σε εἶναι δυστυχῆ. Ἔστω. Ἆρ' οὖν
ἀτυχὴς εἶ; Ναί. Τί οὖν; κακοδαιμονεῖς; Ναί. Ἀλλά
καὶ ὑπόλαβε, ὅτι ἐν κακοῖς εἶ. Οὐκ ἀκολουθεῖ τῇ
ὑποθέσει· καὶ ἄλλος με κωλύει.

Μέχρι

be! tu misce! tu cane! tu abi! tu accede. Obtempero. ne per me ludus dirimatur. At, *si Rex dicat,* Tu in malis te esse putato! non puto: & quis me putare coget? Rursus, constituimus ludum repræsentare Agamemnonis & Achillis. Qui personam gerit Agamemnonis, sic mihi mandat: Achillem accedito, & abstrahe Briseldem! Abeo. Veni! Venio. Quemadmodum enim in argumentationibus hypotheticis versamur, ita etiam in vita est versandum. Esto nox! Esto. Quid ergo? Dies est? Non: conditionem enim hanc admisi, esse noctem. Ponamus, te putare esse noctem. Ponamus. At vero etiam puta esse noctem! Id quidem conditioni positæ non est consequens. Sic etiam hoc loco: Ponamus, te esse infelicem! Ponamus. Igitur infelix es? Sum. Quid ergo? adversa fortuna uteris? Ita. At etiam putato, te miserum esse! Hoc non consequens est hypothesi: & alius me vetat.

Quo-

Μέχρι πόσου οὖν ὑπακουστέον τοῖς τοιούτοις; Μέχρις ἂν οὗ λυσιτελῇ· τοῦτο δ' ἔστι, μέχρις ἂν οὗ σώζω τὸ πρέπον καὶ τὸ κατάλληλον. Λοιπὸν οἱ μέν 15 εἰσι καταυστηροι καὶ κακοστέμαχοι, καὶ λέγουσιν· Ἐγὼ οὐ δύναμαι παρὰ τούτῳ δειπνεῖν, ἵν' αὐτοῦ ἀνέχωμαι καθ' ἡμέραν διηγουμένου, πῶς ἐν Μυσίᾳ ἐπολέμησε· Διηγησάμην σοι, ἀδελφέ, πῶς ἐπὶ τὸν λόφον ἀνέβην· πάλιν ἄρχομαι πολιορκεῖσθαι. Ἄλλος δὲ λέγει· Ἐγὼ δειπνῆσαι θέλω μᾶλλον, 16 καὶ ἀκούειν αὐτοῦ, ὅσα θέλει ἀδολεσχοῦντος. Καὶ 17 σὺ σύγκρινε ταύτας τὰς ἀξίας· μόνον μηδὲν βαρούμενος ποίει, μὴ θλιβόμενος, μηδ' ὑπολαμβάνων ἐν κακοῖς εἶναι· τοῦτο γὰρ οὐδείς σε ἀναγκάζει. Καπνὸν πεποίηκεν ἐν τῷ οἰκήματι; ἂν μέ- 18 τριον, μενῶ· ἂν λίαν πολύν, ἐξέρχομαι. Τούτου γὰρ δεῖ μεμνῆσθαι καὶ κρατεῖν, ὅτι ἡ θύρα ἤνοικται. Ἀλλά, μὴ οἴκει ἐν Νικοπόλει. Οὐκ 19 οἰκῶ.

Quousque igitur in hoc genere mos est gerendus? Quoad expedit: hoc est, quatenus servo quod decorum est & consentaneum. Caeterum sunt alii subausteri & fastidiosiore stomacho, qui dicant: Ego non possum apud illum coenare, ut eum feram quotidie commemorantem, quo pacto in Mysia bellum gesserit: „Narravi tibi frater ut tumulum conscenderim; rursus deinde obsideri coepi." Alius vero ait, se potius coenare velle, & auditurum quasvis illius nugas. Et tu, collata inter se utraque harum aestimationum, tuo utere judicio: dummodo nihil gravate facias, non adflictus, neque in malis te esse existimans; istud enim nemo te cogit. Fumum excitavit in cubiculo? si mediocrem; manebo: si nimis spissum; egredior. Hoc enim meminisse & tenere oportet, januam apertam esse. At, ne habites Nicopoli! Non habitabo. Nec

οἰκῶ. Μηδ' ἐν Ἀθήναις. Οὐδ' ἐν Ἀθήναις. Μηδ'
ἐν Ῥώμῃ. Οὐδ' ἐν Ῥώμῃ. Ἐν Γυάροις οἴκει. Οἰ-
20 κῶ. Ἀλλὰ πολύς μοι καπνὸς φαίνεται, τὸ ἐν
Γυάροις οἰκεῖν. Ἀποχωρῶ, ὅπου μ' οὐδεὶς κωλύσει οἰκεῖν· ἐκείνη γὰρ ἡ οἴκησις παντὶ ἤνοικται.
21 καὶ τὸ τελευταῖον χιτωνάριον, τοῦτ' ἔστι τὸ σωμάτιον, τούτου ἀνωτέρω οὐδενὶ οὐδὲν εἰς ἐμὲ ἔξε-
22 στι. Διὰ τοῦτο ὁ Δημήτριος εἶπε τῷ Νέρωνι·
23 Ἀπειλεῖς μοὶ θάνατον, σοὶ δ' ἡ φύσις. Ἂν δὲ
τὸ σωμάτιον θαυμάσω, δοῦλον ἐμαυτὸν παραδέ-
24 δωκα· ἂν τὸ κτησείδιον, δοῦλον. εὐθὺς γὰρ αὐτὸς
κατ' ἐμαυτοῦ δηλῶ, τίνι ἁλωτός εἰμι· ὡς ὁ ὄφις
ἐὰν συσπᾷ τὴν κεφαλὴν, λέγω, ἐκεῖνο αὐτοῦ
τύπτε ὃ φυλάσσει. καὶ σὺ γίνωσκε, ὅτι ὃ ἂν
φυλάσσειν ἐθέλῃς, κατ' ἐκεῖνο ἐπιβήσεταί σου ὁ
25 κύριος. Τούτων μεμνημένος, τίνα ἔτι κολακεύσεις,
ἢ φοβήσῃ;

Ἀλλὰ

Nec Athenis! Neque Athe- | ero, in servitutem me de-

Nec Athenis! Neque Athe-
nis! Nec Romæ! Neque
Romæ. In Gyaris habita!
Habito. Sed, in Gyaris
habitare, magnum mihi fu-
mum habere videtur. Eo
discedo, ubi me habitare
nemo prohibebit; nam illa
habitatio cuivis est aperta:
& postremum amiculum,
corpusculum hoc est, ultra
quod nemini quidquam in
me licet. Quapropter De-
metrius Neroni dixit: *Tu
mihi mortem minitaris,
Natura tibi.* Quod si ve-
ro corpusculum demiratus
ero, in servitutem me de-
di: si possessiunculam, eodem modo. Statim enim
ipse de me indicium facio,
quâ re capi queam: non secus ac serpens; qui cum
caput contrahit, jubeo te
illam ejus partem percu-
tere, cui ille cavet. Sic
tu quoque scito, quidquid
custodire volueris, ab ea
parte invasurum te esse
tuum dominum. Harum re-
rum memor si fueris, cui
jam porro adulaberis?
quem timebis?

At

Ἀλλὰ θέλω καθῆσθαι ὅπου οἱ συγκλητικοί. 26
Ὁρᾷς, ὅτι σὺ σαυτῷ στενοχωρίαν παρέχεις·
σὺ σαυτὸν θλίβεις. Πῶς οὖν ἄλλως θεωρήσω 27
καλῶς ἐν τῷ ἀμφιθεάτρῳ; Ἄνθρωπε, καὶ μὴ
θεώρει, καὶ οὐ μὴ θλιβῇς. τί πράγματα ἔχεις;
ἢ μικρὸν ἔκδεξαι, καὶ ἀχθείσης τῆς θεωρίας
κάθισον εἰς τοὺς τῶν συγκλητικῶν τόπους, καὶ
ἡλιάζου. Καθόλου γὰρ ἐκείνου μέμνησο, ὅτι 28
ἑαυτοὺς θλίβομεν, ἑαυτοὺς στενοχωροῦμεν· τοῦτ᾽
ἔστι, τὰ δόγματα ἡμᾶς θλίβει καὶ στενοχω-
ρεῖ. Ἐπεὶ τί ἐστιν αὐτὸ τὸ λοιδορεῖσθαι; πα- 29
ραστὰς λίθον λοιδόρει· καὶ τί ποιήσεις; ἂν οὖν
τις ὡς λίθος ἀκούῃ, τί ὄφελος τῷ λοιδοροῦντι;
ἂν δ᾽ ἔχῃ τὴν ἀσθένειαν τοῦ λοιδορουμένου ὁ
λοιδορῶν ἐπιβάθραν, τότε ἀνύει τι. Περίσχι- 30
σον αὐτόν. Τί λέγεις αὐτόν; τὸ ἱμάτιον λάβε,
περίσχισον. Ὕβριν σοι πεποίηκα. Καλῶς σοι

I 2

γίνοι-

At federe volo, ubi fe-
natores. Nonne vides, te
ipfum tibi circumdare an-
guftias? te a teipfo premi?
Quo pacto ergo aliter commode in Amphitheatro fpe-
ctabo? Homo, ne fpectato
quidem; ita non premēris.
Quid tibi ipfi negotium fa-
ceffis? Aut paululum ex-
fpecta, finitoque fpectacu-
lo in fenatorias fedes te
confer, & apricare. Nam
illud univerfe meminiffe
oportet, nos a nobis ipfis
premi, a nobismet ipfis in

anguftias redigi: hoc eft,
decretis noftris premi nos,
& coarctari. Etenim hoc
ipfum quid eft, conviciis
peti? Adfta lapidi, eique
conviciare: quid proficies?
Si quis ergo ut lapis audierit, quam e fuis maledictis
capiet utilitatem convicia-
tor? Quod fi vero convi-
ciator ejus cui maledicit
imbecillitatem, veluti pon-
tem, habuerit; tunc ali-
quid proficiet. Exue hunc!
Quid ais? ipfum? Veftem
prehende; hanc difcinde.
Con-

31 γένοιτο. Ταῦτα ἐμελέτα Σωκράτης· διὰ τοῦτο ἓν ἔχων πρόσωπον ἀεὶ διετέλει. Ἡμεῖς δὲ θέλομεν πάντα μᾶλλον ἀσκεῖν καὶ μελετᾷν, ἢ ὅπως
32 ἀπαραπόδιστοι καὶ ἐλεύθεροι ἐσόμεθα. Παράδοξα λέγουσιν οἱ φιλόσοφοι. Ἐν δὲ ταῖς ἄλλαις τέχναις οὐκ ἔστι παράδοξα; καὶ τί παραδοξότερόν ἐστιν, ἢ κεντᾶν τινος τὸν ὀφθαλμὸν, ἵνα ἴδῃ; εἴ τις ἀπείρῳ τῶν ἰατρικῶν τοῦτο εἶπεν, οὐκ
33 ἂν κατεγέλα τοῦ λέγοντος; Τί οὖν θαυμαστὸν, εἰ καὶ ἐν φιλοσοφίᾳ πολλὰ τῶν ἀληθῶν παράδοξα φαίνεται τοῖς ἀπείροις;

ΚΕΦ.

Contumeliâ te adfeci. Bene fit tibi! — — — Hæc meditabatur Socrates; eâque de cauſſâ eodem ſemper erat vultu: Nos autem quævis potius exercere meditarique volumus, quam qua ratione omnis Impedimenti immunes ac liberi ſimus futuri. Paradoxa dicunt philoſophi! Atqui in aliis artibus nulla-ne ſunt paradoxa? Et quid magis præter opinionem eſt, quam alicui pungi oculum ut videat? quod ſi quis homini rei medicæ ignaro id diceret, nonne rideretur ab eo? Quid ergo mirum eſt, multa etiam in philoſophia, utut vera fint, paradoxa videri Imperitis?

CAP.

ΚΕΦ. κϛ´.

Τίς ὁ βιωτικὸς νόμος.

Ἀναγινώσκοντος δὲ τοὺς ὑποθετικοὺς, ἔφη· Νόμος ὑποθετικός ἐστι καὶ οὗτος, τὸ ἀκόλουθον τῇ ὑποθέσει παραδέχεσθαι. πολὺ δὲ πρότερον νόμος βιωτικός ἐστιν οὗτος, τὸ ἀκόλουθον τῇ φύσει πράττειν. εἰ γὰρ ἐπὶ πάσης ὕλης καὶ περιστάσεως βουλόμεθα τηρῆσαι τὸ κατὰ φύσιν, δῆλον ὅτι ἐν παντὶ στοχαστέον τοῦ μήτε τὸ ἀκόλουθον ἡμᾶς ἐκφυγεῖν, μήτε παραδέξασθαι τὸ μαχόμενον. Πρῶτον οὖν ἐπὶ τῆς θεωρίας γυμνάζουσιν ἡμᾶς οἱ φιλόσοφοι, ὅπου ῥᾷον· εἶτα οὕτως ἐπὶ τὰ χαλεπώτερα ἄγουσιν· ἐνταῦθα γὰρ οὐδέν ἐστι τὸ ἀνθέλκον, ὡς πρὸς τὸ ἀκολουθῆσαι τοῖς διδασκομένοις· ἐπὶ δὲ τῶν βιωτικῶν, πολλὰ τὰ

I 3   περι-

CAP. XXVI.

Quæ sit vitæ lex.

Cum hypotheticas argumentationes prælegeret, ait: Est etiam hæc lex hypothetica, ut id admittatur quod hypothesi sit consentaneum: est autem multo potior Vitæ lex hæc, ut id agamus quod Naturæ sit consentaneum. Nam si in quavis materia & quavis occasione id tenere volumus, quod secundum Naturam est; adparet, in omni re operam esse dandam, ut neque id quod consequens est nos effugiat, neque aliquid repugnans admittamus. Primum igitur in contemplatione nos exercent philosuphi, id quod facilius est; & deinde demum ad difficiliora nos perducunt: ibi enim nihil est quod renititur, quo minus ea sequamur quæ docentur; in vitæ autem

4 περισπῶντα. γελοῖος οὖν ὁ λέγων, πρῶτον βούλεσθαι ἀπ' ἐκείνων· οὐ γὰρ ῥᾴδιον ἄρχεσθαι
5 ἀπὸ τῶν χαλεπωτέρων. καὶ τοῦτον ἀπολογισμὸν
ἔδει φέρειν πρὸς τοὺς γονεῖς, τοὺς ἀγανακτοῦν-
τας ἐπὶ τῷ φιλοσοφεῖν τὰ τέκνα· Οὐκοῦν ἁμαρτάνω, πάτερ, καὶ οὐκ οἶδα τὸ ἐπιβάλλον ἐμαυτῷ καὶ προσῆκον; εἰ μὲν οὐδὲ μαθητόν ἐστιν,
οὐδὲ διδακτὸν, τί μοι ἐγκαλεῖς; εἰ δὲ διδακτὸν, δίδασκε· εἰ δὲ σὺ μὴ δύνασαι, ἄφες με
6 μαθεῖν παρὰ τῶν λεγόντων εἰδέναι. Ἐπεὶ τί δοκεῖς; ὅτι θέλων περιπίπτω κακῷ, καὶ ἀποτυγχάνω τοῦ ἀγαθοῦ; Μὴ γένοιτο. Τί οὖν ἐστι
7 τὸ αἴτιον τοῦ ἁμαρτάνειν με; Ἡ ἄγνοια. Οὐ
θέλεις οὖν ἀποθῶμαι τὴν ἄγνοιαν; τίνα πώποτε
ὀργὴ ἐδίδαξε τὰ κυβερνητικὰ, τὰ μουσικά; τὰ
βιωτικὰ οὖν διὰ τὴν ὀργήν σοι δοκεῖς ὅτι μα-
θήσομαι;

Ταῦτα

autem ratione multa sunt, quæ huc atque illuc distrahant. Ridiculus igitur est qui ait, se ab his velle capere initium: neque enim facile est a difficilioribus auspicari. Et hæc defensio ad parentes erat adferenda, qui moleste ferunt, liberos suos philosophari: Ergo pecco, pater, & ignoro quod mihi conveniat, quodque meum sit officium? quod si igitur neque disci potest, neque doceri; quid me accusas? sin doceri potest; doce: quod si tu non potes; sine ab iis discam, qui se scire profitentur. Nam quid putas? me volentem in malum incidere; & frustrari bono? Absit. Quæ igitur mihi peccandi caussa est? Ignorantia. Non vis igitur me deponere ignorantiam? Quem umquam ira docuit gubernandi artem? quem musicam? vivendi igitur artem putas fore, ut tua me ira doceat?

Hæc

Ταῦτα ἐκείνῳ μόνῳ λέγειν ἔξεστι, τῷ τὴν τοι- 8
αύτην ἐπιβολὴν ἐνηνοχότι. Εἰ δέ τις μόνον ἐπιδεί- 9
κνυσθαι θέλων ἐν συμποσίῳ, ὅτι οἶδε τοὺς ὑποθετικούς, ἀναγινώσκει ταῦτα, καὶ προσέρχεται
τοῖς φιλοσόφοις· οὗτος ἄλλο τι πράσσει, ἢ ἵνα
αὐτὸν συγκλητικὸς παρακατακείμενος θαυμάσῃ;
Ἐκεῖ γὰρ τῷ ὄντι αἱ μεγάλαι ὗλαι εἰσί· καὶ οἱ 10
ἐνθάδε πλοῦτοι, ἐκεῖ παίγνια δοκοῦσι. διὰ τοῦτο ἐκεῖ δύσκολον κρατῆσαι τῶν αὑτοῦ φαντασιῶν,
ὅπου τὰ ἐκσείοντα μεγάλα. Ἐγώ τινα οἶδα 11
κλαίοντα, Ἐπαφροδίτου τῶν γονάτων ἁπτόμενον, καὶ λέγοντα ταλαιπωρεῖν, ἀπολελεῖφθαι
γὰρ αὐτῷ μηδὲν, εἰ μὴ ἑκατὸν πεντήκοντα μυ-
ριάδας. Τί οὖν ὁ Ἐπαφρόδιτος; κατεγέλασεν, 12
ὡς ἡμεῖς; Οὔ. ἀλλ' ἐπιθαυμάσας λέγει, Τάλας,
πῶς οὖν ἐσιώπας; πῶς ἐκαρτέρεις;

I 4   Κράξας

Hæc vero nonnisi ei licet dicere, qui tale animi propositum secum tulit. Si quis autem, ut in convivio duntaxat ostentet, scire se rationes hypotheticas, ista legit, & philosophos accedit: is quid aliud agit, nisi ut senator aliquis mensæ juxta eum adcumbens ipsum admiretur? Nam illic revera magnæ sunt materiæ: & hujus loci divitiæ illic pro ludicris habentur. Quapropter ibi difficile est imperare suis visis, ubi, quæ de potestate mentis dejicere nos possunt, magna sunt. Ego novi non-neminem, qui plorans, & Epaphroditi genua amplexans, se miserum esse diceret, quod sibi nihil nisi sexagies esset reliquum. Quid ergo Epaphroditus? derisitne hominem, ut nos? Immo miratus: O te miserum! inquit, quo pacto igitur tacuisti? quo pacto tolerasti?

Cum

13 Κράξας δὲ τὸν ἀναγινώσκοντα τοὺς ὑποθετικοὺς, καὶ γελάσαντες τοῦ ὑποθεμένου αὐτῷ τὴν ἀνάγνωσιν, Σεαυτοῦ, ἔφη, καταγελᾷς· σὺ προγύμνασας τὸν νεανίσκον, οὐδ' ἔγνως, εἰ δύναται τούτοις παρακολουθεῖν. Ἀλλ' ὡς ἀναγνώστῃ

14 αὐτῷ χρῷ; Τί οὖν, ἔφη, τῷ [μὴ] δυναμένῳ διανοίᾳ συμπεπλεγμένου ἐπικρίσει παρακολουθεῖν, ἔπαινον πιστεύομεν, ψόγον πιστεύομεν, ἐπίκρισιν περὶ τῶν καλῶς ἢ κακῶς γινομένων; κἄν τινα κακῶς λέγῃ, οὗτος ἐπιστρέφεται; κἂν ἐπαινῇ τινα, ἐπαίρεται, ἐν τοῖς οὕτω μικροῖς ὁ μὴ

15 εὑρίσκων τὸ ἑξῆς; Αὕτη οὖν ἀρχὴ τοῦ φιλοσοφεῖν, αἴσθησις τοῦ ἰδίου ἡγεμονικοῦ, πῶς ἔχει· μετὰ γὰρ τὸ γνῶναι ὅτι ἀσθενῶς, οὐκ ἔτι θε-

16 λήσει χρῆσθαι αὐτῷ πρὸς τὰ μέγιστα. Νῦν δὲ μὴ δυνάμενοί τινες τὸν ψωμὸν καταπίνειν, συντάξεις ἀγοράζοντες ἐπιβάλλονται ἐσθίειν. διὰ τοῦτο

Cum autem eum qui hypothetica pronuntiata legebat, vocasset: eumque is qui legendi munus illi mandarat, derideret; Teipsum, inquit, derides; non præparasti adolescentem, nec explorasti, an ista possit ratione adsequi. At eo ut anagnoste uteris? Quid igitur, inquit, ingenio, quod complexi syllogismi judicium [non] queat adsequi, laudationem credimus, reprehensionem credimus, judiciumque ferendum de recte aut perperam factis? quod si quem vituperat, hic curabit? extolletur vero, si quem laudat homo qui in rebus tam minutis consequentia non cernit? Hoc igitur est philosophandi principium, ut animadvertat homo, mens & ratio sua quo pacto sit adfecta: nam ejus imbecillitate cognita, ea posthac uti non volet ad res maximas. Nunc cum nonnulli deglutire buccellam non possint, volumina emunt, easque devorare conantur: Unde fit, ut aut revomant, aut

τοῦτο ἐμοῦσιν, ἢ ἀπεπτοῦσιν· εἶτα στρέφοι, καὶ
κατάῤῥοιαι, καὶ πυρετοί. ἔδει δ' ἐφιστάνειν, εἰ
δύνανται. 'Αλλ' ἐν μὲν θεωρίᾳ ῥᾴδιον ἐξελίγ- 17
ξαι τὸν οὐκ εἰδότα· ἐν δὲ τοῖς κατὰ τὸν βίον,
οὔτε παρέχει ἑαυτόν τις ἐλέγχῳ, τόν τ' ἐξελίγ-
ξαντα μισοῦμεν. ὁ δὲ Σωκράτης ἔλεγεν, ἀνεξέ- 18
ταστον βίον μὴ ζῆν.

ΚΕΦ. κζ'.

Ποσαχῶς αἱ φαντασίαι γίνονται· καὶ τίνα πρόχειρα
πρὸς αὐτὰς βοηθήματα παρασκευαστέον.

Τετραχῶς αἱ φαντασίαι γίνονται ἡμῖν· ἢ γάρ,
ὡς ἔστι τινὰ, οὕτω φαίνεται· ἢ οὐκ ὄντα, οὐδὲ φαίνεται ὅτι ἐστίν· ἢ ἔστι, καὶ οὐ φαίνεται· ἢ
οὐκ ἔστι, καὶ φαίνεται. Λοιπὸν, ἐν πᾶσι τούτοις 2

I 5

εὐστο-

aut cruditate laborent: inde vitæ autem actionibus, nevertigines, fluxiones & que se quisquam coarguenfebres oriuntur. His con dum exhibet, & eum qui
fiderandum erat, quid pof coarguit odimus. Socrafent. Verum in contem tes autem dixit, vitam in
platione quidem facile eſt quam non inquiritur non
coarguere ignorantem: in eſſe vitalem.

C A P. XXVII.

Quotuplicia fint Vifa: & quæ adjumenta adverfus
ea comparanda fint?

Quatruplicia funt vifa, quæ dentur; aut non funt, nec
nobis accidunt: aut enim eſſe videntur; aut funt, &
funt res tales, quales vi non eſſe videntur; aut non
funt,

εὐστοχεῖν, ἔργον ἐστὶ τοῦ πεπαιδευμένου. Ὅ τι δ᾽ ἂν ᾖ τὸ θλῖβον, ἐκείνῳ δεῖ προσάγειν τὴν βοήθειαν· εἰ σοφίσματα ἡμᾶς Πυῤῥώνεια καὶ Ἀκαδημαϊκὰ τὰ θλίβοντά ἐστιν, ἐκείνοις προσάγωμεν
3 τὴν βοήθειαν. εἰ αἱ τῶν πραγμάτων πιθανότητες, κατ᾽ ἃς φαίνεταί τινα ἀγαθὰ, οὐκ ὄντα, ἐκεῖ τὴν βοήθειαν ζητῶμεν· εἰ ἔθος ἐστὶ τὸ θλῖβον, πρὸς
4 ἐκεῖνο τὴν βοήθειαν ἀνευρίσκειν πειρατέον. Τί οὖν πρὸς ἔθος ἐστὶν εὑρίσκειν βοήθημα; Τὸ ἐναντίον ἔθος.
5 Ἀκούεις τῶν ἰδιωτῶν λεγόντων· Τάλας ·ἐκεῖνος ἀπέθανεν· ἀπώλετο ὁ πατὴρ αὐτοῦ, ἡ μήτηρ·
6 ἐξεκόπη, ἀλλὰ καὶ ἄωρος, καὶ ἐπὶ ξένης. Ἄκουσον τῶν ἐναντίων λόγων· ἀπόσπασον σεαυτὸν τούτων ·τῶν φωνῶν· ἀντίθες τῷ ἔθει τὸ ἐναντίον ἔθος. πρὸς τοὺς σοφιστικοὺς λόγους τὰ λογικὰ, καὶ τὴν ἐν τούτοις γυμνασίαν καὶ ·τριβὴν· πρὸς τὰς τῶν πραγμάτων πιθανότητας, τὰς
ἐναρ

sunt, & esse videntur. In his igitur omnibus scopum attingere, munus est hominis eruditi. Quidquid autem nos presserit, ei adferendum erit remedium: si captiones nos Pyrrhoniæ & Academicæ presserint, adversus illas auxilia adhibeamus: si rerum probabilitates, quibus fit ut nonnulla, quæ bona non sunt, in bonis esse videantur; ei parti suppetias quæramus: si consuetudo erit quæ premat, danda erit opera, ut adversus hanc ·auxilium inveniamus. Quod igitur contra consuetudinem adjumentum invenietur? Contraria consuetudo. Vulgo dici audis: Miser ille mortuus est; periit pater ejus atque mater; sublatus est e medio, atque etiam immatura ætate, & peregre. Audi contrarias rationes; avelle te ab istis vocibus; oppone consuetudini contrariam consuetudinem. Adversus captiosas conclusiunculas adhibenda est disserendi ars, ejusque exercitatio & usus. Contra rerum

ἐναργεῖς προλήψεις ἐσμηγμένας καὶ προχείρους
ἔχειν δεῖ.

Ὅταν θάνατος φαίνηται κακὸν, πρόχειρον 7
ἔχειν, ὅτι τὰ κακὰ ἐκκλίνειν καθήκει, καὶ ἀναγκαῖον ὁ θάνατος. Τί γὰρ ποιήσω; ποῦ γὰρ αὐτὸν
φύγω; Ἔστω ἐμὲ μὴ εἶναι Σαρπηδόνα, τὸν τοῦ 8
Διὸς, ἵν' οὕτω γενναίως εἴπω· Ἀπελθὼν ἢ αὐτὸς
ἀριστεῦσαι θέλω, ἢ ἄλλῳ παρασχεῖν ἀφορμὴν
τοῦ ἀριστεῦσαι· εἰ μὴ δύναμαι κατορθῶσαί τι αὐτὸς, οὐ φθονήτω ἄλλῳ τοῦ ποιῆσαί τι γενναῖον.
ἔστω ταῦτα ὑπὲρ ἡμᾶς· ἐκεῖνο οὐ πίπτει εἰς ἡμᾶς; 9
καὶ ποῦ φύγω τὸν θάνατον; μηνύσατέ μοι τὴν
χώραν· μηνύσατε ἀνθρώπους εἰς οὓς ἀπέλθω, εἰς
οὓς οὐ παραβάλλει. μηνύσατε ἐπαοιδήν· εἰ μὴ
ἔχω, τί με θέλετε ποιεῖν; Οὐ δύναμαι τὸν θά- 10
νατον ἀποφυγεῖν· τὸ φοβεῖσθαι αὐτὸν μὴ ἀποφύ-
γω; ἀλλ' ἀποθάνω πενθῶν καὶ τρέμων; Λύπη
γὰρ

rum probabilitatem, evi-
dentes animi anticipatio-
nes, expolitas & promtas
habere oportet.

Quod si malam videtur
mors, in promtu habere
expedit, mala declinanda
esse, mortem autem esse
necessariam. Quid ergo
faciam? qui eam fugiam?
Ut non sim ego Sarpedon,
Jovis filius, qui fortia illa
verba fundam: „Abibo, &
„aut ipse rem bene gerere
„velim, aut alteri occasio-
„nem rei bene gerendæ
„dabo: si ipse rem feliciter
„gerere non potero; alteri
„non invidebo præclari fa-
„cinoris gloriam.“ Si hoc
supra nos est; illud idcirco
non in nos cadit? Et quo
me recipiam, ut mortem
effugiam? ostendite mihi
locum! ostendite homines
ad quos me conferam; ad
quos non perveniat! ostendite incantationem! Si
non habeo, quid me voltis
facere? Non possum effu-
gere mortem: metum mor-
tis effugere non potero?
sed moriar lugens & tre-
mens? Hic enim pertur-
batio-

γὰρ γένεσις πάθους, θέλειν τι, καὶ μὴ γίνε-
11 σθαι. Ἔνθεν ἂν μὲν δύναμαι τὰ ἐκτὸς μετατιθέ-
ναι πρὸς τὴν βούλησιν τὴν ἐμαυτοῦ, μετατίθημι·
εἰ δὲ μή, τὸν ἐμποδίζοντα ἐκτυφλῶσαι θέλω.
12 Πέφυκε γὰρ ὁ ἄνθρωπος, μὴ ὑπομένειν ἀφαι-
ρεῖσθαι τοῦ ἀγαθοῦ, μὴ ὑπομένειν περιπίπτειν
13 τῷ κακῷ. εἶτα τὸ τελευταῖον· ὅταν μήτε τὰ
πράγματα μεταθεῖναι δυνηθῶ, μήτε τὸν ἐμποδίζοντα ἐκτυφλῶσαι, κάθημαι καὶ στένω, καὶ ὃν
δύναμαι λοιδορῶ, τὸν Δία καὶ τοὺς Θεοὺς τοὺς
ἄλλους· εἰ γὰρ μὴ ἐπιστρέφονταί μου, τί ἐμοὶ
14 καὶ αὐτοῖς; Ναί· ἀλλ' ἀσεββὴς ἔσῃ. Τί οὖν μοι
χεῖρον ἔσται, ὧν ἐστί μοι νῦν; Τὸ σύνολον·
ἐκείνου μεμνῆσθαι, ὅτι ἐὰν μὴ ἐν τῷ αὐτῷ ᾖ τὸ
εὐσεβὲς καὶ συμφέρον, οὐ δύναται σωθῆναι τὸ
εὐσεβὲς ἔν τινι. Ταῦτα οὐ δοκεῖ ἐπάγοντα;

Ἔρχεσθαι

bationis ortus est, velle aliquid, atque id non fieri. Proinde, fi res externas ad meam voluntatem transferre poffum, transfero: fin minus, eum qui me impedit, excæcare volo. Sic enim naturâ comparatus est homo, ut non patiatur eripi fibi bonum, non patiatur incidere in malum. Denique, fi neque res transferre queo, neque eum excæcare, qui me impedit; fedeo gemens, &, quemcunque poffum, maledictis lacero; ipfum adeo Jovem, & deos cæteros: nam fi me non curant; quid mihi rei cum illis eft? Itane? at impius eris! Quid ergo mihi tum pejus erit, quam nunc eft? Illud enim omnino meminiffe oportet; nifi in eadem re & pietas & utilitas collocetur, non poffe in homine pietatem confervari. Hæc non videntur effe neceffaria?

Veniat

Ἐρχέσθω καὶ ἀπαντάτω Πυῤῥώνειος καὶ Ἀκα- 15
δημαϊκός. ἐγὼ μὲν γὰρ, τὸ ἐμὸν μέρος, οὐκ ἄγω
σχολὴν πρὸς ταῦτα, οὐδὲ δύναμαι συνηγορῆσαι
τῇ συνηθείᾳ. εἰ καὶ περὶ ἀγριδίου πραγμάτων 16
εἶχον, ἄλλον ἂν παρεκάλεσα τὸν συνηγορήσοντα;
Τίνι οὖν ἀρκοῦμαι; Τῷ κατὰ τὸν τόπον. Πῶς 17
μὲν αἴσθησις γίνεται, πότερον δι' ὅλων, ἢ ἀπὸ
μέρους, ἴσως οὐκ οἶδα ἀπολογίσασθαι· ταράτ-
σει δέ με ἀμφότερα. ὅτι δ' ἐγὼ καὶ σὺ οὐκ
ἐσμὲν οἱ αὐτοὶ, λίαν ἀκριβῶς οἶδα. Πόθεν τοῦ- 18
το; Οὐδέποτε καταπίνειν τι θέλων, ἐκεῖ φέρω
τὸν ψωμὸν, ἀλλ' ᾧδε· οὐδέποτ' ἄρτον θέλων
λαβεῖν, τὸ σάρον ἔλαβον, ἀλλ' ἀεὶ ἐπὶ τὸν ἄρτον ἔρχομαι, ὡς πρὸς σκοπόν. Ὑμεῖς δ' αὐτοὶ, 19
οἱ τὰς αἰσθήσεις ἀναιροῦντες, ἄλλο τι ποιεῖτε;
Τίς ὑμῶν εἰς βαλανεῖον ἀπελθεῖν θέλων, εἰς μυ-
λῶνα ἀπῆλθε; Τί οὖν; οὐ δεῖ κατὰ δύναμιν 20
καὶ

Veniat & refragetur Pyrrhonius & Academicus. Equidem quod ad me adtinet, ad ista non satis otii habeo, neque patrocinari possum consuetudini. Quod si mihi vel de agello negotium esset, alium patronum advocarem? Quonam ergo contentus sum? Eo qui ad locum illum pertinet. Quo pacto quidem sensus fiat, utrum per totum corpus sit susus, an a parte aliqua exsistat, rationem fortasse reddere non possum; nam utraque opinio me conturbat: me autem & te non esse eosdem, certo utique scio. Unde hoc? Numquam, cum aliquid deglutire volo, isthuc fero bolum, sed huc: neque umquam, panem sumturus, scopas prehendi; sed semper ad panem, quo tendo, accedo. Vos autem ipsi, qui sensus tollitis, namquid aliud agitis? Quis vestrum, balneum ingressurus, in pistrinum abiit? Quid ergo? non pro virili
&

καὶ τούτων ἀντέχεσθαι, τοῦ τηρῆσαι τὴν συνή-
θειαν, τοῦ πεφράχθαι πρὸς τὰ κατ' αὐτῆς;
21 Καὶ τίς ἀντιλέγει; Ἀλλὰ τὸν δυνάμενον, τὸν
σχολάζοντα· τὸν δὲ τρέμοντα, καὶ ταρασσόμε-
νον, καὶ ῥηγνύμενον ἔσωθεν τὴν καρδίαν, ἄλλῳ
τινὶ δεῖ προσευκαιρεῖν.

ΚΕΦ. κη'.

Ὅτι οὐ δεῖ χαλεπαίνειν ἀνθρώποις· καὶ τίνα τὰ
μικρὰ καὶ μεγάλα ἐν ἀνθρώποις.

Τί ἐστιν αἴτιον τοῦ συγκατατίθεσθαί τινι; Τὸ φαί-
2 νεσθαι ὅτι ὑπάρχει. Τῷ οὖν φαινομένῳ ὅτι οὐχ
ὑπάρχει συγκατατίθεσθαι οὐχ οἷόν τε. Διὰ
τί; Ὅτι ἡ φύσις αὕτη ἐστὶ τῆς διανοίας, τοῖς μὲν
ἀληθέσιν ἐπινεύειν, τοῖς δὲ ψευδέσι δυσαρεστεῖν,
πρὸς

& his opera danda est, ut teneatur veritas, ut muniti simus adversus ea quæ contra ipsam adferuntur? Et quis negat? Sed his operam dare oportet eum qui potest, & cui otium est: at qui tremit ac perturbatur, & cui cor intus rumpitur, is rectius alii cuipiam rei vacabit.

CAP. XXVIII.

Non irascendum esse hominibus: Et quæ magna, quæ parva sint in rebus humanis.

Quænam est caussa cur adsentiamur alicui rei? Quia nobis videtur res ita esse. Quod igitur non esse nobis videtur, ei ut adsentiamur, fieri non potest. Quamobrem? Quia hæc natura est mentis, ut ad vera inclinet, falsa aversetur, in incertis cohibeat adsensum.

Hujus

πρὸς δὲ τὰ ἄδηλα ἐπέχειν. Τίς τούτου πίστις; 3
Πάθε, εἰ δύνασαι, νῦν, ἔτι νύξ ἐστιν. Οὐχ
οἶόν τε. Ἀπόπαθε ὅτι ἡμέρα ἐστίν. Οὐχ οἶόν
τε. Πάθε ἢ ἀπόπαθε ἀπὸ τοῦ ἀρτίους εἶναι
τοὺς ἀστέρας. Οὐχ οἶόν τε. Ὅταν οὖν τις συγ- 4
κατατίθηται τῷ ψεύδει, ἴσθι ὅτι οὐκ ἤθελε
ψεύδει συγκατατίθεσθαι· πᾶσα γὰρ ψυχὴ
ἄκουσα στερεῖται τῆς ἀληθείας, ὡς λέγει Πλά-
των· ἀλλὰ ἔδοξεν αὐτῷ τὸ ψεῦδος, ἀληθές.
Ἄγε, ἐπὶ δὲ τῶν πράξεων τί ἔχομεν τοιοῦτον, 5
οἷον ἐνθάδε τὸ ἀληθὲς ἢ τὸ ψεῦδος; Τὸ καθῆκον
καὶ παρὰ τὸ καθῆκον, τὸ συμφέρον καὶ τὸ ἀσύμφορον, τὸ κατ' ἐμὲ καὶ οὐ κατ' ἐμὲ, καὶ ὅσα
τούτοις ὅμοια. Δύναται οὖν τις δοκεῖν μὲν ἔτι 6
συμφέρει αὐτῷ, μὴ αἱρεῖσθαι δ' αὐτό; Οὐ δύνα-
ται. Πῶς ἡ λέγουσα;   7

Καὶ

Hujus rei quod argumentum est? Persuade tibi, si potes, nunc, esse noctem. Fieri non potest. Persuade tibi, non esse diem. Fieri non potest. Persuade tibi, stellas pares esse, aut esse impares. Fieri non potest. Si quis igitur mendacio adsentitur, scito, eum adsentiri mendacio non voluisse; (Omnia enim mens, ut Plato dicit, Invita privatur veritate:) sed quod falsum est, id ei visum erat verum. Age, in actionibus quidnam habemus tale, quale hic est veritas vel mendacium? Officium, & ejus contrarium; utile, atque inutile; meæ personæ conveniens, & non conveniens; & quæ ejusdem sunt generis. Potest-ne igitur aliquis id, quod sibi expedire putet, non sequi? Nemo potest. Quo pacto autem illa dicit?

Scio

Καὶ μανθάνω μὲν οἷα δρᾶν μέλλω κακά·
Θυμὸς δὲ κρείσσων τῶν ἐμῶν βουλευμάτων.

Ὅτι αὐτὸ τοῦτο, τὸ θυμῷ χαρίσασθαι καὶ τι-
μωρήσασθαι τὸν ἄνδρα, συμφορώτερον ἡγεῖτο
8 τοῦ σῶσαι τὰ τέκνα; Ναί. ἀλλ' ἐξηπάτηται.
Δεῖξον αὐτῇ ἐναργῶς, ὅτι ἐξηπάτηται, καὶ οὐ
ποιήσει· μέχρι δ' ἂν οὐ μὴ δεικνύῃς, τίνι ἔχει
9 ἀκολουθῆσαι ἢ τῷ φαινομένῳ; Οὐδενί. Τί οὖν
χαλεπαίνεις αὐτῇ, ὅτι πεπλάνηται ἡ ταλαίπω-
ρος περὶ τῶν μεγίστων, καὶ ἔχις ἀντὶ ἀνθρώπου γέγονεν; οὐχὶ δ', εἴπερ ἄρα, μᾶλλον ἐλεεῖς,
ὡς τοὺς τυφλοὺς ἐλεοῦμεν, ὡς τοὺς χωλοὺς, οὕτω καὶ τὰς τὰ κυριώτατα τετυφλωμένους καὶ
ἀποκεχωλωμένους;

10   Ὅστις οὖν τούτου μέμνηται καθαρῶς, ὅτι ἀνθρώπῳ μέτρον πάσης πράξεως τὸ φαινόμενον·
(λοι-

*Scio quidem quæ mala sum
factura:
sed ira superior meis con-
siliis.*
Quoniam illud ipsum, in-
dulgere iracundiæ, & ul-
cisci injuriam a marito sibi
illatam, conducibilius exi-
stimavit, quam liberos conservare. Sane: sed dece-
pta est. Perspicue ei ostendito, esse deceptam; &
non faciet: quoad autem
id non demonstraveris,
quid habet quod sequatur,
nisi id quod ei visum fuerit? Nihil. Cur igitur ei
succenses, quod decepta est
misera in rebus maximis,
& pro homine vipera est
facta? Cur non (si modo
fas est) potius commise-
raris, quemadmodum cæ-
cos commiseramur, quem-
admodum claudos, sic hos
qui præcipua sui parte cæ-
cutiunt & claudicant.

Quisquis itaque hoc
probe meminerit, homini
mensuram omnium actio-
num esse suam cujusque
opinio-

(λοιπὸν, ἢ καλῶς φαίνεται, ἢ κακῶς· εἰ καλῶς, ἀνέγκλητός ἐστιν· εἰ κακῶς, αὐτὸς ἐζημίωται· οὐ δύναται γὰρ ἄλλος μὲν εἶναι ὁ πεπλανημένος, ἄλλος δ' ὁ βλαπτόμενος·) οὐδενὶ ὀργισθήσεται, οὐδενὶ χαλεπανεῖ, οὐδένα λοιδορήσει, οὐδένα μέμψεται, οὐ μισήσει, οὐ προσκόψει οὐδενί. Ὥστε 11 καὶ τὰ οὕτω μεγάλα καὶ δεινὰ ἔργα, ταύτην ἔχει τὴν ἀρχήν, τὸ φαινόμενον; Ταύτην, οὐδ' ἄλλην. Ἡ Ἰλιὰς οὐδέν ἐστιν, ἢ φαντασία, καὶ 12 χρῆσις φαντασιῶν. Ἐφάνη τῷ Ἀλεξάνδρῳ, ἀπάγειν τοῦ Μενελάου τὴν γυναῖκα· ἐφάνη τῇ Ἑλένῃ, ἀκολουθῆσαι αὐτῷ. Εἰ οὖν ἐφάνη τῷ Μενελάῳ 13 παθεῖν, ὅτι κέρδος ἐστὶ τοιαύτης γυναικὸς στερηθῆναι, τί ἂν ἐγένετο; Ἀπολώλει ἡ Ἰλιὰς οὐ μόνον, ἀλλὰ καὶ ἡ Ὀδύσσεια. Ἐκ τοιούτου οὖν 14 μικροῦ πράγματος ἤρτηται τὰ τηλικαῦτα; Τίνα δὲ καὶ λέγεις τὰ τηλικαῦτα; Πολέμους, καὶ στάσεις, καὶ ἀπωλείας πολλῶν ἀνθρώπων, καὶ κατα-

opinionem; (ſeu tandem bona illa fuerit, ſive mala: ſi bona, crimine caret; ſi mala, ipſe pœnam ſuſtinet: neque enim poteſt alius decipi, alius damno adfici;) nemini is iraſcetur, nemini ſuccenſebit, nemini conviciabitur, de nemine conqueretur. oſurus eſt neminem, nemini erit infenſus. Ergo & iſta tam ingentia & atrocia facinora pendeant ab iſto opinionis principio? Ab iſto, non ab alio. Ilias nihil aliud eſt, niſi viſum, & uſus viſorum. Viſum erat Alexandro, Menelai uxorem abducere: viſum erat Helenæ, eum ſequi. Quod ſi Menelao viſum eſſet perſuaderi, expedire ſibi tali carere muliere; quidnam accidiſſet? Peritura fuerat non Ilias modo, ſed & Odyſſea. Ergo a tam parva re; res tantæ pendent? Quas vero res tantas ais? Bella, & ſeditiones, & mul-

κατασκαφὰς πόλεων; Καὶ τί μέγα ἔχει ταῦτα;
15 Οὐδέν; Τί δ' ἔχει μέγα, πολλοὺς βοῦς ἀποθανεῖν, καὶ πολλὰ πρόβατα, καὶ πολλὰς καλιὰς
χελιδόνων ἢ πελαργῶν ἐμπρησθῆναι ἢ κατασκα-
16 φῆναι; Ὅμοια οὖν ἐστι ταῦτα ἐκείνοις; Ὁμοιό-
τατα. σώματα ἀπώλετο ἀνθρώπων· καὶ βοῶν
καὶ προβάτων. οἰκημάτια ἐνεπρήσθη ἀνθρώπων·
17 καὶ πελαργῶν νεοσσιαί. τί μέγα, ἢ δεινόν; ἢ
δεῖξόν μοι, τί διαφέρει οἰκία ἀνθρώπου, καὶ
νεοσσιὰ πελαργοῦ, ὡς οἴκησις· πλὴν ὅτι ὁ μὲν ἐκ
δοκῶν καὶ κεραμίδων καὶ πλίνθων οἰκοδομεῖται τὰ
18 οἰκίδια, ἡ δ' ἐκ ῥάβδων καὶ πηλοῦ. Ὅμοιον οὖν
ἐστι πελαργὸς καὶ ἄνθρωπος; τί λέγεις; Κατὰ
τὸ σῶμα ὁμοιότατον.

19   Οὐδὲν οὖν διαφέρει ἄνθρωπος πελαργοῦ; Μὴ
γένοιτο· ἀλλὰ τούτοις οὐ διαφέρει. Τίνι οὖν διαφέρει;
Ζήτει,

multorum mortalium interitum, & urbium exscidia. Et quid ista magni habent? Nihil-ne? Quid vero magni habet multorum boum multarumque ovium interitus? quid si multarum hirundinum aut ciconiarum nidi, sive incendio, sive eversione destruantur? Similia ergo illis hæc sunt? Simillima. Corpora perierunt hominum; & boum, & ovium. Domunculæ incensæ sunt hominum; & ciconiarum nidi. Quid hoc magni · aut atrocitatis habet? Aut ostende mihi, quid inter hominis domum & ciconiæ nidom, si habitationem consideres, intersit; nisi quod homo e trabibus, e tegulis & lateribus exstruat sibi domunculas, ciconia autem e virgultis & luto. Ergo similes inter se sunt ciconia & homo? quid ais? Corpus quod attinet, simillimi.

Nihil ergo differt homo a ciconia? Abfit ut hoc dicam; verum istis rebus non differt. Qua igitur re differt? Quære; & invenies,

Ζήτει, καὶ εὑρήσεις ὅτι ἄλλῳ διαφέρει. Ὅρα 20
μὴ τῷ παρακολουθεῖν οἷς ποιεῖ; ὅρα μὴ τῷ
κοινωνικῷ; μὴ τῷ πιστῷ; τῷ αἰδήμονι; τῷ
ἀσφαλεῖ; τῷ συνετῷ; Ποῦ οὖν τὸ μέγα ἐν 21
ἀνθρώποις κακὸν καὶ ἀγαθόν; Ὅπου ἡ διαφ:ρά.
ἂν σώζηται τοῦτο, καὶ περιτετειχισμένον' μένῃ,
καὶ μὴ διαφθείρηται τὸ αἰδῆμον, μηδὲ τὸ πιστὸν, μηδὲ τὸ συνετόν, τότε σώζεται καὶ αὐτός·
ἂν δ' ἀπολλύηταί τι τούτων, καὶ ἐκπολιορκῆ-
ται, τότε καὶ αὐτὸς ἀπόλλυται καὶ τὰ μεγάλα πράγματα ἐν τούτῳ ἐστίν. Ἔπταισέ, 22
φησι, μεγάλα ὁ Ἀλέξανδρος, ὅτε ἐπῆλθον οἱ
Ἕλληνες, καὶ ὅτε ἐπόρθουν τὴν Τροίαν, καὶ ὅτε
οἱ ἀδελφοὶ αὐτοῦ ἀπώλλυντο. Οὐδαμῶς· δι' ἀλ- 23
λότριον γὰρ ἔργον πταίει οὐδείς. ἀλλὰ τότε πελαργῶν νεοσσιαὶ ἐπορθοῦντο. Πταῖσμα δ' ἦν,
ὅτε ἀπώλεσε τὸν αἰδήμονα, τὸν πιστὸν, τὸν φι-
λόξενον, τὸν κόσμιον. Πότ' ἔπταισεν ὁ Ἀχιλ-
K 2 λεύς;

nies, aliâ re differre. Vide, ne differat intelligentiâ suarum actionum; vide
ne communitate vitæ, ne
fide, verecundia, cautione,
prudentia. Ubi ergo situm
est magnum hominum bo-
num & malum? Ibi scili-
cet, ubi differentia est:
hoc si servetur, & bene
undique munitum maneat,
si neque verecundia perierit, neque fides, neque
prudentia; tunc & ipse
conservatur: sin horum aliquid perierit & expugna-

tum fuerit; tunc & ipse
perit. Et in hoc res maximæ sunt positæ. Magnam,
inquiunt, cladem accepit
Alexander, cum Græci
Troiam invaserunt, cum
urbem populati sunt, cum
fratres ejus interierunt.
Nequaquam; nemo enim
ex alieno facto cladem accipit: sed tum quidem nidi
ciconiarum vastati sunt.
Illa vero clades erat, cum
verecundiam, cum fidem,
cum modestiam amisit, cum
jus hospitii violavit. Achilles

24 λεύς; Ὅτε ἀπέθανεν ὁ Πάτροκλος; Μὴ γίνοιτο. ἀλλ᾽ ὅτε ὠργίζετο, ὅτε κορασίδιον ἔκλαιεν,
ὅτ᾽ ἐπελάθετο ὅτι πάρεστιν οὐκ ἐπὶ τῷ ἐρω-

25 μένας κτᾶσθαι, ἀλλ᾽ ἐπὶ τῷ πολεμεῖν. Ταῦτ᾽
ἐστι τὰ ἀνθρωπικὰ πταίσματα, τοῦτό ἐστιν ἡ
πολιορκία, τοῦτό ἐστι κατασκαφὴ, ὅταν τὰ
δόγματα τὰ ὀρθὰ καθαιρῆται, ὅταν ἐκεῖνα
διαφθείρηται.

26 Ὅταν οὖν γυναῖκες ἄγωνται, καὶ παιδία αἰχ-
μαλωτίζηται, καὶ ὅταν αὐτοὶ κατασφάζωνται,

27 ταῦτα οὐκ ἔστι κακά; Πόθεν οὖν τοῦτο προσ-
δοξάζεις; κἀμὲ δίδαξον. Οὔ· ἀλλὰ πόθεν σὺ

28 λέγεις, ὅτι οὐκ ἔστι κακά; Ἔλθωμεν ἐπὶ τοὺς
κανόνας· Φέρε τὰς προλήψεις. διὰ τοῦτο γὰρ
οὐκ ἔστιν ἱκανῶς θαυμάσαι τὸ γινόμενον. ὅπου
βάρη κρῖναι θέλομεν, οὐκ εἰκῇ κρίνομεν· ὅπου

29 τὰ εὐθέα καὶ στρεβλά, οὐκ εἰκῇ. ἁπλῶς ὅπου

δια-

les quando accepit cladem? Cum occubuit Patroclus? Nequaquam; sed cum irascebatur, cum ob puellam plorabat, cum obliviscebatur se adesse non ad parandas amicas, sed gerendi belli caussa. Hæ sunt humanæ clades; hæc est oppugnatio; hoc est excidium; cum recta decreta evertuntur, cum illa corrumpuntur.

Ergo-ne cum mulieres abducuntur & liberi in servitutem rediguntur, ac ipsi jugulantur, ea mala non sunt? Unde vero istam adjungis opinionem? me hoc velim doceas. *Non meum hoc est*: immo vero tu caussam redde, quare mala non sint. Veniamus ad regulas. Prome notiones animo anticipatas. Nam quod in hoc loco fieri solet, non satis mirari licet. Ubi pondera dijudicare volumus, non temere judicamus; ubi recta & curva, non temere: omnino ubicumque no-

Πra

διαφέρει ἡμῖν γνῶναι τὸ κατὰ τὸν τόπον ἀληθές,
οὐδ᾽ ἐπ᾽ ἐμῶν οὐδεὶς οὐδὲν εἰκῇ ποιήσει. ὅπου 30
δὲ τὸ πρῶτον καὶ μόνον αἴτιόν ἐστι τοῦ κατορθοῦν ἢ ἁμαρτάνειν, τοῦ εὐροεῖν ἢ δυσροεῖν, τοῦ
ἀτυχεῖν ἢ εὐτυχεῖν, ἐνθάδε μόνον εἰκαῖοι καὶ
προπετεῖς· οὐδαμοῦ ὅμοιόν τι ζυγῷ, οὐδαμοῦ
ὅμοιόν τι κανόνι· ἀλλά τι ἐφάνη, καὶ εὐθὺς
ποιῶ τὸ φανέν. Κρείσσων γάρ εἰμι τοῦ Ἀχιλ- 31
λέως, ἢ τοῦ Ἀγαμέμνονος· ἵν᾽ ἐκεῖνοι μὲν διὰ
τὸ ἀκολουθῆσαι τοῖς φαινομένοις τοιαῦτα κακὰ
ποιήσωσι καὶ πάθωσιν· ἐμοὶ δὲ [μὴ] ἀρκῇ τὸ
φαινόμενον; Καὶ ποία τραγῳδία ἄλλην ἀρχὴν 32
ἔχει; Ἀτρεὺς Εὐριπίδου, τί ἐστι; Τὸ φαινόμενον. Οἰδίπους Σοφοκλέους τί ἐστι; Τὸ φαινόμενον. Φοῖνιξ; Τὸ φαινόμενον. Ἱππόλυτος; Τὸ
φαινόμενον. Τούτου οὖν μηδεμίαν ἐπιμέλειαν ποι- 33
K 3   ἔσθαι,

stra interesse putamus, ut in ea re, de qua agitur, verum cognoscamus; ibi numquam quisquam nostrum quidquam temere fecerit. At hoc loco, ubi prima atque unica caussa agitur recte agendi aut delinquendi, beate aut misere vivendi, prospero aut adverso rerum cursu utendi; ibi solum inconsulti & temerarii sumus: nusquam quidquam simile staterae; nusquam quidquam simile regulae: at visum est aliquid, & statim, quod visum est, facio. An ergo ego major sum Achille aut Agamemnone; ut illi quidem, quoniam sua visa secuti sunt, tanta mala fecerint & perpessi fuerint: mihi vero sufficiat id quod visum fuerit? Quae igitur tragoedia aliud principium habet? Atreus Euripidis quid est? Visum. Oedipus Sophoclis quid? Visum. Phoenix quid? Visum. Quid Hippolytus? Visum. Hujus igitur rei nullam

ῶσθαι, τίνος ὑμῖν δοκεῖ; τίνες δὲ λέγονται οἱ
παντὶ τῷ Φαινομένῳ ἀκολυθοῦντες; Μαινόμενοι.
Ἡμεῖς οὖν ἄλλό τι ποιοῦμεν;

ΚΕΦ. κθ΄.

Περὶ Εὐσταθείας.

Οὐσία τοῦ ἀγαθοῦ, προαίρεσις ποιά· τοῦ κα-
2 κοῦ, προαίρεσις ποιά. Τί οὖν τὰ ἐκτός; Ὗλαι
τῇ προαιρέσει, περὶ ἃς ἀναστρεφομένη τεύξεται
3 τοῦ ἰδίου ἀγαθοῦ ἢ κακοῦ. Πῶς τοῦ ἀγαθοῦ
τεύξεται; Ἂν τὰς ὕλας μὴ θαυμάσῃ. τὰ γὰρ
περὶ τῶν ὑλῶν δόγματα, ὀρθὰ μὲν ὄντα, ἀγα-
θὴν ποιεῖ τὴν προαίρεσιν· στρεβλὰ δὲ καὶ δι-
4 εστραμμένα, κακήν. Τοῦτον τὸν νόμον ὁ Θεὸς
τέθεικε, καὶ Φησίν· Εἴ τι ἀγαθὸν θέλεις, παρὰ
σεαυτοῦ λάβε. Σὺ λέγεις· Οὔ, ἀλλὰ παρ'
ἄλλου.

nullam habere curam, en-
jus vobis esse videtur? Quinam vero esse dicuntur,
qui quodvis sequuntur vi-
sum? Insani. Numquid er-
go nos aliud agimus?

CAP. XXIX.

De Constantia.

Essentia boni, itemque mali, in certo quodam voluntatis instituto sita est. Quid
igitur res externæ? Mate-
riæ voluntati subjectæ, in
quibus illa versata suum vel
bonum vel malum conse-
quetur. Quomodo bonum
consequetur? Si materias
non demiratus erit. Nam
decreta de materiis. recta
si fiot, bonam efficiunt voluntatem; prava & per-
versa, malam. Hanc legem
Deus posuit, & ait: Si
quid boni velis, a te ipso
pete. Tu ais: non, sed ab
alio. Minime vero; Immo
ate

ἄλλου. Μή· ἀλλὰ παρὰ σεαυτοῦ. Λοιπὸν, 5
ὅταν ἀπειλῇ ὁ τύραννος, καὶ μὲ καλῇ, λέγω,
Τίνι ἀπειλεῖς; Ἂν λέγῃ, Δήσω σε· φημὶ, ὅτι
σαῖς χερσὶν ἀπειλεῖς, καὶ τοῖς ποσίν. Ἂν λέγῃ, 6
Τραχηλοκοπήσω σε· λέγω, Τῷ τραχήλῳ ἀπειλεῖς. Ἂν λέγῃ, Εἰς φυλακήν σε βαλῶ· Ὅλῳ
τῷ σαρκιδίῳ. Κἂν ἐξορισμὸν ἀπειλῇ· τὸ αὐτό.
Σοὶ οὖν εὐδὲν ἀπειλεῖ; Εἰ πέπονθα ὅτι ταῦτα 7
οὐδέν ἐστι πρὸς ἐμέ, οὐδέν· εἰ δὲ φοβοῦμαί τι
τούτων, ἐμοὶ ἀπειλεῖ. Τίνα λοιπὸν δέδοικα; 8
τὸν τίνων ὄντα κύριον; τῶν ἐπ' ἐμοί; οὐδὲ εἷς
ἐστι. τῶν οὐκ ἐπ' ἐμοί; καὶ τί μοι αὐτῶν
μέλει;

Ὑμεῖς οὖν οἱ φιλόσοφοι διδάσκετε καταφρονεῖν 9
τῶν βασιλέων; Μὴ γένοιτο. τίς ἡμῶν διδάσκει ἀντιποιεῖσθαι πρὸς αὐτοὺς τῶν ὧν ἐκεῖνοι ἔχουσιν ἐξουσίαν; Τὰ σωμάτιον λάβε, τὴν κτῆσιν λάβε, 10

K 4

τὴν

a te ipso! Proinde, quum minitatur tyrannus, meque accersat, dico: Cui minitaris? Si dixerit, Conjiciam te in vincula: Manibus, inquam, & pedibus, minitaris. Si dixerit: Præcidam tibi cervicem: Cervici, inquam, minitaris. Si dixerit: In custodiam te conjiciam: Toti corpusculo, inquam, minitaris. Si exsilium minitetur; idem responsum dabo. Tibi ergo nihil minitatur? Si persuasum habeo, ista nihil ad me adtinere; nihil: sin quid istorum metuo; mihi minitatur. Quem demique metuo? quarum rerum dominum? Earumne, quæ in mea potestate sunt? At nullus est. An earum, quæ non sunt in me sita? At quid eas ego curo?

Vos ergo philosophi docetis contemnere reges? Minime. Quis nostrûm docet ea esse nobis vindicanda, quorum illi habent potestatem? Corpusculum cape, rem cape, famam cape,

meos

τὴν φήμην λάβε, τοὺς περὶ ἐμὲ λάβε. Ἂν
τινας τούτων ἀναπεῖσω ἀντιποιεῖσθαι, τῷ ὄντι
11 ἐγκαλείτω μοι. Ναί· ἀλλὰ καὶ τῶν δογμάτων ἄρχειν θέλω. Καὶ τίς σοι ταύτην τὴν ἐξουσίαν δίδωσι; Ποῦ δύνασαι νικῆσαι δόγμα ἀλλό-
12 τριον; Προσάγων, φησὶν, αὐτῷ φόβον, νικήσω.
Ἀγνοεῖς, ὅτι αὐτὸ αὐτὸ ἐνίκησεν, οὐχ ὑπ᾽ ἄλλου ἐνικήθη; προαίρεσιν δὲ οὐδὲν ἄλλο νικῆσαι
13 δύναται, πλὴν αὐτὴ ἑαυτήν. Διὰ τοῦτο καὶ ὁ
τοῦ Θεοῦ νόμος κράτιστός ἐστι, καὶ δικαιότατος·
14 Τὸ κρεῖσσον ἀεὶ περιγίνεσθαι τοῦ χείρονος. Κρείτ-
τονές εἰσιν οἱ δέκα τοῦ ἑνός. Πρὸς τί; Πρὸς τὸ
δῆσαι, πρὸς τὸ ἀποκτεῖναι, πρὸς τὸ ἀπαγαγεῖν
ὅπου θέλουσι, πρὸς τὸ ἀφελέσθαι τὰ ὄντα.
Νικῶσι τοίνυν οἱ δέκα τὸν ἕνα, ἐν τούτῳ ἐν ᾧ
15 κρείσσονές εἰσιν. Ἐν τίνι οὖν χείρονές εἰσιν; Ἂν
ὁ μὲν ἔχῃ δόγματα ὀρθὰ, οἱ δὲ μή. Τί οὖν; Ἐν
τούτῳ δύνανται νικῆσαι; Πόθεν; εἰ δ᾽ ἱστάμεθα
ἐπὶ

meos cape. Si quibus sua-
fero, ut hæc sibi vindicent,
verr me accusabit. Esto:
at etiam decretis tuis volo
imperare. Ecquis istam tibi
potestatem dedit? Qui potes decretum vincere alie-
num? Injecto metu, in-
quit, vincam. Ignoras, ipsum se vincere, non ab
alio esse victum? nam vo-
luntatem nihil vincere potest, nisi ipsa sese. Qua-
propter etiam lex Dei po-
tentissima est, & justissima,
qua jubet, ut, quod præ-
stantius sit, semper vin-
cat deterius. Præstantio-
res sunt deni singulis. Ad
quid? Ad vinciendum, ad
occidendum, ad abducen-
dum quocunque volent, ad
facultates eripiendas. Vincunt igitur deni unum in
eo, in quo sunt præstantio-
res. In quo igitur sunt deteriores? Si hic recta habeat decreta, illi non ha-
-beant. Quid ergo? In hoc
possunt vincere? Qui pos-
sent?

ἐπὶ ζυγοῦ, οὐκ ἔδει τὸν βαρύτερον καθελ-
κύσαι;

Σωκράτης οὖν ἵνα πάθῃ ταῦτα ὑπ' Ἀθηναίων; 16
Ἀνδράποδον, τί λέγεις τὸ Σωκράτης; ὡς ἔχει τὸ
πρᾶγμα, λέγε· Ἵν' οὖν τὸ Σωκράτους σωμάτιον
ἀπαχθῇ, καὶ συρῇ ὑπὸ τῶν ἰσχυροτέρων εἰς
δεσμωτήριον, καὶ κώνειόν τις δῷ τῷ σωματίῳ τοῦ
Σωκράτους, κἀκεῖνο ἀποψύχῃ; Ταῦτά σοι φαί- 17
νεται θαυμαστά; ταῦτα ἄδικα; ἐπὶ τούτοις
ἐγκαλεῖς τῷ Θεῷ; Οὐδὲν οὖν εἶχε Σωκράτης
ἀντὶ τούτων; Ποῦ ἦν ἡ οὐσία αὐτῷ τοῦ ἀγα- 18
θοῦ; Τίνι προσσχῶμεν; σοὶ, ἢ αὐτῷ; Καὶ τί λέγει ἐκεῖνος; Ἐμὲ δ' Ἄνυτος καὶ Μέλιτος ἀποκτεῖναι μὲν δύνανται, βλάψαι δ' οὔ. Καὶ πά-
λιν· Εἰ ταύτῃ τῷ Θεῷ φίλον, ταύτῃ γενέσθω.
Ἀλλὰ δεῖξον, ὅτι χείρονα ἔχων δόγματα, κρα- 19
τῶ τοῦ κρείττονος ἐν δόγμασιν. Οὐ δείξεις, οὐδ'

K 5   ἐγγύς

sent? at quod si in trutina ponderaremur, nonne
oporteret graviorem ver-
gere deorsum?

Siccine Igitur tractatum
esse Socratem ab Athenien-
sibus! Mancipium, quid
ais, Socratem? Uti res se
habet, ita dicito: itane
Socratis corpusculum ab-
ductum esse, & tractum a
robustioribus in carcerem!
Itane aconitum corpusculo
Socratis esse propinatum,
atque illud exanimatum esse! Hæc tibi videntur mi-
ra? hæc injusta? ob hæc
incusas Deum? Nihil igi-
tur Socrates horum loco
habuit? Ubi erat ei boni
essentia? Utrum audiamus,
te-ne an illum? Et quid
ille ait? „Me quidem Any-
tus & Melitus occidere
possunt, lædere vero non
possunt." Rursusque illud:
„Si ita Deo placet, ita fiat."
Sed ostende, ab eo qui sit
deterioribus imbutus de-
cretis vinci præstantiorem
in decretis. Non ostendes,

20

ἐγγύς. Νόμος γὰρ τῆς Φύσεως καὶ τοῦ Θεοῦ οὗτος, τὸ κρεῖσσον ἀεὶ περιγινέσθω τοῦ χείρονος.
20 Ἐν τίνι; Ἐν ᾧ κρεῖσσόν ἐστι. Σῶμα σώματος ἰσχυρότερον, οἱ πλείονες τοῦ ἑνὸς, ὁ κλέπτης τοῦ
21 μὴ κλέπτου. Διὰ τοῦτο κἀγὼ τὸν λύχνον ἀπώλεσα, ὅτι ἐν τῷ ἀγρυπνεῖν μου κρείσσων ἦν ὁ κλέπτης. ἀλλ᾽ ἐκεῖνος τοσούτου ὠνήσατο λύχνον· ἀντὶ λύχνου κλέπτης ἐγένετο, ἀντὶ λύχνου ἄπιστος, ἀντὶ λύχνου θηριώδης. Τοῦτο ἔδοξεν αὐτῷ λυσιτελεῖν.

22   Ἔστω. Ἀλλ᾽ εἴληπταί μου τις τοῦ ἱματίου, καὶ ἕλκει με εἰς τὴν ἀγοράν· εἶτα ἐπικραυγάζουσιν ἄλλοι, Φιλόσοφε, τί σε ὠφέληκε τὰ δόγματα; ἰδοὺ σύρῃ εἰς τὸ δεσμωτήριον, ἰδοὺ μελ-
23 λεις τραχηλοκοπεῖσθαι. Καὶ ποίαν ἔπραξα ἂν εἰσαγωγὴν, ἵν᾽, ἂν ἰσχυρότερος ἐπιλάβηταί μου τοῦ ἱματίου, μὴ σύρωμαι; ἵνα, ἄν με δέκα περισπάσαντες εἰς τὸ δεσμωτήριον ἐμβάλωσι, μὴ
ἐμβλη-

so multum abeſt ut oſtendas. Ea enim naturæ & Dei lex eſt, ut præſtantiora ſemper ſint ſuperiora deterioribus. Qua in re? Qua parte præſtantiora ſunt. Corpus corpore eſt robuſtius; plures, uno; fur, eo qui fur non eſt. Propterea & ego lucernam meam amiſi, quod fur me fuit vigilantior. Sed ille tanti emit lucernam, quod propter lucernam factus eſt fur, propter lucernam infidus, propter lucernam ſimilis feræ. Hoc ei viſum eſt expedire.

Eſto. At aliquis veſte me prebendit, & in forum trahit; dein alii adclamant, Philoſophe, quid te tua juvant decreta? ecce in carcerem abriperis; ecce cervix tibi præcidetur. Quam vero parare doctrinam potueram, ut, ſi me veſte prehenderit fortior, non traherer? ut ſi me decem conſtrictum in carcerem conjecerint, non conjicerer?

ἐμβληθῶ; Ἄλλο οὖν οὐδὲν ἔμαθον; Ἔμαθον, 24
ἵνα πᾶν τὸ γινόμενον ἴδω, ὅτι, ἂν ἀπροαίρετον ᾖ,
οὐδέν ἐστι πρὸς ἐμέ. Πρὸς τοῦτο οὖν οὐκ ὠφέλη- 25
σας; Τί οὖν ἐν ἄλλῳ ζητεῖς τὴν ὠφέλειαν, ἢ
ἐν ᾧ ἔμαθες; Καθήμενος λοιπὸν ἐν τῇ φυλακῇ 26
λέγω· Οὗτος ὁ ταῦτα κραυγάζων, οὔτε τοῦ
σημαινομένου ἀκούει, οὔτε τῷ λεγομένῳ παρακολουθεῖ, οὔτε ὅλως μεμέληκεν αὐτῷ εἰδέναι περὶ
τῶν φιλοσόφων τί λέγουσιν ἢ τί ποιοῦσιν. ἄφες
αὐτόν. Ἀλλ᾽, ἔξελθε πάλιν ἀπὸ τῆς φυλακῆς. 27
Εἰ μηκέτι χρείαν ἔχετέ μου ἐν τῇ φυλακῇ, ἐξέρ-
χομαι· ἂν πάλιν σχῆτε, εἰσελεύσομαι. Μέχρι 28
τίνος; Μέχρις ἂν εὖ ὁ λόγος αἱρῇ συνεῖναί με
τῷ σωματίῳ· ὅταν δὲ μὴ αἱρῇ, λάβετε αὐτὸ,
καὶ ὑγιαίνετε. Μόνον μὴ ἀλογίστως, μόνον μὴ μα- 29
λακῶς, μὴ ἐκ τῆς τυχούσης προφάσεως. πάλιν
γὰρ ὁ Θεὸς οὐ βούλεται· χρείαν γὰρ ἔχει κόσμου
τοιού-

rer? Aliud igitur nihil didici? Didici, ut quidquid fiat, fi in mea poteſtate non fit, id nihil ad me pertinere ſciam. Nonne igitur hinc utilitatem percepiſti? Quid ergo in alio quæris utilitatem, quam in quo eam eſſe didiciſti? Proinde, ſedens in cuſtodia, dicam: Hic, qui ita vociferatur, neque intelligit quid ſignificetur, neque adſequitur id quod dicitur, neque omnino ei curæ eſt ſcire quid philoſophi aut dicant aut agant: miſſum fac eum. At, rurſus exi e cuſtodia! Si mei uſus in cuſtodia porro vobis nullus eſt, egredior: ſi rurſus uſus fit, ingrediar. Quouſque? Quoad recta ratio exegerit, ut in corpore verſer: quum vero non exegerit, auferte illud, & valete. Modo ne inconſiderate hoc agamus; modo ne molliter; ne qualibet de cauſſa: rurſus enim id quidem non vult Deus: indiget enim & mundo tali,

&

τοιούτου, τῶν ἐπὶ γῆς ἀναστρεφομένων τοιούτων.
ἐὰν δὲ σημήνῃ τὸ ἀνακλητικὸν, ὡς τῷ Σωκράτει,
πείθεσθαι δεῖ τῷ σημαίνοντι, ὡς στρατηγῷ.

30   Τί οὖν; λέγειν δεῖ ταῦτα πρὸς τοὺς πολλούς;
31 Ἵνα τί; σὺ γὰρ ἀρκεῖ τὸ αὐτὸν πείθεσθαι; τοῖς
γὰρ παιδίοις, ὅταν πρεσελθόντα κροτῇ καὶ λέγῃ,
Σήμερον Σατορνάλια ἀγαθά· λέγομεν, Οὐκ
ἔστιν ἀγαθὰ ταῦτα; Οὐδαμῶς· ἀλλὰ καὶ αὐ-
32 τοὶ ἐπικροτοῦμεν. Καὶ σὺ τοίνυν, ὅταν μεταπεῖ-
σαί τινα μὴ δύνῃ, γίνωσκε ὅτι παιδίον ἐστὶ, καὶ
ἐπικρότει αὐτῷ· ἐὰν δὲ μὴ τοῦτο θέλῃ, σιώπα
λοιπόν.

33   Τούτων δεῖ μεμνῆσθαι· καὶ κληθέντα εἴς τινα
τοιαύτην περίστασιν, εἰδέναι, ὅτι ἐλήλυθεν ὁ καιρὸς
34 τοῦ ἀπεδεῖξαι εἰ πεπαιδεύμεθα. Νέῳ γὰρ ἀπὸ
σχολῆς ἀπιὼν εἰς περίστασιν ὅμοιός ἐστι τῷ με-
μελετηκότι συλλογισμοὺς ἀναλύειν. κἄν τις εὐ-
λυτον

& iis qui in mundo versentur talibus. Quod si vero signum receptui dederit, quemadmodum Socrati; parendum est ei, tamquam imperatori.

Quid ergo? dicenda sunt hæc in vulgus? Cur vero? annon satis est, tibi ipsi hoc persuasum esse? Etenim, cum ·pueri nos accedunt, & plaudentes dicunt, Hodie bona Saturnalia! respondemus · ne, non esse hæc bona? Nequaquam: sed et ipsi una plaudimus. Et tu igitur, cum aliquem a sententia deducere non potueris, scito esse puerulum, eique adplaude; quod si noluerit, quod reliquum est, taceto.

Horum meminisse oportet: & cum in hujusmodi aliquod discrimen devocatus fueris, sciendum, venisse tempus quo demonstremus utrum simus disciplinæ imbuti. Nam qui in discrimen abit, similis est adolescenti scholastico, qui sese resolvendis syllogismis exercuit: cui si quis solutu

λυτον αὐτῷ προτείνῃ, λέγει, Μᾶλλόν μοι πε-
πλεγμένον κομψῶς προτείνατε, ἵνα γυμνασθῶ.
καὶ οἱ ἀθληταὶ τοῖς κούφοις νεανίσκοις δυσαρε-
στοῦσιν· οὐ βαστάζει με, φησίν. Οὗτός ἐστιν 35
εὐφυὴς νέος. Οὔ· ἀλλὰ καλέσαντος τοῦ καιροῦ,
κλάειν δεῖ καὶ λέγειν, Ἤθελον ἔτι μανθάνειν. ·
Τίνα; εἰ ταῦτα οὐκ ἔμαθες ὥστ' ἔργῳ δεῖξαι,
πρὸς τί αὐτὰ ἔμαθες. Ἐγώ τινα οἶμαι τῶν κα- 36
θημένων ἐνταῦθα ὠδίνειν αὐτὸν ἐφ' ἑαυτοῦ, καὶ
λέγειν· Ἐμοὶ νῦν περίστασιν μὴ ἔρχεσθαι τοιαύτην, ὁποία τούτῳ ἐλήλυθεν; ἐμὲ νῦν κατατριβῆ-
ναι καθήμενον ἐν γωνίᾳ, δυνάμενον στεφανωθῆναι
Ὀλύμπια; πότε τίς ἐμοὶ καταγγελεῖ τοιοῦτον
ἀγῶνα; Οὕτως ἔχειν ἔδει πάντας ὑμᾶς. Ἀλλ' 37
ἐν μὲν τοῖς Καίσαρος μονομάχοις εἰσί τινες οἱ
ἀγανακτοῦντες, ὅτι οὐδεὶς αὐτοὺς προάγει, οὐδὲ
ζευγνύει, καὶ εὔχονται τῷ Θεῷ, καὶ προσέρ- ·
χονται

lata facilem propofuerit;
Potius, inquit, aliquem
fcite perplexam mihi pro-
ponito, ut exercear. Et
athletæ levibus adolefcen-
tulis non delectantur. Ifte
me non attollit, Inquit.
Hic bonâ indole eft adole-
fcens. Non: at ubi tem-
pus vocârit. plorare eum
oportet ac dicere, Vellem
adhuc difcere! Quænam?
Si hæc non didicifti, ut re
ipfâ monftrares, in quem
ufum ea didicifti? Equi-
dem exiftimo, in horum
numero, qui hîc fedent,
effe aliquem qui tacite par-
turiat, fecumque. dicat:
Mihine talem occafionem
non offerri, qualia ifti ob-
lata fuit? mene nunc in
angulo fedentem, ætatem
perdere, cum in Olympiis
coronari liceret? quando
mihi aliquis tale adouncia-
bit certamen? Sic omnes
vos oportebat effe adfe-
ctos. Cum inter Cæfaris
gladiatores fint, qui molefte ferant fe non produci,
neque componi, qui vota
Deo
.

χονται τοῖς ἐπιτρόποις, δεόμενοι μονομαχῆσαι·
38 ἐξ ὑμῶν δ' οὐδεὶς Φανήσεται τοιοῦτος; Ἤθελεν
πλεῦσαι ἐπ' αὐτὸ τοῦτο, καὶ ἰδεῖν, τί μου ποιεῖ
39 ὁ ἀθλητὴς, πῶς μελετᾷ τὴν ὑπόθεσιν. Οὐ θέλω, Φησὶ, τοιαύτην. Ἐπὶ σοὶ γάρ ἐστι, λαβεῖν
ἣν θέλεις ὑπόθεσιν; Δέδοταί σοι σῶμα τοιοῦτον,
γονεῖς τοιοῦτοι, ἀδελΦοὶ τοιοῦτοι, πατρὶς τοιαύτη, τάξις ἐν αὐτῇ τοιαύτη· εἶτα λέγεις μοι
ἐλθὼν, Ἄλλαξόν μοι τὴν ὑπόθεσιν. Εἶτα οὐκ
ἔχεις ἀΦορμὰς, πρὸς τὸ χρήσασθαι τῇ δοθείσῃ;
40 Σόν ἐστι, προτεῖναι· ἐμὸν, μελετῆσαι καλῶς.
Οὔ, ἀλλὰ μὴ τοιοῦτό μοι προβάλῃς τροπικὸν,
ἀλλὰ τοιοῦτον· μὴ τοιαύτην ἐπενέγκῃς τὴν ὑπο-
41 Φορὰν, ἀλλὰ τοιαύτην. Ἔσται χρόνος τάχα,
ἐν ᾧ οἱ τραγῳδοὶ οἰήσονται ἑαυτοὺς εἶναι προσωπεῖα, καὶ ἐμβάδας, καὶ τὸ σύρμα. Ἄνθρωπε,
42 ταῦτα ὕλην ἔχεις καὶ ὑπόθεσιν. Φθέγξαί τι, ἵνα
εἰδῶ-

Deo faciant, qui præsides adeant, orantes ut decertandi sibi fiat copia: nemone talis e vobis existet? Navigare equidem isthuc hac ipsa de caussa vellem, & videre, quid meus ageret pugil; quo pacto suum meditaretur argumentum. Nolo, inquit, talem materiam. Penes te ergo est, deligere quam velis? Tibi tale datum est corpus, parentes tales, fratres tales, patria talis, locus in ea talis: deinde a me petis, ut mutem hypothesin. Nonne subsidia habes, quibus oblatâ utaris? *Dicere debebas:* Tuum est proponere, meum bene me exercere. *At tu non sic ais,* sed: Ne mihi tale connexum proponito, sed tale: ne talem mihi opponito objectionem, sed talem. Erit mox tempus, quo tragœdi putabunt larvas & cothurnos & pallam se esse ipsos. Homo, hanc materiam, hanc hypothesin habes. Loquere aliquid, ut sciamus, tragœdus-

εἴδωμεν, πότερον τραγῳδὸς εἶ, ἢ γελωτοποιός· κοινὰ
γὰρ ἔχουσι τὰ ἄλλα ἀμφότεροι.   Διὰ τοῦτο ἂν 43
ἀφέλῃ τις αὐτοῦ καὶ τὰς ἐμβάδας καὶ τὸ προσω-
πεῖον, καὶ ἐν εἰδώλῳ αὐτὸν προσαγάγῃ, ἀπώλετο
ὁ τραγῳδός, ἢ μένει; Ἂν φωνὴν ἔχῃ, μένει.

Καὶ ἐνθάδε. Λάβε ἡγεμονίαν. Λαμβάνω· 44
καὶ λαβὼν δεικνύω πῶς ἄνθρωπος ἀναστρέφεται
πεπαιδευμένος. Θὲς τὴν πλατύσημον, καὶ ἀνα- 45
λαβὼν ῥάκη, πρόσελθε ἐν προσώπῳ τοιούτῳ.
Τί οὖν; οὐ δέδοταί μοι καλὴν φωνὴν εἰσενεγκεῖν;
Πῶς οὖν ἀναβαίνεις νῦν; Ὡς μάρτυς ὑπὸ τῶ Θεῶ 46
κεκλημένος. Ἔρχου σύ, καὶ μαρτύρησόν μοι· σὺ 47
γὰρ ἄξιος εἶ προαχθῆναι μάρτυς ὑπ' ἐμοῦ. Μὴ
τι τῶν ἐκτὸς τῆς προαιρέσεως, ἀγαθόν ἐστιν ἢ
κακόν; μή τινα βλάπτω; μή τι ἐπ' ἄλλῳ τὴν
ὠφέλειαν ἐποίησα τὴν ἑκάστου, ἢ ἐφ' αὑτῷ; Τίνα 48
μαρτυρίαν δίδως τῷ Θεῷ; Ἐν δεινοῖς εἰμι,
Κύριε,

gœdusne sis, an scurra: communia enim habent ambo cætera. Itaque, si quis eum, ademtis cothurnis larvaque, tamquam umbram introduxerit, periitne tragœdus, an manet? Si vocem habet, manet.

Etiam hìc. Cape præfecturam! Accipio; eaque accepta ostendo, quo pacto se gerat homo bene institutus. Pone latum clavum, & pannis obsitus accede in tali persona! Quid ergo? non mihi datum est honestam vocem emittere? Quomodo igitur nunc adscendia? Ut testis a Deo citatus. Ades tu & testimonium mihi perhibe! dignus es enim qui testis a me producaris. Numquid eorum, quæ extra voluntatem sunt posita, bonum est, aut malum? num cuiquam noceo? num commoda cujusquam in alio collocavi, præterquam in ipso? Quodnam testimonium perhibes Deo? Male mecum agitur, Domine; sum in calamitate; nemo me curat; nemo

Κύριε, καὶ δυστυχῶ, οὐδείς μου ἐπιστρέφεται, οὐδείς μοι δίδωσιν οὐδὲν, πάντες ψέγουσι, πάντες
49 κακολογοῦσι. Ταῦτα μέλλεις μαρτυρεῖν, καὶ κατ-
αισχύνειν τὴν κλῆσιν ἣν κέκληκεν, ὅτι σε ἐτίμησε
τοιαύτην τιμὴν, καὶ ἄξιον ἡγήσατο προσαγαγεῖν
εἰς μαρτυρίαν τηλικαύτην;

50   Ἀλλ' ἀπεφήνατο ὁ ἔχων τὴν ἐξουσίαν, Κρίνω σε
ἀσεβῆ καὶ ἀνόσιον εἶναι. Τί σοι γέγονεν; Ἐκρίθην
51 ἀσεβὴς καὶ ἀνόσιος εἶναι. Ἄλλο οὐδὲν; Οὐδέν. Εἰ δὲ
περὶ συνημμένου τινὸς ἐπικεκρίκει, καὶ ἐδεδώκει ἀπόφανσιν, Τὸ, εἰ ἡμέρα ἐστὶ, Φῶς ἐστι, κρίνω ψεῦδος εἶναι· τί ἐγεγόνει τῷ συνημμένῳ; Τίς ἐνθάδε
κρίνεται; τίς κατακέκριται; τὸ συνημμένον, ἢ ὁ
52 ἐξαπατηθεὶς περὶ αὐτοῦ; Οὗτος οὖν ποτε ὁ ἔχων
ἐξουσίαν, τοῦ ἀπεφήνασθαί τι περὶ σοῦ, οἶδε
τί ἐστι τὸ εὐσεβὲς ἢ τὸ ἀσεβές; μεμελέτηκεν
53 αὐτὸ, καὶ μεμάθηκεν; ποῦ; παρὰ τίνος; Εἶτα

μου-

mo mihi quidquam præ-
ſtat; omnes vituperant;
omnes maledicunt. Hæc-
cine pro teſtimonio dicturus es, & ei, qui te citavit, ignominiam concilia-
turus, qui tantum hono-
rem tibi habuit, qui di-
gnum judicavit, cujus tanta
de re teſtimonium audire-
tur?

At qui poteſtatem habet,
pronunciavit. Judico te
impium & nefarium eſſe.
Quid tibi accidit? Judica-
tus ſum impius & nefa-
rius eſſe. Numquid aliud?

Nihil. Quod ſi de conne-
xo aliquo judicium ille
ſuum interpoſuiſſet, & ſi
ſic pronunciaſſet: Ego illam enunciationem, *ſi dies
eſt, lux eſt*, falſam judico;
quid connexo illi accidiſſet? De utro hic fit judicium? Uter condemnatus
eſt? Connexum, an is qui
in judicando eo eſt dece-
ptus? Is igitur qui poteſtatem de te aliquid pronun-
ciandi habet, novit ne,
quid pium ſit, aut quid impium? num in eo ſe exer-
cuit, & didicit? ubi? apud

quem?

μουσικὸς μὲν οὐκ ἐπιστρέφεται αὐτοῦ ἀποφαινομέ-
νου περὶ τῆς νήτης, εἶναι ὑπάτην· οὐδὲ γεωμε-
τρικὸς, ἂν ἐπικρίνῃ τὰς ἀπὸ κέντρου πρὸς τὸν
κύκλον προσπιπτούσας μὴ εἶναι ἴσας· ὁ δὲ ταῖς 54
ἀληθείαις πεπαιδευμένος ἀνθρώπου ἀπαιδεύτου
ἐπιστραφήσεται, ἐπικρίνοντός τι περὶ ὁσίου καὶ
ἀνοσίου, καὶ ἀδίκου καὶ δικαίου; Ὦ πολλῆς
ἀδικίας τῶν πεπαιδευμένων. Ταῦτα οὖν ἔμαθες
ἐνταῦθα;

Οὐ θέλεις τὰ μὲν λογάρια τὰ περὶ τούτων 55
ἄλλοις ἀφεῖναι, ἀταλαιπώροις ἀνθρωπαρίοις, ἵν'
ἐν γωνίᾳ καθεζόμενοι μισθάρια λαμβάνωσιν, ἢ
γογγύζωσιν, ὅτι οὐδεὶς αὐτοῖς παρέχει οὐδὲν, σὺ
δὲ χρῆσθαι παρελθὼν οἷς ἔμαθες; Οὐ γὰρ 56
λογάριά ἐστι, τὰ λείποντα νῦν· ἀλλὰ γέμει τὰ
βιβλία τῶν Στωικῶν λογαρίων. Τί οὖν τὸ λεῖπόν ἐστιν; Ὁ χρησόμενος, ὁ ἔργῳ μαρτυρήσων
τοῖς

quem? Ergo musicus qui-
dem non curat eum, cum
imam chordam esse sum-
mam pronunciat; neque
geometra, si lineas, quæ
a centro ad circumferen-
tiam producantur, neget
esse æquales: homo autem
vere eruditus, hominem
indoctum curabit, quid fas,
quid nefas sit, quid justum,
quid injustum, pronunciantem? O ingentem injuriam
eruditorum! Hæc igitur
hic didicisti?

Non tu vis ratiunculas,
quæ istis de rebus circum-
feruntur, aliis relinquere,
ignavis homuncionibus; ut
illi in angulo sedentes mer-
cedulas accipiant, aut mur-
murent, neminem præbe-
re sibi quidquam; tu vero
prodiens, iis utaris quæ didicisti! Neque enim ratiunculæ sunt. quæ nunc de-
sunt: immo referti sunt libri Stoicorum ratiunculis.
Quid igitur deest? Qui iis
utatur, qui re ipsa testimonium

57 τοῖς λόγοις. Τοῦτό μοι τὸ πρόσωπον ἀνάλαβε,
ἵνα μηκέτι παλαιοῖς ἐν τῇ σχολῇ παραδείγμασι
χρώμεθα· ἀλλὰ ἔχωμέν τι καὶ καθ᾽ ἡμᾶς

58 παράδειγμα. Ταῦτα οὖν τίνος ἐστὶ θεωρεῖν;
Τοῦ σχολάζοντος. ἔστι γὰρ φιλοθέωρον ζῶον ὁ

59 ἄνθρωπος. Ἀλλ᾽ αἰσχρόν ἐστι θεωρεῖν ταῦτα
οὕτως, ὡς οἱ δραπέται. ἀλλ᾽ ἀπερισπάστως
καθῆσθαι, καὶ ἀκούειν, νῦν μὲν τραγῳδοῦ, νῦν
δὲ κιθαρῳδοῦ· οὐχ ὡς ἐκεῖνοι ποιοῦσι. ἅμα μὲν
ἐπέστη, καὶ ἐπήνεσε τὸν τραγῳδὸν, ἅμα δὲ πε-
ριεβλέψατο· εἶτα ἄν τις φθέγξηται κύριον, εὐ-

60 θὺς σεσόβηνται, ταράσσονται. Αἰσχρόν ἐστι,
οὕτω καὶ τοὺς φιλοσόφους θεωρεῖν τὰ ἔργα τῆς
φύσεως. Τί γάρ ἐστι κύριος; Ἄνθρωπος ἀνθρώπου κύριος οὐκ ἔστι, ἀλλὰ θάνατος καὶ ζωὴ,

61 καὶ ἡδονὴ καὶ πόνος. ἐπεὶ χωρὶς τούτων ἄγαγέ
μοι τὸν Καίσαρα, καὶ ὄψει πῶς εὐσταθῶ· ὅταν

nium perhibeat doctrinæ.
Hanc mihi perſonam ſumi-
to, ut in ſcholà exemplis
veterum uti deſinamus, ſed
& noſtræ aliquod æta-
tis exemplum habeamus.
Hæc igitur conſiderare,
cujus eſt? Ejus cui otium
ſuppetit: eſt enim homo,
animal contemplationis ſtu-
dioſum. Sed turpe eſt,
hæc ita contemplari, ut fugitivi ſervi ſolent: immo
ſine diſtractione eſt ſeden-
dum, & nunc tragœdus,
nunc citharœdus audien-
dus: non ut illi faciant,
qui ſimul accedant, & tra-
gœdum laudant, ſimulque
circumſpectant; deinde, ſi
quis herum nominarit, ſtatim trepidant & conſter-
nantur. Turpe eſt, philo-
ſophos etiam opera natu-
ræ ita contemplari. Quid
enim eſt dominus? Homi-
nis dominus non homo eſt,
ſed mors & vita, voluptas
& dolor: nam abſque his
adduc mihi Cæſarem, &
videbis quam ſim conſtans:
ſi vero ille cum his venerit,
tonans

δὲ μετὰ τούτων ἔλθη, βροντῶν καὶ ἀστράπ-
των, ἐγὼ δὲ ταῦτα φοβῶμαι, τί ἄλλο. ἢ ἐπέ-
γνωκα τὸν κύριον, ὡς ὁ δραπέτης; μέχρι δ' ἂν 62
οὐ τινα ἀνοχὴν ἀπὸ τούτων ἔχω, ὡς δραπέτης
ἐφίσταται θεάτρῳ, οὕτω κἀγώ· λούομαι, πίνω,
ᾄδω· πάντα δὲ μετὰ φόβου καὶ ταλαιπωρίας.
ἐὰν δ' ἐμαυτὸν ἀπολύσω τῶν δεσποτῶν, τουτ' 63
ἔστιν ἐκείνων δι' ἃ οἱ δεσπόται εἰσὶ φοβεροὶ, ποῖον
ἔτι πρᾶγμα ἔχω; ποῖον ἔτι κύριον;

Τί οὖν; κηρύσσειν δεῖ ταῦτα πρὸς πάντας; 64
Οὔ, ἀλλὰ τοῖς ἰδιώταις συμπεριφέρεσθαι, καὶ
λέγειν· Οὗτος, ὃ αὑτῷ ἀγαθὸν οἴεται, τοῦτο
κἀμοὶ συμβουλεύει· συγγινώσκω αὐτῷ. Καὶ γὰρ 65
Σωκράτης συνεγίνωσκε τῷ ἐπὶ τῆς φυλακῆς,
κλάοντι ὅτε ἔμελλε πίνειν τὸ φάρμακον, καὶ
λέγει, Ὡς γενναίως ἡμᾶς ἀποδεδάκρυκε. Μή τι 66
σὺν ἐκείνῳ λέγει, ὅτι διὰ τοῦτο τὰς γυναῖκας

L 2

ἀπε-

tonans & fulgurans, ego-
que illa metuero; quid
aliud, quam, ut fugitivus,
dominam meam agnovi?
Quoad autem aliquas ab his
inducias habuero, quem-
admodum fugitivus in thea-
tro adftat, fic & ego facio:
lavo, bibo, cano; fed
hæc omnia cum metu &
ærumnâ. Quod fi vero
ab iftis dominis me vin-
dicaro, hoc eft, ab iis
rebus propter quas do-
mini funt formidabiles,
quid amplius habeo mo-
leftiæ? quem porro do-
minum?

Quid ergo? prædicanda
funt hæc apud omnes?
Non; fed adcommodare
nos debemus hominibus
Imperitis, ac dicere: Hic,
quod fibi ipfi bonum effe
cenfet, id mihi quoque fua-
det; ignofco ei. Nam &
Socrates, venenum fumtu-
rus, cuftodi carceris plo-
ranti veniam dedit: Quam
generofe, inquit, nos de-
ploravit! Num ergo illi
dicit,

ἀπελύσαμεν; ἀλλὰ τοῖς γνωρίμοις, τοῖς δυναμέ-
νοι αὐτὰ ἀκοῦσαι· ἐκείνῳ δὲ συμπεριφέρεται, ὡς
παιδίῳ.

ΚΕΦ. λ.

Τί δεῖ πρόχειρον ἔχειν ἐν ταῖς περιστάσεσιν.

Ὅταν εἰσίῃς πρός τινα τῶν ὑπερεχόντων, μέμνησο, ὅτι καὶ ἄλλος ἄνωθεν βλέπει τὰ γιγνόμενα,
καὶ ὅτι ἐκείνῳ σε δεῖ μᾶλλον ἀρέσκειν, ἢ τού-
2 τῳ. Ἐκεῖνος οὖν σου πυνθάνεται· Φυγὴν καὶ
Φυλακὴν, καὶ δεσμὰ, καὶ θάνατον, καὶ ἀδοξίαν,
3 τί ἔλεγες ἐν τῇ σχολῇ; Ἐγώ, ἀδιάφορα. Νῦν
οὖν τίνα αὐτὰ λέγεις; μή τι ἐκεῖνα ἠλλάγη;
Οὔ. Σὺ οὖν ἠλλάγης; Οὔ. Λέγε οὖν, τίνα
ἐστὶν ἀδιάφορα; Τὰ ἀπροαίρετα. Λέγε καὶ τὰ
4 ἑξῆς, ἀπροαίρετα, οὐδὲν πρὸς ἐμέ. Λέγε καὶ,
τὰ.

dicit, se ob hanc caussam mulieres dimisisse? Non, sed familiaribus, sed iis qui id audire poterant: illi vero se adcommodat, tanquam puero.

CAP. XXX.

Quid in rerum discriminibus sit in promtu habendum.

Cum aliquem e proceribus accedis, memento, alium quoque desuper ea videre quae gerantur; ac oportere te illi placere potius, quam huic. Ille igitur ex te quaerit: De exilio, de custodia & vinculis, de morte & ignominia, quid dicebas in schola? Dixi, esse indifferentia. Nunc igitur quid ea esse dicis? num illa mutata sunt? Non. Tu ergo mutatus es? Non. Dic igitur, quae sunt indifferentia? Quae nostri non sunt arbitrii. Dic & ea quae sequuntur, nostri arbitrii

τὰ ἀγαθά τινα ὑμῖν ἐδόκει; Προαίρεσις οἵα δεῖ,
καὶ χρῆσις Φαντασιῶν. Τέλος δὲ τί; Τὸ σοὶ ἀκο-
λουθεῖν. Ταῦτα καὶ νῦν λέγεις; Ταὐτὰ καὶ νῦν
λέγω. Ἄπιθι λοιπὸν ἔσω, θαῤῥῶν, καὶ μεμνη- 5
μένος τούτων· καὶ ὄψει, τί ἐστι νέος μεμελετη-
κὼς ἃ δεῖ ἐν ἀνθρώποις ἀμελετήτοις. Ἐγὼ μὲν, 6
νὴ τοὺς Θεοὺς, Φαντάζομαι, ὅτι πείσῃ τὸ τοιοῦ-
τον· Τί οὕτω μεγάλα καὶ πολλὰ παρασκευα-
ζόμεθα πρὸς τὸ μηδέν; τοῦτο ἦν ἡ ἐξουσία; τοῦ- 7
το τὰ πρόθυρα; οἱ κοιτωνῖται; οἱ ἐπὶ τῆς μαχαίρας; τούτων ἕνεκα τοὺς πολλοὺς λόγους
ἤκουον; ταῦτα οὐδὲν ἦν· ἐγὼ δ᾽ ὡς πρὸς μεγάλα
παρεσκευαζόμην.

bitrii non esse, nihil ad me adtinere. Dic &, bona quænam vobis esse videbantur? Voluntas, qualem esse decet, & visorum usus. Quis autem finis? Te sequi. Ista etiam nunc dicis? Eadem etiam nunc dico. Abi jam nunc intro, fidenti animo, & memor istorum: ac videbis, quid sit adolescens, ea meditatus quæ decet, inter homines non meditatos. Equidem videre mihi videor, te sic cogitaturum esse: Quid tantopere & tam sollicite nos ad res nihili præparamus? en-ne erat illa potestas? hoc illud vestibulum? hi cubicularii? hi satellites? horum caussa multos illos audivi sermones? Hæc nihil erant: ego vero ut ad magna me comparabam.

ΑΡΡΙΑΝΟΥ
ΤΩΝ
ΕΠΙΚΤΗΤΟΥ ΔΙΑΤΡΙΒΩΝ
ΒΙΒΛΙΟΝ ΔΕΥΤΕΡΟΝ.

ΚΕΦ. α'.

Ὅτι οὐ μάχεται τὸ θαρρεῖν τῷ εὐλαβεῖσθαι.

Παράδοξον μὲν τυχὸν φαίνεταί τισι, τὸ ἀξιούμενον ὑπὸ τῶν φιλοσόφων· ὅμως δὲ σκεψώμεθα κατὰ δύναμιν, εἰ ἀληθές ἐστι τόδε· ἵν' ᾖ ἅμα μὲν εὐλαβῶς, ἅμα δὲ θαρροῦντας πάντα ποιεῖν. ἐναντίον γάρ πως δοκεῖ τῷ θαρραλέῳ τὸ εὐλαβές· τὰ δ' ἐναντία οὐδαμῶς συνυπάρχει. Τὸ δὲ φαινόμενον πολλοῖς ἐν τῷ τόπῳ παράδοξον, δοκεῖ μοι τοιούτου τινὸς ἔχεσθαι· εἰ μὲν γὰρ πρὸς

EPICTETI DISSERTATIONVM
AB ARRIANO DIGESTARVM
LIBER II.

CAP. I.

Non pugnare Fiduciam cum Cautione.

Nonnullis fortasse hoc philosophorum pronunciatum praeter opinionem videatur; attamen pro virili consideremus, an verum sit; posse nos simul caute, simul vero fidenter agere omnia. Nam cautio fiduciae quodammodo adversari videtur: contraria vero una consistere nullo modo possunt. At, quod multis absurdum hoc in loco videtur, id eam mea opinione rationem habet, ut, si iisdem in rebus & cautione

&

πρὸς τὰ αὐτὰ ἠξιοῦμεν χρῆσθαι τῇ τ' εὐλαβείᾳ
καὶ τῷ θάρσει, δικαίως ἂν ἡμᾶς ᾐτιῶντο, ὡς τὰ
ἀσύνακτα συνάγοντας. Νῦν δὲ, τί δεινὸν ἔχει τὸ 4
λεγόμενον; εἰ γὰρ ὑγιῆ ταυτ' ἐστὶ, τὰ πολλάκις μὲν εἰρημένα, πολλάκις δὲ ἀποδεδειγμένα,
ἔτι ἡ οὐσία τοῦ ἀγαθοῦ ἐστιν ἐν χρήσει φαντασιῶν,
καὶ τοῦ κακοῦ ὡσαύτως, τὰ δ' ἀπροαίρετα οὔτε τὴν
τοῦ κακοῦ δέχεται φύσιν, οὔτε τὴν τοῦ ἀγαθοῦ·
τί παράδοξον ἀξιοῦσιν οἱ φιλόσοφοι, εἰ λέγουσιν, ς
ὅπου μὲν τὰ ἀπροαίρετα, ἐκεῖ τὸ θάρσος ἔστω σοι·
ὅπου δὲ τὰ προαιρετικὰ, ἐκεῖ ἡ εὐλάβεια; Εἰ 6
γὰρ ἐν κακῇ προαιρέσει τὸ κακὸν, πρὸς μόνα
ταῦτα χρῆσθαι ἄξιον τῇ εὐλαβείᾳ. εἰ δὲ τὰ
ἀπροαίρετα, καὶ μὴ ἐφ' ἡμῖν, οὐδὲν πρὸς ἡμᾶς·
πρὸς ταῦτα τῷ θάρσει χρηστέον. καὶ οὕτω μὴν 7
ἅμα μὲν εὐλαβεῖς, ἅμα δὲ θαῤῥαλέοι ἐσόμεθα·
καὶ, νὴ Δία, διὰ τὴν εὐλάβειαν θαῤῥαλέοι.

L 4   Διὰ

& fiducia utendum pronun-
claremus, merito nos re-
prehenderent, ut qui res
conjungeremus quæ coire
non poſſent. Nunc quid
abſurdi hæc habet oratio?
Nam ſi ea quæ ſæpe & dicta
& demonſtrata ſunt, re-
cte ſe habent; naturam boni in viſorum uſu eſſe poſi-
tam, pariterque naturam
mali; quæ autem noſtri
non ſint arbitrii, ea nec in
mali nec in boni cadere naturam; quid præter opinionem præcipiunt philoſo-
phi, ſi fiduciam ad eas res
quæ noſtri arbitrii non ſunt,
ad eas autem quæ penes
nos ſunt, cautionem adhi-
bendam eſſe cenſent? Nam
ſi in mala voluntate malum
eſt poſitum, in iis ſolis
utendum eſt cautione quæ
noſtri juris ſunt. Porro,
ſi involuntaria, & ab arbitrio noſtro remota, &
quæ in noſtra non ſunt poteſtate, nihil ad nos pertinent, ad ea eſt adhibenda
fiducia. Atque ita ſimul
& cauti erimus, & fiden-
tes; &, per Jovem, pro-
pter cautionem fidentes.
Nam

Διὰ γὰρ τὸ εὐλαβεῖσθαι τὰ ὄντως κακὰ, συμβήσεται θαῤῥεῖν ἡμῖν πρὸς τὰ μὴ οὕτως ἔχοντα.

8　　Λοιπὸν ἡμεῖς τὸ τῶν ἐλάφων πάσχομεν· ὅτε φοβοῦνται φεύγουσαι αἱ ἔλαφοι τὰ πτερὰ, ποῦ τρέπονται; καὶ πρὸς τίνα ἀναχωροῦσιν ὡς ἀσφαλῆ; Πρὸς τὰ δίκτυα· καὶ οὕτως ἀπόλλυνται ἐναλλά-
9 ξασαι τὰ φοβερὰ καὶ τὰ θαῤῥαλέα. Οὕτω καὶ ἡμεῖς, ποῦ χρώμεθα τῷ φόβῳ; Πρὸς τὰ ἀπροαίρετα. Ἐν τίσι πάλιν θαῤῥοῦντες ἀναστρεφόμεθα, ὡς οὐδενὸς ὄντος δεινοῦ; Ἐν τοῖς προαιρετι-
10 κοῖς. Ἐξαπατηθῆναι οὖν, ἢ προπεσεῖν, ἢ ἀναισχυντεῖν. τι ποιῆσαι, ἢ μετ᾽ ἐπιθυμίας αἰσχρᾶς ὀρεχθῆναί τινος, οὐδὲν διαφέρει ἡμῖν, ἂν μόνον ἐν τοῖς ἀπροαιρέτοις εὐστοχῶμεν. ὅπου δὲ θάνατος, ἢ φυγὴ, ἢ πόνος, ἢ ἀδοξία· ἐκεῖ τὸ ἀνα-
11 χωρητικὸν, ἐκεῖ τὸ σεσοβημένον. Τοιγαροῦν, ὥσπερ

Nam quia vera mala cavebimus, fiet, ut in iis quæ mala non sunt, fidentes simus.

Nunc idem, quod cervis, nobis accidit: qui cum pinnas exterriti fugiunt, quo se convertunt? quo se veluti tuta ad perfugia recipiunt? Ad retia: atque ita pereunt, dum timenda permutant cum rebus nihil periculi habentibus. Sic & nos, ubi timemus? In iis quæ nostri arbitrii non sunt. Rursus quibus in rebus ita nobis fidimus, quasi nihil sit periculi? In iis quæ nostri sunt arbitrii. Itaque decipi, temere & præcipitanter agere, impudens aliquid admittere, aut cum turpi libidine aliquid adpetere, nihil nostra interest; modo in iis, quæ penes nos non sunt, scopum feliciter adtingamus. Ubi vero mors, aut exsilium, aut dolor, aut ignominia; ibi refugimus, ibi consternatio oritur. Itaque, quod consentaneum

περ εἰκὸς τοὺς περὶ τὰ μέγιστα διαμαρτάνον-
τας, τὸ μὲν φύσει θαρραλέον, θρασὺ κατασκευ-
άζομεν, ἀπονενοημένον, ἰταμὸν, ἀναίσχυντον· τὸ
δ' εὐλαβὲς φύσει καὶ αἰδῆμον, δειλὸν καὶ ταπεινὸν, φόβων καὶ ταραχῶν μεστόν. Ἂν γάρ τις   10
ἐκεῖ μεταθῇ τὸ εὐλαβὲς, ὅπου προαίρεσις καὶ ἔργα προαιρέσεως, εὐθὺς, ἅμα τῷ θέλειν εὐλαβεῖσθαι, καὶ ἐφ' αὑτῷ κειμένην ἕξει τὴν ἔκκλισιν·
ἂν δ' ὅπου τὰ μὴ ἐφ' ἡμῖν ἐστι, καὶ ἀπροαίρετα,
πρὸς τὰ ἐπ' ἄλλοις ὄντα τὴν ἔκκλισιν ἔχων, ἀναγκαίως φοβήσεται, ἀκαταστατήσει, ταραχθήσε-
ται. Οὐ γὰρ θάνατος, ἢ πόνος, φοβερόν· ἀλλὰ   11
τὸ φοβεῖσθαι πόνον, ἢ θάνατον. Διὰ τοῦτο ἐπαι-
νοῦμεν τὸν εἰπόντα, ὅτι

> Οὐ κατθανεῖν γὰρ δεινὸν, ἀλλ' αἰσχρῶς
> θανεῖν.

L 5   Ἔδα

taneum erat accidere eis qui maximis in rebus errant, fiduciam, quæ nobis a natura data est, in audaciam, in desperationem, in temeritatem, in impudentiam convertimus: naturalem autem cautionem & pudorem, in timiditatem & humilitatem, timorum & turbarum plenam. Nam si quis eo cautionem transtulerit, ubi voluntas est & voluntatis opera; statim, simulac cavere voluerit, in sua etiam potestate positam habebit aversationem: sin eo, ubi sunt involuntaria & quæ extra nostram sunt potestatem, transtulerit cautionem, eaque refugiat quæ in aliorum sunt potestate; necessario timebit, trepidabit, perturbabitur. Non enim mors aut dolor est terribilis, sed timor doloris aut mortis. Propterea laudamus etiam qui dixit:

Non enim mori est malum,
sed turpiter mori.

Erat

14 Ἔδει οὖν πρὸς μὲν τὸν θάνατον τὸ θάρσος ἐστράφθαι, πρὸς δὲ τὸν φόβον τοῦ θανάτου τὴν εὐλάβειαν. νῦν δὲ τὸ ἐναντίον, πρὸς μὲν τὸν θάνατον, τὴν φυγήν· πρὸς δὲ τὸ περὶ αὐτοῦ δόγμα, τὴν ἀνεπιστρεψίαν, καὶ τὸ ἀφει-

15 δὲς, καὶ τὸ ἀδιαφορητικόν. Ταῦτα δ' ὁ Σωκράτης, καλῶς ποιῶν, μορμολύκεια ἐκάλει. Ὡς γὰρ τοῖς παιδίοις τὰ προσωπεῖα φαίνεται δεινὰ καὶ φοβερὰ δι' ἀπειρίαν· τοιοῦτόν τι καὶ ἡμᾶς πάσχομεν πρὸς τὰ πράγματα, δι' οὐδὲν ἄλλο, ἢ ὥσπερ καὶ τὰ παιδία πρὸς τὰς μορμολυ-

16 κείας. Τί γάρ ἐστι παιδίον; Ἄγνοια. Τί ἐστι παιδίον; Ἀμαθία. Ἐπεὶ ὅπου οἶδε κἀκεῖνα,

17 οὐδὲν ἡμῶν ἔλαττον ἔχει. Θάνατος τί ἐστι; Μορμολύκειον. Στρέψας αὐτὸ, κατάμαθε. Ἰδοὺ πῶς οὐ δάκνει. Τὸ σωμάτιον δεῖ χωρισθῆναι τοῦ πνευματίου, ὡς πρότερον ἐκεχώριστο, ἢ νῦν, ἢ ὕστερον. Τί οὖν ἀγανακτεῖς, εἰ νῦν; εἰ γὰρ

μὴ

Erat igitur adversus mortem quidem fiducia utendum; adversus timorem vero mortis, cautione: at nos, e contrario, adversus mortem fuga aversationeque utimur; adversus opinionem de ea concipiendam, incuria, temeritate, indifferentia. Has res Socrates, idque recte, larvas nominabat. Nam ut pueris larvæ horribiles & metuendæ videntur propter imperitiam; ita & nos rebus in vita adficimur, non aliâ de caussâ, quam ut pueri larvis. Quid enim est puer? Ignorantia. Quid est puer? Inscitia. Nam quatenus illa puer novit, non est deteriore quam nos conditione. Mors quid est? Larva. Inverte eam, & considera: vide ut non mordet. Corpusculum separari oportet ab animula, ut prius etiam separatum fuerat, aut nunc, aut post. Quid ergo ægre fers, si nunc?

μὴ νῦν, ὕστερον. Διὰ τί; Ἵνα ἡ περίοδος ἀνύ- 18
ηται τοῦ κόσμου· χρείαν γὰρ ἔχει, τῶν μὲν ἐνι-
σταμένων, τῶν δὲ μελλόντων, τῶν δ' ἠνυσμέ-
νων. Πόνος τί ἐστι; Μορμολύκειον. Στρέψον 19
αὐτὸ, καὶ κατάμαθε. τραχέως κινεῖται τὸ σαρκίδιον, εἶτα πάλιν λείως. ἄν σοι μὴ λυσιτελῇ,
ἡ θύρα ἤνοικται· ἄν λυσιτελῇ, φέρε. Πρὸς πάν- 20
τα γὰρ ἠνοῖχθαι χρὴ τὴν θύραν· καὶ πρᾶγμα
οὐκ ἔχομεν.

Τίς οὖν τούτων τῶν δογμάτων καρπός; Ὅσ- 21
περ δεῖ κάλλιστόν τ' εἶναι, καὶ πρεπωδέστατον
τοῖς τῷ ὄντι πεπαιδευμένοις· ἀταραξία, ἀφοβία,
ἐλευθερία. Οὐ γὰρ τοῖς πολλοῖς περὶ τούτων 22
πιστευτέον, οἳ λέγουσι μόνοις ἐξεῖναι παιδεύεσθαι τοῖς ἐλευθέροις· ἀλλὰ τοῖς φιλοσόφοις μᾶλλον, οἳ λέγουσι μόνους τοὺς παιδευθέντας ἐλευθέρους εἶναι. Πῶς τοῦτο; Οὕτω. νῦν ἄλλο τι 23
ἐστὶν

nunc? nam si nunc non, post. Quamobrem? Ut mundi circuitus compleatur: el enim opus est aliis praesentibus, aliis rebus futuris, aliis praeteritis. Dolor quid est? Larva. Inverte eam, & considera. Aspere movetur caruncula, deinde rursus molliter: quod si tibi non expedit, janua patet; si expedit, fer. Ad omnia enim januam patere oportet: ita nihil habebimus negotii.

Quis igitur horum decretorum fructus est? Is quem oportet esse pulcerrimum, & iis qui revera eruditi sunt dignissimum: constantia, metu liber animus, libertas. Neque enim vulgo his de rebus est credendum, qui solis ingenuis licere dicunt erudiri; sed philosophis potius, qui, solos eruditos esse liberos, dicunt. Quomodo istud? Sic: numquid igitur aliud est libertas, quem licere
ita

ἐστὶν ἐλευθερία, ἢ τὸ ἐξεῖναι, ὡς βουλόμεθα,
διεξάγειν; Οὐδέν. Λέγετε δή μοι, ὦ ἄνθρωποι,
βούλεσθε ζῆν ἁμαρτάνοντες; Οὐ βουλόμεθα.
24 Οὐδεὶς τοίνυν ἁμαρτάνων, ἐλεύθερός ἐστι. Βούλεσθε ζῆν φοβούμενοι; Βούλεσθε λυπούμενοι;
βούλεσθε ταρασσόμενοι; Οὐδαμῶς. Οὐδεὶς ἄρα
οὔτε φοβούμενος, οὔτε λυπούμενος, οὔτε ταρασσόμενος, ἐλεύθερός ἐστιν· ὅστις δ' ἀπήλλακται
λυπῶν καὶ φόβων καὶ ταραχῶν, οὗτος τῇ αὐ-
25 τῇ ὁδῷ καὶ τοῦ δουλεύειν ἀπήλλακται. Πῶς
οὖν ἔτι ὑμῖν πιστεύσομεν, ὦ φίλτατοι νομοθέται;
οὐκ ἐπιτρέπομεν παιδεύεσθαι, εἰ μὴ τοῖς ἐλευθέροις; οἱ φιλόσοφοι γὰρ λέγουσιν, ὅτι οὐκ ἐπιτρέπομεν ἐλευθέροις εἶναι, εἰ μὴ τοῖς πεπαιδευ-
26 μένοις· τοῦτό ἐστιν, ὁ Θεὸς οὐκ ἐπιτρέπει. Ὅταν
οὖν στείψῃ τις ἐπὶ στρατηγοῦ τὸν αὐτοῦ δοῦλον, οὐδὲν ἐποίησεν; Ἐποίησε. Τί; Ἔστρεψε
τὸν αὐτοῦ δοῦλον ἐπὶ στρατηγοῦ. Ἄλλο οὐδέν;
Ναί·

Ita vivere ut velis? Nihil. Dicite igitur mihi, ô homines, vultisne vivere in peccatis? Nolumus. Nemo igitur delinquens, liber est. Vultis vivere metuentes? vultis mœrentes? vultis perturbati? Nequaquam. Nemo ergo, vel metuens, vel mœrens, vel perturbatus, est liber: qui autem molestiâ, metu & perturbatione liberatus est, Is eâdem viâ & servitute est liberatus. Quomodo igitur vobis posthac credemus, carissimi legumlatores? Non sinemus erudiri, nisi ingenuos? Nam philosophi aiunt: Nos non sinimus esse liberos, nisi eruditos: hoc est, Deus non sinit. Quum igitur servum suum coram prætore aliquis circumegit, nihilne egit? Egit. Quid? Coram prætore servum suum circumegit. Numquid aliud?
Immo:

Ναί· καὶ εἰκοστὴν αὐτοῦ δοῦναι ὤφειλε. Τί οὖν; 27
ὁ ταῦτα παθὼν, οὐ γέγονεν ἐλεύθερος; Οὐ μᾶλλον, ἢ ἀτάραχος. Ἐπεὶ σύ, ὁ ἄλλους στρέφειν 28
δυνάμενος, οὐδένα ἔχεις κύριον; οὐκ ἀργύριον; οὐ
κοράσιον; οὐ παιδάριον; οὐ τύραννον; οὐ φίλον
τινὰ τοῦ τυράννου; Τί οὖν τρέμεις, ἐπί τινα τοιαύτην ἀπιὼν περίστασιν;

Διὰ τοῦτο λέγω πολλάκις, ταῦτα μελε- 29
τᾶτε, καὶ ταῦτα πρόχειρα ἔχετε, πρὸς τίνα
δεῖ τεθαρρηκέναι, καὶ πρὸς τίνα εὐλαβῶς δια-
κεῖσθαι· ὅτι πρὸς τὰ ἀπροαίρετα θαρρεῖν, εὐλαβεῖσθαι τὰ προαιρετικά. Ἀλλ' οὐκ ἀνέγνων σοι; 30
οὐδ' ἔγνως τί ποιῶ; Ἐν τίνι; Ἐν λεξειδίοις.
Δεῖξον πῶς ἔχεις πρὸς ὄρεξιν καὶ ἔκκλισιν· εἰ 31
μὴ ἀποτυγχάνεις ὧν θέλεις, εἰ μὴ περιπίπ-
τεις οἷς οὐ θέλεις. ἐκεῖνα δὲ τὰ περιόδια, ἂν
νοῦν

Immo: vicesimam etiam pro eo solvere oportet. Quid ergo? is cui hoc contigit, nonne factus est liber? Nihilo magis quam perturbationis expers. Nam tu, qui circumagere alios potes, nullumne habes dominum? non argentum? non puellam? non puerum? non tyrannum? non amicum quemdam tyranni? Quid igitur tremis, ubi hujusmodi quoddam adis discrimen?

Propterea sæpe vos moneo, hæc meditanda esse, atque in promtu habenda, quibus in rebus fidentes esse oporteat, & quibus in rebus cautos: fidentes esse oportere in iis, quæ nostri non sunt arbitrii; cautos in his, quæ penes nos sunt. At nonne recitavi tibi? & nonne nosti quid agam? In quo? In dictiunculis. Ostendito, quo pacto te habeas quoad adpetitionem & aversationem; annon frustreris iis quæ vis; annon incidas in ea quæ non vis. Illos autem bellos verborum circuitus, si sapies, abjicies tandem ali-quan-

νοῦν ἔχῃς, ἄρας ποῦ ποτε ἀπαλείψεις. Τί οὖν;
32 Σωκράτης οὐκ ἔγραφε; Καὶ τίς τοσαῦτα; Ἀλλὰ
πῶς; Ἐπεὶ μὴ ἐδύνατο ἔχειν ἀεὶ ἐλίγχοντα αὐτοῦ
τὰ δόγματα, ἢ ἐλεγχθησόμενον ἐν τῷ μέρει, αὐτὸς
ἑαυτὸν ἤλεγχε καὶ ἐξήταζε· καὶ ἀεὶ μίαν γέ τινα
33 πρόληψιν ἐγύμναζε χρηστικῶς. Ταῦτα γράφει φιλόσοφος. λεξείδια δὲ καὶ ἡ ὁδὸς, ἣν λέγω, ἄλλοις
ἀφίητι, τοῖς ἀναισθήτοις, ἢ τοῖς μακαρίοις, τοῖς
σχολὴν ἄγουσιν ὑπὸ ἀταραξίας, ἢ τοῖς μηδὲν τῶν
ἑξῆς ὑπολογιζομένοις διὰ μωρίαν.

34   Καὶ νῦν, καιροῦ καλοῦντος, ἐκεῖνα δείξεις ἐπελ-
θὼν, καὶ ἀναγνώσῃ, καὶ ἐμπερπερεύσῃ; Ἰδὺ πῶς
διαλόγους συντίθημι. Μή, ἄνθρωπε· ἀλλ' ἐκεῖνα
35 μᾶλλον· Ἰδοὺ πῶς ὀργόμενος οὐκ ἀποτυγχάνω.
Ἰδοὺ πῶς ἐκκλίνων οὐ περιπίπτω. Φέρε θάνατον, καὶ
γνώσῃ.

quando, ac delebis. Quid ergo? Socrates non scripsit? Quis tam multa? Sed quomodo? Cum non semper habere posset a quo decreta ipsius coarguerentur, aut quem ipse per vices coargueret; ipse sese coarguebat, & examinabat; & semper unam saltem notionem aliquam sic tractabat, ut ad usum eam adcommodaret. Hæc scribit Philosophus. Quod vero ad sermunculos, viamque illam adtinet, quam dico, aliis hæc relinquit, nempe sensum non habentibus, aut beatis istis qui otium agunt, quoniam sunt perturbationibus vacui, aut qui nihil eorum quæ sequuntur reputant propter stultitiam.

Et nunc tu, ubi tempus te vocat, ista ostentabis adveniens, & recitabis, & Inaniter te efferes? Ecce ut dialogos compono. Apage ista homo! illa potius profer: Ecce ut adpetitione mea non frustror: ecce ut in id, quod averfor, non incido. Profer mor-

γνώσῃ. Φέρε πόνους, Φέρε δεσμωτήριον, Φέρε
ἀδοξίαν, Φέρε καταδίκην. Αὕτη ἐπίδειξις νέου   36
ἐκ σχολῆς ἐληλυθότες. Τἄλλα δ' ἄλλοις ἄφες·
μηδὲ φωνήν τις ἀκούσῃ σου περὶ αὐτῶν ποτε·
μηδ', ἂν ἐπαινέσῃ τις ἐπ' αὐτοῖς, ἀνέχου· δόξον
δὲ μηδεὶς εἶναι, καὶ εἰδέναι μηδέν. Μόνον τοῦτο   37
εἰδὼς φαίνου, πῶς μήτ' ἀποτύχῃς ποτὲ, μήτε
περιπίσῃς. Ἄλλοι μελετάτωσαν δίκας, ἄλλοι   38
προβλήματα, ἄλλοι συλλογισμούς· σὺ ἀποθνήσκειν, σὺ δεδίσθαι, σὺ στρεβλοῦσθαι, σὺ ἐξορί-
ζεσθαι. πάντα ταῦτα θαῤῥούντως πεποιθότως   39
τῷ κεκληκότι σε ἐπ' αὐτὰ, τῷ ἄξιον τῆς χώρας ταύτης κεκρικότι, ἐν ᾗ καταταχθεὶς, ἐπι-
δείξεις τίνα δύναται λογικὸν ἡγεμονικὸν, πρὸς
τὰς ἀπροαιρέτους δυνάμεις ἀντιταξάμενον. Καὶ   40
οὕτω τὸ παράδοξον ἐκεῖνο οὐκέτι οὔτ' ἀδύνατον
Φανεῖται, οὔτε παράδοξον, ὅτι ἅμα μὲν εὐλαβεῖσθαι

mortem; & cognosces.
Profer labores, carce-
rem, ignominiam, con-
demnationem. Hæc est
ostentatio adolescentis e
schola progressi. Reliqua
cæteris relinquito; neque
quisquam de illis vocem
ullam ex te audiat; neque
tu laudari te ob ea finito;
sed putato, te esse nemi-
nem, & scire nihil. Illud
duntaxat te scire ostende,
quo pacto neque voto fru-
streris umquam, neque in id
quod nolles incidas. Alii
caussas meditentur foren-
ses, alii problemata, alii
syllogismos: tu meditare
mortem, tu vincula, tu
tormenta, tu exsilia: atque
hæc omnia fidenter, atque
ita ut qui ei obtemperes,
qui te ad illa vocarit, qui
te eo loco dignum judica-
rit, in quo constitutus de-
monstrares quid possit principalis pars animæ ratione
prædita, cum se rebus iis,
quæ juris alieni sunt, op-
posuerit. Atque sic para-
doxum illud . non amplius
aut impossibile aut præ-
ter opinionem videbitur,
simul

βῆσθαι δεῖ, ἅμα δὲ θαῤῥεῖν· πρὸς μὲν τὰ
ἀπροαίρετα θαῤῥεῖν, ἐν δὲ τοῖς προαιρετικοῖς
εὐλαβεῖσθαι.

ΚΕΦ. β'.
Περὶ Ἀταραξίας.

Ὅρα σὺ, ὁ ἀπιὼν ἐπὶ τὴν δίκην, τί θέλεις τη-
2 ρῆσαι, καὶ ποῦ θέλεις ἀνῦσαι. Εἰ γὰρ προαίρεσιν θέλεις τηρῆσαι κατὰ φύσιν ἔχουσαν, πᾶσά
σοι ἀσφάλεια, πᾶσά σοι εὐμάρεια, πρᾶγμα οὐκ
3 ἔχεις. Τὰ γὰρ ἐπὶ σοὶ, αὐτεξούσια καὶ φύσει ἐλεύθερα, θέλων τηρῆσαι, καὶ τούτοις ἀρκούμενος, τίνος ἔτι ἐπιστρέφῃ; Τίς γὰρ αὐτῶν
4 κύριος; Τίς αὐτὰ δύναται ἀφελέσθαι; Εἰ θέλεις
αἰδήμων εἶναι, καὶ πιστὸς, τίς οὐκ ἐάσει σε; Εἰ
θέλεις μὴ κωλύεσθαι, μηδ᾽ ἀναγκάζεσθαι, τίς σε

ἀναγ.

simul & cautos & fidentes nos esse oportere; fidentes, in rebus non volunta- riL; cautos, in rebus quæ noftri sunt arbitrii.

CAP. II.
De Imperturbato animi statu.

Vide tu qui in jus ambulas, quid tueri velis, & qua parte velis proficere? Nam si voluntatem conservare studes naturæ consentaneam, ómnia tibi tuta sunt, omnia facilia, negotium non habes. Si enim, quæ in potestate tuâ, quæ tui arbitrii natu- râque libera sunt, ea custodire, iisque contentus esse volueris, quid præterea curabis? Quis enim eorum potestatem habebit? Quis eripere illa potest? Si voles verecundus esse & fidelis, quis te non sinet? Si neque prohiberi neque cogi

voles,

ἀναγκάσει ὀρέγεσθαι ὧν οὐ δοκεῖ σοι; τίς ἐκκλίνειν ἃ μὴ φαίνεταί σοι; Ἀλλὰ τί; Πράξει μέν 5
σοι τινά, ἃ δοκεῖ φοβερὰ εἶναι· ἵνα δὲ καὶ ἐκκλίνων αὐτὰ πάθῃς, πῶς δύναται ποιῆσαι; Ὅταν 6
οὖν ἐπί σοι ᾖ τὸ ὀρέγεσθαι καὶ ἐκκλίνειν, τίνος
ἔτι ἐπιστρέφῃ; Τοῦτό σοι προοίμιον, τοῦτο διήγη- 7
σις, τοῦτο πίστις, τοῦτο νίκη, τοῦτο ἐπίλογος,
τοῦτο εὐδοκίμησις.

Διὰ τοῦτο ὁ Σωκράτης πρὸς τὸν ὑπομιμνή- 8
σκοντα, ἵνα παρασκευάζηται πρὸς τὴν δίκην, ἔφη·
Οὐ δοκῶ οὖν σοι ἅπαντι τῷ βίῳ πρὸς τοῦτο παρασκευάζεσθαι; Ποίαν παρασκευήν; Τετήρηκα, 9
φησὶν, τὸ ἐπ᾽ ἐμοί. Πῶς οὖν; Οὐδὲν οὐδέποτ᾽
ἄδικον οὔτ᾽ ἰδίᾳ οὔτε δημοσίᾳ ἔπραξα. Εἰ δὲ 10
θέλεις καὶ τὰ ἐκτὸς τηρῆσαι, τὸ σωμάτιον, καὶ
τὸ οὐσίδιον, καὶ τὸ ἀξιωμάτιον· λέγω σοι, ἤδη
αὐτό-

voles, quis te coget ea adpetere, quæ tibi non adpe-
tenda videntur? Quis averfari, quæ tibi non viden-
tur averfanda? Quid vero?
Statuet ille quidem in te
nonnulla, quæ terribilia
videntur: fed, ut tu cum
declinatione etiam & averfatione patiaris illa, id
qui facere poffit? Cum igitur penes te fit adpetere &
declinare, quid adhuc cu-
ras? Hoc tibi exordium
efto, hæc narratio, hæc con-
firmatio, hæc victoria, hæc
peroratio, hæc gloriatio.

Quapropter Socrates ad
eum qui fubmonuerat, ut
fe ad cauffam dicendam
pararet: Quid ergo, in-
quit, non tibi videor per
omnem ætatem ad iftud
me paraffe? Quâ præpara-
tione? Confervavi, inquit,
id quod penes me fuit.
Quo modo ergo? Nihil
umquam injuftum, neque
privatim, neque publice feci. Quod fi vero externa
etiam tueri volueris, corpufculum, reculam, & di-
gnitatulam; dico tibi, jam
nunc e veftigio præpara te,

αὐτόθεν παρασκευάζου τὴν δυνατὴν παρασκευὴν
πᾶσαν· καὶ λοιπὸν σκέπτου καὶ τὴν φύσιν τοῦ
11 δικαστοῦ, καὶ τὸν ἀντίδικον. εἰ γονάτων ἅψασθαι
δῖ, γονάτων ἅψαι· εἰ κλαῦσαι, κλαῦσον· εἰ οἰμῶ-
12 ξαι, οἴμωξον. Ὅταν γὰρ ὑποθῇς τὰ σὰ τοῖς
ἐκτὸς, δούλευε τὸ λοιπὸν, καὶ μὴ ἀντισπῶ, καὶ
13 ποτὲ μὲν θέλε δουλεύειν, ποτὲ δὲ μὴ θέλε· ἀλλ'
ἁπλῶς, καὶ ἐξ ὅλης τῆς διανοίας, ἢ ταῦτα ἢ
ἐκεῖνα, ἢ ἐλεύθερος ἢ δοῦλος, ἢ πεπαιδευμένος ἢ
ἀπαίδευτος, ἢ γενναῖος ἀλεκτρυὼν ἢ ἀγεννὴς, ἢ
ὑπόμενε τυπτόμενος μέχρις ἂν ἀποθάνῃς, ἢ ἀπα-
γόρευσον εὐθύς· μή σοι γένοιτο πληγὰς πολλὰς
14 λαβὼν, καὶ ὕστερον ἀπαγορεῦσαι. Εἰ δ' αἰσχρὰ
ταῦτα, αὐτόθεν ἤδη δίελε· ποῦ φύσις κακῶν καὶ
ἀγαθῶν; οὗ καὶ ἀλήθεια. ὅπου ἀλήθεια, καὶ οὗ
φύσις, ἐκεῖ τὸ εὐλαβές· ὅπου ἡ ἀλήθεια, ἐκεῖ τὸ
θαῤῥαλέον, ὅπου ἡ φύσις.

'Επεὶ

& subsidia compara quæcumque potueris; tum deinde considera etiam, quodnam sit & judicis tui ingenium & adversarii. Si amplectenda sunt genua; genua amplectere: si plorandum; plora: si gemendum; geme. Cum enim tua semel rebus externis subjeceris; quod reliquum est, servito, nec in diversa trahitor, ut aliquando servire velis. aliquando nolis; sed simpliciter totoque pectore aut hæc, aut illa sequitor; aut liber, aut servus; aut disciplinæ imbutus, aut rudis; aut strenuus gallos, aut ignavus esto; aut sostine verbera usque ad mortem, aut statim cede; ne tibi accidat, ut, multis jam acceptis plagis, tum demum ultro pugnam omittas. Quod si vero hæc turpia sunt; jam nunc continuo rem explica: ubi sita est natura malorum & bonorum? Ubi & veritas. Ubi veritas & natura, ibi est & cautio. Ubi veritas & natura, ibi est etiam fiducia.

Nam

Ἐπεὶ τί δοκεῖ; ὅτι τὰ ἐκτὸς τηρῆσαι θέλων 15
Σωκράτης, παρελθὼν ἂν ἔλεγεν, Ἐμὲ δ᾽ Ἄνυτος
καὶ Μέλιτος ἀποκτεῖναι μὲν δύνανται, βλάψαι δὲ
οὔ; Οὕτω μωρὸς ἦν, ἵνα μὴ ἴδῃ ὅτι αὕτη ἡ ὁδὲς 16
ἐνταῦθα οὐ φέρει, ἀλλ᾽ ἄλλῃ; τί οὖν ἐστιν, ὅτι
οὐκ ἔχει λόγον, καὶ προσερεθίζει; Ὡς ὁ ἐμὸς 17
Ἡράκλειτος, περὶ ἀγειδίου πραγμάτιον ἔχων ἐν
Ῥέδῳ, καὶ ἀποδείξας τοῖς δικασταῖς ὅτι δίκαια
λέγει, ἐλθὼν ἐπὶ τὸν ἐπίλογον, ἔφη· ὅτι, Ἀλλ᾽
οὔτε δεήσομαι ὑμῶν, οὔτ᾽ ἐπιστρέφομαι τί μέλ-
λετε κρίνειν· ὑμεῖς τε μᾶλλεν οἱ κρινόμενοι ἐστὲ,
ἢ ἐγώ. Καὶ οὕτω κατέστρεψε τὸ πραγμάτιον. Τίς 18
χρεία; Μόνον μὴ δέου· μὴ προστίθει δ᾽, ὅτι καὶ
σὺ δέομαι. εἰ μή τι καιρός ἐστιν ἐπίτηδες ἐρεθί-
σαι τοὺς δικαστὰς, ὡς Σωκράτει. Καὶ σὺ, εἰ τοι- 19
οῦτον ἐπίλογον παρασκευάζῃ, τί ἀναμένεις; τί

M 2

ὑπα-

Nam quid putas? si externa tueri Socrates voluisset. prodeuntem dicturum fuisse: „Me quidem Anytus & Melitus occidere possunt, lædere autem non possunt?“ Adeone stupidus fuisset, ut nesciret, hanc viam non eo ferre, sed alio? Cur ergo, *si externa tueri voluit*, rationem nullam *adversariorum suorum* habet, & insuper eos irritat? Sic meus Heraclitus, cum de agello negotiolum Rhodi haberet, & judicibus demonstrasset causse suæ justitiam, progressus ad perorationem: „neque orabo vos, inquit, „neque curo quid sitis pro„nunciaturi: deque vobis „potius, quam de me, sit ju„dicium.“ Atque ita negotiolum evertit. Quid opus isto fuit? Tantummodo ne ora; noli autem adjicere, te non esse oraturum: nisi forte ferat tempus, ut de industria fiat irritandi judices; id quod Socrati usu venit. Tu igitur, quod si talem perorationem paras, quid exspectas? Cur judi-

cio

20 ὑπακούεις; Εἰ γὰρ σταυρωθῆναι θέλεις, ἔκδεξαι, καὶ ἥξει ὁ σταυρός· εἰ δ' ὑπακοῦσαι λόγος αἱρεῖ καὶ πεῖσαι τό γε παρ' αὐτὸν, τὰ ἑξῆς τούτῳ ποιητέον, τηροῦντι μέντοι τὰ ἴδια.

21   Ταύτῃ καὶ γελοῖόν ἐστι τὸ λέγειν, Ὑπόθου μοι. Τί σοι ὑπεθῶμαι; Ἀλλὰ, ποίησόν μου τὴν διάνοιαν,

22 ὅ τι ἂν ἀποβαίνῃ, πρὸς τοῦτο ἁρμόσασθαι. Ἐπεὶ ἐκεῖνό γε ὅμοιόν ἐστιν, οἷον εἰ ἀγράμματος λέγοι, Εἰπέ μοι τί γράψω, ὅταν μοι προβληθῇ τι

23 ὄνομα. Ἂν γὰρ εἴπω, ὅτι Δίων· εἶτα παρελθὼν ἐκεῖνος αὐτῷ προβάλῃ μὴ τὸ Δίωνος ὄνομα,

24 ἀλλὰ τὸ Θέωνος· τί γένηται; τί γράψει; Ἀλλ' εἰ μὲν μεμελέτηκας γράφειν, ἔχεις καὶ παρασκευάσασθαι πρὸς πάντα τὰ ὑπαγορευόμενα. εἰ δὲ μὴ, τί σοι ἐγὼ νῦν ὑποθῶμαι; ἂν γὰρ ἄλλο τι ὑπαγορεύῃ τὰ πράγματα, τί ἐρεῖς, ἢ τί

25 πράξεις; Τούτου οὖν τοῦ καθολικοῦ μέμνησο, καὶ
                                                  ὑπο-

cio te fiftis? Nam fi in crucem tolli cupis, exfpecta; aderit crux: fin ratio fuaferit, ut pareas judici, & cauffam tuam, quoad in te eft, ei probes, cætera his confentanea facienda funt; modo conferves quæ tua funt.

Eâ quoque ratione ridiculum eft, dicere: mone me. Quid te moneam? Immo, effice ut meus animus, quidquid evenerit, ad id fe adcommodet. Nam illud quidem perinde eft, ac fi illiteratus dicat: Dic

mihi quid fcribam, ubi nomen aliquod propofitum mihi fuerit. Nam fi ego Dionis nomen dixero, deinde vero alter accedat, eique non Dionis, fed Theonis nomen proponat; quid fiet? quid fcribet? Verum fi fcribendo exercitatus fueris, poffis te parare ad ea omnia fcribenda quæ dictantur. Sin minus; quid ego nunc te moneam? Nam fi quid aliud res ipfæ poftularint, quid dices, aut facies? Hoc igitur univerfale memento,
                              atque

ὑποθήκης οὐκ ἀπορήσεις. Ἐὰν δὲ πρὸς τὰ ἔξω
χάσκῃς, ἀνάγκη σε ἄνω καὶ κάτω κυλίεσθαι,
πρὸς τὸ βούλημα τοῦ κυρίου. Τίς δ' ἔστι κύριος; 26
Ὁ τῶν ὑπὸ σοῦ τινος σπουδαζομένων ἢ ἐκκλινο-
μένων ἔχων τὴν ἐξουσίαν.

ΚΕΦ. γ'.

Πρὸς τοὺς συνιστάντας τινὰς τοῖς Φιλοσόφοις.

Καλῶς ὁ Διογένης, πρὸς τὸν ἀξιοῦντα γράμματα παρ' αὐτοῦ λαβεῖν συστατικὰ, Ὅτι μὲν
ἄνθρωπος, φησὶν, εἶ, καὶ ἰδὼν γνώσεται· εἰ δ' ἀγαθὸς ἢ κακός, εἰ μὲν ἔμπειρός ἐστι διαγνῶναι τοὺς
ἀγαθοὺς καὶ κακοὺς, γνώσεται· εἰ δ' ἄπειρος, οὐδ'
ἂν μυριάκις γράψω αὐτῷ. Ὅμοιον γὰρ, ὥσπερ 2
εἰ δραχμὴ συσταθῆναί τινι ἠξίου, ἵνα δοκιμασθῇ,

M 3

εἰ

atque ita non egebis admonitione. Quod fi vero re-
bus externis inhiaveris,
necesse te erit sursum ac
deorsum volutasi, domini
arbitratu. Quis autem est
dominus? Is is cujus po-
testate sunt es, quæ a te
vel expetantur, vel fu-
giuntur.

CAP. III.

Ad eos qui philosophis aliquos commendant.

Recte Diogenes ad eum,
qui commendatitias ab eo
literas petebat: Te qui-
dem, inquit, esse homi-
nem, cum primum viderit,
agnoscet: utrum vero bo-
nus, an malus sis, siqui-
dem peritus est bonos &
malos discernendi, cogno-
scet; sin imperitus, non
cognoscet, etiamsi sexcen-
ties scripsero. Nam perinde est, ac si drachma com-
mendari se alicui vellet, ut
explo-

εἰ ἀργυρογνωμονικός ἐστι, γνώσεται· σὺ γὰρ σαυ-
3 τὴν συστήσεις. Ἔδει οὖν τοιοῦτόν τι ἔχειν ἡμᾶς
καὶ ἐν τῷ βίῳ, οἷον ἐπ' ἀργυρίου, ὃ εἰπεῖν δύναμαι καθάπερ ὁ ἀργυρογνώμων λέγει, Φέρε ἣν
4 θέλεις δραχμὴν, καὶ διαγνώσομαι. Ἀλλ' ἐπὶ
συλλογισμῶν, Φέρε ὃν θέλεις, καὶ διακρινῶ σοι
τὸν ἀναλυτικόν τε καὶ μή. Διατί; Οἶδα γὰρ ἀναλύειν συλλογισμούς. ἔχω τὴν δύναμιν, ἣν ἔχειν
δεῖ τὸν ἐπιγνωστικὸν τῶν περὶ συλλογισμοὺς κα-
5 τορθούντων. Ἐπὶ δὲ τοῦ βίου τί ποιῶ; Νῦν μὲν
λέγω ἀγαθὸν, νῦν δὲ κακόν. Τί τὸ αἴτιον; τὸ
ἐναντίον· ἢ ἐπὶ τῶν συλλογισμῶν, ἀμαθία καὶ
ἀπειρία.

ΚΕΦ.

exploraretur. Si fit argentarius, cognoscet; nam tu te ipsam commendabis. Oportebat igitur nos habere in vita quoque tale aliquid, quale in moneta, ut dicere possem, quemadmodum argentarius dicit, Adfer quamvis drachmam, eam ego discernam. At vero in re syllogistica, adfer quem volueris, & dijudicabo tibi, quis syllogismos resolvere possit, quis non. Quamobrem? Quia novi syllogismos resolvere: habeo facultatem, quam eum oportet habere, qui in re syllogistica bene institutos cognoscere possit. In vita vero quid ago? Nunc dico bonum, nunc malum. Quid caussæ est? Contrarium quam quod in re syllogistica evenit, inscitia nempe atque imperitia.

CAP.

ΚΕΦ. δ'.

Πρὸς τὸν ἐπὶ μοιχείᾳ ποτὲ κατειλημμένον.

Λέγοντος αὐτῷ, ὅτι ὁ ἄνθρωπος πρὸς πίστιν
γέγονε, καὶ τοῦτο ὁ ἀνατρέπων ἀνατρέπει τὸ
ἴδιον τοῦ ἀνθρώπου· ἐπεισῆλθέ τις τῶν δοκούν-
των φιλολόγων, ὃς κατείληπτό ποτε μοιχὸς ἐν
τῇ πόλει. Ὁ δ', Ἀλλ' ἂν, φησὶν, ἀφέντες 2
τοῦτο τὸ πιστὸν, πρὸς ὃ πεφύκαμεν, ἐπιβου-
λεύωμεν τῇ γυναικὶ τοῦ γείτονος, τί ποιοῦμεν;
Τί γὰρ ἄλλο, ἢ ἀπόλλυμεν καὶ ἀναιροῦμεν;
τίνα; τὸν πιστὸν, τὸν αἰδήμονα, τὸν ὅσιον.
Ταῦτα μόνα; γειτνίασιν δ' οὐκ ἀναιροῦμεν; Φι- 3
λίαν δ' οὔ; πόλιν δ' οὔ; εἰς τίνα δὲ χώραν
αὑτὸς κατατάσσομεν; Ὡς τίνι σοι χρῶμαι, ἄν-
M 4   θρωπε;

C A P. IV.

Ad eum qui aliquando in adulterio deprehensus fuerat.

Dicente eo, hominem ad
fidem servandam esse na-
tum; quam sententiam qui
everteret, eum evertere
proprium hominis munus:
quidam ingressus est ex eorum numero, qui litera-
ti habentur, aliquando in
adulterio deprehensus in
urbe. Tum ille: At, in-
quit, si omissa ea fide, ad
quam nati sumus, uxori vicini insidiemur, quid agimus? Quid aliud, nisi
perdimus & evertimus?
Quem? Fidelem, verecun-
dum, sanctum. Haeccine
sola? Vicinitatem porro
non evertimus? non ami-
citiam? non rempublicam?
quo denique loco nosmet-
ipsos collocamus? Quo
loco te habeam, ò homo?
An vicini? an amici? Quo
tan.

θεραπε; Ὡς γείτονι; ὡς φίλῳ; Ποίῳ τίνι; Ὡς
4 πολίτῃ; Τί σοι πιστεύσω; Εἶτα σκευάριον μὲν
εἰ ἦς οὕτω σαπρὸν, ὥστε σοι πρὸς μηδὲν δύνασθαι
χρῆσθαι; ἔξω ἂν ἐπὶ τὰς κοπρίας ἐρρίπτου, καὶ
5 οὐδ᾽ ἐκεῖθεν ἄν τις σε ἀνῃρεῖτο. Εἰ δ᾽ ἄνθρωπος
ὢν, οὐδεμίαν χώραν δύνασαι ἀποπληρῶσαι ἀνθρω-
πικὴν, τί σε ποιήσωμεν; Ἔσται γάρ, φίλου οὐ δύνασαι τόπον ἔχειν, δούλου δύνασαι; Καὶ τίς σοι
πιστεύσῃ; Οὐ θέλεις οὖν ῥιφῆναί που καὶ αὐτὸς
ἐπὶ κοπρίαν, ὡς σκεῦος ἄχρηστον, ὡς κόπριον;
6 Εἶτα ἐρεῖς, Οὐδείς μου ἐπιστρέφεται, ἀνθρώπου
φιλολόγου; Κακὸς γὰρ εἶ, καὶ ἄχρηστος. οἷον εἰ
οἱ σφῆκες ἠγανάκτουν, ὅτι οὐδεὶς αὐτῶν ἐπιστρέφεται, ἀλλὰ φεύγουσι πάντες, κἄν τις δύ-
7 νηται, πλήξας κατέβαλε. Σὺ κέντρον ἔχεις τοιοῦτον, ὥστε ὃν ἂν πλήξῃς, εἰς πράγματα καὶ
ὀδύνας ἐμβάλλειν. Τί σε θέλεις ποιήσωμεν;
Οὐκ ἔχεις που τεθῇς.

Τί

tandem? An civis? Quid tibi credam? Quod si va-sculum esses ita putre, ut tui nullus usus esset, foras in sterquilinium projicere-ris, ac ne inde quidem te quisquam tolleret. At homo cum sis, si nullum humanum locum sustinere queas, quid tibi faciemus? Esto te amici locum tenere non posse, servi potes? Quis tibi fidem habebit? Non igitur & ipse aliquo in sterquilinium vis abjici, ut vas inutile & sterquilinio dignum? Iam tu dices: Nemo me curat, hominem literatum? Nempe quia malus es, & inutilis. Perinde facis, ac si vespæ indignarentur, se curari a nemine, sed vitari ab omnibus, &, si quis possit, percussas projici. Tu eum habes stimulum, quo si quem percusseris, eam in molestiam & dolores conjicias. Quid vis tibi faciamus? Non habes quo colloceris.

Quid

Τί οὖν; οὐκ εἰσὶν αἱ γυναῖκες κοιναὶ φύσει; 8
Κἀγὼ λέγω. καὶ γὰρ τὸ χοιρίδιον κοινὸν τῶν κε-
κλημένων· ἀλλ' ὅταν μέρη γένηται, ἄν σοι
φανῇ, ἀνάρπασον ἐλθὼν τὸ τοῦ παρακειμένου
μέρος, ἢ λάθρα κλέψον, ἢ παρακαθεὶς τὴν
χεῖρα λίχνευε, κἂν μὴ δύνῃ τοῦ κρέως ἀπο-
σπάσαι, λίπαινε τοὺς δακτύλους, καὶ περίλειχε.
Καλὸς συμπότης, καὶ σύνδειπνος Σωκρατικός.
Ἄγε, τὸ δὲ θέατρον οὐκ ἔστι κοινὸν τῶν πολι- 9
τῶν; Ὅταν οὖν καθίσωσιν, ἐλθὼν, ἄν σοι
φανῇ, ἔκβαλέ τινα αὐτῶν. Οὕτω καὶ αἱ γυ- 10
ναῖκες φύσει κοιναί. Ὅταν δ' ὁ νομοθέτης, ὡς
ἑστιάτωρ, διέλῃ αὐτάς, οὐ θέλεις καὶ αὐτὸς
ἴδιον μέρος ζητεῖν, ἀλλὰ τὸ ἀλλότριον ὑφαρ-
πάζεις καὶ λιχνεύεις; Ἀλλὰ καὶ φιλόλογος 11
εἰμὶ, καὶ Ἀρχέδημον νοῶ. Ἀρχέδημον τοίνυν νοῶν,

M 5
μοιχὸς

Quid ergo? nonne funt communes naturâ mulieres? Adfentior. Nam & porcellus communis eft eorum qui funt invitati: fed cum in partes diffectus & diftributus fuerit; tu, fi tibi videbitur, i & partem rape ejus qui tibi adfidet, aut furare clanculum, aut immiffa manu carpe, &, quod fi de carne nihil poteris avellere, pinguedine imbue digitos & delinge. O egregium compotorem, & convivam Socraticum!	Age vero, nonne & theatrum commune eft civium? cum igitur confederint, tu adefto, ubi vifum fuerit, & eorum aliquem ejicito. Sic etiam mulieres naturâ funt communes. Ubi autem legislator, tamquam convivator, eas diviferit, tu non vis tuam tibi partem quærere, fed potius alienam rapies, & liguries? At homo literatus fum, & Archedemum intelligo! Ergo tu Archedemum intelligens, adul-

μοιχὸς ἴσθι, καὶ ἄπιστος, καὶ ἀντὶ ἀνθρώπου λύκος ἢ πίθηκος. Τί γὰρ διαφέρει;

ΚΕΦ. ε'.

Πῶς συνυπάρχει μεγαλοφροσύνη καὶ ἐπιμέλεια.

Αἱ ὗλαι ἀδιάφοροι· ἡ δὲ χρῆσις αὐτῶν οὐκ ἀδιάφορος. Πῶς οὖν τηρήσει τις ἅμα μὲν τὸ εὐστα-
θὲς καὶ ἀτάραχον, ἅμα δὲ τὸ ἐπιμελὲς, καὶ
μὴ εἰκαῖον, μηδ' ἐπισσευρμένον; Ἂν μιμῆται
τοὺς κυβεύοντας. Αἱ ψῆφοι ἀδιάφοροι, οἱ κύ-
βοι ἀδιάφοροι. Πόθεν οἶδα τί μέλλει πίπτειν;
Τῷ πεσόντι δ' ἐπιμελῶς καὶ τεχνικῶς χρῆσθαι,
τοῦτο ἤδη ἐμὸν ἔργον ἐστίν. Οὕτω τοίνυν τὸ
προηγούμενον καὶ ἐπὶ τοῦ βίου ἔργον ἐκεῖνο· διελε
τὰ πράγματα, καὶ διάστησον, καὶ εἰπέ· Τὰ
ἔξω

adulter esto, & perfidus, aut simius! Quid enim
& loco hominis lupus interest?

CAP. V.

Quo pacto cum Magnitudine animi Diligentia conjungatur.

Materiæ sunt indifferentes; sed earum usus non est indifferens. Quo pacto igitur homo simul constantiam & animi tranquillitatem, simulque diligentiam tuebitur, ut neque temere neque negligenter res suas agat? Si eos imitetur qui ludant tesseris. Calculi sunt indifferentes, tesseræ sunt indifferentes. Unde sciam, quid sit casurum? Eo autem quod ceciderit, diligenter & artificiosè uti, hoc vero meum munus est. Sic etiam in vita præcipuum illud munus est, ut res distinguas ac discernas, dicens: Externæ res In
mea

ἔξω οὐκ ἐπ' ἐμοὶ, προαίρεσις ἐπ' ἐμοί. Ποῦ ζη- 5
τήσω τὸ ἀγαθὸν, καὶ τὸ κακόν; Ἔσω ἐν τοῖς
ἐμοῖς. Ἐν δὲ τοῖς ἀλλοτρίοις μηδέποτε μήτ'
ἀγαθὸν ὀνομάσῃς, μήτε κακὸν, μήτ' ὠφέλειαν, μήτε βλάβην, μήτ' ἄλλο τι τῶν τοιούτων.

Τί οὖν; ἀμελῶς τούτοις χρηστέον; Οὐδαμῶς. 6
τοῦτο γὰρ πάλιν τῇ προαιρέσει κακόν ἐστι, καὶ
ταύτῃ παρὰ τὴν φύσιν. ἀλλ' ἅμα μὲν ἐπιμε- 7
λῶς, ὅτι ἡ χρῆσις οὐκ ἀδιάφορον· ἅμα δ' εὐσταθῶς καὶ ἀταράχως, ὅτι ἡ ὕλη οὐ διαφέρουσα.
Ὅπου γὰρ τὸ διάφορον, ἐκεῖ οὔτε κωλῦσαί μέ τις 8
δύναται, οὔτ' ἀναγκάσαι. ὅπου κωλυτὸς καὶ
ἀναγκαστός εἰμι, ἐκείνων ἡ μὲν τεῦξις οὐκ ἐπ'
ἐμοὶ, οὐδ' ἀγαθὸν ἢ κακόν· ἡ χρῆσις δ' ἢ κακὸν,
ἢ ἀγαθὸν, ἀλλ' ἐπ' ἐμοί. Δύσκολον δὲ μῖξαι 9
καὶ

mea parte non sunt; vo-
luntas in mea parte est.
Ubi quæram bonum & ma-
lum? Intrinsecus, in meis.
In alienis autem numquam
nec bonum nominabis, nec
malum, nec utilitatem,
nec damnum, neve quid-
quam aliud ex hoc ge-
nere.

Quid ergo? negligenter
istis utendum est? Nequa-
quam: nam hoc rursus vo-
luntati malum est, adeoque
contra naturam: sed par-

tim diligenter, quia usus
eorum non est indifferens;
partim constanter & animo
non perturbato, quoniam
materia indifferens. Nam
ubi interest aliquid, ibi neque prohibere me quisquam
potest, neque cogere: ubi
vero & prohiberi & cogi
possum, earum rerum adep-
tio non penes me est, &
neque bonum, neque ma-
lum; usus autem earum
aut bonum aut malum est,
sed in mea potestate situs.
Est autem difficile, miscere
hæc

καὶ συναγαγὼν ταῦτα, ἐπιμέλειαν τοῦ προσπε-
πονθότος ταῖς ὕλαις, καὶ εὐστάθειαν τοῦ ἀνεπι-
στρεπτοῦντος· πλὴν οὐκ ἀδύνατον. εἰ δὲ μὴ,
10 ἀδύνατον τὸ εὐδαιμονῆσαι. Ἀλλ' οἷόν τι ἐπὶ τοῦ
πλῶ ποιοῦμεν. Τί μοι δύναται; Τὸ ἐκλέξασθαι τὸν κυβερνήτην, τοὺς ναύτας, τὴν ἡμέραν,
11 τὸν καιρόν. Εἶτα χειμὼν ἐμπέπτωκε. Τί οὖν ἔτι
μοι μέλει; τὰ γὰρ ἐμὰ ἐκπεπλήρωται. ἄλλου
ἐστὶν ἡ ὑπόθεσις, τῇ κυβερνήτου. Ἀλλὰ καὶ ἡ
12 ναῦς καταδύεται. Τί οὖν ἔχω ποιῆσαι; Ὁ δύναμαι, τοῦτο μόνον ποιῶ· μὴ φοβούμενος ἀπο-
πνίγωμαι, οὐδὲ κεκραγώς, οὐδ' ἐγκαλῶν τῷ Θεῷ,
13 ἀλλ' εἰδὼς, ὅτι τὸ γενόμενον καὶ φθαρῆναι δεῖ. οὐ
γάρ εἰμι αἰὼν, ἀλλ' ἄνθρωπος, μέρος τῶν πάντων, ὡς ὥρα ἡμέρας· ἐνστῆναί με δεῖ, ὡς τὴν
14 ὥραν, καὶ παρελθεῖν, ὡς ὥραν. Τί οὖν μοι διαφέρει,
πῶς

hæc duo inter sese, & in unum conferre; diligentiam ejus qui rebus adhi-tur, & constantiam illius qui nihil easdem curat; nec tamen impossibile: alioquin impossibile esset felicitatis compotem fieri. Sed similiter faciendum atque in navigatione facimus. Quid ego præstare possum? Eligere gubernatorem, nautas, diem, opportunitatem. Post ingruit tempestas. Quid igitur mihi porro curæ est? nam meo sum functus munere? Alterius est hoc argumentum, gubernatoris. At & navis mergitur. Quid igitur est quod faciam? Quod possum, id solum ego: ut non perterritus suffocer, neque clamitans, neque Deum accusans; sed ut qui norim, quod natum sit, ei etiam esse pereundum: neque enim sum natura æterna, sed homo; pars universi, ut hora diei: adesse me oportet, ut horam; & præterire, ut horam. Quid igitur mea interest, quomodo

πῶς παρέλθω; πότερον πνιγεὶς ἢ πυρέξας; διὰ γὰρ τοιούτου τινὸς δεῖ παρελθεῖν με.

Τοῦτο ὄψει ποιοῦντας καὶ τοὺς σφαιρίζοντας 15 ἐμπείρως. οὐδεὶς αὐτῶν διαφέρεται περὶ τοῦ ἁρπαστοῦ, ὡς περὶ ἀγαθοῦ ἢ κακοῦ· περὶ δὲ τοῦ βάλλειν καὶ δέχεσθαι. λοιπὸν ἐν τούτῳ ἡ εὐ- 16 ρυθμία, ἐν τούτῳ ἡ τέχνη, τὸ τάχος, ἡ εὐγνω- μοσύνη· ἵν' ἐγὼ μηδ' ἂν τὸν κόλπον ἐκτείνω, δύ- νωμαι λαβεῖν αὐτό· ὁ δέ, ἂν βάλω, λαμβά- νει. Ἂν δὲ μετὰ ταραχῆς καὶ φόβου δεχώμε- 17 θα ἢ βάλλωμεν αὐτό, ποία ἔτι παιδιά; πῶ δέ τις εὐσταθήσει; ποῦ δέ τις τὸ ἑξῆς ὄψεται ἐν αὐτῇ; Ἀλλ' ὁ μὲν ἐρεῖ βάλε, μὴ βάλῃς· ὁ δέ, μίαν ἔβαλες. Τοῦτο δὲ μάχη ἐστί, καὶ οὐ παιδιά.

Τοιγαροῦν Σωκράτης ᾔδει σφαιρίζειν. Πῶς; 18 Παίζων ἐν τῷ δικαστηρίῳ. Λέγε μοι, φησὶν, Ἄνυτε,

modo praeteream? utrum suffocatione, an febri? nam tali quopiam modo est mihi praetereundum.

Idem facere & eos videbis, qui pila scite ludunt. Nemo eorum de harpasto contendit, tamquam de bono aut malo; sed de eo jaciendo, & rursus excipiendo. Igitur in hoc omnis solertia ponitur, in hoc ars, celeritas, dexteritas; ut ego, nec si sinum expandero, id excipere possim; alius vero, si jecero, excipiat. Quod si vero cum perturbatione & metu vel exceperimus vel emiserimus, quis jam ludus? quia constantiae locus erit? ubi conspicietur ludi ordo? Sed alius dicet, jace! alius, ne jace! alius. unam jecisti. Rixa haec est, non ludus.

Quocirca Socrates pila sciebat ludere. Quomodo? Jocari in judicio. Dic mihi, inquit, Anyte, quomodo

Ἄνυτε, πῶς με φὴς Θεὸν οὐ νομίζειν; Οἱ Δαί-
μονές σοι τίνες εἶναι δοκοῦσιν; οὐχὶ ἤτοι Θεῶν
παῖδές εἰσιν, ἢ ἐξ ἀνθρώπων καὶ Θεῶν μεμιγμέ-
19 νοι τινές; Ὁμολογήσαντος δέ· Τίς οὖν σοι δοκῶ
δύνασθαι ἡμιόνους μὲν ἡγεῖσθαι εἶναι, ὄνους δὲ
μή; Ὡς ἀρπαστίῳ παίζων. Καὶ τί ἐκεῖ ἐν μέσῳ ἀρπάστιον; Τὸ ζῆν, τὸ δεδίσθαι, τὸ φυγαδευθῆναι, τὸ πιεῖν φάρμακον, τὸ γυναικὸς ἀφαι-
20 ρεθῆναι, τὸ τέκνα ὀρφανὰ καταλιπεῖν. Ταῦτα ἦν
ἐν μέσῳ οἷς ἔπαιζεν· ἀλλ' οὐδὲν ἧττον ἔπαιζε, καὶ
ἐσφαίριζεν εὐρύθμως. Οὕτω καὶ ἡμεῖς, τὴν μὲν
ἐπιμέλειαν σφαιριστικωτάτην, τὴν δὲ ἀδιαφο-
21 ρίαν ὡς ὑπὲρ ἀρπαστίου. Δεῖ γὰρ πάντως περὶ
τινα τῶν ἐκτὸς ὑλῶν φιλοτεχνῶν, ἀλλ' οὐκ ἐκείνην
ἀποδεχόμενον· ἀλλ', οἷα ἂν ᾖ ἐκείνη, τὴν περὶ αὐτὴν φιλοτεχνίαν ἐπιδεικνύοντα. Οὕτω καὶ ὁ ὑφάν-
της, οὐκ ἔρια ποιεῖ, ἀλλ', οἷα ἂν παραλάβῃ, περὶ
αὐτά.

modo me ais Deum esse non putare? Dæmones tibi quinam esse videntur? Nonne ii vel Deorum filii sunt, vel ex Diis & hominibus commisti? Quod cum ille consensisset; Quis ergo, inquit, tibi videtur censere posse, mulos esse, nec vero esse asinos? Sic jocatus est, quasi pila luderet. Quæ vero ibi fuit proposita pila? Vita, vincula, exsilium, potio veneni, abreptio ab uxore, filiorum derelictio, patre orborum. Hæc in medio erant, quibus ludebat: nihilominus tamen ludebat, & pilam scite mittebat. Sic & nos diligentiam, ut in pilæ ludo, summam adhibeamus; at indifferentiam, quasi de pila ageretur. Omnino enim in externa aliqua materia elaborandum est; at non, quod eam per se probes; sed, qualiscumque illa fuerit, solertiam in ea tuam ut demonstres. Sic etiam textor lanam non facit; sed qualemcun-
que

αὐτὰ φιλοτεχνεῖ. Ἄλλος σοι δίδωσι τροφὰς καὶ 22
κτῆσιν, καὶ αὐτὰ ταῦτα δύναται ἀφελέσθαι, καὶ
τὸ σωμάτιον αὐτό. σὺ λοιπὸν παραλαβὼν τὴν ὕλην,
ἐργάζου. εἶτα ἂν ἐξέλθῃς μηδὲν παθὼν, οἱ μὲν 23
ἄλλοι ἀπαντῶντές σοι συγχαρήσονται, ὅτι ἐσώθης·
ὁ δ' εἰδὼς βλέπειν τὰ τοιαῦτα, ἂν μὲν ἴδῃ ὅτι
εὐσχημόνως ἀνεστράφης ἐν τούτῳ, ἐπαινέσει καὶ
συνησθήσεται· ἂν δὲ δι' ἀσχημοσύνην τινὰ διασε-
σωσμένον, τὰ ἐναντία. Ὅπου γὰρ τὸ χαίρειν εὐλόγως, ἐκεῖ καὶ τὸ συγχαίρειν.

Πῶς οὖν λέγεται τῶν ἐκτός τινα κατὰ φύ- 24
σιν, καὶ παρὰ φύσιν; Ὥσπερ ἂν εἰ ἀπόλυτοι
ἦμεν. τῷ γὰρ ποδὶ κατὰ φύσιν εἶναι ἐρῶ
τὸ καθαρῷ εἶναι· ἀλλ', ἂν αὐτὸν ὡς πόδα λάβῃς, καὶ ὡς μὴ ἀπόλυτον, καθήξει αὐτὸν καὶ
εἰς πηλὸν ἐμβαίνειν, καὶ ἀκάνθας πατῆσαι, καὶ
ὅτιν

que acceperit, eam tractat. Alius tibi largitur victum & possessiones, eademque rursus eripere potest, ipsumque corpusculum una. Tu, quod superest, acceptam materiam tracta. Post, ubi sine clade e certamine fueris egressus, alii obviam facti tibi gratulabuntur, quod incolumis evaseris: qui autem talia scienter spectat, is, siquidem te viderit in eo decenter esse versatum, collaudabit & congratulabitur; sin cum aliquo dedecore evasisse intellexerit, contrarium faciet. Nam ubi gaudere rationi consentaneum est, ibidem etiam congratulari.

Quo pacto igitur dicuntur rerum externarum aliæ secundum naturam esse, aliæ contra naturam? Id quidem ita dicitur, quasi a communi societate soluti essemus. Nam pedi secundam naturam esse dicam, ut mundus sit a sordibus; quod si vero eum ut pedem consideres, & non ut separatum aliquid; conveniet eum aliquando & lutum ingredi,

ἔστιν ὅτε ἀποκοπῆναι ὑπὲρ τοῦ ὅλου· εἰ δὲ μὴ,
οὐκέτι ἐστὶ πούς. τοιοῦτόν τι καὶ ἐφ' ἡμῶν ὑπο-
25 λαβεῖν δεῖ. Τί εἶ; Ἄνθρωπος. Εἰ μὲν ὡς ἀπόλυτον σκοπεῖς, κατὰ φύσιν ἐστὶ, ζῆσαι μέχρι
γήρως, πλουτεῖν, ὑγιαίνειν. εἰ δ' ὡς ἄνθρωπον
σκοπεῖς, καὶ μέρος ὅλου τινὸς, δι' ἐκεῖνο τὸ ὅλον
νῦν μέν σοι νοσῆσαι καθῆκει, νῦν δὲ πλεῦσαι, καὶ
κινδυνεῦσαι, νῦν δ' ἀπορηθῆναι, πρὸ ὥρας δ'
26 ἔστιν ὅτε ἀποθανεῖν. Τί οὖν ἀγανακτεῖς; οὐκ
οἶδας, ὅτι ὡς ἐκεῖνος οὐκέτι ἐστὶ πούς, οὕτως οὐδὲ
σὺ ἄνθρωπος; Τί γάρ ἐστιν ἄνθρωπος; Μέρος
πόλεως, πρώτης μὲν τῆς ἐκ Θεῶν καὶ ἀνθρώ-
πων· μετὰ ταῦτα δὲ τῆς ὡς ἔγγιστα λεγομένης,
27 ἥ τις ἐστὶ μικρὸν τῆς ὅλης μίμημα. Νῦν οὖν ἐμὲ
κρίνεσθαι; Νῦν οὖν ἄλλον πυρέσσειν; ἄλλον
πλεῖν; ἄλλον ἀποθνήσκειν; ἄλλον κατακεκρίσθαι;
Ἀδύνα-

gredi, & super spinis incedere, & interdum etiam resecari pro corpore universo; alioqui pes non amplius esset: Tale aliquid etiam de nobis est existimandum. Quid es? Homo. Siquidem te ut aliquid a communi societate solutum consideras, secundum naturam est, vivere usque ad senectam, florere opibus, valere: sin ut hominem & partem alicujus universi, ob universum illud nunc ægrotare tibi convenit, nunc navigare, & pericula adire, nunc inopiâ conflictari, aliquando etiam ante tempus mori. Quid ergo ægre fers? an nescis, quemadmodum ille non amplius pes est, ita & te non amplius esse hominem? Quid enim est homo? Pars civitatis, primum, ejus quæ ex diis constat & hominibus: deinde illius quæ proxime ita dicitur, quæ est parvum quoddam universæ illius simulacrum. Nunc ergo me in judicium vocari? Nunc ergo alium febricitare! alium navigare! alium emori! alium condemnatum

Ἀδύνατον γὰρ ἐν τοιούτῳ σώματι, ἐν τούτῳ τῷ
περιέχοντι, τούτοις τοῖς συζῶσι, μὴ συμπίπτειν
ἄλλοις ἄλλα τοιαῦτα. Σὸν οὖν ἔργον, ἐλθόντα 29
εἰπεῖν ἃ δεῖ, διαθέσθαι ταῦτα ὡς ἐπιβάλλει.
Εἶτα ἐκεῖνος λέγει, Κρινῶ σε ἀδικεῖν. Εὖ σοι γέ- 30
νοιτο. ἐποίησα ἐγὼ τὸ ἐμόν· εἰ δὲ καὶ σὺ τὸ σὸν
ἐποίησας, ὄψει αὐτός. ἔστι γάρ τις κἀκείνου κίνδυνος, μή σε λανθανέτω.

ΚΕΦ. ς'.

Περὶ ἀδιαφορίας.

Τὸ συνημμένον ἀδιάφορον· ἡ κρίσις ἡ περὶ αὐτῦ
οὐκ ἀδιάφορος, ἀλλ᾽ ἢ ἐπιστήμη, ἢ δόξα, ἢ ἀπά-
τη. Οὕτω τὸ ζῆν ἀδιάφορον, ἡ χρῆσις οὐκ ἀδιάφορος. Μή ποτ᾽ οὖν, ὅταν εἴπῃ τις ὑμῖν ἀδιαφο- 2
ρεῖν

tum esse! *Quid mirum?*
neque enim fieri poteft, ut
in tali corpore, tali cœlo,
talibus convicturibus, non
aliis alia hujus generis accidant. Tuum igitur mu-
nus eft, ut dicas ea quæ
decet, atque ifta admini-
ftres ut convenit. Poft ille
dicit: Reum te agam inju-
riarum. Bene tibi fit: Ego
feci quod meum fuit; an
vero & tu feceris tuum,
ipfe videris; eft enim aliquod illius quoque periculum, ne te lateat.

CAP. VI.

De indifferentia.

Pronunciatum connexum,
res indifferens eft: judicium autem de illo, non
eft res indifferens; fed aut
fcientia, aut opinio, aut
error. Sic & vita eft
res indifferens; vitæ au-
tem ufus non eft indiffe-
rens. Neque igitur, fi
quando vobis dixerit ali-
quis,

ῥεῖν καὶ ταῦτα, ἀμελῶς γίνεσθε· μηδ' ὅταν
εἰς ἐπιμέλειάν τις ὑμᾶς παρακαλῇ, ταπεινοὶ,
3 καὶ τὰς ὕλας τεθαυμακότες. Καλὸν δὲ τὸ εἰδέναι τὴν αὑτοῦ παρασκευὴν καὶ δύναμιν, ἵν' ἐν οἷς
μὴ παρεσκεύασαι, ἡσυχίαν ἄγῃς· μηδ' ἀγα-
νακτῇς, εἴ τινες ἄλλοι πλεῖόν σου ἔχουσιν ἐν
4 ἐκείνοις. καὶ γὰρ σὺ ἐν συλλογισμοῖς πλεῖον ἀξιώ-
σεις σεαυτὸν ἔχειν· κἂν ἀγανακτῶσιν ἐπὶ τούτῳ,
παραμυθήσῃ αὐτούς· Ἐγὼ ἔμαθον, ὑμεῖς δ' οὔ.
5 Οὕτω καὶ ὅπου τινὸς χρεία τριβῆς, μὴ ζήτει τὸ
ἀπὸ τῆς χρείας περιγινόμενον· ἀλλ' ἐκείνου μὲν
παραχώρει τοῖς περιτετριμμένοις, σοὶ δ' ἀρκείτω
τὸ εὐσταθεῖν.

6 Ἄπελθε, καὶ ἄσπασαι τὸν δεῖνα. Πῶς; Οὐ
ταπεινῶς. Ἀλλ' ἐξεκλείσθην. Διὰ θυρίδος γὰρ
οὐκ ἔμαθον εἰσέρχεσθαι· ὅταν δὲ κεκλεισμένην
εὕρω τὴν θύραν, ἀνάγκη μ' ἢ ἀποχωρῆσαι, ἢ
διὰ

quis, etiam hæc indifferentia esse, negligentes estote; neque, si quis ad diligentiam vos excitarit- humiles, & materiarum ad, miratores estote. Iuvabit vero sua quemque subsidia suamque facultatem nosse, ut, quas ad res instructus non sis, in iis otium agas; neque ægre feras, si qui alii plus in illis possint. Nam tu quoque in ratiocinationibus plus tibi vindicabis; &, quod si id alii ægre tulerint, consolaberis eos, ac, te didicisse, dices, illos non item. Sic etiam, ubi aliqua exercitatio requiritur, ne id quærito quod ex ea adquiritur: sed illud quidem exercitatis concedito, tu vero constantiâ contentus esto.

Abi & saluta illum. Quomodo? Non humiliter. At exclusus sum. Nempe per fenestram ingredi non didici: cum autem clausam januam invenero, necesse est

διὰ τῆς θυρίδος εἰσελθεῖν. Ἀλλὰ καὶ λάλησον 7·
αὐτῷ. Λαλῶ. Τίνα τρόπον; Οὐ ταπεινῶς.
Ἀλλ' οὐκ ἐπέτυχες. Μὴ γὰρ σὸν τοῦτο τὸ ἔρ- 8
γον ἦν, ἀλλ' ἐκείνου. τί οὖν ἀντιποιῇ τοῦ ἀλλοτρίου; ἀεὶ μίμνησο ὅ τι σόν, καὶ τί ἀλλό-
τριον· καὶ οὐ ταραχθήσῃ. Διὰ τοῦτο καλῶς ὁ 9
Χρύσιππος λέγει, ὅτι, Μέχρις ἂν ἄδηλά μοι ᾖ
τὰ ἑξῆς, ἀεὶ τῶν εὐφυεστέρων ἔχομαι πρὸς. τὸ
τυγχάνειν τῶν κατὰ φύσιν· αὐτὸς γὰρ μ' ὁ Θεὸς
τοιούτων ἐκλεκτικὸν ἐποίησεν. εἰ δέ γε ᾔδειν, ὅτι 10
νοσεῖν μοι καθείμαρται νῦν, καὶ ὥρμων ἂν ἐπ'
αὐτό. καὶ γὰρ ὁ πούς, εἰ φρένας εἶχεν, ὥρμα
ἂν ἐπὶ τὸ πηλοῦσθαι.

Ἐπεί τοι τίνος ἕνεκα γίνονται στάχυες; Οὐχ 11
ἵνα καὶ ξηρανθῶσιν; Ἀλλὰ ξηραίνονται μὲν, οὐχ
ἵνα δὲ καὶ θερισθῶσιν; οὐ γὰρ ἀπόλυτοι γίνονται.

N 2   εἰ

est ut aut, discedam, aut per fenestram ingrediar. At etiam alloquere illum. Alloquar. Quo ,pacto? Non humiliter. At voti compos non factus es. Verum illud tuum munus non fuit, sed illius. Quid igitur alienum tibi vindicas? Semper memento quid tuum sit, quid alienum; nec perturbaberis. Quapropter recte Chrysippus: „Quoad, inquit, ea „quæ futura sunt, obscura „mihi fuerint, amplector „ea quæ ad naturæ conser-„vationem sunt aptiora: „nam ipse Deus hæc ell-„gendi facultatem mihi im-„pertiit. Quod si vero sci-„rem, in fatis mihi esse, „ut nunc ægrotarem, etiam „sponte eo tenderem. nam „& pes, si mentem habe-„ret, sponte lutum ingre-„deretur."

Qua de causa nascuntur spicæ? Nonne ut arescant? Nonne autem arescunt, ut demetantur? neque enim abso-

12 εἰ οὖν αἴσθησιν εἶχον, εὔχεσθαι αὐτοὺς ἔδει, ἵνα
    μὴ θερισθῶσι μηδέποτε; τοῦτο δὲ κατάρα ἐστὶν
13 ἐπὶ σταχύων, τὸ μηδέποτε θερισθῆναι. Οὕτως
    ἰστέον, ὅτι καὶ ἐπ' ἀνθρώπων κατάρα ἐστὶ, τὸ
    μὴ ἀποθανεῖν· ὅμοιον τῷ μὴ πεπανθῆναι, μηδὲ
14 θερισθῆναι. Ἡμεῖς δ' ἐπειδὴ οἱ αὐτοί ἐσμεν, ἅμα
    μὲν οὓς δεῖ θερισθῆναι, ἅμα δὲ καὶ αὐτῷ τούτῳ
    παρακολουθοῦντες ὅτι θεριζόμεθα, διὰ τοῦτο ἀγα-
    νακτοῦμεν. οὔτε γὰρ ἴσμεν τίνες ἐσμὲν, οὔτε με-
    μελετήκαμεν τὰ ἀνθρωπικὰ, ὡς οἱ ἱππικοὶ τὰ
15 ἱππικά. Ἀλλὰ Χρυσάντας μὲν παίειν μέλλων
    τὸν πολέμιον, ἐπειδὴ τῆς σάλπιγγος ἤκουσεν ἀνα-
    καλούσης, ἀνέσχεν· οὕτω προὐργιαίτερον ἔδοξεν
    αὐτῷ, τὸ τοῦ στρατηγοῦ πρόσταγμα, ἢ τὸ ἴδιον
16 ποιεῖν· ἡμῶν δ' οὐδεὶς θέλει, οὐδὲ τῆς ἀνάγκης
    καλούσης, εὐλύτως ὑπακοῦσαι αὐτῇ· ἀλλὰ ἐλάζον-
    τες καὶ στένοντες πάσχομεν ἃ πάσχομεν, καὶ

                                                    πε-

absolutæ per se sunt in rerum natura. Quod si igitur sensum haberent, vota-ne facere deberent, ne umquam demeterentur? Ea vero spicis exsecratio foret, numquam eas demeti. Sic hominibus etiam exsecrationem fore sciendum est, numquam eos emori: neque aliud id esse, quam neque maturescere umquam, neque demeti. Nos autem cum iidem simus, quos & demeti oportet. & qui istud ipsum intelligamus, nos demeti; propterea succensemus. Neque enim scimus qui simus, neque res humanas ita meditatas habemus, ut equites res equestres. Sed Chrysantas quidem percussurus hostem, cum receptui cani audivisset, cohibuit impetum; adeo præstantius ei videbatur Imperatoris, quam suam exsequi, voluntatem: nostrûm autem nemo vult ne necessitati quidem vocanti promte obtemperare; sed plorantes & gementes

                                                    pati-

περιστάσεις αὐτὰ καλοῦντες. Ποίας περιστάσεις, 17
ἄνθρωπε; Εἰ περιστάσεις λέγεις τὰ περιεστηκό-
τα, πάντα περιστάσεις εἰσίν· εἰ δ' ὡς δύσκολα
καλεῖς, ποίαν δυσκολίαν ἔχει, τὸ γενόμενον φθαρῆναι; Τὸ δὲ φθεῖρον, ἢ μάχαιρά ἐστιν, ἢ τρο- 18
χὸς, ἢ θάλασσα, ἢ κεραμίς, ἢ τύραννος. Τί σοι
μέλει, ποίᾳ ὁδῷ καταβῇς εἰς ᾅδου; ἴσαι πᾶσαι
εἰσιν. Εἰ δὲ θέλεις ἀκοῦσαι τἀληθῆ, συντομωτέ- 19
ρα, ἣν πέμπει ὁ τύραννος. Οὐδέποτ' οὐδεὶς τύραννος ἓξ μησί τινα ἔσφαξε· πυρετὸς δὲ καὶ ἐνι-
αυτῷ πολλάκις. Ψόφος ἐστὶ ταῦτα πάντα, καὶ
κόμπος κενῶν ὀνομάτων.

Τῇ κεφαλῇ κινδυνεύω ἐπὶ Καίσαρος. Ἐγὼ δ' 20
αὖ κινδυνεύω, ὃς οἰκῶ ἐν Νικοπόλει, ὅπου σεισμοὶ
τοσοῦτοι; Σὺ δ' αὐτὸς ὅταν διαπλῇς τὸν Ἀδρίαν,
τίνι κινδυνεύεις, οὐ τῇ κεφαλῇ; Ἀλλὰ καὶ τῇ 21

N 3

ὑπο-

patimur quæ nobis acci-
dunt, & περιστάσεις ista
vocamus. Quales περιστά-
σεις, homo? Si περιστά-
σεις ea vocas quæ te cir-
cumstant, omnia sunt περιστάσεις: sin res asperas sic
appellas, quid in eo inest
asperum, ut, ortum quod
sit, idem & intereat? Id
autem quod interimit, aut
gladius est, aut rota, aut
mare, aut testa, aut tyrannus. Quid tua refert, quâ
viâ descendas ad orcum?
Omnes viæ pares sunt.
Quod si verum audire vo-
lueris, compendiosior ea
est, quâ te tyrannus mit-
tit. Numquam ullus ty-
rannus per sex menses
quemquam jugulavit: fe-
bris autem, sæpe per totum
annum. Strepitus hæc
omnia sunt, & jactatio
inanium verborum.

In periculo capitis sum
apud Cæsarem. Ego vero
non periclitor, qui Nico-
poli habitem, ubi tot sunt
terræmotus? Et tu ipse,
cum Adriam transmittis,
cujus rei discrimen adis?
non-

ὑπολήψει κινδυνεύω. Τῇ σῇ; πῶς; τίς γάρ σε
ἀναγκάσαι δύναται ὑπολαβεῖν τι, ὧν σὺ θέλεις;
Ἀλλὰ τῇ ἀλλοτρίᾳ; Καὶ ποῖός ἐστι κίνδυνος
22 σὸς, ἄλλους τὰ ψεύδη ὑπολαβεῖν; Ἀλλ' ἐξορισθῆναι κινδυνεύω. Τί ἐστιν ἐξορισθῆναι; ἀλλαχοῦ εἶναι ἢ ἐν Ῥώμῃ; Ναί. τί οὖν, ἂν εἰς Γύαρα πεμφθῶ; Ἂν σοι ποιῇ, ἀπελεύσῃ. εἰ δὲ
μὴ, ἔχεις ποῦ ἀντὶ Γυάρων ἀπέλθῃς, ὅπου κα-
κεῖνος ἐλεύσεται, ἄν τε θέλῃ, ἄν τε μὴ, ὁ
23 πέμπων σε εἰς Γύαρα. Τί λειπὸν ὡς ἐπὶ μεγάλα
ἀνέρχῃ; Μικρότερά ἐστι τῆς παρασκευῆς· ἵν'
εἴπῃ νέος εὐφυὴς, ὅτι, Οὐκ ἦν τοσούτου, τοσούτων μὲν ἀκηκοέναι, τοσαῦτα δὲ γεγραφέναι, τοσούτῳ δὲ χρόνῳ παρακεκαθικέναι γεροντίῳ οὐ πολ-
24 λοῦ ἀξίῳ. Μόνον ἐκείνης τῆς διαιρέσεως μέμνησο,
καθ' ἣν διορίζεται τὰ σὰ, καὶ τὰ οὐ σά· μή
25 ποτ' ἀντιποιήσῃ τινὲς τῶν ἀλλοτρίων. Βῆμα,
καὶ

nonne capitis? At de opi-
nione etiam periclitor. De
tua · ne? Quomodo? Quis
enim te cogere possit opi-
nari quod nolis? An de
aliena? Quod vero tuum
est periculum, si alii falsa
opinentur? At in periculo
relegationis sum. Quid est
relegari? Annon, alibi
esse quam Romæ? Immo:
quid ergo, si in Gyara
mittar? Si tibi conducit,
abibis: sin minus, habes
quo pro Gyaris abeas; quo
& ille veniet, sive nolens
sive volens, qui te in Gyara mittit. Quid igitur tandem, tamquam ad magna,
Romam proficisceris. Mi-
nora ista sunt hac præparatione: ita ut dicturus sit
adolescens bonæ indolis,
non fuisse tanti, tam multa
audivisse, tam multa scripsisse, tanto tempore sene-
cioni haud magni pretii
adsedisse. Illius duntaxat
divisionis memineris, quâ
distinguuntur quæ tua sunt,
& quæ non sunt; ne quid
umquam alienum tibi vin-
dices.

καὶ φυλακὴ, τόπος ἐστὶν ἑκάτερον, ὁ μὲν ὑψη-
λὸς, ὁ δὲ ταπεινός· ἡ προαίρεσις δ' ἴση, ἂν ἴσην
αὐτὴν ἐν ἑκατέρῳ φυλάξαι θέλῃς, δύναται φυ-
λαχθῆναι. Καὶ τότ' ἐσόμεθα ζηλωταὶ Σωκρά- 26
τους, ὅταν ἐν φυλακῇ δυνώμεθα παιᾶνας γράφειν. Μέχρι δὲ νῦν ὡς ἔχομεν, ὅρα εἰ ἠνεσχό- 27
μεθα ἂν ἐν τῇ φυλακῇ ἄλλου τινὸς ἡμῖν λέγοντος, Θέλεις ἀναγνῶ σοι παιᾶνας; Τί μοι πράγματα παρέχεις; οὐκ οἶδας τὰ ἔχοντά με κακά;
ἐν τούτοις γάρ μοι ἐστίν; Ἐν τίσιν οὖν; Ἀποθνήσκειν μέλλω. Ἄνθρωποι δ' ἄλλοι ἀθάνατοι
ἔσονται;

N 4

dices. Tribunal & carcer, utrumque locus est, alter editus, alter humilis: voluntas autem, si utroque loco parem conservare volueris, poteft per eademque conservari. Et tunc Socratis æmulatores erimus, cum in carcere pæanas scribere poterimus. Hactenus autem ut adsecti sumus, vide num ferremus alium quemdam in carcere nobis dicentem, Visne tibi Pæanas recitem? Quid mihi negotium facessis? an nescis quibus sim in malis? hoccine mihi in his licet? In quibus vero? Mortem sum obiturus. Numquid vero reliqui homines immortales erunt?

KΕΦ.

———◦◦◦◦———

CAP.

ΚΕΦ. ζ΄.

Πῶς μαντευτέον.

Διὰ τὸ ἀκαίρως μαντεύεσθαι, πολλὰ πολλοὶ καθήκοντα παραλείπομεν. Τί γὰρ ὁ μάντις δύναται πλέον ἰδεῖν θανάτου, ἢ κινδύνου, ἢ νόσου, ἢ
ὅλως τῶν τοιούτων; Ἂν οὖν δέῃ κινδυνεῦσαι ὑπὲρ
τοῦ φίλου, ἂν δὲ καὶ ἀποθανεῖν ὑπὲρ αὐτοῦ
καθήκῃ, ποῦ μοι καιρὸς ἔτι μαντεύεσθαι; οὐκ
ἔχω τὸν μάντιν ἔσω, τὸν εἰρηκότα μοι τὴν οὐσίαν τοῦ ἀγαθοῦ καὶ τοῦ κακοῦ; τὸν ἐξηγη-
μένον τὰ σημεῖα ἀμφοτέρων; Τί οὖν ἔτι χρείαν
ἔχω τῶν σπλάγχνων, ἢ τῶν οἰωνῶν; ἀλλ᾽ ἀνέχομαι λέγοντος ἐκείνου, Συμφέρει σοι; Τί γὰρ
ἐστι συμφέρον, οἶδε; τί ἐστιν ἀγαθὸν, οἶδε;
μεμάθηκεν, ὥσπερ τὰ σημεῖα τῶν σπλάγχνων,
οὕτω

CAP. VII.

Quo pacto sint consulendi Vates.

Propter intempestivam divinationis curam, multi multa officia negligimus. Quid enim vates prævidere amplius potest, quam mortem, aut periculum, aut morbum, aut aliquid denique ejus generis? Quod si igitur discrimen adeundum pro amico est, aut etiam mortem pro eo oppetere convenit; quis mihi jam adhuc divinandi locus? nonne intus habeo vatem, qui naturam boni & mali mihi edisseruit? qui utrius-que signa enarravit? Quid ergo præterea requiro aru-spicinam aut augurium? At eum fero, cum dicit, Hoc tibi conducibile est? Quid enim sit conducibile, novit-ne ille? quid sit bonum, novit? num, ut visce-

οὕτω σημεῖά τινα ἀγαθῶν καὶ κακῶν; εἰ γὰρ
τούτων οἶδε σημεῖα; καὶ καλῶν καὶ αἰσχρῶν
εἶδε, καὶ δικαίων καὶ ἀδίκων. Ἄνθρωπε, σύ 6
μοι λέγε, τί σημαίνεται, ζωὴ ἢ θάνατος, πενία ἢ πλοῦτος· πότερον δὲ συμφέρει ταῦτα, ἢ
ἀσύμφορά ἐστιν, οὐ σοῦ μέλλω πυνθάνεσθαι.
Διὰ τί ἐν γραμματικοῖς οὐ λέγεις· ἐνθάδ᾽ οὖν, 7
ὅπου πάντες ἄνθρωποι πλανώμεθα, καὶ πρὸς
ἀλλήλους μαχόμεθα; Διὰ τοῦτο ἡ γυνὴ καλῶς 8
εἶπεν, ἡ πέμψαι θέλουσα τῇ Γρατίλλῃ ἐξωρι-
σμένῃ τὸ πλοῖον τῶν ἐπιμηνίων, κατὰ τὸν εἰπόντα, ὅτι ἀφαιρήσεται αὐτὰ Δομιτιανός· Μᾶλλον θέλω, φησὶν, ἵν᾽ ἐκεῖνος αὐτὰ ἀφέληται, ἢ
ἐγὼ μὴ πέμψω.

Τί οὖν ἡμᾶς ἐπὶ τὸ συνεχῶς μαντεύεσθαι 9
ἄγει; Ἡ δειλία, τὸ φοβεῖσθαι τὰς ἐκβάσεις.
Διὰ τοῦτο κολακεύομεν τοὺς μάντεις· Κληρονο-

N 5

μήσω,

visceram, sic etiam bonorum & malorum signa didicit? nam si horum signa novit, honestorum
etiam & turpium novit, &
justorum & injustorum.
Homo, tu mihi dic, quid
portendatur, vita an mors,
paupertas an divitiæ: utrum
vero hæc conducant, necne, non ex te auditurus
sum. Cur in grammaticis
non dicis; sed hic demum,
de rebus ubi omnes homines erramus, & inter nos
dissentimus? Quapropter
recte illa mulier, quæ cum
Gratillæ relegatæ navem
cibaria vehentem missura
esset, ei qui dixerat, fore
ut Domitianus illa eriperet, respondit: Malo ut
Domitianus eripiat, quam
ut ego non mittam.

Quid ergo nos ad frequentes divinationes adducit? Timiditas, solicitudo
de eventu. Propterea vatibus adulamur. Domine,
capiamne patris hereditatem?

μήσω, Κύριε, τὸν πατέρα; Ἴδωμεν· ἐπεκθυ-
σώμεθα. Ναὶ, Κύριε, ὡς ἡ τύχη θέλει. Ἐπὰν
ὅπῃ, Κληρονομήσεις· ὡς παρ' αὐτοῦ τὴν κληρο-
νομίαν εἰληφότες, εὐχαριστοῦμεν αὐτῷ. Διὰ
10 τοῦτο κᾀκεῖνοι λοιπὸν ἐμπαίζουσιν ἡμῖν. Τί οὖν;
Δεῖ δίχα ὀρέξεως ἔρχεσθαι, καὶ ἐκκλίσεως· ὡς ὁ
ὁδοιπόρος συνθάνεται παρὰ τοῦ ἀπαντήσαντος,
ποτέρα τῶν ὁδῶν φέρει· οὐκ ἔχων ὄρεξιν πρὸς
τὸ τὴν δεξιὰν μᾶλλον φέρειν ἢ τὴν ἀριστεράν.
οὐ γὰρ τούτων τινὰ ἀπελθεῖν θέλει, ἀλλὰ τὴν
11 φέρουσαν. Οὕτως ἔδει καὶ ἐπὶ τὸν Θεὸν ἔρχεσθαι, ὡς ὁδηγόν· ὡς τοῖς ὀφθαλμοῖς χρώμεθα,
οὐ παρακαλοῦντες αὐτοὺς, ἵνα τοιαῦτα μᾶλλον
ἡμῖν δεικνύωσιν, ἀλλ', οἷα ἐνδείκνυνται, τούτων
12 τὰς φαντασίας δεχόμενοι. Νῦν δὲ τρέμοντες
τὸν ὀρνιθάριον κρατοῦμεν, καὶ τὸν Θεὸν ἐπικα-
λούμενοι δεόμεθα αὐτοῦ· Κύριε ἐλέησον, ἐπί-
τρεψόν

tem? Videamus: rem divinam faciamus. Sane, domine, ut fortuna volet. Si dixerit, Capies bæreditatem: tamquam ab ipso hæreditatem acceperimus, fic ei gratias agimus. Itaque reliquum eft, ut illudant illi nobis. Quid ergo? Citra adpetitionem & averfationem eft accedendum: quemadmodum viator ex obvio quærit, utra via fit infiftenda; neque cupit, ut dextra potius, quam finiftra, eo quo vult ducat; neque'enim harum alterutrâ pergere vult, fed eâ quæ recta ducat. Sic etiam ad Deum erat accedendum, tamquam ad viæ ducem: quemadmodum oculis utimur, quos non obfecramus, ut tales res potius oftendant; fed, quales illi res nobis oftendant, tales imagines earum accipimus. Nunc vero trementes augurem manu prehendimus, Deumque invocantes precamur eum: Dómine miferere noftri!

τρεψόν μοι ἐξελθεῖν. Ἀνδράποδον, ἄλλο γάρ 13
τι θέλεις, ἢ τὸ ἄμεινον; ἄλλο οὖν τι ἄμεινον,
ἢ τὸ τῷ Θεῷ δοκοῦν; Τί, τὸ ὅσον ἐπὶ σοὶ, 14
διαφθείρεις τὸν κριτὴν, παράγεις τὸν σύμβουλον;

ΚΕΦ. η'.

Τίς ἡ οὐσία τοῦ ἀγαθοῦ.

Ὁ Θεὸς ὠφέλιμος. ἀλλὰ καὶ τἀγαθὸν ὠφέλιμον. εἰκὸς οὖν, ὅπου ἡ οὐσία τοῦ Θεοῦ, ἐκεῖ
εἶναι καὶ τὴν τοῦ ἀγαθοῦ. Τίς οὖν οὐσία Θεοῦ; 2
Σάρξ; Μὴ γένοιτο. Ἀγρός; Μὴ γένοιτο.
Φήμη; μὴ γένοιτο. Νοῦς, ἐπιστήμη, λόγος
ὀρθός; Ναί. Ἐνταῦθα τοίνυν ἁπλῶς ζήτει τὴν 3
οὐσίαν τοῦ ἀγαθοῦ. ἐπεί τοι μή τι αὐτὴν ἐν
φυτῷ

stri! Fac mihi exeundi potestatem! Mancipium, num-
quid aliud mavis, quam
quod melius? quid vero
aliud melius, quam quod
Deo visum est? Cur, quan-
tum in te est, judicem cor-
rumpis, & consiliarium se-
ducis?

CAP. VIII.

Quæ fit natura boni.

DEUS (sud natura) prod-
est: sed & Bonum prodest:
consentaneum est igitur, ubi
Dei natura sit, ibi & Boni
esse naturam. Quæ est igitur natura Dei? An caro?
Absit. Ager? Absit. Fama?
Absit. Mens, scientia, recta
ratio? Certe. Hic igitur
omnino naturam boni quæ-
rita. Etenim anne in plan-
ta illud quæris? Non. An
in

φυτῷ ζητεῖς; Οὔ. Μή τι ἐν ἀλόγῳ; Οὔ. Ἐν
λογικῷ οὖν ζητῶν, τί ἔτι ἀλλαχοῦ ζητεῖς, ἢ
4 ἐν τῇ παραλλαγῇ τῇ πρὸς τὰ ἄλογα; Τὰ
φυτὰ οὐδὲ φαντασίαις χρηστικά ἐστι, διὰ τοῦτο οὐ λέγεις ἐπ' αὐτῶν τὸ ἀγαθόν. δεῖται οὖν
5 τὸ ἀγαθὸν χρήσεως φαντασιῶν. Ἆρά γε μόνης;
εἰ γὰρ μόνης, λέγε, καὶ ἐν τοῖς ἄλλοις ζώοις
τὰ ἀγαθὰ εἶναι, καὶ εὐδαιμονίαν καὶ κακοδαι-
6 μονίαν. νῦν δ' οὐ λέγεις, καὶ καλῶς ποιεῖς· εἰ
γὰρ καὶ τὰ μάλιστα χρῆσιν φαντασιῶν ἔχει,
ἀλλὰ παρακολούθησίν γε τῇ χρήσει τῶν φαντασιῶν οὐκ ἔχει. καὶ εἰκότως. ὑπηρετικὰ γὰρ γέ-
7 γονεν ἄλλοις, οὐκ αὐτὰ προηγούμενα. Ὁ ὄνος
ἐπεὶ γέγονε μή τι προηγουμένως; οὔ· ἀλλ' ὅτι
νώτου χρείαν ἔχομεν, βαστάζειν τι δυναμένου.
ἀλλὰ, νὴ Δία, καὶ περιπατοῦντος αὐτῷ χρείαν
ἔχομεν· διὰ τοῦτο προσείληφε καὶ τὸ χρῆσθαι
φαν-

in bruto? Non. Cum igi-
tur in eo quæras, quod sit
rationis particeps; cur adhuc alibi quæris, quam in
eo quo animal ratione præditum præstat bruto? Plan-
tæ quia ne visorum quidem
usum habent, ea de caussa
Bonum in eis esse negas.
Bonum' igitur usum viso-
rum requirit. Num vero
hoc duntaxat? Quod si hoc
tantum, dic in reliquis
etiam animantibus inesse
Bona, inesse felicitatem &
infelicitatem. Nunc id tu
non dicis; & recte facis.
Nam ut maxime sint viso-
rum usu prædite; id tamen
non habent, ut visorum
usum intelligant: & meri-
to: nam ad aliorum mini-
sterium ea destinata sunt,
non quæ principatum te-
neant. Asinos enim num
ad principatum natus est?
Non: sed, quod tergo
nobis opus erat, quod onera ferre posset. Enimvero
& id sane nobis fuit opus,
ut is ambulare posset:
eaque de caussa 'usum et-
iam

Φαντασίαις· ἄλλως γὰρ περιπατεῖν οὐκ ἐδύνατο.
καὶ λοιπὸν αὐτῷ που πέπαυται. εἰ δὲ καὶ αὐ- 8
τός που προσειλήφει παρακολουθεῖν τῇ χρήσει
τῶν φαντασιῶν· καὶ δῆλον ὅτι κατὰ λόγον οὐκ
ἔτ' ἂν ἡμῖν ὑπετέτακτο, οὐδὲ τὰς χρείας ταύτας παρεῖχεν, ἀλλ' ἦν ἂν ἴσος ἡμῖν καὶ ὅμοιος.

Οὐ θέλεις οὖν ἐκεῖ ζητεῖν τὴν οὐσίαν τοῦ ἀγα- 9
θοῦ, οὗ μὴ παρόντος, ἐπ' οὐδενὸς τῶν ἄλλων θέλεις λέγειν τὸ ἀγαθόν; Τί οὖν; οὐκ 10
ἔστι Θεῶν ἔργα κἀκεῖνα; Ἔστιν, ἀλλ' οὐ
προηγούμενα, οὐδὲ μέρη Θεῶν. Σὺ δὲ προηγύ- 11
μενον εἶ· σὺ ἀπόσπασμα εἶ τοῦ Θεοῦ· ἔχεις
τι ἐν σεαυτῷ μέρος ἐκείνου. Τί οὖν ἀγνοεῖς σου
τὴν εὐγένειαν; Τί οὐκ οἶδας, πόθεν ἐλήλυθας;
Οὐ θέλεις μεμνῆσθαι ὅταν ἐσθίῃς, τίς ὢν 12
ἐσθίεις, καὶ τίνα τρέφεις; ὅταν συνουσίᾳ χρῷ,
τίς

iam viforum accepit: aliter enim ambulare non potuif-fet. Cæterum hic tandem ceffatum eft. Quod fi illud etiam effet ei datum, ut viforum ufum intelligeret; confequens fcilicet foret, ut noftrum imperium effet recufaturus, neque ufus nobis illos præbiturus, fed par nobis, noftrique fimilis futurus.

Non igitur in eo naturam Boni vis quærere, quo non præfente, nequaquam in cæteris Bonum effe pofitum dixeris? Quid igitur? annon & illa Deorum funt opera? Sunt; at non præcipua, neque Deorum partes. Tu vero principale quiddam es; tu aliquid es a Deo avulfum; tu habes in te aliquam Dei partem. Cur ergo nobilitatem tuam ignoras? Cur nefcis, unde veneris? Non meminiffe vis, cum edis, qui fis qui edas, & quem alas? Cum uxoris con-

τίς ὢν χρῇ; ὅταν ὁμιλίᾳ, ὅταν γυμνάζῃ, ὅταν
διαλέγῃ, οὐκ οἶδας ὅτι θεὸν τρέφεις; θεὸν γυ-
μνάζεις; θεὸν περιφέρεις, τάλας, καὶ ἀγνοεῖς.

13 Δοκεῖς με λέγειν ἀργυροῦν τινα ἢ χρυσοῦν ἔξωθεν; Ἐν σαυτῷ φέρεις αὐτόν, καὶ μολύνων οὐκ
αἰσθάνῃ, ἀκαθάρτοις μὲν διανοήμασι, ῥυπαραῖς

14 δὲ πράξεσι. Καὶ ἀγάλματος μὲν τοῦ Θεοῦ παρόντος, οὐκ ἂν τολμήσαις τι τούτων ποιεῖν, ὧν ποιεῖς·
αὐτοῦ δὲ τοῦ Θεοῦ παρόντος ἔσωθεν, καὶ ἐφορῶν-
τος πάντα, καὶ ἐπακούοντος, οὐκ αἰσχύνῃ ταῦτα
ἐνθυμούμενος καὶ ποιῶν, ἀναίσθητε τῆς σαυτοῦ
φύσεως, καὶ θεοχόλωτε.

15   Λοιπὸν ἡμεῖς τί φοβούμεθα, ἐκπέμποντες νέον
ἐπὶ τινας πράξεις ἐκ τῆς σχολῆς, μὴ ἄλλως ποιήσῃ τι, μὴ ἄλλως φάγῃ, μὴ ἄλλως συνουσιάσῃ,
μὴ ταπεινώσῃ αὐτὸν ῥάκη περιτεθέντα, μὴ ἐπάρῃ
κομψὰ

consuetudine uteris, qui fis qui uteris? cum colloqueris, cum exerceris, cum disputas, an nescis te Deum alere? Deum exercere? Deum circumfers, miser; & ignoras. Num me argenteum aliquem dicere putas, aut auratum extrinsecus? In te ipso fers; teque eum inquinare non animadvertis, cum impuris cogitationibus, tum sordidis actionibus. Et simulacro quidem Dei præsente non auderes quidquam eorum facere quæ facis: ipso autem Deo præsente intrinsecus, & omnia tum intuente, tum audiente, non pudet te ista cogitare & facere; ignare naturæ tuæ, & Diis invise!

Proinde quid timemus, cum adolescentem e schola ad res aliquas obeundas ablegamus, ne quid secus faciat, ne intemperanter comedat, ne se libidinibus polluat, ne vel humilem abjectumque eum reddant circumjecti panni, vel animum

κομψὰ ἱμάτια; Οὗτος οὐκ οἶδεν αὑτοῦ θεόν. οὗ-   16
τος οὐκ οἶδε, μετὰ τίνος ἀπέρχεται. Ἀλλ' ἀνεχόμεθα λέγοντος αὐτοῦ· Σὲ ἤθελον ἔχειν; Ἐκεῖ   17
τὸν θεὸν οὐκ ἔχεις; εἶτ' ἄλλον τινὰ ζητεῖς, ἐκεῖνον ἔχων; ἢ ἄλλα σοι ἐρεῖ ἐκεῖνος ἢ ταῦτα;
Ἀλλ' εἰ μὲν τὸ ἄγαλμα ἦς τὸ Φειδίου, ἢ Ἀθηνᾶ,   18
ἢ ὁ Ζεὺς, ἐμέμνησο ἂν καὶ σαυτοῦ καὶ τοῦ τεχνί-
του· καὶ, εἴ τινα αἴσθησιν εἶχες, ἐπείρω ἂν μηδὲν ἀνάξιον ποιεῖν τοῦ κατασκευάσαντος, μηδὲ σεαυτοῦ, μηδ' ἐν ἀπρεπεῖ σχήματι φαίνεσθαι τοῖς
ὁρῶσι. Νῦν δέ σε ὅτι ὁ Ζεὺς πεποίηκε, διὰ τοῦτο   19
ἀμελεῖς οἷόν τινα δείξεις σεαυτόν; Καί τοι ὁ τεχνίτης τῷ τεχνίτῃ ὅμοιος; ἢ τὸ κατασκεύασμα τῷ
κατασκευάσματι; Καὶ ποῖον ἔργον τεχνίτου εὐθὺς   20
ἔχει τὰς δυνάμεις ἐν ἑαυτῷ, ἃς ἐμφαίνει διὰ τῆς
κατασκευῆς; οὐχὶ λίθος ἐστὶν, ἢ χαλκὸς, ἢ
χρυσὸς, ἢ ἐλέφας; καὶ ἡ Ἀθηνᾶ ἡ Φειδίου,
ἅπαξ

mum ejus tumefaciant elegantes vestes? Hic deum suum ignorat: hic nescit, quo comite abeat. At eum ferimus dicentem, Te comitem habere vellem? An ibi Deum non habes? an, cum illum habeas, requiris alium? an is alia tibi dicet, quam hæc? At si Phidiæ statua esses, sive Minerva, sive Jupiter; tui opificis meminisses, &, si quem haberes sensum, operam dares, ne quid indignum vel eo qui te fabricasset, vel temet *ipso, admitteres; neve indecoro habitu ab iis conspicereris, qui te spectarent. Nunc, quia te Jupiter fecit; idcirco, qualem te demonstres, non curas? Atqui estne artifex artifici similis, aut opificium opificio? Ne longius abeam; cujus artificis opus ejusmodi est, ut eas in se vires habeat, quas per fabricam demonstrat? nonne lapis est, aut æs, aut aurum, aut ebur? Nam Phidiæ quidem Minerva, semel

ἅπαξ ἐκτείνασα τὴν χεῖρα, καὶ τὴν Νίκην ἐπ᾽ αὐτῆς
δεξαμένη, ἕστηκεν οὕτως ὅλῳ τῷ αἰῶνι. τὰ δὲ
τοῦ Θεοῦ, κινούμενα, ἔμπνοα, χρηστικὰ Φαντα-
21 σιῶν, δοκιμαστικά. Τούτου τοῦ δημιουργοῦ κατασκεύασμα ὢν, καταισχύνεις αὐτόν; Τί δ᾽, ὅτι
οὐ μόνον σε κατεσκεύασεν, ἀλλὰ καὶ σοὶ μόνῳ
22 ἐπίστευσε, καὶ παρακατέθετο; Οὐδὲ τούτου μεμνήσῃ, ἀλλὰ καὶ καταισχύνεις τὴν ἐπιτροπήν; Εἰ
δέ σοι ὀρφανόν τινα ὁ Θεὸς παρέθετο, οὕτως ἂν
23 αὐτοῦ ἠμέλεις; Παραδέδωκέ σοι σεαυτὸν, καὶ λέ-
γει· Οὐκ εἶχον ἄλλον πιστότερόν σου, τοῦτόν μοι
φύλασσε τοιοῦτον, οἷος πέφυκεν, αἰδήμονα, πιστὸν,
ὑψηλὸν, ἀκατάπληκτον, ἀπαθῆ, ἀτάραχον. εἶτα
σὺ σὺ φυλάσσεις.

24   Ἀλλ᾽ ἐροῦσι· Πόθεν ἡμῖν οὗτος ὀφρὺν ἀνήνο-
χε, καὶ σεμνοπροσωπεῖ; Οὔπω κατ᾽ ἀξίαν. ἔτι
                                          γὰρ

mel porrecta manu, in-
eamque Victoriâ receptâ,
sic per omne stat ævum:
Dei autem opera moventur,
spirant, visis utuntur, eaque explorant. Hujus opi-
ficis cum fabrica sis, pudo-
re illum adficis? Quid
porro, quod te non fecit
modo, sed & tibi uni te
credidit, & tuæ fidei commisit? Ne hoc quidem re-
cordabere; sed & id ipsum,
quod fidei tuæ commissum
est, fœdabis? At vero si
quem tibi pupillum Deus
tradidisset, imne eum ne-
gligeres? Tradidit tibi temet ipsum, aliumque se
habuisse te fideliorem negat: „Hunc, inquit, mihi
„conserva talem, qualis suâ
„naturâ`est. verecundum,
„fidelem, sublimem, im-
„perterritum, perturbatio-
„ne tumultuque vacuum.“
Tu vero eum non conser-
vas!

    At dicent: „Unde nobis
„iste supercilium hoc adtu-
„lit, & vultus gravitatem
„præ se fert?“ Immo vero,
nondum uti par est. Non-
dum enim confido eis quæ
                        didici,

γὰρ οὐ θαῤῥῶ οἷς ἔμαθον, καὶ συγκατεθέμην·
ἔτι τὴν ἀσθένειαν τὴν ἐμαυτοῦ φοβοῦμαι. Ἐπεί 25
τοι ἄφετέ με θαῤῥῆσαι· καὶ τότε ὄψεσθε βλέμμα οἷον δεῖ, καὶ σχῆμα οἷον δεῖ· τότε ὑμῖν δείξω τὸ ἄγαλμα, ὅταν τελεωθῇ, ὅταν στιλπνωθῇ.
Τί δοκεῖτε; Ὀφρύν; Μὴ γένοιτο. μὴ γὰρ ὁ 26
Ζεὺς ὁ ἐν Ὀλυμπίᾳ ὀφρὺν ἀνέσπακεν; ἀλλά
πέπηγεν αὐτοῦ τὸ βλέμμα, οἷον δεῖ εἶναι τοῦ
ἐροῦντος·

Οὐ γὰρ ἐμὸν παλινάγρετον, οὐδ' ἀπατηλόν.

Τοιοῦτον ὑμῖν δείξω ἐμαυτὸν, πιστὸν, αἰδήμονα, 27
γενναῖον, ἀτάραχον. Μή τι οὖν ἀθάνατον, ἀγή- 28
ρων, μή τι ἄνοσον; ἀλλ' ἀποθνήσκοντα θείως,
νοσοῦντα θείως. Ταῦτα ἔχω, ταῦτα δύναμαι·
τὰ δ' ἄλλα οὔτε ἔχω, οὔτε δύναμαι. Δείξω 29
ὑμῖν

didici, & quibus adsensus sum: adhuc imbecillitatem meam timeo. Etenim sinite me paululum sumere animos; tum videbitis vultum qualem decet, & habitum qualem decet: tum vobis ostendam statuam, cum absoluta fuerit, cum expolita. Quid putatis? Supercilium esse hoc? Absit. Numquid enim Jupiter Olympius supercilium adtollit? *Non;* sed vultus ejus fixus est, ut ejus esse decet, qui dicturus sit:

Non enim promissum meum revocabile, neque fallax.

Talem me praebebo vobis; fidelem, verecundum, fortem, perturbatione vacuum. Num ergo immortalem, senectutis aut morborum expertem? *Non;* sed eum, qui divinitus moriatur, qui divinitus aegrotet. Haec habeo, haec possum; reliqua nec habeo, nec possum. Ostendam vobis nervos philosophi.

ὑμῖν νεῦρα Φιλοσόφου. Ποῖα νεῦρα; Ὄρεξιν ἀναπότευκτον, ἔκκλισιν ἀπερίπτωτον, ὁρμὴν καθή-
κευσαν, πρόθεσιν ἐπιμελῆ, συγκατάθεσιν ἀπρό-
πτωτον. Ταῦτα ὄψεσθε.

ΚΕΦ. Θ'.

Ὅτι εὖ δυνάμενοι τὴν τοῦ Ἀνθρώπου ἐπαγγελίαν
πληρῶσαι, τὴν τοῦ Φιλοσόφου προσλαμβάνομεν.

Οὐκ ἔστι τὸ τυχὸν, αὐτὸ μόνον, ἀνθρώπου ἐπαγ-
2 γελίαν πληρῶσαι. Τί γάρ ἐστιν ἄνθρωπος;
Ζῶον, φησὶ, λογικὸν, θνητόν. Εὐθὺς ἐν τῷ
λογικῷ, τίνων χωριζόμεθα; Τῶν θηρίων. Καὶ
τίνων ἄλλων; Τῶν προβάτων, καὶ τῶν ὁμοίων.
3 Ὅρα οὖν, μή τι πως ὡς θηρίον ποιήσῃς· εἰ δὲ
μὴ, ἀπώλεσας τὸν ἄνθρωπον, οὐκ ἐπλήρωσας
τὴν

Quales nervos? Adpeti-
tionem frustrationis expertem; aversationem casibus
non obnoxiam; impetum
convenientem; proposi-
tum industrium; adsen-
sionem non temerariam.
Hæc videbitis.

CAP. IX.

Cum hominis officium præstare non possimus, philosophi munus nos profiteri.

Res non vulgaris est, vel
hoc solum, hominis præ-
stare officium. Quid enim
est homo? Animal, inquit,
rationis particeps, mor-
tale. Jam statim, rationis
usu, a quibus distingui-
mur? A feris. A quibus
præterea? Ab ovibus, &
aliis ejus generis. Cave
igitur, ne quid forte instar
feræ facias: alioqui hominem

τὴν ἐπαγγελίαν. ὅρα, μή τι ὡς πρόβατον· εἰ δὲ μὴ, καὶ οὕτως ἀπώλετο ὁ ἄνθρωπος. Τίνα 4 οὖν ποιοῦμεν ὡς πρόβατα; Ὅταν τῆς γαστρὸς ἕνεκα, ὅταν τῶν αἰδοίων, ὅταν εἰκῇ, ὅταν ῥυπαρῶς, ὅταν ἀνεπιστρέπτως· ποῦ ἀπεκλίναμεν; Ἐπὶ τὰ πρόβατα. Τί ἀπωλέσαμεν; Τὸ λογικόν. Ὅταν μαχίμως, καὶ βλαβερῶς, καὶ θυ- 5 μικῶς, καὶ ὠστικῶς· ποῦ ἀπεκλίναμεν; Ἐπὶ τὰ θηρία. Λοιπὸν, οἱ μὲν ἡμῶν μεγάλα θηρία εἰ- 6 σὶν, οἱ δὲ θηρίδια κακοήθη καὶ μικρὰ, ἀφ' ὧν ἔστιν εἰπεῖν, Λέων με καὶ Φαγέτω. Διὰ πάντων 7 δὲ τούτων ἀπόλλυται ἡ τοῦ ἀνθρώπου ἐπαγγελία. Πότε γὰρ σώζεται συμπεπλεγμένον; Ὅταν τὴν 8 ἐπαγγελίαν πληρώσῃ. ὥστε σωτηρία συμπεπλεγμένου ἐστὶ, τὸ ἐξ ἀληθῶν συμπεπλέχθαι. Πότε διεζευγμένον; Ὅταν τὴν ἐπαγγελίαν πληρώσῃ. Πότε αὐλοὶ, πότε λύρα, πότε ἵππος, πότε

O 2   κύων;

nem amisisti; non praestitisti id quod pollicetur hominis nomen. Tum cave, ne quid instar ovis: alioqui & sic homo perierit. Quae igitur agimus more ovis? Cum ventris caussa, cum penis, cum temere, cum sordide, cum inconsiderate agimus; quo tunc declinavimus? Ad oves. Quid amisimus? Rationis usum. Cum pugnaciter, noxie, iracunde, impetuose; quo declinavimus? Ad feras. Caeterum alii e nobis magnae bestiae sunt, alii bestiolae malitiosae & parvae: de quibus dici possit, Leo me vel devoret! His autem rebus omnibus perit hominis officium. Nam quando conservatur complexum? Cum suum munus exsequitur. Itaque conservatio complexi est, si ex veris sit complexum. Quando disjunctum? Cum munere suo fungitur. Quando tibiae? quando lyra? quando equus? quando canis? Quid ergo mirum; si homo

9 κύων; Τί οὖν θαυμαστὸν, εἰ καὶ ἄνθρωπος
ὡσαύτως μὲν σώζεται, ὡσαύτως δ' ἀπόλλυται;
10 Αὔξει δ' ἕκαστον καὶ σώζει τὰ κατάλληλα ἔργα·
τὸν τέκτονα τὰ τεκτονικὰ, τὸν γραμματικὸν
τὰ γραμματικά. ἂν δ' ἐθίσῃ γράφειν ἀγραμ-
μάτως, ἀνάγκη καταφθείρεσθαι καὶ ἀπόλλυ-
11 σθαι τὴν τέχνην. Οὕτω τὸν μὲν αἰδήμονα σώζει τὰ αἰδήμονα ἔργα, ἀπολλύει δὲ τὰ ἀναιδῆ·
τὸν δὲ πιστὸν τὰ πιστὰ, καὶ τὰ ἐναντία ἀπολ-
12 λύει. καὶ τοὺς ἐναντίους πάλιν ἐπαύξει τὰ
ἐναντία· τὸν ἀναίσχυντον ἀναισχυντία, τὸν ἄπιστον ἀπιστία, τὸν λοίδορον λοιδορία, τὸν ὀργίλον
ὀργή, τὸν φιλάργυρον αἱ ἀκατάλληλοι λήψεις καὶ
δόσεις.

13   Διὰ τοῦτο παραγγέλλουσιν οἱ Φιλόσοφοι, μὴ
ἀρκεῖσθαι μόνῳ τῷ μαθεῖν, ἀλλὰ καὶ μελέτην
14 προσλαμβάνειν, εἶτα ἄσκησιν. Πολλῷ γὰρ
χρόνῳ τὰ ἐναντία ποιεῖν εἰθίσμεθα, καὶ τὰς
ὑπο-

homo etiam eodem modo & conservatur, & perit? Augent autem & conservant unumquemque opera consentanea; fabrum fabrilia, grammaticum grammatica. Sin adsueveris contra artis rationem scribere, necesse erit corrumpi & perire artem. Sic hominem verecundum verecunda facta conservant, impudentia perdunt: fidelia fidelem; perdunt contraria. Contrarios autem vicissim augent contraria: impudentem impudentia, perfidum perfidia, conviciatorem convicia, iracundum iracundia; avarum eae rationes, quibus plus accipiat, & minus reddat.

Quamobrem philosophi monent, non in sola doctrina adquiescendum esse; sed & studium & meditationem adjungendam, deinde exercitationem. Longo enim tempore contraria facere consuevimus; & usum

ὑπολήψεις τὰς ἐναντίας ταῖς ὀρθαῖς χρηστικαῖς
ἔχομεν. ἂν οὖν μὴ καὶ τὰς ὀρθὰς χρηστικὰς
ποιήσωμεν, οὐδὲν ἄλλο ἢ ἐξηγηταὶ ἐσόμεθα ἀλλοτρίων δογμάτων. Ἄρτι γὰρ τίς ἡμῶν εὖ δύ- 15
ναται τεχνολογῆσαι περὶ ἀγαθῶν καὶ κακῶν; ὅτι
τῶν ὄντων τὰ μὲν ἀγαθὰ, τὰ δὲ κακὰ, τὰ δ᾿
ἀδιάφορα· ἀγαθὰ μὲν οὖν ἀρεταὶ, καὶ τὰ μετέχοντα τῶν ἀρετῶν· κακὰ δὲ, τὰ ἐναντία·
ἀδιάφορα δὲ, πλοῦτος, ὑγεία, δόξα. Εἶτ᾿, ἂν 16
μεταξὺ λεγόντων ἡμῶν ψόφος μείζων γίνηται,
ἢ τῶν παρόντων τις καταγελάσῃ ἡμῶν, ἐξε-
πλάγημεν. Ποῦ ἐστι, Φιλόσοφε, ἐκεῖνα ἃ ἔλε- 17
γες; Πόθεν αὐτὰ προφερόμενος ἔλεγες; Ἀπὸ
τῶν χειλῶν αὐτόθεν. Τί οὖν ἀλλότρια βοηθήματα μολύνεις; Τί κυβεύεις περὶ τὰ μέγιστα;
Ἄλλο γάρ ἐστιν, ὡς εἰς ταμιεῖον ἀποθέσθαι 18

O 3

ἄρτους

usum contraximus opinio-
num, quæ rectis contrariæ
sunt. Itaque, nisi operam
demus, ut rectarum etiam
opinionum usum habitura-
que nobis comparemus,
nil aliud nisi alienorum decretorum interpretes su-
mus futuri. Jam enim
quis nostrûm de rebus bo-
nis & malis erudite disputare. non potest? alias esse
bonas, alias malas, alias
indifferentes: ac bonas quidem, virtutes, & ea quæ
cum virtutibus conjuncta
sint; malas autem, contrarias; indifferentes, divitias, sanitatem, gloriam.
Deinde, si, dum nos ista
disserimus, strepitus aliquis major excitetur, aut
eorum qui adfunt quispiam
nos derideat, percellimur.
Ubi sunt ista, philosophe,
quæ dicebas? Unde ista
proferebas? Nonnisi e li-
bris videlicet. Quid ergo
aliena adjumenta contami-
nas? Quid ludos facis in
rebus maximis? Aliud est
enim, tamquam in penu
reponere panes & vinum;
aliud est comedere. Quod
come-

ἄρτους καὶ οἶνον, ἄλλο ἐστὶ φαγεῖν. τὸ βρωθὲν ἐπέφθη, ἀνεδόθη, νεῦρα ἐγένετο, σάρκες, ὀστέα, αἷμα, εὔχροια, εὔπνοια. τὰ ἀποκείμενα, ὅταν μὲν θελήσῃς, ἐκ προχείρου λαβὼν δεῖξαι δύνασαι· ἀπ' αὐτῶν δὲ σοι ὄφελος οὐδὲν, εἰ μὴ μέχρι

19 τοῦ δοκεῖν ὅτι ἔχεις. Τί γὰρ διαφέρει, ταῦτα ἐξηγεῖσθαι, ἢ τὰ τῶν ἑτεροδόξων; Τεχνολόγει νῦν καθίσας τὰ Ἐπικούρου· καὶ τάχα ἐκείνου χρησιμώτερον τεχνολογήσεις. Τί οὖν Στωικὸν λέγεις σεαυτόν; Τί ἐξαπατᾷς τοὺς πολλούς;

20 Τί ὑποκρίνῃ Ἰουδαῖον, ὢν Ἕλλην; Οὐχ ὁρᾷς, πῶς ἕκαστος λέγεται Ἰουδαῖος; πῶς Σύρος; πῶς Αἰγύπτιος; καὶ ὅταν τινὰ ἐπαμφοτερίζοντα ἴδωμεν, εἰώθαμεν λέγειν, Οὐκ ἔστιν Ἰουδαῖος, ἀλλ' ὑποκρίνεται. ὅταν δ' ἀναλάβῃ τὸ πάθος τὸ τοῦ βεβαμμένου καὶ ᾑρημένου, τότε καὶ

21 ἔστι τῷ ὄντι, καὶ καλεῖται Ἰουδαῖος. Οὕτω καὶ

ἡμεῖς,

comederis, Id concoquitur, digeritur, in nervos, carnes, ossa, sanguinem, colorem, spiritum convertitur: quæ autem reposueris, ea quidem, cum volueris, depromere poteris, atque ostendere; inde autem ad te non alia redibit utilitas, nisi ut ea habere videaris. Quid enim interest, sive ista enarres, sive eorum opiniones, qui alia sentiunt? Sede nunc, atque Epicureas opiniones subtiliter edissere: ac fortasse facilius etiam atque commodius, quam ipse, edisseres. Quid ergo Stoicum te nominas? Quid populo fucum facis? Quid personam mentiris Judæorum, cum Græcus sis? Nonne vides, quatenus quisque dicatur Judæus, quatenus Syrus, quatenus Ægyptius? quod si quem videmus in utramque partem inclinantem, dicere solemus, non esse Judæum, sed simulatorem: cum autem adfectum hominis illâ disciplinâ imbuti, sectamque professi adhibuerit; tum

ἡμεῖς, παραβαπτισταὶ, λόγῳ μὲν Ἰουδαῖοι, ἔργῳ δ' ἄλλο τι· ἀσυμπαθεῖς πρὸς τὸν λόγον,
μακρὰν ἀπὸ τοῦ χρῆσθαι τούτοις ἃ λέγομεν,
ἐφ' οἷς ὡς εἰδότες αὐτὰ ἐπαιρόμεθα.   Οὕτως 22
οὐδὲ τὴν τοῦ ἀνθρώπου ἐπαγγελίαν πληρῶσαι δυνάμενοι, προσλαμβάνομεν τὴν τοῦ Φιλοσόφου,
τηλικοῦτο Φορτίον, οἷον εἴ τις δέκα λίτρας ἆραι
μὴ δυνάμενος, τὸν τοῦ Αἴαντος λίθον βαστάζειν
ἤθελεν.

ΚΕΦ. Ι´.

Πῶς ἀπὸ τῶν ὀνομάτων τὰ καθήκοντά ἐστιν εὑρίσκειν.

Σκέψαι, τίς εἶ. τὸ πρῶτον, ἄνθρωπος· τοῦτο
δ' ἔστιν, οὐδὲν ἔχων κυριώτερον προαιρέσεως,
ἀλλὰ ταύτῃ τὰ ἄλλα ὑποτεταγμένα, αὐτὴν
O 4 d' ἀδού-

tum revera Judæus & est, & nominatur. Sic & nos adulterini sumus, nomine quidem Judæi, re vero ipsa quiddam aliud: animi adfectus cum oratione non congruit; ac multum abest, ut iis utamur quæ profitemur, quorumque cognitione efferimur. Sic, cum hominis professionem explere nequeamus, philosophi etiam personam nobis imponimus; tam grave onus, veluti si quis, cui vires ad decem libras ferendas non suppeterent, Ajacis lapidem tollendum sibi sumeret.

CAP. X.

Quo pacto è nominibus Officia sint reperienda.

Considera qui sis: primum Homo, hoc est, is qui nihil habeat præstantius voluntate, cætera vero omnia huic subjecta, cum ipsa nemini vel serviat vel pareat.

2 δ' ἀδούλευτον καὶ ἀνυπότακτον. Σκόπει οὖν, τίνων κεχώρισαι κατὰ λόγον. κεχώρισαι θηρίων,

3 κεχώρισαι προβάτων. Ἐπὶ τούτοις, πολίτης εἶ τοῦ κόσμου, καὶ μέρος αὐτοῦ· οὐχ ἓν τῶν ὑπηρετικῶν, ἀλλὰ τῶν προηγουμένων· παρακολουθητικὸς γὰρ εἶ τῇ θείᾳ διοικήσει, καὶ τῶν ἑξῆς ἐπιλογιστικός. Τίς οὖν ἐπαγγελία πολίτου;

4 Μηδὲν ἔχειν ἰδίᾳ συμφέρον, περὶ μηδενὸς βουλεύεσθαι ὡς ἀπόλυτον· ἀλλ' ὥσπερ ἄν, εἰ ἡ χεὶρ ἢ ὁ ποὺς λογισμὸν εἶχον, καὶ παρηκολούθουν τῇ φυσικῇ κατασκευῇ, οὐδέποτ' ἂν ἄλλως ὥρμησαν, ἢ ὠρέχθησαν, ἢ ἐπανενεγκόντες ἐπὶ τὸ ὅλον.

5 Διὰ τοῦτο καλῶς λέγουσιν οἱ φιλόσοφοι, ὅτι εἰ προῄδει ὁ καλὸς καὶ ἀγαθὸς τὰ ἐσόμενα, συνήργει ἂν καὶ τῷ νοσεῖν, καὶ τῷ ἀποθνήσκειν, καὶ τῷ πηροῦσθαι· αἰσθανόμενός γε, ὅτι ἀπὸ τῆς
τῶν

reat. Proinde considerato, a quibus ratione separeris. Separaris a feris, separaris ab ovibus. Praeterea civis es mundi, & pars ejus: non ex earum numero partium, quae ministerio, sed quae imperio sunt destinatae: divinam enim administrationem intelligendi, ordinemque rerum considerandi facultatem habes. Quae igitur est civis professio? Ne quid privatim utile ducat; de nulla re, tamquam a communi societate separatim, deliberet; sed ita, quemadmodum manus aut pes, si ratione uterentur, & naturae constitutionem intelligerent, numquam moverentur aliter, nec appeterent quidquam, nisi ratione habita totius. Quamobrem recte dicunt philosophi, si praesciret vir bonus rerum futurarum eventum, ultro eum ad aegrotationem, ad mortem, ad mutilationes, operam suam collaturum; quippe qui intellexisset, a constitutione universitatis haec sibi esse adtri-

τῶν ὅλων διατάξεως τοῦτο ἀπονέμεται, κυριώτερον δὲ τὸ ὅλον τοῦ μέρους, καὶ ἡ πόλις τοῦ
πολίτου. Νῦν δ' ὅτι οὐ προγινώσκομεν, καθήκει 6
τῶν πρὸς ἐκλογὴν εὐφυεστέρων ἔχεσθαι· ὅτι καὶ
πρὸς τοῦτο γεγόναμεν.

Μετὰ τοῦτο μέμνησο, ὅτι υἱός εἶ. Τίς τού- 7
του τοῦ προσώπου ·ἐπαγγελία; πάντα τὰ αὐτοῦ
ἡγεῖσθαι τοῦ πατρὸς, πάντα ὑπακούειν, μηδέποτε ψέξαι πρός τινα, μηδὲ βλαβερόν τι αὐτῷ
εἰπεῖν ἢ πρᾶξαι, ἐξίστασθαι ἐν πᾶσι καὶ παραχωρεῖν, συνεργοῦντα κατὰ δύναμιν. Μετὰ 8
τοῦτο ἴσθι, ὅτι καὶ ἀδελφός εἶ. καὶ πρὸς τοῦτο
δὲ τὸ πρόσωπον ὀφείλεται παραχώρησις, εὐπεί-
θεια, εὐφημία, μηδέποτ' ἀντιποιήσασθαί τινος
πρὸς αὐτὸν τῶν ἀπροαιρέτων, ἀλλ' ἡδέως ἐκεῖνα
προΐεσθαι, ἵν' ἐν τοῖς προαιρετικοῖς πλέον ἔχῃς.
O 5   Ὅρα

adtributa; effe autem to-
tam potius parte, & civi-
tatem cive.   Nunc, cum
non præfciamus quid futu-
rum fit, ea amplecti con-
venit, quæ funt ad eligen-
dum natura aptiora; nam
ad hoc etiam nati fumus.
Deinde memento, Fi-
lium te effe. Quænam
hujus perfonæ eft profef-
fio? Omnia fua, patris effe
ducere; omnibus in rebus
dicto ei effe audientem;
numquam eum apud quem-
quam vituperare; neque
vel dicere vel facere quidquam, quod ei incommo-
det; cedere etiam illi in omnibus, & primas dare; pro
virili eum adjuvare. Poft
hæc memento, te etiam Fratrem effe: & pro hac quaque perfona deberi ceffionem, obfequium, collaudati-
onem; numquam quidquam
tibi vindicandum earum rerum quæ funt extra homi-
nis poteftatem pofitæ, fed
ea libenter miffa facienda,
ut in his meliori fis conditione quæ tui funt arbitrii.
Vide

9 Ὅρα γὰρ, οἷόν ἐστιν ἀντὶ θρίδακος, ἂν οὕτω
τύχῃ, καὶ καθέδρας, αὑτὸν εὐγνωμοσύνην κτήσα-
10 σθαι· ὅση ἡ πλεονεξία; Μετὰ ταῦτα εἰ βουλευ-
τὴς πόλεώς τινος εἶ, ὅτι βουλευτής· εἰ νέος, ὅτι
νέος· εἰ πρεσβύτης, ὅτι πρεσβύτης· εἰ πατὴρ,
11 ὅτι πατήρ. Ἀεὶ γὰρ ἕκαστον τῶν τοιούτων ὀνομάτων εἰς ἐπιλογισμὸν ἐρχόμενον, ὑπογράφει τὰ οἰ-
12 κεῖα ἔργα. Ἐὰν δ' ἀπελθὼν ψέγῃς σου τὸν ἀδελφὸν, λέγω σοι, Ἐπελάθου τίς εἶ, καὶ τί σοι ὄνομα.
13 Εἶτα εἰ μὲν, χαλκεὺς ὤν, ἐχρῶ τῇ σφύρᾳ ἄλλως,
ἐπιλελησμένος ἂν ἦς τοῦ χαλκέως· εἰ δὲ τοῦ
ἀδελφοῦ ἐπελάθου, καὶ ἀντὶ ἀδελφοῦ ἐχθρὸς
ἐγίνου, οὐδὲν ἀντ' οὐδενὸς ἠλλάχθαι φανῇς ἐπ' αὐ-
14 τῷ; Εἰ δ' ἀντὶ ἀνθρώπου, ἡμέρου ζώου, καὶ
κοινωνικοῦ, θηρίον γέγονας βλαβερὸν, ἐπίβουλον,
δηκτικὸν, οὐδὲν ἀπολώλεκας; ἀλλὰ δεῖ σε κέρμα ἀπολέσαι, ἵνα ζημιωθῇς; ἄλλου δ' οὐδενὸς
ἀπώ-

Vide enim, cujusmodi fit, verbi caussa, si pro lactuca, aut pro sella, *qua fratri cedis*, tu tibi adquiris animi æquitatem: quantum id est lucrum! Deinde si civitatis alicujus Senator es, te senatorem esse memento: si adolescens, adolescentem: si senex, senem: si pater, patrem. Semper enim quodque horum nominum, in computationem veniens, consentaneum quoddam agendi genus praescribit. Sin digressus, fratrem tuum vituperaveris; dicam, oblitum te esse qui sis, & quod tibi sit nomen. Quod si faber ferrarius esses, ac malleo perperam utereris, fabri ferrarii esses oblitus. At si fratris personam oblitus es, & fratris loco factus es hostis; putasne, te ea re nihil nihilo permutasse? Quod si pro homine, miti animali & sociabili, fera factus es perniciosa, insidiatrix, mordax; nihilne amisisti? Enimvero pecuniola

ἀπώλεια ζημιοῖ τὸν ἄνθρωπον; Εἰ γραμματι- 15
κὴν μὲν ἧς ἀποβαλὼν, ἢ μουσικὴν, ζημίαν ἡγοῦ
τὴν ἀπώλειαν αὐτῆς· εἰ δ' αἰδῶ καὶ καταστολὴν
καὶ ἡμερότητα ἀποβαλεῖς, οὐδὲν ἡγῦ τὸ πρᾶγμα; Καί τοι ἐκεῖνα μὲν παρ' ἔξωθέν τινα καὶ 16
ἀπροαίρετον αἰτίαν ἀπόλλυται, ταῦτα δὲ παρ'
ἡμᾶς· καὶ ἐκεῖνα μὲν οὔτ' ἔχειν οὔτ' ἀπολλύειν
αἰσχρόν ἐστι, ταῦτα δὲ καὶ μὴ ἔχειν καὶ ἀπολλύειν αἰσχρόν ἐστι, καὶ ἐπονείδιστον, καὶ ἀτύχημα. Τί ἀπολλύει ὁ τὰ τοῦ κιναίδου πάσχων; 17
Τὸν ἄνδρα. Ὁ δὲ διατιθείς; Πολλὰ μὲν καὶ ἄλλα, καὶ αὐτὸς δ' οὐδὲν ἧττον τὸν ἄνδρα. Τί
ἀπολλύει ὁ μοιχεύων; Τὸν αἰδήμονα, τὸν ἐγ- 18
κρατῆ, τὸν κόσμιον, τὸν πολίτην, τὸν γείτονα.
Τί ἀπολλύει ὁ ὀργιζόμενος; Ἄλλο τι. Ὁ φοβούμενος; Ἄλλο τι. Οὐδεὶς δίχα ἀπωλείας καὶ 19
ζημίας κακός ἐστι. Λοιπὸν εἰ τὴν ζημίαν ζητεῖς
ἐν

niola est amittenda, ut jacturam facias; nullius vero alterius rei amissio damnum adfert homini? Quod
si grammaticam artem ami-
sisses, aut musicam; in damno eam jacturam deputares:
at, si verecundiam, si modestiam, si mansuetudinem
amiseris, eamne rem nihil
esse putas? Verum illa quidem externa quapiam de
caussa & non voluntariâ
pereunt; hæc autem, no-
strâ culpâ: illa nec habere,
nec amittere, turpe est;
hæc & non habere, &

perdere, turpe est, &
probrosum & calamitosum.
Quid amittit is, qui ci-
næedi flagitia patitur? Virum. Quid qui ista patrat?
Cum alia sane multa, tum
nihilominus & ipse virum.
Quid perdit adulter? Ve-
recundum, continentem,
modestum, civem, vici-
num. Quid perdit iratus?
Aliquid aliud. Quid is qui
timet? Aliquid aliud. Ne-
mo sine jactura & damno
malus est. Quod si vero
jacturam in pecuniola sola
quæris, omnes hi noxæ
sunt

ἐν κέρματι, πάντες οὗτοι ἀβλαβεῖς, ἀζήμιοι,
ἂν οὕτω τύχῃ, καὶ ὠφελούμενοι καὶ κερδαί-
νοντες, ὅταν διά τινος τούτων τῶν ἔργων κέρ-
20 μα αὐτοῖς προσγένηται. Ὅρα δ᾽, εἰ ἐπὶ κερματίων πάντα ἀνάγεις, ὅτι οὐδ᾽ ὁ τὴν ῥῖνά
σοι ἀπολλύων ἐστὶ βεβλαμμένος. Ναί· φησὶ,
21 κεκολόβωται γὰρ τὸ σῶμα. Ἄγε· ὁ δὲ τὴν
ὀσφρασίαν αὐτὴν ἀπολωλεκὼς, οὐδὲν ἀπολλύει;
Ψυχῆς οὖν δύναμις οὐκ ἔστιν οὐδεμία, ἣν ὁ
μὲν κτησάμενος ὠφελῆται, ὁ δ᾽ ἀποβαλὼν ζη-
22 μιοῦται; Ποίαν καὶ λέγεις; Οὐδὲν ἔχομεν αἰδῆμον φύσει; Ἔχομεν. Ὁ τοῦτο ἀπολλύων, οὐ
ζημιοῦται; οὐδενὸς στερίσκεται; οὐδὲν ἀποβάλ-
23 λει τῶν πρὸς αὐτόν; Οὐκ ἔχομεν φύσει τι πιστόν; Φύσει στερκτικόν; Φύσει ὠφελητικόν; Φύσει ἀλλήλων ἀνεκτικόν; ὅστις οὖν εἰς ταῦτα πε-
ριορᾷ

sunt expertes, nullum fe-
cere damnum; ac fieri potest, ut fructum etiam &
lucrum capiant, cum ex
horum facinorum aliquo
pecunia eis accesserit. Vide vero, si ad pecuniam
omnia refers, ne tibi di-
cendum sit, ne eum qui-
dem, qui nasum amittit,
pati damnum. Immo ve-
ro, inquit, corpore est
mutilato. Age igitur, qui
olfactum solum amisit, nihilne perdit? Animi ergo
vis nulla est, quâ & partâ
juvetur aliquis, & amissâ
læaditur? Quam tandem
ais? Nihilne habemus na-
turâ verecundum? Habe-
mus. Id qui amittit, non
jacturam facit? non privatur aliquâ re? non amit-
tit aliquid suarum rerum?
Nonne habemus naturâ fi-
dele aliquid? nonne cari-
tatem aliquam naturâ no-
bis insitam? nonne juvan-
di propensionem natura-
lem? non alius alium to-
lerandi naturalem facul-
tatem? Quisquis igitur
in horum aliquo se dam-
no adfici patitur, isne indemnis

ϛοϱᾷ ζημιούμενον ἑαυτὸν, οὗτος ᾖ ἀβλαβὴς καὶ
ἀζήμιος;

Τί οὖν; μὴ βλάψω τὸν βλάψαντα; Πρῶ- 24
τον μὲν ἰδοὺ, τί ἐστι βλάβη· καὶ μνήσθητι ὧν
ἤκουσας παρὰ τῶν φιλεσόφων. Εἰ γὰρ τὸ ἀγα- 25
θὸν ἐν προαιρέσει, καὶ τὸ κακὸν ὡσαύτως ἐν
προαιρέσει, βλέπε μὴ τοιοῦτέν ἐστιν ὃ λέγεις·
Τί οὖν, ἐπειδὴ ἐκεῖνος ἑαυτὸν ἔβλαψε, πρὸς 26
ἐμέ τι ἄδικον ποιήσας, μὴ βλάψω ἐγὼ ἐμαυτὸν, πρὸς ἐκεῖνον ἄδικόν τι ποιήσας; Τί οὖν οὐ 27
τοιοῦτέν τι φαντᾳζόμεθα; Ἀλλ᾽, ὅπου τι σω-
ματικὸν ἐλάττωμα εἰς κτῆσιν, ἐκῶ ἡ βλάβη·
ὅπου δ᾽ εἰς προαίρεσιν, οὐδεμία βλάβη; οὔτε 28
γὰρ τὴν κεφαλὴν ἀλγῶ ὁ ἐξαπατηθεὶς ἢ ὁ ἀδι-
κήσας, οὔτε τὸν ὀφθαλμὸν, οὔτε τὸ ἰσχίον· οὔτε τὸν ἀγρὸν ἀπολλύει. ἡμεῖς δ᾽ ἄλλο οὐδὲν 29
ἐθέλομεν, ἢ ταῦτα· τὴν προαίρεσιν δὲ πότερον
αἰδή-

demnis & jacturæ expers
fuerit?

Quid ergo? non ei no-
ceam qui mihi nocuit?
Primum vide, quid fit no-
xa: & eorum, quæ a phi-
lofophis audivifti, memento. Nam fi bonum pofitum
eft in voluntate, & malum
item in voluntate; vide,
ne hujusmodi fit id quod
dicis: Cur, fi ille ipfi fibi
nocuit, injuriâ mihi factâ,
ego ipfe mihi non noceam,
injuriâ aliquâ ei relatâ?
Cur ergo non tale quiddam
menti noftræ obverfatur?
At, ubi corpori aliquid aut
rei familiari decefferit, illic
damnum eft: ubi autem vo-
luntati, nullumne ibi damnum? Nempe caput ei non
dolet qui deceptus eft, aut
qui injuriam intulit, neque
oculus, neque coxa; ne-
que agrum is amittit: nos
vero nihil volumus nifi
hæc; voluntatem autem
utrum verecundam & fide-
lem

αἰδήμονα καὶ πιστὴν ἕξομεν, ἢ ἀναίσχυντον καὶ
ἄπιστον, οὐδ᾽ ἐγγὺς διαφερόμεθα, πλὴν μόνον.
30 ἐν τῇ σχολῇ μέχρι τῶν λογαρίων. Τοιγαροῦν μέχρι τῶν λογαρίων προκόπτομεν· ἔξω δ᾽ αὐτῶν,
οὐδὲ τὸ ἐλάχιστον.

ΚΕΦ. ια΄.

Τίς ἀρχὴ Φιλοσοφίας.

Ἀρχὴ φιλοσοφίας, παρά γε τοῖς ὡς δεῖ καὶ
– κατὰ τὴν θύραν ἀπτομένοις αὐτῆς, συναίσθησις τῆς αὑτοῦ ἀσθενείας καὶ ἀδυναμίας περὶ τὰ
2 ἀναγκαῖα. Ὀρθογωνίου μὲν γὰρ τριγώνου, ἢ διέ-
σεως, ἢ ἡμιτονίου, οὐδεμίαν φύσει ἔννοιαν ἥκομεν
ἔχοντες, ἀλλ᾽ ἔκ τινος τεχνικῆς παραλήψεως δι-
δασκόμεθα ἕκαστον αὐτῶν. καὶ διὰ τοῦτο οἱ μὴ
3 εἰδότες αὐτὰ, οὐδ᾽ οἴονται εἰδέναι. Ἀγαθοῦ δὲ
                                                     καὶ

lem habituri simus, an impudentem, & perfidam,
ne minimum quidem nostra
interest, nisi quod ad disputatiunculas adtinet, quæ
in schola his de rebus in-
stituuntur. Quocirca usque
ad disputatiunculas profici-
mus, ultra eas vero ne minimum quidem.

CAP. XI.

Quod sit Philosophiæ initium.

Philosophiæ initium, apud
eos quidem, qui ut decet
& per januam ad eam in-
grediuntur, conscientia est
imbecillitatis nostræ atque
infirmitatis in rebus necessariis. Nam trianguli quidem rectanguli, aut die-
seos, aut semitonii, nul-
lam naturâ insitam habe-
mus notionem, sed cuncta,
quæ sunt hujusmodi, arti-
ficiosâ quâdam traditione
addiscimus: eaque de caussa, qui illa ignorant, non
opinantur se ea cognita ha-
                                 bere.

καὶ κακοῦ, καὶ καλοῦ καὶ αἰσχροῦ, καὶ πρέπον-
τος καὶ ἀπρεποῦς, καὶ εὐδαιμονίας καὶ δυστυχίας, καὶ προσήκοντος καὶ ἀποβάλλοντος, καὶ ὅ
τι δεῖ ποιῆσαι, καὶ ὅ τι οὐ δεῖ ποιῆσαι, τίς οὐκ
ἔχων ἔμφυτον ἔννοιαν ἐλήλυθε.   Διὰ τοῦτο πάν- 4
τες χρώμεθα τοῖς ὀνόμασι, καὶ ἐφαρμόζειν πει-
ρώμεθα τὰς προλήψεις ταῖς ἐπὶ μέρους οὐσίαις.
Καλῶς ἐποίησε, δεόντως, οὐ δεόντως, ἠτύχησεν, 5
εὐτύχησεν, ἄδικός ἐστι, δίκαιός ἐστι· τίς ἡμῶν
φείδεται τούτων τῶν ὀνομάτων; τίς ἡμῶν ἀνα-
βάλλεται τὴν χρῆσιν αὐτῶν μέχρι μάθῃ, καθάπερ τῶν περὶ τὰς γραμμὰς ἢ τοὺς φθόγγους οἱ
οὐκ εἰδότες; Τούτου δ᾽ αἴτιον, τὸ ἥκειν ἤδη τινὰ 6
ὑπὸ τῆς φύσεως κατὰ τὸν τόπον ὥσπερ δεδιδαγ-
μένους· ἀφ᾽ ὧν ὁρμώμενοι καὶ τὴν οἴησιν προσει-
λήφαμεν. Διὰ τί γὰρ, φησὶν, οὐκ οἶδα ἐγὼ τὸ 7
καλὸν

bere. Boni autem & mali,
honefti & turpis, decori
& indecori, felicitatis &
calamitatis, officii, & quid
fit contra officium, quid fit
agendum, quid non fit
agendum, quis non harum
rerum notitiam aliquam natura infitam fecum adtulit?
Quamobrem omnes voca-
bulis iftis utimur, atque illas animi anticipationes rebus fingularibus adcommo-
dare conamur. „Bene fe-
„cit, ex officio, contra offi-
„cium; profperâ, adverfâ
„fortunâ eft ufus; Injuftus

„eft, juftus eft:“ quis noftrùm his vocabulis abfti-
net? quis noftrùm ufum illorum eo usque differt,
dum didicerit, quemadmo-
dum vocabulis geometricis
& muficis abftinent qui
iftas artes ignorant. Hu-
jus nempe rei cauffa eft,
quod nonnulla ad iftum locum pertinentia jam velut
a natura edocti in vitam
intramus; a quibus initiis
profecti, opinationem et-
iam adjunximus, quafi om-
nia percepta haberemus.
Cur enim, inquit, ignorem
ego

καλὸν καὶ τὸ αἰσχρόν; οὐκ ἔχω ἔννοιαν αὐτοῦ;
Ἔχεις. Οὐκ ἐφαρμόζω τοῖς ἐπὶ μέρους; Ἐφαρ-
8 μόζεις. Οὐ καλῶς ἂν ἐφαρμόζω; Ἐνταῦθά
ἐστι τὸ ζήτημα πᾶν, καὶ οἴησις ἐνταῦθα προσ-
γίνεται. ἀφ' ὁμολογουμένων γὰρ ὁρμώμενοι τούτων, ἐπὶ τὸ ἀμφισβητούμενον προάγουσιν ὑπὸ τῆς
9 ἀκαταλλήλου ἐφαρμογῆς. ὡς εἴ γε καὶ τοῦτο
ἔτι πρὸς ἐκείνοις ἐκέκτητο, τί ἐκώλυεν αὐτὰς εἶ-
10 ναι τελείους; Νῦν δ' ἐπεὶ δοκεῖς, ὅτι καὶ καταλλήλως ἐφαρμόζεις τὰς προλήψεις τοῖς ἐπὶ μέρους, εἰπέ μοι, πόθεν τῦτο λαμβάνεις; Ὅτι δοκεῖ
μοι. Τῦτο ἂν τινι ἃ δοκεῖ, καὶ οἴεται καὶ αὐτὸς ἐφαρμόζειν καλῶς· ἢ οὐκ οἴεται; Οἴεται.
11 Δύνασθε ἂν, περὶ ὧν τὰ μαχόμενα δοξάζετε,
ἀμφότεροι καταλλήλως ἐφαρμόζειν τὰς προλή-
12 ψεις; Οὐ δυνάμεθα. Ἔχεις οὖν δεῖξαί τι ἡμῖν
πρὸς τὸ αὐτὰς ἐφαρμόζειν ἄμεινον, ἀνωτέρω τοῦ
δοκεῖν

ego honestum & turpe? Nonne notionem ejus menti impressam habeo? Habes. Nonne rebus singulis eam adcommodo? Adcommodas. Non ergo recte adcommodo? In hoc omnis vertitur quæstio, atque opinio scientiæ hic accedit. Nam a rebus hisce confessis initio sumto, ad id, quod in controversia est positum, progrediuntur ob ineptam adcommodationem. Nam si hac quoque facultate præditi essent, quid obstaret quo minus perfecti essent? Nunc quia putas, te anticipationes illas convenienter etiam adcommodare rebus singulis; dic. mihi, unde illud sumis? Ex eo, quod mihi sic videtur. At istud ipsum alteri non videtur, & ipse pariter se recte adcommodare putat: annon putat? Putat. Potestis ergo, quibus in rebus pugnantes habetis opiniones, iis anticipationes uterque convenienter adcommodare? Non possumus. Potesne igitur aliquid nobis ostendere melius ad eas adcom-

δοκεῖν σοι; Ὁ δὲ μαινόμενος ἄλλα τινὰ ποιεῖ ἢ τὰ δοκοῦντά οἱ καλά; Κἀκείνῳ οὖν ἀρκεῖ τοῦτο τὸ κριτήριον; Οὐκ ἀρκεῖ. Ἐλθὲ οὖν ἐπί τι ἀνωτέρω τοῦ δοκεῖν. Τί τοῦτό ἐστιν;

13 Ἴδ' ἀρχὴ Φιλοσοφίας, αἴσθησις μάχης τῆς πρὸς ἀλλήλους τῶν ἀνθρώπων, καὶ ζήτησις τοῦ παρ' ὃ γίνεται ἡ μάχη, καὶ κατάγνωσις καὶ ἀπιστία πρὸς τὸ ψιλῶς δοκοῦν· ἔρευνα δέ τις περὶ τὸ δοκοῦν, εἰ ὀρθῶς δοκεῖ· καὶ εὕρεσις κανόνος τινός, οἷον ἐπὶ βαρῶν τὸν ζυγὸν εὕρομεν, οἷον ἐπὶ εὐθέων καὶ στρεβλῶν τὴν στάθμην. Τοῦτ' ἔστιν ἀρχὴ Φιλοσοφίας. Πάντα καλῶς ἔχειν τὰ δοκοῦντα ἅπασι; 14 Καὶ πῶς δυνατὸν τὰ μαχόμενα καλῶς ἔχειν; 15 Οὐκοῦν οὐ πάντα, ἀλλὰ τὰ ἡμῖν δοκοῦντα. Τί μᾶλλον, ἢ τὰ Σύροις; τί μᾶλλον, ἢ τὰ Αἰγυπτίοις; τί μᾶλλον, ἢ τὰ ἐμοὶ φαινόμενα, ἢ τὰ τῷ δεῖνι;

adcommodandas', præterquam quod tibi ita videatur? Insanus vero alia-ne facit, quam quæ ei recta videntur? Num ergo illa judicii regula satis ei est? Non satis est. Veni igitur ad aliquid, quod superius *certiusque* fit opinione. Quid istud est?

Ecce Philosophiæ initium: animadversio pugnæ hominum inter ipsos, & inquisitio causarum pugnæ illius, & condemnatio ac repudiatio nudæ opinionis; atque etiam investigatio quædam de opinione, utrum ea recta sit; ac regulæ alicujus inventio, quemadmodum ad pondera stateram inveolmus, ad recta & flexuosa amussim. Hoc est Philosophiæ initium. Omnia recta essent, quæ cuique videantur? At fieri qui potest, repugnantia recta ut sint? Ergo non omnia, sed ea quæ nobis probantur. Qui magis, quam quæ Syris? qui magis, quam quæ Ægyptiis? qui magis quæ iuuii,

δεῖνι; Οὐδὲν μᾶλλον. Οὐκ ἄρα ἀρκεῖ τὸ δοκεῖν
ἑκάστῳ, πρὸς τὸ εἶναι.. οὐδὲ γὰρ ἐπὶ βαρῶν, ἢ
μέτρων, ψιλῇ τῇ ἐμφάσει ἀρκούμεθα, ἀλλὰ κα-
16 νόνα τινὰ ἐφ' ἑκάστου εὕρομεν. Ἐνταῦθ' οὖν οὐδ-
εἰς. κανὼν ἀνωτέρω τοῦ δοκεῖν; καὶ πῶς οἷόν τε,
ἀτέκμαρτα εἶναι καὶ ἀνεύρετα τὰ ἀναγκαιότατα
17 ἐν ἀνθρώποις; Ἔστιν οὖν. Καὶ διατὶ οὐ ζητοῦμεν
αὐτὸν, καὶ ἀνευρίσκομεν, καὶ ἀνευρόντες λοιπὸν
ἀπαραβάτως χρώμεθα, δίχα αὐτοῦ μηδὲ τὸν
18 δάκτυλον ἐκτείνοντες; Τοῦτο γὰρ, οἶμαι, ἐστὶν,
ὃ εὑρεθὲν ἀπαλλάσσει μανίας τοὺς μ'νῳ τῷ δοκεῖν μέτρῳ παραχρωμένους· ἵνα λοιπὸν, ἀπό τινων γνωρίμων καὶ διευκρινημένων ὁρμώμενοι, χρώμεθα ἐπὶ τῶν ἐπὶ μέρους διηρθρωμέναις ταῖς προλήψεσι.

19   Τίς ὑποπέπτωκεν οὐσία, περὶ ἧς ζητοῦμεν;
Ἡδονή. Ὕπαγε αὐτὴν τῷ κανόνι, βάλε εἰς τὸν
ζυγόν.

quam quæ cuivis alteri? Nihilo magis. Non ergo, ut fit res, fufficit cujusque opinio: neque enim vel in ponderibus, vel in menfuris, fola fpecie contenti fumus; fed regulam quamdam ad fingula invenimus. Hic ergo nulla regula eft opinione fuperior? Fieri vero qui poteft, ut neque notas ullas habeant, nec inveniri poffint, ea quæ funt inter homines maxime neceffaria? Eft igitur aliqua regula. Cur autem non eam quærimus atque invenimus, eâque inventâ deinceps citra errorem utimur, adeo ut citra eam ne digitum quidem porrigamus? Hoc enim, ut arbitror, illud eft, quo Invento, poffint infania liberari, qui una hac opinionis menfura abutuntur: ut deinceps, a cognitis quibusdam & clare explicatis principiis proficifcentes, diftinctis utamur notionibus, ubi de rebus fingularibus agitur.

Quænam res fefe obtulit, de qua quærimus? Voluptas.

ζυγόν. Τὸ ἀγαθὸν δεῖ εἶναι τοιοῦτον, ἐφ' ᾧ θαρ- 20
ρεῖν ἄξιον; Ναί. Καὶ ᾧ πεποιθέναι; Δεῖ. Ἀβε-
βαίῳ τινὶ θαῤῥεῖν ἄξιον; Οὔ. Μή τι οὖν βέβαιον
ἢ ἡδονή; Οὔ. Ἆρον οὖν, καὶ βάλε ἔξω ἐκ τοῦ 21
ζυγοῦ, καὶ ἀπέλασον τῆς χώρας τῶν ἀγαθῶν
μακράν. Εἰ δ' οὐκ ἐξυβλεπτεῖς, καὶ ἓν σοι ζυγὸν 22
οὐκ ἀρκεῖ, φέρε ἄλλο. Ἐπὶ τῷ ἀγαθῷ ἄξιον
ἐπαίρεσθαι; Ναί. Ἐφ' ἡδονῇ οὖν παρούσῃ ἄξιον
ἐπαίρεσθαι; βλέπε μὴ εἴπῃς ὅτι ἄξιον· εἰ δὲ μὴ,
οὐκέτι σε οὐδὲ τοῦ ζυγοῦ ἄξιον ἡγήσομαι. Οὕτω 23
κρίνεται τὰ πράγματα καὶ ἵσταται, τῶν κανόνων
ἡτοιμασμένων. Καὶ τὸ φιλοσοφεῖν τοῦτό ἐστιν, 24
ἐπισκέπτεσθαι καὶ βεβαιοῦν τοὺς κανόνας. τὸ δ' 25
ἤδη χρῆσθαι τοῖς ἐγνωσμένοις, τοῦτο τοῦ καλοῦ
καὶ ἀγαθοῦ ἔργον ἐστίν.

P 2   ΚΕΦ.

tas. Subjice eam regulæ; conjice in trutinam. Bonum ejusmodi esse oportet, cui confidere æquum sit? Ita. Et quo fretum esse? Omnino. At instabili culpiam confidere æquum est? Non. Numquid ergo voluptas stabile est? Non. Tollito igitur eam, & ejicito e trutina, & longe a regione bonorum relegato. Quod si vero oculos non satis acutos habes, atque una tibi trutina non sufficit, adhibe aliam. Re bona estne operæ pretium efferri? Est. Est ergo operæ pretium ob voluptatem præsentem efferri? cave dicas, esse operæ pretium: alioqui te jam ne trutina quidem dignum judicabo. Sic res discernuntur & ponderantur, cum in promtu sunt regulæ. Ac philosophari istud est, considerare & confirmare regulas. Jam nunc vero iis uti quæ cognita sunt, id viri sapientis & boni munus est.

CAP.

ΚΕΦ. ιβ΄.

Περὶ τοῦ διαλέγεσθαι.

Ἃ μὲν δεῖ μαθόντα εἰδέναι χρῆσθαι λόγῳ, ἠκρί-
βωται ὑπὸ τῶν ἡμετέρων. περὶ δὲ τὴν χρῆσιν
αὐτῶν τὴν προσήκουσαν, τελέως ἀγύμναστοί ἐσμέν.
2 Δὸς γοῦν ᾧ θέλεις ἡμῶν, ἰδιώτην τινὰ, τὸν
προσδιαλεγόμενον, καὶ οὐχ εὑρίσκει χρήσασθαι
αὐτῷ· ἀλλὰ μικρὰ κινήτας τὸν ἄνθρωπον,
ἂν παρὰ μέλος ἀπαντᾷ ἐκεῖνος, οὐκέτι δύναται
μεταχειρίσασθαι· ἀλλ' ἢ λοιδορεῖ λοιπὸν, ἢ
καταγελᾷ, καὶ λέγει, Ἰδιώτης ἐστὶν, οὐκ ἔστιν
3 αὐτῷ χρήσασθαι. Ὁ δ' ὁδηγὸς, ὅταν λάβῃ
τινὰ πλανώμενον, ἤγαγεν ἐπὶ τὴν ὁδὸν τὴν δέ-
ουσαν· οὐχὶ καταγελάσας ἢ λοιδορησάμενος ἀπ-
4 ῆλθε. Καὶ σὺ δεῖξον αὐτῷ τὴν ἀλήθειαν, καὶ
ὄψει ὅτι ἀκολουθεῖ. μέχρι δ' ἂν οὐ μὴ δεικνύῃς,

μὴ

CAP. XII.

De Differendi arte.

Qⱥ didiciſſe oportet, ut
artem differendi teneamus,
ea ſubtiliter a noſtris ſunt
explicata: In uſu autem
eorum convenienti, om-
nino ſumus inexercitati.
Da cuivis noſtrûm homi-
nem ineruditum, qui con-
tra diſputet; & non inve-
niet quo pacto eo utatur:
ſed, cum hominem paulu-
lum excitârit, ſi incon-
cinne ille reſpondeat, non
amplius eum tractare poterit, ſed jam aut conviciis
inceſſet, aut deridebit, ac
dicet: Illiteratus eſt, atque
intractabilis. At viæ dux,
ſi quem reperit errantem,
eum in viam reducit; non
deriſo illo, & conviciis
onerato, abit. Sic tu quoque ſi monſtraris ei veritatem, videbis eum ſequi.
Quoad

μὴ ἐκείνου καταγέλα, ἀλλὰ μᾶλλον αἰσθάνου
τῆς ἀδυναμίας τῆς σαυτοῦ.

Πῶς οὖν ἐποίει Σωκράτης; Αὐτὸν ἠνάγκαζε 5
τὸν πρεσδιαλεγόμενον αὐτῷ μαρτυρεῖν, ἄλλου
δ᾽ οὐδενὸς ἐδεῖτο μάρτυρος. Τοιγαροῦν ἐξῆν αὐτῷ λίγειν, ὅτι, Τοὺς μὲν ἄλλους ἐῶ χαίρειν,
ἀεὶ δὲ τῷ ἀντιλέγοντι ἀρκοῦμαι μάρτυρι· καὶ
τοὺς μὲν ἄλλους οὐκ ἐπιψηφίζω, τὸν δὲ πρεσδιαλεγόμενον μόνον. Οὕτω γὰρ ἐναργῆ ἐτίθει 6
τὰ ἀπὸ τῶν ἐννειῶν, ὥστε πάνθ᾽ ὁντινοῦ, συν-
αισθανόμενον τῆς μάχης, ἀναχωρεῖν ἀπ᾽ αὐτῆς.
Ἆρά γε ὁ φθονῶν χαίρει; Οὐδαμῶς, ἀλλὰ μᾶλ- 7
λον λυπεῖται. Ἀπὸ τοῦ ἐναντίου ἐκίνησε τὸν
πλησίον. Τί δ᾽; ἐπὶ κακοῖς δοκεῖ σοι εἶναι λύπη,
ὁ φθόνος; Καὶ τίς φθόνος ἐστὶ κακῶν; Οὐκ- 8
οῦν ἐκεῖνον ἐποίησεν εἰπεῖν, ὅτι λύπη ἐστὶν ἐπ᾽
ἀγαθοῖς ὁ φθόνος. Τί δέ; φθονοίη ἂν τις τοῖς
P 3
οὐδὲν

Quoad vero non demonstraveris, noli deridere illum, sed Imbecillitatem
potius agnosce tuam.

Quomodo ergo faciebat
Socrates? Ipsum adversarium cogebat testimonium
sibi perhibere, neque ullum alium admittebat testem. Proinde dicere ei
licebat: „Equidem alios
„valere jubeo, semper ad
„versario teste contentus;
„& alios non rogo senten
„tiam, sed eum unum qui
„cum disputo." Nam ea
quæ ex anticipationibus
concluduntur, ita in illustri ponebat loco, ut quilibet, animadversâ repugnantiâ, ab eâ recederet.
Qui invidus est, anne gaudet? Nullo modo: quin
potius mœret. (A parte
opposita commovit alterum.) Quid ergo? invidia videtur-ne tibi dolor
ob mala quædam? Et quæ
malarum rerum est invidia? Itaque fecit, ut ille diceret, invidiam esse
dolorem de rebus bonis.
Quid

9 οὐδὲν πρὸς αὐτόν; Οὐδαμῶς. Καὶ οὕτως ἐκπε-
πληρωκὼς τὴν ἔννοιαν, καὶ διηρθρωκὼς, ἀπηλλάσ-
σετο, οὐ λέγων, Ὅτι ὅρισαί μοι τὸν φθόνον·
εἶτα ὁρισαμένου, Κακῶς ὡρίσω· οὐ γὰρ ἀντα-
10 κολουθεῖ τῷ κεφαλαιώδει τὰ ὁρικά· ῥήματα τεχνικὰ, καὶ διὰ τοῦτο τοῖς ἰδιώταις φορτικὰ καὶ
δυσπαρακολούθητα, ὧν ἡμεῖς ἀποστῆναι οὐ δυνά-
11 μεθα. Ἐξ ὧν δ' αὐτὸς ὁ ἰδιώτης, ἐπακολουθῶν
ταῖς αὐτοῦ φαντασίαις, παραχωρῆσαι δύναιτ' ἂν
τι, ἢ ἀθετῆσαι, οὐδαμῶς διὰ τούτων αὐτὸν κι-
12 νῆσαι δυνάμεθα. καὶ λοιπὸν εἰκότως συναισθα-
νόμενοι ταύτης ἡμῶν τῆς ἀδυναμίας, ἀπεχόμεθα
τοῦ πράγματος, ὅσοις γ' ἐστί τις εὐλά-
13 βεια. Οἱ δὲ πολλοὶ καὶ εἰκαῖοι, συγκαθέντες εἴς
τι τοιοῦτον, φύρονται καὶ φύρουσι· καὶ τὰ τελευταῖα λοιδορήσαντες καὶ λοιδορηθέντες, ἀπέρ-
χονται.

Τὰ

Quid vero? num quis in-
videt hominibus nihil ad
ipſum pertinentibus? Nul-
lo modo. Sic expleta &
diſtincte explicata notione,
diſcedebat; non poſtulans,
definiri ſibi invidiam; nec,
ſi definiſſet ille, male
definiſſe dicens, quoniam
quæ in definitione ſunt,
non reciprocentur cum de-
finito. Artis iſta vocabula
ſunt, eoque hominibus il-
literatis moleſta & obſcura,
a quibus nos abſtinere non
poſſumus. Iis autem, qui-
bus ipſe illiteratus, ſua ipſius viſa proſequens, aliquid concedere poſſet, aut
improbare, nullo modo
illum poſſumus excitare.
Proinde, animadverſa hac
noſtra imbecillitate, a negotio, uti par eſt, abſtine-
mus, quibus ſaltem aliqua
ineſt cautio. Plerique autem homines temerarii,
cum in tale aliquod certamen deſcenderunt. pre-
muntur & premunt. & ad
extremum conviciis dictis
& auditis diſcedunt.

Illud

Τὸ πρῶτον δὲ τοῦτο καὶ μάλιστα ἴδιον Σω- 14
κράτους, μηδέποτε παροξυνθῆναι ἐν λόγοις, μηδέποτε λοίδορον προσενέγκασθαι μηδὲν, μηδέποθ'
ὑβριστικὸν, ἀλλὰ · τῶν λοιδορούντων ἀνέχεσθαι,
καὶ παύειν μάχην. Εἰ θέλετε γνῶναι, πόσην ἐν 15
τούτῳ δύναμιν εἶχεν, ἀνάγνωτε τὸ Ξενοφῶντος
Συμπόσιον, καὶ ὄψεσθε πόσας μάχας διαλέλυκε.
Διὰ τοῦτο εἰκότως καὶ παρὰ τοῖς ποιηταῖς ἐν 16
μεγίστῳ ἐπαίνῳ λέλεκται, τό·

Αἶψά τε καὶ μέγα νεῖκος ἐπισταμένως κατέ-
παυσε.

Τί οὖν; οὐ λίαν ἐστὶ νῦν ἀσφαλὲς τὸ πρᾶγ- 17
μα, καὶ μάλιστα ἐν Ῥώμῃ. τὸν γὰρ ποιοῦντα
αὐτὸ, οὐκ ἐν γωνίᾳ δηλονότι δεήσει ποιεῖν, ἀλλὰ
προσελθόντα ὑπατικῷ τινι, ἂν οὕτω τύχῃ, ἢ
πλουσίῳ, πυθέσθαι αὐτοῦ· Ἔχεις μοι εἰπεῖν, ὦ 18

P 4   οὗτος,

Illud autem & primum
& maxime proprium fuit
Socratis, ut numquam in
disputationibus irâ commo-
veretur, neque umquam ul-
lum contumeliosum dictum
proferret, aut convicium,
sed conviciatores toleraret,
ao pugnam sedaret. Si
scire vultis, quantam hu-
jus rei facultatem ha-
buerit; Xenophontis Con-
vivium legite, & videbitis
quot pugnas diremerit.
Quamobrem apud poëtas

etiam maxime illud lauda-
tur:

> Nec mora, magnam
> contentionem scite di-
> remit.

Quid vero? non nimia
tuta ea res est nunc, præsertim Romæ. Nam qui
hoc agit, eum non scilicet
in angulo sedere oporteret,
sed prodire ad Consularem
aliquem, si res ita ferret,
ac divitem, atque ex illo
quærere: Heus tu! potes-
ne

οὗτος, ᾧ τινι τοὺς ἵππους τοὺς σεαυτοῦ παρέδωκας; Ἔγωγε. Ἆρα τῷ τυχόντι καὶ ἀπείρῳ ἱπ-
πικῆς; Οὐδαμῶς. Τί δέ; ᾧ τινι τὸ χρυσίον, ἢ
τὸ ἀργύριον, ἢ τὴν ἐσθῆτα; Οὐδὲ ταῦτα τῷ

19 τυχόντι. Τὸ σῶμα δὲ τὸ σαυτοῦ, ἤδη τινὶ ἔσκεψαι ἐπιτρέψαι εἰς ἐπιμέλειαν αὐτοῦ; Πῶς γὰρ
οὔ; Ἐμπείρῳ δηλονότι καὶ τούτῳ ἀλειπτικῆς ἢ

20 ἰατρικῆς; Πάνυ μὲν οὖν. Πότερον ταῦτά σοι τὰ
κράτιστά ἐστιν, ἢ καὶ ἄλλό τι ἐκτήσω πάντων
ἄμεινον; Ποῖον καὶ λέγεις; Τὸ αὐτοῖς, νὴ Δία,
τούτοις χρώμενον, καὶ δοκιμάζειν ἕκαστον, καὶ

21 βουλευόμενον. Ἆρά γε τὴν ψυχὴν λέγεις; Ὀρθῶς ὑπέλαβες, ταύτην γάρ τοι καὶ λέγω. Πολύ,
νὴ Δία, τῶν ἄλλων τοῦτο ἄμεινον δοκῶ μοι κε-

22 κτῆσθαι. Ἔχεις οὖν ἡμῖν δεῖξαι ὅτῳ τρόπῳ τῆς
ψυχῆς ἐπιμεμέλησαι; οὐ γὰρ εἰκῇ καὶ ὡς ἔτυχεν εἰκός σε, οὕτω σοφὸν ὄντα, καὶ ἐν τῇ

πόλει

ne mihi dicere, cuinam
equos tuos commiferis?
Ego vero. An proximo
qui se obtulit, & rei eque-
ftris imperito? Nullo mo-
do. Quid vero? aurum
aut argentum, aut veftem,
cui? Ne hæc quidem cuili-
bet. Corpus autem tuum
jumne meditatus es, cu-
jus curæ fis commiffurus?
Quidni? Scilicet pariter
perito five aliptæ five medico? Omnino. · Utrum
hæc præftantiffima funt tibi? an vero & aliud quid-
plam habes melius his om-
nibus? Quid ais? Id, me-
hercule, quod his omnibus
utatur, quod fingula ex-
ploret atque deliberet.
Animum-ne dicis? Recte
accipis, hunc ipfum dico.
Hæc quidem poffeffio, per
Jovem, cæteris omnibus
mihi longe potior videtur.
Potes ergo nobis oftende-
re, quo pacto animi curam
gefferis? nec enim con-
fentaneum eft, temere ac
fortuito te, virum tantâ fa-
pientiâ præditum, tantæ-
que

πόλει δόκιμον, τὸ κράτιστον τῶν σεαυτοῦ περιο-
ρᾷν ἀμελούμενον καὶ ἀπολλύμενον. Οὐδαμῶς.
Ἀλλ' αὐτὸς ἐπιμεμέλησαι αὐτοῦ; πότερον μα- 23
θὼν παρά του, ἢ εὑρὼν αὐτός; Ὧδε λοιπὸν ὁ 24
κίνδυνος, μὴ πρῶτον μὲν εἴπῃ, Τί δέ σοι, βέλτιστε; τίς μου a εἶ; Εἶτ', ἂν ἐπιμένῃς πράγματα παρέχων, διαραμένος κονδύλους σοι δῶ.
Τούτου τοῦ πράγματος ἤμην ποτὲ ζηλωτὴς καὶ 25
αὐτὸς, πρὶν εἰς ταῦτα ἐμπισεῖν.

Κ Ε Φ. ιγ'.

Π ε ρ ὶ τ ο ῦ Ἀ γ ω ν ι ᾷ ν.

Ὅταν ἀγωνιῶντα ἴδω ἄνθρωπον, λέγω· Οὗτος
τί ποτε θέλει; εἰ μὴ τῶν οὐκ ἐφ' αὐτῷ τι
ἤθελε, πῶς ἂν ἔτι ἠγωνία; Διὰ τοῦτο καὶ ὁ 2

P 5

κιθα-

que in urbe auctoritatis, negligi aut perire paſſurum id quod tuorum omnium eſt præſtantiſſimum. Nequaquam. Sed tu ipſe curam ejus geſſiſti? Utrum edoctus ab aliquo, an ipſe rationem eam inveniſti? Hic jam res in diſcrimine verſatur; primum, ne dicat ille, Quid vero, bone vir, ad te hoc pertinet? qnis mihi es? deinde, niſi deſiſtas negotium illi faceſfere, ne ſublatis pugnis colaphos tibi impingat. Hujus rei olim admirator & ipſe fui, priusquam hæc mihi accidiſſent.

C A P. XIII.

D e A n x i e t a t e.

Cum aliquem angi video, dico: quid tandem iſte vult? niſi aliquid earum rerum, quæ penes ipſum non ſunt, vellet, quo pacto angeretur? Quapropter

κιθαρῳδὸς, μόνος μὲν ᾄδων, οὐκ ἀγωνιᾷ· εἰς
θέατρον δ' εἰσερχόμενος, κᾂν λίαν εὔφωνος ᾖ,
καὶ καλῶς κιθαρίζῃ. οὐ γὰρ ᾆσαι μόνον θέλει
καλῶς, ἀλλὰ καὶ εὐδοκιμῆσαι· τοῦτο δ' οὐκέτι
3 ἐστὶν ἐπ' αὐτῷ. Λοιπὸν, οὗ μὲν ἡ ἐπιστήμη
αὐτῷ πρόσεστιν, ἐκεῖ τὸ θάρσος. Φέρε ἓν θέλεις ἰδιώτην, καὶ οὐκ ἐπιστρέφεται. ὅπου δ'
οὐκ οἶδεν, οὐδὲ μεμελέτηκεν, ἐκεῖ ἀγωνιᾷ. Τί
4 δ' ἔστι τοῦτο; Οὐκ οἶδε, τί ἐστιν ὄχλος, ἢ τί
ὄχλου ἔπαινος. ἀλλὰ τὴν νήτην μὲν τύπτειν
ἔμαθε, καὶ τὴν ὑπάτην· ἔπαινος δ' ὁ παρὰ
τῶν πολλῶν τί ἐστι, καὶ τίνα δύναμιν ἔχει ἐν
βίῳ, οὔτε οἶδεν, οὔτε μεμελέτηκεν αὐτό.
5 Ἀνάγκη λοιπὸν τρέμειν καὶ ὠχριᾶν. Κιθαρῳδὸν
μὲν οὖν οὐ δύναμαι εἰπεῖν μὴ εἶναι, ὅταν ἴδω τινὰ
φοββούμενον· ἄλλο δέ τι δύναμαι εἰπεῖν· καὶ οὐδὲ
ἕν,

pter etiam citharœdus, cum
folus cantat, non angitur;
fed theatrum ingreſſus, licet admodum vocalis fit,
& citharam bene pulfet,
tum vero angitur: neqne
enim tantum bene cantare
vult, fed laudari etiam; id
quod jam penes ipfum non
eſt. Cæterum, ubi fcien-
tiâ præditus eſt, ibi fiduciam quoque habet. Quem-
vis privatum fingulumque
hominem adducito, non
curabit eum. Ubi autem
rem neque novit, neque
meditatus eſt, ibi angitur.

Quid vero iſtud eſt? Ne-
fcit quid fit multitudo, aut
quid laus multitudinis.
Sed imam quidem ferire
didicit, & fummam chor-
dam: laus autem profecta
a multitudine quid fit, &
quam in vita vim habeat,
neque fcit, neque medita-
tus eſt. Ergo neceſſe eſt
eum & contremifcere, &
expallefcere. Ac citharœ-
dum quidem eſſe, negare
non poſſum, fi quem time-
re video: fed aliud quid-
dam poſſum dicere, neque
unum, fed multa. Ac pri-
mum

ἦν, ἀλλὰ πολλά. Καὶ πρῶτον πάντων, ξένον 6
καλῶ αὐτὸν, καὶ λέγω· Οὗτος ὁ ἄνθρωπος οὐκ
οἶδε ποῦ τῆς γῆς ἐστιν, ἀλλ' ἐκ τοσούτου χρόνου ἐπιδημῶν, ἀγνοεῖ τοὺς νόμους τῆς πόλεως
καὶ τὰ ἔθη, καὶ τί ἔξεστι, καὶ τί οὐκ ἔξεστιν·
ἀλλ' οὐδὲ νομικόν τινα παρέλαβε πώποτε, τὸν
ἐροῦντα αὐτῷ καὶ ἐξηγησάμενον τὰ νόμιμα.
Ἀλλὰ διαθήκην μὲν οὐ γράφει, μὴ εἰδὼς πῶς 7
δεῖ γράφειν, ἢ παραλαβὼν τὸν εἰδότα· οὐδ'
ἐγγύην ἄλλως σφραγίζεται, ἢ ἀσφάλειαν γράφει. ὀρέξει δὲ χρῆται δίχα νομικοῦ, καὶ ἐκκλίσει, καὶ ὁρμῇ, καὶ ἐπιβολῇ, καὶ προθέσει. Πῶς 8
δίχα νομικοῦ; Οὐκ οἶδεν, ὅτι θέλει τὰ μὴ διδόμενα, καὶ οὐ θέλει τὰ ἀναγκαῖα· καὶ οὐκ οἶδεν
οὔτε τὰ ἴδια, οὔτε τὰ ἀλλότρια. εἰ δέ γ' ᾔδει,
οὐδέ ποτ' ἂν ἐνεποδίζετο, οὐδέ ποτ' ἐκωλύετο,
οὐκ ἂν ἠγωνία. Πῶς γάρ; Φοβεῖταί τις οὖν 9
ὑπὲρ

mum quidem, peregrinum
eum nomino, & nescire
dico ubi terrarum sit, &,
cum tanto tempore hîc
egerit, leges ignorare &
instituta civitatis, quidque
liceat, quidve non liceat;
neque etiam umquam juris
peritum adhibuisse, qui leges & instituta ei recitaret
& enarraret. Atqui testa-
mentum, quomodo scri-
bendum sit nesciens, non
scribit, nisi adhibito homine ejus rei perito; neque
sponsionem temere obsi-
gnat, aut fidem suam ob-
stringit: sed adpetitione
citra jureconsultum utitur,
& aversatione, & impetu,
& conatu, & proposito.
Quomodó sine jureconsul-
to? Ignorat, ea se velle
quæ non data sunt, ea
nolle quæ sunt necessa-
ria; denique neque sua novit, neque aliena: quæ
si nosset, numquam impe-
diretur, numquam prohi-
beretur, non angeretur.
Nonne ita se res habet?
Timet igitur quisquam ea
quæ

ὑπὲρ τῶν μὴ κακῶν; Οὔ. Τί δέ; ὑπὲρ τῶν
κακῶν μὲν, ἐπ' αὐτῷ δ' ὄντων ὥστε μὴ συμβῆ-
10 ναι; Οὐδαμῶς. Εἰ οὖν τὰ μὲν ἀπροαίρετα οὔτ'
ἀγαθὰ οὔτε κακὰ, τὰ προαιρετικὰ δὲ πάντα
ἐφ' ἡμῖν, καὶ οὔτ' ἀφελέσθαι τις ἡμῶν αὐτὰ
δύναται, οὔτε περιποιῆσαι ἃ οὐ θέλομεν αὐτῶν,
11 ποῦ ἔτι τόπος ἀγωνίας; Ἀλλὰ περὶ τοῦ σωματίου ἀγωνιῶμεν, ὑπὲρ τοῦ κτησειδίου, περὶ τοῦ
τί δόξει τῷ Καίσαρι· περὶ τῶν ἔσω δ' οὐδενός.
Μή 'τι περὶ τοῦ μὴ ψεῦδος ὑπολαβεῖν; Οὔ· ἐπ'
ἐμοὶ γάρ ἐστι. Μή τι τοῦ ὁρμῆσαι παρὰ φύσιν;
12 Οὐδὲ περὶ τούτου. Ὅταν οὖν ἴδῃς τινὰ ὠχριῶν-
τα· ὡς ὁ ἰατρὸς ἀπὸ τοῦ χρώματος λέγει, τούτου ὁ σπλὴν πέπονθε, τούτου δὲ τὸ ἧπαρ· οὕτω καὶ σὺ λέγε, τούτου ὄρεξις καὶ ἔκκλισις πέ-
13 πονθεν, οὐκ εὐοδεῖ; Φλεγμαίνει. χρῶμα γὰρ οὐ
μετα-

quæ mala non funt. Non.
Quid vero? ea-ne, quæ
mala quidem funt; at quæ
penes ipfum eft cavere ne
eveniant? Nullo modo.
Si igitur ea, quæ non funt
voluntati noftræ fubjecta,
neque bona neque mala
funt; quæ vero voluntati
fubjecta, eadem in pote-
ftate noftra funt omnia,
neque a quoquam vel adimi
vel adferri nobis poffunt,
nifi velimus; quem adhuc
locum habet anxietas? Ve-
rum de corpufculo anxii
fumus, de recula, de vo-
luntate Cæfaris; de inter-
nâ vero re nullâ. An, ne
adfentiamur falfo? Non:
nam penes me eft. An,
ne impetum capiamus con-
tra naturam? Ne hoc qui-
dem. Cum igitur quem-
piam pallere vides; quem-
admodum medicus ex co-
lore dicit, hujus fplenem,
iftius hepar laborare; fic
& tu dicito, iftius adpetitionem & averfationem la-
borare, non recta progre-
di via, æftuare, febricitare: neque enim quidquam
aliud colorem mutat, ni-
hil

μεταβάλλει οὐδὲν ἄλλο, οὐδὲ τρέμειν ποιεῖ, οὐδὲ
ψόφον τῶν ὀδόντων, οὐδὲ

    — Μετοκλάζει, καὶ ἐπ' ἀμφοτέρους πό-
        δας ἵζει.

Διὰ τοῦτο Ζήνων μὲν Ἀντιγόνῳ μέλλων ἐντυγ- 14
χάνειν, οὐκ ἠγωνία· ἃ γὰρ οὗτος ἐθαύμαζε,
τούτων οὐδενὸς εἶχεν ἐκεῖνος ἐξουσίαν· ὧν δ' εἶχεν
ἐκεῖνος, οὐκ ἐπεστρέφετο οὗτος. Ἀντίγονος δὲ 15
Ζήνωνι μέλλων ἐντυγχάνειν, ἠγωνία· καὶ εἰκότως.
ἤθελε γὰρ ἀρέσκειν αὐτῷ· τοῦτο δ' ἔξω ἔκειτο.
οὗτος δ' ἐκείνῳ οὐκ ἤθελεν· οὐδὲ γὰρ ἄλλος τις
τεχνίτης τῷ ἀτέχνῳ.

    Ἐγώ σοι ἀρέσαι θέλω; Ἀντὶ τίνος; οἶδας 16
γὰρ τὰ μέτρα, καθ' ἃ κρίνεται ἄνθρωπος ὑπ'
ἀνθρώπου; μεμελέτητό σοι γνῶναι, τί ἐστιν
                    ἀγα-

---

hil aliud tremorem incutit aut dentium stridorem, facitque ut

> *Genua labent huic, et-*
> *que pedes subsidat in*
> *ambos.*

Quapropter Zeno conventurus Antigonum, non angebatur: nam quæ ipse magni faciebat, eorum ille nihil in sua potestate habebat; quæ autem ille habebat, ipse non curabat. Antigonus autem, Zeno-

nem conventurus, angebatur; neque id immerito: volebat enim ei placere; id quod extra ipsum positum erat. Hic autem illi placere non volebat; sicut nec alius artifex, artis imperito.

Ego tibi placere vellem? quamobrem? mensuras enim tu nosti, quibus homo ab homine judicatur? meditatum cognitumque habes, quid sit vir bonus, quid malus, & quo-
                modo

ἀγαθὸς ἄνθρωπος, καὶ τί κακός, καὶ πῶς ἑκάτερον γίνεται; Διατί οὖν σὺ αὐτὸς ἀγαθὸς οὐκ εἶ;
17 Πῶς, φησὶν, οὐκ εἰμί; Ὅτι οὐδεὶς ἀγαθὸς πενθεῖ, οὐδὲ στενάζει, οὐδεὶς οἰμώζει, οὐδεὶς ὠχριᾷ
καὶ τρέμει, οὐδὲ λέγει, Πῶς μ᾽ ἀποδέξεται; πῶς
18 μου ἀκούσει; Ἀνδράποδον, ὡς ἂν αὐτῷ δοκῇ
Τί οὖν σοι μέλει περὶ τῶν ἀλλοτρίων; νῦν οὐκ
ἐκείνου ἁμάρτημά ἐστι, τὸ κακῶς ἀποδέξασθαι
τὰ παρὰ σοῦ; Πῶς γὰρ οὔ; Δύναται δ᾽ ἄλλου
μὲν εἶναι ἁμάρτημα, ἄλλου δὲ κακόν; Οὔ. Τί
19 οὖν ἀγωνιᾷς ὑπὲρ τῶν ἀλλοτρίων; Ναί· ἀλλ᾽
ἀγωνιῶ, πῶς ἐγὼ αὐτῷ λαλήσω. Εἶτ᾽ οὐκ
ἔστι σοι γὰρ, ὡς θέλεις, αὐτῷ λαλῆσαι; Ἀλ-
20 λὰ δέδοικα, μὴ ἐκκρουσθῶ. Μή τι γράφειν
μέλλων τὸ Δίωνος ὄνομα, δέδοικας μὴ ἐκκρου-
σθῇς; Οὐδαμῶς. Τί τὸ αἴτιον; οὐχ, ὅτι
μεμελέτηκας γράφειν; Πῶς γὰρ οὔ; Τί δ᾽,
ἀναγι-

modo utrumque fiat? cur ergo tu ipse bonus non es? Quomodo, inquit, non sum? Quis nemo bonus luget, gemit, aut plorat; nemo expallescit & tremit, aut ait: Quo pacto ille me accipiet? quo pacto me audiet? Mancipium, ut visum ipsi fuerit. Quid ergo tibi curæ sunt aliena? annon illius peccatum erit, si male te, & quæ abs te proficiscuntur, acceperit? Quidni? Potest vero alterius esse delictum, alterius malum? Non. Quid ergo de alienis angeris? Verum istud quidem: sed sollicitus sum, quo pacto cum eo loquar. Nonne vero arbitratu tuo cum eo loqui licet? At vereor, ne de statu mentis deturber. An igitur scripturus Dionis nomen, metuis ne de mentis statu deturberis? Nequaquam. Quæ caussa est? nonne, quod scribendi usum habes? Quidni vero?

ἀναγινώσκειν μέλλων, οὐχ ὡσαύτως ἂν εἶχες;
Ὡσαύτως. Τί τὸ αἴτιον; Ὅτι πᾶσα τέχνη
ἰσχυρόν τι ἔχει, καὶ θαῤῥαλέον ἐν τοῖς ἑαυτῆς. Λαλεῖν οὖν σὺ μεμελέτηκας; καὶ τί ἄλλο   21
ἐμελέτας ἐν τῇ σχολῇ; Συλλογισμοὺς καὶ μεταπίπτοντας. Ἐπὶ τί; οὐχ ὥστε ἐμπείρως διαλέγεσθαι; τὸ δ' ἐμπείρως ἐστίν, οὐχὶ εὐκαίρως,
καὶ ἀσφαλῶς, καὶ συνετῶς, ἔτι δὲ ἀπταίστως,
καὶ ἀπαραποδίστως; ἐπὶ πᾶσι δὲ τούτοις τεθαῤ-
ῥηκότως; Ναί. Ἱππεὺς οὖν ὤν, εἰς πεδίον ἐλη-   22
λυθὼς, πρὸς πεζὸν ἀγωνιᾷς, ὅπου σὺ μεμελέτηκας, ἐκεῖνος δ' ἀμελέτητός ἐστι; Ναί. ἀλλὰ
ἐξουσίαν ἔχει ἀποκτεῖναί με. Λέγε οὖν τὰ ἀλη-   23
θῆ, δύστηνε, καὶ μὴ ἀλαζονεύου, μηδὲ φιλόσοφος εἶναι ἀξίου, μηδὲ ἀγνόει σου τοὺς κυρίους·
ἀλλὰ μέχρις ἂν ἔχῃς ταύτην τὴν λαβὴν τὴν
ἀπὸ τοῦ σώματος, ἀκολούθει παντὶ τῷ ἰσχυρο-
τέρῳ.

ro? Quid porro? lecturus, nonne eodem modo adfectus esses? Eodem modo. Quæ caußa est? Quia quælibet ars firmum quiddam habet, & imperterritum, suis in rebus. Loqui ergo non didicisti? & quid aliud discebas in schola? Syllogismos & Variantes argumentationes. Quâ gratiâ? nonne ut perite dissereres? perite autem, annon est opportune, caute, prudenter, atque etiam citra errorem & impedimentum, & præter hæc omnia confidenter? Certe. Eques igitur in campum progressus, peditem times, ubi tu exercitatus es, ille non exercitatus est? Sit sane: at potestatem habet occidendi me? Dic igitur verum, infelix, neque arrogans esto, neque philosophum te profitere, neque dominos tuos ignorato: sed quoad hanc ansam corporis habueris, quemlibet robu-

24 τέρῳ.   Λέγειν δὲ Σωκράτης ἐμελέτα, ὁ πρὸς
τοὺς τυράννους οὕτω διαλεγόμενος, ὁ πρὸς τοὺς
δικαστὰς, ὁ ἐν τῷ δεσμωτηρίῳ.   Λέγειν Διογένης μεμελετήκει, ὁ πρὸς Ἀλέξανδρον οὕτω λα-
λῶν, ὁ πρὸς Φίλιππον, ὁ πρὸς τοὺς πειρατὰς,
25 ὁ πρὸς τὸν ὠνησάμενον αὑτόν. "   Ἐκείνοις, οἷς
26 μεμελέτηκε, τοῖς θαῤῥοῦσι.   Σὺ δ' ἐπὶ τὰ σαυτοῦ βάδιζε, καὶ ἐκείνων ἀποστῇς μηδέποτε· εἰς
τὴν γωνίαν ἀπελθὼν κάθησο, καὶ πλέκε συλλο-
27 γισμοὺς, καὶ ἄλλῳ πρότεινε.   Οὐκ ἔστι δ' ἐν σοὶ
πόλεως ἡγεμὼν ἀνήρ.

ΚΕΦ.

robustiorem sequitor! Socrates autem in dicendo se exercuerat, is qui cum tyrannis, qui cum judicibus, qui in carcere ita est locutus. Diogenes item se dicendo exercuerat, is qui cum Alexandro, cum Philippo, cum piratis, cum emtore sui ad eum modum est locutus. Illi, quæ meditati erant, in eis erant confidentes. Tu vero ad tua te conferto, neque umquam ab illis recedito: in angulum te recipe, ibi sede, syllogismos necte, & aliis propone. Neque enim in te est vir qui civitatem regat.

ΚΕΦ. ιδ'.

Πρὸς Νάσωνα.

Εἰσελθόντος τινὸς τῶν Ῥωμαϊκῶν μετὰ τοῦ υἱοῦ, καὶ ἐπακούοντος ἑνὸς ἀναγνώσματος· Οὗτος, ἔφη, ὁ τρόπος ἐστὶ τῆς διδασκαλίας· καὶ ἀπεσιώπησεν. Ἀξιοῦντες δ' ἐκείνου ἐρεῖν τὰ ἑξῆς· Κίπον, 2 ἔφη, ἔχει πᾶσα τέχνη τῷ ἰδιώτῃ καὶ ἀπείρῳ αὐτῆς, ὅταν παραδιδῶται. Καὶ τὰ μὲν ἀπὸ τῶν 3 τεχνῶν γινόμενα, τήν τε χρείαν εὐθὺς ἐνδείκνυται πρὸς ὃ γέγονε, καὶ τὰ πλεῖστα αὐτῶν ἔχει τι καὶ ἀγωγὸν καὶ ἐπίχαρι. Καὶ γὰρ, 4 σκυτεὺς πῶς μὲν μανθάνει τις παρεῖναι καὶ παρακολουθεῖν, ἀτερπές· τὸ δ' ὑπόδημα χρήσιμον, καὶ ἰδεῖν ἄλλως οὐκ ἀηδές. Καὶ τέκτονος 5 ἡ μὲν μάθησις ἀνιαρὰ μάλιστα τῷ ἰδιώτῃ παρατυγχά-

CAP. XIV.

Ad Nasonem.

Viro quodam Romano cum filio ingresso, & unam audiente recitationem; Hæc, inquit, est doctrinæ ratio; atque obticuit. Cum autem ille, ut reliqua prosequeretur, rogaret: Omnis ars, inquit, cum docetur, molesta est homini indocto & artis imperito: quamquam ea quidem, quæ arte perficiuntur, usum statim demonstrant, cui destinata sunt, & pleraque illorum aliquid illecebrarum & suavitatis habent. Etenim adesse & spectare quo pacto sutor artem suam addiscat, nihil jucundi habet; calceus vero est utilis, neque cæteroquin injucundus adspectu. Est & fabri disciplina molesta imperito qui forte adest; verum opus

τυγχάνοντι, τὸ δ' ἔργον ἐπιδείκνυσι τὴν χρείαν
6 τῆς τέχνης. Πολὺ δὲ μᾶλλον ἐπὶ μουσικῆς
ὄψει αὐτό· ἂν γὰρ παρῇς τῷ διδασκομένῳ, φα-
νήσεταί σοι πάντων ἀτερπέστατον τὸ μάθημα·
τὰ μέν τοι ἀπὸ τῆς μουσικῆς, ἡδέα καὶ ἐπι-
7 τερπῆ τοῖς ἰδιώταις ἀκούειν. Καὶ ἐνταῦθα, τὸ
μὲν ἔργον τοῦ φιλοσοφοῦντος τοιοῦτόν τι φανταζόμεθα, ὅτι δεῖ τὴν αὐτοῦ βούλησιν συναρμόσαι
τοῖς γινομένοις, ὡς μήτε τι τῶν γινομένων ἀκόντων ἡμῶν γίνεσθαι, μήτε τῶν μὴ γινομένων,
8 θελόντων ἡμῶν μὴ γίνεσθαι. Ἐξ οὗ περίεστι
τοῖς συστησαμένοις αὐτὸ, ἐν ὀρέξει μὴ ἀποτυγχάνειν, ἐν ἐκκλίσει δὲ μὴ περιπίπτειν· ἀλύπως,
ἀφόβως, ἀταράχως διεξάγειν καθ' αὑτὸν, μετὰ
τῶν κοινωνῶν τηροῦντα τὰς σχέσεις τάς τε
φυσικὰς καὶ ἐπιθέτους, τὸν υἱὸν, τὸν πατέρα,
τὸν ἀδελφὸν, τὸν πολίτην, τὸν ἄνδρα, τὴν
γυναῖ-

usum artis ostendit. Multo vero magis in musica hoc perspicies. Si adsis ei qui docetur, omnium insuavissima tibi videbitur ea disciplina: effectus vero musicæ suavis ac jucundus auditu est hominibus imperitis. Atque hic etiam philosophi munus tale animo concipimus, oportere eum voluntatem suam adcommodare iis rebus quæ fiunt, ut nec eorum quæ fiunt quidquam invitis nobis fiat, neque eorum quæ non fiunt quidquam volentibus nobis non fiat. Unde, qui ita se compararunt, id consequuntur, ut nec in adpetitione frustrentur, nec in ea incidant quæ aversentur; ut citra molestiam, citra metum, citra perturbationem vitam degant, quantum ad se pertinet; cum sociis vero observent relationes, tam naturales, quam accersitas, nempe filii, patris, fratris, civis, mariti,

γυναῖκα, τὸν γείτονα, τὸν σύνοδον, τὸν ἄρχοντα, τὸν ἀρχόμενον. Τὸ ἔργον τοῦ φιλοσοφοῦντος τοι- 9
οῦτόν τι φανταζόμεθα. Λοιπὸν ἐφεξῆς τούτῳ ζητοῦμεν, πῶς ἐστι τοῦτο.

Ὁρᾶμεν οὖν, ὅτι ὁ τέκτων, μαθὼν τινὰ, γί- 10
νεται τέκτων· ὁ κυβερνήτης μαθὼν τινὰ, γίνεται κυβερνήτης. Μή ποτ᾽ οὖν καὶ ἐνθάδε, οὐκ
ἀπαρκεῖ τὸ βούλεσθαι καλὸν καὶ ἀγαθὸν γενέσθαι, χρεία δὲ καὶ μαθεῖν τινά; Ζητοῦμεν οὖν, 11
τίνα ταῦτα. Λέγουσιν οἱ φιλόσοφοι, ὅτι μαθεῖν
δεῖ πρῶτον τοῦτο, ὅτι ἐστὶ Θεὸς, καὶ προνοεῖ
τῶν ὅλων· καὶ οὐκ ἔστι λαθεῖν αὐτὸν, οὐ μόνον
ποιοῦντα, ἀλλ᾽ οὐδὲ διανοούμενον, ἢ ἐνθυμούμε-
νον. εἶτα, ποῖοί τινες εἰσίν. οἷοι γὰρ ἂν ἐκεῖνοι 12
εὑρεθῶσι, τὸν ἐκείνοις ἀρέσοντα καὶ πεισθησό-
μενον ἀνάγκη πειρᾶσθαι κατὰ δύναμιν ἐξομοιοῦ-
σθαι ἐκείνοις. εἰ πιστόν ἐστι τὸ Θεῖον, καὶ 13

Q 2

τοῦ-

mariti, uxoris, vicini, comitis, imperantis, subditi. Philosophi igitur tale fere munus constituimus. Tum proximum est post hæc, ut quæramus, qua ratione ad id perveniamus.

Videmus igitur, fabrum discendis quibusdam fieri fabrum; gubernatorem discendis quibusdam fieri gubernatorem: unde colligimus, ne hic quidem satis esse, velle bonum virum fieri, sed & addiscere quædam sit necessarium? Quærimus igitur, quænam ea sint. Dicunt philosophi, primum illud esse discendum, esse Deum. & providere rebus universis, ac non modo facta, sed ne cogitationes quidem ac motus animorum eum celari posse. Deinde, quales sint Dii? Nam quales illi reperientur, opera necessario danda, talis ut sit etiam is, qui illis placere ac parere vult, & ut quam proxime ad eorum similitudinem accedat. Si fidele est Numen divinum; illum

quo-

τοῦτον εἶναι πιστόν· εἰ ἐλεύθερον, καὶ τοῦτον
ἐλεύθερον· εἰ εὐεργετικὸν, καὶ τοῦτον εὐεργετι-
κόν· εἰ μεγαλόφρον, καὶ τοῦτον μεγαλόφρονα.
ὡς Θεοῦ τοίνυν ζηλωτὴν, τὰ ἑξῆς πάντα καὶ
ποιεῖν καὶ λέγειν.

14　　Πόθεν οὖν ἄρξασθαι δεῖ; Ἂν συγκαθῇς, ἐρῶ
σοι, ὅτι πρῶτον δεῖ σε τοῖς ὀνόμασι παρακολου-
15　θεῖν. Ὥστ' ἐγὼ νῦν οὐ παρακολουθῶ τοῖς ὀνόμασι; Οὐ παρακολουθεῖς. Πῶς οὖν χρῶμαι αὐτοῖς; Οὕτως, ὡς οἱ ἀγράμματοι ταῖς ἐγγραμ-
μάτοις φωναῖς, ὡς τὰ κτήνη ταῖς φαντασίαις.
ἄλλο γάρ ἐστι χρῆσις, ἄλλο παρακολούθησις.
16　Εἰ δ' οἴει παρακολουθεῖν, φέρε ὃ θέλεις ὄνομα,
[ἀγαθὸν καὶ κακὸν,] καὶ βασανίσωμεν αὐτούς,
17　εἰ παρακολουθοῦμεν. Ἀλλ' ἀνιαρὸν τὸ ἐξελέγ-
χεσθαι πρεσβύτερον ἄνθρωπον ἤδη, κἂν οὕτω
τύχῃ, τὰς τρεῖς στρατείας ἐστρατευμένον. Οἶδα
κἀγώ.

quoque fidelem esse oportet: si liberum; illum quoque liberum: si beneficum; illum quoque beneficum: si magnanimum; illum quoque magnanimum esse oportebit: denique, ut imitatorem Dei, reliqua omnia & sapere & dicere.

Unde igitur auspicandum est? Si in hanc disputationem demittere te volueris, dicam tibi, oportere te primum vocabula intelligere. Quasi vero ego nunc vocabula non intelligam? Non intelligis. Quo pacto ergo iis utor? Perinde ac illiterati literatis vocibus; ut jumenta suis visis: aliud enim est usus visorum, aliud intelligentia. Si vero ea te intelligere putas, quodvis adfer vocabulum; [verbi caussa, Bonum & Malum] & inquiremus in nosmetipsos, utrum intelligamus. Enimvero molestum est, coargui hominem natu grandiorem, ac fortasse jam tria stipendia emeritum.

κἀγώ. νῦν γὰρ σὺ ἐλήλυθας πρὸς ἐμὲ, ὡς μη- 18
δενὸς δεόμενος. Τίνος δ' ἂν καὶ φαντασθείης, ὡς
ἐνδέοντος; πλουτεῖς, τέκνα ἔχεις, τυχὸν καὶ γυναῖκα, καὶ οἰκέτας πολλούς· ὁ Καίσαρ σε οἶδεν,
ἐν Ῥώμῃ πολλοὺς φίλους κέκτησαι, τὰ καθήκοντα ἀποδίδως, οἶδας τὸν εὖ ποιοῦντα ἀντευ-
ποιῆσαι, καὶ τὸν κακῶς ποιοῦντα κακῶς ποιῆσαι.
Τί σοι λείπει; Ἂν οὖν σοι δείξω, ὅτι τὰ ἀναγ- 19
καιότατα καὶ μέγιστα πρὸς εὐδαιμονίαν· καὶ ὅτι
μέχρι δεῦρο πάντων μᾶλλον ἢ τῶν προσηκόντων ἐπιμεμέλησαι· καὶ τὸν κολοφῶνα ἐπιθῶ, οὔτε
τί Θεός ἐστιν οἶδας, οὔτε τί ἄνθρωπος, οὔτε τί
ἀγαθὸν, οὔτε τί κακόν· καὶ τὸ μὲν τῶν ἄλλων 20
ἴσως ἀνεκτέν, ὅτι δ' αὐτὸς σαυτὸν ἀγνοεῖς, πῶς
δύνασαι ἀνασχέσθαι μού, καὶ ὑποσχεῖν τὸν ἔλεγ-
χον, καὶ παραμεῖναι; Οὐδαμῶς, ἀλλ' εὐθὺς 21
ἐπαλλάσσῃ χαλεπῶς ἔχων. Καί τοι τί σοι ἐγὼ

Q 3

κακὸν

tum. Novi & Ipfe: nunc enim tu me convenisti, quasi nulla re egens. Ecqui. vero etiam re te indi-gere, fingere possis? Dives es; liberos fortassis habes & uxorem, servitia-que multa; Cæsar te novit; sunt tibi Romæ multi ami-ci; officium pro officio reddis, de bene merentæ bene mereri nosti, & ma-leficium maleficio pensare. Quid tibi deest? Quod si igitur tibi demonstraro, te destitui rebus maxime ne-cessariis, & maximis ad fe-licitatem, atque usque ad hunc diem quidvis curasse potius quam officium; & colophonem si adjecero, te nec quid Deus sit scire, nec quid homo, nec quid bonum, nec quid malum; si, quod de aliarum rerum ignoratione dixero, tole-rabile fortasse videatur; certe, te ipsum te ignora-se, dicentem me quo pa-cto ferre poteris, & re-prehensionem sustinere ma-nereque. Nequaquam pot-eris; sed statim cum Indi-gnatione discedes. Quam-

quam

κακὸν πεποίηκα; εἰ μὴ καὶ τὸ ἔσοπτρον τῷ αἰ-
σχρῷ, ὅτι δεικνύει αὐτὸν αὑτῷ, οἷός ἐστιν· εἰ μὴ
καὶ ὁ ἰατρὸς τὸν νοσοῦντα δοκῇ ὑβρίζειν, ὅταν εἴπῃ αὐτῷ· Ἄνθρωπε, δοκεῖς μηδὲν ἔχειν; πυρέσ-
σεις δέ· ἀσίτησον σήμερον, ὕδωρ πίε. Καὶ οὐδεὶς
22 λέγει, Ὦ δεινῆς ὕβρεως. Ἐὰν δέ τινι εἴπῃς· Αἱ
ὀρέξεις σου φλεγμαίνουσιν, αἱ ἐκκλίσεις ταπειναί
εἰσιν, ἐπιβολαὶ ἀνομολογούμεναι, αἱ ὁρμαὶ ἀσύμ-
φωνοι τῇ φύσει, αἱ ὑπολήψεις εἰκαῖαι καὶ ἐψευσμέ-
ναι· εὐθὺς ἐξελθὼν λέγει, Ὕβρισέ με.

23 Τοιαῦτά ἐστι τὰ ἡμέτερα, ὡς ἐν πανηγύρει.
τὰ μὲν κτήνη πραθησόμενα ἄγεται, καὶ οἱ βόες·
οἱ δὲ πολλοὶ τῶν ἀνθρώπων, οἱ μὲν ὠνησόμενοι,
οἱ δὲ πωλήσοντες· ὀλίγοι δέ τινές εἰσιν, οἱ κατὰ θέαν ἐρχόμενοι τῆς πανηγύρεως, πῶς τοῦτο
γίνεται, καὶ διάτι, καὶ τίνες οἱ τιθέντες τὴν
πα-

quam quid ego tibi mali fecero? nisi & speculum in-
juriam facere homini de-
formi putes, quod talem
eum ostendit ipsi, qualis
est: nisi forte & medicus
contumeliam facere ægro-
to videatur, quum eum sic
adloquitur: „Mî homo, tu
„credis te nihil habere?
„immo febricitas: hodie
„cibis abstine, aquam bibi-
„to.“ Nemo sane dicit, o
contumeliam non feren-
dam! Si cui vero dixeris:
„Adpetitiones tuæ æstuant,
„aversationes sunt humiles,

„conatus inter se pugnant,
„impetus naturæ non sunt
„consentanei, opiniones
„tuæ vanæ sunt & emen-
„titæ;“ statim digressus
sit. Contumelia me adfecit.
    Tales sunt res nostræ,
quemadmodum in celebri
conventu. Pecora ven-
dendi caussa adducuntur,
& boves: vulgus autem
hominum partim empturi
adsunt, partim vendituri;
pauci autem sunt qui spe-
ctandæ caussa celebritatis
veniunt, quique inquirant,
quid ibi agatur, & cur, &
qui-

πανήγυριν, καὶ ἐπὶ τίνι. Οὕτω καὶ ἐνθάδ᾽, ἐν 24
τῇ πανηγύρει ταύτῃ· οἱ μὲν τινες, ὡς κτήνη,
οὐδὲν πλέον πολυπραγμονοῦσι τοῦ χόρτου. ὅσοι
γὰρ περὶ κτῆσιν καὶ ἀγροὺς καὶ οἰκέτας καὶ ἀρχάς τινας ἀναστρέφεσθε, ταῦτα οὐδὲν ἄλλο ἢ
χόρτος ἐστίν. Ὀλίγοι δ᾽ εἰσὶν οἱ πανηγυρίζον- 25
τες ἄνθρωποι φιλοθεάμονες, τί ποτ᾽ οὖν ἐστιν
ὁ κόσμος, τίς αὐτὸν διοικεῖ. Οὐδείς; Καὶ πῶς 26
οἷόν τε, πόλιν μὲν ἢ οἶκον μὴ δύνασθαι διαμέ-
νειν, μηδ᾽ ὀλιγοστὸν χρόνον, δίχα τοῦ διοικοῦντος καὶ ἐπιμελουμένου· τὸ δ᾽ οὕτω μέγα καὶ καλὸν κατασκεύασμα, εἰκῇ καὶ ὡς ἔτυχεν οὕτως
εὐτάκτως οἰκονομεῖσθαι; Ἔστιν οὖν ὁ διοικῶν· 27
Ποῖός τις, καὶ πῶς διοικῶν; ἡμεῖς δε, τίνες
ὄντες ὑπ᾽ αὐτοῦ γεγόναμεν, καὶ πρὸς τί ἔργον;
ἆρά γ᾽ ἔχομέν τινα ἐπιπλοκὴν πρὸς αὐτόν, καὶ
σχέσιν, ἢ οὐδεμίαν; Ταῦτ᾽ ἐστὶν ἃ πάσχουσιν 28
Q 4   αὐτοι.

quinam fint qui celebritatem illam inftituerint, &
quo confilio. Sic & hîc,
in hac celebritate: alii quidem, ut pecora, nihil præter gramen curant. Qui-
cumque enim poffeffioni-
bus, fundis, fervitiis, magiftratibus quibusdam unice operam datis, *fcitote,*
hæc nihil aliud nifi gramen
effe. Pauci autem homi-
nes funt, qui celebritati va-
cent fpectandi ftudiofi, &
cogitent, Quid ergo mun-
dus eft? Quis eum admi-
niftrat? Nemo? At fieri
qui poteft, ut, cum civitas
aut domus ne minimum
quidem tempus durare fine
adminiftratore curatoreque
poffit, tanta tamque præ-
clara fabrica, temere &
fortuito tam admirabili ordine adminiftretur? Eft
igitur qui eam adminiftret.
Quis ifte? & qua ratione
adminiftrat? Nos vero, ab
eo procreati, qui & quales
fumus? & ad quod munus
nati? an connexio certe
aliqua & relatio nobis cum
illo intercedit, nec-ne?
Hæc funt quæ agunt illi
pauci;

οὗτοι οἱ ὀλίγοι· καὶ λοιπὸν τούτῳ μόνῳ σχολά-
ζουσι, τῷ τὴν πανήγυριν ἱστορήσαντας ἀπελ-
29 θεῖν. Τί οὖν; καταγελῶνται ὑπὸ τῶν πολλῶν. καὶ γὰρ ἐκεῖ οἱ θεαταὶ ὑπὸ τῶν ἐμπόρων·
καὶ εἰ τὰ κτήνη συναίσθησίν τινα εἶχε, κατεγέλα ἂν τῶν ἄλλό τι τεθαυμακότων ἢ τὸν
χόρτον.

ΚΕΦ. ιέ.

Πρὸς τοὺς σκληρῶς τισιν ἐν θεωρίαν ἐμμέ-
νοντας.

Ὅταν ἀκούσωσί τινες τούτων τῶν λόγων, ὅτι
βέβαιον εἶναι δεῖ, καὶ ἡ μὲν προαίρεσις ἐλεύθερον φύσει, καὶ ἀναναγκαστον, τὰ δ᾽ ἄλλα
κωλυτὰ, ἀναγκαστά, δοῦλα, ἀλλότρια· φαν-
τάζον-

pauci; iidemque porro deridentur a mercatoribus:
huic uni rei vacant, ut di- &, quod si pecora senfu ali-
ligenter explorata hac ce- quo essent praedita. deride-
lebritate discedant. Quid rent & ipsa eos. qui quid-
vero? a vulgo deridentur: quam aliud praeter pabu-
namque & illic spectatores lum admirarentur.

CAP. XV.

Ad eos qui pertinaciter in iis quae decreverint
perseverant.

Quidam, cum disputatio- posse, caetera vero & pro-
nes has audiunt, constan- hiberi & cogi posse, ser-
tem esse oportere, ac vo- vilia atque aliena esse; pu-
luntatem quidem naturâ tant, quidquid a se decre-
esse liberam, & cogi non tum fuerit, in eo pertinaciter

τάζονται ὅτι δεῖ παντὶ τῷ κριθέντι ὑπ' αὐτῶν
ἀπαραβάτως ἐμμένειν. Ἀλλὰ πρῶτον ὑγιὲς εἶναι 2
δεῖ τὸ κεκριμένον. Θέλω γὰρ εἶναι τόνους ἐν
σώματι, ἀλλ' ὡς ὑγιαίνοντι, ὡς ἀθλοῦντι. ἂν δὲ 3
μοι Φρενιτικοῦ τόνους ἔχων ἐνδεικνύῃ, κ̀ αλα-
ζονεύῃ ἐπ' αὐτοῖς, ἐρῶ σοι, ὅτι, Ἄνθρωπε ζήτει τὸν θεραπεύσοντα. τοῦτο οὐκ εἰσὶ τόνοι, ἀλλ' 4
ἀτονία. Ἕτερον τρόπον, τοιοῦτόν τι καὶ ἐπὶ τῆς
ψυχῆς πάσχουσιν οἱ παρακούοντες τῶν λόγων
τούτων. οἷον καὶ ἐμός τις ἑταῖρος ἐξ οὐδεμιᾶς
αἰτίας ἔκρινεν ἀποκαρτερεῖν. ἔγνων ἐγὼ, ἤδη τρίτην 5
ἡμέραν ἔχοντος αὐτοῦ τῆς ἀποχῆς, καὶ ἐλθὼν
ἐπυνθανόμην τί ἐγένετο. Κέκρικα, φησίν. Ἀλλ' 6
ὅμως τί σε ἦν τὸ ἀναπεῖσαν; εἰ γὰρ ὀρθῶς ἔκρινας, ἰδὲ παρακαθήμεθά σοι, καὶ συνεργῶμεν ἵνα
ἐξέλθῃς· εἰ δ' ἀλόγως ἔκρινας, μετάθου. Τοῖς 7

Q 5

κριθεῖ-

citer esse perseverandum.
At vero primum omnium
debet rectum esse id quod
decreveris. Volo enim,
esse nervorum robor in
corpore, sed ut in sano
corpore, ut ad pugnam
exercitato. Quod si furio-
si te habere contentionem
nervorum ostentes, de ea-
que glorieris; dicam tibi,.
Homo quære tibi medi-
cum: nam isti nervi non
sunt, sed enervatio. Alio
modo tale quiddam animis
accidit eorum, qui dispu-
tationes has obiter ac perperam audiunt. Sic soda-
lium meorum quidam nul-
la de caussa necem sibi
inedia consciscere statuit.
Ego rem cognovi, cum is
jam in tertium diem abstinentiam illam ageret; &
conveniens eum interroga-
vi, quid ei accidisset? Decrevi, inquit. Sed tamen,
quid, inquam,. eo te im-
pulit? nam si recte decrevisti, ecce adsidemus tibi,
adjutores futuri, ut e vita
excedas; sin præter rationem statuisti, muta consilium. Decretis insisten-
dum

κριθεῖσιν ἐμμένειν δεῖ. Τί ποιεῖς ἄνθρωπε; οὐ
πᾶσιν, ἀλλὰ τοῖς ὀρθῶς. Ἐπεὶ παθὼν ἄρτι
ὅτι νύξ ἐστι· ἂν σοι δοκῇ, μὴ μετατίθεσο, ἀλλ'
ἔμμενε, καὶ λέγε, ὅτι, Τοῖς κριθεῖσιν ἐμμένειν
8 δεῖ. [Τί ποιεῖς ἄνθρωπε; οὐ πᾶσιν.] οὐ θέλεις
τὴν ἀρχὴν ποιῆσαι καὶ τὸν θεμέλιον, τὸ κρῖμα
σκέψασθαι πότερον ὑγιὲς ἢ οὐχ ὑγιές, καὶ οὕτω
λοιπὸν ἐποικοδομεῖν αὐτῷ τὴν εὐτονίαν, τὴν ἀσφά-
9 λειαν; ἂν δὲ σαπρὸν ὑποστήσῃς, καὶ κατα-
πίπτον· οὐκ οἰκοδομημάτων, ὅσῳ ἂν πλείονα καὶ
ἰσχυρότερα ἐπιθῇς, τοσούτῳ θᾶττον κατενεχθή-
10 σεται; Ἄνευ πάσης αἰτίας ἐξάγεις ἡμῖν ἄνθρωπον ἐκ τοῦ ζῆν φίλον καὶ συνήθη, τῆς αὐτῆς
πόλεως πολίτην, καὶ τῆς μεγάλης καὶ τῆς μι-
11 κρᾶς; εἶτα, Φόνον ἐργαζόμενος, καὶ ἀπολλύων ἄνθρωπον μηδὲν ἠδικηκότα, λέγεις, ὅτι
12 τοῖς κριθεῖσιν ἐμμένειν δεῖ; Εἰ δ' ἐπῆλθέ σοι
πῶς

dum est. Quid agis homo? non omnibus, sed rectis. Nam si tibi persuaseris, noctem nunc esse; si tibi videbitur, ne muta sententiam, sed in ea persevera: & dic, Decretis esse insistendum. [Quid agis homo? non omnibus.] Nonne ab hoc a principio via ordiri, & hoc veluti fundamentum jacere, ut consideres, rectum-ne sit decretum tuum, an pravum; ac tum demum ei superstruere firmitatem istam & constantiam? Quod si vero putre fundamentum ac ruinosum jeceris; nonne, quo plura & firmiora imposueris, eo citius aedificium corruet? Citra omnem caussam e medio nobis tolleres hominem amicum & familiarem! civitatis ejusdem, tam magnae, quam parvae, civem: & cum caedem facias, hominemque nullius injuriae reum perdas; ais, in decretis perseverandum esse? Quod si tibi forte in men-

πῶς ποτ᾽ ἐμὲ ἀποκτεῖναι, ἔδει σε ἐμμένειν τοῖς κριθεῖσιν;

Ἐκεῖνος μὲν οὖν μόγις μετεπείσθη. Τῶν δὲ 13
νῦν τινας οὐκ ἔστι μεταθεῖναι. ὥστε μοι δοκῶ, ὃ
πρότερον ἠγνόουν, νῦν εἰδέναι, τί ἐστι τὸ ἐν τῇ
συνηθείᾳ λεγόμενον, Μωρὸν οὔτε πεῖσαι οὔτε
ῥῆξαί ἐστι. Μή μοι γένοιτο φίλον ἔχειν σοφὸν 14
μωρόν. δυσμεταχειριστότερον οὐδέν ἐστι. Κέκρικα.
Καὶ γὰρ οἱ μαινόμενοι· ἀλλ᾽ ὅσῳ βεβαιότερον κρίνουσι τὰ οὐκ ὄντα, τοσούτῳ πλείονος ἐλλεβόρου
δέονται. Οὐ θέλεις τὰ τοῦ νοσοῦντος ποιεῖν, καὶ 15
τὸν ἰατρὸν παρακαλεῖν; Νοσῶ, κύριε· βοήθησόν μοι· τί με δεῖ ποιεῖν σκέψαι· ἐμόν ἐστι πεί-
θεσθαί σοι. Οὕτω καὶ ἐνταῦθα· Ἃ δεῖ με 16
ποιεῖν οὐκ οἶδα· ἐλήλυθα δὲ μαθησόμενος. Οὔ.
ἀλλὰ περὶ τῶν ἄλλων μοι λέγε. τοῦτο δὲ κέκρικα.

mentem veniffet, me effe occidendum; nam in fententia permanendum tibi effet?

Ac ille quidem ægre a fententia depulfus eft: eorum autem, qui nunc funt, nonnullis aliud perfuaderi non poteft. Itaque mihi videor nunc fcire id quod prius ignorabam, quæ vis fit pervulgati illius dicti, Stultum nec a fententia deduci, neque rumpi poffe. Abfit, ut amicus mihi contingat ftultus, qui fapere fibi videatur: intractabilius nihil eft. Decrevi. Etiam furentes: fed quo conftantius decernunt ea quæ non funt, eo majore hellebori copia eis opus eft. Non ea facere vis quæ funt. ægrotantis, & accerfere medicum? Ægroto, domine: auxiliare mihi; confidera quid mihi fit agendum: meum eft, parere tibi. Sic hic quoque dicendum: Quid mihi faciendum fit ignoro; fed adfum cognofcendi cauffa. Non: fed aliis de rebus mihi dicito; nam hoc quidem

17 κρικα. Περὶ ποίων ἄλλων; τί γάρ ἐστι μεῖζον
ἢ πρεσβύτερον τοῦ πεισθῆναί σε, ὅτι οὐκ ἀρκεῖ
τὸ κεκρικέναι, καὶ τὸ μὴ μεταθέσθαι; Οὗτοι οἱ
18 μανικοὶ τόνοι, οὐχ ὑγιεινοί. Ἀποθανεῖν θέλω, ἄν
με τοῦτο ἀναγκάσῃς. Διὰ τί ἄνθρωπε; Τί ἐγένετο; Κέκρικα. Ἐσώθην, ὅτι οὐ κέκρικας ἐμὲ
19 ἀποκτεῖναι. Ἀργύριον οὐ λαμβάνω. Διὰ τί;
Κέκρικα. Ἴσθι ὅτι ᾧ τόνῳ νῦν χρᾷ πρὸς τὸ μὴ
λαμβάνειν, οὐδὲν κωλύει σε ἀλόγως ποτὲ ῥῖψαι
πρὸς τὸ λαμβάνειν, καὶ πάλιν λέγειν, ὅτι Κέκρι-
20 κα; Ὥσπερ ἐν νοσοῦντι καὶ ῥευματιζομένῳ σώματι, ποτὲ μὲν ἐπὶ ταῦτα, ποτὲ δ' ἐπ' ἐκεῖνα
ῥέπει τὸ ῥεῦμα· οὕτω καὶ ἀσθενὴς ψυχὴ, ὅπου
μὲν κλίνῃ, ἄδηλον ἔχει· ὅταν δὲ καὶ τόνος προσῇ
τῷ κλίματι τούτῳ καὶ τῇ φορᾷ, τότε γίνεται τὸ
κακὸν ἀβοήθητον καὶ ἀθεράπευτον.

ΚΕΦ.

dem decrevi. De quibus aliis? quid enim majus est, aut majore studio dignum, quam tibi persuaderi, non satis esse te decrevisse, ac a proposito non recedere? Hi sunt furiosorum nervi, non hominis sani. Emori volo, si me istud coëgeris. Quamobrem homo? Quid accidit? Decrevi. Salvus sum, quod non decrevisti me occidere. Argentum non accipio. Quamobrem? Decrevi. Scisne, quibus nervis nunc tu uteris ad non accipiendum, iisdem nihil prohibere quo minus aliquando temere inclines ad accipiendum; & rursus dicas, te decrevisse? Ut enim in aegroto corpore & fluxionibus obnoxio, humor alias in hanc, alias in illam defertur partem; sic animus imbecillus, quo quidem inclinet, nullam certam rationem habet: cum autem ad inclinationem atque impetum illum etiam nervi accesserint; tum malum ejusmodi sit, cui nec auxilium ferri, nec adhiberi medicina queat.

CAP.

ΚΕΦ. ιϛ'.

Ὅτι οὐ μελετῶμεν χρῆσθαι τοῖς περὶ ἀγαθῶν καὶ κακῶν· δόγμασιν.

Ποῦ τὸ ἀγαθόν; Ἐν προαιρέσει. Ποῦ τὰ κακόν; Ἐν προαιρέσει. Ποῦ τὸ οὐδέτερον; Ἐν τοῖς ἀπροαιρέτοις. Τί οὖν; μέμνηταί τις ἡμῶν ἔξω 2 τούτων τῶν λόγων; μελετᾷ τις αὐτὸς ἐφ᾽ ἑαυτοῦ τοῦτον τὸν τρόπον ἀποκρίνεσθαι τοῖς πράγμασιν, ὡς ἐπὶ τῶν ἐρωτημάτων; Ἆρά γε ἡμέρα ἐστί; Ναί. Τί δέ; νύξ ἐστιν; Οὔ. Τί δέ; ἄρτιοί εἰσιν οἱ ἀστέρες; Οὐκ ἔχω λέγειν. Ὅταν σοι 3 προφαίνηται ἀργύριον, μεμελέτηκας ἀποκρίνεσθαι τὴν δέουσαν ἀπόκρισιν, ὅτι οὐκ ἀγαθόν; Ἤσκηκας ἐν ταύταις ταῖς ἀποκρίσεσιν; ἢ πρὸς μόνα τὰ σοφίσματα; Τί οὖν θαυμάζεις, εἰ, ὅπου 4 μὲν

C A P. XVI.

Non meditari nos, quo pacto decretis de rebus bonis et malis utamur.

<table>
<tr><td>

Ubi situm est bonum? In voluntate. Ubi malum? In voluntate. Ubi neutrum? In iis quæ arbitrii nostri non sunt. Quid ergo? Numquis nostrûm harum rationum foris memor est? Numquis ipse meditatur secum, ut eodem modo respondeat rebus, quemadmodum in quæstionibus?

</td><td>

Num dies est? Est. Quid vero? Nox est? Non. Quid vero? Paria sunt astra? Non habeo dicere. Cum pecunia tibi ostenditur, esne meditatus ita respondere, ut decet: eam' non esse bonam? Exercitatus-ne es in his responsionibus? an vero ad sola sophismata? Quid ergo mi:-

</td></tr>
</table>

μὲν μεμελέτηκας, ἐκεῖ κρείττων γίνῃ σεαυτοῦ;
ὅπου δ' ἀμελετήτως ἔχεις, ἐκεῖ δ' ὁ αὐτὸς δια-
5 μένεις; Ἐπεὶ διὰ τί ὁ ῥήτωρ, εἰδὼς ὅτι γέγραφε καλῶς ,, ὅτι ἀνείληφε τὰ γεγραμμένα, φωνὴν εἰσφέρων ἡδεῖαν, ὅμως ἔτι ἀγωνιᾷ; Ὅτι
6 οὐκ ἀρκεῖται τῷ μελετῆσαι. Τί οὖν θέλει;
Ἐπαινεθῆναι ὑπὸ τῶν παρόντων. Πρὸς μὲν οὖν
τὸ δύνασθαι μελετᾷν, ἤσκηται· πρὸς ἔπαινον
7 δὲ καὶ ψόγον, οὐκ ἤσκηται. Πότε γὰρ ἤκουσε
παρά τινο., τί ἐστιν ἔπαινος; τί ἐστι ψόγος;
τίς ἑκατέρου φύσις; τοὺς ποίους τῶν ἐπαίνων δι-
ωκτέον, ἢ τοὺς ποίους τῶν ψόγων φευκτέον; πότε δ'
ἐμελέτησε ταύτην τὴν μελέτην, ἀκόλουθον τού-
8 τοις τοῖς λόγοις; Τί οὖν ἔτι θαυμάζεις, εἰ,
ὅπου μὲν ἔμαθεν, ἐκεῖ διαφέρει τῶν ἄλλων·
ὅπου δ' οὐ μεμελέτηκεν, ἐκεῖ τοῖς πολλοῖς ὁ
αὐτός

miraris, ubi meditatus es, ibi te ipso quoque superiorem te evadere; ubi vero exercitationem nullam adhibuisti, ibi eundem permanere? Nam cur orator, quamvis sciat se recte scripsisse; &, quæ scripserit, memoriæ se mandasse, quamvis etiam suavitatem adferat vocis, tamen adhuc timet? Quia non satis est ei, declamare. Quid ergo vult? Laudari ab iis qui adsunt. Ad facultatem igitur declamandi exercitatus est; ad laudationem autem & vituperationem non est exercitatus. Quando enim e quoquam audivit, quid sit laus, quid vituperatio? quæ sit utriusque rei natura? quæ laudes expetendæ sint, quæ vituperationes fugiendæ? Quando autem ei exercitationi operam dedit, quæ sit his rationibus consentanea? Quid ergo adhuc miraris, si, ubi didicit, ibi vulgo antecellit: ubi autem se non exercuit, ibi nullam præ plebe prærogativam habet? Sic citharœdus

αὐτός ἐστιν; Ὡς ὁ κιθαρῳδὸς οἶδε κιθαρί- 9
ζειν, ᾄδει καλῶς, στατὸν ἔχει καλὸν, καὶ
ὅμως εἰσερχόμενος τρέμει. ταῦτα γὰρ οἶδεν·
ὄχλος δὲ τί ἐστιν οὐκ οἶδεν, οὐδ᾽ ὄχλου βοῇ,
οὐδὲ καταγέλως. ἀλλ᾽ οὐδ᾽ αὐτὸ τὸ ἀγωνιᾶν 10
τί ἐστιν οἶδε, πότερον ἡμέτερον ἔργον ἐστὶν, ἢ
ἀλλότριον, ἔστιν αὐτὸ παῦσαι, ἢ οὐκ ἔστι. διὰ
τοῦτο ἐὰν μὲν ἐπαινεθῇ, φυσηθεὶς ἐξῆλθεν·
ἐὰν δὲ καταγελασθῇ, τὸ φυσημάτιον ἐκεῖνο ἐκεν-
τήθη καὶ προσεκάθισε.

Τοιοῦτόν τι καὶ ἡμεῖς πάσχομεν. Τίνα θαυ- 11
μάζομεν; Τὰ ἐκτός. Περὶ τίνα σπουδάζομεν;
Περὶ τὰ ἐκτός. Εἶτ᾽ ἀποροῦμεν, πῶς φοβούμεθα, ἢ πῶς ἀγωνιῶμεν; Τί οὖν ἐνδέχεται, 12
ὅταν τὰ ἐπιφερόμενα, κακὰ ἡγώμεθα; Οὐ δυνάμεθα μὴ φοβεῖσθαι, οὐ δυνάμεθα μὴ ἀγωνιᾶν. Εἶτα λέγομεν, Κύριε ὁ Θεὸς, πῶς μὴ 13
ἀγω-

roedus novit pulfare citharam, bene cantat, rectâ tunicâ, eâque pulcrâ, est amictus; & tamen theatrum ingrediens tremit. Nam illa quidem novit; populus autem quid fit, non novit, aut populi clamor, aut derifio: immo, ipfum hoc, timere, quid fit, ignorat; utrum noftrum opus fit, an alienum; fedari poffit, necne. Quapropter, cum laudatur, inflatus exit: ubi autem de-rifus eft, inflationcula illa compangitur, & fubfidit.

Tale quiddam & nobis accidit. Quas res admiramur? Externas. Quibus rebus ftudemus? Externis. Dein dubitamus, qui fiat, ut timeamus? ut trepidemus? Quid ergo ufu evenit, cum ea, quæ nobis imminent, mala judicamus? Non poffumus non timere, non poffumus non trepidare. Dein dicimus, Domine Deus, quid agam

ne

ἀγωνιῶ; Μωρέ· χεῖρας οὐκ ἔχεις; οὐκ ἐποίησέ
σοι αὐτὰς ὁ Θεός; εὔχου νῦν, καθήμενος, ὅπως
αἱ μύξαι σου μὴ ῥέωσιν. ἀπόμυξαι μᾶλλον, καὶ
14 μὴ ἐγκάλει. Τί οὖν; ἐνταῦθά σοι οὐδὲν δίδω-
κεν; οὐ δέδωκέ σοι καρτερίαν; οὐ δέδωκέ σοι μεγαλοψυχίαν; οὐ δέδωκεν ἀνδρείαν; Τηλικαύ-
τας ἔχων χεῖρας, ἔτι ζητεῖς τὸν ἀπομύζοντα;
15 Ἀλλ' οὐδὲ μελετῶμεν ταῦτα, οὐδ' ἐπιστρεφόμεθα. Ἐπεὶ δότε μοι ἕνα ᾧ μέλει πῶς τι ποιήσει;
ὃς ἐπιστρέφεται, οὐ τοῦ τυχεῖν τινος, ἀλλὰ τῆς
ἐνεργείας τῆς αὑτοῦ; Τίς, περιπατῶν, τῆς ἐνεργείας τῆς αὑτοῦ ἐπιστρέφεται; τίς, βουλευόμενος,
αὐτῆς τῆς βουλῆς, οὐχὶ δὲ τοῦ τυχεῖν ἐκείνου πε-
16 ρὶ οὗ βουλεύεται; Κἂν μὲν τύχῃ, ἐπῆρται καὶ λέ-
γει· Πῶς γὰρ ἡμεῖς καλῶς ἐβουλευσάμεθα; οὐκ
ἔλεγόν σοι, ἀδελφέ, ὅτι ἀδύνατόν ἐστιν, ἡμῶν τι
σκεψα-

ne trepidem? Stulte, ma-
nus non habes? non tibi
fecit eas Deus? Nunc ergo
sedens precare, ne pituita
tibi defluat. Emunge na-
res potius, nec accusa
Deum. Quid ergo? hic
nihil tibi dedit? non dedit
tibi tolerantiam? non de-
dit tibi magnitudinem animi? non dedit fortitudi-
nem? Tot manus cum ha-
beas, adhuc requiris eum
qui te emungat? Verum
nos haec neque meditamur,
neque curamus. Nam da-
te mihi aliquem, qui curet,
quo pacto aliquid acturus
sit? qui solicitus sit, non
de aliqua re consequenda,
sed de actione sua? Quis,
cum ambulat, de ambula-
tione sua solicitus est?
quis, cum deliberat, ip-
sam respicit deliberatio-
nem; ac non potius de eo
consequendo laborat, cu-
jus gratia deliberat? qui si
voti compos sit, elatus sit:
„Quam prudenter delibera-
„vimus? nonne dicebam
„tibi, frater, si nos rem
„quampiam considerare-
„mus; non posse fieri quin
„ita

σκεψαμένων, μὴ οὕτως ἐκβῆναι; Ἂν δ' ἑτέρως χω-
ρήσῃ, τεταπείνωται τάλας, οὐχ εὑρίσκει οὐδὲ τί
εἴπῃ περὶ τῶν γεγονότων.   Τίς ἡμῶν τούτου ἕνε- 17
κα μάντιν παρέλαβε; Τίς ἡμῶν [οὐκ] ἐνεκειμή-
θη ὑπὲρ ἐνεργείας; Τίς; ἕνα μοι δότε, ἵνα ἴδω
τοῦτον, ὃν ἐκ πολλοῦ χρόνου ζητῶ, τὸν ταῖς ἀληθείαις εὐγενῆ καὶ εὐφυᾶ· εἴτε νέον, εἴτε πρεσβύτερον, δότε.

    Τί οὖν ἔτι θαυμάζομεν, εἰ περὶ μὲν τὰς 18
ὕλας τετρίμμεθα, ἐν δὲ ταῖς ἐνεργείαις ταπεινοὶ, ἀσχήμονες, οὐδενὸς ἄξιοι, δειλοὶ, ἀταλαίπωροι, ἔλει ἀτυχήματα; Οὐ γὰρ μεμέληκεν
ἡμῖν, οὐδὲ μελετῶμεν.   Εἰ δὲ μὴ τὸν θάνατον ἢ 19
τὴν φυγὴν ἐφοβούμεθα, ἀλλὰ τὸν φόβον, ἐμελε-
τῶμεν ἂν ἐκείνοις μὴ περιπίπτειν ἃ φαίνεται ἡμῖν
κακά.   Νῦν δ' ἐν μὲν τῇ σχολῇ γοργοὶ καὶ κα- 20
τάγλωσσοι· κἂν ζητημάτιον ἐμπέσῃ περὶ τινος
τούτων,

„ita eveniret?" Sin secus cecíderit, abjectus est miser, nec, quid dicat de iis quæ acciderunt, reperit. Quis nostrûm hujus rei caussâ vatem adhibuit? Quis nostrûm ob actionem suam in æde sacra indormivit? Quisnam? unum mihi date, ut eum videam, quem jam longo tempore quæro, qui revera sit nobilis & ingeniosus: sive adolescentem, sive natu grandiorem date.

    Quid ergo miramur adhuc, si in materiis quidem subjectis satis sumus exercitati; in actionibus autem humiles, fœdi, nullius pretii, ignavi, molles, quanti quanti sumus, scelera. Neque enim hæ nobis curæ fuerunt, neque in iis nos exercemus. At si non mortem aut exsilium timeremus, sed timorem ipsum; operam daturi essemus ne incideremus in ea quæ mala nobis viderentur. Nunc in schola expediti & verbosi, cum tali quapiam de re quæstiuncula inciderit, instru-

τούτων, ἱκανοὶ τὰ ἑξῆς ἐπελθεῖν. ἕλκυσον δ᾽ εἰς χρῆσιν, καὶ εὑρήσεις τάλανας ναυαγούς. προσπεσέτω φαντασία ταρακτικὴ, καὶ γνώσῃ τί ἐμελε-

21 τῶμεν, καὶ πρὸς τί ἐγυμναζόμεθα. Λοιπὸν ὑπὸ τῆς ἀμελετησίας προσεπισωρεύομεν ἀεί τινα καὶ

22 προσπλάσσομεν μείζονα τῶν καθεστώτων. Εὐθὺς ἐγὼ, ὅταν πλέω, κατακύψας εἰς τὸν βυθὸν, ἢ τὸ πέλαγος περιβλεψάμενος, καὶ μὴ ἰδὼν γῆν, ἐξίσταμαι, καὶ φανταζόμενος ὅτι ὅλον με δεῖ τὸ πέλαγος τοῦτο ἐκπιεῖν ἂν ναυαγήσω, οὐκ ἐπέρχεταί μοι, ὅτι μοι τρεῖς ξέσται ἀρκοῦσι. Τί οὖν με ταράσσει; Τὸ πέλαγος; Οὔ, ἀλλὰ τὸ

23 δόγμα. Πάλιν, ὅταν σεισμὸς γένηται, φαντάζομαι ὅτι ἡ πόλις ἐπιπίπτειν μοι μέλλει. οὐ γὰρ ἀρκεῖ μοι μικρὸν λιθάριον, ἵν᾽ ἔξω μου τὸν ἐγκέφαλον βάλῃ.

Τίνα

 cti fumus ad cuncta, quæ ad eam pertinent, ordine persequenda. Sed in ufum actumque nos trahe; invenies miseros naufragos. Incidat cogitatio terrifica: tum cognosces, quid meditati fuerimus, & ad quid nos exercuerimus. Jam in hac meditationis neglectione femper quædam adcumulamus, & majora quam re ipsa funt adfingimus. Statim ego; cum navigo, oculos in altum defigens, aut pelagus circumfpiciens, nec terram usquam profpiciens, de ftatu mentis dejicior; &, cogitans effe mihi totum pelagus ebibendum, fi fecero naufragium, illud non reputo, tres fextarios effe mihi fatis. Quid eft igitur, quod me perturbat? Pelagus? Non, fed meum decretum. Rurfus, ingruente terræ motu, totam urbem in me cafuram mihi fingo: quafi vero non parvus lapillus fit fatis, ad elidendum mihi cerebrum?

Quæ-

Τίνα οὖν ἐστι τὰ βαροῦντα καὶ ἐξιστάντα 24
ἡμᾶς; Τίνα γὰρ ἄλλα, ἢ τὰ δόγματα; Τὸν
γὰρ ἐξιόντα καὶ ἀπαλλαττόμενον τῶν συνήθων
καὶ ἑταίρων καὶ τόπων καὶ συναναστροφῆς, τί
ἐστι τὸ βαροῦν ἄλλο, ἢ δόγματα; Τὰ γοῦν 25
παιδία εὐθὺς, ὅταν κλαύσῃ μικρὰ τῆς τίτθης
ἀπελθούσης, πλακούντιον λαβόντα, ἐπιλέλη-
σται. Θέλεις σε οὖν καὶ ἡμεῖς παιδίοις ὁμοιῶ- 26
μεν; Οὐ, νὴ τὸν Δία. οὐ γὰρ ὑπὸ πλακουν-
τίου τοῦτο πάσχειν ἀξιῶ, ἀλλ' ὑπὸ δογμάτων
ὀρθῶν. Τίνα δ' ἔστι ταῦτα; Ἃ δεῖ τὸν ἄν- 27
θρωπον ὅλην τὴν ἡμέραν μελετῶντα, μηδενὶ
προσπάσχειν τῶν ἀλλοτρίων, μηθ' ἑταίρῳ,
μήτε τόπῳ, μήτε γυμνασίοις, ἀλλὰ μηδὲ τῷ
σώματι τῷ αὑτοῦ· μεμνῆσθαι δὲ τοῦ νόμου,
καὶ τοῦτον πρὸ ὀφθαλμῶν ἔχειν. Τίς δ' ὁ νό- 28
μος ὁ θεῖος; Τὰ ἴδια τηρεῖν, τῶν ἀλλοτρίων

R 2

μὴ

Quænam ergo funt, quæ nos premunt, & de ſtatu mentis nos dejiciunt? Quæ alia, niſi decreta? Nam & eum, qui peregre abit, & a ſodalibus, a locis, a congreſſibus, quibus adſuetus erat, discedit; quid eſt aliud, quod eum premat, niſi decreta? Pueri quidem, cum plorant nutrice pauſulum digreſſa, placentulâ acceptâ ſtatim obliviſcuntur dolorem. Vis ergo, te quoque pueris comparemus?

Non, per Jovem: neque enim velim placentulâ me ita deliniri, ſed rectis decretis. Quæ autem illa ſunt? Ea quæ hominem totos dies meditari oportet, ut nullis externis rebus adficiatur, non ſodali, non loco, non gymnaſiis, immo ne ſuopte quidem corpore; ſed memor ſit legis, & eam ob oculos habeat. Quid autem jubet lex divinitus præſcripta? Sua tueri, & aliena ſibi non vindicare; ſed lis &, cum

μὴ ἀντιποιεῖσθαι, ἀλλὰ διδομένοις μὲν χρῆσθαι,
μὴ διδόμενα δὲ μὴ ποθεῖν· ἀφαιρουμένου δέ τινος, ἀποδιδόναι εὐλύτως καὶ αὐτόθεν, χάριν εἰδότα οὗ ἐχρήσατο χρόνου, εἰ θέλεις μὴ κλάειν
29 τὴν τίτθην καὶ μάμμην. Τί γὰρ διαφέρει, τίνος
ἥττων ἐστὶ, καὶ ἐκ τίνος κρέμαται; Τί κρείττων ἢ τοῦ διὰ κοράσιον κλάοντες, εἰ διὰ γυμνα-
σίδιον, καὶ στωΐδια, καὶ νεανισκάρια, καὶ τοι-
30 αύτην διατριβὴν πενθεῖς; Ἄλλος ἐλθὼν, ὅτι
οὐκέτι τὸ τῆς Δίρκης ὕδωρ πίνειν μέλλει. Τὸ γὰρ
Μάρκιον χεῖρόν ἐστι τοῦ τῆς Δίρκης; Ἀλλ' ἐκεῖνό μοι σύνηθες ἦν. Καὶ τοῦτο πάλιν ἔσται σοι
31 σύνηθες. Εἶτ', ἂν μὲν καὶ τούτῳ προσπαθῇς,
καὶ τοῦτο πάλιν κλαίῃ, καὶ ζήτει στίχον ὅμοιον
τῷ Εὐριπίδου ποιῆσαι,

Θερμάς τε τὰς Νέρωνος, Μάρκιόν θ' ὕδωρ.

Ἴδε

cum dantur, uti; &, cum non dantur, ea non defi-
derare; &, cum quid no-bis eripitur, reddere expedite & sponte, gratiamque habere pro eo tempore,
quo eo usi sumus: nisi ve-lis nos mammas atque nu-
terculas implorare. Quid enim interest, qua re quis
vincatur, & unde pen-deat? Ecquâ re praestan-
tior eo es qui ob puellam plorat, si tu ob gymnasium, & porticulos, & adolescentulos, & hujusmodi congressus luges? Alius adveniens id ægre
fert, quod Dircæam aquam non amplius bibiturus sit.
Num igitur Martia dete-rior est Dircææ? Non: at
illi adsueveram. Etiam huic adsuesces. Deinde ubi &
hac delectaberis, luge, & quære versum Euripideo
similem:

Thermas Neronianos,
Martiamque aquam.

Viden'

Ἴδε πῶς τραγῳδία γίνεται, ὅταν εἰς μωροὺς ἀνθρώπους πράγματα τὰ τυγχάνοντ' ἐμπέσῃ.

    Πότε οὖν Ἀθήνας πάλιν ὄψομαι, καὶ τὴν 32
ἀκρόπολιν; Τάλας, οὐκ ἀρκεῖ σοι ἃ βλέπεις
καθ' ἡμέραν; κρεῖττόν τι ἔχεις ἢ μεῖζον ἰδεῖν
τοῦ ἡλίου, τῆς σελήνης, τῶν ἄστρων, τῆς γῆς
ὅλης, τῆς θαλάσσης; Εἰ δὲ δὴ παρακολουθεῖς 33
τῷ διοικοῦντι τὰ Ὅλα, κἀκεῖνον ἐν σαυτῷ περιφέρεις, ἔτι ποθεῖς λιθάρια καὶ πέτραν κομψήν; ὅταν οὖν μέλλῃς ἀπολιπεῖν αὐτὸν τὸν
ἥλιον καὶ τὴν σελήνην, τί ποιήσεις; κλαύσεις
καθήμενος, ὡς τὰ παιδία; Τί οὖν, ἐν τῇ σχο- 34
λῇ ἐποίεις; τί ἤκουες; τί ἐμάνθανες; τί σαυτὸν Φιλόσοφον ἐπέγραφες, ἐξὸν τὰ ὄντα ἐπι-
γράφειν; ὅτι, Εἰσαγωγὰς ἔπραξά τινας, καὶ
Χρυσίππεια ἀνέγνων, Φιλοσόφου δ' οὐδὲ θύραν
παρῆλθον. τοῦ γάρ μοι μέτεστι τούτου τοῦ 35

R 3

πράγ-

Vidén' ut tragœdia oria-
tur, cum res vel leviffimæ
ftultis hominibus incidûnt?

    Ah, quando Athenas &
arcem iterum videbo! Mi-
fer, non fatis ea tibi funt,
quæ quotidie vides? Pot-
esne præftantius aliquid
aut majus videre fole, lu-
nâ, ftellis, terrâ univerfî,
mari? Qood fi gubernato-
rem Univerfi ratione adfe-
queris, eumque in temet-
ipfo circumfers, adhuc defideras lapillos & rupem
elegantem? Quando igitur
ipfum folem & lunam re-
linquere oportebit, quid
facies? fedebis plorans,
ut pueri? Quid ergo in
fchola faciebas? Quid au-
diebas? Quid difcebas?
Quid philofophi nomen
ufurpafti, cum ea tibi ufur-
pare poffes quæ vera funt?
te introductionibus non-
nullis operam dediffe, &
Chryfippi libros aliquos le-
giffe, philofophiam vero
ne a janua quidem falutaffe.
Nam quid tibi rei cum illo
nego-

πράγματος, οὗ Σωκράτει μετῆν, τῷ οὕτως
ἀποθανόντι, οὕτω ζήσαντι; οὐ Διογένει μετῆν;
36 Ἐπινοεῖς τούτων τινὰ κλάοντα ἢ ἀγανακτοῦν-
τα, ὅτι τὸν δεῖνα οὐ μέλλει βλέπειν, οὐδὲ τὴν
δεῖνα, οὐδ᾽ ἐν Ἀθήναις ἔσεσθαι, ἢ ἐν Κορίνθῳ;
ἀλλ᾽, ἂν οὕτω τύχῃ, ἐν Σούσοις, ἢ ἐν Ἐκβα-
37 τάνοις; Ὧι γὰρ ἔξεστιν, ὅταν θέλῃ, ἐξελθεῖν τοῦ συμποσίου, καὶ μηκέτι παίζειν, ἔτι
οὗτος ἀνιᾶται μένων; οὐχὶ δ᾽, ὡς παιδιᾷ, πα-
38 ραμένει μέχρις ἂν ψυχαγωγῆται; Ταχύγ᾽ ἂν
ὁ τοιοῦτος ὑπομείναι, φυγήν τινα φυγεῖν ὡς
ἄπαντα, ἢ τὴν ἐπὶ θανάτῳ κατακριθείς.

39 Οὐ θέλεις ἤδη, ὡς τὰ παιδία, ἀπογα-
λακτισθῆναι, καὶ ἅπτεσθαι τροφῆς στερεωτέρας,
μηδὲ κλάειν μάμμας καὶ τίτθας, γραῶν ἀπο-
40 κλαύματα; Ἀλλ᾽ ἐκείνας ἀπαλλασσόμενος ἀνιάσω. Σὺ αὐτὰς ἀνιάσεις; Οὐδαμῶς· ἀλλ᾽ ὅπερ
καὶ

negotio est, quod Socra-
tes tractavit, qui ita mortuus est, ita vixit? aut
quod tractavit Diogenes?
Horum aliquem plorasse
cogitas, aut succensuisse,
quod istum aut istam non
amplius esset visurus? quod
Athenis aut Corinthi non
futurus esset; sed fortasse
Susis, aut Ecbatanis? Nam
cui de convivio abire licet
cum volet, & non ampli-
us ludere, is-ne dolebit
quamdiu manet? nonne
vero, veluti ludo, inter-
esse perget quoad eo delectatur? Talis sane homo
(qualis tu) tulerit scilicet,
si perpetuo exsilio mulcte-
tur, aut si capitis condem-
netur!
Non vis tandem, ut pue-
ri, ablactari, & cibum capessere solidiorem? Non
plorare mammas desines,
& nutriculas, aniles ejula-
tus? At discedens, moero-
rem eis adferam. Tu illis
moerorem adferes? Nequa-
quam vero tu; sed id, quod
& tibi dolorem adfert, decretum.

καὶ σὲ, τὸ δόγμα. Τί οὖν ἔχεις ποιῆσαι; Τὸ σὸν ἔξελε· τὸ δ᾽ ἐκείνων, ἂν σὺ πειῶσιν, αὐταὶ ἐξελεῦσιν. εἰ δὲ μὴ, οἰμώξουσι δι᾽ αὐτάς. Ἄνθρω- 41 πε· τὸ λεγόμενον τοῦτο, Ἀπονεήθητι ἤδη ὑπὲρ εὐροίας, ὑπὲρ ἐλευθερίας, ὑπὲρ μεγαλοψυχίας. ἀνάτεινόν ποτε τὸν τράχηλον, ὡς ἀπηλλαγμένος δουλείας. τόλμησον ἀναβλέψας πρὸς τὸν Θεὸν 42 εἰπεῖν, ὅτι, χρῶ μοι λοιπὸν εἰς ὃ ἂν θέλῃς, ὁμογνωμονῶ σοι, σός εἰμι. οὐδὲν παραιτοῦμαι τῶν σοι δοκούντων· ὅπου θέλεις, ἄγε· ἣν θέλεις ἐσθῆτα περίθες. ἄρχειν με θέλεις, ἰδιωτεύειν, μένειν, φεύγειν, πένεσθαι, πλουτεῖν; ἐγώ σοι ὑπὲρ ἁπάντων τούτων πρὸς τοὺς ἀνθρώπους ἀπολογήσομαι· δείξω τὴν ἑκάστου φύσιν, οἵα ἐστίν. Οὔ· ἀλλ᾽ 43 ἐν βοὸς κοιλίᾳ καθήμενος, ἐκδέχου σοῦ τὴν μάμμην μέχρις ἂν σὲ χορτάσῃ. Ὁ Ἡρακλῆς, εἰ τοῖς 44 ἐν οἴκοι παρεκάθητο, τίς ἂν ἦν; Εὐρυσθεὺς, καὶ

R. 4   οὐχὶ

cretum. Quid ergo facere potes? Tu tuum abjicito: abjicient & illae suum, si sapient, ipsae; quod si non fecerint, suapte culpa plorabunt. Mi homo, jam tandem rea omnes despera, ut ajunt, pro tranquillitate, pro libertate, pro animi magnitudine! Cervices tandem erige, tamquam servitute liberatus. Aude tandem sublatis ad Deum oculis dicere: „Tracta me „posthac arbitratu tuo: „idem tecum sentio; tuus „sum: nihil recuso, quod „tibi videbitur: quo voles, „ducito; qua me voles ve„ste induito. Vis me fun„gi magistratu? privatam „agere vitam? manere? „exsulare? pauperie con„flictari? opibus abunda„re? Ego te in his re„bus omnibus apud homi„nes defendam: ostendam „rei cujusque naturam, qua„lis est." Non ita: sed potius in ventre bovis sedens, exspecta materculam tuam, dum te pascat. Hercules si domesticis suis adsedisset, quis fuisset?

Eury-

οὐχὶ Ἡρακλῆς. Ἄγε, πόσους δὲ, περιερχόμενος
τὴν οἰκουμένην, συνήθεις ἔσχε καὶ φίλους; Ἀλλ'
οὐδὲν φίλτερον τοῦ Θεοῦ· διὰ τοῦτο ἐπιστεύθη Διὸς
εἶναι υἱός, καὶ ἦν. ἐκείνῳ τοίνυν πειθόμενος, περι-
45 ῄει καθαίρων ἀδικίαν καὶ ἀνομίαν. Ἀλλ' οὐκ εἶ
Ἡρακλῆς, καὶ σὺ δύνασαι καθαίρειν τὰ ἀλλότρια
κακά; ἀλλ' οὐδὲ Θησεὺς, ἵνα τὰ τῆς Ἀττικῆς
καθαίρῃς; Τὰ σαυτοῦ κάθαρον. ἐντεῦθεν, ἐκ τῆς
διανοίας, ἔκβαλε, ἀντὶ Προκρούστου καὶ Σκίρωνος,
λύπην, φόβον, ἐπιθυμίαν, φθόνον, ἐπιχαιρεκα-
46 κίαν, φιλαργυρίαν, μαλακίαν, ἀκρασίαν. Ταῦτα δ' οὐκ ἔστιν ἄλλως ἐκβαλεῖν, εἰ μὴ πρὸς μόνον τὸν Θεὸν ἀποβλέποντα, ἐκείνῳ μόνῳ προσπε-
πονθότα, τοῖς ἐκείνου προστάγμασι καθωσιωμένον.
47 Ἂν δ' ἄλλο τι θέλῃς, οἰμώζων καὶ στένων ἀκο-
λουθήσεις τῷ ἰσχυροτέρῳ· ἔξω ζητῶν ἀεὶ τὴν εὔροιαν, καὶ μηδέ ποτ' εὑροεῖν δυνάμενος. ἐκεῖ γὰρ
αὐ-

Eurystheus, non Hercules. Age vero; terrarum orbem peragrans ille, quot familiares habuit, quot amicos? Sed nihil ei carius fuit Deo: eaque de caussa Jovis filius est habitus, ac fuit. Illi igitur obtemperans circumibat, ut injuriam & iniquitatem expurgaret. At tu non es Hercules, nec aliena purgare mala potes? ac ne Theseus quidem es, ut Atticæ mala purges? Tua ipsius purgato: ex animo ejice, loco Procrustæ & Scironis, tristitiam, timorem, cupiditatem, invidiam, malevolentiam, avaritiam, mollitiem, intemperantiam. Hæc vero aliter ejici non possunt, nisi ad solum respicias Deum, eique soli sis addictus, & illius mandatis consecratus. Sin quid aliud voles; gemens & plorans sequeris robustiorem: & foris semper quærens tranquillitatem,

αὐτὴν ζητεῖς, οὗ μή ἐστιν, ἀφεὶς ἐκεῖ ζητεῖν
ὅπου ἐστίν,

ΚΕΦ. ιζ'.

Πῶς ἐφαρμοστέον τὰς προλήψεις τοῖς ἐπὶ
μέρους.

Τί πρῶτόν ἐστιν ἔργον τοῦ φιλοσοφοῦντος;
Ἀποβαλεῖν οἴησιν. ἀμήχανον γὰρ ἅ τις εἰδέναι οἴεται, ταῦτα ἄρξασθαι μανθάνειν. τὰ μὲν 2
οὖν ποιητέα καὶ οὐ ποιητέα, καὶ ἀγαθὰ καὶ κακὰ, καὶ καλὰ καὶ αἰσχρὰ πάντες ἄνω καὶ κάτω
λαλοῦντες ἐρχόμεθα πρὸς τοὺς φιλοσόφους· ἐπὶ,
τούτοις ἐπαινοῦντες, ψέγοντες, ἐγκαλοῦντες, μεμ-
φόμενοι, περὶ ἐπιτηδευμάτων καλῶν καὶ αἰσχρῶν
ἐπικρίνοντες καὶ διαλαμβάνοντες. Τίνος δ᾽ ἕνεκα 3
προσερχόμεθα τοῖς φιλοσόφοις; Μαθεῖν θέλοντες

R 5   ἃ

tem, numquam ad eam | omisso loco in quo est, ibi
pervenire poteris, ut qui, | eam quæris ubi non est.

C A P. XVII.

Quomodo anticipationes singulis rebus sint ad-
commodandæ.

Quodnam est primum phi-
losophantis officium? Ab-
jicere scientiæ opinatio-
nem. Fieri enim non pot-
est, ut quæ quis scire se
opinatur, ea discere inci-
piat. Jam vero facienda
& non facienda, bona &
mala, honesta & turpia,
sursum ac deorsum lingua
versantes, philosophos adi-
mus: harum rerum caus-
sa laudamus, reprehendi-
mus, accusamus, con-
querimur, de institutis ho-
nestis & turpibus judica-
mus & disceptamus. Qua
vero de caussa philosophos
accedimus? Discere volu-
mus ea, quæ nos ignorare
puta-

ἃ οὐκ οἰόμεθα εἰδέναι. Τίνα δ᾽ ἔστι ταῦτα;
Τὰ θεωρήματα. ἃ γὰρ λαλοῦσιν οἱ φιλόσοφοι,
μαθεῖν θέλομεν, ὡς κομψὰ καὶ δριμέα· οἱ
4 δ᾽, ἵν᾽ ἀπ᾽ αὐτῶν περιποιήσωνται. Γελοῖον οὖν
τὸ οἴεσθαι, ὅτι ἄλλα μέν τις μαθεῖν βούλεται, ἄλλα δὲ μαθήσεται· ἢ λοιπὸν, ὅτι προκό-
5 ψει τις ἐν οἷς οὐ μανθάνει. Τὸ δ᾽ ἐξαπατῶν
τοὺς πολλοὺς τοῦτ᾽ ἔστιν, ὅπερ καὶ Θεόπομπον
τὸν ῥήτορα, ὅπου καὶ Πλάτωνι ἐγκαλεῖ ἐπὶ τῷ
6 βούλεσθαι ἕκαστα ὁρίζεσθαι. Τί γὰρ λέγει;
Οὐδεὶς ἡμῶν πρὸ σοῦ ἔλεγεν ἀγαθὸν ἢ δίκαιον;
ἢ μὴ παρακολουθοῦντες τί ἐστι τούτων ἕκαστον,
ἀσήμως καὶ κενῶς φθεγγόμεθα τὰς φωνάς;
7 Τίς γάρ σοι λέγει Θεόπομπε, ὅτι ἐννοίας οὐκ
εἴχομεν ἑκάστου τούτων φυσικὰς, καὶ προλήψεις; ἀλλ᾽ οὐχ οἷόν τε ἐφαρμόζειν τὰς προλήψεις ταῖς καταλλήλοις οὐσίαις, μὴ διαρθρώ-
σαντα

putamus. Quæ autem illa ait? „Nemone nostrûm „ante te Bonum dixit, & „Justum? Aut, non intelligentes, quid horum quidque esset, citra significationem & inaniter voces illas sonabamus?" Quis vero istud tibi dicit, Theopompe, nos cujusque horum naturales notiones non habuisse, atque anticipationes? At illud fieri non potest, ut anticipationes istas rebus consentaneis adcommodemus, nisi prius illas evolverimus; atque Præceptiones. Nam quæ philosophi loquuntur, ea discere volumus; alii, ut elegantia & acuta; alii, ut quæstum inde faciamus. Est igitur ridiculum, putare, fore ut aliquis alia velit discere, alia discat, aut in iis denique proficiat quæ non discit. Et eadem re vulgus decipitur, quæ Theopompum oratorem decepit, cum Platonem etiam accusat, quod definiri omnia voluerit. Quid enim

σαντα αὐτάς· καὶ αὐτὸ τοῦτο σκεψάμενον, ποίαν
τινὰ ἑκάστῃ αὐτῶν οὐσίαν ὑποτακτέον. Ἐπεὶ 8
τοιαῦτα λέγε καὶ πρὸς τοὺς ἰατρούς. Τίς γὰρ
ἡμῶν οὐκ ἔλεγεν ὑγιεινόν τι καὶ νοσερὸν, πρὶν
Ἱπποκράτη γενέσθαι; ἢ κενῶς τὰς φωνὰς ταύτας ἀπηχοῦμεν; Ἔχομεν γάρ τινα καὶ ὑγιεινοῦ 9
πρόληψιν, ἀλλ' ἐφαρμόσαι οὐ δυνάμεθα. διὰ
τοῦτο ὁ μὲν λέγει, ἀνάτεινον· ὁ δὲ λέγει, δὸς
τροφήν· καὶ ὁ μὲν λέγει, φλεβοτόμησον· ὁ δὲ
λέγει, σικύασον. Τί τὸ αἴτιον; ἄλλο γε, ἢ ὅτι
τὴν τοῦ ὑγιεινοῦ πρόληψιν οὐ δύναται καλῶς ἐφαρμόσαι τοῖς ἐπὶ μέρους;

Οὕτως ἔχει καὶ ἐνθάδ', ἐπὶ τῶν κατὰ τὸν 10
βίον. Ἀγαθὸν καὶ κακὸν, καὶ συμφέρον καὶ
ἀσύμφορον, τίς ἡμῶν οὐ λαλεῖ; τίς γὰρ ἡμῶν
οὐκ ἔχει τούτων ἑκάστου πρόληψιν; Ἆρ' οὖν
διηρθρωμένην καὶ τελείαν; τοῦτο δεῖξον. Πῶς 11
δείξω;

que id ipsum consideraverimus, quæ res cuique earum subjiciendæ sint. Nam eadem ista medicis etiam objicere potes. Quis enim nostrûm non salubre aliquid aut insalubre dixit, priusquam Hippocrates nasceretur? an voces istas inaniter resonabamus? Habemus enim aliquam etiam ejus quod salubre est anticipationem; sed adcommodare eam non possumus: eoque alius abstinere, alius dare cibum jubet, alius venam incidere, alius cucurbitulas adponere. Quæ alia caussa est, nisi quod sanitatis anticipationem rebus singulis recte adcommodare nesciunt?

Ita ergo se res etiam hîc habet, in vita. De bonis rebus & malis, de utilibus & inutilibus, quis nostrûm non loquitur? quis enim nostrûm non habet horum cujusque anticipatam aliquam notionem? Eone vero etiam distinctam & perfectam? Istud ostendito. Quo

δείξω; Ἐφάρμοσον αὐτὴν καλῶς ταῖς ἐπὶ μέρους
οὐσίαις. Εὐθὺς, τοὺς ὅρους Πλάτων μὲν ὑποτάσσει
τῇ τοῦ χρησίμου προλήψει, σὺ δὲ τῇ τοῦ ἀχρή-
12 στου. Δυνατὸν οὖν ἐστιν ἀμφοτέρους ὑμᾶς ἐπιτυγχάνειν; Πᾶς οἴεντε; Τῇ δὲ τοῦ πλούτου οὐσίᾳ οὐχ᾽ ὁ μέν τις ἐφαρμόζει τὴν τοῦ ἀγαθοῦ
πρόληψιν, ὁ δ᾽ οὔ; τῇ δὲ τῆς ἡδονῆς; τῇ δὲ τῆς
13 ὑγείας; Καθόλου γὰρ, εἰ πάντες οἱ τὰ ὀνόματα
λαλοῦντες ἱκανῶς ἴσμεν ἕκαστα τούτων, καὶ μη-
δεμιᾶς ἐπιμελείας περὶ τὴν διάρθρωσιν τῶν προλήψεων δεόμεθα, τί διαφερόμεθα; τί πολεμοῦ-
μεν; τί ψέγομεν ἀλλήλους;

14   Καὶ τί μοι νῦν τὴν πρὸς ἀλλήλους μάχην
παραφέρειν, καὶ ταύτης μεμνῆσθαι; σὺ αὐτὸς εἰ ἐφαρμόζεις καλῶς τὰς προλήψεις, διατί
15 δυσροεῖς; διατί ἐμποδίζῃ; Ἀφῶμεν ἄρτι τὸν
δεύτερον τόπον, τὸν περὶ τὰς ὁρμὰς, καὶ τὴν
κατὰ

Quo modo ostendam? Re-
cte adcommoda eam rebus
singulis. Ac ne longius
abeam, Plato definitiones
subjicit utilitatis notioni,
tu vero inutilitatis. Ergo-
ne fieri potest, ut vestrûm
uterque verum teneat. Fieri qui potest? Divitiarum
item naturæ, nonne alius
notionem Boni adcommo-
dat, alius non? eodemque
modo & naturæ volupta-
tis, & sanitatis? Etenim
omnino, si omnes, qui
vocabula ista usurpamus,
satis commode novimus
quasque illarum rerum,
neque opus est ut operam
demus evolutioni notio-
num anticipatarum; cur
dissentimus? cur pugna-
mus? cur nos invicem re-
prehendimus?

Sed quid nunc adtinet
hominum inter se pugnas
proferre, earumque facere
mentionem? Tu ipse, si
notiones recte adcommo-
das, cur miser es? cur impediris? Omittamus nunc
secundum locum, de Im-
petu, & disputationem de
officio,

κατὰ ταύτας περὶ τὸ καθῆκον φιλοτεχνίαν. ἀφῶμεν καὶ τὸν τρίτον, τὸν περὶ τὰς συγκαταθέσεις.
χαρίζομαί σοι ταῦτα πάντα. στῶμεν ἐπὶ τοῦ 16
πρώτου, καὶ σχεδὸν αἰσθητὴν παρέχοντες τὴν
ἀπόδειξιν τοῦ μὴ ἐφαρμόζειν καλῶς τὰς προλήψεις. Νῦν σὺ θέλεις τὰ δυνατὰ, καὶ τὰ σοὶ 17
δυνατά; Τί οὖν ἐμποδίζῃ; διὰ τί δυσροεῖς; Νῦν
οὐ φεύγεις τὰ ἀναγκαῖα; Διὰ τί οὖν περιπί-
πτεις τινί; διὰ τί δυστυχεῖς; διὰ τί θέλοντός
σου τι, οὐ γίνεται; καὶ μὴ θέλοντος, γίνεται;
Ἀπόδειξις γὰρ αὕτη μεγίστη δυσροίας καὶ κακο- 18
δαιμονίας· Θέλω τι, καὶ οὐ γίνεται. καὶ τί ἐστιν
ἀθλιώτερον ἐμοῦ;

Τοῦτο καὶ ἡ Μήδεια οὐχ ὑπομείνασα, ἦλ- 19
θεν ἐπὶ τὸ ἀποκτεῖναι τὰ ἴδια τέκνα. Μεγαλοφυῶς, κατά γε τοῦτο. εἶχε γὰρ ἣν δεῖ φαντασίαν, οἷόν ἐστι τὸ, ἃ θέλει, τινὶ μὴ προχωρεῖν.

officio, quod ex illo ducitur. Omittamus & tertium, de adfensionibus. Condono tibi hæc omnia: insistamus primo, qui demonstrationem sensui pæne obviam suppeditat, quam parum recte rebus adcommodemus notiones. Nunc tu ea via, quæ & fieri, & a te fieri possunt? Cur ergo impediris? cur miser es? Tu nunc non fugis necessaria? Cur ergo subinde in aliquid eorum, quæ fugis, incidis? cur infelix es? cur, te volente aliquid, non fit? cur fit, te nolente? Hæc enim demonstratio maxima est miseriæ & infelicitatis. Volo aliquid & non fit! & quid est me miserius?

Hoc Medea cum non sustineret, eo venit ut proprios etiam liberos occideret. Magno quidem hactenus animo. Habebat enim rectam opinionem, quale hoc esset, si, quod quis cupit, id ei non succederet.

20 ρεῖν. Εἶτα οὕτω τιμωρήσομαι τὸν ἀδικήσαντά με
καὶ ὑβρίσαντα. Καὶ τί ὄφελος τοῦ κακῶς οὕτω
διακειμένου; πῶς οὖν γένηται; Ἀποκτείνω μὲν
τὰ τέκνα· ἀλλὰ καὶ ἐμαυτὴν τιμωρήσομαι. Καὶ
21 τί μοι μέλει; Ταυτ᾽ ἔστιν ἔκπτωσις ψυχῆς, μεγάλα νεῦρα ἐχούσης. Οὐ γὰρ ᾔδει, ποῦ κεῖται
τὸ ποιεῖν ἃ θέλομεν, ὅτι τοῦτο οὐκ ἔξωθεν δεῖ
λαμβάνειν, οὐδὲ τὰ πράγματα μετατιθέντα καὶ
22 μεθαρμοζόμενον. Μὴ θέλε τὸν ἄνδρα, καὶ οὐδὶν
ὧν θέλεις οὐ γίνεται· μὴ θέλε αὐτὸν ἐξάπαντός
σοι συνοικεῖν· μὴ θέλε μένειν ἐν Κορίνθῳ· καὶ
ἁπλῶς μηδὲν ἄλλο θέλε, ἢ ἃ ὁ Θεὸς θέλει.
Καὶ τίς σε κωλύσει; τίς σε ἀναγκάσει; οὐ μᾶλλον ἢ τὸν Δία.

23   Ὅταν τοιοῦτον ἔχῃς ἡγεμόνα, καὶ τοιούτῳ
συνθέλῃς καὶ συνορέγῃ, τί φοβῇ ἔτι μὴ ἀπο-
24 τύχῃς; Χάρισαί σου τὴν ὄρεξιν καὶ τὴν ἔκκλισιν

cederet. „Sic deinde (ait) „ulcifcar eum qui injuria „& contumelia me adfecit. „At quid me juvabit, fi is „tanto malo fuerit adfe-„ctus? quid igitur fiet? „Liberos occidam: fed & „me ipfam puniam. Et „quid hoc ego curo!" Hæc eft prolapfio animi, magnos nervos habentis. Nec enim nôrat, ubi fitum effet facere quæ vellemus; id non fumendum effe extrinfecus, neque res transferendas & mutandas. Noli adpetere maritum: fic nihil quod voles, non fiet. Noli pertinaciter & fine exceptione cupere, ut ille tecum habitet. Ne cupias manere Corinthi: denique omnino nihil velis aliud, nifi quæ vult Deus. Et quis te prohibebit? quis te coget? *Nemo*; non magis quam Jovem.

Quum talem habueris ducem, conjunctamque cum eo voluntatem et impetum, quid etiamnum times, ne fruftreris? Si tuam adpetitionem & declina-

σιν πενίᾳ καὶ πλούτῳ, ἀποτεύξῃ, περιπτώσεις·
ἀλλ᾽ ὑγιείᾳ, δυστυχήσῃς· ἀρχαῖς, τιμαῖς, πα-
τρίδι, φίλοις, τέκνοις, ἁπλῶς ἄν τινι τῶν ἀπροαιρέτων. Ἀλλὰ τῷ Διὶ χάρισαι αὐτάς, τοῖς ἄλ-   25
λοις Θεοῖς· ἐκείνοις παράδες, ἐκεῖνοι κυβερνά-
τωσαν, μετ᾽ ἐκείνων τετάχθωσαν· καὶ ποῦ ἔτι δυσ-
ρούσεις; Εἰ δὲ φθονεῖς, ἀταλαίπωρε, καὶ ἐλεεῖς,   26
καὶ ζηλοτυπεῖς, καὶ τρέμεις, καὶ μίαν ἡμέραν οὐ
διαλείπεις ἐν ᾗ οὐ κατακλάεις καὶ σαυτοῦ καὶ τῶν
Θεῶν, καὶ τί ἔτι λέγεις πεπαιδεῦσθαι; Ποίαν παι-   27
δείαν ἄνθρωπε; ὅτι συλλογισμοὺς ἔπραξας μεταπίπτοντας; οὐ θέλεις ἀπομαθεῖν, εἰ δυνατὸν,
πάντα ταῦτα; καὶ ἄνωθεν ἄρξασθαι, συναισθα-
νόμενος, ὅτι μέχρι νῦν οὐδ᾽ ἥψω τοῦ πράγματος;
καὶ λοιπὸν, ἔνθεν ἀρξάμενος, προσοικοδομεῖν τὰ   28
ἑξῆς, πῶς μηθὲν ἔσται, σοῦ μὴ θέλοντος· θέλοντος, μηθὲν οὐκ ἔσται;

Δότε

elinationem paupertati &
opulentiæ donâris; fruftra-
beris, incides in ea quæ
nolles: fi fanitati; calami-
tofus eris: fi magiftratibus,
honoribus, patriæ, amicis,
liberis; in fumma, fi cuiquam earum rerum quæ in
hominis poteftate non funt.
Sed Jovi eas donato, &
cæteris Diis; illis eas tra-
dito, illi gubernanto, cum
illis itet & adpetitio & de-
elinatio tua; ubi tum fuc-
ceffu carebis? At fi invides. ignave! & mifereris,
& æmularis. & tremis, &
unum non intermittis diem
quo non & tibi & Diis op-
plores; quid adhuc te eruditum effe dicis? Qua dif-
ciplina, homo? quia fyllo-
gifmis operam dedifti. &
fophismatibus? Non de-
difces potius, fieri fi poteft,
ifta omnia? & de integro
aufpicaberis, atque agno-
fces te hactenus negotium
ne adtigiffe quidem? ceterum, hinc aufpicatus, ad-
ftrues deinceps ea quæ
fequuntur, quo tandem
id confequeris, ut nihil
fiat te nolente, nihil te
volente non fiat?

Date

29 Δότε μοι ἕνα νέον κατὰ ταύτην τὴν ἐπιβολὴν ἐληλυθότα εἰς σχολήν, τούτου τοῦ πράγματος ἀθλητὴν γενόμενον, καὶ λέγοντα, ὅτι, Ἐμοὶ τὰ μὲν ἄλλα πάντα χαιρέτω, ἀρκεῖ δ' εἰ ἐξέσται ποτὲ ἀπαραποδίστως καὶ ἀλύπως διαγαγεῖν, καὶ ἀνατεῖναι τὸν τράχηλον πρὸς τὰ πράγματα ὡς ἐλεύθερον, καὶ εἰς τὸν οὐρανὸν ἀναβλέπειν ὡς φίλον τοῦ Θεοῦ, μηδὲν φοβούμενον τῶν συμ-

30 βῆναι δυναμένων. Δειξάτω τις ὑμῶν τὸν τοιοῦτον, ἵν' εἴπω· Ἔρχου νεανίσκε εἰς τὰ σά. σοὶ γὰρ εἵμαρται κοσμῆσαι φιλοσοφίαν. σά ἐστι ταῦτα

31 τὰ κτήματα, σὰ τὰ βιβλία, σοὶ οἱ λόγοι. Εἶθ', ὅταν τοῦτον ἐκπονήσῃ καὶ καταθλήσῃ τὸν τόπον, πάλιν ἐλθών μοι εἰπάτω· Ἐγὼ θέλω μὲν καὶ ἀπαθὴς εἶναι, καὶ ἀτάραχος· θέλω δ', ὡς εὐσεβὴς καὶ φιλόσοφος καὶ ἐπιμελής, εἰδέναι τί μοι πρὸς Θεούς ἐστι καθῆκον, τί πρὸς γονεῖς, τί πρὸς ἀδελ-

Date mihi unum adolescentem, qui hoc consilio in scholam venerit, qui pugilis instar in hac arena decertans dicat: „Equidem omnia caetera valere jubeo: sed satis erit, si quando mihi licuerit citra impedimenta citraque molestias aetatem degere, & porrigere collum ad negotia tamquam libero, & in coelum intueri ut amico Dei, nihil metuenti quod possit accidere." Ostendat vestrum aliquis talem: ut dicam, Veni adolescentule in tua: nam in satis est, ut tu philosophiam exornes: tuae sunt hae possessiones, tui libelli, tuae disputationes. Deinde postquam in primo hoc loco elaborarit & probe exercitatus fuerit, rursus adesto mihi, dicatque: „Ego quidem volo adfectibus & perturbationibus animi carere: volo vero etiam, ut pius, & ut sapientiae studiosus, & ut diligens homo, scire quod sit meum erga Deos officium, quod erga parentes, quod

ἀδελφούς, τί πρὸς πατρίδα, τί πρὸς ξένους. Ἔρ- 32
χου καὶ ἐπὶ τὸν δεύτερον τόπον· τίς ἐστι καὶ οὗτος.
Ἀλλ' ἤδη καὶ τὸν δεύτερον τόπον ἐμμεμελέτηκα. 33
ἤθελον δ' ἀσφαλῶς ἔχειν καὶ ἀσείστως, καὶ οὐ
μόνον ἐγρηγορώς, ἀλλὰ καὶ καθεύδων, καὶ οἰνωμένος, καὶ ἐν μελαγχολίᾳ. Σὺ θεὸς εἶ, ὦ ἄνθρωπε, σὺ μεγάλας ἔχεις ἐπιβολάς.

Οὔ· ἀλλ' ἐγὼ θέλω γνῶναι, τί λέγει Χρύ- 34
σιππος ἐν τοῖς περὶ τοῦ Ψευδομένου. Οὐκ ἀπάγξῃ μετὰ τῆς ἐπιβολῆς ταύτης, τάλας; Καὶ τί
σοι ὄφελος ἔσται; Πενθῶν ἅπαν ἀναγνώσῃ, καὶ
τρέμων πρὸς ἄλλους ἐρεῖς. Οὕτω καὶ ὑμεῖς 35
ποιεῖτε. Θέλεις ἀναγνῶ σοι, ἀδελφέ· καὶ σὺ
ἐμοί; Θαυμαστῶς, ἄνθρωπε, γράφεις· καὶ σὺ
μεγάλας εἰς τὸν Ξενοφῶντος χαρακτῆρα, σὺ εἰς
τὸν Πλάτωνος, σὺ εἰς τὸν Ἀντισθένους. Εἶτ' 36
ἀλλήλοις ὀνείρους διηγησάμενοι, πάλιν ἐπὶ
ταὐτὰ

„quod erga fratres, quod „erga patriam, quod erga „hospites."— Accedito etiam ad alterum locum: & „hic tuus est. — Sed jam „& altero in loco satis „versatus sum: volo vero „etiam tutus esse & inconcussus, neque id vigilans „duntaxat, sed & dormiens, & potus, & in „melancholia."— Tu Deus es, ô homo; tu magna habes proposita!

Non; sed „cognoscere „ego volo, quid Chrysip-„pus dicat in tractatu de „Mentiente." — Non suspendes te, ô miser, cum isto tuo proposito? Et quem inde fructum caples? Lugens omnia leges, & tremens ad alios dices. Sic & vos facitis. Vis recitem tibi frater, et tu mihi? Praeclare, homo, scribis: et tu magnifice, ad imitationem Xenophontis; tu Platonis, tu Antisthenis stylum exprimis. Et sic aliis alii somnia narrantes, rursus ad eadem revertimini;

ταὐτὰ ἐπανέρχεσθε· ὡσαύτως ὀρέγισθε, ὡσαύτως ἐκκλίνετε, ὁμοίως ὁρμᾶτε, ἐπιβάλλεσθε,
προςτίθεσθε, ταὐτὰ εὔχεσθε, περὶ ταὐτὰ σπου-
37 δάζετε. εἶτα οὐδὲ ζητεῖτε τὸν ὑπομνήσοντα
ὑμᾶς, ἀλλ' ἄχθεσθε ἐὰν ἀκούητε τούτων. εἶτα
λέγετε, Ἀφιλόστεργος γέρων· ἐξερχομένου μου
οὐκ ἔκλαυσεν, οὐδ' εἶπεν, εἰς οἵαν περίστασιν
ἀπέρχομαι· τέκνον, ἂν σωθῇς, ἅψω λύχ-
38 νους. ταῦτ' ἐστὶ τὰ τοῦ φιλοστέργου. Μέγα
σοι ἀγαθὸν ἔσται σωθέντι. τοιούτῳ καὶ λύχνον
ἅπτειν ἄξιον. ἀθάνατον γὰρ εἶναί σε δεῖ, καὶ
ἄνοσον.

39 Ταύτην οὖν, ὅπερ λέγω, τὴν οἴησιν, τὴν τοῦ
δοκεῖν εἰδέναι τι τῶν χρησίμων, ἀποβάλλοντας,
ἔρχεσθαι δεῖ πρὸς τὸν λόγον, ὡς πρὸς τὰ γεω-
μετρικὰ προσάγομεν, ὡς πρὸς τὰ μουσικά·
40 εἰ δὲ μὴ, οὐδ' ἐγγὺς ἐσόμεθα τοῦ προκόψαι, κἂν
πάσας

mini; eodem modo adpetitis, eodem modo declinatis; eosdem impetus, eosdem conatus, eadem proposita habetis; eadem optatis, iisdem rebus studetis. Deinde ne quæritis quidem a quo commonefiatis, sed doletis ubi hæc audieritis; et dicitis, O inhumanum senem! non lamentatus est me discedente, neque dixit: In quod te discrimen conjicia? Fili, si incolumis evaseris, lucernas accendum. Hæc sunt viri humani. Magnum tibi bonum erit, si salvus redibis. Tali lucernam accendere operæ pretium est: nam te immortalem esse decet, et morborum expertem!

Hac igitur, inquam, arrogantia, qua quid utile sit, scire nobis videmur, abjecta, ad doctrinam veniendum est, sicut ad geometrica accedimus, sicut ad musica: alioqui multum aberit ut proficiamus, tametsi

πάσας τὰς συναγωγὰς καὶ τὰς συντάξεις τὰς
Χρυσίππου μετὰ τῶν Ἀντιπάτρου καὶ Ἀρχεδήμου
διέλθωμεν.

ΚΕΦ. ιή.

Πῶς ἀγωνιστέον πρὸς τὰς Φαντασίας.

Πᾶσα ἕξις καὶ δύναμις ὑπὸ τῶν καταλλήλων
ἔργων συνέχεται καὶ αὔξεται· ἡ περιπατητικὴ
ὑπὸ τοῦ περιπατεῖν, ἡ τροχαστικὴ ὑπὸ τοῦ
τρέχειν. Ἂν θέλῃς ἀναγνωστικὸς εἶναι, ἀναγί- 2
νωσκε· ἂν γραφικὸς, γράφε. ὅταν δὲ τριάκοντα ἐφεξῆς ἡμέρας μὴ ἀναγνῷς, ἀλλ᾽ ἄλλο τι
πράξῃς, γνώσῃ τὸ γινόμενον. Οὕτω κἂν ἀνα- 3
πέσῃς δέκα ἡμέρας, ἀνάστας ἐπιχείρησον μακρο-
τέραν ὁδὸν περιπατῆσαι, καὶ ὄψει πῶς σου τὰ
σκέλη παραλύεται. Καθόλου οὖν, εἴ τι ποιεῖν 4
S 2

ἐθέλεις

tametsi omnia collectanea, Chryſippi & Antipatri &
omnes commentarios et Archedemi perlegerimus.

CAP. XVIII.

Quo pacto cum Viſis decertandum ſit.

Omnis habitus & facultas conſentaneis actionibus
continetur & augetur: ambulationis, ambulando;
curſionis, currendo. Si cupis legendo valere, legito: ſi ſcribendo, ſcribito. Sin triginta perpetuos dies
nihil legeris, ſed aliud quidpiam egeris; intelliges quid ſiat. Ita, poſtquam per decem dies recubueris,
ſurge & iter longius ingredere; videbis ut crura tua
fatigentur. Generatim igitur, ſi cujus rei habitum

parare

ἐθέλεις ἰατρικὸν, ποίει αὐτό· ὃ τι μὴ ποιεῖν ἐθέλεις, μὴ ποίει αὐτὸ, ἀλλ' ἔθισον ἄλλο τι πράτ-
5 τειν μᾶλλον ἀντ' αὐτοῦ. Οὕτως ἔχει καὶ ἐπὶ
τῶν ψυχικῶν· ὅταν ὀργισθῇς, γίνωσκε ὅτι οὐ
μόνον σοι τοῦτο γέγονε κακὸν, ἀλλ' ὅτι καὶ τὴν
ἕξιν ηὔξησας, καὶ ὡς πυρὶ φρύγανα παρέβα-
6 λες. Ὅταν ἡττηθῇς τινος ἐν συνουσίᾳ, μὴ τὴν
μίαν ἧτταν ταύτην λογίζου, ἀλλ' ὅτι καὶ τὴν
ἀκρασίαν σου τέτροφας, ἐπηύξησας. ἀδύνατον
7 γὰρ, ἀπὸ τῶν καταλλήλων ἔργων μὴ καὶ τὰς
ἕξεις καὶ τὰς δυνάμεις, τὰς μὲν ἐμφύεσθαι, μὴ
πρότερον οὔσας, τὰς δ' ἐπιτείνεσθαι καὶ ἰσχυ-
ροποιεῖσθαι.

8 Οὕτως ἀμέλει καὶ τὰ ἀρρωστήματα ὑπεφύε-
σθαι λέγουσιν οἱ φιλόσοφοι. ὅταν γὰρ ἅπαξ ἐπι-
θυμήσῃς ἀργυρίου, ἂν μὲν προσαχθῇ λόγος, εἰς
αἴσθησιν ἄγων τοῦ κακοῦ, πέπαυταί τε ἡ ἐπιθυμία,
καὶ

parare tibi cupis, eam rem age; si ejus habitum contrahere non vis, ne facias, sed adsuefias aliud quidpiam potius ejus loco agere. Eadem ratio adfectionum animi est: si iratus fueris, non id ipsum duntaxat mali tibi accidisse scito, sed & habitum te auxisse, & tamquam igni sarmenta subjecisse. Quod si in consuetudine cum puero vel paella succubueris libidini, noli unam'illam cladem reputare, sed & hanc, quod incontinentiam tuam aluisti auxistique. Neque enim fieri potest, quin a consentaneis factis & habitus & facultates partim iuferantur, quae prius non adfuerint; partim augeantur, & confirmentur.

Sic sane philosophi morbos etiam animi suboriri dicunt. Nam si semel pecuniam concupieris, siquidem ratio adhibeatur, quae mali sensum adferat, tum & cupiditas sedata erit, &
prin-

καὶ τὸ ἡγεμονικὸν ἡμῶν εἰς τὸ ἐξ ἀρχῆς ἀποκαταστῇ. ἐὰν δὲ μηδὲν προσαγάγῃς εἰς θεραπείαν, οὐκέτι ὡς ταὐτὰ ἐπάνεισιν, ἀλλὰ πάλιν ἐρεθισθὲν ὑπὸ τῆς καταλλήλου φαντασίας, θᾶττον ἢ πρότερον ἐξήφθη πρὸς τὴν ἐπιθυμίαν. καὶ τούτου συνεχῶς γινομένου τυλοῦται λοιπόν, καὶ τὸ ἀρρώστημα βεβαιοῖ τὴν φιλαργυρίαν. Ὁ γὰρ πυρέξας, εἶτα παυσάμενος, οὐχ ὁμοίως ἔχει τῷ πρὸ τοῦ πυρέξαι, ἂν μὴ θεραπευθῇ εἰσάπαν. Τοιοῦτόν τι καὶ ἐπὶ τῶν τῆς ψυχῆς παθῶν γίνεται. ἴχνη τινὰ καὶ μώλωπες ἀπολείπονται ἐν αὐτῇ, οὓς εἰ μή τις ἐξαλείψῃ καλῶς, πάλιν κατὰ τῶν αὐτῶν μαστιγωθεὶς, οὐκέτι μώλωπας, ἀλλ' ἕλκη ποιεῖ. Εἰ οὖν θέλεις μὴ εἶναι ὀργίλος, μὴ τρέφε σου τὴν ἕξιν, μηδὲν αὐτῇ παράβαλλε αὐξητικόν· τὴν πρώτην ἡσύχασον, καὶ τὰς ἡμέρας ἀρίθμει ἃς οὐκ ὠργίσθης. καθ' ἡμέραν εἰώθειν ὀργίζεσθαι, νῦν παρ'

9 10 11 12 13

S 3 ἡμέρας,

princeps animi pars pristi-
nam auctoritatem recupe-
rárit: sin nullum remedium
admoveris, non amplius
ad sese revertetur, sed iterum deinde a consimili viso
irritata, celerius quam
prius accenditur ad cupiditatem: idque si continenter
fiat, tandem obcallescit,
atque ægrotatio confirmat
avaritiam. Nam qui febri-
citavit, quamvis febris de-
sierit, non tamen ita se habet ut ante febricitationem,
nisi penitus fuerit curatus.

Consimile quidpiam etiam
in animi morbis contingit:
vestigia quædam & vibices
in eo relinquuntur; quas nisi probe deleveris, flagello
rursus in easdem impacto,
non jam vibices, sed ulcera contrahes. Si igitur
non vis esse iracundus,
irascendi habitum ne alito,
ne quid ei adjicito quo au-
geatur: principio quietus
esto, & dies numerato,
quibus iratus non fuisti.
Irasci quotidie solebam;
nunc alternis diebus; deinde

ἡμέραν, ἔιτα παρὰ δύο, ἔιτα παρὰ τρεῖς. ἂν δὲ
καὶ τριάκοντα παραλίπῃς, ἐπίθυσον τῷ Θεῷ. ἡ
γὰρ ἕξις ἐκλύεται τὴν πρώτην, ἔιτα καὶ παντε-
14 λῶς ἀναιρεῖται. Σήμερον οὐκ ἐλυπήθην, οὐδ᾽
αὔριον, οὐδ᾽ ἐφεξῆς διμήνῳ καὶ τριμήνῳ· ἀλλὰ
προσέσχον, γενομένων τινῶν ἐρεθιστικῶν. Γίνω-
15 σκε, ὅτι κομψῶς σοι ἐστι. Σήμερον καλὸν ἰδὼν ἢ
καλὴν, οὐκ ἔιπον αὐτὸς ἐμαυτῷ, ὅτι, Ὄφελόν
τις μετὰ ταύτης ἐκοιμήθη; καὶ, Μακάριος ὁ
ἀνὴρ ὁ αὐτῆς. (ὁ γὰρ τοῦτ᾽ εἰπὼν, μακάριε καὶ
16 ὁ μοιχός.) οὐδὲ τὰ ἐξῆς ἀναζωγραφῶ, παροῦσαν
αὐτὴν, καὶ ἀποδυομένην, καὶ παρακατακλινομένην.
17 Καταψῶ τὴν κορυφήν μου, καὶ λέγω· Εὖ Ἐπίκτητε, κομψὸν σοφισμάτιον ἔλυσας, πολλῷ κομ-
18 ψότερον τοῦ Κυριεύοντος. Ἂν δὲ καὶ βουλομένου
τοῦ γυναικαρίου, καὶ νεύοντος, καὶ προσπέμπον-
τος, ἂν δὲ καὶ ἁπτομένου καὶ συνεγγίζοντος,
ἀπίσχω-

de post biduum; deinde post tridoum. Quod si & triginta dies intermiseris, Deo sacra facito. Habitus enim primum retunditur; deinde penitus etiam tolli-tur. Hodie non dolui, neque postridie, neque deinceps bimestri & trimestri: sed mentem diligenter adpuli, cum quaedam irritantia incidissent. Agnosce, belle tecum agi. Hodie cum formosum aut formosam vidissem, non ipse mihi dixi, Utinam quis cum hac concubuerit! &, Beatus maritus ejus! (Nam qui hoc dicit, moechum etiam beatum dicit.) neque reliqua animo mihi depingo, praesentem eam, & exuentem vestes, & adcumbentem. Demulceo verticem meum, & dico: Euge, Epictete, elegantem cavillatiunculam solvisti, multo elegantiorem eā, quam Dominantem quem vocant. Quod si vero etiam, cum muliercula & ipsa voluerit, & adnuerit, & nuncium mihi miserit, atque etiam adtre-
ctarit

ἀπίσχωμαι καὶ νικήσω· τοῦτο μὲν ἤδη τὸ σόφισ-
μα ὑπὲρ τὸν Ψευδόμενον, ὑπὲρ τὸν Ἡσυχάζοντα.
Ἐπὶ τούτῳ καὶ μέγα φρονεῖν ἄξιον, οὐκ ἐπὶ τῷ
τὸν Κυριεύοντα ἐρωτῆσαι.

Πῶς οὖν γένηται τοῦτο; Θέλησον ἀρέσαι αὐ- 19
τός ποτε σεαυτῷ, θέλησον καλὸς φανῆναι τῷ
Θεῷ· ἐπιθύμητον καθαρὸς μετὰ καθαροῦ σαυτῷ
γενέσθαι, καὶ μετὰ τοῦ Θεοῦ. ΕΙΘ' ὅταν προσ- 20
πίπτῃ σοί τις φαντασία τοιαύτη, Πλάτων μὲν,
ἔτι, Ἴθι ἐπὶ τὰς ἀποδιοπομπήσεις, Ἴθι ἐπὶ Θεῶν
ἀποτροπαίων ἱερὰ ἱκέτης· ἀρκοῦν κἂν ἐπὶ τὰς 21
τῶν καλῶν καὶ ἀγαθῶν ἀνδρῶν συνουσίας ἀπο-
χωρήσας, πρὸς τούτῳ γίνῃ ἀντεξετάζων, ἄν τε
τῶν ζώντων τινὰ ἔχῃς, ἄν τε τῶν ἀποθανόν-
των. ἄπελθε πρὸς Σωκράτη, καὶ ἴδε αὐτὸν 22
συγκατακείμενον Ἀλκιβιάδῃ, καὶ διαπαίζοντα
αὐτοῦ τὴν ὥραν· ἐνθυμήθητι οἵαν νίκην ποτὲ

S 4

ἔγνω

ctarit & adpropinquarit, tamen abſtinuero & vicero; hoc jam ſophiſma etiam Mentientem ſuperat, & Quieſcentem. Et hac re gloriari etiam eſt operæ pretium, non interrogatione Dominantis.

Quo pacto igitur fiet hoc? Velis tandem ipſe placere tibi; velis pulcer & probus videri Deo: deſiderato purus cum teipſo puro eſſe, & cum Deo. Deinde ſi quod tibi viſum ejusmodi inciderit, Plato quidem ire jubet ad prodigiorum expiationem, & ad Deorum averruncorum ſana proficiſci ſupplicem. Sed ſatis etiam fuerit, ſi ad virorum virtute præſtantium conſuetudinem te receperis, &, ſeu viventium quempiam habeas, ſeu defunctorum, id egeris, ut ad hujus exemplum vitam tuam exigas. Abi ad Socratem, cum Alcibiade cubantem vide, & venuſtatem ejus eludentem: cogita, qualem ille ſe victoriam

ἔγνω ἐκεῖνον νενικηκότα ἑαυτόν; οἶα Ὀλύμπια;
πόστος ἀφ' Ἡρακλέους ἐγένετο; ἵνα τις, νὴ τοὺς
Θεοὺς, δικαίως ἀσπάζηται αὐτόν· Χαῖρε, παρά-
δοξε, οὐχὶ τοὺς σαπροὺς τούτους παίκτας καὶ παγ-
κρατιαστὰς νικήσας, οὐδὲ τοὺς ὁμοίους αὐτοῖς τοὺς
23 μονομάχους. Ταῦτα ἀντιτιθεὶς, νικήσεις τὴν φαν-
24 τασίαν, οὐχ' ἑλκυσθήσῃ ὑπ' αὐτῆς. Τὸ πρῶτον
δ' ὑπὸ τῆς ὀξύτητος μὴ συναρπασθῇς, ἀλλ' εἰπέ·
Ἔκδεξαί με μικρόν, Φαντασία· ἄφες ἴδω τίς εἶ,
25 καὶ περὶ τίνος· ἄφις σε δοκιμάσω. Καὶ τὸ λοιπὸν μὴ ἐφῆς αὐτῇ προάγειν, ἀναζωγραφούσῃ τὰ
ἑξῆς. εἰ δὲ μή, οἴχεταί σ' ἔχουσα ὅπου ἂν θέλῃ.
ἀλλὰ μᾶλλον ἄλλην τινὰ ἀντεισάγαγε καλὴν καὶ
γενναίαν Φαντασίαν, καὶ ταύτην τὴν ῥυπαρὰν ἐκ-
26 βαλε. Κἂν ἐθισθῇς οὕτω γυμνάζεσθαι, ὄψει οἷοι
ὦμοι γίνονται, οἷα νεῦρα, οἷοι τόνοι. νῦν δὲ μόνον
τὰ λογάρια, καὶ πλέον οὐδέν.

Οὗτός

riam vicisse intellexerit? qualia Olympia? quotus ab Hercule evaserit? quam merito medius fidius eum quis his verbis salutaverit: Salve, admirande, qui non putidos istos ludiones & quinquerciones vicisti, & similes his gladiatores! Hæc fi opposueris, vinces illud visum, nec ab eo traheris. Primum vero vide, ne celeritate abripiaris; sed dic: Exspecta me paululum, visum! fine videam quid fit, & qua de re agatur: fine te explorem! Deinde ne permittas ei, ut progrediatur, & reliqua tibi ad vivum depingat: alioqui te fecum rapiet quo volet. Immo illud potius ei opponito pulcrum & generofum vifum, ac fordidum illud rejicito. Quod fi te ita confuefeceris, ita exerueris; videbis quales futuri fint tibi lacerti, quales nervi, quale robur: nunc folæ funt ratiunculæ, neque quidquam ulterius.

Hic

Οὗτός ἐστιν ὁ ταῖς ἀληθείαις ἀσκητὴς, ὁ πρὸς 27
τὰς τοιαύτας φαντασίας γυμνάζων ἑαυτόν. Μᾶ- 28
νον, τάλας· μὴ συναρπασθῇς. μέγας ὁ ἀγών
ἐστι, θεῖον τὸ ἔργον, ὑπὲρ βασιλείας, ὑπὲρ
ἐλευθερίας, ὑπὲρ εὐροίας, ὑπὲρ ἀταραξίας. Τοῦ 29
Θεοῦ μέμνησο, ἐκεῖνον ἐπικαλοῦ βοηθὸν καὶ παραστάτην, ὡς τοὺς Διοσκύρους ἐν χειμῶνι οἱ
πλέοντες. ποῖος γὰρ μείζων χειμὼν, ἢ ὁ ἐκ
φαντασιῶν ἰσχυρῶν καὶ ἐκκρουστικῶν τοῦ λόγου;
αὐτὸς γὰρ ὁ χειμὼν τί ἄλλο ἐστὶν ἢ φαντασία; Ἐπεί τοι ἆρον τὸν φόβον τοῦ θανάτου, 30
καὶ φέρε ὅσας θέλεις βροντὰς καὶ ἀστραπάς,
καὶ γνώσῃ ὅση γαλήνη ἐστὶν ἐν τῷ ἡγεμονικῷ καὶ
εὐδία. Ἂν δ' ἅπαξ ἡττηθεὶς εἴπῃς, ὅτι ὕστερον 31
νικήσεις, εἶτα πάλιν τὸ αὐτὸ, ἴσθι, ὅτι οὕτω
ποθ' ἕξεις κακῶς καὶ ἀσθενῶς, ὥστε μηδ' ἐπιστά-
ναι ὕστερον ὅτι ἁμαρτάνεις, ἀλλὰ καὶ ἀπο-

S 5

λογίας

Hic eſt homo revera exercitator, qui ad congrediendum cum hujusmodi viſis ſe exercet. Mane, miſer! ne abripi te patiaris! Ingens eſt certamen, divinum negotium; regnum agitur, libertas agitur, felicitas agitur, vacuitas perturbationum. Dei memento, illum adjutorem advocato, & commilitonem, ut Caſtorem & Pollucem, qui in tempeſtate navigant. Nam quæ major tempeſtas eſt, quam quæ e viſis oritur validis & rationem excutientibus? Ipſa enim tempeſtas quid eſt aliud, quam viſum? Nam, ſublato mortis metu, quot voles tonitrua & fulgura adferto; intelliges, in principe animi parte ſerenitatem eſſe & tranquillitatem. At, ſi ſemel victus dixeris, poſt vincam; ac deinde rurſus eadem modo; ſcito, te tandem ita male habiturum, ita ægrum fore, ut poſtea ne animadverſurus quidem
ſis

32 λογίας ἄρξῃ πορίζειν ὑπὲρ τοῦ πράγματος. καὶ
τότε βεβαιώσεις· τὸ τοῦ Ἡσιόδου ὅτι ἀληθές
ἐστιν·

Αἰεὶ δ' ἀμβολιεργὸς ἀνὴρ ἄτῃσι παλαίει.

ΚΕΦ. ιθ'.
Πρὸς τοὺς μέχρι λόγου μόνον ἀναλαμβάνοντας
τὰ τῶν Φιλοσόφων.

Ὁ κυριεύων λόγος ἀπὸ τοιούτων τινῶν ἀφορμῶν
ἠρωτῆσθαι φαίνεται· Κοινῆς γὰρ οὔσης μάχης
τοῖς τρισὶ τούτοις πρὸς ἄλληλα, τῷ, πᾶν παρεληλυθὸς ἀληθὲς ἀναγκαῖον εἶναι· καὶ τῷ, δυνατῷ ἀδύνατον μὴ ἀκολουθεῖν· καὶ τῷ, δυνατὸν εἶναι ὃ οὔτ' ἔστιν ἀληθὲς οὔτ' ἔσται· συνι-
δὼν τὴν μάχην ταύτην ὁ Διόδωρος, τῇ τῶν πρώ-
των

fis te peccare, verum etiam incepturus parare excusationes peccati, & Hesiodei dicti veritatem con-firmaturus:

Semper dilator operum cum damnis luctatur.

C A P. XIX.
In eos qui nonnisi Disputationum tenus placita
Philosophorum addiscunt.

Dominantem rationem (sive argumentationem) ab hisce principiis proponi cœptam intelligitur. Scilicet, cum tribus his enunciationibus commune inter sese certamen sit: 1. Omne verum præteritum, necessarium esse: 2. Possibili impossibile non esse consequens. 3. Possibile esse aliquid, quod neque verum sit, neque futurum sit; Diodorus, hâc pugnâ animadversâ, priorum duorum probabilitate

τῶν δυεῖν πιθανότητι συνεχρήσατο πρὸς παρά-
στασιν τοῦ, μηδὲν εἶναι δυνατὸν ὃ οὔτ᾽ ἔστιν ἀληθὲς, οὔτ᾽ ἔσται. Λοιπὸν ὁ μέν τις ταῦτα τηρήσει 2
τῶν δυεῖν, ὅτι ἔστι τέ τι δυνατὸν, ὃ οὔτ᾽ ἔστιν
ἀληθὲς, οὔτ᾽ ἔσται· καὶ, δυνατῷ ἀδύνατον οὐκ
ἀκολουθεῖ· οὐ πᾶν δὲ παρεληλυθὸς ἀληθὲς ἀναγκαῖόν ἐστι· καθάπερ οἱ περὶ Κλεάνθην φέρεσθαι
δοκοῦσιν, οἷς ἐπιπολὺ συνηγόρησεν Ἀντίπατρος.
Οἱ δὲ τἄλλα δύο· ὅτι δυνατόν τ᾽ ἐστὶν ὃ οὔτ᾽ 3
ἔστιν ἀληθὲς, οὔτ᾽ ἔσται· καὶ, πᾶν παρεληλυθὸς ἀληθὲς ἀναγκαῖόν ἐστιν· δυνατῷ δ᾽ ἀδύνατον ἀκολουθεῖ. Τὰ τρία δ᾽ ἐκεῖνα τηρῆσαι ἀμή- 4
χανεν, διὰ τὸ κοινὴν εἶναι αὐτῶν μάχην.

Ἂν οὖν τίς μου πύθηται· Σὺ δὲ ποῖα αὐτῶν 5
τηρεῖς; ἀποκρινοῦμαι πρὸς αὐτὸν, ὅτι Οὐκ οἶδα·
παρεί-

litate usus est ad probandum illud, Nihil posse fieri, quod neque verum sit,
neque futurum sit. Cete-
rum alins e duabus enun-
ciationibus (*quæ simul stare possunt, sed cum tertia
pugnant*) has tenebit, Posse aliquid fieri quod verum
neque sit, neque futurum
sit; &, Ei quod sieri possit, non esse consequens id
quod fieri nequeat; non
autem, omne præteritum
necessario verum esse: quæ
Cleanthis sententia fuisse
videtur, cui copiose patro-
cinatus est Antipater. Alios vero reliquas duas;
Possibile esse aliquid, quod
neque verum sit, neque futurum sit; &, Omne ve-
rum præteritum necessa-
rium esse: sed (*tertium tollet; dicetque,*) Possibili
consequens esse posse im-
possibile. Tria autem illa
simul tueri nullo modo
queas; quoniam communis
est eorum pugna. (*scilicet,
ut de tribus quæcumque duo
sumas, ea pugnent cum tertio & illud tollant.*)

Quod si quis igitur me
roget, quænam ex istis
ipse tuear? respondebo;
Nescio;

παρείληφα δ' ἱστορίαν τοιαύτην, ὅτι Διόδωρος μὲν ἐκεῖνα ἐτήρει, οἱ δὲ περὶ Πανθοίδην οἶμαι καὶ Κλεάνθην τὰ ἄλλα, οἱ δὲ περὶ Χρύσιππον τὰ ἄλλα. 6 Σὺ οὖν τί; Οὐδὲ γέγονα πρὸς τούτῳ, τῷ βασανίσαι τὴν ἐμαυτοῦ φαντασίαν, καὶ συγκρῖναι τὰ λεγόμενα, καὶ δόγμα τι ἐμαυτοῦ ποιήσασθαι κατὰ τὸν τόπον. διὰ τοῦτο οὐδὲν διαφέρω τοῦ 7 γραμματικοῦ. Τίς ἦν ὁ τοῦ Ἕκτορος πατήρ; Πρίαμος. Τίνες ἀδελφοί; Ἀλέξανδρος καὶ Δηΐφοβος. Μήτηρ δ' αὐτῶν τίς; Ἑκάβη. Παρείληφα ταύτην τὴν ἱστορίαν. Παρὰ τίνος; Παρ' Ὁμήρου. Γράφει δὲ περὶ τῶν αὐτῶν δοκῶ καὶ 8 Ἑλλάνικος, καὶ εἴ τις ἄλλος τοιοῦτος. Κἀγὼ περὶ τοῦ κυριεύοντος τί ἄλλο ἔχω ἀνώτερω; Ἀλλ' ἂν ᾦ κενός, μάλιστα ἐπὶ συμποσίῳ, καταπλήσσομαι τοὺς παρόντας, ἐξαριθμούμενος τοὺς γεγρα-9 φότας. Γέγραφε δὲ καὶ Χρύσιππος θαυμαστῶς ἐν τῷ πρώτῳ περὶ Δυνατῶν, καὶ Κλεάνθης δ' ἰδίᾳ

Nescio; sed hanc historiam accepi, Diodorum illa tenuisse, Panthœdem vero & Cleanthem duo alia, Chrysippum item alia. Tu vero quid? Non in eo elaboravi, ut in hoc cogitationem meam excuterem, & sententias inter se conferrem, & meum aliquod decretum facerem in hoc loco. Quapropter nihil a Grammatico differo: Quis fuit Hectoris pater? Priamus. Qui fratres? Alexander & Delphobus. Quæ eorum mater? Hecuba. Historiam hanc accepi. A quo? Ab Homero. Sed & Hellanicus opinor iisdem de rebus scribit, & id genus alii. Ego quoque de ratione Dominante quid aliud habeo ulterius? Nihil; at, vanus si sim, in convivio maxime percellam convivarum animos enumerandis eis qui de his rebus scripserunt. Scripsit autem & Chrysippus præclare, primo libro περὶ Δυνατῶν. Est & Cleanthis pecu-

ἰδίᾳ γέγραφε περὶ τούτου, καὶ Ἀρχέδημος. γέγραφε δὲ καὶ Ἀντίπατρος, οὐ μόνον δ' ἐν τοῖς
περὶ Δυνατῶν, ἀλλὰ καὶ κατ' ἰδίαν ἐν τοῖς περὶ τοῦ Κυριεύοντος. Οὐκ ἀνέγνωκας τὴν σύντα- 10
ξιν; Οὐκ ἀνέγνωκα. Ἀνάγνωθι. Καὶ τί ὠφε-
ληθήσομαι; Φλυαρότερος ἔσται καὶ ἀκαιρότερος,
ἢ νῦν ἐστι. Σοὶ γὰρ τί ἄλλο προσγέγονεν ἀνα-
γνόντι; ποῖον δόγμα πεποίησαι κατὰ τὸν τόπον;
Ἀλλ' ἐρεῖς ἡμῖν Ἑλένην καὶ Πρίαμον, καὶ τὴν
τῆς Καλυψοῦς νῆσον, τὴν οὔτε γενομένην, οὔτ'
ἐσομένην.

Καὶ ἐνταῦθα μὲν οὐδὲν μέγα, τῆς ἱστορίας 11
κρατῶν, ἴδιον δὲ δόγμα μηδὲν πεποιῆσθαι. Ἐπὶ
τῶν ἠθικῶν δὲ πάσχομεν αὐτὸ πολὺ μᾶλλον, ἢ
ἐπὶ τούτων. Εἰπέ μοι περὶ ἀγαθῶν καὶ κακῶν. 12
Ἄκουε·

Ἰλιόθεν με φέρων ἄνεμος Κικόνεσσι πέλασσεν.

Τῶν

peculiaris de iisdem rebus libellus, itemque Arche-demi. Scripsit vero etiam Antipater, neque solum in libris περὶ Δυνατῶν, sed etiam separatim in illis qui περὶ τοῦ Κυριεύοντος inscribuntur. Non legisti opus? Non legi. Lege. Et quem inde fructum capiet? Nugatior & importunior erit, quam prius. Tu enim ea lectione quid aliud es consecutus? Quodnam in eo loco decretum tibi fecisti? Nullum: sed Helenam nobis & Priamum narras, & Calypsus insulam, quæ neque fuit, neque futura est.

Neque vero hic magna res est, historiá contentum, nullum proprium decretum statuere. Sed in disputatione de moribus Idem hoc multo magis nobis accidit, quam in istis. Dic mihi de rebus bonis & malis. Audi:

Ab Ilio me ferens ventus
Ciconibus adpulit.

Eorum

13 Τῶν ὄντων τὰ μέν ἐστιν ἀγαθὰ, τὰ δὲ κακὰ,
τὰ δ' ἀδιάφορα. Ἀγαθὰ μὲν οὖν αἱ ἀρεταὶ, καὶ
τὰ μετέχοντα αὐτῶν· κακὰ δὲ, κακίαι, καὶ τὰ
μετέχοντα κακίας· ἀδιάφορα δὲ, τὰ μεταξὺ
τούτων, πλοῦτος, ὑγίεια, ζωὴ, θάνατος, ἡδονὴ,
14 πόνος. Πόθεν οἶδας; Ἑλλάνικος λέγει ἐν τοῖς
Αἰγυπτιακοῖς. Τί γὰρ διαφέρει τοῦτο εἰπεῖν, ἢ
ὅτι Διογένης ἐν τῷ Ἠθικῷ, ἢ Χρύσιππος, ἢ Κλεάνθης; Βεβασάνικας οὖν τι αὐτῶν, καὶ δόγμα σε-
15 αυτοῦ πεποίησαι; Δείκνυε πῶς εἴωθας ἐν πλοίῳ
χειμάζεσθαι. μέμνησαι ταύτης τῆς διαιρέσεως, ὅταν
ψοφήσῃ τὸ ἱστίον, καὶ ἀνακραυγάσαντί σοι κα-
κόσχολος παραστὰς εἴπῃ, Λέγε μοι, τοὺς Θεούς
σοι, ἃ πρώην ἔλεγες· Μή τι κακία ἐστὶ τὸ ναυα-
16 γῆσαι; μή τι κακίας μετέχον; Οὐκ ἄρα ξύλον ἐνσείσεις αὐτῷ; Τί ἡμῖν καὶ σοὶ, ἄνθρωπε;
ἀπολ-

Eorum quæ sunt, alia bona sunt, alia mala, alia indifferentia. Bona, sunt virtutes, & quæ his sunt adfinia: Mala, sunt vitia, & vitiosa: Indifferentia, quæ his interjecta sunt; ut divitiæ, sanitas, vita, mors, voluptas, dolor. Unde scis? Hellanicus refert in historia Ægyptiorum. Quid enim interest, sic respondere; an vero, Diogenem in doctrina de Moribus, aut Cleanthem Chrysippumve citare? An igitur aliquid horum explorasti? An decretum aliquod tuum fecisti? Ostende quomodo consueveris in navi ferre tempestatem. Meministine divisionis hujus cum velum strepit, & tibi exclamanti aliquis male feriatus dicit, Refer mihi, per Deos, ea quæ dudum differebas. An facere naufragium, pravitas est? an cum pravitate conjunctum? Non tu fustem tolles, & in caput illi impinges? Quid nobis tecum rei est, homo? Perimus, & tu adveniens ludos facis.

Cum

ἀπολλύμεθα, καὶ σὺ ἐλθὼν παίζεις. Ἂν δέ σε ὁ 17
Καίσαρ μεταπέμψηται κατηγορούμενον, μέμνησαι
τῆς διαιρέσεως; ἄν τις σοι εἰσιόντι καὶ ὠχριῶντι
ἅμα καὶ τρέμοντι, προσελθὼν εἴπῃ, Τί τρέμεις,
ἄνθρωπε; περὶ τίνων σοί ἐστιν ὁ λόγος; μή τι ἔσω
ὁ Καίσαρ ἀρετὴν καὶ κακίαν τοῖς εἰσερχομένοις δίδωσι; Τί μοι ἐμπαίζεις καὶ σὺ πρὸς τοῖς ἐμοῖς 18
κακοῖς; Ὅμως φιλόσοφε, εἰπέ μοι, τί τρέμεις;
οὐχὶ θάνατός ἐστι τὸ κινδυνευόμενον, ἢ δεσμωτήριον, ἢ πόνος τοῦ σώματος, ἢ φυγὴ, ἢ ἀδοξία;
Τί γὰρ ἄλλο; Μή τι κακία; μή τι μετέχον κακίας; σὺ οὖν τίνα ταῦτα ἔλεγες; Τί ἐμοὶ καὶ σοί, 19
ἄνθρωπε; ἀρκεῖ ἐμοὶ τὰ ἐμὰ κακά. Καὶ καλῶς
λέγεις. Ἀρκεῖ γάρ σοι τὰ σὰ κακὰ, ἡ ἀγένεια,
ἡ δειλία, ἡ ἀλαζονεία, ἣν ἠλαζονεύου ἐν τῇ σχολῇ καθήμενος. Τί τοῖς ἀλλοτρίοις ἐκαλλωπίζου;
τί Στωϊκὸν ἔλεγες σεαυτόν;

Τηρεῖτε

Cum reos ad Cæsarem accerseris, meministi-ne divisionis hujus? si quis ingresso tibi, ac pallenti simul trementique, dixerit, Quid tremis homo? quæ tua res agitur? numquid intus Cæsar virtutem & vitium ingredientibus largitur? — — Quid & tu meis malis insultas? — — Tamen, philosophe, dic mihi, quid tremis? Nonne mortis aut carceris periculum est, aut doloris corporis, aut exsilii, aut ignominiæ? Quid vero aliud? An ergo in his pravitas inest, aut aliqua pars pravitatis? Tu ipse quid ista esse dicebas? Quid mihi rei tecum est, homo? Satis habeo ego malorum. Recte dicis. Satis enim habes malorum; degenerem animum, ignaviam, arrogantiam, quam præ te ferebas in schola sedens. Quid alieno splendore gloriaberis? cur te Stoicum profitebaris?

Hoc

20 Τηρεῖτε οὕτως ἑαυτοὺς ἐν οἷς πράσσετε, καὶ εὑρήσετε τίνες ἐσθ' αἱρέσεως. τοὺς πλείστους ὑμῶν Ἐπικουρείους εὑρήσετε, ὀλίγους τινὰς Περιπατητικούς, καὶ τούτους ἐκλελυμένους.

21 ποῦ γὰρ ἵν' ὑμεῖς τὴν ἀρετὴν πᾶσι τοῖς ἄλλοις ἴσην, ἢ καὶ κρείττονα ἔργῳ ὑπολάβητε;

22 Στωικὸν δὲ δείξατέ μοι, εἴ τινα ἔχετε. Ποῦ; ἢ πῶς; Ἀλλὰ τὰ λογάρια τὰ Στωικὰ λέγοντας μυρίους. τὰ γὰρ Ἐπικούρεια αὐτοὶ οὗτοι χεῖρον λέγουσι; τὰ γὰρ Περιπατητικὰ οὐ

23 καὶ αὐτὰ ὁμοίως ἀκριβοῦσι; Τίς οὖν ἐστι Στωικός; ὡς λέγομεν ἀνδριάντα Φειδιακὸν τὸν τετυπωμένον κατὰ τὴν τέχνην τοῦ Φειδίου· οὕτω τινά μοι δείξατε κατὰ τὰ δόγματα ἃ λαλῶ

24 τετυπωμένον. δείξατέ μοι τινὰ νοσοῦντα καὶ εὐτυχοῦντα, κινδυνεύοντα καὶ εὐτυχοῦντα, ἀποθνήσκοντα καὶ εὐτυχοῦντα, πεφυγαδευμένον καὶ εὐτυ-

Hoc modo observate vosmet ipsos, quidnam agntis; & invenietis, cujus sectae sitis. Plerosque vestrum invenietis Epicureos; paucos Peripateticos, eosque enervatos. Ubi enim *ostenditis*, persuasum vos revera habere, virtutem caeteris rebus omnibus parem, aut etiam superiorem esse? Stoicum vero, si quem habetis, ostendite mihi. Ubi, aut quomodo? Eorum quidem qui argumentationcular Stoicas edißerant, ostendetis infinitos. At iidem Ipsi Epicuri decreta pejus recensent? & Peripatetica pariter nonne eadem subtilitate explicant? Quis ergo est Stoicus? Quemadmodum Phidiacam statuam dicimus, ad Phidiae artem expressam; ita mihi aliquem ostendite, ad ea quae profitetur dogmata expressum: ostendite mihi aliquem, qui & aegrotet, & beatus sit; qui & in periculo sit, & beatus; qui & moriatur, &

εὐτυχοῦντα, ἀδοξοῦντα καὶ εὐτυχοῦντα. Δεί-
ξατ᾽· ἐπιθυμῶ τινα, νὴ τοὺς Θεοὺς, ἰδεῖν Στωϊ-
κόν. Ἀλλ᾽ οὐκ ἔχετε τὸν τετυπωμένον δεῖξαι· 25
τόν γε τυπούμενον δείξατε, τὸ ἐπὶ ταῦτα κε-
κλικότα. εὐεργετήσατέ με· μὴ φθονήσητε ἀνθρώπῳ γέροντι, ἰδεῖν θέαμα ὃ μέχρι νῦν οὐκ
εἶδον. Οἴεσθε ὅτι τὸν Δία τὸν Φειδίου δείξετε, 26
ἢ τὴν Ἀθηνᾶν, ἐλεφάντινον καὶ χρυσοῦν κατασκεύασμα; ψυχὴν δειξάτω τις ὑμῶν ἀνθρώπου,
θέλοντος ὁμογνωμονῆσαι τῷ Θεῷ, καὶ μηκέτι
μήτε Θεὸν μήτ᾽ ἄνθρωπον μέμφεσθαι, μὴ ἀποτυχεῖν τινος, μὴ περιπεσεῖν τινι, μὴ ὀργισθῆ-
ναι, μὴ φθονῆσαι, μὴ ζηλοτυπῆσαι· (τί γὰρ 27.
δεῖ περιπλέκειν;) Θεὸν ἐξ ἀνθρώπου ἐπιθυμοῦν-
τα γενέσθαι, καὶ ἐν τῷ σωματίῳ τούτῳ τῷ νεκρῷ
περὶ τῆς πρὸς τὸν Δία κοινωνίας βουλευόμενον.
Δείξατε. ἀλλὰ οὐκ ἔχετε. Τί οὖν αὑτοῖς ἐμπαί- 28
ζετε,

& fit beatus; qui & exſilio multatus, & beatus ſit; qui in ignominia ſit, & beatus. Oſtendite: Stoicum, ita me Dii ament, videre cupio. At informatum expreſſumque oſtendere non poteſtis; eum tamen, qui formetur, oſtendite; qui ad iſta propendeat. Hoc in me beneficium conferte: ne invidete homini ſani ſpectaculum, quod ad hunc diem nondum vidi. Putatis Phidiæ Jovem aut Minervam a vobis poſtula-ri, eburneam aut auream fabricam? Animam oſtendat aliquis veſtrûm hominis, qui idem cum Deo ſentire velit, & poſthac nec Deum nec homines culpare; qui nulla re fruſtrari, nullo caſu lædi, non iraſci, invideri nemini, nemini obtrectare; qui (quid enim ambagibus eſt opus?) ex homine Deus fieri deſideret, & in hoc mortali corpuſculo ſocietatem Jovis cogitet. Oſtendite! at non poteſtis. Quid ergo

ζετε, καὶ τοὺς ἄλλους κυβεύετε; καὶ περιθέμε-
νοι σχῆμα ἀλλότριον, περιπατεῖτε κλέπται καὶ
λωποδύται τούτων τῶν οὐδὲν ὑμῖν προσηκόντων ὀνομάτων καὶ πραγμάτων;

29   Καὶ νῦν ἐγὼ μὲν παιδευτής εἰμι ὑμέτερος· ὑμεῖς
δὲ παρ' ἐμοὶ παιδεύεσθε. κἀγὼ μὲν ἔχω ταύτην
τὴν ἐπιβολὴν, ἀποτελέσαι ὑμᾶς ἀκωλύτους, ἀνα-
γκάστους, ἀπαραποδίστους, ἐλευθέρους, εὐροῦν-
τας, εὐδαιμονοῦντας, εἰς τὸν Θεὸν ἀφορῶντας ἐν
παντὶ μικρῷ καὶ μεγάλῳ. Ὑμεῖς δὲ ταῦτα μα-
30 θησόμενοι καὶ μελετήσοντες πάρεστε. Διὰ τί οὖν
οὐκ ἀνύετε τὸ ἔργον, εἰ καὶ ὑμεῖς ἔχετε ἐπιβολὴν οἵαν δεῖ, κἀγὼ, πρὸς τῇ ἐπιβολῇ, καὶ παρα-
31 σκευὴν οἵαν δεῖ; Τί τὸ λεῖπόν ἐστιν; Ὅταν ἴδω
τέκτονα, καὶ ὕλην παρακειμένην, ἐκδέχομαι τὸ
ἔργον. Καὶ ἐνθάδε τοίνυν ὁ τέκτων ἐστὶν, ἡ ὕλη
ἐστί·

ergo & vosmetipsos delu-
ditis, & aliis imponitis?
& alienâ personâ sumtâ,
circultis furum & grassato-
rum instar, & nomina &
res alienas usurpantes?

Ac ego quidem nunc
vester sum institutor; vos
autem a me instituimini:
mihi propositum est, eos
efficere vos, qui non prohiberi, non cogi, non im-
pediri possint, qui liberi
sint, quibus prospere feli-
citerque succedant omnia,
qui in magnis æque ac parvis rebus omnibus Deum
intueantur. Vos vero ad-
estis, ut hæc discatis et
exerceatis. Cur ergo non
absolvitis opus, si & vos
pariter propositum, quale
oportet, habetis; & ego,
præter propositum, iis etiam subsidiis, quibus opus
est; sum instructus. Quid
igitur deest? Cum fabrum
video, cum materia in
promtu est, exspecto opus.
Et hîc ergo faber adest,
materia suppetit; quid nobis

ἐστί· τί ἡμῖν λέπῃ; Οὐκ ἔστι διδακτὸν τὸ 32
πρᾶγμα; Διδακτόν. Οὐκ ἔστιν οὖν ἐφ' ἡμῖν;
Μόνον μὲν οὖν τῶν ἄλλων πάντων. οὔτε πλοῦ-
τός ἐστιν ἐφ' ἡμῖν, οὔθ' ὑγίεια, οὔτε δόξα, οὔτε
ἄλλο τι ἁπλῶς, πλὴν ὀρθὴ χρῆσις φαντασιῶν.
τοῦτο ἀκώλυτον φύσει μόνον, τοῦτο ἀνεμπόδιστον.
Διὰ τί οὖν οὐκ ἀνύετε; εἴπατέ μοι τὴν αἰτίαν. 33
ἢ γὰρ παρ' ἐμὲ οὐκ ἀνύετε, ἢ παρ' ὑμᾶς, ἢ παρὰ
τὴν φύσιν τοῦ πράγματος. αὐτὸ τὸ πρᾶγμα ἐνδεχόμενον, καὶ μόνον ἐφ' ἡμῖν. λοιπὸν οὖν ἢ παρ'
ἐμέ ἐστιν, ἢ παρ' ὑμᾶς, ἢ, ὅπερ ἀληθέστερον,
παρ' ἀμφοτέρους. Τί οὖν; Θέλετε ἀρξώμεθά 34
ποτε τοιαύτην ἐπιβολὴν κομίζειν ἐνταῦθα· τὰ μέχρι νῦν ἀφῶμεν. ἀρξώμεθα μόνον, πιστεύσατέ
μοι, καὶ ὄψεσθε.

Τ 2   ΚΕΦ.

bis deest? An doceri ea res non potest? Immo potest. Non est igitur in potestate nostra? Immo una haec e caeteris rebus omnibus. Neque opes in nostra potestate sunt, neque sanitas, neque gloria, nec aliud denique quidquam, praeter rectum visorum usum. Unum hoc naturâ est ejusmodi, ut nec prohiberi, nec impediri possit. Cur igitur rem non perficitis? dicite mihi caussam! Nam aut ego in culpa sum, quod nil proficiatis, aut vos, aut ipsa rei natura. At res ipsa in medio est, suaque penes nos. Restat igitur, ut culpa vel mea sit, vel vestra, aut, quod verius est, amborum. Quid ergo? Vultis incipiamus tandem tale propositum huc adferre: quae praeterierunt, omittamus: incipiamus modo. mihi credite, & videbitis.

CAP.

ΚΕΦ. Κ΄.

Πρὸς Ἐπικουρείους καὶ Ἀκαδημαϊκούς.

Τοῖς ὑγιέσι καὶ ἐναργέσιν ἐξανάγκης καὶ οἱ
ἀντιλέγοντες προσχρῶνται. καὶ σχεδὸν τοῦτο
μέγιστον ἄν τις ποιήσαιτο τεκμήριον τοῦ ἐναρ-
γές τι εἶναι, τὸ ἐπάναγκες εὑρίσκεσθαι καὶ
2 τῷ ἀντιλέγοντι συγχρήσασθαι αὐτῶ. Οἷον, εἴ
τις ἀντιλέγοι τῷ εἶναί τι καθολικὸν ἀληθές·
δῆλον ὅτι τὴν ἐναντίαν ἀπόφασιν οὗτος ὀφείλει ποιήσασθαι, οὐδέν ἐστι καθολικὸν ἀληθές.
3 Ἀνδράποδον, οὐδὲ τοῦτο. τί γὰρ ἄλλο ἐστὶ
τοῦτο, ἢ οἷον, εἴ τί ἐστι καθολικόν, ψεῦδές
4 ἐστι; Πάλιν, ἄν τις παρελθὼν λέγῃ· Γίνωσκε
ὅτι οὐδέν ἐστι γνωστόν, ἀλλὰ πάντα ἀτέκμαρτα. ἢ ἄλλος· ὅτι, Πίστευσόν μοι, καὶ ὠφε-
ληθήσῃ· οὐδὲν δεῖ ἀνθρώπῳ πιστεύειν· ἢ πάλιν
ἄλλος·

CAP. XX.

In Epicureos et Academicos.

Eis, quæ vera sunt & evidentia, ii etiam, qui contra dicunt, necessario utuntur. Et hoc maximo fere argumento probari queat, esse aliquid evidens, si reperiatur, adversarium etiam necessario illo uti. Veluti, si quis neget, esse aliquid universale pronunciatum verum; is utique contrarium adserere debebit, nullam universalem enunciationem veram esse. Mancipium, ne istud quidem. Quid enim id est aliud, quam si dicas: Si quid universaliter enunciatur, falsum est? Eodem modo, si quis progressus dicat, Scito, nihil sciri posse, nec ulla certa nota verum a falso posse discerni; aut si alius tibi dicat, Crede mihi, & juvabit te, nihil esse cuiquam homini

ἄλλος· Μάθε παρ' ἐμοῦ, ἄνθρωπε, ὅτι οὐδὲν
ἐνδέχεται μαθεῖν· ἐγώ σοι λέγω τοῦτο, καὶ
διδάξω σε, ἐὰν θέλῃς. Τίνι οὖν τούτων δια- 5
φέρουσιν οὗτοι, τίνες ποτέ; οἱ Ἀκαδημαϊκοὺς
αὑτοὺς λέγοντες; Ὦ ἄνθρωποι, συγκατάθεσθε
ὅτι οὐδεὶς συγκατατίθεται· πιστεύσατε ἡμῖν,
ὅτι οὐδεὶς πιστεύει οὐδενί.

Οὕτω καὶ Ἐπίκουρος, ὅταν ἀναιρεῖν θέλῃ 6
τὴν φυσικὴν κοινωνίαν ἀνθρώποις πρὸς ἀλλήλους,
αὐτῷ τῷ ἀναιρουμένῳ συγχρῆται. Τί γὰρ λέ- 7
γει; Μὴ ἐξαπατᾶσθε, ἄνθρωποι, μηδὲ παρά-
γεσθε, μηδὲ διαπίπτετε· οὐκ ἔστι φυσικὴ κοινωνία τοῖς λογικοῖς πρὸς ἀλλήλους· πιστεύσατέ
μοι. οἱ δὲ τὰ ἕτερα λέγοντες, ἐξαπατῶσιν ὑμᾶς,
καὶ παραλογίζονται. Τί οὖν σοι μέλει; ἄφες 8
ἡμᾶς ἐξαπατηθῆναι. μήτι χεῖρον ἀπαλλάξεις,
ἂν πάντες οἱ ἄλλοι πεισθῶμεν ὅτι φυσικὴ ἐστιν

T 3

ἡμῖν

ni credendum; aut alius:
Heus homo, disce a me,
nihil disci posse; ego tibi
hoc dico, teque docebo, si
voles. Age, inter hos
quid interest & illos,
(quosnam tandem dicam?)
qui Academicos se profi-
tentur? O homines, ad-
sentimini nobis, neminem
adsentiri: credite nobis,
neminem cuiquam quid-
quam credere.

Sic & Epicurus, cum
naturâ constitutam societatem hominum cum homi-
nibus tollere conatur, eodem ipso, quod tollit, utitur. Quid enim ait? „No-
„lite decipi, homines, no-
„lite seduci, nolite in frau-
„dem illici: non est ra-
„tione praeditis animanti-
„bus natura inter se ulla
„societas. Mihi credite.
„Qui vero aliud dicunt,
„vos decipiant, & in frau-
„dem illiciunt." —— Quid
igitur id tua refert? Sine
nos decipi. Num minus e-
re tua foret, si nos caeteri
omnes persuasum habe-
mus,

ἡμῖν κοινωνία πρὸς ἀλλήλους, καὶ ταύτην δεῖ
παντὶ τρόπῳ φυλάσσειν; Καὶ πολὺ κρεῖσσον κὴ
9 ἀσφαλέστερον. Ἄνθρωπε, τί ὑπὲρ ἡμῶν φροντί-
ζεις; τί δι᾽ ἡμᾶς ἀγρυπνεῖς; τί λύχνον ἅπτεις;
τί ἐπανίστασαι; τί τηλικαῦτα βιβλία συγγράφεις,
μή τις ἡμῶν ἐξαπατηθῇ περὶ Θεῶν, ὡς ἐπιμελουμένων ἀνθρώπων; ἤ, μή τις ἄλλην οὐσίαν
10 ὑπολάβῃ τοῦ ἀγαθοῦ, ἢ ἡδονήν; Εἰ γὰρ οὕτω
ταῦτα ἔχει, βαλὼν κάθευδε, καὶ τὰ τοῦ σκώ-
ληκος ποίει, ὧν ἄξιον ἔκρινας σεαυτόν· ἔσθιε,
καὶ πῖνε, καὶ συνουσίαζε, καὶ ἀφόδευε, καὶ
11 ῥέγχε. Τί δέ σοι μέλει, πῶς οἱ ἄλλοι ὑπολή-
ψονται περὶ τούτων; πότερον ὑγιῶς, ἢ οὐχ ὑγιῶς;
Τί γὰρ σοὶ καὶ ἡμῖν; Τῶν γὰρ προβάτων σοι
μέλει, ὅτι παρέχει ἡμῖν αὐτὰ καρησόμενα, καὶ
ἀμελχθησόμενα, καὶ τὸ τελευταῖον κατακοπησό-
12 μενα. Οὐχὶ δ᾽ εὐκταῖον ἂν, εἰ ἐδύναντο οἱ ἄνθρωποι

mus, naturalem esse inter homines societatem, eamque omnibus modis esse conservandam? Immo multo etiam melius & tutius id tibi foret. Quid tu,
homo, de nobis solicitus es? quid propter nos vigilas? quid lucernam accen-dis? quid mane surgis?
quid tot libros conscribis, ne quis nostrûm decipiatur
de Diis, quasi ii curent res mortalium; aut, ne quis
aliam boni naturam esse putet, nisi voluptatem?
Nam si ita res se habet, in lectulo tuo quiescito; &,
quæ sunt vermis, ea facito, quibus te dignum judicasti:
ede, bibe, lude cum mu-lieribus, ventrem leva,
sterte. Quid vero ad te adtinet, quid istis de rebus
alii sentiant? rectene, an secus? Quid enim tibi nobiscum rei est? Tu enim oves eo curas, quod se pa-
tiuntur a nobis tonderi, mulgeri, ac denique jugu-
lari. An non optabile es-set, homines a Stoicis de-
lini-

θρωποι καταληληθέντες καὶ ἐπασσθέντες ὑπὸ
τῶν Στωϊκῶν ἀπονυστάζειν, καὶ παρέχειν σοι
καὶ τοῖς ὁμοίοις καρησαμένους καὶ ἀμελχθησο-
μένους ἑαυτούς; Πρὸς γὰρ τοὺς Συνεπικουρείους 13
ἔδει σε ταῦτα λέγειν· οὐχὶ δὲ πρὸς ἐκείνους
ἀποκρύπτεσθαι πολὺ μάλιστ' ἐκείνους πρὸ πάντων ἀναπείθειν, ὅτι φύσει κοινωνικοὶ γεγόναμεν,
ὅτι ἀγαθὸν ἡ ἐγκράτεια· ἵνα σοι πάντα τηρῆ- 14
ται; Ἢ πρὸς τινὰς μὲν δεῖ φυλάττειν ταύτην
τὴν κοινωνίαν, πρὸς τινὰς δ' αὖ; Πρὸς τίνας οὖν
δεῖ τηρεῖν; πρὸς τοὺς ἀντιτηροῦντας, ἢ πρὸς τοὺς
παραβατικῶς αὐτῆς ἔχοντας; Καὶ τότε παρα-
βατικώτερον αὐτῆς ἔχουσιν ὑμῶν τῶν ταῦτα δια-
λῃφότων;

Τί οὖν ἦν τὸ ἐγεῖρον αὐτὸν ἐκ τῶν ὕπνων, καὶ 15
ἀναγκάζον γράφειν ἃ ἔγραφε; Τί γὰρ ἄλλο, ἢ
τὸ πάντων τῶν ἐν ἀνθρώποις ἰσχυρότατον, ἡ
T 4 φύσις,

linitos & veluti magicis carminibus consopitos dormitare, seque praebere tibi & tui similibus tondendos & mulgendos? Haeccine quidem apud gregales tuos dicenda erant; nonne vero celanda istos? nonne potius efficiendum, ut isti nihil magis persuasum haberent, quam esse nos natura sociabiles, continentiam esse bonum; ut tibi omnia conservarentur? An vero societas haec erga alios servanda est, erga alios non servanda? Erga quos igitur servanda est? utrum erga eos qui vicissim eam servant, an eos qui violant? Qui vero eam magis violant quam vos, qui ista statuitis?

Quid ergo erat, quod eum e somnis excitaret, & ad ea scribenda, quae scripsit, impelleret? Quid aliud, nisi id quod omnium in hominibus potentissimum est, Natura; quae

φύσις, ἕλκουσα ἐπὶ τὸ αὑτῆς βούλημα ἄκοντα καὶ
16 στένοντα; Ὅτι γὰρ δοκεῖ σοι ταῦτα τὰ ἀκοινώνη-
τα, γράψον αὐτά, καὶ ἄλλοις ἀπόλιπε, καὶ
ἀγρύπνησον δι' αὐτά, καὶ αὐτὸς ἔργῳ κατήγορος
17 γενοῦ τῶν σαυτοῦ δογμάτων. Εἶτα Ὀρέστην μὲν
ὑπὸ Ἐρινύων ἐλαυνόμενον φῶμεν ἐκ τῶν ὕπνων ἐξε-
γείρεσθαι· τοῦτον δ' οὐ χαλεπώτεραι Ἐρινύες καὶ
Ποιναὶ ἐξήγειρον καθεύδοντα, καὶ οὐκ εῶν ἠρεμεῖν,
ἀλλ' ἠνάγκαζον ἐξαγγέλλειν τὰ αὑτοῦ κακά,
18 ὥσπερ τοὺς Γάλλους ἡ μανία καὶ ὁ οἶνος; Οὕτως
ἰσχυρόν τι καὶ ἀνίκητόν ἐστιν ἡ Φύσις ἡ ἀνθρωπί-
νη. Πῶς γὰρ δύναται ἄμπελος μὴ ἀμπελικῶς
κινεῖσθαι, ἀλλ' ἐλαϊκῶς; ἢ ἐλαία πάλιν μὴ ἐλαϊκῶς, ἀλλ' ἀμπελικῶς; Ἀμήχανον, ἀδιανόη-
19 τον. Οὐ τοίνυν οὐδ' ἄνθρωπον οἷόν τε παντελῶς
ἀπολέσαι τὰς κινήσεις τὰς ἀνθρωπικάς· καὶ οἱ ἀπο-
κοπτόμενοι, τάς γε προθυμίας τὰς τῶν ἀνδρῶν
ἀπο-

quæ ad suam voluntatem eum pertraxit, invitum & gementem? Quia enim tibi videtur, nullam esse societatem; scribito ista, & aliis relinquito, & vigilato propterea, & ipse re ipsa tua decreta accusato. Ergo Orestem a Furiis agitatum, somno excussum esse dicemus: istum vero, a sævioribus Furiis & Diris e somno excitatum, & quiete excussum esse non dicemus; quæ eum sua mala, veluti Gallos furor aut vinum, enunciare coëgerunt? Adeo valida & invicta res est, natura humana. Qui enim vitis non more vitis moveri potest, sed more oleæ? aut olea non ut olea, sed ut vitis? Nullo modo hoc fieri, nulla ratione cogitari potest. Ergo ne fieri quidem potest. ut homo motus humanos prorsus amittat: &, quibus virilia amputadtur, eis desideria tamen viro-

ἀποκόψασθαι οὐ δύνανται. Οὕτω καὶ Ἐπίκουρος, 20 τὰ μὲν ἀνδρὸς πάντ' ἀπεκόψατο, καὶ τὰ οἰκοδεσπότου, καὶ πολίτου καὶ φίλου· τὰς δὲ προθυμίας τὰς ἀνθρωπικὰς οὐκ ἀπεκόψατο· οὐ γὰρ ἠδύνατο· οὐ μᾶλλον ἢ οἱ ἀταλαίπωροι Ἀκαδημαϊκοὶ τὰς αἰσθήσεις τὰς αὑτῶν ἀποβαλεῖν ἢ ἀποτυφλῶσαι δύνανται, καίτοι τοῦτο μάλιστα πάντων ἐσπουδακότες.

Τίς ἡ ἀτυχία; λαβών τις παρὰ τῆς Φύ- 21 σεως μέτρα καὶ κανόνας εἰς ἐπίγνωσιν τῆς ἀληθείας, οὐ προσφιλοτεχνεῖ τούτοις προσθεῖναι καὶ προσεργάσασθαι τὰ λείποντα· ἀλλὰ πᾶν τοὐναντίον, εἴ τι καὶ ἐστὶ γνωριστικὸν τῆς ἀληθείας, ἐξαιρεῖν πειρᾶται, καὶ ἀπολλύειν. Τί λέ- 22 γεις, Φιλόσοφε; τὸ εὐσεβὲς καὶ τὸ ὅσιον, ποῖόν τί σοι φαίνεται; Ἂν θέλῃς, κατασκευάσω ὅτι ἀγαθόν; Ναί, κατασκεύασον· ἵν' οἱ πολῖται ἡμῶν ἐπιστραφέντες τιμῶσι τὸ Θεῖον, καὶ παύσων-

T 5

ται

virorum amputari non possunt. Sic etiam Epicurus omnia quidem, quæ sunt viri, quæ patrisfamilias, quæ civis, quæ amici, amputavit: sed humana desideria non amputavit: neque enim potuit; non magis quam socordes Academici sensus suos abjicere aut excæcare possunt, quamvis id maxime studuerint.

Quod istud est flagitium! cum a Natura mensuras & regulas cognoscendæ veritatis acceperis, te non dare operam ut adjicias atque adjungas ea quæ desunt; immo vero contra, si quid etiam est quod ad cognitionem veritatis facit, operam dare ut id auferas & perdas? Quid ais philosophe? de pietate & sanctitate quidnam tibi videtur? Si voles, demonstrabo, res esse bonas. Utique demonstra; ut nostri cives ad cultum divini Numinis convertantur, & maximarum rerum neglectum tandem

dem

ταί ποτε ῥαθυμοῦντες περὶ τὰ μέγιστα. Ἔχεις
οὖν τὰς κατασκευάς; Ἔχω, καὶ χάριν οἶδα.
23 Ἐπεὶ οὖν ταῦτά σοι λίαν ἀρέσκει, λάβε τὰ
ἐναντία· ὅτι θεοὶ οὔτ' εἰσὶν, εἴτε καὶ εἰσὶν, οὐκ
ἐπιμελοῦνται ἀνθρώπων, οὐδὲ κοινόν τι ἡμῖν
ἐστι πρὸς αὐτούς· τό τ' εὐσεβὲς τοῦτο καὶ
ὅσιον, παρὰ τοῖς πολλοῖς ἀνθρώποις λαλούμε-
νον, κατάψευσμά ἐστιν ἀλαζόνων ἀνθρώπων
καὶ σοφιστῶν, ἤ, νὴ Δία, νομοθετῶν, εἰς φό-
24 βον καὶ ἐπίσχεσιν τῶν ἀδικούντων. Εὖ, φιλό-
σοφε· ὠφέλησας ἡμῶν τοὺς πολίτας, ἀνεκτήσω
τοὺς νέους ἅπαντας ἤδη πρὸς καταφρόνησιν τῶν
25 θεῶν. Τί οὖν; οὐκ ἀρέσκει σοι ταῦτα; Λάβε
νῦν, πῶς ἡ δικαιοσύνη οὐδέν ἐστι, πῶς ἡ αἰδὼς
μωρία ἐστί, πῶς πατὴρ οὐδέν ἐστι, πῶς ὁ υἱὲς
26 οὐδέν ἐστιν. Εὖ, φιλόσοφε· ἐπίμενε, πεῖθε
τοὺς νέους, ἵνα πλείονας ἔχωμεν ταῦτά σοι
πεπονθότας καὶ λέγοντας. Ἐκ τούτων τῶν λόγων

dem abjiciant. Habes er-
go probationes? Habeo: &
tibi gratiam habeo. Quo-
niam ergo ista valde tibi
placent, sume contraria:
Deos neque esse; neque,
si sint, curare homines;
neque ullam nobis societatem cum illis intercedere:
sed pietatem istam & san-
ctitatem, vulgo hominum
celebratam, commentum
esse insolentium hominum
& sophistarum, aut certe
legum-latorum ad terren-
dos & coërcendos injurios.
Recte philosophe! juvisti
nostros cives, adolescen-
tiam universam ad rerum
divinarum contemtum jam
revocasti. Quid ergo?
non ista tibi placent? Accipe nunc, justitiam nihil
esse; verecundiam esse stultitiam; patrem nihil esse;
filium nihil esse. Euge
philosophe! perge, persuade ista adolescentibus, ut
plures habeamus qui idem
tecum & sentiant & di-
cant.

γαν ηὐξήθησαν· ἡμῖν αἱ εὐνομούμεναι πόλεις·
Λακεδαίμων διὰ τούτους τοὺς λόγους ἐγένετο· Λύ-
κουργος ταῦτα τὰ πείσματα ἐνεποίησεν αὐτοῖς
διὰ τῶν νόμων αὐτοῦ καὶ τῆς παιδείας, ὅτι οὔτε
τὸ δουλεύειν αἰσχρόν ἐστι μᾶλλον ἢ καλὸν, οὔτε
τὸ ἐλευθέρους εἶναι καλὸν μᾶλλον ἢ αἰσχρόν· οἱ
ἐν Θερμοπύλαις ἀποθανόντες; διὰ ταῦτα τὰ
δόγματα ἀπέθανον· Ἀθηναῖοι δὲ τὴν πόλιν διὰ
ποίους ἄλλους λόγους ἀπέλιπον; Εἶτα οἱ λέγον- 27
τες ταῦτα, γαμοῦσι, καὶ παιδοποιοῦνται, καὶ
πολιτεύονται, καὶ ἱερεῖς καθιστᾶσιν αὐτοὺς καὶ προ-
φήτας. τίνων; τῶν οὐκ ὄντων; καὶ τὴν Πυθίαν
ἀνακρίνουσιν αὐτοὶ, ἵνα τὰ ψευδῆ πύθωνται· καὶ
ἄλλοις τοὺς χρησμοὺς ἐξηγοῦνται. Ὦ μεγάλης
ἀναισχυντίας καὶ γοητείας!

Ἄνθρωπε, τί ποιεῖς; αὐτὸς ἑαυτὸν ἐξελίγ- 28
χεις καθ᾽ ἡμέραν, καὶ οὐ θέλεις ἀφεῖναι τὰ
ψυχρὰ

cant. Auctæ sunt nobis hisce sermonibus bene constitutæ respublicæ: Lacedæmon per hujusmodi rationes informata est: Lycurgus suis legibus & institutis has persuasiones civibus suis ingeneravit, neque servire turpe magis esse quam honestam, neque libertatem honestam esse potius quam turpem: qui ad Thermopylas occubuerant, propter hæc decreta occubuerunt: Athenienses vero quas alias ob caussas urbem suam olim reliquerunt? Et, qui ista dicunt, uxores ducunt, liberos procreant, rempublicam capessunt; & sacerdotes ac vates sese constituunt. Quorum? Eorum qui non sunt. Et Pythiam soicitantur ipsi, ut falsa audiant; & aliis oracula enarrant. O insignem impudentiam & imposturam! Homo, quid agis? tu ipse te indies coarguis, nec tamen frigidas istas cavillationes vis relinquere?

ψυχρὰ ταῦτα ἐπιχειρήματα; Ἐσθίων, ποῦ φέρεις τὴν χεῖρα; εἰς τὸ στόμα, ἢ εἰς τὸν ὀφθαλ-
μόν; λουόμενος, ποῦ ἐμβαίνεις; πότε τὴν χύτραν εἶπες λοπάδα, ἢ τὴν τορύνην ὀβελίσκον;
29 Εἴ τινος αὐτῶν δοῦλος ἤμην, εἰ καὶ ἔδει με καθ'
ἡμέραν ὑπ' αὐτοῦ ἐκδέρεσθαι, ἐγὼ ἂν ἰστρί-
βλουν αὐτόν. Βάλε ἐλάδιον, παιδάριον, εἰς τὸ
βαλανεῖον. Ἔβαλον ἂν γάριον, καὶ ἀπελθὼν κατὰ τῆς κεφαλῆς αὐτοῦ κατέχεον. Τί τοῦτο;
Φαντασία μοι ἐγίνετο ἐλαίου ἀδιάκριτος, ὁμοιοτά-
30 τη, νὴ τὴν σὴν Τύχην. Δὸς ὧδε τὴν πτισσάνην.
Ἤνεγκα ἂν αὐτῷ γεμίσας παροψίδα ὀξυγάρου.
Οὐκ ἥτησα τὴν πτισσάνην; Ναὶ κύριε· τοῦτο
πτισσάνη ἐστί. Τοῦτο οὐκ ἔστιν ὀξύγαρον; Τί
μᾶλλον ἢ πτισσάνη; Λάβε καὶ ὄσφράνθητι, λάβε καὶ γεῦσαι. Πόθεν οὖν οἶδας, εἰ αἱ αἰσθήσεις
31 ἡμᾶς ψεύδονται; Τρεῖς, τέσσαρας τῶν συνδού-
λων

re? Cum comedis, quo adplicas manum? ori, an oculo? cum lavas, quo ingrederis? ollamne umquam patinam dixisti, aut cochleare veru? Quod si alicujus eorum servus essem, etiamsi quotidie vapulandum esset, tamen eum torquerem. Conjicito, puer, parum olei in balneum. Caperem garum, & in caput ejus effunderem. Quid istud? Oblatum est mihi, per Genium tuum, visum gari, oleo ita simile, ut ab eo discerni non posset. Age, adfer ptisanam. Adferrem illi patinam oxygaro plenam. Nonne petii ptisanam? Petiisti domine: haec ptisana est. Non hoc est oxygarum? Qui vero magis, quam ptisana? Cape, olfac; cape, gusta. Unde ergo nosti, si nos sensus decipiunt? Si tres aut quatuor conservos adsensores haberem, aut ad laqueum

λων ὃ ἴσχον ὁμονοοῦντας, ἀπάγξασθαι ἂν αὐτὸν ἐποίησα ῥηγνύμενον, ἢ μεταθέσθαι. Νῦν
δ' ἐντρυφῶσιν ἡμῖν, τοῖς μὲν παρὰ τῆς φύσεως
διδομένοις πᾶσι χρώμενοι, λόγῳ δ' αὐτὰ ἀναιροῦντες.

Εὐχάριστοί γ' ἄνθρωποι καὶ αἰδήμονες, εἰ 32
μηδὲν ἄλλο, καθ' ἡμέραν ἄρτους ἐσθίοντες, τολ-
μῶσι λέγειν, ὅτι οὐκ οἴδαμεν, εἰ ἔστι τις Δημή-
τηρ, ἢ Κόρη, ἢ Πλούτων. ἵνα μὴ λέγω, νυκτὸς 33
καὶ ἡμέρας ἀπολαύοντες, καὶ μεταβολῶν τοῦ
ἔτους, καὶ ἄστρων, καὶ θαλάσσης, καὶ γῆς, καὶ
τῆς παρὰ ἀνθρώπων συνεργίας, ὑπ' οὐδενὸς τούτων οὐδὲ κατὰ ποσὸν ἐπιστρέφονται· ἀλλὰ μόνον ἐξεμέσαι τὸ προβλημάτιον ζητοῦσι, καὶ τὸν
στόμαχον γυμνάσαντες, ἀπελθεῖν ἐν βαλανείῳ.
τί δ' ἐροῦσι, καὶ περὶ τίνων, ἢ πρὸς τίνας, καὶ 34
τί ἔσται αὐτοῖς ἐκ τῶν λόγων τούτων, οὐδὲ κατὰ
βραχὺ πεφροντίκασι· μή τις νέος εὐγενὴς ἀκούσας

laqueum illum adigerem, aut a sententia deducerem. Nunc vero illudunt nobis; cum iis, quæ natura dedit, utantur omnibus, & tamen verbis ea tollant.

Grati nimirum homines & verecundi! qui, ut nihil aliud, et pane quotidie vescentes, dicere tamen audent, ignorare se. num qua Ceres sit, aut Proserpina, aut Pluto: ne dicam, cum fruantur nocte & die, & mutationibus anni, & astris, & mari, & terra, & sociali hominum opera, nulla istarum rerum vel minimum eos commoveri; sed quæstiunculam tantum evomere studere, stomachoque exercitato, abire in balneum. Quid autem dicant, & quibus de rebus, aut ad quos, & quid illi ex his verbis fructus capturi sint, nulla ex parte curant: ne forte generoso adolescenti

σας τῶν λόγων τούτων πάθῃ τι ὑπ' αὐτῶν, ἢ
καὶ παθὼν πάντα ἀπολίσῃ τὰ τῆς εὐγενείας
35 σπέρματα· μή τινι μοιχεύοντι ἀφορμὰς παρά-
σχωμεν τοῦ ἀπαναισχυντῆσαι πρὸς τὰ γινόμενα·
μή τις τῶν νοσφιζομένων τὰ δημόσια, εὑρεσιλο-
γίας τινὸς ἐπιλάβηται ἀπὸ τῶν λόγων τούτων·
μή τις, τῶν αὑτοῦ γονέων ἀμελῶν, θράσος τι
36 καὶ ἀπὸ τούτων προσλάβῃ. Τί οὖν κατὰ σὲ κακὸν ἢ ἀγαθόν; Ταῦτα, ἢ ταῦτα; — — Τί
οὖν ἔτι τούτων τις ἀντιλέγει τινί; ἢ λόγον δίδωσιν, ἢ λαμβάνει, ἢ μεταπείθειν πειρᾶται;
37 Πολὺ, νὴ Δία, μᾶλλον τοὺς κιναίδους ἐλπίσει τις
ἂν μεταπείσειν, ἢ τοὺς ἐπὶ τοσοῦτον ἀποκεκα-
φωμένους καὶ ἀποτετυφλωμένους τῶν περὶ αὑτοὺς
κακῶν.

ΚΕΦ.

scenti Hæc oratio aliquid damni det, aut etiam dederit, ut ipsa semina nobilitatis prorsus amittat: ne cui adultero occasionem præbeat majoris impudentiæ ad sua facinora: ne quis peculator cavillationes hinc petat: ne ejus qui parentes negligit, audacia inde confirmetur. Quid ergo, te auctore, malum aut bonum est? Hæc. an, illa? — — Cur igitur contra aliquem borum hominum adhuc disputet aliquis? cur rationem ei reddat, aut ab eo postulet, aut a sententia deducere eum studeat? Cinædos profecto multo facilius sperare queas ad sanam mentem revocari a te posse, quam istos, qui usque adeo ad sua mala vel videnda vel audienda excæcati sunt atque obsurduerunt.

CAP.

ΚΕΦ. κα'.

Περὶ Ἀνομολογίας.

Τὰ μὲν ῥᾳδίως ὁμολογοῦσιν ἄνθρωποι, τὰ δ' οὐ
ῥᾳδίως.   Οὐδεὶς οὖν ὁμολογήσει, ὅτι ἄφρων ἐστὶν,
ἢ ἀνόητος· ἀλλὰ πᾶν τοὐναντίον, πάντων ἀκού-
σεις λεγόντων, Ὄφελον, ὡς Φρένας ἔχω, οὕτω
καὶ τύχην εἶχον.   Δειλοὺς δὲ ῥᾳδίως ἑαυτοὺς 2
ὁμολογοῦσι, καὶ λέγουσιν· Ἐγὼ δειλότερός εἰμι,
ὁμολογῶ· τὰ δ' ἄλλα οὐχ εὑρήσεις με μωρὸν
ἄνθρωπον.   Ἀκρατῆ οὐ ῥᾳδίως ὁμολογήσει τις· 3
ἄδικον, οὐδ' ὅλως· Φθονερὸν οὐ πάνυ, ἢ περίερ-
γον· ἐλεήμονα οἱ πλεῖστοι.   Τί οὖν τὸ αἴτιον; 4
Τὸ μὲν κυριώτατον, ἀνομολογία · καὶ ταραχὴ
ἐν τοῖς περὶ ἀγαθῶν καὶ κακῶν.   ἄλλοις δ'
ἄλλα αἴτια. καὶ σχεδὸν ὅσα ἂν αἰσχρὰ φαντά-
ζωνται,

CAP. XXI.

De Discrepantia.

Sunt quæ facile homines fatentur; sunt quæ non item. Nemo se stultum aut vecordem esse fatebitur: immo contra, omnes dicere audias, Utinam tantum mihi fortunæ esset, quantum est ingenii. Timidos autem se esse facile fatentur, & dicant: Ego timidior sum, fateor; at cæteroquin hominem stultum me non deprehendes. Intemperantem se esse, non temere quisquam fatebitur; injustum, nullo modo; nihiloque magis invidum, aut curiosum; misericordem plerique. Quænam igitur caussa est? Summa ac princeps discrepantia & confusio in judicio bonarum rerum malarumque. Aliis vero aliæ caussæ. Ac fere, quæcunque iis turpia videntur, ea minime faten-

5 ζῶνται, ταῦτα οὐ πάνυ ὁμολογοῦσι. τὸ δὲ δειλὸν εἶναι, εὐγνώμονος ἤθους φαντάζονται, καὶ
τὸ ἐλεήμονα· τὸ δ' ἠλίθιον εἶναι, παντελῶς ἀν-
δραπόδου. καὶ τὰ περὶ κοινωνίαν δὲ πλημμελή-
6 ματα οὐ πάνυ προσίενται. Ἐπὶ δὲ τῶν πλείστων
ἁμαρτημάτων, κατὰ τοῦτο μάλιστα φέρονται
ἐπὶ τὸ ὁμολογεῖν αὐτὰ, ὅτι φαντάζονταί τι ἐν
αὐτοῖς εἶναι ἀκούσιον, καθάπερ ἐν τῷ δειλῷ καὶ
7 ἐλεήμονι. κἂν ἀκρατῆ που παρομολογῇ τις αὐτὸν, ἔρωτα προσέθηκεν, ὥστε συγγνωσθῆναι ὡς
ἐπ' ἀκουσίῳ. τὸ δ' ἀδικεῖν, οὐδαμῶς φαντάζονται ἀκούσιον. Ἔνι τι καὶ τῷ ζηλοτύπῳ, ὡς οἴονται, τοῦ ἀκουσίου· διὸ καὶ περὶ τούτου παρομο-
λογοῦσιν.

8   Ἐν οὖν τοιούτοις ἀνθρώποις ἀναστρεφόμε-
νον, οὕτω τεταραγμένοις, οὕτως οὐκ εἰδό-
σιν, οὔθ' ὅ τι λέγουσιν, οὔθ' ὅ τι ἔχουσι κακὸν,
ἢ

fatentur: at, timidam esse, itemque misericordem, mitis ingenii signum arbitran-tur; stultum vero, prorsus
mancipii. Neque delicta quibus hominum societas
violatur, ullo modo agno-scunt. In plerisque vero
peccatis potissimum eacaus-sa adducuntur ut illa fateantur, quod involunta-rium quiddam iis inesse putant, velut in timiditate & misericordia. Et quod si
quis forte intemperantem se fatetur, amorem caussatur; quo venia habeatur, ut rei involuntariae. Inju-
stitiam autem nequaquam involuntariam esse existimant. Inest vero & in zelotypia quiddam, ut putant non voluntarium: ita-que & hunc confitentur.
Cum igitur inter tales homines vivamus, adeo
perturbatos, adeo ignoran-tes vel quid dicant, vel
quid

ἢ οὐκ ἔχουσιν, ἢ παρά τι ἔχουσιν, ἢ πῶς παύ-
σονται αὐτῶν, καὶ αὐτὸν οἶμαι ἐφιστάνειν ἄξιον
συνεχῶς· Μή που καὶ αὐτὸς ὧν εἰμι ἐκείνων; 9
τίνα φαντασίαν ἔχω περὶ ἐμαυτοῦ; πῶς ἐμαυτῷ χρῶμαι; μή τι καὶ αὐτὸς ὡς φρονίμῳ; μή τι
καὶ αὐτὸς ὡς ἐγκρατεῖ; μὴ καὶ αὐτὸς λέγω ποτὲ ταῦτα, ὅτι εἰς τὸ ἐπιὸν πεπαίδευμαι; ἔχω 10
ἂν δεῖ συναίσθησιν τὸν μηδὲν εἰδότα, ὅτι οὐδὲν οἶδα; ἔρχομαι πρὸς τὸν διδάσκαλον, ὡς ἐπὶ τὰ
χρηστήρια, πείθεσθαι παρεσκευασμένος; ἢ καὶ
αὐτὸς κορύζης μεστὸς εἰς τὴν σχολὴν εἰσέρχομαι,
μόνην τὴν ἱστορίαν μαθησόμενος, καὶ τὰ βιβλία
νοήσων ἃ πρότερον οὐκ ἐνόουν, ἂν δ' οὕτω τύχῃ
καὶ ἄλλοις ἐξηγησόμενος; Ἄνθρωπε, ἐν οἴκῳ δια- 11
πεπύκτευκας τῷ δουλαρίῳ, τὴν οἰκίαν ἀνάστα-
τον πεποίηκας, τοὺς γείτονας συντετάραχας· καὶ
ἔρχῃ μοι κατεσταλμένος, ποιήσας ὡς σοφός, καὶ
καθή-

quid mali habeant aut non habeant, vel quare habeant, & quomodo liberari eo possint, operæ pretium fuerit, ut se ipsum quisque adsidue observet: Numquid & ego sum ex illorum numero? Quid de me ipso sentio? quomodo me ipsum gero? num & ego pro prudente, pro temperante me habeo? num & ego subinde illud dico, ad omnem ingruentem casum esse me eruditum? An sentio, quod sentiendum est nihil scienti, nihil me scire? An ad magistrum accedo, sicut ad oraculum, obtemperare paratus? an vero & ipse muco nares oppletus scholam ingredior, historiam tantum cogniturus, & libellos prius non intellectos intellecturus, aut etiam fortassis aliis enarraturus? Homo, domi cum servulo pugnis decertasti, domum evertisti, vicinos perturbasti: & me convenis, cultu habituque sumto sapientis;

καθήμενος κρίνεις πῶς ἐξηγησάμην τὴν λέξιν; πῶς
12 τί ποτ' ἐφλυάρησα τὰ ἐπελθόντα μοι; Φθονῶν
ἐλήλυθας, τεταπεινωμένος, ὅτι σοι ἐξ οἴκου φέρε-
ται οὐδὲν· καὶ κάθῃ, μεταξὺ λεγομένων τῶν λόγων αὐτὸς οὐδὲν ἄλλο ἐνθυμούμενος, ἢ πῶς ὁ
13 πατὴρ τὰ πρός σε, ἢ πῶς ὁ ἀδελφός; Τί
λέγουσιν οἱ ἐκεῖ ἄνθρωποι περὶ ἐμοῦ; νῦν οἴονταί
με προκόπτειν, καὶ λέγουσιν, ὅτι, ἥξει ἐκεῖνος
14 πάντα εἰδώς. Ἤθελόν πως ποτὲ πάντα μαθὼν
ἐπανελθεῖν· ἀλλὰ πολλοῦ πόνου χρεία, καὶ
οὐδεὶς οὐδὲν πέμπει, καὶ ἐν Νικοπόλει σαπρῶς
λούει τὰ βαλανεῖα, ἐν οἴκῳ κακῶς, καὶ ὧδε
κακῶς.

15 Εἶτα λέγουσιν, Οὐδεὶς ὠφελεῖται ἐκ τῆς σχολῆς. Τίς γὰρ ἔρχεται εἰς σχολήν; τίς γὰρ ὡς
θεραπευθησόμενος; τίς ὡς παρέξων αὑτοῦ τὰ
δόγμα-

[sive: me convenis, atque inhibes veluti sapiens;] se-densque judicas, quo pacto vocabulum aliquod expo-suerim, aut quomodo, quæ in buccam mihi venerint, effutiverim. Invidus ac-cessisti, dejectoque animo, quod domo nihil tibi adse-ratur; & inter differendum assides, ipse aliud nihil co-gitans, nisi quomodo pa-ter sit erga te adfectus, aut quomodo frater? „Quid „isthic dicunt de me homi-„nes? nunc me putant „progressus facere, ac di-„cunt, Iste revertetur om-„niscius. Vellem equidem „omnia edoctus redire: sed „multo labore est opus, „neque quisquam quidquam „mittit: & Nicopoli bal-„nea putida sunt, & domi „& hîc male se res habet.“

Deinde dicunt, nemi-nem e schola fructum ca-pere. Quis vero venit in scholam? quis tamquam curari cupiens? quis, ut opiniones suas & decreta repur-

δόγματα ἐκκαθαρθησόμενα; τίς συναισθησόμενος
τίνων δεῖται; Τί οὖν θαυμάζετε, εἰ, ἃ φέρετ' 16
ὡς τὴν σχολὴν, αὐτὰ ταῦτα ἀποφέρετε πάλιν;
Οὐ γὰρ ὡς ἀποθησόμενοι, ἢ ἐπανορθώσοντες, ἢ
ἀλλ' ἀντ' αὐτῶν ληψόμενοι, ἔρχεσθε. πόθεν;
οὐδ' ἐγγύς. Ἐκεῖνα γοῦν βλέπετε μᾶλλον, εἰ, ἐφ' 17
ὃ ἔρχεσθε, τοῦτο ὑμῖν γίνεται. Θέλετε λαλῶ
περὶ τῶν θεωρημάτων. Τί οὖν; οὐ φλυαρότεροι
γίνεσθε; οὐχὶ δὲ παρέχει τινὰ ὕλην ὑμῖν πρὸς τὸ
ἐπιδείκνυσθαι τὰ θεωρημάτια; συλλογισμοὺς ἀνα-
λύετε μεταπίπτοντας. οὐκ ἐφοδεύετε ψευδομένου
λήμματα; ὑποθετικούς; Τί οὖν ἔτι ἀγανακτεῖτε,
εἰ, ἐφ' ἃ πάρεστε, ταῦτα λαμβάνετε; Ναί.
ἀλλ' ἂν ἀποθάνῃ μου τὸ παιδίον, ἢ ὁ ἀδελφὸς, 18
ἢ ἐμὲ ἀποθνήσκειν δέῃ, ἢ στρεβλοῦσθαι, τί μετὰ
ταῦτα ὠφελήσει; Μὴ γὰρ ἐπὶ τοῦτο ἦλθες; μὴ 19
γὰρ τούτου ἕνεκά μοι παρεκάθησαι; μὴ γὰρ διὰ
U 2   τοῦτό

repurgari finat? quis, ut intelligat, quibus rebus egeat? Quid ergo miramini, vos, quæ in scholam adfertis, eadem referre domum? Non enim tamquam deposituri, vel correcturi, vel commutaturi, advenitis. Nequaquam; multum abest. Illud ergo spectate potius, an id, propter quod adestis, vobis contingat. De præceptis garrire vultis. Quid ergo? nonne nugaciores evaditis? nonne materiam quamdam ostentationis illæ præceptiunculæ vobis subministrant? nonne syllogismos resolvitis, & sophismata? nonne Mentientis sumtiones, nonne hypotheticas argumentationes pertractatis? Quid ergo indignemini, si ea accipitis, propter quæ adestis? Recte sane: sed si filius meus aut frater mortuus fuerit, aut si mihi mors oppetenda, aut si cruciatus tolerandi fuerint, quid ista me javabunt? An ergo propterea veniebas? an hujus rei cauffa mihi ad-
fides?

τοῦτό ποτε λύχνον ἧψας, ἢ ἠγρύπνησας; ἢ εἰς
τὸν περίπατον ἐξελθὼν, προέβαλές ποτε σαυτοῦ
φαντασίαν τινὰ ἀντὶ συλλογισμοῦ, καὶ ταύτην
20 κοινῇ ἐφωδεύσατε; ποῦ ποτε; Εἶτα λέγετε,
Ἄχρηστα τὰ θεωρήματα. Τίνι; Τοῖς οὐχ ὡς
δεῖ χρωμένοις. τὰ γὰρ κολλύρια οὐκ ἄχρηστα
τοῖς ὅτε δεῖ, καὶ ὡς δεῖ, ἐγχριομένοις. τὰ μα-
λάγματα δ' οὐκ ἄχρηστα· οἱ ἁλτῆρες οὐκ
ἄχρηστοι· ἀλλὰ τισὶν ἄχρηστοι, τισὶ πάλιν
21 χρήσιμοι. Ἄν μου πυνθάνῃ νῦν, χρήσιμοί εἰσιν
οἱ συλλογισμοί; Ἐρῶ σοι, ὅτι χρήσιμοι· κἂν
θέλῃς, ἀποδείξω. Πῶς ἐμὲ οὖν τι ὠφελή-
σουσιν; Ἄνθρωπε, μὴ γὰρ ἐπύθου εἰ σοὶ χρή-
22 σιμοι, ἀλλὰ καθόλου; Πυθέσθω μου καὶ ὁ
δυσεντερικὸς, εἰ χρήσιμον τὸ ὄξος, ἐρῶ, ὅτι
χρήσιμον. Ἐμοὶ οὖν χρήσιμον; Ἐρῶ, οὔ. ζήτησον πρῶτον σταλῆναί σου τὸ ῥεῦμα, τὰ ἑλκύ-
δρια

sdies? hujusne rei caussa umquam lucernam accendisti, aut lucubrasti? aut deambulandi caussa progressus, umquam syllogismi loco visum aliquod tuum proposuisti, quod inter vos pertractaretis? Ubi umquam hoc fecistis? Et dein tamen dicitis, inutilia esse præcepta. Quibus? Iis qui non recte illis utuntur. Nam collyria non inutilia sunt iis, qui, cum opus est, & quemadmodum opus est, oculos eis inungunt. Malagmata non inutilia; halteres non sunt inutiles: sed aliis inutiles, aliis utiles. Si me nunc roges, an utiles sint syllogismi; respondebo, esse utiles: ac, si voles; ostendam. Quomodo igitur me aliquid juvabunt?· Homo, num rogasti, tibine essent utiles, an generatim? Me roget etiam dysentericus, sitne acetum utile; dicam esse utile. Mihi ergo est utile? Negabo: primum omnium cura, ut fluxus tuus sistatur, ut exulcerata viscera consolidentur. Et vos, O viri,

δρω ἀπουλωθῆναι. Καὶ ὑμεῖς, ἄνδρες, τὰ ἕλκη
πρῶτον θεραπεύετε, τὰ ῥεύματα ἐπιστήσατε,
ἠρεμήσατε τῇ διανοίᾳ, ἀπερίσπαστον αὐτὴν ἐνέγ·
κατε εἰς τὴν σχολήν· καὶ γνώσεσθε οἵαν ἰσχὺν
ὁ λόγος ἔχει.

ΚΕΦ. κβ'.

Περὶ φιλίας

Περὶ ἃ τις ἐσπούδακε, Φιλεῖ ταῦτα εἰκότως.
Μή τι οὖν περὶ τὰ κακὰ ἐσπουδάκασιν οἱ ἄνθρωποι; Οὐδαμῶς. Ἀλλὰ μή τι περὶ τὰ μηδὲν πρὸς αὐτούς; Οὐδὲ περὶ ταῦτα. Ὑπολεί- 2
πεται τοίνυν, περὶ μόνα τὰ ἀγαθὰ ἐσπουδακέναι
αὐτούς· εἰ δ' ἐσπουδακέναι, καὶ φιλεῖν ταῦτα.
Ὅστις οὖν ἀγαθῶν ἐσπιστήμων ἐστὶν, οὗτος ἂν 3
καὶ φιλεῖν εἰδείη. ὁ δὲ μὴ δυνάμενος διακρῖναι

U 3

τὰ

---

viri, ulcera primum curate, fluxiones fistite, sedata estote mente, eamque
haud distractam in scholam
adferte: tum intelligetis,
quid virium habeat ars rationis.

CAP. XXII.

De Amicitia.

Quibus quisque rebus studet, eas illum amare consentaneum est. Num ergo
iis rebus student homines,
quas malas esse putant?
Nequaquam. An vero iis,
quæ ad ipsos nihil adtinent? Ne hoc quidem.
Reliquum igitur est, ut bonis tantum rebus studeant,
easque proinde ament.
Qui ergo bonarum rerum
gnarus est, is etiam amare
noverit: qui vero bona a
malis discernere nequiverit, & neutra ab utrisque,

quo

τὰ ἀγαθὰ ἀπὸ τῶν κακῶν, καὶ τὰ οὐδέτερα
ἀπ' ἀμφοτέρων, πῶς ἂν ἔτι οὗτος φιλεῖν δύναιτο;
Τοῦ φρονίμου τοίνυν ἐστὶ μόνου, τὸ φιλεῖν.

4 Καὶ πῶς; φησίν· ἐγὼ γὰρ, ἄφρων ὢν, ὅμως,
5 φιλῶ μου τὸ παιδίον. Θαυμάζω μὲν, νὴ τοὺς
Θεοὺς, πῶς καὶ τὸ πρῶτον ὡμολόγηκας ἄφρονα
εἶναι σεαυτόν. τί γάρ σοι λείπει; οὐ χρῇ αἰσθή-
σει; οὐ φαντασίας διακρίνεις; οὐ τροφὰς προσ-
φέρεις τὰς ἐπιτηδείους τῷ σώματι; οὐ σκέπην;
6 οὐκ οἴκησιν; Πόθεν οὖν ὁμολογεῖς ἄφρων εἶναι;
Ὅτι, νὴ Δία, πολλάκις ἐξίστασαι ὑπὸ τῶν
φαντασιῶν, καὶ ταράσσῃ, καὶ ἡττῶσί σε αἱ
πιθανότητες αὐτῶν· καὶ ποτὲ μὲν ταῦτα ἀγαθὰ ὑπολαμβάνεις, εἶτα ἐκεῖνα αὐτὰ κακὰ,
ὕστερον δ' οὐδέτερα· καὶ ὅλως λυπῇ, φοβῇ,
φθονεῖς, ταράσσῃ, μεταβάλλῃ· διὰ ταῦτα
7 ὁμολογεῖς ἄφρων εἶναι. Ἐν δὲ τῷ φιλεῖν οὐ
μετα-

quo pacto iste amare queat?
Solus ergo sapientis est
amare.

Quomodo istud? inquit:
nam ego quidem, quamvis
insipiens, tamen filiam
meam diligo. Equidem
principio miror, quomodo
confessus sis, te insipientem
esse. Quid enim tibi de-
est? non sensu uteris? non
visa discernis? non alimenta corpori convenientia
adhibes? non tegumen-
tum? non domicilium?
Unde ergo, insipientem
esse te, fateris? Nimirum,
quia te sæpenumero de statu mentis dejiciunt contur-
bantque visa tua, & eorum
probabilitas te vincit; nunc
hæc bona censes, deinde
eadem mala, post neutra;
denique mœres, times, in-
vides, perturbaris, muta-
ris: ob hæc insipientem
esse te agnoscis? In amore
autem nonne mutaris?
Sed divitias quidem, & vo-
lupta-

μεταβάλλῃ; Ἀλλὰ πλοῦτον μὲν, καὶ ἡδονὴν,
καὶ ἁπλῶς αὐτὰ τὰ πράγματα, ποτὲ μὲν
ἀγαθὰ ὑπολαμβάνεις εἶναι, ποτὲ δὲ κακά; ἀνθρώπους δὲ τοὺς αὐτοὺς οὐχὶ ποτὲ μὲν ἀγαθοὺς,
ποτὲ δὲ κακούς; καὶ ποτὲ μὲν οἰκείως ἔχεις, ποτὲ δ' ἐχθρῶς αὐτοῖς; καὶ ποτὲ μὲν ἐπαινεῖς,
ποτὲ δὲ ψέγεις; Ναὶ, καὶ ταῦτα πάσχω. Τί 8
οὖν; ὁ ἐξηπατημένος περί τινος, δοκεῖ σοι φίλος
εἶναι αὐτοῦ; Οὐ πάνυ. Ὁ δὲ μεταπτώτως
ἑλόμενος αὐτὸν, εἶναι εὔνους αὐτῷ; Οὐδ' οὗτος.
Ὁ δὲ νῦν λοιδορῶν μέν τινα, ὕστερον δὲ θαυ-
μάζων; Οὐδ' οὗτος. Τί οὖν; κυνάρια οὐδέ- 9
ποτ' εἶδες σαίνοντα καὶ προσπαίζοντα ἀλλήλοις, ἵν' εἴπῃς, οὐδὲν φιλικώτερον; ἀλλ', ὅπως
ἴδῃς τί ἐστι φιλία, βάλε κρέας εἰς μέσον, καὶ
γνώσῃ. Βάλε καὶ σοῦ καὶ τοῦ παιδίου μέσον 10
ἀγρίδιον, καὶ γνώσῃ πῶς σε τὸ παιδίον ταχέως

U 4   κατα-

luptatem, & omnino res
fulas, modo bonas effecen-
fes, modo malas; homines
vero eosdem minime aliâs
bonos, aliâs malos judi-
cas? & nunc illis familiarem te exhibes, nunc in-
fenfum? modo laudas,
modo vituperas? Immo
hæc quoque mibi eveniunt.
Quid igitur? Is, quem fua
de aliquo fefellit opinio,
videturne tibi effe illius
amicus? Nullo modo. At
is, qui inconftanti animo
aliquem complectitur, vi-
deturne tibi bene erga illum adfectus? Ne is qui-
dem. Qui vero eumdem
modo conviciis inceffit,
modo admiratur? Ne hic
quidem. Quid ergo? ca-
tellos non aliquando vidifti
adblandientes invicem &
inter fe colludentes, ut dicas, nihil effe amantius?
Sed, ut videas, quis ifte
fit amor, carnem illis ob-
jicito; & cognofces. Po-
ne etiam tu inter te & filium tuum, agellum; co-
gnofces, puerum quampri-
mum te velle fepultum, te
vero pueri mortem optatu-
rum

κατορύξαι θέλει, καὶ σὺ τὸ παιδίον εὔχῃ ἀποθανεῖν. Εἶτα σὺ πάλιν· Οἷον ἐξέθρεψα τέκνον, πά-
11 λαι ἐκφέρει. Βάλε κορασίδιον κομψόν· καὶ αὐτὸ
ὁ γέρων φιλεῖ, κἀκεῖνος ὁ νέος. ἂν δὲ δοξάριον.
ἂν δὲ κινδυνεῦσαι δέῃ, ἰδὲ τὰς φωνὰς τὰς τοῦ
Ἀδμήτου πατρός·

  Χαίρεις ὁρῶν φῶς, πατέρα δ' οὐ χαίρειν
    δοκεῖς;
  Θέλεις βλέπειν φῶς, πατέρα δ' οὐ θέλειν
    δοκεῖς;

12 Οἴει, ὅτι ἐκεῖνος οὐκ ἐφίλει τὸ ἴδιον παιδίον, ὅτε
μικρὸν ἦν; οὐδὲ πυρέσσοντος αὐτοῦ ἠγωνία; οὐδ'
ἔλεγε πολλάκις, ὅτι, Ὄφελον ἐγὼ μᾶλλον ἐπύ-
ρεσσον; Εἶτα, ἐλθόντος τοῦ πράγματος καὶ ἐγ-
13 γίσαντος, ὅρα οἵας φωνὰς ἀφιᾶσιν. Ὁ Ἐτεοκλῆς
καὶ Πολυνείκης οὐκ ἦσαν ἐκ τῆς αὐτῆς μητρός,
καὶ ἐκ τοῦ αὐτοῦ πατρός; οὐκ ἦσαν συντεθραμ-
μένοι, συμβεβιωκότες, συμπεπωκότες, συγκεκοιμη-
        μένοι,

---

rum esse. Deinde tu rursus dices: Qualem filiam educavi! pridem me effert. In medium statue lepidam puellam; quam & tu senex ames, & ille juvenis: (idem accidet.) Si vero gloriola proposita sit; (rursus idem videbis.) Si periclitandum sit; easdem voces edes, quas Admeti pater:

  Lux est tibi jucunda; patri non putas?
  Videre lucem vis; parentem non putas?

Nonne putas, illi suum filium, dum parvus esset, fuisse carum? non anxium illum fuisse, cum iste febricitaret? non saepe dixisse, Utinam ego potius febri laborarem? Postea, cum ad rem ventum est, vide quas voces emittant. Eteocles & Polynices nonne eadem matre, eodemque patre nati erant? nonne una educati? nonne convictores, compotatores, contuberna-

μένοι, πολλάκις ἀλλήλους καταπεφιληκότες;
ὥστ', εἴ τις οἶμαι εἶδεν αὐτοὺς, κατεγέλασεν ἂν
τῶν φιλοσόφων, ἐφ' οἷς περὶ φιλίας παραδοξο-
λογοῦσιν. Ἀλλ' ἐμπεσούσης εἰς τὸ μέσον ὥσπερ 14
κρέως τῆς τυραννίδος, ὅρα οἷα λέγουσι·

 Πολ. Ποῦ ποτε στήσῃ πρὸ πύργων;

 Ετ. Ὡς τί μ' ἱστορεῖς τόδε;

 Πολ. Ἀντιτάξομαι κτενῶν σε.

 Ετ. Κἀμὶ τοῦδ' ἔρως ἔχει.

Καὶ εὔχονται εὐχὰς τοιάσδε.

 Καθόλου γὰρ (μὴ ἐξαπατᾶσθε) πᾶν ζῶον οὐδ- 15
ενὶ ·οὕτως ᾠκείωται, ὡς τῷ ἰδίῳ συμφέροντι.
ὅ τι ἂν οὖν πρὸς τοῦτο φαίνηται αὐτῷ ἐμποδίζειν, ἄν τ' ἀδελφὸς ᾖ τοῦτο, ἄν τε πατὴρ, ἄν
τε τέκνον, ἄν τ' ἐρώμενος, ἄν τ' ἐραστὴς,
U 5

μισεῖ,

bernales fuerant, & sæpe
etiam se inter se deosculati
erant? adeo ut, si quis
eos vidisset, portenta philosophorum, quæ de Ami-
citiâ disserunt, derisuros
puto fuisset. Tamen cum
imperium, tamquam offa,
in medium incidisset, vide
quid dicant:

 Pol. *Ubinam stabis pro*
  turribus?
 Et. *Quamobrem hoc me*
  interrogas?

 Pol. *Contra stabo occisu-*
  rus te.
 Et. *Et me idem tenet de-*
  siderium.

Et consimilia vota faciunt.

Omnino enim (ne quid
vos decipiat) quodvis animal nulli alii ita concilia-
tum est, ut suæ utilitati:
cui quidquid obstare illi
videtur, sive frater sit,
sive pater, sive filius, sive
amasius, sive amator, odit,
aver-

16 μισεῖ, προβάλλεται, καταρᾶται. οὐδὲν γὰρ οὕτω φιλεῖν πέφυκεν, ὡς τὸ αὑτοῦ συμφέρον· τοῦτο πατήρ, καὶ ἀδελφός, καὶ συγγενής, καὶ πα-
17 τρὶς, καὶ Θεός. Ὅταν οὖν εἰς τοῦτο ἐμποδίζειν ἡμῖν οἱ Θεοὶ δοκῶσι, κἀκείνους λοιδοροῦμεν, καὶ τὰ ἱδρύματα αὐτῶν καταστρέφομεν, καὶ τοὺς ναοὺς ἐμπιπρῶμεν· ὥσπερ Ἀλέξανδρος ἐκέλευσεν ἐμπρησθῆναι τὰ Ἀσκληπεῖα, ἀποθανόν-
18 τος τοῦ ἐρωμένου. Διὰ τοῦτο ἂν μὲν ἐν τῷ αὐτῷ τις θῇ τὸ συμφέρον, καὶ τὸ ὅσιον, καὶ τὸ καλόν, καὶ πατρίδα, καὶ γονεῖς, καὶ φίλους, σώζεται ταῦτα πάντα· ἂν δ' ἀλλαχοῦ μὲν τὸ συμφέρον, ἀλλαχοῦ δὲ τοὺς φίλους, καὶ τὴν πατρίδα, καὶ τοὺς συγγενεῖς, καὶ αὐτὸ τὸ δίκαιον, οἴχεται ταῦτα πάντα, καταβαρούμενα
19 ὑπὸ τοῦ συμφέροντος. Ὅπου γὰρ ἂν τὸ Ἐγὼ, καὶ τὸ Ἐμὸν, ἐκεῖ ἀνάγκη ῥέπειν τὸ ζῶον· εἰ ἐν σαρκὶ, ἐκεῖ τὸ κυριεῦον εἶναι· εἰ ἐν προαιρέσει,
ἐκεῖνο

aversatur, exsecratur. Ita enim naturâ comparatum est, ut nihil æque amet atque utilitatem suam: hæc ei pater est, hæc frater, & cognatus, & patria, & Deus. Quum igitur utilitati nostræ obstare nobis Dii videntur, ipsis quoque maledicimus, eorumque statuas evertimus, & fana incendimus: quemadmodum Alexander Æsculapii templa cremari jussit, amasio suo mortuo. Quapropter, si quis in eodem loco posuerit utilitatem, & sanctitatem, & honestatem, & patriam, & parentes, & amicos; salva sunt hæc omnia: sin alibi utilitatem collocarit, alibi amicos, patriam, cognatos, & ipsam adeo justitiam; intereunt hæc omnia, præponderante utilitate. Ubi enim Ego, & Meum est; eo inclinare necesse est animal: si in carne; in ea necesse est esse principatum:

ἐκεῖνο εἶναι· εἰ ἐν τοῖς ἐκτὸς, ἐκεῖνο.   Εἰ τοίνυν 20
ἐκεῖ εἰμι Ἐγὼ, ὅπου ἡ προαίρεσις, οὕτω μόνως
καὶ φίλος ἔσομαι οἷος δεῖ, καὶ υἱὸς, καὶ πατήρ.
τοῦτο γάρ μοι συνοίσει, τηρεῖν τὸν πιστὸν, τὸν
αἰδήμονα, τὸν ἀνεκτικὸν, τὸν ἀφεκτικὸν, καὶ συν-
εργητικὸν, φυλάσσειν τὰς σχέσεις. ἂν δ' ἀλλα- 21
χοῦ μὲν ἐμαυτὸν θῶ, ἀλλαχοῦ δὲ τὸ καλὸν,
οὕτως ἰσχυρὸς γίνεται ὁ Ἐπικούρου λόγος, ἀπο-
φαίνων ἢ μηδὲν εἶναι τὸ καλὸν, ἢ ἄρα τὸ ἔν-
δοξον.

   Διὰ ταύτην τὴν ἄγνοιαν, καὶ Ἀθηναῖοι καὶ 22
Λακεδαιμόνιοι διεφέροντο, καὶ Θηβαῖοι πρὸς ἀμφοτέρους, καὶ Μέγας βασιλεὺς πρὸς τὴν Ἑλλάδα,
καὶ Μακεδόνες πρὸς ἀμφοτέρους, καὶ νῦν Ῥωμαῖοι
πρὸς Γέτας· καὶ ἔτι πρότερον τὰ ἐν Ἰλίῳ διὰ
ταῦτα ἐγένετο. ὁ Ἀλέξανδρος τοῦ Μενελάου ξέ- 23
νος ἦν· καὶ εἴ τις αὐτοὺς εἶδε φιλοφρονουμέ-
νους

tum: fi in voluntate, ibi fit necefle eft: fi in rebus externis, iftic. Si ergo ibi Ego fum, ubi eft voluntas; eâ folâ ratione & amicus ero, qualem efle oportet, & filius, & pater: hoc enim mihi expediet, fidem tueri, verecundiam, aequanimitatem; abstinentiam, beneficentiam, omne officium erga omnes confervare. Sin alibi Me collocaro, alibi honeftum; tum vero valebit Epicuri ratio, quae honeftum aut nihil efle contendit, aut id nimirum quod fit populari fama gloriofum.

Hujus rei ignoratio in cauffa fuit, cur & Athenienfes & Lacedaemonii inter fefe diffiderent, & Thebani cum utrisque, & Magnus rex cum Graecia, & Macedones cum utrisque, & nunc Romani cum Getis: atque olim etiam res ad Troiam propter haec geftae funt. Alexander Menelai hofpes fuit: quorum fi quis comitatem, qua invicem ufi funt.
vidif-

τοὺς ἀλλήλους, ἠπίστησεν ἐν τῷ λέγοντι, οὐκ εἶναι
φίλους αὐτούς. ἀλλ' ἐβλήθη εἰς τὸ μέσον μερίδιον,
κομψὸν γυναικάριον, καὶ περὶ αὐτοῦ πόλεμος.

24 Καὶ νῦν, ὅταν ἴδῃς φίλους, ἀδελφοὺς, ὁμονοεῖν δο-
κοῦντας, μὴ αὐτόθεν ἀποφαίνῃ περὶ τῆς φιλίας
τι αὐτῶν, μηδ' ἂν ὀμνύωσι, μηδ' ἂν ἀδυνάτως

25 ἔχειν λέγωσιν ἀπηλλάχθαι ἀλλήλων. Οὐκ ἔστι
πιστὸν τοῦ φαύλου τὸ ἡγεμονικὸν, ἀβέβαιόν ἐστιν,
ἄκριτον, ἄλλοθ' ὑπ' ἄλλης φαντασίας νικώμε-

26 νον. Ἀλλ' ἐξέτασον, μὴ ταῦθ' ἃ οἱ ἄλλοι, εἰ
ἐκ τῶν αὐτῶν γονέων, καὶ ὁμοῦ ἀνατεθραμμένοι,
καὶ ὑπὸ τῷ αὐτῷ παιδαγωγῷ· ἀλλ' ἐκεῖνο μόνον, ποῦ τὸ συμφέρον αὐτοῖς τίθενται, πότερον

27 ἐκτὸς, ἢ ἐν προαιρέσει. Ἂν ἐκτός· μὴ εἴπῃς φίλους,
οὐ μᾶλλον ἢ πιστοὺς, ἢ βεβαίους, ἢ θαρραλέους,
ἢ ἐλευθέρους· ἀλλὰ μηδ' ἀνθρώπους, εἰ νοῦν ἔχεις.

28 οὐ γὰρ ἀνθρωπικὸν δόγμα ἐστὶ, τὸ ποιοῦν δάκνειν

vidisset; fidem non habuisset dicenti, non esse eos
amicos. Sed projecta est
in medium ossa, elegans
muliercula; deque ea bel-
lum ortum. Et nunc et-
iam, cum vides caros fra-
tres, qui concordare inter
sese videntur, noli statim
pronunciare quidquam de
illorum amicitia; ne si ju-
rent quidem, ac fieri posse
negent, ut discessio fiat
inter ipsos. Male fidum
est pravi hominis inge-
nium; inconstans, incon-
sultum; nunc huic, nunc
illi viso succumbens. Quare tu noli ea quærere, quæ
cæteri; an iisdem nati sint
parentibus, unaque educa-
ti, & sub eodem pædago-
go: sed illud tantum intuere, ubi suas utilitates col-
locent, externisne in re-
bus, an in voluntate? si
in externis, ne dicas eos
amicos, non magis quam
fidos, aut constantes, aut
fidentes, aut liberos: immo
ne homines quidem, si sa-
pis. Neque enim huma-
num

νειν ἀλλήλους, καὶ λοιδορεῖσθαι, καὶ τὰς ἐρημίας
καταλαμβάνειν, ἢ τὰς ἀγορὰς, ὡς τὰ ὄρη, καὶ ἐν
τοῖς δικαστηρίοις ἀποδείκνυσθαι τὰ λῃστῶν· οὐδὲ
τὸ ἀκρατεῖς καὶ μοιχοὺς καὶ φθορεῖς ἀπεργαζόμε-
νον, οὐδ' ὅσ' ἄλλα πλημμελοῦσιν ἄνθρωποι κατ'
ἀλλήλων δι' ἓν καὶ μόνον τοῦτο δόγμα, τὸ ἐν τοῖς
ἀπροαιρέτοις τίθεσθαι αὐτοὺς καὶ τὰ ἑαυτῶν. Ἂν 29
δ' ἀκούσῃς, ὅτι ταῖς ἀληθείαις οὗτοι ὁ ἄνθρωποι
ἐκεῖ μόνον οἴονται τὸ ἀγαθὸν, ὅπου προαίρεσις, ὅπου
χρῆσις ὀρθὴ φαντασιῶν· μηκέτι πολυπραγμονήσῃς,
μήτ' εἰ υἱὸς καὶ πατήρ ἐστι, μήτ' εἰ ἀδελφοὶ, μήτ'
εἰ πολὺν χρόνον συμπεφοιτηκότες καὶ ἑταῖροι· ἀλλὰ,
μόνον αὐτὸ τοῦτο γνοὺς, θαῤῥῶν ἀποφαίνου, ὅτι
φίλοι, ὥσπερ ὅτι πιστοὶ, ὅτι δίκαιοι. Ποῦ γὰρ ἀλ- 30
λαχοῦ φιλία, ἢ ὅπου πίστις, ὅπου αἰδὼς, ὅπου
δόσις τοῦ καλοῦ, τῶν δ' ἄλλων οὐδενός;

Ἀλλὰ

num decretum est, quod caussam eis præbet mordendi se invicem, & conviciandi, & deserta loca aut etiam fora, veluti montium saltus, occupandi, & in judiciis facinora latronum patrandi; neque id quod incontinentes, & mœchos, & corruptores efficit, aut ad alia delicta, quibus hominum consociatio violatur, impellit, ob unicum & solum hoc decretum, quod se suaque iis in rebus collocant, quæ penes ipsos non sunt. Quod si vero audieris, homines istos vere ibi duntaxat statuere bonum, ubi voluntas est, ubi rectus usus visorum; noli porro solicite quærere, sint-ne filius & pater; an fratres, neque an diuturna fuerit illorum consuetudo & societas; sed hoc uno cognito, audacter pronuncia, amicos esse, quemadmodum esse fidos, esse justos pronuncias. Nam ubi alias est amicitia, nisi ubi fides, ubi verecundia, ubi honestarum rerum communicatio, aliarum vero nulla.

At

31 Ἀλλὰ τεθεράπευκέ με τοσούτῳ χρόνῳ· καὶ οὐκ ἐφίλει με; Πόθεν οἶδας, ἀνδράποδον, εἰ οὕτω τεθεράπευκεν, ὡς τὰ ὑποδήματα σπογγίζει τὰ ἑαυτοῦ; ὡς τὸ κτῆνος; Πόθεν οἶδας, εἰ τὴν χρείαν σ' ἀποβαλόντα τὴν τοῦ σκευαρίου ῥίψει ὡς κατεα-
32 γὸς πινάκιον; Ἀλλὰ γυνή μου ἐστὶ, καὶ τοσούτῳ χρόνῳ συμβεβιώκαμεν. Πόσῳ δ' ἡ Ἐριφύλη μετὰ τοῦ Ἀμφιαράου, καὶ τέκνων μήτηρ καὶ πολλῶν;
33 ἀλλ' ὅρμος ἦλθεν εἰς τὸ μέσον. Τί δ' ἐστὶν ὅρμος; Τὸ δόγμα, τὸ περὶ τῶν τοιούτων. ἐκεῖνο ἦν τὸ θηριῶδες, ἐκεῖνο τὸ διακόπτον τὴν φιλίαν, τὸ οὐκ ἐῶν εἶναι τὴν γυναῖκα γαμετὴν, τὴν μητέρα μη-
34 τέρα. Καὶ ὑμῶν ὅστις ἐσπούδακεν ἢ αὐτός τις εἶναι φίλος, ἢ ἄλλον κτήσασθαι φίλον, ταῦτα τὰ δόγματα ἐκκοπτέτω, ταῦτα μισησάτω, ταῦτα
35 ἐξελασάτω ἐκ τῆς ψυχῆς τῆς ἑαυτοῦ. καὶ οὕτως ἔσται πρῶτον μὲν αὐτὸς ἑαυτῷ μὴ λοιδορούμενος,
μὴ

At tanto tempore me coluit; neque me amasset? Unde vero scis, mancipium, annon ita te coluerit, quemadmodum calceos suos spongia tergit? ut jumentum suum curat? Unde scis, an te, cum vasculi usum praebere desieris, ita sit abjecturus, ut confractam patellam? At uxor mea est, tantoque tempore una viximus. Quantum vero temporis Eriphyle cum Amphiarao vixit? & liberorum etiam mater fuit multorum: verum monile intercessit. Quid autem est monile? Decretum de hujusmodi rebus: hoc fuit belluinum illud, hoc amicitiam diremit; hoc uxorem esse uxorem, matrem esse matrem non sivit. Vestrùm etiam quisquis vel ipse amicus alicujus esse, vel alterius amicitiam sibi parare studet; is decreta hæc excidat, hæc oderit, hæc expellat ex animo suo. Sic primum ipse sibi non maledicet,

μὴ μαχόμενος, μὴ μετανοῶν, μὴ βασανίζων ἑαυτόν. ἔπειτα καὶ ἑτέρῳ, τῷ μὲν ὁμοίῳ, παντὶ 36
ἁπλῶς· τοῦ δ' ἀνομοίου ἀνεκτικὸς, πρᾶος πρὸς
αὐτὸν, ἥμερος, συγγνωμονικὸς ὡς πρὸς ἀγνοοῦντα,
ὡς πρὸς διαπίπτοντα περὶ τῶν μεγίστων· οὐδενὶ χαλεπὸς, ἅτ' εἰδὼς ἀκριβῶς τὸ τοῦ Πλάτωνος, ὅτι πᾶσα ψυχὴ ἄκουσα στέρεται τῆς ἀληθείας. Εἰ δὲ μή, τὰ μὲν ἄλλα πράξετε πάντα 37
ὅσα οἱ φίλοι, καὶ συμπίεσθε, καὶ συσκηνήσετε,
καὶ συμπλεύσετε, καὶ ἐκ τῶν αὐτῶν γεγενημένοι
ἔσεσθε· καὶ γὰρ οἱ ὄφεις· φίλοι δ' οὔτ' ἐκεῖνοι,
οὔθ' ὑμεῖς, μέχρις ἂν ἔχητε τὰ θηριώδη ταῦτα
καὶ μιαρὰ δόγματα.

ΚΕΦ.

dicet, non repugnabit, non mutabit consilium, non se ipsum excruciabit: deinde alteri, si sit ipsi similis, plane & sine exceptione *amicus erit*; dissimilem vero tolerabit, lenis erit erga eum, mansuetus, facilis ad ignoscendum, ut ignoranti, ut maximis in rebus erranti; nemini erit molestus, utpote qui Platonicum illud probe callent: „Omnem animam invitam veritate privari.“ Alioqui cætera quidem omnia, quæ sunt amicorum, facietis; simul potabitis, simul habitabitis, simul navigabitis, & eisdem prognati parentibus eritis: nam & eadem hæc angues habere possunt, neque vero idcirco amici sunt; nec vos amici eritis, quoadusque belluina ista & foeda decreta tenueritis.

ΚΕΦ. κγ΄.

Περὶ τῆς τοῦ λέγειν δυνάμεως.

Βιβλίον πᾶς ἂν ἥδιον ἀναγνῷ ἢ καὶ ῥᾷον, τὸ εὐσημοτέροις γράμμασι γεγραμμένον. Οὐκοῦν καὶ λόγους πᾶς ἄν τις ῥᾷον ἀκούσῃ, τοὺς εὐσχήμοσιν ἅμα καὶ εὐπρεπέσιν ὀνόμασι σεσημασμένους. Οὐκ ἄρα τοῦτο ῥητέον, ὡς οὐδεμία δύναμίς ἐστιν ἀπαγγελτική. τοῦτο γὰρ ἅμα μὲν ἀσεβοῦς ἐστιν ἀνθρώπου, ἅμα δὲ δειλοῦ. Ἀσεβοῦς μὲν, ὅτι τὰς παρὰ τοῦ Θεοῦ χάριτας ἀτιμάζει· ὥσπερ εἰ ἀνῄρει τὴν εὐχρηστίαν τῆς ὁρατικῆς, ἢ τῆς ἀκουστικῆς δυνάμεως, ἢ αὐτῆς τῆς Φωνητικῆς. Εἰκῇ οὖν σοι ὁ Θεὸς ὀφθαλμοὺς ἔδωκεν; εἰκῇ πνεῦμα ἐγκέρασεν αὐτοῖς οὕτως ἰσχυρὸν καὶ φιλότεχνον, ὥστε μακρὰν ἐξικνούμενον ἀναμάσσεσθαι τοὺς τύπους τῶν ὁρωμένων; ποῖος ἄγγελος οὕτως

CAP. XXIII.

De Dicendi facultate.

Librum clarioribus literis scriptum nemo est quin legat libentius, atque etiam facilius. Ita sermones etiam aptis & decentibus verbis compositos.-quivis facilius audiet. Non ergo negandum est, esse aliquam elocutionis facultatem. Hoc enim simul & impii hominis fuerit, & timidi ignavique. Impii; quod divinum beneficium despicit, non secus ac si commoditatem visus auditusve aut vocis tolleret. Ergone frustra tibi Deus oculos dedit? frustra spiritum eis indidit adeo validum & artificiosum, ut etiam eminus conspectarum rerum formas repraesentet? quis

οὕτως ὀξὺς καὶ ἐπιμελής; Εἰκῆ δὲ καὶ τὸν με-   4
ταξὺ ἀέρα οὕτως ἐνεργὸν ἐποίησε καὶ ἔντονον,
ὥστε δι᾽ αὐτοῦ τεινομένου πως διικνεῖσθαι τὴν ὅρασιν; εἰκῆ δὲ φῶς ἐποίησεν, οὗ μὴ παρόντος, οὐδενὸς τῶν ἄλλων ὄφελος ἦν;

Ἄνθρωπε, μήτ᾽ ἀχάριστος ἴσθι, μήτε πά-   5
λιν ἀμνήμων τῶν κρεισσόνων. ἀλλ᾽ ὑπὲρ μὲν
τοῦ ὁρᾶν καὶ ἀκούειν, καὶ νὴ Δία ὑπὲρ αὐτοῦ
τοῦ ζῆν, καὶ τῶν συνεργῶν πρὸς αὐτό, ὑπὲρ
καρπῶν ξηρῶν, ὑπὲρ οἴνου, ὑπὲρ ἐλαίου, εὐχα-
ριστεῖ τῷ Θεῷ· μέμνησο δ᾽ ὅτι ἄλλο τι σοι   6
δέδωκε κρεῖττον ἁπάντων τούτων, τὸ χρησόμενον
αὐτοῖς, τὸ δοκιμάζον, τὸ τὴν ἀξίαν ἑκάστου
λογιούμενον. Τί γάρ ἐστι τὸ ἀποφαινόμενον ὑπὲρ   7
ἑκάστης τούτων τῶν δυνάμεων, πόσου τις ἀξία
ἐστὶν αὐτῶν; μή τι αὐτὴ ἑκάστη ἡ δύναμις;
μή τι τῆς ὁρατικῆς ποτ᾽ ἤκουσας λεγούσης

τι

quis nuncius æque celer ac diligens est? Frustra-ne Interjectum quoque aërem tam efficacem & intentum fecit, ut per eum, certa quadam ratione commotum, visus penetret? Frustra-ne porro lumen condidit, sine quo cætera omnia essent irrita?

Homo, nec ingratus esto, neque vero idcirco præstantiorum esto immemor. Sed cum de visu & auditu, atque adeo de ipsa vita, vitæque adjumentis (cujusmodi sunt frumenta & legumina, cujusmodi vinum & oleum) gratiam habeto Deo; tum vero etiam memento, aliud aliquid ab eo tibi datum esse hisce omnibus præstantius, quod illis utitur, quod ea probet, quod pretium cujusque statuat. Quid enim est, quod de qualibet harum facultatum pronunciet, quanti quæque pretii sit? num quæque facultas per se? Num videndi sensum umquam de seipso quid-

τι περὶ ἑαυτῆς; μή τι τῆς ἀκουστικῆς; μή τι
πυρῶν; μή τι κριθῶν; μή τι ἵππου; μή τι κυ-
νός; Ἀλλ' ὡς διάκονοι καὶ δοῦλαι τεταγμέναι
8 εἰσὶν ὑπηρετεῖν τῇ χρηστικῇ τῶν φαντασιῶν. Κἂν
πύθῃ πόσου ἕκαστον ἄξιόν ἐστι· τίνος πυνθάνῃ;
τίς σοι ἀποκρίνεται; Πῶς οὖν δύναταί τις ἄλλη
δύναμις κρείσσων εἶναι ταύτης, ᾖ καὶ ταῖς λοιπαῖς
διακόνοις χρῆται, καὶ δοκιμάζει αὐτὴ ἕκαστα, καὶ
9 ἀποφαίνεται; τίς γὰρ ἐκείνων οἶδε, τίς ἐστιν αὐτὴ, καὶ πόσου ἀξία; τίς ἐκείνων οἶδεν, ὁπότε δεῖ
χρῆσθαι αὐτῇ, καὶ πότε μή; τίς ἐστιν ἡ ἀνοίγουσα καὶ κλείουσα τοὺς ὀφθαλμοὺς, καὶ ἀφ' ὧν
οὐ δεῖ ἀποστρέφουσα, τοῖς δὲ προσάγουσα; ἡ
10 ὁρατική; Οὔ· ἀλλ' ἡ προαιρετική. Τίς ἡ τὰ
ὦτα ἐπαλείφουσα καὶ ἀνοίγουσα; τίς, καθ' ἣν πε-
ρίεργοι καὶ πευθῆνες, ἢ πάλιν ἀκίνητοι ὑπὸ λόγου;

quidquam pronunciantem
audivisti? num auditum?
non magis, quam triticum,
quam hordeum, quam
equum, quam canem. Sed
veluti ministræ & ancillæ
constitutæ fiet istæ facultates, ut serviant facultati ei
quæ visis utitur. Quod si
rogas, quanti quidque prei
tii sit; quemnam rogas?
quis tibi respondet? Qui
ergo potest alia quæpiam
facultas ei esse præstantior,
quæ & cæteris tamquam
ministris utitur, & singula
ipsa probat & declarat?

Quæ enim illarum novit,
quænam ipsa sit, & quanti
pretii? quæ illarum novit,
quando ipsa se uti debeat,
quando non? quænam est,
quæ & aperiat & claudat
oculos, & ab eis rebus,
in quas illi converti non
debent, avertat, in alias
vero intendat? An ipsa videndi vis? Non: sed vis
voluntatis. Quænam est
quæ aures occludit & rese-
rat? quænam, qua curiosi
& percontatores sumus,
aut contra non commove-
mur, oratione? num au-
diendi

γου; ἡ ἀκουστική; Οὐκ ἄλλη ἢ ἡ προαιρετικὴ δύναμις. Εἶτα αὐτή, ἰδοῦσα, ὅτι ἐν τυφλαῖς καὶ 11 κωφαῖς ταῖς ἄλλαις ἁπάσαις δυνάμεσίν ἐστι, μηδέν τι ἄλλο συνορᾶν δυναμέναις, πλὴν αὐτὰ ἐκεῖνα τὰ ἔργα ἐφ' οἷς τεταγμέναι εἰσὶ διακονεῖν ταύτῃ καὶ ὑπηρετεῖν, αὐτὴ δὲ μόνη ὀξὺ βλέπει, καὶ τάς τ' ἄλλας καθορᾷ πόσου ἑκάστη ἀξία· αὐτὴ μέλλει ἡμῖν ἄλλο τι ἀποφαίνεσθαι τὸ κράτιστον εἶναι ἢ αὑτήν; Καὶ τί ποιεῖ ἄλλο ὁ ὀφ- 12 θαλμὸς ἀνοιχθείς, ἢ ὁρᾷ; εἰ δὲ δεῖ τὴν τοῦ τινὸς ἰδεῖν γυναῖκα, καὶ πῶς, τίς λέγει; Ἡ προαιρετική. Εἰ δὲ δεῖ πιστεῦσαι τοῖς λεχθεῖσιν, ἢ 13 ἀπιστῆσαι, καὶ πιστεύσαντα ἐρεθισθῆναι ἢ μή, τίς λέγει; οὐχ ἡ προαιρετική; Ἡ δὲ φραστικὴ αὐ- 14 τη, καὶ καλλωπιστικὴ τῶν ὀνομάτων, εἴ τις ἄρα ἰδία δύναμις, τί ἄλλο ποιεῖ, ἤ, ὅταν ἐμπέσῃ λό- γος περί τινος, καλλωπίζει τὰ ὀνόματα, καὶ συν-

X 2

τίθησιν.

diendi vis? Non alia, nisi Voluntas. Ergo-ne deinde ipsa, cum perspiciat se in cæcis & surdis cæteris facultatibus omnibus inesse, quæ nihil aliud prospicere possunt præter illa ipsa opera ad quæ destinatæ sunt, ut per ea ipsi ministrent serviantque; se vero solam acute cernere, cæterasque perspicere, quanti quæque pretii sit; ipsa-ne ergo quidquam se præstantius esse nobis pronunciabit? Et quid agit aliud oculus apertus, nisi quod videt? An vero uxor alicujus adspicienda sit, & qua ratione; quænam facultas id dicit? Voluntas rationis particeps. An habenda sit orationi fides, aut abroganda; &, si fides habeatur, utrum commoveri oporteat, nec ne. quænam dicit, nisi animi deliberatio? Illa vero eloquendi vis, verborumque exornatrix, si qua modo peculiaris aliqua facultas est, quid aliud facit, nisi, cum rei alicujus mentio incidit, vocabula expolit &

15 τίθησιν, ὥσπερ οἱ κομμωταὶ τὴν κόμην; Πότερον δ' εἰπεῖν ἄμεινον ἢ σιωπῆσαι, καὶ οὕτως ἄμεινον ἢ ἐκείνως, καὶ τοῦτο πρέπον ἢ οὐ πρέπον, καὶ τὸν καιρὸν ἑκάστου, καὶ τὴν χρείαν, τίς ἄλλη λέγει, ἢ ἡ προαιρετική; Θέλεις οὖν αὐτὴν παρελθοῦσαν αὐτὴν καταψηφίσασθαι;

16 Τί οὖν; φησίν· εἰ οὕτω τὸ πρᾶγμα ἔχει, καὶ δύναται τὸ διακονοῦν κρεῖσσον εἶναι ἐκείνου ᾧ διακονεῖ; ὁ ἵππος τοῦ ἱππέως; ἢ ὁ κύων τοῦ κυνηγοῦ; ἢ τὸ ὄργανον τοῦ κιθαριστοῦ; ἢ οἱ ὑπηρέ-

17 ται τοῦ βασιλέως; Τί ἔστι τὸ χρώμενον; Προαί-ρεσις. Τί ἐπιμελεῖται πάντων; Προαίρεσις. Τί ὅλον ἀναιρεῖ τὸν ἄνθρωπον, ποτὲ μὲν λι-μῷ, ποτὲ δ' ἀγχόνῃ, ποτὲ δὲ κατὰ κρημνοῦ;

18 Προαίρεσις. Εἶτα τούτου τί ἰσχυρότερον ἐν ἀν-θρώποις ἐστί; καὶ πῶς οἷόν τε τοῦ ἀκωλύτου
τὰ

& componit, veluti co-mendi artifices comam? Utrum vero loqui an tace-re praestet, & sic an illo modo dicere utilius sit, hoc deceat an dedeceat, & quod cujusque orationis tempus, quis usus sit, quaenam alia dicit, nisi ea-dem animi deliberatio? Visne igitur, ut ipsa prod-eat, seque ipsa condem-net?

Quid ergo? inquit, si ita se res habet, fieri-ne potest, ut id, quod mini-strat, praestet ei cui mini-strat? ut equus equiti? ca-nis venatori? instrumen-tum citharoedo? minister regi? Quid est quod utitur rebus? Animi deliberatio? Quid curat omnia? Ani-mi deliberatio. Quid to-tum hominem tollit, nunc fame, nunc laqueo, nunc praecipitio? Animi volun-tas. Ergo-ne habet homo hac quidquam robustius? ullo-ne modo fieri potest, ut id quod coërceri nequit, sit infirmius iis quae ab ipso coërceantur? Oculo-rum solem quidnam impedire

τὰ κωλυόμενα; Τῇ ὁρατικῇ δυνάμει τίνα πέφυ- 19
κεν ἐμποδίζειν; Καὶ προαίρεσιν, καὶ προαιρετὰ
τῇ ἀκουστικῇ ταὐτὰ, τῇ φραστικῇ ὡσαύτως.
Προαίρεσιν δὲ τί ἐμποδίζειν πέφυκεν; Ἀπροαίρετον οὐδέν· αὐτὴ δ᾽ ἑαυτὴν, διαστραφεῖσα. διὰ
τοῦτο κακία μόνη αὕτη γίνεται, ἢ ἀρετὴ μόνη.

Εἶτα, τηλικαύτη δύναμις οὖσα, καὶ πᾶσι τοῖς 20
ἄλλοις ἐπιτεταγμένη, παρελθοῦσα ἡμῖν λεγέτω,
κράτιστον εἶναι τῶν ὄντων τὴν σάρκα. Οὐδὲ εἰ αὐτὴ ἡ σὰρξ ἑαυτὴν ἔλεγεν εἶναι κράτιστον, ἠνέσχετο ἄν τις αὐτῆς. Νῦν δὲ τί ἐστιν, Ἐπίκουρε, τὸ 21
ταῦτα ἀποφαινόμενον, τὸ περὶ Τέλους συγγεγρα-
φός, τὸ τὰς Φυσικὰς, τὸ περὶ Κανόνες; τὸ
τὸν πώγωνα καθεικός; τὸ γράφον, ὅτε ἀπέ-
θνησκεν, ὅτι τὴν τελευταίαν ἄγοι δ᾽ ἅμα καὶ
μακαρίαν ἡμέραν; Ἡ σὰρξ, ἢ ἡ προαίρεσις; 22
Εἶτα τούτου τι κρεῖσσον ἔχειν ὁμολογεῖς, καὶ

X 3

οὐ

dire poteft? Et voluntas, & multa quæ a voluntate non pendent. Hæc eadem & audiendi & dicendi facultatem cohibere poffunt. Voluntatem vero quid poteft impedire? Involuntariam nihil; fed ipfa fefe, ubi depravata fuerit. Quapropter in hac fola five pravitas, five virtus ineft.

Cum igitur tanta facultas fit, cæterifque omnibus præpofita, progredietur-ne illa dicetque, Car- nem rerum omnium effe præftantiffimam? Id vero ne carnem quidem ipfam dicentem quifquam ferret. Nunc autem quid eft illud, Epicure, quod ifta pronunciat? quod de Finibus, de Natura rerum, de Regula veri conscripsit? quod promiffam barbam te alere juffit? quod animam agens scripsit, se extremum simul eumdemque beatum agere diem? Caro-ne, an Voluntas? Et tu nihilominus Voluntate præftantius ali-

quid

οὐ μαίνῃ; οὕτω τυφλὸς ταῖς ἀληθείαις, καὶ κωφὸς εἶ;

23   Τί οὖν; ἀτιμάζει τις τὰς ἄλλας δυνάμεις; Μὴ γένοιτο. Λέγει τις μηδεμίαν εἶναι χρείαν ἢ προαγωγὴν τῆς Φραστικῆς δυνάμεως; Μὴ γένοιτο. ἀνόητον, ἀσεβὲς, ἀχάριστον πρὸς τὸν Θεόν. ἀλλὰ
24 τὴν ἀξίαν ἑκάστῳ ἀποδίδωσιν. Ἔστι γάρ τις καὶ ὄνου χρεία, ἀλλ᾽ οὐχ ἡλίκη βοός· ἔστι καὶ κυνὸς, ἀλλ᾽ οὐχ ἡλίκη οἰκέτου· ἔστι καὶ οἰκέτου, ἀλλ᾽ οὐχ ἡλίκη τῶν πολιτῶν· ἔστι καὶ τούτων, ἀλλ᾽
25 οὐχ ἡλίκη τῶν ἀρχόντων. Οὐ μέντοι διὰ τὸ ἄλλα εἶναι κρείττονα, καὶ ἣν παρέχει τὰ ἕτερα χρείαν, ἀτιμαστέον. Ἔστι τις ἀξία καὶ τῆς Φραστικῆς δυνάμεως, ἀλλ᾽ οὐχ ἡλίκη τῆς προαιρετικῆς.
26 Ὅταν οὖν ταῦτα λέγω, μή τις οἴεσθαι, ὅτι ἀμελεῖν ὑμᾶς ἀξιῶ Φράσεως· οὐδὲ γὰρ ὀφθαλμῶν, οὐδ᾽ ὤτων, οὐδὲ χειρῶν, οὐδὲ ποδῶν, οὐδ᾽ ἐσθῆτος, οὐδ᾽
ὑπο-

quid habere te ais! Nonne insanis? Adeo-ne prorsus excus surdusque es?

Quid ergo? Sperno cæteras facultates? Absit. Nego-ne, ullum esse dicendi facultatis usum aut præstantiam? Absit. Amentiæ id fuerit, impietatis, ingrati adversus Deum animi. Sed suum cuique honorem tribuo. Habet & asinus suum usum; sed non quantum, quantum bos: habet canis, sed non quantum famulos: habet famulus, sed non quantum civis! & civis, sed non quantum magistratus. Neque vero eo, quod alia præstantiora sint, contemnendus est usus, quem habent alia. Est quædam dignitas etiam facultatis dicendi; sed non tanta, quanta Voluntatis. Cum ergo hoc dico, ne quis vestrûm me putet auctorem vobis esse negligendæ artis dicendi:
neque

ὑποδημάτων. Ἀλλ' ἄν μου πυνθάνῃ, τί οὖν 27
ἐστι κράτιστον τῶν ὄντων, τί εἴπω; Τὴν φρα-
στικὴν οὐ δύναμαι, ἀλλὰ τὴν προαιρετικήν, ὅταν
ὀρθὴ γένηται. Τοῦτο γάρ ἐστι τὸ κἀκείνῃ χρώ- 28
μενον, καὶ ταῖς ἄλλαις ἁπάσαις καὶ μικραῖς
καὶ μεγάλαις δυνάμεσι. τούτου κατορθωθέντος,
οὐκ ἀγαθὸς ἄνθρωπος, ἀγαθὸς γίνεται. ἀπο-
τυχθέντος δέ, κακὸς ἄνθρωπος γίνεται· παρ' 29
ὃ ἀτυχοῦμεν, εὐτυχοῦμεν, μεμφόμεθ' ἀλλήλοις,
εὐαριστοῦμεν· ἁπλῶς, ὃ λεληθὸς μὲν κακο-
δαιμονίαν ποιεῖται, τυχὸν δ' ἐπιμελείας, εὐδαιμονίαν.

Τὸ δὲ αἴρειν τὴν δύναμιν τῆς φραστικῆς, καὶ 30
λέγειν μὴ εἶναι μηδεμίαν ταῖς ἀληθείαις, οὐ
μόνον ἀχαρίστου ἐστὶ πρὸς τοὺς δεδωκότας, ἀλλὰ καὶ δειλοῦ. ὁ γὰρ τοιοῦτος φοβεῖσθαί μοι 31
δοκεῖ, μή, εἴπερ τίς ἐστι δύναμις κατὰ τὸν τόπον,

οὐ

neque enim vel oculos, vel aures, vel manus, vel pe-des, vel vestem, vel calceos negligi jubeo. Sed cum ex me quaeris, quid omnium rerum optimum sit, quid dicam? Eloquentiam non possum dicere; sed Volun-tatem, si recta fuerit. Haec est enim, quae & illa utitur, & caeteris omnibus facultatibus, tam mino-ribus, quam majoribus. Nam haec si recte se ha-buerit, homo non bonus, fit bonus: sin secus, ma-lus homo evadit. Haec est, qua vel infelices su-mus, vel felices; propter quam alios vel reprehendi-mus, vel probamus: deni-que haec est, quae neglecta miseriam, recte curata bea-tam vitam adfert homini-bus.

Caeterum eloquendi fa-cultatem tollere, ac plane ullam esse negare; non modo ingrati hominis est adversus eos qui illam de-derunt, sed & ignavi timi-dique: is enim timere mi-hi videtur, ne, si qua sit ejus rei facultas, eam con-tem-

32 οὐ δυνηθῶμεν αὐτῆς καταφρονῆσαι. Τοιοῦτοί εἰσι
καὶ οἱ λέγοντες, μηδεμίαν εἶναι παραλλαγὴν κάλ-
λους πρὸς αἶσχος. Εἶτα ὁμοίως ἦν κινηθῆναι τὸ
Θερσίτην ἰδόντα, καὶ τὸν Ἀχιλλέα; ὁμοίως τὴν

33 Ἑλένην, καὶ ἣν ἔτυχε γυναῖκα; Καὶ ταῦτα μωρὰ
καὶ ἄγροικα, καὶ οὐκ εἰδότων τὴν ἑκάστου φύσιν,
ἀλλὰ φοβουμένων μὴ ἄν τις αἴσθηται τῆς διαφορᾶς, εὐθὺς συναρπασθεὶς καὶ ἡττηθεὶς ἀπέλθῃ.

34 Ἀλλὰ τὸ μέγα τοῦτο· ἀπολιπεῖν ἑκάστῳ τὴν αὑτοῦ δύναμιν ἣν ἔχει, καὶ ἀπολιπόντα ἰδεῖν τὴν
ἀξίαν τῆς δυνάμεως, καὶ τὸ κράτιστον τῶν ὄντων
καταμαθεῖν, καὶ τοῦτο ἐν παντὶ μεταδιώκειν, περὶ
τούτου ἐσπουδακέναι, πάρεργα τἄλλα πρὸς τοῦτο
πεποιημένον, οὐ μέντοι ἀμελοῦντα οὐδ' ἐκείνων κα-

35 τὰ δύναμιν. καὶ γὰρ ὀφθαλμῶν ἐπιμελητέον, ἀλλ'
οὐχ ὡς τοῦ κρατίστου, ἀλλὰ καὶ τούτων διὰ τὸ
κράτι-

temnere nequeamus. Similiter faciunt ii qui dicunt, nullam esse discrimen pulcritudinis & turpitudinis. Quasi vero perinde commoveri posset is, qui Thersiten, atque qui Achillem adspiciat; perinde is qui Helenam, & qui aliam quamlibet mulierem? Et haec stulta & rustica sunt, & eorum hominum, qui, quae cujusque rei natura sit ignorant, ac timent, ne, si quis discrimen intellexerit, statim correptus ac victus discedat. Immo illud potius magnum est, relicta cuique sua vi, videre quanti pretii ea sit; simul vero id, quod est omnium rerum praestantissimum, cognoscere, idque perpetuo persequi, in eoque elaborare; cetera vero, si cum hoc conferantur, supervacanea judicare; sic tamen, ut, quantum liceat, ne illa quidem negligas. Etenim curandi sunt etiam oculi; sed non ita, ut praestantissimum illud; verum & hi propter illud praestantissimum;

κράτιστον· ὅτι ἐκεῖνο οὐκ ἄλλως ἕξει κατὰ φύσιν,
εἰ μὴ ἐν τούτοις εὐλογιστῶν, καὶ τὰ ἕτερα παρὰ
τὰ ἕτερα αἱρούμενος.

Τί οὖν ἐστι τὸ γινόμενον; Οἷον εἴ τις ἀπιὼν 36
εἰς τὴν πατρίδα τὴν ἑαυτοῦ, καὶ διοδεύων πανδοκεῖον καλὸν, ἀρέσαντος αὐτῷ τοῦ πανδοκείου,
καταμένοι ἐν τῷ πανδοκείῳ. Ἄνθρωπε, ἐπελά- 37
θου σου τῆς προθέσεως· οὐκ εἰς τοῦτο ὥδευες,
ἀλλὰ διὰ τούτου. Ἀλλὰ κομψὸν τοῦτο. Πόσα
δ' ἄλλα πανδοκεῖα κομψά; πόσοι δὲ λειμῶνες;
ἀλλ' ἁπλῶς ὡς δίοδος. τὸ δὲ προκείμενον, ἐκεῖνο· 38
εἰς τὴν πατρίδα ἐπανελθεῖν, τοὺς οἰκείους ἀπαλλάξαι δέους, αὐτὸν τὰ τοῦ πολίτου ποιῶν, γῆμαι, παιδοποιεῖσθαι, ἄρξαι τὰς νομιζομένας ἀρχάς. οὐ γὰρ τοὺς κομψοτέρους ἡμῖν τόπους 39
ἐκλεξόμενος ἐλήλυθας· ἀλλ', ἐν οἷς ἐγένου, καὶ
ὧν κατατέταξαι πολίτης, ἐν τούτοις ἀναστραφη-
σόμενος. Τοιοῦτόν τι καὶ ἐνταῦθά ἐστι τὸ

X 5   γινό-

mum; quoniam ne illud
quidem secundum naturam
erit, nisi his recte utatur,
& alia aliis praeferat.

Quid ergo fieri solet?
Perinde faciunt, ac si quis
in patriam suam abiens, &
diversorium elegans in-
gressus, placente diversorio, ibibi maneat. Homo!
oblitus es propositi tui:
non huc ibas, sed hac.
„At elegans hoc est."
Quot vero alia diversoria
elegantia sunt? quot prata
& saltus? sed non aliter,
nisi ut transitus. Propositum vero illud fuit, in patriam reverti, propinquos
solicitudine liberare, civis
officio fungi, uxorem du-
cere, procreare liberos,
magistratus legitimos ge-
rere. Neque enim, ut
amoeniora loca deligeres,
venisti; sed ut in iis, in
quibus genitus, quorum-
que civis es, versareris.
Tale

40 γινόμενον. ἐπεὶ διὰ λόγου καὶ τοιαύτης παρα-
δόσεως· ἐλθεῖν ἐπὶ τὸ τέλειον δεῖ, καὶ τὴν
αὑτοῦ προαίρεσιν ἐκκαθᾶραι, καὶ τὴν δύναμιν τὴν
χρηστικὴν τῶν φαντασιῶν ὀρθὴν κατασκευάσαι·
ἀνάγκη δὲ· τὴν παράδοσιν γίνεσθαι τῶν θεωρημάτων καὶ διὰ λέξεως ποιᾶς, καὶ μετά τινος
41 ποικιλίας καὶ δριμύτητος [τῶν θεωρημάτων·] ὑπ᾽
αὐτῶν τινες τούτων ἁλισκόμενοι καταμένουσα
αὐτοῦ, ὁ μὲν ὑπὸ τῆς λέξεως, ὁ δ᾽ ὑπὸ συλλογισμῶν, ὁ δ᾽ ὑπὸ μεταπιπτόντων, ὁ δ᾽ ὑπ᾽
ἄλλου τινὸς τοιούτου πανδοκείου· καὶ προσμεί-
ναντες κατασήπονται, ὡς παρὰ ταῖς Σειρῆσιν.

42   Ἄνθρωπε, τὸ προκείμενον ἦν σοι, κατασκευάσαι σαυτὸν χρηστικὸν ταῖς προσπιπτεύσαις
φαντασίαις κατὰ φύσιν, ἐν ὀρέξει ἀναπότευκτον,
ἐν δ᾽ ἐκκλίσει ἀπερίπτωτον, μηδέποτε ἀτυ-
χοῦντα,

Tale quiddam hic etiam usu venit. Quoniam oratione & doctrina verbis communicata ad perfectionem est contendendum, & voluntas repargenda, & facultas quæ visis utitur corrigenda; doctrinæ autem præceptiones fieri necesse est certo quodam dictionis genere, & cum varietate quadam & acrimonia; nonnulli, his ipsis rebus illecti, ibi desident, alius dictione, alius ratiocinationibus captus, alius sophismatibus, alius alio hujus generis diversorio; ibique desidentes, velut apud Sirenes, computrescunt.

Homo, propositum tuum erat, ita te parare, ut visis tibi oblatis ex præscripto naturæ utereris; in adpetitione, ne frustrareris; in aversatione, ne in id, quod nolles, incideres; ne umquam adversa aut parum
pro-

χεῦντα, μηδέποτε δυστυχοῦντα, ἐλεύθερον, ἀκώλυτον, ἀνανάγκαστον, συναρμόζοντα τῇ τοῦ Διὸς
διοικήσει, ταύτῃ παθέμενον, ταύτῃ εὐαρεστοῦν-
τα, μηδένα μεμφόμενον, μηδένα αἰτιώμενον,
δυνάμενον; εἰπεῖν τούτους τοὺς στίχους ἐξ
ὅλης ψυχῆς,

ʼΑγοῦ δέ μ᾽, ὦ Ζεῦ, καὶ σύ γ᾽ ἡ Πεπρωμένη.

Εἶτα, τοῦτο τὸ προκείμενον ἔχων, ἀρέσαντός σοι   43
λεξειδίου, ἀρεσάντων θεωρημάτων τινῶν, αὐτοῦ
καταμίνῃς, καὶ κατοικεῖν προαιρῇ, ἐπιλαθόμενος
τῶν ἐν οἴκῳ, καὶ λέγῃς, ταῦτα κομψά ἐστι;
Τίς γὰρ λέγει μὴ εἶναι αὐτὰ κομψά; ἀλλ᾽ ὡς δία-
δον, ὡς πανδοκεῖα. Τί γὰρ κωλύει, φράζοντα ὡς   44
Δημοσθένης, ἀτυχεῖν; τί δὲ κωλύει, συλλογισμοὺς ἀναλύοντα ὡς Χρύσιππος, ἄθλιον εἶναι, πενθεῖν, φθονεῖν, ἁπλῶς ταράσσεσθαι, κακοδαιμο-
νεῖν; Οὐδὲ ἕν. ʼΟρᾷς οὖν, ὅτι πανδοκεῖα ἦν   45
ταῦτα

prospera utereris fortuna; ut liber esses; ut a nemine prohiberi, a nemine cogi posses; ut Jovis administrationi te adcommodares, eique obtemperares, in ea adquiesceres, neminem accusares, neminem culpares, & versus istos ex animo dicere posses,

Duc me, ô Jupiter; ac tu, Fatum!

Et istud propositum cum habueris, deinde, si qua tibi dictiuncula placuerit, si quæ præceptiones arriserint, ibi permanere & residere, oblitus eorum quæ domi sunt, instituas, pulcra ista esse dicens. Quis enim pulcra esse negat? sed ut transitum, ut diversorium. Quid enim vetat, more Demosthenico dicentem, calamitosum esse? quid obstat, tametsi æque ac Chrysippus syllogismos resolvere queas, esse miserum, lugere, invidere, denique perturbari ac infelicem esse? Nihil. Vides ergo, diversoria ista esse nullius

ταῦτα οὐδενὸς ἄξια· τὸ δὲ προκείμενον ἄλλο ἦν.
46 Ταῦτα ὅταν λέγω πρός τινας, οἴονταί με κα-
ταβάλλειν τὴν περὶ τὸ λέγειν ἐπιμέλειαν, ἢ
τὴν περὶ τὰ θεωρήματα. ἐγὼ δ' οὐ ταύτην
καταβάλλω, ἀλλὰ τὸ περὶ ταῦτα ἀκαταληπτι-
κῶς ἔχειν, καὶ ἐνταῦθα τίθεσθαι τὰς αὐτῶν
47 ἐλπίδας. Εἴ τις τοῦτο παριστὰς βλάπτει τοὺς
ἀκούοντας, κἀμὲ τίθεσθε ἕνα τῶν βλαπτόντων,
οὐ δύναμαι δ' ἄλλο βλέπων τὸ κράτιστον καὶ
τὸ κυριώτατον, ἄλλο λέγειν εἶναι, ἵν' ὑμῖν χα-
ρίσωμαι.

ΚΕΦ.

nullius pretii; tibi vero
aliud fuisse propositum.
Hæc cum ad nonnullos di-
co, putant me studium di-
cendi ac præceptionum
evertere. Ego vero non
hoc everto, sed illud, si
quis in his studiis indesi-
nenter permaneat, & spes
suas in eis collocet. Quod

si quis, hæc docens, no-
cet auditoribus; me quo-
que in eorum numero,
qui nocent, ponite. Ne-
que vero possum, quam
aliud videam esse præstantissimum præcipuumque,
aliud dicere, quo vobis
gratificer.

CAP.

ΚΕΦ. κδ'.

Πρὸς τινα τῶν οὐκ ἠξιωμένων ὑπ' αὐτοῦ.

Εἰπόντος αὐτῷ τινος, ὅτι· Πολλάκις ἐπιθυμῶν σου ἀκοῦσαι ἦλθον πρός σε, καὶ οὐδέποτέ μοι ἀπεκρίθω· καὶ νῦν, εἰ δυνατὸν, παρακαλῶ σε εἰπεῖν τι μοι. Δοκεῖ σοι, ἔφη, 2 καθάπερ ἄλλου τινὸς εἶναι τέχνη, οὕτω δὴ καὶ τοῦ λέγειν· ἣν ὁ μὲν ἔχων, ἐμπείρως ἐρεῖ, ὁ δὲ μὴ ἔχων, ἀπείρως; Δοκῶ. Οὐκοῦν ὁ μὲν 3 διὰ τοῦ λέγειν αὐτός τε ὠφελούμενος, καὶ ἄλλους οἷός τε ὢν ὠφελεῖν, αὐτὸς ἐμπείρως ἂν λέγοι· ὁ δὲ βλαπτόμενος μᾶλλον, καὶ βλάπτων, οὗτος ἄπειρός ἂν εἴη τῆς τέχνης ταύτης τῆς τοῦ λέγειν; Εὕροις δ' ἂν τοὺς μὲν βλαπτομένους, τοὺς δ' ὠφελουμένους. Οἱ δ' ἀκούον- 4 τες πάντες ὠφελοῦνται ἀφ' ὧν ἀκούουσιν; ἢ
καὶ

CAP. XXIV.

Ad aliquem nulla æstimatione ab eo dignatum.

Cum quidam ei dixiffet: „Audiendi tui cupiditate fæpe ad te veni, nec tu unquam mihi refpondifti; & hunc, fi fieri poteft, oro te, ut aliquid mihi dicas.“ Putas-ne inquit, quemadmodum aliarum rerum, fic dicendi quoque aliquam effe artem, quam qui calleat, is perite, qui vero ignoret, imperite fit dicturus? Videtur. Ergo qui dicendo & ipfe juvetur, & alios juvare velet, is perite dicet: qui vero nocet magis, cum fibi, tum aliis, is hujus artis dicendi imperitus erit? Invenias autem alios lædi, alios juvari. Ii vero qui audiunt, juvantur-ne omnes iis rebus quas audiunt? an vero & horum alios invenias
qui

καὶ τούτων εὕροις ἂν τοὺς μὲν ὠφελουμένους, τοὺς
δὲ βλαπτομένους; Καὶ τούτων, ἔφη. Οὐκοῦν
καὶ ἐνταῦθα ὅσοι μὲν ἐμπείρως ἀκούωσιν, ὠφελοῦνται, ὅσοι δ' ἀπείρως, βλάπτονται; Ὡμολό-
5 γει. Ἔστιν ἄρα τις ἐμπειρία, καθάπερ τοῦ
6 λέγειν, οὕτω καὶ τοῦ ἀκούειν; Ἔστιν. Εἰ δὲ
βούλει, καὶ οὕτω σκέψαι αὐτό. Τὸ μουσικῆς
7 ἅψασθαι, τίνος σοι δοκεῖ; Μουσικοῦ. Τὸ δὲ
τὸν ἀνδριάντα ὡς δεῖ κατασκευάσαι, τίνος σοι
φαίνεται; Ἀνδριαντοποιοῦ. Τὸ δ' ἰδεῖν ἐμπείρως,
οὐδεμιᾶς σοι προσδεῖσθαι φαίνεται τέχνης; Προσ-
8 δεῖται καὶ τοῦτο. Οὐκοῦν, εἰ καὶ τὸ λέγειν ὡς
δεῖ τοῦ ἐμπείρου ἐστὶν, ὁρᾷς ὅτι καὶ τὸ ἀκούειν
9 ὠφελίμως τοῦ ἐμπείρου ἐστί; Καὶ τὸ μὲν τελείως καὶ ὠφελίμως, εἰ βούλει, πρὸς τὸ παρὸν
ἀφῶμεν, ἐπεὶ καὶ μακρὰν ἐσμεν ἀμφότεροι παν-
10 τὸς τοιούτου. Ἐκεῖνο δὲ πᾶς ἄν τις ὁμολογή-
σαί μοι δοκεῖ, ὅτι ποσῆς γέ τινος τριβῆς περὶ
τὸ

qui juventur, alios qui læ-
dantur? Et horum, inquit.
Ergo hic etiam, qui perite
audiunt, juvantur; qui
vero imperite, læduntur.
Adsentiebatur. Est ergo
peritia aliqua, ut dicendi,
sic etiam audiendi? Vide-
tur. Si vero placet, eam-
dem rem vel sic consideremus. Tractare musicam,
cujus tibi esse videtur? Musici. Statuam rite confice-
re, cujus? Statuarii. Pe-
rita vero statuæ consideratio, nullamne tibi artem
requirere videtur? Requi-
rit & hæc. Ergo si, dice-
re quemadmodum oportet,
periti est; vides, etiam audire utiliter. esse periti?
Ac perfectionem quidem
& utilitatem, si vis, nunc
omittamus; ambo enim
longe ab his omnibus absu-
mus. Illud vero quivis
concessurus esse mihi videtur, ei, qui philosophos
audi.

τὸ ἀκούειν προσδεῖται ὁ τῶν φιλοσόφων ἀκουσόμενος. Ἡ γὰρ οὔ;

Περὶ τίνος οὖν λέγω πρός σε, δεῖξόν μοι· περὶ [11]
τίνος ἀκοῦσαι δύνασαι; Περὶ ἀγαθῶν καὶ κακῶν;
Τίνος; ἆρά γε ἵππου; Οὔ. Ἀλλὰ βοός; Οὔ. Τί οὖν;
Ἀνθρώπου; Ναί. Οἴδαμεν οὖν, τί ἐστιν ἄνθρω- [12]
πος; τίς ἡ φύσις αὐτοῦ; τίς ἡ ἔννοια, ἣν ἔχομεν;
ἢ ἔχομεν καὶ κατὰ ποσὸν περὶ τοῦτο τὰ ὦτα τε-
τρημμένα; Ἀλλά, Φύσις τί ἐστιν, ἐννοεῖς; ἢ δύνασαι καὶ κατὰ ποσὸν ἀκολουθῆσαί μοι λέγοντι;
Ἀλλ' ἀποδείξει χρήσομαι πρὸς σέ; Πῶς; Πα- [13]
ρακολουθεῖς γὰρ αὐτῷ τούτῳ, τί ἐστιν ἀπόδειξις,
ἢ πῶς τι ἀποδείκνυται, ἢ διὰ τίνων; ἢ τίνα ὅμοια
μὲν ἀποδείξει ἐστὶν, ἀπόδειξις δ' οὐκ ἔστι;
Τί γάρ ἐστιν ἀληθὲς οἶδας, ἢ τί ἐστι ψεῦδος; τί [14]
τίνι ἀκολουθεῖ; τί τίνι μάχεται, ἢ ἀνομολογού-
μενόν ἐστι, ἢ ἀσύμφωνον; Ἀλλὰ κινῶ σε πρὸς [15]
Φιλο-

audituras fit, opus esse aliqua audiendi exercitatione. Nonne ita est?

Qua ergo de re tibi dicam, id mihi oftendito: qua de re me differentem audire potes? De rebus Bonis & Malis. Cujus? an equi? Non. Sed bovis? Non. Quid ergo? hominis? Immo. Scimusne igitur, quid fit Homo? quæ fit natura ejus? quæ notio? aut habemus-ne aliquatenus faltem tritas aures in hoc genere? At, natura quid fit, intelligis? meque dicentem etiam aliquatenus adsequi potes? Verum demonstratione utar adversus te? Quomodo? Id ipfum-ne enim, quid fit demonstratio, Intelligis? aut quomodo aliquid demonftretur, aut per quæ, aut quæ demonftrationi quidem fimilia fint, nec tamen funt demonftratio? Nofti-ne, quid fit verum, aut quid falfum? quid cui fit confequens? quid cui repugnet, aut non conveniens fit, aut diffentaneum? At excitabo te ad philofophiam?

φιλοσοφίαν; πῶς; Παραδεικνύω σοι τὴν μάχην
τῶν πολλῶν ἀνθρώπων, καθ' ἣν διαφέρονται περὶ ἀγαθῶν καὶ κακῶν, καὶ συμφερόντων καὶ
ἀσυμφέρων· αὐτὸ τοῦτο, τί ἐστι μάχη, οὐκ εἰδότι;
Δεῖξόν οὖν μοι, τί περανῶ διαλεγόμενός σοι. Κί-
16 νησόν μοι προθυμίαν. Ὡς ἡ κατάλληλος πόα τῷ
προβάτῳ φανεῖσα, προθυμίαν αὐτῷ κινεῖ πρὸς τὸ
φαγεῖν· ἂν δὲ λίθον ἢ ἄρτον παραθῇς, οὐ κινη-
θήσεται· οὕτως εἰσί τινες ἡμῖν φυσικαὶ προθυμίαι
καὶ πρὸς τὸ λέγειν, ὅταν ὁ ἀκουσόμενος φανῇ τις,
ὅταν αὐτὸς ἐρεθίσῃ. ἂν δ' ὡς λίθος ἢ χόρτος ᾖ
παρακείμενος, πῶς δύναται ἀνθρώπῳ ὄρεξιν κινῆ-
17 σαι; Ἡ ἄμπελος μή τι λέγει τῷ γεωργῷ, Ἐπιμελοῦ μου; ἀλλ' αὐτὴ δι' αὐτῆς ἐμφαίνουσα,
ὅτι ἐπιμεληθέντι λυσιτελήσει αὐτῷ, ἐκκαλεῖται
18 πρὸς τὴν ἐπιμέλειαν; Τὰ παιδία τὰ πιθανὰ καὶ
δριμέα, τίνα οὐκ ἐκκαλεῖται πρὸς τὸ συμπαίζειν
αὐτοῖς,

phiam? Quomodo? Oftendam tibi pugnantes vulgi opiniones, de bonis & malis, de utilibus & inutilibus diffentientis; cum iftud ipfum, quid pugna fit, ignores? Oftende ergo mihi, quid differendo tecum proficere queam. Excitato in me alacritatem. Quemadmodum herba conveniens, cum ab ove confpicitur, adpetitum edendi ei excitat; cui fi lapidem aut panem adpofueris, non excitabitur; ita funt in nobis naturales quædam propenfiones ad dicendum, fi auditor alicujus momenti effe videatur, fi ipfe incitet: fi vero lapidis aut graminis inftar adfederit, qui poteft adpetitum hominis excitare? Vitis numquid vinitori dicit, Cura me? Annon vero ipfa per fe fignificans, fe probe curatum illi profuturam, diligentiam illius excitat? Pueri feftivi & alacres quem non excitant ad colludendum, & una reptandum,

αὐτοῖς, καὶ συνέρπειν, καὶ πρὸς τὸ συμψελ-
λίζειν; ὄνῳ δὲ τίς προθυμεῖται συμπαίζειν, ἢ συν-
ογκᾶσθαι; καὶ γὰρ εἰ μικρὸν, ὅμως ὀνάριόν
ἐστιν.

Τί οὖν μοι οὐδὲν λέγεις; Ἐκεῖνο μόνον ἔχω 19
σοι εἰπεῖν, ὅτι ὁ ἀγνοῶν τίς ἐστι, καὶ ἐπὶ τί
γέγονε, καὶ ἐν τίνι τούτῳ τῷ κόσμῳ, καὶ μετὰ
τίνων κοινωνῶν, καὶ τίνα τὰ ἀγαθά ἐστι
καὶ τὰ κακά, καὶ τὰ καλὰ καὶ τὰ αἰσχρά,
καὶ μήτε λόγῳ παρακολουθῶν, μήτ᾽ ἀποδείξει, μήτε τί ἐστιν ἀληθὲς ἢ τί ψεῦδος, μήτε
διακρῖναι ταῦτα δυνάμενος, οὔτ᾽ ὀρέξεται κατὰ
φύσιν, οὔτ᾽ ἐκκλινεῖ, οὔθ᾽ ὁρμήσει, οὔτ᾽ ἐπι-
βαλεῖται, οὐ συγκαταθήσεται, οὐκ ἀνανεύσει,
οὐκ ἐφέξει· τὸ σύνολον, κωφὸς καὶ τυφλὸς πε-
ριελεύσεται, δοκῶν μὲν τις εἶναι, ὢν δ᾽ οὐδείς.

Νῦν

dum, unaque balbutien-
dum? Quia vero cum asino
colludere, unave rudere
velit? qui quamvis parvus
sit, asellus tamen est.

„Cur ergo mihi nihil di-
cis?" Illud unum habeo
tibi dicere, eum qui ne-
sciat, quis sit, & ad quid
natus sit; & qui sit mun-
dus hic, in quo est loca-
tus; & quibus cum sociis
in eo sit locatus; tum quæ
bona sint, quæ mala, quæ
honesta & turpia; qui nec
argumentationem nec de-
monstrationem adsequitur;
qui nec quid verum, nec
quid falsum sit, intelligit,
aut discernere potest; eum
neque adpetiturum ex na-
turæ præscripto, neque
aversaturum, neque con-
ciliatum iri, nec adgressu-
rum, nec adsensurum, nec
refragaturum, nec adsen-
sionem cohibiturum: ut
verbo complectar, surdus
& cæcus vagabitur, &
nullus erit, quantumvis
aliquis esse videatur. Non
vero

20 Νῦν γὰρ πρῶτον τουθ' οὕτως ἔχει; οὐχὶ ἐξ
οὗ γένος ἀνθρώπων ἐστὶ, ἐξ ἐκείνου πάντα τὰ
ἁμαρτήματα καὶ τὰ ἀτυχήματα παρὰ ταύτην
21 τὴν ἄγνοιαν γεγένηται; Ἀγαμέμνων καὶ Ἀχιλλεὺς διὰ τί ἀλλήλοις διεφέροντο; οὐχὶ διὰ τὸ
μὴ εἰδέναι, τίνα ἐστὶ συμφέροντα καὶ ἀσύμφορα;
οὐχὶ ὁ μὲν λέγει, ὅτι συμφέρει ἀποδοῦναι τῷ
πατρὶ τὴν Χρυσηΐδα· ὁ δὲ λέγει, ὅτι οὐ συμφέρει; οὐχὶ ὁ μὲν λέγει, ὅτι δεῖ αὐτὸν λαβεῖν τὸ
ἄλλου γέρας· ὁ δὲ, ὅτι οὐ δεῖ; οὐχὶ διὰ ταῦτα ἐπελάθοντο, καὶ τίνες ἦσαν, καὶ ἐπὶ τί ἐληλύ-
22 θεσαν; Ἔα, ἄνθρωπε, ἐπὶ τί ἐλήλυθας; ἐρω-
μένας κτησόμενος, ἢ πολεμήσων; Πολεμήσων.
Τίσι; τοῖς Τρωσὶν, ἢ τοῖς Ἕλλησι; Τοῖς Τρωσίν.
Ἀφεὶς οὖν τὸν Ἕκτορα, ἐπὶ τὸν βασιλέα τὸν
23 σαυτοῦ σπᾷς τὸ ξίφος; Σὺ δ', ὦ βέλτιστε, ἀφεὶς
τὰ τοῦ βασιλέως ἔργα,

Ὡ.

vero nunc primum hoc ita
effe cœpit? An non, ex
quo genus hominum eft,
ex eo tempore omnia pec-
cata, omnes calamitates
per iftam ignorationem
funt invectæ? Agamem-
non & Achilles inter fe
qua de cauffa diffenferunt?
Nonne, quod, quæ utilia
effent, quæ inutilia, igno-
rabant? Nonne hic dicit,
utile effe, reddere patri
Chryfeidem; ille negat?
nonne hic ait, fibi præ-
mium alterius capiendum
effe; ille refragatur? nonne propter hæc, & qui ef-
fent, & qua de cauffa ve-
niffent, obliti funt? Age,
homo, cur venifti? ut amicas parares, an ut bellum
gereres? Ut bellum gere-
rem. Cum quibus? cum
Trojanis, an Græcis?
Cum Trojanis. Omiffo
ergo Hectore, cur adver-
fus regem tuum ftringis
gladium? Tu vero, vir
optime, omiffis regis mu-
neribus,

Cui

Ὦ λαοί τ' ἐπιτετράφαται, καὶ τόσσα
       μέμηλε·
περὶ κορασιδίου διανυκτερεύεις τῷ πολεμικωτάτῳ
τῶν συμμάχων, ὃν δεῖ παντὶ τρόπῳ περιέπειν
καὶ φυλάττειν; καὶ χείρων γίνῃ κομψοῦ ἀρχιε-
ρέως, ὃς τοὺς καλοὺς μονομάχους διὰ πάσης ἐπιμελείας ἔχει; Ὁρᾷς οἷα ποιεῖ ἄγνοια περὶ τῶν
συμφερόντων;

   Ἀλλὰ κἀγὼ πλούσιός εἰμι. Μή τι οὖν τοῦ   24
Ἀγαμέμνονος πλουσιώτερος; Ἀλλὰ καὶ καλός
εἰμι. Μή τι οὖν τοῦ Ἀχιλλέως καλλίων;
Ἀλλὰ καὶ κόμιον κομψὸν ἔχω. Ὁ δὲ Ἀχιλλεὺς οὐ κάλλιον, καὶ ξανθόν; καὶ οὐκ ἐκτένιζεν
αὐτὸ κομψῶς, οὐδὲ ἔπλασσεν. Ἀλλὰ καὶ ἰσχυ-   25
ρός εἰμι. Μή τι οὖν δύνασαι λίθον ἆραι ἡλίκον ὁ
Ἕκτωρ ἢ ὁ Αἴας; Ἀλλὰ καὶ εὐγενής. Μή τι
ἐκ Θεᾶς μητρός; μή τι πατρὸς ἐκγόνου Διός;
Τί οὖν ἐκεῖνον ὠφελεῖ ταῦτα, ὅταν καθήμενος κλαίῃ

Y 2

διὰ

Cui & populi sunt com-
missi, & tantæ res cu-
ræ sunt,
cur de puellula digladiaris
cum bellicosissimo socio-
rum, qui omnibus modis
colendus tuendusque erat?
deteriorem te præbes ur-
bano sacrificulo, qui vos
bellos gladiatores summa
diligentia colit? Vides,
quid ignoratio rerum uti-
lium faciat?

  Atqui & ego dives sum.
Num ergo Agamemnone
divitior? Sed & formosus
sum. Num ergo Achil-
le formosior? Sed & pul-
cram comam habeo. Achil-
les vero nonne pulcrio-
rem, & flavam? eamque
non pexuit eleganter. ne-
que compsit. Sed & robu-
stus sum. Num ergo, sa-
xum tollere potes, quan-
tum Hector aut Ajax? Sed
& nobilis sum. Num Dea
matre genitus, aut a patre
Jove oriundo? Quid igitur
illum ista juvant, cum propter

26 διὰ τὸ καρακαίδιον; Ἀλλὰ ῥήτωρ εἰμί. Ἐκεῖνος
δ' οὐκ ἦν; Οὐ βλέπεις πῶς κέχρηται τοῖς δεινο-
τάτοις τῶν Ἑλλήνων περὶ λόγους, Ὀδυσσῆ καὶ
Φοίνικι; πῶς αὐτοὺς ἀστόμους πεποίηκε;

27　Ταῦτά σοι μόνα ἔχω εἰπεῖν, καὶ οὐδὲ ταῦτα
28 προθύμως. Διὰ τί; Ὅτι με οὐκ ἠρέθισας. Εἰς
τί γὰρ ἀπιδὼν ἐρεθισθῶ, ὡς οἱ ἱππικοὶ περὶ ταῖς
ἵπποις τοὺς εὐφυεῖς; Εἰς τὸ σωμάτιον; Αἰσχρῶς
αὐτὸ πλάσσεις. Εἰς τὴν ἰσθῆτα; Καὶ ταύτην
τρυφερὰν ἔχεις. Εἰς σχῆμα; εἰς βλέμμα; Εἰς
29 οὐδέν. Ὅταν ἀκοῦσαι θέλῃς Φιλοσόφου, μὴ λέγε
αὐτῷ, ὅτι, Οὐδέν μοι λέγεις· ἀλλὰ μόνον δείκνυε
σαυτὸν τοῦ ἀκούειν ἄξιον ἢ ἐπιτήδειον· καὶ ὄψει,
πῶς κινήσεις τὸν λέγοντα.

ΚΕΦ.

pter puellam plorans fe-
det? Sed orator sum. Ille
vero non fuit? Annon vi-
des, ut Græcorum facun-
dissimos Ulyssem & Phœ-
nicem tractarit? ut ora eis
obturarit?

　Sola hæc habeo tibi di-
cere, ac ne hæc quidem
alacriter. Quamobrem?
Quoniam me non excitasti.
Quam enim rem intuens,
excitarer, quemadmodum
ad generosi equi adspectum

excitatur homo equitationi
studens? Corpus-ne intu-
ear! Turpiter id confor-
mas. Vestem? Et hanc
mollem gestas. An habi-
tum? an vultum? Nihil ha-
beo. Cum philosophum
audire volueris, ne ei dicito, Nihil mecum loqueris:
sed te modo dignum aut
Idoneum ad audiendum es-
se ostendito; & videbis,
quomodo dicentem sis ex-
citaturus.

CAP.

ΚΕΦ. κε΄.

Πῶς ἀναγκαῖα τὰ Λογικά.

Τῶν παρόντων δέ τινος εἰπόντος· Πεῖσόν με, ὅτι τὰ λογικὰ χρήσιμά ἐστι· Θέλεις, ἔφη, ἀποδείξω σοι τοῦτο; Ναί. Οὐκοῦν λόγον μ᾽ ἀποδεικτικὸν διαλεχθῆναι δεῖ. Ὁμολογήσαντος δέ· Πόθεν οὖν ἔσῃ, ἄν σε σοφίσωμαι; Σιωπήσαντος δὲ τοῦ ἀνθρώπου, Ὁρᾷς, ἔφη, πῶς αὐτὸς ὁμολογεῖς, ὅτι ταῦτα ἀναγκαῖά ἐστιν· εἰ χωρὶς αὐτῶν οὐδ᾽ αὐτὸ τοῦτο δύνασαι μαθεῖν, πότερον ἀναγκαῖα ἢ οὐκ ἀναγκαῖα ἐστίν.

Υ 3 ΚΕΦ.

CAP. XXV.

Artem Disserendi esse necessariam.

Cum ex eis, qui aderant, aliquis dixisset : Persuade mihi, utilem esse Logicam artem; Visne, inquit, ut hoc tibi demonstrem? Volo. Ergo ratiocinatione demonstrativa utendum mihi est. Quod cum ille adsensisset; Quomodo ergo, inquit, scies, si captiose tecum egero? Illo autem tacente; Vides, inquit, ut ipse fatearis, esse illam artem necessariam, quandoquidem fine ea ne id ipsum quidem cognoscere potes, utrum necessaria sit, nec ne.

CAP.

ΚΕΦ. κϛ´.

Τί τὸ ἴδιον τοῦ Ἁμαρτήματος.

Πᾶν ἁμάρτημα μάχην περιέχει. ἐπεὶ γὰρ ὁ ἁμαρτάνων οὐ θέλει ἁμαρτάνειν, ἀλλὰ κατορθῶσαι, δῆλον, ὅτι, ὃ μὲν θέλει, οὐ ποιεῖ. Τί γὰρ ὁ κλέπτης θέλει πρᾶξαι; Τὸ αὑτῷ συμφέρον. Οὐκοῦν, εἰ ἀσύμφορον αὐτῷ ἐστι τὸ κλέπτειν, ὃ μὲν θέλει, οὐ ποιεῖ. Πᾶσα δὲ ψυχὴ λογικὴ φύσει διαβέβληται πρὸς μάχην· καὶ μέχρι μὲν ἂν μὴ παρακολουθῇ τούτῳ, ὅτι ἐν μάχῃ ἐστίν, οὐδὲν κωλύεται τὰ μαχόμενα ποιεῖν· παρακολουθήσαντα δέ, πολλὴ ἀνάγκη ἀποστῆναι τῆς μάχης, καὶ φυγεῖν οὕτως, ὡς καὶ ἀπὸ τοῦ ψεύδους ἀνανεῦσαι πολλὴ ἀνάγκη τῷ αἰσθανομένῳ

CAP. XXVI.

Quid fit Peccati proprium.

Omne peccatum pugnam in se continet. Quoniam enim is qui peccat, non peccare, sed rem bene gerere vult; perspicuum est, eum non facere id quod vult. Quid enim vult fur? Facere quod ei expediat. Ergo, si furari inutile ei est; quod vult, non facit. Omnis vero rationis particeps anima offenditur repugnantia: & quoad quidem hoc non intelligit, esse se in pugna; nihil eam prohibet, quo minus pugnantia faciat: sed, simul ac intellexit, necesse est, ut a pugna desistat, atque ita eam fugiat, quemadmodum omnino necesse est a falso recedere eam, qui intellexerit esse falsum; quoad autem id sibi non

per-

μένῳ ὅτι ψεῦδός ἐστι· μέχρι δ' ἂν τοῦτο οὐ φαντάζηται, ὡς ἀληθεῖ ἐπινεύει αὐτῷ. Δεινὸς 4 οὖν ἐν λόγῳ, ὁ δ' αὐτὸς καὶ προτρεπτικὸς καὶ ἐλεγκτικός, οὗτος, ὁ δυνάμενος ἑκάστῳ παραδεῖξαι τὴν μάχην καθ' ἣν ἁμαρτάνει, καὶ σαφῶς παραστῆσαι πῶς ὃ θέλει οὐ ποιεῖ, καὶ ὃ μὴ θέλει ποιεῖ. ἂν γὰρ τοῦτο δείξῃ τις, αὐτὸς ἀφ' αὑτοῦ ἀποχωρήσει· μέχρι δὲ μὴ δεικνύῃς, μὴ θαύμαζε εἰ ἐπιμένει. καταφθάρματος γὰρ φαντασίαν λαμβάνων, ποιεῖ αὐτό. Διὰ 6 τοῦτο καὶ Σωκράτης ταύτῃ τῇ δυνάμει πεποιθὼς, ἔλεγεν· ὅτι, Ἐγὼ ἄλλον μὲν οὐδένα εἴωθα παρέχειν μάρτυρα ὧν λέγω· ἀρκοῦμαι δ' ἀεὶ τῷ προσδιαλεγομένῳ, καὶ ἐκεῖνον ἐπιψηφίζω καὶ καλῶ μάρτυρα, καὶ εἷς ὢν οὗτος ἀρκεῖ μοι ἀντὶ πάντων. Ἤιδει γὰρ, ὑπὸ τίνος λογικὴ 7

Y 4

ψυχὴ

perfuafit, pro vero ei adfentitur. Ergo validus ad dicendum & cum ad adhortandum, tum ad confutandam, hic idem erit, qui cuique oftendere pugnam potest, qua fit ut ille peccet; atque evidenter demonstrare, eum id quod velit non facere, & id facere quod non velit. Cui enim hoc demonstratum fuerit, is ipse sua sponte recedet: quoad autem non oftenderis, mirari noli, in propofito eum perfeverare. Quoniam enim recte factum ipfi videtur, eo facit. Quapropter & Socrates, ista facultate fretus, dicebat: „Equidem eorum, „quae dico, nullum alium „teftem citare foleo, con„tentus femper eo quicum „difputo: eum unum fen„tentiam rogo, & teftem „voco. Et unus ille mihi „fufficit loco omnium." Norat fcilicet, qua re moveatur anima ratione praedita;

ψυχὴ ... ἀνοίξεις τ ζυγῷ, ἔπειτα ῥέψει, ἄν τε
θέλῃς, ἄν τε μή. Λογικῷ ἡγεμονικῷ δεῖξον μάχην, καὶ ἀποστήσεται· ἂν δὲ μὴ δεικνύῃς, αὐτὸς σεαυτῷ μᾶλλον ἐγκάλει, ἢ τῷ μὴ πειθο-
μένῳ.

... dita; eamque ... sicat lan.. vero non ostenderis, te
cem in libro, velit, nolit, ipsum potius accusato,
deprimi. Ratione præditæ quam eum qui non obtem-
menti ostenditur repugnan.. perat
tiam, & desistet: quodsi

ΑΡΡΙΑΝΟΥ
ΤΩΝ
ΕΠΙΚΤΗΤΟΥ ΔΙΑΤΡΙΒΩΝ
ΒΙΒΛΙΟΝ ΤΡΙΤΟΝ.

ΚΕΦ. α'.

Περὶ Καλλωπισμοῦ.

Εἰσιόντος τινὸς πρὸς αὐτὸν νεανίσκου ῥητορικοῦ, περιεργότερον ἠσκημένου τὴν κόμην, καὶ τὴν ἄλλην περιβολὴν κατακοσμοῦντος· Εἰπέ μοι, ἔφη, οὐ δοκοῦσί σοι κύνες τ' εἶναι καλοί τινες καὶ ἵπποι, καὶ οὕτω τῶν ἄλλων ζῴων ἕκαστον; Δοκοῦσιν, ἔφη. Οὐκοῦν καὶ ἄνθρωποι οἱ μὲν καλοὶ, οἱ δὲ αἰσχροί; Πῶς γὰρ οὔ; Πότερον οὖν κατὰ τὸ αὐτὸ ἕκαστα ταῦτην ἐν τῷ αὐτῷ

Y 5   γένει

EPICTETI DISSERTATIONVM
AB ARRIANO DIGESTARVM
LIBER III.

CAP. I.

De ornatu.

Cum adolescens quidam Rhetoricæ studiosus ad eum accessisset, coma luxuriosius ornata, & reliqua veste splendidiore: Dic mihi, inquit, nonne tibi & canes nonnulli pulcri videntur, & equi, aliaque item animalia? Videntur, inquit. Ergo & homines alii pulcri, alii deformes? Quidni? Utrum igitur eadem ratione quælibet horum in suo genere pulcra dici

γένει καλὰ προσαγορεύομεν, ἢ ἰδίως ἕκαστον;
3 οὕτω δ' ὄψει αὐτό. ἐπειδὴ πρὸς ἄλλο μὲν ὁρῶμεν κύνα πεφυκότα, πρὸς ἄλλο δ' ἵππον, πρὸς
ἄλλο δ', εἰ οὕτω τύχοι, ἀηδόνα· καθόλου μὲν
οὐκ ἀτόπως ἀποφήναιτ' ἄν τις ἕκαστον τηνικαῦ-
τα καλὸν εἶναι, ὁπότε κατὰ τὴν αὐτοῦ φύσιν
κράτιστ' ἔχει· ἐπεὶ δ' ἡ φύσις ἑκάστου διαφο-
ρός ἐστι, διαφόρως εἶναί μοι δοκεῖ ἕκαστον αὐτῶν
4 καλόν. ἢ γὰρ οὔ; Ὡμολόγει. Οὐκοῦν ὅπερ κύνα
ποιεῖ καλόν, τοῦτο ἵππον αἰσχρόν· ὅπερ δ' ἵππον καλόν, τοῦτο κύνα αἰσχρόν· εἴ γε διάφοροι
5 αἱ φύσεις εἰσιν αὐτῶν. Ἔοικε. Καὶ γὰρ τὸ παγ-
κρατιαστὴν οἶμαι ποιοῦν καλόν, τοῦτο παλαιστὴν
οὐκ ἀγαθὸν ποιεῖ· δρομέα δὲ, καὶ γελοιότατον.
καὶ ὁ πρὸς πεντᾶθλίαν καλὸς, ὁ αὐτὸς οὗτος
6 πρὸς πάλην αἴσχιστος. Οὕτως, ἔφη. Τί οὖν ποι-
ῶ ἄνθρωπον καλὸν, ἢ ὅπερ τῷ γένει καὶ κύνα
καὶ

diximus, an' peculiariter
singula? Id vero sic intelliges. Quandoquidem ad
alia natum esse canem videmus, equum ad alia, item
verbi caussa lusciniam ad
alia; in universum quidem
haud absurde pronunciabi-
mus, tam singula esse pulcra, cum pro naturâ suâ
optime se habuerint; cum
vero natura cujusque di-
versa sit, diversa etiam
ratione quodlibet eorum
mihi pulcrum esse vide-
tur. Nonne? Assentieba-
tur. Ergo, quod canem
facit pulcrum, id equum
turpem; quod vero equum
pulcrum, id canem defor-
mem; siquidem eorum na-
turae sunt diversae. Sic videtur. Recte: quod enim
pancratiastam pulcrum fa-
cit, hoc luctatorem, puto,
non bonum facit; curso-
rem vero, etiam valde ri-
diculum: & qui ad quin-
quercium pulcer est, idem
ad luctam turpissimus fuerit. Sic est, inquit. Quid
ergo pulcrum facit homi-
nem,

καὶ ἵππον; Τοῦτο, ἔφη. Τί οὖν ποιεῖ κύνα καλόν; Ἡ ἀρετὴ ἡ κυνὸς παροῦσα. Τί ἵππον; Ἡ
ἀρετὴ ἡ ἵππου παροῦσα. Τί οὖν ἄνθρωπον; Μή
ποθ' ἡ ἀρετὴ ἡ ἀνθρώπου παροῦσα; Καὶ σὺ οὖν 7
εἰ θέλεις καλὸς εἶναι, νεανίσκε, τοῦτο ἐκπόνει, τὴν
ἀρετὴν τὴν ἀνθρωπικήν. Τίς δ' ἔστιν αὕτη; Ὅρα 8
τίνας αὐτὸς ἐπαινεῖς, ὅταν δίχα πάθους τινὰς
ἐπαινῇς· πότερα τοὺς δικαίους, ἢ τοὺς ἀδίκους;
Τοὺς δικαίους. Πότερον τοὺς σώφρονας, ἢ τοὺς
ἀκολάστους; Τοὺς σώφρονας. Τοὺς ἐγκρατεῖς δ',
ἢ τοὺς ἀκρατεῖς; Τοὺς ἐγκρατεῖς. Οὐκοῦν τοι- 9
οῦτόν τινα ποιῶν σαυτὸν, εἴσῃ ὅτι καλὸν ποιήσεις·
μέχρι δ' ἂν τούτων ἀμελῇς, αἰσχρόν σ' εἶναι
ἀνάγκη, κἂν πάντα μηχανᾷ ὑπὲρ τοῦ φαί-
νεσθαί σε καλόν.

Ἐντεῦθεν οὐκέτι ἔχω σοι πῶς εἴπω· ἄν τε γὰρ 10
λέγω ἃ φρονῶ, ἀνιάσω σε, καὶ ἐξελθὼν τάχα
οὐδ'.

nem, nisi id quod in suo
genere & canem & equum?
Id ipsum; inquit. Quid ergo pulcrum facit canem?
Virtus canis si ei insit.
Quid equum? Virtus equi
si insit. Quid ergo homi-
nem? Nonne, virtus ho-
minis si insit? Et tu ergo,
adolescentule, si pulcer
esse vis, in isto elaborato,
ut virtute humana sis praeditus. Quae autem illa est?
Vide quosnam ipse laudas,
cum citra animi perturba-
tionem aliquos laudas: ja-
stosne an injustos? Justos.
Utrum moderatos, an in-
temperantes? Moderatos.
Continentes, an inconti-
nentes? Continentes. Er-
go si talem te praestiteris,
videbis te pulcrum te red-
diturum: quoad autem haec
neglexeris, turpem te esse
necesse est, etiamsi ad exornandum formam nihil
praetermiseris.
Quod superest, non ha-
beo quomodo tecum agam:
sive etiam quae sentio dixero, molestia te adficiam,
&

οὐδ' εἰσελεύσῃ· ἄν τε μὴ λέγω, ὅρα οἷον ποιήσω, εἰ σὺ μὲν ἔρχῃ πρὸς ἐμὲ ὠφεληθησόμε-
νος, ἐγὼ δ' οὐκ ὠφελήσω σ' οὐδέν· καὶ σὺ μὲν
ὡς πρὸς Φιλόσοφον, ἐγὼ δ' οὐδὲν ἐρῶ σοι ὡς
11. Φιλόσοφος. Πῶς δὲ καὶ ὠμόν ἐστι πρὸς αὐτόν σε,
τὸ περιιδεῖν ἀνεπανόρθωτον; ἂν ποθ' ὕστερον Φε-
12. νας σχῇς, εὐλόγως μοι ἐγκαλέσῃς. Τί εἶδεν ἐν
ἐμοὶ ὁ Ἐπίκτητος, ἵνα βλέπων με τοιοῦτον εἰσερχόμενον πρὸς αὐτὸν, οὕτως αἰσχρῶς ἔχοντα, πε-
13. ριίδῃ, καὶ μηδέποτε μηδὲ ῥῆμα εἴπῃ; Οὕτω μου
ἀπέγνω; νέος οὐκ ἤμην; οὐκ ἤμην λόγου ἀκουστικός; πόσοι δ' ἄλλοι νέοι ἐφ' ἡλικίας πολλὰ
14. τοιαῦτα διαμαρτάνουσι; Ἵνά ποτ' ἀκούω Πολέμωνα ἐξ ἀκολαστοτάτου νεανίσκου τοσαύτην
μεταβολὴν μεταβαλεῖν. ἔστω, οὐκ ᾤετό με
Πολέμωνα ἔσεσθαι· τὴν μὲν κόμην ἐδύνατό μου
διορ-

&egressus forte numquam reverteris; sive non dixero, vide quid faciam, si tu capiendi fructus causâ me conveneris, ego vero nihil tibi profuero; ac tu tamquam ad philosophum accesseris, ego vero nihil philosopho dignum tibi dixero. Quam vero etiam crudeliter a me in te actum fuerit, si incorrectum te neglexero? Quod si quando post prudentior eris factus, merito me accusabis. „Quid in me vidit Epictetus, ut cum me talem ad se ingressum cerneret, „tam turpiter adfectum, „negligeret, nec umquam „ne verbum quidem ullum „ad me faceret? Adeo-ne „de me desperavit? nonne „juvenis eram? nonne „eram doctrinae cupidus? „quot vero alii adolescen-„tes hac aetate talia multa „delinquunt? Audio Pole-„monem quemdam olim, „e luxuriosissimo continen-„tissimum esse factum. Esto, „non putaverit me Polemo-„nem fore; comam qui-„dem meam corrigere pot-„erat;

διορθῶσαι, τὰ δὲ περιάμματά μου περιελεῖν;
ψιλούμενόν με παῦσαι ἠδύνατο. ἀλλὰ βλέπων
με τίνος εἴπω σχῆμα ἔχοντα, ἐσιώπα. Ἐγὼ οὐ 15
λέγω τίνος ἐστὶ τὸ σχῆμα τοῦτο· σὺ δ᾽ αὐτὸ
ἐρεῖς τόθ᾽ ὅταν εἰς ἑαυτὸν ἔλθῃς, καὶ γνώσῃ οἷόν
ἐστι, καὶ τίνες αὐτὸ ἐπιτηδεύουσι.

Τοῦτό μοι ὕστερον ἦν ἐγκαλῆς, τί ἔξω ἀπο- 16
λογήσασθαι; Ναί· ἀλλ᾽ ἐρῶ, καὶ σὺ πεισθή-
σεται. Τῷ γὰρ Ἀπόλλωνι ἐπείσθη ὁ Λάϊος;
οὐκ ἀπελθὼν καὶ μεθυσθεὶς, χαίρειν εἶπε τῷ
χρησμῷ; τί οὖν; παρὰ τοῦτο οὐκ εἶπεν αὐτῷ
ὁ Ἀπόλλων τὰς ἀληθείας; Καί τοι ἐγὼ μὲν
οὐκ οἶδα, οὔτ᾽ εἰ πεισθήσῃ μοι, οὔτ᾽ εἰ μή· 17
ἐκεῖνος δ᾽ ἀκριβέστατα ᾔδει, ὅτι οὐ πεισθή-
σεται, καὶ ὅμως εἶπε. Διὰ τί δ᾽ εἶπε; Διὰ 18
τί δὲ Ἀπόλλων ἐστί; διὰ τί δὲ χρησμῳδεῖ;
διὰ τί δ᾽ εἰς ταύτην τὴν χώραν ἑαυτὸν κατα-
τέτα.

„erat; poterat torques &
„monilia a me auferre;
„efficere poterat, ut defi-
„nerem pilos mihi evellen-
„dos curare. Sed cum vi-
„deret me nescio quo præ-
„ditam habitu, tacebat.“
Ego non dico cujus sit iste
habitus: tu vero ipse id dices, tum, cum in te de-
scenderis, & intelliges,
qualis sit, & qui eum usur-
pent.

Hæc si posthac mihi ob-
jeceris, quid habebo, quo
me defendam? Enimvero

dicam, non obtemperatu-
rus erat? At Apollini-ne
obtemperavit Laius? non-
ne digressus, atque ine-
briatus, valere jussit oraculum? Quid ergo? hacne
de caussa veritatem reticuit
Apollo? Atqui ego qui-
dem, sisne obtemperaturus
mihi, an non, ignoro; ille
vero certissime norat, illum non obtemperaturum
esse; & tamen dixit. Cur
vero dixit? Cur vero
Apollo est? cur reddit
oracula? cur locum istum
sibi vindicavit, ut vates
esset.

τέταχεν, ὥστε μάντις εἶναι, καὶ πηγὴ τῆς ἀληθείας, καὶ πρὸς αὐτὸν ἔρχεσθαι τοὺς ἐκ τῆς οἰκουμένης; διὰ τί δὲ προγέγραπται τὸ ΓΝΩΘΙ
ΣΑΥΤΟΝ, μηδενὸς αὐτὸ νοοῦντος;

19 Σωκράτης πάντας ἔπειθε τοὺς προσιόντας,
ἐπιμελεῖσθαι ἑαυτῶν; Οὐδὲ τὸ χιλιοστὸν μέρος.
Ἀλλ' ὅμως, ἐπειδὴ εἰς ταύτην τὴν τάξιν ὑπὸ τοῦ
Δαιμονίου, ὥς φησιν αὐτός, κατετάχθη, μηκέτι
ἐξέλιπεν. ἀλλὰ καὶ πρὸς τοὺς δικαστὰς τί λέγει;
20 Ἂν μ' ἀφῆτε, φησίν, ἐπὶ τούτοις, ἵνα μηκέτι ταῦτα πράσσω ἃ νῦν, οὐκ ἀνέξομαι, οὐδ' ἀνήσω·
ἀλλὰ καὶ νέῳ καὶ πρεσβυτέρῳ, καὶ ἁπλῶς ἀεὶ
τῷ ἐντυγχάνοντι προσελθών, πεύσομαι ταῦτα ἃ
καὶ νῦν πυνθάνομαι· πολὺ δὲ μάλιστα ὑμῶν,
φησὶ, τῶν πολιτῶν, ὅτι ἐγγυτέρω μου γένει ἐστέ.
21 Οὕτω περίεργος εἶ, ὦ Σώκρατες, καὶ πολυ-
πράγ-

effet, ac fons veritatis, & a toto terrarum orbe consuleretur? cur vero in templi vestibulo scriptum est, NOSCE TEIPSUM, quamvis nemo animum advertat?

An. Socrates omnibus iis, qui eum conveniebant, persuasit, ut semetipsos curarent? Ne millesimo quidem cuique. Sed tamen, eum, ut ipse adfirmat, munus hoc a Deo sibi adtributum haberet, in eo non cessavit. Sed & apud judices quid ait? „Si me, in„quit, ea conditione absol„veritis, ut haec posthac „non faciam quae nunc fa„cio, non feram, neque „desistam; sed & juvenes „& senes, denique obvios „quosque adgrediar, ea „rogaturus quae nunc ro„go: inprimis autem vos „cives, quod mihi gene„re conjunctiores estis." Adeone curiosus es, Socrates, & rebus alienis te immiscendi studio duceris? quid

πράγμων; τί δέ σοι μέλει τί ποιοῦμεν; Οἷον
καὶ λέγεις; κοινωνός μου ὢν καὶ συγγενής, ἀμελεῖς σεαυτοῦ, καὶ τῇ πόλει παρέχεις πολίτην
κακόν, καὶ τοῖς συγγενέσι συγγενῆ, καὶ τοῖς
γείτοσι γείτονα. Σὺ οὖν τίς εἶ; Ἐνταῦθα μέγα 22
ἐστὶ τὸ εἰπεῖν, ὅτι, Οὗτός εἰμι, ᾧ δεῖ μέλειν
ἀνθρώπων. οὐδὲ γὰρ λέοντι τὸ τυχὸν βοΐδιον τολμᾷ ἀντιστῆναι· ἂν δ' ὁ ταῦρος προσελθὼν ἀνθί-
σταται, λέγε αὐτῷ, ἂν σοι δόξῃ, Σὺ δὲ τίς
εἶ; καὶ, Τί σοι μέλει; Ἄνθρωπε, ἐν παντὶ γένει 23
φύεταί τι ἐξαίρετον· ἐν βουσίν, ἐν κυσίν, ἐν με-
λίσσαις, ἐν ἵπποις. Μὴ δὴ λέγε τῷ ἐξαιρέτῳ,
Σὺ οὖν τίς εἶ; εἰ δὲ μή, ἐρεῖ σοι φωνήν ποθεν
λαβών· Ἐγώ εἰμι τοιοῦτον, οἷον ἐν ἱματίῳ πορ-
φύρα· μή μ' ἀξίου ὅμοιον εἶναι τοῖς ἄλλοις· ἢ τῇ
φύσει μου μέμφου, ὅτι με διαφέροντα παρὰ τοὺς
ἄλλους ἐποίησε.

TI

quid tua refert quid nos agamus? „Quid tandem dicis? cum sis meus sodalis & cognatus, te ipse negligis, & reipublicæ malum civem præstas, cognatis cognatum, & vicinis vicinum malum." — Tu ergo quis es? — Hîc loci magnum est profiteri, eum esse me, cui homines curæ esse debeant. Neque enim leoni quælibet bucula resistere audet: si vero taurus illi ire obviam atque resistere ausus fuerit, dic, si videbitur, illi, Tu vero quis es? quid ad te adtinet? Homo, in quolibet genere eximium aliquid nascitur; in bobus, in canibus, in apibus, in equis. Noli ergo dicere eximio, Tu ergo quis es? Alioqui, si vocem alicunde acceperit, dicet tibi: Talis ego sum, qualis in vestimentis est purpura: noli postulare, ut sim aliorum similis: nec naturam meam increpa, quod me ab aliis diversum fecerit.

Quid

24 Τί οὖν; ἐγὼ τοιοῦτος; Πόθεν; Σὺ γὰρ
τοιοῦτος, οἷος ἀκούειν τἀληθῆ; Ὄφελεν. Ἀλλ᾽
ὅμως ἐπεί πως κατεκρίθην πώγωνα ἔχειν πο-
λιὸν, καὶ τρίβωνα, καὶ σὺ εἰσέρχῃ πρὸς ἐμὲ
ὡς πρὸς Φιλόσοφον, οὐ χρήσομαί σοι ὠμῶς,
οὐδ᾽ ἀπογνωστικῶς, ἀλλ᾽ ἐρῶ· Νεανίσκε, τίνα
θέλεις καλὸν ποιεῖν; γνῶθι πρῶτον τίς εἶ, καὶ
25 οὕτω κόσμει σεαυτόν. Ἄνθρωπος εἶ· τοῦτο δ᾽
ἐστὶ θνητὸν ζῶον, χρηστικὸν Φαντασίαις λογικῶς. Τὸ δὲ λογικῶς, τί ἐστι; Φύσει ὁμολογουμένως, καὶ τελείως. Τί οὖν ἐξαίρετον ἔχεις;
τὸ ζῶον; Οὔ. Τὸ θνητόν; Οὔ. Τὸ χρηστικὸν
26 Φαντασίαις; Οὔ. Τὸ λογικὸν ἔχεις ἐξαίρετον·
τοῦτο κόσμει καὶ καλλώπιζε· τὴν κόμην δ᾽ ἄφες
27 τῷ πλάσαντι ὡς αὐτὸς ἠθέλησεν. Ἄγε, τίνας
ἄλλας ἔχεις προσηγορίας; Ἀνήρ εἶ, ἢ γυνή;
Ἀνήρ. Ἄνδρα οὖν καλλώπιζε, μὴ γυναῖκα.
ἐκείνη

Quid ergo? egone talis sum? Multum abest. Tu vero is es, qui verum audire sustines? Utinam. Verumtamen quandoquidem ad hoc fere condemnatus sum, ut canam barbam alam, & pallium gestem, tuque me ut philosophum accessisti; non te crudeliter, neque tamquam desperatum tractabo, sed dicam: Adolescens, quemnam vis pulcrum facere? cognosce prius, quis sis; ac tum te ornato. Homo es, hoc est, animal mortale, quod visis cum ratione utitur. Quid vero est hoc, cum Ratione? Naturae convenienter, ac perfecte. Quid ergo eximium habes? Animal? Non. Mortale? Non. Uti visis? Non. Rationem habes eximiam; hanc ornato & expolito: comam vero relinquito ei qui illam finxit, ut ipse voluit. Age, quaenam alias habes adpellationes? Vir es, an mulier? Vir. Virum igitur orna, non mulierem. Illa,
natura laevis est, ac deli-
cata;

ἐκείνη φύσει λεία γέγονε, καὶ τρυφερά· κἂν
ἔχῃ τρίχας πολλὰς, τέρας ἐστὶ, καὶ ἐν τοῖς
τέρασιν ἐν Ῥώμῃ δείκνυται. τοῦτο δ᾽ ἐπ᾽ ἀνδρός 28
ἐστι τὸ μὴ ἔχειν. κἂν μὲν φύσει μὴ ἔχῃ, τέρας
ἐστίν· ἂν δ᾽ αὐτὸς ἑαυτοῦ ἐκκόπτῃ καὶ ἀποτίλ-
λῃ, τί αὐτὸν ποιήσομεν; ποῦ αὐτὸν δείξομεν;
καὶ τί προγράψομεν; Δείξω ὑμῖν ἄνδρα, ὃς θέλει μᾶλλον γυνὴ εἶναι ἢ ἀνήρ. Ὦ δεινοῦ θεά- 29
ματος! Οὐδεὶς οὐχὶ θαυμάσεται τὴν προγραφήν; Νὴ τὸν Δία, οἶμαι ὅτι αὐτοὶ οἱ τιλλόμε-
νοι, οὐ παρακολουθοῦντες ὅτι τοῦτ᾽ αὐτό ἐστιν
ὃ ποιοῦσι, ποιοῦσιν. Ἄνθρωπε, τί ἔχεις ἐγ- 30
καλέσαι σου τῇ φύσει; Ὅτι σε ἄνδρα ἐγέννησε;
Τί οὖν; πάσας ἔδει γυναῖκας γεννῆσαι; καὶ τί
ἂν ὄφελος ἦν σοι τοῦ κοσμεῖσθαι; τίνι ἂν ἐκοσ-
μοῦ, εἰ πάντες ἦσαν γυναῖκες; Ἀλλ᾽ οὐκ ἀρέ- 31
σκει σοι τὸ πραγμάτιον· ὅλον δι᾽ ὅλου αὐτὸ
ποιή-

cata; &, si multos pilos habuerit, monstrum est, et Romæ inter monstra ostenditur. Idem fit in viro, si non habet: qui si natura non habuerit, monstrum est: sin ipse sibi eos abraserit atque evellerit, quid illi faciemus? ubi eam ostendemus? quo titulo eum proscribemus? Ostendam vobis virum, qui mulier quam vir esse mavult! O fœdum spectaculum! Nemo non miraturus est istam inscriptionem. Mediusfidius opinor eos ipsos, qui comas evellunt, si intelligerent esse hoc ipsum quod faciunt, non facturos. Homo, quid est, cur naturam tuam accusas? An, quod virum te genuit? Quid ergo? num mulieres tantum gignendæ fuerunt? & quæ tibi fuisset utilitas ornatus? cui te ornasses, si omnes mulieres fuissent? At tibi hæc res non placet? Totam igitur prorsus abjice:

σεαυτόν· ἆρον — — τί ποτ' ἐκεῖνος — — τὸ
αἴτιον τῶν τριχῶν· ποίησον εἰς ἅπαντα σαυτὸν
γυναῖκα, ἵνα μὴ πλανώμεθα· μὴ τὸ μὲν ἥμισυ
32 ἀνδρός, τὸ δ' ἥμισυ γυναικός. Τίνι θέλεις ἀρέσαι; Τοῖς γυναικαρίοις; Ὡς ἀνὴρ αὐτοῖς ἄρε-
σον. Ναί· ἀλλὰ τοῖς λείοις χαίρουσιν. Οὐκ
ἀπάγξῃ; καὶ εἰ τοῖς κιναίδοις ἔχαιρον, ἐγίνου
33 ἂν κίναιδος; Τοῦτό σοι τὸ ἔργον ἐστί; καὶ
τοῦτο ἐγεννήθης, ἵνα σοι αἱ γυναῖκες αἱ ἀκό-
34 λαστοι χαίρωσι; Τοιοῦτόν σε θῶμεν πολίτην
Κορινθίων, κἂν οὕτω τύχῃ, ἀστυνόμον, ἢ ἐφή-
35 βαρχον, ἢ στρατηγόν, ἢ ἀγωνοθέτην; Ἄγε,
καὶ γαμήσας τίλλεσθαι μέλλεις; Τίνι, καὶ ἐπὶ
τί; Καὶ παιδία ποιήσας, εἶτα κἀκεῖνα τιλ-
λόμενα ἡμῖν εἰσάξεις εἰς τὰ πολιτεύματα; Καλὸς
πολίτης, καὶ βουλευτής, καὶ ῥήτωρ. τοιούτους δεῖ

abjice: tolle illud — — quonam nomine adpella-
bo? — — quod est caussa istorum pilorum; per omnia in mulierem te trans-formato, ne decipiamur.
Noli semissem viri, & semissem mulieris tenere.
Cui studes placere? Mulierculis? Ut vir eis place-
to. Recte sane: verum glabris illæ delectantur.
Non te suspendes? si cinædis delectarentur, fie-
resne cinædus? Nom istud tuum munus est? num ad
hos natus es, ut impu-dicæ mulieres te delectentur? Talis enim sis, civem-ne te constituemus Corin-
thiorum, &, si ita res tulerit, urbis etiam præfectum, aut adolescentiæ principem, aut præto-
rem, ludorumve præsi-dem? Age, postquam uxorem duxeris, etiam tum pilos velles? Cujus in gratiam? & quo fine? Et cum liberos procrearis,
eos deinde quoque glabros in civitatem induces?
O pulcrum civem & senatorem, & oratorem! Ta-
lesne

τίους εὔχεσθαι ἡμῖν φύεσθαι καὶ ἀνατρέ-
φεσθαι;

Μή· τοὺς Θεούς σοι, νεανίσκε. ἀλλ᾽ ἅπαξ 36
ἀκούσας τῶν λόγων τούτων, ἀπελθὼν σαυτῷ
εἰπέ, Ταῦτά μοι Ἐπίκτητος οὐκ εἴρηκε· (πόθεν
γὰρ ἐκείνῳ;) ἀλλὰ Θεός τίς ποτ᾽ εὐμενὴς δι᾽
ἐκείνου. οὐδὲ γὰρ ἂν ἐπῆλθεν Ἐπικτήτῳ ταῦτα
εἰπεῖν, οὐκ εἰωθότι λέγειν πρὸς οὐδένα. Ἄγε οὖν, 37
τῷ Θεῷ πεισθῶμεν, ἵνα μὴ θεοχόλωτοι ὦμεν.
Οὔ· ἀλλ᾽ ἂν μὲν κόραξ κραυγάζων σημαίνῃ σοί
τι, οὐχ ὁ κόραξ ἐστὶν ὁ σημαίνων, ἀλλ᾽ ὁ
Θεὸς δι᾽ αὐτοῦ· ἂν δὲ δι᾽ ἀνθρωπίνης φωνῆς σημαίνῃ τι, τὸν ἄνθρωπον οὐ ποιήσει λέγειν σοι
ταῦτα, ἵνα γνοίης τὴν δύναμιν τοῦ δαιμονίου, ὅτι
τοῖς μὲν οὕτως, τοῖς δ᾽ ἐκείνως σημαίνει, περὶ
δὲ τῶν μεγίστων καὶ κυριωτάτων, διὰ καλλί-
στου ἀγγέλου σημαίνει; Τί ἐστιν ἄλλο ὁ λέγει 38
ὁ ποιητής·

Z 2   ―― Ἐπεὶ

lesue optandum est ut na-
scantur nobis juvenes alan-
turque!

Non; per Deos, adole-
scens! Quin potius, semel
hac oratione audita, di-
gressus dic Ipse tibi: „Hæc
„Epictetus mihi non dixit:
„unde enim ille? sed Deos
„aliquis propitius per il-
„lum. Neque enim in
„mentem Epicteto venisset
„hæc dicere, cum nemine
„ita disputare solito. Age
„ergo, Deo pareamus, ne
„vindictam ejus in nos

„provocemus.“ ― Non:
sed corvus quidem si croci-
tando aliquid tibi significat,
non corvus est qui significet, sed Deus per eum:
si vero per hominis vocem
aliquid significat, non faciet ut homo ea tibi dicat,
quo vim cognoscas Dei,
qui aliis huc, aliis alia ratione significet, res vero
maximas maximique mo-
menti per pulcerrimum
nuncium significet? Quid
est aliud, quod Poeta di-
cit

                    ― Quo-

—— Ἐπεὶ πρό οἱ εἴπομεν ἡμεῖς,
Ἑρμείαν πέμψαντες ἐΰσκοπον Ἀργειφόντην,
Μήτ' αὐτὸν κτείνειν, μήτε μνάασθαι ἄκοιτιν.

39 Ὁ Ἑρμῆς καταβὰς ἔμελλεν αὐτῷ λέγειν ταῦτα;
καὶ σοὶ νῦν λέγουσιν οἱ Θεοὶ ταῦτα, Ἑρμείαν
πέμψαντες διάκτορον Ἀργειφόντην· Μὴ ἐπιστρέ-
φειν τὰ καλῶς ἔχοντα, μηδὲ περιεργάζεσθαι·
ἀλλ' ἀφεῖναι τὸν ἄνδρα, ἄνδρα· τὴν γυναῖκα,
γυναῖκα· τὸν καλὸν ἄνθρωπον ὡς καλὸν ἄνθρω-
40 πον, τὸν αἰσχρὸν ὡς ἄνθρωπον αἰσχρόν. ὅτι οὐκ εἶ
κρέας, οὐδὲ τρίχες, ἀλλὰ προαίρεσις· ταύτην ἂν
41 σχῇς καλὴν, τότ' ἔσῃ καλός. Μέχρι δὲ νῦν οὐ
τολμῶ σοι λέγειν, ὅτι αἰσχρὸς εἶ. δοκεῖς γάρ
42 μοι πάντα θέλειν ἀκοῦσαι, ἢ τοῦτο. Ἀλλ' ὅρα,
τί λέγει Σωκράτης τῷ καλλίστῳ πάντων καὶ
ὡραιοτάτῳ Ἀλκιβιάδῃ· Παρῶ οὖν καλὸς εἶναι.
                                                          Τί

—— Quoniam nos illi
        prædiximus,
Mercurio misso speculato-
        re Argicidâ:
Neque ipsum occide, nec
        duc uxorem.

Mercurius cœlo descendens hæc ei dicturus erat? Etiam tibi nunc Dii hæc dicunt, Mercurio misso internuncio Argicidâ: „Ne „inverte quæ recte se ha„bent; neque temere ne„gotium tibi in eis facesse: „sed virum virum esse si„nas, mulierem mulierem: „formosum hominem, ut „formosum hominem; de„formem ut hominem de„formem. Quandoquidem „neque caro es, neque pi„li; sed mens ratione præ„dita: hanc si pulcram „habueris, tunc eris pulcer." — Sed hactenus quidem dicere tibi non audeo, deformem te esse: quidvis enim libentius auditurus videris, quam hoc. Sed vide, quid Socrates dicat omnium pulcerrimo & elegantissimo Alcibiadi: Da, inquit, operam, ut formosus

Τί αὐτῷ λέγει; Πλάσσε σου τὴν κόμην, καὶ τίλ-
λε σοῦ τὰ σκέλη; Μὴ γένοιτο. Ἀλλὰ κόσμει
σου τὴν προαίρεσιν; ἔξαιρε τὰ φαῦλα δόγματα.
Τὸ σωμάτιον οὖν πῶς; Ὡς πέφυκεν. Ἀλλὰ 43
τούτων ἐμέλησεν· ἐκείνῳ ἐπίτρεψον. Τί οὖν; ἀκά- 44
θαρτον δεῖ εἶναι; Μὴ γένοιτο. ἀλλ᾽ ὃς εἶ καὶ
πέφυκας, τοῦτον κάθαιρε· ἄνδρα, ὡς ἄνδρα καθάριον εἶναι· γυναῖκα, ὡς γυναῖκα· παιδίον, ὡς
παιδίον. Οὔ· ἀλλὰ καὶ τοῦ λέοντος ἐκτίλ- 45
λωμεν τὴν κόμην, ἵνα μὴ ἀκάθαρτος ᾖ· καὶ τοῦ
ἀλεκτρυόνος τὸν λόφον· δεῖ γὰρ καὶ τοῦτον καθάριον εἶναι. Ἀλλ᾽ ὡς ἀλεκτρυόνα, καὶ ἐκεῖνον
ὡς λέοντα, καὶ τὸν κυνηγετικὸν κύνα ὡς κυνη-
γετικόν.

Z 3

ΚΕΦ.

sus sit. Quid ei dicit? Finge comam tuam, & crura velle tua! Absit. Sed orna mentem tuam; prava
decreta abjice! De corpore igitur quid faciendum?
Sic tractandum est, ut ejus natura fert. Alii cuidam
hæ res curæ sunt; ei permitte. Quid ergo? im-
mundum esse oportet? Absit: sed, qui es, & quem
natura te esse jussit, eum purgato: virum, ut vir sit
mundus; mulierem, ut mulier, puerum, ut puer.
Non: immo etiam leonis jubam evellamus, ne sit
immundus: & galli gallinacei cristam; nam & hunc
mundum esse decet. Recte: sed ut gallum gallinaceum; & illum, ut leonem; & canem venaticum,
ut venaticum.

CAP.

ΚΕΦ. β'.

Περὶ τοῦ τίνα ἀσκεῖσθαι δεῖ τὸν Προκόπτοντα· καὶ,
ὅτι τῶν κυριωτάτων ἀμελοῦμεν.

Τρεῖς εἰσι τόποι, περὶ οὓς ἀσκηθῆναι δεῖ τὸν ἐσόμενον καλὸν καὶ ἀγαθόν· ὁ περὶ τὰς ὀρέξεις καὶ τὰς ἐκκλίσεις, ἵνα μήτ' ὀρεγόμενος ἀποτυγχάνῃ, μήτ' ἐκκλίνων περιπίπτῃ· ὁ περὶ τὰς ὁρμὰς καὶ ἀφορμάς, καὶ ἁπλῶς ὁ περὶ τὸ καθῆκον, ἵνα τάξει, ἵνα εὐλογίστως, ἵνα μὴ ἀμελῶς· τρίτος ἐστὶν, ὁ περὶ τὴν ἀνεξαπατησίαν καὶ ἀνεικαιότητα, καὶ ὅλως ὁ περὶ τὰς συγκαταθέσεις. Τούτων κυριώτατος, καὶ μάλιστα ἐπείγων ἐστὶν ὁ περὶ τὰ πάθη. πάθος γὰρ ἄλλως οὐ γίνεται, εἰ μὴ ὀρέξεως ἀποτυγχανούσης, ἢ ἐκκλίσεως περιπιπτούσης. οὗτός ἐστιν ὁ ταραχάς, θορύβους, ἀτυχίας,

CAP. II.

*Quae observanda sint Proficienti; item, Praecipua
a nobis negligi.*

Tres sunt loci, in quibus exerceri oportet eum, qui vir bonus & sapiens sit futurus: primus in Adpetitione inest, & Aversatione; ut neque adpetendo frustretur, nec aversando in id incidat quod non vult: alter, in Impetu ad actionem capiendo aut retinendo, & omnino in servando Officio; ut ordine, ut considerate, ut non negligenter in quaque re ver-semur: tertius locus in eo inest, ut ab errore & temeritate in judicando caveamus, &, verbo ut dicam, in Adsensionibus. Horum praecipuus, & cum primis necessarius, est is, qui in animi Perturbationibus versatur. Perturbatio enim aliter non fit, nisi cum aut frustratur adpetitio, aut quod aversaris non evitatur. Hic est locus, qui turbas, tumultus, infe-

χίας, ὁ δυστυχίας ἐπιφέρων· ὁ πένθη, οἰμωγάς, φθόνους· ὁ φθονερούς, ὁ ζηλοτύπους ποιῶν· δι' ὧν οὐδ' ἀκοῦσαι λόγων δυνάμεθα. Δεύτερός ἐστιν, 4 ὁ περὶ τὸ καθῆκον. οὐ δεῖ γάρ με εἶναι ἀπαθῆ ὡς ἀνδριάντα, ἀλλὰ τὰς σχέσεις τηροῦντα τὰς φυσικὰς καὶ ἐπιθέτους, ὡς εὐσεβῆ, ὡς υἱόν, ὡς ἀδελφόν, ὡς πατέρα, ὡς πολίτην.

Τρίτος ἐστίν, ὁ ἤδη τοῖς προκόπτουσιν ἐπι- 5 βάλλων, ὁ περὶ τὴν αὐτῶν τούτων ἀσφάλειαν, 31 ἵνα μηδ' ἐν ὕπνοις λάθῃ τις ἀνεξέταστος παρελ- θοῦσα φαντασία, μηδ' ἐν οἰνώσει, μηδὲ μελαγ- χολῶντος. Τοῦτο ὑπὲρ ἡμᾶς, φησίν, ἐστίν. Οἱ 6 δὲ νῦν φιλόσοφοι, ἀφέντες τὸν πρῶτον τόπον καὶ τὸν δεύτερον, καταγίνονται περὶ τὸν τρίτον, μεταπίπτοντας, ἐρωτήσεις περαίνοντας, ὑπο- θετικούς, ψευδομένους. Δεῖ γάρ, φησί, καὶ 7 ἐν ταῖς ὕλαις ταύταις γενόμενον διαφυλάξαι τὸ

Z 4 ἀνεξα-

infelicitates, calamitates, luctum, gemitus, invidiam gignit; qui invidos & obtrectatores efficit; quo fit, ut ne audire quidem doctrinae praecepta possimus. Alter locus circa Officia versatur. Neque enim me ita adfectibus vacare oportet, ut statuam; sed ita, ut relationes tuear, cum naturales, tum accersitas; et homo pius, ut filius, ut frater, ut pater, ut civis. Tertius locus est, qui jam ad eos qui proficiunt pertinet; de harum rerum firmitate, ne vel dormienti visum aliquod temerarium obrepat, vel in vino, vel in melancholia. Hoc supra nos, ait, est. Nostrae vero aetatis philosophi, primo & secundo loco omisso, in tertio unice versantur: argumentationes tractant versabiles, interrogando concludentes, hypotheticas, mentientes. Aiunt enim, etiam in his materiis exercendum curandum esse

...ρξαπατήσεων. Τίνος; Τὸν καλὸν καὶ ἀγαθόν.
8 Σοὶ οὖν τοῦτο λείπει· τὰς ἄλλας ἐκπεπόνηκας;
περὶ κερματίων ἀπαραχάρακτος εἶ; ἐὰν ἴδῃς κοράσιον καλὸν, ἀντέχεις τῇ φαντασίᾳ; ἂν ὁ
γείτων σου κληρονομήσῃ, οὐ δάκνῃ; νῦν οὐδὲν
9 ἄλλο σοι λείπει, ἢ ἀμεταπτωσία; Τάλας, αὐτὰ
ταῦτα τρέμων μανθάνεις, καὶ ἀγωνιῶν, μή τις
σου καταφρονήσῃ· καὶ πυνθανόμενος, μή τίς τι
10 περὶ σοῦ λέγῃ. Κἄν τις ἐλθὼν εἴπῃ σοι, ὅτι,
λόγου γενομένου, τίς ἄριστός ἐστι τῶν φιλοσόφων, παρών τις ἔλεγεν, ὅτι, εἷς φιλόσοφος ὁ
δεῖνα· γέγονέ σου τὸ ψυχάριον αὐτὶ δακτυλιαίου
δίπηχυ. ἂν δ᾽ ἄλλος παρὼν εἴπῃ, Οὐδὲν εἴρηκας, οὐκ ἔστιν ἄξιον τοῦ δεῖνος ἀκροᾶσθαι· τί
γὰρ οἶδε; τὰς πρώτας ἀφορμὰς ἔχει, πλέον δ᾽
οὐδέν· ἐξέστηκας, ὤχρίακας, εὐθὺς κέκραγας,
Ἐγὼ

esse ne fallatur. Quis id curare debet? Vir probus & honestus. Hoc unum ergo tibi adhuc deest; in cæteris vero materiis elaborasti? de lucello pecuniario ubi agitur, peccato non es obnoxius? visâ eleganti puella, resistis viso? si vicinus tuus hæreditatem creverit, non morderis? nunc nihil aliud tibi deest, nisi ut ne de sententia dimovearis? Miser, istæc ipsa (quæ ad bonorum pertinent) discis, tremens, & anxius ne quis te contemnat; & saisaitans, an de te loquantur homines, quidve dicant. Quod si quis tibi dixerit, orta quæstione quisnam præstantissimus esset philosophus, dixisse nonneminem, unum te esse philosophum, animula tua, quæ antea digiti longitudine erat, nunc duorum fit cubitorum. Si quis autem alius illi responderit: „Falleris; non est operæ pretium istum audire, quid enim scit? prima principia percepit, præterea vero nihil tenet;" attonitus adstas, palles, statim voci-

Ἐγὼ αὐτῷ δείξω τίς εἰμι, ὅτι μέγας φιλόσοφος. Βλέπεται ἐξ αὐτῶν τούτων. τί θέλεις ἐξ ἄλλων 11 δεῖξαι; Οὐκ οἶδας, ὅτι Διογένης τῶν σοφιστῶν τινα οὕτως ἔδειξεν, ἐκτείνας τὸν μέσον δάκτυλον; εἶτα ἐκμανέντος αὐτοῦ, Οὗτός ἐστιν, ἔφη, ὁ δεῖνα· ἔδειξα ὑμῖν αὐτόν. Ἄνθρωπος γὰρ δακτύλῳ οὐ 12 δείκνυται, ὡς λίθος, ἢ ὡς ξύλον· ἀλλ' ὅταν τις τὰ δόγματα αὐτοῦ δείξῃ, τότε αὐτὸν ὡς ἄνθρω- πον ἔδειξε.

Βλέπωμεν καὶ σοῦ τὰ δόγματα. μὴ γὰρ οὐ 13 δῆλόν ἐστιν, ὅτι σὺ τὴν προαίρεσιν τὴν σαυτοῦ ἐν οὐδενὶ τίθεσαι, ἔξω δὲ βλέπεις εἰς τὰ ἀπρο- αίρετα, τί ἐρεῖ ὁ δεῖνα; καὶ τίς εἶναι δόξεις; εἰ φιλόλογος; εἰ Χρύσιππον ἀνέγνως, ἢ Ἀντί- πατρον; εἰ μὲν γὰρ καὶ Ἀρχέδημον, ἀπέχεις ἅπαντα. Τί ἔτι ἀγωνιᾷς, μὴ οὐ δείξῃς ἡμῖν 14 τίς ὦ; Θέλεις σοι εἴπω τίνα ἡμῖν ἔδειξας;

Z 5　　　Ἄνθρω-

vociferaris, Ego ei de- monstrabo qui vir sim, quantus philosophus. At- qui ex his ipsis cernitur. Cur tu vis per alia demon- strare? An ignoras, Dio- genem sic demonstrasse so- phistam quendam, medio digito extento? deinde, illo furore percito; Hic, inquit, ille est; monstravi eum vobis. Homo enim digito, ut lapis aut lignum, non demonstratur: sed si quis opiniones ejus de- monstrarit, tunc eum ut hominem demonstravit.

Videamus & tua decre- ta. Nonne perspicuum est, te voluntatem tuam nihil facere, sed foras prospicere in ea quae tui arbitrii non sunt, intentum quid hic aut ille dicturus sit? quem te esse perhi- beant? an studiosum litera- rum? an qui Chrysippum legerit, aut Antipatrum? quod si & Archedemum, habes omnia. Quid adhuc times, ne non ostenderis nobis qui vir sis? Via tibi dicam, quem te nobis ostenderis? Hominem qui prodeat

Ἄνθρωπον παριόντα ταπεινόν, μεμψίμοιρον, ἐπί-
θυμον, δειλόν, πάντα μεμφόμενον, πᾶσιν ἐγκαλοῦντα, μηδέποτε ἡσυχίαν ἄγοντα, πέρπερον ταῦ-
15 τα ἡμῖν ἐδείξας. Ἄπελθε νῦν, καὶ ἀναγίνωσκε
Ἀρχέδημον· εἶτα, μῦς ἂν καταπέσῃ καὶ ψοφήσῃ,
ἀπέθανες. Τοιοῦτος γάρ σε μένει θάνατος, οἷος καὶ
τὸν — — ἵνα κατ᾽ ἐκεῖνον; — — τὸν Κρῖνον.
καὶ ἐκεῖνος μέγα ἐφρόνει, ὅτι ἐνόει Ἀρχέδημον.
16 Τάλας, οὐ θέλεις ἀφεῖναι ταῦτα τὰ μηδὲν πρὸς
σέ; Πρέπει ταῦτα τοῖς δυναμένοις δίχα ταραχῆς
αὐτὰ μανθάνειν· οἷς ἔξεστιν εἰπεῖν, Οὐκ ὀργίζο-
μαι, οὐ λυποῦμαι, οὐ φθονῶ, οὐ κωλύομαι, οὐκ
ἀναγκάζομαι. Τί μοι λοιπόν; εὐσχολῶ, ἡσυχίαν
17 ἄγω. Ἴδωμεν, πῶς περὶ τὰς μεταπτώσεις
τῶν λόγων δεῖ ἀναστρέφεσθαι· ἴδωμεν, πῶς ὑπό-
θεσίν τις λαβὼν, εἰς αὐτὴν ἕτερον ἀπαχθήσεται.
18 Ἐκείνων ἐστὶ ταῦτα. τοῖς δ᾽ εὐπαθοῦσι προσήκει,
πῦρ

prodeat abjecto animo, querulus, iracundus, timi- dus, de omnibus con- querens, omnes accusans, nunquam quietus, vanus: haec nobis ostendisti. Abi nunc, & lege Archede- mum: deinde si mus deci- derit & strepitum excitarit, mortuus es. Talis enim te mors manet, qualis Cri- nidem; qui & ipse multum sibi tribuebat, quod Arche- demum intelligeret. Ni- si, non via ista, quae ad te nihil attinent, missa fa- cere? Eos ista decent; qui sine perturbatione discere illa queunt: quibus dicere concessum est, Non ira- scor, non maereo, non invideo, non prohibeor, non cogor. Quid mihi re- stat? otiosus sum; vacuum tempus mihi suppetit. Vi- deamus, quo modo mu- tationem argumentationum tractandum fiat; videamus, quomodo quis, sumta hy- pothesi, caveat ne ad ab- surdum ducatur. Illorum hominum ista sunt. Qui- bus

πῦρ καίειν, ἀριστᾷν, ἂν οὕτω τύχῃ, καὶ ᾄδειν,
καὶ ὀρχεῖσθαι· βυθιζομένου δὲ τοῦ πλοίου, τί
μοι παρελθὼν ἐπαίρεις τοὺς σφαίρους.

ΚΕΦ. γ'.

Τίς ὕλη τοῦ ἀγαθοῦ· καὶ πρὸς τί μάλιστα ἀσκητέον.

Ὕλη τοῦ καλοῦ καὶ ἀγαθοῦ, τὸ ἴδιον ἡγεμονι-
κόν· τὸ σῶμα δ', ἰατροῦ καὶ ἀλείπτου· ὁ ἀγρὸς,
γεωργοῦ ὕλη. Ἔργον δὲ καλοῦ καὶ ἀγαθοῦ, τὸ
χρῆσθαι ταῖς φαντασίαις κατὰ φύσιν. Πέφυκε
δὲ πᾶσα ψυχή, ὥσπερ τῷ ἀληθεῖ ἐπινεύειν, πρὸς
τὸ ψεῦδος ἀνανεύειν, πρὸς τὸ ἄδηλον ἐπέχειν· οὕτω πρὸς μὲν τὸ ἀγαθὸν ὀρεκτικῶς κινεῖσθαι, πρὸς
δὲ τὸ κακὸν ἐκκλιτικῶς, πρὸς δὲ τὸ μήτ' ἀγαθὸν

bus bene est, eis convenit
ignem incendere, prande-
re; si res ita ferat, etiam
canere, & saltare. At ubi In eo est navis ut merga-
tur, tu mihi venis & sup-
parum adtollis.

CAP. III.

Quæ sit materia Boni viri; & in quo potissimum exerceri debeamus.

Materia viri boni probi-
que est sua cujusque mens:
corpus vero, medici &
aliptæ; ager, agricolæ
materia. Opus autem viri
boni probique est, visis ad
naturæ præscriptum uti.
Sic autem natura compara- tum est, ut quivis animus,
quemadmodum veris ad-
nuit, falsa abnuit, in incertis adfensum sustinet;
sic & bonum expetat, &
malum aversetur; erga id
vero, quod neque bonum neque malum est, neutro mo-
do

3 ϑὸν μήτε κακὸν οὐδετέρως. Ὡς γὰρ τὸ τοῦ Καίσαρος νόμισμα οὐκ ἔξεστιν ἀποδοκιμάσαι τῷ τρα-
πεζίτῃ, οὐδὲ τῷ λαχανοπώλῃ, ἀλλ' ἂν δείξῃς,
θέλει οὐ θέλει, προέσθαι αὐτὸν δεῖ τὸ ἀντ' αὐτοῦ πωλούμενον· οὕτως ἔχει καὶ ἐπὶ τῆς ψυχῆς.

4 Τὸ ἀγαθὸν φανὲν, εὐθὺς ἐκίνησεν ἐφ' αὑτὸ, τὸ
κακὸν ἀφ' αὑτοῦ. οὐδέποτε δ' ἀγαθοῦ φαντασίαν
ἐναργῆ ἀποδοκιμάσει ψυχή, οὐ μᾶλλον ἢ τὸ Καίσαρος νόμισμα. ἔνθεν ἐξήρτηται πᾶσα κίνησις καὶ
ἀνθρώπου καὶ Θεοῦ.

5 Διὰ τοῦτο πάσης οἰκειότητος προκρίνεται τὸ
ἀγαθόν. οὐδὲν ἐμοὶ καὶ τῷ πατρὶ, ἀλλὰ τῷ
ἀγαθῷ. Οὕτως εἶ σκληρός; Οὕτω γὰρ πέ-
φυκα· τοῦτό μοι τὸ νόμισμα δέδωκεν ὁ Θεός.

6 Διὰ τοῦτο εἰ τοῦ καλοῦ καὶ δικαίου τὸ ἀγαθὸν ἕτερόν ἐστιν, οἴχεται καὶ πατὴρ, καὶ ἀδελφός, καὶ πατρὶς, καὶ πάντα τὰ πράγματα.

7 Ἀλλὰ τὸ ἐμὸν ἐγὼ ἀγαθὸν ὑπερίδω, ἵνα σὺ
σχῇς;

do adficiatur. Quemadmodum enim Cæsaris nummum nec argentario nec olerum venditori improbare licet, sed ostenso eo, sive nolit, sive velit, mercem suam tradat necesse est: eadem est & animi ratio. Bonum, simul atque adparet, ad se adlicit; malum declinatur: neque unquam boni speciem evidentem improbabit animus, non magis quam numisma Cæsaris.

Hinc omnis motus pendet & hominis & Dei.

Propterea cuivis necessitudini præfertur Bonum. Nihil mihi rei cum patre est, sed cum bono. Adeone durus es? Sic sum natura comparatus: hoc mihi numisma dedit Deus. Quapropter si Bonum aliud est quam Honestum & Iustum, valebit & pater & frater & patria, æra denique omnes.
Ego

σχῦς; καὶ παραχωρήσω σοι; Ἀντὶ τίνος; Πατήρ
σου εἰμί. Ἀλλ' οὐκ ἀγαθόν. Ἀδελφός σου εἰμί·
Ἀλλ' οὐκ ἀγαθόν.   Ἐὰν δ' ἐν ὀρθῇ προαιρέσει   8
θῶμεν, αὐτὸ τὸ τηρεῖν τὰς σχέσεις ἀγαθὸν γίνε-
ται· καὶ λοιπὸν, ὁ τῶν ἐκτός τινων ἐκχωρῶν, οὗτος τοῦ ἀγαθοῦ τυγχάνει. Αἴρει τὰ χρήματα ὁ   9
πατήρ. Ἀλλ' οὐ βλάπτει. Ἕξει τὸ πλέον τοῦ
ἀγροῦ ὁ ἀδελφός. Ὅσον καὶ θέλει. μή τι οὖν τοῦ αἰδήμονος; μή τι τοῦ πιστοῦ; μή τι τοῦ φιλαδέλ-
φου; Ἐκ ταύτης γὰρ τῆς οὐσίας τίς δύναται ἐκ-   10
βαλεῖν; οὐδ' ὁ Ζεύς. οὐδὲ γὰρ ἠθέλησεν· ἀλλ' ἐπ'
ἐμοὶ αὐτὸ ἐποίησε, καὶ ἔδωκεν οἷον εἶχεν αὐτός·
ἀκώλυτον, ἀνανάγκαστον, ἀπαραπόδιστον.

Ὅταν οὖν ἄλλῳ ἄλλο τὸ νόμισμα ᾖ, ἐκεῖνό   11
τις δείξας, ἔχῃ τὸ ἀντ' αὐτοῦ πιπρασκόμενον.
Ἐλήλυθεν εἰς τὴν ἐπαρχίαν κλέπτης ἀνθύπα-   12
τος. τίνι νομίσματι χρῆται; Ἀργυρίῳ. Δεῖξον,
καὶ

Ego vero meum bonum negligam, ut tu eo potiaris, Illoque tibi cedam? Qua de caussa? Pater tuus sum. Sed non bonum meum. Frater tuus sum. Sed non bonum meum. Si vero in recta voluntate illud collocaverimus; tum hoc ipsum, conservare relationes, Bonum fiet: ac proinde, qui externa aliqua re cedit, is bono potitur. Aufert pecuniam pater? Sed non nocet. Habebit frater plus agri. Quantum volet! num ergo etiam plus verecundiae? plus fidei? plus fraternae caritatis? Ex hoc enim fundo quis te potest ejicere? ne Jupiter quidem; neque enim voluit; sed in mea potestate id posuit, deditque tale quale ipse habuit, ut nec prohiberi, nec cogi, nec impediri posset.

Quod si igitur aliud alia utitur moneta, eam si quis ei ostenderit, accipiet id quod pro ea venditur. Venit in provinciam fur proconsul. Quanam utitur moneta? Argento. Ostende

καὶ ἀπόφερε ὃ θέλεις. Ἐλήλυθε μοιχός. τίνι νομίσματι χρῆται; Κορασιδίοις. Λάβε, φησὶ, τὸ νόμισμα, πώλητόν μοι τὸ πραγμάτιον. Δὸς, καὶ 13 ἀγόραζε. Ἄλλος περὶ παιδάρια ἐσπούδακε. Δὸς αὐτῷ τὸ νόμισμα, καὶ λάβε ὃ θέλεις. Ἄλλος φιλόθηρος. Δὸς ἱππάριον καλὸν, ἢ κυνάριον· οἰμώζων καὶ στένων πωλήσει ἀντ' αὐτοῦ ὃ θέλεις. Ἄλλος γὰρ αὐτὸν ἀναγκάζει ἔσωθεν, ὁ τὸ νόμισμα τοῦτο τεταχώς.

14   Πρὸς τοῦτο μάλιστα τὸ εἶδος αὑτὸν γυμναστέον. Εὐθὺς ὄρθρου προελθών, ὃν ἂν ἴδῃς, ὃν ἂν ἀκούσῃς, ἐξέταζε, ἀποκρίνου ὡς πρὸς ἐρώτημα, Τί εἶδες; καλὸν ἢ καλήν; Ἔπαγε τὸν κανόνα. Ἀπροαίρετα, ἢ προαιρετικόν; Ἀπροαίρετα. Αἶρε 15 ἔξω. Τί εἶδες; Πενθοῦντα ἐπὶ τέκνου τελευτῇ. Ἔπαγε τὸν κανόνα. Ὁ θάνατός ἐστιν ἀπροαίρετα. αἶρε ἐκ τοῦ μέσου. Ἀπήντησε σοι ὕπατος;
Ἔπαγε

de argentum, & aufer quod voles. Venit mœchus. Qua moneta utitur? Puellis. Cape, inquit aliquis, monetam, & vende mihi istud. Da, & eme. Alius pueris studet. Da ei monetam hanc, & accipe quod volueris. Alius venatione delectatur. Da ei bellum equuleum aut caniculum: plorans & gemens pro eo id, quod tu vis, vendet. Alius enim eum intrinsecus cogit, qui monetam istam ordinavit.

In hoc genere quisque se potissimum exercere debet. Statim mane egressus, quemcumque videris, quemcumque audieris, examinato: responde tamquam ad quæstionem: Quid vidisti? pulcrum, aut pulcram? Adhibe regulam. Est-ne res tui juris, an alieni? Alieni. Abjice. Quid vidisti? Quemdam obitum filii lugentem. Adhibe regulam. Mors alieni juris est: tolle eam e medio. Obviam tibi factus est consul? Adhibe regu-

ἔχῃ τὸν κανόνα. Ταυτὶ ποῖά τιν' ἐστίν;
Ἀπροαίρετα, ἢ προαιρετικόν; Ἀπροαίρετον. Ἄφες
καὶ τοῦτο, οὐκ ἔστι δόγμα· ἀπέβαλε, οὐδὲν πρὸς σέ. Καὶ τοῦτο εἰ ἐποιοῦμεν, καὶ πρὸς 16
τοῦτο ἠσκούμεθα καθ᾽ ἡμέραν, ἐξ ὄρθρου μέχρι
νυκτός, ἐγίνετο ἄν τι, νὴ τοὺς Θεούς. Νῦν δ᾽ 17
εὐθὺς ὑπὸ πάσης φαντασίας κεχηνότες λαμβανόμεθα· καὶ μόνον, ὥσπερ ἄρα, ἐν τῇ σχολῇ μικρόν τι διεγειρόμεθα· εἶτ᾽ ἐξελθόντες, ἂν ἴδωμεν πενθοῦντα, λέγομεν, Ἀπώλετο· ἂν ὕπατον,
Μακάριος· ἂν ἐξωρισμένον, Ταλαίπωρος· ἂν πένητα, Ἄθλιος, οὐκ ἔχει πόθεν φάγῃ. Ταῦτ᾽ 18
οὖν ἐκκόπτειν δεῖ τὰ πονηρὰ δόγματα, περὶ τοῦτο συντετάχθαι. Τί γάρ ἐστι τὸ κλαίειν καὶ οἰμώζειν; Δόγμα. Τί δυστυχία; Δόγμα. Τί
στάσις; τί διχόνοια; τί μέμψις; τί κατηγορία; τί ἀσέβεια; τί φλυαρία; Ταῦτα πάντα 19
δόγματά ἐστι, καὶ ἄλλο οὐδέν· καὶ δόγματα
περὶ

regulam. Qualis res est consulatus? juris alieni, an tui? Alieni. Tolle & hoc: non est probum: abjice; nihil ad te. Hoc si faceremus, & in hoc exerceremur indies a diluculo usque ad noctem, aliquid profecto proficeremus. Nunc autem protinus a quolibet viso hiantes abripimur: & in schola tantum, si quando, paululum expergiscimur: deinde egressi, cum lugentem videmus, dicimus, Periit: si consulem, Beatus: si relegatum, Miser: si pauperem, Infelix, non habet quod edat. Hæc igitur prava decreta resecanda sunt; in hoc intendendi nervi. Quid est enim plorare & ejulare? Decretum. Quid calamitas? Decretum. Quid seditio? quid dissidium? quid querela, quid accusatio? quid impietas? quid nugæ? Nihil hæc omnia sunt aliud nisi decreta; & quidem

περὶ τῶν ἀπροαιρέτων, ὡς ὄντων ἀγαθῶν καὶ κακῶν. Ταῦτά τις ἐπὶ τὰ προαιρετικὰ μεταθέτω,
κἀγὼ αὐτὸν ἐγγυῶμαι ὅτι εὐσταθήσει, ὡς ἂν
ἔχῃ τὰ περὶ αὐτόν.

20 Οἷόν ἐστιν ἡ λεκάνη τοῦ ὕδατος, τοιοῦτον ἡ
ψυχή· οἷον ἡ αὐγὴ ἡ προσπίπτουσα τῷ ὕδατι,
21 τοιοῦτον αἱ φαντασίαι. ὅταν οὖν τὸ ὕδωρ κινηθῇ,
δοκεῖ μὲν καὶ ἡ αὐγὴ κινεῖσθαι, οὐ μέν τοι κινεῖ-
22 ται. καὶ ὅταν τοίνυν σκοτωθῇ τις, οὐχ αἱ τέχναι
καὶ αἱ ἀρεταὶ συγχέονται, ἀλλὰ τὸ πνεῦμα ἐφ'
οὗ εἰσι· καταστάντος δὲ, καθίσταται κἀκεῖνα.

ΚΕΦ.

...dem decreta de rebus alieni juris, quasi bonæ aut
malæ sint. Hæc si quis ad
ea quæ sui juris sunt tradu-
xerit, eum ego spondebo
constantem fore & tran-
quillum, utcumque se ha-
beant res quæ illam cir-
cumstant.

Qualis est aquæ plena
patina, talis est animus: qualis lux solis in aquam
incidens, talia sunt visa.
Cum igitur agitata fuerit
aqua, lux quoque moveri
videtur, nec movetur ta-
men. Sic ergo, si quis
vertigine fuerit correptus,
non artes & virtutes tur-
bantur, sed spiritus in quo
sunt; sin is sedatus fuerit,
Illis etiam ratio sua con-
stabit.

CAP.

ΚΕΦ. δ'.

Πρὸς τὸν ἀκόσμως ἐν θεάτρῳ σπουδάσαντα.

Τοῦ δ' ἐπιτρόπου τῆς Ἠπείρου ἀκοσμότερον σπουδάσαντος κωμῳδῷ τινι, καὶ ἐπὶ τούτῳ δημοσίᾳ λοιδορηθέντος, εἶτα ἑξῆς ἀπαγγείλαντος πρὸς αὐτὸν ὅτι ἐλοιδορήθη, καὶ ἀγανακτοῦντος πρὸς τοὺς λοιδορήσαντας· Καὶ τί κακὸν, ἔφη, ἐποίουν; ἐσπούδαζον καὶ αὐτοί, ὡς καὶ σύ. Εἰπόντος 2 δ' ἐκείνου, Οὕτως οὖν τις σπουδάζει; Σὲ, ἔφη, βλέποντες τὸν αὑτῶν ἄρχοντα, τοῦ Καίσαρος φίλον καὶ ἐπίτροπον, οὕτω σπουδάζοντα, οὐκ ἔμελλον καὶ αὐτοὶ οὕτω σπουδάζειν; εἰ γὰρ 3 μὴ δεῖ οὕτω σπουδάζειν, μηδὲ σὺ σπούδαζε· εἰ δὲ δεῖ, τί χαλεπαίνεις, εἴ σε ἐμιμήσαντο; τίνας γὰρ ἔχουσι μιμήσασθαι οἱ πολλοί, ἢ τοὺς ὑπερέχοντας ὑμᾶς; εἰς τίνας ἀπιδόντες ἐλθόν-τες

CAP. IV.

Adversus turpiter faventem in Theatro.

Cum procurator Epiri turpius comœdo cuidam favillet, eaque de re publice convicio jactatus fuisset, idque Epicteto renunciasfet, & conviciatoribus succenseret: Et quidnam, inquit ille, mali fecerunt? faverunt isti, ut & tu. Cum autem ille diceret, Itane quisquam favet? Cum te, inquit, præsidem suum viderent, Cæsaris amicum & procuratorem, ita favere; quidni & ipsi eodem modo sauturi essent? Nam si non ita favendum est, ne tu quidem faveto: sin est favendum, quid illis succenses, te imitantibus? Quos enim habet vulgus quos imitetur, præterquam vos proceres? quosnam respiciant, cum theatra ingressi

4 τες εἰς τὰ θέατρα, ἢ ὑμᾶς; Ὅρα πῶς ὁ
ἐπίτροπος τοῦ Καίσαρος θεωρεῖ· κέκραγε· κἀγὼ τοίνυν κραυγάσω. ἀναπηδᾷ· κἀγὼ ἀνα-
πηδήσω. οἱ δοῦλοι αὐτοῦ διακάθηνται κραυγά-
ζοντες· ἐγὼ δ' οὐκ ἔχω δούλους· ἀντὶ πάν-
5 των αὐτὸς, ὅσον δύναμαι, κραυγάσω. Εἰδέναι
σε οὖν δεῖ, ὅταν εἰσέρχῃ εἰς τὸ θέατρον, ὅτι κανόνα εἰσέρχῃ καὶ παράδειγμα τοῖς ἄλ-
6 λοις, πῶς αὐτοὺς δεῖ θεωρεῖν. Τί οὖν σε
ἐλοιδόρουν; Ὅτι πᾶς ἄνθρωπος μισεῖ τὸ ἐμποδίζον. ἐκεῖνοι στεφανωθῆναι ἤθελον τὸν δεῖνα,
σὺ ἕτερον· ἐκεῖνοί σοι ἐνεπόδιζον, καὶ σὺ ἐκείνοις. σὺ φρονίμου ἰσχυρότερος· ἐκεῖνοι ὃ ἐδύ-
7 ναντο ἐποίουν· ἐλοιδόρουν τὸ ἐμποδίζον. Τί οὖν θέλεις;
ἵνα σὺ μὲν ποιῇς ὃ θέλεις, ἐκεῖνοι δὲ μηδ' ὅπε-
σα ἃ θέλωσι; Καὶ τί θαυμαστόν; Οἱ γεωργοὶ τὸν Δία οὐ λοιδοροῦσιν, ὅταν ἐμποδίζωντα·

gressi sunt, praeter vos? „Vide, quemadmodum Cæ-
„saris procurator spectet! „Vociferatur: vociferabor
„ergo & ego. Exsultat; „exsultabo & ego. Servi
„ejus, hinc atque inde „sedentes, vociferantur:
„ego, cui servi nulli sunt, „pro omnibus ipse quan-
„tum potero clamabo." Sciendum ergo tibi est,
cum theatrum ingrederis, te tamquam regulam ingredi, & exemplum cætero-rum, quo pacto spectare
debeant. Cur igitur con-viciati tibi sunt? Quia omnis homo id, quo impe-ditur, odit. Alium illi
coronari voluerunt, alium tu: illi te impediebant, tu
illos; tu potentior eras; illi fecerunt quod potuerunt; conviciati sunt ei a quo impediebantur. Quid
ergo vis? ut tu quidem, quod velis, id agas; illi
autem quod vellet, ne di-cere quidem audeant? Et
quid miri est? Nonne agri-colæ Jovi maledicunt, cum

ὑπ' αὐτοῦ; οἱ ναῦται οὐ λοιδοροῦσι; τὸν Καίσαρα παύονται λοιδοροῦντες; Τί οὖν; οὐ γινώ- 8
σκει ὁ Ζεύς; τῷ Καίσαρι οὐκ ἀπαγγέλλονται τὰ
λεγόμενα; Τί οὖν ποιῶ; οἶδεν, ὅτι, ἂν πάντας τοὺς λοιδοροῦντας κολάσῃ, οὐχ ἕξει τίνων ἄρξει. Τί οὖν; ἔδει εἰσερχόμενον εἰς τὸ 9
θέατρον οὐ τοῦτο εἰπεῖν, Ἄγε ἵνα Σώφρων
στεφανωθῇ· ἀλλ' ἐκεῖνο, Ἄγε ἵνα τηρήσω τὴν
ἐμαυτοῦ προαίρεσιν ἐπὶ ταύτης τῆς ὕλης κατὰ
φύσιν ἔχουσαν. Ἐμοὶ παρ' ἐμὲ φίλτερον οὐδὲ 10
εἴς. Γελοῖον οὖν, ἵν' ἄλλος νικήσῃ κωμῳδῶν,
ἐμὲ βλάπτεσθαι. Τίνα οὖν θέλω νικῆσαι; 11
Τὸν νικῶντα. καὶ οὕτως ἀεὶ νικήσω, ὃν θέλω.
Ἀλλὰ θέλω στεφανωθῆναι Σώφρονα. Ἐν οἴκῳ
σεαυτοῦ θέλεις ἀγῶνας ἄγων, ἀνακήρυξον αὑτὸν
Νέμεα, Πύθια, Ἴσθμια, Ὀλύμπια. ἐν φανερῷ δὲ μὴ πλεονέκτει, μηδ' ὑφάρπαζε τὸ κοινόν.

A a 2

ab illo impediuntur? nau-
tae non conviciantur? num
maledicere Caesari desi-
nunt? Quid ergo? igno-
rat hoc Jupiter? non re-
nunciatur Caesari, quid dicatur? Quid ergo facit?
scit, si omnes conviciatores supplicio adficeret, fa
quibus imperaret non habiturum. Quid ergo? ingre-
dienti theatrum non hoc
erat dicendum: Age, So-
phron coronetur! sed Il-
lud: Age, meam volunta-
tem tuear, ut in hac materia naturae congruat. Mi-
hi nemo me ipso carior est.
Ridiculum igitur fuerit,
laedi me, ut alius vincat
comoedum agens. Quem
igitur velim vincere? Eum
qui vincit: sic semper
is vincet, quem voluero
Sed volo, Sophronem co-
ronari. Domi tuae quot
voles certamina institue:
& proclamato eum Ne-
meorum, Pythiorum, Isth-
morum, Olympiorum vi-
ctorem. In publico au-
tem, ne plus aequo tibi
vindi-

12 εἰ δὲ μή, ἀνέχου λοιδορούμενος. Ὡς ὅταν ταῦτα ποιῇς τοῖς πολλοῖς, ὡς ἴσον ἐκείνοις καθιστᾷς σεαυτόν.

ΚΕΦ. ε'.

Πρὸς τοὺς διὰ νόσον ἀπαλλαττομένους.

Νοσῶ, φησὶν, ἐνθάδε, καὶ βούλομαι ἀπιέναι
2 εἰς οἶκον. Ἐν ᾧ γὰρ ἄνοσος ἦσθα σύ; οὐ σκοπεῖς, εἴ τι ποιεῖς ἐνθάδε τῶν πρὸς τὴν προαίρεσιν τὴν σαυτοῦ φερόντων, ἵν' ἐπανορθωθῇς; εἰ μὲν γὰρ μηδὲν ἀνύεις, περισσῶς καὶ ἦλθες·
3 ἄπιθι, ἐπιμελοῦ τῶν ἐν οἴκῳ. εἰ γὰρ μὴ δύναταί σου τὸ ἡγεμονικὸν ἔχειν κατὰ φύσιν, τό γ' ἀγρίδιον δυνήσεται, τό γε κερμάτιον αὐξήσεις, τὸν πατέρα γηροκομήσεις, ἐν τῇ ἀγορᾷ ἀναστραφήσῃ ... ἐν φύσιν.

vindicato; neque quæ communia sunt subripito. Sin minus, convicia tolerato. Nam cum eadem cum vulgo facis, illi te exæquas.

CAP. V.

Ad eos qui ob morbum domum abeunt.

Aegroto, inquit, hic: domum redire volo. Ergo domi morbis nos eras obnoxius? Non considerabis, an aliquid hic agas eorum quæ ad Mentem & voluntatem tuam conferunt, ut ea corrigatur? nam si nihil proficis, supervacuum etiam erat venisse. Abi, rem domesticam cura: si enim mens tua non potest esse naturæ congruenter adfecta, saltem agellus tuus poterit, saltem nummos augebis, senem patrem curabis, in foro versaberis, magistratum

φύσιν, ἄρξεις· κακὸς κακῶς τί ποτε ποιήσεις
τῶν ἑξῆς. Εἰ δὲ παρακολουθεῖς σαυτῷ, ὅτι ἀπο- 4
βάλλεις τινὰ δόγματα φαῦλα, καὶ ἄλλα ἀντ'
αὐτῶν ἀναλαμβάνεις, καὶ τὴν σαυτοῦ στάσιν
μετατέθεικας ἀπὸ τῶν ἀπροαιρέτων ἐπὶ τὰ προ-
αιρετικά· κἄν ποτ' εἴπῃς Οἴμοι, οὐ λέγεις διὰ
τὸν πατέρα, διὰ τὸν ἀδελφὸν, ἀλλὰ, δι' ἐμέ·
ἔτι ὑπολογίζῃ νόσον; Οὐκ οἶδας, ὅτι καὶ νόσος 5
καὶ θάνατος καταλαβεῖν ἡμᾶς ὀφείλουσί ; τί
ποτε ποιοῦντας; τὸν γεωργὸν, γεωργοῦντα κα-
ταλαμβάνουσι· τὸν ναυτικὸν, πλέοντα. Σὺ τί 6
θέλεις ποιῶν καταληφθῆναι; τί ποτε μὲν γὰρ
ποιοῦντά σε δεῖ καταληφθῆναι. Εἴ τι ἔχεις
τούτου κρεῖσσον ποιῶν καταληφθῆναι, ποίει
ἐκεῖνο.

Ἐμοὶ μὲν γὰρ καταληφθῆναι γένοιτο μηδε- 7
νὸς ἄλλου ἐπιμελουμένῳ, ἢ τῆς προαιρέσεως τῆς

Aa 3

ἐμῆς,

tum geres: malus male quidlibet porro ages. Sin ipse animadvertis, te prava quædam decreta abjicere, eorumque loco amplecti alia: & tuum propositum ab iis, quæ tui arbitrii non sunt, ad ea quæ abs te pendent, transtulisti: si, cum forte aliquando Heu mihi! exclamas, id non propter patrem, non propter fratrem dicis, sed propter te ipsum; an adhuc morbi rationem ullam habebis? An nescis, & morbum & mortem debere nos invadere aliqua re quacumque occupatos? Agricolam, terræ colendæ intentum; nautam, navigantem invadant. Tu igitur quidnam agens vis invadi? Nam aliquid agentem, quidquid illud fuerit, invadi te necesse est. Si quid habes melius, quo te occupatum morbus & mors invadant, illud agito.

Nam mihi quidem contingat velim, ut ab eis deprehendar nulla alia re occupa-

ρμῆς, ἵν' ἀπαθὴς, ἵν' ἀκώλυτος, ἵν' ἀναναγκα-
8 στος, ἵν' ἐλεύθερος. ταῦτα ἐπιτηδεύων θέλω
εὑρεθῆναι, ἵν' εἰπεῖν δύναμαι τῷ Θεῷ· Μή τι
παρέβην σου τὰς ἐντολάς; μή τι πρὸς ἄλλα
ἐχρησάμην ταῖς ἀφορμαῖς ἃς ἔδωκας; μή τι ταῖς
αἰσθήσεσιν ἄλλως; μή τι ταῖς προλήψεσι; μή
τι σοί ποτ' ἐνεκάλεσα; μή τι σοῦ ἐμεμψάμην
9 τὴν διοίκησιν; Ἐνόσησα, ὅτι ἠθέλησας· καὶ οἱ
ἄλλοι, ἀλλ' ἐγὼ ἑκών. πένης ἐγενόμην, σοῦ
θέλοντος, ἀλλὰ χαίρων. οὐκ ἦρξα, ὅτι σὺ οὐκ
ἠθέλησας· οὐδέποτ' ἐπεθύμησα ἀρχῆς. μή τι
με τούτων ἕνεκα στυγνότερον εἶδες; μὴ οὐ προσ-
ῆλθόν σοι ποτε φαιδρῷ τῷ προσώπῳ, ἕτοιμος
10 ἅ τι ἐπιτάσσεις, ἅ τι σημαίνεις; Νῦν με θέλεις
ἀπελθεῖν ἐκ τῆς πανηγύρεως; ἄπειμι· χάριν
σοι ἔχω πᾶσαν, ὅτι ἠξίωσάς με συμπανηγυρίσαι
σοι,

cupatus, niſi voluntate mea curanda, ut perturbatione vacet, ut nulla re impediatur, ut nulla re cogatur, ut libera ſit. Hæc agens volo deprehendi; ut dicere poſſim Deo: „Num „qua in re præcepta tua „violavi? num ad alia ſum „abuſus facultatibus, quas „mihi dediſti? num ſenſi-„bus? num anticipationi-„bus? num te unquam in-„cuſavi? num adminiſtra-„tionem tuam reprehendi? „Aegrotavi, quia tu volui-„ſti: ægrotarunt & alii, „ſed ego volens: pauper „ſui, te volente; ſed læ-„tus: magiſtratum non geſ-„ſi, quia tu noluiſti; num-„quam adpetivi imperium. „An unquam me hac de „cauſſa triſtiorem vidiſti? „an unquam vultu minus „hilari te acceſſi, minus „paratus ſi quid mandares, „ſi quid ſignificares? Vis „me nunc ludorum celebri-„tate abire? abeo: gratiam „quam poſſum maximam „habeo, quod me dignatus „es ad ludos tuos admitte-„re, & ad ſpectanda ope-„ra

σοι, καὶ ἰδεῖν ἔργα τὰ σὰ, καὶ τῇ διοικήσει σου
συμπαρακολουθῆσαί σοι. Ταῦτά με ἐνθυμούμε- 11
νον, ταῦτα γράφοντα, ταῦτα ἀναγινώσκοντα
καταλάβοι ὁ θάνατος.

Ἀλλ' ἡ μήτηρ μου τὴν κεφαλὴν νοσοῦντος οὐ 12
κρατήσει. Ἄπιθι τοίνυν πρὸς τὴν μητέρα· ἄξιος
γὰρ εἶ τὴν κεφαλὴν κρατούμενος νοσεῖν. Ἀλλ' 13
ἐπὶ κλιναρίου κομψοῦ ἐν οἴκῳ κατεκείμην. Ἄπιθι
σου ἐπὶ τὸ κλινάριον· ἢ ὑγιαίνων ἄξιος εἶ ἐπὶ
τοιούτου κατακεῖσθαι. μὴ τοίνυν ἀπόλλυε ἃ δύνασαι ἐκεῖ ποιεῖν.

Ἀλλ' ὁ Σωκράτης τί λέγει; Ὥσπερ ἄλλος 14
τις, φησὶ, χαίρει τὸν ἀγρὸν τὸν αὑτοῦ ποιῶν
κρείσσονα, ἄλλος τὸν ἵππον· οὕτως ἐγὼ καθ' ἡμέραν χαίρω παρακολουθῶν ἐμαυτῷ βελτίονι γινο-
μένῳ. Πρὸς τί; μή τι πρὸς λεξείδια; Ἄνθρω- 15
πε, εὐφήμει. Μή τι πρὸς θεωρημάτια; Τί ποιεῖς;

---

era tua, & administratio-
nem tuam intelligendam.“
Hæc me cogitantem, hæc
scribentem, hæc legentem,
mors deprehendat.

Atqui mater mea ægro-
tanti mihi caput non tenebit. Abi ergo ad matrem:
dignus enim es, cui caput
teneatur ægrotanti. At in
eleganti lectulo domi dé-
cumbebam. Abi ad lectulum
tuum: dignus es profecto
qui vel sanus in tali re-

cumbas. Noli ergo per-
dere ea, quæ illic facere
potes.

Socrates autem quid di-
cit? „Quemadmodum ali-
„us, inquit, delectatur
„cum agrum suum melio-
„rem facit, alius cum
„equum: sic ego delector,
„cum me quotidie fieri
„meliorem deprehendo.“
Quam ad rem? an ad di-
ctiunculas? Bona verba!
homo. An ad præce-
ptiunculas? Quid agis?
„Atqui

16 Καὶ μὴν οὐ βλέπω τί ἐστιν ἄλλο, πρὸς ὃ ἀσχε-
λοῦνται οἱ φιλόσοφοι. Οὐδέν σοι δοκεῖ εἶναι, τὸ
μηδέποτ᾿ ἐγκαλέσαι τινί; μὴ Θεῷ, μὴ ἀνθρώπῳ;
μὴ μέμψασθαι μηδένα; τὸ αὐτὸ πρόσωπον ἀεὶ
17 καὶ ἐκφέρειν καὶ εἰσφέρειν; Ταῦτα ὧν ἃ ᾔδει Σω-
κράτης· καὶ ὅμως οὐδέποτε εἶπεν, ὅτι οἶδέ τι,
ἢ διδάσκει, εἰ δέ τις λεξείδια ὅτει ἢ θεωρημάτια,
ἀπῆγε πρὸς Πρωταγόραν, πρὸς Ἱππίαν. καὶ γὰρ
εἰ λάχανά τις ζητῶν ἐλήλυθε, πρὸς τὸν κηπου-
18 ρὸν ἂν αὐτὸν ἀπήγαγε. Τίς οὖν ὑμῶν ἔχει ταύτην τὴν ἐπιβολήν; ἐπεί τοι, εἰ εἴχετε, καὶ ἐνο-
σεῖτε ἂν ἡδέως, καὶ ἐπεινᾶτε, καὶ ἀπεθνήσκετε.
19 Εἴ τις ὑμῶν ἠράσθη κορασίου κομψοῦ, οἶδεν ὅτι
ἀληθῆ λέγω.

ΚΕΦ.

„Atqui non video quid fit aliud, quo philosophi occupentur.‟ Nihilne tibi esse videtur, numquam accusare quemquam? non Deum, non hominem? de nemine conqueri? eodem semper vultu & egredi, & ingredi? Hæc erant, quæ norat Socrates: neque tamen umquam dixit, se scire aliquid, aut docere. Si quis vero dictiunculas aut præceptiunculas postulabat, eum ad Protagoram adducebat, ad Hippiam: nam &, si olera aliquis quæsitum veniffet, ad olitorem cum adduxiffet. Quis ergo vestrûm tale institutum habet? Sane, si haberetis, libenter etiam ægrotaretis, & esuriretis, & moreremini. Si quis vestrûm lepidam puellam adamat, is me vero dicere intelligit.

CAP.

ΚΕΦ. ς'.

Σποράδην τινά.

Πυθομένου δέ τινος, [πῶς, ὑπὲ] τῶν νῦν μᾶλλον ἐκπεπονημένου τοῦ λόγου, πρότερον μείζονες προκοπαὶ ἦσαν· Κατὰ τί, ἔφη, ἐκπεπόνηται; καὶ κατὰ τί μείζους αἱ προκοπαὶ τότε ἦσαν; καθὰ γὰρ νῦν ἐκπεπόνηται, κατὰ τοῦτο καὶ προκοπαὶ νῦν εὑρεθήσονται. Καὶ νῦν μὲν ὥστε συλλογισμοὺς ἀναλύειν ἐκπεπόνηται, καὶ προκοπαὶ γίνονται. τότε δ', ὥστε τὸ ἡγεμονικὸν κατὰ φύσιν ἔχον τηρῆσαι, καὶ ἐξεπονεῖτο, καὶ προκοπαὶ ἦσαν. Μὴ οὖν διάλλασσε, μηδὲ ζήτει, ὅταν ἄλλο ἐκπονῇς, ἐν ἄλλῳ προκόπτειν. 'Αλλ' ἴδε, εἴ τις ἡμῶν, πρὸς

CAP. VI.

Miscellanea quaedam.

Sciscitante quodam, quum hac aetate magis elaborata esset ratio, cur majores progressus olim fuissent: Qua parte, inquit, nunc magis elaborata est? & qua parte olim progressus majores fuerunt? quatenus enim nunc elaborata est, eatenus etiam progressus nunc reperiuntur. Nunc enim, ut resolvere syllogismos sciamus, praecipue laboratur; & in hoc genere etiam progressus fiunt. Tunc autem in ea elaborabatur, progressusque fiebant, ut mens in eo statu conservaretur, qui esset naturae consentaneus. Noli ergo haec invertere, neque postules in alio te progredi, cum in alio elabores. Sed illud vide, an nostrum aliquis, in id intentus, in eoque elaborans,

τούτῳ ᾖν, ὥστε καὶ κατὰ φύσιν ἔχειν καὶ διεξάγειν, οὐ προκόπτει. Οὐδένα γὰρ εὑρήσεις.

5 Ὁ ΣΠΟΥΔΑΙΟΣ ἀήττητος· καὶ γὰρ οὐκ
6 ἀγωνίζεται, ὅπου μὴ κρείσσων ἐστίν. Εἰ τὰ κατὰ τὸν ἀγρὸν θέλεις, λάβε· λάβε τοὺς οἰκέτας, λάβε τὴν ἀρχὴν, λάβε τὸ σωμάτιον. τὴν
δ' ὄρεξιν οὐ ποιήσεις ἀποτευκτικὴν, οὐδὲ τὴν ἔκ-
7 κλισιν περιπτωτικήν. Εἰς τοῦτον μόνον τὸν ἀγῶνα
καθίησι, τὸν περὶ τῶν προαιρετικῶν· πῶς ἂν
οὐ μέλλει ἀήττητος εἶναι;

8 ΠΥΘΟΜΕΝΟΥ δέ τινος, τί ἐστιν ὁ Κοινὸς
Νοῦς· Ὥσπερ, φησὶ, κοινή τις αἴσθη λέγοιτ' ἂν,
ἡ μόνον φωνῶν διακριτική· ἡ δὲ τῶν φθόγγων, οὐκέτι κοινή, ἀλλὰ τεχνική· οὕτως ἐστί τινα, ἃ
οἱ μὴ παντάπασι διεστραμμένοι τῶν ἀνθρώπων
κατὰ

rans, ut naturae conve-
nienter se habeat vivatque,
nullos faciat progressus.
Neminem invenies.
  VIR bonus invictus est:
etenim ad certamen non
descendit, nisi ubi viribus
est superior. Si agrum, &
quae sunt in eo, habere cupis, cape: cape famulos;
cape magistratum; cape
corpusculum meum: illud
autem non efficies, ut
vel adpetitio mea frustretur, vel ut incidam in rem
quam declino. In hoc so-
lam certamen descendit,
de rebus quae in ipsius
potestate sunt sita. Fieri
ergo qui potest, quin sit
invictus?
  INTERROGANTE
quedam, quidnam esset
SENSUS COMMUNIS:
Quemadmodum, inquit,
communis quispiam audi-
tus dici queat, qui voces
tantum discernat; is vero
qui sonos musicos, non
jam communis, sed artifi-
ciosus: sic sunt nonnulla,
          quae

κατὰ τὰς κοινὰς ἀφορμὰς ὁρῶσιν. Ἡ τοιαύτη κατάστασις, Κοινὸς Νοῦς καλεῖται.

ΤΩΝ νέων τοὺς μαλακοὺς οὐκ ἔστι προτρέ-ψαι ῥᾴδιον. οὐδὲ γὰρ τυρὸν ἀγκίστρῳ λαβεῖν. Οἱ δ᾽ εὐφυεῖς, κἂν ἀποτρέπῃς, ἔτι μᾶλλον ἔχονται τοῦ λόγου. Διὸ καὶ ὁ Ῥοῦφος τὰ πολλὰ ἀπέτρεπε, τούτῳ δοκιμαστηρίῳ χρώμενος τῶν εὐφυῶν καὶ ἀφυῶν. Ἔλεγε γὰρ, ὅτι, ὡς ὁ λίθος, κἂν ἄνω βάλῃς, ἐνεχθήσεται κάτω ἐπὶ γῆν τῇ αὐτοῦ κατασκευῇ· οὕτω καὶ ὁ εὐφυής, ὅσῳ μᾶλλον ἀποκρούεταί τις αὐτὸν, τοσούτῳ μᾶλλον νεύει ἐφ᾽ ὃ πέφυκεν.

KEΦ.

quæ homines non prorsus perversi ex communibus notionibus perspiciunt. Illa humanæ mentis constitutio SENSUS COMMUNIS adpellatur.

MOLLES adolescentes exhortari non est facile: neque enim caseus tenellus hamo capitur. Qui vero nobili sunt ingenio, tametsi eos dehorteris, magis etiam adhærent doctrinæ. Ea de caussa Rufus plerumque dehortari juvenes consueverat; eaque tamquam regula ad deprehendendos ingeniosos & stupidos utebatur. Ut enim, inquit, lapis, quamvis sursum eum jeceris, sua natura deorsum fertur: sic etiam ingeniosus, quo magis repulsus fuerit, eo magis inclinabit illuc, quo a natura ducitur,

ΚΕΦ. Ζ'.

Πρὸς τὸν διορθωτὴν τῶν ἐλευθέρων πόλεων, Ἐπικούρειον ὄντα.

Τοῦ δὲ διορθωτοῦ εἰσελθόντος πρὸς αὐτόν· (ἦν δ' οὗτος Ἐπικούρειος·) Ἄξιον, ἔφη, τοὺς ἰδιώτας ἡμᾶς παρ' ὑμῶν τῶν φιλοσόφων πυνθάνεσθαι, καθάπερ τοὺς εἰς ξένην πόλιν ἐλθόντας παρὰ τῶν πολιτῶν καὶ εἰδότων, τί κράτιστόν ἐστιν ἐν κόσμῳ, ἵνα καὶ αὐτοὶ ἱστορήσαντες μετίωμεν, ὡς ἐκεῖνοι τὰ ἐν ταῖς πόλεσι, καὶ θεώμεθα. 2 Ὅτι μὲν γὰρ τρία ἐστὶ περὶ τὸν ἄνθρωπον, ψυχὴ, καὶ σῶμα, καὶ τὰ ἐκτὸς, σχεδὸν οὐδεὶς ἀντιλέγει· λοιπὸν ὑμέτερόν ἐστιν ἀποκρίνασθαι, τί ἐστι τὸ κράτιστον; Τί ἐροῦμεν τοῖς ἀνθρώποις; 3 Τὴν σάρκα; Καὶ διὰ ταύτην Μάξιμος ἔπλευσε

μέχρι

CAP. VII.

Ad Epicureum quendam, liberarum civitatum Correctorem.

Correctore ad eum ingreſſo, (erat autem is Epicureus:) Decet, inquit, nos rudes e vobis philoſophis quærere, ſicut eos qui in peregrinam urbem venerunt, e civibus & rerum gnaris; quid in mundo ſit præſtantiſſimum? ut, poſtquam intellexerimus, & nos perſequamur illud ſpectemusque, ſicut illi ea quæ ſunt in orbibus viſitum eunt. Nam tria quidem data eſſe homini, animum, corpus, & res externas, nemo fere eſt qui refragetur: illud ergo reſtat, ut vos nobis dicatis, quid ſit præſtantiſſimum. Quid dicemus hominibus? Carnem? Propter eam igitur

μέχρι Κασσιόπης χειμῶνος μετὰ τοῦ υἱοῦ, προ-
πέμπων, ἵν' ἡσθῇ τῇ σαρκί; Ἀρνησαμένου δ' 4
ἐκείνου, καὶ εἰπόντος, Μὴ γένοιτο· Οὐ προσῆκει
οὖν, ἔφη, περὶ τὸ κράτιστον ἐσπουδακέναι; Πάντων μάλιστα προσήκει. Τί οὖν κρεῖσσον ἔχομεν
τῆς σαρκός; Τὴν ψυχήν, ἔφη. Ἀγαθὰ δὲ τὰ τοῦ
κρατίστου κρείττονά ἐστιν, ἢ τὰ τοῦ φαυλοτέρου;
Τὰ τοῦ κρατίστου. Ψυχῆς δὲ ἀγαθὰ πότερον 5
προαιρετικά ἐστιν, ἢ ἀπροαίρετα; Προαιρετικά.
Προαιρετικὸν οὖν ἐστιν ἡ ἡδονὴ ἡ ψυχική; Ἔφη.
Λύπη δ' ἐπὶ τίνι γίνεται; πότερον ἐφ' αὑτῇ; 6
ἀλλ' ἀδιανόητόν ἐστι. Προηγουμένην γάρ τινα
ὑφεστάναι δεῖ οὐσίαν τοῦ ἀγαθοῦ, ἧς τυγχάνοντες ἡσθησόμεθα κατὰ ψυχήν. Ὡμολόγει καὶ
τοῦτο. Ἐπὶ τίνι οὖν ἡσθησόμεθα ταύτην τὴν ψυ- 7
χικὴν ἡδονήν; εἰ γὰρ ἐπὶ τοῖς ψυχικοῖς, εὕρηται
ἡ οὐσία τοῦ ἀγαθοῦ. οὐ γὰρ δύναται ἄλλο μὲν

εἶναι

tur Maximus, procelloso mari, comitandi filii caus-sa, Cassiopen usque navigavit, quo caro ejus voluptate demulceretur? Negante vero illo, dicenteque, Absit! — Nonne igitur (ait *Epictetus*) in præstantissimo maxime elaborandum est? Omnium maxime, inquit. Quid ergo melius carne habemus? Animum, inquit. Bona vero melioris partis suntne præstantiora, an deterioris? Melioris, inquit. Animi vero bona suntne arbitrii nostri, an alieni? Nostri, inquit. Nostri igitur arbitrii est delectatio animi? Est, inquit. Hæc vero unde exstitit? an ex se ipsa? At hoc intelligi non potest: præcedere enim & ante adesse debet natura quædam boni, quo qui potiatur, is animo delectetur. Concedebat & hoc. Qua ergo ex re ista animi delectatio orietur? Si e rebus ad Animum pertinentibus; inventa est natura boni: neque enim aliud potest esse bonum,

&

ῶναι ἀγαθόν, ἄλλο δ' ἐφ' ᾧ εὐλόγως ἐπαιρόμε-
θα· οὐδὲ τοῦ προηγουμένου μὴ ὄντος ἀγαθοῦ,
τὸ ἐπιγέννημα ἀγαθὸν εἶναι· ἵνα γὰρ εὐλόγου
ᾖ τὸ ἐπιγέννημα, τὸ προηγούμενον δεῖ ἀγαθὸν
8 εἶναι. Ἀλλ' οὐ μὴ εἴποιτε, φρένας ἔχοντες·
ἀνακόλουθα γὰρ ἐρεῖτε καὶ Ἐπικούρῳ, καὶ τοῖς
9 ἄλλοις ὑμῶν δόγμασιν. Ὑπολείπεται λοιπόν, ἐπὶ
τοῖς σωματικοῖς ἥδεσθαι τὴν κατὰ ψυχὴν ἡδονήν·
πάλιν ἵν' ἐκεῖνα γίνεται προηγούμενα, καὶ οὐσία
τοῦ ἀγαθοῦ.
10 Διὰ τοῦτο ἀφρόνως ἐποίησε Μάξιμος, εἰ δι' ἄλλο τι ἔπλευσεν, ἢ διὰ τὴν σάρκα· τοῦτ' ἔστι, διὰ
11 τὸ κράτιστον. Ἀφρόνως δὲ ποιῶ καὶ ὁ ἀπέχεται
τῶν ἀλλοτρίων, δικαστὴς ὤν, καὶ δυνάμενος λαμβάνειν. ἀλλ', ἄν σοι δόξῃ, ἐκεῖνο μόνον σκεπτώμεθα,
ἵνα κεκρυμμένως, ἵν' ἀσφαλῶς, ἵνα μή τις γνῷ.
12 Τὸ γὰρ κλέψαι οὐδ' αὐτὸς ὁ Ἐπίκουρος ἀπο-
Φαίνει

& aliud illud quo consen-
taneum sit lætari: neque,
si id quod antecedit bonum
non sit, illud quod sequitur bonum esse potest; ut
enim propago probabilis
sit, stirpem ipsam esse bonam oportet. At vero vos
istud, sani si sitis, nequaquam dicetis: neque enim
ista cum Epicuro, reliquisque vestris decretis con-
sentiant. Reliquum ergo
est, ut animi delectatio e
rebus corporeis oriatur,
illæque rursus primum lo-
cum teneat, & boni ha-
beant naturam.

Quapropter stulte fecit
Maximus, si ob quidquam
aliud, nisi propter carnem
navigavit, hoc est, pro-
pter præstantissimum. In-
sipienter item facit, qui
rebus alienis abstinet, si sit
judex, easque accipere
possit: sed, si placet, illud
modo videamus, ut occul-
te, ut tuto, ut nemine re-
sciscente. Nam furtum ne
ipse quidem Epicurus ma-
lum

φαίνεται κακὸν, ἀλλὰ τὸ ἐμπεσεῖν· καὶ ὅτι πίστιν
περὶ τοῦ λαθεῖν λαβεῖν ἀδύνατον, διὰ τοῦτο λέγει, Μὴ κλέπτετε. Ἀλλ' ἐγώ σοι λέγω, ὅτι 13
ἐὰν καμψῶς καὶ περιεσταλμένως γένηται, λήσομεν.
Ἔπειτα εἶτα καὶ φίλους ἐν τῇ Ῥώμῃ ἔχομεν δυνα-
τοὺς, καὶ φίλας, καὶ οἱ Ἕλληνες ἀφανεῖς εἰσιν·
οὐδεὶς τολμήσει ἀναβῆναι τούτων ἕνεκα. Τί 14
ἀπέχῃ τοῦ ἰδίου ἀγαθοῦ; Ἄφρον ἐστὶ ταῦτα,
ἠλίθιόν ἐστιν. Ἀλλ' οὐδ', ἂν λέγῃς μοι ὅτι ἀπέ-
χω, πιστεύσω σοι. Ὡς γὰρ ἀδύνατόν ἐστι τῷ 15
ψευδεῖ φαινομένῳ συγκαταθέσθαι, καὶ ἀπὸ ἀληθοῦς ἀπονεῦσαι· οὕτως ἀδύνατόν ἐστι τοῦ φαι-
νομένου ἀγαθοῦ ἀπαστῆναι. Ὁ πλοῦτος δ' ἀγαθόν, καὶ τὸ ποιητικώτατόν γε τῶν ἡδονῶν. Διὰ
τί μὴ περιποιήσῃ αὐτόν; Διὰ τί δὲ μὴ τὴν τοῦ 16
γείτονος γυναῖκα διαφθείρωμεν, ἂν δυνώμεθα λαθεῖν; ἂν δὲ φλυαρῇ ὁ ἀνήρ, καὶ αὐτὸν προσκα-
τατραχη-

lum esse pronunciat, sed deprehendi: &, quia fidem tibi dare nemo potest fore ut lateas, idcirco furari vetat. At ego tibi adfirmo, si solerter & caute fiat, fore ut lateamus. Deinde amicos Romæ potentes habemus, & amicas: & Græci imbecilles sunt; nemo hujus rei causa eo proficisci audebit. Quid bono tuo abstines? Vecordiæ atque amentiæ istud est. Neque vero, si te abstinere dixeris, mihi persuadebis. Nam quemadmodum fieri nequit, ut ei quod falsum videatur adsentiamur & veritatem aversemur; sic fieri non potest, ut ab eo quod bonum putes, desciscas. Divitiæ autem sunt bonum, & ad conficiendas voluptates paratissimæ. Cur eas tibi non parares? Cur autem vicini uxorem non corrumpamus, si clam id facere liceat? quod si maritus ejus nugas egerit, illum etiam supinum præcipita-

17 τραχηλίσωμεν. Εἰ θέλεις ἄνω φιλόσοφος οἷος δεῖ,
εἴ γε τέλειος, εἰ ἀκολουθῶν ... ταῖς δόγμασιν· εἰ
δὲ μή, οὐδὲν διοίσεις ἡμῶν τῶν λεγομένων Στωι-
κῶν· καὶ αὐτοὶ γὰρ ἄλλα λέγομεν, ἄλλα δὲ
18 ποιοῦμεν. Ἡμεῖς λέγομεν τὰ καλά, ποιοῦμεν τὰ
αἰσχρά. Σὺ τὴν ἐναντίαν διαστροφὴν ἔσῃ, δια-
στραμμένος, δογματίζων τὰ αἰσχρά, ποιῶν τὰ
καλά

19 Τὸν Θεόν σοι, ἐπινοεῖς Ἐπικουρείων πόλιν;
Ἐγὼ οὐ γαμῶ. Οὐδ᾽ ἐγώ· οὐ γὰρ γαμητέον.
ἀλλ᾽ οὐδὲ παιδοποιητέον· ἀλλ᾽ οὐδὲ πολιτευτέον.
Τί οὖν γένηται; Πόθεν οἱ πολῖται; τίς αὐτοὺς
παιδεύσει; τίς ἐφήβαρχος; τίς γυμνασίαρχος;
τί δὲ καὶ παιδεύσει αὐτούς; ἢ Λακεδαιμόνιοι
20 ἐπαιδεύοντο, ἢ ἃ Ἀθηναῖοι; Λάβε μοι νέον, ἄγα-
γε κατὰ τὰ δόγματά σου. Πονηρά ἐστι τὰ
δόγ-

cipitabimus. Si philoso-
phus esse vis, qualem esse
decet; si perfectus, si tibi
ipsi consentiens: utique
haec facies. Sin minus;
nihil differes a nobis qui
Stoici adpellamur: nam &
ipsi alia dicimus, alia facimus. Nos honesta loqui-
mur; facimus turpia. Tu
vero contraria ratione per-
versus eris: decreta tua
turpia erunt; facta ho-
nesta.

Per Deos; civitatem
Epicureorum animo tibi
fingis? „Ego uxorem non
„duco. Nec ego: neque
„enim contrahendum est
„matrimonium; neque ve-
„ro procreandi liberi, ac
„ne respublica quidem ca-
„pessenda." Quid autem
sequetur? Unde erunt ci-
ves? quis eos instituet?
quis erit adolescentiae prae-
fectus? quis gymnasiar-
cha? quid vero etiam do-
cuerit eos institutor? ea-
ne quae Lacedaemone, an
quae Athenis tradebantur?
Cape adolescentem; edu-
ca secundum decreta tua.
Impro-

δόγματα, ἀνατρεπτικὰ πόλεως, λυμαντικὰ οἴ-
κων, οὐδὲ γυναιξὶ πρέποντα. Ἄφες ταῦτ᾽, ἄν- 21
θρωπε. ζῇς ἐν ἡγεμονούσῃ πόλει· ἄρχειν σε
δεῖ, κρίνειν δικαίως, ἀπέχεσθαι τῶν ἀλλοτρίων·
σοὶ καλὴ γυναῖκα φαίνεσθαι μηδεμίαν, ἢ τὴν
σὴν, καλὸν παῖδα μηδένα, καλὸν ἀργύρωμα μηδέν, χρύσωμα μηδέν. Τούτοις σύμφωνα δόγμα- 22
τα ζήτησον, ἀφ᾽ ὧν ὁρμώμενος ἡδέως ἀφέξῃ
πραγμάτων οὕτω πιθανῶν πρὸς τὸ ἀγαγεῖν καὶ
νικῆσαι. Ἂν δὲ πρὸς τῇ πιθανότητι τῇ ἐκεί- 23
νων, καὶ φιλοσοφίαν τινά ποτε ταύτην ἐξευρη-
κότες ὦμεν, συνεπωθοῦσαν ἡμᾶς ἐπ᾽ αὐτά, καὶ
ἐπιρρωννύουσαν, τί ἂν γένηται; Ἐν τορεύματί 24
τι κράτιστόν ἐστιν; ὁ ἄργυρος, ἢ ἡ τέχνη;
Χειρὸς οὐσία μὲν ἡ σάρξ, προηγούμενα δὲ, τὰ
χειρὸς ἔργα. Οὐκοῦν καὶ καθήκοντα τρισσά· τὰ 25
μὲν, πρὸς τὸ εἶναι· τὰ δὲ, πρὸς τὸ ποιὰ εἶναι
τα

Improba sunt decreta; ad evertendam rempublicam comparata; perniciosa familiis; ne mulieribus quidem decora. Omitte ista, homo: in principe civitate vivis; sunt tibi gerendi magistratus; est juste judicandum; est abstinendum alieno; nulla tibi mulier, praeter tuam, formosa videri debet, nullus puer, nullum vas argenteum; nullum aureum. His consentanea decreta quaerito; quibus instructus, libenter

Illis rebus abstinens, quae tam aptae sunt ad alliciendum subjugandumque. Si vero, praeter ipsarum rerum illecebras, talem etiam doctrinam excogitaverimus, quae nos ad illas simul impellat, & robur addat; quid fiet? In caelato vase utrum praestantius est? argentum, an ars? Manus quidem substantia caro est; principalia vero sunt manus opera. Ergo & officia triplicia sunt; alia, quae pertinent ad esse;

τὰ δ', αὐτὰ τὰ προηγούμενα. Οὕτω καὶ ἀνθρώπου οὐ τὴν ὕλην δεῖ τιμᾶν, τὰ σαρκίδια,
26 ἀλλὰ τὰ προηγούμενα. Τίνα ἐστὶ ταῦτα; Πο-
λιτεύεσθαι, γαμεῖν, παιδοποιεῖσθαι, Θεὸν σέ-
βειν, γονέων ἐπιμελεῖσθαι, καθόλου, ὀρέγεσθαι,
ἐκκλίνειν, ὁρμᾶν, ἀφορμᾶν, ὡς ἕκαστον τούτων
27 δεῖ ποιεῖν, ὡς πεφύκαμεν. Πεφύκαμεν δὲ πῶς;
Ὡς ἐλεύθεροι, ὡς γενναῖοι, ὡς αἰδήμονες. ποῖον
γὰρ ἄλλο ζῶον ἐρυθριᾷ; ποῖον γὰρ ἄλλο αἰ-
28 σχροῦ φαντασίαν λαμβάνει; Τὴν δ' ἡδονὴν ὑπο-
τάξαι τούτοις ὡς διάκονον, ὡς ὑπηρέτην, ἵνα
προθυμίαν ἐκκαλῆται, ἵν' ἐν τοῖς κατὰ φύσιν
ἔργοις παρακρατῇ.

29 Ἀλλ' ἐγὼ πλούσιός εἰμι, καὶ οὐδενὸς χρεία
μοι ἐστί. Τί οὖν ἔτι προσποιῇ φιλοσοφεῖν; ἀρκεῖ
τὰ χρυσώματα καὶ τὰ ἀργυρώματα· τί σοι
χρεία

esse; alia ad certo modo esse; alia denique, ipsa principalia. Ita & in homine non materiam, id est carnem; magni facere oportet, sed principalia. Quae sunt ista? Rempublicam gerere; uxorem ducere, procreare liberos, Deum colere, parentes curare; omnino, expetere, averfari, impetum ad agendum capere aut retinere, prout horum quidque faciendum est, utque natura fert nostra. Quid autem fert nostra natura? Ut liberi fimus, ut strenui, ut verecundi. Quod enim aliud animal erubescit? quod aliud turpitudinis notionem capit? Voluptas vero principalibus istis subjicienda est, tanquam ministra, tanquam famula, ut alacritatem provocet, ut in factis naturae consentaneis nos contineat.

„Verum ego dives sum; nec ulla re egeo." Quid ergo adhuc philosophiam adfectas? Satis tibi sunt aurea atque argentea vasa: quid tibi opus est decretis?

χρεία δογμάτων; Ἀλλὰ καὶ κριτής εἰμι τῶν 30 Ἑλλήνων. Οἶδας κρίνειν; τίς σε ἐποίησεν εἰδέναι; Καῖσάρ μοι κωδίκελλον ἔγραψε. Γραψάτω σοι, ἵνα κρίνῃς περὶ τῶν μουσικῶν, καὶ τί 31 σοι ὄφελος; Ὅμως δὲ πῶς κριτὴς ἐγένου; τὴν τίνος χεῖρα καταφιλήσας; τὴν Συμφόρου, ἢ τὴν τοῦ Νουμηνίου; τίνος πρὸ τοῦ κοιτῶνος κοιμηθείς; τίνι πέμψας δῶρα; εἶτα οὐκ αἰσθάνῃ, ὅτι τοσούτου ἄξιόν ἐστι κριτὴν εἶναι ὅσου Νουμήνιος; Ἀλλὰ δύναμαι, ὃν θέλω, εἰς φυλακὴν 32 βαλεῖν. Ὡς λίθον. Ἀλλὰ δύναμαι ξυλοκοπῆσαι ὃν θέλω. Ὡς ὄνον. Οὐκ ἔστι τοῦτο ἀνθρώ- 33 πων ἀρχή. ὡς λογικῶν ἡμῶν ἄρξον· δάκνυε ἡμῖν τὰ συμφέροντα, καὶ ἀκολουθήσομεν· δείκνυε τὰ ἀσύμφορα, καὶ ἀποστραφησόμεθα. ζηλωτὰς ἡμᾶς 34 κατασκεύασον σεαυτοῦ, ὡς Σωκράτης ἑαυτῷ. ἐκεῖνος ἦν ὁ ὡς ἀνθρώπων ἄρχων, ὁ κατεσκευα-

Bb 2

κῶς

tis? „Immo & judex sum „Græcorum." Nosti judicare? unde scientiam eam consecutus es? Cæsar mihi codicillum scripsit. Scribat tibi, ut de rebus musicis judices; quem inde fructum capies? Tamen quo pacto judex evasisti? cujus manum osculatus es? Symphori, aut Numenii? ante cujus thalamum dormivisti? cui munera misisti? Et deinde non animadvertis, tanti esse munus judicis, quanti est Nu-

menius? „At, quem voluero, in carcerem possum conjicere." Nempe, veluti saxum. „Possum fustibus cædere." Immo, sicut asinum. Non est illud imperium in homines. Sic impera nobis, tamquam ratione præditis: ostende nobis quid expediat, & sequemur: ostende quæ sint noxia, & ea aversabimur. Fac, tui imitatores simus; quemadmodum Socrates alios sui imitatores fecit. Is erat, qui

tam-

καὶ ὑποτεταχότας αὐτῷ τὴν ὄρεξιν τὴν αὑτῶν,
35 τὴν ἔκκλισιν, τὴν ὁρμὴν, τὴν ἀφορμήν. Τοῦτο
ποίησον, τοῦτο μὴ ποιήσῃς· εἰ δὲ μὴ, εἰς φυλακήν τε βαλῶ. Οὐκέτι ὡς λογικῶν ἡ ἀρχὴ
36 γίνεται. Ἀλλ᾽, ὡς ὁ Ζεὺς διέταξε, τοῦτο ποίη-
σον· ἂν δὲ μὴ ποιήσῃς, ζημιωθήσῃ, βλαβήσῃ.
ποίαν βλάβην; ἄλλην οὐδεμίαν, ἀλλὰ τὸ μὴ
ποιῆσαι ἃ δεῖ· ἀπολέσεις τὸν πιστὸν, τὸν αἰδήμονα, τὸν κόσμιον. τούτων ἄλλας βλάβας μεί-
ζονας μὴ ζήτει.

ΚΕΦ.

tamquam hominibus imperavit, qui effecit ut illi adpetitus suos, aversationes, impetus ad agendum, & declinationes, ipsi submitterent. Hoc facito, hoc ne facito; alioqui in carcerem te conjiciam: Sic non jam tamquam hominibus imperatur. Immo, ut Jupiter ordinavit, ita facito: si non feceris, mulctaberis, damnum facies. Quale damnum? Nullum aliud, nisi quod officio defueris: amittes fidem, verecundiam, modestiam. His alia majora damna quærere noli.

CAP.

ΚΕΦ. η'.

Πῶς πρὸς τὰς Φαντασίας γυμναστέον.

Ὡς πρὸς τὰ ἐρωτήματα τὰ σοφιστικὰ γυμναζόμεθα, οὕτω καὶ πρὸς τὰς Φαντασίας καθ' ἡμέραν ἔδει γυμνάζεσθαι. προτείνουσι γὰρ ἡμῖν καὶ αὗται ἐρωτήματα. Ὁ υἱὸς ἀπέθανε τοῦ 2 δεῖνος. Ἀπόκριναι, ἀπροαίρετον, οὐ κακόν. Ὁ πατὴρ τὸν δεῖνα ἀποκληρονόμον κατέλιπε. τί σοι δοκεῖ; Ἀπροαίρετον, οὐ κακόν. Καῖσαρ αὐτὸν κατέκρινεν. Ἀπροαίρετον, οὐ κακόν. Ἐλυ- 3 πήθη ἐπὶ τούτοις. Προαιρετικὸν, κακόν. Γενναίως ὑπέμεινε. Προαιρετικόν, ἀγαθόν. Κἂν οὕτως 4 ἐθιζώμεθα, προκόψομεν· οὐδέποτε γὰρ ἄλλῳ συγκαταθησόμεθα, ἢ οὗ φαντασία καταληπτικὴ γίνεται. Ὁ υἱὸς ἀπέθανε. Τί ἐγένετο; Ὁ υἱὸς 5 ἀπέθανεν. Ἄλλο οὐδέν; Οὐδέν. Τὸ πλοῖον ἀπώ-

Bb 3

C A P. VIII.

Quomodo adversus Visa exerceri debeamus.

Quemadmodum adversus quæstiones sophisticas exercemur; ita etiam contra visa quotidie nos exercere debemus: nam & hæc ipsa quæstiones nobis proponunt. Illius filius obiit. Responde: non in hominis voluntate est positum; malum non est. Pater illum exhæredavit: quid tibi videtur? Involuntarium est; ergo non malum. Cæsar eum condemnavit. Involuntarium; non malum. Rem illam ægre tulit. Hoc in ejus arbitrio erat positum; malum est. Fortiter tulit. In voluntate hoc est positum; bonum est. His si adsueverimus, proficiemus: neque enim uvquam alii rei adsentiemur, nisi ei quam ipsum visum perspicue renunciat. Filius obiit. Quid factum est? Filius obiit. Aliud nihil? Nihil. Navigium periit.

ἀπώλετο. Τί ἐγένετο; Τὸ πλοῖον ἀπώλετο. Εἰς
φυλακὴν ἀπήχθη. Τί γέγονεν; Εἰς φυλακὴν
ἀπήχθη. Τὸ δ', ὅτι κακῶς πέπραχεν, ἐξ αὐτοῦ
6 ἕκαστος προστίθησιν. 'Αλλ' οὐκ ὀρθῶς ταῦτα ὁ
Ζεὺς ποιεῖ. Διὰ τί; ὅτι σε ὑπομενητικὸν ἐποίησεν; ὅτι μεγαλόψυχον; ὅτι ἀφεῖλεν αὐτῶν τὸ
εἶναι κακά; ὅτι ἔξεστί σοι, πάσχοντι ταῦτα,
εὐδαιμονεῖν; ὅτι σοι τὴν θύραν ἤνοιξεν, ὅταν σοι
μὴ ποιῇ; Ἄνθρωπε, ἔξελθι, καὶ μὴ ἐγκάλει.

7   Πῶς ἔχουσι Ῥωμαῖοι πρὸς φιλοσόφους ἂν θέλῃς γνῶναι, ἄκουσον. Ἰταλικὸς, ὁ μάλιστα δοκῶν αὐτῶν φιλόσοφος εἶναι, παρόντος ποτέ μου
χαλεπήνας τοῖς ἰδίοις, ὡς ἀνήκεστα πάσχων. Οὐ
δύναμαι, ἔφη, φέρειν· ἀπόλλυτέ με· προήσετέ
με τοιοῦτον γενέσθαι· δείξας ἐμέ.

ΚΕΦ.

periit. Quid accidit? Navigium periit. In carcerem ductus est? Quid accidit? In carcerem ductus est. Illud autem de suo quisque addit, in malo eum esse. At non recte ista Jupiter facit! Cur? quod te tolerantem fecit? quod magnanimum? quod providit ne quid mali illis rebus inesset? quod tibi, quamvis ista patiaris, beato esse licet? quod tibi fores aperuit, si ista non

placent? Homo, exi: accusare autem noli.

Si scire vis, quemadmodum Romani erga philosophos adfecti sint, audi. Italicus, qui inter eos in primis philosophus habetur, aliquando me præsente suis iratus, ut intolerabili adfectus injuria, Ferre, inquit, nequeo: perditis me; facietis me talem, qualis iste est; me demonstrans.

CAP.

ΚΕΦ. Θ'.

Πρὸς τινα Ῥήτορα, ἀνιόντα εἰς Ῥώμην ἐπὶ δίκῃ.

Εἰσελθόντος δέ τινος πρὸς αὐτὸν, ὃς εἰς Ῥώμην ἀνῄει δίκην ἔχων περὶ τιμῆς τῆς αὑτοῦ, πυθόμενος τὴν αἰτίαν δι' ἣν ἄνεισιν, ἐπερωτήσαντος ἐκείνου τίνα γνώμην ἔχει περὶ τοῦ πράγματος· Εἴ μου πυνθάνῃ, τί πράξεις ἐν Ῥώμῃ, φησὶ, πότερον κατορθώσεις ἢ ἀποτεύξῃ, θεώρημα πρὸς τοῦτο οὐκ ἔχω. εἰ δέ μου πυνθάνῃ πῶς πράξεις, τοῦτο εἰπεῖν· ὅτι εἰ μὲν ὀρθὰ δόγματα ἔχεις, καλῶς· εἰ δὲ φαῦλα, κακῶς. παντὶ γὰρ αἴτιον τοῦ πράσσειν τι, δόγμα. Τί γάρ ἐστι, δι' ὃ ἐπεθύμησας προστάτης χειροτονηθῆναι Κνωσίων; Τὸ δόγμα. Τί ἐστι, δι' ὃ νῦν ἄνερχῃ εἰς Ῥώ-

Bb 4

CAP. IX.

Ad Rhetorem quendam, Romam ad judicium proficiscentem.

Cum quidam ad eum ingressus esset, Romam profecturus, ubi lis ei in judicio erat de ipsius dignitate; cognita profectionis caussa, illoque sciscitante, quid ea de re sentiret; Si me, inquit, rogas, quid Romæ sis effecturus, sisne caussa casurus, an victor evasurus; quid respondeam non habeo. Sin illud rogas, quomodo sis rem gesturus; illud habeo dicere; Si quidem recta decreta habes, bene: sin prava, male. Nam unumquemque ad aliquid agendum impellit suum aliquod decretum. Quid enim est, cur Gnosiorum præfectus designari cupiveras? Decretum. Quid est, cur nunc Romam proficisceris? Decretum.

Ῥώμην; Τὸ δόγμα. Καὶ μετὰ χειμῶνος, καὶ
κινδύνων, καὶ ἀναλωμάτων; Ἀνάγκη γάρ, ἐστι.
4 Τίς σοι λέγει τοῦτο; Τὸ δόγμα. Οὐκοῦν εἰ
πάντων αἴτια τὰ δόγματα, φαῦλα δέ τις
ἔχει δόγματα, οἷον ἂν ᾖ τὸ αἴτιον, τοιοῦτον
5 καὶ τὸ ἀποτελούμενον. Ἆρ᾽ οὖν πάντες ἔχομεν ὑγιῆ δόγματα, καὶ σὺ καὶ ὁ ἀντίδικός
σου; Καὶ πῶς διαφέρεσθε; Ἀλλὰ σὺ μᾶλλον
ἢ ἐκεῖνος; Διὰ τί; Δοκεῖ σοι. Κἀκείνῳ, καὶ
6 τοῖς μαινομένοις. τοῦτο πονηρὸν κριτήριον. Ἀλλὰ δεῖξόν μοι, ὅτι ἐπίσκεψίν τινα καὶ ἐπιμέλειαν πεποίησαι τῶν σαυτοῦ δογμάτων. καὶ,
ὡς νῦν εἰς Ῥώμην πλεῖς ἐπὶ τῷ προστάτης
εἶναι Κνωσίων, καὶ οὐκ ἐξαρκεῖ σοι μένειν ἐν
οἴκῳ τὰς τιμὰς ἔχοντι ἃς εἶχες, ἀλλὰ μεί-
ζονός τινος ἐπιθυμεῖς καὶ ἐπιφανεστέρου· πότε
οὕτως ἔπλευσας ὑπὲρ τοῦ τὰ δόγματα ἐπισκέψασθαι τὰ σαυτοῦ, καὶ, εἴ τι φαῦλον ἔχεις,
ἐκβα-

tum. " Et quidem procelloso mari, cum periculo & sumtibus? „Necessitas enim „postulat." Quis tibi dicit istud? Decretum. Ergo si omnium actionum caussæ decreta sunt, prava autem aliquis decreta habet; qualis caussa fuerit, talis etiam erit effectus. An igitur omnes decreta habemus sana, & tu, & adversarius tuus? Cur ergo disceptatis? At tu magis, quam ille? Cur? Videtur tibi. Etiam illi; etiam furiosis. Prava hæc regula est. Age, ostende mihi, te decreta tua diligenter considerasse & caravisse. Et quemadmodum nunc Romam navigas, quo præfectus Gnosiorum constituaris; nec tibi manere domi visum est, iis honoribus contento, quos habebas, sed majorem aliquem expetis & illustriorem: eodemne modo umquam navigasti, ut decreta tua consideres, &, si quod pravum haberes, id ejiceres?
Quem

ἐμβαλεῖν; Τίνι προσελήλυθας τούτου ἕνεκα; 7
ποῖον χρόνον ἐπίταξας σαυτῷ; ποίαν ἡλικίαν;
ἔπελθέ σου τοὺς χρόνους, εἰ ἐμὲ αἰσχύνῃ, αὐτὸς πρὸς αὑτόν. Ὅτε παῖς ἦς, ἐξήταξες τὰ σαυ- 8
τοῦ δόγματα; οὐχὶ δ' ὡς πάντα ποιεῖς, ἐποίεις
ἃ ἐποίεις; ὅτε δὲ μειράκιον ἤδη, καὶ τῶν ῥητό-
ρων ἤκουες, καὶ αὐτὸς ἐμελέτας, τί σοι λείπειν
ἐφαντάζου; Ὅτε δὲ νεανίσκος, καὶ ἤδη ἐπολι- 9
τεύου, καὶ δίκας αὐτὸς ἔλεγες, καὶ εὐδοκίμεις,
τίς σοι ἔτι ἴσος ἐφαίνετο; ποῦ δ' ἂν ἠνέσχου
ὑπό τινος ἐξεταζόμενος, ὅτι πονηρὰ ἔχεις δόγματα; Τί οὖν σοι θέλεις εἴπω; Βοήθησόν μοι 10
εἰς τὸ πρᾶγμα. Οὐκ ἔχω πρὸς τοῦτο θεωρήματα. οὐδὲ σύ, εἰ τούτου ἕνεκα ἐλήλυθας πρὸς
ἐμέ, οὐχ ὡς πρὸς φιλόσοφον ἐλήλυθας, ἀλλ'
ὡς πρὸς λαχανοπώλην, ἀλλ' ὡς πρὸς σκυτέα.
Πρὸς τί οὖν ἔχουσιν οἱ φιλόσοφοι θεωρήματα; 11
Πρὸς τοῦτο, ὅ τι ἂν ἀποβῇ, τὸ ἡγεμονικὸν

Bb 5   ἐμὸν

Quem hac de caussa convenisti? Quod tibi tempus
statuisti? quam aetatem?
percurre diversa tempora,
si me vereris, ipse apud
te. Num, puer cum esses,
decreta tua examinabas?
nonne vero, ut nunc omnia facis, ita tunc ea faciebas quae faciebas? Cum
vero jam adolescens esses,
& rhetores audires, & ipse declamares, quid tibi
deesse putabas? Cum vero
juvenis, & jam rempublicam attigisses, & caussas
ipse ageres, & fama fruereris, quis tibi jam similis
videbatur? num tulisses
quemquam decreta tua scrutantem, & prava arguentem? Quid ergo tibi vis
dicam? Adjuva me in hoc
negotio. Non habeo ad
istam rem ulla praecepta;
neque tu, si hac gratia me
convenisti, ut philosophum adiisti, sed ut olitorem, ut cerdonem. Ad
quid ergo philosophi praecepta habent? Ad hoc, ut,
quidquid evenerit, mens
&

ἡμῶν κατὰ φύσιν ἔχειν καὶ διεξάγειν. Μικρόν
σοι δοκεῖ τοῦτο; Οὔ· ἀλλὰ τὸ μέγιστον. Τί
οὖν; ὀλίγου χρόνου χρείαν ἔχει; καὶ ἔστι
παρερχόμενον αὐτὸ λαβεῖν; Εἰ δύνασαι, λάμβανε.

12 Εἶτ' ἐρεῖς, Συνέβαλον Ἐπικτήτῳ ὡς λίθῳ, ὡς
ἀνδριάντι. Εἶδες γάρ με, καὶ πλέον οὐδέν. Ἀνθρώπῳ δ' ὡς ἀνθρώπῳ συμβάλλει, ὁ τὰ δόγματα αὐτοῦ καταμανθάνων, καὶ ἐν τῷ μέρει
13 τὰ ἴδια δεικνύων. Κατάμαθί μου τὰ δόγματα·
δεῖξόν μοι τὰ σά· καὶ οὕτω λέγε, συμβεβλη-
κέν αμοι. ἐλέγξωμεν ἀλλήλους· εἴ τι ἔχει κακὸν δόγμα, ἄφελε αὐτό· εἴ τι ἔχεις, θὲς εἰς
τὸ μέσον. Τοῦτό ἐστι Φιλοσόφῳ συμβάλλειν.
14 Οὔ· ἀλλὰ πάροδός ἐστι, καὶ, ἕως τὸ πλοῖον μι-
σθούμεθα, δυνάμεθα καὶ Ἐπίκτητον ἰδεῖν. Ἴδωμεν
τί ποτε λέγει. Εἶτ' ἐξελθὼν, Οὐδὲν ἦν ὁ Ἐπίκτητος,

& ratio nostra naturæ convenienter se habeat perse-
veretque. Parvumne hoc
tibi videtur? Non; Immo
vero maximum. Quid er-
go? brevene tempus ea
res postulat? & In trans-
cursu capi potest? Si putes. c p°.
Deinde dices: Congres-
sus sum cum Epicteto,
tamquam cum lapide, tam-
quam cum statua. Vidisti
enim me, prætereaque ni-
hil. Cum homine vero ut
cum homine congreditur,
qui decreta illius pervesti-
gat, vicissimque sua de-
monstrat. Cognosce de-
creta mea; ostende mihi
tua: tum dicito, te me-
cum esse congressum. Al-
ter alterum arguamus: si
quod habeo pravum dog-
ma, eripe illud: si quod
habes, adfer in medium.
Hoc est cum philosopho
congredi. Non, sed trans-
cursus hic est, &, dum
navem conducamus, Epi-
ctetum etiam videre possumus. Videamus quidnam
dicat? Deinde egressus,
Nihil (inquis) erat Epictetus:

ἔπταισε, ἐσολοίκισεν, ἐβαρβάρισε· Τίνος γὰρ ἄλλου
κριταὶ εἰσέρχεσθε; Ἀλλ' ἂν πρὸς τούτοις, φησὶν,   15
ὦ, ἀγρὸν οὐκ ἔχω, ὡς οὐδὲ σύ· ποτήρια ἀργυρᾶ
οὐκ ἔχω, ὡς οὐδὲ σύ· κτήνη καλὰ, ὡς οὐδὲ σύ.   -
Πρὸς ταῦτα ἴσως ἀρκεῖ ἐκεῖνο εἰπεῖν, ὅτι, Ἀλλὰ   16
χρείαν αὐτῶν οὐκ ἔχω· σὺ δ', ἂν πολλὰ κτήσῃ,
ἄλλων χρείαν ἔχεις· θέλεις, οὐ θέλεις, πτωχό-
τερός μου εἶ. Τίνος οὖν ἔχω χρείαν; Τοῦ σοὶ μὴ   17
παρόντος· τοῦ εὐσταθεῖν, τοῦ κατὰ φύσιν ἔχειν
τὴν διάνοιαν, τοῦ μὴ ταράσσεσθαι. Πάτρων, οὐ   18
πάτρων, τί μοι μέλει; σοὶ μέλει. Πλουσιώτε-
ρός σου εἰμί· οὐκ ἀγωνιῶ τί φρονήσει περὶ ἐμοῦ
ὁ Καῖσαρ· οὐδένα κολακεύω τούτου ἕνεκα. ταῦτα ἔχω ἀντὶ τῶν ἀργυρωμάτων, ἀντὶ τῶν χρυ-
σωμάτων. σὺ χρυσᾶ σκεύη· ὀστράκινον τὸν λόγον, τὰ δόγματα, τὰς συγκαταθέσεις, τὰς ὁρμὰς, τὰς ὀρέξεις. Ὅταν δὲ ταῦτα ἔχω κατὰ   19
φύσιν,

tus: folœce ac barbare lo-
quebatur. Cujus enim al-
terius rei judices adeftis?
At fi iftis rebus, inquit,
operam dabo; agrum non
habebo, ficut nec tu; ne-
que argentea pocula, ficut
nec tu; neque jumenta
pulcra, ficut nec tu. Ad
ifta fortaffis illud dicere fatis eft: Ego iftis non egeo.
Tu, cum multa paraveris,
aliis indiges: velis, nolis,
pauperior me es. Quo er-
go egeo? Eo quo tu ca-
res: conftantia, animi con-
fenfione cum natura, vacul-
tate perturbationum. Si-
ve patronus fit, five non
fit, quid ego id curo? tu
curas. Ditior ego fum te:
non folicitus fum quid
de me fentiat Cæfar; ea
de cauffa nemini ædulor.
Hæc ego habeo pro tuis
argenteis & aureis vafis.
Tibi aurea vafa funt: fed
fictilis ratio, fictilia decreta, adfenfiones, impetus,
adpetitiones. Hæc fi ha-
buero naturæ confentanea,
cur ratiocinandi arti non
dem

φύσιν, διὰ τί μὴ φιλοτεχνήσω καὶ περὶ τὸν λόγον; εὐσχολῶ γάρ· οὐ περισπᾶταί μου ἡ διάνοια.
Τί ποιήσω, μὴ περισπώμενος; τούτου τί ἀνθρω-
30 πικώτερον ἔχω; Ὑμεῖς, ὅταν μηδὲν ἔχητε, τα-
ράσσεσθε, εἰς θέατρον εἰσέρχεσθε, ἢ ἀλύτε·
διὰ τί ὁ φιλόσοφος μὴ ἐξεργάσηται τὸν αὑτοῦ
31 λόγον; Σὺ κρυστάλινα, ἐγὼ τὰ τοῦ ψευδομέ-
νου· σὺ μούρρινα, ἐγὼ τὰ τοῦ ἀποφάσκοντος. Σοὶ
πάντα μικρὰ φαίνεται ἃ ἔχεις, ἐμοὶ τὰ ἐμὰ
πάντα μεγάλα. ἀπλήρωτός σου ἐστὶν ἡ ἐπιθυ-
32 μία, ἡ ἐμὴ πεπλήρωται. Τοῖς εἰς στενόβρογχον
κεράμιον καθιεῖσι τὴν χεῖρα, καὶ ἐκφέρουσιν ἰσχά-
δας κάρυα, τοῦτο συμβαίνει, ἂν πληρώσῃ τὴν χεῖρα, ἐξενεγκεῖν οὐ δύναται, εἶτα κλάει. Ἄφες
ὀλίγα ἐξ αὐτῶν, καὶ ἐξοίσεις. Καὶ σὺ ἄφες τὴν
ὄρεξιν· μὴ πολλῶν ἐπιθύμει, καὶ ἕξεις.

ΚΕΦ.

dem operam? Est enim otium: animus meus aliis occupationibus non distrahitur. Quid agam in hac tranquillitate? homine quid dignius, quam hoc, habeo? Vos, cum nihil negotii habetis, perturbati estis, theatrum ingredimini, aut temere oberratis: quidni philosophus expoliendae rationi suae daret operam? Tu crystallina vasa tractas; ego Mentientem syllogismum: tu murrhina; ego Inficiantem. Tibi omnia videatur parva quae habes; mihi mea omnia magna: inexplebilis est tua cupiditas; mea expleta est. Pueris manum in vas angusti orie inferentibus, ficus mistas nucibus eximentibus, accidit hoc, ut manum plenam extrahere non possint, deinde plorant. Omitte paucas ex iis, & extrahes. Tu quoque omitte adpetitionem: noli multa desiderare, & consequeris.

CAP.

ΚΕΦ. ι.

Πῶς δεῖ φέρειν τὰς Νόσους.

Ἑκάστου δόγματος ὅταν ἡ χρεία παρῇ, πρόχειρον αὐτὸ ἔχειν δεῖ· ἐπ' ἀρίστῳ, τὰ περὶ ἀρί-
στου· ἐν βαλανείῳ, τὰ τοῦ βαλανείου· ἐν τῇ
κοίτῃ, τὰ περὶ τῆς κοίτης.

    Μηδ' ὕπνον μαλακοῖσιν ἐπ' ὄμμασι προσδέ- a
      ξασθαι,
    πρὶν τῶν ἡμερινῶν ἔργων λογίσασθαι ἕκαστα·
    Πῇ παρέβην; τί δ' ἔρεξα; τί μοι δέον οὐκ 3
      ἐτελέσθη;
    Ἀρξάμενος δ' ἀπὸ πρώτου ἐπέξιθι· καὶ μετ-
      έπειτα,
    δειλὰ μὲν ἐκπρήξας, ἐπιπλήσσεο· χρηστὰ
      δὲ, τέρπου.

Καὶ

CAP. X.

Quo pacto ferendi sint Morbi.

Quodlibet decretum, cum
opus eo fuerit, in promtu
est habendum: quod ad
prandium pertinet, in pran-
dio; quod ad balneum, in
balneo; quod ad lectum,
in lecto.

*Neque somnium languenti-
bus oculis admiseris,*

*Priusquam diurnarum
operum singula animo
adieris.*

*Quo transilii? quid erro
feci? quid mihi, cum
oportuit, non perac-
tum est?*

*Exorsus autem a primo
percense: & deinde*

*Turpibus quidem perpe-
tratis, increpa te; bo-
nis vero delectare.*

Hi

4 Καὶ τούτους τοὺς στίχους κατέχειν χρηστικῶς,
οὐχ ἵνα δι' αὐτῶν ἀναφωνῶμεν, ὡς διὰ τοῦ
5 Παιὰν Ἄπολλον. Πάλιν ἐν πυρετῷ, τὰ πρὸς
τοῦτο· μὴ, ἂν πυρέξωμεν; ἀφῖναι πάντα,
καὶ ἐπιλανθάνεσθαι. Ἂν ἐγὼ ἔτι φιλοσοφήσω,
ὃ θέλει γινέσθω· ποῦ ποτ' ἀπελθόντα, τοῦ
σωματίου ἐπιμελεῖσθαι, εἴ τε καὶ πυρετὸς οὐκ
6 ἔρχεται. Τὸ δὲ φιλοσοφῆσαι τί ἐστιν; Οὐχὶ
παρασκευάσασθαι πρὸς τὰ συμβαίνοντα; Οὐ
παρακολουθεῖς οὖν, ὅτι τοιοῦτόν τι λέγεις; ἂν
ἔτι ἐγὼ παρασκευάσωμαι πρὸς τὸ πρᾴως φέρειν τὰ συμβαίνοντα, ὃ θέλει γινέσθαι· οἷον
εἴ τις, πληγὰς λαβὼν, ἀποσταίη τοῦ παγ-
7 κρατιάζειν. Ἀλλ' ἐκεῖ μὲν ἔξεστι καταλῦσαι,
καὶ μὴ δαίρεσθαι. Ἐνθάδε δ' ἂν καταλύ-
σωμεν φιλοσοφοῦντες, τί ἄφελος; Τί οὖν δεῖ
λέγειν αὐτὸν ἐφ' ἑκάστου τῶν τραχέων; Ὅτι
ἕνεκα

Hi versus ita sunt tenen-
di, ut adcommodentur ad
usum; non ut in exclaman-
do iis utamur, veluti cum
dicimus, Pæan Apollo!
In febri in promtu sint,
quæ eo pertinent: non au-
tem; cum febricitamus,
omittenda & oblivilcenda
omnia. „Quod si ego
„posthac philosophatus fu-
„ero, quidvis mihi acci-
„dat! Quocumqe tandem
„abeundo cura gerenda est
„corporis, ne febris obre-
„pat." Quid vero est phi-
losophari? Annon, parare
se ad omnem eventum?
Non igitur intelligis, perinde esse ac si dicas: Si
adhuc posthac me exercue-
ro ad ferendos æquo ani-
mo casus humanos, quid-
vis fiat! Perinde ac si quis,
quoniam plagas accepit, a
pancratii certamine desi-
stat. Verum illic quidem
desistere licet, & effugere
verbera. Hic vero, a phi-
losophia si desciverimus,
quæ erit utilitas?" Quid ergo in quallibet aspera re
dicendum est? Hujus rei
causâ exercitabor; ad hoc
certa.

ἕνεκα τούτου ἐγυμναζόμην, ἐπὶ τοῦτο ἥκευν. Ὁ δὲ 8
Θεός σοι λέγει, Δός μοι ἀπόδειξιν, εἰ νομίμως
ἤθλησας, εἰ ἔφαγες ὅσα δεῖ, εἰ ἐγυμνάσθης,
εἰ τοῦ ἀλείπτου ἤκουσας. Εἶτ' ἐπ' αὐτοῦ τοῦ
ἔργου καταμαλακίζῃ; Νῦν τοῦ πυρέττειν καιρός
ἐστι. τοῦτο καλῶς γινέσθω· τοῦ διψῆν, δίψα
καλῶς· τοῦ πεινᾶν, πείνα καλῶς. Οὐκ ἔστιν 9
ἐπὶ σοί; τίς σε κωλύσει; Ἀλλὰ πιεῖν μὲν κωλύσει ὁ ἰατρός· καλῶς δὲ διψῆν, οὐ δύναται.
καὶ φαγεῖν μὲν κωλύσει· πεινᾶν δὲ καλῶς, οὐ
δύναται.

Ἀλλ' οὐ φιλολογῶ. Τίνος δ' ἕνεκα φιλολο- 10
γεῖς; Ἀνδράποδον, οὐχ ἵνα εὐροῇς; οὐχ ἵνα εὐ-
σταθῇς; οὐχ ἵνα κατὰ φύσιν ἔχῃς καὶ διεξά-
γῃς; Τί κωλύει πυρέσσοντα κατὰ φύσιν ἔχειν 11
τὸ ἡγεμονικόν; Ἐνθάδ' ὁ ἔλεγχος τοῦ πράγματος, ἡ δοκιμασία τοῦ φιλοσοφοῦντος. Μέρος γὰρ
ἐστι

certamen me parabam. Deus demonstrare te jubet, an legitime operam dede-ris athleticae, an ederis quantum oportuit, an exer-citatus sis, an aliptae aus-cultaveris. Deinde, in ip-so certaminis articulo mol-lem te praebes? Nunc fe-bricitandi tempus est; hoc recte fiat: sitiendi; recte siti: esuriendi; recte esuri. Annon id penes te est? Quis te prohibuerit? Ne bibas; prohibebit te medi-cus; ne autem recte sitias, prohibere non potest: ne edas, te prohibebit; ne autem recte esurias, prohi-bere non potest.

At philosophorum ser-monibus non possum vaca-re. Qua vero de caussa eis vacas? mancipium; nonne ut vitam beatam, ut animi tranquillitatem tibi pares? nonne ut naturae conve-nienter te habeas vivasque? Quid autem obstat, quo-minus febricitans mentem tuam serves naturae con-venienter se habentem? Hic arguitur res: hic phi-losophus exploratur. Fe-bris

ἔστι καὶ τοῦτο τοῦ βίου, ὡς περίπατος, ὡς
12 πλοῦς, ὡς ὁδοιπορία, οὕτω καὶ πυρετός. Μή
τι περιπατῶν ἀναγινώσκεις; Οὔ. Οὕτως οὐδὲ
πυρέσσων. Ἀλλ', ἂν καλῶς περιπατῇς, ἔχεις
τὸ τοῦ περιπατοῦντος. ἂν καλῶς πυρέξ-
13 ῃς, ἔχεις τὸ τοῦ πυρέσσοντος. Τί ἐστι καλῶς πυρέσσειν; Μὴ θεὸν μέμψασθαι, μὴ ἄνθρωπον,
μὴ θλιβῆναι ὑπὸ τῶν γινομένων, εὖ καὶ καλῶς
προσδέχεσθαι τὸν θάνατον, ποιεῖν τὰ προστα-
σόμενα· ὅταν ὁ ἰατρὸς εἰσέρχηται, μὴ φοβεῖσθαι τί εἴπῃ· μηδ', ἂν εἴπῃ, κομψῶς ἔχεις,
ὑπερχαίρειν. τί γάρ σοι ἀγαθὸν εἶπεν; ὅτε
14 γὰρ ὑγίαινες, τί σοι ἦν ἀγαθόν; Μηδ', ἂν
εἴπῃ, κακῶς ἔχεις, ἀθυμεῖν. τί γάρ ἐστι τὸ
κακῶς ἔχειν; ἐγγίζειν τῷ διαλυθῆναι τὴν ψυχὴν ἀπὸ τοῦ σώματος; Τί οὖν δεινόν ἐστιν;
ἐὰν νῦν μὴ ἐγγίσῃς, ὕστερον οὐκ ἐγγίσεις; ἀλλὰ

ὃ

bris enim, ut deambula-
tio, ut navigatio, ut iter,
pars quædam vitæ est.
Num inter deambulandum
legis? Non. Sic neque
in febri. Sed cum bene
deambulas, id tenes quod
deambulantis est: cum bene
febricitas; id quod febricitantis est, tenes. Quid
est bene febricitare? Non
Deum culpare, non ho-
minem: non excrucia-
ri iis quæ accidunt, re-
cte & pulcre exspectare
mortem, agere quæ agen-
da sunt; cum intrat medi-
cus, non timere quid
dicturus sit, nec exsul-
tare lætitia, si te com-
mode habere dixerit. Quid
enim boni tibi dixit? Num
quando valebas, quid tibi
erat bonum? Nec, si te
male habere dixerit, ani-
mo dejici. Quid enim est
male habere? Adpropin-
quare animi segregationi
a corpore. Quid ergo in
eo mali est? Si nunc
non adpropinquaveris, post
non adpropinquabis? At
nimirum mundus, te mor-
tuus coercet! Quid ergo
adula-

ὁ κόσμος μέλλει ἀνατρέπεσθαι, σοῦ ἀποθανόντος;
Τί οὖν κολακεύεις τὸν ἰατρόν; Τί λέγεις, Ἐὰν σὺ 15
θέλῃς, κύριε, καλῶς ἕξω. Τί παρέχεις αὐτῷ
ἀφορμὴν τοῦ ἐπᾶραι ὀφρύν; Οὐχὶ δὲ τὴν αὐτοῦ
ἀξίαν αὐτῷ ἀποδιδοὺς, ὡς σκυτεῖ περὶ τὸν πόδα,
ὡς τέκτονι περὶ τὴν οἰκίαν, οὕτω καὶ τῷ ἰατρῷ
περὶ τὸ σωμάτιον, τὸ οὐκ ἐμὸν, τὸ φύσει νε-
κρόν; Τούτων ὁ καιρός ἐστι τῷ πυρέσσοντι· ἂν
ταῦτα ἐκπληρώσῃ, ἔχει τὰ αὑτοῦ. Οὐ γὰρ 16
ἐστιν ἔργον τοῦ Φιλοσόφου, ταῦτα τὰ ἐκτὸς τηρεῖν,
οὔτε τὸ οἰνάριον, οὔτε τὸ ἐλάδιον, οὔτε τὸ σωμάτιον, ἀλλὰ τὸ ἴδιον ἡγεμονικόν. Τὰ δ' ἔξω,
πῶς; Μέχρι τοῦ μὴ ἀλογίστως κατὰ ταῦτα
ἀναστρέφεσθαι. Ποῦ οὖν ἔτι καιρὸς τοῦ φοβεῖσθαι; 17
ποῦ οὖν ἔτι καιρὸς ὀργῆς; ποῦ φόβου περὶ τῶν
ἀλλοτρίων, περὶ τῶν μηδενὸς ἀξίων; Δύο γὰρ 18
ταῦτα πρόχειρα ἔχειν δεῖ· ὅτι ἔξω τῆς προαιρέσεως

adularis medico? Quid di-
cis: Si tu voles, domine,
bene habebo? Quid ei oc-
casionem præbes tollendi
supercilii? Quin potius,
ut sutorem, quod ad pe-
dem; ut fabrum, quod ad
ædes; sic medicum quo-
que, quod ad corpusculum
adtinet, quod meum non
est, quod naturâ est mor-
tuum, non pluris facis
quam pro merito? Hæc
sunt quæ tempus postulat
febricitantis: hæc ille si
præstiterit, habet quod suum est. Neque enim phi-
losophi munus est, exter-
na ista conservare, sive vinum, sive oleum, sive corpusculum; sed suam men-
tem rationemque. Exter-
na vero quomodo? Eate-
nus hæc tuenda sunt, ne
præter rationem circa ea
versemur. Quæ cum ita
sint, quæ porro caussa est
timoris? quæ caussa ira-
cundiæ? quæ solicitudinis
de alienis? de nullius pretii rebus? Hæc enim duo
in promtu esse debent:

ενος οὐδὲν ἐστιν οὔτε ἀγαθὸν, οὔτε κακόν· καὶ
ὅτι οὐ δεῖ προηγεῖσθαι τῶν πραγμάτων, ἀλλ'
19 ἐπακολουθεῖν. Οὐκ ἔδει οὕτω μοι προσενεχθῆ-
ναι τὸν ἀδελφόν. Οὔ· ἀλλὰ τοῦτο μὲν ἐκεῖνος
ὄψεται. ἐγὼ δ', ὡς ἂν προσενεχθῇ αὐτός, ὡς
20 δεῖ χρήσομαι τοῖς πρὸς ἐκεῖνον. τοῦτο γὰρ ἐμόν
ἐστιν, ἐκεῖνο δ' ἀλλότριον· τοῦτο οὐδεὶς κωλῦσαι
δύναται, ἐκεῖνο κωλύεται.

ΚΕΦ. μ'.

Σποράδην τινά.

Εἰσί τινες ὡς ἐκ νόμου διατεταγμέναι κολάσεις τοῖς ἀπειθοῦσι τῇ θείᾳ διοικήσει. Ὅς ἂν
ἄλλο τι ἡγήσηται ἀγαθὸν παρὰ τὰ προαιρετικά, φθονείτω, ἐπιθυμείτω, κολακευέτω, ταρασ-
σέσθω· ὃς ἂν ἄλλο κακόν, λυπείσθω, πενθείτω,
θρηνεί-

præter voluntatem, nihil
vel bonum esse, vel ma-
lum; &, non præeundum
esse rebus, sed sequendas
esse res. Non ita me tra-
ctare debuit frater! Non:
verum hoc quidem illi cu-
ræ erit; ego vero, utcum-
que ille me tractarit, cum
eo sic agam ut officium postulat. Hoc enim meum
est, illud alienum: hoc
prohibere nemo potest, illud prohibetur.

CAP. XL.

Miscellanea quædam.

Sunt quædam pœnæ, qua-
si lege constitutæ ils qui
divinæ gubernationi refra-
gantur. Qui aliud quid-
dam præter voluntaria bo-
num judicarit; is invi-
deat, concupiscat, adule-
tur, perturbetur: qui aliud
malum

θρηνείτω, δυστυχείτω. Καὶ ὅμως, οὕτω πικρῶς 3
κολαζόμενοι, ἀποστῆναι οὐ δυνάμεθα.

ΜΕΜΝΗΣΟ, τί λέγει ὁ ποιητὴς περὶ 4
τοῦ ξένου,

   Ξεῖν᾽, οὔ μοι θέμις ἔστ᾽, οὐδ᾽ εἰ κακίων σέ-
      θεν ἔλθοι.

Τοῦτο οὖν καὶ ἐπὶ πατρὸς πρόχειρον ἔχειν· Οὔ 5
μοι θέμις ἔστ᾽, οὐδ᾽ εἰ κακίων σέθεν ἔλθοι, πα-
τέρ᾽ ἀτιμῆσαι· πρὸς γὰρ Διός εἰσιν ἅπαντες τοῦ
Πατρῴου. Καὶ ἐπ᾽ ἀδελφῷ· πρὸς γὰρ Διός εἰσιν ὁ-
ἅπαντες τοῦ Ὁμογνίου. Καὶ οὕτω κατὰ τὰς ἄλλας σχέσεις εὑρήσομεν ἐπόπτην τὸν Δία.

Co 2   ΚΕΦ.

malum judicarit; is doleat, lugeat, ejulet, sit infelix. Quamvis autem tam acerbe mulctemur, desistere tamen non possumus.

MEMENTO, quid Poëta de hospite dicat,

   Hospes, hoc mihi non fas est, ne si te pejor quidem venerit.

Idem etiam de patre in promtu sit: Mihi fas non fuerit, etiamsi pejor te venerit, patrem indigne tractare: omnes enim sunt a Jove, patrum praeside. Et de fratre; omnes enim a Jove sunt, fratrum praeside. Eodemque modo Jovem aliarum quoque necessitudinum inspectorem inveniemus.

ΚΕΦ. ιβ'.

Περὶ Ἀσκήσεως.

Τὰς ἀσκήσεις οὐ δεῖ διὰ τῶν παρὰ φύσιν καὶ παραδόξων ποιεῖσθαι· ἐπεί τοι τῶν θαυματοποιῶν οὐδὲν διοίσομεν, οἱ λέγοντες Φιλοσοφεῖν.

2 Δύσκολον γάρ ἐστι καὶ τὸ ἐπὶ σχοινίου περιπατεῖν· καὶ οὐ μόνον δύσκολον, ἀλλὰ καὶ ἐπικίνδυνον. τούτου ἕνεκα δεῖ καὶ ἡμᾶς μελετᾶν, ἐπὶ σχοινίου περιπατεῖν, ἢ Φοίνικα ἱστάνειν, ἢ ἀν-

3 δριάντας περιλαμβάνειν; οὐδαμῶς. οὐκ ἔστι τὸ δύσκολον πᾶν καὶ ἐπικίνδυνον, ἐπιτήδειον πρὸς ἄσκησιν· ἀλλὰ τὸ πρόσφορον τῷ προκειμένῳ

4 ἐκπονηθῆναι. Τί δ' ἐστὶ τὸ προκείμενον ἐκπονηθῆναι; Ὀρέξει καὶ ἐκκλίσει ἀκωλύτως ἀναστρέφεσθαι. Τοῦτο δὲ τί ἐστι; Μήτε ὀρεγόμενον
ἀποτυγ-

CAP. XII.

De Exercitatione.

Exercitationes neque contra naturam, neque in rebus mirabilibus inftitui debent: alioqui nihil inter præftigiatóres & nos, qui philofophi perhiberi volumus, intererit. Eft enim etiam in fune ambulare difficile: nec difficile tantum, fed etiam periculofum. Eane de cauffa nobis etiam meditandum eft, quemadmodum in fune ambulemus, aut palmam erigamus, ftatuasve amplectamur? Nequaquam: neque enim omnia difficilia & periculofa, exercitationi quoque apta funt: fed ex quæ conducunt ad id quod eft nobis ad elaborandum propofitum. Quid vero eft quod ad elaborandum nobis eft propofitum? Ut adpetitione & averfatione citra impedimentum utamur. Hoc vero quid eft? Ut nec ed, quod adpetimus, fruftremur; nec in id, quod averfamur, incidamus.

ἀποτυγχάνειν, μήτ' ἐκκλίνοντα περιπίπτειν. Πρὸς τοῦτο οὖν καὶ τὴν ἄσκησιν ῥέπειν δεῖ. Ἐπεὶ γὰρ 5 οὐκ ἔστιν ἀναπότευκτον σχεῖν τὴν ὄρεξιν, καὶ τὴν ἔκκλισιν ἀπερίπτωτον, ἄνευ μεγάλης καὶ συνεχοῦς ἀσκήσεως· ἴσθι, ὅτι, ἐὰν ἔξω ἐάσῃς ἀποστρέφεσθαι αὐτὴν ἐπὶ τὰ ἀπροαίρετα, οὔτε τὴν ὄρεξιν ἐπιτευκτικὴν ἕξεις, οὔτε τὴν ἔκκλισιν ἀπερίπτωτον. Καὶ ἐπεὶ τὸ ἔθος ἰσχυρὸν προσηγεῖται, 6 πρὸς μόνα ταῦτα εἰθισμένων ἡμῶν χρῆσθαι ὀρέξει καὶ ἐκκλίσει· δεῖ τῷ ἔθει τούτῳ ἐναντίον ἔθος ἀντιθεῖναι, καὶ ὅπου ὁ πολὺς ὄλισθος τῶν φαντασιῶν, ἐκεῖ ἀντιτιθέναι τὸ ἀσκητικόν.

Ἑτεροκλινῶς ἔχω πρὸς ἡδονήν· ἀνατοιχήσω 7 ἐπὶ τὸ ἐναντίον ὑπὲρ τὸ μέτρον, τῆς ἀσκήσεως ἕνεκα. Ἐκκλιτικῶς ἔχω πόνου· τρίψω μου καὶ γυμνάσω πρὸς τοῦτο τὰς φαντασίας, ὑπὲρ τοῦ

Cc 3

ἀποστη-

cidamus. Huc igitur etiam exercitatio tendere debet. Cum enim fieri non possit, ut vel adpetitio non frustretur, vel aversatio non implicetur, sine magna & continenti exercitatione; scito, si eam extrorsum averti passus fueris ad ea quae nostri arbitrii non sunt, neque adpetitionem voti compotem, neque aversationem expertem calamitatis te esse habiturum. Et quia praecipua vis est consuetudinis inveteratae, eam adpetitione & aversatione adversus ista sola adsueverimus uti, isti consuetudini contraria consuetudo est opponenda, &, ubi visorum lapsus maxime in proclivi est, ibi exercitatio maxime opponenda.

Sum ad voluptatem propensior: In partem contrariam ultra modum exercitationis caussa inclinabo. Abhorreo a labore: teram & exercebo ad hoc visa mea, ut aversatio a talibus omni-

ἀποστῆσαι τὴν ἔκκλισιν ἀπὸ παντὸς τοῦ τοιού-
8 του. Τίς γάρ ἐστιν ἀσκητής; Ὁ μελετῶν ὀρέξει μὲν μὴ χρῆσθαι, ἐκκλίσει δὲ πρὸς μόνα
τὰ προαιρετικὰ χρῆσθαι, καὶ μελετῶν μᾶλλον
ἐν τοῖς δυσκαταπονήτοις. Καθ' ὃ καὶ ἄλλῳ πρὸς
9 ἄλλα μᾶλλον ἀσκητέον. Τί οὖν ὧδε ποιεῖ τὸ
φοίνικα στῆσαι, ἢ τὸ στέγην διαμαστὴν καὶ ὅλ-
10 μον καὶ ὕπερον περιφέρειν; Ἄνθρωπε, ἄσκησον,
εἰ γοργὸς εἶ, λοιδορούμενος ἀνέχεσθαι, ἀτιμα-
σθεὶς μὴ ἀχθεσθῆναι. εἶθ' οὕτω προβήσῃ, ἵνα,
κἂν πλήξῃ σέ τις, εἴπῃς αὐτὸς πρὸς αὑτόν, ὅτι
11 Δόξον ἀνδριάντα περιειληφέναι. εἶτα καὶ οἰνα-
ρίῳ κομψῶς χρῆσθαι, μὴ εἰς τὸ πολὺ πίνειν,
(καὶ γὰρ περὶ τοῦτο ἐμπαιρότεροι ἀσκηταί εἰσιν,)
ἀλλὰ πρῶτον εἰς τὸ ἀποσχέσθαι, καὶ κορασιδίου
ἀπέχεσθαι, καὶ πλακουνταρίου. εἶτά ποτε ὑπὲρ
δοκιμασίας, εἰ ἄρα, καθήσεις εὐκαίρως αὑτὸς

σαυτὸν,

omnibus recedat. Quis enim sese exercet? Is qui id eo elaborat, ut adpeti- tione non utatur, aversa- tione vero ad ea sola, quae nostri sunt arbitrii; quique in iis magis elaborat, quae difficilius superantur. Quo fit etiam, ut alii adversus alia magis exercere sese necesse habeant. Quid er- go ad hanc rem facit, pal- mam erigere, aut taberna- culum pollicem & morta- rium ac pistillum circum- ferre? Homo, si sis irrita- bilis, exerce te, ut convi- cia toleres, ut contumelia adfectus non dolres. Sic deinde eo progredieris, ut, si quis etiam te verberarit, ipse tibi dicas, Finge te statuam esse amplexum. Deinde te exerce, ut vino etiam scite utaris; non ad ingurgitandum, (sunt enim qui in hoc perperam sese exerceant;) sed primum, ut vino abstineas, & ut puellula abstineas, & pla- centula. Deinde aliquan- do explorandi tui caussa, si ita res tulerit, opportuno tempore. in certamen ali-

quod

σαυτόν, ὑπὲρ τοῦ γνῶναι εἰ ὁμοίως ἡττᾷ σε αἱ φαντασίαι. Τὰ πρῶτα δὲ φεῦγε μακρὰν ἀπὸ τῶν ἰσχυροτέρων. Ἄνισος ἡ μάχη κορασιδίῳ κομψῷ πρὸς νέον, ἀρχόμενον φιλοσοφεῖν· χύτρα, φασί, καὶ πέτρα οὐ συμφωνεῖ. [12]

Μετὰ τὴν ὄρεξιν καὶ τὴν ἔκκλισιν, δεύτερος τόπος ὁ περὶ τὴν ὁρμὴν καὶ ἀφορμήν· ἵν' εὐπειθὴς τῷ λόγῳ, ἵνα μὴ παρὰ καιρόν, μὴ παρὰ τόπον, μὴ παρὰ ἄλλην τινὰ τοιαύτην ἀσυμμετρίαν. Τρίτος, ὁ περὶ τὰς συγκαταθέσεις, ὁ πρὸς τὰ πιθανὰ καὶ ἑλκυστικά. Ὡς γὰρ ὁ Σωκράτης ἔλεγεν, ἀνεξέταστον βίον μὴ ζῆν· οὕτως ἀνεξέταστον φαντασίαν μὴ παραδέχεσθαι, ἀλλὰ λέγειν, Ἔκδεξαι, ἄφες ἴδω τίς εἶ, καὶ πόθεν ἔρχῃ· ὡς οἱ νυκτοφύλακες, Δεῖξόν μοι τὰ συνθήματα. Ἔχεις τὸ παρὰ τῆς φύσεως σύμβολον, ὃ δεῖ τὴν παραδεχθησομένην ἔχειν φαν- [13] [14] [15]

C c 4
τασίαν;

quod descendes, quo eo-
gnoscas, an aeque te (ut
olim) visa vincant. Prin-
cipio autem procul fuge a
fortioribus. Iniqua pugna
est eleganti puellae adversus adolescentem qui nu-
per philosophari coepit:
olla, quod aiunt, & saxum
non concinunt.

Post adpetitionem &
aversationem, alter locus
est, de Impetu ad actionem
capiendo, vel retinendo;
ut obtemperes rationi, ne
quid alieno tempore, ne
quid alieno loco facias,

neve per aliam hujusmodi
pecces Incongruentiam.
Tertius locus Adsensio-
num est; pertinens ad pro-
babilia & adlicientia. Ut
enim Socrates vitam, in
quam non inquiritur, vi-
vendam esse negabat; ita
neo visum ullam inexplo-
ratum est admittendum;
sed dicendum: Exspecta,
sine videam qui sis, & unde venias; quemadmodum
excubitores, Ostende mihi
tesseras. Habesne tesse-
ram a natura ditam, quam
adferre debet visum, ne-

16 σασίαν; Καὶ λοιπὸν, ὅσα τῷ σώματι προσά-
γεται ὑπὸ τῶν γυμναζόντων αὐτὸ, ἂν μὲν ὡδὶ
που ῥέπῃ, πρὸς ὄρεξιν καὶ ἔκκλισιν, εἴη ἂν
καὶ αὐτὰ ἀσκητικά· ἂν δὲ πρὸς ἐπίδειξιν, ἔξω
πεπνευκότες ἐστὶ, καὶ ἄλλο τι θηρωμένου, καὶ
θεατὰς ζητοῦντος τοὺς ἐρῶντας, Ὦ μεγάλου
17 ἀνθρώπου! Διὰ τοῦτο καλῶς ὁ Ἀπολλώνιος
ἔλεγεν, ὅτι, Ὅταν θέλῃς σεαυτῷ ἀσκῆσαι, διψῶν ποτε καύματος, ἐφέλκυσαι βρόγχον ψυχροῦ, καὶ ἔκπτυσον, καὶ μηδενὶ εἴπῃς.

ΚΕΦ. ΙΓ'.

Τί ἐστιν Ἐρημία, καὶ ποῖος Ἔρημος.

Ἐρημία ἐστὶ, κατάστασίς τις ἀβοήθητος.
Οὐ γὰρ ὁ μόνος ὢν, εὐθὺς καὶ ἔρημος· ὥσπερ
αὐδ'

-ne, quod admittendum sit. Denique, quae corpori ab iis, qui id exercent, adhibentur, siquidem huc quodammodo spectant, nempe ad adpetitionem & aversionem, pertinebunt & ipsa ad exercitationem: sin ad ostentationem solam spectant, suut ejus qui ex-trorsum prominet, & aliud quid venatur, & spectatores quaerit, dicturos, O magnum hominem! Quapropter recte dictum est ab Apollonio, si quis sua caussa velit exercere, ut in aestu, frigidae haustum attrahat ore, tacitusque exspuat.

CAP. XIII.

Qui sit status desertus, & qui sit Desertus.

Status desertus est ejus, qui auxilio destituitur. Non enim qui solus est, Idem etiam desertus est; quem-

οὐδ' ὁ ἐν πολλοῖς ὢν, οὐκ ἔρημος. Ὅταν γοῦν 2
ἀπολέσωμεν ἢ ἀδελφὸν, ἢ υἱὸν, ἢ φίλον ᾧ προσ-
ανεπαυόμεθα, λέγομεν ἀπολελεῖφθαι ἔρημοι, πολλάκις ἐν Ῥώμῃ ὄντες, τοσούτου ὄχλου ἡμῖν ἀπαν-
τῶντος, καὶ τοσούτων συνοικούντων, ἔσθ' ὅτε
πλῆθος δούλων ἔχοντες. Θέλει γὰρ ὁ ἔρημος, 3
κατὰ τὴν ἔννοιαν, ἀβοήθητός τις εἶναι, καὶ ἐκκεί-
μενος τοῖς βλάπτειν βουλομένοις. Διὰ τοῦτο, ὅταν
ὁδεύωμεν, τότε μάλιστα ἐρήμους λέγομεν ἑαυτοὺς
ὅταν εἰς λῃστὰς ἐμπέσωμεν. οὐ γὰρ ἀνθρώπου
ὄψις ἐξαιρεῖται ἐρημίας, ἀλλὰ πιστοῦ καὶ αἰδήμονος, καὶ ὠφελίμου. Ἐπεὶ εἰ τὸ μόνον εἶναι ἀρκεῖ 4
πρὸς τὸ ἔρημον εἶναι, λέγε ὅτι καὶ ὁ Ζεὺς ἐν τῇ
ἐκπυρώσει ἔρημός ἐστι, καὶ κατακλαίει αὐτὸς ἑαυ-
τοῦ· Τάλας ἐγὼ, οὔτε τὴν Ἥραν ἔχω, οὔτε τὴν
Ἀθηνᾶν, οὔτε τὸν Ἀπόλλωνα, οὔτε ὅλως ἢ

Cc 5

ἀδελ.

quemadmodum nec is, qui inter multos versatur, idcirco non desertus. Itaque fit saepe, cum vel fratrem amisimus, vel filium, vel amicum, quo confidebamus, ut desertos nos esse queramur; licet Romae agentes, tanta turba nobis occurrente, in tantaque hominum frequentia habitantes, interdum etiam famulorum multitudine stipati. Desertus enim is esse intelligitur, qui auxilio destituitur, & obnoxius eis est qui laedere volunt. Quapropter, cum iter facimus, tum nos maxime desertos dicimus, cum in latrones inciderimus: neque enim conspectus hominis solitudine liberat; sed fidelis, verecundi & utilis hominis conspectus. Nam si solitudo satis ad id est, ut sis desertus; dicendum erit, Jovem etiam in conflagratione mundi desertum esse, & apud se ipsum lamentari: Me miserum! neque Junonem habeo, neque Minervam, neque Apollinem, denique neque fratrem,

5 ἀδελφὸν, ἢ υἱὸν, ἢ ἔγγονον, ἢ συγγενῆ. Ταῦτα
καὶ λέγουσί τινες ὅτι ποιεῖ μόνος ἐν τῇ ἐκπυρώσει, οὐ γὰρ ἐπινοοῦσι διεξαγωγὴν μόνου, καὶ
ἀπό τινος φυσικοῦ ἑρμήματος, ἀπὸ τοῦ φύσει κοινωνικοῦ εἶναι καὶ φιλαλλήλου, καὶ ἡδέως συναγα-
6 γελφεσθαι ἀνθρώποις. Ἀλλ' οὐδὲν ἧττον δεῖ τινα καὶ πρὸς τοῦτο παρασκευὴν ἔχειν, τὸ δύνασθαι αὐτὸν ἑαυτῷ ἀρκεῖν, δύνασθαι αὐτὸν ἑαυτῷ
7 συνεῖναι. Ὡς ὁ Ζεὺς αὐτὸς ἑαυτῷ σύνεστι, καὶ ἡσυ-
χάζει ἐφ' ἑαυτοῦ, καὶ ἐννοεῖ τὴν διοίκησιν τὴν
ἑαυτοῦ οἵα ἐστί, καὶ ἐν ἐπινοίαις γίνεται πρεπού-
σαις ἑαυτῷ· οὕτω καὶ ἡμᾶς δύνασθαι δεῖ αὑτοῖς
ἑαυτοῖς λαλεῖν, μὴ προσδεῖσθαι ἄλλων, διαγω-
8 γῆς μὴ ἀπορεῖν· ἐφιστάνειν τῇ θείᾳ διοικήσει,
τῇ αὑτῶν πρὸς τἆλλα σχέσει· ἐπιβλέπειν, πῶς
πρότερον εἴχομεν πρὸς τὰ συμβαίνοντα, πῶς νῦν

τίνα

trem, neque filium, neque
nepotem, neque cogna-
tum. Hoc etiam nonnul-
li facturum eum in conflagratione mundi, cum fo-
lus erit, aiunt. Neque
enim intelligunt, quo pa-
cto vitam aliquis transige-
re possit solus; & proficiscuntur quidem etiam a naturali quodam principio,
scilicet ab ingenito hominibus communionis studio,
& mutuo amore, & dele-
ctatione consuetudinis cum
hominibus. Sed tamen
paranda est ad hoc quo-
que habitus quaedam, at

se ipso esse contentus, &
secum vivere quispiam pos-
fit. Sicut enim Jupiter secum vivit & in se ipse ac-
quiescit, & administrationem suam qualis sit secum
reputat, & in cogitationibus sese dignis versatur:
eodem modo & nos decet
nobiscum posse colloqui,
non requirere alios, non
indigere oblectatione qua
terapas fallamus; mentem
adjicere ad divinam admi-
nistrationem; &, quae re-
latio sit nostra erga res cae-
teras, expendere; consi-
derare, quomodo antea ca-
lus

τινά ἐστιν ἔτι τὰ θλίβοντα· πῶς ἂν θεραπευθῇ καὶ ταῦτα, πῶς ἐξαιρεθῇ· ἅ τινα ἐξεργα-
σίας δεῖται, κατὰ τὸν αὐτοῦ λόγον ἐξεργά-
σασθαι.

Ὁρᾶτε γὰρ, ὅτι εἰρήνην μεγάλην ὁ Καῖσαρ 9
ἡμῖν δοκεῖ παρέχειν, ὅτι οὐκ εἰσὶν οὐκέτι πόλεμοι, οὐδὲ μάχαι, οὐδὲ λῃστήρια μεγάλα, οὐδὲ
πειρατικά· ἀλλ' ἔξεστι πάσῃ ὥρᾳ ὁδεῦσαι, πλεῖν
ἀπὸ ἀνατολῶν ἐπὶ δυσμάς. Μή τι οὖν καὶ ἀπὰ 10
πυρετοῦ δύναται ἡμῖν εἰρήνην παρασχεῖν; μή τι
καὶ ἀπὸ ναυαγίου; μή τι ἀπὸ ἐμπρησμοῦ, ἢ ἀπὸ
σεισμοῦ, ἢ ἀπὸ κεραυνοῦ; Ἄγε, ἀπ' ἔρωτος; Οὐ δύναται. Ἀπὸ πένθους; Οὐ δύναται. Ἀπὸ φθόνου; Οὐ δύναται. Ἀπὸ οὐδενὸς
ἁπλῶς τούτων. Ὁ δὲ λόγος ὁ τῶν φιλοσόφων 11
ὑπισχνεῖται καὶ ἀπὸ τούτων εἰρήνην παρέχειν. Καὶ
τί λέγει; Ἄν μοι προσέχητε, ὦ ἄνθρωποι, ὅπου
ἂν

sos Romanos tulerimus,
quomodo nunc feramus;
quæ fint quæ nos adhuc
angunt.; quomodo hæc
quoqúe curari, quomodo
tolli queant; fi qua expoli-
enda fint, ut recta ratione
adhibita expoliantur.

Videte enim, quam am-
plam pacem nobis præfta-
re Cæfar videatur, cum
neque bella jam fuperfint,
neque pugnæ, neque latro-
cinia magna, neque pira-
ticæ graffationes; fed ut
quovis anni tempore; qua-
vis hora, iter facere liceat,
ab oriente in occiden-
tem navigare. Num ergo
etiam a febre pacem præ-
ftare nobis poteft? num &
a naufragio? num ab in-
cendio, a terræ motu, a
fulmine? Age, num ab
amore? Non poteft. A
luctu? Non poteft. Ab
invidia? Non poteft. Om-
nino a nulla tali re. At
doctrina philofophorum
pollicetur, ab his quoque
rebus fe pacem præftitu-
ram effe. Quid autem ait?
„Si me, (inquit) homines
„audiveritis, ubicumque
„fueri-

ἂν ἦτε, ὅ τι ἂν ποιῆτε, οὐ λυπηθήσεσθε, οὐκ ὀργισθήσεσθε, οὐκ ἀναγκασθήσεσθε, οὐ κωλυθήσεσθε, ἀπαθῶς δὲ καὶ ἐλεύθεροι διάξετε ἀπὸ πάν-

12 των. Ταύτην τὴν εἰρήνην τις ἔχων, οὐχὶ κεκηρυγμένην ὑπὸ τοῦ Καίσαρος, (πόθεν γὰρ αὐτῷ ταύτην κηρύξαι;) ἀλλ' ὑπὸ τοῦ Θεοῦ κεκηρυγμένην διὰ τοῦ λόγου, οὐκ ἀρκεῖται ὅταν ᾖ μό-

13 νος; ἐπιβλέπων, καὶ ἐνθυμούμενος· Νῦν ἐμοὶ κακὸν οὐδὲν δύναται συμβῆναι, ἐμοὶ λῃστὴς οὐκ ἔστιν, ἐμοὶ σεισμὸς οὐκ ἔστιν, πάντα εἰρήνης μεστά, πάντα ἀταραξίας· πᾶσα ὁδὸς, πᾶσα πόλις, πᾶσα σύνοδος, γείτων, κοινωνὸς, ἀβλαβής. Ἄλλος παρέχει τροφὰς, ᾧ μέλει· ἄλλος ἐσθῆτα· ἄλλος αἰσθήσεις ἔδωκεν, ἄλλος

14 προλήψεις. Ὅταν δὲ μὴ παρέχῃ τἀναγκαῖα, τὸ ἀνακλητικὸν σημαίνει, τὴν θύραν ἤνοιξε, καὶ λέγει σοι, Ἔρχου. Ποῦ; Εἰς οὐδὲν δεινόν· ἀλλ'

„fueritis, quidquid feceri-
„tis, non dolebitis, non
„irascemini, non cogemi-
„ni, non impediemini;
„sed tranquilli & ab omni-
„bus rebus liberi ætatem
„degetis." Hanc pacem
si quis habeat, non a Cæ-
sare promulgatam, (quo
pacto enim eam ille pro-
mulgare queat?) sed a Deo
per rationem pronunciatam,
is ea contentus non erit
cum solus fuerit? cum vi-
deat, & ita secum cogitet:
Nunc mali nibil accidere
mihi potest, mihi latro
non est, mihi terræ motus
non est, omnia plena pa-
cis, plena tranquillitatis;
omnis via, omnis urbs,
omnis congressus homi-
num, vicinus, socius, in-
noxius. Alius præbet vi-
ctum, cui id curæ est; alius vestem; alius sensus dedit, alius anticipatas animi
notiones. Quod si vero
ea, quibus opus est, non
suppeditat; receptui canit,
januam aperuit, teque ve-
nire jubet. Quo? Non in
malam rem: sed eo unde
ortus es, ad amica & co-
gnata,

ἀλλ' ὅθεν ἐγένετο, εἰς τὰ φίλα καὶ συγγενῆ, εἰς
τὰ στοιχεῖα. ὅσον ἦν ἐν σοὶ πυρὸς, εἰς πῦρ ἄπει- 15
σιν· ὅσον ἦν γηδίου, εἰς γήδιον· ὅσον πνευματίου, εἰς πνευμάτιον· ὅσον ὑδατίου, εἰς ὑδάτιον.
οὐδεὶς Ἅιδης, οὐδ' Ἀχέρων, οὐδὲ Κωκυτὸς, οὐδὲ
Πυριφλεγέθων· ἀλλὰ πάντα θεῶν μεστὰ καὶ
δαιμόνων. Ταῦτά τις ἐνθυμεῖσθαι ἔχων, καὶ 16
βλέπων τὸν ἥλιον, καὶ σελήνην, καὶ ἄστρα, καὶ
γῆς ἀπολαύων καὶ θαλάσσης, ἔρημός ἐστιν οὐ
μᾶλλον ἢ καὶ ἀβοήθητος. Τί οὖν; ἄν τις ἐπελ- 17
θὼν μόνῳ ἀποσφάξῃ με; Μωρέ, οὐ σὲ δ'· ἀλλὰ
τὸ σωμάτιον.

Ποία οὖν ἔτι ἐρημία; ποία ἀπορία; τί χεί- 18
ρονας ἑαυτοὺς ποιοῦμεν τῶν παιδαρίων; ἅ τινα
ὅταν ἀπολειφθῇ μόνα, τί ποιεῖ; ἄραντα ὄστρα-
κα καὶ σποδὸν, οἰκοδομεῖ τι ποτε, εἶτα κα-
ταστρέφει, καὶ πάλιν ἄλλο οἰκοδομεῖ· καὶ οὕτως
οὐδέ-

gnata, ad elementa. Quidquid in te ignis fuit, ad ignem redit; quidquid terræ, ad terram; quidquid spirantis aëris, ad aërem; quidquid aquæ, ad aquam. Nullus est Orcus, nullus Acheron, nullus Cocytus, nullus Pyriphlegethon: sed omnia plena Deorum & Geniorum. Hæc qui cogitare potest, & qui solem & lunam & sidera intuetur, & terra fruitur atque mari, is non magis desertus est, quam adjumenti expers. Quid ergo, si quis me solum adgressus jugularit? Stulte, non te, sed corpusculum.

Quæ ergo solitudo restat? quæ inopia? Quid nos ipsi pueris deteriores facimus; qui, cum soli relinquuntur, quid agont? Tollunt testas, ac cinerem, nunc aliquid exstruunt, nunc diruunt, nunc rursus aliud exstruunt: quo fit, ut nunquam eis deliquo

19 οὐδέποτε ἀπορεῖ διαγωγῆς. Ἐγὼ οὖν, ὧ πλεύσαντε ὑμεῖς, μέλλω καθήμενος κλαίειν, ὅτι μόνος ἀπελείφθην καὶ ἔρημος; Οὕτως οὐκ ὀστράκια ἕξω; οὐ σποδόν; Ἀλλ' ἐκεῖνα ὑπ' ἀφροσύνης ταῦτα ποιεῖ, ἡμεῖς δ' ὑπὸ φρονήσεως δυστυχοῦμεν;

20 Πᾶσα μεγάλη δύναμις ἐπισφαλὴς τῶν ἀρχομένων. Φέρειν οὖν δεῖ τὰ τοιαῦτα κατὰ δύναμιν, 21 ἀλλὰ κατὰ φύσιν. * ἀλλ' οὐχὶ τῷ φθισικῷ. Μελέτησόν ποτε διαγωγὴν ὡς ἄῤῥωστος, ἵνα ποθ' ὡς ὑγιαίνων διαγάγῃς. ἀσίτησον, ὑδροπότησον· ἀπόσχου ποτὲ παντάπασιν ὀρέξεως, ἵνα ποτὲ καὶ εὐλόγως ὀρεχθῇς. εἰ δ' εὐλόγως, ὅταν ἔχῃς 22 τι ἐν σεαυτῷ ἀγαθὸν, εὖ ὀρεχθήσῃ. Οὔ· ἀλλ' εὐθέως ὡς σοφοὶ διάγειν ἐθέλομεν, καὶ ὠφελεῖν ἀνθρώπους. Ποίαν ὠφέλειαν; τί ποιεῖς; σαυτὸν

γὰρ

quo tempus fallant. Ego igitur, si vos hinc profecti eritis, plorans scilicet sedebo, quod solus relictus sim ac desertus? Itane testulas non habebo? non cinerem? At illi prae stultitia istud faciunt; nos vero prae sapientia calamitosi sumus!

Omnis magna facultas periculosa est incipienti. Ferenda igitur talia sunt pro virili, sed naturae convenienter. * at non ei qui phthisi laborat. Eam vitae rationem aliquando meditare, quae valetudinario sit adcommodata, ut olim etiam tamquam recte valens vivere possis. Abstine cibis, aquam bibe: aliquando omnem adpetitionem cohibe, ut tandem etiam recta ratione adpetas. Si vero recta cum ratione, quum habueris in te boni aliquid, tum recte adpetitione uteris. At hoc nobis non placet; sed statim tamquam sapientes vivere volumus, & utilitatem adferre hominibus. Quam utilitatem? quid facis?

γὰρ ὠφέλησας; Ἀλλὰ προτρέψαι αὐτοὺς θέλεις;
Σὺ γὰρ προετρέψω; Θέλεις αὐτοὺς ὠφελῆσαι;
δεῖξον αὐτοῖς ἐπὶ σεαυτοῦ, οἵους ποιεῖ φιλοσοφία·
καὶ μὴ φλυάρει. Ἐσθίων, τοὺς συνεσθίοντας ὠφέ-
λει· πίνων, τοὺς πίνοντας· εἴκων πᾶσι, παραχω-
ρῶν, ἀνεχόμενος, οὕτως αὐτοὺς ὠφέλει· καὶ μὴ
κατεξέρα αὐτῶν τὸ σεαυτοῦ φλέγμα.

ΚΕΦ. ΙΔ.

Σποράδην τινά.

Ὡς οἱ κακοὶ τραγῳδοὶ μόνοι ᾆσαι οὐ δύνανται,
ἀλλὰ μετὰ πολλῶν· οὕτως ἔνιοι μόνοι περιπατῆσαι οὐ δύνανται. Ἄνθρωπε, εἴ τι εἶ, καὶ
μόνος περιπάτησον, καὶ σεαυτῷ λάλησον, καὶ μὴ

eis? num ipse tibi profui-
sti? At adhortari eos vis.
An te ipse prius cohorta-
tus? Vis eis prodesse.
Ostende in teipso, quales
philosophia faciat, neque
nugas age. Comedens,
utilis esto una comedenti-
bus; bibens, una bibenti-
bus; cedendo omnibus,
concedendo, tolerando,
sic eos juvato: sed pitui-
tam tuam in eos noli evo-
mere.

CAP. XIV.

Miscellanea quaedam.

Quemadmodum mali tra-
gœdi soli canere non pos-
sunt, sed cum multis: sic
nonnulli soli deambulare
non possunt. Homo, si
quid es, & solus deambu-
la, & tibi loquere, neque
in choro delitesce. Ali-
quando

3 ἐν τῷ χορῷ κρύπτου. Σκόπει τί ποτε, περίβλε-
  ψαι, ἐνσείσθητι, ἵνα γνῷς τίς εἶ.

4 ὍΤΑΝ τις ὕδωρ πίνῃ, ἢ ποιῇ τι ἀσκητι-
  κὸν, ἐκ πάσης ἀφορμῆς λέγει αὐτὸ πρὸς πάν-
5 τας; Ἐγὼ ὕδωρ πίνω. Διὰ γὰρ τοῦτο ὕδωρ
  πίνεις; διὰ τὸ ὕδωρ πίνειν; Ἄνθρωπε, εἴ σοι
  λυσιτελεῖ πίνειν, πίνε· εἰ δὲ μὴ, γελοίως ποι-
6 εῖς. εἰ δὲ συμφέρει σοι, καὶ πίνεις, σιώπα
  πρὸς τοὺς δυσαρεστοῦντας τοῖς ἀνθρώποις. Τί
  οὖν; αὐτοῖς τούτοις ἀρέσκειν θέλεις;

7 ΤΩΝ πραττομένων τὰ μὲν προηγουμένως
  πράττεται, τὰ δὲ κατὰ περίστασιν, τὰ δὲ κατ᾽
  οἰκονομίαν, τὰ δὲ κατὰ συμπεριφορὰν, τὰ δὲ
  κατ᾽ ἔνστασιν.

8 ΔΥΟ ταῦτα ἐξελεῖν τῶν ἀνθρώπων, οἴησιν
  καὶ ἀπιστίαν. Οἴησις μὲν οὖν ἐστι, τὸ δοκεῖν
                                          μηδε-

quando aliquid confidera, circumfpice, te ipfum concute, ut cognofcas qui fis.

SI QUIS aquam bibit, aliave quapiam re fefe exercet, quavis occafione id omnibus dicit, Ego aquam bibo. Ergo eo tantum aquam bibis, ut aquam bibas? Homo, fi tibi aquam bibere expedit, bibito: fin minus, ridicule facis. Sin aquæ potus tibi expedit, ideoque tu bibis;

tace apud eos qui aquæ potores molefte ferunt. Quid ergo? iftis ipfis placere ftudes?

EORUM quæ aguntur, alia principali quadam & præcipua ratione fiunt, alia temporum cauffa, alia per difpenfationem quamdam, alia obfequii cauffa, alia ex vitæ inftituto.

DUO hæc eximenda funt hominibus, arrogantia & diffidentia. Ac arrogantia quidem eft eorum,
                                          qui

μηδενὸς προσδεῖσθαι· ἀπιστία δέ, τὸ ὑπολαμβάνειν μὴ δυνατὸν εἶναι εὑροῆν σε τοσούτων περιεστη-
κότων. Τὴν μὲν οὖν ἄπιστον ἔλεγχος ἐξαιρεῖ. καὶ 9
τοῦτο πρῶτον ποιεῖ Σωκράτης. Ὅτι δ' οὐκ ἀδύνατόν ἐστι τὸ πρᾶγμα, σκέψαι καὶ ζήτησον.
Οὐδέν σε βλάψει ἡ ζήτησις αὕτη· καὶ σχεδὸν τὸ 10
φιλοσοφεῖν τοῦτ' ἔστι, ζητεῖν πῶς ἐνδέχεται ἀπαραποδίστως ὀρέξει χρῆσθαι καὶ ἐκκλίσει.

ΚΡΕΙΣΣΩΝ εἰμί σου, ὁ γὰρ πατήρ μου 11
ὑπατικός ἐστιν. Ἄλλος λέγει, Ἐγὼ δεδημάρ-
χηκα, σὺ δ' οὔ. Εἰ δ' ἵπποι ἦμεν, ἔλεγες ἄν, 12
ὅτι, Ὁ πατήρ μου ὠκύτερος ἦν; ὅτι, ἐγὼ ἔχω
πολλὰς κριθὰς καὶ χόρτον, ἢ ὅτι, κομψὰ περι-
τραχήλια; Εἰ οὖν ταῦτά σου λέγοντος, εἶπον,
ὅτι ἔστω ταῦτα, τρέχωμεν οὖν. Ἄγε, ἐπ' ἀν- 13
θρώπου οὖν οὐδέν ἐστι τοιοῦτον οἷον ἐφ' ἵππου
δρόμος,

qui fibi nihil deeffe putant: diffidentia vero eorum, qui exiftimant fe inter tot circumftantes cafus non poffe effe beatos. Arrogantiam igitur tollit reprehenfio argumentis nitens. Atque id primum faciebat Socrates. Fieri autem rem poffe, confiderato, & quærito. Nihil tibi nocebit ifta inquifitio: ac potius in eo magna ex parte fita eft philofophia, ut inquirat. quomodo citra impedimentum adpetitione & averfatione uti liceat.

MELIOR fum te, nam pater meus confularis eft. Alius ait: Ego tribuniatum geffi, tu non. Quod fi vero equi effemus, diceres fic. Pater meus velocior fuit: ego multum hordei habeo & foeni; aut elegantes phaleras. Si igitur tibi ifta dicenti refponderem, Efto ita, curramus ergo! Age, nihilne tale eft in homine, quale eft

δρόμος, ἐξ οὗ γνωσθήσεται ὁ κρείττων καὶ ὁ χείρων; Μήποτ' ἔστιν αἰδὼς, πίστι:, δικαιοσύνη;
14 Τούτοις· δείκνυε κρείττονα σεαυτὸν, ἵν' ὡς ἄνθρωπος ᾖς κρείττων. Ἄν μοι λέγῃς, ὅτι μεγάλα
λακτίζω, ἐρῶ σοι κἀγὼ, ὅτι ἐπὶ ὄνου ἔργῳ
μέγα φρονεῖς.

ΚΕΦ. ιε΄.

Ὅτι δεῖ Περιεσκεμμένως ἔρχεσθαι ἐφ' ἕκαστα.

Ἑκάστου ἔργου σκόπει τὰ καθηγούμενα καὶ τὰ
ἀκόλουθα, καὶ οὕτως ἔρχου ἐπ' αὐτό. εἰ δὲ
μὴ, τὴν μὲν πρώτην ἥξεις προθύμως, ἅτε
μηδὲν τῶν ἑξῆς ἐντεθυμημένος· ὕστερον δ' ἀνα-
2 φανέντων τινῶν, αἰσχρῶς ἀποστήσῃ. Θέλω
Ὀλύμπια νικῆσαι. [Κἀγὼ, νὴ τοὺς Θεούς· κομ-
ψόν

est in equo cursus, quo co-
gnoscatur, quis sit præ-
stantior, quis deterior?
Vide, ne sit verecundia,
fides, justitia. His rebus
ostende præstantiorem esse
te, ut tamquam homo sis
præstantior. Sin mihi di-
xeris, te vehementer calcitrare: dicam & ipse tibi,
eo te superbire, quod sit
asini proprium.

CAP. XV.

Considerate singula adgredienda esse.

Cujusque operis antece-
dentia & consequentia considera; & sic illud adgre-
ditor. Alioqui alacriter
quidem illud adgredieris;
quippe qui nihil eorum,
quæ sequantur, considera-
ris: postea vero, cum ali-
quæ difficultates interces-
serint, turpiter desistes.
Cupio vincere Olympia.
[Et ego, per Deos: nam
bella

ψὸν γάρ ἐστιν.] Ἀλλὰ σκόπει τὰ καθηγούμενα αὐτοῦ, καὶ τὰ ἀκόλουθα· καὶ οὕτως, ἄν σοι λυσιτελῇ, ἅπτου τοῦ ἔργου. Δεῖ σε εὐτακτεῖν, ἀναγ- 3 κοφαγεῖν, ἀπέχεσθαι πεμμάτων, γυμνάζεσθαι πρὸς ἀνάγκην, ὥρᾳ τεταγμένῃ, ἐν καύματι, ἐν ψύχει· μὴ ψυχρὸν πίνειν, μὴ οἶνον, ὅτ' ἔτυχεν· ἁπλῶς, ὡς ἰατρῷ παραδεδωκέναι σεαυτὸν τῷ ἐπιστάτῃ· εἶτα, ἐν τῷ ἀγῶνι, παρορύσσεσθαι, ἔστιν 4 ὅτε χεῖρα ἐκβαλεῖν, σφυρὸν στρέψαι, πολλὴν ἀφὴν καταπιεῖν, μαστιγωθῆναι, καὶ μετὰ τούτων πάντων ἐσθ' ὅτε νικηθῆναι. Ταῦτα λογισάμενος, ἂν 5 ἔτι θέλῃς, ἔρχου ἐπὶ τὸ ἀθλεῖν. εἰ δὲ μή, ὅρα ὅτι ὡς τὰ παιδία ἀναστραφήσῃ, ἃ νῦν μὲν ἀθλητὰς παίζει, νῦν δὲ μονομάχους, νῦν δὲ σαλπίζει, εἶτα τραγῳδεῖ, ὅταν ἴδῃ καὶ θαυμάσῃ. οὕτω καὶ σύ· νῦν μὲν ἀθλητὴς, νῦν δὲ μονομά- 6 χος, εἶτα φιλόσοφος, εἶτα ῥήτωρ· ὅλῃ δὲ τῇ ψυ-

Dd 2

bella res est.] At considera antecedentia & consequentia: & sic, si e re tua fuerit, rem adgredere. Oportet te ordine omnia agere, coactum edere, bellariis abstinere, exercere corpus vel invitum, hora definita, in æstu, in frigure; non bibenda frigida, aliquando ne vinum quidem; omnino, lanistæ tamquam medico te tradere. Deinde, in certamine, arena obrui oportet; aliquando manum luxari; distorqueri pedis malleolum; multum pulveris deglutire; flagris cædi; & cum his omnibus interdum vinci. His rebus consideratis, si adhuc placet, athleticæ te trade. Sin minus, vide ut puerorum more acturus sis, qui nunc luctatores ludunt, nunc gladiatores, nunc tubæ canunt, nunc tragœdias agunt, cum ista viderint admiratique fuerint. Sic & tu, nunc athleta eris, nunc gladiator, mox philoso-

χῇ οὐδέν. ἀλλ', ὡς ὁ πίθηκος, πᾶν ὃ ἂν ἴδῃς
μιμῇ, καὶ ἀεί σοι ἄλλο ἐξ ἄλλου ἀρέσκει, τὸ
7 σύνηθες δ' ἀπαρέσκει. οὔτε γὰρ μετὰ σκέψεως
ἦλθες ἐπί τι, οὐδὲ περισδεύσας ὅλον τὸ πρᾶγμα,
οὐδὲ βασανίσας, ἀλλ' εἰκῇ καὶ κατὰ ψυχρὰν
8 ἐπιθυμίαν. Οὕτω τινὲς, ἰδόντες φιλόσοφον, καὶ
ἀκούσαντές τινος οὕτω λέγοντος, ὡς Εὐφράτης λέγει, (καί τοι τίς οὕτω δύναται εἰπεῖν ὡς ἐκεῖνος;)
θέλουσι καὶ αὐτοὶ φιλοσοφεῖν.

9 Ἄνθρωπε, σκέψαι πρῶτον, τί ἐστι τὸ πρᾶγ-
μα· εἶτα καὶ τὴν σαυτοῦ φύσιν, τί δύνασαι βα-
στάσαι. εἰ παλαιστὴς, ἰδού σου τοὺς ὤμους, τοὺς
μηρούς, τὴν ὀσφύν. ἄλλος γὰρ πρὸς ἄλλο τι πέ-
10 φυκε. Δοκεῖς, ὅτι ταῦτα ποιῶν δύνασαι φιλοσοφεῖν; δοκεῖς, ὅτι δύνασαι ὡσαύτως ἐσθίειν, ὡσαύτως πίνειν, ὁμοίως ὀργίζεσθαι, ὁμοίως δυσαρεστεῖν;
11 Ἀγρυπνῆσαι δεῖ, πονῆσαι, νικῆσαί τινας ἐπιθυμίας;
ἀπελ-

losophus, postea orator; toto autem animo nihil: sed, ut simius, quidquid videris, imitaris; & semper aliud ex alio tibi placet, adsueta vero displicent. Neque enim considerate quidquam adgressus es, neque rem totam circumcirca explorasti; sed temere accessisti, frigida cupiditate impulsus. Sic nonnulli, viso philosopho, auditove aliquo sic differente ut Euphrates disserit, (quamquam quis sic dicere, ut ille, potest?) volunt & ipsi philosophari.

Homo, considera prius, quæ res sit: deinde naturam quoque tuam, quid ferre possit. Si luctator esse vis, vide humeros tuos; femora, lumbos. Alius enim ad aliud aliquid natus est. Putasne, te, si ista agas, posse philosophari? Putasne, te posse eodem modo edere, eodem modo bibere, æque irasci, æque indignari? Vigilandum est, laborandum,

ἀπελθεῖν ἀπὸ τῶν οἰκείων, ὑπὸ παιδαρίου κατα-
φρονηθῆναι, ὑπὸ τῶν ἀπαντώντων καταγελασθῆ-
ναι, ἐν παντὶ ἔλασσον ἔχειν, ἐν ἀρχῇ, ἐν τιμῇ,
ἐν δίκῃ. Ταῦτα περισκεψάμενος, εἴ σοι δοκεῖ, 12
προσέρχου· εἰ θέλεις ἀντικαταλλάξασθαι τούτων
ἀπάθειαν, ἐλευθερίαν, ἀταραξίαν. εἰ δὲ μὴ, μὴ
πρόσαγε· μὴ, ὡς τὰ παιδία, νῦν μὲν Φιλόσοφος,
ὕστερον δὲ τελώνης, εἶτα ῥήτωρ, εἶτα ἐπίτροπος Καίσαρος. Ταῦτα οὐ συμφωνεῖ. ἕνα σε δεῖ 13
ἄνθρωπον εἶναι, ἢ ἀγαθὸν, ἢ κακόν· ἢ τὸ ἡγεμονικόν σε δεῖ ἐξεργάζεσθαι τὸ σαυτοῦ, ἢ τὰ ἐκτός·
ἢ περὶ τὰ ἔσω Φιλοπονεῖν, ἢ περὶ τὰ ἔξω· τοῦτ᾽
ἔστι, Φιλοσόφου στάσιν ἔχειν, ἢ ἰδιώτου.

ΡΟΥΦΩ τις ἔλεγε, Γάλβα σφαγέντος, ὅτι, 14
Νῦν προνοίᾳ ὁ κόσμος διοικεῖται; Ὁ δὲ, Μὴ παρέρ-
Dd 3 γως

dum, vincendæ funt quæ-
dam cupiditates, a cogna-
tis difcedendum; oportet
a fervulo contemni, ab obviis derideri, omnibus in
rebus deteriori conditione
effe, in magiftratu, in ho-
nore, in judicio. His con-
fideratis, fi lubet, accedito; fi pro his permutare
velis, perturbationum va-
cuitatem, libertatém, con-
ftantiam: alioqui noli accedere; ne, ut pueri, nunc
philofophus fis, poftea pu-
blicanus, mox orator, de-
nique procurator Cæfaris.

Hæc non confentiunt.
Unum te hominem effe
oportet, five bonum, five
malum; aut principalem
tui ipfius partem excolere
te oportet, aut res externas; laborem vel internis
rebus impendere, vel ex-
ternis; hoc eft; tuendus
eft tibi vel philofophi fta-
tus, vel hominis in-
docti.

RUFO quidam, occifo
Galba, dixit: Nunc adeo
mundum providentia gu-
bernari? At ille: An vel
obiter

γως ποτ', ἔφη, ἀπὸ Γάλβα κατεσκεύασα, ὅτι προνοίᾳ ὁ κόσμος διοικεῖται;

ΚΕΦ. ιϛ´.

Ὅτι εὐλαβῶς δεῖ συγκαθιέναι εἰς Συμπεριφοράν.

Ἀνάγκη τὸν συγκαθέντα τισὶν ἐπιπλέον, ἢ εἰς λαλιὰν, ἢ εἰς συμπόσια, ἢ ἁπλῶς εἰς συμβίωσιν ἢ αὐτὸν ἐκείνοις ἐξομοιωθῆναι, ἢ ἐκείνους 2 μεταθεῖναι ἐπὶ τὰ αὑτοῦ. Καὶ γὰρ ἄνθρακα ἀπεσβεσμένον ἂν θῇ παρὰ τὸν καιόμενον, ἢ αὐτὸς ἐκεῖνον ἀποσβέσει, ἢ ἐκεῖνος τοῦτον ἐκκαύ-3 σει. Τηλικούτου οὖν τοῦ κινδύνου ὄντος, εὐλαβῶς δεῖ τοῖς ἰδιώταις συγκαθιέναι εἰς τὰς τοιαύτας συμπεριφοράς, μεμνημένους, ὅτι ἀμήχανον, τὸν συνανατριβόμενον τῷ ἠσβολωμένῳ, μὴ καὶ αὐτὸν 4 ἀπολαῦσαι τῆς ἀσβόλης. Τί γὰρ ποιήσεις, ἂν

περὶ

obiter umquam, inquit, Galba usus sum ut demonstrarem, mundum providentia adminiſtrari.

CAP. XVI.

Caute utendum eſſe hominum Conſuetudine.

Qui frequentius cum aliquo convenit, five confabulandi cauſſa, five compotandi, five omnino confuetudinis cauſſa; eum neceſſe eſt vel ipſum illi fieri ſimilem, vel illum ad ſuam rationem traducere. Nam fi quis carbonem exſtinctum ardenti adjunxerit, aut hic illum exſtinguet, aut ille hunc incendet. Cum igitur tantum periculum fit, indoctorum familiaritate & conſuetudine caute eſt utendum; memores, fieri nullo modo poſſe, quia, fi quis cum fuliginoſo verſetur, ipſe quoque fuliginoſus fiat.

Quid

περὶ μονομάχων λαλῇ, ἂν περὶ ἵππων, ἂν περὶ ἀθλητῶν, ἂν, τὸ ἔτι τούτων χεῖρον, περὶ ἀνθρώπων; Ὁ δεῖνα κακός, ὁ δεῖνα ἀγαθός· τοῦτο καλῶς ἐγένετο, τοῦτο κακῶς. Ἔτι, ἂν σκώπτῃ, ἂν γελοιάζῃ, ἂν κακοηθίζηται; Ἔχει τις 5 ὑμῶν παρασκευὴν, οἵαν ὁ κιθαριστικὸς τὴν λύραν λαβὼν, ὥστ' εὐθὺς ἁψάμενος τῶν χορδῶν, γνώσεται τὰς ἀσυμφώνους, καὶ ἁρμόσασθαι τὸ ὄργανον; οἵαν εἶχε Σωκράτης δύναμιν, ὥστ' ἐν πάσῃ συμπεριφορᾷ ἄγειν ἐπὶ τὸ αὑτοῦ τοὺς συνόντας; Πό- 6 θεν ὑμῖν; ἀλλ' ἀνάγκη ὑπὸ τῶν ἰδιωτῶν ὑμᾶς περιάγεσθαι.

Διὰ τί οὖν ἐκεῖνοι ὑμῶν ἰσχυρότεροι; Ὅτι 7 ἐκεῖνοι μὲν τὰ σαπρά· ταῦτα ἀπὸ δογμάτων λαλοῦσιν· ὑμεῖς δὲ τὰ κομψὰ ἀπὸ τῶν χειλῶν· διὰ ταῦτο ἄτονά ἐστι, καὶ νεκρά· καὶ σικχαναί

D d 4

ἐστιν

Quid enim ages, si de gladiatoribus loquatur, sive de equis, sive de pugilibus, sive (quod his pejus etiam est) de hominibus? Iste malus, iste bonus est: hoc recte factum, illud male. Praeterea, si cavillator est, si risor, si maligno ingenio. Est-ne aliquis vestrûm ita solers, ut citharœdus, qui sumta lyra, simul ac chordas tetigerit, intelliget quæ non concinant, instrumentumque ad concentum intendere pot-

est? Ea-ne facultate præditi estis, qua fuit Socrates, qui familiares, ubicumque cum eis versatus esset, ad suam morem sensumque traduceret? Unde vobis illud? Immo vos ab indoctis circumagi necesse est.

Cur igitur illi vobis potentiores sunt? Quia illi putida ista sua proferunt ex animi decretis; vos vero pulcra vestra, non nisi de labris; ea causa sine robore hæc & mortua sunt; nec

ἐστὶν ἀκούοντα ὑμῶν τοὺς προτρεπτικούς, καὶ
τὴν ἀρετὴν τὴν ταλαίπωρον, ἢ ἄνω κάτω θρυλ-
8 λεῖται. Οὕτως ὑμᾶς οἱ ἰδιῶται νικῶσι. Πανταχοῦ γὰρ ἰσχυρὸν τὸ δόγμα, ἀνίκητον τὸ δόγ-
9 μα. Μέχρις ἂν οὖν παγῶσιν ἐν ὑμῖν αἱ κομψαὶ
ὑπολήψεις, καὶ δύναμίν τινα περιποιήσασθε πρὸς
ἀσφάλειαν, συμβουλεύω ὑμῖν εὐλαβῶς τοῖς ἰδιώταις συγκαταβαίνειν· εἰ δὲ μή, καθ' ἡμέραν, ὡς
κηρὸς ἐν ἡλίῳ, διατακήσεται ὑμῶν εἴ τινα ἐν τῇ
10 σχολῇ ἐγγράφετε. Μακρὰν οὖν ἀπὸ τοῦ ἡλίου
ποῦ ποτε ὑπάγετε, μέχρις ἂν κηρίνας τὰς ὑπο-
11 λήψεις ἔχητε. Διὰ τοῦτο καὶ τῶν πατρίδων συμ-
βουλεύουσιν ἀποχωρεῖν οἱ φιλόσοφοι, ὅτι τὰ πα-
λαιὰ ἔθη περισπᾷ, καὶ οὐκ ἐᾷ ἀρχὴν γενέσθαι
τινα ἄλλου ἐθισμοῦ, οὐδὲ φέρομεν τοὺς ἀπαντῶντας καὶ λέγοντας, Ἴδ' ὁ δεῖνα φιλοσοφεῖ, ὁ
12 τοῖος καὶ ὁ τοῖος. Οὕτω καὶ οἱ ἰατροὶ τοὺς
μακρονοσοῦντας ἐκπέμπουσιν εἰς ἄλλην χώραν καὶ
ἄλλον

nec sine fastidio audiri possunt adhortationes vestræ,
& misera virtus, quam
fusque deque jactatis. Ita
vos plebeii vincunt. Ubi-
que enim robur habet de-
cretum; invictum est de-
cretum. Donec igitur confir-
matæ in vobis fuerint
pulcræ sententiæ, donec
facultatem aliquam parave-
ritis, qua in tuto colloce-
mini; auctor vobis sum, ut
caute indoctorum utamini
consuetudine: alioqui quotidie, si qua animis vestris
in schola inscribitis. sicut
cera in sole diffluent.
Longe igitur a sole recedi-
te, dum cereas habetis
opiniones. Hac etiam de
caussa philosophi e patria
discedendum esse suadent,
quoniam domi veteres mo-
res in diversa nos trahunt,
nec sinunt nos novæ con-
suetudinis initium facere;
nec ferimus obvios, dicentes, Ecce iste philosophatur, cum talis & talis sit.
Sic & medici eos, qui diu-
turnis morbis laborant, in
aliam

ἄλλον ἀέρα· καλῶς ποιοῦντες. Καὶ ὑμεῖς ἀντεισ- 13
αγάγετε ἄλλα ἔθη· πήξατε ὑμῶν τὰς ὑπολήψεις,
καὶ ἐναθλεῖτε αὐταῖς. Οὔ· ἀλλ᾽ ἔνθεν ἐπὶ θεω- 14
ρίαν, εἰς μονομαχίαν, εἰς ξυστὸν, εἰς κίρκον· ἔτ᾽
ἐκεῖθεν ὧδε, καὶ πάλιν ἔνθεν ἐκεῖ οἱ αὐτοί. Καὶ 15
ἔθος καμψὸν οὐδὲν, οὔτε προσοχὴ, οὔτ᾽ ἐπιστρο-
φὴ ἐφ᾽ αὑτὸν, καὶ παρατήρησις· πῶς χρῶμαι ταῖς
προσπιπτούσαις φαντασίαις; κατὰ φύσιν; ἢ παρὰ
φύσιν; πῶς ἀποκρίνομαι πρὸς αὐτάς; ὡς δεῖ; ἢ
ὡς οὐ δεῖ; ἐπιλέγω τοῖς ἀπροαιρέτοις, ὅτι οὐδὲν
πρὸς ἐμέ; Εἰ γὰρ μή πω οὕτως ἔχετε, φεύγε- 16
τε ἔθη τὰ πρότερον, φεύγετε τοὺς ἰδιώτας, εἰ θέλετε ἄρξασθαί ποτε τινὲς εἶναι.

Dd 5   ΚΕΦ.

aliam regionem aliumque aerem ablegant: & recte quidem. Proinde & vos mores alios introducite; confirmate vestras opiniones, & in eis strenue vos exercete. At id non curatis; sed hinc ad spectacula, ad gladiatorum exercitium, in xystum, in circum; postea illinc huc, vicissimque hinc illinc, semper iidem. Non ullus liberalis mos, non animadversio, non cura vestrum ipsorum, neque observatio, ut quisque se ipse interroget, quo pacto oblatis utor visis? secundum naturam? an contra? quomodo respondeo eis? sicut decet? an contra? eis-ne rebus, quæ mei arbitrii non sunt, dico, Nihil mihi vobiscum est? Nam si nondum sic adfecti estis, fugite mores priores, fugite vulgus, si tandem auspicari negotium & aliqui esse vultis.

CAP.

ΚΕΦ. ιζ'.

Περὶ Προνοίας.

Ὅταν τι τῇ Προνοίᾳ ἐγκαλῇς, ἐπιστράφηθι,
2 καὶ γνώσῃ, ὅτι κατὰ λόγον γέγονε. Ναὶ, ἀλλ'
ὁ ἄδικος πλέον ἔχει. Ἐν τίνι; Ἐν ἀργυρίῳ·
Πρὸς γὰρ τοῦτό σου κρείττων ἐστιν, ὅτι κολα-
κεύει, ἀναισχυντεῖ, ἀγρυπνεῖ. τί θαυμαστόν;
3 Ἀλλ' ἐκεῖνο βλέπε, εἰ ἐν τῷ πιστὸς εἶναι πλέον
σου ἔχει, εἰ ἐν τῷ αἰδήμων. Οὐ γὰρ εὑρή-
σεις· ἀλλ' ὅπου σὺ κρείττων, ἐκεῖ σαυτὸν εὑρήσεις
4 πλέον ἔχοντα. Κἀγώ ποτ' εἰπόν τινι, ἀγανακ-
τοῦντι ὅτι Φιλόστοργος εὐτυχεῖ· Ἤθελες ἂν σὺ
μετὰ Σούρα κοιμᾶσθαι; Μὴ γένοιτο, φησὶν,
5 ἐκείνη ἡ ἡμέρα. Τί οὖν ἀγανακτεῖς, εἰ λαμβάνει τι ἀνθ' οὗ πωλεῖ; ἢ πῶς μακαρίζεις τὸν διὰ
τού-

CAP. XVII.

De Providentia.

Si qua in re providentiam accusas, curatius rem considera, & intelliges, certa ratione eam factam esse. At improbus meliore conditione est! Qua in re? In pecunia. Nam in hoc praestat tibi, quod adulatur, quod impudens est, quod vigilat. Quid mirum? Sed illud intuere, num fide, num verecundia tibi praestet. Neque enim ita esse invenies; sed ubi tu melior es, ibi te meliore esse conditione cognosces. Quare ego aliquando culdam; Philostorgi florentem fortunam aegre ferenti, Num ergo, inquam, tu cum Sura dormire velles? Ne, inquit, is mihi dies illucescat. Quid ergo succenses, si aliquid pretii pro iis quae vendit accipit? aut cur beatum eum prae-

τούτων, ἃ σὺ ἀπεύχῃ, κτώμενον ἐκεῖνα; ἢ τί κακὸν ποιεῖ ἡ Πρόνοια, εἰ τοῖς κρείττοσι τὰ κρείτ-
τω δίδωσιν; Ἡ οὐκ ἔστι κρεῖττον, αἰδήμονα εἶναι
ἢ πλούσιον; Ὡμολόγει. Τί οὖν ἀγανακτεῖς, ἄνθρωπε, ἔχων τὸ κρεῖττον; Μέμνησθε οὖν ἀεὶ, 6
καὶ πρόχειρον ἔχετε, ὅτι νόμος οὗτος φυσικός·
Τὸν κρείττονα τοῦ χείρονος πλέον ἔχειν, ἐν ᾧ
κρείττων ἐστί· καὶ οὐδὲ ποτ' ἀγανακτήσετε.
Ἀλλ' ἡ γυνή μοι κακῶς χρῆται. Καλῶς. ἄν τις 7
σου πυνθάνηται, τί ἐστὶ τοῦτο; λέγε, Ἡ γυνή
μοι κακῶς χρῆται. Ἄλλο οὖν οὐδέν; Οὐδέν.
Ὁ πατήρ μοι οὐδὲν δίδωσιν. [Τί ἐστι τοῦτο; 8
Ὁ πατήρ μου οὐδὲν δίδωσι. Ἄλλο οὖν οὐδέν; Οὐδ-
έν·] ὅτι δὲ κακόν ἐστι, τοῦτο ἔξωθεν αὐτῷ δεῖ
περιθεῖναι, καὶ προσκαταψεύσασθαι. Διὰ τοῦ- 9
το οὐ δεῖ τὴν πενίαν διαβάλλειν, ἀλλὰ τὸ δόγμα
τὸ περὶ αὐτῆς· καὶ οὕτως εὑρήσομεν.

ΚΕΦ.

praedicas, quod ob ea, quæ tu detestaris, ista adquirit? aut quid peccat Providentia, si melioribus meliora tribuit? Nonne praestat verecundum esse, quam divitem? Adsentiebatur. Quid ergo succenses, homo, cum id habeas quod melius est? Semper igitur mementote, atque in promtu habetote eam naturæ legem: „Meliorem, in eo quo sit melior, meliore conditióne esse illo qui sit deterior.“ Ita numquam succensebitis.

At, uxor male me tractat! Recte: si quis sciscitetur, quid est istud? dic: Uxor male me tractat. Nihil ergo aliud? Nihil. Pater nihil mihi largitur. [Quid istud est? Pater nihil mihi largitur. Nihil igitur aliud est? Nihil.] Id vero malum esse, extrinsecus adjiciendum est, & adfingendum mendacium. Quocirca non paupertas repudianda est, sed opinio paupertatis: atque ita in tranquillo erimus.

CAP.

ΚΕΦ. ιη'.

Ὅτι οὐ δεῖ πρὸς τὰς Ἀγγελίας ταράσσεσθαι.

Ὅταν σοί τι προσαγγελθῇ ταρακτικόν, ἐκεῖνο ἔχε πρόχειρον, ὅτι ἀγγελία περὶ οὐδενὸς προαιρετικοῦ γίνεται. Μή τι γὰρ δύναταί σοι τις ἀγγεῖλαι, ὅτι κακῶς ὑπέλαβες, ἢ κακῶς ὠρέχθης; Οὐδαμῶς. Ἀλλ', ὅτι ἀπέθανέ τις. Τί οὖν πρὸς σέ; Ὅτι σε κακῶς τις λέγει. Τί οὖν πρὸς σέ; Ὅτι ὁ πατὴρ τάδε τινὰ ἑτοιμάζεται. Ἐπὶ τίνα; μή τι ἐπὶ τὴν προαίρεσιν; πόθεν δύναται; ἀλλ' ἐπὶ τὸ σωμάτιον, ἐπὶ τὸ κτησείδιον; ἐσώθης, οὐκ ἐπὶ σέ. Ἀλλ' ὁ κριτὴς ἀποφαίνεται ὅτι ἠσέβησας. Περὶ Σωκράτους δ' οὐκ ἀπεφήναντο οἱ δικασταί; Μή τι σὸν ἔργον ἐστί, τὸ ἐκεῖνον ἀποφήνασθαι; Οὔ. Τί οὖν

ἔτι

CAP. XVIII.

Non perturbari oportere Nunciis.

Si quid, quod turbare pot-
sit, nunciatum tibi fuerit,
illud habeto in promto,
Nuncium ad nihil eorum
posse pertinere, quæ tui
arbitrii sint. Num quis
enim nunciare tibi potest,
te perperam sensisse, aut
prave adpetivisse? Nequa-
quam. Sed, mortuum es-
se aliquem, nunciare pot-
est. Quid ergo ad te?
Aliquem tibi maledicere.

Quid ergo ad te? Patrem
nescio quid moliri. Con-
tra quem? numquid contra
animi tui institutum? qui
potest? At contra corpu-
sculum, contra reculam?
Salvus es; non contra te.
At judex pronunciat, te
impie fecisse. Annon &
Socratem judices Impieta-
tis condemnarunt? Num
tui arbitrii est, quid illi
pronunciet? Non. Quid
ergo

ἔτι σοι μέλει; Ἔστι τι τοῦ πατρός σου ἔργον, ὃ 5
ἂν μὴ ἐκπληρώσῃ, ἀπώλεσε τὸν πατέρα, τὸν φι-
λόστεργον, τὸν ἥμερον. Ἄλλο μηδὲν ζήτει τούτου
ἕνεκα αὐτὸν ἀπολέσθαι. Οὐδέποτε γὰρ ἐν ἄλλῳ
μὲν τις ἁμαρτάνει, εἰς ἄλλο δὲ βλάπτεται. Πάλιν 6
σὸν ἔργον τὸ ἀπολογηθῆναι εὐσταθῶς, αἰδημόνως,
ἀοργήτως. εἰ δὲ μὴ, ἀπώλεσας καὶ σὺ τὸν υἱὸν, τὸν
αἰδήμονα, τὸν γενναῖον. Τί οὖν; Ὁ κριτὴς ἀκίνδυ- 7
νός ἐστιν; Οὔ· ἀλλὰ κἀκείνῳ τὰ ἴσα κινδυνεύεται.
Τί οὖν ἔτι φοβῇ, τί ἐκεῖνος κρίνει; Τί σοὶ καὶ τῷ
ἀλλοτρίῳ κακῷ; Σὸν κακόν ἐστι, τὸ κακῶς ἀπο- 8
λογηθῆναι· τοῦτο φυλάσσου μόνον. κριθῆναι δ',
ἢ μὴ κριθῆναι, ὥσπερ ἄλλου ἐστὶν ἔργον, οὕτω
κακὸν ἄλλου ἐστίν. Ἀπειλεῖ σοι ὁ δεῖνα. Ἐμοί; 9
Οὔ. Ψέγει σε. Αὐτὸς ὄψεται, πῶς ποιεῖ τὸ ἴδιον
ἔργον. Μέλλει σε κατακρίνειν ἀδίκως. Ἄθλιος.

ΚΕΦ.

ergo amplius curas? Est quoddam patris tui officium, quod ille nisi præstiterit, patris rationem perdiderit, pietatem, mansuetudinem. Tu noli cupere, ut aliud quid, ea quidem de caussa, ille perdat, Neque enim umquam in alio peccatur, in alio detrimentum capitur. Rursus, tuum munus est, caussam dicere constanter, verecunde, sine ira: alioqui & tu filii pietatem, verecundiam, probitatem amiseris. Quid ergo? Judexne periculi expers est? Non; sed & ille in eodem periculo versatur. Quid ergo etiamnum times, quidnam ille pronunciet? Quid tibi cum alienis malis? Tuum malum est, caussam tuam male agere: unum hoc caveto. Condemnari vero te, vel non condemnari, ut alterius munus, sic alterius quoque malum est. Iste tibi minatur. Mihi? Non. Vituperat te. Ipse viderit, quemadmodum munus suum administret. Injuste te condemnaturus est. Ob idipsum miser.

CAP.

ΚΕΦ. ιθ'.

Τίς στάσις Ἰδιώτου καὶ Φιλοσόφου.

Ἡ πρώτη διαφορὰ ἰδιώτου καὶ Φιλοσόφου· ὁ
μὲν λέγει, Οὐαί μοι διὰ τὸ παιδάριον, διὰ τὸν
ἀδελφὸν, οὐαὶ διὰ τὸν πατέρα. Ὁ δ', ἄν ποτ'
εἰπεῖν ἀναγκασθῇ, Οὐαί μοι, ἐπιστήσας λέγει,
2 δι' ἐμέ. Προαίρεσιν γὰρ οὐδὲν δύναται κωλῦσαι
ἢ βλάψαι ἀπροαίρετον, εἰ μὴ αὐτὴ ἑαυτήν.
3 Ἂν μὲν οὖν ἐπὶ τοῦτο ῥέψωμεν καὶ αὐτοὶ, ὥσθ',
ὅταν δυσοδῶμεν, ἑαυτοὺς αἰτιᾶσθαι, καὶ μεμνῆσθαι,
ὅτι οὐδὲν ἄλλο ταραχῆς ἢ ἀκαταστασίας αἴτιόν
ἐστιν ἢ δόγμα· ὀμνύω ὑμῖν πάντας τοὺς θεοὺς, ὅτι
4 προεκόψαμεν. Νῦν δ' ἄλλην ὁδὸν ἐξ ἀρχῆς ἐληλύθαμεν. Εὐθὺς, ὅτι παίδων ἡμῶν ὄντων, ἡ τίτθη,

εἶ

CAP. XIX.

Quis status sit hominis Indocti & Philosophi.

Primum indocti & philo-
sophi discrimen est, quod
ille dicit, Heu mihi pro
pter filium, propter fra-
trem, propter patrem!
Hic vero, si quando Heu
mihi! dicere cogitur, re
considerata, ait, propter
me! Voluntatem enim
prohibere aut lædere nihil
potest, quod est involunta-
rium: voluntas lædi, nisi
a se ipsa, non potest.
Quod si ergo huc tenderi-
mus & ipsi, ut rebus male
succedentibus ipsi nos ac-
cusemus, ac memineri-
mus, non aliam esse per-
turbationis & Inconstan-
tiæ caussam, nisi decre-
tum; omnes vobis juro
deos, aliquid nos profe-
cisse. Nunc vero aliam
viam ab initio sumus in-
gressi. Statim a puero, nutrix, si quando per oscitan-

tiam

εἴ ποτε προσεπταίσαμεν χάσκοντες, οὐχὶ ἡμῖν
ἐπέπλησσεν, ἀλλὰ τὸν λίθον ἔτυπτε. Τί γὰρ
ἐποίησεν ὁ λίθος; διὰ τὴν τοῦ παιδίου σου μωρίαν, ἴδει μεταβῆναι αὐτόν; Πάλιν, ἂν μὴ εὕ- 5
ρωμεν φαγεῖν ἐκ βαλανείου, οὐδέποθ' ἡμῶν κα-
ταστέλλει τὴν ἐπιθυμίαν ὁ παιδαγωγὸς, ἀλλὰ
δαίρει τὸν μάγειρον. Ἄνθρωπε, μὴ γὰρ ἐκείνου
σε παιδαγωγὸν κατεστήσαμεν, ἀλλὰ τοῦ παιδίου ἡμῶν· τοῦτο ἐπανόρθου, τοῦτο ὠφέλει. Οὕ- 6
τω καὶ αὐξηθέντες, φαινόμεθα παιδία. Παῖς γὰρ
ἐν μουσικοῖς, ὁ ἄμουσος· ἐν γραμματικοῖς, ὁ
ἀγράμματος· ἐν βίῳ, ὁ ἀπαίδευτος.

ΚΕΦ.

tiam impegimus, non nos objurgavit, sed lapidem verberavit. Quidnam vero commisit lapis? debuerat-ne ille propter pueruli tui stultitiam alio migrare? Rursus, si quando e balneo redeuntes cibum non invenerimus, numquam cupiditatem nostram compescit paedagogus, sed coquam verberibus adficit. Homo, non illi te paedagogum praefecimus, sed filiolo nostro: hunc corrige, hunc juvato. Sic adulti etiam pro pueris nos gerimus. Puer enim in musica, est homo amusus; in re literaria, homo illiteratus: in vita, homo ineruditus.

CAP.

ΚΕΦ. κ'.

Ὅτι ἀπὸ πάντων τῶν Ἐκτός ἐστιν ὠφελεῖσθαι.

Ἐπὶ τῶν θεωρητικῶν φαντασιῶν, πάντες σχεδὸν τὸ ἀγαθὸν καὶ τὸ κακὸν ἐν ἡμῖν ἀπέ-
2 λιπον, οὐχὶ δ᾽ ἐν τοῖς ἐκτός. Οὐδεὶς λέγει ἀγαθὸν, τὸ ἡμέραν εἶναι κακὸν, τὸ
νύκτα εἶναι· μέγιστον δὲ κακὸν, τὸ τρία τέσ-
3 σαρα εἶναι. Ἀλλὰ τί; Τὴν μὲν ἐπιστήμην
ἀγαθὸν, τὴν δ᾽ ἀπάτην κακόν. ὥστε καὶ περὶ
τὸ ψεῦδος αὐτὸ ἀγαθὸν συνίστασθαι, τὴν
4 ἐπιστήμην τοῦ ψεύδος εἶναι αὐτό. Ἔδει οὖν
οὕτω καὶ ἐπὶ τοῦ βίου. Ὑγεία ἀγαθόν; νόσος
δὲ κακόν; Οὔ, ἄνθρωπε. Ἀλλὰ τί; Τὸ
καλῶς ὑγιαίνειν, ἀγαθόν· τὸ κακῶς, κακόν·
ὥστε καὶ ἀπὸ νόσου ἐστὶν ὠφεληθῆναι, τὸν Θεόν
σοι.

CAP. XX.

Posse fructum e rebus Externis omnibus capi.

Quod ad visa theoretica adtinet, propemodum omnes Bonum & Malum in nobis reliquerant: non autem in rebus externis. Nemo enunciationem hanc, *Dies est*, bonum adpellat; aut illam, *Nox est*, malum; aut illam, *tria sunt quatuor*, maximum malum. Quid ergo? Scientiam bonum dicunt; errorem, malum. Ita quidem, ut etiam circa ipsum falsum exsistat bonum, cum scimus esse illud falsum. Eodem modo etiam in eis judicare debebamus, quæ ad vitam pertinent. Sanitas bonum-ne est? morbus malum? Non, mi homo. Quid ergo? Recte sanitate uti, bonum est; male, malum: ita quidem, ut e morbo etiam (deum tibi testor) fructum capere liceat

σοι. ἀπὸ θανάτου γὰρ οὐκ ἔστιν; ἀπὸ πη-
ρώσεως γὰρ οὐκ ἔστι; Μικρά σοι δοκεῖ ὁ 5
Μενοικεὺς ὠφεληθῆναι, ὅτ᾽ ἀπέθνησκε; Τοιαῦτά τις εἰπών, ὠφεληθείη οἷα ἐκεῖνος ὠφελήθη; Ἔα, ἄνθρωπε, οὐκ ἐτήρησε τὸν Φιλό-
πατριν; τὸν μεγαλόφρονα; τὸν πιστόν; τὸν
γενναῖον; ἐπιζήσας δὲ, οὐκ ἀπώλλυ ταῦτα
πάντα; οὐ περιεποιεῖτο τὰ ἐναντία; τὸν δει- 6
λὸν οὐκ ἀνελάμβανε; τὸν ἀγεννῆ; τὸν μισόπα-
τριν; τὸν Φιλόψυχον; Ἄγε, δοκεῖ σοι μικρά
ὠφεληθῆναι ἀποθανών; Οὔ· ἀλλ᾽ ὁ τοῦ Ἀδ- 7
μήτου πατὴρ μεγάλα ὠφελήθη, ζήσας οὕτως
ἀγεννῶς καὶ ἀθλίως; ὕστερον γὰρ οὐκ ἀπέθανε; Παύσασθε, τοὺς Θεοὺς ὑμῖν, τὰς ὕλας 8
θαυμάζοντες. παύσασθ᾽ ἑαυτοὺς δούλους ποιοῦντες, πρῶτον τῶν πραγμάτων, εἶτα δι᾽ αὐτὰ καὶ
τῶν

ceat. Etenim nonne & e morte? nonne e clauditate? Parum fructus cepisse Menœceum censes, cum mortem oppeteret? Hoc qui dicit, frui-ne is talibus fructibus potest, quales ille percepit? Eia, homo, nonne pietatem erga patriam conservavit? non magnitudinem animi? non fidem? non indolem generosam? qui si diutius vixisset, nonne, istis omnibus amissis, in contraria incidisset? nonne ignaviæ crimen locutrisset? nonne animi degeneris? patriæ desertoris? mortem reformidantis? Age, num parvum tibi fructum cepisse videtur e suo interitu? Non: sed Admeti pater magnum scilicet fructum cepit e vita sua tam degenere & misera? postea enim non est mortuus? Definite, per Deos, materias admirari: definite vosmetipsos conjicere in fervitutem, primum rerum ipsarum, deinde propter

Epicteti Dissert. T. I.   E e   has

τῶν ἀνθρώπων τῶν ταῦτα περιποιῶν ἢ ἀφαι-
ρεῖσθαι δυναμένων.

9 Ἔστιν οὖν ἀπὸ τούτων ὠφεληθῆναι; Ἀπὸ
πάντων. Καὶ ἀπὸ τοῦ λοιδοροῦντος; Τί δ' ὠφελεῖ τὸν ἀθλητὴν ὁ προγυμναζόμενος; Τὰ μέγιστα. Καὶ οὗτος ἐμοῦ προγυμναστὴς γίνεται·
τὸ ἀνεκτικόν μου γυμνάζει, τὸ ἀόργητον, τὸ
10 πρᾷον. Οὔ· ἀλλ' ὁ μὲν τοῦ τραχήλου καθαπτόμενος,
καὶ τὴν ὀσφύν μου καὶ τοὺς ὤμους καταρτίζων,
ὠφελεῖ με· καὶ ὁ ἀλείπτης καλῶς ποιῶν λέγει,
Ἆρον ὑπὲρ ἀμφοτέρας· καὶ, ὅσον βαρύτερός
ἐστιν ἐκεῖνος, τοσούτῳ μᾶλλον ὠφελοῦμαι ἐγώ·
εἰ δέ τις πρὸς ἀοργησίαν με γυμνάζει, οὐκ ὠφε-
11 λεῖ με; Ταῦτ' ἔστι τὸ μὴ εἰδέναι ἀπ' ἀνθρώπων ὠφελεῖσθαι. Κακὸς γείτων; Αὑτῷ· ἀλλ'
ἐμοὶ ἀγαθός· γυμνάζει μου τὸ εὔγνωμον, τὸ
ἐπιεικές. Κακὸς πατήρ; Αὑτῷ· ἀλλ' ἐμοὶ
ἀγαθός.

has hominum etiam eo-
rum, qui eas vel conferre,
vel eripere possunt.

Fructus ergo ex hisce
rebus capi potest? Ex om-
nibus. Etiamne e convi-
ciatore? Quid vero pugili
fructus adfert is qui eum
exercet? Plurimum. Et-
iam hic mihi sit in palæstra
præceptor; me exercet ad
tolerantiam, ad mansuetu-
dinem, ad clementiam.
Non: sed ille quidem col-
lum meum contrectans, &
lumbos & humeros dispo-
nens; me juvat; & alipta
recte dicit, Tolle utrâque
manu in altum, &, quan-
to est ille severior, tanto
magis ego juvor; si quis
vero ad mansuetudinem
me exercet, is non me ju-
vat? Istud est nescire, fractum capere ex hominibus.
Malus vicinus est? Sibi
ipse; mihi vero bonus:
exercet moderationem,
exercet æquitatem meam.
Malus pater est? Sibi ipse;
et mihi bonus. Hæc est

Mer-

ἀγαθός. Τοῦτ' ἐστὶ τὸ τοῦ Ἑρμοῦ ῥαβδίον. 12
οὗ θέλεις, φησὶν, ἅψαι, καὶ χρυσοῦν ἔσται.
Οὔ· ἀλλ' ὃ θέλεις φέρε, κἀγὼ αὐτὸ ἀγαθὸν
ποιήσω. φέρε νόσον, φέρε θάνατον, φέρε ἀπορίαν, φέρε λοιδορίαν, δίκην τὴν περὶ τῶν ἐσχά-
των· πάντα ταῦτα τῷ ῥαβδίῳ τοῦ Ἑρμοῦ ὠφέ-
λημα ἔσται. Τὸν θάνατον τί ποιήσεις; τί γὰρ 13
ἄλλο, ἢ ἵνα σε κοσμήσῃ, ἢ ἵνα δείξῃ σε ἔργῳ
δι' αὐτοῦ, τί ἐστιν ἄνθρωπος τῷ βουλήματι
τῆς φύσεως παρακολουθῶν. Τὴν νόσον τί ποιή- 14
σεις; Δείξω αὐτῆς τὴν φύσιν, διαπρέψω ἐν αὐτῇ,
εὐσταθήσω, εὐροήσω, τὸν ἰατρὸν οὐ κολακεύσω,
οὐκ εὔξομαι ἀποθανεῖν. Τί ἔτι ἄλλο ζητεῖς; 15
πᾶν ὃ ἄν δῷς, ἐγὼ αὐτὸ ποιήσω μακάριον, εὐ-
δαιμονικὸν, σεμνὸν, ζηλωτόν.

Οὔ· ἀλλὰ βλέπε μὴ νοσήσῃς· κακόν ἐστιν. 16
Οἷον εἴ τις ἔλεγε, Βλέπε μὴ λάβῃς ποτὲ φαντα-

E e 2

σίαν

Mercurii virgula: hæc (inquit) quidquid attigeris,
aureum erit. Non ita: sed,
quidquid volueris, adfer;
idque ego bonum faciam:
adfer morbum; adfer mor-
tem; adfer egestatem; ad-
fer convicium; adfer discrimen capitis: omnia hæc
virgula Mercurii utilia red-
dentur. De morte quid
facies? Quid vero aliud,
nisi ut ea te ornet, aut per
te re ipsa demonstret, quid
sit homo, si Naturæ voluntatem sequatur? De mor-
bo quid facies? Ostendam
ejus naturam, excellam in
eo, constanter perferam,
tranquillus ero, medico
non adulabor, mortem
non optabo. Quid requi-
ris amplius? Quidquid mi-
hi dederis, id ego efficiam
beatum, prosperum, ho-
norabile, expetendum.

At tu non ita. Sed, ca-
ve (inquis) ne ægrotes:
malum est. Perinde istud
est, ac si quis diceret: Cave, ne quando tibi fingas,
tria

σίας τοῦ τὰ τρία τέσσαρα εἶναι· κακόν ἐστιν.
Ἄνθρωπε, πῶς κακόν; Ἂν ὃ δεῖ περὶ αὐτοῦ
ὑπολάβω, πῶς ἔτι με βλάψει; οὐχὶ δὲ μᾶλλον
17 καὶ ὠφελήσει; Ἂν οὖν περὶ πενίας ὃ δεῖ ὑπολάβω, ἂν περὶ νόσου, ἂν περὶ ἀναρχίας, οὐκ ἀρκεῖ μοι, οὐκ ὠφέλιμα ἔσται; Πῶς οὖν ἔτι ἐν
τοῖς ἐκτὸς τὰ κακὰ καὶ τἀγαθὰ δεῖ με ζητεῖν;
18 Ἀλλὰ τί; ταῦτα μέχρι ὧδε, εἰς οἶκον δ' οὐδεὶς
ἀποφέρει· ἀλλ' εὐθὺς πρὸς τὸ παιδάριον πόλεμος,
πρὸς τοὺς γείτονας, πρὸς τοὺς σκώψαντας, πρὸς
19 τοὺς καταγελάσαντας. Καλῶς γίνοιτο Λεσβίῳ,
ὅτι με καθ' ἡμέραν ἐξελέγχει μηδὲν εἰδότα.

ΚΕΦ.

tria esse quatuor: malum
est. Quomodo malum,
homo? Si de hoc sic exi-
stimaro, ut decet; quid
porro mihi nocebit? non-
ne potius etiam proderit?
Si ergo de paupertate, de
morbo, de conditione pri-
vata honoribus exclusa, ita
sensero, ut decet; nonne
id mihi satis est? nonne
lucrum est? Qua ergo ra-
tione posthac bona & mala
in rebus externis quære-
rem? At quid fit? Hæc,
dum in schola estis, tene-
tis: nemo autem secum
aufert domum; sed statim
cum puero bellum geritur,
cum vicinis, cum iis qui
nos cavillati sunt, qui irri-
serunt. Bene fit Lesbio,
quod indies infcitiam me-
am coarguit.

CAP.

ΚΕΦ. κα'.

Πρὸς τοὺς εὐκόλως ἐπὶ τὸ Σοφιστεύειν
ἐρχομένους.

Οἱ τὰ θεωρήματα ἀναλαβόντες ψιλά, εὐθὺς
αὐτὰ ἐξεμέσαι θέλουσιν, ὡς οἱ στομαχικοὶ τὴν
τροφήν. Πρῶτον αὐτὸ πέψον, εἶθ' οὕτω μὴ 2
ἐξεμέσῃς· εἰ δὲ μή, ἔμετος τῷ ὄντι γίνεται,
πρᾶγμα βλαδαρὸν καὶ ἄβρωτον. Ἀλλ' ἀπ' αὐ- 3
τῶν ἀναδοθέντων δεῖξόν τινα ἡμῖν μεταβολὴν
τοῦ ἡγεμονικοῦ τοῦ σεαυτοῦ· ὡς οἱ ἀθληταὶ τοὺς
ὤμους, ἀφ' ὧν ἐγυμνάσθησαν, καὶ ἔφαγον·
ὡς οἱ τὰς τέχνας ἀναλαβόντες, ἀφ' ὧν ἔμαθον.
Οὐκ ἔρχεται ὁ τέκτων καὶ λέγει, Ἀκούσατέ μου 4
διαλεγομένου περὶ τῶν τεκτονικῶν· ἀλλ', ἐκμισθω-
σάμενος οἰκίαν, ταύτην κατασκευάσας, δείκνυσιν

ὅτι

Ee 3.

CAP. XXI.

*Ad eos qui temere Doctorum munus
capessunt.*

Qui nuda praecepta didicerunt, statim ea evomere volunt; sicut qui e stomacho laborant, cibum. Concoque illa prius, deinde non ita evomes. Si vero non concoxeris; revera vomitus erit id, quod tu alterum docere volueris; res cruda, minimeque esculenta. Quin potius rite digestis eis, quae didicisti, mutationem aliquam ostendito in mente tua factam: quemadmodum pugiles humeris suis declarant, ut exercitati fuerint, ut cibum ceperint; quemadmodum artifices, quid didicerint. Faber non dicit, Audite me differentem de re fabrili: sed conducta domo, eaque exstructa ostendit, artem

se

5 ἔτι ἔχει τὴν τέχνην. Τοιοῦτόν τι καὶ σὺ ποίησον·
φάγε ὡς ἄνθρωπος, πίε ὡς ἄνθρωπος, κοσμήθητι,
γάμησον, παιδοποίησον, πολίτευσαι· ἀνάσχου λοιδορίας, ἔνεγκαι ἀδελφὸν ἀγνώμονα, ἔνεγκαι πα-
6 τέρα, ἔνεγκαι υἱόν, γείτονα, σύνοδον. Ταῦτά
ἡμῖν δεῖξον, ἵν' ἴδωμεν ὅτι μεμάθηκας ταῖς ἀληθείαις τι τῶν φιλοσόφων. Οὔ· ἀλλ' ἐλθόντες
ἀκούσατέ μου σχόλια λέγοντος. Ὕπαγε, ζήτει
7 τίνων κατεξεράσεις. Καὶ μὴν ἐγὼ ὑμῖν ἐξηγήσο-
μαι τὰ Χρυσίππεια, ὡς οὐδείς· τὴν λέξιν διαλύ-
σω καθαρώτατα· προσθήσω ἄν που καὶ Ἀντιπάτρου καὶ Ἀρχεδήμου φοράν.

8 Εἶτα τούτου ἕνεκα ἀπολίπωσιν οἱ νέοι τὰς πα-
τρίδας, καὶ τοὺς γονεῖς τοὺς αὑτῶν, ἵν' ἐλθόντες
9 λεξείδιά σου ἐξηγουμένου ἀκούσωσιν; Οὐ δεῖ αὐτοὺς
ὑποστρέψαι ἀνεκτικούς, συνεργητικούς, ἀπαθεῖς,
ἀταράχους, ἔχοντάς τι ἐφόδιον τοιοῦτον ὡς τὸν
βίον,

se tenere. Tale aliquid etiam tu fac: ede, ut homo; bibe; ut homo; sic te come, matrimonium contrahe, liberos procrea, rempublicam gere, convicium tolera, fer fratrem iniquum, fer patrem, fer filium, vicinum, comitem. Hæc nobis ostende, ut cognoscamus, te vere a philosophis aliquid didicisse. Non: sed venite, meque audite Commentaria dictantem. Abi; quærito in quos ista evomas. Atqui ego vobis Chrysippi libros ita enarrabo, ut nemo alius: dictionem quam verissime declarabo: aliquando etiam Antipatri & Archedemi impetum adjungam.

Haccine ergo de caussa patriam parentesque relinquent adolescentes, ut huc profecti te verba explicantem audiant? Nonne domum redire debent tolerantes, officiosi, perturbatione vacui, tranquilli, tali viatico ad degendam vitam instructi, ut casus huma-

βίον, ἀφ᾽ οὗ ὁρμώμενοι φέρειν δυνήσονται τὰ συμ- πίπτοντα καλῶς, καὶ κοσμεῖσθαι ὑπ᾽ αὐτῶν; Καὶ 10 πόθεν σοι μεταδιδόναι τούτων, ὧν οὐκ ἔχεις; Αὐ- τὸς γὰρ ἄλλο τι ἐποίησας ἐξ ἀρχῆς, ἢ περὶ ταῦ- τα κατετρίβης, πῶς οἱ συλλογισμοὶ ἀναλυθήσον- ται, πῶς οἱ μεταπίπτοντες, πῶς οἱ τῷ ἐρωτῆσθαι περαίνοντες; Ἀλλ᾽ ὁ δεῖνα σχολὴν ἔχει· διὰ τί μὴ 11 κἀγὼ σχῶ; Οὐκ εἰκῇ ταῦτα γίνεται, ἀνδράπο- δον, οὐδ᾽ ὡς ἔτυχεν· ἀλλὰ καὶ ἡλικίαν εἶναι δεῖ, καὶ βίον, καὶ Θεὸν ἡγεμόνα. Οὔ· ἀλλ᾽ ἀπὸ λι- 12 μένος μὲν οὐδεὶς ἀνάγεται, μὴ θύσας τοῖς Θεοῖς, καὶ παρακαλέσας αὐτοὺς βοηθούς· οὐδὲ σπείρου- σιν ἄλλως οἱ ἄνθρωποι, εἰ μὴ τὴν Δήμητραν ἐπικαλεσάμενοι· τηλικούτου δ᾽ ἔργου ἁψάμενός τις, ἄνευ Θεῶν ἀσφαλῶς ἅψεται; καὶ οἱ τούτῳ προσιόντες εὐτυχῶς προσελεύσονται; Τί ἄλλο 13 ποιεῖς, ἄνθρωπε, ἢ τὰ μυστήρια ἐξορχῇ; καὶ

Ee 4

λέγεις,

humanos polere ferre no- riat, atque inde ornari? Unde autem tu illa imper- tias, quæ non habes? Numquid ipse quidquam aliud egisti ab initio, nisi quod in eo versatus es, quemadmodum syllogismi resolvantur, quemadmo- dum sophismata, quemad- modum interrogationum conclusiones? At iste lu- dum literarium aperuit: quid ni aperiam & ego? Non temere ista fiunt, mancipium, neque forte fortuna: sed & ætate opus est, & certa vitæ ratione, & Deo duce. At tibi id non placet: sed e portu quidem nemo solvit, nisi sacra Diis fecerit, eorum- que opem implorarit; ne- que aliter serunt agricolæ, nisi Cerere invocata; tan- tam vero rem qui adgredi- tur, is neglectis Diis tuto eam adgredietur? & qui illum adeunt, felicibus au- spiciis adibunt? Quid aliud facis, homo, nisi Cereris mysteria divulgas? & ais: ædes

λέγεις, Ὀλύμπιά ἐστι καὶ ἐν Ἐλευσῖνι· ἰδοὺ καὶ ἐνθάδε. ἐκεῖ ἱεροφάντης· καὶ ἐγὼ ποιήσω ἱεροφάντην. ἐκεῖ κῆρυξ· κἀγὼ κήρυκα καταστήσω. ἐκεῖ
δᾳδοῦχος· κἀγὼ δᾳδοῦχον. ἐκεῖ δᾷδες· καὶ ἐνθάδε. αἱ φωναὶ αἱ αὐταί. τὰ γινόμενα τί δια-
14 φέρει ταῦτα ἐκείνων; Ἀσεβέστατε ἄνθρωπε, οὐδὲν διαφέρει; καὶ παρὰ τόπον ταῦτα ὠφελεῖ, καὶ παρὰ καιρόν· καὶ μετὰ θυσίας δὲ, καὶ
μετ' εὐχῶν, καὶ προηγνευκότα, καὶ προδιακεί-
μενον τῇ γνώμῃ, ὅτι ἱεροῖς προσελεύσεται καὶ ἱεροῖς
15 παλαιοῖς. Οὕτως ὠφέλιμα γίνεται τὰ μυστήρια,
οὕτως εἰς φαντασίαν ἐρχόμεθα, ὅτι ἐπὶ παιδείᾳ
καὶ ἐπανορθώσει τοῦ βίου κατεστάθη πάντα
16 ταῦτα ὑπὸ τῶν παλαιῶν. Σὺ δ' ἐξαγγέλλεις
αὐτὰ καὶ ἐξορχῇ, παρὰ καιρὸν, παρὰ τόπον,
ἄνευ θυμάτων, ἄνευ ἁγνείας· οὐκ ἐσθῆτα ἔχεις
ἣν δεῖ τὸν ἱεροφάντην, οὐ κόμην, οὐ στρόφιον
οἷον

aedes est Eleusine; ecce & hic: ibi sacrorum anti-
stes; & ego faciam antisti-tem: ibi praeco; & ego praeconem instituam: ibi tedifer; & ego tediferum: ibi faces; & hic. Voces eaedem; & res quid differunt hae ab istis? Homo impiissime, nihilne differunt? pro ratione loci & temporis ista profunt; tum vero adhibito sacrificio, adhibitis precibus, castitate, animoque sic adfecto, ut cogitet homo, ad sacra se accessurum vetustasque caerimonias. Sic utilia fiunt mysteria; sic cogitare possumus, erudiendae & corrigendae vitae caussa esse ista omnia a veteribus instituta... Tu vero ea enuncias & effutis alieno tempore, alieno loco, sine sacrificiis, absque castimonia: non ea tibi vestis est, quae sacrorum antistitem deceat; non coma, non redimiculum quale requiritur, non vox, non aetas: non caste vixisti, ut ille:

οἷον δεῖ, οὐ φωνήν, οὐχ ἡλικίαν, οὐχ ἤγγικας
ὡς ἐκεῖνος· ἀλλ' αὐτὰς μόνας τὰς φωνὰς ἀνει-
ληφὼς λέγεις, Ἱεραί εἰσιν αἱ φωναὶ αὐταὶ καθ'
αὑτάς.

Ἄλλον δεῖ τρόπον ἐπὶ ταῦτα ἐλθεῖν· μέγα 17
ἐστὶ τὸ πρᾶγμα, μυστικόν ἐστιν, οὐχ ὡς ἔτυχεν, οὐδὲ τῷ τυχόντι δεδομένον. Ἀλλ' οὐδὲ 18
σοφὸν εἶναι τυχὸν ἐξαρκεῖ πρὸς τὸ ἐπιμεληθῆναι
νέων· δεῖ δὲ καὶ προχειρότητα εἶναι. τινά; καὶ
ἐπιτηδειότητα πρὸς τοῦτο, νὴ τὸν Δία, καὶ σῶμα ποιόν, καὶ πρὸ πάντων τὸν Θεὸν συμβου-
λεύειν ταύτην τὴν χώραν κατασχεῖν· ὡς Σωκρά- 19
τει συνεβούλευε τὴν ἐλεγκτικὴν χώραν ἔχειν, ὡς
Διογένει τὴν βασιλικὴν καὶ ἐπιπληκτικήν, ὡς
Ζήνωνι τὴν διδασκαλικὴν καὶ δογματικήν. Σὺ δ' 20
ἰατρεῖον ἀνοίγεις, ἄλλο οὐδὲν ἔχων ἢ φάρμακα·
ποῦ δὲ ἢ πῶς ἐπιτίθεται ταῦτα μήτε εἰδὼς, μήτε

Ee ς   πολυ-

ille: sed cum solas voces memoriæ mandaris, dicis, Sacræ sunt illæ voces ipsæ per sese,

Alio modo ad hæc accedendum est: magna res est, arcani plena, non pervolgata, nec ejus generis, quæ cuivis data sit. Fortassis etiam ne sapientem quidem esse satis est ad regendos juvenes; sed & alacritas quædam, ingeniique dexteritas ad hoc reqqiritur, & certa corporis ratio, &; quod primum est omnium, ut Deus ipse munus istud capessere suadeat; quemadmodum Socrati auctor fuit suscipiendi muneris coarguendorum errorum; quemadmodum Diogeni, ut regio more delinquentes objurgaret: quemadmodum Zenoni, ut doceret & præcepta traderet, Tu vero tabernam medicam aperis, cum præter medicamenta nihil habeas: ubi autem & quomodo ea sint adplicanda, neque noris,

21 πολυπραγμονήσεις. Ἰδοὺ ἐκεῖνος ταῦτα· κολλύρια κἀγὼ ἔχω. Μή τι οὖν καὶ τὴν δύναμιν τὴν χρηστικὴν αὐτοῖς; μή τι οἶδας καὶ πότε καὶ
22 πῶς ὠφελήσει, καὶ τίνας; Τί οὖν κυβεύεις ἐν τοῖς μεγίστοις; τί ῥᾳδιουργεῖς; τί ἐπιχειρεῖς πράγματι μηδέν σοι προσήκοντι; Ἄφες αὐτὸ τοῖς δυναμένοις, τοῖς κοσμοῦσι. μὴ προστρίβου καὶ αὐτὸς αἶσχος φιλοσοφίᾳ διὰ σεαυτοῦ· μηδὲ
23 γίνου μέρος τῶν διαβαλλόντων τὸ ἔργον. Ἀλλὰ εἴ σε ψυχαγωγεῖ τὰ θεωρήματα, καθήμενος αὐτὰ στρέφε αὐτὸς ἐπὶ σεαυτοῦ· φιλόσοφον δὲ μηδέποτ' εἴπῃς σεαυτόν, μή δ' ἄλλου ἀνάσχῃ λέγοντος, ἀλλὰ λέγε. Πεπλάνηται· ἐγὼ γὰρ οὔτ' ὀρέγομαι ἄλλως ἢ πρότερον, οὐδ' ὁρμῶ ἐπ' ἄλλα, οὐδὲ συγκατατίθεμαι ἄλλοις, οὐδ' ὅλως ἐν χρήσει φαντασιῶν παρήλλαχά τι ἀπὸ τῆς
24 πρότερον καταστάσεως. Ταῦτα φρόνει, ·καὶ
λέγε

ris, neque indagaris. Ecce ille hæc; & ego collyria habeo. An ergo etiam, quomodo illis utendum sit, nosti? scisne, quomodo, & quando, & quos juvent? Quid ergo maximis in rebus ludis? quid temere agis? quid rem adgrederis nihil ad te pertinentem? Relinque illam iis qui sciunt, qui eam ornant. ‡ Noli tu quoque per te ignominiæ maculam philosophiæ adfricare; nec ex eorum numero esse velis, qui munus hoc calumniantur. Quod si præcepta te delectant, ipse ea tecum tacitus animo volvito: philosophum autem numquam te profitere, nec ab alio nominari te sine; sed dic, Versatur in errore; ego enim nec aliter adpeto quam prius, nec alla agere adgredior, nec aliis adsentior, denique in usu visorum prorsus nihil a veteri statu recessi. Hæc senti,
&

λέγε περὶ σεαυτοῦ, εἰ θέλεις τὰ κατ' ἀξίαν
φρονεῖν· εἰ δὲ μὴ, κύβευε, καὶ ποίει ἃ ποιεῖς.
Ταῦτα γάρ σοι πρέπει.

ΚΕΦ. κβ'.

Περὶ Κυνισμοῦ.

Πυθομένου δὲ τῶν γνωρίμων τινὸς αὐτοῦ, ὃς
ἐφαίνετο ἐπιῤῥεπῶς ἔχων πρὸς τὸ Κυνίσαι, ποῖόν
τινα εἶναι δεῖ τὸν Κυνίζοντα, καὶ τίς ἡ πρόληψις ἡ τοῦ πράγματος· Σκεψόμεθα, ἔφη, κατὰ σχολήν. Τοσοῦτον δ' ἔχω σοι νῦν εἰπεῖν, ὅτι
ὁ δίχα Θεοῦ τηλικούτῳ πράγματι ἐπιβαλλόμε-
νος, θεοχόλωτός ἐστι, καὶ οὐδὲν ἄλλο ἢ δημοσίᾳ θέλει ἀσχημονεῖν. Οὐδὲ γὰρ ἐν οἰκίᾳ καλῶς
οἰκουμένῃ παρελθών τις αὐτὸς ἑαυτῷ λέγει, Ἐμὲ
δεῖ

& dic de te ipſo, ſi ita ut quæ facis.   Hoc enim
decet ſentire cupis: ſin mi- te decet.
nus, lude; & ea fac

CAP. XXII.

De Secta Cynica.

Quodam e diſcipulis, qui ad Cynicam ſectam pro-
penſior videbatur, eum percontato, qualem Cynicum eſſe oporteret, & quæ ejus negotii notio eſſet; Conſiderabimus, in-quit, per otium. Tantum
autem tibi nunc habeo di-cere, eum, qui ſine Deo
rem tantam adgrediatur, ira numinis agitari, nec
aliud quidquam velle, ni-ſi publice indecore agere. Neque enim in domo bene conſtituta progredi-
tur aliquis, & ſibi ipſe di-cit, Me oportet eſſe diſ-
pen-

δεῖ οἰκονόμον εἶναι· εἰ δὲ μὴ, ἐπιστραφεὶς ὁ κύριος, καὶ ἰδὼν αὐτὸν σοβαρῶς διατασσόμενον,
4 ἑλκύσας ἔτεμεν. Οὕτω γίνεται καὶ ἐν τῇ
μεγάλῃ πόλει ταύτῃ. ἔστι γάρ τις καὶ, ἐνθάδ'
5 οἰκοδεσπότης, ἕκαστα διατάσσων. Σὺ ἥλιος
εἶ· δύνασαι περιερχόμενος ἐνιαυτὸν ποιεῖν καὶ
ὥρας, καὶ τοὺς καρποὺς αὔξειν καὶ τρέφειν,
καὶ ἀνέμους πνεῖν καὶ ἀνιέναι, καὶ τὰ σώματα
τῶν ἀνθρώπων θερμαίνειν συμμέτρως· ὕπαγε,
περιέρχου, καὶ οὕτω διακόνει ἀπὸ τῶν μεγίστων
6 τὰ μικρότατα. Σὺ μικρὸν εἶ· ὅταν ἐπιφανῇ λέων, τὸ σαυτοῦ πρᾶσσε· εἰ δὲ μὴ,
οἰμώξεις. Σὺ ταῦρος εἶ, προσελθὼν μάχου·
σοὶ γὰρ τοῦτο ἐπιβάλλει καὶ πρέπει, καὶ δύ-
7 νασαι αὐτὸ ποιεῖν. Σὺ δύνασαι ἡγεῖσθαι τοῦ
στρατεύματος ἐπὶ Ἴλιον· ἴσθι Ἀγαμέμνων. Σὺ
δύνασαι τῷ Ἕκτορι μονομαχῆσαι· ἴσθι Ἀχιλλεύς.

Ei

penſatorem: alioqui domi-
nus, rem animadvertens,
vidensque hominis inſolen-
tiam, res ſuo arbitratu
adminiſtrantis, arreptum
eum male tractabit. Pari
modo fit etiam in hac ma-
gna civitate. Eſt enim &
hic quidam paterfamilias,
omnia & ſingula ordinans.
Tu ſol es; circuituque tuo
annum antiqua tempora eſ-
ficere potes, & fruges auge-
re atque alere, ventos con-
citare & reprimere, corpo-
raque hominum moderato
calore fovere: Abi, cir-
cumi, atque ita miniſte-
rium tuum age in rebus
maximis minimisque. Tu
vitulus es: leo ſi conſpe-
ctus fuerit, quod tuum eſt
agito; alioquin ejulabis.
Tu taurus es; accede, &
pugna: tuæ enim iſtæ par-
tes ſunt; te hoc decet, idque præſtare potes. Tu
exercitum ad Ilium ducere
potes: eſto Agamemnon.
Tu ſingulari certamine
cum Hectore congredi pot-
es: eſto Achilles. Quod

G

Εἰ δὲ Θερσίτης παρελθὼν ἀντεποιεῖτο τῆς ἀρχῆς, 8
ἢ οὐκ ἂν ἔτυχεν, ἢ τυχὼν ἂν ἠσχημόνησεν ἐν
πλείοσι μάρτυσι.

Καὶ σὺ βούλευσαι περὶ πράγματος ἐπιμελῶς· 9
οὐκ ἔστιν οἷον δοκεῖ σοι. Τριβώνιον καὶ νῦν φορῶ, 10
καὶ τότε ἕξω· κοιμῶμαι καὶ νῦν σκληρῶς, καὶ
τότε κοιμήσομαι· πηρίδιον προσλήψομαι καὶ ξύλον, καὶ περιερχόμενος αἰτεῖν ἄρξομαι [καὶ] τοὺς
ἀπαντῶντας λοιδορεῖν· κἂν ἴδω τινὰ δρωπακιζόμε-
νον, ἐπιτιμήσω αὐτῷ, κἂν τὸ κόμιον πεπλακότα,
ἢ ἐν κοκκίνοις περιπατοῦντα. Εἰ τοιοῦτόν τι φαν- 11
τάζῃ τὸ πρᾶγμα, μακρὰν ἀπ' αὐτοῦ· μὴ προσ-
ἔλθῃς, οὐδέν ἐστι πρὸς σέ. Εἰ δ' οἷόν ἐστι φαν- 12
ταζόμενος, οὐκ ἀπαξιοῖς σεαυτόν, σκέψαι ἡλίκῳ
πράγματι ἐπιχειρεῖς.

Πρῶτον, ἐν τοῖς κατὰ σεαυτόν, οὐκέτι δεῖ 13
σε ὅμοιον ἐν οὐδενὶ φαίνεσθαι οἷς νῦν ποιεῖς·
οὐ

si vero Therfites prodiret, atque imperium fibi vindicaret; aut voto fruftraretur, aut eo potitus, pluribus coram teftibus turpiter fe daret.

Et tu quoque rem diligenter confidera: non eft ejusmodi, quale tibi videtur. Tritum palliolum gefto nunc; tunc quoque geftabo: dormio nunc duriter; tunc quoque duriter dormiam: peram adjungam & baculum, & paffim petere atque obvios conviciis laceffere incipiam:

quod fi quem videro pilos evellentem, objurgabo, five comam ornantem, aut in purpureis veftibus ambulantem. Si hujusmodi effe tibi fingis negotium; longe ab eo recede: noli accedere, nihil ad te adtinet. Sin ita de eo fentis ut re ipfa eft, & tamen id te decere putas, vide quantam rem adgrediaris.

Primum, tuis in rebus, non amplius te tui fimilem effe oportet, nec quidquam eorum facere quae nunc facis; non infulandus Deus, non

οὐ Θεῷ ἐγκαλοῦντα, οὐκ ἀνθρώπῳ· ὄρεξιν
ἆραί σε δεῖ παντελῶς, ἔκκλισιν ἐπὶ μόνα μεταθεῖναι τὰ προαιρετικά· σοὶ μὴ ὀργὴν εἶναι,
μὴ μῆνιν, μὴ φθόνον· μὴ ἔλεον· μὴ κοράσιόν
σοι φαίνεσθαι καλὸν, μὴ δοξάριον, μὴ παιδάριον, μὴ πλακουντάριον. Ἐκεῖνο γὰρ εἰδέ-
14 ναι δεῖ, ὅτι οἱ ἄλλοι ἄνθρωποι τοῖς τοίχοις προβέβληνται, καὶ ταῖς οἰκίαις, καὶ τὸ
σκότος, ὅταν τι τῶν τοιούτων ποιῶσι, καὶ
τὰ κρύψοντα πολλὰ ἔχουσι. κέκλεικε τὴν
θύραν, ἔστηκέ τινα πρὸ τοῦ κοιτῶνος· ἄν τις
ἔλθῃ, λέγε ὅτι ἔξω ἐστίν; οὐ σχολάζει.
15 Ὁ Κυνικὸς δ' ἀντὶ πάντων τούτων ὀφείλει
τὴν αἰδῶ προβεβλῆσθαι· εἰ δὲ μή, γυμνὸς
καὶ ἐν ὑπαίθρῳ ἀσχημονήσει. τοῦτο οἶκός ἐστιν
αὐτοῦ, τοῦτο θύρα, τοῦτο οἱ ἐπὶ τοῦ κοιτῶνος,
16 τοῦτο σκότος. Οὔτε γὰρ θέλειν τι δεῖ ἀποκρύ-
πτειν

non homo; adpetitio tibi plane auferenda est, aversatio ad ea sola, quæ tui arbitrii sunt, transferenda; non te iracundum esse decet, non indignabundam, non invidum, non misericordem; puella pulcra tibi videri non debet, non gloriola, non puellus, non placentula. Illud enim tenendum est, cæteros homines parietibus, ædibus, tenebris sese tegere, si quid ejus generis agant, & multos celandi habere modos. Ianuam hic claudit; collocat aliquem ante cubiculum, qui, si quis venerit, dicat, eum domi non esse, non agere otium. At Cynicus, istarum rerum omnium loco, verecundia se cingere debet; alioquin nudus & sub dio turpiter se dabit. Hæc domus illi esse debet, hæc janua, hi cubicularii, hæ tenebræ. Neque enim velle debet suarum rerum quidquam occultare: alioqui abiit, & Cynicum amisit,

πτειν αὐτὸν τῶν ἑαυτοῦ. εἰ δὲ μή, ἀπῆλθεν, ἀπώλεσε τὸν Κυνικὸν, τὸν ὕπαιθρον, τὸν ἐλεύθερον ἦρκταί τι τῶν ἐκτὸς φοβεῖσθαι, ἦρκται
χρείαν ἔχειν τοῦ ἀποκρύψοντος, οὔτε ὅταν
θέλῃ δύναται. ποῦ γὰρ αὐτὸν ἀποκρύψει, καὶ
πῶς; Ἂν δ' ἀπὸ τύχης ἐμπίσῃ ὁ παιδευτὴς ὁ 17
κοινὸς, ὁ παιδαγωγὸς, οἷα πάσχειν ἀνάγκη;
Ταῦτ', οὖν δεδοικότα, ἐπιθαρρεῖν οἷόν τ' ἔτι 18
ἐξ ὅλης ψυχῆς, ἐπιστατεῖν τοῖς ἄλλοις ἀνθρώποις; Ἀμήχανον, ἀδύνατον. Πρῶτον οὖν τὸ 19
ἡγεμονικόν σε δεῖ τὸ σαυτοῦ καθαρὸν ποιῆσαι, καὶ
τὴν ἔνστασιν ταύτην. Νῦν ἐμοὶ ὕλη ἐστὶν ἡ 20
ἐμὴ διάνοια, ὡς τῷ τέκτονι τὰ ξύλα, ὡς τῷ
σκυτεῖ τὰ δέρματα· ἔργον δ', ὀρθὴ χρῆσις τῶν
φαντασιῶν. Τὸ σωμάτιον δὲ οὐδὲν πρὸς ἐμέ· τὰ 21
τούτου μέρη οὐδὲν πρὸς ἐμέ. Θάνατος; Ἐρχέσθω ὅταν θέλῃ, εἴτε ὅλου, εἴτε μέρους τινός.
Φεῦγε.

fit, illam fub dio agentem, illum liberum; cœpit aliquid eorum quæ foris funt formidare; cœpit egere occultatione, nec cum vult poteft. Ubi enim fe occultabit, & quomodo? Si vero publicus ille Inftitutor, pædagogus ille, forte deprehenfus in facinore fuerit, quænam eum perpeti neceffe erit? Hæc ergo formidans, poterit-ne adhuc toto animo confidere, & aliis omnibus præeffe? Nulla ratio id finit: fieri nullo modo poteft. Primum igitur principalis illa tui pars pura tibi præftanda eft, & hoc vitæ inftitutam. Nunc materia mihi eft meus animus, ficut fabro ligna, ficut calceario coria: officii vero munus eft, rectus viforum ufus. Corpufculum autem nihil ad me; partes illius nihil ad me. Quid mors? Veniat quando volet, five totum five partem aliquam velit ademtam. Ito in exfilium. Quo? Poteftne quis-

22 Φεῦγε. Καὶ ποῦ, δύναταί τις ἐκβαλεῖν ἔξω τοῦ κόσμου; οὐ δύναται. ὅπου δ' ἂν ἀπέλθω, ἐκεῖ ὁ ἥλιος, ἐκεῖ ἡ σελήνη, ἐκεῖ ἄστρα, ἐνύπνια, οἰωνοί, ἡ πρὸς Θεοὺς ὁμιλία.

23 Εἶθ' οὕτω παρασκευσάμενον, οὐκ ἔστι τούτοις ἀρκεῖσθαι τὸν ταῖς ἀληθείαις Κυνικόν· ἀλλ' εἰδέναι δεῖ, ὅτι ἄγγελος ἀπὸ τοῦ Διὸς ἀπέσταλται πρὸς τοὺς ἀνθρώπους, περὶ ἀγαθῶν καὶ κακῶν ὑποδείξων αὐτοῖς, ὅτι πεπλάνηνται, καὶ ἀλλαχοῦ ζητοῦσι τὴν οὐσίαν τοῦ ἀγαθοῦ καὶ τοῦ κακοῦ ὅπου οὐκ ἔστιν, ὅπου δ' ἔστιν,

24 οὐκ ἐνθυμοῦνται· καί, ὡς ὁ Διογένης ἀπαχθεὶς πρὸς Φίλιππον μετὰ τὴν ἐν Χαιρωνείᾳ μάχην, κατάσκοπος εἶναι. τῷ γὰρ ὄντι κατάσκοπός ἐστιν ὁ Κυνικός, τοῦ τίνα ἐστὶ τοῖς

25 ἀνθρώποις φίλα, καὶ τίνα πολέμια. καὶ δεῖ αὐτὸν ἀκριβῶς κατασκεψάμενον, ἐλθόντ' ἀπαγγεῖλαι

quisquam extra mundum me ejicere? Non potest: quocunque autem abiero, ibi erit sol, ibi luna, ibi stellæ, insomnia, auguria, colloquia cum Deo.

Postquam autem ita se paraverit verus Cynicus, his contentus esse nequit: sed scire debet, se a Jove legatum esse ad homines, ut, quæ bona, quæ mala sint, eis nunciet; ut, quanta in erroribus versentur, demonstret, alio in loco bonorum malorumque naturam, quam ubi sunt, quærentes; ubi vero sunt, non cogitantes. Et sicut Diogenes, post Chæronensem cladem ad Philippum adductus, *meminisse debet*, exploratorem se esse. Revera enim explorator est Cynicus, qui, quæ hominibus amica sint, quæ inimica, speculetur. Eumque oportet, postquam singula accurate indagavit, vera renunciare;

γεῖλαι τἀληθῆ· μηδ' ὑπὸ φόβου ἐκπλαγέντα,
ὥστε τοὺς μὴ ὄντας πολεμίους δεῖξαι· μήτε τινὰ
ἄλλον τρόπον ὑπὸ τῶν φαντασιῶν παραταραχ-
θέντα, ἢ συγχυθέντα.

Δεῖ οὖν αὐτὸν δύνασθαι ἀνατεινάμενον, ἂν οὕ- 26
τω τύχῃ, καὶ ἐπὶ σκηνὴν τραγικὴν ἀνερχόμενον,
λέγειν τὸ τοῦ Σωκράτους· Ὦ ἄνθρωποι, ποῖ φέ-
ρεσθε; τί ποιεῖτε; ὦ ταλαίπωροι· ὡς τυφλοὶ
ἄνω καὶ κάτω κυλίεσθε· ἄλλην ὁδὸν ἀπέρχεσθε,
τὴν οὖσαν ἀπολελοιπότες· ἀλλαχοῦ ζητεῖτε τὸ
εὔρουν καὶ τὸ εὐδαιμονικόν, ὅπου οὐκ ἔστιν· οὐδ'
ἄλλου δεικνύοντος πιστεύετε. Τί αὐτὸ ἔξω ζη- 27
τεῖτε; Ἐν σώματι; Οὐκ ἔστιν. εἰ ἀπιστεῖτε,
ἴδετε Μύρωνα, ἴδετε Ὀφέλλιον. Ἐν κτήσει;
Οὐκ ἔστιν. εἰ δ' ἀπιστεῖτε, ἴδετε Κροῖσον· ἴδετε τοὺς νῦν πλουσίους, ὅσης οἰμωγῆς ὁ βίος αὐτῶν μεστός ἐστιν. Ἐν ἀρχῇ; οὐκ ἔστιν. εἰ δὲ
μή

clare; nec metu percullum, ut hostes oftendat qui nulli fint; nec alio quovis modo a vitiis perturbatum aut confufum.

Oportet igitur eum poffe, fi res ita tulerit, elata voce, & fcena confcenfa tragica, Socraticum illud dicere: Homines, quo ferimini? quid facitis? o miferi, cæcorum inftar furfum deorfumque volvimini: aliam viam itis, relicta vera: alibi quæritis felicitatem & principatum, ubi non eft: nec, fi ab alio vobis demonftretur, creditis. Cur foris illa quæritis? In corpore? Non eft: fi non creditis, videte Myronem, videte Ofellium. In poffeffionibus? Non eft: fi non creditis, videte Cræfum; videte hujus temporis divites, quot fufpiriis vita eorum plena fit. In magiftratu? Non eft: alio-

μή γε, ἤδη τοὺς δὶς καὶ τρὶς ὑπάτους εὐδαί-
28 μονας ἄναι· οὐκ εἰσὶ δέ. Τίσι περὶ τούτου
πιστεύσομεν; Ὑμῖν τοῖς ἔξωθεν τὰ ἐκείνων
βλέπουσι, καὶ ὑπὸ τῆς φαντασίας περιλαμπο-
29 μένοις, ἢ αὐτοῖς ἐκείνοις; Τί λέγουσι; Ἀκούσατε αὐτῶν ὅταν οἰμώζωσιν, ὅταν στένωσιν,
ὅταν δι' αὐτὰς τὰς ὑπατείας καὶ τὴν δόξαν
καὶ τὴν ἐπιφάνειαν ἀθλιώτερον οἴονται καὶ ἐπι-
30 κινδυνότερον ἔχειν.. Ἐν βασιλεία; Οὐκ ἔστιν..
εἰ δὲ μή, Νέρων ἂν εὐδαίμων ἐγένετο, καὶ Σαρ-
δανάπαλος. ἀλλ' οὐδ' Ἀγαμέμνων εὐδαίμων ἦν,
καί τοι κομψότερος ὢν Σαρδαναπάλου καὶ Νέ-
ρωνος· ἀλλὰ τῶν ἄλλων ῥεγχόντων, ἐκεῖνος.
τί ποιεῖ;

            Πολλὰς ἐκ κεφαλῆς προθελύμνους ἕλκετο
                          χαίτας.

Καὶ αὐτὸς τί λέγει;

                                      Πλάζο-

alioqui oportebat iterum
ac tertium consules beatos
esse; non autem sunt beati.
Quibus hac de re fidem habebimus? Vobisne, qui
extrinsecus res eorum ad-
spicitis, & specie illa per-
stringimini, an illis ipsis?
Quid dicunt? Audite eos
cum suspirant, cum ge-
munt, cum propter ipsos
consulatus & gloriam &
splendorem miseriores esse,
& majoribus in periculis
versari putant. In regno?
Non est: alioqui Nero beatus fuisset, & Sardanapa-
lus. Atqui ne Agame-
mnon quidem beatus fuit,
quamvis Sardanapalo &
Nerone honestior: sed re-
liquis stertentibus, ipse
quid facit?

        Multos ex capite radici-
           tus vellebat capillos.

Et ipse quid dicit?

                            Erro

Πλάζομαι ὧδε· φησὶ, καὶ

— — — ἀλαλύκτημαι· κραδίη δέ μοι ἔξω
στηθέων ἐκθρώσκει. — — — —

Τάλας, τί τῶν σῶν ἔχω κακῶς; Ἡ κτῆσις; [31]
Οὐκ ἔχω. Τὸ σῶμα; Οὐκ ἔχω. Ἀλλὰ πο-
λύχρυσος ἢ καὶ πολύχαλκος. Τί οὖν σοι κακόν
ἐστιν; Ἐκεῖνο, ὅ τι ποτέ, ἠμέληταί σου καὶ κατ-
έφθαρται, ᾧ ὀρεγόμεθα, ᾧ ἐκκλίνομεν, ᾧ ὁρμῶ-
μεν καὶ ἀφορμῶμεν. Πῶς ἠμέληται; Ἀγνοῶ τὴν [32]
οὐσίαν τοῦ ἀγαθοῦ πρὸς ἣν πέφυκε, καὶ τὴν τοῦ
κακοῦ· καὶ τί ἴδιον ἔχει, καὶ τί ἀλλότριον. καὶ
ὅταν τι τῶν ἀλλοτρίων κακῶς ἔχῃ, λέγει, Οὐαί
μοι, οἱ γὰρ Ἕλληνες κινδυνεύουσι. ὦ ταλαίπωρον [33]
ἡγεμονικόν, καὶ μόνον ἀτημέλητον καὶ ἀθεράπευτον. Μέλλουσιν ἀποθνήσκειν, ὑπὸ τῶν Τρώων
ἀναιρεθέντες. Ἂν δ' αὐτοὺς οἱ Τρῶες μὴ ἀποκτεί-

Ff e

*Erro ita, nequae mentis
jam compos; cor au-
tem mihi extra pecto-
ra exsilit.*

Miser, quid tuarum rerum male habet? Resne familiaris? Non. Corpori male est? Non. At auro & aere abundas. Quid ergo tibi male est? Illa tui pars, quaecumque sit, neglecta & corrupta est, qua adpetimus & aversamur, qua impetum ad actionem capimus aut retinemus. Quomodo est neglecta? Ignorat boni substantiam, ad quam a natura destinata est, itemque mali; & quid suum habeat, quid alienum: proinde cum aliquid alienum male habet, ait, Heu mihi, Graeci in periculo sunt. Misera est mens & ratio tua; haec sola neglecta, nec ulla ejus habita ratio. Morientur, a Trojanis interfecti. Si vero Trojani eos non occiderint, non morientur? Sane, sed non simul omnes,

νωσιν, οὐ μὴ ἀποθάνωσι; Ναὶ, ἀλλ' οὐχ' ὑφ' ἓν
πάντες. Τί οὖν διαφέρει; εἰ γὰρ κακόν ἐστι τὸ
ἀποθανεῖν, ἄν τε ὁμοῦ, ἄν τε καθ' ἕνα, ὁμοίως
κακόν ἐστι. Μή τοι ἄλλό τι μέλλει γίνεσθαι ἢ
τὸ σωμάτιον χωρίζεσθαι καὶ ἡ ψυχή; Οὐδέν.

34 Σοὶ δὲ, ἀπολλυμένων τῶν Ἑλλήνων, ἡ θύρα κέ-
κλεισται; οὐκ ἔξεστιν ἀποθανεῖν; Ἔξεστι. Τί οὖν
πενθεῖς; Οὐᾶ· βασιλεύς· καὶ τὸ τοῦ Διὸς σκῆπτρον ἔχων. Ἀτυχὴς βασιλεὺς οὐ γίνεται, οὐ

35 μᾶλλον ἢ ἀτυχὴς Θεός. Τί οὖν εἶ; Ποιμὴν ταῖς
ἀληθείαις· οὕτω γὰρ κλαίεις, ὡς οἱ ποιμένες, ὅταν
λύκος ἁρπάσῃ τι τῶν προβάτων αὐτῶν. καὶ οὗτοι

36 δὲ πρόβατά εἰσιν οἱ ὑπὶ σοῦ ἀρχόμενοι. Τί δὲ
καὶ ἤρχους; Μή τι ὄρεξις ὑμῖν ἐκινδυνεύετο; μή
τι ἔκκλισις; μή τι ὁρμή; μή τι ἀφορμή; Οὔ,
φησίν· ἀλλὰ τοῦ ἀδελφοῦ μου τὸ γυναικάριεν

37 ἡρπάγη. Οὐκοῦν κέρδος μέγα, στερηθῆναι μοιχι-
κοῦ γυναικαρίου. Καταφρονηθῶμεν οὖν ὑπὸ τῶν
Τρώων;

mus. Quid ergo interest? num si mori malum est, perinde erit; sive simul omnes, sive seorsim singuli moriantur. Numquid aliud futurum est, nisi ut animus a corpore separetur? Nihil. Tibi vero num, pereuntibus Graecis, janua clausa est? mori non licet? Licet. Quid ergo luges? Vah! rex! & Jovis sceptrum gerens! Rex non magis fit miser, quam Deus. Quid ergo es? Re-vera opilio: ita enim ploras, ut opiliones, si quam ovem lupi abripuerint. Et isti, qui tibi parent, oves sunt. Cur autem vel venisti huc ad Trojam? Num vestra adpetitio periclitabatur? num aversatio? num impetus? num declinatio? Non, inquit: sed fratris mei muliercula rapta fuit. Atqui ingens lucrum est, adultera muliercula spoliari. Itane igitur contemni non pateremur a Tro-

Τρώων; Τίνων ὄντων; φρονίμων ὄντων, ἢ ἀφρόνων; εἰ φρονίμων, τί αὐτοῖς πολεμεῖτε; εἰ δ'
ἀφρόνων, τί ὑμῖν μέλει;

Ἐν τίνι οὖν ἐστὶ τὸ ἀγαθόν, ἐπειδὴ ἐν τού- 38
τοις οὐκ ἔστιν; Εἴπατε ἡμῖν, κύριε ἄγγελε, καὶ
κατάσκοπε. Ὅπου οὐ δοκεῖτε, οὐδὲ θέλετε
ζητῆσαι αὐτό. εἰ γὰρ ἠθέλετε, εὕρετε ἂν αὐτὸ ἐν ὑμῖν ὄν· οὐδ' ἂν ἔξω ἐπλάζεσθε, οὐδ'
ἂν ἐζητεῖτε τὰ ἀλλότρια ὡς ἴδια. Ἐπιστρέ- 39
ψατε αὐτοὶ ἐφ' ἑαυτούς· καταμάθετε τὰς
προλήψεις ἃς ἔχετε. Ποῖόν τι φαντάζεσθε τὸ
ἀγαθόν; Τὸ εὔρουν, τὸ εὐδαιμονικόν, τὸ ἀπαραπόδιστον. Ἄγε, μέγα δ' αὐτὸ φυσικῶς οὐ
φαντάζεσθε; ἀξιόλογον οὐ φαντάζεσθε; ἀβλαβὲς οὐ φαντάζεσθε; Ἐν ποίᾳ οὖν ὕλῃ δεῖ ζη- 40
τεῖν τὸ εὔρουν καὶ ἀπαραπόδιστον; ἐν τῇ δούλῃ,

Ff 3

Trojanis? Quales sunt Trojani? cordati, an væcordes? si cordati, cur bellum cum eis geritis? sin væcordes, quid eos curatis?

In quo ergo bonum est, si in istis rebus non est? Dic nobis, domine nuncie, & exploratos: Ubi non putatis, neque id quærere vultis. Nam si quærere voluissetis, in vobis ipsis id esse invenissetis: neque foris oberraretis, nec aliena quæreretis tamquam propria. Redite ipsi ad vos: considerate anticipationes quas habetis. Quale quid imaginamini bonum? Quod tranquillum, quod beatum, quod impedimentorum expers. Agite vero; nonne ipsas naturæ instinctu magnum id esse putatis? nonne magni pretii? nonne expers noxæ? In quali ergo materia quærenda est tranquillitas, & impedimentorum remotio? in servili, an libera?

In

ἢ ἐν τῇ ἐλευθέρᾳ; Ἐν τῇ ἐλευθέρᾳ. Τὸ σωμάτιον οὖν ἐλεύθερον ἔχετε, ἢ δοῦλον; Οὐκ
ἴσμεν. Οὐκ ἴστε, ὅτι πυρετοῦ δοῦλόν ἐστι, πο-
δάγρας, ὀφθαλμίας, δυσεντερίας, τυράννου, πυρὸς, σιδήρου, παντὸς τοῦ ἰσχυροτέρου; Ναὶ δοῦ-
41 λον· Πῶς οὖν ἔτι ἀνεμπόδιστον εἶναί τι δύναται τῶν τοῦ σώματος; πῶς δὲ μέγα ἢ ἀξιόλογον, τὸ φύσει νεκρὸν, ἢ γῆ, ὁ πηλός; Τί
οὖν; οὐδὲν ἔχετε ἐλεύθερον; Μήποτε οὐδέν.
42 Καὶ τίς ὑμᾶς ἀναγκάσαι δύναται συγκαταθέσθαι τῷ ψευδεῖ φαινομένῳ; Οὐδείς. Τίς
δὲ, μὴ συγκαταθέσθαι τῷ φαινομένῳ ἀληθεῖ;
Οὐδείς. Ἐνθάδ' οὖν ὁρᾶτε ὅτι ἔστι τι ἐν
43 ὑμῖν ἐλεύθερον φύσει. Ὀρέγεσθαι δ', ἢ ἐκκλίνειν, ἢ ὁρμᾶν, ἢ ἀφορμᾶν, ἢ παρασκευάζεσθαι, ἢ προτίθεσθαι, τίς ὑμῶν δύναται, μὴ
λαβὼν φαντασίαν λυσιτελοῦς, ἢ μὴ καθήκοντος;
Οὐδείς.

In libera.' Corpusculum igitur liberum habetis, an servum? Nescimus. Nescitis, servire illud febri, podagrae, oculorum & intestinorum doloribus, tyranno, igni, ferro, cuivis fortiori? Immo sane, servit. Quo pacto ergo aliquid, quod ad corpus pertinet, immune ab impedimentis esse potest? quo pacto magnum, aut alicujus pretii, quod est natura mortuum, terra, coenum? Quid ergo? Nihilne habetis liberum? Fortasse nihil. Quis autem cogere vos potest, ut, quod falsum esse adpareat, ei adsentiamini? Nemo. Quis, ut non adsentiamini ei, quod verum esse adpareat? Nemo. Hic ergo videtis aliquid in vobis esse liberum suapte natura. Adpetere autem aut aversari; impetum ad actionem capere, vel non capere; aut parare sese, aut proponere aliquid, vestrum quis potest, nisi opinione utilitatis aut officii adductus? Nemo. Habetis ergo in his etiam aliquid

Οὐδείς. Ἔχετε οὖν καὶ ἐν τούτοις ἀκώλυτα
καὶ ἐλεύθερον. Ταλαίπωροι, τοῦτο ἐξεργά-   44
ζεσθε, τούτου ἐπιμέλεσθε, ἐνταῦθα ζητεῖτε τὸ
ἀγαθόν.

 Καὶ πῶς ἐνδέχεται, μηδὲν ἔχοντα, γυμνὸν,   45
ἄοικον, ἀνέστιον, αὐχμῶντα, ἄδουλον, ἄπολιν,
διεξάγειν εὐρόως; Ἰδοὺ ἀπέσταλκεν ὑμῖν ὁ Θεὸς   46
τὸν δείξοντα ἔργῳ, ὅτι ἐνδέχεται. Ἴδετέ   47
με, ὅτι ἄπολίς εἰμι, ἄοικος, ἀκτήμων, ἄδου-
λος· χαμαὶ κοιμῶμαι· οὐ γυνή, οὐ παιδία,
οὐ πραιτωρίδιον, ἀλλὰ γῆ μόνον καὶ οὐρανὸς,
καὶ ἓν τριβωνάριον. Καὶ τί μοι λείπει; οὐκ   48
εἰμὶ ἄλυπος; οὐκ εἰμὶ ἄφοβος; οὐκ εἰμὶ ἐλεύθερος; Πότε ὑμῶν εἶδέ μέ τις ἐν ὀρέξει ἀποτυγχάνοντα; πότ' ἐν ἐκκλίσει περιπίπτοντα; πότ'
ἐμεμψάμην ἢ Θεὸν, ἢ ἄνθρωπον; πότ' ἐνε-
κάλεσά τινι; μή τις ὑμῶν ἐσκυθρωπακότα
με εἶδε; Πῶς δ' ἐντυγχάνω τούτοις, οὓς ὑμεῖς   49

FF 4

φοβεῖ-

aliquid immane & liberum. Id, miseri, excolite, id curate; ibi quærite bonum.

At fieri qui potest, si nihil habeam, si nudus sim, sine domicilio, sine lare, squalidus, sine servo, extorris, ut vitam agam beatam? Ecce misit vobis Deus qui re ipsa ostenderet, posse illud fieri? Ecce me extorrem, sine domicillo, sine possessionibus, sine servis: humi cubo; uxor mihi nulla est, liberi nulli, nullum prætoriolum; nihil præter cœlum & terram, & unum palliolum. Et quid mihi deest? Annon molestia vaco? non sum. imperterritus? non sum liber? Quando quisquam vestrûm me vel voto frustratum, vel in id quod vitavi delapsum vidit? quando vel Deum vel hominem accusavi? quando de ullo questus sum? num quis vestrûm tristi vultu me esse vidit? Quomodo eos tracto,

φοβεῖσθε καὶ θαυμάζετε; Οὐχ ὡς ἀνδραπόδοις;
Τίς, μὲ ἰδὼν, οὐχὶ τὸν βασιλέα τὸν ἑαυτοῦ ὁρᾷ
εὕται καὶ δεσπότην;

50 Ἴδε Κυνικαὶ φωναὶ, ἴδε χαρακτήρ, ἴδ᾽ ἐπι-
βολή. Οὔ· ἀλλὰ πηρίδιον, καὶ ξύλον, καὶ γνά-
θοι μεγάλαι· καταφαγεῖν πᾶν ὃ ἐὰν δῷς, ἢ
ἀποθησαυρίσαι, ἢ τοῖς ἀπαντῶσι λοιδορεῖσθαι

51 ἀκαίρως, ἢ καλὸν τὸν ὦμον δεικνύειν. Τηλικούτῳ πράγματι ὁρᾷς πῶς μέλλεις ἐγχειρεῖν; Ἔσοπτρον πρῶτον λάβε· ἴδε σου τοὺς ὤμους· κατάμαθε τὴν ὀσφὺν, τοὺς μηρούς. Ὀλύμπια μέλλεις ἀπογράφεσθαι; ἄνθρωπε· οὐχὶ τινά ποτε

52 ἀγῶνα ψυχρὸν καὶ ταλαίπωρον. Οὐκ ἔστιν ἐν
Ὀλυμπίοις νικηθῆναι μόνον, καὶ ἐξελθεῖν· ἀλλὰ πρῶτον μὲν ὅλης τῆς οἰκουμένης βλεπούσης
δεῖ εὐσχημονῆσαι, οὐχὶ Ἀθηναίων μόνον, ἢ Λακεδαιμονίων, ἢ Νικοπολιτῶν· εἶτα καὶ δαίρεσθαι δεῖ
τὸν

tracto, quos vos & time-
tis, & admiramini? An-
non ut mancipia? Quis,
me conspecto, se regem
& dominum suum videre
non putat?

Ecce hæ Cynicæ voces
sunt, ecce character, ecce
Institutum. Non: sed pe-
ra, & baculus, & amplæ
maxillæ: quidquid dederis,
devorare, aut recondere;
aut in obvios importune
invehi, aut pulcrum hume-
rum ostentare. Tantam
rem videsne quomodo sis
adgressurus? Speculum an-
te omnia cape; contem-
plare tuos humeros; ex-
plora lumbos, femora.
Inter Olympicos certato-
res nomen profiteri ve-
lis? Homo, non certamen
aliquod frigidum & mi-
serum. In Olympiis non
illud tantum accidit, ut
victus abeas: sed primum
in conspectu totius orbis,
non solam Atheniensium,
aut Lacedæmoniorum, aut
Nicopolitanorum, turpiter
te dare necesse est; deinde
vapu-

τὸν εἰκῇ ἐξελθόντα· πρὸ δὲ τοῦ δαρῆναι, διψῆ-
σαι, καυματισθῆναι, πολλὴν ἁφὴν καταπιεῖν.

Βούλευσαι ἐπιμελέστερον, γνῶθι σαυτὸν, ἀνά- 53
κρινον τὸ δαιμόνιον, δίχα Θεοῦ μὴ ἐπιχειρίσῃς.
ἂν γὰρ συμβουλεύσῃ, ἴσθι, ὅτι μέγαν σε θέλει-
γενέσθαι, ἢ πολλὰς πληγὰς λαβεῖν. Καὶ γὰρ 54
λίαν τοῦτο κομψὸν τῷ Κυνικῷ παραπέπλεκται·
δαίρεσθαι δεῖ αὐτὸν, ὡς ὄνον, καὶ δαιρόμενον φιλεῖν αὐτοὺς τοὺς δαίροντας, ὡς πατέρα πάντων,
ὡς ἀδελφόν. Οὔ· ἀλλ' ἄν τίς σε δαίρῃ, κραύ- 55
γαζε στὰς ἐν τῷ μέσῳ, Ὦ Καῖσαρ, ἐν τῇ σῇ
εἰρήνῃ οἷα πάσχω; Ἄγωμεν ἐπὶ τὸν ἀνθύπατον.
Κυνικῷ δὲ Καῖσαρ τί ἐστιν, ἢ ἀνθύπατος, ἢ ἄλ- 56
λος ἢ ὁ καταπεπομφὼς αὐτόν, καὶ ᾧ λατρεύει,
ὁ Ζεύς; Ἄλλόν τινα ἐπικαλεῖται, ἢ ἐκεῖνον; Οὐ
πέπεισται δ', ὅ τι ἂν πάσχῃ τούτων, ὅτι

Ff 5

ἐκεῖνος

vapulandum etiam ei eft, qui temere inde excefferit; priusquam vero vapulet, fitiendum, aeftu torrendum, multum pulveris deglutiendum.

Delibera diligentius; ipfe te cognofce; Deum confule; citra Deum ne adgredere: qui fi iftius rei auctor tibi fuerit, fcito, velle eum vel magnum te fieri, vel multas plagas pati. Nam & hoc perquam feftive Cynico adjunctum eft, ut iftius afini vapulet; &, dum vapulet, eos a quibus verberatur diligat, tamquam pater omnium, tamquam frater. Non? fed fi quis te verberarit, in medio exclama: Caefar, in pace a te conftituta quomodo tractor! Eamus ad Proconfulem. At Cynico quid eft Caefar, aut Proconful, aut alius, nifi is qui coelitus eum mifit, is cui fervit, Jupiter? Alium-ne quemquam invocat, praeter illum? Nonne perfuafum habet, quidquid fibi acciderit, fe ab

illo

57 ἐκεῖνος αὐτὸν γυμνάζει; Ἀλλ' ὁ μὲν Ἡρακλῆς, ὑπὸ Εὐρυσθέως γυμναζόμενος, οὐκ ἐνόμιζεν ἄθλιος εἶναι, ἀλλ' ἀόκνως ἐπετέλει πάντα τὰ προσσόμενα· οὗτος δ' ὑπὸ τοῦ Διὸς ἀθλούμενος καὶ γυμναζόμενος, μέλλει κεκραγέναι καὶ ἀγανακτεῖν, ἄξιος φέρειν τὸ σκῆπτρον τοῦ Διογέ-

58 νους; Ἄκουε τί λέγει ἐκεῖνος, πυρέσσων, πρὸς τοὺς παριόντας· Κακαὶ, ἔφη, κεφαλαὶ, οὐ μενεῖτε; Ἀλλ' ἀθλητῶν μὲν ὄλεθρον ἢ μάχην ἐψόμενοι, ἄπιτε ὁδὸν τοσαύτην εἰς Ὀλυμπίαν· πυρετοῦ δὲ καὶ ἀνθρώπου μάχην ἰδεῖν οὐ βούλε-

59 σθε; Ταχύ γ' ἂν ὁ τοιοῦτος ἐνεκάλεσε τῷ Θεῷ, τῷ καταπεπομφότι αὐτὸν, ὡς παρ' ἀξίαν αὐτῷ χρωμένῳ, ὅς γε ἐνεκαλλωπίζετο ταῖς περιστά-σεσι· καὶ θέαμα εἶναι ἠξίου τῶν παρόντων. Ἐπὶ τίνι γὰρ ἐγκαλέσει; ὅτι εὐσχημονεῖ; ὅτι κατηγορεῖ, ὅτι λαμπροτέραν ἐπιδείκνυται τὴν

ἀρετὴν

illo exerceri? Enimvero Hercules, cum ab Eurystheo exerceretur, non putabat se miserum esse; sed, quidquid mandabatur, obibat impigre. At iste, qui a Jove ad certamen exercetur, clamitabit & indignabitur, dignus qui sceptrum Diogenis ferat? Audi, quid ille febricitans ad praetereuntes dicat: Prava (inquit) capita, non manebitis? Athletarum internecionem aut pugnam spectari, Olympiam proficiscimini, tam longum iter; febris vero & hominis pugnam spectare non vultis? Iste scilicet Deum, a quo demissus est, quasi praeter meritum tractetur, accusaturus erat! qui etiam placebat sibi in asperis rebus, & spectaculum esse voluit praetereuntibus. Qua enim de causa accusaturus esset? quod honestatem & decus conservat? quod virtutem suam ostendit, & in clario-

re

ἀρετὴν τὴν ἑαυτοῦ; Ἄγε, περὶ πενίας δὲ τί 60
λέγει; περὶ θανάτου; περὶ πόνου; Πῶς συνέ-
κρινε τὴν εὐδαιμονίαν τὴν ἑαυτοῦ τῇ μεγάλου
βασιλέως; μᾶλλον δ' οὐδὲ συγκριτὸν ᾤετο εἶναι.
Ὅπου γὰρ ταραχαὶ, καὶ λῦπαι, καὶ φόβοι, 61
καὶ ὀρέξεις ἀτελεῖς, καὶ ἐκκλίσεις περιπίπτου-
σαι, καὶ φθόνοι καὶ ζηλοτυπίαι, ποῦ ἐκεῖ πάρ-
οδος εὐδαιμονίας; Ὅπου δ' ἂν ᾖ σαπρὰ δόγματα, ἐκεῖ πάντα ταῦτα εἶναι ἀνάγκη.

Πυθομένου δὲ τοῦ νεανίσκου, εἰ νοσήσας, ἀξι- 62
οῦντος φίλου πρὸς αὐτὸν ἐλθεῖν ὥστε νοσοκομη-
θῆναι, ὑπακούσει· Πῦ δὲ φίλον μοι δώσεις
Κυνικόν; ἔφη. δεῖ γὰρ αὐτὸν ἄλλον εἶναι τοιοῦ- 63
τον, ἵν' ἄξιος ᾖ φίλος αὐτοῦ ἀριθμεῖσθαι. κοι-
νωνὸν αὐτὸν εἶναι δεῖ τοῦ σκήπτρου καὶ τῆς βασιλείας, καὶ διάκονον ἄξιον, εἰ μέλλει φιλίας
ἄξιω-

re luce ponit? Age vero, de paupertate quid dicit? de morte, de dolore? Quomodo suam ipsius felicitatem regis Persarum felicitati comparavit? Immo potius, ne comparabilem quidem esse duxit. Ubi enim turbæ sunt, ubi mœrores, ubi terrores, ubi adpetitiones irritæ, & aversiones inanes, ubi invidia & æmulatio; quis ibi aditus felicitati relictus est? Ubi porro pravæ opiniones sunt, ibi ista esse omnia necesse est.

Interrogante autem eodem adolescente, an ægrotans Cynicus amico morem gesturus sit, qui eum domum suam invitaverit, ut ægroti cura habeatur: Ubi vero, inquit, amicum mihi Cynicum dabis? Oportet enim eum alterum esse talem, ut dignus sit qui amici loco habeatur: participem esse eum oportet sceptri & regni, & ministrum dignum, si dignus ami-

ἀξιωθήσεσθαι· ὡς Διογένης Ἀντισθένους ἐγένε-
64 το, ὡς Κράτης Διογένους. ἢ δοκεῖ σοι, ὅτι
χαίρειν ἂν αὐτῷ λέγῃ προσερχόμενος, φίλος
ἐστὶν αὐτοῦ, κἀκεῖνός αὐτὸν ἄξιον ἡγήσεται τοῦ
65 πρὸς αὑτὸν εἰσελθεῖν; Ὥστε ἂν σοι δοκῇ, καὶ
ἐνθυμήθητι τοιοῦτον· κοπρίαν μᾶλλον περιβλέ-
που κομψήν, ἐν ᾗ πυρέξεις, ἀποσκέπουσαν τὸν
66 βορέαν, ἵνα μὴ περιψυγῇς. Σὺ δέ μοι δοκεῖς
θέλειν εἰς οἶκόν τινος ἀπελθὼν διὰ χρόνου χορ-
τασθῆναι. Τί οὖν σοι καὶ ἐπιχειρεῖν πράγματι
τηλικούτῳ;

67   Γάμος δ᾽, ἔφη, καὶ παῖδες προηγουμένως
παραληφθήσονται ὑπὸ τοῦ Κυνικοῦ; Ἂν μοι
σοφῶν, ἔφη, δῷς πόλιν, τάχα μὲν οὐδ᾽ ἥξει
τις ῥᾳδίως ἐπὶ τὸ Κυνίζειν. τίνος γὰρ ἕνεκα ἂν
68 δέξηται ταύτην τὴν διεξαγωγήν; Ὅμως δ᾽ ἂν
ὑπο-

amicitia esse velit; quemadmodum Diogenes Antisthenis fuit amicus, quemadmodum Crates Diogenis. Aut censea-ve, si quis modo adeat eum & salvere jubeat, propterea esse amicum, & dignum ab eo judicatum iri in cujus domum se ille recipiat? Proinde, si tibi videtur, tale etiam cogita, simetura potius aliquod minus sordidum circumspicito, in quo febricites; modo aquilonem illud tibi arceat, ne frigore pereas. Tu vero potius aedes alicujus ingredi velle videris, ut ad tempus ibi pascaris. Quae te ergo res impulit ad tantum negotium suscipiendum?

At conjugium, inquit, & procreationem liberorum praecipue spectabit Cynicus? Si mihi Sapientium dederis civitatem, forsitan (inquit) haud temere ad Cynicam sectam quisquam se adplicaerit. Nam quorum hominum caussa tale vitae Institutum amplecteretur? Tamen, sac ita esse; nihil prohibebit quominus

ὑποθώμεθα, οὐδὲν κωλύσει καὶ γῆμαι αὐτὸν,
καὶ παιδοποιήσασθαι. καὶ γὰρ ἡ γυνὴ αὐτοῦ
ἔσται ἄλλη τοιαύτη, καὶ ὁ πενθερὸς ἄλλος τοιοῦτος, καὶ τὰ παιδία οὕτως ἀνατραφήσεται. Τοι- 69
αύτης δ᾽ οὔσης καταστάσεως, οἵα νῦν ἐστιν, ὡς
ἐν παρατάξει· μή ποτ᾽ ἀπερίσπαστον εἶναι δεῖ τὸν
Κυνικὸν ὅλον πρὸς τῇ διακονίᾳ τοῦ Θεοῦ, ἐπιφοι-
τᾶν ἀνθρώποις δυνάμενον, οὐ προσδεδεμένον κα-
θήκουσιν ἰδιωτικοῖς, οὐδ᾽ ἐμπεπλεγμένον σχέσε-
σιν, ἃς παραβαίνων οὐκέτι σώσει τὸ τοῦ καλοῦ
καὶ ἀγαθοῦ πρόσωπον· τηρῶν δ᾽ ἀπολεῖ τὸν ἄγ-
γελον, καὶ κατάσκοπον, καὶ κήρυκα τῶν Θεῶν;
Ὅρα γὰρ ὅτι δεῖ αὐτὸν ἀποδεικνύναι τινὰ τῷ 70
πενθερῷ, χρὴ ἀποδιδόναι τοῖς ἄλλοις συγγενέσι
τῆς γυναικός, αὐτῇ τῇ γυναικί. εἰς νοσοκομίας
λοιπὸν ἐκκλείεται, ἃς περισμέν. ἵνα τ᾽ ἄλλα 71
ἀφῶ, δεῖ αὐτὸν κουκκούμιον ἔχειν, ὅπου τὸ θερμὸν

minus ille & uxorem du-
cat, & liberos fuscipiat!
nam & uxor ejus plane il-
lius similis erit, itemque
focer; & liberi ad eam-
dem modum educabuntur.
Cum autem talis sit præ-
sens rerum status, tam-
quam in acie; nonne Cy-
nicum nulla prorsus re a
Dei ministerio decet avo-
cati, ut convenire possit
homines, nullis privatis
officiis illigatus, 'aut im-
plicitus relationibus; qua
si neglexerit, honesti boni-

que viri personam tueri
non possit; sin eas tuebitur, perdet nuncium, ex-
ploratorem, & præconem
Deorum immortalium?
Ecce enim, præstanda
sunt et quædam focero;
sunt quædam tribuenda ad-
finibus, quædam ipsi uxo-
ri. Denique suorum vale-
tudinem curare, reique familiari operam dare coa-
ctus, a Cynici instituto dis-
tineretur. Ut mittam cætera, aquam opus est, ubi
calidam faciat puerulo,
qua

μὸν ποιῆσαι τῷ παιδίῳ, ἵν' αὐτὸ λούσῃ εἰς σκά-
φην· ἐρίδια τεκούσῃ τῇ γυναικὶ, ἔλαιον, κραββά-
τιον, ποτήριον· γίνεται ἤδη πλῆθος σκευάρια· τὴν
72 ἄλλην ἀσχολίαν, τὸν περισπασμόν. Ποῦ μοι
λοιπὸν ἐκεῖνος ὁ βασιλεὺς, ὁ τοῖς κοινοῖς προσ-
ευκαιρῶν;

Ὦ λαοί τ' ἐπιτετράφαται, καὶ τόσσα
μέμηλεν;

ὃν δεῖ τοὺς ἄλλους ἐπισκοπεῖν, τοὺς γεγαμηκότας,
τοὺς πεπαιδοποιημένους· τίς καλῶς χρῆται τῇ
αὑτοῦ γυναικὶ, τίς κακῶς· τίς διαφέρεται· ποία
73 οἰκία εὐσταθεῖ, ποία οὔ· ὡς ἰατρὸν περιερχόμενον, καὶ τῶν σφυγμῶν ἁπτόμενον; Σὺ πυρέττεις,
σὺ κεφαλαλγεῖς, σὺ ποδαγρᾷς· σὺ ἀνάτεινον,
σὺ φάγε, σὺ ἀλούτησον· σὲ δεῖ τμηθῆναι, σὲ δεῖ
74 καυθῆναι. Ποῦ σχολὴ τῷ εἰς τὰ ἰδιωτικὰ καθήκοντα ἐνδεδεμένῳ; οὐ δεῖ αὐτὸν πορίσαι ἱματίδια
τοῖς

qua levet eum in labro: uxori, postquam peperit, praebenda est lana, oleum, lectolus poculum. Sic augentur vascula. Omitto reliquas occupationes, quæ hominem distrahunt. Ubi nunc tandem ille rex est, qui rebus communibus totus vacet? *Cui populique sunt commissi, & tanta res cura sunt?* qui cæteros inspicere debet, maritos, parentes; quis recte tractet uxorem suam, quis male? quis litiget? quæ domus bene constituta sit, quæ secus? quem medici instar circumire oportet, & tangere pulsum. Tu febricitas; tibi dolet caput; tu laboras e pedibus: tu cibis abstine; tu ede; tu balnea cave; tibi sectione est opus; tibi ustione. Unde tantum otii suppetit ei qui privatis officiis est illigatus? Nonne illi paranda
sunt

τοῖς παιδίοις; ἄγε, πρὸς γραμματιστὴν ἀποστεῖλαι πινακίδια ἔχοντα, γραφεῖα, τιλλάρια;
καὶ τούτοις κραββάτια ἑτοιμάσαι; οὐ γὰρ ἐκ τῆς
κοιλίας ἐξελθόντα δύναται Κυνικὰ εἶναι· εἰ δὲ μή,
κρεῖσσον ἦν αὐτὰ γενόμενα ῥῖψαι, ἢ οὕτως ἀποκτεῖναι. Σκέπα, ποῦ κατάγομεν τὸν Κυνικόν· πῶς 75
αὐτοῦ τὴν βασιλείαν ἀφαιρούμεθα. Ναί· ἀλλὰ 76
Κράτης ἔγημε. Περίστασίν μοι λέγεις ἐξ ἔρωτος
γενομένην, καὶ γυναῖκα τίθης ἄλλον Κράτητα.
Ἡμεῖς δὲ περὶ τῶν κοινῶν γάμων καὶ ἀπερισπάστων ζητοῦμεν· καὶ οὕτω ζητοῦντες, οὐχ εὑρίσκομεν ἐν ταύτῃ τῇ καταστάσει προηγούμενον τῷ
Κυνικῷ τὸ πρᾶγμα.

Πῶς οὖν ἔτι, φησί, διασώσει τὴν κοινωνίαν; 77
Τὸν Θεόν σοι· μεῖζον δ' εὐεργετοῦσιν ἀνθρώπους οἱ δύο ἢ τρία κακόρυγχα παιδία ἀνθ' αὑτῶν

sunt trioculae pueris? age,
nonne ad ludimagistrum
mittendi sunt cum tabellis,
cum stylo & pennis? Nonne parandus his quoque est
lectulus? neque enim a
primo statim ortu Cynici
esse queunt. Id-ni faciat,
exposuisse illos statim a
parte praestitisset, quam
ita perimere. Vide quo
deducamus Cynicum; quo
pacto regnum ei adimamus. Esto: at Crates
uxorem duxit. Casum mihi singularem narras ex
amore ortam, & mulierem
dicis quae alter Crates erat.
Nos vero de communibus
conjugiis & indivulsis quaerimus: atque ita quaerentes
non invenimus, in hoc rerum statu rem istam admodum praecipuam esse
Cynico.

Qui ergo, inquit, conservabit societatem? Per
Deum, plus prosunt-ne
vitae mortalium ii qui binos vel ternos male grunnientes parvulos suo loco
in mundum introducunt,
quam hi qui pro virili omnes

τῶν εἰσάγοντες, ἢ οἱ ἐπισκοποῦντες πάντας κατὰ
δύναμιν ἀνθρώπους, τί ποιῦσι, πῶς διάγουσι, τίνων
ἐπιμελῦνται, τίνος ἀμελῦσι παρὰ τὸ προσῆκον;

78 Καὶ Θηβαίους μείζονα ὠφέλησαν ὅσοι τεχνία αὐτοῖς
κατέλιπον, Ἐπαμινώνδου τῦ ἀτέκνου ἀποθανόντος;
Καὶ Ὁμήρου πλείονα τῇ κοινωνίᾳ συνεβάλετο Πρίαμος ὁ πεντήκοντα γεννήσας περικαθάρματα, ἢ

79 Δαναὸς, ἢ Αἴολος; Εἶτα στρατηγία μὲν ἢ σύνταγ-
μά τινα ἀπείρξει γάμου ἢ παιδοποιίας, καὶ ὁ δόξει οὗτος ἀντ' οὐδενὸς ἠλλάχθαι τὴν ἀτεκνίαν· ἡ δὲ

80 τῇ Κυνικῇ βασιλεία οὐκ ἔσται ἀνταξία; Μήποτε
οὐκ αἰσθανόμεθα τῦ μεγέθους αὐτῆ, οὐδὲ φανταζόμεθα κατ' ἀξίαν τὸν χαρακτῆρα τὸν Διο-
γένους· ἀλλ' εἰς τὰς νῦν ἀποβλέπομεν, πρὸς
τραπεζήας πυλωρούς, οἱ οὐδὲν μιμῦνται ἐκείνους,
ἤ, εἰ ἄρα, ὅτι πόρδωνες γίνονται, ἄλλο δ' οὐδὲν.

81 Ἐπεὶ οὐκ ἂν ἡμᾶς ἱκίνα ταῦτα, οὐδ' ἂν ἐπεθαυ-
μάζομεν

nes homines inspiciant,
quid agant, qua ratione
vivant; quid curent, quid
contra officium negligant?
Nam Thebanis plus ii pro-
fuerunt, qui liberos eis reliquerunt, quam Epami-
nondas, qui orbus decessit?
Num Priamus, quinqua-
ginta filia relictis, ilisque
imperitissimis, aut Danaus,
aut Æolus, plus ad vitæ
communitatem contule-
runt, quam Homerus?
Itane imperium militare,
aut opus literarium abstra-
het aliquem a conjugio aut

a sobolis procreatione; nec
is nihilo permutasse videbitur orbitatem: Cynici au-
tem Imperium compensare
Illam non videbitur? Nem-
pe non satis percipimus
magnitudinem Cynici, ne-
que pro merito æstimamus
Diogenis characterem; sed
hodiernos hos respicimus,
mensarum adfectas janito-
res, qui nulla in re veteres illos imitantur nisi forte oppedendo; cætera om-
nia dissimillima habent:
alioqui non moverent nos
ista, neque miraremur, si
axorem

μάχομεν, εἰ μὴ γαμήσει, ἢ παιδοποιήσεται.
Ἄνθρωπε, πάντας ἀνθρώπους πεπαιδοποίηται,
τοὺς ἄνδρας υἱοὺς ἔχει, τὰς γυναῖκας θυγα-
τέρας· πᾶσιν οὕτω προσέρχεται, οὕτω πάντων κήδεται. Ἢ σὺ δοκεῖς ὑπὸ περιεργίας 82
λοιδορεῖσθαι τοῖς ἀπαντῶσιν; Ὡς πατὴρ αὐτὸ
ποιῶ, ὡς ἀδελφός, καὶ τοῦ κοινοῦ πατρὸς ὑπηρέτης τοῦ Διός.

Ἂν σοι δόξῃ, πυθοῦ μου καὶ εἰ πολιτεύσεται. 83
Σαννίων, μείζονα πολιτείαν ζητεῖς, ἧς πολιτεύε-
ται; εἰ ἐν Ἀθηναίοις παρελθὼν ἐρεῖ τι περὶ 84
προσόδων ἢ πέρων; ὃν δεῖ πᾶσιν ἀνθρώποις διαλέγεσθαι, ἰδίᾳ μὲν Ἀθηναίοις, ἰδίᾳ δὲ
Κορινθίοις, ἰδίᾳ δὲ Ῥωμαίοις, οὐ περὶ πόρων,
οὐδὲ περὶ προσόδων, οὐδὲ περὶ εἰρήνης ἢ πολέ-
μου, ἀλλὰ περὶ εὐδαιμονίας καὶ κακοδαιμονίας,
περὶ

uxorem non duxerit Cy-
nicus, aut liberos non pro-
creaverit. Homo, omni-
um hominum ille parens
est; viros habet filios,
mulieres filias; omnes sic
convenit, sic omnes curat.
Aut censes-ne, ea caussa,
quod rerum alienarum cu-
riosus sit, objurgare eum
obvios? Ut pater hoc
facit, ut frater, & ut
communis patriæ minister
Jovis.

Si tibi visum fuerit, per-
contare me etiam, an ad
Rempublicam sit acces-
surus? Sannio, num majo-
rem rempublicam quæris
ea, quam administrat? An
apud Athenienses de redi-
tibus aut parandæ pecuniæ
ratione verba facturus sit,
quem oportet apud omnes
homines, peræque apud
Athenienses & Corinthios
& Romanos, concionari,
non de reditibus, non de
parandæ pecuniæ ratione,
non de pace aut bello, sed
de felicitate & miseria, de
rebus secundis & adversis,

περὶ εὐτυχίας καὶ δυστυχίας, περὶ δουλείας
85 καὶ ἐλευθερίας. Τηλικαύτην πολιτείαν πολι-
τευσαμένου ἀνθρώπου, σύ μου πυνθάνῃ, εἰ
πολιτεύσεται; πυθοῦ μου καὶ, εἰ ἄρξει· πάλιν ἐρῶ σοι· Μωρέ, ποίαν ἀρχὴν μείζονα, ἧς
ἄρχει;
86 Χρεία μέν τοι καὶ σώματος ποιοῦ τῷ τοιούτῳ.
ἐπεί τοι, ἂν φθισικὸς προέρχηται, λεπτὸς, καὶ
ὠχρός, οὐκέτι ὁμοίαν ἔμφασιν ἡ μαρτυρία αὐτοῦ
87 ἔχει. Δεῖ γὰρ αὐτὸν οὐ μόνον τὰ τῆς ψυχῆς
ἐπιδεικνύοντα παριστάνειν τοῖς ἰδιώταις, ὅτι ἐνδέχεται δίχα τῶν θαυμαζομένων ὑπ' αὐτῶν εἶναι
καλὸν καὶ ἀγαθόν· ἀλλὰ καὶ διὰ τοῦ σώματος
ἐνδείκνυσθαι, ὅτι ἡ ἀφελὴς καὶ λιτὴ καὶ ὑπαίθριος
88 δίαιτα οὐδὲ τὸ σῶμα λυμαίνεται. Ἰδοὺ καὶ τούτου μάρτυς εἰμὶ ἐγώ, καὶ τὸ σῶμα τὸ ἐμόν.
ὡς Διογένης ἐποίει· στίλβων γὰρ περιήρχετο, καὶ
καθ'

de servitute & libertate? Tantam rempublicam cum administret ille homo, tu ex me quæris, an ei capessenda sit respublica? Roga me etiam, an Imperaturus sit: rursus tibi dicam: Stulte, quod imperium geret majus eo cui hanc præest?

Oportet tamen & corpus probabili aliquo modo adfectum habeat talis homo. Nam si morbidus aut macilentus & pallidus prodierit; non jam idem pondus habebit ejus testimonium. Oportet enim, non modo animi virtutes ostendendo demonstrare indoctis, posse virum bonum probumque carere iis quæ vulgus admiratur; sed etiam ipso corpore probare oportet, simplicem & tenuem victam, quamvis sub dio agas, non lædere valetudinem. Ecce hujus quoque rei testis ego sum, & corpus meum! quemadmodum Diogenes faciebat; nitidus & pinguis, &

bene

καθ' αὑτὸ τὸ σῶμά ἐπιστρέφα ταῖς πολλούς. Ἐλεούμενος δὲ Κυνικὸς, ἐπαίτης δοκῶ· πάν- 89 τες ἀποστρέφονται, πάντες προσκόπτουσιν. οὐδὲ γὰρ ῥυπαρὸν αὐτὸν δᾶ φαίνεσθαι, ὡς μηδὲ κατὰ τοῦτο τοὺς ἀνθρώπους ἀποσοβεῖν· ἀλλ' αὐτὸν τὸν αὐχμὸν αὐτοῦ δᾶ καθαρὸν εἶναι, καὶ ἀγωγόν.

Δεῖ δὲ καὶ χάριν προσεῖναι πολλὴν φυσικὴν 90 τῷ Κυνικῷ, καὶ ὀξύτητα· εἰ δὲ μὴ, μύξα γίνεται, ἄλλο δ' οὐδὲν· ἵνα ἑτοίμως δύνηται καὶ παρακειμένως πρὸς τὰ ἐμπίπτοντα ἀπαν- τᾶν. Ὡς Διογένης πρὸς τὸν εἰπόντα, Σὺ εἶ ὁ 91 Διογένης, ὁ μὴ οἰόμενος εἶναι Θεούς; Καὶ πῶς; ἔφη· οἱ Θεοῖς ἐχθρὸν νομίζων. Πάλιν Ἀλε- 92 ξάνδρῳ ἐπιστάντι αὐτῷ κοιμωμένῳ, καὶ εἰ- πόντι,

G g 2

Οὐ

bene curata cute paſſim ibat, ipſoque corpore populum adtraxit. Cynicus autem cujus vicem dolent homines, mendicus eſſe videtur; omnes eum averſantur, omnes offenduntur. Nam nec ſordidum eum conſpici oportet, ne vel eo ipſo abſterreat homines; ſed ipſum ſquallorem ejus mundum eſſe decet & adlicientem.

Oportet vero etiam multam naturalem gratiam in-esse Cynico, & ingenii acumen; (alioqui mucus erit, praetereaque nihil:) ut expedite & adpoſite ad ea, quae inciderint, reſpondere poſſit. Quemadmodum Diogenes ei reſpondit, qui dixerat: Tune is es Diogenes, qui deos eſſe non putat? Quo pacto, inquit; cum te diis inviſum eſſe judicem? Rurſus, cum Alexander eum dormientem adgreſſus diiſſet,

Non

Οὐ χρὴ παννύχιον εὕδειν βουληφόρον ἄνδρα
ἔνυπνος ἔτι ὤν, ἀπήντησεν,

Ὧ λαοί τ' ἐπιτετράφαται, καὶ τόσσα μέ-
μηλε.

93. Πρὸ πάντων δὲ τὰ ἡγεμονικὸν αὐτοῦ δεῖ καθαρώτερον εἶναι τοῦ ἡλίου· εἰ δὲ μή, κυβευτὴν
ἀνάγκη καὶ ῥαδιουργὸν εἶναι. ὅστις, ἐνεχόμε-
νός τινι αὐτὸς κακῷ, ἐπιτιμήσει τοῖς ἄλλοις.

94. Ὅρα γάρ, οἷον ἐστὶ τοῖς βασιλεῦσι τούτοις
καὶ τυράννοις οἱ δορυφόροι καὶ τὰ ὅπλα παρέχει τὸ ἐπιτιμᾶν τισι, καὶ δύνασθαι καὶ κο-
λάζειν τοὺς ἁμαρτάνοντας, καὶ αὐτοῖς οὖσι
κακοῖς· τῷ δὲ Κυνικῷ ἀντὶ τῶν ὅπλων καὶ τῶν
δορυφόρων, τὸ συνειδὸς τὴν ἐξουσίαν ταύτην πα-

95. ραδίδωσιν. Ὅταν ἴδῃ, ὅτι ὑπερηγρύπνηκεν ὑπὲρ
ἀνθρώπων, καὶ πεπόνηκεν, καὶ καθαρὸς μὲν
κεκοίμηται, καθαρώτερον δ' αὐτὸν ἔτι ὁ ὕπνος
ἀφῆ-

Non oportet per totam
noctem dormire consi-
liarium virum:

Semisomnis adhuc respon-
dit:

"Cui populi sunt com-
missi, & tanta res cu-
rae sunt.

Ante omnia vero men-
tem illius sole puriorem
esse decet: alioquin scurra
& improbus sit necesse est,
qui ipse vitio cuipiam obnoxius, alios reprehendat.

Vide enim, hoc quale sit.
Regibus istis & tyrannis,
quamvis ipsi quoque sint
improbi, satellites & arma
id praestant, ut reprehen-
dere aliquos, & punire
etiam delinquentes possint.
Cynico vero, armorum &
satellitum loco, conscientia dat istam potestatem.
Quod si videt, se pro aliorum salute vigilare & laborare, & mundum dormire,
mundioremque e somno
expergisci. &, quaecum-
que cogitet, cogitare se

ἀφῆκεν. Ἐπεθύμηται δ᾽ ὅσα ἐπεθύμηται διὰ
φίλος τοῖς Θεοῖς, ὡς ὁ ὑπηρέτης, ὡς μετέχων
τῆς ἀρχῆς, τοῦ Διὸς· πανταχοῦ δ᾽ αὐτῷ πρόχειρον τὸ,

'Ἄγου δέ μ᾽, ὦ Ζεῦ, καὶ σὺ χ᾽ ἡ Πεπρωμένη·

καὶ ὅτι, Εἰ ταύτῃ τοῖς Θεοῖς φίλον, ταύτῃ
γενέσθω· διατί μὴ θαρρῶσι παρρησιάζεσθαι 96
πρὸς τοὺς ἀδελφοὺς τοὺς ἑαυτοῦ, πρὸς τὰ
τέκνα, ἁπλῶς πρὸς τοὺς συγγενεῖς; Διὰ τοῦ- 97
το οὔτε περίεργος οὔτε πολυπράγμων ἐστὶν ὁ
οὕτω διακείμενος· οὐ γὰρ τὰ ἀλλότρια πολυ-
πραγμονεῖ, ὅταν τὰ ἀνθρώπινα ἐπισκοπῇ, ἀλλὰ τὰ ἴδια. εἰ δὲ μή, λέγε καὶ τὸν στρα-
τηγὸν πολυπράγμονα, ὅταν τοὺς στρατιώτας
ἐπισκοπῇ, καὶ ἐξετάζῃ, καὶ παραφυλάσσῃ
καὶ τοὺς ἀκοσμοῦντας κολάζῃ. Ἐὰν δ᾽ ὑπὸ 98
μάλης ἔχων πλακουντάριον, ἐπιτιμᾷς ἄλλως

Gg 3

ἐρῶ

ut illa emicum, ut etiam servi-
torum ministrorum, ut participem imperii Jovis; atque ubique in promtu illud habet,

Duc me, O Jupiter, et
tu, qui te Fatum;

itemque illud: Si diis ita
placet, ita fiat? Cum non
liberæ loqui auderet cum
fratribus suis, cum filiis,
omnino cum consangui-
neis. Quapropter neque

supervacaneus nihil occu-
patus neque curiosus est,
qui sic est adfectus. Nec
enim exin in aliena curiosè
inquirit, cum res humanas
inspicit, sed in sua; alioi
qui etiam imperatori curiosus dicendus erit cum mi-
liter inspicit, & observat, ob-
servatque disciplinæ mi-
litaris perturbatores ca-
stiget. Sic placentulam
sub ala quisbam occultas: Tu
creparis; dicam tibi, Quin

potius

ἐρῶ σοι, Οὐ θέλεις μᾶλλον ἀπελθὼν εἰς γωνίαν καταφαγεῖν ἐκεῖνο ὃ ἐνέκλεψας; τί δέ σοι
99 καὶ τοῖς ἀλλοτρίοις Τίς γὰρ εἶ; ὁ ταῦρος εἶ,
ἢ ἡ βασίλισσα τῶν μελισσῶν; Δεῖξόν μοι τὰ
σύμβολα τῆς ἡγεμονίας, οἷα ἐκείνη ἐκ φύσεως
ἔχει. Εἰ δὲ κηφὴν εἶ, ἐπιδικαζόμενος τῆς βασιλείας τῶν μελισσῶν, οὐ δοκεῖς ὅτι καὶ σὲ κατα-
βαλοῦσιν οἱ συμπολιτευόμενοι, ὡς αἱ μέλισσαι
τοὺς κηφῆνας;

100 Τὸ μὲν γὰρ ἀνεκτικὸν τοσοῦτον ἔχειν δεῖ
τὸν Κυνικόν, ὥσθ' αὐτὸν ἀναίσθητον δοκεῖν τοῖς
πολλοῖς καὶ λίθον· οὐδεὶς αὐτὸν λοιδορεῖ,
οὐδεὶς τύπτει, οὐδεὶς ὑβρίζει· τὸ σωμάτιον δ'
αὐτοῦ δέδωκεν αὐτὸς χρῆσθαι τῷ θέλοντι,
101 ὡς βούλεται. Μέμνηται γάρ, ὅτι τὸ
χεῖρον ἀνάγκη νικᾶσθαι ὑπὸ τοῦ κρείττονος,
ἔπει νοῦ περιέχοντες, τὰ δὲ σωμάτιον τῶν πολλῶν

potius in angulum aliquem
abiens devores id quod fura-
tus es? Quid ad te res alienae? Quis enim es? Num
taurus aut apum regi-
na? Ostende mihi princi-
patus insignia, qualia illi
a natura data sunt. Quod
si fucus es, & tamen re-
gnum apum tibi vendicas;
nonne putas, cives tuos
te pari modo dejecturos
esse [...], quemadmodum
apes fucos...

olim tolerantia. In Cyni-
co esse tanta debet, ut
vulgo sensus expers & la-
pis esse videatur; nemo
ei maledicit, nemo eum
turbat, nemo injuria ad-
ficit; corpusculum vero
suum ab aliis tractari sinit,
ut volunt. Maxime enim,
necesse esse, ut id, quod
est imbecillius, a robustio-
re vincatur, quatenus est
imbecillitas; corpusculum
autem; imbecillius esse
multi-

λᾶν χεῖρον; - τὸ ἀσθενέστερον τῶν ἰσχυροτέρων.
Οὐδέποτ' οὖν εἰς ταῦτα καταβαίνει τὸν ἀγῶνα, 102
ὅπου δύναται νικηθῆναι· ἀλλὰ τῶν ἀλλοτρίων
εὐθὺς ἐξίσταται, τῶν δούλων οὐκ ἀντιποιεῖται.
Ὅπου δὲ προαίρεσις καὶ χρῆσις τῶν φαντασιῶν, 103
ἐκεῖ ὄψει ὅσα ἔμματα ἔχει· ἵν' εἴπῃς, ὅτι Ἄργος
τυφλὸς ἦν πρὸς αὐτόν. Μή που συγκατάθεσις 104
προπετής; μή που ὁρμὴ εἰκαία; μή που ὄρεξις
ἀποτευκτική; μή που ἔκκλισις περιπτωτική;
ἐπιβολὴ ἀτελής; μή που μέμψις; μή που τα-
πείνωσις, ἢ φθόνος; ἀλλ' ἡ πρὸς αὐχὴ... πολλή, 105
καὶ σύντασις· τῶν δ' ἄλλων ἕνεκα, ὕπτιος ῥέγχει
εἰρήνη πᾶσα. λῃστὴς προαιρέσεως οὐ γίνεται, τύραννος οὐ γίνεται. Σωματίου δέ; Ναί. Καὶ κτη- 106
σειδίου δέ; Ναί. καὶ ἀρχῶν καὶ τιμῶν. Τί οὖν
αὐτῷ τούτων μέλει; Ὅταν οὖν τις διὰ τούτων
αὐτὸν ἐκφοβῇ, λέγει αὐτῷ, Ὕπαγε, ζήτει τὰ

Gg 4   παι

multitudine; id quod infirmius est, cedere debere
robustioribus. Numquam
igitur in id certamen, in
quo vinci possit, descen-
dit; sed alienis rebus statim cedit, non vendicat
sibi ea, quæ serva sunt. Ubi
vero voluntas & usus vi-
sorum valent, ibi videbis
quot habeat oculos; adeo
ut dicas, Argum etiam,
cum eo collatum, fuisse
cæcum. Est alicubi adsen-
sio præceps? impetus ad
agendum temere captus?
adpetitio frustrata? aversatio calamitosa? propositum irritum? est alicubi
querela? abjectio animi,
aut invidia? hic exoltat
est ejus attentio, & animi
contentio. Quod autem
ad cætera adtinet, supinus
stertit; pacata sunt omnia,
Voluntatis latro nullus est,
nullus tyrannus. At cor-
pusculi? Utique. Rei fa-
miliaris? Utique: atque
etiam magistratuum & ho-
norum? Quid ergo hæc
ille curat? Quod si igitur
his rebus aliquis eum ter-
rere conetur; ei dicit,
                                        Abi.

παιδία· βλέπεις τὰ προσωπεῖα φοβερά ἐστιν,
ἐγὼ δ' οἶδα ὅτι ὀστράκινά ἐστιν, ἔσωθεν δὲ οὐδὲν ἔχει.

107 Περὶ τοιούτου πράγματός βουλεύῃ. Ὥστε,
ἐὰν σοι δόξῃ, τὸν Θεόν σοι, ὑπέρθου, καὶ ἰδού
108 σοι πρῶτον τὴν παρασκευήν. Ἰδοὺ γάρ, τί καὶ
ὁ Ἕκτωρ λέγει τῇ Ἀνδρομάχῃ· Ὕπαγε, φησὶ,
μᾶλλον εἰς οἶκον, καὶ ὕφαινε·

—— Πόλεμος δ' ἄνδρεσσι μελήσει
Πᾶσιν, ἐμοὶ δὲ μάλιστα.

109 Οὕτω καὶ τῆς ἰδίας παρασκευῆς συνῄσθετο, καὶ
τῆς ἐκείνης ἀδυναμίας.

ΚΕΦ.

Abi, pueros quære! illi larvis terrentur! ego vero, testaceas istas esse, novi, intrinsecus autem nihil continere.

Talis res est, de qua deliberas. Quamobrem, si visum tibi fuerit, per Deum, differ, tuamque primam præparationem atque instructionem circumspice. Ecce enim, quid Hector Andromachæ dicit: Abi (inquit) potius domum, & telam texe;

—— Bellum autem viris curæ erit
omnibus, mihi vero præ-
cipue.

Sic & suas vires intellexit, & illius imbecillitatem.

CAP.

ΚΕΦ. κγ'.

Πρὸς τοὺς Ἀναγινώσκοντας καὶ Διαλεγομένους ἐπιδεικτικῶς.

Τίς εἶναι θέλεις, σαυτῷ πρῶτον εἰπέ· εἶθ' οὕτω ποίει ἃ ποιεῖς. καὶ γὰρ ἐπὶ τῶν ἄλλων
σχεδὸν ἁπάντων οὕτως ἑρῶμεν γινόμενα. Οἱ ἀθ-
λοῦντες, πρῶτον κρίνουσι τίνες εἶναι θέλουσιν,
εἶθ' οὕτω τὰ ἑξῆς ποιοῦσιν. εἰ δολιχοδρόμος, τοιαύτη τροφὰ, τοιοῦτος περίπατος, τοιαύτη τρίψις,
τοιαύτη γυμνασία· εἰ σταδιοδρόμος, πάντα ταῦτα ἀλλοῖα· εἰ πένταθλος, ἔτι ἀλλοιότερα.
Οὕτως εὑρήσεις καὶ ἐπὶ τῶν τεχνῶν. Εἰ τέκτων,
τοιαῦτα ἕξεις· εἰ χαλκεύς, τοιαῦτα. Ἕκαστο
γὰρ τῶν γινομένων ὑφ' ἡμῶν, ἂν μὲν ἐπὶ μηδὲν
ἀναφέρωμεν, εἰκῇ ποιήσομεν· ἐὰν δ' ἐφ' ὃ μὴ

Gg 5
δεῖ

CAP. XXIII.

Ad eos qui Ostentationis caussa legunt aut disputant.

Principio tecum ipse consti-
tue, quem te esse velis;
deinde sic ea facito quæ
facis. Nam ita fieri etiam
aliis In rebus prope omnibus videmus. Pugiles pri-
mum statuant, qui esse
velint; & sic deinde, quæ
consequentia sunt, faciant.
Si dolichodromus; talis
victus convenit, talis de-
ambulatio, talis frictio,
talis exercitatio: si stadio-
dromus, hæc omnia diver-
sa erunt; si pentathlus,
magis etiam diversa. Eo-
dem modo & in artibus fe-
rem habere deprehendes.
Si faber lignarius esse volueris, talia habebis: si
ærarius, talis. Nam quæ-
cumque fuerint quæ agi-
mus, si ad nullum finem
retulerimus, frustra age-
mus:

4 δεῖ; διεσφαλμένων. Λοιπὸν, ἡ μὲν τίς ἐστι κοινὴ ἀναφορά, ἡ δ' ἰδία. Πρῶτον, ἵν' ὡς ἄνθρωπος. Ἐν τούτῳ τί περιέχεται; Μὴ ὡς πρόβατον, ᾧ καὶ ἐπιεικής· ἢ βλαπτικῶς, ὡς θηρίον.

5 Ἡ δ' ἰδία, πρὸς τὸ ἐπιτήδευμά ἑκάστου καὶ τὴν προαίρεσιν. ὁ κιθαρῳδὸς, ὡς κιθαρῳδός· ὁ τέκτων, ὡς τέκτων· ὁ φιλόσοφος,

6 ὡς φιλόσοφος· ὁ ῥήτωρ, ὡς ῥήτωρ. Ὅταν οὖν λέγῃς, Δεῦτε καὶ ἀκούσατέ μου ἀναγινώσκοντος ὑμῖν, σκέψαι πρῶτον μὴ εἰκῇ αὐτὸ ποιεῖν. εἶτ', ἂν εὕρῃς ὅτι ἀναφέρεις, σκέψαι εἰ ἐφ' ὃ δεῖ.

7 Ὠφελῆσαι θέλεις; ἢ ἐπαινεθῆναι; Εὐθὺς ἀκούεις λέγοντος, Ἐμοὶ δὲ τοῦ παρὰ τῶν πολλῶν ἐπαίνου τίς λόγος; Καὶ καλῶς λέγει. οὐδὲ γὰρ τῷ μουσικῷ, καθὸ μουσικός ἐστιν, οὐδὲ τῷ

8 γεωμετρικῷ. Οὐκοῦν ὠφελῆσαι θέλεις; πρός τι; εἰπὲ καὶ ἡμῖν, ἵνα καὶ αὐτοὶ τρέχωμεν εἰς τὸ

ἀκροα-

mus: sin eo quo non pertinent, aberrabimus. Ceterum est respectus alius communis, alius peculiaris. Primum, ut agas tanquam homo. In hoc quid continetur? Ne ut ovis, licet mansuetus; nave nocivus, sicut fera bestia. Peculiaris autem respectus ad cujusque vitae genus & institutum pertinet. Citharœdus agat, ut citharœdus; faber, ut faber; philosophus, ut philosophus; orator, ut orator. Cum igitur dicis,

Adeste; audite me vobis recitantem; primum vide, ne temere id facias: deinde, si deprehenderis te hoc aliquo referre, vide, num eo quo referri debet. Prodesse vis? an laudari? Statim audis dicentem, Mei vero popularis laus nihil refert. Recte dicit: nec enim musico, quatenus musicus est, neque geometrae, quatenus geometer est, ea confert. Ergo prodesse vis? Qua re? Dic nobis quoque, ut si non in auditorium tuam

adcur-

ἀκροατήριόν σου; Νῦν δύναταί τις ὠφελῆσαι
καὶ ἄλλους, μὴ αὐτὸς ὠφελημένος; Οὐ· οὐδὲ
γὰρ εἰς τεκτονικὴν ὁ μὴ τέκτων, οὐδ' εἰς σκυ-
τικὴν ὁ μὴ σκυτεύς.

9 Θέλεις οὖν γνῶναι, εἰ ὠφέλησας; Φέρε σου
τὰ δόγματα, φιλόσοφε. Τίς ἐπαγγελία ὀρέξεως; Μὴ ἀποτυγχάνειν. Τίς ἐκκλίσεως; Μὴ
περιπίπτειν. Ἄγε, πληροῦμεν αὐτῶν τὴν ἐπαγ- 10
γελίαν; εἰπέ μοι τἀληθῆ· ἂν δὲ ψεύσῃ, ἐρῶ σοι.
πρώην ψυχρότερόν σοι τῶν ἀκροατῶν συνελθόντων,
καὶ μὴ ἐπιβοησάντων σοι, τεταπεινωμένος ἐξῆλ-
θες· πρώην ἐπαινεθεὶς, περιήρχου, καὶ πᾶ- 11
σιν ἔλεγες, Τί σοι ἰδόκει; Θαυμαστός, κύριε,
τὴν ἐμήν σοι σωτηρίαν. Πῶς δ' εἶπον ἐκεῖνο; Τὸ
ποῖον; Ὅπου διέγραψα τὸν Πάνα καὶ τὰς Νύμ-
φας. Ὑπερφυῶ. Εἶτά μοι λέγεις, ἂν ὀρέξει 12
καὶ

ediurantur. Potestne ti-
ro quisquam prodesse aliis,
qui nullum ipse fructum e
doctrina ceperit? Non:
neque enim qui faber non
est, ad artem fabrilem aliis
prodesse potest, neque ad
sutoriam, qui sutor non
est.

Visne ergo scire, an
fructum ceperis? Profer
decreta tua, philosophe.
Quodnam est propositum
adpetitionis? Non frustrari: Quod aversationis?
Non incidere in id quod
declines. Age, num pro-
positum harum exsequi-
mur? Dic mihi verum;
sin fefelleris, ipse tibi dicam. Nuper, cum san-
guinea convenissent auditores, nec tibi adclamassent,
abjecto animo egressus es.
Nuper laudatus, circuim-
bas, & omnibus dicebas,
Quis tibi visus sum? Mi-
rabilis, domine, ita salvus
sim. Quomodo vero illud
dixi? Quodnam? Ubi de-
scripsi Panem & Nymphas.
Nihil supra. Et post haec

ta

καὶ ἐκβάλλεις κατὰ φύσιν ἀναστρέφῃ; Ἴσως γε

13 ἄλλον πεῖθε. Τὸν δεῖνα δὲ πρῴην οὐκ ἐπῄνεις
παρὰ τὸ σοι φαινόμενον; τὸν δεῖνα δ' οὐκ ἐκο-
λάκευες τὸν συγκλητικόν; Ἤθελές σοι τὰ τέκ-
14 δια εἶναι τοιαῦτα; Μὴ γένοιτο. Τίνος οὖν ἕνεκα
ἐπῄνεις καὶ περιεῖπες αὐτόν; Εὐφυὴς νεανίσκος,
καὶ λόγων ἀκουστικός. Πόθεν ταῦτα; Ἐμὲ
θαυμάζει. Εἴρηκας τὴν ἀπόδειξιν. Εἶτα τί δοκεῖς; αὐτοί σου οὗτοι οὐ καταφρονοῦσι λελη-
15 θότως; Ὅταν οὖν ἄνθρωπος συνειδὼς ἑαυτῷ μηδὲν ἀγαθὸν μή τι πεποιηκότι, μή τι ἐνθυμου-
μένῳ, εὕρῃ φιλόσοφον τὸν λέγοντα, Μεγαλο-
φυὴς καὶ ἁπλοῦς, καὶ ἀκέραιος· τί δοκεῖς
ἄλλο αὐτὸν λέγειν, ἤ, Οὗτός τινά μου ποτὲ
16 χρείαν ἔχει. Ἢ εἰπέ μοι, τί μεγαλοφυῶς ἔργον ἐπιδέδεικται; ἰδοὺ σύνεστί σοι τοσούτῳ χρό-
νῳ· διαλεγομένου σου ἀκήκοεν, ἀναγιγνώσκοντός
σου

tu mihi dicis? te in adpetitione & aversatione ver-
sari naturæ convenienter?
Abi, aliis id persuade. Nonne vero nuper istum contra
sententiam animi tui lau-
dasti? nonne adulatus es
illi senatoris filio? Velles-
ne tuos liberos esse tales?
Absit. Qua igitur gratia
laudabas & colebas eum?
Ingeniosus est adolescens,
& doctrinæ cupidus. Un-
de istud? Me admiratur.
Veram caussam attulisti.
Quid deinde putas? nonne
isti ipsi clanculum te con-
temnunt? Cum enim ho-
mo, nullius honestæ vel
actionis vel cogitationis
sibi conscius, philosophum
invenerit, qui ei dicat,
Magno es ingenio, sim-
plex & candidus; quid
eum dicere putas, nisi
Iste quadam istic operâ
mea eget? Aut dic mihi,
quodnam magni ingenii
opus præstitit? Ecce isto
tempore familiaritate tua
utitur; te disserentem audivit; recitantem audivit:
estne

σοῦ ἠδίκηκεν; κατέσταλται; ἐπέστραπται ἐφ'
ἑαυτόν; ᾔσθηται ἐν οἷς κακῶς ἐστιν; ἀποβέ-
βληκεν οἴησιν; ζητεῖ τὸν διδάξοντα; Ζήτει, φησί. 17
Τὸν διδάξοντα πῶς δεῖ βιοῦν; οὔ, μωρέ· ἀλλὰ, πῶς δεῖ φράζειν· τούτου γὰρ ἕνεκα καὶ σὲ
θαυμάζει. Ἄκουσον αὐτοῦ, τίνα λέγει. Αὐτὸς
ὁ ἄνθρωπος πάνυ τεχνικώτατα γράφει, Δίωνος
πολὺ κάλλιον. Ὅλον ἄλλο ἐστί· μή τι λέγε· 18
Ὁ ἄνθρωπος αἰδήμων ἐστὶν οὗτος, πιστός ἐστιν,
ἀτάραχός ἐστιν; Εἰ δὲ καὶ ἔλεγον, ὅσον ἂν
αὐτῷ· Ἐπειδὴ οὗτος πιστός ἐστιν, οὗτος ὁ πιστὸς τί ἐστι; Καί, ἃ μὴ εἶχεν εἰπεῖν, προσέ-
θηκα ἄν, ὅτι, Πρῶτον μάθε τί λέγεις, εἶθ' οὕτω λέγε.

Οὗτος οὖν κακῶς διακείμενος, καὶ χάσκων 19
περὶ τοὺς ἐπαινέσοντας, καὶ ἀριθμῶν τοὺς ἀκού-
σαντάς σου, θέλεις ἄλλους ὠφελεῖν; Σήμερόν
μευ

esse factus modestior? an in se ipsum descendit? an sentit, quibus in malis sit? abjecitne arrogantiam? num quaerit doctorem? Quaerit, inquit. Eumne, qui doceat qua ratione vivendum sit? Non, stulte; sed; quomodo sit dicendum: hac enim gratia te quoque admiratur. Audi quid dicat: Iste homo artificiosissime scribit, multo elegantius Dio-na. Tota res alia est. Num dicit, Homo hic verecundus est, fidus est, imperturbatus est? Quod etsi diceret, ego ei responderem: Quoniam iste fidus est, dic mihi, quem dicis fidum hominem? Si diceret, se nescire; subjicerem, Prius disce, quid dicas; deinde dicito. Ergo tam male adfectus, & laudatoribus inhians, & auditores tuos numerans, aliis

μου πολλῷ πλείονες ἤκουσαν. Ναί, πολλοί·
δοκοῦμεν ὅτι πεντακόσιοι. Οὐδὲν λέγεις· θὲς
αὐτοὺς χιλίους. Δίωνος οὐδέποτε ἤκουσαν τοσοῦτοι. Πόθεν αὐτῷ; Καὶ κομψῶς αἰσθάνον-
ται λόγων. Τὸ καλὸν, κύριε, καὶ λίθον κινῆσαι δύναται. Ἰδοὺ φωναὶ φιλοσόφου, ἰδοὺ διά-
θεσις ὠφελήσοντος ἀνθρώπους· ἰδοὺ ἀκηκοὼς
ἄνθρωπος λόγου, ἀνεγνωκὼς τὰ Σωκρατικὰ ὡς
Σωκρατικά, οὐχὶ δ' ὡς Λυσίου, καὶ Ἰσοκρά-
τους. Πολλάκις ἐθαύμασα, τίσι ποτε λόγοις.
Οὔ· ἀλλά, Τίνι ποτὲ λόγῳ. Τοῦτ' ἐκείνου τε-
λεώτερον. Μὴ γὰρ ἄλλως αὐτὰ ἀνέγνωκατε,
ἢ ὡς ᾠδάρια; Ὧν εἴ γε ἀνεγινώσκετε ὡς δεῖ,
οὐκ ἂν πρὸς τούτοις ἐγίνεσθε, ἀλλ' ἐκεῖνο μᾶλλον ἐβλέπετε, Ἐμὲ δ' Ἄνυτος καὶ Μέλιτος
ἀποκτεῖναι μὲν δύνανται, βλάψαι δ' οὔ· καὶ ὅτι,
Ὡς ἐγὼ ἀεὶ τοιοῦτος, οἷος μηδενὶ προσέχειν τῶν
                                            ἐμῶν,

aliis prodeſſe vis? Hodie multo plures me audiverunt. Sane, multo: quingenti, opinor, fuimus.
Nihil dicis; dic, mille fuiſſe. Dionem numquam
tot audiverunt. Cur iſtud? Etenim eruditas habent
aures, valent judicio. Pulcrum, domine, vel lapidem movere queat. Ecce voces philoſophi! ecce
adfectionem ejus, qui profuturus ſit hominibus! ecce hominem qui doctrinam audierit, qui Socratica ſcripta legerit ut Socratica, non autem ut Lyſiæ
& Iſocratis! — „Sæpe ſum „admiratus, quibus tandem
„rationibus. Non: ſed qua „ratione: hoc iſto perfe-
„ctius eſt.“ — Aliter-ne vero legiſtis illa, quam veluti cantilenas? Sane, ſi ita legiſſetis ut decet, in
iſtis rebus non hæreretis; ſed illud potius ſpectare-
tis: „Me quidem Anytus „& Melitus occidere poſ-
„ſunt, lædere autem non „poſſunt:“ — itemque illud: — „Nam talis ego „ſemper ſum, ut nihil me-
                                            „rum

ἡμῶν, ἢ τῷ λόγῳ, ὃς ἂν ἡμῖν σκοπουμένοις βέλτιστος
φαίνηται. Διὰ τοῦτο, τίς ἤκουσε Σωκράτους ποτὲ 22
λέγοντος, ὅτι, Οἶδά τι καὶ διδάσκω; ἀλλὰ ἄλλον
ἀλλαχοῦ ἔπεμπε. τοιγαροῦν ἤρχοντο πρὸς αὐτὸν
ἀξιοῦντες φιλοσόφοις ὑπ' αὐτοῦ συσταθῆναι· κἀκεῖνος ἀπῆγε, καὶ συνίστανεν. οὔ· ἀλλὰ προπέμ- 23
πων ἔλεγεν, Ἄκουσόν μου σήμερον διαλεγομένου
ἐν τῇ οἰκίᾳ τῇ Κοδράτου; Τί σου ἀκούσω;
ἐπιδεῖξαί μοι θέλεις, ὅτι κομψῶς συντιθεῖς τὰ
ὀνόματα; συντιθεῖς, ἄνθρωπε· καὶ τί σοι ἀγαθόν
ἐστιν; Ἀλλ' ἐπαίνεσόν με. Τί λέγεις τὸ ἐπαι- 24
νέσαι; Εἰπέ μοι, Οὐᾶ καὶ, Θαυμαστῶς. Ἰδοὺ
λέγω. εἰ δ' ἔστιν ἔπαινος ἐκεῖνο, ὅ τι ποτὲ λέγουσιν οἱ φιλόσοφοι τῇ τοῦ ἀγαθοῦ κατηγορίᾳ, τί
σε ἔχω ἐπαινέσαι; εἰ ἀγαθόν ἐστι τὸ φράζειν ὀρθῶς, δίδαξόν με, καὶ ἐπαινέσω. Τί οὖν; ἀηδῶς 25
δεῖ τῶν τοιούτων ἀκούειν; Μὴ γένοιτο. ἐγὼ μὲν
οὐδὲ κιθαρῳδοῦ ἀηδῶς ἀκούω· μή τι οὖν τούτου
ἕνε-

...tum rerum curem præter
rationem, quæ cogitanti
mihi optima visa fuerit."
Quapropter, quis umquam
Socratem dicentem audi-
vit, se scire aliquid ac docere? Immo alium alio
mittebat. Itaque venie-
bant ad eum petentes, ut
ab eo philosophis commen-
darentur; & ipse adduce-
bat eos, & commendabat.
Non: sed, dum eos comi-
tabatur, dicebat, Audi me
hodie in ædibus Quadrati
differentem! Quid te au-
diam? Ostentare mihi vis
quam belle verba constru-
as? Belle construis: &
quid ex eo boni conseque-
ris? Lauda me vero, ho-
mo. Quomodo vis lau-
dem? Dic mihi, Papæ! &
Præclare! Ecce dico. Si
vero laus illud est quod
philosophi in classe Boni
ponunt, quid habeo in quo
te laudem? Si recte loqui
Bonum est, doce me, &
laudabo. Quid ergo? Num
aspernanda sunt hæc? Ab-
sit. Ego ne citharœdum
qui-

ἕνεκα κιθαρῳδεῖν με δεῖ στάντα; Ἄκουσον τί λέγει Σωκράτης· Οὐδὲ γὰρ τῇ πρέπει, ὦ ἄνδρες, τῇδε τῇ ἡλικίᾳ, ὥσπερ μειρακίῳ πλάττοντι λόγους, εἰς ὑμᾶς εἰσιέναι. Ὥσπερ μειρακίῳ, φησίν.

26. Ἔστι γὰρ τῷ ὄντι κομψὸν τὸ τέχνιον, ἐκλέξαι ὀνομάτια, καὶ ταῦτα συνθεῖναι, καὶ παρελθόντα εὐφυῶς ἀναγνῶναι ἢ εἰπεῖν, καὶ μεταξὺ ἀναγινώσκοντα ἐπιφθέγξασθαι, ὅτι, Τούτοις οὐ πολλοὶ δύνανται παρακολουθεῖν, μὰ τὴν ὑμετέραν σωτηρίαν.

27. Φιλόσοφος δ᾽ ἐπ᾽ ἀκρόασιν παρακαλεῖ; Οὐχὶ δ᾽, ὡς ὁ ἥλιος ἄγει αὐτὸς ἐφ᾽ ἑαυτόν, ἢ ἡ τροφή, οὕτω δὲ καὶ αὐτὸς ἄγει τοὺς ὠφεληθησομένους; Ποῖος ἰατρὸς παρακαλεῖ, ἵνα τις ὑπ᾽ αὐτοῦ θεραπευθῇ; Καίτοι νῦν ἀκούω, ὅτι καὶ οἱ ἰατροὶ παρακαλοῦσιν ἐν Ῥώμῃ· πλὴν ἐπ᾽ ἐμοῦ

28. παρεκαλοῦντο. Παρακαλῶ σε ἐλθόντα ἀκοῦσαι, ὅτι

quidem aspernor: num ergo me adstantem pulsare citharam oportet? Audi, quid Socrates dicat: „Neque enim decet; inquit, „judices, hanc aetatem, „composita oratione more „adolescentuli venire in „judicium." More adolescentuli, ait. Est enim elegans sane istud artificium, seligere verba, eaque componere, ac progressum in medium solerter recitare aut eloqui, atque inter recitandum subinde adjicere,

Haud, ita dii vos amabunt, ista multi possunt adsequi.

Num vero philosophus homines ad se audiendum invitat & orat? Annon, ut sol ipse ad sese adlicit homines, aut ut cibus & potus, sic etiam philosophus eos quibus profuturus est? Quis medicus rogat, ut aliquis se ab ipso curari sinat? Quamquam nunc audio Romae medicos etiam rogare homines, & ad se vocare; at meo tempore ipsi vocabantur.

„Rogo

ὅτι σοὶ κακῶς ἐστι, καὶ πάντων μᾶλλον ἐπιμελῇ
ἢ οὗ δεῖ σε ἐπιμελεῖσθαι, καὶ ὅτι ἀγνοεῖς τὰ
ἀγαθὰ καὶ τὰ κακὰ, καὶ κακοδαίμων ᾖ καὶ δυστυχής. Κομψὴ παράκλησις. Καὶ μὴν, ἂν μὴ
ταῦτα ἐμποιῇ ὁ τοῦ φιλοσόφου λόγος, νεκρός ἐστι
καὶ αὐτὸς, καὶ ὁ λέγων. Εἴωθε λέγειν ὁ Ῥοῦ- 29
φος· Εἰ εὐσχολεῖτε ἐπαινέσαι με, ἐγὼ δ᾽ οὐδὲν
λέγω. Τοιγαροῦν οὕτως ἔλεγεν, ὥσθ᾽ ἕκαστον
ἡμῶν καθήμενον οἴεσθαι, ὅτι τίς ποτε αὐτὸν δια-
βέβληκεν· οὕτως ἥπτετο τῶν γινομένων, οὕτω πρὸ
ὀφθαλμῶν ἐτίθει τὰ ἑκάστου κακά. Ἰατρεῖόν 30
ἐστιν, ἄνδρες, τὸ τοῦ φιλοσόφου σχολεῖον· οὐ δεῖ
ἡσθέντας ἐξελθεῖν, ἀλλ᾽ ἀλγήσαντας. ἔρχεσθε
γὰρ οὐχ ὑγιεῖς· ἀλλ᾽ ὁ μὲν ὦμον ἐκβεβληκὼς,
ὁ δ᾽ ἀπόστημα ἔχων, ὁ δὲ σύριγγα ἔχων, ὁ δὲ
κεφαλαλγῶν. Εἶτ᾽ ἐγὼ καθίσας ὑμᾶς λέγω νοη- 31
μάτια καὶ ἐπιφωνημάτια, ἵν᾽ ὑμεῖς ἐπαινέσαντές
με

Rogo te, ut venias, atque audias, male tibi esse;
te quidvis potius curare
quam id quod curandum
est; ignorare bona & mala, infelicem & calamitosum esse." — Lepida vero
invitatio! Enimvero nisi
philosophi sermo hoc effecerit, mortuus est cum
ipse, tum is a quo habetur.
Solitus est dicere Rufus:
Si tantum habetis otii, ut
me laudetis, ego nihil dico. Itaque sic dicebat, ut
quisque nostrûm, qui adludebamus, putaret, se
ab aliquo apud alium oblique
accusatum: ita valde acu
tangebat ea quæ fiebant;
sic mala cujusque ponebat
ob oculos. Schola philosophi taberna medici
est: non inde exeundum
est cum lætitia, sed cum
dolore: neque enim sani
acceditis; sed alius humero laxato, alius apostemate laborans, alius fistulam
habet, alii caput dolet.
Ego vero sedens sententiolas vobis & epiphonemata dicam, ut me laudantes exeatis, alius homerum

με ἐξέλθητε, ὁ μὲν τὸν ὦμον ἐκφέρων ἐξηρθρηκότα, ὁ δὲ τὴν κεφαλὴν ὡσαύτως ἔχουσαν, ὁ δὲ
32 τὴν σύριγγα, ὁ δὲ τὸ ἀπόστημα; Εἶτα τούτου ἕνεκα ἀποδημήσουσιν ἄνθρωποι νεώτεροι; καὶ τοὺς γονεῖς τοὺς αὑτῶν ἀπολείψουσι, καὶ τοὺς φίλους, καὶ τοὺς συγγενεῖς, καὶ τὸ κτησείδιον, ἵνα σοι Οὐᾶ φῶσιν, ἐπιφωνημάτια λέγοντι; Τοῦτο Σωκράτης ἐποίει; τοῦτο Ζήνων; τοῦτο Κλεάνθης;

33 Τί γάρ; οὐκ ἔστιν ὁ προτρεπτικὸς χαρακτήρ; Τίς γὰρ οὔ λέγει; ὡς ὁ ἐλεγκτικός, ὡς ὁ διδασκαλικός. τίς οὖν πώποτε τέταρτον ἔταξε μετὰ τούτων,
34 τὸν ἐπιδεικτικόν; Τίς γὰρ ἔστω ὁ προτρεπτικός; τὸ δύνασθαι καὶ ἑνὶ καὶ πολλοῖς δεῖξαι τὴν μάχην ἐν ᾗ κυλίονται· καὶ ὅτι μᾶλλον πάντα φροντίζουσιν ἢ ὧν θέλουσι. Θέλουσι μὲν γὰρ τὰ πρὸς εὐδαιμονίαν φέροντα, ἀλλαχοῦ δ' αὐτὰ ζητοῦσι.
35 Τοῦτο ἵνα γένηται, δεῖ τεθῆναι χίλια βάθρα, καὶ

merem sic adflictum refe-
rens, qualem adtulerat;
alius caput eodem modo
adfectum; alius fistulam
suam, alius apostema! Itane adulescentes propter
ista peregrinarentur? eo-
sæ parentes suos relinque-
rent, & amicos, & cogna-
tos, & rem familiarem,
ut tibi epiphonemata ja-
ctanti, Vah, & Ohe, ad-
clament? Idne Socrates
faciebat? Idne Zenon?
Idne Cleanthes?

Quid ergo? Non est di-
cendi genus hortatorium?

Quis negat? Aeque, atque
illud quo coarguimus, quo
docemus. Quis vero um-
quam, praeter hæc quar-
tum esse, dixit, ostentato-
rium? Quodnam enim est
hortandi genus? Posse &
singulis & multis incon-
stantiam & pugnam osten-
dere, in qua volutantur;
eisque demonstrare, quid-
vis potius eos curare quam
ea quæ volunt. Volunt
enim ea quæ ad felicitatem
faciunt, sed quaerunt alibi.
Hoc ut fiat, mille subsellia
collocari oportet, & ad-
vocare

καὶ παρακληθῆναι τοὺς ἀκουσομένους, καὶ σὲ ἐν
κομψῷ στολίῳ ἢ τριβωνίῳ ἀναβάντα ἐπὶ πούλ-
βινον, διαγράφειν πῶς Ἀχιλλεὺς ἀπέθανε. Παύσασθε, τοὺς Θεοὺς ὑμῖν, καλὰ ὀνόματα καὶ
πράγματα καταισχύνοντες, ὅσον ἐφ' ἑαυτοῖς
Οὐδὲν ἂν προτρεπτικώτερον, ἢ ὅταν ὁ λέγων ἐμ- 36
φαίνῃ τοῖς ἀκούουσιν, ὅτι χρείαν αὐτῶν ἔχει. Ἢ 37
εἰπέ μοι, τίς, ἀκούων ἀναγινώσκοντός σου ἢ διαλεγομένου, περὶ αὑτοῦ ἠγωνίασεν, ἢ ἐπεστράφη
εἰς αὑτόν; ἢ ἐξελθὼν εἶπεν, ὅτι καλῶς μου
ἥψατο ὁ Φιλόσοφος; οὐκέτι δεῖ ταῦτα ποιεῖν.
Οὐχὶ δ', ἂν λίαν εὐδοκιμῇς, λέγει πρός τινα, 38
κομψῶς ἔφρασε τὰ περὶ τὸν Ξέρξην· ἄλλος, οὔ·
ἀλλὰ τὴν ἐπὶ Πύλαις μάχην. τοῦτό ἐστιν ἀκρόα-
σις Φιλοσόφου;

Hh 2   ΚΕΦ.

vocare auditores, & te eleganti veste aut palliolo, conscenso pulpito, in pulvino sedentem, describere quemadmodum occubuerit Achilles. Desinite, quaeso per Deos, pulcra verba & res deformare, quantum in vobis est. Nihil magis ad hortandum scilicet facit, quam cum is, qui dicit, auditoribus significat, sibi illis opus esse! Die mihi, quis, te recitantem aut differentem audiens, de se ipso sit solicitus? quis in sese descenderit? quis egressus dixerit, Pulcre me tetigit philosophus; posthac ista facienda non sunt. Nonne vero, si vel maxime probatus fueris, dicit ad aliquem, Eleganter disseruit ista de Xerxe: Alius, Non; sed de pugna ad Thermopylas. Haeccine est auscultatio philosophi?

CAP.

ΚΕΦ. κδ'.

Περὶ τοῦ μὴ δεῖν Προσπάσχειν τοῖς Οὐκ ἐφ' ἡμῖν.

Τὸ ἄλλου παρὰ φύσιν, σοὶ κακὸν μὴ γινέσθω· οὐ γὰρ συνταπεινοῦσθαι πέφυκας, οὐδὲ συνατυχεῖν, ἀλλὰ συνευτυχεῖν. Ἂν δέ τις ἀτυχῇ, μέμνησο ὅτι παρ' αὑτὸν ἀτυχεῖ. Ὁ γὰρ Θεὸς πάντας ἀνθρώπους ἐπὶ τὸ εὐδαιμονεῖν, ἐπὶ τὸ εὐσταθεῖν ἐποίησε· πρὸς τοῦτο ἀφορμὰς ἔδωκε· τὰ μὲν, ἴδια δοὺς ἑκάστῳ, τὰ δ', ἀλλότρια· τὰ μὲν κωλυτὰ καὶ ἀναγκαστὰ καὶ ἀφαίρετα, οὐκ ἴδια· τὰ δὲ ἀκώλυτα, ἴδια· τὴν δ' οὐσίαν τοῦ ἀγαθοῦ καὶ τοῦ κακοῦ, ὥσπερ ἦν ἄξιον τὸν κηδόμενον ἡμῶν καὶ πατρικῶς προϊστάμενον, ἐν τοῖς ἰδίοις.

Ἀλλ'

CAP. XXIV.

Non debere nos earum rerum Desiderio teneri, quae in Nostra potestate non sunt.

Quod alter contra naturam facit aut patitur, tibi malum ne esto: neque enim tu natus es, ut una deprimaris cum altero, & calamitosus sis; sed, ut una sis fortunatus. Si quis vero calamitosus est, memento sua culpa esse calamitosum. Deus enim omnes homines ad felicitatem, ad constantiam condidit. Ad hoc subsidia eis dedit; quandoquidem alia cuique propria dedit, alia vero aliena: nempe ea, quae prohiberi & cogi & adimi possunt, non propria; quae vero prohiberi nequeunt, propria: naturam vero Boni & Mali, sicut dignum fuit eo qui nos curaret, patriaque solicitudine tueretur, in propriis colla.

'Αλλ' ἀποκεχώρηκα τοῦ δεῖνος, καὶ ὀδυνᾶται. 4
Διὰ τί γὰρ τὰ ἀλλότρια ἴδια ἡγήσατο; διὰ
τί, ὅτε σε βλέπων ἔχαιρεν, οὐκ ἐπελογίζετο,
ὅτι θνητὸς εἶ, ἀποδημητικὸς εἶ; Τοιγαροῦν τί-
νει δίκας τῆς αὐτοῦ μωρίας. Σὺ δ' ἀντὶ τίνος, 5
ἐπὶ τί κλᾷς σεαυτόν; Ἢ οὐδὲ σὺ ταῦτα ἐμελέτησας; ἀλλ', ὡς τὰ γύναια τὰ οὐδενὸς ἄξια,
πᾶσιν οἷς ἔχαιρες, ὡς ἀεὶ συνεσόμενος συνῆς,
τοῖς τόποις, τοῖς ἀνθρώποις, ταῖς διατριβαῖς;
καὶ νῦν κλαίων ἐκάθησας, ὅτι μὴ τοὺς αὐτοὺς
βλέπεις καὶ ἐν τοῖς αὐτοῖς τόποις διατρίβεις.
τούτου γὰρ ἄξιος εἶ, ἵνα καὶ τῶν κοράκων καὶ 6
κορωνῶν ἀθλιώτερος ᾖς; οἷς ἔξεστιν ἵπτασθαι
ὅπου θέλουσι, καὶ μετοικοδομεῖν τὰς νεοσσιάς,
καὶ τὰ πελάγη διαπερᾶν, μὴ στένουσι, μηδὲ
ποθοῦσι τὰ πρῶτα. Ναί· ἀλλ' ὑπὸ τοῦ ἀλόγα 7
εἶναι πάσχει αὐτά. Ἡμῖν οὖν ὁ λόγος

Hh 3   ἐπὶ

collocavit. „At ab illo discessi, ideoque dolet." Cur autem aliena sua esse duxit? cur, conspectu tuo delectatus, te mortalem esse, peregrinari te posse, non cogitavit? Idcirco poenas dat suae stultitiae. Tu vero qua de caussa, aut cui bono te ipsum deploras? An ne tu quidem ista meditatus es? sed, ut mulierculae nullius pretii, omnibus quibus delectabaris, ita fruitus es, quasi semper iisdem fruiturus, locis, hominibus, conversationibus? Et nunc plorans sedes, quod eosdem non cernas; nec iisdem in locis verseris. Nempe hoc tu meritus es; ut corvis etiam atque cornicibus esses miserior, quibus, quocumque libuerit, volare licet, nidosque suos transferre, & mare transmittere, nec gementibus, nec priora desiderantibus. Atqui, ais, idcirco istis hoc accidit, quoniam rationis sunt expertes. Nobis igitur

ἐπὶ ἀτυχίᾳ καὶ κακοδαιμονίᾳ δέδοται ὑπὸ τῶν
θεῶν, ἵν' ἄθλιοι, ἵνα πενθοῦντες διατελῶμεν;
8 Ἢ πάντες ἔστωσαν ἀθάνατοι, καὶ μηδεὶς ἀπο-
δημείτω· μηδ' ἡμεῖς που ἀποδημῶμεν, ἀλλὰ
μένωμεν ὡς τὰ φυτὰ προσερριζωμένοι· ἂν δέ τις
ἀποδημήσῃ τῶν συνήθων, καθήμενοι κλαίωμεν·
καὶ πάλιν, ἂν ἔλθῃ, ὀρχώμεθα, καὶ κροτῶ-
μεν, ὡς τὰ παιδία;

9 Οὐκ ἀπογαλακτίσομεν ἤδη ποθ' ἑαυτοὺς
καὶ μεμνησόμεθα ὧν ἠκούσαμεν παρὰ τῶν φι-
10 λοσόφων; εἴ γε μὴ ὡς ἐπαοιδῶν αὐτῶν ἠκούομεν,
ὅτι ὁ κόσμος οὗτος μία πόλις ἐστί, καὶ ἡ οὐσία
ἐξ ἧς δεδημιούργηται μία· καὶ ἀνάγκη περίο-
δόν τινα εἶναι, καὶ παραχώρησιν ἄλλων ἄλλοις,
καὶ τὰ μὲν διαλύεσθαι, τὰ δ' ἐπιγίνεσθαι, τὰ
11 μὲν μένειν ἐν τῷ αὐτῷ, τὰ δὲ κινεῖσθαι. πάντα
δὲ

tur ratio ad calamitatem &
infelicitatem data est a diis,
ut in miseria & luctu aetatem exigeremus? Aut om-
nes immortales esse debe-
bant, neque quisquam per-
egre abire debebit, nec
nos uspiam proficiscemur;
sed stirpium instar radicibus adfixi manebimus? si
quis vero familiarium dis-
cesserit, sedebimus plo-
rantes; ac vicissim, cum
redierit, exsultabimus &
plaudemus, quemadmodum
pueri?

Annon tandem hæc re-
linquemus, & quæ ex
philosophis audierimus re-
cordabimur? nisi forte eos;
tamquam incantato-
res, audivimus differentes:
„Mundum hunc unam esse
„orbem; unamque esse,
„qua ille constet substan-
„tiam; ac necesse esse, ut
„sit circuitus quidem, ut
„alia aliis cedant, hæc dis-
„solvantur, illa suborian-
„tur, hæc suum statum te-
„neant, illa vero movean-
„tur: esse autem omnia
„ami-

δὲ φιλίαν μεστά, πρῶτον μὲν Θεῶν, εἶτα καὶ ἀνθρώπων, φύσει πρὸς ἀλλήλους ᾠκειωμένων· καὶ δεῖ τοὺς μὲν παρεῖναι ἀλλήλοις, τοὺς δ' ἀπαλλάττεσθαι, τοῖς μὲν συνοῦσι χαίροντας, τοῖς δ' ἀπαλλαττομένοις μὴ ἀχθομένους, ὁ δ' [12] ἄνθρωπος, πρὸς τῷ φύσει μεγαλόφρων εἶναι καὶ πάντων τῶν ἀπροαιρέτων καταφρονητικὸς, ἔτι κἀκεῖνο ἔσχηκε, τὸ μὴ ἐρριζῶσθαι, μηδὲ προσπεφυκέναι τῇ γῇ, ἀλλὰ ἄλλοτ' ἐπ' ἄλλους ἰέναι τόπους, ποτὲ μὲν χρειῶν τινων ἐπειγουσῶν, ποτὲ δὲ καὶ αὐτῆς τῆς θέας ἕνεκα.

Καὶ τῷ Ὀδυσσεῖ τὸ συμβὰν τοιοῦτόν τι ἦν· [13]

Πολλῶν δ' ἀνθρώπων ἴδεν ἄστεα, καὶ νόον ἔγνω·

καὶ ἔτι πρόσθεν τῷ Ἡρακλεῖ, περελθεῖν τὴν οἰκουμένην ὅλην,

Hh 4   Ἀνθρώ-

amicorum plena, primum Deorum, deinde hominum, quos natura inter sese conciliarit; quorum alios una vivere, alios discedere oporteat, sic ut praesentibus gaudeant, digressis non doleant: hominem autem, praeterquam quod ad animi magnitudinem natus sit, & ad contemnenda omnia quae in ipsius arbitrio non sunt, etiam hoc habere, ut non radicibus adhaerescat in terra, sed alias in alia loca migrare possit, nunc postulante aliqua necessitate, nunc etiam solummodo spectandi gratia."

Id quidem olim & Ulyssi accidit;

qui morte hominum multorum vidit; & urbes:

&, ante hunc, Herculi, qui totum terrarum orbem pervagatus,

Homi-

Ἀνθρώπων ὕβρει τε καὶ εὐνομίην ἐφορῶντα·

καὶ τὸν μὲν ἐκβάλλοντα καὶ καθαίρωντα, τὴν
δ' ἀντεισάγοντα. καί τοι πόσους οἴει φίλους
ἔσχεν ἐν Θήβαις; πόσους ἐν Ἄργει, πόσους ἐν
Ἀθήναις; πόσους δὲ περιερχόμενος ἐκτήσατο;
ὅς γε καὶ ἐγάμει, ὅπου καιρὸς ἐφάνη αὐτῷ, καὶ
ἐπαιδοποιεῖτο, καὶ τοὺς παῖδας ἀπέλιπεν, οὐ στένων, οὐδὲ ποθῶν, οὐδ' ὡς ὀρφανοὺς ἀφιείς. ᾔδει
γὰρ ὅτι οὐδείς ἐστι ἄνθρωπος ὀρφανός, ἀλλὰ
πάντων ἀεὶ καὶ διηνεκῶς ὁ πατήρ ἐστιν ὁ κηδόμενος. οὐ γὰρ μέχρι λόγου ἠκηκόει, ὅτι πατήρ ἐστιν ὁ Ζεὺς τῶν ἀνθρώπων, ὅς γε καὶ
αὐτοῦ πατέρα ᾤετο αὐτόν, καὶ ἐκάλει, καὶ
πρὸς ἐκεῖνον ἀφορῶν ἔπραττεν ἃ ἔπραττε· τοι-
γάρτοι πανταχοῦ ἐξῆν αὐτῷ διάγειν εὐδαιμόνως.
Οὐδέποτε δ' ἐστὶν οἷόν τ' εἰς τὸ αὐτὸ ἐλθεῖν
εὐδαι-

*Hominum fasque nefas-
que inspexit;*

ut & hoc ejiceret ac re-
purgaret, & illud restitue-
ret: quamquam quot eum
amicos habuisse putas Thebis? quot Argis? quot
Athenis? quot in istis pe-
regrinationibus parasse?
quippe qui uxorem etiam
duxerit, ubi ipsi commo-
dum videretur, & liberos
procrearit, eosque dese-
ruerit, non gemens, non
desiderans, neque ut or-
phanos relinquens: norat
enim, mortalium nemi-
nem orphanum esse; sed
esse patrem, qui continenter omnes curet. Neque
enim verba tenus tantum
audierat. Jovem patrem
esse hominum; sed etiam
suum patrem & putavit
eum, & adpellavit, eum-
que respiciens res, quas
suscepit, gessit omnes.
Unde factum, ut ubique
beate illi vivere liceret.
Numquam autem fieri pot-
est, ut felicitas, & rerum
absen-

εὐδαιμονίαν καὶ πόθον τῶν οὐ παρόντων. τὸ γὰρ
εὐδαιμονεῖν ἀπέχειν δεῖ πάντα ἃ θέλει, πε-
πληρωμένῳ τινὶ ἐοικέναι· οὐ δίψος δεῖ προσεῖναι
αὐτῷ, οὐ λιμόν. Ἀλλ᾽ Ὀδυσσεὺς ἐπεπόνθει 18
πρὸς τὴν γυναῖκα· καὶ ἔκλαιεν ἐπὶ πέτρας κα-
θεζόμενος. Σὺ δ᾽ Ὁμήρῳ πάντα προσέχεις, καὶ
τοῖς μύθοις αὐτοῦ; Ἤ, εἰ ταῖς ἀληθείαις
ἔκλαιε, τί ἄλλο ἢ ἐδυστύχει; Τίς δὲ καλός τε
καὶ ἀγαθὸς δυστυχεῖ; Τῷ ὄντι κακῶς διοι- 19
κεῖται τὰ ὅλα, εἰ μὴ ἐπιμελεῖται ὁ Ζεὺς τῶν
ἑαυτοῦ πολιτῶν, ἵν᾽ ὦσιν ὅμοιοι αὐτῷ εὐδαίμονες. Ἀλλὰ ταῦτα οὐ θεμιτά, οὐδ᾽ ὅσια,
ἐνθυμηθῆναι. Ἀλλ᾽ Ὀδυσσεύς, εἰ μὲν ἔκλαε 20
καὶ ὠδύρετο, οὐκ ἦν ἀγαθός. Τίς γὰρ ἀγαθός
ἐστιν, οὐκ εἰδὼς ὅς ἐστι; τίς δ᾽ οἶδε τοῦτο, ἐπιλελησμένος ὅτι φθαρτὰ τὰ γενόμενα, καὶ ἄνθρωπον ἀνθρώπῳ συνεῖναι οὐ δυνατὸν ἀεί; Τὸ 21

Hh 5   οὖν

absentium desiderium, eo-
dem in loco conveniant.
Quem enim beatum esse
intelligimus, is habeat
oportet omnia quæ vult;
similia esse debet repleto:
abesse oportet sitim, abesse
famem. „At Ulysses (in-
quis) adficiebatur uxoris
desiderio, & in rupe se-
dens plorabat.“ Tu vero
Homerum in omnibus au-
dis, atque etiam in fabulis
ejus? Ceterum, si vero
ploravit Ulysses, quid aliud, nisi miser fuit? Quis
autem vir bonus probusque

miser est? Omnino male
gubernatur universum, si
cives suos non curat Jupiter, ut, quemadmodum &
ipse, beati sint. Atqui ista
vel cogitare nefas est.
Ulysses autem, si quidem
ploravit & lamentatus est,
vir bonus non fuit. Quis
enim bonus est, qui se ipsum ignorat? quis vero se
ipsum novit, qui oblitus
est, quidquid ortum fuerit,
id caducum esse; neque
posse fieri, ut homo ab
homine numquam divella-
tur? Atqui ea cupere,
                          quæ

ἐκ τῶν μὴ δυνατῶν ἐφίεσθαι, ἀνδραποδῶδες
καὶ ἠλίθιον· ξένου, θεομαχοῦντος, ὡς μόνος οἷός
τε, τοῖς δόγμασι τοῖς ἑαυτοῦ·

22 Ἀλλ' ἡ μήτηρ μου στένει, μὴ ὁρῶσά με.
Διὰ τί γὰρ οὐκ ἔμαθε τούτους τοὺς λόγους;
καὶ οὐ τοῦτό φημι, ὅτι οὐκ ἐπιμελητέον τοῦ μὴ
οἰμώζειν αὐτήν· ἀλλ', ὅτι οὐ δεῖ θέλειν τὰ ἀλ-
23 λότρια ἐξ ἅπαντος. Λύπη δ' ἡ ἄλλου ἀλλότριόν
ἐστιν· ἡ δ' ἐμὴ, ἐμόν. Ἐγὼ οὖν τὸ μὲν ἐμὸν
παύσω ἐξ ἅπαντος· ἐπ' ἐμοὶ γάρ ἐστι· τὸ δ'
ἀλλότριον πειράσομαι κατὰ δύναμιν, ἐξ ἅπαν-
24 τος δ' οὐ παράσομαι. εἰ δὲ μή, θεομαχήσω,
ἀντιθήσω πρὸς τὸν Δία, ἀντιδιατάξομαι αὐτῷ
πρὸς τὰ ὅλα· καὶ τἀπίχειρα τῆς θεομαχίας
ταύτης καὶ ἀπειθείας οὐ μόνον παῖδες παίδων
ἐκτίσουσιν, ἀλλὰ καὶ αὐτὸς ἐγώ, μεθ' ἡμέραν
τε,

quæ fieri nequeunt, servile est, stultum est; est hospitis in hoc mundo, qui (quâ unâ re potest). suâ decretâ cum Deo bellum gerit.

„At mater mea, cum me non videt, gemit." Cur enim rationes has non didicit? Neque vero hoc dico, non curandam esse, quo minus illa ploret; sed non sine exceptione expetenda esse aliena. Alterius vero dolor, alienus est; meus in mea est potestate. Ego ergo, quod meum est, quovis modo sedabo, quoniam in mea potestate est; alienum vero pro virili sedare conabor, sed non obstinate quovis modo sedatum volaero. Alioqui cum diis pugnavero, adversabor Jovi, memet ei in universitatis administratione opposuero; atque istius belli adversus deos, & inobedientiæ, non modo filiorum filii poenas dabunt, sed & ego ipse, interdiu & noctu, prae insomniis exsi-

τε, καὶ νυκτός, διὰ τῶν ἐνυπνίων ἐκπηδῶν, ταρασσόμενος, πρὸς πᾶσαν ἀπαγγελίαν τρέμων, ἐξ
ἐπιστολῶν ἀλλοτρίων ἠρτημένην ἔχων τὴν ἐμαυτοῦ ἀπάθειαν. Ἀπὸ Ῥώμης τις ἥκει. Μόνον μή 25
τι κακόν. Τί δὲ κακὸν ἐκεῖ σοι συμβῆναι δύναται, ὅπου μὴ εἶ; Ἀπὸ τῆς Ἑλλάδος. Μόνον
μή τι κακόν. Οὕτω σοι πᾶς τόπος δύναται
δυστυχίας εἶναι αἴτιος. Οὐχ ἱκανὸν, ἐκεῖ σε 26
ἀτυχεῖν ὅπου αὐτὸς εἶ, ἀλλὰ καὶ πέραν θαλάσσης, καὶ διὰ γραμμάτων; Οὕτως ἀσφαλῶς σοι τὰ πράγματα ἔχει; Τί οὖν, ἂν ἀπο- 27
θάνωσιν οἱ ἐκεῖ φίλοι; Τί γὰρ ἂν ἄλλο, ἢ οἱ
θνητοὶ ἀπέθανον; Ἢ πῶς ἅμα μὲν γηράσαι
θέλεις, ἅμα δὲ μηδενὸς τῶν στεργομένων μὴ
ἰδεῖν θάνατον; οὐκ οἶσθ' ὅτι ἐν τῷ μακρῷ 28
χρόνῳ πολλὰ καὶ ποικίλα ἀποβαίνειν ἀνάγκη;
τοῦ μὲν πυρετὸν γενέσθαι κρείττονα, τοῦ δὲ
λῃστήν, τοῦ δὲ τύραννον; Τοιοῦτο γὰρ τὸ πε- 29
ριέχον,

exsiliens, turbatus, ad quemvis nuncium tremens, ex alienis literis suspensa tranquillitate mea. — „Ro-mâ venit aliquis. Modo ne quid mali!“ — Quid vero illic mali tibi accidere potuit, ubi tu non es? — „E Græcia. Modo ne quid mali!“ — Sic quivis locus calamitatis caussa tibi esse potest. Non satis est, eo te in loco esse miserum, in quo es; nisi etiam trans mare, & per lite-ras, sis calamitosus? Ad-eo res tuæ in tuto sunt? — „Quid igitur? Si amici, qui illic sunt, mortui fue-rint?“ — Quid aliud, nisi quod mortui fuerint mortales? Aut quo pacto simul expetis senectutem; simul nullius eorum, quos diligis, mortem vis vide-re? An nescis, longo vi-tæ tempore necesse esse multa atque varia acci-dere? hunc succumbere febri, illum latroni; alium tyranno? Talis enim est nos ambiens, tales homines

ρῆχον, τοιοῦτοι οἱ συνόντες, ψύχη, καὶ καύμα-
τα, καὶ τροφαὶ ἀσύμμετροι, καὶ ὁδοιπορίαι, καὶ
πλεῦς, καὶ ἄνεμοι, καὶ περιστάσεις ποικίλαι, τὸν
μὲν ἀπώλεσαν, τὸν δ' ἐξώρισαν, τὸν δ' εἰς
πρεσβείαν; ἄλλον δ' εἰς στρατείαν ἐνέβαλον.
30 Κάθησο τοίνυν, πρὸς πάντα ταῦτα ἐκτεταμένος,
στενῶν, ἀτυχῶν, δυστυχῶν, ἐξ ἄλλου ἠρτη-
μένος, καὶ τούτου οὐχ ἑνὸς ἢ δυοῖν, ἀλλὰ μυρίων ἐπὶ μυρίοις.

31   Ταῦτα ἤκουες παρὰ τοῖς Φιλοσόφοις; ταῦτ'
ἐμάνθανες; οὐκ οἶσθ', ὅτι στρατεία τὸ χρῆμά
ἐστι; τὸν μὲν δεῖ φυλάττειν, τὸν δὲ κα-
τασκοπήσοντα ἐξιέναι, τὸν δὲ καὶ πολεμή-
σοντα; οὐχ οἷόν τ' εἶναι πάντας ἐν τῷ αὐτῷ,
32 οὐδ' ἄμεινον. Σὺ δ', ἀφεὶς ἐκτελεῖν τὰ προστάγματα τοῦ στρατηγοῦ, ἐγκαλεῖς ὅταν τί σοι
προσταχθῇ τραχύτερον· καὶ οὐ παρακολουθεῖς,
οἷον ἀποφαίνεις (ὅσον ἐπὶ σοὶ) τὸ στράτευμα· ὅτι,
ἄν

nes quibuscum vivimus, frigora, & æstus, & victus ratio minus apta, & itinera, & navigationes, & venti, & varii casus, alium perdunt, alium extorrem agunt; allium legationem obire, aliam militare cogunt. Sed ergo, ad hæc omnia adtonitus, lugens, impos voti, calamitosus, aliunde pendens, neque ex uno atque altero, sed ex infinitis.

Istane audisti e philosophis? ista didicisti? Anne scis, militiæ similem esse rem: alium oportet in præsidio manere; alium, speculatum abire; aliam, pugnatum. Fieri nequit, ut eodem in loco sint omnes; neque etiam expedit. Tu vero, omissis imperatoris mandatis, quereris, tibi aliquid durius mandatum esse; neque animadvertis, qualem facias (quantum quidem in te est) exercitum?

ἄν σε πάντες μιμήσωνται, οὐ τάφρον σκάψει
τις, οὐ χάρακα περιβαλεῖ, οὐκ ἀγρυπνήσει, οὐ
κινδυνεύσει, ἀλλὰ ἄχρηστος δόξει στρατεύεσθαι.
Πάλιν ἐν πλοίῳ, ναύτης ἂν πλέῃς, μίαν χώ- 33
ραν κάτεχε, καὶ ταύτην προσλιπάρει· ἂν δ'
ἐπὶ τὸν ἱστὸν ἀναβῆναι δέῃ, μὴ θέλε· ἂν εἰς
τὴν πρῷραν διαδραμεῖν, μὴ θέλε· καὶ τίς ἀνέ-
ξεταί σου κυβερνήτης; οὐχὶ δ' ὡς σκεῦος ἄχρηστον ἐκβαλεῖ, οὐδὲν ἄλλο ἢ ἐμπόδιον καὶ κακὸν παράδειγμα τῶν ἄλλων ναυτῶν; Οὕτω δὲ 34
καὶ ἐνθάδε· στρατεία τίς ἐστιν ὁ βίος ἑκάστου, καὶ αὕτη μακρὰ καὶ ποικίλη. τηρεῖν σε
δεῖ τὸ τοῦ στρατιώτου, καὶ πρὸς νεῦμα τοῦ
στρατηγοῦ πράσσειν ἕκαστα· εἰ οἷόν τε, μαντευό- 35
μενος ἃ θέλει. οὐδὲ γὰρ ὅμοιος ἐκεῖνος ὁ στρατηγὸς καὶ οὗτος, οὔτε κατὰ τὴν ἰσχύν, οὔτε κατὰ
τὴν τοῦ ἤθους ὑπεροχήν. τέταξαι ἐν πολλῇ 36
ἡγεμο-

tum? nam si te quidem omnes imitentur, non fossam quisquam fodiet, non vallum muniet, non excubabit, non pugnabit; sed inutilis militare videbitur. Rursus in navi, nauta si mare trajicis, unum locum tene, in eoque permane: si vero malus conscendendus erit, recusa; si in proram currendum, noli: quis te gubernator feret, ac non potius tanquam inutile vas ejiciet, qui nihil aliud sis, nisi impedimentum & malum exemplum cæteris nautis? Ita & hic res sese habet; militia quædam est vita cujusque, & quidem longa & varia militia. Tuendum tibi est militiæ munus; &, quidquid Imperator jusserit, ad nutum ejus exsequendum; &, si fieri queat, divinandum etiam quid velit. Neque enim ille dux & hic similes inter sese sunt, neque viribus, neque præstantia morum. In amplo constitu-

tus

ἡγεμονίᾳ, καὶ οὐκ ἐν ταπεινῇ τινι χώρᾳ· ἀλλ' εἶ βουλευτής. οὐκ οἶσθ', ὅτι τὸν τοιοῦτον ὀλίγα μὲν δεῖ οἰκονομεῖν, τὰ πολλὰ δ' ἀποδημεῖν, ἄρχοντα, ἢ ἀρχόμενον, ἢ ὑπηρετοῦντά τινι ἀρχῇ, ἢ στρατευόμενον, ἢ δικάζοντα; Εἶτά μοι θέλεις, ὡς φυτὸν, προσηρτῆσθαι τοῖς αὐτοῖς

37 τόποις, καὶ προσερριζῶσθαι; Ἡδὺ γάρ ἐστι. Τίς οὔ φησιν; ἀλλὰ καὶ ζωμὸς ἡδύς ἐστι, καὶ γυνὴ καλὴ ἡδύ ἐστι. Τί ἄλλο λέγουσιν οἱ τέλος ποιούμενοι τὴν ἡδονήν;

38 Οὐκ αἰσθάνῃ τίνων ἀνθρώπων φωνὴν ἀφῆκας; ὅτι Ἐπικουρείων καὶ κιναίδων; ὅτε τὰ ἐκείνων ἔργα πράσσων, καὶ τὰ δόγματα ἔχων, τοὺς λόγους ἡμῖν λέγεις τοὺς Ζήνωνος καὶ Σωκράτους; οὐκ ἀπορρίψεις ὡς μακροτάτω τὰ ἀλλότρια οἷς κοσμῇ, μηδέν σοι προσήκουσιν;

39 Ἢ τί ἄλλο θέλουσα ἱκανοὶ, ἢ καθεύδειν ἀπαραποδίστως

...tus es imperio, atque haud in humili loco; sed perpetuus es Senator. An ignoras, tali parum curandam esse rem familiarem, sed crebro peregrinandum, vel imperando vel parendo, vel magistratui alicui inserviendo, vel militando, vel jus dicendo? Nihilominus tu mihi vis, plantae ad instar, iisdem haerere in locis, ac quasi radices agere? Suave est enim. Quis negat? sed & pulmentum suave est, & formosa mulier suavis est. Quid aliud il dicunt, qui finem esse Voluptatem dicunt?

Non animadvertis, quorum hominum vocem protuleris? Epicureorum & cinaedorum? quorum mores cum sequaris; & instituta teneas; Zenonis & Socratis sermones nobis refers? nonne quam longissime rejicies aliena quibus ornaris, nihil ad te adtinentibus? Nam quid aliud illi volunt, nisi citra impe-

ποθῆσαι καὶ ἀναγκάσαι· καὶ ἀναστάντες
ἐφ' ἡσυχίας χασμήσασθαι, καὶ τὸ πρόσωπον
ἀπονίψαι, εἶτα γράψαι καὶ ἀναγνῶναι ἃ
θέλουσιν· εἶτα φλυαρῆσαί τί ποτ', ἐπαινού-
μενοι ὑπὸ τῶν φίλων ὅ τι ἂν λέγωσιν· εἶτα
ὡς περίπατον προελθόντες, καὶ ὀλίγα περιπα-
τήσαντες λούσασθαι, εἶτα φαγεῖν, εἶτα κοι-
μηθῆναι, οἵαν δὴ κοίτην καθεύδειν τοὺς τοιούτους εἰκός· τί ἄν τις λέγοι; ἔξεστι γὰρ τεκ-
μαίρεσθαι. Ἄγε, Φέρε μοι καὶ σὺ τὴν σαυ- 40
τοῦ διατριβὴν ἣν ποθεῖς, ζηλωτὰ τῆς ἀληθείας
καὶ Σωκράτους καὶ Διογένους. Τί θέλεις ἐν
Ἀθήναις ποιεῖν; ταῦτα αὐτά· μή τι ἕτερα;
Τί οὖν Στωικὸν σαυτὸν εἶναι λέγεις; Εἶτα οἱ 41
μὲν τῆς Ῥωμαίων πολιτείας καταψευδόμενοι, κο-
λάζονται πικρῶς· τοὺς δ' οὕτω μεγάλου καὶ
σεμνοῦ καταψευδομένους πράγματος καὶ ὀνόμα-
τες, ἀθώους ἀπαλλάττεσθαι δεῖ; ἢ τοῦτό 42
γε

impedimentum dormire, & surgere cum libitum est; & cum surrexerint, per otium oscitare, & faciem abluere, postea scribere & legere quæ volant; deinde nugari aliquid, quod laudetur ab amicis, quidquid sit quod dixerint; deinde, deambulatum progressi, mox loti, capere cibum; inde in lectum se conferre, & ea ibi agere, quæ agere tales homines consentaneum est: nam quorsum attinet dicere, quod quivis facile conjicere potest? Age, prome & tu mihi eam vitæ rationem quam tu expetis, sectator veritatis & Socratis & Diogenis! Quid Athenis acturus es? Hæc eadem. An alia? Quid ergo Stoicum te profiteris? Atqui, si quis Romana civitate falso gloriatur, acerbis adficitur suppliciis; qui vero rem tantam & tam præclaram falso jactitant, iine impuniti abibunt? An vero id sane

fieri

γε οὐ δυνατὸν, ἀλλ' ὁ νόμος θεῖος καὶ ἰσχυρὸς καὶ ἀναπόδραστος οὗτός ἐστιν, ὁ τὰς
μεγίστας ἐπιτιμήσεσθαι κολάσεις παρὰ τῶν
τὰ μέγιστα ἁμαρτανόντων; Τί γὰρ λέγει;

43　Ὁ προσποιούμενος τὰ μηδὲν πρὸς αὐτὸν, ἔστω
ἀλαζών, ἔστω κενόδοξος· ὁ ἀπειθῶν τῇ θείᾳ
διοικήσει, ἔστω ταπεινὸς, ἔστω δοῦλος, λυπείσθω,
φθονείτω, ἐλεείτω· τὸ κεφάλαιον πάντων, δυστυχείτω, θρηνείτω.

44　　Τί οὖν; θέλεις με τὸν δεῖνα θεραπεύειν; ἐπὶ
θύραις αὐτοῦ πορεύεσθαι; Εἰ τοῦτο αἱρεῖ λόγος, ὑπὲρ τῆς πατρίδος, ὑπὲρ τῶν συγγενῶν,
ὑπὲρ ἀνθρώπων, διὰ τί μὴ ἀπέλθῃς; ἀλλ'
ἐπὶ μὲν τὰς τοῦ σκυτέως οὐκ αἰσχύνῃ πορευόμενος,
ὅταν δέῃ ὑποδημάτων, οὐδ' ἐπὶ τὰς τοῦ κηπουροῦ,
ὅταν θριδάκων· ἐπὶ δὲ τὰς τῶν πλουσίων, ὅταν
45　τινὸς ὁμοίου δέῃ; Ναί· τὸν σκυτέα γὰρ οὐ θαυμάζω.

fieri non potest, sed lex hæc divina, firma & inevitabilis est, quæ maximas pœnas delictis maximis irrogat? Quid enim ea dicit? Qui ea sibi adrogat, quæ ad ipsum nihil pertinent, is esto adrogans, esto ambitiosus: qui divinæ gubernationi non paret, is esto humilis, esto servus; doleat, invideat, miserescat, &, quod extremum est omnium, sit calamitosus, ploret.

Quid ergo? Vis, me hunc aut illum colere? vis, me fores ejus frequentare? Si ratio ita postulat, pro patria, pro cognatis, propter homines, quidni ad eum abeas? Cum non pudeat sutoris tabernam ingredi, quando calceis est opus, neque convenire olitorem, cum opus est lecturis; cur divites accedere, cum simili quapiam re indiges, graveris? Recte, (quod de sutore & olitore ais;) nam sutorem non admiror. Ne divi-

μάζω. Μηδὲ τὸν πλούσιον. Οὐδὲ τὸν κατάπτι-
ρὸν κολακεύσω. Μηδὲ τὸν πλούσιον. Πῶς οὖ- 46
τύχῃ οὗ δέομαι; Ἐγὼ δέ σοι λέγω, ὅτι, ὡς
τευξόμενος ἀπέρχου; οὐχὶ δὲ μόνον, ἵνα πράξῃς
τὸ σαυτοῦ πρῖπον; Τί οὖν ἔτι πορεύομαι; Ἵν' 47
ἀπέλθῃς, ἵνα ἀποδεδωκὼς ᾖς τὰ τοῦ πολίτου ἔργα, τὰ ἀδελφοῦ, τὰ φίλου. καὶ λοιπὸν μέμνησο, 48
ὅτι πρὸς σαυτοῦ ἀφῖξαι, πρὸς λαχανοπώλην, οὐδενὸς μεγάλου ἢ σεμνοῦ ἔχοντα τὴν ἐξουσίαν,
κἂν αὐτὸ πολλοῦ πωλῇ. ὡς ἐπὶ τὰς θρίδακας,
ἀπέρχου· ὀβολοῦ γάρ εἰσι, ταλάντου δ' οὐκ
εἰσίν· οὕτω κἀνταῦθα. Τοῦ ἐπὶ θύρας ἐλθεῖν 49
ἄξιον τὸ πρᾶγμα· ἔστω, ἀφίξομαι. τοῦ διαλεχ-
θῆναι· ἔστω ἔστω, διαλεχθήσομαι. Ἀλλὰ
καὶ τὴν χεῖρα δεῖ καταφιλῆσαι, καὶ θα-
πεῦσαι δι' ἐπαίνου. ἄπαγε, ταλάντου ἐστίν·
οὐ λυσιτελῶ μοι, οὐδὲ τῇ πόλει, οὐδὲ τοῖς
φίλοις,

divitem quidem admirare! Olitori non adulabor. Ne diviti quidem adulaberis. Quo pacto ergo impetrabo quod peto? Num vero ego te ad eum sic abire jubeo, tamquam voti haud dubie compotem futurum? nonne ea solum causa, ut facias quod est officii tui? Cur ergo abeam? Ut abeas; ut manere civis, fratris, amici, fungaris. Cæterum memento, sutorem, olitorem te adiisse, qui nullius magnæ præclareve rei potestatem habeat; quamvis eam magno vendat. Quemadmodum ad emendas lactucas abis, quæ obolo valent, talentum non valent; sic & hic. Dignum est negotium, cujus causa fores adeam; esto, adibo; tanti est, ut ejus causa cum illo homine colloquar; sic esto, colloquar. Sed & manus ejus deosculanda est, & laude aliqua conciliandus animus] Apage, talentum hoc est: nec mihi,

φίλοις, ἀπολέσαι καὶ πολίτην ἀγαθὸν καὶ
δὲ φίλον.

50 Ἀλλὰ δόξεις μὴ προτεθυμῆσθαι, μὴ ἀνύσας.
Πάλιν ἐπελάθου, τίνος ἕνεκα ἐλήλυθας; οὐκ οἶσθ᾽
ὅτι ἀνὴρ καλὸς καὶ ἀγαθὸς οὐδὲν ποιεῖ τοῦ δόξαι
51 ἕνεκα, ἀλλὰ τοῦ πεπρᾶχθαι καλῶς; Τί οὖν ὄφελος αὐτῷ τοῦ πρᾶξαι καλῶς; Τί δ᾽ ὄφελος τῷ
γράφοντι τὸ Δίωνος ὄνομα, ὡς χρὴ γράφειν αὐτός; Τὸ γεγράφθαι. Ἔπαθλον οὖν οὐδέν; Σὺ δὲ
ζητεῖς ἔπαθλον ἀνδρὶ ἀγαθῷ μεῖζον, τοῦ καλὰ
52 καὶ δίκαια πράττειν; Ἐν Ὀλυμπίᾳ δ᾽ οὐ θέλεις ἄλλο οὐδέν; ἀλλ᾽ ἀρκεῖ σοι δοκεῖ, τὸ ἐστε-
φανῶσθαι Ὀλύμπια. οὕτω σοι μικρὸν καὶ οὐδενὸς ἄξιον εἶναι φαίνεται, τὸ εἶναι καλὸν καὶ
53 ἀγαθὸν καὶ εὐδαίμονα; Πρὸς ταῦτα ὑπὸ θεῶν εἰς
τὴν πόλιν ταύτην εἰσηγμένος, καὶ ἤδη τῶν ἀνδρὸς ἔργων ὀφείλων ἅπτεσθαι, τῖτθας ἐπιποθεῖς
καὶ μάμμην, καὶ κάμπτει σε καὶ ἀποθηλύνει
κλαί-

mihi, nec reipublicae, nec a-
micis expedit, perdidisse
bonum civem & amicum.
At, re non confecta,
videberis non adhibuisse
diligentiam. Iterumne ob-
litus es, qua caussa accef-
saris? Nescis, virum bo-
num nihil facere, ut fecif-
se videatur, sed ut fungatur officio? Quemnam er-
go fructum ex recte factis
capit? Quem vero fru-
ctum capit is, qui Dionis
nomen recte scribit? Ipsum
hoc, quod recte scripserit.

Praemium ergo nullum?
Tu vero viro bono majus
praemium quaeris, quam
hoc ipsum, ut honeste &
juste agat? In Olympiis
vero aliud nihil petis, sed
satis tibi videtur si victor
coroneris? Igitur ita parvum quid & rem nullius
momenti judicas, esse vi-
rum bonum, probum, &
beatum? Ad haec munera
a Diis in civitatem hanc
introductus, cum jam vi-
rilia munera tibi obeunda
sint, & nutrices & matri-

κλαίοντα γύναια μωρά; οὕτως οὐδέποτε παύσῃ
παιδίον ὢν νήπιον; οὐκ οἶσθ' ὅτι ὁ τὰ παιδίου
ποιῶν, ὅσῳ πρεσβύτερος, τοσούτῳ γελοιότερος;

Ἐν Ἀθήναις δ' οὐδένα ἑώρακας, εἰς οἶκον αὐ- 54
τοῦ φοιτῶν; Ὃν ἐβουλόμην. Καὶ ἐνθάδε τοῦτον
θέλε ὁρᾶν, καὶ ὃν βούλῃ ὄψει· μόνον μὴ ταπεινῶς, μὴ μετ' ὀρέξεως ἢ ἐκκλίσεως, καὶ ἔσται
τὰ σὰ καλῶς. Τοῦτο δ' οὐκ ἐν τῷ ἐλθεῖν ἐστὶν, 55
οὐδ' ἐν τῷ ἐπὶ θύραις στῆναι, ἀλλ' ἔνδον ἐν τοῖς
δόγμασιν. Ὅταν τὰ ἐκτὸς καὶ ἀπροαίρετα ἠτι- 56
μακὼς ᾖς, καὶ μηδὲν αὐτῶν σὸν ἡγημένος, μόνα δ' ἐκεῖνα σὰ, τὸ κρῖναι καλῶς, τὸ ὑπολαβεῖν, τὸ ὁρμῆσαι, τὸ ὀρεχθῆναι, τὸ ἐκκλῖναι·
ποῦ ἔτι κολακείας τόπος; ποῦ ταπεινοφροσύνης;
τί ἔτι ποθεῖς τὴν ἡσυχίαν τὴν ἐκεῖ; τί τοὺς συνήθεις τόπους; Ἔκδεξαι βραχὺ, καὶ τούτους πάλιν. 57

Ii 2   ὄψει

mam desideras, teque fle-
ctunt & ploratu suo effoe-
minant stultæ mulierculæ?
Ita numquam desines In-
fans esse? Nescisne, qui
puerilia faciat, quo natu
major, eo magis esse ridiculum?

Athenis vero an vidisti
neminem, cujus domum
frequentares? Eum quem
volui. Etiam hic illum
videre velle; &, quem vo-
lueris, videbis: modo ne
abjecte, ne cum adpetitione aut aversatione; ita se
res tum bene habebunt.
Illud autem non in acce-
dendo positum est, neque
in stando ad januam; sed
intus, in animi decretis.
Si res externæ, & quæ non
sunt in tua voluntate positæ,
despexeris, neque quid-
quam illarum tuum esse duxeris; si hæc sola tua esse
existimaveris, ut recte judices, ut opinione, ut impetu, ut adpetitione &
aversatione recte utaris;
quis porro adulationi locus
reliquus est? quis animi
pusillitati? quid adhuc otium domesticum requiris?
quid consueta loca? Ex-
specta paulisper, & rursus
hæc

Ἕξεις συνήθεις. Εἶτα, ἂν οὕτως ἀγεννῶς ἔχῃς, πάλιν
καὶ τούτων ἀπαλλαττόμενος, κλαῖε καὶ στένε.

58   Πῶς οὖν γένωμαι φιλόστοργος; Ὡς γενναῖος,
ὡς εὐτυχής. οὐδέποτε γὰρ αἱρεῖ ὁ λόγος ταπεινὸν εἶναι, οὐδὲ κατακλᾶσθαι, οὐδ' ἐξ ἄλλου
κρέμασθαι, οὐδὲ μέμψασθαί ποτε Θεὸν ἢ ἄν-
59 θρωπον. - Οὕτω μοι γίνου φιλόστοργος, ὡς ταῦτα
τηρήσων. εἰ δὲ - διὰ τὴν φιλοστοργίαν ταύτην
ἣν τινα ποτὲ καλεῖς φιλοστοργίαν, δοῦλος μέλλεις εἶναι καὶ ἄθλιος, οὐ λυσιτελεῖ φιλόστοργον
60 εἶναι. Καὶ τί κωλύει φιλεῖν τινα ὡς θνητὸν, ὡς
ἀποδημητικόν; Ἢ Σωκράτης οὐκ ἐφίλει τοὺς παῖδας τοὺς ἑαυτοῦ; ἀλλ' ὡς ἐλεύθερος, ὡς μεμνη-
61 μένος ὅτι πρῶτον δεῖ Θεοῖς εἶναι φίλον. Διὰ τοῦτο οὐδὲν παρέβη τῶν πρεπόντων ἀνδρὶ ἀγαθῷ,
οὔτ' ἀπολογούμενος, οὐδ' ὑποτιμώμενος· οὔτ' ἔτι
62 πρόσθεν, βουλεύων, ἢ στρατευόμενος. Ἡμᾶς

δὲ

haec tibi adsueta erunt.
Deinde si tam degeneri iis
animo, rursus, cum haec
relinques, plora & geme.
Quo pacto igitur carita-
tem servabo in meos? Ut
homo generosus, & qui
non sit miser. Numquam
enim ratio dictat, ut abjecto sis animo & fracto,
aut ut ex aliis pendeas,
aut umquam vel Deum vel
hominem accuses. Sic
mihi pius in tuos esto, ut
ista conserves: sin propter
istam, quam pietatem tu
vocas sive caritatem, servus futurus es & miser,
non expedit esse pium.
Et quid prohibet, aliquem
diligere, ut mortalem, ut
peregrinaturum? Num So-
crates liberos suos non
amabat? *Immo:* sed ut liber; sed ut qui meminisset,
in primis Dei amicum esse
oportere. Quapropter ni-
hil eorum, quae bonum vi-
rum decent, transgressus
est, neque in defendendo
se, nec in statuenda sibi
mulcta; neque ante haec,
cum

δι' πάσης προφάσεως πρὸς τὸ ἀγεννῶς εἶναι εὐ-
πορούμεν· οἱ μὲν διὰ παῖδα, οἱ δὲ διὰ μητέρα,
ἄλλοι δὲ δι' ἀδελφούς. δι' οὐδένα δὲ προσήκει 63
δυστυχεῖν, ἀλλὰ εὐτυχεῖν διὰ πάντας, μάλιστα δὲ διὰ τὸν Θεόν, τὸν ἐπὶ τοῦτο ἡμᾶς κα-
τασκευάσαντα. Ἄγε, Διογένης δ' οὐκ ἐφίλει οὐδ- 64
ένα, ὃς οὕτως ἥμερος ἦν καὶ φιλάνθρωπος, ὥστε
ὑπὲρ τοῦ κοινοῦ τῶν ἀνθρώπων τοσούτους πόνους
καὶ ταλαιπωρίας τοῦ σώματος ἄσμενος ἀναδέχεσθαι; Ἀλλ' ἐφίλει πῶς; ὡς τοῦ Διὸς διά- 65
κονον ἴδει, ἅμα μὲν κηδόμενος, ἅμα δ' ὡς τῷ
Θεῷ ὑποτεταγμένος. Διὰ τοῦτο πᾶσα γῆ πα- 66
τρὶς ἦν ἐκείνῳ [μόνῳ,] ἐξαίρετος δ' οὐδεμία· καὶ
ἁλοὺς, οὐκ ἐπέθει τὰς Ἀθήνας, οὐδὲ τοὺς ἐκεῖ
συνήθεις καὶ φίλους, ἀλλ' αὐτοῖς τοῖς πειραταῖς
συνήθης ἐγίνετο, καὶ ἐπανορθοῦν ἐπειρᾶτο· καὶ πραθεὶς ὕστερον, ἐν Κορίνθῳ διῆγεν οὕτως, ὡς πρόσθεν

cum senator esset, aut cum militaret. Nobis vero nulla non species suppetit, quam ignaviae nostrae & animi humilitati praetendamus: alius filiam caussatur, alias matrem, alias* fratres. Enimvero propter neminem: calamitosi esse debemus, sed felices propter omnes; maxime vero propter Deum, qui ad hoc nos condidit. Age, an neminem amabat Diogenes, qui ea benignitate & humanitate fuit, ut propter publicam hominum bonum tot labores & aerumnas corporis ultra susciperet? Immo amabat; sed quomodo? Ut Jovis ministrum decebat; simul illos curans, simul ut Deo subjectus. Quapropter huic [soli] omnis terra erat patria, propria vero prae ceteris sedes nulla: itaque, captus, non desideravit Athenas, nec illius loci familiares atque amicos; sed ipsis etiam piratis familiaris factus, eos corrigere studuit: deinde Corinthi venditus, eodem modo

ἐν Ἀθήναις· καὶ εἰς Περραιβοὺς δ' ἂν ἀπελ-
67 θὼν, ὡσαύτως εἶχεν. Οὕτως ἐλευθερία γίνεται. διὰ τοῦτο ἔλεγεν, ὅτι, Ἐξ οὗ μ' Ἀντισθέ-
68 νης ἠλευθέρωσεν, οὐκέτι ἐδούλευσα. Πῶς ἠλευθέρωσεν; Ἄκουε τί λέγει· Ἐδίδαξέ με τὰ
ἐμὰ, καὶ τὰ οὐκ ἐμά. κτῆσις οὐκ ἐμή· συγγενεῖς, οἰκεῖοι, φίλοι, φήμη, συνήθεις τόποι,
69 διατριβὴ, πάντα ταῦτα ὅτι ἀλλότρια. Σὸν
οὖν τί; Χρῆσις φαντασιῶν. ταύτην ἔδειξέ μοι
ὅτι ἀκώλυτον ἔχω, ἀνανάγκαστον, οὐδεὶς ἐμποδίσαι δύναται, οὐδεὶς βιάσασθαι ἄλλως χρή-
70 σασθαι ἢ ὡς θέλω. Τίς οὖν ἔτι ἔχει μου ἐξουσίαν; Φίλιππος, ἢ Ἀλέξανδρος, ἢ Περδίκκας,
ἢ ὁ μέγας βασιλεύς; Πόθεν αὐτοῖς; Τὸν γὰρ
ὑπ' ἀνθρώπου μέλλοντα ἡττᾶσθαι, πολὺ πρό-
71 τερον ὑπὸ τῶν πραγμάτων δεῖ ἡττᾶσθαι. Οὗ
τινος οὖν οὐχ ἡδονὴ κρείττων ἐστὶν, οὐ πόνος, οὐ
δόξα,

modo ibi vixit ut ante Athenis: quod si ad Perrhaebos venisset, haud aliter fuisset adfectus. Sic paratur libertas. Ea de caussa dicebat, Ex quo me Antisthenes in libertatem adseruit, servire desii. Quomodo adseruit? Audi quid dicat: Docuit me, quae mea essent, quae non mea; rem familiarem non esse meam: cognatos, propinquos, amicos, famam, consueta loca, consuetudinem cum hominibus, omnia haec aliena esse. Quid ergo tuum est? Usus visorum. Hunc mihi ostendit me nulli impedimento aut violentiae obnoxium habere, neminem impedire posse, neminem adigere ut aliter ac velim utar. Quis ergo adhuc potestatem in me habet? Philippus, aut Alexander, aut Perdiccas, aut rex Persarum? Unde ipsis illa potestas foret? Nam qui hominibus succubiturus est, eum multo ante rebus ipsis succubuisse oportet. Qui ergo a voluptate non vincitur, non

a

δόξα, οὐ πλοῦτος· δύναται δ', ὅταν αὐτῷ
δόξῃ, τὸ σωμάτιον ὅλον προσπτύσας τινὶ ἀπελθεῖν,
τίνος ἔτι αὐτὸς δοῦλός ἐστι; τίνι ὑποτέτακται;
Εἰ δ' ἡδέως ἐν Ἀθήναις διῆγε, καὶ ἥττητο ταύ- 72
της τῆς διατριβῆς, ἐπὶ παντὶ ἂν ἦν τὰ ἐκείνου
πράγματα· ὁ ἰσχυρότερος κύριος ἂν ἦν λυπῆσαι
αὐτόν. πῶς ἂν δοκεῖς τοὺς πειρατὰς ἐκολάκευσεν, 73
ἵν' αὐτὸν Ἀθηναίων τινὶ ἀπαλήσωσιν; ἵν' ἴδῃ ποτὲ
τὸν Πειραιᾶ τὸν καλόν, καὶ τὰ μακρὰ τείχη,
καὶ τὴν ἀκρόπολιν; Τίς ὢν ἴδῃς; Ἀνδράποδον 74
δοῦλος, καὶ ταπεινός. Καὶ τί σοι ὄφελος; Οὔ·
ἀλλ' ἐλεύθερος. Δεῖξον, πῶς ἐλεύθερος.

Ἰδοὺ ἐπείληπταί σου τις ποτε οὗτος, ὁ ἐξά- 75
γων σε ἀπὸ τῆς συνήθους σοι διατριβῆς, καὶ
λέγει, Δοῦλος ἐμὸς εἶ· ἐπ' ἐμοὶ γάρ ἐστι κωλῦσαί σε διάγειν ὡς θέλεις, ἐπ' ἐμοὶ τὸ ἀνεῖναί

 σε,

a labore, non a gloria,
non a pecuniæ cupiditate;
qui, cum ipsi visum fuerit,
toto corpore veluti in faciem alieni exsputo, discedere e vita potest, cujus
adhuc servus est? cui ob-
noxius? Sed, si libenter
vixisset Athenis, si illius
urbis consuetudini fuisset
addictus, res illius in cujusvis potestate fuissent;
robustior jus lædendi ejus
habuisset; Quomodo cen-
dos eum piratis fuisse adu-
laturum, ut Athenis ali-
cui eum venderent? et
aliquando Piræeum illum
elegantem conspiceret; &
longos muros, & arcem?
Tu vero quomodo ista
spectaturus esses? Ut mancipium, ut servus, ut hu-
milis & abjectus. Et quem
inde fructum caperes?
Immo et ingenuus. Osten-
de, quomodo ingenuus.

Ecce prehendit te ille,
quisquis fuerit, qui a consueta vita ratione abstra-
hit, et dicit tibi: Servus
meus es: nam penes me
est, te prohibere, quo
minus arbitratu tuo vivas;

penes

σε, τὸ πεπαγμοῦ· ὅταν θέλω, πάλιν εὐφραίνε,
96 καὶ μετέωρος παρέχων εἰς Ἀθήνας. Τί λέγεις
πρὸς τρίτον τὸν δουλαγωγοῦντά σε; πῶν αὐτῷ καρπωτὴν δίδως; ἢ οὐδ' ὅλως ἀντιβλέπεις;
ἀλλ' ἀφεὶς τοὺς πολλοὺς λόγους, ἱκετεύεις ἵνα
77 ἀφεθῇς; Ἄνθρωπε, εἰς φυλακήν σε δεῖ χαίροντα
ἀπιόναι, σπεύδοντα, φθάνοντα τοὺς ἀπάγοντας.
εἶτά μοι σὺ μὲν ἐν Ῥώμῃ διάγειν ὀκνεῖς, τὴν Ἑλλάδα ποθεῖς; ὅταν δ' ἀποθνήσκειν δέῃ, καὶ τότε
μέλλῃς ἡμῖν κατακλαίων, ὅτι τὰς Ἀθήνας οὐ
μέλλῃς βλέπειν, καὶ ἐν Λυκείῳ οὐ περιπατή-
78 σεις; Ἐπὶ ταῦτα ἀπεδήμησας; τούτου ἕνεκα ἐζή-
τησάς τινι συμβαλεῖν, ἵν' ὠφεληθῇς ὑπ' αὐτοῦ;
Ποίαν ὠφέλειαν; Συλλογισμοὺς ἵν' ἀναλύσῃς εὐ-
τικώτερον, ἢ ἐφόδους ὑποθετικούς; καὶ διὰ ταύτην τὴν αἰτίαν ἀδελφὸν ἀπέλιπες, πατρίδα,
φίλους, οἰκείους, ἵνα ταῦτα μαθὼν ἐπανέλθῃς;
                                             Ὥστ'

penes me est, te & in-
dulgentius habere, & pre-
mere: cum volo, rursus
exhilareris, & spe exsul-
tans Athenas proficisceris.
Quid dicis huic te servitute opprimenti? qualem ei
adsertorem opponis? an
ne intueri quidem illum
audes? sed, omissis multis
disputationibus, supplicas
ut dimittaris? Homo, hi-
larem te in custodiam ire
decet, festinantem, ante-
vertentem lictores; tu vero Romae degere recusas,

Graeciamque desideras? &
cum moriendum erit, tum
quoque nobis applorabis
... quod Athenas visurus
non sis, & in Lyceo non
deambulaturus? Eam de
causa peregrinatus es?
propterea ne quaesivisti aliquem cum quo sermones
conferres, ut ab eo juva-
reris? Qua in re? In syl-
logismis expeditius resolvendis, aut hypotheticis
tractandis? Eh hanc ob
causam fratrem reliquisti,
patriam, amicos, propin-
quos;

Ὥστ' οὐχ ὑπὲρ ἀπαθείας ἀπεδήμεις, οὐχ ὑπὲρ 79
ἀταραξίας, οὐχ ἵν' ἀβλαβὴς γενόμενος μηκέτι μηδένα μέμφῃ, μηδενὶ ἐγκαλῇς, μηδείς σε ἀδικῇ,
καὶ οὕτω τὰς σχέσεις ἀπεσάζῃς ἀπαραποδίστους;
Καλὴν ἐστείλω ταύτην τὴν ἐμπορίαν, συλλογισ- 80
μοὺς καὶ μεταπίπτοντας καὶ ὑποθετικούς· κἂν
σοι φανῇ, ἐν τῇ ἀγορᾷ καθίσας πρόγραψον,
ὡς οἱ φαρμακοπῶλαι. Οὐκ ἀρνήσῃ καὶ ὅσα ἔμα- 81
θες εἰδέναι, ἵνα μὴ διαβάλῃς τὰ θεωρήματα ὡς
ἄχρηστα; Τί σοι κακὸν ἐποίησεν ἡ φιλοσοφία; τί
σε ἠδίκησε Χρύσιππος, ἵν' αὐτοῦ τοὺς πόνους ἔργῳ αὐτὸς ἀχρήστους ἐξελέγχῃς; οὐκ ἤρκει σοι
τὰ ἐκεῖ κακά, ὅσα εἶχες αἴτια τοῦ λυπεῖσθαι
καὶ πενθεῖν, εἰ καὶ μὴ ἀπεδήμησας; ἀλλὰ
πλείονα προσέλαβες; Κἂν ἄλλους πάλιν ἔχῃς 82

Ii 5
cum-

quos; ut his cognitis domum redires? Ergo non constantiae caussa, non propter animi tranquillitatem peregre profectus es; non, ut extra omnem fortunae aleam positus, posthac neminem accusares, neminem reprehenderes, nemo te laederet, atque ita relationes tuas citra impedimentum tuereris? Egregiam vero mercaturam fecisti, tanto mari emenso syllogismos & sophismata & hypotheticos reportandos. Quod si visum tibi fuerit, in foro sedens ipsa proscribito, quemadmodum pharmacopolae. Nonne potius, ea etiam quae didicisti, negare deberes te nosse; ne praecepta tanquam inutilia damnes? Quid mali tibi dedit philosophia? qua te injuria Chrysippus adfecit, ut ejus labores facto tuo inutiles esse argueres? Non satis tibi domi erat malorum, quae tibi caussae dolendi lugendique fuissent, etiam si non esses peregre profectus? sed plura etiam adjicere voluisti? Quod si alios familiares atque ami-

φιλόθεος καὶ φίλος; ἕξεις πλείονα τοῦ οἰμώζειν
ἕτοιμα· κἂν πρὸς ἄλλην χώραν προσπαθῆς. Τί
οὖν ζῇς, ἵνα λύπας ἄλλας ἐπ' ἄλλαις περιβάλ-
83 λῃ, δι' ἃς ἀτυχῇς; Εἶτά μοι καλεῖς τοῦτο φιλοστοργίαν; Ποίαν, ἄνθρωπε, φιλοστοργίαν; Εἰ
ἀγαθόν ἐστα, οὐδενὸς κακοῦ αἴτιον γίνεται· εἰ
κακόν ἐστιν, οὐδέν μοι καὶ αὐτῇ. Ἐγὼ πρὸς
τὰ ἀγαθὰ τὰ ἐμαυτοῦ πέφυκα· πρὸς κακὰ οὐ
πέφυκα.

84 Τίς οὖν ἡ πρὸς τοῦτο ἄσκησις; Πρῶτον μὲν,
ἡ ἀνωτάτω καὶ κυριωτάτη, καὶ εὐθὺς ὥσπερ
ἐπὶ πύλαις, ὅταν τινὶ προσπάσχῃς, ὡς οὐδενὶ
τῶν ἀναφαιρέτων, ἀλλά τινι τοιούτῳ οἷον, οἷον
ἔστι χύτρα, οἷον ὑάλινον ποτήριον· ἵν', ὅταν
85 καταγῇ, μεμνημένος μὴ ταραχθῇς. Οὕτω καὶ
ἐνθάδε· ἐὰν παιδίον σαυτοῦ καταφιλῇς, ἐὰν
ἀδελφόν, ἐὰν φίλον, μηδέποτε ἐπιδῷς τὴν φαντασίαν

tos adsciveris, plures tibi plorandi causae erunt:
item si alia regione delectatus fueris. Quid ergo
vivis, alias atque alias molestias cumulando, prop-
ter quas sis miser? Istam
tu mihi caritatem in tuos
vocas? Quam caritatem,
homo? Si bona est, nul-
lius mali causa est; si
mala, nihil cum ea rei mihi sit. Ego ad bona mea
natus sum; ad mala non
sum natus.

Quae ergo ad hanc exer-
citatio requiritur? Pri-
mum, summa illa & prin-
cipalis; & statim velut in
introitu, ut, si qua re ja-
cunde adficiaris, non ita
te ea adfici patiaris, tamquam re quae eripi tibi non
possit; sed tamquam re ex
eo genere, cujusmodi est
olla fictilis, aut vitreum
poculum; ut, eo fracto,
meminisse qualis fuerit, nec
perturberis. Eodem mo-
do et in his: quod, si filiolum tuum deosculeris,
& fratrem, si amicum;
nunquam effusa evagari
patere phantasiam tuam,
neque

τασίαν εἰς ἅπαν, μηδὲ τὴν ἐλάχιστον ἐάσῃς προελθεῖν ἐφ' ὅσον αὐτὴ θέλει· ἀλλ' ἀντίσπασον, κώλυσον, οἷον οἱ ἐπὶ τοῖς θριαμβεύουσιν ἐφεστῶτες ὄπισθεν, καὶ ὑπομιμνήσκοντες ὅτι ἄνθρωποί εἰσι. Τοιοῦτόν τι καὶ σὺ ὑπομίμνησκε σεαυτόν· ὅτι θνη- 86 τὸν φιλεῖς, οὐδὲν τῶν σεαυτοῦ φιλεῖς· ἐπὶ τοῦ παρόντος σοι δέδοται, οὐκ ἀναφαίρετον, οὐδ' εἰς ἅπαν, ἀλλ' ὡς σῦκον, ὡς σταφυλή, τῇ τε- ταγμένῃ ὥρᾳ τοῦ ἔτους· ἂν δὲ χειμῶνος ἐπιπο- θῇς, μωρὸς εἶ. Οὕτω κἂν τὸν υἱὸν ἢ τὸν φίλον 87 τότε ποθῇς ὅτε οὐ δέδοταί σοι, ἴσθι ὅτι χειμῶ- νος σῦκον ἐπιποθεῖς· οἷον γὰρ ἐστι χειμὼν πρὸς σῦκον, τοιοῦτόν ἐστι πᾶσα ἡ ἀπὸ τῶν ὅλων περίστασις πρὸς τὰ κατ' αὐτὴν ἀναιρούμενα. Καὶ λοιπὸν, ἐν αὐτοῖς οἷς χαίρεις τινί, τὰς ἐναν- 88 τίας φαντασίας σεαυτῷ πρόβαλλε. Τί κακόν ἐστι, μεταξὺ καταφιλοῦντα τὸ παιδίον, ἐπιψελ- λίζοντα

neque quousque volet progredi sine laetitiam tuam; sed retrahito, prohibeto, velut ii qui triumphantibus a tergo adstant, eosque commonefaciunt esse mortales. Tale aliquid & tu tibi ipse subjicito: mortalem te diligere, nihil eorum diligere quae tua sint: data tibi esse in praesentia, eripi posse, non in perpetuum concessa esse; sed ut ficum, ut uvam, stato anni tempore; quas si sub brumam desideres, stultus fueris. Eodem modo, si filium aut amicum eo tempore desideraveris, quo tibi datus non est, scito, te in bruma desiderare ficum. Ut enim se habet hyems ad ficum; eodem modo se habet quilibet casus, qui in rerum universitate evenit, ad ea quae per illum tolluntur. Itaque eodem tempore, quo re quadam gaudes, contraria visa tibi propone. Quid mali in eo est, si inter deosculandum puerum balba

λίζοντα λέγειν, Αὔριον ἀποθανῇ· τῷ φίλῳ αὐτ-
τας, Αὔριον ἀποδημήσεις, ἢ σὺ, ἢ ἐγὼ, καὶ οὐκ-
89. έτι ὀψόμεθα ἀλλήλοις; Ἀλλὰ δύσφημά ἐστι
ταῦτα. Καὶ γὰρ τῶν ἐπῳδῶν ἔνια· ἀλλ' ὅτι
ὠφελοῦσιν, οὐκ ἐπιστρέφομαι, μόνον ὠφελείτω.
σὺ δὲ δύσφημα καλεῖς, ἄλλα, ἢ τὰ κακοῦ τι-
90. νος σημαντικά; Δύσφημόν ἐστι δειλία, δύσφημον
ἀγέννεια, πένθος, λύπη, ἀναισχυντία. ταῦτα
τὰ ὀνόματα δύσφημά ἐστι. Καίτοι γε οὐδὲ
ταῦτα ὀκνεῖν δεῖ φθέγγεσθαι, ὑπὲρ φυλακῆς τῶν
91. πραγμάτων. Δύσφημον δέ μοι λέγεις ὄνομα
φυσικοῦ τινος πράγματος σημαντικόν; λέγε δύσφημον εἶναι, καὶ τὸ θερισθῆναι τοὺς στάχυας·
ἀπώλειαν γὰρ σημαίνει τῶν σταχύων· ἀλλ' οὐ
τοῦ κόσμου. λέγε δύσφημον καὶ τὸ φυλλορροεῖν,
καὶ τὸ ἰσχάδα γίνεσθαι ἀπὸ σύκου, καὶ ἀστα-
92. φίδας ἐκ τῆς σταφυλῆς. Πάντα γὰρ ταῦτα τῶν
προ-

voce dicas, Cras morieris; amico iridem, Cras peregre abibis, vel tu, vel ego, neque alter alterum
posthac visuri sumus. At mali ominis ista sunt! Etiam Incantamenta quædam ejusmodi sunt: sed quia
juvant, non curo; modo juvent. Tu vero ominosa
nunquid alia vocas, nisi ea, quæ aliquid mali signi-
ficant? Ominosa est igna-via, ominosus est degener
animus; luctus, mæror, impudentia. Hæc nomina
ominosa sunt. Tamen ne ab his quidem nominandis
est abhorrendum, ut res ipsæ caveantur. Tu vero
ominosam mihi vocem di-cis, quæ rem aliquam naturalem declarat? Die et-iam ominosum esse, demeti spicas; interitum enim spicarum significat; at non
mundi. Ominosum dic quoque defluxum foliorum
ab arboribus, & caricam fieri e ficu, & aridas uvas
e botro. Nam hæc omnia ex iis, quæ antea fuerant,
in

προτέραν ἡδῖν εἰς ἕτερα μεταβολαί· οὐκ ἀπώλεια, ἀλλὰ τεταγμένη τις οἰκονομία καὶ διοίκησις. τοῦτ' ἔστιν ἀποδημία, καὶ μεταβολὴ μικρά· τοῦτο θάνατος, μεταβολὴ μείζων, οὐκ ἐκ τοῦ νῦν ὄντος εἰς τὸ μὴ ὄν, ἀλλ' εἰς τὸ νῦν μὴ ὄν. Οὐκέτι οὖν ἔσομαι; Οὐκ ἔσῃ· ἀλλ' ἄλλο τι, οὗ νῦν ὁ κόσμος χρείαν ἔχει. καὶ γὰρ σὺ ἐγίνου οὐχ ὅτε σὺ ἠθέλησας, ἀλλ' ὅτε ὁ κόσμος χρείαν ἔσχε.

Διὰ τοῦτο ὁ καλὸς καὶ ἀγαθὸς, μεμνημένος τίς τ' ἐστὶ, καὶ πόθεν ἐλήλυθε, καὶ ὑπὸ τίνος γέγονε, πρὸς μόνῳ τούτῳ ἐστί, πῶς τὴν αὐτοῦ χώραν ἐκπληρώσῃ εὐτάκτως καὶ εὐπειθῶς τῷ Θεῷ. Ἔτι μ' εἶναι θέλεις; Ὡς ἐλεύθερος, ὡς γενναῖος, ὡς σὺ ἠθέλησας. σὺ γάρ με ἀκώλυτον ἐποίησας ἐν τοῖς ἐμοῖς. Ἀλλ' οὐκέτι μου

in alia mutantur: non internecio ista est, sed certa quædam dispensatio atque administratio. Hujusmodi res est peregrinatio, & exigua quidem mutatio: hujusmodi mors; mutatio major, non ex eo quod nunc est in id quod non est, sed in id quod nunc non est. Non amplius igitur ero? Non eris; sed aliud quiddam, quo nunc mundus indiget: nam & natus tu es, non cum tu voluisti, sed cum opus te habuit mundus.

Quocirca vir bonus & sapiens, memor quis sit, & unde venerit, & a quo genitus sit, in eo solo elaborat, quo pacto suam stationem rite tueatur, Deoque suam probet obedientiam. Vis, me diutius esse? Ero, ut liber, ut generosus, ut tu voluisti: tu enim ita me fecisti, ut prohiberi non possem meis in rebus. At tibi non amplius

μου χρείαν ἔχεις; Καλῶς σοι γένοιτο· καὶ μέχρι νῦν διὰ σὲ ἔμενον, δι' ἄλλον οὐδένα· καὶ νῦν
98 σοι πειθόμενος ἀπέρχομαι. Πῶς ἀπέρχῃ; Πάλιν ὡς σὺ ἠθέλησας, ὡς ἐλεύθερος, ὡς ὑπηρέτης σὸς, ὡς ᾐσθημένος σου τῶν προσταγμάτων καὶ
99 ἀπαγορευμάτων. Μέχρι δ' ἂν οὖν διατρίβω ἐν τοῖς σοῖς, τίνα με θέλεις εἶναι; ἄρχοντα, ἢ ἰδιώτην; βουλευτὴν, ἢ δημότην; στρατιώτην, ἢ στρατηγόν; παιδευτὴν, ἢ οἰκοδεσπότην; ἣν ἂν χώραν καὶ τάξιν ἐγχειρίσῃς, ὡς λέγει ὁ Σωκράτης, μυριάκις ἀποθανοῦμαι πρότερον, ἢ ταύτην
100 ἐγκαταλείψω. Ποῦ δέ με εἶναι θέλεις; ἐν Ῥώμῃ, ἢ ἐν Ἀθήναις, ἢ ἐν Θήβαις, ἢ ἐν Γυάροις;
101 Μόνον ἐκεῖ μου μέμνησο. Ἄν με ἐκεῖ πέμπῃς, ὅπου κατὰ φύσιν διεξαγωγὴ οὐκ ἔστιν ἀνθρώπων, οὐ σοὶ ἀπειθῶν ἔξειμι, ἀλλ' ὡς σοῦ μοι σημαίνοντος τὸ ἀνακλητικόν. οὐκ ἀπολείπω σε, (μὴ

plius me opus est? Bene tibi sit: etiam ad hoc tempus propter te mansi, propter alium neminem; & nunc, ut tibi paream, discedo. Quomodo discedis? Rursus quemadmodum tu voluisti; ut liber, ut minister tuus, ut mandatorum tuorum intelligens, & interdictorum. Quoad vero in tuis rebus versabor, quem me esse vis? principem, an privatum? senatorem, an plebeium? militem, an ducem? ludimagistrum, an patremfamilias? quemcumque mihi locum, quamcumque stationem mandaris, ut ait Socrates, millies potius mortem oppetam, quam eam ut deseram. Ubi autem esse me vis? Romae? an Athenis? an Thebis? an in Gyaris? *(Perinde mihi est:)* modo illic mei memento. Si eo me miseris, ubi homines secundum naturam vivere nequeunt; non contra imperium tuum discedam, sed tamquam te receptui mihi canente; non te deseram, (absit

(μὴ γένοιτο) ἀλλ' αἰσθάνομαι, ὅτι μου χρείαν
οὐκ ἔχεις. ἂν δὲ δίδωται κατὰ φύσιν διεξαγωγή, 102
οὐ ζητήσω ἄλλον ἢ ἐν ᾧ εἰμί, ἢ ἄλλοις ἀνθρώποις ἢ μεθ' ὧν εἰμί.

Ταῦτα νυκτός, ταῦτα ἡμέρας πρόχειρα ἔστω· 103
ταῦτα γράφειν, ταῦτα ἀναγινώσκειν· περὶ τούτων
τοὺς λόγους ποιεῖσθαι, αὐτὸν πρὸς αὑτόν, πρὸς
ἕτερον. μή τι ἔχεις μοι πρὸς τοῦτο βοηθῆσαι;
καὶ πάλιν ἄλλῳ ἐλθεῖν καὶ ἄλλῳ. Εἶτα ἄν 104
τι γίνηται τῶν λεγομένων ἀβουλήτων, εὐθὺς
καλῶς πρῶτον ἐπικουφίσει σε, ὅτι οὐκ ἀπροσ-
δόκητον. μέγα γὰρ ἐπὶ πάντων τὸ Ἤιδειν 105
θνητὸν γεγεννηκώς. Οὕτω γὰρ ἐρεῖς καὶ σύ·
ᾔδειν θνητὸς ὤν, ᾔδειν ἀποδημητικὸς ὤν,
ᾔδειν ἐκβλητέος ὤν, ᾔδειν εἰς φυλακὴν ἀπό-
νευστος ὤν· Εἶτ', ἂν ἐπιστραφῇς κατὰ σαυ- 106
τόν, καὶ ζητήσῃς τὴν χώραν ἐξ ἧς ἐστι τὸ συμ-
βεβηκός,

(abfit hoc), sed animadver-
to, tibi opera mea non
esse opus: sin naturæ convenienter ibi vivere licuerit; alium locum, præter
eum in quo sum, non
quæram; non alios homi-
nes, nisi eos cum quibus
sum.

Hæc nocte, hæc inter-
diu in promtu esse debent;
hæc scribenda, hæc legen-
da; de his verba facienda
sunt cuique, & secum, &
apud alios. Numquid in
hoc juvare me potes? Et
rursus alius atque alius
conveniendus. Postea si
quid eorum, quæ præter
voluntatem dicuntur, ac-
ciderit, statim illud primum te sublevabit, quod
inexspectatum non fuit.
Magnum enim omnibus in
rebus illud est: „Noram
me genuisse mortalem.“
Sic enim dices & tu: No-
ram me mortalem esse;
noram peregrinari posse;
noram ejici posse; no-
ram includi carcere posse.
Postea, si circa te circum-
spexeris, & locum, e quo
even-

βεβηκὸς, εὐθὺς ἀναμνησθήτω, ὅτι ἐκ τῆς τῶν
ἀλλοτρίων, τῶν οὐκ ἐμῶν. Τί οὖν πρὸς ἐμέ;
107 Εἶτα, τὸ κυριώτατον· Τίς δ' αὐτὸ καὶ ἐπιπέπομ-
φεν; Ὁ ἡγεμὼν, ἢ ὁ στρατηγὸς, ἡ πόλις, ὁ τῆς
πόλεως νόμος. Δὸς οὖν αὐτό· δεῖ γάρ με ἀεὶ
108 τῷ νόμῳ πείθεσθαι ἐν παντί. Εἶθ', ὅταν σε ἡ
φαντασία δάκνῃ, (τοῦτο γὰρ οὐκ ἐπὶ σοί·) ἀντι-
μάχου τῷ λόγῳ, καταγωνίζου αὐτήν· μὴ ἔασῃς
109 ἐνισχύειν, μηδὲ προάγειν ἐπὶ τὰ ἑξῆς, ἀναπλάσ-
σευσθαι ὅσα θέλει, καὶ ὡς θέλει. Ἂν δὲ Γυάροις ᾖς, μὴ ἀνάπλασσε τὴν ἐν Ῥώμῃ διατριβὴν, καὶ ὅσαι διαχύσεις ἦσαν ἐκεῖ διάγοντι, καὶ
ὅσαι γένοιντ' ἂν ἐπανελθόντι· ἀλλ' ἐκεῖ τέτασο,
ὅπως δεῖ τὸν ἐν Γυάροις διάγοντα, ἐν Γυάροις
ἐρρωμένως διάγειν, κἂν ἐν Ῥώμῃ ᾖς, μὴ ἀνάπλασσε τὴν ἐν Ἀθήναις διατριβὴν, ἀλλὰ περὶ
μόνης τῆς ἐκεῖ μελέτα.

Εἶτ'

eventus ille est, quæsieris, statim recordabere, fuisse ex iis quæ nostri arbitrii non sunt, quæ nostra non sunt. Quid ergo ad me? Deinde summum illud adjungendum est: Quisnam istud immisit? Dux, Imperator, civitas, lex civitatis. Da ergo illud: oportet enim me semper legi parere in omnibus rebus. Postea cum te phantasia momorderit, (istud enim in potestate tua non est;) ratione pugnam adversus illam instrue, & debella eam; ne sinas invalescere, & ad alia progredi, ut comminiscatur quæ volet, & ut volet. Cum in Gyaris fueris, noli animo tibi fingere vitam quæ Romæ agitur, & quam multæ voluptates illic degenti fuerint, quantæve futuræ essent reverso: sed ibi in id fis intentus, ut, quo pacto decet eum qui in Gyaris vivit, fortiter in Gyaris vivat. Romæ cum fueris, noli tibi fingere vitæ rationem quæ Athenis agitur; sed eam solam meditare, quæ Romæ agenda sit.

Deinde

Εἶτ' ἀντὶ τῶν ἄλλων ἁπασῶν διαγωγῶν ἐκείνην 110
εἰσάγει, τὴν ἀπὸ τοῦ παρακελεύεσθαι, ὅτι πείθῃ
τῷ Θεῷ, ὅτι οὐ λόγῳ, ἀλλ' ἔργῳ τὰ τοῦ καλοῦ καὶ ἀγαθοῦ ἐκτελεῖς. Οἷον γάρ ἐστιν, αὐ- 111
τὸν αὑτῷ δύνασθαι εἰπεῖν· Νῦν, ἃ ἂν οἱ ἄλλοι ἐν
ταῖς σχολαῖς σεμνολογῶσι, καὶ παραδοξολογεῖν δοκῶσι, ταῦτα ἐγὼ ἐπιτελῶ· κἀκεῖνοι καθήμενοι τὰς
ἐμὰς ἀρετὰς ἐξηγοῦνται, καὶ περὶ ἐμοῦ ζητοῦσι,
καὶ ἐμὲ ὑμνοῦσι. καὶ τούτου με ὁ Ζεὺς αὐτὸν 112
παρ' ἐμαυτοῦ λαβεῖν ἀπόδειξιν ἠθέλησε, καὶ αὐτὸς δὲ γνῶναι, εἰ ἔχει στρατιώτην οἷον δεῖ, πολίτην οἷον δεῖ, καὶ τοῖς ἄλλοις ἀνθρώποις προάγειν
με μάρτυρα τῶν ἀπροαιρέτων· Ἴδετε, ὅτι εἰκῇ
φοβεῖσθε, μάτην ἐπιθυμεῖτε ὧν ἐπιθυμεῖτε· τὰ
ἀγαθὰ ἔξω μὴ ζητεῖτε, ἐν ἑαυτοῖς ζητεῖτε· εἰ
δὲ μή, οὐχ εὑρήσετε. Ἐπὶ τούτοις με νῦν μὲν 113
ἐνταῦθα ἄγει, νῦν δ' ἐκεῖ πέμπει, πένητα δείκ-
νυσι

Dein loco aliarum dele-
ctationum omnium hanc
fubftitue, quod intelligis te
obtemperare Deo; te non
verbo, fed re ipfa, boni
& fapientis viri officio fungi. Quanti enim eft; poffe
tibi ipfi dicere: Nunc,
quæ cæteri in fcholis ma-
gnifice loquuntur, & quæ
incredibilia dicare videntur, ea ego re ipfa præ-
fto; atque illi fedentes
meas virtutes explicant, &
de me difputant, & me ce-
lebrant: harumque rerum
Jupiter me voluit ipfum a
me petere probationem, atque etiam ipfe cognofcere,
an habeat militem qualem
oportet, an civem qualem
oportet; meque cæteris
hominibus teftem propo-
nere voluit rerum quæ ab
hominis non pendent vo-
luntate: Videte, fine cauffa vos timete; fruftra de-
fiderare quæ defideratis:
bona foris ne quærite, fed
quærite in vobis ipfis; alioqui non invenietis. His
de cauffis me nunc huc ducit; nunc alio mittit, pauperem oftendit hominibus,

νίαι τοῖς ἀνθρώποις, δίχα ἀρχῆς, νοσοῦντα· εἰς
Γύαρα πέμπει, εἰς δεσμωτήριον εἰσάγει. οὐ μισῶν·
μὴ γένοιτο· τίς δὲ μισεῖ τὸν ἄριστον τῶν ὑπηρε-
τῶν τῶν ἑαυτοῦ; οὐδ' ἀμελῶν· ὅς γε οὐδὲ τῶν
μικροτάτων τινὸς ἀμελεῖ· ἀλλὰ γυμνάζων, καὶ
114 μάρτυρι πρὸς τοὺς ἄλλους χρώμενος. Εἰς τοιαύτην ὑπηρεσίαν κατατεταγμένος, ἔτι φροντίζω
ποῦ εἰμὶ, ἢ μετά τίνων, ἢ τί περὶ ἐμοῦ λέγουσι;
οὐχὶ δ' ὅλος πρὸς τὸν Θεὸν τέταμαι, καὶ τὰς
ἐκείνου ἐντολάς, καὶ τὰ προστάγματα;

115   Ταῦτα ἔχων ἀεὶ ἐν χερσί, καὶ τρίβων αὐτὸς
παρὰ σαυτῷ, καὶ πρόχειρα ποιῶν, οὐδέποτε δεήσῃ
116 τοῦ παραμυθουμένου, τοῦ ἐπιῤῥωννύντος. Καὶ
γὰρ αἰσχρὸν, οὐ τὸ φαγεῖν μὴ ἔχειν· ἀλλὰ τὸ
λόγον μὴ ἔχειν ἀρκοῦντα πρὸς ἀφοβίαν, πρὸς
117 ἀλυπίαν. Ἂν δ' ἅπαξ περιποιήσῃ τὸ ἄλυπον
καὶ ἄφοβον, ἔτι σοι τύραννος ἔσται τις, ἢ δο-
ρυφό-

sine imperio, ægrotantes; in Gyara mittit, in carcerem conjicit: non ex odio, absit; quis enim ministrum suum optimum oderit? neque ex negligentia; quippe qui ne minutissimum quidem quidquam negligit: sed exercendi mei caussa, & ut me teste utatur apud alios. Ad tale ministerium constitutus, curo adhuc, ubi sim, aut cum quibus, aut quid de me dicant? nec totus me intendo in Deum, in ejusque præcepta atque jussa?

Hæc si perpetuo in manibus habueris, eaque semper ipse tecum tractaveris, & parata & in promtu tibi feceris; numquam opus tibi erit eo qui te consoletur, qui confirmet. Neque enim id turpe est, non habere quod edas; sed, non esse præditum ratione, quæ ad pellendum timorem mœroremque sufficiat. Quod si vero hoc tibi semel paraveris, ut mœrore metuque vaces; erit-ne adhuc tibi tyrannus aliquis, aut satelles, aut Cæsariani?
An

ρυφῶσι, ἢ Καισαριανοῖς; ἢ ὀρδινατίων δήξεταί σε,
ἢ οἱ ἐπιθύοντες ἐν τῷ Καπιτωλίῳ ἐπὶ ταῖς ὀππω‑
νίαις, τὸν τηλικαύτην ἀρχὴν παρὰ τοῦ Διὸς εἰλη‑
φότας; Μόνον μὴ πόμπευε αὐτὴν, μηδ' ἀλαζον‑ 118
εύου ἐπ' αὐτῇ· ἀλλ' ἔργῳ δείκνυε· κἂν μηδεὶς
αἰσθάνηται, ἀρκοῦ αὐτὸς ὑγιαίνων καὶ εὐδαιμονῶν.

ΚΕΦ. κέ.

Πρὸς τοὺς ἀποπίπτοντας ὧν προέθεντο.

Σκέψαι, ὧν προέθου ἀρχόμενος, τίνων μὲν ἐκρά‑
τησας, τίνων δ' οὔ· καὶ πῶς ἐφ' οἷς μὲν εὐφραίνῃ
ἀναμιμνησκόμενος, ἐφ' οἷς δ' ἄχθῃ· καὶ, εἰ δυ‑
νατόν, ἀνάλαβε κἀκεῖνα ὧν ἀπώλισθες. Οὐ γὰρ 2
ἀποκνητέον τὸν ἀγῶνα τὸν μέγιστον ἀγωνιζομένοις,
ἀλλὰ καὶ πληγὰς ληπτέον. Οὐ γὰρ ὑπὲρ πά‑ 1
λης καὶ παγκρατίου ὁ ἀγὼν πρόκειται· οὗ καὶ

Kk 2

ΤΥΧΟ-

An ordinatio te mordebit,
aut ii qui in Capitolio sacra
faciunt propter delegata
sibi officia, cum tu tantum
principatum a Jove acce‑
peris? Cave modo, ne
cum pompa eum ostentes,
neque fide insolenter te
geras; sed te ipsa eum de‑
monstra: ac, tametsi nemo
sentiat, satis si tibi, sanam
habere mentem vitamque
beatam.

CAP. XXV.

Ad eos qui a Proposito desciscunt.

Considera quid ex iis, quæ
initio tibi proposuisti, te‑
nueris, quid non; & quo‑
modo alia te recordan‑
tem delectent, alia mœro‑
re adficiant: ac, fieri si
potest, illa quoque recu‑
perare stude, unde excidi‑
disti. Neque enim iis, qui
in certamen omnium maxi‑
mum descenderunt, ullus
labor refugiendus, sed neu
plagæ recusandæ sunt. Ne‑
que enim luctæ & pancra‑
tii certamen propositum
est; quod sive viceris, sive

non,

τυχόντι, καὶ μὴ τυχόντι· ἔξεστι μὲν πλείστου ἄξιῳ, ἔξεστι δὲ ὀλίγου εἶναι, καὶ νὴ Δία ἔξεστι μὲν εὐτυχεστάτῳ, ἔξεστι δὲ κακοδαιμονεστάτῳ εἶναι· ἀλλ' ὑπὲρ αὐτῆς εὐτυχίας καὶ εὐδαιμονίας.

4 Τί οὖν; οὐδ', ἂν ἀπαυδήσωμεν ἐνταῦθα, κωλύει τις πάλιν ἀγωνίζεσθαι· οὐδὲ δεῖ περιμεῖναι τετραετίαν ἄλλην, ἵν' ἔλθῃ ἄλλα Ὀλύμπια. ἀλλ' εὐθὺς ἀναλαβόντι καὶ ἀνακτησαμένῳ ἑαυτόν, καὶ τὴν αὐτὴν εἰσφέροντι προθυμίαν, ἔξεστιν ἀγωνίζεσθαι· κἂν πάλιν ἀπείπῃς, πάλιν ἔξεστι· κἂν ἅπαξ

5 νικήσῃς, ὅμοιος εἶ τῷ μηδέποτε ἀπειπόντι. μόνον μὴ ὑπὸ ἔθους τοῦ αὐτοῦ ἡδέως αὐτὸ ἄρξῃ ποιεῖν, καὶ λοιπὸν ὡς κακὸς ἀθλητὴς περιέρχῃ νικώμενος τὴν περίοδον, ὅμοιος τοῖς ἀποφυγοῦσιν ὄρτυξιν.

6 Ἡττᾷ με φαντασία παιδισκαρίου καλοῦ. Τί γάρ; πρώην οὐχ ἡττήθην; Προθυμία μοι ἐγγίνεται ψέ-

7 ξαι τινά. Πρώην γὰρ οὐκ ἔψεξα; Οὕτως ἡμῖν λαλεῖς, ὡς ἀζήμιος ἐξεληλυθώς· οἷον εἴ τις τῷ ἰατρῷ,

non, nihil vetat te vel maximi vel exigui pretii esse, itemque vel felicissimum vel calamitosissimum: sed hic beata vita & ipsa felicitas agitur. Quid vero? Nec, si hic defatigati fuerimus, quisquam prohibet certamen repetere; nec quatuor annos, dum Olympia redeant, exspectare necesse est: sed statim ubi vires recepimus, nosque recollegimus, eodem studio adhibito, rursus certare licet: &, quod si denuo succubueris, denuo licet. Si vero semel viceris, similis eris ei qui perpetuo vicit: modo, ne, præ consuetudine idem faciendi, libenter illud facere incipias, ac denique tamquam ignavus athleta oberres toto circuitu victus, elapsis coturnicibus similis. — „Vincit me pulcræ puellæ visum. Quid vero? pridem non sum victus? Cupido mihi incessit

ἰατρῷ, κωλύοντι λούσασθαι, λέγοι, Πρώην γὰρ
οὐκ ἐλουσάμην; Ἂν οὖν ὁ ἰατρὸς αὐτῷ ἔχῃ λέγειν, Ἄγε, λουσάμενος οὖν τί ἔπαθες; οὐκ
ἐπύρεξας; οὐκ ἐκεφαλάλγησας; Καὶ σὺ ψίξας 8
πρώην τινὰ, οὐ κακοήθους ἔργον ἔπραξας; οὐ
φλυάρου; οὐκ ἔθρεψάς σου τὴν ἕξιν ταύτην,
παραβάλλων αὐτῇ τὰ οἰκεῖα ἔργα; Ἡττηθεὶς
δὲ τοῦ παιδισκαρίου, ἀπῆλθες ἀζήμιος; Τί οὖν 9
τὰ πρώην λέγεις; ἔδει δ' οἶμαι μεμνημένον, ὡς
εἰ δοῦλοι τῶν πληγῶν, ἀπέχεσθαι τῶν αὐτῶν
ἁμαρτημάτων. Ἀλλ' οὐχ ὅμοιον· ἐνταῦθα μὲν 10
γὰρ ὁ πόνος τὴν μνήμην ποιεῖ· ἐπὶ δὲ τῶν ἁμαρτημάτων ποῖος πόνος; ποία ζημία; πότε γὰρ
εἰθίσθης φεύγειν τὸ κακῶς ἐνεργῆσαι; Οἱ πόνοι 11
ἄρα οἱ τῶν παρατηρῶν, ἑκόντων ἢ ἀκόντων ἡμῶν,
ὠφέλιμοι.

Kk 3   ΚΕΦ.

cessit vituperandi alicujus. An pridem non vitupera-vi?" — Sic nobis loque-ris, quasi indemnis inde-sa egressus. Perinde ac si quis medico lotionem pro-hibenti, dicat, An pridem non lavi? Si igitur me-dicus ei respondere queat, Age, ergo, quid tibi post balneum accidit? nonne febricitasti? non dolore capitis es adfectus? Et tu, pridem vituperans ali-quem, nonne malevoli ho-minis opus fecisti? nonne nugatoria? non aluisti habitum istum, objiciens illi consentanea operibus? Victus a puella, num im-pune discessisti? Quid er-go pristina tua facta recen-ses? quin potius oporte-bat te, puto, velut ser-vum verborum memorem, iisdem peccatis abstinere. Sed non eadem res est; nam illic quidem dolor memoriam facit: in pec-catis autem quis dolor est? quae poena? quando enim adsuevisti, malefacta aver-sari? Dolores igitur ten-tationum utiles sunt nobis, sive volentibus, sive inviti-tis

CAP.

ΚΕΦ. κϛ'.

Πρὸς τοὺς τὴν Ἀπορίαν δεδοικότας.

Οὐκ αἰσχύνῃ δειλότερος ὢν καὶ ἀγεννέστερος τῶν δραπετῶν; Πῶς ἐκεῖνοι φεύγοντες ἀπολείπουσι τοὺς δεσπότας; ποίοις ἀγροῖς πεποιθότες, ποίοις οἰκέταις; Οὐχὶ δ' ὀλίγον ὅσον πρὸς τὰς πρώτας ἡμέρας ὑφελόμενοι, εἶθ' ὕστερον διὰ γῆς ἢ καὶ διὰ θαλάττης φέρονται, ἄλλην ἐξ ἄλλης ἀφορμὴν πρὸς τὸ διατρέφεσθαι φιλοτεχνοῦντες; Καὶ τίς πώποτε δραπέτης λιμῷ ἀπέθανε; Σὺ δὲ τρέμεις, μή σοι λίπῃ τὰ ἀναγκαῖα, καὶ τὰς νύκτας ἀγρυπνεῖς. Ταλαίπωρε, οὕτω τυφλὸς εἶ; καὶ τὴν ὁδὸν οὐχ ὁρᾷς, ὅποι φέρει ἡ τῶν ἀναγκαίων ἔνδεια; Ποῦ γὰρ φέρει; Ὅπου καὶ ὁ πυρετός, ὅπου καὶ λίθος ἐπιπεσών· εἰς θάνατον. Τοῦτο οὖν οὐ πολλάκις αὐτὸς εἶπες πρὸς τοὺς ἑταίρους; πολλὰ δ' ἀνέγνως τοιαῦτα, πολλὰ δ'

ἔγρα-

CAP. XXVI.

Ad eos qui Inopiam timent.

Non te pudet ignaviorem fugitivis & abjectiore animo esse? Quomodo illi, cum fugiunt, relinquunt dominos? quibus agris freti, quibus famulis? Nonne exiguum quiddam ad primos dies tolerandos suffurati, post & terram & maria quoque pervagantur, alia atque alia subsidia ad sese alendos sibi parantes? Et quis unquam fugitivus fame periit? Tu vero tremis, ne tibi necessaria desint, & noctes pervigilas. Miser, adeone caecus es, & viam non cernis, quo fert penuria rerum necessariarum? Quo enim fert? Quo febris, quo saxum in caput delapsum; ad mortem. Nonne hoc saepe & ipse ad amicos dixisti? non talia multa legisti, multa scripsisti? Quoties

vero

ἔγραφες; πολλάκις δ' ἠλαζονεύσω, ὅτι πρός γε
τὸ ἀποθανεῖν μετρίως ἔχεις; Ναί· ἀλλὰ καὶ οἱ 4
ἐμοὶ πεινήσουσι. Τί οὖν; μή τι καὶ ὁ ἐκείνων λι-
μὸς ἀλλαχοῦ που φέρει; οὐχὶ καὶ ἡ αὐτή που
κάθοδος; τὰ κάτω τὰ αὐτά; Οὐ θέλεις οὖν ἐκεῖ 5
βλέπειν, θαρρῶν πρὸς πᾶσαν ἀπορίαν καὶ ἔν-
δειαν, ὅπου καὶ τοὺς πλουσιωτάτους, καὶ τὰς
ἀρχὰς τὰς μεγίστας ἄρξαντας, καὶ αὐτοὺς τοὺς
βασιλέας καὶ τυράννους δεῖ κατελθεῖν; ἢ σὺ πει-
νῶντα, ἂν οὕτω τύχῃ, ἐκείνους δὲ διαρραγέντας
ὑπὸ ἀπεψιῶν καὶ μέθης; Τίνα πώποτ' ἐπαίτην 6
ῥᾳδίως εἶδες μὴ γέροντα; τίνα δ' οὐκ ἐσχατόγη-
ρον; ἀλλὰ ῥιγῶντες τὰς νύκτας καὶ τὰς ἡμέρας,
καὶ χαμαὶ ἐρριμμένοι, καὶ ὅσον αὐτὸ τὸ ἀναγκαῖον σιτούμενοι, ἐγγὺς ἥκουσι τοῦ μηδ' ἀποθανεῖν δύνασθαι, οὐ γράφεις; οὐ παιδαγωγεῖς; 7
οὐ θύραν ἀλλοτρίαν φυλάττεις; Ἀλλὰ αἰσχρόν,

Kk 4   ὡς

vero etiam gloriatus es,
te mortem quidem aequo
animo exspectare? Sane:
at & mei esurient. Quid
ergo? num eorum quo-
que fames alio quopiam
fert? nonne idem est de-
scensus? nonne inferi ii-
dem? Non ergo vis in-
fracto adversus omnem egestatem & penuriam animo,
illo convertere oculos, quo
etiam ditissimos, & qui
summos magistratus gesse-
runt, & ipsos reges ac tyrannos descendere opor-
tet? nullo alio discrimine,

nisi quod tu fortasse esu-
riens descendes, Illi au-
tem cruditate & ebrietate
disrupti. Quem vero un-
quam mendicum vidisti non
senem? quem non aetate
confectum? Atqui frigo-
re & noctu & interdiu ri-
gent; humi jacent abjecti;
&, quanquam vix tantum
edunt, quantum summa ne-
cessitas postulat, parum
abest quin emori non pos-
sint. * Nescis scribere?
nescis instituere pueros?
nescis alienas fores custodire?   At turpe est, in-
quis,

τίς ταύτην ἐλθεῖν τὴν ἀνάγκην. Μάθε οὖν πρῶτον, τίνα τὰ αἰσχρά ἐστι, καὶ οὕτως ἡμῖν λέγε
σεαυτὸν φιλόσοφον. Τὸ νῦν δὲ, μηδ' ἂν ἄλλος
τις εἴπῃ σε, ἀνέχου.

8 Αἰσχρόν ἐστι ὅτι τὸ μὴ σὸν ἔργον, οὗ σὺ
αἴτιος οὐκ εἶ, ὃ ἄλλως ἀπήντηκέ σοι, ὡς κεφα-
λαλγία, ὡς πυρετός; Εἰ σοῦ οἱ γονεῖς πένητες
ἦσαν, ἄλλους δὲ κληρονόμους ἀπέλιπον, καὶ ζῶντες οὐκ ἐπαρκοῦσιν οὐδέν, σοὶ ταῦτα αἰσχρά ἐστι;

9 Ταῦτα ἐμάνθανες παρὰ τοῖς φιλοσόφοις; οὐδέ
ποτε ἤκουσας, ὅτι τὰ αἰσχρὸν ψεκτὸν, τὸ δὲ
ψεκτὸν ἄξιόν ἐστι τοῦ ψέγεσθαι; Τίνα ἐπὶ τῷ

10 μὴ αὐτοῦ ψέγεις ἔργῳ, ὃ αὐτὸς οὐκ ἐποίησεν; Σὺ
οὖν ἐποίησας σου τὸν πατέρα τοιοῦτον; ἢ ἔξεστί
σοι ἐπανορθῶσαι αὐτόν; δίδοταί σοι τοῦτο; Τί
οὖν; δεῖ σε θέλειν τὰ μὴ διδόμενα, ἢ μὴ τυγ-

11 χάνοντα αὐτῶν αἰσχύνεσθαι; Οὕτω δὲ καὶ εἰθι-

ζου

quis, in eam devenire
necessitatem. Disce ergo
prius, quæ turpia sint, &
sic nobis dic te philoso-
phum esse. Nunc autem
nec ab alio te dici patere.

Num tibi id turpe est,
quod tuum opus non est,
cujus tu auctor non es,
quod citra tuam culpam tibi
juvat, sicut capitis do-
lor, sicut febris? Si pa-
rentes tui pauperes fue-
runt; si alios hæredes in-
stituerunt; si, dum vivunt,
nihil tibi impertiant; hæc-

ne tibi turpia sunt? Hoc-
cine est quod apud philo-
sophos didicisti? Num-
quamne audivisti, quod
turpe sit, id esse vituperabile, vituperabile autem
dignum esse vituperatione?
Quemnam ob factum alie-
num, quod ipse non fecit,
reprehendis? Tune igitur
patrem tuum fecisti talem?
an penes te est, eum cor-
rigere? daturne tibi hoc?
Quid ergo? debet-ne tu
velle quæ tibi non data
sunt? aut, si eis frustreris,
erubescere? Ah tu, cum
philo-

ζῶν φιλοσοφῶν, ἀφορᾶν εἰς ἄλλους, καὶ μηδὲν
αὐτὸς ἐλπίζειν ἐκ σεαυτοῦ; Τοιγαροῦν οἴμωζε, καὶ 12
στένε, καὶ ἔσθιε δεδοικὼς μὴ οὐκ ἔχῃς τροφὴν
αὔριον. περὶ τῶν δουλαρίων τρέμε, μὴ κλέψῃ, μὴ
φύγῃ, μὴ ἀποθάνῃ. Οὕτω σὺ ζῆθι, καὶ μὴ παύσῃ 13
μηδέποτε· ὅστις ὀνόματι μόνῳ πρὸς φιλοσοφίαν
προσῆλθες, καὶ τὰ θεωρήματα αὐτῆς, ὅσον ἐπὶ
σοὶ κατῄσχυνας, ἀχρεῖα ἐπιδείξας καὶ ἀνωφελῆ τοῖς ἀναλαμβάνουσι· οὐδέποτε δ' εὐσταθείας
ὠρέχθης, ἀταραξίας, ἀπαθείας· οὐδένα τούτου
ἕνεκα ἐθεράπευσας, συλλογισμῶν δ' ἕνεκα πολ-
λούς· οὐδέποτε τούτων τινὰ τῶν φαντασιῶν δια-
βασάνισας αὐτὸς ἐπὶ σεαυτοῦ, Δύναμαι φέρειν,
ἢ οὐ δύναμαι φέρειν; Τί μοι τὸ λοιπόν ἐστιν; Ἀλλ' 14
ὡς πάντων ἐχόντων σοι καλῶς καὶ ἀσφαλῶς,
περὶ τὸν τελευταῖον κατεγίνου τόπον, τὸν τῆς
ἀμεταπτωσίας· ἵν' ἀμετάπτωτα σχῇς—τίνα; τὴν

Kk 5

δειλί-

philosophiæ operam dares,
adsuefactus es, alios in-
tueri, & nullam in te ipsa
spem collocare? Proinde
lamentare, & geme, &
edens time ne in crastinum
desit quod edas: de servu-
lis solicitus esto, ne foren-
tur, ne fugiant, ne mori-
antur. Ita vivito, neque
umquam desinito, qui no-
mine dumtaxat ad philoso-
phiam accessisti, ejusque
præcepta, quantum in te
est, probro adfecisti, & ino-
tilia ea esse discentibus &
supervacanea ostendisti; qui
constantiam, tranquillitatem, perturbationum va-
cuitatem numquam experi-
visti; qui neminem um-
quam hujus rei caussa co-
luisti, sed propter syllogismos, complures; qui num-
quam istorum visorum ali-
quod ipse tecum diligenter
explorasti, aut ex te ipse
quæsisti, Ferre ne hæc
possum, an non ferre?
quid mihi restat? Sed,
quia omnia tua belle ha-
beant, atque in tuto collo-
cata sint, in postremo loco
tempus collocavisti, de ine-
moto

δειλίαν, τὴν ἀγέννειαν, τὸν θαυμασμὸν τῶν πλουσίων, τὴν ἀτελῆ ὄρεξιν, τὴν ἀποτευκτικὴν ἔκκλισιν; περὶ τῆς τούτων ἀσφαλείας ἐφρόντιζες.

15 Οὐκ ἔδει προσκτήσασθαι πρῶτον ἐκ τοῦ λόγου, εἶτα τούτῳ περιποιεῖν τὴν ἀσφάλειαν; Καὶ τίνα πώποτ' εἶδες θριγκὸν περιοικοδομοῦντα, μηδενὶ τειχίῳ περιβαλλόμενον αὐτόν; ποῖος δὲ θυ-
16 ρωρὸς καθίσταται ἐπὶ οὐδεμιᾷ θύρᾳ; Ἀλλὰ σὺ μελετᾷς ἀποδεικνύειν δύνασθαι· τίνα; μελετᾷς μὴ ἀποσαλεύεσθαι διὰ σοφισμάτων· ἀπὸ τίνων;
17 Δεῖξόν μοι πρῶτον, τί τηρεῖς, τί μετρεῖς, ἢ τί ἱστάνεις· εἶθ' οὕτως ἐπιδείκνυε τὸν ζυγὸν, ἢ τὸν μέδιμνον. ἢ μέχρι τίνος μετρήσεις τὴν σποδόν;
18 Οὐ ταῦτά σε ἀποδεικνύειν δεῖ, ἃ ποιεῖ τοὺς ἀνθρώπους εὐδαίμονας· ἃ ποιεῖ προχωρεῖν αὐτοῖς τὰ πράγματα ὡς θέλουσι· δι' ἃ οὐ δεῖ μέμφεσθαι οὐδενὶ,

moto animi statu; ut immota tibi sint quænam? Ignavia? degener animus? admiratio divitum? irrita adpetitio? infelix aversatio? Hæc ut firma & in tuto tibi essent, in eo elaborasti!

An non possessio primum paranda e doctrina erat, deinde curandum ut in tuto illa collocaretur? Quem vidisti umquam loricam pinnatam exstruentem, quin muro alicui eam circumduxerit? Quis janitor constituitur, ubi nulla est janua?

Tu vero id meditaris, ut demonstrare possis? Quænam *demonstrare?* Id meditaris, ne sophistarum captiunculis dimovearis? Vnde nam *dimoveri times?* Ostende mihi primum, quid teneas, quid metiaris, aut quid ponderes: tum deinde ostende mihi libram aut modium. Aut quousque mensurus es cinerem? Annon ea tibi demonstranda sunt, quæ homines beant; quæ id præstant, ut res ex sententia eis succedant; quæ doceant, de nulla

οὐδενὶ, ἐγκαλῶν οὐδενὶ, προστίθεσθαι τῇ διοικήσει
τῶν ὅλων; ταῦτά μοι δείκνυε. Ἰδοὺ δείκνυω, 19
φησίν· ἀναλύσω σοι συλλογισμούς. Τοῦτο τὸ
μετροῦν ἐστιν, ἀλλ' οὐκ τὸ μετρούμενον δ'
οὐκ ἔστι. Διὰ ταῦτα νῦν τίνας δίκας ἂν ἠμέλη- 20
σας φιλοσοφίας· τρέμεις, ἀγρυπνεῖς, μετὰ πάντων βουλεύῃ· κἂν μὴ πᾶσιν ἀρέσκειν μέλλῃ τὰ
βουλεύματα, κακῶς οἴει βεβουλεῦσθαι.

Εἶτα φοβῇ λιμόν, ὡς δοκεῖς. σὺ δ' οὐ λι- 21
μὸν φοβῇ, ἀλλὰ δέδοικας μὴ οὐ σχῇς μάγειρον,
μὴ οὐ σχῇς ἄλλον ὀψωνητήν, ἄλλον τὸν ὑποδή-
σοντα, ἄλλον τὸν ἐνδύσοντα, ἄλλους τοὺς τρί-
ψοντας, ἄλλους τοὺς ἀκολουθήσοντας ἵν' ἐν τῷ 22
βαλανείῳ ἐκδυσάμενος, καὶ ἐκτείνας σεαυτὸν ὡς
οἱ ἐσταυρωμένοι, τρίβῃ ἔνθεν καὶ ἔνθεν· εἶθ' ὁ
ἀλείπτης ἐπιστὰς λέγῃ, Μετάβηθι; ἐκ πλευ-
ρῶ·

nulla re esse conqueren-
dum, neminem accusan-
dum, sed assentiendum gu-
bernationi universitatis rerum? Hæc mihi ostende!
Ecce, inquit, ostendo; re-
solvam tibi syllogismos.
Hæc mensura est, mensi-
plum; non id quod men-
suræ subjicitur. Propterea
nunc pœnas das neglectæ
philosophiæ; tremis, vigilas, cum omnibus delibe-
ras; at, nisi deliberationes
tuæ omnibus placituræ sint,
consilii te pœnitet.

Deinde famem pertime-
scis, ut tibi quidem videris; at non famem times,
sed ne desit tibi coquus, ne
non præsto tibi sit alius qui
obsonatoris fungatur vice,
alius qui tibi calceus in-
duat, alius qui vestem in-
duat, alii qui te fricent,
alii qui te comitentur; ut
in balneo, posita veste,
distentus instar eorum qui
in cruces sublati sunt; hinc
& inde teraris; deinde, ut
alipta adstans dicat *famulo,*
Illac transi, præbe latus,
caput

ῥὸν· κεφαλὴν αὐτοῦ λάβε, παράθες τὸν ὦμον·
εἶτ', ἐλθὼν ἐκ τοῦ βαλανείου εἰς οἶκον, κραυγά-
σῃς, Οὐδεὶς φέρει φαγεῖν; εἶτ', Ἆρον τὰς τρα-
23 πέζας, σπόγγισον. Τοῦτο φοβῇ, μὴ οὐ δύνῃ
ζῆν ἀῤῥώστου βίον. ἐπεί γε τὸν τῶν ὑγιαινόντων
μάθε πῶς οἱ δοῦλοι ζῶσι, πῶς οἱ ἐργάται, πῶς
οἱ γνησίως φιλοσοφοῦντες· πῶς Σωκράτης ἔζησεν,
ἐκεῖνος μὲν καὶ μετὰ γυναικὸς καὶ παίδων· πῶς
Διογένης· πῶς Κλεάνθης, ἅμα σχολάζων καὶ
24 ἀντλῶν. Ταῦτα ἂν θέλῃς ἔχειν, ἕξεις πανταχοῦ,
καὶ ζήσεις θαῤῥῶν. Τίνι; Ὧι μόνῳ θαῤῥεῖν ἐνδέχεται· τῷ πιστῷ, τῷ ἀκωλύτῳ; τῷ
ἀναφαιρέτῳ· τοῦτ' ἔστι, τῇ προαιρέσει σου, σεαυ-
25 τοῦ. Διὰ τί δ' οὕτως ἄχρηστον καὶ ἀνωφελῆ
σαυτὸν παρεσκεύασας, ἵνα μηδείς σε εἰς οἰκίαν
θέλῃ δέξασθαι, μηδεὶς ἐπιμεληθῆναι; ἀλλὰ
σκεῦος μὲν ὁλόκληρον καὶ χρήσιμον ἔξω ἐῤῥιμμένον,
πᾶς

caput ejus prehende, exhibe scapulam! post, balneo egressus, domumque reversus, ut clamites, Nemo adfert cibum? deinde, Aufer mensas, abstergito. Hoc times, ne non vitam possis vivere aegroti. Nam recte valentium vitam *si quaeris*, eam vide agentes servos, operarios, eos qui vere philosophantur; eam vide quomodo Socrates egerit, ac is quidem etiam cum uxore & liberis; quomodo Diogenes; quomodo Cleanthes, qui simul & doctrinae vacavit, & aquam hausit. Haec habere si voles, habebis ubique, & vives confidens. Qua *fidens re*? Qua sola confidere licet; eo quod fidum est, quod nec prohiberi nec auferri potest; hoc est, voluntate tua. Cur autem adeo inutilem, adeo nullius pretii hominem teipsum effecisti, ut nemo te in aedes suas recipere velit, nemo curam sui suscipere? Atqui vas integrum & utile, foras projectum, quisquis invenerit, tollet,
ac

πᾶς τις ὑγρὸν ἀναιρήσεται, καὶ κέρδος ἡγήσεται·
οἱ δ᾽ οὐδείς, ἀλλὰ πᾶς ζημίαν. Οὕτως οὐδὲ κυ- 26
νὸς δύνασαι χρείαν παρασχεῖν, οὐδ᾽ ἀλεκτρυόνος;
Τί οὖν ἔτι ζῆν θέλεις, τοιοῦτος ὤν;

Φοβεῖταί τις ἀνὴρ ἀγαθός, μὴ λείπωσιν αὐ- 27
τῷ τροφαί; Τοῖς τυφλοῖς οὐ λείπουσι, τοῖς χω-
λοῖς οὐ λείπουσι· λείψουσιν ἀνδρὶ ἀγαθῷ; Καὶ
στρατιώτῃ μὲν ἀγαθῷ οὐ λείπει ὁ μισθοδοτῶν,
οὐδ᾽ ἐργάτῃ, οὐδὲ σκυτεῖ· τῷ δ᾽ ἀγαθῷ λείψει;
Οὕτως ὁ Θεὸς ἀμελεῖ τῶν αὐτοῦ ἐπιτηδευμάτων, 28
τῶν διακόνων, τῶν μαρτύρων, οἷς μόνοις χρῆται
παραδείγμασι πρὸς τοὺς ἀπαιδεύτους, ὅτι καὶ
ἐστί, καὶ καλῶς διοικεῖ τὰ ὅλα, καὶ οὐκ ἀμελεῖ τῶν ἀνθρωπίνων πραγμάτων, καὶ ὅτι ἀνδρὶ
ἀγαθῷ οὐδὲν ἐστι κακόν, οὔτε ζῶντι, οὔτε ἀποθανόντι; Τί οὖν, ὅταν μὴ παρέχῃ τροφάς; Τί 29
γὰρ ἄλλο, ἢ ὡς ἀγαθὸς στρατηγὸς τὸ ἀνακλητικόν

us lucrum ducet: te vero nemo lucrum, sed quilibet damnum sibi ducet. Ita, ne canis quidem usum præstare potes, nec galli gallinacei? Talis autem cum sis, quid adhuc in vita esse, cupis?

Timetne quisquam vir bonus, ne victus sibi desit? Cæcis non deest, claudis non deest: viro bono deerit? Non deest bono militi qui stipendium det, non operario, non sutori: & bono viro deerit? Itane Deus sua instituta, suos ministros, suos testes negligit, quibus solis aduersus indoctos exemplis utitur, *quibus doceat homines*, & esse se, & recte gubernare omnia, & non negligere res humanas, bonoque viro nihil esse mali, nec viventi, nec mortuo? Quid ergo, cum victum non præbet? Quid aliud, nisi, veluti bonus imperator, receptui mihi cecinit. Pareo,

τινόν μοι σεσήμαγκε; πείθομαι, ἀκολουθῶ, ἐπι-
ευφημῶν τὸν ἡγεμόνα, ὑμνῶν αὐτοῦ τὰ ἔργα.
30 καὶ γὰρ ἦλθον ὅτ' ἐκείνῳ ἔδοξε, καὶ ἄπειμι πάλιν ἐκείνῳ δοκοῦν· καὶ ζῶντός μου τοῦτο τὸ ἔργον
ἦν, ὑμνεῖν τὸν Θεόν, καὶ αὐτὸν ἐπ' ἐμαυτοῦ,
31 καὶ πρὸς ἕνα, καὶ πρὸς πολλούς. Οὐ παρέχει
μοι πολλὰ, οὐκ ἄφθονα, τρυφᾶν με οὐ θέλει·
οὐδὲ γὰρ τῷ Ἡρακλεῖ παρεῖχε, τῷ υἱῷ τῷ ἑαυ-
τοῦ· ἀλλ' ἄλλος ἐβασίλευσεν Ἄργους καὶ Μυκηνῶν, ὁ δ' ἐπετάσσετο, καὶ ἐπόνει, καὶ ἐγυμνά-
32 ζετο. Καὶ ἦν Εὐρυσθεὺς μὲν ὃς ἦν, οὔτε Ἄργους, οὔτε Μυκηνῶν βασιλεύς, ὅς γ' οὐδ' αὐτὸς
ἑαυτοῦ· ὁ δ' Ἡρακλῆς ἁπάσης γῆς καὶ θαλάττης ἄρχων καὶ ἡγεμὼν ἦν, καθαρτὴς ἀνομίας
καὶ ἀδικίας, εἰσαγωγεὺς δὲ δικαιοσύνης καὶ ὁσιό-
τητος· καὶ ταῦτα ἐποίει καὶ γυμνὸς καὶ μόνος.
33 Ὁ δ' Ὀδυσσεὺς ὅτε ναυάγος ἐξερρίφθη, μή τι
ἐταπείνωσεν αὐτὸν ἡ ἀπορία; μή τι ἐπελάσεν;
ἀλλὰ

Pareo, sequor, collaudo Imperatorem; facta ejus praedico. Nam &, cum illi visum esset, veni; rursus abeo, cum illi visum est:. & dum viverem, munus fuit meum, Deum celebrare, cum ipse mecum, tum apud singulos, tum apud multos. Non praebet mihi multa, non copiam rerum suppeditat, delicate me vivere non vult: neque enim Herculi suppeditavit, filio suo: nam alius regnabat Argis & Mycenis; ille vero parebat, laborabat, exercebatur. Ac Eurystheus quidem erat qui erat, neque Argorum rex, neque Mycenarum, qui ne ipse quidem sibi imperabat: Hercules vero totius terrae & maris princeps & imperator erat, repurgator iniquitatis & injuriarum, Introductor justitiae & sanctitatis; eaque & nudus fecit & solus. Ulysses autem cum naufragus ejectus esset, num egestas humiliorem eum fecit? num eum

ἀλλὰ πῶς ἀπῄει πρὸς τὰς παρθένους αἰτήσων τὰ ἀναγκαῖα, ἃ αἴσχιστον εἶναι δοκεῖ δέεσθαι παρ' ἄλλου;

Ὥστε λέων ὀρεσίτροφος ἀλκὶ πεποιθώς.

Τίνι πεποιθώς; Οὐ δόξῃ, οὐδὲ χρήμασιν, οὐδ' 34 ἀρχαῖς, ἀλλ' ἀλκῇ τῇ ἑαυτοῦ, τοῦτ' ἔστι, δόγμασι τῶν ἐφ' ἡμῖν καὶ οὐκ ἐφ' ἡμῖν. Ταῦτα γάρ 35 ἐστι μόνα τὰ τοὺς ἐλευθέρους ποιοῦντα, τὰ τοὺς ἀκωλύτους, τὰ τὸν τράχηλον ἐπαίροντα τῶν τεταπεινωμένων, τὰ ἀντιβλέπειν ποιοῦντα ὀρθοῖς τοῖς ὀφθαλμοῖς πρὸς τοὺς πλουσίους, πρὸς τοὺς τυράννους. Καὶ τὸ τοῦ φιλοσόφου δῶρον τοῦτο ἦν. 36 Σὺ δ' οὐκ ἐξελεύσῃ θαρρῶν, ἀλλὰ περιτρέμων τοῖς ἱματιδίοις, καὶ τοῖς ἀργυρώμασιν. Δύστηνε, οὕτως ἀπώλεσας τὸν μέχρι νῦν χρόνον;

Τί οὖν, ἂν νοσήσω; Νοσήσεις καλῶς. Τίς 37 με θεραπεύσει; Ὁ θεός, οἱ φίλοι. Σκληρῶς κατα-

eam infregit? Immo vero quomodo abiit ad virgines, necessaria petiturus, quae ab alio petere turpissimum haberi solet?

Ceu leo monte nutritus,
proprio fretus robore.

Qua re fretus? Non gloria, non pecunia, non magistratibus; sed suopte robore, hoc est, decretis de eis rebus, quae in nostra potestate sunt, & quae non sunt. Haec enim sola sunt, quae liberos, quae solutos efficiunt; quae collum eorum, qui depressi sunt, adtollunt; quae id praestant, ut rectis oculis divites intueamur, ut tyrannos. Ac Philosophi munus istud fuit. Tu vero non sic egredieris animo firmo, sed tremens propter vestimenta tua, propter vasa argentea. Infelix! itane omne tempus usque adhuc perdidisti?

Quid ergo, si aegrotaro? Aegrotabis honeste. Quis me curabit? Deus; amici. Duriter

κατακείσομαι. Ἀλλ' ὡς ἀνήρ. Οἴκημα ἐπιτήδειον οὐχ ἕξω. Ἐν ἀνεπιτηδείῳ νοσήσεις. Τίς μοι
ποιήσει τὰ τροφεῖα; Οἱ καὶ τοῖς ἄλλοις ποιοῦντες. ὡς Μάνης νοσήσεις. Τί δὲ καὶ τὸ πέρας
38 τῆς νόσου; Ἄλλο τι ἢ θάνατος; Ἆρ' οὖν ἐνθυ-
μῇ, ὅτι κεφάλαιον τοῦτο πάντων τῶν κακῶν τῷ
ἀνθρώπῳ καὶ ἀγεννείας καὶ δειλίας οὐ θάνατός
39 ἐστι, μᾶλλον δ' ὁ τοῦ θανάτου φόβος; Ἐπὶ
τοῦτον οὖν μοι γυμνάζου· ἐνταῦθα νευέτωσαν οἱ
λόγοι πάντες, τὰ ἀσκήματα, τὰ ἀναγνώσμα-
τα· καὶ εἴσῃ, ὅτι οὕτω μόνως ἐλευθεροῦνται οἱ
ἄνθρωποι.

Duriter decumbam. Sed ut vir. Domicilium commodum non habebo. In incommodo ægrotabo. Quis autem mihi victum parabit? Qui etiam aliis parant. Sicut Manes ægrotabis. Quis vero erit morbi exitus? Num pejus aliquid quam mors? An igitur cogitas, caput hoc malorum omnium homini & degeneris animi & timiditatis esse, non mortem; sed potius mortis metum? Adversus hunc igitur te exerce: huc inclinent ratiocinationes omnes, exercitationes, lectiones: tum vero cognosces, hac sola ratione adseri homines in libertatem.

ΑΡΡΙΑΝΟΤ
ΤΩΝ
ΕΠΙΚΤΗΤΟΥ ΔΙΑΤΡΙΒΩΝ
ΒΙΒΛΙΟΝ ΤΕΤΑΡΤΟΝ.

ΚΕΦ. α΄.
Περὶ Ἐλευθερίας.

Ἐλεύθερός ἐστιν, ὁ ζῶν ὡς βούλεται· ὃν οὔτ' ἀναγκάσαι ἐστὶν, οὔτε κωλῦσαι, οὔτε βιάσασθαι· οὗ αἱ ὁρμαὶ ἀνεμπόδιστοι, αἱ ὀρέξεις ἐπιτευκτικαὶ, αἱ ἐκκλίσεις ἀπερίπτωτοι. Τίς οὖν θέλει ζῆν ἁμαρτάνων; Οὐδείς. Τίς θέλει ζῆν ἐξαπατώμενος, προπίπτων, ἄδικος ὢν, ἀκόλαστος, μεμψίμοιρος, ταπεινός; Οὐδείς. Οὐδεὶς ἄρα τῶν φαύλων ζῇ ὡς βούλεται· οὐ τοίνυν οὐδ' ἐλεύθερός.

EPICTETI DISSERTATIONVM
AB ARRIANO DIGESTARVM
LIBER IV.

CAP. I.
De Libertate.

Liber est, qui vivit ut vult; qui nec cogi, nec prohiberi, nec vim pati potest; cujus impetus non impediuntur, adpetitiones non frustrantur, aversationes non sunt irritae. Quis igitur vivere vult delinquens? Nemo. Quis vivere vult deceptus, temerarius, injurias, petulans, querulus, humilis & abjectus? Nemo. Nemo igitur improbus vivit ut vult; eo-

4 θερός ἐστι. Τίς δὲ θέλει λυπούμενος ζῆν, φοβούμενος, φθονῶν, ἐλεῶν, ὀρεγόμενος καὶ ἀπο-
τυγχάνων, ἐκκλίνων καὶ περιπίπτων; Οὐδείς.
5 Ἔχομεν οὖν τινα τῶν φαύλων ἄλυπον, ἄφοβον,
ἀπερίπτωτον, ἀναπότευκτον; Οὐδένα. Οὐκ ἄρα
οὐδὲ ἐλεύθερον.

6   Ταῦτα ἄν τις ἀκούσῃ δισύπατος, ἄν μὲν
προσθῇς, ὅτι, Ἀλλὰ σύ γε σοφὸς εἶ, οὐδὲν
7 πρὸς σὲ ταῦτα· συγγνώσεταί σοι. ἄν δ᾽ αὐτῷ
τὰς ἀληθείας εἴπῃς, ὅτι, Τῶν τρὶς πεπραμένων
οὐδὲν διαφέρεις πρὸς τὸ μὴ καὶ αὐτὸς δοῦλος εἶναι·
8 τί ἄλλο ἢ πληγὰς σε δεῖ προσδοκᾶν; Πῶς γάρ
φησιν, ἐγὼ δοῦλός εἰμι; ὁ πατὴρ ἐλεύθερος, ἡ
μήτηρ ἐλευθέρα, οὐ ὠνὴν οὐδεὶς ἔχει· ἀλλὰ καὶ
συγκλητικός εἰμι, καὶ Καίσαρος φίλος, καὶ ὑπά-
9 τευκα, καὶ δούλους πολλοὺς ἔχω. Πρῶτον μὲν,
ὦ βέλτιστε συγκλητικέ, τάχα σου καὶ ὁ πατὴρ
τὴν

que nec liber est. Quis vero vivere vult mœrens, timens, Invidens, miserans? quis ita, ut cupiat, nec voti compos fiat? ut fugiat, & in ea, quæ fugit, incidat? Nemo. Est-ne vero improbus aliquis, qui sit mœroris, qui timoris expers? qui non sæpe in ea, quæ fugit, incidat? cujus adpetitiones non sæpe irritæ sint? Nemo. Ergo ne liber quidem improbus quisquam. Hæc si quis audiat, iterum Consul, si adjeceris, Tu quidem sapiens es, hæc nihil ad te; veniam tibi dabit. Sin verum dixeris, nihil eum ab iis differre (quod quidem ad servitutem adtineat) qui ter venierant; quid præter plagas exspectandam tibi erit? Quo pacto enim, dicet, ego servus sim? pater meus liber est, mater libera, nec me quisquam emit; verum etiam senator sum, & Cæsaris amicus, & consularis, & servos multos habeo. Primum, senator optime, fortassis & pater tuus eamdem

τὴν αὐτὴν δουλείαν δοῦλος ἦν, καὶ ἡ μήτηρ; καὶ
ὁ πάππος, καὶ ἐφεξῆς πάντες οἱ πρόγονοι. εἰ δὲ   10
δὲ καὶ τὰ μάλιστα ἦσαν ἐλεύθεροι, τί τοῦτο
πρὸς σέ; τί γὰρ, εἰ ἐκεῖνοι μὲν γενναῖοι ἦσαν,
σὺ δ' ἀγεννής; ἐκεῖνοι μὲν ἄφοβοι, σὺ δὲ δειλός;
ἐκεῖνοι μὲν ἐγκρατεῖς, σὺ δ' ἀκόλαστος;

Καὶ τί, φησὶ, τοῦτο πρὸς τὸ δοῦλον εἶναι;   11
Οὐδέν σοι φαίνεται εἶναι τὸ ἄκοντά τι ποιεῖν, τὸ
ἀναγκαζόμενον, τὸ στένοντα, πρὸς τὸ δοῦλον εἶναι; Τοῦτο μὲν ἔστω, φησίν. ἀλλὰ τίς με δύ-   12
ναται ἀναγκάσαι, εἰ μὴ ὁ πάντων κύριος Καῖσαρ; Οὐκοῦν ἵνα μὲν δεσπότην σαυτοῦ καὶ σὺ αὐ-   13
τὸς ὡμολόγησας. ὅτι δὲ πάντων, ὡς λέγεις, κοι-
νός ἐστι, μηδέν σε τοῦτο παραμυθείσθω· ἀλλὰ
γίνωσκε, ὅτι ἐκ μεγάλης οἰκίας δοῦλος εἶ. οὕτω   14
καὶ Νικοπολῖται ἐπιβοᾷν εἰώθασι, Νὴ τὴν Καίσαρος Τύχην, ἐλεύθεροί ἐσμεν.

Ll 2   Ὅμως

dem serviit servitutem, &
mater quoque & avus, at-
que ordine omnes tui ma-
jores. Sin vel maxime li-
beri illi fuerint, quid istud
ad te? quid enim, si illi
strenui fuerunt, tu dege-
ner? illi imperterriti, tu
timidus? illi continentes,
tu petulans?

Et quid ista, inquit, ad
servitutem? Nihilne tibi
ad servitutem facere videtur, si quid invitus facias,

si coactus, si gemens? Istud
quidem esto, inquit; sed
quis me cogere potest, nisi
omnium dominus Cæsar?
Ergo unum certe domi-
num te habere, & ipse
confessus es: qui quamvis,
ut dicis, communis sit omnium, nihil tamen istud te
consoletur; sed cognosci-
to, te magnæ familiæ ser-
vum esse. Sic etiam Nico-
politæ clamare solent: Per
Cæsaris Genium, liberi sumus.

Sed

15 Ὅμως δ', ἄν σοι δοκῇ, τὸν μὲν Καίσαρα
πρὸς τὸ παρὸν ἀφῶμεν. ἐκεῖνο δέ μοι εἰπέ, οὐδέποτ' ἐράσθης τινός; οὐ παιδισκαρίου; οὐ δού-
16 λου; οὐκ ἐλευθέρου; Τί οὖν τοῦτο πρὸς τὸ δοῦ-
17 λον εἶναι, ἢ ἐλεύθερον; Οὐδέποθ' ὑπὸ τῆς ἐρω-
μένης ἐπετάγης οὐδὲν ὧν οὐκ ἤθελες; οὐδέποτέ
σου τὸ δουλάριον ἐκολάκευσας; οὐδέποτ' αὐτοῦ
τοὺς πόδας κατεφίλησας; καί τοι τοῦ Καίσαρος
ἄν σε τις ἀναγκάσῃ, ὕβριν αὐτὸ ἡγῇ, καὶ ὑπερ-
18 βολὴν τυραννίδος. Τί οὖν ἄλλο ἐστὶ δουλεία;
Νυκτὸς οὐδέποτ' ἀπῆλθες ὅπου οὐκ ἤθελες; ἀνά-
λωσας ὅσα οὐκ ἤθελες; εἶπάς τινα οἰμώζων καὶ
στένων; ἠνέσχου λοιδορούμενος, ἀποκλειόμενος;
19 Ἀλλ' εἰ σὺ αἰσχύνῃ τὰ σαυτοῦ ὁμολογεῖν, ἔρα
ἃ λέγει καὶ ποιεῖ ὁ Θρασωνίδης, ὃς, τοσαῦτα
στρατευσάμενος ὅσα τάχα οὐδὲ σύ, πρῶτον μὲν
ἐξελήλυθε νυκτός, ὅτε ὁ Γέτας οὐ τολμᾷ ἐξελθεῖν.

Sed tamen, si placet, Caesarem in praesentia omittamus. Illud autem mihi dicito, nonne aliquando amasti aliquem? non puellam? non servum? non ingenuum? Quid autem hoc ad servitutem aut libertatem facit? Nihilne umquam amica tibi imperavit quod nolles? numquam servulo tuo adulatus es? numquam pedes ejus deosculatus es? At vero si quis te Caesaris pedes deosculari cogeret, injuriam esse duceres, & summam tyrannidem. Quid ergo aliud est servitus? Numquamne noctu ivisti quo nolles? numquam plus quam velles insumsisti? numquam plorans & gemens voces nonnullas edidisti? convicia, exclusionem tolerasti? Verum si tua probra confiteri te pudet; vide, quid dicat faciatque Thrasonides: qui cum toties militarit, quoties fortasse ne tu quidem. primum noctu exiit, cum Geta exire non auderet,

sed,

θᾶν· ἀλλ', εἰ προσηναγκάζετο ὑπ' αὐτοῦ, πόλλ'
ἂν ἐπικραυγάσας, καὶ τὴν πικρὰν δουλείαν ἀπο-
λοφυράμενος, ἐξῆλθεν. Εἶτα, τί λέγει; Ποιεῖ 20
δικάριόν με, φησὶ, καταδεδούλωκεν εὐτελὲς, ὃν
οὐδεὶς τῶν πολεμίων πώποτε. Τάλας, ὅς γε καὶ 21
παιδισκαρίου δοῦλος εἶ, καὶ παιδισκαρίου εὐτελοῦς·
τί οὖν ἔτι σαυτὸν ἐλεύθερον λέγεις; τί δὲ προφέ-
ρεις σου τὰς στρατείας; Εἶτα ξίφος αἰτεῖ, καὶ 22
πρὸς τὸν ὑπ' εὐνοίας μὴ διδόντα χαλεπαίνει· καὶ
δῶρα τῇ μισούσῃ πέμπει, καὶ δεῖται, καὶ κλαίει·
πάλιν δὲ μικρὰ εὐημερήσας, ἐπαίρεται. πλὴν 23
καὶ τότε πῶς; μηδ' ἐπιθυμεῖν, ἢ φοβεῖσθαι,
οὕτως ἐλευθερίας εἶχε.

Σκέψαι δ' ἐπὶ τῶν ζώων, πῶς χρώμεθα τῇ 24
ἐννοίᾳ τῆς ἐλευθερίας. Λέοντας τρέφουσιν ἡμέ- 25
ρους ἐγκλείσαντες, καὶ σιτίζουσι, καὶ κομίζουσιν
ἔνιοι μεθ' αὐτῶν. Καὶ τίς ἐρεῖ τοῦτον τὸν λέοντα

Ll 3   ἐλεύ-

sed, si ab ea fuisset ad exeundum coactus, multum
vociferatus & acerbam servitutem deplorans exiisset.
Quid autem ait? *Vilis*,
inquit, *puella in servitutem
me redegit, quam nemo ho-
stium umquam vicit.* Itane,
miser! etiam puellae ser-
vus es, & quidem vilis
puellae? Quid ergo te ad-
huc liberum esse dicis?
quid expeditiones tuas ja-
ctas? Deinde gladium po-
stulat, & ei, qui ex benevolentia non dat, succen-
set: et puellae, cui invi-
sus est, munera mittit, &
supplicat, & plorat: rur-
sus vero exiguo usus suc-
cessu, effertur. Sed tum
quoque quo pacto? An ut
neque adpetat, neque sur-
midet? * *

Considera vero in ani-
mantibus, quam de illis habeamus notionem liberta-
tis. Leones alunt cicures
cavea clausos, & pascunt,
eosque nonnulli secum cir-
cumferunt. Quis autem
dicat cum leonem esse li-
berum?

ἐλεύθερον; οὐχὶ δ᾽ ὅσῳ μαλακώτερον διεξάγῃ,
τοσούτῳ δουλικώτερον; τίς δ᾽ ἂν αἴσθησιν καὶ
λογισμὸν λαβὼν, βούλοιτο τούτων τις εἶναι τῶν
26 λεόντων; Ἄγε, τὰ δὲ πτηνὰ ταῦτα ὅταν λη-
φθῇ, καὶ ἐγκεκλεισμένα τρέφηται, οἷα πάσχει,
ζητοῦντα ἐκφυγεῖν; καὶ ἔνιά γε αὐτῶν λιμῷ δια-
φθείρεται μᾶλλον, ἢ ὑπομένει τὴν τοιαύτην διεξ-
27 αγωγήν. ὅσα δ᾽ οὖν διασώζεται, μόγις καὶ χαλεπῶς, καὶ φθίνοντα· κἂν ὅλως εὕρῃ τι παρεωρ-
μένον, ἐξεπήδησεν. οὕτως ὀρέγεται τῆς φυσικῆς
ἐλευθερίας, καὶ τοῦ αὐτόνομα καὶ ἀκώλυτα εἶναι.
28 Καὶ τί σοι κακόν ἐστιν ἐνταῦθα; Οἷα λέγεις;
πέτεσθαι πέφυκα ὅπου θέλω, ὑπαίθρος διάγειν,
ᾄδειν ὅταν θέλω· σύ με πάντων τούτων ἀφαιρῇ,
29 καὶ λέγεις, τί σοι κακόν ἐστι; Διὰ τοῦτο ἐκεῖνα
μόνα ἐροῦμεν ἐλεύθερα, ὅσα τὴν ἅλωσιν οὐ φέρει,
ἀλλ᾽ ἅμα τε ἑάλω, καὶ ἀποθανόντα διέφυγεν.

Οὕτω

berum? nonne, quo mol-
lius degit, eo servilius?
Quis vero sensus & ratio-
nis compos factus, aliquis
istorum leonum esse velit?
Age porro, aviculæ istæ,
cum captæ & inclosæ alun-
tur, quomodo adfectæ sunt?
ut effugere cupiunt? non-
nullæ fame etiam perire
malunt, quam vitam istam
tolerare: quæ autem con-
servantur, quod ægre qui-
dem ac difficulter & cum
tabe fit, si ullum foramen
deprehenderint, exsiliunt.
Adeo naturalem libertatem
desiderant; & statum quo
sui juris sint, & a nemine
prohibeantur. Et quid hic
tibi mali est? Quid dicis?
Natura mea desiderat, ut
volem quo velim, ut sub-
dio agam, ut cantillem
cum volo: quæ cum tu mi-
hi eripias omnia, quid mali
mihi sit rogas? Quamob-
rem illa tantum animalia
libera dicemus, quæ ca-
ptivitatem non ferunt; sed
simulac capta sunt, morte
servitutem effugerunt. Sic

&

Οὕτω καὶ Διογένης πού λέγει, μίαν ἔναι μηχα- 30
νὴν πρὸς ἐλευθερίαν, τὸ εὐκόλως ἀποθνήσκειν·
καὶ τῷ Περσῶν βασιλεῖ γράφει, ὅτι, Τὴν Ἀθηναίων πόλιν καταδουλώσασθαι οὐ δύνασαι· οὐ
μᾶλλον, φησὶν, ἢ τοὺς ἰχθύας.   Πῶς; οὐ γὰρ 31
λήψομαι αὐτούς; Ἂν λάβῃς, φησὶν, εὐθὺς ἀπο-
λιπόντες σε οἰχήσονται, καθάπερ οἱ ἰχθύες. καὶ
γὰρ ἐκείνων ὃν ἂν λάβῃς, ἀπέθανε· καὶ οὗτοι
ληφθέντες ἐὰν ἀποθνήσκωσι, τί σοι ἐστὶ τῆς
παρασκευῆς ὄφελος; Τοῦτ' ἐστιν ἐλευθέρου ἀν- 32
δρὸς φωνὴ, σπουδῇ ἐζητακότος τὸ πρᾶγμα, καὶ
ὥσπερ εἰκὸς εὑρηκότος. Ἂν δ' ἀλλαχοῦ ζητῇς ἢ
ὅπου ἐστὶ, τί θαυμαστὸν εἰ οὐδέποτε αὐτὸ εὑρί-
σκεις;

Ὁ δοῦλος εὐθὺς εὔχεται ἀφεθῆναι ἐλεύθε- 33
ρος. Διὰ τί; Δοκεῖτε, ὅτι τοῖς εἰκοστώναις ἐπι-
θυμεῖ δοῦναι ἀργύριον; Οὔ· ἀλλ', ὅτι φαντάζεται, μέχρι τοῦ νῦν, διὰ τὸ μὴ τετυχηκέναι
Ll 4   τούτου,

& Diogenes alicubi dixit, unam esse rationem retinendæ libertatis, haud gravate mori: & Persarum regi scribit, eum civitatem Atheniensium non posse in servitutem redigere; non magis, ait, quam pisces. Quomodo? non capiam eos? Si ceperis, inquit, statim te relicto abibunt, quemadmodum pisces: nam & horum quemcunque ceperis, moritur: & isti capti si moriantur, quæ erit expeditionis tuæ utilitas? Hæc ingenui viri vox est, qui rem serio inquisivit, & uti par est invenit. Sin eam alibi, quam ubi est, quæsiveris, non mirum si numquam invenis.

Servus statim optat se manumitti. Quamobrem? Eone putatis, quod pecuniam Vicesimariis dare cupiat? Non; sed quia putat se, quod hactenus libertate caruerit, impediri & infe-

34 τούτου, ἐμποδίζεσθαι καὶ δυσροεῖν. Ἀν· ἀφιῶ,
φησὶν, εὐθὺς πᾶσα εὔροια, οὐδενὸς ἐπιστρέφομαι, πᾶσιν ὡς ἴσος καὶ ὅμοιος λαλῶ, πορεύομαι
ὅπου θέλω, ἔρχομαι ὅθεν θέλω, καὶ ὅπου θέλω.
35 Εἶτα ἀπηλευθέρωται· καὶ εὐθὺς μὲν οὐκ ἔχων
ποῖ φάγῃ, ζητεῖ τίνα κολακεύσει, παρὰ τίνι δει-
πνήσει· εἶτα ἢ ἐργάζεται τῷ σώματι, καὶ πάσχει τὰ δεινότατα· κἂν σχῇ τινα φάτνην, ἐμ-
πέπτωκεν εἰς δουλείαν πολὺ τῆς προτέρας χαλε-
36 πωτέραν· ἢ καὶ εὐπορήσας ἄνθρωπος ἀπειρόκα-
λος, πεφίληκε παιδισκάριον, καὶ δυστυχῶν ἀνα-
37 κλαίεται, καὶ τὴν δουλείαν ποθεῖ. Τί γάρ μοι
κακὸν ἦν; ἄλλος μ' ἐνέδυεν, ἄλλος μ' ὑπέδυε,
ἄλλος ἔτρεφεν, ἄλλος ἐνοσοκόμει, ὀλίγα αὐτῷ
ὑπηρέτουν. νῦν δὲ τάλας οἷα πάσχω, πλείοσι
38 δουλεύων ἀνθ' ἑνός; Ὅμως δ' ἐὰν δακτυλίους,
φησὶ, λάβω, τότε γ' εὐρούστατα διάξω, καὶ
εὐδαι-

iufeliciter vivere. Si manumiffus fuero, inquit, ftatim omnia profpera; curo
neminem, omnibus ut par
& æqualis verba facio;
proficifcor quo volo, venio
unde volo, & quo volo.
Deinde, cum manumiffus
eft, ftatim non habet ubi
edat; quærit cui aduletur,
apud quem cœnet: deinde
vel corpore opus facit, &
graviffima patitur; &, fi
modo præfepe aliquod in-
venerit, in fervitutem incidit priore longe graviorem: aut, fi opes etiam
nactus fuerit homo inc-
ptus, puellulam aliquam de-
perit, & fuas calamitates
deplorat, ac priftinam fervitutem defiderat. Quid
enim mali mihi erat? alius
mihi veftes præbebat, cal-
ceamenta, cibum præbe-
bat, in morbo me curabat;
paucis in rebus illi fervie-
bam: nunc autem mifer,
quid patior, cum pluribus
pro uno ferviam? Verum-
tamen fi annulos, inquit,
accepero, tum profperrime
vivam,

εὐδαιμονέστατα. Πρῶτον μὲν, ἵνα λάβῃ, πάσχει
ὧν ἐστιν ἄξιος· εἶτα λαβὼν, πάλιν ταυτά.
Εἶτά φησιν· Ἂν μὲν στρατεύσωμαι, ἀπηλλάγην 39
πάντων τῶν κακῶν. Στρατεύεται. πάσχει ἕνα
μαστιγίας· καὶ οὐδὲν ἧττον δευτέραν αὐτῷ στρατείαν, καὶ τρίτην. Εἶθ’ ὅταν αὐτὸν τὸν κολοφῶ- 40
να ἐπιθῇ, καὶ γένηται συγκλητικὸς, τότε γίνεται
δοῦλος εἰς σύλλογον ἐρχόμενος, τότε τὴν καλλίω
καὶ λιπαρωτάτην δουλείαν δουλεύει.

Ἵνα μὴ μωρὸς ᾖ, ἀλλ’ ἵνα μάθῃ ἃ ἔλεγεν 41
ὁ Σωκράτης, τί ἐστι τῶν ὄντων ἕκαστον, καὶ μὴ
εἰκῆ τὰς προλήψεις ἐφαρμόζῃ ταῖς ἐπὶ μέρους
οὐσίαις. Τοῦτο γάρ ἐστι τὸ αἴτιον τοῖς ἀνθρώ- 42
ποις πάντων τῶν κακῶν, τὸ τὰς προλήψεις τὰς
κοινὰς μὴ δύνασθαι ἐφαρμόζειν τοῖς ἐπὶ μέρους.
Ἡμεῖς δ’ ἄλλοι ἄλλα οἰόμεθα. ὁ μὴν, ὅτι νο- 43
σεῖ. οὐδαμῶς, ἀλλ’ ὅτι τὰς προλήψεις οὐκ ἐφαρ-

Ll 5

μόζει.

vivam, & feliciffime. Primum, ut eos accipiat, ea
patitur quæ meretur: deinde acceptis iis, rurfus eadem. Poft. Si militavero,
inquit, liberabor malis
omnibus. Militat; ærum-
nas patitur verberone di-
gnas: ac nihilominus fe-
cunda, itemque tertia, po-
ftulat ftipendia. Deinde,
cum ipfum colophonem
impofuit, & fenator eft
factus, tum fit fervus con-
cilium ingrediens, tum pul-
cerrimam & nitidiffimam
fervitutem fervit.

Definat effe ftultus! fed
difcat quod Socrates ait,
quæ rei cujusque fit na-
tura; neque anticipationes
rebus fingularibus temere
adcommodet. Hæc enim
cauffa eft hominibus om-
nium malorum, quod an-
ticipationes communes re-
bus fingularibus adcommo-
dare non poffunt. Nos
enim alii alia opinamur nobis effe cauffas malorum:
alius, quod ægrotet; ne-
quaquam, fed quod antici-
pationes non adcommo-
det: alius, quod paupor
fit;

μόζει. ὁ δ', ὅτι πτωχός ἐστιν· ὁ δ', ὅτι πατέρα χαλεπὸν ἔχει ἢ μητέρα· τῷ δ' ὅτι ὁ Καίσαρ οὐχ ἵλεώς ἐστι. Τοῦτο δ' ἔστιν ἓν καὶ μόνον,
44 τὸ τὰς προλήψεις ἐφαρμόζειν μὴ εἰδέναι. Ἐπεὶ
τίς οὐκ ἔχει κακοῦ πρόληψιν, ὅτι βλαβερόν ἐστιν,
ὅτι φευκτόν ἐστι, ὅτι παντὶ τρόπῳ ἀποικονόμη-
τόν ἐστι; Πρόληψις προλήψει οὐ μάχεται, ἀλλ'
45 ὅταν ἔλθῃ ἐπὶ τὸ ἐφαρμόζειν. Τί οὖν τὸ κακόν
ἐστι τοῦτο, καὶ βλαβερὸν, καὶ φευκτόν; Λέγει,
τὸ Καίσαρος μὴ εἶναι φίλον. Ἀπῆλθεν, ἀπέπε-
σε τῆς ἐφαρμογῆς, θλίβεται, ζητεῖ τὰ μηδὲν
πρὸς τὸ προκείμενον· ὅτι τυχὼν τοῦ φίλος εἶναι
Καίσαρος, οὐδὲν ἧττον τοῦ ζητουμένου οὐ τέτευχε.
46 Τί γάρ ἐστιν, ὃ ζητεῖ πᾶς ἄνθρωπος; Εὐστα-
θῆσαι, εὐδαιμονῆσαι, πάντα ὡς θέλει ποιεῖν,
μὴ κωλύεσθαι, μηδ' ἀναγκάζεσθαι. Ὅταν οὖν
γένηται Καίσαρος φίλος, πέπαυται κωλυόμενος;
πέπαυ-

sit; alius, quod patrem durum habeat aut matrem; alius, quod Cæsarem sibi male propitium habeat? Sed horum omnium unica & sola caussa est, anticipationes nescire adcommodare. Quis enim notionem Mali non habet hanc, esse id noxium, esse fugiendum, modis omnibus propulsandum esse? Notio notioni non repugnat; sed cum ad adcommodationem ventum est. Quid ergo est malum istud, & noxium, & fugiendum? Respondet, Non esse Cæsaris amicum. Longe abiit, adcommodatione excidit, angitur, quærit ea quæ ad institutum nihil adiuvent: quia Cæsaris amicitiam adeptus, nihilominus id, quod quærebat, non est adeptus. Quid enim est, quod quivis homo quærit? Tranquille vivere, prosperâ fortunâ uti, arbitratu suo facere omnia, non prohiberi, non cogi. Igitur Cæsaris amicus factus, an prohiberi desiit? desiit cogi? tranquille vivit? rebus se-
cundia

πέπαυται ἀναγκαζόμενος; εὐσταθῶ; εὑροῶ; Τίνος πυθώμεθα; Τίνα ἔχομεν ἀξιοπιστότερον, ἢ
αὐτὸν τοῦτον τὸν γεγονότα φίλον; Ἐλθὶ εἰς τὸ 47
μέσον, καὶ εἰπὲ ἡμῖν, πότε ἀταραχώτερον ἐκάθευδες; νῦν, ἢ πρὶν γενέσθαι φίλος τοῦ Καίσαρος; Εὐθὺς ἀκούεις, ὅτι, Παῦσαι, τοὺς Θεούς
σοι, ἐμπαίζων μου τῇ τύχῃ. οὐκ οἶδας οἷα πάσχω τάλας, οὐδ' ὕπνος ἐπέρχεταί μοι· ἀλλ'
ἄλλος ἐλθὼν λέγει, ὅτι, Ἤδη ἐγρηγορεῖ, ἤδη
πρόεισιν· εἶτα ταραχαὶ, εἶτα φροντίδες. Ἄγε, 48
ἐδείπνεις δὲ πότε εὐαρεστότερον; νῦν, ἢ πρότερον; Ἄκουσαν αὐτοῦ, καὶ περὶ τούτων τί λέγει·
ὅτι, ἂν μὲν μὴ κληθῇ, ἐδυνᾶται· ἂν δὲ κληθῇ,
ὡς δοῦλος παρὰ κυρίῳ δειπνεῖ, μεταξὺ προσέχων
μή τι μωρὸν εἴπῃ ἢ ποιήσῃ. Καὶ τί δοκεῖς φοβεῖται; μὴ μαστιγωθῇ ὡς δοῦλος; Πόθεν αὐτῷ οὕτω καλῶς; Ἀλλ', ὡς πρέπει τηλικοῦτον ἄνδρα,
Καίσαρος φίλον, μὴ ἀπολέσῃ τὸν τράχηλον.
Ἐλούου

cundis uteris? Quem per- gilare, jam prodire; mox
contemnis? Quem vero tumultus, mox curæ. Age,
habemus fide digniorem eo quando suavius cœnasti?
ipso, qui Cæsaris amicus nunc, an prius? Audi ip-
factus est? Prodi in me- sum, de his etiam quid di-
dium: dic nobis, quan- cat: si non vocetur, angit
do tranquillius dormivisti? sese; sin vocetur, cœnare
nunc, an priusquam Cæ- ut servum apud dominum,
saris amicitiam nactus es- interim solicitum, ne quid
ses? Statim audis: Desine, stulte dicat aut faciat. Quid
quæso per deos, fortunæ vero eum timere putas?
meæ insultare: haud no- Ne vapulet, ut servus?
sti qualia perpetiar miser: Unde ei tam bene esset?
ne somnus quidem mihi Immo, ut decet tantum
obrepit: sed alius venit, virum, Cæsaris amicum,
nunciatque, eum jam vi- ne caput amittat. Quando
                                                    autem

49 Ἐλούου δὲ πότ᾽ ἀταραχώτερον; ἐγυμνάζου δὲ πότε σχολαίτερον; Τὸ σύνολον, ποῖον μᾶλλον ἤθε-
50 λες βίον βιοῦν; τὸν νῦν, ἢ τὸν τότε; Ὀμόσαι
δύναμαι, ὅτι οὐδεὶς οὕτως ἐστὶν ἀναίσθητος, ἢ
ἀναληθὴς, ὡς μὴ ἀποδύρασθαι τὰς αὑτοῦ συμ-
φορὰς, ὅσῳ ἂν ᾖ φίλτερος.

51   Ὅταν οὖν μήτε οἱ βασιλεῖς λεγόμενοι ζῶσιν
ὡς θέλουσι, μήθ᾽ οἱ φίλοι τῶν βασιλέων, τίνες
ἔτι εἰσὶν ἐλεύθεροι; Ζήτει καὶ εὑρήσεις. ἔχεις γὰρ
ἀφορμὰς παρὰ τῆς φύσεως πρὸς εὕρεσιν τῆς ἀληθείας. εἰ δ᾽ αὐτὸς οὐχ οἷός τε εἶ, κατὰ ταί-
τας ψιλὰς πορευόμενος, εὑρεῖν τὸ ἑξῆς, ἄκουσον
52 παρὰ τῶν ἐζητηκότων. Τί λέγουσιν; Ἀγαθόν
σοι δοκεῖ ἡ ἐλευθερία; Τὸ μέγιστον. Δύναται οὖν
τις τοῦ μεγίστου ἀγαθοῦ τυγχάνων, κακοδαιμο-
νεῖν, ἢ κακῶς πράσσειν; Οὔ. Ὅσους οὖν ἂν ἴδῃς
κακοδαιμονοῦντας, δυσροοῦντας, πενθοῦντας, ἀπο-
Φαίνου

autem tranquillus lavisti?
quanto majore otio te ex-
ercuisti? Denique Omnino,
utram vivere vitam mal-
les? hanc, an illam? Ju-
rare ausim, neminem adeo
vel stupidum, vel a veri-
tate alienum esse, quin magis fortunas suas misere-
tur, quo amicior Caesari
fuerit.

Cum ergo neque hi, qui
reges dicuntur, ita vivant
ut volunt, neque amici re-
gum; quinam restant qui
sint liberi? Quaere, & in-

venies: habes enim ad,
veritatis inventionem ad-
jumenta quaedam ab Ipsa
natura tributa. Quod si
his solis ducibus utens non
potes consequentia invenire, audi quid ii dicant, qui
haec pervestigârunt. Quid
dicunt? Bonum tibi vide-
tur libertas? Maximum.
Potest ergo aliquis maximo
bono potitus, miser esse,
& adversâ fortuna uti?
Non. Quoscumque igitur
infelices videris, adversâ
fortuna conflictantes, lugentes,

Φαίνου θαῤῥῶν, μὴ εἶναι ἐλευθέρους. Ἀποφαίνο-
μαι. Οὐκοῦν ἀπὸ μὲν ὠνῆς καὶ πράσεως, καὶ τῆς 53
τοιαύτης ἐν κτήσει κατατάξεως, ἤδη ἀπονενεχωρή-
καμεν. εἰ γὰρ ὀρθῶς ὡμολόγησας ταῦτα, ἄν τε
μέγας βασιλεὺς κακοδαιμονῇ, οὐκ ἂν ἐλεύθερος,
ἄν τε μικρός, ἄν θ' ὑπατικός, ἄν τε δισύπατος. Ἔστω.

Ἔτι οὖν ἀπόκριναί μοι κἀκεῖνο, δοκεῖ σοι μέ- 54
γα τι εἶναι καὶ γενναῖον ἡ ἐλευθερία καὶ ἀξιόλογον; Πῶς γὰρ οὔ; Ἔστιν οὖν, τυγχάνοντά τινος οὕτω μεγάλου καὶ ἀξιολόγου καὶ γενναίου, ταπεινὸν εἶναι; Οὐκ ἔστιν. Ὅταν οὖν ἴδῃς τινὰ 55
ὑποπεπτωκότα ἑτέρῳ, ἢ κολακεύοντα παρὰ τὸ
φαινόμενον αὐτῷ, λέγε καὶ τοῦτον θαῤῥῶν μὴ εἶναι ἐλεύθερον· καὶ μὴ μόνον, ἂν δειπναρίου ἕνεκα
αὐτὸ ποιῇ, ἀλλὰ κἂν ἐπαρχίας ἕνεκα, κἂν ὑπατείας. ἀλλ' ἐκείνους μὲν μικροδούλους λέγε, τοὺς

μικρῶν

gentes, eos audacter pro-
nuncia non esse liberos.
Pronuncio. Igitur emtio-
nem & venditionem, &
hujusmodi constitutionem
in servili conditione, mis-
sam nunc fecimus, *& de
ea non quærimus:* nam si
recte ista concessisti, sive
magnus rex infelix fuerit,
non erit liber, sive regu-
lus, sive consularis, sive
iterum consul. Esto.

Iam porro illud mihi
responde, num magnum
quiddam & generosum, &
magni pretii tibi videtur
esse libertas? Quidni ve-
ro? Fierine potest igitur,
ut tanto, tam præclaro &
generoso bono potitus, sit
humilis & abjectus? Non
potest. Cum ergo aliquem
videris alteri se submitten-
tem, aut præter animi sui
sententiam adulantem; au-
dacter & illum liberum
esse negato: neque solum,
si propter cœnam id faciat;
sed etiam, si ob provin-
ciam, ob consulatum: sed
illos quidem minutos ser-

vos

μικρῶν τινων ἕνεκα ταῦτα ποιοῦντας· τούτους δ',
ὡς εἰσὶν ἄξιοι, μεγαλοδούλους. Ἔστω καὶ ταῦ-
56 τα. Δοκεῖ δέ σοι ἡ ἐλευθερία αὐτεξούσιόν τι καὶ
αὐτόνομον; Πῶς γὰρ οὔ; Ὅντινα οὖν ἐπ' ἄλλῳ
κωλῦσαι ἐστὶ, καὶ ἀναγκάσαι, θαρρῶν λέγε μὴ
57 εἶναι ἐλεύθερον. καὶ μή μοι πάππους αὐτοῦ καὶ
προπάππους βλέπε, καὶ ὠνὴν ζήτει καὶ πρᾶσιν·
ἀλλ', ἂν ἀκούσῃς λέγοντος ἔσωθεν καὶ ἐκ πάθους,
Κύριε· κἂν δώδεκα ῥάβδοι προάγωσι, λέγε δοῦλον. κἂν ἀκούσῃς λέγοντος, Τάλας ἐγὼ, οἷα
πάσχω; λέγε δοῦλον. ἂν ἁπλῶς ἀποκλαιόμενον
ἴδῃς, μεμφόμενον, δυσροοῦντα, λέγε δοῦλον, πε-
58 ριπέρφυρον ἔχοντα. Ἂν οὖν μηδὲν τούτων μὴ
ποιῇ, μήπω εἴπῃς ἐλεύθερον· ἀλλὰ τὰ δόγματα αὐτοῦ κατάμαθε, μή τι ἀναγκαστά, μή τι
κωλυτικά, μή τι δυσροητικά; Κἂν εὕρῃς τοιοῦτον, λέγε δοῦλον, ἀνοχὰς ἔχοντα ἐν Σατορνα-
λίοις·

vos adpella, qui propter minutas res ista faciunt; istos vero, ut digni sunt, magnos servos. Concedamus & hæc. Num tibi libertas videtur esse status, quo quis sui juris est, suique arbitrii? Quidni? Quisquis igitur ab alio prohiberi & cogi potest; eum ne dubita negare esse liberum. Neque vero avos aut proavos ejus respice; nec quære, quis emerit eum, quis vendiderit: sed, si audieris ex animo & cum adfectu dicentem, Domine; quamvis duodecim fasces antecedant, servum adpella. Quod si dicentem audieris, Me miseram! quomodo mecum agitur? dic, servum. Denique omnino, si deplorantem, conquerentem, adversis rebus conflictantem videris: dic, servum prætextatum. Quod si horum nihil fecerit, non idcirco statim liberum dixeris; sed opiniones ejus & decreta cognosce, num cogi, num prohiberi possint, num successu carere? Quod si talem inveneris, dic servum,

λίοις· λέγε, ὅτι ὁ κύριος αὐτοῦ ἀποδημεῖ· εἶθ'
ἥξει, καὶ γνώσῃ οἷα πάσχει. Τίς ἥξει; Πᾶς ὃς   59
ἂν αὐτεξουσίαν ἔχῃ τῶν ὑπ' αὐτοῦ τινος θελομέ-
νων, πρὸς τὸ περιποιῆσαι ταῦτα, ἢ ἀφελέσθαι.
Οὕτως οὖν πολλοὺς κυρίους ἔχομεν; Οὕτω. τὰ
γὰρ πράγματα προτέρους τούτων κυρίους ἔχομεν·
ἐκεῖνα δὲ πολλά ἐστι· διὰ ταῦτα ἀνάγκη, καὶ
τοὺς τούτων τινὸς ἔχοντας ἐξουσίαν, κυρίους εἶναι.
Ἐπεί τοι οὐδεὶς αὐτὸν τὸν Καίσαρα φοβᾶται·   60
ἀλλὰ τὸν θάνατον, φυγὴν, ἀφαίρεσιν τῶν ὄντων,
φυλακὴν, ἀτιμίαν. οὐδὲ φιλεῖ τις τὸν Καίσαρα,
ἂν μή τι ᾖ πολλοῦ ἄξιος· ἀλλὰ πλοῦτον φιλοῦ-
μεν, δημαρχίαν, στρατηγίαν, ὑπατείαν. Ὅταν
ταῦτα φιλῶμεν, καὶ μισῶμεν, καὶ φοβώμεθα,
ἀνάγκη τοὺς ἐξουσίαν αὐτῶν ἔχοντας κυρίους ἡμῶν
εἶναι. διὰ τοῦτο καὶ ὡς Θεοὺς αὐτοὺς προσκυνοῦ-
μεν. Ἐννοοῦμεν γὰρ, ὅτι τὸ ἔχον ἐξουσίαν τῆς   61

μεγί-

vom, cui Saturnalibus in-
duciæ dentur: dio, domi-
num ejus peregre abesse;
qui ubi advenerit, videbis
qua ille conditione sit.
Qualis adveniet? Quisquis
potestatem habet eorum
aliquid, quæ ille vult, vel
conferendi, vel auferendi.
Siccine tot dominos habe-
mus? Sic. Nam res ipsas,
ante hos, dominas habe-
mus: quæ cum multæ sint,
fieri non potest, quin ii,
qui earum rerum alicujus
potestatem habeant, nostri
sint domini. Etenim ipsum

Cæsarem nemo timet; sed
mortem, sed exsilium, sed
ereptionem bonorum, car-
cerem, ignominiam. Ne-
que diligit quisquam ip-
sum Cæsarem, nisi virtute
excellat: sed divitias diligimus, tribunatum, præ-
turam, consulatum. Hæc
cum diligimus, odimus,
timemus; necesse est, eos
quorum hæc in potestate
sunt, nostros esse domi-
nos: quare etiam veluti
deos, illos adoramus. Sic
enim statuimus, in cujus
potestate amplissimum be-

nesicium

μεγίστης ὠφελείας, θεῖόν ἐστιν. ἀλλ' ὑποτάσσομεν κακῶς, Οὗτος δ' ἔχει τῆς μεγίστης ὠφελείας
ἐξουσίαν· θεῖον ἄρα ἐστίν. Εἰ γὰρ ὑποτάσσομεν
κακῶς, τὸ, οὗτος δ' ἔχει τῆς μεγίστης ὠφελείας
ἐξουσίαν, ἀνάγκη καὶ τὸ γενόμενον ἐξ αὐτῶν ἐπε-
νεχθῆναι κακῶς.

62   Τί οὖν ἐστι τὸ ποιοῦν ἀκώλυτον τὸν ἄνθρωπον, καὶ αὐτεξούσιον; πλοῦτος γὰρ οὐ ποιεῖ,
οὐδ' ὑπατεία, οὐδ' ἐπαρχία, οὐδὲ βασιλεία·

63   ἀλλὰ δεῖ τι ἄλλο εὑρεθῆναι. Τί οὖν ἐστι τὸ ἐν
τῷ γράφειν ἀκώλυτον ποιοῦν καὶ ἀπαραπόδιστον;
Ἡ ἐπιστήμη τοῦ γράφειν. Τί δ' ἐν τῷ κιθαρίζειν; Ἡ ἐπιστήμη τοῦ κιθαρίζειν. Οὐκοῦν καὶ ἐν

64   τῷ βιοῦν, ἡ ἐπιστήμη τοῦ βιοῦν. Ὡς μὲν οὖν
ἁπλῶς, ἀκήκοας· σκέψαι δ' αὐτὸ καὶ ἐκ τῶν
ἐπὶ μέρους. Τὸν ἐφιέμενόν τινος τῶν ἐπ' ἄλλοις
ὄντων, ἐνδέχεται ἀκώλυτον εἶναι; Οὔ. Ἐνδέχεται

---

neficium sit, id divinum quiddam esse: deinde male subsumimus, In illius autem potestate amplissimum beneficium est: quare Divinum quiddam est. Nam si male subsumimus illud, In istius potestate amplissimum beneficium est; necesse est, etiam id, quod ex his conficitur, perperam inferri.

Quid ergo est, quod homini hoc praestet, ut nec prohiberi possit, & sui juris ut sit? Nam opes quidem hoc non faciunt, neque consulatus, neque provinciae, neque imperia; sed aliud aliquid est quaerendum. Quid ergo est, quod in scribendo faciat, ut expedite & solute agere possimus? Scribendi scientia. Quid, ut cithara expedite canamus? Scientia illius artis. Ergo & in degenda vita, vivendi scientia. Iam generatim quidem haec audivisti; considera vero etiam particulatim. Potestne impedimenti expers esse is, qui aliquid adpetit quod alieni juris est?

τω ἀσωρακόδιστον; Οὔ. Οὐκοῦν οὐδ' ἐλεύθερον.
Ὅρα οὖν· πότερον οὐδὲν ἔχομεν ὃ ἐφ' ἡμῖν μόνοις 65
ἐστίν; ἢ πάντα; ἢ τὰ μὲν ἐφ' ἡμῖν ἐστι, τὰ δ'
ἐπ' ἄλλοις; Πῶς λέγεις; Τὸ σῶμα ὅταν θέλῃς 66
ὁλόκληρον εἶναι, ἐπὶ σοί ἐστιν, ἢ οὔ; Οὐκ ἐπ'
ἐμοί. Ὅταν δ' ὑγιαίνειν; Οὐδὲ τοῦτο. Ὅταν δὲ
καλὸν εἶναι; Οὐδὲ τοῦτο. Ζῆν δὲ, ἢ ἀποθανεῖν;
Οὐδὲ τοῦτο. Οὐκοῦν τὸ μὲν σῶμα ἀλλότριον,
ὑπεύθυνον παντὸς τοῦ ἰσχυροτέρου. Ἔστω. Τὸν 67
ἀγρὸν δ' ἐπὶ σοί ἐστιν ἔχειν ὅταν θέλῃς, καὶ ἐφ'
ὅσον θέλεις, καὶ οἷον θέλεις; Οὔ. Τὰ δὲ δουλάρια; Οὔ. Τὰ δ' ἱμάτια; Οὔ. Τὸ δ' οἰκίδιον;
Οὔ. Τοὺς δ' ἵππους; Τούτων μὲν οὐδέν. Ἂν δὲ
τὰ τέκνα σου ζῆν θέλῃς ἐξ ἅπαντος, ἢ τὴν γυναῖκα, ἢ τὸν ἀδελφὸν, ἢ τοὺς φίλους, ἐπὶ σοί
ἐστιν; Οὐδὲ ταῦτα.

Πότε-

est? Non potest. Potestne non prohiberi? Non potest. Ergo nec liber esse potest. Vide igitur: nihilne habeamus quod in nostra potestate sit? an omnia? an vero quædam nostra, quædam aliena? Quomodo ais? Corpus integrum esse cum vis, estne penes te, an non? Non est penes me. Cum recte valere? Ne hoc quidem. Cum esse pulcrum? Neque hoc. Vivere, aut mori? Neque hoc. Igitur corpus alienum est, cuivis fortiori obnoxium. Esto. At penes te est, agrum habere cum voles, & quoad voles, & qualem voles? Non. Servulos autem? Non. At vestes? Non. Domunculam? Non. At equos? Horum omnium nihil. Quod si præcise ac sine exceptione volueris, ut in vita maneant tui liberi, aut uxor tua, aut frater, aut amici, penes te id est? Ne id quidem.

68   Πότερον οὖν οὐδὲν ἔχεις αὐτεξούσιον, ὃ ἐπὶ μόνῳ ἐστί σοι, καὶ ἀναφαίρετον; ἢ ἔχεις τι τοιοῦτον; Οὐκ οἶδα. Ὅρα οὖν οὕτω, καὶ σκέψαι αὐ-
69 τό. Μή τις δύναταί σε ποιῆσαι συγκαταθέσθαι τῷ ψεύδει; Οὐδείς. Οὐκοῦν ἐν μὲν τῷ συγκατα-θετικῷ τόπῳ ἀκώλυτος εἶ καὶ ἀνεμπόδιστος. Ἔστω.
70 Ἄγε, ὁρμῆσαι δέ σε ἐφ' ὃ μὴ θέλεις, τίς δύνα-ται ἀναγκάσαι; Δύναται. ὅταν γάρ μοι θάνα-τον ἢ δεσμὰ ἀπειλῇ, ἀναγκάζει με ὁρμῆσαι. Ἂν οὖν καταφρονῇς τοῦ ἀποθανεῖν καὶ τοῦ δεδέσθαι,
71 ἔτι αὐτοῦ ἐπιστρέφῃ; Οὔ. Σὸν οὖν ἐστιν ἔργον, τὸ καταφρονεῖν θανάτου, ἢ οὐ σόν; Ἐμόν. Σὸν ἄρα ἐστὶ καὶ τὸ ὁρμῆσαι. ἢ οὔ; Ἔστω ἐμόν.
72 Τὸ δ' ἀφορμῆσαι, τίνος; σὸν καὶ τοῦτο. Τί οὖν, ἂν, ἐμοῦ ὁρμήσαντος περιπατῆσαι, ἐκεῖνός με κωλύσῃ; Τί σου κωλύει; μή τι τὴν συγκατά-θεσιν; Οὔ· ἀλλὰ τὸ σωμάτιον. Ναί, ὡς λίθον.
Ἔστω·

An ergo nihil habet proprium, quod penes te solum sit, nec eripi tibi possit? aut habesne aliquid tale? Nescio. Sic igitur istud vide atque considera. Numquis efficere potest, ut adsentiaris mendacio? Nemo. Ergo in loco adsensionis nec prohiberi nec impediri potes. Esto. Age; ut impetum capias ad id quod non vis, cogere te aliquis potest? Potest: nam si mihi mortem aut vincula minitetur, impetum me capere cogit. At si vincula & mortem contemnas, adhuc eum curabis? Non. Tuum-ne ergo est opus, mortem contemnere, an non tuum? Meum. Tuum igitur etiam est, impetu uti. Nonne? Esto meum. Devitare autem rem aliquam? Etiam hoc tuum est. Quid ergo, si me deambulare conantem ille prohibeat? Quid tuum prohibet? num adsensionem tuam? Non: at corpusculum. Immo; tamquam lapidem

Ἔστω· ἀλλ' οὐκέτι ἐγὼ περιπατῶ. Τίς δέ σοι 73
εἶπε, τὸ περιπατῆσαι σὸν ἔργον ἐστὶν ἀκώλυτον;
ἐγὼ γὰρ ἐκεῖνο ἔλεγον ἀκώλυτον μόνον, τὸ ὁρμῆ-
σαι· ὅπου δὲ σώματος χρεία καὶ τῆς ἐκ τούτου
ἐνεργείας, πάλαι ἀκήκοας ὅτι οὐδέν ἐστι σόν.
Ἔστω καὶ ταῦτα. Ὀρέγεσθαι δέ σε οὗ μὴ θέ- 74
λεις, τίς ἀναγκάσαι δύναται; Οὐδείς. Προθέ-
σθαι δ' ἢ ἐπιβαλέσθαι τις, ἢ ἁπλῶς χρῆσθαι
ταῖς προσπιπτούσαις φαντασίαις; Οὐδὲ ταῦτα·
ἀλλὰ ὀρεγόμενόν με κωλύσει τυχεῖν οὗ ὀρέγομαι. 75
Ἂν τῶν σῶν τινος ὀρέγῃ, καὶ τῶν ἀκωλύτων, πῶς
σε κωλύσει; Οὐδαμῶς. Τίς οὖν σοι λέγει, ὅτι ὁ
τῶν ἀλλοτρίων ὀρεγόμενος ἀκώλυτός ἐστι;

Ὑγιείας οὖν μὴ ὀρέγωμαι; Μηδαμῶς, μηδ' 76
ἄλλου ἀλλοτρίου μηδενός. ὃ γὰρ οὐκ ἔστι ἐπὶ 77
σοὶ παρασκευάσαι ἢ τηρῆσαι ὅτε θέλεις, τοῦτο
M m 2   ἀλλό-

lapidem. Esto: at ego non amplius deambulo. Quis autem tibi dixit, deambulare tuam esse opem, quod prohiberi non possit? nam ego illud solum prohiberi posse negavi, ut impetum capias; ubi autem corpore atque illius ministerio sit opus, pridem audivisti, nihil esse tuum. Sunto & hæc. At, ut adpetas quod tu non velis, ecquis te cogere potest? At; Instituere atque suscipere aliquid, aut omnino objectis visis uti, ad hæc quisquam te cogere potest? Ne huc quidem quisquam: sed adpetentem me prohibebit eo potiri quod adpeto. Si tuum aliquid adpetes, & quod prohiberi nequeat, quomodo prohibebit? Nullo modo. Quis autem tibi dicit, eum, qui aliquid alieni adpetat, prohiberi non posse?

Ergo sanitatem non adpetam? Nequaquam, nec ullam rem alienam. Quod enim penes te non est vel parare vel tueri cum vis, id alienum est: longe ab
eo

ἀλλότριόν ἐστι. μακρὰν ἀπ' αὐτοῦ οὐ μόνον τὰς
χεῖρας, ἀλλὰ πολὺ πρότερον τὴν ὄρεξιν. εἰ δὲ
μὴ, παρέδωκας σεαυτὸν δοῦλον· ὑπέθηκας τὸν
τράχηλον, ἄν τι θαυμάσῃς τῶν μὴ σῶν, ᾧ τινι
78 ἂν τῶν ὑπευθύνων καὶ θνητῶν προσπαθῇς. Ἡ
χείρ οὐκ ἔστιν ἐμή; Μέρος ἐστὶ σόν· φύσει δὲ
πηλός; κωλυτόν, ἀναγκαστόν, δοῦλον παντὸς
79 τοῦ ἰσχυροτέρου. Καὶ τί σοι λέγω χεῖρα; ὅλον
τὸ σῶμα οὕτως ἔχειν σε δεῖ ὡς ὀνάριον ἐπισεσαγ-
μένον· ἐφ' ὅσον ἂν οἷόν τε ᾖ, ἐφ' ὅσον ἂν διδῶται. ἂν δ' ἀγγαρεία ᾖ, καὶ στρατιώτης ἐπιλάβηται, ἄφες, μὴ ἀντίτεινε, μηδὲ γόγγυζε· εἰ
δὲ μὴ, πληγὰς λαβὼν, οὐδὲν ἧττον ἀπολεῖς καὶ
80 τὸ ὀνάριον. Ὅταν δὲ πρὸς τὸ σῶμα οὕτως ἔχειν
σε δέῃ, ὅρα τί ἀπολείπεται περὶ τὰ ἄλλα, ὅσα
τοῦ σώματος ἕνεκα παρασκευάζεται. ὅταν ἐκεῖνο
ὀνάριον ᾖ, τἄλλα γίνεται χαλινάρια τοῦ ὀναρίου,

σαγμά-

eo non modo manus, sed adpetitionem etiam, ac multo quidem magis, abstine; alioqui in servitutem te tradideris, collum jugo subjeceris, si quid admiratus fueris quod tuum non est, si quid alienum & mortale desideraveris. An manus non est mea? Pars tua est; suapte vero natura lutum; prohiberi potest, cogi potest; serva est cujusvis robustioris. Et quid tibi manum dicam? Totum corpus ita te habere oportet, ut asellum clitellis onustum; quatenus licuerit, quatenus datum fuerit: sin fuerit vis adlata, si miles prehenderit; omitte, ne renitere, ne murmura: alioqui, plagis etiam acceptis nihilominus asellum amittes. Quod si erga corpus te sic adfectum esse decet; vide, quid de caeteris rebus statuendum sit, quae corporis gratia comparantur: cum asellus sit corpus, caetera freni erunt aselli, clitellae,

ferreae -

σάγμάτια, ὑποδημάτια, κριθαὶ, χόρτος. ἄφες
κᾀκεῖνα· ἀπόλυε θᾶττον καὶ εὐκολώτερον ἢ τὸ
ὀνάριον.

Καὶ ταύτην τὴν παρασκευὴν παρασκευασά- 81
μενος, καὶ τὴν ἄσκησιν ἀσκήσας, τὰ ἀλλότρια
ἀπὸ τῶν ἰδίων διακρίνειν, τὰ κωλυτὰ ἀπὸ τῶν
ἀκωλύτων, ταῦτα πρὸς ἑαυτὸν ἡγεῖσθαι, ἐκεῖνα
μὴ πρὸς ἑαυτὸν, ἐνταῦθα ἐπιστρόφως ἔχειν τῆς
ὀρέξεως, ἐνταῦθα κατὰ τὴν ἔκκλισιν· μή τι ἔτι
φοβῇ τινα; Οὐδένα. Περὶ τίνος γὰρ φοβήσῃ; 82
περὶ τῶν σεαυτοῦ, ὅπου ἡ οὐσία τοῦ ἀγαθοῦ καὶ
τοῦ κακοῦ; καὶ τίς τούτων ἐξουσίαν ἔχει; τίς
ἀφελέσθαι αὐτὰ δύναται; τίς ἐμποδίσαι; οὐ μᾶλλον ἢ τὸν Θεόν. Ἀλλ᾽ ὑπὲρ τοῦ σώματος, καὶ 83
τῆς κτήσεως; ὑπὲρ τῶν ἀλλοτρίων; ὑπὲρ τῶν
οὐδὲν πρὸς σέ; Καὶ τί ἄλλο ἐξαρχῆς ἐμελέτησας,
ἢ διακρίνειν τὰ σὰ καὶ οὐ σὰ, τὰ ἐπὶ σοὶ καὶ
οὐκ ἐπὶ σοὶ, τὰ κωλυτὰ καὶ ἀκώλυτα; Τίνος δὲ

M m 3

ἕνεκα

ferreæ calces, hordeum, fænum. Omitte illa etiam; omitte citius & facilius, quam ipsum asellum. Atque in hunc modum præparatus & exercitatus, ut a propriis aliena discernas, ea quæ prohiberi possunt ab iis quæ non possunt; ut hæc ad te pertinere putes, illa nihil ad te adtinere; ut hic adpetitionem cures, illic aversationem; num quem adhuc times? Neminem. (*Recte!*) cui enim timuo-	ris? An his rebus, in quibus boni & mali essentia inest? Quis vero illarum potestatem habet? quis auferre potest? quis impedire? nihilo magis quam Deum. An corpori timueris, & possessioni, rebus alienis, rebus nihil ad te pertinentibus? Quid vero aliud ab initio meditatus es, nisi ut tua & aliena discerneres, ea quæ in tua & quæ in aliorum essent potestate, quæ prohiberi possent & non prohiberi?

ἕνεκα προσῆλθες τοῖς φιλοσόφοις; ἵνα μηδὲν ἧτ-
84 τον ἀτυχῶς καὶ δυστυχῆς; Οὐκοῦν ἄφοβος μὲν
οὕτως ἔσῃ καὶ ἀτάραχος. Λύπη δὲ τί πρὸς σέ;
ἂν γὰρ προσδοκωμένων φόβος γίνεται, καὶ λύπη
παρόντων. Ἐπιθυμήσεις δὲ τίνος ἔτι; Τῶν μὲν
γὰρ προαιρετικῶν, ἅτε καλῶν ὄντων καὶ παρόντων, σύμμετρον ἔχεις καὶ καθισταμένην τὴν ὄρε-
ξιν· τῶν δ' ἀπροαιρέτων οὐδενὸς ὀρέγῃ, ἵνα καὶ
τόπον ἔχῃ τὸ ἄλογον ἐκεῖνο, καὶ ἐντικὸν, καὶ
παρὰ τὰ μέτρα ἠπειγμένον.

85   Ὅταν οὖν πρὸς τὰ πράγματα οὕτως ἔχῃς,
τίς ἔτι ἄνθρωπος δύναται φοβερὸς εἶναι; Τί γὰρ
ἔχει ἄνθρωπος ἀνθρώπῳ φοβερόν, ἢ ὀφθείς, ἢ
λαλήσας, ἢ ὅλως συναναστραφείς; οὐ μᾶλλον ἢ
ἵππος ἵππῳ, ἢ κύων κυνί, ἢ μέλισσα μελίσσῃ.
ἀλλὰ τὰ πράγματα ἑκάστῳ φοβερά ἐστι· ταῦτα

liberi? Quæ vero gratia philosophos accessisti? Ut nihilo minus votis tuis frustrareris & calamitosus esses? Igitur imperterritus & perturbationis expers sic eris. Dolor autem quid ad te? (*Nihil:*) nam quorum exspectatio timetur, horum præsentia dolet. Quid autem desiderabis porro? (*Nihil:*) nam eorum quidem quæ tui arbitrii sunt, quippe quæ pulcra sunt & adsunt, moderatam habes & compositam adpetitionem:: eorum autem, quæ a tua voluntate non pendent, nihil ita adpetis, ut locum habeat brutum illud & impetuosum, & ultra modum concitatum.

Cum ergo adversus res sic adfectus fueris, quia homo deinceps timendus esse potest? Quid enim habet homo homini terribile, sive conspiciatur, sive colloquatur, aut etiam una vivat? nihilo magis quam equus equo, aut canis cani, aut apis api. Sed res unique formidabiles sunt; quæ cum

τα δ' ὅταν περιποιεῖν τις δύναταί τινι, ἢ ἀφελέσθαι, τότε καὶ αὐτὸς φοβερὸς γίνεται. Πῶς οὖν 86
ἀκρόπολις καταλύεται; Οὐ σιδήρῳ, οὐδὲ πυρί,
ἀλλὰ δόγμασιν. ἂν γὰρ τὴν οὖσαν ἐν τῇ πόλει
καθέλωμεν, μή τι καὶ τὴν τοῦ πυρετοῦ; μή τι
καὶ τὴν τῶν καλῶν γυναικαρίων; μή τι ἁπλῶς
τὴν ἐν ἡμῖν ἀκρόπολιν, καὶ τοὺς ἐν ἡμῖν τυράννους
ἀποβεβλήκαμεν; οὓς ἀφ' ἑκάσταις καθ' ἡμέραν
ἔχομεν, ποτὲ μὲν τοὺς αὐτοὺς, ποτὲ δ' ἄλλους.
Ἀλλ' ἔνθεν ἄρχεσθαι δεῖ, καὶ ἔνθεν καθελεῖν 87
τὴν ἀκρόπολιν, ἐκβάλλειν τοὺς τυράννους· τὸ σωμάτιον ἀφεῖναι, τὰ μέρη αὐτοῦ, τὰς δυνάμεις,
τὴν κτῆσιν, τὴν φήμην, ἀρχὰς, τιμὰς, τέκνα,
ἀδελφοὺς, φίλους, ταῦτα πάντα ἡγήσασθαι ἀλλότρια. Κἂν ἔνθεν ἐκβληθῶσιν οἱ τύραννοι, τί 88
ἔτι ἀποτειχίζω τὴν ἀκρόπολιν, ἐμοῦ γε ἕνεκα;
ἑστῶσα γὰρ, τί μοι ποιεῖ; Τί ἔτι ἐκβάλλω τοὺς
M iii 4

δορυφό-

cum quis alteri conferre aut auferre potest, tum & ipse fit formidabilis. Quomodo ergo evertitur arx? Non ferro, neque igni, sed decretis. Nam si eam, quae in urbe est, sustulerimus; num etiam eam, quam febris nobis opposuit? num etiam eam, quam pulcrae mulierculae? num omnino eam, quae in nobis est, arcem, & tyrannos, qui in nobis sunt, prostravimus? quos unicuique nostrum quotidie imminentes experimur, modo easdem; modo diversos. Hinc ordiendum est: arx ab hac parte demolienda; hinc ejiciendi tyranni: corpusculum missum faciendum; partes ejus, facultates, possessiones, fama, magistratus, honores, liberi, fratres, amici, haec omnia ducenda sunt aliena. Quod si hinc ejecti fuerint tyranni, cur arcem adhuc, mea utique caussa, destruam? nam stans illa quid mihi incommodat? Quid adhuc eji-

ciam

δορυφόροις; ποῦ γὰρ αὐτῶν αἰσθάνομαι; Ἐπ'
ἄλλους ἔχουσι τὰς ῥάβδους, καὶ τοὺς κοντοὺς, καὶ
89 τὰς μαχαίρας. Ἐγὼ δ' τί πώποτε θέλων ἐκω-
λύθην, οὔτ' ἠναγκάσθην, μὴ θέλων. Καὶ πῶς
τοῦτο δυνατόν; Προσκατατέταχά μου τὴν ὁρμὴν
τῷ Θεῷ. Θέλει μ' ἐκεῖνος πυρέσσειν; κἀγὼ θέλω. Θέλει ὁρμᾶν ἐπί τι; κἀγὼ θέλω. Θέλει
ὀρέγεσθαι; κἀγὼ θέλω. Θέλει με τυχεῖν τινος;
90 κἀγὼ βούλομαι. Οὐ θέλει; οὐ βούλομαι. ['Απο-
θανεῖν με θέλει; στρεβλωθῆναί με θέλει;] ἀποθανεῖν οὖν θέλω. στρεβλωθῆναι οὖν θέλω. Τίς
ἔτι με κωλῦσαι δύναται παρὰ τὸ ἐμοὶ φαινόμενον,
ἢ ἀναγκάσαι; Οὐ μᾶλλον ἢ τὸν Δία.

91 Οὕτω ποιοῦσι καὶ τῶν ὁδοιπόρων οἱ ἀσφαλέ-
στεροι. ἀκήκοεν ὅτι λῃστεύεται ἡ ὁδὸς, μόνος οὐ
τολμᾷ καθεῖναι ἀλλὰ περιέμεινε συνοδίαν ἢ πρεσ-
βευτοῦ, ἢ ταμίου, ἢ ἀνθυπάτου· καὶ προσκατατάξας

ciam satellites? ubi enim illos sentio? Adversus alios
illi fasces habent, & hastas,
& gladios: ego vero num-
quam, volens aliquid, pro-
hibitus sum, neo coactus,
nolens. Quo enim pacto
fieri id posset? Impetum
meum obedientem praebui
Deo. Vult ille me febri-
citare? volo & ipse. Vult
me adgredi quidpiam? vo-
lo & ipse... Vult me ali-
quid adpetere? volo &
ipse. Vult me aliqua re
potiri? volo & ipse. Non
vult? nec ego volo. Mori
me vult? torqueri me vult?
mori igitur volo; torqueri
volo. Quis adhuc me pro-
hibere potest contra meam
sententiam, aut cogere?
Nemo; nihilo magis quam
Jovem.

Sic faciant etiam viato-
res cautiores. Si audie-
rint, viam latrociniis in-
festam esse; soli se itineri
committere non audent;
sed exspectato comitatu
vel legati, vel quaestoris,
vel proconsulis, his ad-
gregati

τάξῃς ἑαυτὸν, παρέρχεται ἀσφαλῶς. Οὕτω καὶ 92
ἐν τῷ κόσμῳ ποιεῖ ὁ φρόνιμος. πολλὰ λῃστήρια,
τύραννοι, χειμῶνες, ἀπορίαι, ἀποβολαὶ τῶν φιλ-
τάτων. Ποῦ τις καταφύγῃ; πῶς ἀλῄστευτος 93
παρέλθῃ; ποίαν συνοδίαν περιμείνας, ἀσφαλῶς
διέλθῃ; τίνι προσκατατάξας ἑαυτόν; Τῷ δεῖ- 94
νι, τῷ πλουσίῳ; τῷ ὑπατικῷ; Καὶ τί μοι ὄφελος; αὐτὸς ἐκδύεται, οἰμώζει, πενθεῖ. τί δ',
ἂν ὁ συνοδοιπόρος αὐτός ἐπ' ἐμὲ στραφεὶς, λῃστής
μου γένηται; τί ποιήσω; Φίλος ἔσομαι Καίσαρος· 95
ἐκείνου με ὄντα ἑταῖρον οὐδεὶς ἀδικήσει. Πρῶτον
μὲν, ἵνα γένωμαι λαμπρὸς, ἃ με δεῖ τλῆναι καὶ
παθεῖν; ποσάκις καὶ ὑπὸ πόσων λῃστευθῆναι;
εἶτα, ἐὰν γένωμαι, καὶ οὗτος θνητός ἐστιν. Ἂν 96
δ' αὐτός ἔκ τινος περιστάσεως ἐχθρός μου γένηται,
ἀναχωρῆσαι ποῦ ποτε κρεῖσσον; εἰς ἐρημίαν; ἄγε,
ἐκεῖ πυρετὸς οὐκ ἔρχεται; Τί οὖν γένηται; οὐκ 97

Mm 5

ἔστιν

gregati tuto iter confici-
unt. Sic etiam in mundo
facit vir prudens. Multa
latrocinia sunt, tyranni,
tempestates, egestates; jacturæ carissimorum. Quo
confugias? quomodo in-
columis transeas? quem
comitatum exspectabis, ut
tutus iter conficias? cui
te adjunges? diviti illi,
aut consulari? Quem inde
fructum capiam? ipse exul-
tur, plorat, luget. Quid
vero, si ipse comes meus
in me conversus, latro-
meus fiat? quid faciam?
Amicus ero Cæsaris; cui
dum familiaris fuero, nemo
mihi injuriam faciet. Primum, ut fiam illustris, quæ
mihi toleranda & perfe-
renda erunt? quoties & à
quam multis spoliari me
oportebit? Deinde, si fa-
ctus fuero, & ipse morta-
lis est. Si vero casu aliquo inimicus mihi factus
fuerit, quo recedendum?
in solitudinem? Age, febris
illuc non venit? Quid er-
go faciendum? Non licet
ergo

; ἔσται εὑρεῖν ἀσφαλῆ σύνοδον; πιστὸν, ἰσχυρὸν,
98 ἀνεπιβούλευτον; Οὕτως ἐφίστησι καὶ ἐννοῶ, ὅτι,
ἐὰν τῷ Θεῷ προσκατατάξῃ ἑαυτὸν, διελεύσεται
ἀσφαλῶς.

99   Πῶς λέγεις προσκατατάξαι; Ἵν', ὃ ἂν ἐκεῖνος θέλῃ, καὶ αὐτὸς θέλῃ· καὶ, ὃ ἂν ἐκεῖνος
100 μὴ θέλῃ, τοῦτο μηδ' αὐτὸς θέλῃ. Πῶς οὖν τοῦτο γένηται; Πῶς γὰρ ἄλλως, ἢ ἐπισκεψαμένῳ
τὰς ὁρμὰς τοῦ Θεοῦ, καὶ τὴν διοίκησιν; Τί μοι
δέδωκεν ἐμὸν καὶ αὐτεξούσιον; τί αὑτῷ κατέλιπε;
τὰ προαιρετικά μοι δέδωκεν· ἐπ' ἐμοὶ πεποίηκεν,
ἀνεμπόδιστα, ἀκώλυτα. τὸ σῶμα τὸ πήλινον
πῶς ἐδύνατο ἀκώλυτον ποῖσαι; ὑπέταξεν οὖν τῇ
τῶν Ὅλων περιόδῳ τὴν κτῆσιν, τὰ σκεύη, τὴν
101 οἰκίαν, τὰ τέκνα, τὴν γυναῖκα. Τί οὖν θεομα-
χῶ; τί θέλω τὰ μὴ θελητά; τὰ μὴ δοθέντα
μοι ἐξ ἅπαντος ἔχειν; Ἀλλὰ πῶς; Ὡς δίδοται,
καὶ

ergo invenias comitem, per quem tutus sis, fidelem, firmum, insidiarum expertem? Ita rem considerans vir prudens cogitat, si Deo se dederit, tuto se iter confecturum.

Quid est istud, Dedere sese Deo? Ut, quod ille voluerit, & ipse velit: &, quod ille noluerit, nec ipse velit. Qui ergo istud fiet? Quomodo fieret aliter, nisi considerando Dei consilio & administratione? Quid ille mihi dedit meum: &, mei juris? quid sibi ipse reservavit? Liberam voluntatem mihi dedit; &, quae in mea potestate sunt, ea nec impediri nec prohiberi posse voluit. Corpus autem luteum, quomodo potuit tale efficere, ut a nemine prohiberetur? Subjecit igitur sub universitatis circuitum possessiones, vasa, aedes, liberos, uxorem. Quid ergo Deo repugno? Cur volo ea, quae velle non debeo? Cur volo, ut quae mihi data non sunt, quovis

καὶ ἐφ' ἴσον δέδοται. Ἀλλ' ὁ δοὺς ἀφαιρεῖται.
Τί οὖν ἀντιτείνω; οὐ λέγω, ὅτι ἠλίθιος ἔσομαι,
τὸν ἰσχυρότερον βιαζόμενος, ἀλλ' ἔτι πρότερον
ἄδικος. Πόθεν γὰρ ἔχων αὐτὰ ἦλθον; Ὁ πα- 102
τήρ μοι αὐτὰ ἔδωκεν. Ἐκείνῳ δὲ τίς; Τὸν ἥλιον
δὲ τίς πεποίηκε; τοὺς καρποὺς δὲ τίς; τὰς δ'
ὥρας τίς; τὴν δὲ πρὸς ἀλλήλους συμπλοκὴν καὶ
κοινωνίαν τίς;

Εἶτα σύ, πάντα εἰληφὼς παρ' ἄλλου, καὶ 103
αὐτὸν σεαυτόν, ἀγανακτεῖς καὶ μέμφῃ τὸν δόντα,
ἄν σου τι ἀφέληται; Τίς ὦν; καὶ ἐπὶ τί ἐλήλυθας; Οὐχὶ ἱκανός σε εἰσήγαγεν; οὐχὶ τὸ φῶς 104
ἱκανός σοι ἔδειξεν; οὐ συνεργοὺς ἔδωκεν; οὐκ αἰσθήσεις; οὐ λόγον; ὡς τίνα δὲ εἰσήγαγεν; οὐχ
ὡς θνητόν; οὐχ ὡς μετ' ὀλίγου σαρκιδίου ζήσοντα
ἐπὶ τῆς γῆς; καὶ θεασόμενον τὴν διοίκησιν αὐτοῦ,
καὶ συμπομπεύσοντα αὐτῷ, καὶ συνεορτάσοντα
πρὸς

qnovis modo confequar?
Sed quomodo *velle res de-*
beo? Prout datæ funt, &
quatenus datæ funt. At is,
qui dedit, aufert iterum.
Quid ergo repugno? Non
dico, ftultum me fore, fi
potentiori adverfor, fed
prius etiam injuriam. Un-
de enim ea habui? Pater
illa mihi dederat. Illi vero
quis? Solem vero quis fe-
cit? fruges quis dedit?
quis anni tempora diftinxit?
communitatem & confocia-
tionem hominum inter ip-
fos, quis inftituit?

Itane tu, cum omnia,
& te quoque ipfum ab alio
acceperis, indignaris &
accufas largitorem illo-
rum, fi quid tibi ademerit?
Quis es, & ad quid venifti?
Nonne ille te introduxit?
nonne lumen ille tibi mon-
ftravit? non adjutores ad-
junxit? non fenfus? non
rationem? Qualem vero
te introduxit? nonne ut
mortalem? nonne ut cum
exigua caruncula victurum
in terris, & fpectatorem
ipfius gubernationem, &
ludos concelebraturum, &
ad

105 πρὸς ὀλίγον; Οὐ θέλεις οὖν, ἕως δέδοταί σοι,
θεασάμενος τὴν πομπὴν καὶ τὴν πανήγυριν, εἶτα,
ὅταν σ' ἐξάγῃ, πορεύεσθαι προσκυνήσας καὶ εὐ-
106 χαριστήσας ὑπὲρ ὧν ἤκουσας καὶ εἶδες; Οὔ· ἀλλ'
ἔτι ἑορτάζειν ἤθελον. Καὶ γὰρ οἱ μύσται, μυεῖ-
σθαι· τάχα δὲ καὶ οἱ ἐν Ὀλυμπίᾳ, ἄλλους ἀ-
θλητὰς βλέπειν. ἀλλὰ ἡ πανήγυρις πέρας ἔχει.
ἔξελθε· ἀπαλλάγηθι ὡς εὐχάριστος· ὡς αἰδή-
μων· δὸς ἄλλοις τόπον· δεῖ γίνεσθαι καὶ ἄλλους,
καθάπερ καὶ σὺ ἐγίνου, καὶ γενομένους ἔχειν χώραν, καὶ οἰκήσεις καὶ τὰ ἐπιτήδεια. ἂν δ' οἱ
πρῶτοι μὴ ὑπεξάγωσι, τί ὑπολείπεται; τί ἄπλη-
στος εἶ; τί ἀνίκανος; τί στενοχωρεῖς τὸν κόσμον;
107 Ναί· ἀλλὰ καὶ τὰ τεκνία μετ' ἐμαυτοῦ εἶναι
θέλω, καὶ τὴν γυναῖκα. Σὰ γάρ ἐστιν; οὐχὶ
τοῦ δόντος; οὐχὶ καὶ τοῦ σὲ πεποιηκότος; εἶτα
οὐκ

ad exiguum tempus cele-
britati interfuturum? Non
vis igitur, postquam, quoad tibi datum est, pompam
ejus & celebritatem spe-
ctaveris, deinde, cum te
eduxerit, abire adorans illum, & gratias ei agens
de iis quæ vidisti & audivisti? Non: sed diutius fe-
stivitati interesse vellem.
Etiam mystæ diutius ini-
tiari se vellent; forsitan ii
etiam, qui Olympiæ sunt,
alios athletas spectare: sed
celebritas finita est: Exi;
discede, ut gratus, ut verecundus; da locum aliis:
oportet alius etiam nasci,
quemadmodum & tu natus
es; & natos oportet ha-
bere locum, & habitatio-
nes, & victum. Si vero
primi non discesserint, quid
relinquitur? Cur insatia-
bilis es? cur satis fieri
tibi non potest? quid coar-
ctas mundum? Næ: sed
liberos etiam meos mecum
esse volo, atque uxorem.
Tuane ergo sunt? annon
ejus qui dedit? annon
ejus qui te quoque fecit?
Ergo non mitis facies aliena?

οὐκ ἐκστήσῃ τῶν ἀλλοτρίων; οὐ παραχωρήσεις
τῷ κρείσσονι; Τί οὖν μ' εἰσῆγεν ἐπὶ τούτοις; 108
Καὶ εἰ μὴ ποιεῖ σοι, ἔξελθε· οὐκ ἔχει χρείαν
θεατοῦ μεμψιμοίρου. Τῶν συνεορταζόντων δεῖται,
τῶν συγχορευόντων, ἵν' ἐπικροτῶσι μᾶλλον, ἐπι-
θειάζωσιν, ὑμνῶσι δὲ τὴν πανήγυριν. Τοὺς ἀτα- 109
λαιπώρους δὲ καὶ δειλούς, οὐκ ἀηδῶς ὄψεται ἀπο-
λελειμμένους τῆς πανηγύρεως· οὐδὲ γὰρ παρόντες,
ὡς ἐν ἑορτῇ διῆγον, οὐδ' ἐξεπλήρουν τὴν χώραν
τὴν πρέπουσαν, ἀλλ' ὠδυνῶντο, ἐμέμφοντο τὸν
δαίμονα, τὴν τύχην, τοὺς συνόντας· ἀναίσθητοι
καὶ ὧν ἔτυχον, καὶ τῶν ἑαυτῶν δυνάμεων, ἃς
εἰλήφασι πρὸς τὰ ἐναντία, μεγαλοψυχίας, γενναιότητος, ἀνδρείας, αὐτῆς τῆς νῦν ζητουμένης
ἐλευθερίας. Ἐπὶ τί οὖν εἴληφα ταῦτα; Χρη- 110
σόμενος. Μέχρι τίνος; Μέχρις ἂν ὁ χρήσας θέλῃ. Ἂν οὖν ἀναγκαῖά μοι ᾖ; Μὴ προσπάσχε
αὐτοῖς,

ma? Non cedes Meliori? Cur vero iis conditionibus me introduxit? Si tibi hæc non placent, egredere: non opus ei est spectatore querulo: eos requirit qui festum unà celebrent, qui unà choros agant, qui ad-plaudant potius, qui ad-mirentur, qui divinis lau-dibus celebrent spectacu-lum. Morosos vero et igna-vos non invitus spectaculo digressos videbit: neque enim, dum adessent, ut in festivitate vivebant; neo tuebantur locum conve-nientem; sed dolebant, in-cusabant Deum, fortunam, sodales; non animadver-tentes quid datum iis fue-rit, oblitique virium sua-rum, quas ad contraria acceperunt, magnitudinis animi, generositatis, for-titudinis, illius ipsius, quæ de nunc agitur, libertatis. Ad quid igitur ista accepi? Utiis utereris. Quousque? Dum is, qui utenda dedit, voluerit. Quod si igitur necessaria sunt mihi? Noli, illis

αὐτοῖς, καὶ οὐκ ἔσται. τὸ αὐτὰ αὐτῷ μὴ ἄπρε-
ἀναγκαῖα, καὶ οὐκ ἔστι.

111   Ταύτην τὴν μελέτην ἕωθεν εἰς ἑσπέραν μελετᾶν ἔδει, ἀπὸ τῶν μικροτάτων, ἀπὸ τῶν εὐπη-
ρεαστοτάτων ἀρξάμενος, ἀπὸ χύτρας, ἀπὸ πο-
τηρίου. εἶθ' οὕτως ἐπὶ χιτωνάριον πρόσελθε, ἐπὶ
κυνάριον, ἐπὶ ἱππάριον, ἐπὶ ἀγρίδιον· ἔνθεν ἐπὶ
σαυτὸν, τὸ σῶμα, τὰ μέρη τοῦ σώματος, τὰ
112 τέκνα, τὴν γυναῖκα, τοὺς ἀδελφούς. πανταχοῦ
περιβλέψας, ἀπόῤῥιψον ἀπὸ σεαυτοῦ· κάθηρον
τὰ δόγματα, μή τι προσήρτηταί σοι τῶν οὐ σῶν,
μή τι συμπέφυκε, μή τι ὀδυνήσῃ σε ἀποσπώμε-
113 νον. καὶ λέγε γυμναζόμενος καθ' ἡμέραν, ὡς
ἐκεῖ, μὴ ὅτι φιλοσοφεῖς, (ἔστω φορτικὸν τὸ ὄνο-
μα·) ἀλλ' ὅτι καρπιστὴν δίδως. τοῦτο γάρ ἐστιν
114 ἡ ταῖς ἀληθείαις ἐλευθερία. Ταύτην ἠλευθερώθη
Διογένης παρ' Ἀντισθένους, καὶ οὐκέτι ἔφη κατα-
δουλω-

illis esse adstrictus; & non
erunt: tu ea tibi ipse ne
dicas esse necessaria, &
non sunt.

· Hæc a diluculo usque
ad vesperam erant medi-
tanda, initio sumto a mi-
nimis, ab eis rebus quæ
facillime damnum accipere
possunt, ab olla, a poculo.
Deinde ad tunicolam pro-
gredere, ad caniculam, ad
equuleam, ad agellum: in-
de ad te ipsum, ad corpus,
ad partes corporis, ad liberos, uxorem, fratres.

Vbi oculis omnia collustra-
ris, abjice abs te quæ tua
non sunt. Repurga decre-
ta, ne quid adhærescat tibi
non tuum, ne quid infixum
sit, ne quid cum dolore
tuo sit avellendum. Et his
rebus quotidie te, ut illic,
exercens, dicito, non quidem philosophari te, (fuerit arrogans id nomen) sed
vindicem & adsertorem ex-
hibere. Hæc enim revera
est libertas. Hæc libertate
ab Antisthene Diogenes accepta, se ab ullo in servitutem

δουλωθῆναι δύνασθαι ὑπ' οὐδενός. Διὰ τοῦτο, ὅτε 115 ἅλω, πῶς τοῖς πειραταῖς ἐχρῆτο; μή τι κύριον εἶπέ τινα αὐτῶν; καὶ οὐ λέγω τὸ ὄνομα· οὐ γὰρ τὴν φωνὴν φοβοῦμαι· ἀλλὰ τὸ πάθος, ἀφ' οὗ ἡ φωνὴ ἐκπέμπεται. πῶς ἐπιτιμᾷ αὐτοῖς, ὅτι κακῶς ἔτρεφον τοὺς ἑαλωκότας; Πῶς ἐπράθη; 116 μή τι κύριον ἐζήτει; ἀλλὰ δοῦλον. πῶς δὲ πραθεὶς ἀνεστρέφετο πρὸς τὸν δεσπότην; εὐθὺς διελέγετο πρὸς αὐτόν, ὅτι οὐχ οὕτως ἐστολίσθαι δεῖ αὐτόν, οὐχ οὕτως κεκάρθαι· περὶ τῶν υἱῶν, πῶς δεῖ αὐτοὺς διάγειν. Καὶ τί θαυμαστόν; εἰ γὰρ 117 παιδοτρίβην ἐώνητο, ἐν τοῖς παλαιστρικοῖς ὑπηρέτῃ ἂν ἐχρῆτο αὐτῷ, ἢ κυρίῳ; εἰ δ' ἰατρόν, ὡσαύτως· εἰ δ' ἀρχιτέκτονα. Καὶ οὕτως ἐφ' ἑκάστης ὕλης, τὸν ἔμπειρον τοῦ ἀπείρου κρατεῖν πᾶσα ἀνάγκη. Ὅστις οὖν καθόλου τὴν περὶ βίον ἐπι- 118 στήμην κέκτηται, τί ἄλλο ἢ τοῦτον ἄναι δεῖ τὸ

δεσπό-

tatem abripi deinde posse firmavit. Itaque, cum captus fuit, quomodo piratas tractavit? num eorum aliquem dominum adpellavit? Neque vero de nomine loquor; (nec enim vocem extimesco;) sed de animi adfectu, unde vox proficiscitur. Immo vero quomodo increpavit eos, quod captivos male alerent? Quomodo venditus est? num quaerebat dominum? Immo vero servum. Venditus autem, quomodo se gessit erga dominum? Statim cum eo disputavit, non sic vestitum esse oportere; non ita esse rasum, filii quomodo educandi essent. Quid mirum? nam si paedotribam emisset, namquid in palaestra ministro illo, an domino, uteretur? si medicum, eodem modo; si architectum. Atque ita in quolibet genere peritum imperito imperare omnino necesse est. Igitur qui in universam vitae degendae scientiā instructus est, eum quid aliud esse oportet, nisi dominum? Quia enim

nati

δεσπότην; Τίς γάρ ἐστιν ἐν νηῒ κύριος; Ὁ κυβερνήτης. Διὰ τί; Ὅτι ὁ ἀπειθῶν αὐτῷ ζημιοῦ-
119 ται. Ἀλλὰ δῆραί με δύναται. Μήτι οὖν ἀζημίως; Οὕτω μὲν κἀγὼ ἔκρινον. Ἀλλ' ὅτι οὐκ
ἀζημίως, διὰ τοῦτο οὐκ ἔξεστιν. οὐδενὶ δ' ἀζή-
120 μιόν ἐστι, τὸ ποιεῖν τὰ ἄδικα. Καὶ τίς ἡ ζημία
τῷ δήσαντι τὸν αὑτοῦ δοῦλον; Ἢν δοκεῖς; τὸ δῆσαι τοῦτο· ὃ καὶ σὺ ὁμολογήσεις, ἂν θέλῃς σώζειν, ὅτι ἄνθρωπος οὐκ ἔστι θηρίον, ἀλλ' ἥμε-
121 ρον ζῷον. Ἐπεὶ, πότε ἄμπελος πράσσει κακῶς;
Ὅταν παρὰ τὴν ἑαυτῆς φύσιν πράσσῃ. Πότ'
122 ἀλεκτρυών; Ὡσαύτως. Οὐκοῦν καὶ ἄνθρωπος.
Τίς οὖν αὐτοῦ ἡ φύσις; δάκνειν, καὶ λακτίζειν,
καὶ εἰς φυλακὴν βάλλειν, καὶ ἀποκεφαλίζειν;
Οὔ· ἀλλ' εὖ ποιεῖν, συνεργεῖν, ἐπεύχεσθαι.
τότ' οὖν κακῶς πράσσει, ἄν τε θέλῃς, ἄν τε
μὴ, ὅταν ἀγνωμονῇ.

Ὥστε

navi dominatur? Guber-
nator. Cur? Quoniam,
qui ei non obtemperat,
damnum patitur. At fla-
gris me caedere dominus
potest. Num absque dam-
no? Sic quidem & ipse
judicabam. Sed quia non
absque damno, propterea
non licet: nam sine damno
ipse facere nemo potest.
Quod vero damnum patitur,
qui servum suum in vincula
conjicit? Quodnam existu-
mas? nempe ipsum illud,
in vincula conjicere: quod
& tu fateberis si vis hoc
tueri, hominem non esse
feram bestiam, sed cicur
animal. Nam quando male
cum vite agitur? Cum
aliter agitur atque ejus natura postulat. Quando cum
gallo gallinaceo? Eodem
modo. Ergo etiam cum
homine. Quae igitur est
hominis natura? mordere,
& calcitrare, & in carce-
rem conjicere; & decolla-
re? Non; sed bene facere,
adjutare, favere votis. Tum
igitur infelix est homo, velis nolis, cum perperam
agit.

Ergo

Ὥστε Σωκράτης οὐκ ἔπραξε κακῶς; Οὔ, 123
ἀλλ' οἱ δικασταί, καὶ οἱ κατήγοροι.   Οὐδ' ἐν
Ῥώμῃ Ἑλουίδιος; Οὔ, ἀλλ' ὁ ἀποκτείνας αὐτόν.
Πῶς λέγεις; Ὡς καὶ σὺ ἀλεκτρυόνα οὐ λέγεις 124
κακῶς πρᾶξαι τὸν νικήσαντα καὶ κατακοπέντα,
ἀλλὰ τὸν ἄπληγα ἡττηθέντα· οὐδὲ κύνα εὐδαι-
μονίζεις, τὸν μήτε διώκοντα, μήτε πονοῦντα,
ἀλλ' ὅταν ἱδροῦντα ἴδῃς, ὅταν ὀδυνώμενον, ὅταν
ῥηγνύμενον ὑπὸ τοῦ δρόμου.   Τί παραδοξολογοῦ- 125
μεν, ἃ λέγομεν παντὸς κακὸν εἶναι τὸ παρὰ τὴν
ἐκείνου φύσιν; τοῦτο παράδοξόν ἐστι; σὺ γὰρ
αὐτὸ ἐπὶ πάντων τῶν ἄλλων οὐ λέγεις; διὰ τί
οὖν ἐπὶ μόνου τοῦ ἀνθρώπου ἄλλως φέρῃ; ἀλλ', 126
ὅτι λέγομεν ἥμερον εἶναι τοῦ ἀνθρώπου τὴν φύσιν,
καὶ φιλάλληλον, καὶ πιστήν, τοῦτο παράδοξον
οὐκ ἔστιν; Οὐδὲ τοῦτο.   Πῶς οὖν, ὅτι οὐ δαιρέ- 127
μενος βλάπτεται, ἢ δεσμευόμενος, ἢ ἀποκεφα-
λιζόμε-

Ergo non miſer fuit Soerates? Non, ſed judices ejus, & accuſatores. Neque Romæ Helvidius? Non, ſed interfector illius. Quo pacto iſtud dicis? Quo & tu gallum gallinaceum non dicis miſerum eſſe eum, qui vicit & vulneratus eſt, ſed hunc qui ſine vulnere victus: neque canem beatum prædicas, qui nec perſequitur, neque laborat; ſed cum ſudantem videris, cum dolentem, cum rumpendum curſu. Quid præter opinionem loquimur? Si cu-

jusque Malum id eſſe dicimus, quòd naturæ illius repugnet? hoccine quid eſt præter opinionem? Nonne & tu de omnibus aliis idem illud uſurpas? cur vero in ſolo homine aliter ſentis? At, cum manſuetam eſſe dicimus hominis naturam, & ſociabilem, & fidelem; id præter opinionem non eſt? [id-ne igitur præter opinionem eſt?] Ne hoc quidem. Quomodo ergo præter opinionem eſt, eum qui vapulat, aut in vincula conjicitur, aut capite plectitur,

λιζόμενος; οὐχὶ οὗτος, ἢ μὲν γενναίως πάσχει,
καὶ προσκερδαίνων καὶ προσωφελούμενος ἀπέχεται; ἐκεῖνος δὲ βλαπτόμενός ἐστιν, ὁ τὰ οἰκτρό-
τατα πάσχων, καὶ αἴσχιστα, ὁ ἀντὶ ἀνθρώπου
λύκος γινόμενος, ἢ ἔχις, ἢ σφήξ;

128   Ἄγε οὖν, ἐπέλθωμεν τὰ ὡμολογημένα. Ὁ
ἀκώλυτος ἄνθρωπος, ἐλεύθερος· ᾧ πρόχειρα τὰ
πράγματα ὡς βούλεται. ὃν δ' ἔστιν ἢ κωλῦσαι,
ἢ ἀναγκάσαι, ἢ ἐμποδίσαι, ἢ ἄκοντα εἰς τὶ ἐμ-
129 βαλεῖν, δοῦλος ἐστί. Τίς δ' ἀκώλυτος; Ὁ μηδενὸς τῶν ἀλλοτρίων ἐφιέμενος. Τίνα δ' ἀλλότρια; Ἃ οὐκ ἔστιν ἐφ' ἡμῖν, οὔτ' ἔχειν, οὔτε
130 μὴ ἔχειν, οὔτε ποιὰ ἔχειν, ἢ πῶς ἔχοντα. Οὐκοῦν τὸ σῶμα ἀλλότριον, τὰ μέρη αὐτοῦ ἀλλότρια, ἡ κτῆσις ἀλλοτρία. ἂν οὖν τινι τούτων
ὡς ἰδίῳ προσπαθῇς, δώσεις δίκας ἃς ἄξιον τὸν
131 τῶν ἀλλοτρίων ἐφιέμενον. Αὕτη ἡ ὁδὸς ἐπ' ἐλευθερίαν

-tur, non laedi? nonne ille, si generoso animo fert, sin discedit, ut etiam lucrum faciat, & fructum capiat? ille vero laeditur, qui miserrima patitur ac turpissima, qui ex homine lupus fit, aut vipera, aut crabro?

Age ergo, percurramus ea quae in confesso sunt. Homo qui prohiberi non potest, liber est; cui res in promtu sunt, sicut vult. Qui autem vel prohiberi, vel cogi, vel impediri pot-est, vel invitus in aliquid conjici, servus est. Quis vero prohiberi non potest? Qui nihil alienum desiderat. Quae vero sunt aliena? Quae penes nos non est vel habere, vel non habere, vel talia habere, aut tali quodam modo adfecta. Igitur corpus, alienum; item partes ejus alienae sunt; possessio, aliena: quorum si quid tamquam proprium te delectarit, poenas dabis, ut eum decet qui res alienas concupiscit. Haec ad libertatem via ducit; haec

θερίαν ἄγει, αὕτη μόνη ἀπαλλαγὴ δουλείας, τὸ
δυνηθῆναί ποτ᾽ εἰπεῖν ἐξ ὅλης ψυχῆς, τὸ,

Ἄγου δέ μ᾽, ὦ Ζεῦ, καὶ σὺ γ᾽ ἡ Πεπρωμένη,
Ὅποι ποθ᾽ ὑμῖν εἰμι διατεταγμένος.

Ἀλλὰ τί λέγεις, Φιλόσοφε; καλεῖ σε ὁ τύ- 132
ραννος, ἐροῦντά τι ὧν οὐ πρέπει σοι. λέγεις, ἢ
οὐ λέγεις; εἰπέ μοι. Ἄφες σκέψωμαι. Νῦν
σκέψῃ; ὅτε δ᾽ ἐν τῇ σχολῇ ἦς, τί ἐσκέπτου;
οὐκ ἐμελέτας, τίνα ἐστὶ τὰ ἀγαθὰ καὶ τὰ κακὰ, καὶ τίνα οὐδέτερα; Ἐσκεπτάμην. Τίνα οὖν 133
ἤρεσκεν ἡμῖν; Τὰ δίκαια καὶ καλὰ, ἀγαθὰ εἶ-
ναι· τὰ ἄδικα καὶ αἰσχρὰ, κακά. Μή τι τὸ
ζῆν, ἀγαθόν; Οὔ. Μή τι τὸ ἀποθανεῖν, κακόν;
Οὔ. Μή τι φυλακή; Οὔ. Λόγος δ᾽ ἀγεννὴς
καὶ ἄπιστος, καὶ φίλου προδοσία, καὶ κολακεία
τυράννου, τί ἡμῖν ἐφαίνετο; Κακά. Τί οὖν; οὐχὶ 134
Nn 2   σκέπτῃ,

haec sola manumiflo est,
& liberatio servitutis, ut
tandem toto animo dicere
illud queas,

> *Duc me, ô Jupiter, &*
> *tu Neceffitas,*
> *Quocunque a vobis sum*
> *destinatus.*

Sed quid ais, philoso-
phe? Vocat te tyrannus,
ut ei dicas aliquid te indignum. Dicturus es, an non
dicturus? responde mihi.
Sine deliberem. Nunc de-
liberabis? cum vero in
schola esses, quid delibera-
bas? non meditaberis, quae
bona essent, quae mala, quae
neutra? Meditatus sum.
Quid igitur placebat nobis?
justum & honestum, esse
bonum; injustum & turpe,
esse malum. Num vita bo-
num est? Non. Num emo-
ri, malum? Non. Num
carcer? Non. Sed oratio
degener & perfida, & ami-
ci proditio, & adsentatio
tyranni, quid nobis vide-
bantur? Mala. Quid er-
go? Nequaquam deliberas;
neque

σκέπτῃ, οὐδ' ἔσκεψαι καὶ βεβούλευσαι. Ποία
γὰρ σκέψις, εἰ καθήκει μοι, δυναμένῳ, τὰ μέγιστα ἀγαθὰ ἐμαυτῷ περιποιῆσαι, τὰ μέγιστα
κακὰ μὴ περιποιῆσαι; Καλὴ σκέψις, καὶ ἀναγκαία, πολλῆς βουλῆς δεομένη. τί ἡμῖν ἐμπαίζεις; ἄνθρωπε· οὐδέποτε τοιαύτη σκέψις γίνε-
135 ται. Οὐδ', εἰ ταῖς ἀληθείαις κακὰ μὲν ἐφαντάζου τὰ αἰσχρὰ, ἀγαθὰ δὲ τὰ καλὰ, τὰ δ'
ἄλλα οὐδέτερα, ἦλθες ἂν ἐπὶ ταύτην τὴν ἐπί-
στασιν, οὐδ' ἐγγύς· ἀλλ' αὐτόθεν διακρίνειν εἶ-
136 χες, ὥσπερ ὄψει, τῇ διανοίᾳ. Πότε γὰρ σκέπτῃ, εἰ τὰ μέλανα λευκά ἐστιν; εἰ τὰ βαρέα
κοῦφα; οὐχὶ δὲ τοῖς ἐναργῶς φαινομένοις παρακολουθεῖς; Πῶς οὖν νῦν σκέπτεσθαι λέγεις, εἰ
137 τὰ οὐδέτερα τῶν κακῶν φευκτότερα; Ἀλλ' οὐκ
ἔχεις τὰ δόγματα ταῦτα· ἀλλὰ φαίνεταί σοι
οὔτε ταῦτα οὐδέτερα, ἀλλὰ τὰ μέγιστα κακά·
οὔτ'

neque deliberasti & confi-
derasti. Qualis enim est
deliberatio, an mihi con-
veniat, cum in mea pote-
state sit, maxima bona mihi
adquirere, & mala maxima
propulsare? Pulcra vera
consideratio, & necessaria,
quæ multum consilii postulet! Quid nobis illudis?
homo; numquam talis con-
sideratio incidit. Nec, si
revera, quæ turpia sunt,
mala statueres; quæ hone-
sta, bona; cætera vero,
neutrius generis; ad hanc
deliberationem descendis-
ses: sed eâ longe rejectâ,
rem statim, tamquam acie
oculorum, sic mente diju-
dicâsses. Quando enim de-
liberas, utrum nigra can-
dida sint? utrum gravia le-
via? annon, quæ eviden-
ter in sensus cadunt, in-
telligis? Quomodo igitur
nunc te considerare ais,
utrum neutra magis fugien-
da sint quam mala? At tu
non habes ista decreta:
sed neque hæc tibi neutra
videntur, verum maxima
mala;

αὔτ' ἐκεῖνα κακά, ἀλλ' οὐδὲν πρὸς ἡμᾶς. Οὕτω 138
γὰρ ἐξ ἀρχῆς εἴθισας σεαυτόν. Ποῦ εἰμι; Ἐν
σχολῇ. Καὶ ἀκούουσί μου τίνες; Λέγω μετὰ τῶν
φιλοσόφων. Ἀλλ' ἐξελήλυθα τῆς σχολῆς. Ἄ-
ρεν ἐκεῖνα τὰ τῶν σχολαστικῶν καὶ τῶν μωρῶν.
Οὕτως καταμαρτυρεῖται. Φίλος ὑπὸ φιλοσόφου 139
οὕτως παρασιτεῖ φιλόσοφος· οὕτως ἐπ' ἀργυρίῳ ἐκμισθοῖ ἑαυτόν· οὕτως ἐν συγκλήτῳ τις οὐ
λέγει τὰ φαινόμενα, ἔνδοθεν τὰ δόγματα αὐτοῦ βοᾷ. Σὺ ψυχρὸν καὶ ταλαίπωρον ὑπόλημψει 140
δίον, ἐκ λόγων εἰκαίων ὡς ἐκ τριχὸς ἠρτημένον·
ἀλλὰ ἰσχυρὸν καὶ χρηστικὸν, καὶ ὑπὸ τοῦ διὰ
τῶν ἔργων γεγυμνάσθαι μεμυημένον, παραφύλα-
ξον σεαυτόν. Πῶς ἀκούεις, οὐ λέγω, ὅτι τὸ παι-141
δίον σευ ἀπέθανεν· πόθεν σοι; ἀλλ', ὅτι σου τὸ
ἔλαιον ἐξεχύθη, ὁ οἶνος ἐξεπόθη· Ἵνα τις ἐπι-142
στὰς διατεινομένῳ σοι, τοῦτ' αὐτὸ μόνον εἴπῃ·
Νn 3   Φιλό.

mala; neque illa tibi mala,
sed nihil ad nos pertinere
videntur. Sic enim ab
initio te ipsum adsuefecisti.
Ubi sum? In schola. Et
qui sunt qui me audiant?
Differo inter philosophos.
Atqui schola egressus sum.
Tollito ista scholasticorum
& stultorum. Sic a philo-
sopho amicus falso testi-
monio opprimitur: sic pa-
rasitum agit philosophus:
sic mercede sese vendit:
sic in senatu aliquis non dicit quae sentit, intus (in
schola) dogmata sua clamat.

Tu frigida & misella opi-
niuncula es, e vanis disputationibus, tamquam de
pilo, suspensa. Quin tu
potius servate firmum, &
ad vitae usum habilem. &
talem qui vera & in ipsis
rebus instituta exercitatione sacris philosophiae sis
initiatus. Quomodo audis
(non dico, filiam tuam
esse mortuam; unde enim
id tibi? sed) oleum tuum
effusum esse, vinum epo-
tum esse? Si quis tibi
acrem clamorem tollenti
nil aliud nisi hoc dixerit:
Philo-

Φιλόσοφε, ἄλλα λέγεις ἐν τῇ σχολῇ· τί ἡμᾶς
ἐξαπατᾷς; τί, σκώληξ ὢν, λέγεις ὅτι ἄνθρω-
143 πος εἶ; Ἤθελεν ἐπιστῆναί τινι αὐτῶν συνουσιά-
ζοντι, ἵνα ἴδω πῶς τείνεται, καὶ ποίας φωνὰς
ἀφίησιν, εἰ μέμνηται τοῦ ὀνόματος αὐτοῦ, τῶν
λόγων οὓς ἀκούει, ἢ λέγει, ἢ ἀναγινώσκει.

144   Καὶ τί ταῦτα πρὸς ἐλευθερίαν; Οὐκ ἄλλα
μὲν οὖν ἢ ταῦτα, ἄν τε θέλητε ὑμεῖς οἱ πλούσιοι,
145 ἄν τε μή. Καὶ τίς σοι μαρτυρεῖ ταῦτα; Τίς
γὰρ ἄλλος, ἢ αὐτοὶ ὑμεῖς; οἱ τὸν κύριον τὸν μέγαν ἔχοντες, καὶ πρὸς τὸ ἐκείνου νεῦμα καὶ κίνη-
μα ζῶντες, κἄν τινα ὑμῶν ἴδῃ μόνον συνεστραμ-
μένῳ βλέμματι, ἀποψυχόμενοι· οἱ τὰς γραίας
θεραπεύοντες καὶ τοὺς γέροντας, καὶ λέγοντες,
ὅτι, Οὐ δύναμαι τοῦτο ποιῆσαι· οὐκ ἔξεστί μοι.
146 Διατί οὐκ ἔξεστί σοι; οὐκ ἄρτι ἐμάχου μοι, λέγων ἐλεύθερος εἶναι; Ἀλλὰ Ἄπρυλλά με κεκώ-
λυκε.

Philofophe, aliter _ta in fchola disſeris; cûr nos fallis? car, vermis cum ſis, hominem te eſſe dicis? Intervenire ſelin eorum alicui, genio atque amoribus indulgenti; nt viderem, quomodo contenderet, quæve voces ederét; an meminiſſet ſui nominis, an ſermonum, quos audit aut dicit ipſo aut legit.

Et quid iſta ad libertatem? Non certe alia niſi hæc, ſive velitis vos divites, ſive noſtris. Et quis iſta ſuo teſtimonio comprobat? Quis vero alius, niſi vos ipſi, qui magnum illum dominum habetis, & ad illius natum & votum vivitis? qui ſi modo veſtrûm aliquem tetrico vultu aſpexerit, exanimati eſtis; vos, qui aniculas colitis, & ſenes; qui dicitis, Non poſſum hoc facere; non mihi licet. Quamobrem non licet tibi? nonne modo mecum contendens, liberum te eſſe dicebas? At Aprylla me prohibuit. Dic igitur verum,

λυκε. Λέγε οὖν τὰς ἀληθείας, δοῦλε, καὶ μὴ
δραπέτευέ σου τοὺς κυρίους, μηδ' ἀπαρνοῦ, μηδὲ
τόλμα καρπιστὴν διδόναι, τοσούτους ἔχων τῆς
δουλείας ἐλέγχους.   Καίτοι τὸν μὲν ὑπ' ἔρωτος 147
ἀναγκαζόμενόν τι ποιεῖν παρὰ τὸ φαινόμενον, καὶ
ἅμα μὲν ἐρῶντα τὸ ἄμεινον, ἅμα δ' οὐκ ἐξευτο-
νοῦντα ἀκολουθῆσαι αὐτῷ, ἔτι μᾶλλον ἄν τις
συγγνώμης ἄξιον ὑπολάβοι, ἅθ' ὑπό τινος βιαίου
καὶ τρόπον τινὰ θείου κατεσχημένον. Σοῦ δὲ τις 148
ἀνάσχοιτο, τῶν γραῶν ἐρῶντος καὶ τῶν γερόν-
των, καὶ ἐκείνας ἀπομύσσοντος, καὶ ἀποπλύνον-
τος, καὶ δωροδοκοῦντος, καὶ ἅμα μὲν νοσούσας
θεραπεύοντος ὡς δούλου, ἅμα δ' ἀποθανεῖν εὐ-
χομένου, καὶ τοὺς ἰατροὺς διακρίνοντος, εἰ ἤδη
θανασίμως ἔχουσιν; ἢ πάλιν, ὅταν ὑπὲρ τῶν
μεγάλων τούτων καὶ σεμνῶν ἀρχῶν καὶ τιμῶν,
τὰς χεῖρας τῶν ἀλλοτρίων δούλων καταφιλῇς,

Nn 4

ἵνα

verum, ferve, neo aufuge
a dominis tuis, ne infi-
ciare, ne aude adfertorem
exhibere, cum tot argu-
menta tuæ fervitutis in
promtu fint. Enimvero
qui præ amore aliquid contra animi fui fententiam facere cogitur, fimulque quid
melius fit perfpicit, fimul
vero non tantum habet vi-
rium ut id poffit perfequi,
eum ego venia digniorem
judicavero; quippe qui a
violenta quadam re & pro-
pemodum divina detinea-

tur. Te autem quis ferat,
aniculas & fenes deaman-
tem, illasque extergentem,
& abluentem, & muneri-
bus conciliantem, fimul-
que eas ægrotantes fervi-
lem in modum curantem,
fimul mortem earum ex-
optantem, & percontan-
tem medicos, fitne jam
morbus letalis? aut etiam,
cum propter magnos iftos
præclarosque magiftratus
& honores manus aliena-
rum fervorum deofcularis,
ut ne ingenuorum quidem
fis

149 ἵνα μηδ᾽ ἐλευθέρων δοῦλος ᾖς; Εἶτά μοι σεμνὸς περιπατεῖς, στρατηγῶν, ὑπατεύων. οὐκ οἶδα πῶς ἐστρατήγησας, πόθεν τὴν ὑπατείαν ἔλα-
150 βες, τίς σοι αὐτὴν ἔδωκεν; Ἐγὼ μὲν οὐδὲ ζῆν ἤθελον, εἰ διὰ Φηλικίωνα ἔδει ζῆσαι, τῆς ὀφρύος αὐτοῦ καὶ τοῦ δουλικοῦ φρυάγματος ἀνασχόμενον. οἶδα γάρ, τί ἐστι δοῦλος εὐτυχῶν ὡς δοκεῖ, καὶ τετυφωμένος.

151 Σὺ οὖν, φησίν, ἐλεύθερος εἶ; Θέλω, νὴ τοὺς Θεούς, καὶ εὔχομαι· ἀλλ᾽ οὔπω δύναμαι ἀν-τιβλέψαι τοῖς κυρίοις, ἔτι τιμῶ τὸ σωμάτιον, ὁλόκληρον αὐτὸ ἔχειν ἀντὶ πολλοῦ ποιοῦμαι, καί-
152 τοι μηδ᾽ ὁλόκληρον ἔχων. Ἀλλὰ δύναμαί σοι δεῖξαι ἐλεύθερον, ἵνα μηκέτι ζητῇς τὸ παράδειγ-μα. Διογένης ἦν ἐλεύθερος. Πόθεν τοῦτο; Οὐχ᾽ ὅτι ἐξ ἐλευθέρων ἦν, (οὐ γὰρ ἦν·) ἀλλ᾽ ὅτι αὐτὸς ἦν· ὅτι ἀποβεβλήκει πάσας τὰς τῆς δου-

is mancipium? Postea magnifice mihi incedis, praetor, consul. An nescio, quomodo praeturam habueris; unde consulatum acceperis, quis eum tibi dederit? Equidem ne vivere quidem vellem, si per Felicionem vivendum mihi esset, supercilium illius & servilem insolentiam toleranti. Novi enim quid sit servus, qui fortunatus est, ut vulgo videtur, & fastu tumidus.

Tu igitur, ait aliquis, liber es? Ita me dii ament, esse volo atque opto: sed nondum dominos intrepide intueri possum; adhuc corpusculum meum colo; magni mea referre puto, ut id integrum conservem, quamvis non integrum habeam. Sed possum tibi ostendere liberum, ne diutius exemplum requiras. Diogenes fuit liber. Qui sic? Non quod ex ingenuis esset ortus; (neque enim erat:) sed quod ipse esset ingenuus; quod omnes ser-

vi-

δουλείας λαβάς, οὐδ' ἦν ὅπως τις προσέλθῃ
πρὸς αὐτὸν, οὐδ' ὅθεν λάβηται πρὸς τὸ καταδουλώσασθαι. πάντα εὔλυτα εἶχε, πάντα μό- 153
νον προσηρτημένα. εἰ τῆς κτήσεω· ἐπελάβου, αὐτὴν ἀφῆκεν ἄν σοι μᾶλλον ἢ ἠκολούθησε δι' αὐ-
τήν· εἰ τοῦ σκέλους, τὸ σκέλος· εἰ ὅλου τοῦ
σωματίου, ὅλον τὸ σωμάτιον· οἰκείους, φίλους, πατρίδα, ὡσαύτως. ᾔδει γὰρ, πόθεν
ἔχει, καὶ παρὰ τίνος, καὶ ἐπὶ τίσι λαβών.
τοὺς μὲν γ' ἀληθινοὺς προγόνους, τοὺς Θεούς, 154
καὶ τὴν τῷ ὄντι πατρίδα, οὐδέποτ' ἂν ἐγκατέ-
λιπεν, οὐδὲ παρεχώρησεν ἄλλῳ μᾶλλον πείθεσθαι αὐτοῖς καὶ ὑπακούειν, οὐδ' ὑπεραπέθανεν
ἂν εὐκολώτερον τῆς πατρίδος ἄλλος. οὐ γὰρ 155
ἐζήτει, πότε δόξει τι ποιεῖν ὑπὲρ τῶν ὅλων· ἀλλ'
ἐμέμνητο ὅτι πᾶν τὸ γενόμενον ἐκεῖθέν ἐστι, καὶ
ὑπὲρ ἐκείνης πράττεται, καὶ ὑπὸ τοῦ. διοικοῦντος

N n 5

αὐτὴν

vitutis ansas abjeciffet, ita
ut a nulla parte eum adgredi quisquam aut prehende-
re poffet, & in fervitutem
trahere. Omnia folutiffi-
ma habuit, omnia leviter
tantummodo adpenfa. Si
opes ejus prehendiffes, eas
potius tibi reliquiffet, quam
propter illas te fecutus effet; fi pedem, pedem; fi
totum corpufculum, totum
corpufculum; nedeffarios,
amicos, patriam, eodem
modo. Norat enim, unde
illa haberet, & a quo, &
quibus conditionibus acce-
piffet. Sed veros quidem
progenitores, deos, &
germanam patriam, nom-
quam fane deferuiffet; neque ulli alii obedientiâ &
obfervantiâ illorum ceffif-
fet; neque facilius quis-
quam alius mortem pro pa-
tria petiffet. Neque enim
occafionem quærebat, qua
videretur folummodo pro
univerfitate rerum aliquid
facere; fed meminerat,
quidquid fieret, inde pro-
ficifci, atque pro illa patria
geri,

156 ἀυτὴν παρεγγυᾷται. Τοιγαροῦν ὅρα, τί λέγει
αὐτός, καὶ γράφει· Διὰ τοῦτό σοι, φησὶν, ἔξεστιν, ὦ Διόγενες, καὶ τῷ Περσῶν βασιλεῖ καὶ
157 Ἀρχιδάμῳ τῷ Λακεδαιμονίων, ὡς βούλει διαλέγεσθαι. Ἆρά γ', ὅτι ἐξ ἐλευθέρων ἦν; Πάντες
γὰρ Ἀθηναῖοι, καὶ πάντες Λακεδαιμόνιοι, καὶ
Κορίνθιοι, διὰ τὸ ἐκ δούλων εἶναι, οὐκ ἠδύναντο
158 αὑτοῖς ὡς ἠβούλοντο διαλέγεσθαι, ἀλλ' ἐδεδοίκε-
σαν καὶ ἐθεράπευον; Διὰ τί οὖν, φησὶν, ἔξεστιν;
Ὅτι τὸ σωμάτιον, ἐμὸν οὐχ ἡγοῦμαι· ὅτι οὐδενὸς
δέομαι· ὅτι ὁ νόμος μοι πάντα ἐστὶ, καὶ ἄλλο οὐδέν. Ταῦτα ἦν τὰ ἐλεύθερον ἐκεῖνον ἐάσαντα.
159 Καὶ ἵνα μὴ δόξῃς, ὅτι παράδειγμα δείκνυμι
ἀνδρὸς ἀπεριστάτου, μήτε γυναῖκα ἔχοντος, μήτε
τέκνα, μήτε πατρίδα, ἢ φίλους, ἢ συγγενεῖς,
ὑφ' ὧν κάμπτεσθαι καὶ περισπᾶσθαι ἠδύνατο·
λάβε Σωκράτην, καὶ θέασαι γυναῖκα καὶ παιδία
ἔχοντα,

geri, et a gubernatore ejus mandari. Proinde, vide, quid ipfe dicat, & fcribat: Propter hoc, inquit, licet tibi, Diogenes, & cum Perfarum rege & cum Archidamo colloqui prouti libet. Num quia ex ingenuis ortus erat? Omnes igitur Athenienfes, omnes Lacedæmonii & Corinthii e fervis erant prognati? & idcirco, non poterant fuo arbitratu cum illis colloqui, fed illos timebant & colebant? Cur igitur ait fibi licere? Quod corpufculum hoc (inquit) non meum effe duco; quod nulla re egeo; quod lex mihi loco omnium eft, & nihil præterea fpecto. Hæc fuere, quæ liberum eum confervárunt.

Ne autem putes, me nonnifi exemplum proferre hominis folitarii, nec uxorem habentis, nec liberos, nec patriam, nec amicos aut cognatos, a quibus flecti & in diverfa trahi poffet; ecce tibi Socratem: hunc fpecta, uxorem & liberos habentem, verum ut aliena;

ἔχοντα, ἀλλ' ὡς ἀλλότρια· πατρίδα, ἐφ' ὅσου
ἔδει, καὶ ὡς ἔδει· φίλους, συγγενεῖς, πάντα
ταῦτα ὑποτεταχότα τῷ νόμῳ, καὶ τῇ πρὸς ἐκεῖνον εὐπαθείᾳ. Διὰ ταῦτα στρατεύεσθαι μὲν 160
ἀπότ' ἔδει, πρῶτος ἀπῄει, κἀκεῖ ἐκινδύνευεν ἀφει-
δέστατα· ἐπὶ Λέοντα δ' ὑπὸ τῶν τυράννων πεμ-
φθεὶς, ὅτι αἰσχρὸν ἡγεῖτο, οὐδ' ἐπεβουλεύσατο·
εἰδὼς ὅτι ἀποθανεῖν δεήσει, ἂν οὕτω τύχῃ. καὶ 161
τί αὐτῷ διέφερεν; ἄλλο γάρ τι σώζειν ἤθελεν·
οὐ τὸ σαρκίδιον, ἀλλὰ τὸν πιστὸν, τὸν αἰδήμονα.
ταῦτα απαρεγχείρητα, ἀνυπότακτα. Εἶθ', ὅτ' 162
ἀπολογεῖσθαι ἔδει ὑπὲρ τοῦ ζῆν, μή τι ὡς τέκνα
ἔχων ἀναστρέφεται; μή τι ὡς γυναῖκα; ἀλλ'
ὡς μόνος. Τί δ', ὅτε πιεῖν ἔδει τὸ φάρμακον,
πῶς ἀναστρέφεται; δυνάμενος διασωθῆναι, καὶ 163
τοῦ Κρίτωνος αὐτῷ λέγοντος, ὅτι, Ἔξελθε διὰ
τὰ παιδία· τί λέγει; ἕρμαιον ἡγεῖτο αὐτό; πόθεν;

aliena; patriam, quatenus
oportebat, & quemadmo-
dum oportebat; amicos,
cognatos, omnia hæc legi
subjicientem, illiusque obe-
dientiæ. Quapropter ubi
militandum erat, primus
exibat, fortissimeque dimi-
cabat: sed cum adversus
Leontem missus a tyrannis
esset, quia turpe illud ducebat, ne deliberavit quidem; quamvis nollet mo-
riendum sibi esse, si res ita
tulisset. Quid vero id ejus
intererat? nam aliud cor-
servare volebat; non cor-
pusculum, sed fidem, sed
verecundiam; hæc nemini
obnoxia, nemini subjecta
sunt. Postea, cum causa
capitis dicenda esset, numquid ita se gerit, ut is qui
liberos habeat, ut is qui
uxorem? non, sed ut qui
solitarius esset. Quid vero, cum venenum biben-
dum esset, quomodo se ge-
rit? Cum servari posset,
& Crito ei diceret, exire
eum debere propter libe-
ros; quid ait? idne pro
inopi-

θτι; ἀλλὰ τὸ εὔσχημον σκοπεῖ, τὰ δ' ἄλλα
οὐδ' ἐρᾷ, οὐδ' ἐπιλογίζεται. οὐ γὰρ ἤθελε,
φησὶ, σῶσαι τὸ σωμάτιον· ἀλλ' ἐκεῖνο, ὃ τῷ
δικαίῳ μὲν αὔξεται καὶ σώζεται, τῷ δ' ἀδίκῳ
164 μειοῦται καὶ ἀπόλλυται. Σωκράτης δ' αἰσχρῶς
οὐ σώζεται· ὁ μὴ ἐπιψηφίσας, Ἀθηναίων κε-
λευόντων, ὁ τοὺς τυράννους ὑπεριδὼν, ὁ τοιαῦτα
περὶ ἀρετῆς καὶ καλοκαγαθίας διαλεγόμενος.
165 τοῦτον οὐκ ἔστι σῶσαι αἰσχρῶς· ἀλλ' ἀποθνή-
σκων σώζεται, οὐ φεύγων. Καὶ γὰρ ὁ ἀγαθὸς
ὑποκριτής, παυόμενος ὅτε δεῖ, σώζεται μᾶλλον,
166 ἢ ὑποκρινόμενος παρὰ καιρόν. Τί οὖν ποιήσει τὰ
παιδία; Εἰ μὲν εἰς Θετταλίαν ἀπῆειν, ἐπεμε-
λήθητε αὐτῶν· εἰς ᾅδου δέ μου ἀποδημήσαντος,
οὐδεὶς ἔσται ὁ ἐπιμελησόμενος; Ὅρα πῶς ὑπο-
167 ποριζεται καὶ σκώπτει τὸν θάνατον. Εἰ δ': ἐγὼ
καὶ σὺ ἦμεν, εὐθὺς ἂν κατεφιλοσοφήσαμεν, ὅτι
τοὺς

Inopinato lucro ducebat?
minime vero: sed, quod
decet, quod honestum est,
id confiderat; cætera non
videt, neque ullam eorum
rationem habet. Neque
enim volebat, inquit, conservare corpusculum: sed
illud, quod per justitiam
crescit & conservatur, per
injuriam vero minuitur &
perit. Socrates autem turpiter salvus esse recusat;
qui, quamvis juberent Athenienses, in suffragia eos
mittere noluit; qui tyrannos contemsit, qui talia de
virtute & probitate disseruit: hic jupiter servari
non potest; sed moriens
servatur, non fugiens: Nam
& bonus actor scenicus,
cum definit quando opor-
tet, magis conservatur,
quam cum ultra tempus
artem suam exercere per-
git. Quid ergo agent li-
beri tui? Si in Thessaliam
abiissem, vos curassetis illos? cum vero ad inferos
fuero profectus, nemo erit
qui illos curet? Vide quomodo verbis extenuet de-
rideatque mortem. Si au-
tem

τοὺς ἀδικοῦντας δεῖ τοῖς ἴσοις ἀμύνεσθαι· καὶ
προσθέντες, ἔτι, ὄφελος ἔσομαι πολλοῖς ἀνθρώποις σωθείς, ἀποθανὼν δ' οὐδενί. εἰ γὰρ ἔδει
διὰ τρώγλης ἐκδύντας, ἐξήλθομεν ἄν. Καὶ πῶς 168
ἂν ὠφελήσαμέν τινα; ποῦ γὰρ ἂν ἔτι ἔμενον ἐκεῖνοι; ἢ εἰ ὄντες ἦμεν ὠφέλιμοι, οὐχὶ πολὺ μᾶλλον ἀποθανόντες ἄν, ὅτε ἔδει καὶ ὡς ἔδει, ὠφε-
λήσαμεν ἀνθρώπους; Καὶ νῦν, Σωκράτους ἀπο- 169
θανόντος, οὐδὲν ἧττον, ἢ καὶ πλεῖον, ὠφέλι-
μός ἐστιν ἀνθρώποις ἡ μνήμη ὧν ἔτι ζῶν ἔπραξεν
ἢ εἶπε.

Ταῦτα μελέτα, ταῦτα τὰ δόγματα, τού- 170
τους τοὺς λόγους· εἰς ταῦτα ἀφόρα τὰ παραδείγ-
ματα, εἰ θέλεις ἐλεύθερος εἶναι, εἰ ἐπιθυμεῖς
κατ' ἀξίαν τοῦ πράγματος. Καὶ τί θαυμα- 171
στόν, εἰ τηλικοῦτον πρᾶγμα τοσούτων καὶ τηλικούτων ὠνῇ; Ὑπὲρ τῆς νομιζομένης ἐλευθερίας
ταύ-

tem ego & tu illius loco fuissemus, statim disputas-semus, injurios eodem modo ulciscendos esse; illo etiam adjecto, si incolumis evasero, multos juvabo, mortuus vero neminem: nam, si necesse fuisset, per foramen etiam crepuissemus. Quo pacto autem aliquem juvissemus? Ubi enim postea mansissent illi? Quod si superstites fuissemus utiles, nonne multo magis tum mortui cum oportebat & quemadmodum oportebat, hominibus profuissemus? Et nunc, Socrate mortuo, nihilo minus, aut magis etiam, utilis est hominibus memoria eorum quæ vivens fecit aut dixit.

Hæc meditare, hæc decreta, hos sermones; in hæc intuere exempla, si liber esse vis; si rem eam sic desideras, ut ejus dignitas postulat. Et quid mirum, te rem tantam tot & tantis sumtibus mercari? Pro ista, quæ vulgo libertas

ταύτης, οἱ μὲν ἀπάγχονται, οἱ δὲ κατακρημνί-
ζουσιν ἑαυτούς· ἔστι δ' ὅτε καὶ πόλεις ὅλαι ἀπώ-
172 λοντο. ὑπὲρ τῆς ἀληθινῆς καὶ ἀνεπιβουλεύτου
καὶ ἀσφαλοῦς ἐλευθερίας, ἀπαιτοῦντι τῷ Θεῷ
ἃ δέδωκεν οὐκ ἀποδώσεις; οὐχ, ὡς Πλάτων λέγει, μελετήσεις, οὐχὶ ἀποθνήσκειν μόνον, ἀλλὰ
καὶ στρεβλοῦσθαι, καὶ φεύγειν, καὶ δαίρεσθαι,
173 καὶ πάνθ' ἁπλῶς ἀποδιδόναι τἀλλότρια; Ἔση
τοίνυν δοῦλος ἐν δούλοις, κἂν μυριάκις ὑπατεύ-
σῃς· κἂν εἰς τὸ παλάτιον ἀναβῇς, οὐδὲν ἧττον.
καὶ αἰσθήσῃ, ὅτι παράδοξα μὲν ἴσως φασὶν οἱ
φιλόσοφοι, καθάπερ καὶ ὁ Κλεάνθης ἔλεγεν,
174 οὐ μὴν παράλογα. ἔργῳ γὰρ ἔσῃ, ὅτι ἀληθῆ
ἐστι, καὶ τούτων τῶν θαυμαζομένων καὶ σπουδαζομένων ὄφελος οὐδέν ἐστι τοῖς τυχοῦσι· τοῖς δὲ
μηδέπω τετευχόσι φαντασία γίνεται, ὅτι παρα-
γενομένων αὐτῶν, ἅπαντα παρέσται αὐτοῖς
τὰ

tas habetur, alii se suspen-
dunt, alii praecipites dant;
est etiam cum totae urbes
perierunt: tu ob veram,
ob insidiarum expertem &
tutam libertatem, repetenti
Deo quae dedit non red-
des? non (ut Plato ait)
meditaberis, non modo
emori, sed & excruciari,
& exsulare, & verberibus
caedi, omnia denique red-
dere aliena? Eris ergo nihilo minus servus inter servos, etsi millies consulatum gesseris, etsi palatium
(ut *Caesaris familiaris*) in-
grediaris: ac senties, praeter opinionem quidem for-
tasse, (quemadmodum Cle-
anthes etiam dicebat) non
tamen praeter rationem,
dicere philosophos. Re
ipsa enim cognosces, vera
ea esse; & eorum, quae
admirationi sunt, quaeque
expetuntur, nullum esse
usum iis, qui illa conse-
cuti sunt; iis vero, qui
nondum consecuti sunt, adferre opinionem, cum ad-
venerit, bona omnia una
adfore:

τὰ ἀγαθά· εἶθ, ὅταν παραγένηται, τὸ καῦμα ἴσον, ὁ ῥιπτασμὸς ὁ αὐτὸς, ἡ ἄση, ἡ τῶν
οὐ παρόντων ἐπιθυμία. οὐ γὰρ ἐκπληρώσει τῶν 175
ἐπιθυμευμένων ἐλευθερία παρασκευάζεται, ἀλλὰ
ἀνασκευῇ τῆς ἐπιθυμίας. Καὶ, ἵν᾽ εἰδῇς ὅτι ἀλη- 176
θῆ ταῦτά ἐστιν, ὡς ἐκείνων ἕνεκα πεπόνηκας,
αὕτω καὶ ἐπὶ ταῦτα μετάθες τὸν πόνον· ἀγρύπνησον ἕνεκα τοῦ δόγμα περιποιήσασθαι ἐλευθερο-
ποιόν· θεράπευσον, ἀντὶ γέροντος πλουσίου, Φι- 177
λόσοφον· περὶ θύρας ὄφθητι τὰς τούτου· οὐκ
ἀσχημονήσεις ἰφθείς· οὐκ ἀπελεύσῃ κενὸς, οὐδ᾽
ἀκερδὴς, ἂν ὡς δεῖ προσέλθῃς. εἰ δὲ μὴ, πεί-
ρασόν γε· οὐκ ἔστιν αἰσχρὰ ἡ πεῖρα.

Κ Ε Φ.

adfore: deinde vero, cum adfunt, æstus par eſt, jaꞓtatio eadem, idem faſtidium, idem eorum quæ abfunt defiderium. Neque enim explendis defideriis libertas comparatur, ſed tollenda cupiditate. Et, ut fcias vera eſſe hæc, quemadmodum propter illa laborifti', fic etiam ad hæc transfer laborem: vigila ut decretum tibi compares, quod te in libertatem adferat; loco fenis divitis cole philofophum, ad hujus fores confpicitor: non indecore ages, ſi confpeꞓtus ibi fueris: non vacuus difcedes, nec fine lucro, ſi acceſſeris ut decet. Si diffidis, faltem periculum facito: non turpe eſt id periculum.

C A P.

ΚΕΦ. β'.

Περὶ Συμπεριφορᾶς.

Τούτῳ τῷ τόπῳ πρὸ πάντων σε δεῖ προσέχειν, μή ποτε ἄρα τῶν προτέρων συνήθων ἢ φίλων ἀνακραθῇς τινι οὕτως, ὥστ' εἰς τὰ αὐτὰ συγκαταβῆναι αὐτῷ. εἰ δὲ μή, ἀπολεῖς σεαυτόν. Ἂν δέ σ' ὑποτρέχῃ, ὅτι ἀδέξιος αὐτῷ φανοῦμαι, καὶ οὐχ ὁμοίως ἕξει ὡς πρότερον· μέμνησο, ὅτι προῖκα οὐδὲν γίνεται· οὐδ' ἔστι δυνατόν, μὴ τὰ αὐτὰ ποιοῦντα, τὸν αὐτὸν εἶναι τῷ ποτέ. Ἑλοῦ οὖν πότερον θέλεις· ὁμοίως φιλεῖσθαι ὑφ' ὧν πρότερον, ὅμοιος ὢν τῷ πρότερον σεαυτῷ· ἤ, κρείσσων ὢν, μὴ τυγχάνειν τῶν ἴσων. εἰ γὰρ τοῦτο κρεῖσσον, αὐτόθεν ἀπόνευσον ἐπὶ τοῦτο, μηδέ σε περισπάτωσαν οἱ ἕτεροι διαλογισμοί. οὐδεὶς γὰρ ἐπαμφοτερίζων δύναται προκόψαι· ἀλλ' εἰ τοῦτο πάν-

CAP. II.

De familiari Consuetudine cum Hominibus.

Hoc in loco ante omnia adtentum te esse oportet, ne cui veterum familiarium aut amicorum ita miscearis, ut ad ea descendas quæ illi cordi sunt: alioqui teipsum perdes. Sin tibi in mentem venerit, At videbor illi homo sinistri ingenii, neque ut prius erga me adfectus erit: cogita, nihil parari gratis: neque posse fieri, si non eadem agas, idem ut sis qui aliquando fueris. Elige igitur utrum voles, ut vel eodem modo diligaris a veteribus amicis, talisque sis qualis ante fuisti; vel, ut illis melior sis, nec vero eadem consequaris. Nam si hoc melius est, statim hanc viam ingredere, neque te aliæ cogitationes distrahant. Nemo enim huc atque illuc inclinans, proficere potest: sed, si hoc aliis rebus omnibus ante-

πάντων προκέκρικας, εἰ πρὸς τούτῳ μόνῳ θέλεις
εἶναι, εἰ τοῦτο ἐκπονῆσαι, ἄφες ἅπαντα τἄλλα·
εἰ δὲ μὴ, οὗτος ὁ ἐπαμφοτερισμὸς ἑκάτερόν σοι 5
ποιήσει, οὔτε προκόψεις κατ᾽ ἀξίαν, οὔτ᾽ ἐκείνων
τεύξῃ ὧν πρότερον ἐτύγχανες. πρότερον γὰρ εἰ- 6
λικρινῶς ἐφιέμενος τῶν οὐδενὸς ἀξίων, ἡδὺς ἦς τοῖς
συνοῦσιν. οὐ δύνασαι δ᾽ ἐν ἀμφοτέρῳ τῷ εἴδει δια-
φέρειν· ἀλλ᾽ ἀνάγκη, καθόσον ἂν τοῦ ἑτέρου
κοινωνῇς, ἀπολείπεσθαί σ᾽ ἐν θατέρῳ. οὐ δύνασαι, 7
μὴ πίνων μεθ᾽ ὧν ἔπινες, ὁμοίως ἡδὺς αὐτοῖς φαί-
νεσθαι· ἑλοῦ οὖν, πότερον μεθυστὴς εἶναι θέλεις,
καὶ ἡδὺς ἐκείνοις, ἢ νήφων ἀηδής. οὐ δύνασαι, μὴ
ᾄδων μεθ᾽ ὧν ᾖδες, ὁμοίως φιλεῖσθαι ὑπ᾽ αὐτῶν·
ἑλοῦ οὖν καὶ ἐνταῦθα, πότερον θέλεις. εἰ γὰρ 8
κρεῖσσον, τὸ αἰδήμονα εἶναι καὶ κόσμιον, τοῦ εἰπεῖν τινα, Ἡδὺς ἄνθρωπε! ἄφες τὰ ἕτερα,
ἀπόγνωθι, ἀποστράφηθι, μηδέν σοι καὶ αὐτοῖς.

                                                        εἰ

anteponis, si huic soli in-
sistere vis, si in hoc elaborare, missa fac cætera omnia. Quod nisi feceris, in-
constantia ista & vacillatio
bifariam tibi incommoda-
bit: neque enim ita pro-
movebis, uti par erat; nec
illa consequêris, quæ prius
consequebaris. Nam cum
ante haud dissimulanter res
nullius pretii desiderares,
jucundus eras amicis: ne-
que vero utroque in gene-
re excellere potes; sed necesse est, quatenus alterius
particeps fueris, eatenus
altero te destitui. Non poteris, nisi cum iis compo-
taveris, quibuscum potare
consueveras, æque jucun-
dus illis videri: opta igitur, malisne ebriosus esse,
atque illis jucundus; an
sobrius, & injucundus.
Non poteris, si non canas
quibuscum canebas, æque
ab illis diligi: ergo & hic
opta, utrum malis. Nam
si præstat verecundum esse
ac modestum, quam ab ali-
quo dici, O lepidum ca-
put! omitte cætera, re-
pudia, aversare, nihil tibi

9 εἰ δὲ μὴ ἀρέσει ταῦτα, ὅλος ἀπόκλινον ἐπὶ τἀναντία· γενοῦ εἷς τῶν κιναίδων, εἷς τῶν μοιχῶν, καὶ ποίει τὰ ἑξῆς, καὶ τεύξῃ ὧν θέλεις. καὶ
10 ἀναπηδῶν ἐπικραύγαζε τῷ ὀρχηστῇ. Διάφορα δ' οὕτω πρόσωπα οὐ μίγνυται· οὐ δύνασαι καὶ Θερσίτην ὑποκρίνασθαι, καὶ Ἀγαμέμνονα. ἂν Θερσίτης εἶναι θέλῃς, κυρτόν σε εἶναι δεῖ καὶ φαλακρόν· ἂν Ἀγαμέμνων, μέγαν καὶ καλόν, καὶ τοὺς ὑποτεταγμένους φιλοῦντα.

ΚΕΦ. γ'.

Τίνα τίνων Ἀντικαταλλακτέον.

Ἐκεῖνο πρόχειρον ἔχε, ὅταν τινὲς ἀπολείπῃ τῶν ἐκτὸς, τί ἀντ' αὐτοῦ περιποιῇ. κἂν ᾖ πλειόνων ἄξιον, μηδέποτ' εἴπῃς ὅτι ἐζημίωμαι. * οὐδ' ἀντὶ

cum illis rei fit. Sin tibi hoc non placuerit, totus ad contraria te converte; esto cinædus, esto mœchus, cæteraque facito isti vitæ rationi consentanea: sic voti compos fies. Exsili etiam atque adclama saltatori. Sed personæ tam diversæ non miscentur; non potes & Thersiten agere, & Agamemnonem: si Thersites esse vis, gibbosum te esse & recalvastrum oportet; si Agamemnon, magnum & pulcrum, ac diligere populum.

CAP. III.

Quæ quibus Commutanda sint,

Illud in promtu sit, si quam rem externam relinquis, quid loco illius consequare: &, hoc si pluris fuerit, cave umquam dicas, te jacturam fecisse. Ne-

ἀντὶ ὄνου ἵππον, οὐδ' ἀντὶ προβάτου βοῦν, οὐδ'
ἀντὶ κέρματος πρᾶξιν καλὴν, οὐδ' ἀντὶ ψυχρο-
λογίας ἡσυχίαν οἵαν δεῖ, οὐδ' ἀντὶ αἰσχρολογίας
αὐτῶ. Τούτων μεμνημένος, πανταχοῦ διασώσεις 3
τὶ σεαυτοῦ πρόσωπον οἷον ἔχειν σε δεῖ. εἰ δὲ μή,
σκέπει, ὅτι ἀπόλλυνται οἱ χρόνοι εἰκῆ, καὶ,
ὅσα νῦν προσεῖχες σεαυτῷ, μέλλεις ἐκχεῖν ἅπαντα ταῦτα καὶ ἀνατρέπειν. Ὀλίγων δὲ χρεία 4
ἐστὶ πρὸς τὴν ἀπώλειαν τὴν πάντων καὶ ἀνα-
τρεπήν· μικρᾶς ἀποστρεφῆς τοῦ λόγου. Ἵν' ὁ 5
κυβερνήτης ἀνατρέψῃ τὸ πλοῖον, οὐ χρείαν
ἔχει τῆς αὐτῆς παρασκευῆς, ἴσης εἰς τὸ σῶσαι·
ἀλλὰ μικρὸν πρὸς τὸν ἄνεμον ἂν ἐπιστρέψῃ, ἀπώ-
λετο· κἂν μὴ αὐτὸς ἑκὼν, ὑποπαρενθυμηθῇ δὲ,
ἀπώλετο. Τοιοῦτόν ἐστί τι καὶ ἐνθάδε· μικρὸν 6
ἂν ἀπονυστάξῃς, ἀπῆλθε πάντα τὰ μέχρι νῦν
συνειλεγμένα. Πρόσεχε οὖν ταῖς φαντασίαις, ἐπ- 7

                    ἀγρυ-

Neque enim (*jacturam fe-
ceris,*) si asinum cum equo,
nec si ovem cum bove, sive
leve compendium pecunia-
rium cum honesta actione,
sive otiosam disputationem
cum otio & tranquillitate
homine digna, sive turpem
in dicendo licentiam cum
verecundia commutaveris.
Horum memor, ubique
conservabis personam tuam
qualem decet: sin minus,
vide, ut tempus frustra tibi perit, &, quidquid cu-
ræ nunc in te ipsum con-
fers, id omne profusurus

es atque eversurus. Pau-
cis vero est opus ad jacturam & eversionem om-
nium; exigua rationis
aversione. Ut gubernator
navigium evertat, non eo-
dem opus est adparatu, quo
ad illud conservandum; sed,
si id paulisper vento ob-
verterit, periit; tametsi
ipse non ultro, sed aliis
cogitationibus intentus, id
fecerit. Eodem hic quo-
que modo se res habet: si
paululum dormitaris, abi-
bunt omnia quæ hactenus
collegisti. Observa igitur
visa

ἀγρύπνει. οὐ γὰρ μικρὸν τὸ τηρούμενον· ἀλλ'
αἰδὼς, καὶ πίστις, καὶ εὐστάθεια, ἀπάθεια,
ἀλυπία, ἀφοβία, ἀταραξία, ἁπλῶς ἐλευθερία.
8 Τίνων μέλλεις ταῦτα πωλεῖν; βλέπε πόσου ἄξιον. Ἀλλ' οὐ τεύξομαι τοιούτου τινὸς ἀντ' αὐτοῦ. Βλέπε καὶ τυγχάνων πάλιν ἐκείνου, τί
9 ἀντ' αὐτοῦ λαμβάνεις. Ἐγὼ εὐκοσμίαν, ἐκεῖνος
δημαρχίαν· ἐκεῖνος στρατηγίαν, ἐγὼ αἰδῶ. ἀλλ'
οὐ κραυγάζω, ὅπου ἀπρεπές· ἀλλ' οὐκ ἀναστή-
σομαι, ὅπου μὴ δεῖ. ἐλεύθερος γάρ εἰμι, καὶ φί-
10 λος τοῦ Θεοῦ, ἵν' ἑκὼν πείθωμαι αὐτῷ. τῶν δ'
ἄλλων οὐδενὸς ἀντιποιεῖσθαί με δεῖ, οὐ σώματος,
οὐ κτήσεως, οὐκ ἀρχῆς, οὐ φήμης, ἁπλῶς οὐδενός. οὐδὲ γὰρ ἐκεῖνος βούλεταί μ' ἀντιποιεῖσθαι
αὐτῶν. εἰ γὰρ ἤθελεν, ἀγαθὰ πεποίηκει αὐτὰ
ἂν ἐμοί. νῦν δ' οὐ πεποίηκε· διὰ τοῦτο οὐδὲν
11 δύναμαι παραβῆναι τῶν ἐντολῶν. Τήρει τὸ ἀγαθὸν τὸ ἑαυτοῦ ἐν παντί· τῶν δ' ἄλλων τι, κατὰ

vifa tua, vigila fuper eis:
neque enim parvum eft
quod cuftoditur; fed verecundia, fides, conftantia;
adfectuum, doloris, timo-
ris, perturbationis expers
animus; verbo ut dicam,
libertas. Quanti ifta ven-
des? vide quid valeant ea
quæ pro his confecuturus
es. At nihil tale pro illis
confequar? Vide ut illud
confequaris, quid pro eo
accipias. Ego modeftiam,
ille tribunatum: ille præ-
turam, ego verecundiam.

Non clamo, ubi dedecet;
non furgo, ubi non decet:
liber enim fum, & amicus
Dei, ut ultro illi paream.
reliqua vero omnia negli-
genda mihi funt: corpus,
poffeffio; magiftratus, fama, denique omnia. Ne-
que enim ille vult me hæc
curare: nam fi vellet, effe-
ciffet, ut ea mihi bona effent: nunc cum non fece-
rit, nullum ejus manda-
tum negligere poffum.
Conferva igitur bonum tu-
um in omni re: cæterorum
vero

τὰ τὸ διδόμενον, μέχρι τοῦ εὐλογιστεῖν ἐν αὐ-
τοῖς· τούτῳ μόνῳ ἀρκούμενος. εἰ δὲ μὴ, δυστυ-
χήσεις, ἀτυχήσεις, κωλυθήσῃ, ἐμποδιτθήσῃ.
Οὗτοί εἰσιν οἱ ἐκεῖθεν ἀπεσταλμένοι νόμοι, ταῦτα 12
τὰ διατάγματα· τούτων ἐξηγητὴν δεῖ γενέσθαι,
τούτοις ὑποτεταγμένον, οὐ τοῖς Μασσυρίου καὶ
Κασσίου.

ΚΕΦ. δ΄.

Πρὸς τοὺς περὶ τὸ ἐν Ἡσυχίᾳ διάγειν ἐσπου-
δακότας.

Μέμνησο, ὅτι οὐ μόνον ἐπιθυμία ἀρχῆς καὶ
πλούτου ταπεινοὺς ποιεῖ, καὶ ἄλλοις ὑποτεταγμένους, ἀλλὰ καὶ ἡσυχίας, καὶ σχολῆς, καὶ
ἀποδημίας, καὶ φιλολογίας. Ἁπλῶς γὰρ, οἷον
ἐν ᾧ τὸ ἐκτός, ἡ τιμὴ αὐτοῦ ὑποτάσσει ἄλλῳ.

            TI

vero unumquodque, prout
tibi datum fuerit, sic usur-
pa, ut in eorum usu ratio
tibi constet: idque unum
satis tibi sit. Alioqui miser eris, votis tuis excl-
des, prohibeberis, impe-
dieris. Hæ sunt leges il-
linc missæ, hæc edicta;
horum interpretem esse decet, his parere, non Ma-
surii & Cassii præceptis.

C A P. IV.

Ad eos qui vitam in Otio transigere cupiunt.

Memento, non honorum
solum cupiditatem & opum
reddere humiles, & aliis
obnoxios; sed etiam quie-
tis studium, & otii, &
peregrinationis, & lite-
rarum. Omnino enim qua-
liscumque fuerit res externa, admiratio & studium
ejus subjectos alteri facit.
Quid

2 Τί οὖν διαφέρει, συγκλήτου ἐπιθυμῶν, ἢ τοῦ μὴ
εἶναι συγκλητικόν; τί διαφέρει, ἀρχῆς ἐπιθυμῶν,
ἢ ἀναρχίας; τί διαφέρει, λέγειν, ὅτι, Κακῶς μοι
ἐστιν, οὐδὲν ἔχω τί πράξω, ἀλλὰ τοῖς βιβλίοις
προσδέδεμαι ὡς νεκρός· ἢ λέγειν, Κακῶς μοι
3 ἐστιν, οὐκ εὐσχολῶ ἀναγνῶναι; Ὡς γὰρ ἀσπα-
σμοὶ καὶ ἀρχὴ τῶν ἐκτός ἐστι καὶ ἀπροαιρέτων,
4 οὕτω καὶ βιβλίον. Ἢ τίνος ἕνεκα θέλεις ἀναγνῶναι; εἰπέ μοι. εἰ μὲν γὰρ ἐπ' αὐτὸ καταστρέ-
φεις τὸ ψυχαγωγηθῆναι ἢ μαθεῖν τι, ψυχρὸς εἶ,
καὶ ἀταλαίπωρος. εἰ δ' ἐφ' ὃ δεῖ ἀναφέρεις, τί
τοῦτ' ἐστιν ἄλλο ἢ εὔροια; εἰ δέ σοι τὸ ἀναγινώσκειν εὔροιαν μὴ περιποιεῖ, τί ὄφελος αὐτοῦ;
5 Ἀλλὰ περιποιεῖ, φησί· καὶ διὰ τοῦτο ἀγανα-
κτῶ, ὡς ἀπολειπόμενος αὐτοῦ. Καὶ τίς αὕτη ἡ
εὔροια, ἣν ὁ τυχὼν ἐμποδίσαι δύναται, οὐ λέγω
Καῖσαρ, ἢ Καίσαρος φίλος, ἀλλὰ κόραξ, αὐλη-
τής,

Quid igitur interest, utrum senator esse cupias, an cupias non esse? quid interest, magistratum cupias, an privatam conditionem? Quid interest, utrum dicas, Miser sum; non habeo quod agam, sed libellis sum adligatus instar cadaveris; an dicas, Miser sum; non est mihi otium legendi? Quemadmodum enim salutationes & honores, res externæ sunt, & non nostri arbitrii; sic etiam libellus. Aut dic mihi, quâ gratiâ legere cupis? Nam si nihil aliud sequeris, nisi ipsam legendi delectationem, & ut cognoscas aliquid; frigidus es, & delicatulus. Sin eo refers lectionem, quo oportet; quid aliud istud est, nisi vita beata? Eam si lectio tibi non confert, quæ est illius utilitas? At eam confert, inquit; eâque de re moleste fero, me eâ fraudari. Quæ vero ista est vita beata, quam quivis impedire potest, non dico Cæsar, aut Cæsaris amicus, sed corvus, tibicen, febris,

τῆς, πυρετὸς, ἄλλα τρισμύρια; ἡ δ' εὔροια οὐδὲν οὕτως ἔχει, ὡς τὸ διηνεκὲς καὶ ἀνεμπόδιστον.
Νῦν καλοῦμαι, πράξων τι· ἄπειμι νῦν, προσέ- 6
ξων τοῖς μέτροις ἃ δεῖ τηρεῖν, ὅτι αἰδημόνως,
ὅτι ἀσφαλῶς, ὅτι δίχα ὀρέξεως καὶ ἐκκλίσεως
τῆς πρὸς τὰ ἐκτός· καὶ λοιπὸν προσέχω τοῖς 7
ἀνθρώποις, τίνα φασὶ, πῶς κινοῦνται· καὶ
τοῦτο οὐ κακοήθως, οὐδ' ἵνα ἔχω ψέγειν ἢ κα-
ταγελᾷν· ἀλλ' ἐπ' ἐμαυτὸν ἐπιστρέφω, εἰ ταὐτὰ κἀγὼ ἁμαρτάνω. πῶς οὖν παύσομαι; τότε
καὶ ἐγὼ ἡμάρτανον· νῦν δ' οὐκέτι, χάρις τῷ
Θεῷ.

   Ἄγε, ταῦτα ποιήσας, καὶ πρὸς τούτοις 8
γενόμενος, χεῖρον ἔργον πεποίηκας ἢ χιλίους στίχους ἀναγνοὺς, ἢ γράψας ἄλλους τοσούτους;
ὅταν γὰρ ἐσθίῃς, ἄχθῃ ὅτι μὴ ἀναγινώσκεις;
οὐκ ἀρκῇ τῷ καθ' ἃ ἀνέγνωκας ἐσθίειν; ὅταν

O o 4

λούῃ;

febris, alia infinita? Vita beata autem nihil tam proprium habet, quam quod continua est, & ab omni impedimento remota. Nunc vocor, acturus aliquid: abeo nunc, observaturus modos, qui servandi sunt, ut agam verecunde, ut tuto, ut ;citra adpetitionem & aversationem rerum externarum: & praeterea homines observo, quid dicant, quomodo moveantur: Idque non malevole, neque vituperandi aut deridendi caussa: sed in me ipsum conversus observo, an & Ipse sic delinquam. Quomodo igitur delinam? Olim & ego peccabam: nunc vero non Item; gratia sit Deo.

   Age haec si feceris, his si occupatus fueris, pejusné rem gesseris, quam si mille versus legisses, totidemve scripsisses? Nam cum edis, dolesne te non legere? nonne sufficit tibi, ex praeceptis, quae legendo cognovisti,

9 λούῃ; ὅταν γυμνάζῃ; Διὰ τί οὖν ἐπὶ πάντων οὐχ
ὁμαλίζεις, καὶ ὅταν Καίσαρι προσίῃς, καὶ ὅταν
10 τῷ δεῖνι; Εἰ τὸν ἀπαθῆ τηρεῖς, εἰ τὸν ἀκατάπληκτον, εἰ τὸν κατεσταλμένον· εἰ βλέπεις μᾶλλον τὰ γινόμενα, ἢ βλέπῃ· εἰ μὴ φθονεῖς τοῖς
προτιμωμένοις· εἰ μὴ ἐκπλήσσουσί σε αἱ ὗλαι· τί
11 σοι λείπει; Βιβλία; Πῶς, ἢ ἐπὶ τί; οὐχὶ
γὰρ ἐπὶ τὸ βιοῦν παρασκευή τίς ἐστιν αὕτη; τὸ
βιοῦν δ' ἐξ ἄλλων τινῶν ἢ τούτων συμπληροῦ-
ται. οἷον ἂν εἰ ὁ ἀθλητὴς κλαίῃ εἰς τὸ στάδιον
12 εἰσιὼν, ὅτι μὴ ἔξω γυμνάζεται. Τούτου ἕνεκα
ἐγυμνάζου· ἐπὶ τούτῳ οἱ ἁλτῆρες, ἡ ἁφὴ, οἱ νεα-
νίσκοι. καὶ νῦν ἐκεῖνα ζητεῖς, ὅτε τοῦ ἔργου
13 καιρός ἐστιν; Οἷον εἰ ἐπὶ τοῦ συγκαταθετικοῦ τόπου, παρισταμένων φαντασιῶν, τῶν μὲν κατα-
ληπτῶν, τῶν δ' ἀκαταλήπτων, μὴ ταύτας διακρίνειν

victi, edere? *annon eodem
modo*, cum lavas? cum
exerceris? Cur igitur non
in omnibus eodem modo
fentis, five Caefarem adis,
five quem alium? Si per-
turbatione vacuum, fi im-
perterritum, fi modeftum
te praebes; fi potius fpe-
ctas quid fiet, quam fpe-
ctari cupis; fi non invides
iis qui tibi praeferuntur;
fi te non in ftuporem ra-
piunt materiae; quid tibi
deeft? Libri? Quomodo,
aut ad quid? Nonne enim ad
vitam degendum ifta prae-
paratio quaedam eft? ipfa
vero vita aliis rebus quam
his completur? Perinde
hoc eft, ac fi pugil, ftadium ingrediens, ploret,
quod non foris exerceatur.
Hác gratiá exercebaris:
huc pertinebant halteres,
pulvis, adolefcentuli. Et
nunc tu illa defideras, cum
rei gerendae tempus adeft?
Perinde hoc eft, ac fi in
loco de Adfenfione, cum
vifa objiciuntur, quorum
alia percipi poffunt, alia
non poffunt, ifta nunc dijudicare nolimus, sed le-
gere

κρίνειν θέλοιμεν, ἀλλ' ἀναγνώσκειν τὰ περὶ κα-
ταλήψεως.

Τί οὖν τὸ αἴτιον; Ὅτι οὐδέποτε τ[ού]του 14
ἕνεκα ἀνέγνωμεν, οὐδέποτε τούτου ἕνεκα ἐγράψα-
μεν, ἵν' ἐπὶ τῶν ἔργων κατὰ φύσιν χρώμεθα ταῖς
προσπιπτούσαις φαντασίαις· ἀλλ' αὐτοῦ καταλή-
γομεν, μαθεῖν τί λέγεται, καὶ ἄλλῳ δύνασθαι
ἐξηγήσασθαι, τὸν συλλογισμὸν ἀναλῦσαι, καὶ
τὸν ὑποθετικὸν ἐφοδεῦσαι. Διὰ τοῦτο, ὅπου ἡ 15
σπουδή, ἐκεῖ καὶ ὁ ἐμποδισμός. Θέλεις τὰ μὴ
ἐπὶ σοὶ ἐξάπαντος; κωλύου τοίνυν, ἐμπεδίζου,
ἀποτύγχανε. Εἰ δὲ τὰ περὶ ὁρμῆς τούτω 16
ἕνεκα ἀναγινώσκοιμεν, οὐχ ἵνα ἴδωμεν τί λέγεται περὶ ὁρμῆς, ἀλλ' ἵνα εὖ ὁρμῶμεν· τὰ περὶ
ὀρέξεως, καὶ ἐκκλίσεως, ἵνα μήποτ' ὀρεγόμενοι
ἀποτυγχάνωμεν, μήτ' ἐκκλίνοντες περιπίπτω-
μεν· τὰ περὶ καθήκοντος δ', ἵνα μεμνημένοι

gere quæ de perceptione scripta sunt.

Quæ ergo caussa est? Quia numquam eâ gratiâ legimus, numquam ea de caussa scripsimus, ut ipso facto secundum naturam uteremur visis objectis: sed in eo desinimus, ut cognoscamus quid dicatur, idque aliis explicare queamus; ut syllogismum re solvere, ut hypotheticam argumentationem tractare possimus. Quapropter, ubi studium est, ibi etiam impedimentum. Tu quoque modo ea cupis, quæ in tua non sunt potestate? Prohibere ergo, impedire, frustrare! Sin autem, quæ de impetu scripta sunt, hoc consilio legeremus, non ut, quid de impetu diceretur, sciremus, sed ut recte uteremur impetu; si, quæ de adpetitione & aversatione, ut ne umquam re adpetiti frustraremur, aut in declinatam incideremus; si doctrinam officiorum, ut relatio-

τῶν σχίστων, μηδὶν ἀλογίστως, μηδὲ παρ' αὐ-
17 τὰ ποιῶμεν· οὐκ ἂν ἠγανακτοῦμεν πρὸς τὰ ἀνα-
γνώσματα ἐμποδιζόμενοι, ἀλλὰ τῷ τὰ ἔργα
ἀποδιδόναι τὰ κατάλληλα ἠρκούμεθα, καὶ ἠριθμοῦ-
μεν ἂν οὐ ταῦτα ἃ μέχρι νῦν ἀριθμεῖν εἰθίσμεθα, Σήμερον ἀνέγνων στίχους τοσούσδε, ἔγραψα
18 τοσούσδε· ἀλλὰ, Σήμερον ὁρμῇ ἐχρησάμην ὡς
παραγγέλλεται ὑπὸ τῶν Φιλοσόφων, ὀρέξει ·οὐκ
ἐχρησάμην, ἐκκλίσει πρὸς μόνα τὰ προαιρετικὰ,
οὐ κατεπλάγην τὸν δεῖνα, οὐ ἐδυσωπήθην ὑπὸ
τοῦ δεῖνος, τὸ ἀνεκτικὸν ἐγύμνασα, τὸ ἀφεκτικὸν, τὸ συνεργητικόν· καὶ οὕτως ἂν ηὐχαριστοῦ-
μεν τῷ Θεῷ, ἐφ' οἷς δεῖ εὐχαριστεῖν.

19   Νῦν δ' ἡμεῖς οὐκ ἴσμεν, ὅτι καὶ αὐτοὶ ἄλλον τρόπον ὅμοιοι τοῖς πολλοῖς γινόμεθα. Ἄλλος
20 Φοβεῖται μὴ οὐκ ἄρξῃ· σὺ, μὴ ἄρξῃς. Μηδαμῶς, ἄνθρωπε. ἀλλ', ὡς καταγελᾷς τοῦ Φο-
βουμέ-

relationum memores, in
quibus constituti sumus, nihil inconsiderate, nihil præter decorum faceremus:
non moleste ferremus, le-
ctionem nostram impediri;
sed satis nobis esset facta
edere convenientia; neque
numeraremus ea, quæ nu-
merare hactenus consuevi-
mus, Hodie legi versus
tot, scripsi tot; sed, Hodie sic usus sum impetu, ut
a philosophia præcipitur,
adpetitione non usus sum,
aversatione in iis solis quæ
nostri arbitrii sunt, non ex-
timui illum, illius precibus flecti me non passus
sum, tolerantiam exercui,
abstinentiam, beneficen-
tiam. Et sic ob ea gratias
ageremus Deo, ob quæ
gratiæ illi sunt agendæ.
Nunc vero nescimus, nos
ipsos quoque, opposita
quidem ratione, vulgo fieri
similes. Alius timet, ne caret magistratu: tu vero, ne
sit gerendus tibi magistratus. Nequaquam, homo!
Sed quemadmodum derides
metuen-

βευμένου μὴ οὐκ ἄρξαι, οὕτω καὶ σαυτοῦ καταγέλα. οὐδὲν γὰρ διαφέρει, ἢ διψῶν πυρέσσοντα,
ἢ ὡς λυσσώδη ὑδροφόβον εἶναι. Ἢ πῶς ἔτι δυνή- 21
σῃ εἰπεῖν τὸ τοῦ Σωκράτους, Εἰ ταύτῃ φίλον
τῷ Θεῷ, ταύτῃ γενέσθω; Δοκεῖς, Σωκράτης
εἰ ἐπεθύμει ἐν Λυκείῳ ἢ ἐν Ἀκαδημίᾳ σχολάζειν, καὶ διαλέγεσθαι καθ' ἡμέραν τοῖς νέοις,
εὐκόλως ἂν ἐστρατεύσατο ὁσάκις ἐστρατεύσατο;
οὐχὶ δ' ὠδύρετ' ἂν καὶ ἔστενε, Τάλας ἐγώ, νῦν
δ' ἐνθάδ' ἀτυχῶ ἄθλιος, δυνάμενος ἐν Λυκείῳ
ἡλιάζεσθαι; Τοῦτο γάρ σου τὸ ἔργον ἦν, ἡλιά- 22
ζεσθαι; οὐχὶ δὲ τὸ εὐροεῖν; τὸ ἀκώλυτον εἶναι;
τὸ ἀπαραπόδιστον; Καὶ πῶς ἂν ἔτι ἦν Σωκράτης, εἰ ταῦτα ὠδύρετο; πῶς ἂν ἔτι ἐν τῇ φυλακῇ παιᾶνας ἔγραφεν;

Ἁπλῶς οὖν ἐκείνου μέμνητο, ὅτι πᾶν ὃ ἔξω 23
τῆς προαιρέσεως τῆς σαυτοῦ τιμήσεως, ἀπώλεσας
τὴν

metuentem ne magistratu careat, sic te ipsum quoque deride. Neque enim quidquam interest, sive sitire ut febricitantem, sive ut rabidum formidare aquam. Nam alioqui Socraticum illud usurpare qui potes: „Si Deo ita visum est, ita fiat?" Putasne Socratem, si Lycei aut Academiae otium, & quotidianas cum adolescentibus disputationes desiderasset, toties tam alacriter militaturum fuisse, quoties militavit? ac non potius ploraturum & suspiraturum fuisse, Me miserum! nunc ego hic calamitosus sum, cum in Lyceo apricari liceret? Ergone illud munus tuum fuit, apricari in Lyceo? non autem tranquillitate frui animi, non posse prohiberi, non impediri? Et quo pacto idem fuisset Socrates, si ista deplorasset? quo pacto adhuc in carcere hymnos scripsisset?

Ut paucis absolvam, illud memento; si quid extra liberam voluntatem tuam

τὴν προαίρεσιν. ἔξω δ' ἐστὶν οὐ μόνον ἀρχὴ,
ἀλλὰ καὶ ἀναρχία· οὐ μόνον ἀσχολία, ἀλλὰ
24 καὶ σχολή. Νῦν οὖν ἐμὲ ἐν τῷ θορύβῳ τούτῳ
διεξάγειν; Τί λέγεις, θορύβῳ; Ἐν πολλοῖς ἀνθρώποις; Καὶ τί χαλεπόν; δόξον ἐν Ὀλυμπίᾳ
εἶναι; πανήγυριν αὐτὸν ἥγησαι. κἀκεῖ ἄλλος
ἄλλο τι κέκραγεν, ἄλλος ἄλλό τι πράσσει, ἄλλος τῷ ἄλλῳ ἐνσείεται. ἐν τοῖς βαλανείοις ὄχ-
λος· καὶ τίς ἡμῶν οὐ χαίρει τῇ πανηγύρει ταύ-
25 τῃ, καὶ ὀδυνώμενος αὐτῆς ἀπαλλάσσεται; Μὴ
γίνου δυσάρεστος, μηδὲ κακοστόμαχος πρὸς
τὰ γινόμενα. Τὸ ὄξος σαπρὸν, δριμὺ γάρ· τὸ
μέλι σαπρὸν, ἀνατρέπει γάρ μου τὴν ἕξιν· λά-
χανα οὐ θέλω. οὕτω καὶ, σχολὴν οὐ θέλω,
ἐρημία ἐστιν· ὄχλον οὐ θέλω, θόρυβός ἐστιν.
26 Ἀλλ' ἂν μὲν οὕτω φέρῃ τὰ πράγματα, ὥστε
μόνον ἢ μετ' ὀλίγων διεξαγαγεῖν, ἡσυχίαν αὐτὸ
κάλει,

tuam magni feceris, quid-
quid illud fit, liberam voluntatem amiferis. Sunt
autem extra illam non mo-
do honores, fed etiam
conditio privata; non oc-
cupatio tantum, fed otium
quoque. Nunc ergo me
in tanto tumultu vivere!
Quem dicis tumultum? In
frequentia hominum? Quid
in ifto grave eft? Finge
te Olympiæ effe, celebri-
tatem hanc effe exiftima.
Illic etiam alius aliud quid
clamat, alius aliud agit,
alius alium tradit. In balneis eft turba: quis autem
noftrum eâ turbâ non de-
lectatur? quis triftis inde
difcedit? Ne fis morofus,
neque faftidiofus adverfus
ea quæ fiunt. Acetum mo-
leftum; eft enim acre: mel
moleftum; evertit enim habitum meum: olera nolo.
Sic etiam: Otium nolo;
folitudo eft: turbam nolo;
tumultus eft. Immo vero,
fi ita res feret, ut folus aut
cum paucis degas, tran-
quillitatem id adpella, &
utere

κάλει, καὶ χρῶ τῷ πράγματι, εἰς ὃ δεῖ·
λάλει σεαυτῷ, γύμναζε τὰς φαντασίας, ἐξερ-
γάζου τὰς προλήψεις. ἂν δ᾽ εἰς ὄχλον ἐμπέσῃς,
ἀγῶνα αὐτὸ λέγε, πανήγυριν, ἑορτήν· συνεορ-
τάζειν παρῶ τοῖς ἀνθρώποις. Τί γάρ ἐστιν ἥδιον 27
θέαμα τῷ φιλανθρώπῳ, ἢ ἄνθρωποι πολλοί;
ἵππων ἀγέλας ἢ βοῶν ἡδέως ὁρῶμεν· πλοῖα πολλὰ ὅταν ἴδωμεν, διαχεόμεθα· ἀνθρώπους πολλοὺς βλέπων τίς ἀνιᾶται; Ἀλλὰ κατακραυγά- 28
ζουσί μου. Οὐκοῦν ἡ ἀκοή σου ἐμποδίζεται. τί
οὖν πρὸς σέ; μή τι καὶ δύναμις ἡ ταῖς φαντασίαις χρηστική; καὶ τίς σε κωλύει ὀρέξει καὶ ἐκκλίσει χρῆσθαι κατὰ φύσιν; ὁρμῇ καὶ ἀφορμῇ;
ποῖος θόρυβος πρὸς τοῦτο ἱκανός;

Σὺ μόνον μέμνησο τῶν καθολικῶν· τί ἐμόν; 29
τί οὐκ ἐμόν; τί μοι δίδοται; τί θέλει με ποιεῖν
ὁ Θεὸς νῦν; τί οὐ θέλει; Πρὸ ὀλίγου χρόνου 30
ἤθελε

---

utere eâ ut oportet: tibi
loquere, exerce viſa tua,
notiones expoli. Sin in
turbam incideris, agonem
id adpella, celebritatem
ludorum, feſtivitatem; da
operam, ut eam unâ cum
aliis celebres. Quod enim
jucundius eſt humano viro
ſpectaculum, multitudine
hominum? equorum &
boum armenta cum volu-
ptate ſpectamus: naves
multas cum videmus, ex-
hilaramur: homines mul-
tos cum videt, quis dolet?

At clamoribus obtundunt
me. Igitur auditus tuus
impeditur: quid vero ad
te? num etiam facultas
quæ viſis utitur? quis vero te prohibebit adpetitione
& averſatione ex naturæ
præſcripto uti? quis im-
petu & declinatione? quis
tumultus ad illud ſatis
eſt?

Tu tantum memento ge-
neralia iſta: quid meum
eſt? quid non meum?
quid mihi datum eſt? quid
me Deus facere nunc vult,
quid

ἤθελέ σε σχολάζειν, σαυτῷ λαλεῖν, γράφειν
περὶ τούτων, ἀναγινώσκειν, ἀκούειν, παρασκευά-
ζεσθαι· ἔσχες εἰς τοῦτο ἱκανὸν χρόνον. νῦν σοι
λέγει, Ἐλθὲ ἤδη ἐπὶ τὸν ἀγῶνα, δεῖξον ἡμῖν τί
ἔμαθες, πῶς ἤθλησας. μέχρι τίνος γυμνασθή-
σῃ μόνος; ἤδη καιρός, γνῶναί σε, πότερον τῶ
ἀξιονίκων ᾖ τις ἀθλητῶν, ἢ ἐκείνων, οἱ τὴν
31 οἰκουμένην περιέρχονται νικώμενοι. Τί οὖν ἀγανακτεῖς; οὐδεὶς ἀγὼν δίχα θορύβου γίνεται. πολλοὺς δεῖ προγυμναστὰς εἶναι, τοὺς ἐπικραυγάζον-
τας, πολλοὺς| ἐπιστάτας, πολλοὺς θεατάς.
32 Ἀλλ' ἐγὼ ἤθελον ἐφ' ἡσυχίας διάγειν. Οἴμωζε
τοίνυν, καὶ στένε, ὥσπερ ἄξιος εἶ. τίς γὰρ ἄλλη
μείζων ταύτης ζημία τῷ ἀπαιδεύτῳ, καὶ ἀπει-
θοῦντι τοῖς θείοις διατάγμασιν, ἢ τὸ λυπεῖσθαι,
τὸ πενθεῖν, τὸ φθονεῖν, ἁπλῶς τὸ ἀτυχεῖν καὶ
δυστυχεῖν; τούτων οὐ θέλεις ἀπαλλάξαι σεαυτόν;

Καὶ

quid non vult? Paulo ante voluit, otium te agere, tecum colloqui, scribere bis de rebus, legere, audire, præparari: ad istud satis spatii habebas. Nunc dicit: „Veni ad certamen; „ostende nobis, quid didiceris, quomodo medita„tus sis pugnam. Quousque „solus exerceberis? Nunc „tempus est, ut cogno„scas, an pugil sis dignus „victoria, aut ex illorum „numero, qui terrarum or„bem peragrantes perpe„tuo succumbunt." Quid ergo indignaris? Nullum certamen fit absque tumultu. Multos esse oportet, qui ante exerceant; multos qui vociferentur; multos magistros, multos spectatores. At ego quiete vellem vivere! Plora igitur, & suspira, ut dignus es. Nam quæ alia poena major est illi qui ineruditus est, divinisque præceptis refragatur, nisi ut doleat, lugeat, invideat, denique voto fruitretur, calamitatibus conflictetur? His malis non vis te liberare?

Quo-

Καὶ πῶς ἀπαλλάξω; Οὐ πολλάκις ἤκουσας, 33
ὅτι ὄρεξιν ἆραί σε δεῖ παντελῶς, τὴν ἔκκλισιν
ἐπὶ μόνα τρέψαι τὰ προαιρετικὰ, ἀφ᾽ ἵν᾽ αἵσε δεῖ
πάντα, τὸ σῶμα, τὴν κτῆσιν, τὴν φήμην, τὰ
βιβλία, θόρυβον, ἀρχὰς, ἀναρχίαν; ὅπου γὰρ
ἂν κλίνῃς, ἐδούλευσας, ὑπετάγης, κωλυτὸς ἐγένου, ἀναγκαστὸς, ὅλος ἐπ᾽ ἄλλοις. Ἀλλὰ τὸ 34
Κλεάνθους πρόχειρον,

        Ἀγοῦ δέ μ᾽, ὦ Ζεῦ, καὶ σύ γ᾽, ἡ Πεπρωμένη.

Θέλετ᾽ εἰς Ῥώμην; Εἰς Ῥώμην. Εἰς Γύαρα;
Εἰς Γύαρα. Εἰς Ἀθήνας; Εἰς Ἀθήνας. Εἰς Φυλακήν; Εἰς Φυλακήν. Ἂν ἅπαξ εἴπῃς, πότε τις 35
εἰς Ἀθήνας ἀπέλθῃ; ἀπώλου. ἀνάγκη γε, ταύτην τὴν ὄρεξιν, ἀτελῆ μὲν οὖσαν, ἀτυχῆ σε ποι-
εῖν· τελειωθεῖσαν δὲ, κενὸν, ἐφ᾽ οἷς οὐ δεῖ ἐπαι-
ρόμενον· πάλιν, ἂν ἐμποδισθῇς, δυστυχῆ, περι-
                                                    πίπτον-

Quomodo vero me liberem? Nonne saepe audivisti? adpetitionem omnino tollendam esse; aversationem ad ea sola transferendam, quae tui arbitrii sint; missa facienda tibi esse omnia, corpus, opes, famam, libros, tumultum, honores, conditionem privatam. Nam quocunque inclinaveris, servus, obnoxius es; prohiberi, cogi potes; totus in aliena potestate es. Sed Cleanthis illud in promtu sit,

Duc me, ô Jupiter, & tu Necessitas.

Ire me Romam vultis? Romam ibo. In Gyara? In Gyara. Athenas? Athenas. In carcerem? In carcerem. Quodsi semel dixeris, quando tandem Athenas ire licebit? perlisti: necesse certe est, ut ista adpetitio, si irrita fuerit, infelicem te reddat; si rata, vanum, elatum ob ea propter quae efferri non decet; rursus si impedita,
                                                    cala-

36 πίπτοντα ὡς σὺ θέλεις. Ἄφες οὖν ταῦτα πάντα. Καλαὶ αἱ Ἀθῆναι. Ἀλλὰ τὸ εὐδαιμονεῖν κάλλιον πολύ· τὸ ἀπαθῆ εἶναι, τὸ ἀτάραχον, τὸ ἐπὶ
37 μηδενὶ κεῖσθαι τὰ σὰ πράγματα. Θόρυβος ἐν Ῥώμῃ, καὶ ἀσπασμοί. Ἀλλὰ τὸ εὐροεῖν, ἀντὶ πάντων τῶν δυσκόλων. Εἰ οὖν τούτων καιρός ἐστι, διὰ τί οὐκ αἴρεις αὐτῶν τὴν ἔκκλισιν; τίς
38 ἀνάγκη, ὡς ὄνον ξυλοκοπούμενον ἀχθοφορεῖν; εἰ δὲ μή, ὅρα ὅτι δεῖ σε δουλεύειν ἀεὶ τῷ δυναμίνῳ σοι διαπράξασθαι τὴν ἔξοδον, τῷ [πᾶν] ἐμποδίσαι δυναμένῳ· κἀκεῖνον θεραπεύειν, ὡς Κακοδαίμονα.

39 Μία ὁδὸς ἐπὶ εὔροιαν, (τοῦτο καὶ ὄρθρου καὶ μεθ' ἡμέραν καὶ νύκτωρ ἔστω πρόχειρον,) ἀπόστασις τῶν ἀπροαιρέτων, τὸ μηδὲν ἴδιον ἡγεῖσθαι, τὸ παραδοῦναι πάντα τῷ Δαιμονίῳ, τῇ Τύχῃ· ἐκείνους ἐπιτρόπους αὐτῶν ποιήσασθαι, οὓς καὶ ὁ
Ζεὺς

calamitosum, eo redactum quo nolles. Omitte igitur ista omnia. Pulcræ sunt Athenæ; sed vita beata multo pulcrior: multo pulcrius est, esse adfectibus & perturbatione vacuum, in nullius potestate res tuas esse. Tumultus est Romæ, salutationes. Sed animi tranquillitas omnes compensat molestias. Quod. si igitur harum rerum est tempus, cur non tollis earum aversationem? quæ necessitas est, te velut alinum, fustibus cæsum, ferre onera? Id ni feceris, vide, quid fiat: est tibi perpetuo serviendum illi qui tibi exitum aperire queat; cuilibet, impedire qui possit; is tibi colendus est, ut malus Genius.

Una via est, ad animi tranquillitatem vitamque beatam: (huc & mane & interdiu & noctu in promtu sit,) ut rebus externis cedas; ut nihil proprium judices; ut omnia Deo tradas & Fortunæ; ut hos procuratores omnium constituas

Ζεὺς πεποίηκεν· αὐτὸν δὲ πρὸς ἑνὶ εἶναι μόνῳ, 40
τῷ ἰδίῳ, τῷ ἀκωλύτῳ· καὶ ἀναγινώσκειν, ἐπὶ
τοῦτο ἀναφέροντα τὴν ἀνάγνωσιν, καὶ γράφειν,
καὶ ἀκούειν. Διὰ τοῦτο· οὐ δύναμαι εἰπεῖν φιλό- 41
πονον, ἂν ἀκούσω τοῦτο μόνον, ὅτι ἀναγινώσκει
ἢ γράφει· κἂν προσθῇ τις, ὅλας τὰς νύκτας,
οὔπω λέγω, ἂν μὴ γνῶ τὴν ἀναφοράν. οὐδὲ γὰρ
σὺ λέγεις φιλόπονον, τὸν διὰ παιδισκάριον ἀγρυ-
πνοῦντα. οὐ τοίνυν οὐδ' ἐγώ. ἀλλ' ἐὰν μὲν ἕνεκα 42
δόξης αὐτὸ ποιῇ, λέγω φιλόδοξον· ἂν δ' ἕνεκα ἀργυρίου, φιλάργυρον, οὐ φιλόπονον· ἂν δὲ
δι' ἐπιθυμίαν λέγου, φιλόλογον. Ἂν δ' ἐπὶ τὸ 43
ἴδιον ἡγεμονικὸν ἀναφέρῃ τὸν πόνον, ἵν' ἐκεῖνο κατὰ φύσιν ἔχῃ καὶ διεξάγῃ, τότε λέγω μόνον φιλόπονον. Μηδέποτε γὰρ ἀπὸ τῶν κοινῶν μήτ' 44
ἐπαινεῖτε, μήτε ψέγετε, ἀλλὰ ἀπὸ δογμάτων.
ταῦτα

stituis, quos & Jupiter constituit: tu vero ipse uno illo, quod tibi proprium est, quod prohiberi nequit, occuperis; ut, cum legis, cum scribis, cum audis, eo referas lectionem, scriptionem, auditionem. Propter hoc non possum dicere industrium, si audiero istud solum, legere aliquem aut scribere: &, licet adjiciat, totas noctes se id facere, nondum industrium dico, nisi cognovero, quo ista referat. Neque enim tu industrium eum dicis, qui propter puellam vigilat: ergo ne ego quidem. Sed, si gloriolæ caussâ id fecerit, ambitiosum dico; si pecuniæ gratiâ, avarum, non industrium; si autem propter literarum amorem, philologum. Quodsi vero ad suam mentem rationemque laborem istum retulerit, ut illa Naturæ constanter pareat, tum demum Industrium dico. Numquam enim e communibus istis, vel vituperationes, vel laudationes petendæ sunt,

ταῦτα γάρ ἐστι τὰ ἴδια ἑκάστου, τὰ καὶ τὰς
45 πράξεις αἰσχρὰς ἢ καλὰς ποιοῦντα. Τούτων μεμνημένος, χαῖρε τοῖς παροῦσι, καὶ ἀγάπα ταῦτα
46 ὧν καιρός ἐστιν. εἴ τινα ὁρᾷς, ὧν ἔμαθες καὶ
διεσκέψω, ἀπαντῶντά σοι εἰς τὰ ἔργα, εὐφραίνου
ἐπ' αὐτοῖς. εἰ τὸ κακόηθες καὶ λοίδορον ἀποτέ-
θεισαι ἢ μεμείωκας· εἰ τὸ προπετὲς, εἰ τὸ
αἰσχρολόγον, εἰ τὸ εἰκαῖον, εἰ τὸ ἐπικινουμένον·
εἰ οὐ κινῇ ἐφ' οἷς πρότερον, εἰ οὐχ ὁμοίως γ' ὡς
πρότερον· ἑορτὴν ἄγειν δύνασαι καθ' ἡμέραν, σήμερον, ὅτι καλῶς ἀνεστράφης ἐν τῷδε τῷ ἔργῳ,
47 αὔριον, ὅτι ἐν ἑτέρῳ. Πόσῳ μείζων αἰτία θυσίας,
ἢ ὑπατεία, ἢ ἐπαρχία; Ταῦτα ἐκ σοῦ αὐτοῦ
γίνεταί σοι, καὶ ἀπὸ τῶν Θεῶν. Ἐκεῖνο μέμνησο
48 τίς ὁ διδούς ἐστι, καὶ τίσι, καὶ διὰ τίνα. Τούτοις τοῖς διαλογισμοῖς ἐντρεφόμενος, ἔτι διαφέρῃ,
ποῦ

funt, fed e decretis. Hæc enim funt cujusque propria, quæ actiones quoque vel turpes vel boneftas efficiunt. Horum memor, delectare iis quæ adfunt; & in iis adquiefce, quæ tempus fert. Si qua vides eorum, quæ didicifti ac meditatus es, ad rem abs te conferri, delectare iis. Si malitiam & conviciandi libidinem depofuifti aut minuifti; fi petulantiam, fi turpiloquium, fi temeritatem, fi fegnitiem; fi iis rebus, quibus ante moveberis, non moveris, fi faltem non eodem modo quo prius adfici folebas; tum quotidie feftivitatem celebrare potes; hodie, quod recte verfatus fis in hoc opere; cras, quod in alio. Quanto major tibi hæc cauffa eft rei divinæ faciendæ, quam fi confulatum aut præfecturam effes adeptus? Hæc a te ipfo habes, & a Deo. Ifta qui largiatur, memento, quis fit, & quibus largiatur, & quas ob res. His cogitationibus innutritus, adhuc interefse
putas

σοῦ ἂν εὐδαιμονήσεις; ποῦ ἂν ἀρέσεις τῷ Θεῷ; Οὐ πανταχόθεν τὸ ἴσον ἀπέχουσιν; οὐ πανταχόθεν ὁμοίως ὁρῶσι τὰ γινόμενα.

ΚΕΦ. ε'.

Πρὸς τοὺς Μαχίμους καὶ Θηριώδεις.

Ὁ καλὸς καὶ ἀγαθὸς οὔτ' αὐτὸς μάχεταί τινι, οὔτ' ἄλλον ἐᾷ κατὰ δύναμιν. Παράδειγμα δὲ 2 καὶ τούτου, καθάπερ καὶ τῶν ἄλλων, ἔκκειται ἡμῖν ὁ βίος ὁ Σωκράτους· ὃς οὐ μόνον αὐτὸς πανταχοῦ ἐξέφυγε μάχην, ἀλλ' οὐδ' ἄλλους μάχεσθαι εἴα. Ὅρα παρὰ Ξενοφῶντι ἐν τῷ Συμπο- 3 σίῳ, πόσας μάχας λέλυκε· πῶς πάλιν ἠνέσχετο Θρασυμάχου, πῶς Πώλου, πῶς Καλλικλέους· πῶς τῆς γυναικὸς ἠνείχετο, πῶς τοῦ υἱοῦ, ἐξελεγχό-

Pp 2

μενος

putas quo in loco beatus sis futurus, quo in loco sis Deo placiturus? Nonne ubique homines aequale recipiunt? nonne undique pariter ea, quae sunt & fiunt in mundo, intuentur?

C A P. V.

In Pugnaces & Immanes.

Vir bonus & sapiens nec ipse cum quoquam pugnat; nec alium, quantum in ipso est, pugnare sinit. Hujus quoque rei, sicut aliarum, exemplum in Socrate nobis propositum est; qui non ipse tantum ubique pugnam effugit, sed ne alios quidem pugnare passus est. Vide apud Xenophontem in Convivio, quot pugnas compuscerit, quo pacto porro ipse Thrasimachum, Polum, Calliclem toleraverit; quo pacto uxo-

rem

4 μενος ὑπ' αὐτοῦ, σοφιζόμενος. Λίαν γὰρ ἀσφαλῶς ἐμέμνητο, ὅτι οὐδεὶς ἀλλοτρίου ἡγεμονικοῦ
κυριεύει. οὐδὲν οὖν ἄλλο ἤθελεν, ἢ τὸ ἴδιον.
5 Τί δ' ἔστι τοῦτο; Οὐχ ἵνα κινῇ αὐτός τι κατὰ
Φύσιν· τοῦτο γὰρ ἀλλότριον· ἀλλ' ὅπως ἐκείνων
τὰ ἴδια ποιούντων, ὡς αὐτοῖς δοκεῖ, αὐτὸς μηδὲν
ἧττον κατὰ Φύσιν ἔχει καὶ διεξάξει, μόνον τὰ
αὐτοῦ ποιῶν πρὸς τὸ κἀκείνους ἔχειν κατὰ Φύσιν.
6 Τοῦτο γάρ ἐστιν ὃ ἀεὶ πρόκειται τῷ καλῷ καὶ
ἀγαθῷ. Στρατηγῆσαι; Οὔ· ἀλλ', ἂν δίδωται,
ἐπὶ ταύτης τῆς ὕλης τὸ ἴδιον ἡγεμονικὸν τηρῆσαι.
Γῆμαι; Οὔ· ἀλλ', ἂν δίδωται γάμος, ἐν ταύτῃ
7 τῇ ὕλῃ κατὰ Φύσιν ἔχοντα αὐτὸν τηρῆσαι. Ἂν
δὲ θέλῃ τὸν υἱὸν μὴ ἁμαρτάνειν ἢ τὴν γυναῖκα,
θέλει τὰ ἀλλότρια μὴ εἶναι ἀλλότρια. καὶ τὸ
παιδεύεσθαι τοῦτ' ἔστι, μανθάνειν τὰ ἴδια καὶ
τὰ ἀλλότρια.

Ποῦ

rem toleraverit; quo pacto filium, callide & captiose contra ipsum disputantem. Illud enim memoriæ infixum habebat, neminem alterius menti dominari: nihil igitur aliud voluit, nisi quod suum esset. Illud autem quidnam est? Non, ut iste Naturam sequatur: (Id enim alienum est;) sed ut, aliis suo arbitratu, quod ipsis visum esset, facientibus, ipse nihilo minus Naturæ constanter pareret; modo, quoad in ipso esset, elaborans ut illi quoque ex-Naturæ præscripto se gererent. Hoc enim viro bono & sapienti semper est propositum. Præturamne gerere? Non: sed, si ipsi mandetur prætura, in hâc materia proprium animi principatum conservare. Uxorem ducere? Non: sed, si datum fuerit conjugium, in eo ita se geret, ut naturæ præscriptum conservet. Quodsi vero vult, filium aut uxorem non peccare; vult, aliena non esse aliena. Atque erudiri hoc est, cognoscere, quæ sua sint, quæ aliena.

Ad

Ποῦ οὖν ἔτι μάχης τόπος τῷ οὕτως ἔχοντι; 8
μὴ γὰρ θαυμάζει τι τῶν γινομένων; μὴ γὰρ καινὸν
αὐτῷ φαίνεται; μὴ γὰρ οὐ χείρονα καὶ χαλεπώτερα προσδέχεται τὰ παρὰ τῶν φαύλων, ἢ ἀπο-
βαίνει αὐτῷ; μὴ γὰρ οὐ κέρδος λογίζεται πᾶν
ὅ τι ἂν ἀπολίπωσι τοῦ ἐσχάτου; Ἐλοιδόρησέ σε
ὁ δεῖνα. Πολλὴ χάρις αὐτῷ, ὅτι μὴ ἔπληξεν. 9
Ἀλλὰ καὶ ἔπληξε. Πολλὴ χάρις, ὅτι μὴ ἔτρω-
σεν. Ἀλλὰ καὶ ἔτρωσε. Πολλὴ χάρις, ὅτι μὴ
ἀπέκτεινε. Πότε γὰρ ἔμαθεν, ἢ παρὰ τίνι, ὅτι 10
ἥμερόν ἐστι ζῶον, ὅτι φιλάλληλον, ὅτι μεγάλη
βλάβη τῷ ἀδικοῦντι αὐτὴ ἡ ἀδικία; ταῦτα οὖν
μὴ μεμαθηκὼς, μηδὲ πεπεισμένος, διὰ τί μὴ
ἀκολουθήσει τῷ φαινομένῳ συμφέροντι; Βέβληκεν 11
ὁ γείτων λίθους. Μή τι οὖν σὺ ἡμάρτηκας; Ἀλλὰ τὰ ἐν οἴκῳ κατεάγη. Σὺ οὖν σκευάριον εἶ;
Οὔ, ἀλλὰ προαίρεσις. Τί οὖν σοι δίδοται πρὸς 12
Pp 3   τοῦτο;

Ad eum ergo modum
adfecto, qui adhuc pugnæ
locus relinquitur? num-
quid eorum, quæ fiunt, admiratur? numquid novum
illi videtur? annon pejora
& graviora exspectat ab
improbis, quam ipsi acci-
dunt? an non in lucro de-
putat, quidquid ab extre-
ma improbitate absunt?
Iste tibi maledixit. Ma-
gnam ei gratiam habe, quod
non verberavit. Sed &
verberavit. Magnam habe
gratiam, quod non vulne-
ravit. Sed & vulneravit.

Magnam habe gratiam,
quod non occidit. Quan-
do enim didicit, aut a quo,
mansuetum animal esse ho-
minem, sociabile, ipsam
injuriam magno malo esse
ei a quo inferatur? Hæc
igitur cum neque didicerit,
nec persuasa habeat, cur
non id sequatur, quod sibi
expedire putat? Vicinus
conjecit lapides. Quid
ergo tu peccasti? At su-
pellex confracta est. Tu
ergo vasculum es? Non,
sed libera voluntas. Quid
ergo tibi adversus istud datum

τοῦτο; ὡς μὲν λύκῳ, ἀντιδάκνειν, καὶ ἄλλους πλείονας λίθους βάλλειν· ἀνθρώπῳ δ' ἐὰν ζη-τῇς, ἐπίσκεψαί σου τὸ ταμιεῖον, ἴδε τίνας δυνά-μεις ἔχων ἐλήλυθας· μήτι τὴν θηριώδη; μή τι
13 τὴν μνησικακητικήν; Ἵππος οὖν πότ' ἄθλιός ἐστιν; Ὅταν τῶν φυσικῶν δυνάμεων στέρηται· οὐχ ὅταν μὴ δύνηται κοκκύζειν, ἀλλ' ὅταν μὴ τρέχειν. Ὁ δὲ κύων; Οὐχ ὅταν πέτεσθαι μὴ
14 δύνηται, ἀλλ' ὅταν μὴ ἰχνεύῃ. Μή ποτ' οὖν οὕτω καὶ ἄνθρωπος δυστυχής ἐστιν, οὐχ ὁ μὴ δυνάμενος λέοντας πνίγειν, ἢ ἀνδριάντας περι-λαμβάνειν· οὐ γὰρ πρὸς τοῦτο δυνάμεις τινὰς ἔχων ἐλήλυθε παρὰ τῆς φύσεως· ἀλλ' ὁ ἀπο-
15 λωλεκὼς τὸ εὔγνωμον, ὁ τὸ πιστόν; Τοῦτον ἔδει συνελθόντας θρηνεῖν, εἰς ὅσα κακὰ ἐλήλυθεν· οὐχί, μὰ Δία, τὸν φύντα, ἢ τὸν ἀποθανόντα, ἀλλ' ᾧ ζῶντι συμβέβηκεν ἀπολέσαι τὰ ἴδια· οὐ
τὰ

tum est? Tamquam lupo quidem, ut remordeas, & plures lapides conjicias: ut homini autem, si quae-ras quid, inspice penum tuum; vide, quas tecum facultates adtuleris: num belluinam? num ultionis avidam? Equus quando miser est? Cum naturali-bus facultatibus privatur: non, cum canere, ut gal-lus, nequit; sed cum cur-rere nequit. Canis? Non cum volare nequit, sed cum nequit indagare. Vide ita-que, annon homo etiam eodem modo miser sit, non is, qui leones strangulare nequit, aut statuas ample-cti; (neque enim ad hoc a natura facultatibus est in-structus;) sed is qui pro-bitatem, qui fidem amisit. Hanc oportebat a conve-nientibus plorari, ob tan-ta in quae inciderit mala: non; ita me dii ament, eum qui natus, aut qui mortuus fuerit; sed, qui vivens suo-rum jacturam fecerit; non quidem patrimonii, non agelli,

τὰ πατρῷα, τὸ ἀγρίδιον, καὶ τὸ οἰκίδιον, καὶ τὸ
πανδοκεῖον, καὶ τὰ δουλάρια· (τούτων γὰρ οὐδὲν ἴδιον τῷ ἀνθρώπῳ ἐστίν, ἀλλὰ πάντα ἀλλότρια, δοῦλα, ὑπεύθυνα, ἄλλοτε ἄλλοις διδόμενα ὑπὸ τῶν κυρίων·) ἀλλὰ τὰ ἀνθρωπικά, 16
τοὺς χαρακτῆρας οὓς ἔχων ἐν τῇ διανοίᾳ ἐλήλυ-
θεν· οἵους καὶ ἐπὶ τῶν νομισμάτων ζητοῦντες,
ἂν μὲν εὕρωμεν, δοκιμάζομεν· ἂν δὲ μὴ εὕρωμεν,
ῥιπτοῦμεν. Τίνα ἔχει τὸν χαρακτῆρα τοῦτο τὸ 17
τετράσσαρον; Τραϊανοῦ. Φέρε. Νέρωνος. Ῥῖψον
ἔξω, ἀδόκιμόν ἐστι, σαπρόν. Οὕτω καὶ ἐνθάδε.
τίνα ἔχει χαρακτῆρα τὰ δόγματα αὐτοῦ; Ἥμερον, κοινωνικόν, ἀνεκτικόν, φιλάλληλον. Φέρε,
παραδέχομαι· ποιῶ πολίτην τοῦτον, παραδέχο-
μαι γείτονα, σύμπλουν. Ὅρα μόνον, μὴ Νέρω- 18
νιανὸν ἔχῃ χαρακτῆρα. μή τι ὀργίλος ἐστί; μή
τι μανίτης; μή τι μεμψίμοιρος; ἂν αὐτῷ φανῇ,
πατάσσει τὰς κεφαλὰς τῶν ἀπαντώντων; Τί 19

Pp 4 οὖν

agelli, non domuncolæ,
non diverforii, non fervulo-
rum: (nihil enim horum
homini eft proprium, om-
nia funt aliena, ferva, obnoxia; aliàs aliis ab iis, in
quorum poteftate funt, dantur:) fed qui humana ami-
fit, qui figilla, quæ im-
preffa menti fecum adtulit;
qualia in numifmate etiam
quærimus, quæ fi invene-
rimus, probamus; fin mi-
nus, rejicimus. Quam no-
tam habet Sefterticus ifte?

Trajani. Exhibe! Nero-
nis. Abjice; improbus eft,
adulterinus. Ita hic etiam.
Quod fignum habent de-
creta illius? Manfuetum,
fociabile, tolerans, amans
aliorum. Exhibe! accipio:
hunc civem facio, admit-
to vicinum, navigationis
comitem. Vide modo, ne
characterem Neronianum
habeat? Eftne iracundus?
eftne perfequens inimici-
tiarum? eftne morofus?
an obviorum capita cædit,
cum

σὺν ἔλεγες, ὅτι ἄνθρωπός ἐστι; μὴ γὰρ ἐκ ψι-
λῆς μορφῆς κρίνεται τῶν ὄντων ἕκαστον; ἐπεὶ
οὕτω λέγε καὶ τὸ κήρινον, μῆλον εἶναι, καὶ ὀσμὴν
20 ἔχειν αὐτὸ, καὶ γεῦσιν. Οὐκ ἀρκεῖ δὲ ἡ ἐκτὸς
περιγραφή. οὐκοῦν οὐδὲ πρὸς τὸν ἄνθρωπον ἡ ὄψις
ἐξαρκεῖ, καὶ οἱ ὀφθαλμοί· ἀλλ' ἂν τὰ δόγματα
21 ἔχῃ ἀνθρωπικά. Οὗτος οὐκ ἀκούει λόγου, οὐ
παρακολουθεῖ ἐλεγχόμενος· ὄνος ἐστί. τούτου
τὸ αἰδῆμον ἀπονενέκρωται· ἄχρηστός ἐστι, πάντα μᾶλλον ἢ ἄνθρωπος. οὗτος ζητεῖ, τίνα ἀπαν-
τήσας λακτίσῃ, ἢ δάκῃ· ὥστε οὐδὲ πρόβατον ἢ
ὄνος, ἀλλὰ τί ποτε ἄγριον θηρίον.

22 Τί οὖν; θέλεις με καταφρονεῖσθαι; Ὑπὸ
τίνων; ὑπὸ εἰδότων; καὶ πῶς καταφρονήσουσιν οἱ
εἰδότες τοῦ πράου, τοῦ αἰδήμονος; ἀλλ' ὑπὸ τῶν
ἀγνοούντων; τί σοι μέλει; οὔ τινι γὰρ ἄλλῳ
τεχνί-

cum ei visum fuerit? Quid ergo hominem eum esse dicebas? Num enim solâ formâ singulæ res judicantur? Id si ita est; ceream quoque massam dic pomum esse, dic habere pomi & odorem & gustum. Neque vero externa circumscriptio satis est. Neque igitur ad hominem constituendum nasus satis est, & oculi; sed decreta humana requiruntur. Hic non audit rationem; cum arguitur, non intelligit; asinus est. Hujus verecundia est emortua: Inutilis est, & quidvis potius quam homo. Hic quærit, quem obvium mordeat, aut calcibus petat; itaque ne ovis quidem aut asinus est, sed cuilibet feræ bestiæ simillimus.

Quid ergo? vis me contemni? A quibus? ab iis qui te norunt? quomodo autem, qui norunt te, contemnent, cum sis mansuetus, cum sis verecundus? At ab iis qui te ignorant? quid id tua refert? neque enim alius artifex ignaros artis

τεχνίτη τῶν ἀτέχνων. Ἀλλὰ πολὺ μᾶλλον ἐπι- 23
Φυήσονταί μοι. Τί λέγεις τὸ ἐμοί; δύναταί τις
τὴν προαίρεσιν τὴν σὴν βλάψαι, ἢ κωλύσαι ταῖς
προσπιπτούσαις Φαντασίαις χρῆσθαι ὡς πέφυκεν; Οὐδαμῶς. Τί οὖν ἔτι ταράσσῃ, καὶ Φοβε- 24
ρὸν σαυτὸν θέλεις ἐπιδεικνύειν; οὐχὶ δὲ παρελθὼν εἰς μέσον κηρύσσεις, ὅτι εἰρήνην ἄγεις πρὸς
πάντας ἀνθρώπους, ὅ τι ἂν ἐκεῖνοι ποιῶσι· καὶ
μάλιστ' ἐκείνων καταγελᾷς, ὅσοι σε βλάπτειν
δοκοῦσιν; Ἀνδράποδα ταῦτα οὐκ οἶδεν, οὐδὲ τίς
εἰμι, οὐδὲ ποῦ μου τὸ ἀγαθὸν καὶ τὸ κακὸν, ὅτι
οὐ πρόσοδος αὐτοῖς πρὸς τὰ ἐμά.

Οὕτω καὶ οἱ ἰχυρὰν πόλιν οἰκοῦντες κατα- 25
γελῶσι τῶν πολιορκούντων. Νῦν δ', αὐτοι τί
πρᾶγμα ἔχουσιν ἐπὶ τῷ μηδενί; ἀσφαλές ἐστιν
ἡμῶν τὸ τεῖχος, τροφὰς ἔχομεν ἐπὶ πάμπολυν
χρόνον, τὴν ἄλλην ἅπασαν παρασκευήν. Ταῦτά 26

P p 5

ἐστι

artis suæ curat. At multo
magis adorientur me. Quid
dicis, me? poteſtne quis-
quam voluntatem tuam læ-
dere, aut prohibere quo
minus oblatis vidis, ut natura fert, utaris? Nequa-
quam. Quid ergo adhuc
turbaris, & formidabilem
te præbere ſtudes? quin
potius progreſſus in me-
dium, proclamas, tibi pa-
cem eſſe cum omnibus ho-
minibus, quidquid illi agant;
& eos in primis derides,

qui se tibi nocere putant?
Mancipia iſta ignorant, quis
ſim; ubi mea bona & ma-
la poſita ſint, neſciunt;
non patere ſibi aditum ad
meas opes, ignorant.

Sic, qui munitam inco-
lunt urbem, hoſtilem obſi-
dionem rident: Nunc illi
quid ſibi fruſtra faceſſunt
negotium? tuta ſunt noſtra
mœnia; cibaria habemus
in perlongum tempus; om-
nibus aliis rebus inſtructi
ſumus.

ἐστι τὰ πόλιν ἰσχυρὰν καὶ ἀνάλωτον ποιοῦντα· ἀνθρώπου δὲ ψυχὴν οὐδὲν ἄλλο, ἢ δόγματα. Ποῖον γὰρ τεῖχος οὕτως ἰσχυρὸν, ἢ ποῖον σῶμα οὕτως ἀδαμάντινον, ἢ ποία κτῆσις ἀναφαίρετος, 27 ἢ ποῖον ἀξίωμα οὕτως ἀνεπιβούλευτον; Πάντα πανταχοῦ θνητά, μάλιστα· οἷς τισι τὸν ὑπὸ τούτων προσέχοντα πᾶσα ἀνάγκη ταράσσεσθαι, κακελπιστεῖν, φοβεῖσθαι, πενθεῖν, ἀτελεῖς ἔχειν τὰς ὀρέξεις, περιπτωτικὰς ἔχειν τὰς ἐκκλίσεις. 28 Εἶτα οὐ θέλομεν τὴν μόνην δεδομένην ἡμῖν ἀσφάλειαν ἰσχυρὰν ποιεῖν; οὐδ', ἀποστάντες τῶν θνητῶν καὶ δούλων, τὰ ἀθάνατα καὶ φύσει ἐλεύθερα ἐκπονεῖν; οὐδὲ μεμνήμεθα, ὅτι οὔτε βλάπτει ἄλλος ἄλλον, οὔτε ὠφελεῖ· ἀλλὰ τὸ περὶ ἑκάστου τούτων δόγμα, τοῦτό ἐστι τὸ βλάπτον, τοῦτό ἐστι τὸ ἀνατρέπον, τοῦτο μάχη, τοῦτο στάσις, τοῦτο 29 πόλεμος. Ἐτεοκλέα καὶ Πολυνείκην τὸ πεποιηκὸς . . . . οὐκ

fumus. Haec sunt quae civitatem munitam & inexpugnabilem faciant: hominis vero animum, nihil aliud nisi decreta. Nam quis murus adeo firmus est, aut quod corpus adeo adamantinum, quaeve possessio tam certa & propria; aut quae dignitas ita insidiarum expers? Omnia ubique mortalia sunt, expugnatu facilia; quibus qui ullo modo adjungit animum, hunc turbari omnino necesse est, male sperare, timere, lugere, irritas habere adpetitiones, in ea quae nolit incidere. Et tamen solam eam arcem, quae nobis data est, munire nolumus? nec, repudiatis mortalibus rebus & servilibus, in eis elaborare quae sunt immortales & sua natura liberae? neque cogitamus, neminem ab alio vel juvari vel laedi, sed decretum de eo, quod vel juvandi vel laedendi vim habeat, hoc esse quod laedat, hoc esse quod evertat: hoc pugnarum, hoc seditionum, hoc bellorum causam.

οὐκ ἄλλο, ἢ τοῦτο τὸ δόγμα, τὸ περὶ τυραννίδος, τὸ δόγμα τὸ περὶ φυγῆς· ὅτι τὸ μὲν, ἔσχα-
τον τῶν κακῶν· τὸ δὲ, μέγιστον τῶν ἀγαθῶν.
Φύσις δ᾽ αὕτη παντὸς, τὸ διώκειν τὸ ἀγαθὸν, 30
φεύγειν τὸ κακόν· τὸν ἀφαιρούμενον θατέρου,
καὶ περιβάλλοντα τῷ ἐναντίῳ, τοῦτον ἡγεῖσθαι
πολέμιον καὶ ἐπίβουλον, κἂν ἀδελφὸς ᾖ, κἂν
υἱὸς, κἂν πατήρ. τοῦ γὰρ ἀγαθοῦ συγγενέστε- 31
ρον οὐδέν· λοιπόν, εἰ ταῦτα ἀγαθὰ καὶ κακά,
οὔτε πατὴρ υἱοῖς φίλος, οὔτ᾽ ἀδελφὸς ἀδελφῷ,
πάντα δὲ πανταχοῦ μεστὰ πολεμίων, ἐπιβούλων,
συκοφαντῶν. εἰ δ᾽, οἷα δεῖ προαίρεσις, τοῦτο 32
μόνον ἀγαθόν ἐστι, καὶ, οἷα μὴ δεῖ, τοῦτο μόνον
κακόν· ποῦ ἔτι μάχη; ποῦ λοιδορία; περὶ τίνων;
περὶ τῶν οὐδὲν πρὸς ἡμᾶς; πρὸς τίνας; πρὸς τοὺς
ἀγνοοῦντας, πρὸς τοὺς δυστυχοῦντας, πρὸς τοὺς
ἠπατημένους περὶ τῶν μεγίστων;

Τού-

fum. Quod Eteoclem & Polynicem in mutuas cæ- des impulit, nihil aliud est, nisi hoc ipsum decretum de imperio, & decretum de exsilio; quod scilicet alte- rum, extremum malorum videretur; alterum, sum- mum bonum. Est autem hæc natura omnium, ut & bona persequantur, & ma- la fugiant; ut, qui alterum eripuerit, in alterumve conjecerit, eum hostem judicent & insidiatorem, sive frater fuerit, sive filius, sive pater. Nam bono ni- hil est nobis conjunctius: quod si igitur illa bona & mala sunt; neque pater fi- liis erit amicus, neque fra- ter fratri; sed ubique om- nia plena hostium, insi- diatorum, calumniatorum. Sin voluntas talis, qualis esse debet, solum bonum est, &, qualis non debet, solum malum; quæ pugna restat? quæ obtrectatio? quibus de rebus? de iis quæ ad nos nihil adtinent? contra quos? contra igno- rantes, contra calamitosos, contra eos qui in maxima- rum rerum errore ver- santur?

Horum

33 Τούτων Σωκράτης μεμνημένος, τὴν οἰκίαν τὴν αὑτοῦ ᾤκει, γυναικὸς ἀνεχόμενος τραχυτάτης, υἱοῦ ἀγνώμονος. Τραχεῖα γὰρ πρὸς τί ἦν; Ἵν' ὕδωρ καταχέῃ τῆς κεφαλῆς ὅσον καὶ θέλει, ἵνα καταπατήσῃ τὸν πλακοῦντα· καὶ τί πρὸς ἐμέ,

34 ἂν ὑπολάβω ὅτι ταῦτα οὐδὲν πρὸς ἐμέ; Τοῦτο δ' ἐμὸν ἔργον ἐστί· καὶ οὔτε τύραννος κωλύσει με θέλοντα, οὔτε δεσπότης, οὔτε οἱ πολλοὶ τὸν ἕνα, οὐδ' ὁ ἰσχυρότερός τὸν ἀσθενέστερον· τοῦτο γὰρ

35 ἀκώλυτον δέδοται ὑπὸ τοῦ Θεοῦ ἑκάστῳ. Ταῦτα τὰ δόγματα ἐν οἰκίᾳ φιλίαν ποιεῖ, ἐν πόλει ὁμόνοιαν, ἐν ἔθνεσιν εἰρήνην, πρὸς Θεὸν εὐχάριστον, πανταχοῦ θαρροῦντα, ὡς περὶ τῶν ἀλλοτρίων,

36 ὡς περὶ οὐδενὸς ἀξίων. Ἀλλ' ἡμεῖς γράψαι μὲν καὶ ἀναγνῶναι ταῦτα, καὶ ἀναγινωσκόμενα ἐπαι-

37 νέσαι ἱκανοί, πεισθῆναι δ' οὐδ' ἐγγύς. Τοιγαροῦν τὸ περὶ τῶν Λακεδαιμονίων λεγόμενον,

Οἶκοι

Horum Socrates memor, domum suam administrabat, uxorem tolerans asperrimam, & filium ingratum. Etenim Xantippes asperitas quo pertinebat? Aquæ quantum volet, in caput infundat meum! placentam concalcet! Quid vero ad me, si persuasum habuero, ista nihil ad me pertinere? Hoc vero meum munus est, in quo neque tyrannus me volentem prohibebit, neque dominus, neque multi unum, neque robustior imbecilliorem: hoc enim cuique a Deo ita est datum, ut prohiberi non possit. Hæc decreta in ædibus amicitiam conciliant; in urbe concordiam, inter nationes pacem: hæc faciunt gratum adversus Deum, ubique fiducia plenum, tamquam de alienis & nullius pretii. At nos scribere quidem ista, & legere possumus, &, cum leguntur, laudare; multum vero abest, ut ea sequimur. Proinde illud, quod in Lacedæmonios dictum est,

Domi

Οἴκοι λέοντες, ἐν Ἐφέσῳ δ' ἀλώπεκες,
καὶ ἐφ' ἡμῶν ἁρμόσει· ἐν σχολῇ λέοντες, ἔξω δ'
ἀλώπεκες.

Κ Ε Φ. ς'.

Πρὸς τοὺς ἐπὶ τῷ Ἐλεεῖσθαι ὀδυνωμένους.

Ἀνιῶμαι, φησὶν, ἐλεούμενος. Πότερον οὖν σὸν
ἔργον ἐστὶ τὸ ἐλεεῖσθαί σε, ἢ τῶν ἐλεούντων; τί
δέ; ἐπὶ σοί ἐστι τὸ παῦσαι αὐτό; Ἐπ' ἐμοὶ, ἂν
δεικνύω αὐτοῖς μὴ ἄξιον ἐλέου ὄντα ἐμαυτόν. Πό- 2
τερον δ' ἤδη σοι ὑπάρχει τοῦτο, τὸ μὴ εἶναι
ἐλέου ἄξιον, ἢ οὐχ ὑπάρχει; Δοκῶ ἔγωγε, ὅτι
οὐχ ὑπάρχει. ἀλλ' οὗτοί γε οὐκ ἐπὶ τούτοις ἐλεοῦσιν, ἐφ' οἷς (εἴπερ ἄρα) ἦν ἄξιον, ἐπὶ τοῖς
ἁμαρτανομένοις· ἀλλ' ἐπὶ πενίᾳ, καὶ ἀναρχίᾳ,
καὶ

Domi leones, at Ephefi   fchola leones fumus, foris
    vulpecula,   vero vulpeculæ.
etiam nobis conveniet: in

C A P. VI.

In eos qui dolent quod Miferabiles videantur aliis:

Moleſte (loquit) fero, mi- tecum agitur, ut non fis
ferari me homines. Eſtne miferatione dignus, an
igitur tuum id opus, an nondum? Puto equidem,
eorum qui te miferantur? non ita mecum agi. At
eſtne vero penes te, id iſti non ob ea me miferan-
compeſcere? Me penes, tur propter quæ id fieri
ſi eis oſtendero, me non utcumque oportebat, vide-
dignum eſſe miferatione. licet propter peccata; ſed
Utrum vero jam ita bene eo quod honoribus caream,
                                          ſed

καὶ νόσοις, καὶ θανάτοις, καὶ ἄλλοις τοιούτοις.
3 Πότερον οὖν πόθεν παρεσκεύασαι τοὺς πολλοὺς,
ὡς ἄρα οὐδὲν τούτων κακόν ἐστιν, ἀλλ᾽ οἷόν τε
καὶ πένητι καὶ ἀνάρχοντι καὶ ἀτίμῳ εὐδαιμονεῖν·
ἢ σαυτὸν ἐπιδεικνύειν αὐτοῖς πλουτοῦντα καὶ ἄρ-
4 χοντα; Τούτων γὰρ τὰ μὲν δεύτερα, ἀλαζόνος
καὶ ψυχροῦ, καὶ οὐδενὸς ἀξίου. καὶ ἡ προσποίη-
σις ἄρα δι᾽ ὧν ἂν γένοιτο. δουλάρια σε χρήσασθαι δήσοι, καὶ ἀργυρωμάτια ὀλίγα κε-
κτῆσθαι, καὶ ταῦτα ἐν φανερῷ δεικνύειν, εἰ οἷόν
τε, ταὐτὰ πολλάκις, καὶ λανθάνειν πειρᾶσθαι
ὅτι ταὐτά ἐστι, καὶ ἱματίδια στιλπνὰ, καὶ τὴν
ἄλλην πομπὴν, καὶ τὸν τιμώμενον ἐπιφαίνειν
ὑπὸ τῶν ἐπιφανῶν τούτων· καὶ δεικνύειν πειρᾶσθαι
παρ᾽ αὐτοῖς, ἢ δοκεῖν γε ὅτι δεικνύεις· καὶ περὶ
τὸ σῶμα δέ τινα κακοτεχνεῖν, ὡς εὐμορφότερα
φαίνεσθαι καὶ γενναιότερα τοῦ ὄντος.

Ταῦτά

sed propter paupertatem, propter morbos, propter orbitatem, & id genus alia. Num igitur operam das, ut persuadeas hominibus, nihil horum esse malum; sed posse fieri, ut & pauper, & sine magistratu, & honorum expers, sis beatus? aut operam das, ut tanquam divitem te & principem eis ostentes? Nam hoc posterius quidem arrogantis est, & inepti, & nullius pretii hominis. An ista simulatio, vide, quibus rebus constet. Servuli tibi conducendi erunt, argentea vascula nonnulla habenda, eaque aperte ostentanda; & quidem eadem, si fieri potest, saepius; dandaque opera, ut non eadem esse videantur: est & splendidis vestibus opus, caeteraque pompa; & praeter serendum, ab Illustribus istis honorem tibi haberi; danda item opera, ut apud eos coenites, aut saltem coenitare videaris: corpus etiam malis quibusdam artibus excolendum est, ut formosior & robustior videaris quam es.

Hæc

Ταῦτά σε, δεῖ μηχανᾶσθαι, εἰ τὴν δευτέραν   5
ὁδὸν ἀπελθεῖν θέλεις ὥστε μὴ ἐλεεῖσθαι. Ἡ πρώτη δὲ καὶ ἀνήνυτος καὶ μακρά· ὃ ὁ Ζεὺς οὐκ
ἠδυνήθη ποιῆσαι, τοῦτο αὐτὸ ἐπιχειρεῖν, πάντας
ἀνθρώπους πεῖσαι, τίνα ἐστὶν ἀγαθὰ καὶ κακά.
μὴ γὰρ δέδοταί σοι τοῦτο; ἐκεῖνο μόνον σοι δέδο-   6
ται, σαυτὸν πεῖσαι. καὶ οὔπω πέπεικας· εἶτά
μοι νῦν ἐπιχειρεῖς πείθειν τοὺς ἄλλους; καὶ τίς   7
σοι τοσούτῳ χρόνῳ σύνεστιν, ὡς σὺ σαυτῷ; τίς
δὲ οὕτω πιθανός ἐστί σοι πρὸς τὸ πεῖσαι, ὡς σὺ
σαυτῷ; τίς δ' εὐνούστερον καὶ οἰκειότερον ἔχων, ἢ
σὺ σαυτῷ; πῶς οὖν οὔπω πέπεικας σαυτὸν μα-   8
θεῖν; νῦν οὐχὶ ἄνω κάτω; τοῦτ' ἔστι περὶ ὃ
ἐσπούδακας, καὶ μανθάνειν ὥστε ἄλυπος εἶναι,
καὶ ἀτάραχος, καὶ ἀταπείνωτος, καὶ ἐλεύθερος;
Πρὸς ταῦτα οὖν οὐκ ἀκήκοας ὅτι μία ἐστὶν ἡ ὁδὸς   9
ἡ φέρουσα, ἀφεῖναι τὰ ἀπροαίρετα, καὶ ἐκστῆναι
αὐτῶν,

Hæc tibi machinanda funt, fi alteram viam avertendæ commiferationis ingredi ftatuifti. Prior vero illa & irrita eft, & longa; fi, quod ne Jupiter quidem efficere potuit, id ipfum tu inftituas; omnibus mortalibus perfuadere, quæ bona, quæ mala fint. Hoc-ne enim tibi datum eft? Illud unum tibi datum, ut tibi ipfi perfuadeas: quod cum ipfe tibi nondum perfuaferis, cæteris perfuadere conaris? Quis autem tanto tempore tecum eft, quanto tu ipfe? quis eam vim perfuadendi apud te habet, quam tu ipfe? quis tibi benevolentior & conjunctior eft, te ipfo? Qui fit ergo, ut tibi nondum perfuaferis, ut ifta cognofceres? Nonne hoc igitur eft, ima fummis mutare? Hoccine eft, cui operam dedifti, ut difceres, quo pacto expers effes doloris, expers perturbationis, non humilis, & liber? An vero non audivifti, unam effe viam quæ huc ducat, miffa facere ea quæ in noftra voluntate

non

10 αὐτῶν, καὶ ὁμολογῆσαι αὐτὰ ἀλλότρια; Τὸ οὖν
ἄλλον τι ὑπολαβεῖν περὶ σοῦ, ποίου εἴδους ἐστί;
Τοῦ ἀπροαιρέτου. Οὐκοῦν οὐδὲν πρὸς σέ; Οὐδέν.
Ἔτι οὖν δακνόμενος ἐπὶ τούτῳ καὶ ταρασσόμενος,
οἴει πεπεῖσθαι περὶ ἀγαθῶν καὶ κακῶν;

11 Οὐ θέλεις οὖν, ἀφεὶς τοὺς ἄλλους, αὐτὸς
σαυτῷ γενέσθαι καὶ μαθητὴς καὶ διδάσκαλος;
Ὄψονται οἱ ἄλλοι, εἰ λυσιτελεῖ αὐτοῖς παρὰ φύσιν ἔχειν καὶ διεξάγειν· ἐμοὶ δ' οὐδείς ἐστιν ἐγ-

12 γίων ἐμοῦ. τί οὖν τοῦτό ἐστιν, ὅτι τοὺς μὲν λόγους ἀκήκοα τοὺς τῶν φιλοσόφων, καὶ συγκατατίθεμαι αὐτοῖς, ἔργῳ δ' οὐδὲν γέγονα κουφότερος;
μή τι οὕτως ἀφυής εἰμι; καὶ μὴν περὶ τὰ ἄλλα,
ὅσα ἠβουλήθην, οὐ λίαν ἀφυὴς εὑρέθην· ἀλλὰ
καὶ γράμματα ταχέως ἔμαθον, καὶ παλαίειν,

13 καὶ γεωμετρεῖν, καὶ συλλογισμοὺς ἀναλύειν. μή τι
οὖν οὐ πέπεικέ με ὁ λόγος; καὶ μὴν οὐκ ἄλλα τινὰ

non sunt positæ, iisque cedere, & aliena ea esse confiteri? Ut autem alius sic,
aut aliter, de te sentiat,
cujus generis est? Rerum
involuntariarum. Ergo ni-
hil ad te? Nihil. Cum
ergo id adhuc te mordeat
& turbet; putasne tibi
persuasum esse, quæ bona,
quæ mala sint?

Non vis igitur, omissis
aliis hominibus, ipse tuus
esse & discipulus & ma-
gister? „Viderint alii, an
„ipsis prosit, repugnare na-
„turæ, & ab ejus præscri-
„pto desistere: mihi vero
„verbo propior est me ipso.
„Quid est ergo, quod dis-
„putationes quidem philo-
„sophorum audivi, iisque
„adsentior, re ipsa vero
„nihilo sum factus expedi-
„tior? Adeone sum stupi-
„dus? Enimvero in cæte-
„ris, quibuscumque volui,
„non is stupor in me de-
„prehensus est: sed & lite-
„ras celeriter didici, & lu-
„ctam, & geometriam, &
„resolutiones syllogismo-
„rum. Numquid ergo mi-
„hi fidem non fecit ratio?
„At

τὰ οὕτως ἐξ ἀρχῆς ἐδοκίμασα ἤ εἰλόμην· καὶ
νῦν περὶ τούτων ἀναγινώσκω, ταῦτα ἀκούω, ταῦτα γράφω· ἄλλον οὐχ εὑρήκαμεν μέχρι νῦν ἰσχυρότερον τούτου λόγον. τί οὖν τὸ λεῖπόν μοι ἐστί; 14
μὴ οὐκ ἐξύρηται τὰ ἐναντία δόγματα; μὴ αὐταὶ
αἱ ὑπολήψεις ἀγύμναστοί εἰσιν, οὐδ' εἰθισμέναι
ἀπαντᾶν ἐπὶ τὰ ἔργα, ἀλλ', ὡς ὁπλάρια ἀποκείμενα, κατίωται, καὶ οὐδὲ περιαρμόσαι μοι
δύναται; Καί τοι οὔτ' ἐπὶ τοῦ παλαίειν, οὔτ' 15
ἐπὶ τοῦ γράφειν ἤ ἀναγινώσκειν, ἀρκοῦμαι τῷ
μαθεῖν· ἀλλ' ἄνω κάτω στρέφω τοὺς προτεινο-
μένους, καὶ ἄλλους πλέκω, καὶ μεταπίπτοντας
ὡσαύτως. τὰ δ' ἀναγκαῖα θεωρήματα, ἀφ' ὧν 16
ἐστιν ὁρμώμενον ἄλυπιν γενέσθαι, ἄφοβον, ἀπαθῆ, ἀκώλυτον, ἐλεύθερον, ταῦτα δ' οὐ γυμνάζω,
οὐδὲ μελετῶ κατὰ ταῦτα τὴν προσήκουσαν μελέτην

„Atqui nihil allud inde ab „initio æque probavi atque „amplexus sum; & nunc „etiam hæc lego, hæc au-„dio, hæc scribo; aliam „non invenimus hactenus „firmiorem ista rationem. „Quid ergo mihi deest? „num contraria decreta „nondum exemta mihi „sunt? num ipsa illa animi „judicia sunt inexercitata, „nec adsuefacta ut in vi-„tæ actionem conferantur; „sed, velut arma in templo-„rum muris suspensa, æru-„ginosa sunt, . & mihi ne-„epta quidem. Atqui neq „in luctando, nec in scri-„bendo, aut legendo, solâ „doctrinâ sum contentus; „sed sursum deorsumque „verso argumentationes mi-„hi propositas, & alias con-„cinno, & μεταπίπτοντας „eodem modo formo. Sed „necessaria præcepta, qui-„bus instructus dolorem, „timorem, perturbationes, „impedimenta propulsare, „neque in libertatem ad-„serere possim; ea demum „non exerceo, neque in „his meditationem conve-„nien-

17 λύπην. εἶτά μοι μέλει ὅ τι οἱ ἄλλοι περὶ ἐμοῦ ἐροῦσιν, εἰ φανοῦμαι αὐτοῖς ἀξιόλογος, εἰ φανοῦμαι εὐδαίμων;

18 Ταλαίπωρε, οὐ θέλεις βλέπειν τί σὺ λέγεις περὶ σαυτοῦ; τίς φαίνῃ σαυτῷ· τίς ἐν τῷ ὑπολαμβάνειν; τίς ἐν τῷ ὀρέγεσθαι· τίς ἐν τῷ ἐκκλίνειν· τίς ἐν ὁρμῇ, παρασκευῇ, ἐπιβολῇ, τοῖς ἄλλοις τοῖς ἀνθρωπικοῖς ἔργοις. ἀλλά μέλει σοι,

19 εἴ σε ἐλεοῦσιν οἱ ἄλλοι; Ναί· ἀλλὰ παρὰ τὴν ἀξίαν ἐλεοῦμαι. Οὐκοῦν ἐπὶ τούτῳ ὀδυνᾷ; ὁ δὲ γ' ὀδυνώμενος, ἐλεεινός ἐστι; Ναί. Πῶς οὖν ἔτι παρ' ἀξίαν ἐλεῇ; αὐτοῖς γὰρ οἷς περὶ τὸν ἔλεον πάσχεις, κατασκευάζεις σεαυτὸν ἄξιον τοῦ ἐλεεῖ-

20 σθαι. Τί οὖν λέγει Ἀντισθένης; οὐδέποτ' ἤκουσας; Βασιλικὸν, ὦ Κῦρε, πράττειν μὲν εὖ, κα-

21 κῶς δ' ἀκούειν. Τὴν κεφαλὴν ὑγιᾶ ἔχω, καὶ πάντες οἴονται ὅτι κεφαλαλγῶ. Τί μοι μέλει;

Ἀπύ-

„nientem adhibeo. Et ta-„men curo adhuc, quid „alii de me dicant, an eis „alicujus pretii esse videar, „an videar beatus?“

Miser, non vis videre, tu ipse de te quid dicas? quis tibi videaris? quis sis in opinionibus? quis in adpetitionibus? quis in aversando? quis in impetu, in praeparatione, in ipsa rerum adgressione? quis in aliis humanis operibus? At illud curas, quod alii tui misereantur? Immo: nempe quoniam secus, quam par est, me miserantur. Ob id ergo doles? at nonne, qui dolet, miserabilis est? Recte. Quomodo ergo secus, quam par est, te miserantur? nam ea ipsa ratione, qua erga miserationem adfectus es, facis, ut sis miserabilis. Quid vero Antisthenes ait? nunquam-ne id audivisti? „Regium est, Cyre, „cum recte facias, male „audire.“ — Caput sanum habeo; & omnes opinantur, e capite me laborare.

Quid

Ἀπύρεκτός εἰμι, καὶ ὡς πυρέσσοντί μοι συνάχ-
θωνται· Τάλας, ἐκ τοσούτου χρόνου οὐ διέλιπες
πυρέσσων. Λέγω καὶ ἐγὼ σκυθρωπάσας, ὅτι ναί·
ταῖς ἀληθείαις πολὺς ἤδη χρόνος, ἐξ οὗ μοι κακῶς ἐστι. Τί οὖν γένηται; Ὡς ἂν ὁ Θεὸς θέλῃ.
καὶ ἅμα ὑποκαταγελῶ τῶν οἰκτειρόντων με. Τί 22
οὖν κωλύει καὶ ἐνταῦθα ὁμοίως; Πένης εἰμὶ, ἀλλὰ ὀρθὸν δόγμα ἔχω περὶ πενίας. Τί οὖν μοι μέλει, εἴ μ’ ἐπὶ τῇ πενίᾳ ἐλεοῦσιν; Οὐκ ἄρχω,
ἄλλοι δ’ ἄρχουσιν. ἀλλ’, ὃ δεῖ ὑπειληφέναι,
ὑπείληφα περὶ τοῦ ἄρχειν καὶ μὴ ἄρχειν. Ὄψονται οἱ ἐλεοῦντές με. Ἐγὼ δ’ οὔτε πεινῶ, οὔτε 23
διψῶ, οὔτε ῥιγῶ· ἀλλ’ ἀφ’ ὧν αὐτοὶ πεινῶσιν
ἢ διψῶσιν, οἴονται κἀμέ. Τί οὖν αὐτοῖς ποιήσω;
Περιερχόμενος κηρύσσω καὶ λέγω; Μὴ πλανᾶσθε,
ἄνδρες, ἐμοὶ καλῶς ἐστιν, οὔτε πενίας ἐπιστρέφομαι, οὔτε ἀναρχίας, οὔτε ἁπλῶς ἄλλου οὐ-

Q q 2

δενός,

Quid ad me? Cum febri
non laborem, meam vicem
ut febricitantis dolent:
„Miser, tanto tempore fe-
„bricitare numquam desii-
„sti.“ Dico & ipse tristi
vultu, rem ita se habere:
omnino longum tempus
est, ex quo male habui.
„Quid ergo fiet?“ Quod
Deus, inquam, voluerit;
simulque clam eos derideo,
qui me miserantur. Quid
ergo vetat, idem hîc quo-
que facere? Pauper sum;
sed recte sentio de paupertate. Quid ergo ad me,
si paupertatem meam mise-
rantur? Non impero, sed
alii imperant: verum quid
de imperio & privata vita
sentiendum sit, intelligo.
Viderint ii qui me mise-
rantur. Ego vero nec esu-
rio, nec sitio, nec algeo:
sed quia ipsi esuriunt aut
sitiunt, eodem modo me
quoque affici putant. Quid
ergo eis faciam? Passim
proclamabo, & dicam: No-
lite errare, viri; mihi bene est; neque paupertatem
curo, nec quod honoribus
caream; nec ullam denique
rem

δενὸς, ἢ δογμάτων ὀρθῶν· ταῦτα ἔχω ἀκώλυτα,
24 οὐδενὸς πεφρόντικα ἔτι. Καὶ τίς αὕτη φλυαρία;
πῶς ἔτι ὀρθὰ δόγματα ἔχω, μὴ ἀρκούμενος
τῷ εἶναι ὅς εἰμι, ἀλλ' ἐκτεταμένος ὑπὲρ τοῦ
δοκεῖν;

25   Ἀλλ' ἄλλοι πλειόνων τεύξονται, καὶ προ-
τιμηθήσονται. Τί οὖν εὐλογώτερον, ἢ τοὺς περὶ
τι ἐσπουδακότας, ἐν ἐκείνῳ πλέον ἔχειν ἐν ᾧ
ἐσπουδάκασι; περὶ ἀρχὰς ἐσπουδάκασι, σὺ περὶ
δόγματα· καὶ περὶ πλοῦτον, σὺ περὶ τὴν χρῆ-
26 σιν τῶν φαντασιῶν. Ὅρα, εἰ ἐν τούτῳ σου πλέον
ἔχουσι, περὶ ὃ σὺ μὲν ἐσπούδακας, ἐκεῖνοι δ' ἀμε-
λοῦσιν· εἰ συγκατατίθενται μᾶλλον περὶ τὰ φυ-
σικὰ μέτρα· εἰ ὀρέγονταί σου ἀναποτευκτότερον·
εἰ ἐκκλίνουσιν ἀπεριπτωτότερον· εἰ ἐν ἐπιβολῇ,
εἰ ἐν προθέσει, εἰ ἐν ὁρμῇ μᾶλλον εὐστοχοῦσιν·
εἰ τὸ πρέπον σώζουσιν ὡς ἄνδρες, ὡς υἱοὶ, ὡς γονεῖς,

rem curo, præter recta decreta: ea habeo libera,
præterea nihil me solicitat.
Quæ autem istæ nugæ
sunt? quomodo recta de-
creta retineo, cum non
contentus sim eo statu in
quo sum, attonitus quid
aliis de me videatur?

„At alii plura consequen-
tur, mihique præferen-
tur." — Quid ergo ra-
tioni magis consentaneum
est, quam eos, qui aliqua
in re elaborant, ea in re
meliore conditione esse in,

qua elaborarunt? student
illi adipiscendis magistratibus, tu informandis de-
cretis: illi divitiis inhiant,
tu recto usui visorum. Vide, an in eo tibi præstent,
quod, ut tibi studio est, ita
ab illis negligitur; an magis adsentiantur ex naturæ
præscripto; an minus fru-
strentur adpetitionibus suis;
an minus incidant in ea
quæ vitant; an in conati-
bus, in propositis, in impetu, rectius quam tu ad
scopum collineent; an de-
corum tueantur ut viri, ut
filii,

νῆς, εἶθ᾽ ἑξῆς κατὰ τὰ ἄλλα τῶν σχίσεων ὀνόματα. Εἰ δ᾽ ἄρχουσιν ἐκεῖνοι, σὺ δ᾽ οὔ· σὺ 27
θέλεις σαυτῷ τὰς ἀληθέας εἰπεῖν, ὅτι σὺ μὲν
οὐδὲν τούτου ἕνεκα ποιεῖς, ἐκεῖνοι δὲ πάντα· ἀλο-
γώτατον δὲ, τὸν ἐπιμελούμενόν τινος, ἔλαττον
φέρεσθαι, ἢ τὸν ἀμελοῦντα.

Οὔ· ἀλλ᾽ ἐπειδὴ φροντίζω ἐγὼ δογμάτων ὀρ- 28
θῶν, εὐλογώτερόν με ἐστὶν ἄρχειν. Ἐν ᾧ φρον-
τίζεις, ἐν δόγμασιν. ἐν ᾧ δ᾽ ἄλλοι μᾶλλόν σου
πεφροντίκασιν, ἐκείνοις παραχώρει. οἷον εἰ διὰ
τὸ δόγματα ἔχειν ὀρθὰ, ἠξίους τοξεύων μᾶλλον
ἐπιτυγχάνειν τῶν τοξοτῶν, ἢ χαλκεύων μᾶλλον
τῶν χαλκέων. Ἄφες οὖν τὴν περὶ τὰ δόγματα 29
σπουδὴν, καὶ περὶ ἐκεῖνα ἀναστρέφου ἃ κτήσασθαι θέλεις· καὶ τότε κλαῖε, ἐάν σοι μὴ προ-
χωρῇ· κλαίειν γὰρ ἄξιος εἶ. Νῦν δὲ πρὸς ἄλ- 30
λοις γίνεσθαι λέγεις, ἄλλων ἐπιμελεῖσθαι· καὶ

Qq 3   οἱ

filii, ut parentes, in cæterarum denique relationum
nominibus. Quod ſi illi
magiſtratus gerunt, & tu
non geris; nonne vis tibi
verum dicere, te eâ gratiâ
nihil facere; cum illi faciant omnia; fore autem
abſurdiſſimum, qui rem aliquam curet, eum In ea re
deteriore eſſe conditione
eo qui eamdem negligat.

„Non ita: ſed quia ego
recta decreta curo, æquius
eſt me imperare. " *Recte;*
ſemper in eo quod tu curas;
in decretis. Quod vero
alii te ſtudioſius curant, in
eo illis cedito. Perinde
iſtud eſt, ac ſi propter recta tua decreta poſtulares,
te ſagittando magis attingere ſcopum quam ſagit-
tarios, aut in arte fabrili
fabris antecellere. Omitte
igitur ſtudium decretorum,
& illa tracta quæ comparare cupis; ac tum plora, ſi
res tibi non ſucceſſerit:
nam plorare, te dignum
fuerit. Nunc autem aliis
te rebus intentum eſſe, alia
curare dicis; atqui recte
valgo

οἱ πολλοὶ δὲ τοῦτο καλῶς λέγουσιν, ὅτι ἔργον ἔργῳ οὐ κοινωνεῖ. Ὁ μὲν ἐξ ὄρθρου ἀναστὰς, ζητεῖ
τίν' ἂν ἐξ οἴκου ἀσπάσηται, τίνι κεχαρισμένον
λόγον εἴπῃ, τίνι δῶρον πέμψῃ, πῶς τῷ ὀρχηστῇ
ἀρέσῃ, πῶς κακοηθισάμενος ἄλλον ἄλλῳ χαρί-
σηται. ὅταν εὔχηται, περὶ τούτων εὔχεται·
ὅταν θύῃ, ἐπὶ τούτοις θύει· τὸ τοῦ Πυθα-
γόρου,

Μὴ δ' ὕπνον μαλακοῖσιν ἐπ' ὄμμασι προσ-
δέξασθαι,

ἐνταῦθα παρατίθησι. Πῇ παρέβην, τῶν πρὸς
κολακείαν; Τί ἔρεξα; μή τι ὡς ἐλεύθερος, μή
τι ὡς γενναῖος; Κἂν εὕρῃ τι τοιοῦτον, ἐπιτιμᾷ
ἑαυτῷ καὶ ἐγκαλεῖ. Τί γάρ σοι καὶ τοῦτο εἰπεῖν;
οὐ γὰρ ἐνῆν ψεύδεσθαι; Λέγουσι καὶ οἱ φιλόσοφοι, ὅτι οὐδὲν κωλύει ψεῦδος εἰπεῖν. Σὺ δ',
εἴπερ ταῖς ἀληθείαις οὐδενὸς ἄλλου πεφρόντικας
ὃ χρή-

vulgo illud dicunt, Opus cum opere nullam habere communionem. Ille diluculo surgens, quærit quendam ex (*Cæsaris*) domeſticis ſalutet, cujus gratiam verbis ineat, cui munus mittat, quomodo ſaltatori placeat; quomodo, alio in fraudem illecto, alii gratificetur. Cum vota facit, de his vota facit; cum immolat, propter hæc immolat: Pythagoricum illud

Nec molles oculi ſomnum prius admittant,

huc transfert. „Qua parte „ſum transgreſſus, — quod „ad adulationem adtinet? „Quid feci? — num quid „ut ingenuus, num quid ut „generoſus?“ — Quod ſi quid tale invenerit, ſe ipſum increpat & reprehendit. „Quid tua intererat „iſtud dicere? an mentiri „non licuit? Dicunt etiam „philoſophi, nihil prohi„bere quo minus menda„cium dicatur.“ Tu vero, ſiquidem reverâ nihil aliud cures niſi rectum viſorum uſum,

ἢ χρήσεως οἵας δεῖ φαντασιῶν, εὐθὺς ἀναστὰς
ἔωθεν ἐνθυμοῦ, Τίνα μοι λείπει πρὸς ἀπάθειαν;
τίνα πρὸς ἀταραξίαν; τίς εἰμι; μή τι σωμάτιον;
μή τι κτῆσις; μή τι φήμη; οὐδὲν τούτων. ἀλλὰ
τί; λογικόν εἰμι ζῶον. Τίνα οὖν τὰ ἀπαιτήμα- 35
τα; ἀναπόλει τὰ πεπραγμένα. πῇ παρέβην τῶν
πρὸς εὔροιαν; τί ἔρεξα ἢ ἄφιλον ἢ ἀκοινώνητον;
τί μοι δέον οὐκ ἐτελέσθη πρὸς ταῦτα;

Τοσαύτης οὖν τῆς διαφορᾶς οὔσης τῶν ἐπι- 36
θυμουμένων, τῶν ἔργων, τῶν εὐχῶν, ἔτι θέλεις
τὸ ἴσον ἔχειν ἐν ἐκείνοις, περὶ ἃ σὺ μὲν οὐκ
ἐσπούδακας, ἐκεῖνοι δ' ἐσπουδάκασιν; Εἶτα θαυ- 37
μάζεις εἴ σ' ἐλεοῦσι, καὶ ἀγανακτεῖς; Ἐκεῖνοι δ'
οὐκ ἀγανακτοῦσιν, εἰ σὺ αὐτοὺς ἐλεεῖς. Διὰ τί;
Ὅτι ἐκεῖνοι μὲν πεπεισμένοι εἰσὶν, ὅτι ἀγαθῶν
τυγχάνουσι, σὺ δ' οὐ πέπεισαι. Διὰ τοῦτο οὐ 38

Q q 4   μὲν

usum, statim ubi mane sur-
rexeris cogita: „Quid mi-
„hi doest ad vacuitatem
„perturbationum? quid ad
„animi tranquillitatem?
„Quis sum? num corpuscu-
„lum? num opes? num
„fama? nihil horum. Quid
„vero sum? Animal ratio-
„nis particeps." Quid er-
go ab eo postulatur? Ru-
mina acta tua. „Ubi ne-
„glexi ea quae ad prosperi-
„tatem faciunt? quid fe-
„ci ab amicitia & socie-
„tate alienum? quid in
„his rebus a me negle-
„ctum est, quod faciendum
„fuit?"

Cum igitur tantum dis-
crimen sit desideriorum,
operum, votorum; adhuc
istis par esse cupis, & iis
quidem in rebus, in qui-
bus tu non elaborasti, illi
elaborarunt? Postea mira-
ris, si te miserantur; &
indignaris? Illi vero non
indignantur, cum tu illos
miseraris. Quamobrem?
Quoniam illi quidem per-
suasum habent, se potiri
bonis; tu vero non per-
suasum habes. Quapropter
tu

μὲν οὐκ ἀρκῇ τοῖς σοῖς, ἀλλ᾽ ἐφίεσαι τῶν ἐκείνων·
ἐκεῖνοι δ᾽ ἀρκοῦνται τοῖς ἑαυτῶν, καὶ οὐκ ἐφίενται
τῶν σῶν. ἐπεί τοι εἰ ταῖς ἀληθείαις ἐπέπεισο,
ὅτι περὶ τὰ ἀγαθὰ σὺ ὁ ἐπιτυγχάνων εἶ, ἐκεῖνοι
δ᾽ ἀποπεπλάνηνται, οὐδ᾽ ἂν ἐνεθυμοῦ τί λέγωσι
περὶ σοῦ.

ΚΕΦ. Ζ.

Περὶ Ἀφοβίας.

Τί ποιεῖ φοβερὸν τὸν τύραννον; Οἱ δορυφόροι,
φησὶ, καὶ αἱ μάχαιραι αὐτῶν, καὶ οἱ ἐπὶ τοῦ
κοιτῶνος, καὶ οἱ ἀποκλείοντες τοὺς εἰσιόντας.
2 Διὰ τί οὖν, ἂν παιδίον αὐτῷ προσαγάγῃς μετὰ
τῶν δορυφόρων ὄντι, οὐ φοβεῖται, ἢ ὅτι οὐκ αἰ-
3 σθάνεται τούτων τὸ παιδίον; Ἂν οὖν τῶν δορυφόρων τις αἰσθάνηται, καὶ ὅτι μαχαίρας ἔχουσιν,

tu rebus tuis non es contentus, sed sortem illorum desideras: illi vero suâ sorte contenti sunt, nec tuam desiderant. Nam, siquidem revera persuasum haberes, te potiri bonis, illos vero aberrare; ne in mentem quidem venisset, cogitare quid illi de te dicerent.

C A P. VII.

De Timoris vacuitate.

Quid terribilem facit tyrannum? Satellites, inquit, eorumque gladii, & cubicularii, & ii qui ingredientes excludunt. Itaque puer, cum ad eum adducitur, satellites secum habentem, cur non formidat; nisi quia puer ista non intelligit? Si quis igitur satellites intelligit, eosque gladiis instructos esse novit, haec ipsa

σιν, ἐπ᾽ αὐτὸ δὲ τοῦτο προσέρχηται αὐτῷ, θέλων ἀποθανεῖν διά τινα περίστασιν, καὶ ζητῶν
ὑπ᾽ ἄλλου παθεῖν αὐτὸ εὐκόλως, μή τι φοβεῖται
τοὺς δορυφόρους; Θέλει γὰρ τοῦτο, δι᾽ ὃ φοβεροί εἰσιν. Ἂν οὖν τις, μήτ᾽ ἀποθανεῖν μήτε ζῆν 4
θέλων ἐξ ἅπαντος, ἀλλ᾽ ὡς ἂν διδῶται, προσέρχηται αὐτῷ, - τί κωλύει μὴ δεδοικότα προσέρ-
χεσθαι αὐτόν; Οὐδέν. Ἂν τις οὖν καὶ πρὸς τὴν 5
κτῆσιν ὡσαύτως ἔχῃ καθάπερ οὗτος πρὸς τὸ σῶμα, καὶ πρὸς τὰ τέκνα καὶ τὴν γυναῖκα, καὶ
ἁπλῶς ὑπό τινος μανίας καὶ ἀπονοίας οὕτως ᾖ
διακείμενος, ὥστ᾽ ἐν μηδενὶ ποιεῖσθαι τὸ ἔχειν
ταῦτα ἢ μὴ ἔχειν, ἀλλ᾽, ὡς ὀστρακίοις τὰ παιδία παίζοντα περὶ μὲν τῆς παιδιᾶς διαφέρεται, τῶν δ᾽ ὀστρακίων οὐ πεφρόντικεν, οὕτω δὴ
καὶ οὗτος τὰς μὲν ὕλας παρ᾽ οὐδὲν ᾖ πεποιη-
μένος, τὴν παιδιὰν δὲ τὴν περὶ αὐτὰς καὶ ἀναστροφὴν ἀσπάζηται· ποῖος ἔτι τούτῳ τύραννος

Q q 5

Φοβε-

si vero de caussa ob aliquod infortunium accedit, ut moriatur, & ab alio citra difficultatem occidi vult, isne formidat satellites? Non: vult enim id ipsum, propter quod illi sunt formidabiles. Si quis ergo nec mori nec vivere deitinato volens, sed ut res tulerit, tyrannum accesserit, quid vetat convenire illum absque metu? Nihil. Si quis ergo etiam erga opes sic adfectus fuerit, ut hic erga corpus; si erga liberos & uxorem; si denique furore quodam & desperatione sic adfectus fuerit, ut in nullo discrimine ponat, sive habeat ista, sive non habeat; sed, quemadmodum pueri, testis ludentes, ludum quidem curant, testas ipsas non curant, ita si hic quoque materias quidem nihil æstimet, ludum vero & tractationem illarum amplectatur; quis adhuc tyrannus isti erit formidabi-

Φοβεροί; ἢ ποῖοι δορυφόροι; ἢ ποῖαι μάχαιραι αὐτῶν;

6 Εἶτα ὑπὸ μανίας μὲν δύναταί τις οὕτω διατεθῆναι πρὸς ταῦτα, καὶ ὑπὸ ἔθους οἱ Γαλιλαῖοι· ὑπὸ λόγου δὲ καὶ ἀποδείξεως οὐδεὶς δύναται μαθεῖν, ὅτι ὁ Θεὸς πάντα πεποίηκε τὰ ἐν τῷ κόσμῳ, καὶ αὐτὸν τὸν κόσμον ὅλον μὲν ἀκώλυτον καὶ αὐτοτελῆ, τὰ ἐν μέρει δ' αὐτοῦ πρὸς χρείαν τῶν

7 ὅλων; Τὰ μὲν οὖν ἄλλα πάντα ἀπήλλακται τοῦ δύνασθαι παρακολουθεῖν τῇ διοικήσει αὐτοῦ· τὸ δὲ λογικὸν ζῷον ἀφορμὰς ἔχει πρὸς ἀναλογισμὸν τούτων ἁπάντων, ὅτι τε μέρος ἐστί, καὶ ποῖόν τι μέρος, καὶ ὅτι τὰ μέρη τοῖς ὅλοις εἴκειν ἔχει

8 καλῶς. πρὸς τούτοις δὲ, Φύσει γενναῖον καὶ μεγαλόψυχον καὶ ἐλεύθερον γενόμενον, ὁρᾷ, διότι τῶν περὶ αὐτὸ τὰ μὲν ἀκώλυτα ἔχει καὶ ἐπ' αὐτῷ, τὰ δὲ κωλυτὰ καὶ ἐπ' ἄλλοις· ἀκώλυτα μὲν, τὰ προαιρετικά· κωλυτὰ δὲ, τὰ ἀπροαίρετα.

midabilis, aut qui satellites, quive eorum gladii?

Ergo furore quidem sic aliquis adfici potest adversus illa, aut adsuetudine, ut Galilæi; ratione vero & demonstratione cognoscere nemo potest, Deum ea quæ in mundo sunt omnia fecisse, & ipsum mundum universum quidem liberum & perfectum, partes autem ejus ad usum universi? Ac cætera quidem animantia gubernationem ejus adsequi non possunt, animal vero rationis particeps facultatem habet isthæc omnia considerandi, se & partem esse, & certam quamdam partem; & decere, ut partes cedant universo: præter hæc, naturâ cum sit generosum, magnanimum & liberum, videt, se rerum earum quæ ipsum circumdant, alias habere liberas & sui juris, alias obnoxias, & juris alieni; liberas, quæ ad ipsius

ρεται, καὶ διὰ τοῦτο, ἐὰν μὲν ἐν τούτοις μόναις 9
ἡγήσηται τὸ ἀγαθὸν τὸ αὑτοῦ καὶ τὸ συμφέρον,
τοῖς ἀκωλύτοις καὶ ἐφ᾽ ἑαυτῷ· ἐλεύθερον ἔσται,
εὔρουν, εὐδαῖμον, ἀβλαβὲς, μεγαλόφρον, εὐσεβὲς, χάριν ἔχον ὑπὲρ πάντων τῷ Θεῷ, μηδαμοῦ μεμφόμενον μηδενὶ τῶν οὐκ ἐφ᾽ ἑαυτῷ γενομένων, μηδενὶ ἐγκαλοῦν. ἂν δ᾽ ἐν τοῖς ἐκτὸς καὶ 10
ἀπροαιρέτοις· ἀνάγκη κωλύεσθαι αὐτὸ, ἐμποδίζεσθαι, δουλεύειν τοῖς ἐκείνων ἔχουσιν ἐξουσίαν
ἃ τεθαύμακε· καὶ φοβεῖται· ἀνάγκη δ᾽ ἀσεβὲς 11
εἶναι, ἅτε βλάπτεσθαι οἰόμενον ὑπὸ τοῦ Θεοῦ·
καὶ ἄνισον, ὡς ἀεὶ αὑτῷ τοῦ πλείονος περιποι-
ητικόν· ἀνάγκη δὲ καὶ ταπεινὸν εἶναι καὶ μικρο-
πρεπές.

. Ταῦτα τί κωλύει διαλαβόντα ζῆν κούφως 12
καὶ εὐμαρῶς, πάντα τὰ συμβαίνειν δυνάμενα
πραέως ἐκδεχόμενον, τὰ δ᾽ ἤδη συμβεβηκότα φέ-
ρόντα;

ipsius voluntatem perti-
nent; obnoxias, quæ ad
voluntatem non pertinent:
proptereaque, si in his solis bonum suum & commo-
dum collocarit, quæ pro-
hiberi non possunt, & in
ipsius potestate sunt, fore
se liberum, prosperum, felix, indemne, magnani-
mum, pium, gratias agens
Deo pro omnibus; nus-
quam de quapiam re, quæ
in ipsius potestate non sit,
conquerens; nihil accu-
sans: si vero in externis,
& iis quæ alieni juris sunt;
necesse esse, ut prohibeatur, impediatur, serviat
iis qui ea in potestate habent quæ miratur & timet;
necesse porro esse, ut sit
impium, quippe quod sibi
a Deo noceri putet; &
iniquum, ut quod semper
sibi plus adquirere studeat;
praeterea necesse esse, ut
sit humile & sordidum.

Hæc si quis animo con-
ceperit, quid eum vetat vivere expedite & placide;
quidquid accidere possit,
æquo animo exspectantem;
ea vero quæ jam accide-
runt

13 ροντας; Θέλεις πενίαν; Φέρε, καὶ γνώσῃ τί
ἐστι πενία τυχοῦσα καλοῦ ὑποκριτοῦ. Θέλεις
14 ἀρχάς; Φέρε, καὶ πόνους. Ἀλλ' ἐξορισμόν;
Ὅπου ἂν ἀπέλθω, ἐκεῖ μοι καλῶς ἔσται. καὶ γὰρ
ἐνθάδε, οὐ διὰ τὸν τόπον ἦν μοι καλῶς, ἀλλὰ
διὰ τὰ δόγματα, ἃ μέλλω μετ' ἐμαυτοῦ ἀπο-
φέρειν. οὐδὲ γὰρ δύναταί τις ἀφελέσθαι αὐτά·
ἀλλὰ ταῦτα μόνα ἐμά ἐστι καὶ ἀναφαίρετα,
καὶ ἀρκεῖ μοι παρόντα, ὅπου ἂν ὦ, καὶ ὅ τι ἂν
15 ποιῶ. Ἀλλ' ἤδη καιρὸς ἀποθανεῖν. Τί λέγεις,
ἀποθανεῖν; Μὴ τραγῴδει τὸ πρᾶγμα, ἀλλ' εἰπὲ
ὡς ἔχει· ἤδη καιρὸς, τὴν ὕλην, ἐξ ὧν συνῆλθεν,
εἰς ἐκεῖνα πάλιν ἀναλυθῆναι. Καὶ τί δεινόν; τί
μέλλει ἀπόλλυσθαι τῶν ἐν τῷ κόσμῳ; τί γενέ-
16 σθαι καινὸν, παράλογον; Τούτων ἕνεκα ὁ τύραννος φοβερός ἐστι; διὰ ταῦτα οἱ δορυφόροι μεγάλας δοκοῦσιν ἔχειν τὰς μαχαίρας καὶ ὀξείας; ἄλλοις

runt tolerantem? Vis paupertatem mihi imponere? Impone! cognosces, quid sit paupertas bonum nacta fabulæ actorem. Vis imperia? Cedo! atque etiam labores! At relegationem? Quocunque venero, ibi mihi bene erit. Nam & hic, non propter locum bene mihi fuit, sed propter decreta, quæ mecum sum ablaturus. Neque enim ea eripere quisquam potest: hæc sola mea sunt & propria, mihique dum adsunt sufficiunt, ubicunque fuero, & quidquid fecero. At jam tempus est moriendi. Quid dicis? Moriendi? Noli rem tragice exaggerare; sed dic quemadmodum se habet: jam tempus est materiæ in ea, e quibus condata est, resolvendæ. Quid hoc mali habet? quid periturum est eorum quæ sunt in mundo? quid fiet novum aut mirabile? Eone tyrannus formidabilis est? propter hoc satellites magnos videntur habere

λοιπὰ ταῦτα· ἐμοὶ δ' ἔσκεπται περὶ πάντων· εἰς
ἐμὲ οὐδεὶς ἐξουσίαν ἔχει. ἠλευθέρωμαι ὑπὸ τοῦ 17
Θεοῦ, ἔγνωκα αὐτοῦ τὰς ἐντολὰς, οὐκέτι οὐδεὶς
δουλαγωγῆσαί με δύναται· παραστάτην ἔχω οἷον
δεῖ, δικαστὰς οἵους δεῖ. Οὐχὶ τοῦ σώματός μου 18
κύριος εἶ; τί οὖν πρὸς ἐμέ; Οὐχὶ τοῦ κτησειδίου;
τί οὖν πρὸς ἐμέ; Οὐχὶ φυγῆς, ἢ δεσμῶν; Πάλιν τούτων πάντων καὶ τοῦ σωματίου ὅλου σοι αὐτοῦ ἐξίσταμαι, ὅταν θέλῃς. πείρασαί σου τῆς
ἀρχῆς, καὶ γνώσῃ μέχρι τίνος αὐτὴν ἔχεις.

Τίνα οὖν ἔτι φοβηθῆναι δύναμαι; Τοὺς ἐπὶ 19
τοῦ κοιτῶνος; Μή τι ποιήσωσιν; Ἀποκλείσωσί
με; Ἄν με εὕρωσι θέλοντα εἰσελθεῖν, ἀποκλει-
σάτωσαν. Τί οὖν ἔρχῃ ἐπὶ θύραις; Ὅτι καθῆκον
ἐμαυτῷ δοκῶ, μενούσης τῆς παιδιᾶς, συμπαίζειν.
Πῶς οὖν οὐκ ἀποκλείῃ; Ὅτι, ἂν μή τις με δέ- 20
χηται, οὐ θέλω εἰσελθεῖν· ἀλλ' ἀεὶ μᾶλλον

ἐκεῖνο

habere gladios & acutos? Aliis ista dicantur! nam mihi quidem meditata funt omnia: in me nemo ullam potestatem habet. Libertate fum donatus a Deo; novi ejus mandata; nemo posthac in servitutem redigere me poteft: adsertorem habeo quem oportet, judices habeo quales oportet. Nonne corporis mei dominus es? Quid ergo ad me? Nonne posseßiunculæ? Quid ergo ad me? Nonne fugæ, & vinculorum? Et his omnibus & toto ipfo corpore tibi cedam, quum volueris. Fac periculum imperii tui; quam late illud pateat, cognosces.

Quem igitur posthac timere possum? Cubicularios? Quamobrem? Ne me excludant? Si me invenerint ingredi volentem, excludunto. Quid ergo venis ad fores? Quod convenire mihi puto, ludo durante, ut colludam. Quomodo ergo non excluderis? Quia, fi quis me non admittit, ingredi nolo; fed

ἐκεῖνο θέλω, τὸ γινόμενον. κρεῖττον γὰρ ἡγοῦμαι
ὃ ὁ Θεὸς θέλει, ἢ ἐγώ. προσκείσομαι διάκονος
καὶ ἀκόλουθος ἐκείνῳ, συνορμῶ, συνορέγομαι,
ἁπλῶς συνθέλω. ἀποκλεισμὸς ἐμοὶ οὐ γίνεται,
21 ἀλλὰ τοῖς βιαζομένοις. Διὰ τί οὖν οὐ βιάζομαι;
Οἶδα γὰρ, ὅτι ἔσω ἀγαθὸν οὐδὲν διαδίδοται τοῖς
εἰσελθοῦσιν. ἀλλ' ὅταν ἀκούσω τινὰ μακαριζόμε-
νον, ὅτι τιμᾶται ὑπὸ τοῦ Καίσαρος, λέγω, Τί
αὐτῷ συμβαίνει; Ἐπαρχία. Μή τι οὖν καὶ δόγμα οἷον δεῖ; Ἐπιτροπή. Μή τι οὖν καὶ τὸ χρῆ-
22 σθαι ἐπιτροπῇ; Τί ἔτι διαθοῦμαι; Ἰσχαδοκάρυά
τις διαρρίπτει· τὰ παιδία ἁρπάζει, καὶ ἀλλήλοις διαμάχεται· οἱ ἄνδρες οὐχί, μικρὸν γὰρ
αὐτὸ ἡγοῦνται. ἂν δ' ὀστράκια διαρρίπτῃ τις,
23 οὐδὲ τὰ παιδία ἁρπάζει. Ἐπαρχίαι διαδίδον-
ται· ὄψεται τὰ παιδία. ἀργύριον· ὄψεται τὰ
παιδία.

sed semper illud potius volo quod fit. Melius enim id judico quod Deus vult, quam quod ego. Adhæreo illi ut minister & pedissequus; cum illo meus fertur impetus, cum illo adpeto; denique, quod ille vult, idem & ipse volo. Mihi nulla janua clauditur, sed ils qui vi ingredi nituntur. Cur autem vim ego non facio? Quia novi, Intus nullum bonum distribui ingressis. Sed cum aliquem fortunatum judicari audiero, quod a Cæsare honoretur, dico, Quid ei contiugit? Præfectura. Num igitur etiam animi deeretur quale oportet? Munus procuratoris. Num igitur illud etiam, ut recte utatur illo munere? Quid adhuc vi perrumpere nitar? Ficus & nuces aliquis projicit: pueri rapiunt, & inter sese certant: viri vero non item; parvi enim id ducunt. Si quis autem testulas projiciat, ne pueri quidem rapiunt. Provinciæ distribuuntur; viderint pueri: argentum; viderint pueri:

παιδία. στρατηγία, ὑπατεία· διαρπαζέτω τὰ
παιδία· ἐκκλειέσθω, τυπτέσθω, καταφιλείτω
τὰς χεῖρας τοῦ διδόντος, τῶν δούλων· ἐμοὶ δ᾽
ἰσχαδοκάρυόν ἐστιν. Τί οὖν; Ἂν ἀποτύχῃς αἰ- 24
τοῦντος αὐτοῦ, μὴ φρόντιζε. ἄν σου ἔλθῃ εἰς
τὸν κόλπον ἰσχὰς, ἄρας κατάφαγε· μέχρι τοσούτου γάρ ἐστι καὶ ἰσχάδα τιμῆσαι. εἰ δὲ κύψω,
καὶ ἄλλον ἀνατρέψω, ἢ ὑπ᾽ ἄλλου ἀνατραπῶ,
καὶ κολακεύσω τοὺς εἰσιόντας· οὐκ ἀξία οὔτ᾽ ἰσχὰς,
οὔτ᾽ ἄλλο τι τῶν οὐκ ἀγαθῶν, ἅ με ἀναπεπεί-
κασιν οἱ φιλόσοφοι μὴ δοκεῖν ἀγαθὰ εἶναι.

Δείκνυέ μοι τὰς μαχαίρας τῶν δορυφόρων. 25
Ἰδοὺ ἡλίκαι εἰσὶ, καὶ πῶς ὀξεῖαι. Τί οὖν ποιοῦσιν
αἱ μεγάλαι αὗται μάχαιραι καὶ ὀξεῖαι; Ἀποκτιν-
νύουσι. Πυρετὸς δὲ τί ποιεῖ; Ἄλλο οὐδέν. Κε- 26
ραμὶς δὲ τί ποιεῖ; Ἄλλο οὐδέν. Θέλεις οὖν πάντα ταῦτα θαυμάζω καὶ προσκυνῶ, καὶ δοῦλος
πάντων

pueri: prætura, confula-
tus; rapiant pueri, exclu-
dantur, vapulent, deofcu-
lentur manus fervorum lar-
gitoris: mihi vero ficus &
nuces funt. Quid ergo?
Si projiciente illo fruftra-
tus fueris, noll curare: fin
ficus in finum tuum inciderit, fublatam devora; nam
eatenus ficum etiam tanti
facere licet. Si vero me
inclinaro, & alium everte-
ro, aut ab alio everfus, fi
ingredientibus adulatus fue-

ro; tanti neque ficus eft,
nec quidquam eorum quæ
bona non funt, quæ phi-
lofophi mihi, perfuaferunt
in bonis non effe habenda.

Oftende mihi gladios fa-
tellitum. Dic mihi: Vide
quanti fint, & quam acuti.
Quid ergo faciunt magni
ifti gladii & acuti? Occi-
dunt. Febris autem quid
facit? Aliud nihil. Te-
gula quid facit? Aliud nihil. Vis ergo ut ifta om-
nia admirer & adorem, &
iftorum

27 πάντων περιέρχομαι; Μὴ γένοιτο· ἀλλ' ἅπαξ μαθὼν, ὅτι τὸ γενόμενον καὶ φθαρῆναι δεῖ, ἵνα ὁ κόσμος μὴ ἵστηται μηδ' ἐμποδίζηται, οὐκέτι διαφέρομαι πότερον πυρετὸς αὐτὸ ποιήσει, ἢ κεραμὶς, ἢ στρατιώτης. ἀλλ' εἰ δεῖ συγκριθῆναι, οἶδ' ὅτι ἀπονώτερον αὐτὸ καὶ ταχύτερον ὁ στρα-

28 τιώτης ποιήσει. Ὅταν οὖν μήτε φοβῶμαί τι ὧν διαθεῖναί με δύναται, μήτ' ἐπιθυμῶ τινες ὧν παρασχεῖν, τί ἔτι θαυμάζω αὐτόν; τί ἔτι τέθηπα; τί φοβοῦμαι τοὺς δορυφόρους; τί χαίρω, ἄν μοι φιλανθράπως λαλήσῃ, καὶ ἀποδέξηταί με,

29 καὶ ἄλλοις διηγοῦμαι πῶς μοι ἐλάλησε; μὴ γὰρ Σωκράτης ἐστί; μὴ γὰρ Διογένης; ἵν' ὁ ἔπαινος αὐτοῦ ἀπόδειξις ᾖ περὶ ἐμοῦ; μὴ γὰρ τὸ ἦθος

30 ἐζήλωκα αὐτοῦ; Ἀλλὰ τὴν παιδιὰν σώζων, ἔρχομαι πρὸς αὐτὸν, καὶ ὑπηρετῶ, μέχρις ἂν ὅτου μηδὲν ἀβέλτερον κελεύῃ, μηδ' ἄῤῥυθμον. ἂν δὲ

istorum omnium servus obambulem? Absit: sed, cum semel didicerim, id quod ortum est etiam interire oportere, ne mundus in suo cursu subsistat aut impediatur; nihil mea refert, febrisne id faciat, an tegula, an miles. Sed si contendere hæc inter se licet, scio, minore cum molestia & celerius id facturum esse, militem. Cum ergo nihil eorum timuero quæ facere mihi *tyrannus* potest, nec desidero quidquam eorum quæ largiri potest; quid adhuc eum admiror? quid adhuc stupeo? quid timeo satellites? quid gaudeo, si me humaniter fuerit adlocutus, & adprobarit? cur aliis dico, ut mecum sit locutus? Num enim Socrates est? num Diogenes? ut ejus laus sit demonstratio mei? num enim mores ejus admiror? *Minime*: sed, ut ludum tuear, accedo illim, eique ministro, quoad me nihil improbum, nihil absurdum jusserit.

δὲ μοι λέγῃ, ἄπελθε ἐπὶ Λέοντα τὸν Σαλα-
μίνιον· λέγω αὐτῷ, Ζήτει ἄλλον· ἐγὼ γὰρ οὐκέτι παίζω. Ἄπαγε αὐτόν. Ἀκολουθῶ ἐν παι- 31
διᾷ. Ἀλλ' ἀφαιρεῖταί σου ὁ τράχηλος. Ἐκείνου δ' αὐτοῦ ἀεὶ ἐπιμένει; ὑμῶν δὲ τῶν πειθο-
μένων; Ἀλλ' ἄταφος ῥιφήσῃ. Εἰ ἐγώ εἰμι ὁ νεκρὸς, ῥιφήσομαι· εἰ δ' ἄλλος εἰμὶ τοῦ νεκροῦ,
κομψότερον λέγε, ὡς ἔχει τὸ πρᾶγμα, καὶ μὴ
ἐκφόβει με. τοῖς παιδίοις ταῦτα φοβερά ἐστι καὶ 32
τοῖς ἀνοήτοις. εἰ δέ τις, εἰς Φιλοσόφου σχολὴν
ἅπαξ εἰσελθὼν, οὐκ οἶδε τί ἐστιν αὐτὸς, ἄξιός
ἐστι φοβῆσθαι καὶ κολακεύειν οὓς ὕστερον ἐκολά-
κευεν· εἰ μήπω μεμάθηκεν, ὅτι οὐκ ἔστι σάρξ, οὐδ'
ὀστᾶ, οὐδὲ νεῦρα, ἀλλὰ τὸ τούτοις χρώμενον, καὶ
διοικοῦν καὶ παρακολουθοῦν ταῖς φαντασίαις.

Ναί. ἀλλ' οἱ λόγοι οὗτοι καταφρονητὰς 33
ποιοῦσι τῶν νόμων. Καὶ ποῖοι μᾶλλον λόγοι πει-
θομένους

jusserit. Si vero mihi dicat, abi ad Leontem Sala-
minium; dico ei, Quære
alium; ego enim non am-
plius ludo. „Abduc in carcerem.“ Sequor per jo-
cum. „At caput tibi au-
fertur.“ An vero illius
ipsius semper manet? ve-
stra item capita, qui ei ob-
temperatis? „At insepul-
tus abjicieris.“ Si ego
sum cadaver, projiciar:
sin diversus sum a cadave-
re, loquere aptius, ut res
se habet; neque me terre-

to. Pueris ista terribilia
funt, & stultis. Si quis
autem semel scholam phi-
losophi ingressus, ignorat
quid ipse sit, is dignus est,
qui terreatur, & aduletur
cui posthac adulatus est: si
nondum didicit, se non
esse carnem, neque ossa,
neque nervos; sed id quod
his utatur, quod gubernet
& sequatur visa.

Esto: at isti sermones
efficiunt legum contemto-
res. Immo vero, quinam
sermo-

θομένους παρέχουσι τοῖς νόμοις τοὺς χρωμένους;
34 Νόμος δ' οὐκ ἔστι τὰ ἐπὶ μωρῷ. Καὶ ὅμως ὅρα,
πῶς καὶ πρὸς τούτους ὡς δεῖ ἔχοντας παρασκευά-
ζουσιν· οἵ γε διδάσκουσι μηδενὸς ἀντιποιεῖσθαι
35 πρὸς αὐτοὺς ἐν οἷς ἂν ἡμᾶς νικῆσαι δύνανται. περὶ
τὸ σωμάτιον διδάσκουσιν ἐξίστασθαι, περὶ τὴν
κτῆσιν ἐξίστασθαι, περὶ τὰ τέκνα, γονεῖς, ἀδελφοὺς, πάντων παραχωρεῖν, πάντα ἀφιέναι· μόνα τὰ δόγματα ὑπεξαιρούνται, ἃ καὶ ὁ Ζεὺς ἐξ-
36 αίρετα ἑκάστου εἶναι ἠθέλησε. Ποία ἐνθάδε πα-
ρανομία; ποία ἀβελτερία; Ὅπου κρείττων ἃ
καὶ ἰσχυρότερος, ἐκεῖ σοι ἐξίσταμαι· ὅπου πάλιν ἐγὼ κρείττων, σὺ παραχώρει μοι. ἐμοὶ γὰρ
37 μεμέληκε, σοὶ δ' οὔ. σοὶ μέλει, πῶς ἂν ἐν λι-
θοστρώτοις οἰκήσῃς, πῶς παῖδές σοι καὶ πελά-
ται διακονῶσι, πῶς ἐσθῆτα περίβλεπτον φορῇς,
πῶς κυνηγοὺς πολλοὺς ἔχῃς, πῶς κιθαρῳδοὺς, τρα-
γῳδούς.

sermones legibus obedien-
tiores reddant hos qui iis
utuntur? At lex non est
id, quod in potestate est
stultorum. Et tamen vide,
quo pacto sermones isti nos
instruant, ut etiam adversus hoc genus hominum
ita ut oportet nos ger-
mus; quippe qui docent,
ut nihil nobis adversus illos vindicemus, In quo illi
nos vincere possint: do-
cent, cedendum esse cor-
pore, possessione, liberis,
parentibus, fratribus, omnibus his cedendum esse,
omnia missa facienda: sola
decreta excipiunt, quæ Ipse etiam Jupiter eximia cu-
iusque esse voluit. Quæ
hic est legum violatio? quæ
improbitas? Qua parte tu
potentior es & fortior, ea
tibi cedo; vicissim, ubi ego
superior sum, tu mihi ce-
de: res enim hæc curæ
mihi fuit, tibi non fuit.
Tibi curæ est, quomodo
in palatiis habites, quomodo pueri &. clientes tibi
ministrent, quomodo ve-
stem conspicuam gestes, ut
venatores multos habeas,
ut

γωδούς. μή τι ἀντιποιοῦμαι; μή τι οὖν δογμά- 38
των σοι μεμέληκε; μή τι τοῦ λόγου τοῦ σεαυτοῦ; μή τι οἶδας ἐκ τίνων μορίων συνέστηκε, πῶς
συνάγεται, τίς ἡ διάρθρωσις αὐτοῦ, τίνας ἔχει
δυνάμεις, καὶ ποίας τινάς; Τί οὖν ἀγανακτεῖς, εἰ 39
ἄλλος ἐν τούτοις σου πλέον ἔχει, ὁ μεμελετηκώς;
Ἀλλὰ ταῦτ' ἐστὶ τὰ μέγιστα. καὶ τίς σε κωλύει
περὶ ταῦτ' ἀναστρέφεσθαι, καὶ τούτων ἐπιμελεῖσθαι; τίς δὲ μείζονα ἔχει παρασκευὴν βιβλίων,
εὐσχολίας, τῶν ὠφελησόντων; μόνον ἀπόνευσόν 40
ποτε ἐπὶ ταῦτα, ἀπόνειμον κἂν ὀλίγον χρόνον τῷ
σαυτοῦ ἡγεμονικῷ· σκέψαι τί ποτ' ἔχεις τοῦτο,
καὶ πόθεν ἐληλυθός, τὸ πᾶσι τοῖς ἄλλοις χρώμενον, πάντα τ' ἄλλα δοκιμάζον, ἐκλεγόμενον,
ἀπεκλεγόμενον. Μέχρι δ' ἂν οὗ περὶ τὰ ἐκτὸς 41
ἀναστρέφῃ, ἐκεῖνα ἕξεις οἷα οὐδείς· τοῦτο δ', οἷον
αὐτὸ ἔχειν θέλεις, ῥυπαρὸν καὶ ἀτημέλητον.

Rr 2   KEΦ.

ut citharœdos, tragœdos. Num ista mihi vendico? Num igitur decreta tibi curæ fuerunt? num tua ipsius ratio? num scis, e quibus partibus constet, quomodo conjungatur, quæ sit ejus distinctio, quas habeat vires, & quales? Quid ergo indignaris, si alius in his te superat, qui illa meditatus est? Hæc vero maxima sunt. Et quis ea te tractare prohibet, & curare? quis vero instructior est libris, otio, magistris? Modo diverte aliquando tandem ad hæc; vel exiguum tempus tuæ menti impende! considera, quænam sit hæc principalis, tui pars, & unde profecta, quæ reliquis omnibus utitur, quæ cætera omnia probat, quæ eligit, repudiat. Quoad autem in externis rebus versaberis; eas habebis quales nemo alius; hanc vero, qualem habere vis, sordidam & neglectam.

CAP.

ΚΕΦ. η'.

Πρὸς τοὺς ταχέως ἐπὶ τὸ σχῆμα τῶν φιλοσόφων ἐπιπηδῶντας.

Μηδέποτ' ἀπὸ τῶν κοινῶν τινα μήτ' ἐπαινέσητε μήτε ψέξητε, μήτε τέχνην τινὰ ἢ ἀτεχνίαν προσμαρτυρήσητε· καὶ ἅμα μὲν προπετείας ἑαυτοὺς ἀπαλλάξετε, ἅμα δὲ κακοηθείας. Οὗτος ταχέως λούεται. Κακῶς οὖν ποιεῖ; Οὐ πάντως. Ἀλλὰ τί; Ταχέως λούεται. Πάντα οὖν καλῶς γίνεται; Οὐδαμῶς· ἀλλὰ τὰ μὲν ἀπὸ δογμάτων ὀρθῶν, καλῶς· τὰ δ' ἀπὸ μοχθηρῶν, μοχθηρῶς. Σὺ δὲ, μέχρις ἂν καταμάθῃς τὸ δόγμα ἀφ' οὗ τις ποιεῖ ἕκαστα, μήτ' ἐπαίνει τὸ ἔργον, μήτε ψέγε. Δόγμα δ' ἐκ τῶν ἐκτὸς οὐ ῥᾳδίως κρίνεται. Οὗτος τέκτων ἐστί. Διὰ τί;

Χρῆται

CAP. VIII.

In eos qui celeriter ad suscipiendam Philosophi personam properant.

Numquam ob res, quæ diversissimis hominibus communes esse possint, laudaveritis quemquam, aut reprehenderitis; neque artem aliquam aut imperitiam ei tribueritis: ita simul & a temeritate & a malevolentia eritis immunes. Hic cito lavat. Male ergo facit? Non utique. Quid ergo facit? Cito lavat. Ergone recte fiunt omnia? Nequaquam: sed quæ a rectis decretis proficiscuntur, ea recte fiunt; quæ a pravis, prave. Tu vero, donec decretum cognoris, ex quo quisque singula facit, nec laudato factum, nec reprehendito. Decretum autem e rebus externis non facile judicatur. Hic faber est. Quare?

Quia

Χρῆται γὰρ σκεπάρνῳ. Τί οὖν τοῦτο; Οὗτος
μουσικός· ᾅδει γάρ. Καὶ τί τοῦτο; Οὗτος φιλόσοφος. Διὰ τί; Τρίβωνα γὰρ ἔχει καὶ κόμην.
Οἱ δ' ἀγύρται τί ἔχουσι; Διὰ τοῦτο, ἂν ἀσχη-
μονοῦντά τις ἴδῃ τινὰ αὐτῶν, εὐθὺς λέγει, Ἰδοὺ
ὁ φιλόσοφος ποιεῖ. ἔδει δ', ἀφ' ὧν ἠσχημόνει,
μᾶλλον λέγειν, αὐτὸν μὴ εἶναι φιλόσοφον. εἰ μὲν
γὰρ αὕτη ἐστὶν ἡ τοῦ φιλοσόφου πρόληψις καὶ
ἐπαγγελία, ἔχειν τρίβωνα καὶ κόμην, καλῶς ἂν
ἔλεγον. εἰ δ' ἐκείνη μᾶλλον, ἀναμάρτητον εἶναι,
διὰ τί οὐχὶ, διὰ τὸ μὴ πληροῦν τὴν ἐπαγγελίαν,
ἀφαιροῦνται αὐτὸν τῆς προσηγορίας; Οὕτω γὰρ
καὶ ἐπὶ τῶν ἄλλων τεχνῶν. Ὅταν τις ἴδῃ
τινὰ κακῶς πελεκῶντα, οὐ λέγει, Τί ὄφελος
τεκτονικῆς; Ἰδοὺ οἱ τέκτονες οἷα ποιοῦσι κακά;
ἀλλὰ πᾶν τοὐναντίον λέγει, Οὗτος οὐκ ἔστι τέκτων, πελεκᾷ γὰρ κακῶς. Ὁμοίως κἂν ᾄδον-

Rr 3

τές

Quis securi utitur. Quid ergo huc ad rem? Hic musicus; canit enim. Et quid hoc? Hic philosophus. Quare? Quia pallium habet, & caesariem. Praestigiatores vero quid habent? Propterea si quis eos aliquid indecore facientes videt, statim dicit, Ecce hoc quod facit philosophus! cum potius ob indecore facta dicendum fuerit, non esse eum philosophum. Nam si id philosophi institutum esset atque professio, habere pallium & caesariem, tum quidem recte dicerent: sin illa potius est, ut nihil delinquat; cur non potius, quia professioni suae non respondet, adpellationem istam ei adimunt? Sic enim in caeteris quoque fit artibus. Cum quis aliquem male dolantem ligna viderit, non dicit: Quid juvat ars fabrilis? ecce quam male res suas faciunt fabri! Sed contra potius, Iste non est, ait, faber; male enim dolat. Eodem modo,

τός τινος ἀκούσῃ κακῶς, οὐ λέγει, Ἰδοὺ πῶς
ᾄδουσιν οἱ μουσικοί; ἀλλὰ μᾶλλον, ὅτι, Οὗτος
οὐκ ἔστι μουσικός.

9 Ἐπὶ φιλοσοφίας δὲ μόνης τοῦτο πάσχουσιν·
ὅταν τινὰ ἴδωσι παρὰ τὸ ἐπάγγελμα τὸ τοῦ φιλοσόφου ποιοῦντα, οὐχὶ τῆς προσηγορίας ἀφαιροῦνται αὐτόν, ἀλλά, θέντες εἶναι φιλόσοφον, εἶτ'
ἀπ' αὐτοῦ τοῦ γινομένου λαβόντες ὅτι ἀσχημονεῖ,
ἐπάγουσι, μηδὲν ὄφελος εἶναι τοῦ φιλοσοφεῖν.

10 Τί οὖν τὸ αἴτιον; Ὅτι τὴν μὲν τοῦ τέκτονος πρόληψιν πρεσβεύομεν, καὶ τὴν τοῦ μουσικοῦ, καὶ
τῶν ἄλλων ὡσαύτως τεχνιτῶν· τὴν τοῦ φιλοσόφου δ' οὔ, ἀλλ' ἅτε συγκεχυμένην καὶ ἀδιάρθρω-

11 τον ἀπὸ τῶν ἐκτὸς μόνην κρίνομεν. Καὶ ποία ἄλλη τέχνη ἀπὸ σχήματος ἀναλαμβάνεται καὶ κό-
μης; οὐχὶ δὲ καὶ θεωρήματα ἔχει, καὶ ὕλην,

12 καὶ τέλος; Τίς οὖν ὕλη τοῦ φιλοσόφου; μὴ τρίβων;

do, si quis aliquem male cauentem audierit, non dicit, Ecce quomodo canunt Musici? sed potius, Iste non est musicus.

Verum in sola Philosophia hoc faciunt: cum aliquem contra philosophiæ professionem vivere vident, non ei adimunt adpellationem; sed, statuentes philosophum eam esse, tum ex ipso facto sumentes hoc, indecore eum agere, concludunt, nullum esse Philosophiæ usum. Quid in causa est? Quod fabri & musici notionem curamus, eodemque modo cæterorum artificum; philosophi autem non item, sed, ut confusam & indistinctam, e rebus externis solummodo judicamus. Quænam vero alia ars exteriori solum habitu & coma paratur? neque vero præcepta etiam habet, & materiam, & finem? Quæ igitur materia est philosophi? num pallium? Non, sed ratio.
Qui

βαν; Οὔ, ἀλλὰ ὁ λόγος. Τί τέλος; μή τι
φορεῖν τρίβανα; Οὔ, ἀλλὰ τὸ ὀρθὸν ἔχειν τὸν
λόγον. Ποῖα θεωρήματα; μή τι τὰ περὶ τοῦ
πῶς πώγων μέγας γίνηται, ἢ κόμη βαθεῖα;
Οὔ, ἀλλὰ μᾶλλον ἃ Ζήνων λέγει, γνῶναι τὰ
τοῦ λόγου στοιχεῖα, ποῖόν τι ἕκαστον αὐτῶν
ἐστι, καὶ πῶς ἁρμόττεται πρὸς ἄλληλα, καὶ
ὅσα τούτοις ἀκόλουθα ἐστίν. Οὐ θέλεις οὖν ἰδεῖν 13
πρῶτον, εἰ πληροῖ τὴν ἐπαγγελίαν ἀσχημονῶν,
καὶ οὕτω τῷ ἐπιτηδεύματι ἐγκαλεῖν; Νῦν δ',
αὐτὸς ὅταν σωφρονῇς, ἐξ ὧν ποιεῖν σοι δοκεῖ κακῶς, λέγεις, Ὅρα τὸν Φιλόσοφον· (ὡς πρέπον-
τος λέγειν τὸν ταῦτα ποιοῦντα Φιλόσοφον·) καὶ
πάλιν, Τοῦτο Φιλόσοφόν ἐστιν; Ὅρα δὲ τὸν
τέκτονα, οὐ λέγεις, ὅταν μοιχεύοντά τινα γνῷς,
ἢ λιχνεύοντα ἴδῃς· οὐδέ, Ὅρα τὸν μουσικόν.
Οὕτως ἐπὶ ποσὸν αἰσθάνῃ καὶ αὐτὸς τῆς ἐπαγγε- 14

Rr 4

λίας

Qui finis? num ferre pal-
lium? Non, sed rectam
tenere rationem. Quæ
præcepta illius sunt? num,
quo pacto barba magna
fiat, aut coma promissa?
Immo potius ea, quæ Ze-
no dicit; cognitio elemen-
torum rationis, quale sit
eorum unumquodque, &
quomodo inter sese conve-
niant, & quæ his conse-
quentia sunt. Non igitur
in primis videre vis, an,
eum indecore agit, pro-
fessioni suæ respondeat, ac

tum demum ipsum studium
accusare? Nunc vero tu,
si castis es moribus, videns
ea quæ ille prave agere tibi videtur, dicis, Ecce
philosophum! (Quasi ve-
ro, qui talia facit, philosophus sit adpellandus.)
Rursusque: Hi ergo philo-
sophi mores sunt! Atqui,
Ecce fabrum! ecce Musi-
cum! non clamas, cum
aliquem horum mœchari
nosti, aut ligurientem vides. Sic igitur tu ipse aliquatenus percipis quidem
pro-

λας τοῦ Φιλοσόφου, ἀπολισθαίνεις δὲ, καὶ συγ-
χεῖ ὑπὸ ἀμελετησίας.

15 Ἀλλὰ καὶ αὐτοὶ οἱ καλούμενοι Φιλόσοφοι ἀπὸ
τῶν κοινῶν τὸ πρᾶγμα μετίασιν· εὐθὺς ἀναλαβόντες τρίβωνα, καὶ πώγωνα καθέντες, φασίν,

16 Ἐγὼ Φιλόσοφός εἰμι. Οὐδεὶς δ' ἐρεῖ, Ἐγὼ μουσικός εἰμι· ἂν πλῆκτρον καὶ κιθάραν ἀγοράσῃ.
οὐδ', Ἐγὼ χαλκεύς εἰμι· ἂν πῖλον καὶ περίζωμα
περιθῆται. Ἀλλ' ἁρμόζεται μὲν τὸ σχῆμα πρὸς
τὴν τέχνην· ἀπὸ τῆς τέχνης δὲ τὸ ὄνομα, οὐκ

17 ἀπὸ σχήματος, ἀναλαμβάνουσι. Διὰ τοῦτο καλῶς Εὐφράτης ἔλεγεν, ὅτι, Ἐπὶ πολὺ ἐπειρά-
μην λανθάνειν Φιλοσοφῶν· καὶ ἦν μοι, φησὶ,
τοῦτο ὠφέλιμον. πρῶτον μὲν γὰρ ᾔδειν, ὅσα
καλῶς ἐποίουν, ὅτι οὐ διὰ τοὺς θεατὰς ἐποίουν,
ἀλλὰ δι' ἐμαυτόν· ἤσθιον ἐμαυτῷ καλῶς, κατεσταλμένον εἶχον τὸ βλέμμα, τὸν περίπατον·

πάντα

professionem philosophi, sed rursus ab ea aberras; & confundi te poteris mera negligentia.

At vero ipsi etiam ii, qui Philosophi perhibentur, a vulgaribus rebus professionem suam auspicantur; statim pallium induunt, promissamque alunt barbam; tum se esse philosophos dicunt. Nemo vero musicum se esse dicit, cum plectrum & citharam mercatus est; neque fabrum aerarium, simulatque pileolo & perizomate est instructus: sed habitum quidem ad artem accommodant; ab arte vero nomen, non ab habitu, accipiunt. Quapropter recte dicebat Euphrates, se longo tempore dissimulasse philosophiæ studium, eamque dissimulationem sibi profuisse. Primum enim scivisse se, quæ recte faceret, ea se non facere propter spectatores, sed propter semetipsum: se sibi ipsi recte comedisse, compositis fuisse oculis, in deambulationibus modestiæ studuisse;

πάντα ἐμαυτῷ καὶ τῷ Θεῷ. εἶτα, ὥσπερ μό-   18
νος ἠγωνιζόμην, οὕτω καὶ μόνος ἐκινδύνευον· οὐδὲν ἐμοὶ, δράσαντι τὸ αἰσχρὸν ἢ ἀπρεπὲς, τὸ
τῆς φιλοσοφίας ἐκινδυνεύετο· οὐδ᾽ ἔβλαπτον τοὺς
πολλοὺς, ὡς φιλόσοφος ἁμαρτάνων. διὰ τοῦτο   19
εἰ μὴ εἰδότες μου τὴν ἐπιβολὴν ἐθαύμαζον, πῶς,
πᾶσι φιλοσόφοις χρώμενος καὶ συζῶν, αὐτὸς οὐκ
ἐφιλοσόφουν. καὶ τί κακὸν, ἐν οἷς μὲν ἐποίουν   20
ἐπιγινώσκεσθαι τὸν φιλόσοφον, ἐν δὲ τοῖς συμβό-
λοις μή; βλέπε, πῶς ἐσθίω, πῶς πίνω, πῶς
καθεύδω, πῶς ἀνέχομαι, πῶς ἀπέχομαι, πῶς
συνεργῶ, πῶς ὀρέξει χρῶμαι, πῶς ἐκκλίσει, πῶς
τηρῶ τὰς σχέσεις τὰς φυσικὰς ἢ ἐπιθέτους,
ὡς ἀσυγχύτως καὶ ἀπαραποδίστως. ἐκεῖθέν με
κρῖνον, εἰ δύνασαι. εἰ δ᾽ οὕτω κωφὸς ἃ   21
καὶ τυφλὸς, ἵνα μηδὲ τὸν Ἥφαιστον ὑπο-
λαμβάνῃς καλὸν χαλκέα, ἂν μὴ τὸ πι-

R r 5

λίον

studuisse; omnia sibi & Deo præstitisse. Deinde, sicut solus certasset, ita etiam solam esse periclitatum. Si quid turpe aut indecorum fecisset, philosophiam non fuisse periclitatam; neque se nocuisse vulgo, quod ut philosophus peccasset. Quapropter eos, qui suum institutum ignorassent, fuisse miratos, qui fieret, cum omnium philosophorum familiaritate consuetudineque uteretur, ut ipso tamen non philosopharetur. Quid vero, inquit, mali fuit, si philosophus e factis co- gnoscebar, non autem ex insignibus? Vide, quomodo edam, quomodo bibam, quomodo dormiam, quomodo tolerem, quomodo abstineam, quomodo operam meam aliis conferam, quomodo adpetitione utar, quomodo aversatione, quomodo relationes & naturales & accersitas tuear, ut absque perturbatione atque impedimentis vivam. Inde me judica, si potes. Si autem ita surdus & cæcus es, ut ne Vulcanum quidem præclarum fabrum judices, nisi pileolum capiti ejus

λίον ἴδῃς περὶ τὴνκεφαλὴν περικείμενον· τί κακὸν ὑφ' οὕτως ἠλιθίου κριτοῦ ἀγνοεῖσθαι;

22   Οὕτως ἐλάνθανε παρὰ τοῖς πλείστοις Σωκράτης. καὶ ἤρχοντο πρὸς αὐτὲν ἀξιοῦντες φιλο-
23 σόφοις συσταθῆναι. Μή τι οὖν ἠγανάκτει ὡς ἡμεῖς,
καὶ ἔλεγεν; Ἐγὼ δέ σοι οὐ φαίνομαι φιλόσοφος;
Ἀλλ' ἀπῆγε, καὶ συνίστα, ἑνὶ ἀρκούμενος, τῷ
εἶναι φιλόσοφος· χαίρων δὲ καὶ ὅτι μὴ δοκοῖ,
οὐκ ἐδάκνετο· ἐμέμνητο γὰρ τοῦ ἰδίου ἔργου.
24 Τί ἔργον καλοῦ καὶ ἀγαθοῦ; Μαθητὰς πολλοὺς ἔχειν; Οὐδαμῶς. ὄψονται οἱ περὶ τοῦτο
ἐσπουδακότες. Ἀλλὰ θεωρήματα δύσκολα ἀκρι-
βοῦν; Ὄψονται καὶ περὶ τούτων εἰ ἄλλοι.
25 Ποῦ οὖν αὐτός; καὶ τίς ἦν, καὶ εἶναι ἤθελεν;
Ὅπου βλάβη καὶ ὠφέλεια. Εἰ μέ τις, φησὶ,
βλάψαι δύναται, ἐγὼ οὐδὲν ποιῶ· εἰ ἄλλον πε-
ριμένω ἵνα με ὠφελήσῃ, ἐγὼ οὐδέν εἰμι. Θέλω τι,
καὶ

ejus impositum videas; quid mali est, a judice adeo stolido non cognosci? Sic maximæ parti hominum ignotus erat Socrates: veneruntque ad eum qui peterent, ut philosophis ab eo commendarentur. Num ergo succensebat illis, ut nos; dicebatque, Ego vero tibi philosophus non videor? Immo adducebat illos, & commendabat; hoc uno contentus, quod philosophus esset; & gaudens quoque quod talis non videretur, non mordebatur. Memi-nerat enim sui muneris. Quodnam est boni & sapientis viri munus? Discipulos multos habere? Nequaquam: viderint isti quibus ea res studio est. At præcepta difficilia subtiliter explicare? Viderint & hoc alii. Ubi ergo ipse? & quis erat, atque esse volebat? *Ibi se ipsum esse ratus est, ubi damnum ipsius & emolumentum posita es-*fent. Si me quis, inquit, lædere potest; ego nihil ago; si alium exspecto, ut me juvet; ego nihil sum. Volo aliquid, &
non

καὶ οὐ γίνεται· ἐγὼ ἀτυχής εἰμι. Εἰς τοσοῦτο 26
σκάμμα προεκαλεῖτο πάντα ὁντιναοῦν, καὶ οὐκ
ἄν μοι δοκῇ ἐκστῆναι οὐδενί· τί δοκεῖτε; κατ-
αγγέλλων καὶ λέγων, Ἐγὼ τοιοῦτος εἰμι; Μὴ
γένοιτο ● ἀλλὰ ὢν τοιοῦτος. Πάλιν γὰρ τοῦτο 27
μωροῦ καὶ ἀλαζόνος· Ἐγὼ ἀπαθής εἰμι καὶ ἀτά-
ραχος· μὴ ἀγνοεῖτε, ὦ ἄνθρωποι, ὅτι ὑμῶν κυ-
τωμένων καὶ θορυβουμένων περὶ τὰ μηδενὲς ἄξια,
μόνος ἐγὼ ἀπήλλαγμαι πάσης ταραχῆς. Οὐ- 28
τως οὐκ ἀρκεῖ σοι τὸ μηδὲν ἀλγεῖν, ἂν μὴ κη-
ρύσσῃς, Συνέλθετε πάντες οἱ ποδαγρῶντες, οἱ κε-
φαλαλγοῦντες, οἱ πυρέσσοντες, οἱ χωλοὶ, εἴ τυ,
φλοὶ, καὶ ἴδετέ με ἀπὸ παντὸς πάθους ὑγιᾶ;
Τοῦτο κενὸν καὶ φορτικὸν, εἰ μήτι, ὡς ὁ Ἀσκλη- 29
πιὸς, εὐθὺς ὑποδεῖξαι δύνασαι, πῶς θεραπεύοντες εὐθὺς ἔσονται ἄνοσοι κἀκεῖνοι, καὶ εἰς τοῦτο
φέρεις παράδειγμα τὴν ὑγίειαν τὴν σεαυτοῦ.

Τοι-

non fit? ego miſer ſum. In tantum certamen quoslibet provocabat; neque cuiquam ceſſurus mihi videtur. Quid putatis? ita *eum feciſſe hoc*, ut denonciaret, diceretque, Ego ſum talis? Abſit: nil aliud egit, niſi ut talis eſſet. Eſt enim rurſus hoc & ſtulti & arrogantis, dicere: Ego ſum perturbatione & tumultu vacuus; nolite ignorare, homines, dum vos tumultuamini, & de rebus nullius pretii digladiamini, ego ſolus 'omni tumultu ſum liber. Itane tibi non ſatis eſt nihil dolere, niſi proclamaveris, Convenite omnes qui e pedibus, e capite, qui febri laboratis, convenite cæci, ac videte me ab omni malo ſalvum! Hoc inane & importunum eſt; niſi, ſicut Æſculapius, ſtatim demonſtrare poſſis, qua curatione utentes & ipſi ſanari a morbo poſſint, & niſi ejus rei documentum tuam ſanitatem proferas.

Nam

30 Τοιοῦτος γάρ ἐστιν ὁ Κυνικὸς, τοῦ σκήπτρου
καὶ διαδήματος ἠξιωμένος παρὰ τοῦ Διὸς, καὶ
λέγων· Ἵν' ἴδητε, ὦ ἄνθρωποι, ὅτι τὴν εὐδαιμονίαν καὶ ἀταραξίαν οὐχ ὅπου ἐστὶ ζητεῖτε, ἀλλ'

31 ὅπου μή ἐστιν· ἰδοὺ ἐγὼ ὑμῖν παράδειγμα ὑπὸ
τοῦ Θεοῦ ἀπέσταλμαι, μήτε κτῆσιν ἔχων, μήτε
οἶκον, μήτε γυναῖκα, μήτε τέκνα, ἀλλὰ μηδ'
ὑπόστρωμα, μηδὲ χιτῶνα, μηδὲ σκεῦος· καὶ ἴδετε, πῶς ὑγιαίνω· πειράθητέ μου. κἂν ἴδητε
ἀτάραχον, ἀκούσατε τὰ Φάρμακα, καὶ ὑφ' ὧν

32 ἐθεραπεύθην. Τοῦτο γὰρ ἤδη καὶ Φιλάνθρωπον
καὶ γενναῖον. Ἀλλ' ὁρᾶτε, τίνος ἔργον ἐστί· τοῦ
Διὸς, ἢ ὃν ἂν ἐκεῖνος ἄξιον κρίνῃ ταύτης τῆς
ὑπηρεσίας, ἵνα μηδαμοῦ μηδὲν παραγυμνώσῃ πρὸς
τοὺς πολλοὺς, δι' οὗ τὴν μαρτυρίαν τὴν αὑτοῦ,
ἣν τῇ ἀρετῇ μαρτυρεῖ, καὶ τῶν ἐκτὸς καταμαρ-
τυρεῖ, αὐτὸς ἄκυρον ποιήσῃ·

Οὔτ'

Nam talis eſt Cynicus, ſceptro & diademate a Jove ornatus, qui ait: Ut intelligatis, homines, felicitatem & tranquillitatem vos non ubi eſt quærere, ſed ubi non eſt; ecce, ego vobis exemplum a Jove ſum miſſus, qui nec rem habeam, neque domum, neque uxorem, neque liberos, immo ne ſtragulum quidem, nec tunicam, nec vaſculum. Videte, quam ſanus ſum; facite mei periculum. Quod ſi omni perturbatione vacuum videritis, audite medicamenta, & quibus rationibus ſim curatus. Hoc enim jam & humanum eſt, & generoſum. Sed videte, cujus opus ſit; Jovis, aut ejus quem is tali miniſterio dignum judicarit, ut nuſquam quidquam nudet apud vulgus, quo teſtimonium ſuum, quod virtuti perhibet, & quod contra res externas dicit, ipſe irritum faciet:

Ne

Οὔτ' ἐχρήσαντα χρόα κάλλιμον, οὔτε παρειῶν
  Δάκρυ' ὀμορξάμενον.

Καὶ οὐ μόνον τοῦτο, ἀλλ' οὐδὲ ποθοῦντά τι ἢ   33
ἐπιζητοῦντα, ἄνθρωπον, ἢ τόπον, ἢ διαγωγὴν, ὡς
τὰ παιδία τὸν τρυγητὸν ἢ τὰς ἀργίας· αἰδοῖ πανταχοῦ κεκοσμημένον, ὡς οἱ ἄλλοι τοίχοις καὶ θύραις καὶ θυρωροῖς.

  Νῦν δ' αὐτὸ μόνον, κινηθέντες πρὸς φιλοσο-   34
φίαν, ὡς οἱ κακοστόμαχοι πρός τι τῶν βρωμά-
των ὃ μετὰ μικρὸν σικχαίνειν μέλλουσιν, εὐθὺς
ἐπὶ τὸ σκῆπτρον, ἐπὶ τὴν βασιλείαν. καθεῖκε
τὴν κόμην, ἀνείληφε τρίβωνα, γυμνὸν δεικνύει
τὸν ὦμον, μάχεται τοῖς ἀπαντῶσι· κἂν ἐν φαι-
νόλῃ τινὰ ἴδῃ, μάχεται αὐτῷ. Ἄνθρωπε, χει-   35
μάσκησον πρῶτον· ἰδοῦ σου τὴν ὁρμὴν, μὴ κα-
κοστομάχου ἢ κισσώσης γυναικός ἐστιν. ἀγνοεῖσθαι μελέτησον πρῶτον τίς εἶ· σαυτῷ φιλοσόφη-
                                                        σον

Ne pallore cutis decor of-
  fuedatur honesta,
Et molles oculis lacrymæ
  ftillantibus abfint.
Et non hoc solum, sed &
ut ne desideret quidem aut
requirat quidquam; non
hominem, non locum, non
delectationem, quemad-
modum pueri vindemiam
aut ferias: *denique* ut sit
verecundia undique tectus,
quemadmodum cæteri pa-
rietibus, foribus, janitori-
bus.

  Nunc autem vix primo
impulsu animorum ad phi-

losophiam excitati, sicut ii
qui e stomacho laborant ad
aliquod edulium quod pau-
lo post fastidiant, statim
ruunt ad sceptrum, ad regnum: promissam alunt
cæsariem, induunt pallium,
nudum humerum ostentant,
rixantur cum obviis; si
quem in penula viderint,
pugnant cum eo. Homo!
domi te sedulo prius exerce; observa tuum impetum,
ne sit hominis e stomacho
aut mulierculæ pica labo-
rantis; da primum operam,
ut ignorare qui sis; tibi
                          ipfi

36 σου ὀλίγον χρόνον. Οὕτω καρπὸς γίνεται· κατο-
ρυγῆναι δεῖ ἐπί τινα χρόνον τὸ σπέρμα, κρυφθῆ-
ναι, κατὰ μικρὸν αὐξηθῆναι, ἵνα τελεσφορηθῇ.
ἂν δὲ πρὸ τοῦ γόνυ φῦσαι τὸν στάχυν ἐξενεγκῇ,

37 ἀτελές ἐστιν, ἐκ κήπου Ἀδωνιακοῦ. Τοιοῦτον ἄ
καὶ σὺ φυτάριον· θᾶττον τοῦ δέοντος ἤνθηκας,

38 ἀποκαύσει σε ὁ χειμών. Ἰδού, τί λέγουσιν οἱ
γεωργοὶ περὶ τῶν σπερμάτων, ὅταν πρὸ ὥρας
θερμασίαι γίνωνται. ἀγωνιῶσι μὴ ἐξυβρίσῃ τὰ
σπέρματα, εἶτα αὐτὰ πάγος ὡς λαβὼν ἐξελέγξῃ.

39 Ὅρα καὶ σὺ, ἄνθρωπε· ἐξύβρικας, ἐπιπεπήδηκας
δ᾽ ἐξαρίῳ πρὸ ὥρας· δοκεῖς τις εἶναι· μωρὸς παρὰ
μωροῖς· ἀποπαγήσῃ, μᾶλλον δ᾽ ἀποπέπηγας ἤδη
ἐν τῇ ῥίζῃ κάτω, τὰ δ᾽ ἄνω σου μικρὸν ἔτι
ἀνθεῖ, καὶ διὰ τοῦτο δοκεῖς ἔτι ζῆν καὶ θάλ-

40 λειν. Ἄφες ἡμᾶς γε κατὰ φύσιν πεπανθῆ-
ναι. τί ἡμᾶς ἀποδύεις; τί βιάζῃ; οὔπω δυνάμεθα

Ipsi philosophare ad breve tempus. Sic fructus nasci-tur; defodi oportet & aliquamdiu occultari semen; tum paulatim augescere, ut maturitatem consequatur: sed si spicam ante geniculum protulerit, imperfe-ctum est frumentum, ut ex Adonidis hortis. Hujusmodi plantula & tu es: ante tempus floruisti, ex-uret te hyems. Vide quid dicant agricolae de semini-bus, quando ante tempus calor inciderit: timent, ne luxurient semina, ac deinde frigus unum ea coarguat. Vide & tu, homo: luxuriasti, ante tempus ad glo-riolam evolasti: videris aliquis esse; stultus apud stultos: frigore enecabe-ris, ac potius jam enectus es juxta radicem; superne vero paululum adhuc flo-res, eoque videris adhuc vivere & virere. Patere nos saltem secundum natu-ram maturescere; quid nos exuis? quid cogis? non-dum possumus ferre aërem:

sine

νάμεθα ἐνεγκεῖν τὸν ἀέρα. ἔασον τὴν ῥίζαν
αὐξηθῆναι, εἶτα γόνυ λαβεῖν τὸ πρῶτον, εἶτα
τὸ δεύτερον, εἶτα τὸ τρίτον· ἔθ' οὕτως ὁ
καρπὸς ἐκβιάσεται τὴν Φύσιν, κἂν ἐγὼ μὴ
θέλω. Τίς γὰρ ἐγκύμων γενόμενος καὶ πλήρης 41
τηλικούτων δογμάτων, οὐχὶ καὶ αἰσθάνεταί τε
τῆς αὐτοῦ παρασκευῆς, καὶ ἐπὶ τὰ κατάλληλα ἔργα ὁρμᾷ; Ἀλλὰ ταῦρος μὲν οὐκ ἀγνοεῖ 42
τὴν αὐτοῦ Φύσιν καὶ παρασκευὴν, ὅταν ἐπι-
Φανῇ τι θηρίον, οὐδ' ἀναμένει τὸν προτρεψόμε-
νον· οὐδὲ κύων, ὅταν ἴδῃ τι τῶν ἀγρίων ζώων.
ἐγὼ δ' ἂν ἴσχω τὴν ἀνδρὸς ἀγαθοῦ παρα- 43
σκευὴν, ἐκδίξομαι ἵνα με σὺ παρασκευάσῃς ἐπὶ
τὰ οἰκεῖα ἔργα; νῦν δ' οὔπω ἔχω, πίστευσόν
μοι. τί οὖν με πρὸ ὥρας ἀποξηρανθῆναι θέλεις,
ὡς αὐτὸς ἐξηράνθης;

ΚΕΦ.

sine radicem crescere, deinde geniculum primum oriri; post alterum, dein tertium; denique sic fructus per ipsam naturam perrumpet, vel me nolente. Quis enim prægnans & plenus talium decretorum non etiam vires & copias suas intelligit, & ad opera convenientia concitatur? Taurus certe quidem naturam suam haud ignorat & robur, ubi belluam aliquam conspexit, neque hortatorem operitur: neque canis, cum feram aliquod animal vidit. Ego vero, si viri boni vim atque præparationem habeam, exspectabo ut tu me ad opera convenientia instruas? Nunc vero nondum habeo, crede mihi. Quid ergo me ante tempus exarescere vis, quemadmodum ipse exaruisti?

CAP.

ΚΕΦ. Θʹ.

Πρὸς τὸν εἰς Ἀναισχυντίαν μεταβληθέντα.

Ὅταν ἄλλον ἴδῃς ἄρχοντα, ἀντίθες, ὅτι σὺ ἔχεις τὸ μὴ δεῖσθαι ἀρχῆς· ὅταν ἄλλον πλου-τοῦντα, ἰδοῦ τί ἀντὶ τούτου ἔχεις. εἰ μὲν γὰρ μηδὲν ἔχεις ἀντ' αὐτοῦ, ἄθλιος εἶ· εἰ δ' ἔχεις τὸ μὴ χρείαν ἔχειν πλούτου, γίγνωσκε ὅτι πλέον τού-του ἔχεις, καὶ πολλῷ πλείονος ἄξιον. Ἄλλος γυναῖκα εὔμορφον· σὺ, τὸ μὴ ἐπιθυμεῖν εὐμόρ-φου γυναικός. Μικρά σοι δοκεῖ ταῦτα; καὶ πό-σου ἂν τιμήσαιντο οὗτοι αὐτοὶ οἱ πλουτοῦντες καὶ ἄρχοντες, καὶ μετ' εὐμόρφων διαιτώμενοι, δύνα-σθαι πλούτου καταφρονεῖν, καὶ ἀρχῶν, καὶ αὐ-τῶν τούτων τῶν γυναικῶν ὧν ἐρῶσι, καὶ ὧν τυγ-χάνουσιν; Ἀγνοεῖς οἷόν τί ἐστι δίψος πυρέσσοντος; οὐδὲν ὅμοιον ἔχει τῷ τοῦ ὑγιαίνοντος. ἐκεῖνος πιὼν

ἀπο-

CAP. IX.

Ad quemdam qui ad Impudentiam deflexerat.

Cum alium vides magistra-tu præditum; oppone il-lud, te hoc habere, ut non requiras magistratum; cum alium divitem; vide, quid loco divitiarum habeas. Nam si nihil pro illis ha-bes, miser es: sin id habes, ut divitiis non egeas; sci-to, plus te, quam habet ille, habere, & longe ma-joris pretii rem. Alius uxo-rem formosam habet; tu vero id, ut formosam uxo-rem non concupiscas. Nam parva hæc tibi videntur? At ipsi isti divites, & ma-gistratum gerentes, & qui formosarum consuetudine utuntur, quanti id æstima-rent, si possent divitias & magistratus, & ipsas mu-lieres quas amant, quibus-que potiuntur, contemne-re? Ignoras, qualis sit si-tis febricitantis? nihil si-mile habet siti sani homi-nis. Hic postquam bibit,

sitire

ἀποπέπαυται· ὁ δὲ πρὸς ὀλίγον ἡσθεὶς, εἶτα
ναυτιᾷ, χολὴν αὐτὸ ποιεῖ ἀντὶ ὕδατος, ἐμεῖ,
στρεφοῦται, διψῇ σφοδρότερον. Τοιοῦτόν ἐστι 5
μετ᾽ ἐπιθυμίας πλουτεῖν, μετ᾽ ἐπιθυμίας ἄρχειν,
μετ᾽ ἐπιθυμίας καλῇ συγκαθεύδειν· ζηλοτυπία
πρόσεστι, φόβος τοῦ στερηθῆναι, αἰσχροὶ λόγοι, αἰσχρὰ ἐνθυμήματα, ἔργα ἀσχήμονα.

Καὶ τί, φησὶν, ἀπολλύω; Ἄνθρωπε, ὑπῆρ- 6
χες αἰδήμων, καὶ νῦν οὐκέτι εἶ· οὐδὲν ἀπολώλεκας; ἀντὶ Χρυσίππου καὶ Ζήνωνος, Ἀριστείδην
ἀναγινώσκεις καὶ Εὐηνόν· οὐδὲν ἀπολώλεκας;
ἀντὶ Σωκράτους καὶ Διογένους, τεθαύμακας τὸν
πλείστας διαφθεῖραι καὶ ἀναπεῖσαι δυνάμενον. κα- 7
λὸς εἶναι θέλεις, καὶ πλάσσεις σεαυτὸν; μὴ ὤν·
καὶ ἐσθῆτα ἐπιδεικνύειν θέλεις στιλπνὴν, ἵνα τὰς
γυναῖκας ἐπιστρέφῃς· κἂν που μυραλειφίου ἐπι-
τύχῃς, μακάριος εἶναι δοκεῖς. Πρότερον δ᾽ οὐδὲν 8
                                              ἐνεθυ-

sitire desinit; ille parumper delectatus nauseat, aquam in bilem convertit, vomit, torminibus cruciatur, sitit vehementius. Tale est, cum cupiditate esse divitem, cum cupiditate gerere magistratum, cum cupiditate concubare cum formosa uxore: adjuncta est æmulatio, metus amissionis, turpia verba, turpes cogitationes, facta indecora.

Et quid, inquit, amitto? Homo, fuisti verecundus; nunc non es: nihilne amisisti? loco Chrysippi & Zenonis, Aristidem legis et Euenum: nihilne amisisti? Pro Socrate & Diogene, miraris eum qui plurimas corrumpere et decipere verbis potest. Pulcer esse vis, ac te ipsum fingis, cum non sis: & vestem splendidam ostentare cupis, ut muliercularum oculos in te convertas: et sicubi pretiosum aliquod oleum cosmeticum nactus fueris, beatum te judicas. Prius autem quidquam tale ne cogitabas quidem;

ἐνθυμοῦ τούτων τι· ἀλλὰ ποῦ εὐσχήμων λόγος,
ἀνὴρ ἀξιόλογος, ἐνθύμημα γενναῖον. Τοιγαροῦν
ἐκάθευδες ὡς ἀνὴρ, πρεῖας ὡς ἀνὴρ, ἐσθῆτα
ἐφόρεις ἀνδρικὴν, λόγους ἐλάλεις πρέποντας ἀνδρὶ ἀγαθῷ· εἶτά μοι λέγεις, οὐδὲν ἀπώλεσα;
9 Οὕτως οὐδὲν ἄλλο, ἢ κέρμα, ἀπολλύουσιν ἄνθρωποι; αἰδὼς οὐκ ἀπόλλυται; εὐσχημοσύνη οὐκ
ἀπόλλυται; ἢ οὐκ ἔστι ζημιωθῆναι τὸν ταῦτα
10 ἀπολέσαντα; Σοὶ μὲν οὖν δοκεῖ τάχα τούτων οὐδὲν εὐκέτι εἶναι ζημία. ἦν δέ ποτε χρόνος, ὅτε
μόνην αὐτὴν ὑπελογίζου καὶ ζημίαν καὶ βλάβην,
ὅτε ἠγωνίας μή τις ἐκσείσῃ σε τούτων τῶν λόγων
καὶ ἔργων.

11 Ἰδού, ἐκσείσεισαι ὑπ᾽ ἄλλου μὲν οὐδενός, ὑπὸ
σαυτοῦ δέ. Μαχέσθητι σαυτῷ, ἀφελῶ σαυτὸν
12 εἰς εὐσχημοσύνην, εἰς αἰδῶ, εἰς ἐλευθερίαν. Εἰ
σοί τις ποτε ἔλεγε περὶ ἐμοῦ ταῦτα, ὅτι μέ τις
μοιχεύειν

quidem; verum, ubi effet
honesta oratio, vir gravi
auctoritate, generosa co-
gitatio. Proinde dormie-
bas ut vir; prodibas ut
vir; ut vir vestem virilem
ferebas; verba faciebas
digna viro bono: & nunc
mihi dicis, nihil te ami-
sisse? Itane nihil aliud
amittunt homines, nisi num-
mulos? verecundia vero
non amittitur? morum mo-
destia non amittitur? aut
talium rerum jactura nihil
nocet? Tu fortassis nihil
horum jam in damnis de-
putas. At fuit tempus aliquando, cum hoc unum
in malis numerares & dam-
nis, cum folicitus esses,
ne quis ista dicta & facta
tibi excuteret.

Ecce, excussa tibi funt,
& quidem non ab alio,
fed a te ipfo. Pugna ipfe
tecum, adfere te rurfus
modestiæ, verecundiæ, li-
bertati. Si quis olim tibi
de me hoc dixisset, esse
aliquem qui me adulterare
cogeret, & talem vestem
ferre,

μοιχεύειν ἀναγκάζει, ἔτι ἐσθῆτα φορεῖν τοιαύτη,
ἔτι μυρίζεσθαι· οὐκ ἂν ἀπελθὼν αὐτόχειρ ἐγένου τούτου τοῦ ἀνθρώπου, τοῦ οὕτω μοι παραχρω-
μένου; Νῦν οὖν οὐ θέλεις σαυτῷ βοηθῆσαι; καὶ 13
πόσῳ ῥᾷον αὕτη ἡ βοήθεια; οὐκ ἀποκτεῖναί τινα
δεῖ, οὐ δῆσαι, οὐχ ὑβρίσαι, οὐκ εἰς ἀγορὰν προελ-
θεῖν· ἀλλ' αὐτὸν αὑτῷ λαλῆσαι, τῷ μάλιστα
πεισθησομένῳ, πρὸς ὃν οὐδείς ἐστί σου πιθανώ-
τερος. καὶ πρῶτον μέν, κατάγνωθι τῶν γινομέ- 14
νων· εἶτα καταγνούς, μὴ ἀπογνῷς σεαυτοῦ·
μηδὲ πάθῃς τὸ τῶν ἀγεννῶν ἀνθρώπων, οἱ ἅπαξ
ἐνδόντες, εἰσάπαν ἐπέδωκαν ἑαυτούς, καὶ ὡς ὑπὸ
ῥεύματός παρεσύρησαν. Ἀλλὰ μάθε τὸ τῶν 15
παιδοτριβῶν. Πέπτωκε τὸ παιδίον; Ἀνάστα,
φησί· πάλιν πάλαι, μέχρις ἂν ἰσχυροποιηθῇς.
Τοιοῦτόν τι καὶ σὺ πάθε· ἴσθι γάρ, ὅτι οὐδὲν 16

ferre, & unguentis deli-
bui; nonne adcurrisses, &
tua manu hominem, qui
me sic abuteretur, jugu-
lasses? Nunc ergo non
vis ipse opem ferre?
quanto autem facilius est
istud auxilium? Non est
occidendus aliquis, non
vinciendus, non adficien-
dus contumella; non est
in forum prodeundum;
sed tecum ipso colloquen-
dum, maxime obtempera-
turo, apud quem nemo
plus te auctoritate valet
& gratia. Ac primum qui-
dem ea, quae facis, im-
probato; dein, ubi im-
probaris, de te ipso ne
despera; neque id usu tibi
veniat, quod ignavis ho-
minibus, qui, semel re-
missa industria, omnium
fraenum laxant pravis cu-
piditatibus, & velut a tor-
rente abripiuntur. Observa
potius paedotribarum con-
suetudinem. Prostratus est
puer? Surge, inquit, de-
nuo lustare, donec vires
tuae factae confirmataeque
fuerint. Ad eumdem mo-
dum & tu facito; saltoque,
nihil

ἐστιν εὐαγωγότερον ἀνθρωπίνης ψυχῆς. Θέλησαι
δεῖ· καὶ γέγονε, διορθῶσαι ὡς πάλιν ἀπο-
στάξαι, καὶ ἀπόλωλεν. Ἔσωθεν γάρ ἐστι καὶ
47 ἀπώλεια καὶ βοήθεια. Εἶτα τί μοι ἀγαθόν; Καὶ
τί ζητεῖς τούτου μεῖζον; ἐξ ἀναισχύντου αἰδήμονα, ἐξ ἀκόσμου κόσμιος, ἐξ ἀπίστου πιστός, ἐξ
48 ἀκολάστου σώφρων. Εἴ τινα ἄλλα τούτων μείζονα
ζητεῖς, ποίει ἃ ποιεῖς· οὐδὲ Θεῶν εἴ τις ἔτι
σῶσαι δύναται.

ΚΕΦ. Ι'.

Τίνων δεῖ Καταφρονεῖν, καὶ πρὸς τίνα Διαφέρεσθαι.

Ἀπορία πᾶσι τοῖς ἀνθρώποις περὶ τὰ ἐκτὸς γίνεται, ἀμηχανία περὶ τὰ ἐκτός. Τί ποιήσω;
πῶς γένηται, πῶς ἀποβῇ; μὴ τόδε ἀπαντήσῃ,
μὴ τόδε. Πᾶσαι αὗται αἱ φωναὶ περὶ τὰ ἀπροαί-

ρετα

nihil esse animo humano tractabilius Velle oportet; & factum est, correctus est: ut e contrario, si oscitarit, periit. Intrinsecus etim est & interitus & adjumentum. Quid vero ex eo mihi boni existet? Quodnam isto majus bonum quæris, si ex impedepti verecundus fias, e petulanti modestus, ex infideli fidelis, e luxurioso temperans? Si qua alia his majora quæris; fac quæ facis! ne Deorum quidem quisquam te servare potest.

CAP. X.

Quænam Contemnenda sint, & quænam sint Magni facienda.

Difficultas omnis hominibus circa res externas exsistit; anxietas omnis e rebus externis. Quid faciem? quomodo fiet?, quomodo eveniet? ne hoc accidat! ne illud! Omnes istæ voces eorum sunt, qui
rebus

ρετα στρεφομένων εἰσί... Τίς γὰρ λέγει· Πῶς μὴ
συγκατατιθῶμαι τῷ ψεύδει; πῶς μὴ ἀπονεύσω
ἀπὸ τοῦ ἀληθοῦς; Ἐὰν οὕτως ᾖ εὐφυὴς ὥστε
περὶ τούτων ἀγωνιᾶν, ὑπομνήσω αὐτὸν ἔτι, Τί
ἀγωνιᾷς; ἐπὶ σοί ἐστιν· ἀσφαλὴς ἴσθι· μὴ πρὸ
τοῦ ἐπάγειν τὸν φυσικὸν κανόνα προπήδα ἐν τῷ
συγκατατίθεσθαι. Πάλιν ἂν περὶ ὀρέξεως ἀγωνιᾷ, μὴ ἀτελὴς γένηται καὶ ἀποτευκτικὴ περὶ
ἐκκλίσεως, μὴ περιπτωτική· πρῶτον μὲν αὐτὸν
καταφιλήσω, ὅτι ἀφεὶς περὶ ἃ οἱ ἄλλοι ἐπτόην-
ται, καὶ τοὺς ἐκείνων φόβους, περὶ τῶν ἰδίων ἔργων πεφρόντικεν· ὅπου αὐτός ἐστιν· εἶτα ἐρῶ
αὐτῷ, εἰ μὴ θέλεις ὀρέγεσθαι ἀποτευκτικῶς, μηδ'
ἐκκλίνειν περιπτωτικῶς, μηδενὸς ὀρέγου τῶν ἀλλοτρίων ἔτι, μηδὲν ἔκκλινε τῶν μὴ ἐπὶ σοί. εἰ
δὲ μή, καὶ ἀποτυχεῖν καὶ περιπεσεῖν ἀνάγκη.
Ποία ἐνθάδ' ἀπορία; καὶ τόπον ἔχει, καὶ γὰρ
. . . . Ss . . . . ται;

rebus externis occupantur.
Quis enim dicit; Quomo-
do cavebo, ne adfentiar
mendacio? quomodo, ne
a vero declinem? Si quis
ea fuerit ingenii bonitate,
ut his de rebus anga-
tur, commonefaciam il-
lum: Cur angeris? penes
te est; securus esto; modo
noli ante adhibitam naturæ
regulam profilire ad adfen-
fionem. Rurfus, fi de ad-
petitione angatur, ne irrita illa fiat & voti impos;
de averfatione, ut ne in id,
quod averfatur infidat;

primum quidem eum deo-
fculabor, quod, omiffis iis
quæ alii admirantur, illo-
rumque formidine profliga-
ta, fuis de rebus follicitus
fit, ubi ipfe eft; poft ei dicam, fi adpetitum tuum
fruftrari non vis, fi non
incidere vis in ea quæ hor-
res, nihil alienum dehinc
adpetito, nihil rurfum de-
clina quæ penes te non
funt: alioquin & fruftrari,
& in calamitatem incidere,
necesse erit. Quænam hic
difficultas eft? quem fin-
gem habet illud, Quomo-
do

τινας; καὶ, πῶς ἀποβῇ; καὶ, μὴ ἀπαντήσῃ τόδε ἢ τόδε.

8 Νῦν οὐχὶ τὸ ἐκβησόμενον ἀπροαίρετον; Ναί. Ἡ δ' οὐσία τοῦ ἀγαθοῦ καὶ κακοῦ ἐστιν ἐν τοῖς προαιρετικοῖς; Ναί. Ἔξεστιν οὖν σοι παντὶ τῷ ἀποβάντι χρῆσθαι κατὰ φύσιν; μή τις σε κω-
9 λῦσαι δύναται; Οὐδείς. Μηκέτι οὖν μοι λέγε, Πῶς γένηται· ὅπως γὰρ ἂν γένηται, σὺ αὐτὸ θήσεις καλῶς, καὶ ἔσται σοι τὸ ἀποβὰν εὐτύχη-
10 μα. Ἢ τίς ἂν ἦν ὁ Ἡρακλῆς, λέγων, Πῶς μοι μὴ μέγας λέων ἐπιφανῇ, μηδὲ μέγας σῦς, μηδὲ θηριώδεις ἄνθρωποι; Καὶ τί σοι μέλει; ἂν μέγας σῦς ἐπιφανῇ, μεῖζον ἆθλον ἀθλήσεις· ἂν κακοὶ ἄνθρωποι, κακῶν ἀπαλλάξεις τὴν οἰκουμέ-
11 νην. Ἂν οὖν οὕτως ἀποθάνω; Ἀγαθὸς ὢν ἀποθανῇ, γενναίαν πρᾶξιν ἐπιτελῶν. Ἐπεὶ γὰρ δεῖ πάντως ἀποθανεῖν, ἀνάγκη τί ποτε ποιοῦντα εὑ-
ρεθῆναι·

do fiet? quomodo eve-
niet? ne hoc aut illud accidat!

Nonne eventus extra
nostrum arbitrium est positus? Sic. Natura vero
boni & mali in rebus nostri
arbitrii sita est? Ita. Licetne ergo tibi quolibet
eventu uti secundum natu-
ram? num quis prohibere
te potest? Nemo. Num
ergo posthac mihi dicere,
Quomodo cadet? Vecum-
que cadet crediderit, tu rem
erit tibi eventus prosper.
Nam quis fuisset Hercules,
si dixisset: Quomodo fa-
ciam, ne magnus leo mihi
occurrat, aut magnus aper,
atque homines immanes!
Quid vero tu curas? si
magnus aper prodierit, majus certamen obibis; si mali homines, terrarum or-
bem malis liberabis. Si
ergo sic mortuus fuero?
Morieris ut vir praestans,
rem bene gesta? Nam cum
omnino moriendum sit,
necesse est te aliquid (quidquid

ρεθῆναι· ἢ γεωργοῦντα, ἢ σκάπτοντα, ἢ ἐμπο-
ρευόμενον, ἢ ὑπατεύοντα, ἢ ἀπεπτοῦντα, ἢ διαρ-
ροιζόμενον. Τί οὖν θέλεις ποιῶν εὑρεθῆναι ὑπὸ 12
τοῦ θανάτου; Ἐγὼ μὲν, τὸ ἐμὸν μέρος, ἔργον
τί ποτ' ἀνθρωπικὸν, εὐεργετικὸν, κοινωφελὲς,
γενναῖον. εἰ δὲ μὴ δύναμαι τὰ τηλικαῦτα ποιῶν 13
εὑρεθῆναι, ἐκεῖνό γε, τὸ ἀκώλυτον, τὸ διδόμενον,
ἐμαυτὸν ἐπανορθῶν, ἐξεργαζόμενος τὴν δύναμιν
τὴν χρηστικὴν τῶν φαντασιῶν, ἀπάθειαν ἐκπονῶν, ταῖς σχέσεσι τὰ ἴδια ἀποδιδόναι· ἂν οὕτως
εὐτυχής εἰμι, καὶ τοῦ τρίτου τόπου παραπτόμε-
νος, τοῦ περὶ τὴν τῶν κριμάτων ἀσφάλειαν.

Ἂν μετὰ τούτων με ὁ θάνατος καταλάβῃ, 14
ἀρκεῖ μοι ἂν δύναμαι πρὸς τὸν Θεὸν ἀνατεῖναι
τὰς χεῖρας, καὶ εἰπεῖν, ὅτι, Ἃς ἔλαβον ἀφορμὰς παρὰ σοῦ πρὸς τὸ αἰσθέσθαι σου τῆς διοι-

Ss 4.

κήσεως,

quid illud fit) agentem deprehendi; five agros colen-
tem, five fodientem, five
mercaturam exercentem, five confulatum gerentem, five cruditate laborantem aut
alvi profluvio. Qua ergo
actione occupatus vis a
morte deprehendi? Equi-
dem, quod ad me adtinet,
opere aliquo humano oc-
cupatus; cujusmodi eft be-
neficentia, publica utilitas, generofum factum.
Si vero tantis in rebus deprehendi non poffum, il-
lud certe volo, quod pro-
hiberi nequit, quod mihi
conceffum eft, ut depre-
hendar emendans me ip-
fum, expoliens facultatem
utentem vifis, ftudens perturbationum vacultati, fuum
cuique exfolvens officium:
denique, fi adeo felix fuero, tertium etiam locum
attingens, illum de judi-
ciorum firmitate.

Quodfi me his occupa-
tum mors occupaverit, fa-
tis mihi erit, ad Deum poffe manibus extentis dice-
re: Quas facultates a te
accepi ad intelligendam
gubernationem tuam, ei-
que

κήσεως, καὶ ἀκολουθῆσαι αὐτῷ, τούτων οὐκ ἠμέ-
15 λησα· οὐ κατῄσχυνά σε τὸ ἐμὸν μέρος. ἰδοὺ πῶς
κέχρημαι ταῖς αἰσθήσεσιν, ἰδοὺ πῶς ταῖς προλήψεσι. μή ποτέ σε ἐμεμψάμην; μή τι τῶν γινομένων τινὶ δυσηρέστησα, ἢ ἄλλως γίνεσθαι
16 ἠθέλησα; μή τι τὰς σχέσεις παραβῆναι; Ὅτι
με σὺ ἐγέννησας, χάριν ἔχω ὧν ἔδωκας· ἐφ'
ὅσον ἐχρησάμην τοῖς σοῖς, ἀρκεῖ μοι. πάλιν αὐτὰ ἀπόλαβε, καὶ κατάταξον εἰς ἣν ἂν θέλῃς
χώραν. σὰ γὰρ ἦν πάντα; σύ μοι αὐτὰ δέδω-
17 κας. Οὐκ ἀρκεῖ οὕτως ἔχοντα ἐξελθεῖν; καὶ
τίς βίων κρείττων καὶ εὐσχημονέστερος τοῦ οὕτως
ἔχοντος; ποία δὲ καταστροφὴ εὐδαιμονεστέρα;

18   Ἵνα δὲ ταῦτα γένηται, οὐ μικρὰ δέξασθαι,
οὐδὲ μικρῶν ἐστιν ἀποτυχεῖν. οὐ δύνασαι καὶ
ὑπατεῦσαι θέλων, καὶ ταῦτα· καὶ ἀγροὺς ἔχων
ἐσπουδακέναι, καὶ ταῦτα· καὶ τῶν δουλαρίων
φροντί-

que obtemperandum, eas non neglexi; non dedecori tibi fui, quantum in me fuit. Ecce quomodo usus sum sensibus, quomodo anticipationibus. Num te umquam incusavi? num quid eorum, quæ evenerunt, ægre tuli, aut aliter fieri volui? num officia erga alios violavi? Quod me genuisti, gratiam habeo eorum quæ mihi dedisti: in quantum temporis usus sum rebus tuis, id mihi satis est; recipe eas, &, ubicumque volueris, collocato. Tua enim fuerunt omnia; tu mihi ea dedisti. Nonne satis est sic adfectum exire? Immo quænam vita præstantior & honestior est, quam quæ sic habet? quæ mors felicior?

Ut autem hæc fiant, neque parva suscipere, neque parvis carere licet. Non potes & consulatum gerere velle, & hæc consequi; non dare operam parandis agris, & his; curare servulos,

ξρεντίζειν, καὶ σεαυτοῦ. Ἀλλ' ἄν τι τῶν ἀλ-   19
λοτρίαν θέλῃς, τὰ σὰ ἀπώλετο. αὕτη τοῦ πράγματος ἡ φύσις· προῖκα οὐδὲν γίνεται. Καὶ τί   20
θαυμαστόν; Ἂν ὑπατεῦσαι θέλῃς, ἀγρυπνῆσαί
σε δεῖ, περιδραμεῖν, τὰς χεῖρας καταφιλῆσαι,
πρὸς ταῖς ἀλλοτρίαις θύραις κατασαπῆναι, πολλὰ μὲν εἰπεῖν, πολλὰ δὲ πρᾶξαι ἀνελεύθερα,
δῶρα πέμψαι πολλοῖς, ξένια καθ' ἡμέραν ἐνίοις.
καὶ τί τὸ γινόμενόν ἐστι; δώδεκα δεσμὰ ῥάβδων,   21
καὶ τρὶς ἢ τετράκις ἐπὶ βῆμα καθίσαι, καὶ Κιρ-
κήσια δοῦναι, καὶ σπυρίσι δειπνίσαι. ἢ δειξάτω
μοί τις, τί ἐστι παρὰ ταῦτα. Ὑπὲρ ἀπαθείας   22
οὖν, ὑπὲρ ἀταραξίας, ὑπὲρ τοῦ καθεύδοντα καθεύδειν, ἐγρηγορότα ἐγρηγορέναι, μὴ φοβεῖσθαι
μηδέν, μὴ ἀγωνιᾶν ὑπὲρ μηδενός, οὐδὲν ἀναλῶσαι
θέλεις, οὐδὲν πονῆσαι; Ἀλλ' ἄν τι ἀπόλυταί   23
σου περὶ ταῦτα γινομένου, ἢ ἀναλωθῇ κακῶς, ἢ

S s 5   ἄλλος

vulos, & hæc. Si quid alienum expetiveris, tua perierint. Hæc rei natura est: nihil gratis datur. Et quid miri est? Si consulatum expetis, vigilandum tibi est, circumcursandum, manus deosculandæ, ad alienas fores computrescendum; multa dicenda, multa facienda illiberalia; munera mittenda multis, nonnullis strenulæ quotidianæ. Et quis eventus est? Duodecim fasciculi virgarum; & ter quaterve pro tribunali sedere; Circenses ludos exhibere; e sportula cœnam præbere. Demonstret mihi aliquis, quid præter hæc sit. Ergo pro vacuitate perturbationum, pro constantia, pro eo ut dormiens dormias, vigilans vigiles, nihil timens, nulla re angaris; pro his nihil impendere vis, nihil laboris capessere? sed si quid, dum tu his rebus occuparis, perierit; si quid male collocatum fuerit; si alter consecutus fuerit quæ

ἄλλος τύχῃ ὧν ἔδει σε τυχεῖν, εὐθὺς δηχθήσῃ
24 ἐπὶ τῷ γενομένῳ; Οὐκ ἀντιθήσεις τί ἀντὶ τίνος
λαμβάνεις; πόσον ἀντὶ πόσου; Ἀλλὰ προῖκα
θέλεις τὰ τηλικαῦτα λαβεῖν; Καὶ πῶς δύνασαι;
25 Ἔργον ἔργῳ οὐ κοινωνεῖ. Οὐ δύνασαι καὶ τὰ ἐκτὸς ἔχειν ἐπιμελείας τετυχηκότα, καὶ τὸ σαυτοῦ ἡγεμονικόν. εἰ δ' ἐκεῖνα θέλεις, τοῦτο ἄφες.
εἰ δὲ μή, οὔτε τοῦτο ἕξεις, οὔτ' ἐκεῖνα, περισπώμενος ἐπ' ἀμφότερα. εἰ τοῦτο θέλεις, ἐκεῖνά
26 σε ἀφεῖναι δεῖ. Ἐκχυθήσεται τὸ ἔλαιον, ἀπο-
λεῖται τὰ σκευάρια· ἀλλ' ἐγὼ ἀπαθὴς ἔσομαι.
Ἐμπρησμὸς ἔσται, ἐμοῦ μὴ παρόντος, καὶ ἀπο-
λεῖται τὰ βιβλία· ἀλλ' ἐγὼ χρήσομαι ταῖς
φαντασίαις κατὰ φύσιν. Ἀλλ' οὐχ ἕξω φαγεῖν.
27 Εἰ οὕτω, τάλας εἰμί, λιμὴν τὸ ἀποθανεῖν. οὗτος
δ' ἐστὶν ὁ λιμὴν πάντων, ὁ θάνατος· αὕτη ἡ
καταφυγή. Διὰ τοῦτο οὐδὲν τῶν ἐν τῷ βίῳ χαλεπόν ἐστιν. ὅταν θέλῃς, ἐξῆλθες, καὶ οὐ καπ-
νίζῃ.

te consequi oportebat; statim eo cruciabere? Non
conferes quid quo commu-
taveris, quantulum quan-
to? At gratis accipere
res tanti pretii cupis? Qui
autem potes? Alterum
opus cum altero nihil commune habet. Non potes
& externa probe curata
habere, & mentem tuam.
Sin illa vis, hoc missum
fac: alioqui neque hoc neque illa habebis, animo
utrisque distracto. Si hoc
vis, illa omittenda erunt.
Effundetur oleum? peri-
bunt vascula? At ego tranquillus ero. Incendium
orietur, me absente? peri-
bunt libri? Sed ego ex
naturae praescripto visis
utar. At non habebo quod
edam! Si ita miser sum,
mors portus est: hic por-
tus est omnibus, hoc con-
fugium. Quapropter nihil in vita grave est: cum
vis, exis; neque te fumus
afficiet molestia. Quid ergo

νίζῃ. Τί οὖν ἀγωνιᾷς; τί ἀγρυπνεῖς; οὐχὶ δὲ 28
εὐθὺς, ἀναλογισάμενος ποῦ σου τὸ ἀγαθόν ἐστι
καὶ τὸ κακὸν, λέγεις, ὅτι, Ἐπ' ἐμοὶ ἀμφότερα·
οὔτε ταύτου τις ἀφελέσθαι με δύναται, οὔτ'
ἐκείνῳ ἄκοντα περιβαλεῖν; Τί οὖν οὐ ῥέγχω βα- 29
λών; τὰ γὰρ ἐμὰ ἀσφαλῶς ἔχει· τὰ ἀλλότρια,
ὄψεται αὐτὰ ὃς ἂν φέρῃ, ὡς ἂν διδῶται παρὰ
τοῦ ἔχοντος ἐξουσίαν. Τίς εἰμι ὁ θέλων αὐτὰ οὕ- 30
τως ἔχειν ἢ οὕτως; μὴ γάρ μοι δέδοται ἐκλογὴ
αὐτῶν; μὴ γὰρ ἐμέ τις αὐτῶν διοικητὴν πεποίηκεν; ἀρκεῖ μοι ὧν ἔχω ἐξουσίαν. ταῦτά με δεῖ
κάλλιστα παρασκευάσαι· τὰ δ' ἄλλα, ὡς ἂν
θέλῃ ὁ ἐκείνων κύριος.

   Ταῦτά τις ἔχων πρὸ ὀφθαλμῶν, ἀγρυπνεῖ, 31
καὶ στρέφεται ἔνθα καὶ ἔνθα; τί θέλων; ἢ τί
ποθῶν; Πάτροκλον, ἢ Ἀντίλοχον, ἢ Μενέλαον;
Πότε γὰρ ἡγήσατο ἀθάνατόν τινα τῶν φίλων;
πότε

go angeris? quid vigilas? quidni statim, reputans ubi tuum bonum sit & malum, sic dicis: Utrumque in mea potestate est; neque hoc eripere mihi quisquam potest, neque in illud invitum conjicere? Cur ergo non sterto supinus? res meæ in tuto sunt; de alienis vero viderit is qui eas obtinuerit, prout concessum fuerit ab eo qui earum habet potestatem. Quis sum ego, qui eas sic aut aliter se habere velim? nihilne enim delectus earum concessus est? num quis administratorem earum me constituit? Satis mihi ea sunt, quorum habeo potestatem. Hæc ita sunt administranda mihi, ut quam pulcerrima efficiantur: cætera vero, prout voluerit is, in cujus sunt potestate.

   Hæc cui ob oculos posita sunt, num vigilat, & huc atque illuc vertitur? quid volens, aut quid desiderans? Patroclum, an Antilochum, aut Menelaum? Quando vero aliquem

πότε γὰρ οὐκ εἶχε πρὸ ὀφθαλμῶν, ὅτι αὔριον
ἢ εἰς τὴν τρίτην δεῖ ἢ αὐτὸν ἀποθανεῖν ἢ ἐκεῖνον;

32 Ναί, φησίν· ἀλλ' ᾤμην, ὅτι ἐκεῖνος ἐπιβιώσε-
ταί μοι, καὶ αὐξήσει μου τὸν υἱόν. Μωρὸς γὰρ
εἶ, καὶ τὰ ἄδηλα ᾤου. Τί οὖν οὐκ ἐγκαλεῖς
σεαυτῷ, ἀλλὰ κλαίων κάθησαι ὡς τὰ κοράσια;

33 Ἀλλ' ἐκεῖνός μοι φαγεῖν παρετίθει. Ἔζη γάρ,
μωρέ· νῦν δ' οὐ δύναται· ἀλλ' Αὐτομέδων σοι
παραθήσει· ἂν δὲ καὶ Αὐτομέδων ἀποθάνῃ, ἄλ-

34 λον εὑρήσεις. Ἂν δ' ἡ χύτρα, ἐν ᾗ ἥψετό σοι
τὸ κρέας, καταγῇ, λιμῷ σε δεῖ ἀποθανεῖν, ὅτι
μὴ ἔχεις τὴν συνήθη χύτραν; οὐ πέμπεις, καὶ
ἄλλην καινὴν ἀγοράζεις;

35   Οὐ μὲν γάρ τι (φησὶ) κακώτερον ἄλλο πά-
                θοιμι.

Τοῦτο γάρ σοι κακόν ἐστιν; εἶτ' ἀφεὶς τοῦτο ἐξελεῖν, αἰτιᾷ τὴν μητέρα, ὅτι σοι οὐ προεῖπεν, ἵν'
                                        ὀδυρώ-

quem ex amicis, Immorta-
lem judicavit? quando non
ob oculos habuit, cras aut
perendie vel tibi vel illi
esse moriendum? Recte,
inquit: at putabam, illum
mihi fore superstitem, &
filium meum *opibus honori-
busque esse aucturum.* Stultus fuisti, & incerta pro
certis habuisti. Cur igitur
non te ipsum accusas, sed
plorans sedes tamquam pu-
ellulæ? At ille mihi cibum
adponebat. Vivebat enim,
stulte; nunc vero non potest. At Automedon tibi
adponet: si vero Autome-
don quoque mortuus fue-
rit, alium invenies. Quodsi olla, in qua tibi caro eli-
xabatur, confracta fuerit;
fameue moriendum erit,
quod consuetam ollam non
habeas? nonne mittis qui
aliam emat?

*Neque enim (inquit) quid-
quam aliud pejus pa-
terer.*

Hoc igitur tibi malum est?
Tu vero propulsare illud
omittens, matrem accusas,
quod non prædixerit tibi,
                        ut

ἐδυνάμενος ἐξ ἐκείνου διατελῆς; Τί δοκεῖτε; μὴ 36
ἐπίτηδες ταῦτα συνθεῖναι Ὅμηρον, ἵν᾽ ἴδωμεν, ὅτι
οἱ εὐγενέστατοι, οἱ ἰσχυρότατοι, οἱ πλουσιώτα-
τοι, οἱ εὐμορφότατοι, ὅταν οἷα δεῖ δόγματα μὴ
ἔχωσιν, οὐδὲν κωλύονται ἀθλιώτατοι εἶναι καὶ
δυστυχέστατοι;

ΚΕΦ. ια΄.
Περὶ Καθαριότητος.

Ἀμφισβητοῦσί τινες, εἰ ἐν τῇ φύσει τοῦ ἀνθρώπου περιέχεται τὸ κοινωνικόν· ὅμως δ᾽ αὐτοὶ οὗτοι οὐκ ἂν μοι δοκοῦσιν ἀμφισβητῆσαι, ὅτι τό γε
καθάριον πάντως περιέχεται· καὶ, εἴ τινι ἄλλῳ, καὶ τούτῳ τῶν ζῴων χωρίζεται. Ὅταν οὖν 2
ἄλλο τι ζῷον ἴδωμεν ἀποκαθαῖρον ἑαυτό, ἐπιλέ-
γειν εἰώθαμεν θαυμάζοντες, ὅτι ὡς ἄνθρωπος·
καὶ πάλιν, ἄν τις ἐγκαλῇ τινι ζῴῳ, εὐθὺς εἰώθαμεν

---

ut ab illo inde tempore vitam cum dolore extraxisse? Quid putatis? annon, de industria Homerum ista composuisse, ut videremus, nobilissimos, robustissimos, ditissimos, formosissimos, cum ea decreta non habent quibus opus est, nihil prohibere, quo minus miserrimi sint & calamitosissimi?

C A P. XI.
De Munditiei studio.

Disputant quidam, an natura humana societatis adpetitionem complectatur; & tamen iidem isti dubitare mihi non videntur, munditiem utique natura humana comprehendi; &, si qua re alia, ista certe a brutis eam separari. Cum igitur aliud quoddam animal mundare sese videmus, mirantes dicere solemus, facere id tamquam hominem; vicissimque, si quis animal

θαμὲν ὥσπερ ἀπολογούμενοι λέγων, ὅτι οὐ δήπου
3 ἄνθρωπός ἐστιν. Οὕτως ἐξαίρετόν τι περὶ τὸν
ἄνθρωπον εἶναι οἰόμεθα, ἀπὸ τῶν Θεῶν αὐτὸ
πρῶτον λαμβάνοντες. ἐπεὶ γὰρ ἐκεῖνοι Φύσει κα-
θαροὶ καὶ ἀκήρατοι, ἐφ' ὅσον ἠγγίκασιν αὐτοῖς οἱ
ἄνθρωποι κατὰ τὸν λόγον, ἐπὶ τοσοῦτον καὶ τοῦ
4 καθαροῦ καὶ τοῦ καθαρίου εἰσὶν ἀνθεκτικοί. ἐπεὶ
δ' ἀμήχανον τὴν οὐσίαν αὐτῶν παντάπασιν εἶναι
καθαρὰν, ἐκ τοιαύτης ὕλης κεκραμένην· ὁ λόγος
παραληφθεὶς εἰς τὸ ἐνδεχόμενον ταύτην καθάριον
5 ἀποτελεῖν πειρᾶται. Ἡ πρώτη οὖν καὶ ἀνωτάτω
καθαρότης, ἡ ἐν ψυχῇ γινομένη· καὶ ὁμοίως ἀκα-
θαρσία. ψυχῆς δ' ὡς σώματος μὲν ἀκαθαρσίαν
οὐκ ἂν εὕροις· ὡς ψυχῆς δέ, τί ἂν ἄλλο εὕροις ἢ
τὸ παρέχον αὐτὴν ῥυπαρὰν πρὸς τὰ ἔργα τὰ αὑ-
6 τῆς; Ἔργα δὲ ψυχῆς, ὁρμᾶν, ἀφορμᾶν, ὀρέγεσθαι, ἐκκλίνειν, παρασκευάζεσθαι, ἐπιβάλ-
λεσθαι.

animal aliquod vituperat, statim; quasi id defensuri, dicere solemus, non scilicet esse hominem. Adeo eximie homini proprium id esse putamus; idque a Diis ipsis primum accipimus. Nam cum illi naturā mundi & sinceri sint; quatenus homines ad eos ratione adpropinquant, eatenus etiam puritatis & munditiarum studium habent. Sed quoniam fieri nequit, ut natura eorum prorsus munda sit, e tali materiā permista; ratio adhibita, reddere eam talem, quoad ejus fieri potest, conatur. Prima igitur & suprema puritas est, quae in animo oritur: eodemque modo impuritas. Animi autem sordes non ut corporis deprehendas: quatenus vero animi, quid aliud deprehendes, praeter id quod eam ad functiones ejus sordidam reddit. Sunt autem animi functiones hae: impetu uti, vel non uti, adpetere, aversari, prae-

λεσθαι, συγκατατίθεσθαι. Τί ποτ᾽ οὖν ἐστι τὸ 7
ἐν τούτοις τοῖς ἔργοις ῥυπαρὰν παρέχον αὐτὴν καὶ
ἀκάθαρτον; Οὐδὲν ἄλλο, ἢ τὰ μοχθηρὰ κρί-
ματα αὐτῆς. Ὥστε ψυχῆς μὲν ἀκάθαρτα, 8
δόγματα πονηρά· κάθαρσις δ᾽, ἐμποίησις οἵων
δεῖ δογμάτων. καθαρὰ δ᾽, ἢ ἔχουσα οἷα δεῖ
δόγματα· μόνη γὰρ αὕτη ἐν τοῖς ἔργοις τοῖς αὐτῆς ἀσύγχυτος καὶ ἀμόλυντος.

Δεῖ δέ τι ἐοικὸς τούτῳ καὶ ἐπὶ τοῦ σώματος φι- 9
λοτεχνεῖν, κατὰ τὸ ἐνδεχόμενον. Ἀμήχανον ἦν,
μύξας μὴ ῥεῖν, τοῦ ἀνθρώπου τοιοῦτον ἔχοντος τὸ
σύγκραμα. διὰ τοῦτο χεῖρας ἐποίησεν ἡ φύσις,
καὶ αὐτὰς τὰς ῥῖνας, ὡς σωλῆνας, πρὸς τὸ ἐκ-
διδόναι τὰ ὑγρά. ἂν οὖν ἀναρροφῇ τις αὐτὰς,
λέγω ὅτι οὐ ποιεῖ ἔργον ἀνθρωπικόν. Ἀμήχανον 10
ἦν, μὴ πηλοῦσθαι τοὺς πόδας, μηδὲ ὅλως μο-
λύνεσθαι, διὰ τοιούτων τινῶν πορευομένους. διὰ
τοῦτο

praeparari, suscipere, adsentiri. Quid ergo est,
quod in his sordidum efficiat animum & impurum?
Nihil aliud, nisi prava ejus
judicia. Itaque animi im-
puritas est in pravis posita
decretis: purgatio vero,
in inferendis rectis decretis. Et purus animus est,
qui decreta habet qualia decet: solus enim is in suis
functionibus confusione &
pollutione caret.

Est autem aliquid huic
simile etiam in corpore
(quatenus res sinit) elaborandum. Fieri nequit,
quia homini, tali tempe-
ramento utenti corporis,
pituita fluat: hac de caussa manus fecit Natura; &
ipsas nares, tamquam ca-
nales, ad excernendos hu-
mores. Si quis ergo mu-
cos resorbet, nego eum
fungi hominis officio. Fieri non potuit quin pollue-
rentur pedes, & prorsus
contaminarentur, cum lu-
tum & pulvis transeunda
sint: propterea praebuit
aquam,

11 τοῦτο ὕδωρ παρεσκεύασε, διὰ τοῦτο χεῖρας. Ἀμήχανον ἦν, ἀπὸ τοῦ τρώγειν μὴ ῥυπαρόν τι προσ-
μένειν τοῖς ὀδοῦσι. διὰ τοῦτο, πλῦνον, φησὶ,
τοὺς ὀδόντας. Διὰ τί; Ἵν᾽ ἄνθρωπός ᾖς, καὶ μὴ
12 θηρίον, μηδὲ συΐδιον. Ἀμήχανον, μὴ ἀπὸ τοῦ
ἱδρῶτος καὶ τῆς κατὰ τὴν ἐσθῆτα συνοχῆς ὑπο-
λείπεσθαί τι περὶ τὸ σῶμα ῥυπαρὸν καὶ δεόμενον
ἀποκαθάρσεως. διὰ τοῦτο ὕδωρ, ἔλαιον, χεῖρες,
ὀθόνιον, ξύστρα, νίτρον, ἔσθ᾽ ὅτε ἡ ἄλλη πᾶσα
13 παρασκευὴ, πρὸς τὸ καθῆραι αὐτό. Οὔ· ἀλλ᾽
ὁ μὲν χαλκεὺς ἐξιώσει τὸ σιδήριον, καὶ ὄργανα
πρὸς τοῦτο ἕξει κατεσκευασμένα· καὶ τὸ πινάκιον αὐτὸς σὺ πλύνεις ὅταν μέλλῃς ἐσθίειν, ἐὰν
μὴ ᾖς παντελῶς ἀκάθαρτος καὶ ῥυπαρός· τὸ
σωμάτιον δ᾽ οὐ πλυνεῖς, οὐδὲ καθαρὸν ποιήσεις;
14 Διατί, φησί. Πάλιν ἐρῶ σοι, πρῶτον μὲν, ἵνα
τὰ ἀνθρώπου ποιῇς· εἶτα, ἵνα μὴ ἀνιᾷς τοὺς
15 ἐντυγχάνοντας. Τοιοῦτόν τι καὶ ἐνθάδε ποιεῖ,

                                                    καὶ

aquam, propterea manus. Fieri non potuit, quin a cibo aliquid sordium dentibus adhæresceret. Eapropter dentes lavare jubet. Cur? Ut homo sis; non bestia, non porcellus. Fieri non poteft, quin a sudore, & vestium adplicatione, sordium aliquid relinquatur in corpore, quod purgationem desideret. Ideo præsto est aqua, oleum, manus, linteolum, xystra, nitrum, & reliquus interdum omnis adparatus, ad id repurgandum. *Id tu non curas?* sed faber ferramenta repurgabit, & instrumenta ad hoc parata habebit; & scutellam ipse tu cum esurus es, lavas, nisi prorsus spurcus & sordidas fueris; corpus autem non lavabis, neque purgabis? Cur? inquit. Rursus tibi dico, primum, ut, quod hominis est, facias; deinde, ne molestus sis eis qui tecum sunt. Tale quid etiam hic facis, mea animadvertit.

                                                    Tu

καὶ οὐκ αἰσθάνῃ. σαυτὸν ἄξιον ἡγῇ τοῦ ὄζειν· 15
ἔστω, ἴσθι ἄξιος. μή τι καὶ τοὺς παρακαθίζον-
τας; μή τι καὶ τοὺς συγκατακλινομένους; μή τι
καὶ τοὺς καταφιλοῦντας; Ἢ ἄπελθ' εἰς ἐρημίαν, 16
ὅπου ποτὲ ἧς ἄξιος· ἢ καὶ μόνος διάγε, ἀπολαύων
σαυτοῦ. δίκαιον γάρ ἐστι, τῆς σῆς ἀκαθαρσίας
σὲ μόνον ἀπολαύειν. ἐν πόλει δ' ὄντα οὕτως
ἀπερισκέπτως καὶ ἀγνωμόνως ἀναστρέφεσθαι, τί- 17
νος σοι φαίνεται; Εἰ δ' ἵππον σοι πεπιστεύκει ἡ 17
φύσις, περιεώρας αὐτὸν ἀτημέλητον; Καὶ νῦν,
οἴου σου τὸ σῶμα ὡς ἵππον ἐγκεχειρίσθαι· πλῦνον αὐτό, ἀπόσμηξον, ποίησον ἵνα μηδεὶς αὐτὸ ἀπο-
στρέφηται, μηδεὶς ἐκτρέπηται. Τίς δ' οὐκ ἐκ- 18
τρέπεται ῥυπαρὸν ἄνθρωπον, ὄζοντα, κακόχρουν,
μᾶλλον ἢ τὸν κεκοπρωμένον; ἐκείνη ἡ ὀσμὴ ἔξωθέν ἐστιν ἐπίθετος· ἡ δ' ἐξ ἀθεραπευσίας ἔσω- 20
θεν, καὶ οἱονεὶ διασεσηπότος.

Ἀλλ'

<table>
<tr><td>

Tu dignum te censes qui
foetes. Esto; sis dignus!
Num etiam ii, qui tibi ad-
sident, qui tecum adcum-
bunt, qui te deosculantur?
Aut in solitudinem abi, qua
dignus fueris; aut certe
solus vive, tuoque foetore
fruere! aequum est enim,
te immunditie tua solum
frui. Cum autem in orbe
sis; adeo inconsiderate &
sine sensu agere, cujus ti-
bi esse videtur? Quod si
equum tibi natura credidis-
set, num prorsus eum ne-

</td><td>

glexisses? Nunc igitur
puta, corpus tuum tanquam
equum tuae curae esse tra-
ditum: lava id, abstergo
facito, ne quis te averse-
tur, ne quis abhorreat.
Hominem vero sordidum,
foetentem, decolorem,
quis non aversetur, ma-
gis etiam quam fimo con-
spurcatum? Ille foetor ex-
trinsecus est, accersitus;
iste vero, a negligentia
profectus, intrinsecus est,
& veluti corporis putre-
facti.

</td></tr>
</table>

19 Ἀλλὰ Σωκράτης ὀλιγάκις ἐλούετο. Ἀλλ᾽
ἔστιλβεν αὐτοῦ τὸ σῶμα· ἀλλ᾽ ἦν οὕτως ἐπίχαρι
καὶ ἡδὺ, ὥστ᾽ ἤρων αὐτοῦ οἱ ὡραιότατοι καὶ οἱ
εὐγενέστατοι, καὶ ἐπεθύμουν ἐκείνῳ παρακατα-
κλίνεσθαι μᾶλλον ἢ τοῖς εὐμορφοτάτοις. ἐξῆν
ἐκείνῳ μήτε λούεσθαι, μήτε πλύνεσθαι, εἰ ἤθελε·
καί τοι καὶ τὸ ὀλιγάκις ἰσχὺν εἶχε. Κἂν θερμῷ
20 μὴ θέλῃς, ψυχρῷ. Ἀλλὰ λέγει Ἀριστοφάνης,

Τοὺς ὠχριῶντας, τοὺς ἀνυποδήτους λέγω.

Λέγει γὰρ καὶ ἀεροβατεῖν αὐτὸν, καὶ ἐκ τῆς πα-
21 λαίστρας κλέπτειν τὰ ἱμάτια. Ἐπεί τοι πάντες
οἱ γεγραφότες περὶ Σωκράτους πάντα τἀναντία
αὐτῷ προσμαρτυροῦσιν, ὅτι ἡδὺς οὐ μόνον ἀκοῦσαι, ἀλλὰ καὶ ἰδεῖν ἦν. Πάλιν περὶ Διογένους
22 ταὐτὰ γράφουσι. Δεῖ γὰρ μηδὲ κατὰ τὴν ἀπὸ
τοῦ σώματος ἔμφασιν ἀπὸ φιλοσοφίας ἀποσοβεῖν
τοὺς πολλούς· ἀλλ᾽, ὥσπερ τὰ ἄλλα εὔθυμον
καὶ

At Socrates raro lavabat. At nitebat ejus corpus, & adeo erat gratum & ſuave, ut eum pulcerrimi & nobiliſſimi quique adamarent, & cum illo potius quam cum formoſiſſimis vellent adcubare. Licuerat illi neque lotionibus neque balneis uti, ſi voluiſſet; & tamen rarae etiam lotiones vim habebant. Si vero calida lavare non vis, lavato frigida. At Ariſtophanes ait,

Pallentes iſtos atque diſcalceatos dico.

Ait etiam, in aëre eum ambulare, & e palæſtra furari veſtes. Atqui omnes, qui de Socrate ſcripſerunt, contraria omnia de eo teſtificantur; fuiſſe illum non modo auditu jucundum, ſed etiam adſpectu ſuavem. Pariter de Diogene eadem ſcribunt. Neque enim oportet corporis ſpecie a philoſophia abſterrere vulgus, ſed, ut

in

καὶ ἀτάραχον ἐπιδεικνύῃ αὐτόν, οὕτω καὶ ἀπὸ
τοῦ σώματος, Ἴδετε, ὦ ἄνθρωποι, ὅτι οὐδὲν   23
ἔχω, ὅτι οὐδενὸς δέομαι· ἴδετε, πῶς ἄοικος ὤν,
καὶ ἄπολις, καὶ φυγάς, ἂν οὕτω τύχῃ, καὶ
ἀνέστιος, πάντων τῶν εὐπατριδῶν καὶ πλουσίων
ἀταραχώτερον διάγω, καὶ εὐροώτερον· ἀλλὰ καὶ
τὸ σωμάτιον ὁρᾶτε, ὅτι οὐ κακοῦται ὑπὸ τῆς αὐ-
στηρᾶς διαίτης. Ἂν δέ μοι ταῦτα λέγῃ τις, ἀν-   24
θρώπου σχῆμα κατάδικου ἔχων καὶ πρόσωπον,
τίς με πείσει Θεῶν προσελθεῖν φιλοσοφίᾳ, ὥστε
τοιούτους ποιῇ; Μὴ γένοιτο· οὐδ', εἰ σοφὸς
ἔμελλον ἔσεσθαι, ἤθελον.

     Ἐγὼ μέν, νὴ τοὺς θεούς, τὸν νέον τὸν πρώ-   25
τως κινούμενον θέλω μᾶλλον ἐλθεῖν πρός με πε-
πλασμένον, ἢ τὴν κόμην κατεφθορότα καὶ
ῥυπαρόν. βλέπεται γάρ τις ἐν αὐτῷ τοῦ καλοῦ
φαντασία, ἔφεσις δὲ τοῦ εὐσχήμονος. ὅπου δ'

T t 2

αὐτὸ

In cæteris rebus hilarem &
tranquillum se præbere, ita
etiam habitu corporis. „Videte, homines, me nihil
habere, nulla re egere;
videte, quo pacto, cum
nec domicilium, nec ci-
vitatem habeam, & (si ca-
sus ita tulerit) exsul sim
& extorris, omnibus ta-
men patriciis & divitibus
tranquillior vivam & felicior! Sed etiam corpus
videtis, austera diæta neu-
tiquam male adfectum,“ —
Si quis autem ista mihi dicat, qui hominis condem-
nati habitu vultuque incos-
dat; quis deorum mihi per-
suadebit, ut me ad philo-
sophiam conferam, quæ
tales efficiat? Absit; nol-
lem, ne si sapiens quidem
evasurus essem.

     Ego quidem, medius fi-
dius, adolescentem, pri-
mos ad philosophiam impe-
tus capientem, accedere
ad me mallem eleganter
comtum, quam sordidis
capillis & squalidum. Cernitur enim in eo pulcri notio quædam, & adpetitio
decori.

26 αὐτὸ εἶναι φαντάζεται, ἐκεῖ καὶ φιλοτεχνεῖ. λοιπὸν ὑποδεῖξαι μόνον αὐτῷ δεῖ, καὶ εἰπεῖν· Νεανίσκε, τὸ καλὸν ζητεῖς, καὶ εὖ ποιεῖς. ἴσθι οὖν,
ὅτι ἐκεῖ φύεται, ὅπου τὸν λόγον ἔχεις· ἐκεῖ αὐτὸ ζήτει, ὅπου τὰς ὁρμὰς καὶ τὰς ἀφορμάς,
27 ὅπου τὰς ὀρέξεις, τὰς ἐκκλίσεις. τοῦτο γὰρ
ἔχεις ἐν σεαυτῷ ἐξαίρετον, τὸ σωμάτιον δὲ φύσει
πηλός ἐστι. τί πονεῖς εἰκῇ περὶ αὐτό; εἰ μηδὲν
28 ἕτερον, τῷ χρόνῳ γνώσῃ ὅτι οὐδέν ἐστιν. Ἂν δέ
μοι ἔλθῃ κεκοπρωμένος, ῥυπαρὸς, μύστακα ἔχων
μέχρι τῶν γονάτων, τί αὐτῷ εἰπεῖν ἔχω; ἀπὸ
29 ποίας αὐτὸν ὁμοιότητος ἐπαγαγεῖν; Περὶ τί γὰρ
ἐσπούδακεν ὅμοιον τῷ καλῷ, ἵν', αὐτὸν μεταθῶ,
καὶ εἴπω, Οὐκ ἔστιν ἐνθάδε τὸ καλὸν, ἀλλ' ἐνθάδε; Θέλεις αὐτῷ λέγω, Οὐκ ἔστιν ἐν τῷ κε-
κοπρῶσθαι τὸ καλὸν, ἀλλ' ἐν τῷ λόγῳ; Ἐφίε-
ται γὰρ τοῦ καλοῦ; ἔμφασιν γάρ τινα αὐτοῦ
ἔχει;

decori. Ubi autem id esse
putat, ibi etiam elaborat.
Illud igitur unum restat,
ut ei demonstretur, & di-
catur: Adolescentule, pul-
critudinem quaeris, & in
eo recte facis: noris ergo,
ibi eam exsistere, ubi rationem habes; ibi eam quaere, ubi impetus & decli-
nationes habes, ubi adpe-
titiones & aversationes.
Hoc enim habes in te cai-
mlum; corpusculum autem
suapte natura lutum est:
quid in eo frustra elaboras?
si nihil aliud, tempore
certe cognosces id nihil
esse. Sin accesserit me
stercoribus oblitus, & sor-
didus, mystace ad usque
genua promisso, quid ei
dicere possum? qua eum
similitudine adiiciam? Qua
enim in re, quae pulcri
speciem habeat aliquam,
elaborat, ut eum alio tra-
ducam, & dicam, Non est
hic pulcrum, sed illic? Via
ei dicam: Pulcritudo non
posita est in sordibus; sed
in ratione? An enim ad-
petit pulcrum? an pulcri
speciem aliquam animo im-
pressam

ἔχει; Ἄπελθε, καὶ χοίρῳ διαλέγου, ἵν' ἐν Βορβόρῳ μὴ κυλίηται. Διὰ τοῦτο καὶ Πολέμωνος 30
ἥψαντο οἱ Ξενοκράτους λόγοι, ὡς φιλοκάλου νεα-
νίσκου· εἰσῆλθε γὰρ ἔχων ἐναύσματα τῆς περὶ
τὸ καλὸν σπουδῆς, ἀλλαχοῦ δ' αὐτὸ ζητῶν.
Ἐπεί τοι οὐδὲ τὰ ζῷα τὰ ἀνθρώποις σύντροφα 31
ῥυπαρὰ ἐποίησεν ὁ Φύσις. Μή τι ἵππος κυλίηται
ἐν βορβόρῳ; μή τι κύων γενναῖος; ἀλλ' ὁ ὗς,
καὶ τὰ σαπρὰ χηνίδια, καὶ σκώληκες, καὶ ἀράχ-
ναι, τὰ μακρότατα τῆς ἀνθρωπίνης συναναστροφῆς ἀπεληλαμένα. Σὺ οὖν; ἄνθρωπος ὤν, οὐδὲ 32
ζῷον εἶναι θέλεις τῶν ἀνθρώποις συντρόφων, ἀλλὰ
σκώληξ μᾶλλον, ἢ ἀράχνιον; σὺ λούσῃ ποῦ ποτε, ὡς θέλεις; οὐκ ἀποπλυνεῖς σεαυτόν; οὐχ
ἥξεις καθαρός, ἵνα σοι χαίρωσιν οἱ συνόντες; ἀλλὰ καὶ εἰς τὰ ἱερὰ ἡμῖν συνέρχῃ τοιοῦτος, ἔπει

pressam gerit? Abi, cum porco disputa, ne in cœno volutetur. Propter hoc etiam Xenocratis rationes Polemonem pupugerunt, ut elegantem adolescentem: ingressus enim erat, comites habens studii honestatis, sed eam alibi quærens. Atque adeo ne animalia quidem ea, quæ consuetudine hominum utuntur, sordida fecit Natura. Num equus volvitur in cœno? num canis generosus? Non; sed sus, & putidi anseres, & vermes, & aranei, quæ longissime remota sunt a consuetudine humana. Tu ergo, cum homo sis, ne animal quidem esse vis ex eorum numero quæ convictu hominum utuntur, sed vermis potius, aut araneolus? Non lavabis tandem aliquando, quocumque demum modo volueris? annon sordes ablues tuas? annon mundes huc venies, ut te delectentur condiscipuli? Sed & templa nobiscum ingredioris tali habitu, ubi expuere aut nares emungere

πτύσαι οὐ νενόμισται οὐδ' ἀπομύξασθαι, ὅλος ἂν πτύσμα καὶ μύξα;

33 Τί οὖν; καλλωπίζεσθαί τις ἀξιοῖ; Μὴ γένοιτο· εἰ μὴ ἐκεῖνο ὃ πεφύκαμεν, τὸν λόγον, τὰ δόγματα, τὰς ἐνεργείας· τὸ δὲ σῶμα, μέχρι τοῦ καθαρίου,

34 μέχρι τοῦ μὴ προσκόπτειν. Ἀλλ' ἂν ἀκούσῃς ὅτι οὐ δεῖ φορεῖν κόκκινα, ἀπελθὼν κέπρωσόν σου τὸν τρίβωνα, ἢ κατάρρηξον. Ἀλλὰ πόθεν ἔχω καλὸν τρίβωνα; Ἄνθρωπε, ὕδωρ ἔχεις, πλῦνον αὐτόν.

35 Ἰδοὺ νέος ἀξιέραστος, ἰδοὺ πρεσβύτης ἄξιος τοῦ ἐρᾶν καὶ ἀντερᾶσθαι, ᾧ τις υἱὸν αὐτοῦ παραδῷ μαθησόμενον, ᾧ θυγατέρες, ᾧ υἱοὶ προσελεύσονται, ἂν οὕτω τύχῃ, ἵνα ἐν κοπρῶνι λέγῃ τὰς

36 σχολάς. Μὴ γένοιτο. πᾶσα ἐκτροπὴ ἀπό τινος ἀνθρωπικοῦ γίνεται· αὕτη δ' ἐγγύς ἐστι τοῦ μὴ ἀνθρωπικὴ εἶναι.

ΚΕΦ.

religio est, cum totus ipse nihil sis nisi sputum & mucus?

Quid ergo? Volo, ut vano ornatui operam demus? Nequaquam; sed ut ornemus id, quod sumus nos ipsi, rationem, decreta, actiones: corpus vero, quoad mundities postulat; eatenus, ne alios offendas. At tu, cum audieris non gerendas esse vestes coccineas, abibis, & stercore inquinabis pallium tuum, aut lacerabis? — „At unde habeam pulcrum pallium?“ — Homo, aquam habes; lava illud. Ecce juvenis amabilis, ecce senex dignus qui amet & redametur, cui filium in disciplinam tradat aliquis; quem filiae, quem adolescentes, si res ita tulerit, accedant, ut in fimeto scholas illis explicet! Absit! Omnis exorbitatio proficiscitur ab aliquo principio, quod in hominis natura inest: ista autem prope abest, ut humani nihil in se habeat.

CAP.

ΚΕΦ. ιβ'.
Περὶ Προσοχῆς.

Ὅταν ἀφῇς σὺ πρὸς ὀλίγον τὴν προσοχήν, μὴ τοῦτο φαντάζου, ὅτι, ὁπόταν θέλῃς, ἀναλήψῃ αὐτήν· ἀλλ' ἐκεῖνο πρόχειρον ἔστω σοι, ὅτι παρὰ τὸ σήμερον ἁμαρτηθὲν εἰς τἄλλα χεῖρον ἀνάγκη σοι τὰ πράγματα ἔχειν. Πρῶτον μὲν γὰρ τὸ 2 πάντων χαλεπώτατον, ἔθος τοῦ μὴ προσέχειν ἐγγίνεται· εἶτα ἔθος τοῦ ἀναβάλλεσθαι τὴν προσοχήν. ἀεὶ δ' εἰς ἄλλον καὶ ἄλλον χρόνον εἴωθεν ὑπερτιθέμενον (f. ἐξωθῇ ὑπερτιθέμενος) τὸ εὐροεῖν, τὸ εὐσχημονεῖν, τὸ κατὰ φύσιν ἔχειν καὶ διεξάγειν. Εἰ μὲν οὖν λυσιτελὴς ἡ ὑπέρθεσίς 3 ἐστιν, ἡ παντελὴς ἀπόστασις αὐτῆς ἐστι λυσιτελεστέρα. εἰ δ' οὐ λυσιτελεῖ, τί οὐχὶ διηνεκῆ τὴν προσοχὴν φυλάσσεις; Σήμερον παῖξαι θέλω. 4 Τί οὖν; Οὐ δεῖ προσέχοντα; Ἄσαι. Τί οὖν κω-

Tt 4   λύει

CAP. XII.
De Adtentione.

Cum tu ad breve tempus Adtentionem remiseris, noli putare, te eam, simul atque volueris, recipere posse; sed illud in promtu tibi sit, propter hodiernum delictum necessario res tuas in posterum etiam pejus habituras. Etenim primum quidem, quod omnium est gravissimum, consuetudo negligentiae tibi accedit; deinde consuetudo differendae adtentionis. Ita semper in aliud atque aliud tempus rejicis & a te propellis vitam beatam, honestatem, vitae actionem ad naturae praescriptum institutam. Quod si procrastinatio attentionis est utilis, eam omnino praetermittere utilius erit: sin utilis non est, cur non perpetuam adtentionem conservas? Hodie ludere volo. Quid ergo? An id cum adtentione faciendum

non

λύει προσέχοντα; Μὴ γὰρ ἐξαιρεῖταί τι μέρος
τοῦ βίου, ἐφ' ὃ οὐ διατείνει τὸ προσέχειν; Χεῖρον γὰρ αὐτὸ προσέχων ποιήσεις, βέλτιον δὲ μὴ
5 προσέχων; Καὶ τί ἄλλο τῶν ἐν τῷ βίῳ κρεῖσσον
ὑπὸ τῶν μὴ προσεχόντων γίνεται; Ὁ τέκτων, μὴ
προσέχων, τεκταίνει ἀκριβέστερον; ὁ κυβερνήτης,
μὴ προσέχων, κυβερνᾷ ἀσφαλέστερον; ἄλλο δέ
τι τῶν μικροτέρων ἔργων ὑπὸ ἀπροσεξίας ἐπιτελεῖ-
6 ται κρεῖσσον; Οὐκ αἰσθάνῃ, ὅτι, ἐπειδὰν ἀφῇς
τὴν γνώμην, οὐκ ἔτι ἐπὶ σοί ἐστιν ἀνακαλέσασθαι
αὐτήν, οὐκ ἐπὶ τὸ εὔσχημον, οὐκ ἐπὶ τὸ αἰδῆμον, οὐκ ἐπὶ τὸ κατεσταλμένον; ἀλλὰ πᾶν τὸ
ἐπελθὸν ποιεῖς, ταῖς προθυμίαις ἐπακολουθεῖς.

7 Τίνων οὖν δεῖ με προσέχειν; Πρῶτον μὲν
ἐκείνοις τοῖς καθολικοῖς, καὶ ἐκεῖνα πρόχειρα
ἔχειν, καὶ χωρὶς ἐκείνων μὴ καθεύδειν, μὴ ἀνί-
στασθαι, μὴ πίνειν, μὴ ἐσθίειν, μὴ συμβάλλειν

non est? Volo canere. Quid ergo vetat quo minus cum adtentione facias? Ulla-ne enim vitæ pars excipitur, ad quam adtentio non pertinet? Num eam adtentione pejorem reddes, socordiâ vero meliorem? Quæ vero alia ulla res in vita sit melius a negligentibus? Num faber negligens melius ædificat? num gubernator negligens tutius gubernat? nam aliud aliquod minorum operum per incuriam melius perfi-citur? Non animadvertis, cum animum relaxaris, non jam penes te esse, ut eum revoces ad honestatem, ad verecundiam, ad modestiam? Sed quidquid in mentem venerit facies, cuivis impetui indulgens.

Quibus ergo rebus intendendus est animus? Primum illis generalibus, quæ ita tu promta sunt habenda; ut sine illis non dormias, non surgas, non bibas, non edas, non homi-nes

λειν ἀνθρώποις· ὅτι προαιρέσεως ἀλλοτρίας κύριος οὐδείς, ἐν ταύτῃ δὲ μόνῃ τὸ ἀγαθὸν καὶ τὸ
κακόν. Οὐδεὶς οὖν κύριος, οὔτ' ἀγαθόν μοι πε- 8
ριποιῆσαι, οὔτε κακῷ με περιβαλεῖν· ἀλλ' ἐγὼ
αὐτὸς ἐμαυτοῦ κατὰ ταῦτα ἐξουσίαν ἔχω μόνος.
Ὅταν οὖν ταῦτα ἀσφαλῆ μοι ᾖ, τί ἔχω περὶ 9
τὰ ἐκτὸς ταράσσεσθαι; ποῖος τύραννος φοβερός;
ποία νόσος; ποία πενία; ποῖον προσκρουσμα;
Ἀλλ' οὐκ ἤρεσα τῷ δεῖνι. Μὴ οὖν ἐκεῖνος ἐμόν 10
ἐστιν ἔργον; μή τι ἐμὸν κρῖμα; Οὔ. Τί οὖν ἔτι
μοι μέλει; Ἀλλὰ δοκεῖ τις εἶναι. Ὄψεται αὐτός, καὶ οἷς δοκεῖ. Ἐγὼ δ' ἔχω τίνι με δεῖ 11
ἀρέσκειν, τίνι ὑποτετάχθαι, τίνι πείθεσθαι· τῷ
Θεῷ, καὶ τοῖς μετ' ἐκεῖνον. ἐμὲ ἐκεῖνος συνέστη- 12
σεν ἐμαυτῷ, καὶ τὴν ἐμὴν προαίρεσιν ὑπέταξεν
ἐμοὶ μόνῳ, δοὺς κανόνας εἰς χρῆσιν αὐτῆς τὴν
ὀρθήν· οἷς ὅταν κατακολουθήσω ἐν συλλογισμοῖς,

Τ t 5

ουκ

nos adens: scilicet, alienæ voluntati neminem dominari; &, in voluntate sola bonum & malum esse positum. Nemo igitur eam potestatem habet, ut vel
bonum in me conferat, vel in malum me conjiciat; sed
ego ipse, quod ad hæc ad- tinet, in mea potestate sum
solus. Cum ergo hæc tu- ta mihi fuerint, cur rebus
externis perturber? quis mihi tyrannus est formidabilis? quis morbus? quæ paupertas? quæ offensio?
At non placui isti. Num ergo iste meum opus est?
num meum judicium? Non. Quid ergo mea refert? At
videtur esse aliquis. Vide- rit ipse, & ii qui eum magni faciunt. Ego vero ha- beo cui me placere oportet, cui subjectum esse, cui obtemperare; Deum, &
eos qui proximum ab eo locum tenent. Is me mihi
ipsi commendavit, meam- que voluntatem mihi soli
subjecit, datis regulis ad rectam ejus usum; quas
regulas si in ratiocinationi- bus secutus fuero, nemo

me

οὐκ ἐπιστρέφομαι οὐδενὸς τῶν ἄλλο τι λεγόντων·
ἐν μεταπίπτουσιν, οὐ φροντίζω οὐδενός. διὰ τί
13 οὖν ἐν τοῖς μείζοσιν ἀνιῶσί με οἱ ψέγοντες; Τί τὸ
αἴτιον ταύτης τῆς ταραχῆς; Οὐδὲν ἄλλο, ἢ ὅτι
14 ἐν τούτῳ τῷ τόπῳ ἀγύμναστός εἰμι. Ἐπεί τοι
πᾶσα ἐπιστήμη καταφρονητική ἐστι τῆς ἀγνοίας,
καὶ τῶν ἀγνοούντων· καὶ οὐ μόνον αἱ ἐπιστῆμαι,
ἀλλὰ καὶ αἱ τέχναι. Φέρε ὃν θέλεις σκυτία,
καὶ τῶν πολλῶν καταγελᾷ περὶ τὸ αὑτοῦ ἔργον.
Φέρε ὃν θέλεις τέκτονα.

15 Πρῶτον μὲν οὖν ταῦτα ἔχειν δεῖ πρόχειρα,
καὶ μηδὲν δίχα τούτων ποιεῖν· ἀλλὰ τετάσθαι
τὴν ψυχὴν ἐπὶ τοῦτον τὸν σκοπὸν, μηδὲν τῶν ἔξω
διώκειν, μηδὲν τῶν ἀλλοτρίων, ἀλλ' ὡς διέταξεν
ὁ δυνάμενος· τὰ προαιρετικὰ ἐξ ἅπαντος, τὰ δ'
16 ἄλλα ὡς ἂν διδῶται. Ἐπὶ τούτοις δὲ μεμνῆσθαι,
τίνες

me movet aliud quid di-
cens; si in *formulis* argu-
tiis secutus fuero, nemi-
nem curo. Cur igitur ma-
joribus in rebus molesti
mihi ii sunt qui me repre-
hendunt? Quae perturba-
tionis hujus caussa est?
Alia nulla, nisi quod in
hoc loco inexercitatus sum.
Siquidem omnis scientia
contemnit ignorantiam &
ignorantes; nec scientiae
solum, sed artes etiam.
Produc quemvis sutorem:
is, quod ad suum opus at-
tinet, vulgus deridet. Produc quemvis fabrum.

Primum igitur haec in
prompta habenda sunt, ne-
que; sine his quidquam faciendum; sed in hunc sco-
pum intendendus animus,
neque externum & alienum
quidquam cupide expeten-
dum, sed quemadmodum
constituit is, qui earum rerum potestatem habet: quae
in nostra sunt sita voluntate,
sine exceptione expetenda
sunt; caetera vero, prout
concessa fuerint. Post-
haec

τίνες ἐσμὲν, καὶ τί ἡμῖν ὄνομα, καὶ πρὸς τὰς
δυνάμεις τῶν σχέσεων πειρᾶσθαι τὰ καθήκοντα
ἀπευθύνειν· τίς καιρὸς ᾠδῆς, τίς καιρὸς παιδιᾶς, 17
τίνων παρόντων· τί ἔσται ἀπὸ τοῦ πράγματος·
μή τι καταφρενήσωσιν ἡμῶν οἱ συνόντες, μή τι
ἡμεῖς αὐτῶν· πότε σκῶψαι, καὶ τίνας ποτὲ καὶ
ταγελάσαι· καὶ ἐπὶ τίνι συμπεριενεχθῆναί ποτε,
καὶ τίνι· καὶ λοιπὸν, ἐν τῇ συμπεριφορᾷ πῶς
χρὴ τηρῆσαι τὸ αὑτοῦ. Ὅπου δ' ἂν ἀπονεύσῃς 18
ἀπό τινος τούτων, εὐθὺς ζημία, οὐκ ἔξωθέν ποθεν, ἀλλ' ἐξ αὐτῆς τῆς ἐνεργείας.

Τί οὖν; Δυνατὸν ἀναμάρτητον ἤδη εἶναι; 19
Ἀμήχανον· ἀλλ' ἐκεῖνο δυνατὸν, πρὸς τὸ μὴ
ἀμαρτάνειν τετάσθαι διηνεκῶς. Ἀγαπητὸν γὰρ,
εἰ μηδέποτ' ἀνιέντες ταύτην τὴν προσοχὴν, ὀλίγων γε ἁμαρτημάτων ἐκτὸς ἐσόμεθα. Νῦν δ' 20
ὅταν εἴπῃς, ἀπ' αὔριον προσέξω· ἴσθι ὅτι τοῦτο
λέγεις,

hæc tenendum est, qui su-
mus, & quo nomine ad-
pellemur: & danda opera,
ut officia dirigamus ad id
quod postulant relationes.
Expendendum, quod sit
tempus cantillenæ, quod
tempus lusus, quibus præ-
sentibus; quid sit abs re
futurum; num contemturi
nos sint convictores, an
nos illos; quando dicterlis
utendum, quinam sint de-
ridendi: quibus in rebus
& cui indulgendum sit ob-
sequendumque; denique,
in eo obsequio qua ratione
tuendum sit id quod nostram
personam decet. Ubi au-
tem ab horum aliquo de-
clinaveris, statim existit
damnum; non aliunde, sed
ex ipsa actione.

Quid ergo? Jamne fieri
potest, ut peccato caream?
Fieri hoc nequit: sed illud
fieri potest, ut perpetuo in
id intentus sis, ne pecces.
Boni enim consulendum
est, si, numquam remissa
hac industria, vel paucis
peccatis caruerimus. Non ab
vero si dixeris, Cras animum advertam; scito, il-
lud

λέγεις, Σήμερον ἔσομαι ἀναίσχυντος, ἄκαιρος,
ταπεινός· ἐπ' ἄλλοις ἔσται τὸ λυπεῖν με· ὀργι-
σθήσομαι σήμερον, φθονήσω. Βλέπε, ὅσα κακὰ
21 σεαυτῷ ἐπιτρέπεις. Ἀλλ' εἰ αὔριον καλῶς ἔχει,
πόσῳ κρεῖττον σήμερον; εἰ αὔριον συμφέρει, πολὺ
μᾶλλον σήμερον· ἵνα καὶ αὔριον δυνηθῇς, καὶ μὴ
πάλιν ἀναβαλῇ εἰς τὴν τρίτην.

ΚΕΦ. ιγ'.
Πρὸς τοὺς εὐκόλως ἐκφέροντας τὰ αὑτῶν.

Ὅταν τις ἡμῖν ἁπλῶς δόξῃ διειλέχθαι περὶ τῶν
ἑαυτοῦ πραγμάτων, πῶς ποτε ἐξαγόμεθα καὶ
αὐτοὶ πρὸς τὸ ἐκφέρειν πρὸς αὐτὸν τὰ ἑαυτῶν
2 ἀπόῤῥητα, καὶ τοῦτο ἁπλοῦν οἰόμεθα εἶναι· πρῶτον μὲν, ὅτι ἄνισον εἶναι δοκῶ, αὐτὸν μὲν ἀκηκοέναι τὰ τοῦ πλησίον, μὴ μέν τοι μεταδιδόναι κἀκείνῳ ἐν τῷ μέρει τῶν ἡμετέρων· εἶθ', ὅτι οἰόμεθα

lud te dicere: „Hodie ero impudens, importunus, abjectus; penes alios erit, me dolore adficere; Irascar hodie, Invidebo." Vide, quanta mala ipse tibi indulgeas. At, si bene habet ut cras animum advertas, quanto melius hodie? Si cras conducit, multo magis hodie; ut & cras possis, nec rursus in tertium diem rejicias.

C A P. XIII.
Ad eos qui temere Arcana sua efferunt.

Quando nobis aliquis simpliciter & candide visus fuerit de suis rebus disseruisse, excitamur quodammodo & ipsi ad nostra arcana ei aperienda; idque candoris esse judicamus: primum quidem, quod iniquum esse videtur, cum tu res alterius audieris, non vicissim tuas etiam illi communicare: deinde, quod puta-

θα οὐχ ἁπλῶν ἀνθρώπων παρέξειν αὐτοῖς φαντασίαν, σιωπῶντες τὰ ἴδια. Ἀμέλει πολλάκις 3
εἰώθασι λέγειν, Ἐγώ σοι πάντα τὰμαυτοῦ εἴρη-
κα, σὺ μοὶ οὐδὲν τῶν σῶν εἰπεῖν θέλεις; ποῦ
γίνεται τοῦτο; Προσέτι δὲ καὶ τὸ οἴεσθαι ἀσφα- 4
λῶς πιστεύειν τῷ ἤδη τὰ αὐτοῦ πεπιστευκότι.
ὑπέρχεται γὰρ ἡμᾶς, ὅτι οὐκ ἄν ποτε οὗτος ἐξεί-
ποι τὰ ἡμέτερα, εὐλαβούμενος μήποτε καὶ ἡμεῖς
ἐξείπωμεν τὰ ἐκείνου· Οὕτω καὶ ὑπὸ τῶν στρα- 5
τιωτῶν ἐν Ῥώμῃ οἱ προπετεῖς λαμβάνονται. Πα-
ρακεκάθικέ σοι στρατιώτης ἐν σχήματι ἰδιωτικῷ,
καὶ ἀρξάμενος κακῶς λέγειν τὸν Καίσαρα, εἶτα
σύ, ὥσπερ ἐνέχυρον παρ' αὐτοῦ λαβὼν τῆς πίστεως, τὸ αὐτὸν τῆς λοιδορίας κατῆρχθαι, λέγεις καὶ αὐτὸς ὅσα φρονεῖς· εἶτα δεθεὶς ἀπάγῃ.
Τοιοῦτόν τι καὶ ἐν τῷ καθόλου πάσχομεν. Αὐ- 6
τὰρ ὡς ἐμοὶ ἐκεῖνος ἀσφαλῶς πεπίστευκε τὰ
ἑαυτοῦ, οὕτως κἀγὼ τῷ ἐπιτυχόντι; Ἀλλ' ἐγὼ 7
μὲν

putamus, nos speciem hominum non candidorum exhibituros aliis esse, si nostra taceamus. Profecto saepe dicere solent: „Cum ego tibi omnia mea „dixerim, tu nihil tuorum „dices? ubi fit hoc?" Accedit, quod tuto nos ei homini fidere putamus, qui sua jam nobis crediderit; occurrit enim animo, numquam illum nostra effutiturum, veritum ne quando & nos ipsius arcana vulgemus. Sic etiam a militibus Romae leves homines capiuntur. Adsidet tibi miles habitu plebeio; & postquam maledicere coepit Caesari, tu, veluti pignore fidei ejus accepto, quod ipse convicium auspicatus est, dicis & ipse quae sentis; deinde vinctus in carcerem abduceris. Tale quiddam & in universum nobis accidit. Verum, ut ille mihi tuto sua credidit, an sic & ego cuilibet? At ego quidem

μὲν ἀκούσας, σιωπῶ, ἄν γε ὦ τοιοῦτος· ὁ δ'
ἐξελθὼν ἐκφέρει πρὸς πάντας, εἶτ', ἂν γνῶ τὸ
γινόμενον, ἐὰν μὲν ὦ καὶ αὐτὸς ἐκείνῳ ὅμοιος,
ἀμύνεσθαι θέλων, ἐκφέρω τὰ ἐκείνου. καὶ φύρω,
καὶ φύρομαι. Ἂν δὲ μνημονεύω, ὅτι ἄλλος ἄλλον οὐ βλάπτει, ἀλλὰ τὰ αὐτοῦ ἔργα ἕκαστον
καὶ βλάπτει καὶ ὠφελεῖ, τούτου μὲν κρατῶ, τοῦ
μὴ ὅμοιόν τι ποιῆσαι ἐκείνῳ, ὅμως δ' ὑπὸ φλυα-
ρίας τῆς ἐμαυτοῦ πέπονθα ἃ πέπονθα.

Ναί, ἀλλ', ἄνισόν ἐστιν ἀκούσαντα τὰ τοῦ
πλησίον ἀπόῤῥητα, αὐτὸν ἐν τῷ μέρει μηδενὸς μεταδιδόναι αὐτῷ. Μὴ γάρ σε παρεκάλουν, ἄνθρωπε; μὴ γὰρ ἐπὶ συνθήκαις τισιν ἐξήνεγκας
τὰ σαυτοῦ, ἵν' ἀκούσῃς ἐν τῷ μέρει καὶ τὰ ἐμά;
εἰ σὺ φλύαρος εἶ, καὶ πάντας τοὺς ἀπαντήσαν-
τας φίλους ἄγειν δοκεῖς, θέλεις καὶ ἐμὲ ὅμοιόν
σοι γενέσθαι; τί δ', εἰ σὺ καλῶς μοι πεπίστευ-
κας τὰ σαυτοῦ, σοὶ δ' οὐκ ἔστι καλῶς πιστεῦσαι,

dem ea, quae audivi, ta-
ceo, siquidem sum tacitur-
nus; sed ille egressus, vul-
gat apud omnes: deinde,
ubi, quid factum sit, cognovero; si & ipse, similis illius fuero, ulterius eum,
effero illius etiam arcana:
premo firmi, & premor.
Si vero memini, alium ab
alio non laedi, sed facta
esse cujusque, quae quem-
que & laedant & juvent;
in eo quidem mihi tempe-
ro, ne quid illi simile faciam; nihilominus tamen
futilitatis meae poenas pen-
do.

...Sit ita. Sed iniquum est,
cum alterius arcana audieris, non & ipsum vicissim
illi tua committere. Num
vero te coegi, homo?
num certis conditionibus
tua protulisti, ut vicissim
audires mea? si tu nuga-
tor es, & omnes obvios
amicos judicas, vis & me
tui similem esse? Quid vero, si tu quidem recte mihi tua credidisti, tibi vero
recte credi non potest, vis
me

σαι, θέλεις με προπετῶς; οἷον εἰ πίθον εἶχον 12
ἐγὼ μὲν στεγνόν, σὺ δὲ τετρυπημένον· καὶ ἐλθὼν παρακατέθου μοι τὸν σαυτοῦ οἶνον, ἵνα βάλω
εἰς τὸν ἐμὸν πίθον, εἶτ' ἠγανάκτεις ὅτι μὴ κἀγώ
σοι πιστεύω τὸν ἐμαυτοῦ οἶνον. σὺ γὰρ τετρυπη-
μένον ἔχεις τὸν πίθον. πῶς οὖν ἔτι ἴσον γίνεται; 13
σὺ πιστῷ παρακατέθου, σὺ αἰδήμονι, τὰς ἑαυτοῦ ἐνεργείας μόνας βλαβερὰς ἡγουμένῳ καὶ ὠφε-
λίμους, τῶν δ' ἐκτὸς οὐδέν. ἐγὼ σοὶ θέλεις πα- 14
ρακαταθῶμαι, ἀνθρώπῳ τὴν ἑαυτοῦ προαίρεσιν
ἠτιμακότι, θέλοντι δὲ κερματίου τυχεῖν, ἢ ἀρχῆς τινός, ἢ προαγωγῆς ἐν τῇ αὐλῇ, κἂν μέλλῃς τὰ τέκνα σου κατασφάζειν, ὡς ἡ Μήδεια;
ποῦ τοῦτο ἴσον ἐστίν; Ἀλλὰ δεῖξόν μοι σαυτὸν 15
πιστόν, αἰδήμονα, βέβαιον· δεῖξον, ὅτι δόγματα
ἔχεις φιλικά· δεῖξόν σου τὸ ἀγγεῖον ὅτι οὐ τέτρη-
ται· καὶ ὄψει, πῶς οὐκ ἀναμένω ἵνα μοι σὺ
πιστεύ-

me temere & præcipitanter agere? Perinde facis, ac si dolium haberem ego quidem solidum, tu vero perforatum; tuque, cum tuum vinum mihi commisisses, ut in meum dolium reconderem, postea mihi succenseres, quod non & ipse meum tibi vinum commisissem, cum tuum perforatum esset dolium. Qui ergo jam paria ista sunt? Tu apud fidelem deposuisti, apud verecundum; apud eum qui solas actiones suas noxias judicat & utiles, externarum vero rerum nihil: vis autem; ut ego apud te deponam mea; apud hominem, qui voluntatis suæ libertatem aspernatus, nummos consequi studet, aut magistratum, aut gradum dignitatis aliquem in aula, quamvis liberi tui mactandi tibi sint, ut Medea fecit? Ubi hoc æquum est? Age, ostende mihi te fidelem, verecundam, constantem; ostende, decreta te habere benevola; ostende, vas tuum non perforatum esse; & videbis, me mox exspectaturum,

πιστεύσῃς τὰ σαυτοῦ, ἀλλ' αὐτὸς ἐλθὼν πρὸς
16 σὲ, παρακαλῶ ἀκοῦσαι τῶν ἐμῶν. Τίς γὰρ οὐ
θέλει χρήσασθαι ἀγαθῷ καλῷ; Τίς ἀτιμάζει
σύμβουλον εὔνουν καὶ πιστόν; τίς οὐκ ἄσμενος
δέχεται τὸν ὥσπερ φορτίου μεταληψόμενον τῶν
αὐτοῦ περιστάσεων, καὶ αὐτῷ τούτῳ κουφίσαντα
αὐτὸν, τῷ μεταλαβεῖν;

17 Ναί. ἀλλ' ἐγὼ σοὶ πιστεύω· σὺ ἐμοὶ σὺ πιστεύεις; Πρῶτον μὲν, οὐδὲ σὺ ἐμοὶ πιστεύεις,
ἀλλὰ φλύαρος εἶ, καὶ διὰ τοῦτο οὐδὲν δύνασαι
κατασχεῖν. ἐπεί τοι, εἰ τοῦτό ἐστιν, ἐμοὶ μόνῳ
αὐτὰ πίστευσον. νῦν δ' ὃν ἂν εὐσχολοῦντα ἴδῃς,
18 παρακαθίσας αὐτῷ λέγεις· Ἀδελφέ, οὐδένα σου
ἔχω εὐνούστερον, οὐδὲ φίλτερον, παρακαλῶ σε
ἀκοῦσαι τὰ ἐμά. καὶ τοῦτο πρὸς τοὺς οὐδέ τι
19 ὀλίγον ἐγνωρισμένους ποιεῖς. Εἰ δὲ καὶ πιστεύεις
ἐμοὶ, δῆλον, ὅτι ὡς πιστῷ καὶ αἰδήμονι, οὐχ

ὅτι

daturum, dum arcana tua
mihi credas; sed rogatu-
rum ultro, ut audias mea.
Quis enim nolit uti vase
pulcro? Quis aspernatur
consiliarium benevolum &
fidelem? Quis non liben-
ter admittet eum, qui diffi-
cultatum ipsum circumstan-
tium, veluti oneris, par-
tem in se recipiat, atque
eo ipso levet, quod partem
eorum capit?

Recte. At, ego tibi
credo; tu mihi non credis?
Primum; ne tu quidem mi-
hi credis, sed futilis es,
proptereaque nihil conti-
nere potes. Nam, si res
ita se habet, mihi soli ea
crede. Nunc autem, quem-
cumque videris otiosum,
illi adsidens dicis: Frater,
neminem habeo te bene-
volentiorem, nec cario-
rem; rogo te, ut res meas
audias. Idque facis apud
homines minime notos.
Sed quod, si etiam revera
mihi credis; manifestum
est, te credere mihi ut fi-
deli & verecundo; non

quod

ὅτι σοὶ τὰ ἐμαυτοῦ ἐξεῖπον. Ἄφες οὖν, ἵνα κᾀ-
γὼ ταὐτὰ ὑπολάβω. Δεῖξόν μοι, ὅτι, ἄν τις 20
τινὶ τὰ αὑτοῦ ἐξείπῃ, ἐκεῖνος πιστός ἐστι καὶ
αἰδήμων. εἰ γὰρ τοῦτο ἦν, ἐγὼ περιερχόμενος
πᾶσιν ἀνθρώποις τὰ ἐμαυτοῦ ἂν ἔλεγον, εἰ τούτου ἕνεκα ἔμελλον πιστὸς καὶ αἰδήμων ἔσεσθαι.
τὸ δ' ἐστὶν οὐ τοιοῦτον· ἀλλὰ δογμάτων δεῖ οὐχ
ὧν ἔτυχεν. Ἂν γοῦν τινα ἴδῃς περὶ τὰ ἀπροαί- 21
ρετα ἐσπουδακότα, καὶ τούτοις ὑποτεταχότα τὴν
ἑαυτοῦ προαίρεσιν, ἴσθι, ὅτι ἄνθρωπος οὗτος μυρίους ἔχει τοὺς ἀναγκάζοντας, τοὺς κωλύοντας.
οὐκ ἔστιν αὐτῷ χρεία πίσσης ἢ τροχοῦ πρὸς τὸ 22
ἐξειπεῖν ἃ οἶδεν· ἀλλὰ παιδισκαρίου νευμάτιον, ἂν
οὕτω τύχῃ, ἐκσείσει αὐτόν, Καισαριανοῦ φιλοφρο-
σύνη, ἀρχῆς ἐπιθυμία, κληρονομίας, ἄλλα τούτοις
ὅμοια τρισμύρια. Μεμνῆσθαι οὖν δεῖ ἐν τοῖς κα- 23
θόλου, ὅτι οἱ ἀπόρρητοι λόγοι πίστεως χρείαν
ἔχουσι, καὶ δογμάτων τοιούτων. Ταῦτα δὲ ποῦ 24
νῦν

quod ego mea arcana tibi dixerim. Sine igitur, ut ipse eadem sentiam. Ostende mihi, si quis alicui sua dixerit, eum idcirco fidelem & verecundum esse. Nam si hoc ita se haberet, ego passim omnibus arcana mea communicarem, si ea de caussa fidelis & vere cundus futurus essem. Res autem non ita se habet; sed decretis opus est non vulgaribus. Si quem igitur videris rerum externarum studiosum, atque his volunratem suam subjicientem, eum scito infinitos habere a quibus cogatur, a quibus prohibeatur. Non opus est ei picem aut rotam admovere, ut ea dicat quae novit, sed puellae nutus (si res ita tulerit) eum excitabit. Caesariani blanditiae, magistratus aut haereditatis cupiditas, alia denique id genus sexcenta. In universum igitur tenendum est; arcanos sermones fidem postulare, decretaque talia. Ea vero nunc

τῶν εὑρεῖν ῥᾳδίως; Ἢ δειξάτω μοί τις τὸν οὕτως ἔχοντα, ὥστε λέγειν, Ἐμοὶ μόνων μέλει τῶν ἐμῶν, τῶν ἀκωλύτων, τῶν φύσει ἐλευθέρων. Ταύτην οὐσίαν ἔχω τοῦ ἀγαθοῦ· τὰ δὲ ἄλλα γινέσθω ὡς ἂν διδῶται, οὐ διαφέρομαι.

ubi invenire proclive est? Oftende mihi hominem fic adfectum, ut dicat, Mihi folæ meæ res curæ funt, quæ prohiberi nequeunt, quæ natura funt liberæ. Hanc naturam boni habeo; cætera vero fiant ut res tempusque tulerint, mea non refert.

Τῶν τοῦ Ἐπικτήτου Διατριβῶν
ΤΕΛΟΣ.

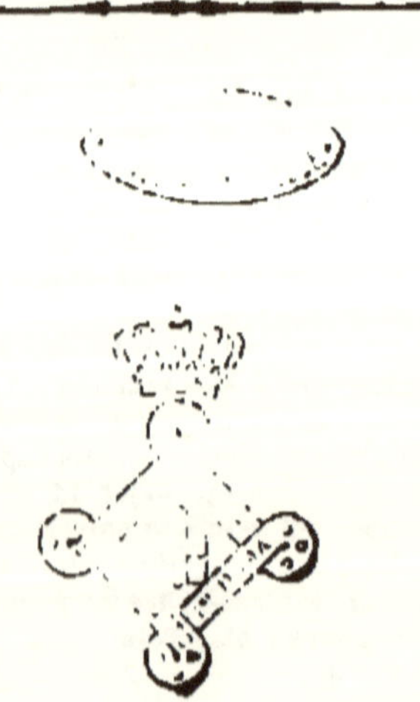

ΠΙΝΑΞ

ΠΙΝΑΞ ΚΕΦΑΛΑΙΩΝ
ΕΝ ΤΩ ΠΡΩΤΩ ΒΙΒΛΙΩ ΠΕΡΙΕΧΟΜΕΝΩΝ.
INDEX CAPITVM
PRIMO LIBRO COMPREHENSORVM.

κέ. πρὸς

Πίναξ Κεφαλαίων
ἐν τῷ Τετάρτῳ Βιβλίῳ περιεχομένων.

INDEX CAPITVM
Quarto Libro comprehensorum.

CORRIGENDA ET ADDENDA
IN TOMO I.

In Præfatione.

Pag. xi. lin. 6. *post* σωτήριον *adde* θέλημα. (quod vocabulum deest
in Vproni præfatione. Vide infra p. xviii.)

— xvii. L. 8. *pro* operis *scribe* operum

— xviii. L. 5. βίου *scr.* βιοῦν

Ibid. in Not. col. a. l. 4. *post* Secundus. *adde:* Cæterum verbote-
nus fere convenire adparet subscriptionem hanc cum illa,
quam e codice Carpensi ab Vprono prolatam supra vidimus.
Unde intelligitur, aut alterum horum codicum ex altero, aut
utrumque ex eodem aliquo tertio exemplari esse descriptum.

— xxi. in Not. col. b. l. 10. *pro* acerbitare *scr.* acerbitate.

In Græco contextu.

p. 6. l. 2. a fine, *pro* χρύσιον *scr.* χρυσίον

— 9. L. 5. *pro* θέλη *scr.* θέλῃ

— 26. l. 8 fq. ὡς αἰδήμων, ἐσθίει, ὡσαύτως ἐπὶ &c. Sic distingue:
ὡς αἰδήμων, ἐσθίει ὡσαύτως, ἐπὶ τῆς &c.

— 34. l. 4. *pro* ἡμῶν δὶ *scr.* ἡμῶν δὴ,

— — l. 7. ἡμῖν δ᾽ *scr.* ἡμῖν δ᾽,

— — l. 9. ἀλλ᾽ ἂν *scr.* ἀλλ᾽, ἂν

— 37. l. 2. στενάξω. *scr.* στενάξω;

— 44. l. 12. ἐπὶ τε *scr.* ἐπί τε

— 51. l. 10. ἐντεῦθεν πόθεν *scr.* ἐντεῦθέν ποθεν

— 61. penult. νυστάζουσιν; *scr.* νυστάζομεν;

— 81. l. 9. ἐκλήσῃς *scr.* ἐκλήσῃς

— 87. l. 10. ἀπὸ, ἕρα *scr.* ἀπὸ ἕρα

— 98. l. 1. εἰσὶ καὶ *scr.* ἠδὶ, καὶ

— 99. l. 1. ἐστὶ *scr.* ἐστὶν

— 102. l. 6. Ὀλυμπία *scr.* Ὀλυμπίᾳ

— 107. L. 5. δοκῇ *scr.* δοκῇ.

— — l. 15. Τουτ᾽ *scr.* Τοδε᾽ (et sic passim deinde.)

— 108. penult. Ἄγε *scr.* ἄγε

— 111. L. 13. ἐξαπατηπῆναι *scr.* ἐξαπατηθῆναι

— 113. l. 9. ἐγὼ μὲν *scr.* Ἐγὼ μὲν

— 114. l. 10. πάσης, αὐτὰ *scr.* πάσης αὐτὰ

— 121. l. 1. οὖ *scr.* οὐ

— 139. l. 14. sic distingue: παραβάλλει· μηνύσατε ἐπαινέσῃς.

— 140. l. 2. *pro* Ἔνθεν ἂν *scr.* Ἔνθεν, ἂν

— — ult. ἐν τινι. *scr.* ἐν τινί.

— 142. L. 1. συνήδεσαν *scr.* ἀλήθεσαν

— 146. l. 12. ἢ δ᾽ ἐκ *scr.* ἃ δ᾽ ἐκ

— 148. l. 5 ἐστὶ *scr.* ἐστὶ.

— 151. l. 1. σεαυτοῦ *scr.* σεαυτοῦ.

Pag. 160. l. 11. pro ἀπόφανσιν scr. ἀπόφασιν
— 161. l. 1. αὐτοῦ scr. αὐτοῦ,
— 163. l. 1. ἔλθη, scr. ἔλθῃ,
— 174. l. 7. καὶ ἡ ὁδὸς scr. καὶ * ἡ ὁδὸς
— 175. l. 11. βαρρούντας scr. βαρρούντας,
— 184. l. 5. sic distingue : ἀπόρρητα :. ἃ δ'
— — ult. pro Οὐκ scr. οὐκ
— 188. l. 8. μοῖς μέλει scr. μοὶ μέλει
— 189. l. 13. ἐρεῖ βάλε, scr. ἐρεῖ, βάλε,
— 194. l. 7. τούτῳ scr. τούτῳ
— 197. pen. αὐτὸς ὅταν scr. αὐτὰς, ὅταν
— 201. l. 41 αὐτῷ, scr. αὐτῷ
— 207. l. 8. ἐπήρῳ scr. ἱκνρῷ
— 218. l. 1. θρίδαλος scr. θίδρανος
— 234. l. 5. οὐ μὲν scr. οὐ μὲν
— 243. l. 4. πῶς ἐστι scr. πῶς ἔστι
— 246. ult. διάτι scr. διατί
— 248. l. 6. ἄλλό τι scr. ἄλλο τι
— 258. l. 10. ναυαγήσῃ, scr. ναυαγήσει·
— — ult. βάλῃ, scr. βάλῃ;
— 259. l. 3. μηθ' scr. μήθ'
— 261. l. 12. Τί οὖν, ἐν scr. Τί οὖν τὸ
— 262. l. 10. Ταχύν scr. Ταχύ γ'
— 264. l. 4. παθομένας scr. παθόμενος
— 273. l. 8. ὑπ. μεγάλης scr. μεγάλας,
— 275. l. 13. ἀνάστας scr. ἀναστάς
— 289. l. 4. τὸ ἐπὶ scr. τὸν ἐπὶ
— 307. l. 5. ἀλλ' scr. ἄλλα
— 315. l. 1. ἐκεῖνα εἶναι· scr. ἐκεῖ εἶναι·
— — ἐκεῖνα. scr. ἐκεῖ.
— 317. l. 8. ὁ ἄνθρωποι scr. οἱ ἄνθρωποι
— 325. l. 2. προαιρετά. scr. ἀπροαίρετα.
— 343. l. 7. ἐστι scr. ἔστι
— 353. l. 10. προγραφήν; scr. προγραφήν
— 368. ult. οὐ εἰσι. scr. οὐ εἰσί.
— 394. l. 12. scribe συμβεβλημέναι μπι.
— 410. l. 8. scr. λέγουσί τινες
— 421. pen. pro ῬΟΤΩΝ scr. ῬΟΤΩΝ
— 426. l. 11. Κἀγὼ scr. Κἀγώ
— 439. l. 10. κρίνῃ; scr. κρίνῃ
— 442. l. 13. λέγη. scr. λέγε.
— — ult. Φρόνη, καὶ scr. Φρόνει καὶ
— 447. l. 13. ταύτην. scr. ταύτην·
— 450. l. 9. βασιλεία scr. βασιλεία
— 456. l. 12. ἀπογράφεσθαι, scr. ἀπογράφεσθαι,
— 460. l. 5. Ὦστε ἄν σοι scr. Ὦστε ἄν σοι
— — l. 13. Κυνικοῦ; scr. Κυνικοῦ;
— 477. l. 8. ᾐσθῆναι scr. ᾐσθῆται
— 501. l. 10. ἀναδέχεσθαι scr. ἀναδέχεσθαι
— 505. l. 6. ὑποθετικοὺς scr. ὑποθετικούς.
— 520. l. 7. Εἰ σου scr. ἡ σου
— 521. l. 4. περὶ scr. περὶ
— 537. penult. ὁ μὴτ scr. ὁ μὲν.
— 553. pen. καθῆναι scr. καθῆναι· . . . .

Pag. 564. l. 2. δυναμένω *scr.* δυναμένω
— 596. l. 10. οὐ ἰδύσωπ. *scr.* οὐκ ἰδύσωπ.
— 595. pen. Καλλικλίους *scr.* Καλλικλίους
— 627. l. 5. νάμεις *scr.* δυνάμεις
— 633. l. 2. ἠγωνιζόμην *scr.* ἠγωνιζόμην
— 638. l. 2. ἐξενεγκῆ *scr.* ἐξενέγκῃ
— 640. l. 3. ἄντιθες *scr.* ἀντίθες
— 657. l. 11. οἴου *scr.* οἴου
— 659. l. 3. fin. κατεφθίνη· κόσα *scr.* κατεφθινηκότα
— 669. l. 5. Πρόσθε *scr.* Πρόσθε
— 679. l. 10. δίκῃ. *scr.* δίκῃ.

In Versione Latina.

Pag. 17. *col. a. lin.* 1. *pro* lucratusque *scribe* luctatusque
— — ult. *pro* auferes *scr.* auferas
— 20. *a.* l. 11. efferreris? *scr.* efferreris?
— 26. *a.* l. 6. necesse est *scr.* necesse esse
— — — l. 13 sqq. *Sic distingue et scribe:* et custodiat; fi lavet ut
   fidus, ut verecundus; fi eodem modo comedat; fi, quæcumque inciderit materia &c.
— 31. *a.* ult. perspiciendi·et *scr.* perspiciendi, et
— 44. *b.* l. 13. Numquid ergo *scr.* Verum ergo
— — — l. 16. aut *scr.* an
— 46. *b.* l. 4. fyllogifmo *scr.* in fyllogifmo
— 61. *a.* ult. aut: Oro te, *scr.* aut: Hortor te,
— 65. *a.* l. 2. rectene *scr.* recte
— 81. *a.* l. 1. Unde *scr.* (Recte!) unde
— 113. *a.* l. 4. fin. mihi *scr.* Mihi
— 121. *b.* l. 8. nos nunc *scr.* nos nunc (te)
— 134. *b.* pen. fore, ut *scr.* fore ut
— 141. *a.* l. 11. Eo qui *scr.* Eo quod
— 164. *b.* ult. et 165. *a.* noftri arbitrii &c. *Scribe:* quæ mei arbitrii non funt, nihil ad me pertinent.
— 192. *a.* l. 5. effet: *scr.* effet.
— 225. *a.* l. 5 fq. *fic fcribe:* Num ergo et illi hæc judicii regula
   fatis eft?
— 241. *a.* l. 9. *dele* etiam
— 243. *a.* penult. *pro* fit *scr.* effe
— 277. *a.* l. 5. ad fefe *scr.* ad priftinum ftatum
— 285. *a.* l. 12. Nugatior *scr.* Nugacior
— 289. *b.* l. 9. invideri *scr.* Invidere
— 304. *b.* l. 9. ut putant *scr.* ut putant,
— 309. *b.* l. 2. ars rationis. *scr.* doctrina.
— 317. *a.* l. 1. decretum eft *scr.* decretum hoc eft
— — — l. 9. neque id quod *scr.* neque illud, quod
— 347. *b.* l. 11. exornandum *scr.* exornandam
— 372. *a.* l. 8. nos eras *scr.* non eras
— — — penult. conferunt *scr.* conferant
— 384. *b.* l. 8. fequetur? *scr.* confequens erit?
— 394. *a.* l. 8 fq. *fcribe:* Si potes, cape.
— 408. *b.* l. 8. *scr.* ut, fi quando fitiverit æftu,
— — — ult. etiam defertus *scr.* etiam continuo defertus
— 422. *a.* l. 2. ufus fum *scr.* ufus fum,

Pag. 438. *a.* l. 5. fin. *sic scribe:* sed venite, (ait,) meque
— 445. *a.* l. 9. quale *scr.* qualis
— 446. *a.* l. 9. non debet *scr.* nulla debet
— 447. *b.* l. 5. inftitutum. *scr.* inftitutum:
— 449. *a.* l. 2. ut hoftes oftendat *scr.* hoftes oftendere
— — *b.* l. 2. *pro* et principatum *scr.* et Id quod eam efficit
— 451. *b.* l. 3. deftinatum *scr.* deftinata
— 456. *b.* l. 6. *pro* profiteri velis &c. *sic oportebat:* profefturus et,
      homo; non ad certamen &c.
— 458. *a.* l. 9. *sic scribe:* indignabitur? dignus fcilicet qui &c.
— 459. *a.* penult. *pro* Ubi porro *scr.* Ubi vero
— 461. *b.* l. 7. funt ei *dele* ei
— 473. *b.* ult. *pro* fruftra *scr.* temere
— 502. *b.* ult. Corinthi *scr.* Corinthum
— 512. *b.* l. 5. fin. vivat. *scr.* vivas.
— 534. *b.* l. 4. fin. dicemus, *scr.* dicimus,
— 552. *a.* l. 6. coactus, *scr.* coactus fum,
— 565. *b.* l. 5. fervate *scr.* ferva te
— 566. *a.* ult. noftris. *scr.* nolitis.
— 611. *b.* l. 5. fin. proclamabo, *scr.* proclamabo?
— 632. *a.* l. 3. poteris *scr.* pateris
— 635. *b.* l. 7. cæci, *scr.* claudi, cæcl,
— 642. *b.* l. 4. et damnis *scr.* et in damnis
— 669. *a.* l. 4. nofts. *scr.* noftra.
— 678. l. 6. adcommodanda. *scr.* adcommodanda.

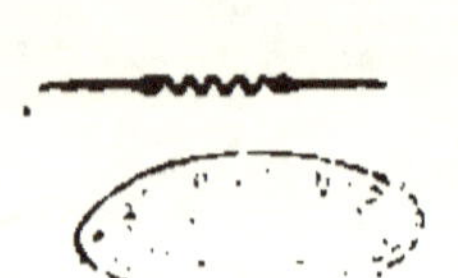